omnibus

POLARS
Années cinquante

Tome 3

Thomas Sterling
Défense de sortir

Whit Masterson
La soif du mal

Gerard Butler
Du sang sur tes mains

Peter Rabe
Balle perdue

Bill Ballinger
Une dent contre lui

Lionel White
On vous descend à la prochaine

John Ross MacDonald
Il est passé par ici

William P. McGivern
Une nuit pas comme les autres

William Campbell Gault
Faut pas s'attendrir

Postface de Jean-Jacques Schléret

OMNIBUS

ISBN : 2-258-04761-7 N° Editeur : 6554
Dépôt légal : mai 1997

SOMMAIRE

Thomas Sterling

DÉFENSE DE SORTIR

The House Without a Door
1950
Traduction de Maurice Bernard Endrèbe

THE HOUSE WITHOUT A DOOR

I am the hunter here, and the hunted prey
My own gunsight will seek me out some day
And, though I plead, I will press the trigger and fire,
Ashamed to stare back into my own eyes
As I bleed, and die, and guiltily expire [1]

Paul KRESH,
à qui ce livre est dédié

1. La maison sans porte. Je suis le chasseur et je suis le gibier. Un jour, mon propre fusil me cherchera et, malgré mes supplications, j'appuierai sur la détente, honteux de rencontrer mon propre regard alors que je saigne et que je meurs et que je rends mon âme coupable.

LIVRE PREMIER

1

Hanna aborda la dernière volée de marches d'où elle découvrit le hall de l'hôtel au-dessous d'elle. Elle se cramponnait solidement à la rampe de velours et, du bout de sa fine bottine à boutons, éprouvait la solidité de chaque marche avant de s'y aventurer ; sa descente était accompagnée par le friselis de sa robe de satin marron traînant sur le marbre.

Elle descendait au vu et au su de tous ; son corps massif se contracta sous le choc inattendu de tant de lumière et de bruit. Résolument, elle prit enfin pied au rez-de-chaussée et fit face à la foule qui se pressait dans le hall.

Personne ne la remarqua, car chacun était trop occupé de ses propres affaires. Personne ne se moqua d'elle, ne la montra du doigt ; personne ne s'avança vers elle d'un air menaçant. Ces gens n'étaient rien que des inconnus. Ils ne lui feraient aucun mal, mais ne lui viendraient pas davantage en aide si elle avait besoin d'eux. Elle s'appuya contre le mur frais, au bas de l'escalier, les regardant aller et venir.

Une élégante en cape de renard argenté passa devant elle et se précipita dans les bras d'une petite femme insignifiante, vêtue d'une robe de quatre sous :

— Quelle joie de te revoir, Maggie ! Allons prendre quelque chose...

Avec envie, Hanna les regarda s'éloigner en direction du petit restaurant qui se trouvait au fond du hall. « Comme ce devait être doux, pensa-t-elle, d'avoir une amie, quelqu'un pour vous accueillir... » S'arrachant au mur, elle se dirigea vers la porte, avec le seul désir de retrouver Madison Avenue, ses trottoirs obscurs et ses arbres paisibles, car elle avait l'impression que tous les regards la suivaient. Elle descendit le vieux perron de pierre et s'immobilisa un instant sous le dais bleu surmontant l'entrée de son hôtel.

Le bruit terrifiant arrivait de partout. Elle s'était préparée à voir les changements que laissaient présager les hauts buildings, ces lumières courant sur la chaussée comme des insectes pressés et la trop vive clarté des vitrines. Même le fait de découvrir qu'il n'y avait plus d'arbres ne lui causa pas un choc aussi violent que ce bruit. L'air semblait vibrer. Le crescendo soudain des moteurs, quand le feu vert s'allumait, le pas traînant de ces milliers de pieds, le brouhaha constant de toutes ces voix convergeaient vers elle. Elle avait oublié comment choisir les bruits qu'elle voulait entendre, ceux qui n'étaient que pour elle ; ses oreilles ne savaient plus apprécier la distance, et le bruit lointain d'un frein brusquement serré lui paraissait hurler juste derrière elle. Elle se mit à descendre lentement la rue, entrant dans cette tempête de sons.

Exactement trente-quatre années auparavant, Hanna Carpenter avait loué un petit appartement à l'*Hôtel 38*, un des plus élégants de Madison Avenue. Elle avait écrit à ses rares amis et aux vieilles relations de son père qui auraient pu s'inquiéter d'elle, les informant qu'elle partait pour un long voyage et ne reviendrait pas avant plusieurs années. Ayant hérité la fortune de son père, elle pouvait faire ce que bon lui semblait ; aussi cette décision soudaine n'avait-elle paru étrange à aucune des personnes la connaissant, car on savait que son fiancé l'avait récemment abandonnée. Ce départ fut donc mis sur le compte de son terrible chagrin. Chacun vaqua à ses affaires et oublia cette étrange fille qui avait de l'argent à ne savoir qu'en faire.

Hanna ne comptait séjourner que quelque temps à l'*Hôtel 38*, éprouvant un besoin de repos et d'isolement complets avant d'orienter son avenir. En effet, toute décision engageant le futur devrait désormais être mûrement pesée, eu égard à l'immense fortune qu'elle avait héritée de son père.

Un an s'écoula ainsi dans le calme et la sérénité, puis une autre année encore, sans que jamais Hanna ne pense à quitter son petit appartement. Graduellement, elle se rendit compte qu'elle n'avait pas l'intention d'en sortir. Plus tard même, il lui fallut s'avouer que cette réclusion n'était plus une question de choix, mais une absolue nécessité : elle ne *pouvait plus* sortir. Elle avait refermé sa porte, et cette porte ne s'ouvrirait plus.

Elle avait cherché à s'expliquer son attitude, en se disant qu'elle avait quitté le monde à la suite d'un amour déçu. Le côté romanesque de la chose la satisfit un temps ; mais, peu à peu, elle dut convenir que ce mariage, décidé par son père, ne lui avait jamais beaucoup tenu à cœur. Son fiancé ne l'avait pas tant abandonnée que cessé de prétendre qu'il y eût le moindre lien entre eux. Non, la perte de son fiancé lui avait surtout servi d'excuse pour quitter un monde qu'elle n'avait jamais bien connu, un monde qui avait toujours été le territoire réservé de son père. Il en possédait une si grande partie qu'il l'avait réduit à sa merci. Ayant perdu sa mère dans sa plus tendre enfance, Hanna avait toujours considéré ce monde comme une bête sauvage que son père avait domptée et empêchée de pénétrer dans la maison. Il l'avait protégée contre elle, trop bien peut-être...

Toutefois, elle n'avait pas été une enfant gâtée. Son père ne l'aurait pas toléré. Le moindre luxe dont elle avait joui, il lui avait fallu le payer par sa gratitude et en reconnaissant sans cesse combien grande était sa chance de posséder ce que tant d'autres n'avaient pas. Et, homme âgé ayant perdu depuis longtemps tout contact avec l'enfance, son père n'avait pas jugé nécessaire de montrer qu'il aimait beaucoup sa fille.

A mesure que les années s'écoulaient, Hanna avait fini par se persuader que la bête domptée, redevenue sauvage depuis la mort de son père, errait inlassablement par les rues. Elle savait que ce monstre, un jour, la retrouverait pour la détruire. Elle avait essayé de se raisonner, de se dire que rien de semblable n'existait, mais elle sentait le monstre rôder derrière sa porte, sous ses fenêtres.

Pour se protéger, elle fit placer d'épais volets métalliques derrière toutes ses fenêtres et installer un réfrigérateur dans sa cuisine, afin de ne pas risquer que la famine la contraignît à sortir.

Si elle avait voulu regarder les choses en face, elle aurait été forcée de reconnaître qu'il était vain de vouloir échapper à une force aussi invincible que celle-là, qu'il valait donc autant vivre en plein monde, se risquer dans les rues pleines d'automobiles, prendre l'avion ou le métro. Il lui aurait fallu admettre qu'aucun effort de sa part, rien de ce que l'argent était en mesure de lui procurer, ne pourrait l'aider à esquiver la catastrophe inévitable. Et pourtant Hanna continua de se cacher, se cacher jour et nuit, vivant dans la crainte de la chose qui devait lui arriver.

Durant les premières années, elle lut beaucoup. Arthur, le serveur qui lui apportait ses repas les jours où elle trouvait le courage d'ouvrir sa porte, était chargé de lui procurer des livres. N'ayant pas été au collège quand elle était enfant, elle n'avait pas d'idées précises sur ce qu'il fallait lire. Au début, elle s'en était remise au goût d'Arthur, qui lui avait apporté une sélection de ce qui paraissait en librairie. Après avoir lu tout cela, elle devint, peu à peu, capable de lui indiquer ses préférences.

Son cerveau était semblable à une vaste malle où elle empilait n'importe quoi dans le plus grand désordre. Un jour, Arthur lui apporta un recueil des poèmes d'Emily Dickinson. La préface lui apprit que cette femme, « le plus grand poète féminin depuis Sapho » (un auteur qu'Hanna n'avait pas encore lu), vivait en recluse. Elle dévora alors les poèmes, essayant de découvrir dans chaque vers une allusion à elle-même. Souvent, quand le sommeil la fuyait, elle prenait le recueil et relisait ses poèmes préférés.

Voici ma lettre au monde
Qui ne m'écrit jamais...

Chaque fois qu'elle lisait cela, Hanna pleurait, son grand corps massif secoué de sanglots.

Bientôt, les romans que lui apportait Arthur ne lui suffirent plus. Ils ne lui procuraient aucune satisfaction véritable. Ces pauvres imitations de la vie ne lui causaient plus aucun plaisir. Plus elle s'écartait de la vie réelle, moins elle supportait la fiction chez les autres.

En dehors de quelques livres favoris (choisis parce qu'on y découvrait quelque chose qu'elle aurait aimé voir ou à cause d'un passage lui semblant s'appliquer à elle), elle ne lut bientôt plus que les journaux et les magazines de toutes tendances auxquels elle s'était abonnée. Deux fois par semaine, elle envoyait Arthur chez Brentano acheter pour elle tous les Mémoires de présidents ou d'hommes d'Etat qui se publiaient. Elle finit par être si savante qu'elle eût pu presque faire autorité sur la Première Guerre mondiale, la révolution russe, la Société des Nations, l'avènement du fascisme, et la sanglante Seconde Guerre mondiale. Elle croyait implicitement tout ce qu'elle lisait, même si quelque partie contredisait l'autre. Pour elle, ce monde d'hommes et de luttes était aussi lointain que la planète Mars, et elle lisait tout ce qui s'y rapportait comme d'autres lisent des contes.

Mais son magazine favori, celui dont elle attendait avec anxiété la parution hebdomadaire, se révéla vite être *Life*. En le feuilletant, c'était presque comme si elle avait vécu dans le monde. Elle passait d'une réunion d'étudiants au lieu de vacances d'un secrétaire d'Etat, assistait aux fêtes du couronnement en Hollande pour recevoir ensuite la bénédiction papale à Rome. Grâce à *Life*, elle savait quel air avaient les hommes travaillant dans les puits de pétrole du Texas, les vierges de Bali, ou tel politicien faisant un discours.

Elle éprouvait un immense chagrin à découvrir les souffrances du monde, mais il ne lui venait jamais à l'idée qu'elle aurait pu concourir à soulager certaines d'entre elles. La seule pensée qu'elle pût influer sur la marche du monde lui aurait paru fantastique et l'aurait terrifiée. Et, bien qu'il lui arrivât d'envoyer de grosses sommes à des organismes charitables — secours italien, secours russe, secours aux animaux aveugles —, elle ne se demandait jamais comment cet argent était employé.

Le savoir eût été la rapprocher trop du monde. Cela eût détruit cette fragile sensation de sécurité qu'elle éprouvait dans son petit appartement de l'*Hôtel 38*.

Si quelqu'un avait taxé Hanna d'égoïsme, elle eût protesté avec indignation. Comment, elle qui n'avait rien, elle qui avait moins que n'importe quel autre humain, aurait-elle pu être égoïste ? N'était-elle pas en exil sur sa propre planète ? N'avait-elle pas renoncé à tout contact humain ? Comment pourrait-on être égoïste lorsqu'on est si pauvre ?

Elle eût éclaté de rire si on lui avait objecté qu'avec plusieurs millions de dollars elle ne pouvait se dire « pauvre », et aurait sans doute rétorqué que l'argent ne vaut que par ce qu'il peut acheter. Pouvait-elle s'acheter une amie ? Pouvait-elle acheter la sécurité ? Si elle préférait ne pas connaître les noms des victimes d'une guerre qu'elle n'avait pas déclenchée, quelle différence cela faisait-il pour ces victimes ?

En dehors de la lecture, Hanna avait une autre activité majeure, activité qui, pour elle, était entièrement dépourvue d'objet. Elle s'adonnait à la couture. Elle aurait pu passer ces trente-quatre années entièrement nue, sans que cela fît la moindre différence pour quiconque, mais Hanna n'en suivait pas moins la mode d'aussi près que possible. Elle choisissait des modèles de robes dans ses magazines et les confectionnait, en les cousant entièrement à la main, pour vêtir son corps qui, insensiblement, prenait de l'ampleur. De temps à autre, la femme d'Arthur allait acheter des tissus et tout ce qui était nécessaire à « la vieille folle de l'hôtel ». Pour le choix, Hanna se fiait toujours à la publicité des magazines.

Sa garde-robe comprenait des vêtements de toutes sortes, et convenant à toutes les circonstances. Elle s'habillait toujours pour dîner et souvent elle portait à son insu une robe identique à celle de quelque autre femme en train de dîner dans un excellent restaurant, à quelques centaines de mètres de son hôtel. Et parfois, l'après-midi, quand elle arrosait ses philodendrons, Hanna se demandait ce que faisaient les autres femmes qui portaient la même robe verte qu'elle, si elles étaient seules ou si elles avaient de la compagnie.

De cette façon les années passèrent, d'abord lentement, puis de plus en plus vite jusqu'à ce qu'Hanna se trouve à court de temps. Chaque jour, il lui fallait se baigner, préparer son petit déjeuner, faire le ménage, lire, coudre, changer de coiffure. Sa journée était ainsi remplie par de petites choses qui eussent paru inutiles à tout autre, mais auxquelles elle attachait la plus grande importance. Plusieurs fois par semaine, elle faisait son argenterie, veillant particulièrement aux fourchettes entre les dents desquelles des particules d'aliments tendaient toujours à demeurer. Ses ongles poussaient avec une rapidité prodigieuse — comme si toute sa vitalité se fût réfugiée en eux — et il lui fallait les limer chaque jour. La pâte dentifrice souillait les brosses à dents, et il fallait les nettoyer. De même pour son peigne, qui était toujours sale, bien qu'elle se lavât constamment les cheveux. La moquette s'usait par endroits et il fallait qu'Hanna s'entraînât à changer de chemin en circulant chez elle. Toutes les obligations qu'elle se créait l'occupaient tellement qu'elle se sentait exténuée à l'heure du coucher et qu'il lui fallait parfois prendre plusieurs jours de repos.

Deux fois l'an, le directeur de la banque voisine de l'hôtel venait la voir. Chaque mois de mai et d'octobre, cet homme patient demeurait dans l'attente du coup de téléphone d'Hanna. Il savait, par expérience, que l'invitation n'était valable que pour une vingtaine de minutes. S'il arrivait après ce délai, il trouvait porte close, et, bien que sa cliente fût de l'autre côté du vantail, il lui était impossible de la convaincre d'ouvrir. Aussi, dès qu'il recevait le coup de téléphone, il saisissait la serviette qui demeurait préparée à cet effet, son chapeau, et se hâtait dans Madison Avenue d'une façon bien inhabituelle pour un banquier.

En dépit des sprints qu'elle l'obligeait à piquer deux fois l'an, Mr. Howard ne pouvait s'empêcher de souhaiter avoir beaucoup de clientes comme Miss Carpenter. Elle ne lui posait jamais de questions ridicules et vérifiait ses comptes non seulement vite, mais soigneusement. Jamais elle ne se plaignait d'être pauvre et que tout fût si coûteux. Les indications qu'elle lui donnait pour ses placements se révélaient presque toujours judicieuses. Elle avait vendu ses valeurs européennes plus d'un an avant la déclaration de guerre et acquis une petite part d'une mine d'uranium avant qu'explose la première bombe atomique. Aussi Mr. Howard respectait-il beaucoup Miss Carpenter, qui lui payait en outre de gros honoraires.

Durant les trente-quatre années passées dans son petit appartement, Hanna n'avait jamais cessé de penser qu'un jour elle serait en mesure de sortir. Au début, elle imaginait les aventures qui pourraient alors lui arriver. Elle rencontrerait quelqu'un de connaissance — dans un restaurant peut-être ; c'était tantôt un homme, tantôt une femme. Ce quelqu'un lui adresserait la parole, se montrerait aimable et poli, mais sans plus. Ils parleraient ensemble de ce qu'Hanna connaissait, de robes, de la situation en Espagne et en Chine, du dernier livre sur l'Allemagne, ou de l'article de *Life* sur l'habitat rural. A la fin de la conversation, ce quelqu'un se lèverait en disant : « Il faut maintenant que je m'en aille, mais je reviendrai la semaine prochaine à la même heure. Voulez-vous que nous nous rencontrions de nouveau ? » Hanna ne poussait jamais son rêve plus loin. Cette cordialité distante lui suffisait. Si elle avait été plus avant, imaginant quelque chose de plus intime, de plus affectueux, qui l'eût mise dans l'obligation de faire des visites ou de recevoir des gens chez elle, son rêve se fût immédiatement dissipé. Elle préférait en rester là. L'écoulement du temps aidant, elle n'eut même plus besoin de penser qu'elle rencontrerait un ami ; la seule perspective de sortir dans la rue suffisait à la surexciter.

Et, un jour, elle se décida à sortir.

Pourquoi s'était-elle enfin résolue à retourner dans un monde qu'elle avait fui tant d'années ? Quelle que pût être la réponse à cette question, elle devait certainement comprendre plusieurs facteurs déterminants. On peut différer pendant longtemps de faire quelque chose, mais il vient toujours un moment où il faut y faire face, ouvrir la porte et sauter le pas. Le temps n'y change rien, sinon qu'il finit par atténuer la réalité au point de lui donner les apparences du rêve. Peut-être Hanna trouva-t-elle le courage de retourner dans le monde parce que, ayant si souvent rêvé qu'elle le faisait, elle crut continuer de rêver.

Elle avait oublié que, même en rêve, on peut être conduit au désastre.

2

Quand Hanna se mêla aux passants de la rue, elle fut heureuse de constater qu'on la confondait avec eux. Les gens passaient à côté d'elle sans se retourner, comme si elle s'était promenée devant ces boutiques chaque soir de sa vie.

— *La dernière !*

Hanna hâta le pas pour passer devant le marchand de journaux, car elle était encore toute tremblante d'avoir cru qu'il s'adressait à elle. *C'était une véritable occasion... Le vieux n'est pas commode et Jenson...* Des voix. Oui, après tant d'années, c'était bien la plus étrange chose que d'entendre des voix humaines, qui s'élevaient en la frôlant pour s'éteindre aussitôt, chacune suivant sa conversation propre. Des mots, des mots, des mots... plus de mots en une minute qu'elle n'en avait entendu durant des mois.

Hanna arriva devant une immense vitrine d'où émanait une lumière si blanche qu'elle faisait tout paraître comme couvert de farine. L'intérieur était peint de façon à représenter une clairière dans la jungle, qui eût été miraculeusement garnie de tables et de chaises. A l'une des extrémités de la clairière se dressait un immense comptoir, étincelant de verres et d'argenterie, devant lequel les gens s'entassaient, portant un plateau sur lequel ils accumulaient les plats.

Hanna comprit que c'était un restaurant, et cependant elle n'en avait jamais connu de semblable. Ses yeux lui faisaient mal tellement elle voulait tout voir d'un seul coup. De même qu'elle avait oublié comment sélectionner les bruits, elle ne savait plus regarder une seule chose à la fois. Elle n'aurait jamais cru qu'il pût exister un endroit aussi coloré, aussi mouvant et aussi totalement dénué de toute intimité.

Devant elle, assis à une table de l'autre côté de la vitrine, un homme, penché sur un bol, enfournait rapidement de la soupe dans sa bouche. Hanna eut faim. Elle avait dit à Arthur de ne pas lui monter son dîner ce soir-là. Elle se dirigea vers l'entrée et se laissa porter par la foule des consommateurs.

— Va chercher les couverts, Hanna, pendant que papa est au comptoir. Moi, je garde la table.

Hanna regarda une autre Hanna de douze ans, pour laquelle elle éprouva soudain une grande tendresse. Elle aurait voulu aider cette autre Hanna, lui faire un cadeau. La fillette se frayait un chemin dans la foule avec agilité. « Non, pensa Hanna, je ne puis rien lui donner. »

Elle suivit des gens qui venaient d'entrer, comme eux prit un plateau, puisa une cuiller et un couteau dans un grand panier ; elle allait prendre aussi une fourchette, mais, voyant des restes de jaune d'œuf entre les dents, elle ne put s'y résoudre. Peut-être pourrait-elle trouver quelque chose qui se mangeait avec une cuiller.

Elle s'approcha du comptoir et se rendit compte qu'elle faisait maintenant partie de cette foule. Quelqu'un lui poussait un plateau dans les reins, la pressant contre une femme maigre, laquelle criait à un des garçons en veste blanche :

— Non, non, pochés ! Des œufs *pochés !*

Tous ces visages, ces bras, ces jambes la poussaient et ondulaient auprès d'elle. Il vint un moment où Hanna sentit que sa tête, ses bras, ses jambes ne lui appartenaient plus, mais s'étaient intégrés à cette masse affamée. Elle serra le plateau contre sa poitrine, tel un bouclier, et, luttant contre une panique grandissante, s'arracha à la foule, rejoignit un espace libre, puis, abandonnant son plateau, elle courut vers la sortie. Un homme débraillé, qui entrait, lui tint la porte ouverte et lui sourit. Hanna se précipita dans la rue, puis s'immobilisa, réalisant qu'elle ne lui avait pas rendu son sourire.

Comme c'était doux, comme c'était bon de voir quelqu'un vous sourire ! Surtout quelqu'un qui vous était étranger, qui n'avait rien à vous demander. Il avait souri simplement parce qu'il avait envie de sourire. Peut-être était-ce ainsi dans la vie ? Tout allait si vite qu'on n'avait ni le temps de s'effrayer ni de se laisser gagner par la panique, car, l'instant d'après, quelque chose d'agréable survenait.

De retour sur le trottoir, Hanna éprouva un sentiment de triomphe. Elle était entrée dans un horrible endroit où les gens la pressaient, la bousculaient, criaient après elle, et elle en était ressortie sans perdre son sang-froid. Et, quand elle était sortie, quelqu'un lui avait tenu la porte.

Hanna continua de marcher dans la direction opposée à celle de son hôtel. Elle s'habituait à tous ces bruits, qui finissaient par se fondre et devenir pour elle la voix de la rue. Même les visages qu'elle croisait étaient flous, comme estompés, et s'unissaient pour former le visage de la rue. Elle comprenait peu à peu comment ces gens pouvaient vivre ainsi les uns contre les autres. Il suffisait de s'isoler en soi, d'habituer son esprit — comme on remonte un réveil — à vous faire avancer quand une lumière devenait verte ou à répondre quand quelqu'un appelait votre nom. Le reste du temps, qu'on marchât ou qu'on achetât un journal, on s'endormait, bercé par l'éternel bruit de la rue. Au fond, ça n'était pas tellement différent de s'enfermer dans une chambre !

Mais Hanna ne devait pas s'endormir comme les autres. Elle avait trop de choses à voir. Et puis, s'il lui arrivait quelque chose d'agréable, si quelqu'un lui souriait, il ne fallait pas se laisser surprendre. Elle se mit à scruter les visages qu'elle croisait. Peut-être quelqu'un d'autre était-il dans les rues, ce soir-là, désireux d'être heureux, n'ayant besoin que de rencontrer un ami pour...

Et voilà qu'un homme venait vers elle, un homme qui riait. Pas bruyamment, non, mais doucement, pour lui-même. Il observait les gens qui le dépassaient, et, quand ceux-ci ne le regardaient pas, ne s'arrachaient pas à leur sommeil parce que leurs réveils n'avaient pas été remontés pour lui, il se contentait de rire et continuait son chemin.

Effrayée de sa propre audace, Hanna se prépara à lui sourire... voire à lui dire « Hello... ». Peut-être était-ce l'ami qu'elle cherchait...

Le visage souriant arriva devant elle, avec des yeux qui la regardaient sans la voir, une bouche qui laissait échapper des mots sans suite. Durant quelques atroces secondes, Hanna ne put bouger, et ce visage continua de sourire stupidement, sans se soucier d'elle, sans la voir. Le tremblant « Hello... » qu'elle avait préparé tomba de sa bouche, comme mort. Hanna se rendit compte, avec une horreur soudaine, que son propre visage au sourire figé devait être semblable à cette face lunaire et, bousculant l'homme, elle se mit à courir, sans plus se soucier de ce que les autres personnes pourraient penser.

Ce fut seulement après avoir ainsi couru sur une centaine de mètres qu'elle osa se retourner et, alors, plus effrayant encore que l'idiot, elle vit un homme qu'elle connaissait. Celui qui lui avait tenu la porte ouverte. Non, elle ne se trompait pas ; c'était bien le même homme, avec la chemise au col ouvert, sale, les cheveux mal peignés. Bien qu'elle fût séparée de lui par toute la largeur d'un immeuble, elle se rendit compte qu'il l'épiait. Il s'arrêta un instant dans la clarté d'une vitrine, puis continua d'avancer. Elle aurait voulu courir vers l'hôtel, où elle aurait pu barricader sa porte, être en sûreté, mais l'homme lui barrait le chemin du retour. Si elle voulait faire le tour par une autre rue, elle risquait de se perdre, et les rues transversales étaient obscures.

Soudain, sa panique disparut, et elle se mit à raisonner. Pourquoi cet homme la suivrait-il ? A peine eut-elle formulé la question qu'elle connut la réponse. Elle avait oublié qu'elle possédait ce que des milliers de gens convoitaient. Elle avait l'argent de son père, énormément d'argent. Si quelqu'un l'avait reconnue ou vue sortir de l'hôtel — si Arthur l'avait désignée à cet homme —, peut-être avait-il en tête de la suivre jusqu'à ce qu'elle arrivât dans une rue déserte où il pourrait l'assaillir ? Peut-être l'assommerait-il ou lui plaquerait-il un mouchoir imbibé de chloroforme sur le visage, afin de l'enlever, pour ne lui restituer sa liberté que contre rançon ? A peine lui fut-elle venue qu'elle rejeta l'idée d'aller lui proposer de l'argent pour qu'il la laissât en paix. Ces hommes ne se satisfont jamais de solutions pacifiques. Ils se disent que, s'ils ont ainsi obtenu un résultat, ils obtiendront bien plus encore en usant de violence.

Hanna se remit à marcher au sein de la foule. Là, du moins, elle était en sécurité et, tout en marchant, elle bâtissait un plan. A deux reprises, elle avait pu constater que l'homme continuait de la suivre à distance, mais peut-être ne savait-il pas qu'elle l'avait repéré. Elle marcherait donc au milieu de la foule jusqu'à ce qu'elle aperçût un policeman. Elle savait que cela suffirait à effrayer son suiveur, et elle demanderait au policeman de la reconduire à l'hôtel.

Ce devait être Arthur, bien entendu. Arthur qui lui apportait ses repas et dont la femme avait acheté le tissu de la robe qu'elle portait en ce moment même. Il avait dû parler d'elle à l'homme débraillé et, ensemble, ils avaient projeté de la kidnapper. Hanna regretta les grosses étrennes qu'elle lui avait données chaque année. Cela avait éveillé sa cupidité au point de lui faire combiner son enlèvement pour avoir plus d'argent. Elle avait été trahie par la seule personne qu'elle tolérât chez elle. Après cela, à quoi bon vouloir lutter ? Restait-il quelqu'un en qui elle pût avoir confiance ? Le policeman lui-même, si l'homme lui offrait un peu de son argent à elle, est-ce qu'il... ? Oh ! il fallait bien pourtant qu'elle se fiât à quelqu'un ! On ne peut lutter seule éternellement...

Hanna vit un policeman debout au milieu de la rue. Regardant par-dessus son épaule, elle aperçut son suiveur à quelques pas seulement d'elle. Sans se soucier des autos, elle s'élança sur la chaussée. Peut-être l'homme allait-il essayer de s'emparer d'elle avant que... Des freins bloqués à fond crissèrent, et un chauffeur l'invectiva.

— Monsieur l'agent ! monsieur l'agent ! Cet homme...

Brusquement, l'homme se matérialisa à côté d'elle.

— Qu'y a-t-il ? s'enquit le policeman.

Hanna ne répondit pas. Elle regardait son ennemi avec effroi, et l'expression de son visage suppléait à son incapacité de parler.

— N'y a-t-il pas une station de métro par ici ? demanda l'homme.

Il regarda Hanna et lui sourit aimablement. Elle se rendit immédiatement compte qu'il croyait la voir pour la première fois. Son sourire était machinal et ne trahissait aucun intérêt personnel. Il souriait comme on allume une enseigne.

— La première rue à droite, puis à votre gauche, expliqua le policeman. Vous êtes avec lui, madame ?

— Oh ! non. Je voulais seulement...

— Merci !

L'homme sourit encore à Hanna et s'en fut.

— Je voulais seulement vous demander si vous pouviez m'indiquer un endroit où manger, par ici ?

— Un restaurant ? Vous en avez un à cinquante mètres d'ici... une succursale de *Schrafft*... Cela vous convient-il ?

— Oh, oui ! je crois en avoir entendu parler... merci.

Elle se hâta dans la direction indiquée.

Une hôtesse, vêtue de noir, lui demanda avec gravité :

— Etes-vous seule, madame ?

C'était une question à laquelle Hanna ne pouvait répondre, une question qui lui semblait tellement inutile et ironique qu'elle resta un moment à se demander si l'hôtesse ne se moquait pas d'elle. La dame en noir tira une table, Hanna s'assit sur une banquette de cuir vert, et l'on repoussa la table sur elle, comme on referme un piège. L'hôtesse lui tendit un menu, et Hanna eut la curieuse impression que c'était une leçon qu'il lui fallait apprendre.

Hanna regarda autour d'elle. Là, pas de décor tropical, pas de vacarme. Des tintements de verres, des murmures de voix, de paisibles surfaces de bois verni et de cuir. La salle était éclairée avec douceur, comme si elle se fût trouvée au fond de l'eau, et il paraissait incroyable que la nourriture pût y avoir la moindre saveur.

Hanna ouvrit le chaste menu et soupira. Un soupir de soulagement ; elle avait trouvé un refuge contre la tempête. Dans ce restaurant paisible, les gens semblaient manger non point parce qu'ils avaient besoin de le faire, mais parce qu'ils le voulaient. Ils parlaient non pour se faire entendre, mais pour leur plaisir.

Hanna parvint à énoncer sa commande et demeura assise, les mains jointes sur ses genoux. L'hôtesse conduisit deux jeunes gens à la table voisine. Hanna entrevit des chaussures à épaisses semelles, des chaussettes bariolées, d'élégants pantalons de tweed tandis qu'ils s'asseyaient. Alors que l'hôtesse portait juste un camée, remarqua Hanna, les deux jeunes hommes étaient littéralement couverts de bijoux, qui prenaient l'apparence de choses utiles. Même leurs lunettes à épaisse monture d'écaille semblaient tenir lieu de voiles à l'abri desquels ils promenaient sur le monde leurs regards brillants.

— Il m'a dit que je pouvais choisir parmi ses disques celui que je préférais !

— Oh, magnifique ! Et lequel as-tu pris ?

— Eh bien, j'avais très envie de *Get Yourself a Geisha*, mais *Marvelous Party* est une chose tellement divine...

Brusquement, tous deux regardèrent Hanna. Elle se rendit compte qu'elle les dévisageait. Elle feignit intensément de regarder pardessus leurs têtes, mais leurs yeux demeurèrent tournés vers elle avec une expression haineuse. Elle se sentit rougir et se demanda quelle terrible chose elle avait bien pu faire pour qu'ils la regardent ainsi. Elle souhaita désespérément que la serveuse fasse diversion en revenant avec la commande.

Les jeunes gens reprirent leur conversation, mais Hanna se rendit compte que, malgré elle, son regard continuait à dériver vers eux. Et, quand ses yeux se posaient sur la nuque du blond, elle voyait le brun la fixer avec mépris. Elle ne pouvait savoir que ses jeunes voisins avaient aussi peur qu'elle du monde, et la méprisaient seulement parce qu'ils croyaient qu'elle les méprisait. Elle ne tarderait pas à apprendre qu'il n'est pire cruauté que celle des êtres faibles et vulnérables.

Hanna dîna avec plaisir, bien qu'il y eût beaucoup de vaisselle pour de maigres portions. Elle faisait ce dont elle rêvait depuis si longtemps et, quand elle eut constaté la chose, Hanna éprouva la même joie que l'alpiniste parvenu au sommet d'un pic réputé inaccessible.

Autour d'elle, il y avait beaucoup de femmes qui mangeaient seules, chacune à sa table, semblables à des reines exilées de leurs minuscules royaumes et contraintes à chercher refuge sur le territoire amical de *Schrafft*. Elles semblaient s'ignorer mutuellement, ne levant les yeux de leurs menus que pour faire signe à la serveuse. Bien qu'elles fussent différentes, il y avait quelque chose dans leurs visages, dans la ligne tombante de leurs épaules qui les faisait semblables, comme issues d'une même famille.

Et Hanna comprit soudain pourquoi il en était ainsi, pourquoi même leurs robes paraissaient identiques. C'était parce que toutes ces femmes étaient seules. Le matin quand elles se levaient et le soir quand elles se couchaient, il n'y avait que leurs propres yeux pour les voir. Quand elles allaient acheter leurs vêtements, elles n'avaient qu'un seul et sévère conseiller : leur miroir. Dans le reflet qu'il leur offrait, elles croyaient peut-être voir quelque réminiscence d'un personnage de roman, d'une gravure de mode ou d'une actrice de cinéma ; mais, pour tous les autres qui les voyaient, elles auraient aussi bien pu s'habiller de sacs à farine. Le prix qu'il faut payer pour se plaire à soi-même, c'est de ne plaire à personne d'autre. Hanna regarda sa propre robe de satin marron. Elle était habile couturière et ses robes eussent peut-être été jolies sur des femmes dont la vie était mêlée à celle d'autres gens ; mais, sur Hanna, personne ne les regardait. Personne ne verrait jamais ce qu'elle voyait dans son miroir.

Brusquement, toute son aventure lui parut dénuée d'importance. Sa disparition du monde n'avait éveillé aucun commentaire, n'avait pas soulevé la moindre effervescence parmi ses amis. Sa rentrée dans le monde marquait encore moins. Peut-être, si elle s'était décidée plus tôt à sortir, si elle avait donné à quelqu'un ce qu'il voulait qu'on lui donnât, les choses eussent-elles été différentes. Mais il n'était plus temps pour cela. Ce qu'il lui restait à donner, personne n'en voulait.

Même sa fortune n'avait plus d'importance. Comme Hanna, elle était restée trop longtemps cachée et avait perdu l'essentiel de sa valeur, qui lui venait de ses rapports avec des êtres humains. Tout ce qu'Hanna pouvait espérer désormais, c'était acheter l'attention mécanique des serveuses et des vendeuses. Quelle plus terrible punition le monde pouvait-il lui infliger ?

Hanna régla sa note et quitta le restaurant. Dehors, elle retrouva le tumulte de la rue, mais elle n'avait maintenant plus aucune chance de s'intégrer à ce flot de vie. Hanna traversa, alors que le feu rouge intimait aux piétons d'attendre, sachant fort bien que les autos dédaigneraient de l'écraser. Le policeman qui lui avait indiqué le restaurant siffla à son adresse, mais elle ne lui accorda pas la moindre attention.

Au coin de la rue, dans la clarté d'un réverbère, il y avait un kiosque à journaux où un homme livrait des exemplaires tout frais imprimés de *Life*. Hanna sourit, chercha de la monnaie dans son sac. C'était jeudi soir et, le lendemain, quand Arthur lui apporterait l'exemplaire de son abonnement, elle pourrait lui dire qu'elle l'avait déjà lu. Il serait surpris, se demanderait comment cela était possible, et peut-être même en parlerait-il à sa femme. Elle prit un magazine et déposa ses vingt cents sur la pile. Elle le lirait plus tard dans son lit. Sur la couverture, il y avait une photographie du maréchal Tito qui ressemblait à Hermann Goering et, sans doute, trouverait-elle à l'intérieur un article intéressant sur la Yougoslavie.

Hanna se sentit un peu réconfortée. Le lendemain, elle aurait tant de choses à penser et à faire qu'elle oublierait sa solitude. Elle continua de marcher, s'arrêtant de temps à autre devant une vitrine pour y puiser des idées de nouvelles toilettes.

A un pâté d'immeubles de son hôtel, elle passa devant une porte et entendit de la musique. Revenant sur ses pas, elle regarda à l'intérieur. Hanna n'avait pas de radio, mais elle devina immédiatement que cette musique était du jazz. D'après les descriptions qu'elle en avait lues, Hanna avait toujours pensé qu'elle n'aimerait pas le jazz ; mais cet air avait quelque chose de triste qui la toucha d'emblée. C'était comme si quelqu'un s'était plaint en musique, et Hanna éprouva un vague réconfort à penser que d'autres qu'elle pouvaient aussi ressentir cela. Au-delà de la porte, elle vit un bar, des hommes et des femmes assis sur de hauts tabourets jaunes. De sa vie, Hanna n'avait pénétré dans un bar, mais elle savait qu'il n'était plus désormais malséant pour des femmes de boire en compagnie d'hommes.

Peut-être ne serait-elle jamais entrée s'il n'y avait eu cette musique, qui semblait pouvoir offrir tant de consolation. Par la voix d'une trompette bouchée, cette musique lui disait qu'elle avait le droit d'être malheureuse et que d'autres de par le monde n'étaient pas heureux non plus. Peut-être la musique lui laissa-t-elle entendre aussi qu'elle pourrait trouver à l'intérieur quelqu'un qui comprendrait ce qu'elle ressentait et qui la consolerait.

Si Hanna avait regagné son hôtel, elle se serait couchée tranquillement et aurait lu le dernier numéro de *Life*. Elle aurait peut-être eu, cette nuit-là encore, ses rêves habituels empreints de terreur vague, au lieu de les découvrir incroyablement transplantés dans la réalité.

3

David Hammer venait au *Hardwicke* chaque fois qu'il se trouvait dans ce quartier. L'endroit ne différait guère des autres bars de Madison Avenue, mais on y respirait une élégance raffinée qui plaisait à David. Les clients étaient, pour la plupart, des gens comme il faut ; ils n'affichaient pas leur fortune, mais David la devinait à leur discrétion même. Il savait que là, un veston fatigué ou des chaussures avachies ne signifiaient pas pauvreté, mais simplement négligence ou amour du confort.

David collectionnait les gens riches et, plus particulièrement, ceux qui n'étaient pas heureux. Un peu par snobisme, car il aimait frayer avec des gens qu'il jugeait supérieurs à lui-même, et aussi pour le besoin de ses affaires, car, entre autres choses, David était maître chanteur. Mais, à l'opposé de la plupart de ses semblables, il ne faisait montre d'aucune brutalité et n'exerçait pas un chantage à courte vue. Il arrivait souvent qu'un « ami » eût été réconforté pendant des années par la sympathie que lui témoignait David, avant que le coup fût assené ; le chèque était alors docilement signé.

On voit des champions de course à pied avoir des pulsations lentes ou des pilotes d'appareils à réaction, 20/10 d'acuité visuelle. David, lui, était né avec le don de se faire des amis. Il y avait en lui quelque chose qui attirait et retenait les gens aussi naturellement que l'on respire. Il donnait l'impression d'être seul à même de partager leurs plus secrètes aspirations. Ses amis le disaient totalement semblable à eux et prétendaient savoir tout ce qu'il pouvait éprouver. A la vérité, tout sentiment humain était presque complètement mort en lui et David n'éprouvait rien, sinon un grand amour de soi.

En dépit de quoi, certaines de ses victimes, même après avoir découvert ce qu'il était, ne pouvaient s'empêcher de l'aimer. Somme toute, en échange de leur argent, il leur avait prodigué sa compréhension et une affection exceptionnellement bien imitée. Parmi ses victimes féminines, il y en avait plusieurs qui eussent été heureuses de continuer à payer pour de tels bienfaits.

Un homme pouvait éprouver quelques doutes en rencontrant David pour la première fois ; mais, dès qu'il voyait ce garçon brun, dont le visage n'était même pas spécialement beau, avec des façons si naturelles et si ouvertes, ces préventions étaient vite dissipées.

En outre, ce qui lui permettait d'asseoir sa position, c'est que la plupart des gens ne voyaient pas leurs actions sous le même angle que David. Le directeur de cette grosse compagnie de tabacs, qui n'était pas heureux en ménage, ne voyait pas grand mal à rencontrer une petite rousse dans un appartement de la 55e Rue, d'autant que c'était David qui leur avait fait faire connaissance. Quand il frappait, David n'y allait jamais trop fort. Il ne demandait pas une somme exagérée.

Une partie de ses succès était due à la faculté qu'il avait d'être sensible aux malheurs des autres. De façon quasi miraculeuse, il pouvait déceler dans n'importe quel groupe de gens ceux qui avaient besoin de réconfort, même s'ils dissimulaient ce besoin sous une attitude agressive ou insultante. Le tic nerveux, le rire sans motif, le geste inutile étaient autant d'indices pour David ; ils lui montraient que ces gens avaient soif de sympathie.

Cette sympathie qu'on lui demandait, David la considérait

comme un investissement sans grande contrainte. Au maximum, cela consistait à écouter ces gens lui parler durant trois ou quatre heures par semaine, à envoyer quelques fleurs s'il s'agissait d'une femme ou présenter quelque jolie fille s'il s'agissait d'un homme. Et, parce qu'il n'éprouvait aucun sentiment personnel à leur égard, David pouvait leur prodiguer exactement l'amour ou l'affection qu'ils demandaient : toujours suffisamment et, ce qui est peut-être plus important encore, jamais trop.

Il venait de commander son second verre quand il vit entrer la vieille fille aux drôles de chaussures. Elle s'était immobilisée sur le seuil du bar, en regardant autour de soi comme si elle pensait ne pas avoir le droit d'entrer. Elle était effrayée. « C'est drôle, pensa David, les riches n'ont pas la même façon que les pauvres de paraître effrayés. » Cette femme était effrayée, mais pas du tout de la façon que lui-même aurait pu l'être naguère. Les serveurs, par exemple, ne l'effrayaient pas le moins du monde et, à la voir les ignorer, David se rendait compte qu'elle ne les considérait même pas comme des êtres humains. Cela ne partait pas d'un mauvais sentiment, mais était simplement dû au fait que, durant toute sa vie, elle avait vu les maîtres d'hôtel, les bonnes, les jardiniers faire ce pour quoi ils étaient payés. Exactement le contraire de lui. Toute sa vie, il l'avait passée avec des gens qui servaient les riches. Son père, son oncle Arthur, sa tante Cora, directement ou indirectement, avaient été des domestiques.

Comme la femme s'apprêtait à opérer une volte-face et à ressortir, David lui fit signe en montrant le tabouret voisin du sien. Bien qu'à ce moment-là il n'en eût pas conscience, ce fut grâce à l'attirance qu'il exerçait sur les gens qu'elle se dirigea vers lui, en hésitant mais, pour la première fois, sans avoir peur.

— Ce bar paraît beaucoup moins bruyant après un moment, dit-il en lui souriant, mais sans rien dans son attitude qui marquât le désir de faire plus ample connaissance.

La femme lui retourna son sourire — avec un peu trop d'empressement, pensa-t-il — et se jucha sur le haut tabouret.

Il y avait en elle une gaucherie qui intrigua David, car il n'arrivait pas à lui découvrir la moindre infirmité physique. Il se rendait compte aussi qu'elle n'était pas simplement timide. Les timides ont une façon de s'effacer qu'ignorait cette femme. Les timides cherchent désespérément à faire ce que les autres souhaitent qu'ils fassent, mais, bien qu'elle parût craintive, chaque geste de cette femme était empreint d'une sorte de défi, comme s'il représentait un acte de bravoure.

— Que voulez-vous prendre, madame ?

Le barman attendait la commande.

Son visage s'empourpra et elle regarda désespérément le verre de David, puis, se tournant vers le barman, elle dit :

— Je crains de ne pas savoir...

— Je crois que Madame désire un *Old-fashioned*, dit David au barman.

Elle lui fit face. David se rendit compte que si, à ce stade, il se montrait trop amical, il allait l'effrayer et la faire s'enfuir. « Pourquoi ? se demanda-t-il. Pourquoi a-t-elle tellement peur ? » Et il résolut soudain de connaître la réponse.

— Veuillez m'excuser d'être intervenu : je l'ai fait impulsivement. De toute évidence, vous désiriez boire la même chose que moi, et j'ai pensé que vous aviez oublié le nom du cocktail.

Sans attendre de réponse, David se tourna de nouveau vers son verre, dont il but posément une gorgée, indiquant par là que l'incident lui semblait clos et qu'il ne s'attendait pas à ce que la conversation se poursuivît.

Il sentait le regard de la femme posé sur lui et, après un moment, elle dit, comme si elle était enfin parvenue à prendre une importante décision :

— C'était vraiment très aimable à vous. Vous aviez raison. J'ignorais le nom.

David continua de regarder son verre, comme si quelque important problème accaparait son attention. Le barman posa le cocktail devant la femme et, du coin de l'œil, David la vit fouiller dans son sac. Elle posa une pièce sur le comptoir, puis, pressentant que ça n'était pas suffisant, elle y ajouta vivement un billet de dix dollars. David pensa qu'ils pourraient lui compter le verre quatre dollars sans qu'elle en fût étonnée.

Elle goûta le cocktail, puis se tourna brusquement vers David :

— Vous ne pensez pas, j'espère, que je suis en colère parce que vous avez commandé pour moi ? J'apprécie beaucoup, au contraire...

— N'en parlons plus, dit David. Je sais ce que c'est. Il m'arrive parfois d'oublier même mon propre nom.

— Oh ! mais ce n'était pas une question de mémoire ! J'ignorais le nom de ce que vous buviez. Je l'ai reconnu quand vous l'avez prononcé, mais je n'avais encore jamais vu un de ces cocktails. C'est très fort, n'est-ce pas ? ajouta-t-elle après avoir bu une autre gorgée.

— Tout dépend si vous buvez beaucoup ou non. Vous ne semblez pas avoir déjà fréquenté un bar.

Elle ne répondit pas immédiatement, et David sentit qu'elle scrutait son visage en quête du signe qui lui dirait si elle devait de nouveau avoir peur. De toute évidence, il avait dû toucher un point sensible. Il se réjouit de penser qu'elle ne lirait sur son visage que sympathie et cordialité. Sans être vaniteux, il était assez fier de son physique, qui incitait les gens aux confidences.

— Vous semblez connaître beaucoup de choses me concernant, dit-elle enfin. N'importe qui peut-il en savoir autant rien qu'en me regardant ?

— Ne vous tracassez pas à ce sujet, dit-il. Ils ont trop de préoccupations qui leur sont propres pour prendre la peine de regarder les autres avec attention.

En prononçant le mot « ils », David eut un geste qui englobait tous les autres clients du bar, sous-entendant qu'elle et lui vivaient dans un monde différent, d'où ces gens-là étaient exclus.

— Ils ne voient pour ainsi dire personne qu'eux-mêmes, poursuivit-il.

— Oh, oui ! oui, c'est vrai ! acquiesça-t-elle avec empressement.

Le barman lui apporta sa monnaie, et elle parut ravie de voir que cette transaction la laissait avec plus de billets qu'elle n'en avait au départ. Elle rangea l'argent dans son sac, soigneusement, mais sans compter, et son attitude évoqua pour David une petite fille jouant à la marchande.

— Oui, reprit-il, je conçois que vous n'aimiez pas les bars. Ils sont, d'ordinaire, assez déplaisants.

Elle le regarda anxieusement :

— Mais ça n'est pas mal, n'est-ce pas ? Je veux dire, avant... il y a longtemps, ça n'était pas comme il faut. Mais, maintenant, c'est accepté, je crois ? Ces femmes qui sont là sont des femmes *convenables*, n'est-ce pas ?

En dépit de la surprise que lui causa cette question, David eut l'impression qu'elle ne s'inquiétait pas tant de s'être fourvoyée que d'être prise pour ce qu'elle n'était pas.

— Bien sûr ! C'est un bar très convenable.

— Ma question vous étonne, n'est-ce pas ? Vous vous demandez comment je peux ignorer ces choses que tout le monde sait ?

— Oui, en effet, dit David, mais ne vous croyez surtout pas obligée de me le dire.

— Si, si ! J'y tiens !

Elle acheva son verre, et ses grands yeux bruns reflétèrent l'enjouement confiant des personnes qui n'ont encore jamais été ivres. David commanda deux autres *Old-fashioneds*.

Elle lui dit tout, ajoutant parfois des détails qui semblaient à David n'avoir aucun rapport, tels que le temps qu'il lui fallait pour se confectionner un chemisier ou le fait que, selon elle, les musulmans complotaient la conquête du monde. En revanche, elle omettait ce qui paraissait à David être le plus important ; par exemple, à combien s'élevait sa fortune et qui la gérait.

Elle lui dit s'appeler Hanna Carpenter et vivre depuis trente-quatre ans à l'*Hôtel 38*. David l'interrompit alors pour s'informer si elle avait quelque lien avec la compagnie minière Carpenter. Elle lui dit que non, que cette compagnie appartenait à son père, mais qu'il l'avait vendue juste avant sa mort. David calcula vivement qu'une entreprise valant actuellement quelque cent millions de dollars n'avait pas dû être vendue pour une bouchée de pain trente-cinq ans auparavant !

Elle lui raconta comment elle s'était décidée à sortir, avait cru être poursuivie par un homme et avait dîné chez *Schrafft*. David lui assura comprendre fort bien qu'elle eût appréhendé de quitter son appartement parce qu'il avait souvent éprouvé la même chose. Quelle personne sensible pouvait vivre à une pareille époque sans se rendre compte que tout inconnu est un ennemi en puissance ? Il ne voulait pas l'effrayer, mais rien n'excluait que l'homme par qui elle avait cru être suivie ait eu réellement l'intention de l'enlever. Elle ne devait pas oublier qu'elle était riche. Bien sûr, tout cela *pouvait* n'avoir été que le fruit de son imagination. Mais, afin de ne point courir de risque, il la raccompagnerait jusqu'à son hôtel.

David fit également remarquer que, par une sorte de coïncidence, il était né l'année même où elle s'était installée à l'*Hôtel 38*. Etait-elle sûre que c'était en 1914 ? Oui, confirma-t-elle. C'est au printemps de 1914 qu'elle avait écrit à ses amis pour leur annoncer son départ. Elle se souvenait que c'était le printemps, à cause des arbres de Madison Avenue. En quelle saison était-il né ?

— Au printemps, répondit David avec simplicité.

— En avril ?

— En avril.

— Oh ! bonté divine ! s'exclama-t-elle en étendant la main pour lui toucher le bras. C'est presque surnaturel, n'est-ce pas ?

— Oui, très étrange...

Ils demeurèrent un moment silencieux, plongés dans leurs pensées. Soudain, Hanna dit :

— Les Russes sont terribles, hein ?

— Ils semblent certainement vouloir rendre les choses aussi difficiles que possible, répondit David.

— Parfois, je me dis que nous devrions recourir à la bombe atomique pour en finir une bonne fois avec eux, déclara-t-elle.

David fut surpris qu'elle employât aussi aisément le mot « nous », après être restée plus de trente ans enfermée dans une chambre d'hôtel.

— Peut-être ont-ils aussi une bombe atomique ?

— Oh oui ! j'ai lu qu'ils devaient en avoir une. Le procédé de fabrication n'est plus un secret, vous savez.

— C'est ce qu'ils disent. Pensez-vous que Staline soit aussi terrible que Hitler ? s'enquit David avec circonspection.

— Oh ! il n'y a pas de comparaison. Staline paraît si gentil ! Mais, bien entendu, Lénine a toujours été mon préféré.

— Lénine ? sursauta David.

Elle eut un sourire empreint de nostalgie :

— J'ai presque l'impression de l'avoir connu. On parlait tellement de lui dans les journaux, à la fin de l'autre guerre. Quand j'ai lu que les Russes l'appelaient « petit père », j'ai su pourquoi il me plaisait tant.

— Pourquoi donc ?

David n'en était plus très sûr à présent, mais il avait toujours pensé que « petit père » se disait en parlant du tsar.

— Il ressemblait à *mon* père.

— Oh ? Alors, vous êtes favorable au communisme ?

David n'était pas déconcerté le moins du monde. Il ne permettait jamais à ses sentiments personnels d'entrer en ligne de compte.

— Ciel, non ! Je trouve cela épouvantable ! Je n'ose penser que nous pourrions devenir communistes. Croyez-vous que cela soit possible ?

— Les communistes forment une minorité fort bien organisée.

David ne jugeait pas nécessaire d'apprendre à Hanna que, entre autres activités, il rédigeait pour un quotidien une série d'articles intitulée *Le communisme vu de l'intérieur*, ni qu'il avait été, un temps, militant communiste.

— Bien entendu, je pense que Molotov a raison quand il dit que Wall Street monte délibérément l'opinion contre la Russie parce que nos financiers ont perdu nombre de marchés en Europe orientale, dit Hanna avec une soudaine assurance.

David n'arrivait pas à discerner si sa nouvelle amie était pro ou anticommuniste. Peu lui importait qu'elle fût l'une ou l'autre, mais il voulait savoir à quoi s'en tenir.

— J'avais fait moi-même quelques placements en Europe orientale, avant la guerre, poursuivit Hanna. Fort heureusement, j'ai senti venir le conflit et j'ai tout liquidé à temps.

— Sur quoi vous êtes-vous portée ensuite ?

— L'uranium, dit-elle avec satisfaction.

Hanna avait maintenant fini son second cocktail, et commençait à se demander ce qu'eût été sa vie si elle s'était mariée. Elle aurait pu avoir, dit-elle, un fils ayant maintenant l'âge de David. Avait-il encore sa mère ?

— Non, elle est morte, répondit doucement David.

Où habitait-il ? Prenait-il ses repas chez lui ou dans un restaurant ?

Quand David lui dit habiter Greenwich Village, elle déclara avoir lu que ça n'était plus un quartier très sain pour y vivre. Elle espérait qu'il prenait bien soin de sa santé, car c'est la chose qui a le plus d'importance.

— Pourquoi êtes-vous venu ici ? demanda enfin Hanna.

Et David constata avec surprise que, dans l'esprit de cette femme, chacun devait avoir une raison précise de faire quoi que ce fût.

Il la regarda avec gravité :

— Eh bien, peut-être un peu parce que j'avais peur.

Il lui sourit aussitôt, comme pour lui dire de ne pas s'inquiéter, mais sans se montrer trop convaincant.

De nouveau, elle posa sa main sur le bras de David et avec une détermination qui tranchait sur sa gaucherie habituelle :

— Oh ! pardonnez-moi ! J'aurais dû me douter... J'étais si désireuse de vous raconter mes propres ennuis qu'il ne m'est pas venu à l'esprit que vous puissiez avoir peur de quelque chose.

— Eh bien, maintenant vous le savez. Changeons de sujet.

— Oh ! mais il faut me dire de quoi il s'agit. Peut-être pourrai-je vous aider ?

— Non, j'aime mieux pas. Laissons cela.

La voix de David s'était faite un peu plus dure qu'il ne se le permettait habituellement quand il parlait à une femme.

Elle le regarda droit dans les yeux :

— David, je vous en prie ! Je veux vous venir en aide.

Gêné, ennuyé de la sentir prête à souffrir pour lui, il demeura un moment silencieux.

— Quelqu'un veut me tuer, dit-il froidement, sachant l'effet que cela produirait sur elle.

Hanna eut un recul, le regardant avec de grands yeux horrifiés.

Cela ne ressemblait pas à David de donner libre cours à ses sentiments personnels en présence d'un « client » éventuel, mais il en voulait soudain à cette femme comme à tous ceux qui proposent une aide qu'on ne leur demande pas, mais battent en retraite dès que cela peut leur faire courir le moindre risque. Son contrôle de soi, acquis au long des années, disparut d'un coup et il dit à Hanna la vérité sans fard :

— J'ai une petite réunion chez moi, ce soir. Je rentrais pour la préparer quand je me suis arrêté un instant ici. Un de ceux qui viennent chez moi ce soir veut me tuer. Vous voyez, c'est très simple, et vous n'y pouvez rien.

Hanna demeurait comme pétrifiée sur son tabouret, semblant avoir perdu la faculté de parler. D'un air absent, elle déchiquetait lentement une serviette en papier qu'elle avait prise sur le bar.

— Vous allez me permettre de vous raccompagner maintenant à votre hôtel, car il faut que je m'en aille.

Elle secoua la tête, mais ne répondit pas.

— Voyons, vous ne pouvez rester ici, dit David en s'efforçant de masquer son irritation. Finissez votre verre et partons.

Le silence persista.

David haussa les épaules et demanda l'addition :

— Vous voudrez bien m'excuser... Je suis déjà en retard...

Elle acquiesça d'un signe de tête. Il lui tendit la main et dit :

— Me permettez-vous de vous téléphoner demain ? Nous pourrions peut-être nous retrouver ici et bavarder longuement. Cela vous plairait-il ?

Hanna continuait de garder le silence, mais le regard de ses grands yeux caressait chaque mouvement de David. Elle lui prit la main, non comme on donne une poignée de main mais comme le premier homme dut tenir une main, avec le désir de toucher, de sentir une autre personne.

David paya son addition, décocha un éblouissant sourire à Hanna et sortit dans la rue. Il vit un taxi libre venir à sa rencontre et lui fit signe. Il se disait qu'en donnant libre cours à son irritation, il avait failli perdre une relation prometteuse. Le taxi s'arrêta et David avait la main sur la poignée de la portière quand une petite voix derrière lui l'appela par son nom. Il se retourna et attendit Hanna qui accourait, hors d'haleine mais l'air décidé :

— Emmenez-moi avec vous ! Laissez-moi assister à votre réunion ! Si je viens, je pourrai vous secourir... Vous avez voulu m'effrayer pour que je ne vienne pas... mais je n'ai pas peur, pas peur du tout ! Emmenez-moi, David !

Parce que le taxi attendait avec la portière ouverte, mais aussi parce que cet assaut le prenait de court, il la fit asseoir à l'intérieur du véhicule. Mais une raison plus puissante le poussait probablement à emmener Hanna chez lui : c'était une des rares fois de sa vie où une de ses relations lui donnait autre chose que de l'argent.

Bien qu'elle en eût si peu, Hanna lui donnait du courage... et il en avait besoin car il avait vraiment peur.

4

Tandis que le taxi roulait, Hanna se cramponnait des deux mains à la banquette, les yeux rivés au dos du chauffeur, persuadée que seules ses muettes prières empêchaient cette course folle d'aboutir à un désastre.

David avait dit que quelqu'un voulait le tuer. Hanna vivait depuis trop longtemps en proie à une telle peur pour ne pas la reconnaître chez un autre être. Bien qu'il eût d'abord prétendu que ce n'était rien, et tenté de la détourner de lui en la faisant trembler pour sa propre sécurité, Hanna sentait qu'il avait très peur. Du coup, chose étrange, elle-même avait moins peur. Quand il avait quitté le bar, sa nuque lui était apparue délicate et vulnérable : alors elle avait compris qu'elle devait partir avec lui. Bien que ses terreurs familières l'aient poussée à se réfugier dans son hôtel, elle avait compris qu'il lui fallait courir ce risque ou se résigner à vivre seule encore toutes les années à venir.

Et, maintenant qu'elle était assise dans le taxi à côté de David, ce qu'elle s'apprêtait à faire ne lui semblait plus impossible, ni même dangereux. Elle était avec son ami. Elle allait l'aider : sa réserve de courage, qu'elle avait crue si minime, se révélait suffisante pour deux.

David parla pour suggérer qu'elle changeât de nom :

— Certaines personnes qui viennent ce soir peuvent connaître votre famille ou avoir entendu parler de vous. Il vaut mieux laisser Hanna Carpenter à l'*Hôtel 38*.

— Vous voulez que je change de nom et prétende être une autre ?

— Oui, prenez une nouvelle personnalité.

Le taxi se ruait par les avenues, et la vitesse estompait les gens sur les trottoirs.

— Qui serai-je ?

— Voyons... Margot Case, par exemple. Cela semble juste assez artificiel pour n'avoir pas été inventé.

— Margot Case... Margot Case !

Pour la première fois, Hanna se laissa aller contre le dossier de la banquette. Son visage avait une expression émerveillée, comme si elle assistait au transfert de son âme dans un autre corps.

— Je crois savoir très exactement comment est Margot Case, dit-elle.

— Ce nom vous plaît ? fit David avec une nuance de fierté.

— Ce n'est pas exactement cela... Vous ne le croiriez pas, mais tout me semble déjà très différent... comme si c'était Margot Case qui le voyait. Par exemple, je ne suis plus effrayée d'être en taxi !

— Parfait. Alors, ce sera votre nom.

— Vous saviez que j'avais peur dans ce taxi ?

— Oui. Mais si vous voyiez le métro !

— Un jour, peut-être, je le prendrai...

C'était difficile de s'habituer à l'idée qu'il suffisait de s'asseoir dans ce taxi, avec l'impression que tout bougeait alors que vous restiez immobile. Ça n'était fatigant que si l'on essayait de pousser soi-même cette voiture.

— Quel genre de travail faites-vous, David ?

— Je suis journaliste.

— Oh !

Depuis des années, elle imaginait les journalistes comme des gens déréglés et aventureux, fortement marqués par leur profession. En dépit de l'affection qu'elle éprouvait pour David, c'était un peu décevant de savoir que ces récits qui l'avaient tellement passionnée durant tant d'années étaient dus à des hommes comme lui.

— J'ai une rubrique régulière, dit David.

Puis il lui parla de ses invités. Ils arriveraient vers dix heures, ce qui leur laissait une demi-heure pour tout préparer.

— L'un d'eux, précisa-t-il, est Barton Zimmer.

— Celui sur qui on a publié un article dans *Time* ?

— Oui. Il est P.D.G. de l'U.S. Marine, dit David non sans fierté.

Il aimait à mentionner les fonctions de ses amis ou leur fortune, comme si cela l'y faisait participer.

— N'a-t-il pas eu certaines difficultés avec le gouvernement ?

— Un genre de difficultés qui ne doit pas trop l'ennuyer, car elles lui viennent de ce qu'il est trop puissant.

— Oui, je me souviens. C'était en application de la loi antitrusts.

Leur taxi zigzagua dangereusement pour éviter un camion, mais Margot n'y prêta aucune attention.

— Il y aura aussi Peter et Sandy Coburg-James. A eux deux, ils possèdent quelque trente millions de dollars. Je suis sûr que vous les aimerez.

— Sont-ils frère et sœur, ou s'agit-il de deux frères ?

— Ils sont mariés, la renseigna David, qui parut très amusé par sa question. Les deux autres invités sont Theodora Dennis, une femme sculpteur, et Vivian Boleyn, un communiste.

— Un vrai ?

— Tout ce qu'il y a de plus vrai. C'est un des dirigeants d'un syndicat qu'on appelle la Ligue maritime.

— Et qui est Theodora Dennis ? Vous ne m'avez pas parlé d'elle.

Ils approchaient de Greenwich Village, et David se pencha pour donner ses instructions au chauffeur. Tandis que le taxi s'engageait dans un lacis de petites rues, Margot se rendit compte qu'elle n'y pourrait jamais retrouver son chemin sans aide.

— Theodora vient de faire mon buste, dit David fièrement.

— Elle vit ici ?

— Oh non ! elle n'est pas bohème comme les artistes du Village. Elle a même été très riche.

Le fait que cette femme ne fût plus riche parut attrister David.

— Il n'y aura personne d'autre ?

— Non.

— Alors lequel est-ce, David ? s'enquit posément Margot.

— Lequel quoi ?

— Qui veut... qui veut vous tuer ?

Il feignit de croire qu'elle plaisantait :

— Oh ! tous, je pense.

— Tous ! s'exclama Margot horrifiée, sentant qu'il ne mentait pas.

— Oh, ce n'est pas si terrible que ça ! dit David en riant. Car il n'y en a qu'un seul capable de s'y risquer.

— Lequel, David ? Je pourrais...

— N'y pensez plus.

Margot posa sa main sur celle de son compagnon :

— Lequel, David ? Si je le savais, je pourrais vous protéger.

— Quelqu'un qui habite tout près de chez vous. Et maintenant, n'y pensez plus, nous arrivons.

Le taxi s'arrêta. David aida Margot à descendre et la fit entrer dans le hall de l'immeuble, d'où partait un escalier avec tapis.

— J'habite tout en haut.

Elle n'éprouva qu'un bref instant d'angoisse. Elle était là pour protéger David. Rien ne pourrait lui arriver à elle tant qu'elle se souviendrait de cela. Margot s'engagea dans l'escalier. Ses minuscules bottines crissaient de vieillesse, et elle entendait David monter derrière elle. Elle gravit ainsi deux étages et ne fut que légèrement essoufflée en arrivant en haut.

A l'aide de sa clef, David ouvrit une grande porte de chêne ciré. Quand il donna la lumière, Margot entra calmement dans l'appartement où un assassin avait été convié.

5

David s'était donné beaucoup de mal pour meubler son appartement avec un parfait dosage de goût, de confort et de luxe. Il n'éprouvait aucun attachement pour son domicile. Il avait longtemps vécu dans des hôtels, sans même se donner la peine de vider ses valises. Peu lui importaient les lieux où il vivait. Mais, quand il se mit à fréquenter des gens pour qui ces choses avaient de l'importance, il comprit qu'il lui fallait prendre un appartement et faire comme les autres. La décoration de son domicile lui étant indifférente, il sut beaucoup mieux la concevoir sur un plan d'ensemble que n'aurait pu le faire une personne plus émotive. Il ne commit notamment pas l'erreur de se meubler avec trop de prodigalité. Il savait que cela faisait « décorateur » et ôtait toute intimité aux pièces. Il n'acheta que peu de choses neuves. Pour que sa maison paraisse chaude et accueillante, il lui fallait la meubler avec ce à quoi d'autres que lui avaient déjà communiqué un peu de leur chaleur.

La chambre à coucher était la seule pièce de tout l'appartement dont David eût conçu la décoration pour son propre plaisir. Elle donnait une impression chinoise, bien qu'on n'y trouvât de chinois que des stores de bambou et quelques gravures. Quand il était seul, David vivait uniquement dans sa chambre sans faire usage des autres pièces. Au fond de sa garde-robe, derrière une rangée d'élégants vêtements, il y avait une authentique robe chinoise, toute noire, qui pendait jusqu'au sol. Entièrement brodée de pourpre, d'or et d'orange, elle était belle comme seul quelque chose de chinois peut l'être. Personne ne l'avait jamais vue, bien que David la revêtît souvent.

David conduisit Margot vers l'un des grands fauteuils flanquant la cheminée.

— Asseyez-vous là, pendant que je m'en vais chercher de la glace et tout ce qu'il faut.

— Mais vous avez un très bel appartement ! Tout y est exactement comme je l'attendais.

David se retourna :

— Vous vous attendiez vraiment à ce que tout soit ainsi ?

— Oh, oui, cela vous ressemble tellement !

Margot se leva. Elle entendait David remuer des verres dans la cuisine. Elle se dirigea vers une immense photographie, de près de deux mètres de côté, qui ornait un des murs. Cela représentait une colline, dans la campagne, et Margot fut surprise de voir comme elle se rappelait bien l'aspect qu'ont les arbres et l'herbe. Avec un peu de recul, on avait l'impression d'être en face d'une fenêtre ouverte sur la campagne, et Margot se dit qu'elle aimerait avoir une photographie semblable dans son appartement.

Puis elle se dirigea vers le petit hall d'entrée, de part et d'autre duquel, entre la cuisine et le living-room, des portes se faisaient face. Elle tourna la poignée de l'une d'elles. Peut-être aurait-elle dû d'abord demander la permission à David, mais déjà la porte était ouverte et, en entrant dans les ténèbres, Margot eut conscience d'avoir souhaité pénétrer là sans David.

Elle trouva un commutateur près de la porte ; quand la lumière jaillit, Margot vit des bibliothèques et comprit qu'elle était dans le bureau de David. Elle se dirigea vers la table à écrire et machinalement se mit à ranger les pipes sur leur support. Il y avait une feuille dactylographiée sur la vieille machine à écrire et Margot lut :

« *Les communistes vont recommencer leurs tours, cette fois dans la Ligue maritime. Le bruit court sur les docks et dans les cellules communistes organisées à bord de chaque bâtiment que tout va changer maintenant que le dur et impitoyable Vivian Boleyn a été nommé au poste de trésorier de la Ligue. Boleyn appartient au parti depuis 1935...* »

— Terrible ! dit Margot à haute voix, en hochant la tête.

Et ce Boleyn était invité chez David. Etait-ce lui qui... ? Cela se pouvait : *dur... impitoyable*. Elle décida de l'avoir à l'œil.

De l'autre côté de la pièce, près de la porte, Margot vit une tête de bronze posée sur un haut socle de bois. Elle sut immédiatement que ce devait être une œuvre de cette Theodora dont David lui avait parlé. C'était la tête de David, mais elle avait quelque chose que Margot n'aima pas. Peut-être les yeux étaient-ils trop rapprochés ou le menton trop court... Cela donnait à David un air sournois et dur. Evidemment, cette impression de dureté était peut-être le fait du métal ; quoi qu'il en fût, ce n'était pas le David que Margot connaissait, et elle éprouva une soudaine antipathie pour la femme qui avait sculpté cette tête.

S'approchant pour l'examiner, Margot fut surprise de constater que la surface n'en était pas lisse, mais grumeleuse. Margot savait que les sculptures sont d'abord faites dans la glaise et elle se dit que ces aspérités étaient sans doute la conséquence des milliers de petits morceaux de glaise que cette Theodora avait entassés les uns sur les autres, pour modeler une masse informe à la ressemblance d'un visage. Oui, décidément, il y avait quelque chose de déplaisant dans l'expression... quelque chose...

— Vous êtes là !

Margot sursauta. Elle se détourna du David de métal vers celui de chair qui lui souriait, un plateau vide à la main.

— J'ai eu envie de faire le tour du propriétaire. J'aurais dû vous demander...

— Mais non, vous avez très bien fait. Je veux que vous voyiez tout. Qu'en pensez-vous ?

— Il a dû falloir longtemps pour le sculpter.

— Avec Theo, on ne peut jamais dire, fit David en entrant dans la pièce et se plantant devant le buste de bronze. Elle l'avait commencé voici plusieurs années et je ne l'ai eu que la semaine dernière ; mais parfois il lui arrive de délaisser une œuvre durant un an ou deux.

Presque avec fatuité, il sourit à son double de métal.

— Les yeux ne sont-ils pas un peu trop rapprochés ? dit Margot.

Le sourire de David disparut.

— Non, je ne le pense pas.

Il l'emmena dans la chambre et elle manifesta pour tout une admiration excessive, afin d'effacer ce qu'elle avait dit à propos du buste.

On sonna à la porte d'entrée. Margot regarda David et surprit la peur dans ses yeux. Etait-ce la personne qu'il redoutait ? Elle l'observerait avec attention quand il ouvrirait la porte, pour savoir à quoi s'en tenir.

David éteignit et sortit de la chambre. Il semblait avoir oublié que Margot était derrière lui. Elle le suivit dans le living-room et se tint près de lui quand il ouvrit la porte toute grande.

— Theo ! Ça fait plaisir de vous voir.

Margot recula comme la femme entrait. Quand la porte s'était ouverte, le visage du sculpteur avait une expression dure, mais les traits s'adoucirent un peu, comme à son insu, quand David la prit par la taille et l'entraîna vers Margot.

— Voici Theodora Dennis, Margot. Margot Case, une vieille amie à moi.

Margot crut distinguer un reflet peiné sur le visage de la femme, comme si elle lui enviait son titre de « vieille amie ». Theodora était aussi solidement bâtie qu'elle mais avec quelque chose d'usé, de cadavérique, que n'arrivait pas à dissimuler l'élégance bohème de son tailleur de tweed. Le visage était jeune — elle ne devait pas avoir encore atteint la quarantaine — mais c'était le corps qui paraissait le mieux exprimer la personnalité du sculpteur, un corps qui semblait vieux, nerveux, tout en étant très robuste. Margot ne vit plus la peur qu'elle avait remarquée dans le regard de David.

— Qu'est-ce que vous buvez, Theo ? Un autre verre, Margot ?

David se dirigea vers la grande table placée derrière le divan et prépara des cocktails sans attendre de réponse. « Il connaît nos préférences », pensa Margot.

David devint gai, enjoué, et Margot se demanda s'il cachait ses véritables sentiments. Theodora s'était assise sur l'accoudoir d'un des grands fauteuils et vida d'un trait son verre contenant de la liqueur avec de la glace, puis le tendit à David. Margot s'assit et trempa les lèvres dans son *Old-fashioned.*

— Margot vient de regarder le buste que vous avez fait de moi. Il lui semblait que les yeux étaient un peu trop rapprochés.

— Quels yeux ?

— Ceux du buste, bien entendu.

Margot regarda David et s'aperçut que ses yeux *étaient* trop rapprochés.

— Je ne m'y connais pas en sculpture, dit-elle, et put constater que Theodora s'en moquait.

— J'ai de la chance d'avoir ce buste, reprit David. Theo, d'ordinaire, brise ses œuvres avant qu'on les ait moulées. Je parie qu'elle regrette d'avoir épargné celle-ci. Elle n'aime pas que les gens voient son travail.

— J'aime ça autant que les autres, dit Theodora en vidant son second verre et le tendant de nouveau.

Elle s'adressait à Margot bien qu'elle répondît à David :

— Il se trouve seulement que je fais très peu de bonnes choses.

Margot remarqua que les doigts de la main gauche étaient tachés de brun. Et quand Theodora reprit son verre, cette main tremblait légèrement. Theodora regardait au-dessus de la tête de Margot, et celle-ci devina qu'elle contemplait l'immense photographie. Elle se demanda si, comme elle, l'autre femme éprouvait l'impression d'une fenêtre ouverte sur la campagne.

On sonna de nouveau, et David sursauta. Theodora continua de contempler la photographie, sans même détourner les yeux vers Margot. Mais, quand David s'exclama avec cordialité « Peter ! Sandy ! Quel plaisir de vous voir ! », Margot surprit une expression de souffrance irritée sur le visage de l'autre femme, comme si elle pouvait voir David s'approcher en tenant chacun des arrivants par la taille.

David fit les présentations. Margot se souvint que Peter et Sandy Coburg-James possédaient quelque trente millions de dollars. Ils paraissaient très jeunes, pas plus de vingt-sept ou vingt-huit ans, et se ressemblaient de façon surprenante. Peter était seulement un peu plus grand que sa femme. Ils étaient beaux, blonds, et parfaitement proportionnés. Quand ils s'assirent, ils le firent avec un ensemble parfait, sans se servir de leurs mains, avec l'aisance d'athlètes accomplis. Margot eut immédiatement conscience de la grande affection qui les unissait et se dit qu'on ne pouvait les imaginer mariés autrement qu'ensemble. Même David, qui lui avait semblé jusqu'alors si jeune et si beau, parut las et hagard à côté de ce couple radieux.

— Comment va l'heureux ménage ? demanda-t-il en leur apportant à boire.

Derrière la gaieté de David, Margot décela une note de sarcasme ; elle vit le bras de Peter se raidir quand il prit son verre, et le visage de Sandy exprima un profond dégoût. On n'imaginait pas un de ces deux-là commettant un crime. Ils avaient tout ce qu'ils pouvaient désirer au monde. Et pourtant...

Margot eut soudain conscience d'être la seule dans cette pièce à ne pas détester David.

— Ce n'est pas croyable comme vous vous ressemblez tous les deux, dit-elle.

Peter et Sandy se tournèrent vers elle, la dévisageant avec une sourde colère.

— Oui, n'est-ce pas ? opina David. Vous ne trouvez pas, Theo ?

Theodora regarda le jeune ménage. Elle appuyait sa tête contre le cuir frais du fauteuil et avait l'air exténué d'une personne qui vient de subir une opération dentaire. Ses mains étaient crispées autour de son verre vide. Ignorant la question de David, elle dit :

— Je crois vous avoir déjà rencontrés tous les deux. En Pologne.

Peter et sa femme se penchèrent en avant.

— Avant la guerre ? demanda Sandy.

— Oui, en 1938.

— Avez-vous... avez-vous habité Varsovie ? s'enquit Peter fiévreusement.

— Oui, pendant quelque temps. J'avais des biens là-bas.

— Vous êtes polonaise ?

— Ma mère l'était. Je vous ai connus quand vous étiez très jeunes, tous les deux. Vous viviez avec vos parents.

— C'étaient les parents de Sandy, mon oncle et ma tante, dit calmement Peter. Mes parents sont morts quand j'étais tout enfant.

Theodora parut sur le point de dire quelque chose, puis changea d'idée et se tourna vers David :

— Puis-je avoir encore à boire ?

Le calme de sa voix n'était pas naturel et Margot sentit qu'elle faisait un effort pour parler à David. Celui-ci prit le verre tout en disant :

— Peter et Sandy ne sont pas simplement cousins, Margot. Ils sont ce que l'on pourrait appeler des doubles cousins, mais ils vous expliqueront cela mieux que moi.

Elle comprit qu'elle devait demander des éclaircissements. C'était ce que David attendait d'elle. Elle se tourna vers les jeunes gens, tout en souhaitant qu'on changeât de sujet. Un silence s'était fait et elle se sentit extrêmement mal à l'aise. A sa surprise, Sandy lui sourit comme si elle devinait ses pensées :

— Il veut dire que mon père et ma mère étaient respectivement le frère et la sœur du père et de la mère de Peter. Cela nous rend deux fois plus proches que si nous étions des cousins ordinaires.

Comme si elle avait glissé du dossier du divan, la main de Peter se posa doucement sur l'épaule de Sandy, mais Margot vit la peau de la jeune femme blanchir sous la pression.

Theodora se pencha pour prendre le verre que David venait de remplir et dit :

— Cela ne crée aucune complication eugénique ?

— Je ne le pense pas, dit Peter.

David retourna s'asseoir près du jeune ménage :

— Vous en êtes sûr ? dit-il. Pourtant c'est presque comme si vous étiez frère et sœur ?

Il se fit un silence embarrassant, que rompit l'arrivée d'un nouvel invité, un homme d'une cinquantaine d'années. David le présenta comme étant Barton Zimmer. Celui-ci eut un sourire glacial qui les cnglobait tous.

— Je ne vais pas pouvoir rester longtemps, déclara-t-il comme pour bien marquer que son temps était précieux si le leur ne l'était pas.

— Je suis heureux que vous soyez venu, dit David. J'attends quelqu'un que je tiens beaucoup à vous faire connaître.

Barton Zimmer haussa les sourcils, et son lorgnon oscilla sur l'arête mince de son nez :

— Qui donc ?

— Le nouveau trésorier de la Ligue maritime : Vivian Boleyn.

Margot était persuadée que David pensait à ce Boleyn lorsqu'il avait dit qu'une seule personne était capable de le tuer. Etait-ce lui qui habitait à côté d'elle ? Elle devait découvrir l'adresse de Boleyn. Si c'était à côté de l'*Hôtel 38*, elle saurait qu'il lui fallait le surveiller.

— Ridicule ! dit Barton Zimmer. Je n'ai pas davantage de temps à perdre.

Comme il s'apprêtait à se lever, David dit posément :

— Il est préférable que vous restiez, Barton.

Zimmer interrompit son élan et se rassit dans son fauteuil, avec un grand sourire, comme s'il venait de plaisanter :

— Alors, si je dois rester, David, vous feriez bien de me donner à boire. Pas trop raide, je vous prie.

Ses longs doigts pâles se mirent à pianoter sur l'accoudoir du fauteuil, et il se laissa aller contre le dossier avec un soupir de bien-être. Son visage était blafard et ses yeux bleu clair regardaient les autres avec un dédain glacé.

— Comment allez-vous, David ? Je ne suis pas en retard, j'espère ?

Tous se retournèrent. Vivian Boleyn referma la porte d'entrée et s'avança dans la pièce :

— La porte était entrouverte, dit-il, et je n'ai pas pris la peine de sonner.

David se leva aussitôt, et Margot comprit qu'il n'aimait pas voir les gens entrer sans sonner. Il alla serrer cérémonieusement la main de Vivian. De toute évidence, cette arrivée impromptue déroutait David, rendant superflu le propos de bienvenue qu'il avait préparé. Margot fut persuadée que c'était bien celui-là qui projetait de tuer David, et cependant la chose lui parut à peine croyable.

Vivian Boleyn était petit et mince. Il sautillait en marchant, comme s'il était plus léger que l'air. Quand il fut présenté à Barton Zimmer, il n'eut qu'une brève hésitation, bien que, visiblement, il eût reconnu le nom. Zimmer ne prit pas la peine de se lever, et ses paupières battirent nerveusement derrière le lorgnon.

Quand Boleyn fut présenté à Margot, il lui sourit, si bien qu'elle se demanda s'il la connaissait ; mais elle le vit sourire exactement de la même façon quand on le présenta aux autres. Il s'assit sur une chaise, un peu à l'écart. Margot remarqua que ses ongles étaient coupés ras ; ses mains, qu'il agitait constamment, devaient être dures et calleuses au toucher. Bien que son visage fût jeune et délicat, elle se rendit compte qu'il était un peu plus âgé que David. Dur... impitoyable... Oui, c'était possible.

— Etes-vous polonais ? demanda Theodora aux Coburg-James, comme si la conversation n'avait pas été interrompue.

— Nos mères étaient polonaises, dit Peter, apparemment soulagé d'avoir quelqu'un à qui parler. En partie du moins, car Coburg est un nom allemand.

— Et vous avez réuni les noms de vos parents ? s'enquit Theodora d'une voix plate, dénuée de tout sentiment.

— C'est l'usage, là-bas. Nos parents le faisaient aussi, dit Sandy.

— Avez-vous connu mon oncle et ma tante ? s'informa Peter.

Tous deux semblaient avoir l'habitude de parler comme s'ils ne formaient qu'un seul être.

— Oh ! très bien. J'ai été invitée une fois à une réception donnée par eux.

— Nous avons entendu parler de vous, bien entendu, dit Sandy. Voici peu, nous avons vu quelques-unes de vos œuvres à la galerie Whitney.

— Oh ! fit Theodora en fermant les yeux comme si cela lui rappelait quelque chose de monstrueux. C'était très mauvais.

— Nous avons trouvé cela magnifique. C'est de loin ce que nous avons préféré dans toute l'exposition.

— Inutile de me flatter, rétorqua Theodora en fronçant les sourcils. J'ai conscience de ce que je fais.

— Vous vous méprenez, dit Peter. Nous ne cherchons aucunement à vous flatter.

— Il y a deux sortes d'art, ce qui est bien et ce qui est mal ; l'art créateur et l'art imitatif. Ce que je fais ressortit au second.

Margot sentit que l'irritation de Theodora était dirigée non pas contre quelqu'un se trouvant dans la pièce, mais contre quelque chose d'immense et d'intangible avec quoi elle luttait depuis longtemps.

— Je suis de votre avis, Miss Dennis, déclara Barton Zimmer. Il y a certains peintres et sculpteurs modernes que l'on devrait obliger à faire œuvre utile.

Theodora lui répondit comme si elle parlait encore à Peter et Sandy :

— Il n'y a pas plus d'art moderne que d'art classique, il y a seulement ce qui est bon et ce qui ne l'est pas. Mais il existe des gens comme vous, Mr. Zimmer, pour préférer avec constance tout ce qui est de second ordre.

— Allons, dit Barton avec rondeur, pas d'attaque personnelle.

Je m'élevais simplement contre un certain côté prétentieux de l'art moderne.

Dans son monde, peu de gens osaient contredire Barton Zimmer, et il trouvait à ce changement l'agrément d'un bon exercice intellectuel.

— La prétention n'est pas l'apanage de l'art moderne ! riposta Theodora.

— Votre avis, Vivian ? intervint David, ravi de la tournure prise par la conversation. Les vôtres n'ont-ils pas proscrit certain art « décadent » ?

Vivian sourit, apparemment habitué à se voir considérer dans toute discussion comme reflétant l'opinion du parti communiste.

— Je n'ai encore rien proscrit ! Mais si les sculptures de Miss Dennis en sont un échantillon, j'aime cet art « décadent » !

Sa voix était à son image, légère et vigoureuse.

— Vous connaissez son œuvre ? fit Peter avec surprise.

Sandy et lui n'avaient encore jamais rencontré de communistes ; ils les imaginaient différemment, pas du tout comme des gens susceptibles de visiter des galeries d'art.

— Oui, dit Vivian comme s'il lisait en Peter, quand nous nous habillons proprement, on nous tolère dans les musées. J'aime beaucoup ce que fait Miss Dennis.

Theodora eut une moue ; Margot se demanda quelle serait sa réaction si quelqu'un abondait dans son sens et disait que sa sculpture ne valait rien. Il y avait dans la pièce une animosité latente, que Margot sentait dirigée contre David. Elle ne s'expliquait pas qu'il eût invité ces gens s'ils le détestaient tellement.

— En toute franchise, dit Barton, ce qui me déplaît chez vous autres, communistes, c'est que vous hurlez toujours qu'on vous a fait mal, avant même qu'on vous ait touchés.

— En ce moment, c'est moi qui pourrais vous dire cela, riposta Vivian.

Margot remarqua que Peter regardait fixement David, la main posée sur l'épaule de sa femme, et elle comprit que, s'il lui était facile à elle d'être courageuse pour le bien de David, Peter serait capable de tout pour protéger Sandy.

La discussion entre Boleyn et Zimmer se poursuivait. David souriait, l'air un peu ivre, et les autres écoutaient respectueusement.

— Vous nous avez accusés d'être inhumains, de songer avant tout au profit, disait Zimmer. J'ai vu ce qu'il y avait de vrai dans cette critique, et entrepris d'y remédier. Je viens de créer un centre de repos pour les marins, une sorte de refuge où ils peuvent se retremper spirituellement, à l'abri des tempêtes de la vie. J'ai tu la chose à la presse tant que je n'étais pas assuré que ce fût un succès, et, si vous n'en avez pas encore entendu parler, Mr. Boleyn, c'est parce que j'ai soigneusement choisi mes premiers candidats. Maintenant, je vais faire part au monde de cette réalisation, et je suis sûr qu'on m'imitera. Voilà quelle sera ma réponse au communisme, réponse qui, je crois, ne sera pas prise à la légère.

— Depuis plus de cinq mille ans, dit Vivian, des gens comme vous se sont préoccupés des âmes des autres. Quand ils ont faim, vous leur dites de rassasier leurs âmes ; quand ils n'ont pas de quoi vivre décemment, vous leur faites valoir les avantages qu'offre la vie spirituelle... pour eux. Si les hommes ont des âmes — et je ne vois pas pourquoi ils n'en auraient pas — ils ont certainement plus lieu de s'en plaindre que de s'en réjouir.

— Je m'attendais à quelque idiotie de ce genre.

— Quand allez-vous faire connaître votre réalisation ? demanda Vivian.

— La semaine prochaine.

— Lorsque commenceront les débats sur votre situation eu égard à la loi antitrusts.

— Je ne saurais tolérer ce que vous cherchez à insinuer !

— Bien entendu.

— Vous ne devriez pas tant parler, Barton, dit David.

— Je me moque de ce que pourront raconter les communistes, aussi bien avant qu'après mon communiqué à la presse !

— Ce n'est pas ce que je voulais dire. Vous avez oublié pourquoi vous êtes venu ici ce soir. Ce n'était certainement pas pour ajouter d'autres informations à celles que j'ai déjà recueillies.

David se tourna vers Margot et lui parla comme s'ils étaient seuls :

— Voyez-vous, Margot, Mr. Zimmer est un homme très intelligent, mais il a une faiblesse. Il se trouve depuis si longtemps au sommet de l'échelle qu'il en oublie d'être prudent. Alors, il parle trop et... écrit trop.

Il eut un clin d'œil d'ivrogne à l'adresse de Margot, comme s'ils étaient seuls à pouvoir savourer le sel de cette remarque. Derrière le dos de David, elle voyait les yeux bleus de Zimmer les regarder calmement. Il avait l'air d'un oiseau de proie.

David se dirigea vers Boleyn :

— Vous, Vivian, vous êtes prudent. Comme personne au monde, sinon moi, dit-il en lui donnant une petite tape sur l'épaule.

Vivian ne broncha pas, mais Margot sentit qu'il s'en fallait d'un cheveu qu'on le vît bondir sur David. Celui-ci, tournant le dos à Boleyn, alla s'asseoir sur l'accoudoir du fauteuil de Theodora, dont ses doigts frôlèrent l'épaule. Margot vit l'artiste se contracter sous cet effleurement.

David se tourna vers les Coburg-James en souriant :

— Et vous, les enfants, avez-vous oublié pourquoi vous êtes ici ? Savez-vous pourquoi ils sont ici, Margot ?

Il marqua une pause et Margot éprouva comme un malaise.

— Ils ne semblent pas vouloir vous le dire. Aucun ne veut vous le dire, Margot, il va donc falloir que je m'en charge.

La pièce était silencieuse. Tous les yeux étaient tournés vers David, et Margot comprit que le but de toute cette réunion était d'en arriver là. C'était maintenant que l'un d'eux allait assaillir David. Elle s'étonna de pouvoir être aussi calme. Elle était venue pour secourir David. Il lui fallait opérer tout de suite une diversion ou ce serait trop tard.

— Je ne désire pas le savoir, David. Asseyez-vous et tenez-vous bien.

Comme il hésitait devant elle, Margot répéta :

— Asseyez-vous !

Il obéit en souriant vaguement. La tension disparut et il sembla que chacun se reprenait à respirer. De nouveau, on entendit la glace faire tinter les verres, et Barton Zimmer s'éclaircit la gorge.

— Etes-vous depuis longtemps aux Etats-Unis ? demanda Margot à Sandy, faute d'avoir trouvé une autre question sans danger.

— Depuis le début de la guerre. Nous sommes nés en Pologne mais, quand nous étions enfants, nous venions souvent en Amérique.

— Comptez-vous retourner en Pologne ?

— Cela ne nous est guère possible maintenant. La Pologne est devenue communiste, et je crois que nous représentons tout ce qu'ils font désormais profession de mépriser. Nous sommes les seuls survivants d'une famille naguère puissante, et ils considèrent cela comme une faute impardonnable.

— Qu'est-il arrivé à votre famille ? demanda Margot, consciente que chacune de ses questions éloignait David de la conversation.

— Mon père et ma mère sont morts dans un accident d'automobile quand j'étais tout enfant. Les parents de Sandy ont disparu pendant la guerre, et il est à peu près certain qu'ils ont péri au cours d'un bombardement.

— Vous étiez ici durant la guerre ?

— Oui, dit Peter. Peut-être Mr. Boleyn pense-t-il que nous aurions dû demeurer en Pologne et combattre les nazis ?

— C'est vous qui amenez ce sujet sur le tapis, dit Vivian, et je pense que vous avez répondu vous-même à la question.

Margot était malade. Cela avait commencé quand David parlait, mais maintenant elle se sentait toute brûlante, et son regard n'arrivait plus à se centrer sur quoi que ce fût. Elle comprit qu'il lui fallait vite aller s'étendre sur un lit avant de s'évanouir.

Elle regarda David, qui avait les yeux clos. Elle ne devait pas l'abandonner. Elle se redressa et s'efforça de s'éclaircir la vue, mais cela ne fit qu'accroître son malaise. Barton Zimmer l'observait et elle comprit qu'il attendait le moment où elle quitterait la pièce. Il devinait qu'elle protégeait David, auquel rien ne pourrait arriver tant qu'elle serait là.

Soudain quelqu'un la prit par les épaules et, en renversant la tête, elle distingua vaguement les traits de Vivian Boleyn. « Je dois le surveiller, se dit-elle. Dur... impitoyable... Il ne faut pas que je le laisse m'emmener. »

Et pourtant elle partit. Dans le même temps qu'elle essayait de se rebeller, elle était reconnaissante à ce bras qui la soutenait, à cette voix qui lui parlait doucement. Barton Zimmer leur ouvrit la porte. Ils l'emmenaient dans la chambre à coucher. Si elle s'étendait un moment, après elle se sentirait mieux et pourrait revenir veiller sur David.

Juste avant de quitter la pièce, elle se retourna et le chercha du regard. Il était assis sur le divan, la tête renversée en arrière. Il la fit penser à un petit enfant, et elle eut envie de pleurer. Un si beau visage. Personne ne saurait jamais... *jamais*. Elle avait eu besoin d'un ami, et il avait été cet ami. Un beau visage.

Après qu'ils l'eurent quittée, Margot se releva et alla entrouvrir la porte afin d'entendre ce qui se passerait. Elle s'étendit de nouveau et s'endormit, bercée par le murmure des voix. Celle de David l'éveilla. Elle le crut d'abord dans la chambre, mais ne vit personne.

— Ils viennent l'un après l'autre. Maintenant, c'est votre tour. Vous voulez me tuer, n'est-ce pas ?

Il n'y eut pas de réponse. David parlait près de la porte entrouverte.

— Je savais que vous tenteriez de le faire. Ils ont tous envie de me tuer, mais il n'y avait que vous pour en avoir le courage. Entrez ici. Vous ne voulez pas que tout le monde vous voie, n'est-ce pas ?

Il parlait comme un enfant mettant quelqu'un au défi, montrant qu'il était sûr de soi. Ils passèrent dans le bureau, mais ne refermèrent pas la porte, et Margot continua d'entendre la voix de David, plus aiguë maintenant, à la fois méprisante et certaine de la victoire.

— Comment avez-vous l'intention de vous y prendre ? Vous n'avez pas d'arme.

Margot ne bougea pas. Elle répéta : « Non, non ! » en elle-même, tentant, par cette simple négation, d'empêcher la catastrophe qu'elle sentait approcher. Son corps était glacé, elle avait l'impression d'être morte. Seul un poids terrible au creux de l'estomac la persuadait que ce corps continuait à lui appartenir.

— Vous êtes tous des lâches, dit David. Pas un d'entre vous n'est digne de la souffrance qu'il prétend ressentir. Mais, vous qui pleurnichez, vous êtes pire que les autres.

La voix de David s'interrompit sur une note de terreur. Il y eut un bruit sourd, suivi d'un fracas métallique, et quelque chose de lourd tomba sur le parquet. Avant que Margot perde de nouveau connaissance, elle entendit des pas dans le hall.

Elle reprit lentement conscience, sans savoir combien de temps avait duré son évanouissement. La première chose qu'elle perçut fut un murmure de voix dans le living-room et, dans les limbes d'où elle revenait, il lui sembla avoir entendu David l'appeler à son secours.

Elle s'assit sur le lit et posa les pieds par terre, se demandant si elle pourrait marcher. Elle éprouvait une extrême lassitude, aussi bien mentale que physique. D'un pas vacillant, elle se dirigea vers la porte entrouverte, tout en arrangeant machinalement ses cheveux et en défroissant sa robe.

Quand elle fut parvenue dans le hall, elle vit de la lumière filtrer par la porte du bureau, qui n'était pas complètement fermée. Alors, elle se souvint de cette sorte de rêve où avait retenti la voix de David et, s'élançant vers la porte, elle l'ouvrit toute grande.

David avait un bras replié sous lui, et tout un côté de sa tête n'était plus qu'un magma rougeâtre. Le sang s'étendait lentement sur le tapis et, au-delà de la flaque, Margot vit le David de bronze.

Elle se souvint d'un chaton qu'elle avait eu et que quelqu'un avait broyé dans une porte, d'un petit chien qu'on lui avait empoisonné... Ce n'était pas comparable à l'horrible chose qu'elle voyait, mais le tout parut à Margot faire partie d'un plan ourdi contre elle, pour qu'elle demeurât à jamais seule avec sa terreur.

Elle avait eu le courage de venir défendre David, mais, maintenant qu'il n'était plus, la panique s'emparait à nouveau d'elle. Elle avait été incapable de protéger David. Même à l'ultime minute, quand, étendue sur le lit, elle écoutait David parler à son assassin, elle aurait encore pu le sauver, mais elle n'avait pas bougé. Quelle était donc cette chose dévorante qui détruisait tout dans sa vie, avant de la détruire elle-même ?

Dans le living-room, elle perçut un léger bruit de conversation. L'absence de David ne les surprenait donc pas ? Personne n'était venu voir ce qui avait pu lui arriver ? Mais si, bien sûr... quelqu'un était venu et s'en était retourné annoncer que tout allait bien. C'était ce quelqu'un qui avait tué David !

Vivian Boleyn ? Ou Peter James ? Ou l'autre homme... ou même une des femmes ! C'étaient tous des assassins, de méchantes gens et, maintenant que David était mort, qu'elle était seule, ils pouvaient la tuer elle aussi !

Quand elle y repensa plus tard, Margot ne sut jamais comment elle avait pu se traîner jusqu'au living-room et leur dire que David était mort. Ils avaient paru surpris. Elle se souvenait que deux d'entre eux — Barton Zimmer et Vivian Boleyn, lui semblait-il — étaient allés dans le bureau s'assurer qu'elle disait vrai, puis étaient revenus en affectant une gravité hypocrite. Elle les avait vus se servir à boire pour feindre de se réconforter, alors qu'ils étaient tous heureux. Elle se rappelait s'être levée, sans plus penser à les craindre, pour accuser l'un d'eux d'avoir assassiné David.

— C'est là une bien grave accusation ! souligna Barton Zimmer.

— Il s'attendait à ce que quelqu'un le tue ! Il me l'avait dit !

— Savez-vous qui ? demanda Sandy.

— Oui !

Margot les regarda l'un après l'autre. Elle voulait faire peur à l'assassin, leur faire peur à tous. Ils la dévisageaient froidement, et aucun d'eux ne voulait l'aider, la comprendre comme l'avait fait David.

— Qui est-ce ? demanda Sandy.

Brusquement, Margot comprit qu'il lui fallait fuir ces gens. Si elle parvenait à regagner l'hôtel, elle aurait le temps de réfléchir à ce qui venait d'arriver. Il ne fallait pas qu'elle tardât davantage.

6

Quand Hanna se retrouva dans la rue, devant la maison de David, il était une heure du matin. Elle avait vu l'heure à une pendule de l'appartement avant de s'enfuir. Elle regretta de n'avoir pas remonté cette pendule, en souvenir de David. Avoir si longtemps vécu avec des objets inanimés lui avait appris ce que la plupart des gens ignorent : ces objets empruntent un peu de vie à ceux qui les possèdent. Les pendules battent comme des cœurs, les brosses à dents restent humides et les vêtements gardent la forme de la personne qui les porte. Toutes ces choses survivent un peu à ceux qui les ont possédées, puis meurent aussi. Margot aurait dû remonter cette pendule.

Elle pensa à son appartement, où tout ce qui était à elle continuerait de vivre si elle pouvait y retourner. Elle marchait avec l'espoir de rencontrer un taxi, tout en se demandant si elle n'aurait pas peur d'y monter, maintenant que David n'était plus là.

A ce moment, il lui sembla entendre, derrière elle, des gens sortir de la maison de David. Elle se mit à courir et, en se retournant, vit que quelqu'un marchait dans la même direction qu'elle.

Il lui fallait aller quelque part. Elle ne pouvait se laisser rejoindre par ces gens au nombre desquels était l'assassin. Arrivée au bout du trottoir, elle tourna dans une rue transversale et courut encore plus vite. A l'autre extrémité de cette rue, elle aperçut un escalier éclairé qui s'enfonçait dans le sol. C'était une entrée de métro. Elle regarda de nouveau en arrière et vit une silhouette masculine passer dans la clarté d'un réverbère, marchant vers elle.

Margot dévala les marches.

DIRECTION : HUITIÈME AVENUE. Une flèche noire qui ne lui laissait pas le choix. Des murs couverts d'affiches. Elle reconnut certaines publicités vues dans ses magazines, et se sentit réconfortée par ces slogans familiers vantant un dentifrice ou une marque de pneus. Elle repéra le guichet des tickets et fut surprise de découvrir que le métro lui était vaguement familier. Sans doute avait-elle lu un article à ce sujet. Dès lors, sa randonnée lui parut moins hasardeuse, elle éprouva même un vague réconfort à l'idée de voyager cachée sous la terre.

— Prenez le train E. Descendez à la Cinquième, dit l'homme derrière le guichet.

Elle se répéta cela plusieurs fois, sans trop comprendre, mais persuadée que cela lui permettrait de voyager sans encombre.

Plus tard, Hanna en eut honte, mais l'excitation de voyager par le métro lui faisait presque oublier la mort de David Hammer. Quand la rame arriva, elle vit des banquettes, des portes qui s'ouvrirent. Elle monta dans un wagon, avec le sentiment d'avoir déjà fait plus que sa part dans ce voyage.

Comme le train se remettait en marche, Hanna crut voir Barton Zimmer descendre l'escalier conduisant au quai qu'elle venait de quitter.

Hanna s'assit sur une des banquettes ; pendant un moment, elle eut peur, car le train prenait de la vitesse et elle pensa que le conducteur avait perdu le contrôle de sa machine. Elle se dit qu'il allait rouler toujours plus vite, jusqu'à ce qu'elle meure quand les wagons s'élanceraient hors des rails. Puis la vitesse diminua et Hanna, rassurée, regarda fuir les parois du tunnel. Ils croisèrent une rame roulant en sens inverse et, dans un homme penché sur son journal, elle crut reconnaître David.

La rame atteignit une station et s'arrêta. Personne ne monta dans le wagon. Quand le train repartit, Hanna se rendit compte qu'elle le poussait en avant de toutes ses forces. Elle voulait qu'il aille de nouveau très vite. Aussi longtemps qu'il roulerait, elle se sentirait en sécurité. L'arrêt suivant était celui de la 42e Rue et trois ou quatre personnes montèrent dans le wagon d'Hanna. Aucune ne lui prêta attention. Le train repartit, brûla une station, ce qui remplit Hanna de fierté. Tant qu'elle roulait ainsi sous les rues, rien ne pouvait lui arriver ni l'arrêter.

Soudain, Hanna s'avisa qu'un homme la regardait, mais, quand il se sentit repéré, il détourna les yeux vers une femme en noir assise à l'avant. Comme Hanna ne le quittait plus du regard, l'homme se mit à s'agiter nerveusement. Malgré lui, il se tourna de nouveau vers elle et porta aussitôt les yeux d'un autre côté, où un jeune homme était assis. Hanna exulta. Cet homme avait peur d'elle ! Il n'osait plus la regarder. Jusqu'alors, c'était toujours elle qui avait peur des gens, et maintenant, c'était au tour d'un autre. Hanna éprouva une sensation de liberté qu'elle n'avait jamais connue auparavant.

A un moment donné, Hanna remarqua que le train venait de quitter une station marquée *59e Rue.* Si l'on continuait à rouler encore, on n'allait pas tarder à dépasser sa rue. Il lui fallait surveiller les arrêts et descendre quand elle verrait *Cinquième Avenue.* Le train roula, roula, roula. Puis Hanna, comme s'éveillant d'un rêve, vit *86e Rue.* Etait-il possible qu'on fût déjà si loin ? Elle avait dépassé sa station... Affolée, Hanna se sentit emportée toujours plus loin, inexorablement. C'était comme un cauchemar jalonné de lumières, et jamais elle n'arriverait à destination !

Comme elle s'abandonnait à son destin, le train ralentit et un couple de Noirs assis sur une banquette voisine se leva. Tel un automate, Hanna les imita, les suivit vers la porte, se retrouva sur un quai. Les portières claquèrent et le train repartit.

Hanna avait beaucoup lu sur les Noirs et l'ostracisme dont ils étaient l'objet. Aussi avait-elle peur de parler à ceux-là. Ils pourraient la croire responsable de ce qu'on leur faisait et lui en vouloir. De plus, ils l'effrayaient parce qu'ils étaient très noirs et qu'elle ne distinguait pas bien leurs traits. Mais c'étaient les seules personnes sur ce quai désert et ils avaient été dans le même wagon qu'elle. Hanna se hâta de les rejoindre en priant le ciel qu'ils veuillent bien lui venir en aide.

— On m'a dit de prendre un train E et de descendre à Cinquième Avenue. Pouvez-vous me dire s'il y a un autre train qui aille par là ?

— Oh ! vous en êtes loin, dit l'homme.

— Voulez-vous me dire comment je puis y retourner ?

L'homme n'était pas aimable, mais du moins Hanna eut-elle l'impression qu'il ne lui en voulait pas.

— Prenez un train A jusqu'à la 59e, puis changez pour un train D, qui vous conduira à la Septième Avenue, où vous pourrez rejoindre un train E.

Tout son espoir s'évanouit. Jamais elle ne pourrait revenir en arrière. Elle n'essayait même pas de retenir ce qu'il lui avait dit. C'était impossible.

— Vous êtes perdue ? dit la femme. Pourquoi ne prenez-vous pas un taxi, si vous avez de quoi le payer ?

— Où puis-je en trouver un ? demanda Hanna avec fièvre. Je voulais en prendre un, mais je n'en ai pas vu.

L'homme lui indiqua l'escalier, en disant qu'il conduisait à la rue où stationnaient quantité de taxis. Hanna les remercia et se dirigea vers les marches. Un autre train entra en gare, et le couple y prit place. Hanna agita la main parce qu'ils avaient été vraiment très gentils pour elle mais, occupés à se parler, ils n'y prirent pas garde. Une autre Noire, assise près d'eux, vit le geste d'Hanna et lui sourit.

Presque tous ceux qui gravissaient l'escalier avec Hanna étaient des Noirs, et elle pensa qu'elle devait être à Harlem. Elle avait lu beaucoup d'articles sur ce quartier et s'en souvenait comme d'un endroit où il se passait des choses horribles, mais elle était si fatiguée maintenant qu'elle ne pouvait que se laisser entraîner vers la rue par cette foule noire.

Sans savoir exactement ce qu'elle s'attendait à voir, Hanna était prête à tout après ce qu'elle avait enduré au cours de la soirée. Aussi fut-elle surprise de constater que la rue où elle se retrouvait ne différait guère de Madison Avenue. Elle s'était immobilisée au bord du trottoir et presque aussitôt un taxi s'arrêta devant elle. Une main noire ouvrit la portière arrière et elle monta.

— Pour où ?

— Vous savez où est l'*Hôtel 38* ?

— Dans Madison Avenue ?

— Oui, dit Hanna avec un soupir de soulagement.

Elle dut s'endormir, car l'instant d'après, lui sembla-t-il, le chauffeur dit « Nous y sommes ! ». Par la portière, elle vit l'entrée de son hôtel. En pensant à David, elle tendit un billet de cinq dollars au chauffeur et ajouta « Gardez la monnaie », parce qu'elle avait lu ça dans un livre.

Le hall de l'hôtel était vide. Même l'homme qui aurait dû être derrière le comptoir de la réception ne s'y trouvait pas. Hanna se dirigea vivement vers l'escalier voisin de l'ascenseur, heureuse que personne ne l'ait vue. Quand elle atteignit son étage, elle eut quelque difficulté à retrouver sa chambre. Ça pouvait sembler drôle mais, bien qu'elle habitât là depuis trente-quatre ans, elle n'avait vu que deux fois sa porte de l'extérieur.

Elle fut surprise de constater la fragilité de cette porte qu'elle avait toujours imaginée comme un rempart. Elle fouilla dans son sac en quête de sa clef et s'aperçut qu'elle avait toujours le magazine sous son bras. C'était la seule chose qu'elle eût pour se rappeler avoir vécu cette nuit.

Tout en cherchant sa clef, Hanna eut conscience que quelqu'un montait lentement l'escalier comme pour éviter d'être entendu. Elle fouilla désespérément son sac, terrifiée. Elle avait traversé toute la ville au milieu de la nuit sans qu'il lui arrivât rien. Mais, maintenant qu'elle était devant sa porte, à quelques centimètres de la sécurité, Hanna sentit qu'elle courait le plus grand danger de la soirée.

Enfin, elle trouva sa clef et parvint à l'introduire dans la serrure. Les pas avaient presque atteint son étage, elle le savait, bien qu'ils fussent encore plus étouffés. La serrure fonctionna et Hanna se rua à l'intérieur de l'appartement. Elle referma vivement le battant derrière elle et mit la chaîne de sûreté. Maintenant, on marchait dans le couloir. Quelqu'un allait passer devant la porte.

Alors Hanna entendit frapper à cette porte...

LIVRE II

7

Le lieutenant de police Kevin Corelli se rendait chaque matin à pied de son domicile à son bureau, distants de quelque deux kilomètres. Il aimait beaucoup marcher, surtout le matin. Il avait idée que le monde se serait porté infiniment mieux si les gens avaient marché davantage, et il attribuait son excellente santé à cet exercice quotidien.

Ce vendredi matin, en passant sous les ormes d'Hillside Avenue, il décida de communiquer son amour de la marche à son fils dès que celui-ci — dont il attendait encore la naissance ! — serait en mesure de se tenir debout. Sa femme, elle, était convaincue que ce premier enfant serait une fille.

Dans le métro, il ouvrit son journal : encore les Russes, l'aide à l'Europe, la Chine, le rapport du secrétaire d'Etat. Il replia le journal et prit son livre. S'il ne survenait rien de sensationnel ce jour-là, il pourrait toujours lire le journal au bureau, ce qui n'était pas le cas du livre. Ses chefs appréciaient qu'il étudiât le droit, à condition que ce soit pendant ses loisirs.

Comme il était nouvellement promu, ses aînés, quand il arrivait au bureau, ne manquaient jamais de le railler à propos de son inséparable bouquin.

— Alors, Kevin, tu en sais davantage qu'hier ? disait l'un.

— Je n'en saurai jamais autant que toi, Mike, mais je fais de mon mieux.

— Laisse-les rigoler, Kevin. Ils font les malins, mais il y a des années qu'ils n'ont pas seulement lu une contredanse !

— Le type le plus formidable que j'aie connu ne savait même pas lire !

Ce matin-là, ce fut comme les autres jours, mais un planton vint dire :

— Lieutenant Corelli, au téléphone ! L'inspecteur Dayton a dit que vous vous chargiez de l'affaire.

Kevin entra dans son bureau, referma la porte et décrocha le récepteur téléphonique. Le standardiste l'informa que la communication émanait d'un nommé Barton Zimmer. Kevin attira à lui un bloc-notes et dit à l'opérateur de la lui passer.

— Oui, je vous écoute.

Kevin dessina un poisson sur son bloc.

— Quel nom dites-vous ? Connaissez-vous son adresse ?

Il nota les renseignements au-dessous du poisson et se mit à dessiner une vache.

— A quelle heure, la nuit dernière ?

Kevin nota l'heure sur le ventre de la vache.

— Avez-vous vu commettre le meurtre ?... Comment avez-vous découvert qu'il était mort et pourquoi pensez-vous qu'il s'agit d'un meurtre ?

Rien d'aussi inintéressant que les détails de la mort d'un homme. Cela tenait à ce que les coups de téléphone émanaient souvent d'ivrognes ou de cinglés et n'avaient aucun rapport avec la réalité. Si ça se trouvait, ce nommé Hammer était tout bonnement mort dans son lit.

— Voulez-vous me donner votre nom et votre adresse, je vous prie ?... Et votre numéro de téléphone ?

Kevin écrivit : Président de l'U.S. Marine, mais fut certain d'avoir affaire à un cinglé.

— Que diriez-vous de venir ici nous donner plus amples détails ?

L'homme dit : « D'accord », et cela confirma Kevin dans son sentiment. Les gros pontes de l'industrie ne se dérangent pas pour la police... C'est la police qui se déplace pour aller les voir.

— Parfait alors, Mr. Zimmer, dit Kevin avec une nuance de sarcasme. Je vous attends vers onze heures.

Il raccrocha. Personne ne viendrait, mais il lui fallait quand même vérifier les renseignements donnés. Il dit au standardiste de lui demander le bureau de Zimmer, puis il appela le poste le plus proche de l'adresse qu'on lui avait indiquée, afin qu'ils envoient quelqu'un chez ce Hammer. Il venait juste de reprendre son journal quand le téléphone sonna, et l'opérateur lui annonça :

— L'inspecteur Dayton a dit qu'on vous passe toutes les communications concernant ce mort du Village. J'en ai deux. Un homme et une femme. Vous commencez par qui ?

— Honneur aux dames, dit Kevin en reprenant son bloc.

— A propos, j'ai appelé ce Zimmer, et je lui ai demandé si c'était bien lui qui venait de téléphoner. Qu'est-ce qu'il m'a passé ! Il a dit qu'il en parlerait au maire. Ça m'a tout l'air d'une huile !

Cette fois, Kevin accorda plus d'attention à la communication. C'était la même histoire que celle de Zimmer. Un type avait été assassiné au cours d'un cocktail. Kevin demanda à la femme de passer à son bureau. Elle répondit « Volontiers », et il lui donna rendez-vous à onze heures. Puis l'homme lui servit encore cette même histoire, qu'il commençait à connaître presque par cœur. Quand il nota le nom de l'homme, il eut l'impression de l'avoir déjà vu dans les journaux. Une autre huile, sans doute. Kevin lui demanda s'il voulait bien avoir l'amabilité de passer à son bureau, à onze heures.

Il envoya une voiture de patrouille chez Hammer, en recommandant que les policiers l'appellent dès qu'ils seraient là-bas.

Un autre coup de téléphone. Un nommé Coburg-James lui dit que sa femme et lui désiraient l'informer qu'un crime avait été commis. Kevin écouta poliment et leur dit de venir le voir à onze heures, puis il ajouta :

— Pourriez-vous me dire combien de personnes assistaient à cette réunion ?

Kevin demanda les noms, puis raya ceux qui avaient déjà téléphoné. Il en restait un.

— Savez-vous où je puis joindre Margot Case ? s'enquit-il.

Et c'est ainsi que commença sa longue recherche d'une femme qui eût été tellement heureuse qu'il la retrouvât.

Un moment plus tard, Murphy lui téléphona, annonçant qu'ils avaient découvert Hammer mort dans son appartement, avec les lumières allumées. Kevin dit qu'il irait là-bas à midi et demanda que Murphy poste un planton afin de tenir les journalistes à l'écart.

Kevin dactylographia les notes qu'il avait prises, puis onze heures arrivèrent avec les cinq visiteurs.

— Voulez-vous me dire une chose ? leur demanda le lieutenant Corelli quand ils furent tous assis dans son bureau. Pourquoi étiez-vous tous si désireux de signaler ce meurtre, entre neuf et dix heures ce matin, alors qu'apparemment aucun de vous n'a songé à le faire la nuit dernière ?

— Je crois pouvoir vous l'expliquer, dit Barton Zimmer.

Kevin voyait que son interlocuteur estimait dégradant d'être venu à Centre Street s'entretenir avec un jeune lieutenant, et il se demanda ce qui avait pu l'inciter à le faire. En fait, aucune de ces cinq personnes ne semblait susceptible de se déranger pour quelqu'un, surtout pour la police. Pourquoi alors s'étaient-ils empressés de venir, comme si leur plus grand désir était de l'obliger ? Pourquoi étaient-ils tous si anxieux de lui dire ce qui s'était passé ?

— Voyez-vous, poursuivait Zimmer, d'ordinaire, j'aurais immédiatement téléphoné à la police, mais, la nuit dernière, j'ai été tellement bouleversé par ce regrettable événement que ça m'est sorti de l'esprit. C'est sans doute parce que je n'avais encore jamais été mêlé à un pareil drame.

Kevin estima qu'ils ne paraissaient pourtant pas tellement bouleversés.

— Commençons par le commencement, fit-il. Je suppose que vous connaissiez tous très bien la victime ?

— Mais non ! rétorqua Zimmer. Je n'ai fait sa connaissance que tout récemment, et nous nous étions vus à peine deux ou trois fois. Je ne le connaissais guère.

— Mais suffisamment cependant pour qu'il vous invite chez lui ?

— Il s'agissait d'affaires. Je... j'envisageais de faire appel à lui pour un projet que j'avais en tête.

— L'avez-vous fait ?

Les longs doigts de Zimmer pianotèrent sur l'accoudoir du fauteuil :

— Non. Il se trouve que j'ai changé d'idée une fois là-bas.

— Et vous, Mr. Boleyn, étiez-vous un ami de Hammer ?

— J'avais fait vaguement sa connaissance, voici quatorze ou quinze ans. Je ne l'avais pas revu depuis lors.

— Et savez-vous pourquoi il vous avait invité à ce cocktail ?

— Il était journaliste et s'intéressait probablement à ce que je fais.

— Que faites-vous donc ?

— Je suis trésorier de la Ligue maritime.

— C'est un agent du gouvernement russe, voilà ce qu'il est, lança Zimmer.

— Mr. Zimmer veut sans doute dire que je suis communiste.

Kevin affecta de n'être aucunement intéressé, comme s'il fréquentait des communistes chaque jour de sa vie :

— Vous pensez donc qu'il voulait se renseigner sur vos activités ?

— J'en suis certain.

— Nous non plus ne connaissions guère David, dit Mrs. Coburg-James.

— Quelle raison aviez-vous de vous rendre à son invitation ?

Kevin se demanda si tous ces gens n'avaient pas combiné ensemble quelque histoire à son intention, mais il lui suffit de regarder Zimmer et Boleyn pour se convaincre que ce n'était pas possible.

— Ma foi, vous savez, on se rend toujours à un cocktail... même chez son pire ennemi...

Mrs. Coburg-James s'interrompit et sourit un peu pour montrer que c'était là une façon de parler et qu'elle n'avait aucunement voulu dire...

— Je suppose, Miss Dennis, dit Kevin, que vous connaissiez très peu David Hammer ?

— Je le connaissais très bien.

— Vous comptiez au nombre de ses meilleurs amis ?

— Naguère, oui ; mais, ces derniers temps, nous nous étions un peu perdus de vue.

— Vous avait-il parlé de ce cocktail ? Vous avait-il dit pourquoi il invitait ces autres personnes ?

— Non, j'ai reçu un mot de lui me demandant de passer chez lui. J'ignorais qu'il s'agissait d'un cocktail.

— Voilà qui paraît plutôt inhabituel ?

— Pas de la part de David, non.

Sans avoir à le demander, Kevin sut immédiatement quel genre de relations elle avait eues avec le défunt. La façon très intime dont elle prononçait son nom l'indiquait clairement.

— Pourquoi donc ?

— Parce qu'il aimait surprendre les gens, les déconcerter. David était très cruel dans son genre, bien que rares fussent ceux qui s'en rendaient compte.

— Mais vous étiez du nombre. Se montrait-il cruel avec vous ?

— Ça n'a plus d'importance désormais.

Kevin comprit qu'elle mentait.

— Qui d'entre vous est arrivé le premier à ce cocktail ?

— Moi, dit Theodora.

— Vous avez donc été seule un moment avec Hammer avant l'arrivée des autres ?

— Non, Miss Case était déjà là.

— Connaissez-vous cette Miss Case ?

— Non, je ne l'avais encore jamais rencontrée, bien que David me l'ait présentée comme étant une vieille amie à lui, dit-elle d'un ton acerbe.

— L'un d'entre vous connaît-il Margot Case ? demanda Kevin.

Personne ne répondit.

— L'un de vous avait-il déjà rencontré cette Miss Case ou entendu parler d'elle ?

Ils secouèrent la tête avec ensemble.

— Pouvez-vous me la décrire ? demanda Kevin à Theodora.

— C'était une femme d'une cinquantaine d'années, très calme. Je crois qu'elle avait des yeux bruns et les cheveux légèrement grisonnants. Des traits assez forts. Et puis aussi, si cela peut vous intéresser, elle était chaussée de bottines à boutons très démodées.

— A ce que j'ai compris, cette femme a découvert le cadavre entre minuit trente et une heure du matin. L'un de vous peut-il me dire exactement ce qui s'est passé ?

— Oui, répondit Barton Zimmer.

Il ôta son lorgnon pour en polir les verres, obligeant Kevin à attendre qu'il l'eût remis sur son nez.

— Miss Case a été malade et nous avons dû l'aider à s'étendre, car Hammer était trop ivre pour s'occuper d'elle.

— Par « nous », il entend lui et moi, dit Vivian Boleyn.

Zimmer marqua un temps d'arrêt, comme pour souligner combien cette interruption était discourtoise.

— Peu après, Hammer se leva et quitta la pièce. Il ne s'excusa pas le moins du monde et, comme nous ne nous connaissions pas entre nous, son départ était vraiment impardonnable. Je voulais dire à Hammer que j'avais changé d'avis concernant la tâche que j'avais envisagé de lui confier ; ne le voyant pas revenir, je partis donc à sa recherche. Je le trouvai dans son bureau...

Peter Coburg-James intervint :

— Avant cela, j'étais moi-même allé parler à David. Je voulais le voir parce qu'il...

— Jeune homme ! Je m'efforce de me remémorer les faits avec exactitude, car cela semble avoir beaucoup d'importance. Je parle d'un moment qui se situe bien avant votre sortie.

— Vos souvenirs ne sont pas très exacts, Mr. Zimmer, dit Boleyn, si vous ne vous rappelez pas que, presque immédiatement après le départ de David, je suis allé lui parler.

— Je suis certaine que c'est inexact, intervint Sandy. Je me rappelle quand Peter est sorti, et c'était avant vous autres.

Kevin demeurait impassible. S'ils s'emportaient, il pourrait apprendre en deux minutes ce qu'il mettrait sans cela deux jours à découvrir. Ils durent le sentir, car ils se turent et le regardèrent.

— Nous semblons être tombés sur un os, remarqua-t-il en souriant. Pouvez-vous me dire qui d'entre vous *n'a pas* quitté la pièce ?

Ils demeurèrent silencieux.

— Je suis allée au... lavabo après le départ de David, dit Theodora. J'ai vu de la lumière dans le bureau, mais je n'y suis pas entrée.

Elle parlait d'une voix morte, comme si c'était elle qui avait été tuée et non David Hammer.

— J'ai également quitté la pièce, dit Sandy. Après le retour de Peter. Je... j'ai entendu quelqu'un siffloter dans le bureau de David ;

il devait donc être encore en vie à ce moment-là. Ensuite, Peter ne m'a plus quittée.

— David ne savait pas siffler, dit Theodora.

« Joli panier de crabes », pensa Kevin.

— Pour l'instant, laissons en suspens le point de savoir qui est sorti en dernier de la pièce. Voulez-vous poursuivre votre récit, Mr. Zimmer ?

— Très volontiers, lieutenant. J'estime qu'il avait dû s'écouler une heure et demie ou deux heures depuis le départ de notre hôte quand Miss Case entra dans le living-room où nous étions tous, pour nous annoncer que David Hammer avait été tué. Comme elle semblait quelque peu hystérique, je suis allé me rendre compte par moi-même.

— Seul ?

— Non, il est venu avec moi, dit Zimmer avec un mouvement de tête en direction de Vivian Boleyn. Elle avait raison. Hammer avait été tué à l'aide d'une statue qui lui avait défoncé le côté de la tête. Cela avait dû se produire très peu de temps auparavant, car le sang coulait et n'avait encore recouvert qu'une petite portion du tapis.

— Avez-vous examiné Hammer pour vous assurer qu'il était mort ?

— Ma foi, non. Il ne semblait plus respirer.

— Peut-être, alors, était-il encore en vie à ce moment-là ?

— Je n'ai pas votre expérience en la matière, et je n'avais aucune raison de le croire encore vivant. Il n'avait pu survivre à une blessure aussi horrible.

— Que s'est-il passé alors ?

— Nous sommes retournés dans le living-room informer les autres. Peu après, Miss Case, qui semblait extrêmement agitée, a dit vouloir s'en aller et elle est partie avant qu'aucun de nous ait pu l'en empêcher.

— A-t-elle fait une remarque quelconque ?

— Oui, dit Sandy. Elle a accusé l'un de nous d'avoir commis le crime. David lui avait dit savoir que l'un de nous voulait le tuer.

— Je suppose que vous ne lui avez pas demandé qui ? questionna Kevin sans le moindre espoir.

— Si, moi. Mais elle semblait avoir changé d'idée, car elle m'a déclaré ne rien savoir et s'est enfuie comme si elle avait peur de nous.

— Elle n'a rien dit d'autre ?

— Rien.

— Et ensuite ?

— Un moment plus tard, nous sommes tous partis.

— Une ou deux questions me viennent à l'esprit, dit Kevin, qui se tourna vers Theodora : Pouvez-vous me dire si l'on accède à la chambre à coucher ou au bureau autrement qu'en passant par le hall où donne le living-room ?

— Non, il n'y a pas d'autre accès que celui-là.

— Et l'escalier d'incendie ?

— Ah, oui ! il part de la chambre à coucher. Quelqu'un aurait pu venir du dehors ?

Son visage exprimait le même scepticisme que celui de Kevin.

— L'heure, maintenant. Vous avez dit que c'était entre minuit trente et une heure du matin. Comment le savez-vous ?

— J'ai vu Miss Case regarder la pendule avant de s'en aller, dit Sandy. J'ai remarqué qu'il était une heure du matin.

— Oui, c'est exact, confirma Barton Zimmer d'un ton laissant entendre que cela réglait la question. J'ai regardé ma montre peu après être parti, et il était une heure dix.

Kevin nota l'heure.

— Pourriez-vous me dire, demanda-t-il à Barton Zimmer, combien, à votre avis, pesait la statue dont s'est servi l'assassin ?

— Trente kilos, dit Theodora.

— Comment le savez-vous ?

— C'est moi qui l'ai faite.

— Elle est sculpteur, dit Boleyn.

Kevin regarda les mains de Miss Dennis. Elles tremblaient légèrement et avaient l'aspect un peu bouffi des mains de gens buvant trop, mais elles étaient fortes et musclées.

— Cette statue aurait-elle pu tuer Hammer en tombant accidentellement ?

— Non, elle était posée à sa hauteur.

— Pouviez-vous la soulever ? demanda Kevin, qui n'avait pas besoin de réponse pour le savoir.

— Oui.

— Pensez-vous que n'importe quelle femme aurait pu la soulever ?

— Non, dit Theodora, et bien peu de femmes auraient pu la soulever assez haut pour faire ce que vous pensez.

— Soulèveriez-vous un poids de trente kilos au-dessus de votre tête, Mrs. James ?

— Je l'ignore.

— Estimez-vous avoir peu de force ?

— Non, je me crois même plutôt vigoureuse.

— Vous pratiquez des sports ? Le tennis ? L'équitation ?

— Oui.

— L'un de vous a-t-il l'impression que Miss Case aurait pu soulever une statue de trente kilos au-dessus de sa tête pour défoncer le crâne de quelqu'un ?

Silence.

— Vous me l'avez décrite comme une femme âgée, n'est-ce pas ?

— Disons d'un certain âge, rectifia Barton Zimmer.

— Elle était grande, dit Theodora.

— Je crois qu'elle aurait pu le faire, déclara Vivian.

— Il y avait quelque chose de pas naturel chez cette femme, risqua Peter. Elle paraissait vouloir jouer les vieilles dames fragiles, mais, si vous y regardiez à deux fois, vous vous aperceviez qu'elle n'était ni si vieille ni si fragile.

— J'espère que c'était quand même bien une femme ? fit Kevin, exaspéré.

Il marqua un temps. Peut-être parce qu'elle n'était pas là, cette Miss Case lui semblait la seule du lot à éprouver des sentiments humains. Elle, au moins, avait la décence de se conduire de façon hystérique quand un meurtre était commis. Tous les autres, même cette Dennis, demeuraient aussi impassibles que des pierres. Visiblement, ils étaient tous là pour sauver leur peau. Si cela les préoccupait tellement, c'est sans doute que leurs raisons devaient être faciles à découvrir. Il allait s'occuper de ça et il les reverrait ensuite.

— Une chose encore. Pendant que vous étiez tous assis dans le living-room, après le départ de Hammer et avant que Miss Case vienne vous annoncer qu'il avait été tué, avez-vous entendu un bruit... le bruit qu'aurait pu faire un objet lourd tombant sur le parquet ?

— Non, dit Vivian Boleyn, j'y ai déjà réfléchi et je ne me souviens d'aucun bruit insolite.

— Et vous autres ?

Ils secouèrent la tête.

— Quand on converse, dit Sandy, il est difficile d'entendre des bruits, à moins qu'ils soient très forts.

— Bon, ça me suffit pour l'instant, dit Kevin. J'irai vous voir tous d'ici quelques jours. Peut-être même demain ou dimanche. Voulez-vous je vous prie m'écrire vos adresses personnelles et professionnelles sur cette feuille ?

Quand ce fut fait, Kevin les reconduisit jusque dans le hall.

8

De retour dans le bureau, Kevin se laissa choir dans son fauteuil, en repoussant les notes qu'il avait prises. Il se demandait ce qu'allait penser sa femme, qui lui avait demandé de prendre son congé maintenant, afin d'être avec elle pour la naissance du petit. Il se promit d'éclaircir l'affaire en une semaine. Mary attendrait bien jusque-là pour accoucher !

A midi et demi, Kevin arriva sur les lieux du drame. Un planton faisait les cent pas devant la maison, un de ces vieux hôtels particuliers transformés pour être loués par appartements, un à chaque étage.

Il monta au dernier étage. Devant la porte, il y avait un autre planton.

— Hello, lieutenant ! Vous vous souvenez de moi ?

— Comment va, Jim ? Je vous croyais dans un autre secteur.

— Oui, mais j'ai été muté ce matin même. J'ai appris que vous alliez être papa ?

— Oui, dans une semaine, je pense.

— Ah, le premier c'est toujours le plus dur ! Après, on sait à quoi s'attendre.

— Je le suppose, oui. Avez-vous vu des journalistes ?

— Non, pas encore, mais les gens du rez-de-chaussée m'ont posé des questions. Je leur ai dit qu'il y avait eu un accident. C'est vous qui êtes chargé de l'affaire, lieutenant ?

— Ça m'en a tout l'air, dit Kevin d'un air sombre. Où en est-on à l'intérieur ?

— Le toubib est venu et reparti. Il y a deux types qui inspectent l'appartement.

Kevin entra dans le living-room de David Hammer. En dépit de l'odeur de cigarettes refroidies et des verres sales, il se dit aussitôt qu'il aurait aimé vivre là.

Il s'approcha de la grande photographie. Ça, au moins, c'était bien ! On avait l'impression que la pièce ouvrait sur un coin de campagne. Kevin se demanda quel genre d'homme était David Hammer. Probablement un type qui voulait vivre en paix et tranquillement, avec peut-être l'espoir de se retirer un jour à la campagne. Comment avait-il pu se lier avec ces gens qu'il avait invités la veille au soir ?

Il entendit du bruit dans une autre pièce et, revenant dans le hall, il aperçut, par la porte ouverte, la chambre à coucher où retentit soudain la voix de Murphy :

— Jésus ! Regardez un peu ce que j'ai trouvé !

Kevin entra dans la chambre et vit Murphy tenant une robe chinoise noire à la main. Deux autres policiers la regardaient. Toute brodée d'or et de pourpre, elle descendait jusqu'aux chevilles de Murphy.

— Un déguisement, je suppose, dit l'un des policiers.

— Je viens de la trouver dans ce placard, dit Murphy. Pensez-vous vraiment que ce type la portait quelquefois ?

— Ça devait être à une femme, énonça Cohen dans son coin.

— Il n'y a pas d'autres vêtements féminins dans l'appartement.

Kevin se demanda ce que penserait Mary s'il portait un truc comme ça chez lui, puis passa dans l'autre pièce.

Le corps gisait par terre. Malgré l'horrible spectacle qu'il offrait maintenant, avec tout ce sang coagulé, Kevin pensa que Hammer devait avoir un visage sympathique. Il s'approcha de la réplique de métal, également couverte de sang, et se trouva confirmé dans son opinion, bien que le buste eût quelque chose de désagréable du côté des yeux.

Tout l'après-midi, Kevin s'employa à mettre un peu d'ordre dans ce qu'il avait appris sur David Hammer et ses amis. Il découvrit un carnet d'adresses plein de noms, mais n'y trouva pas celui de Margot Case, et aucune femme de ce nom n'était dans l'annuaire du téléphone. Parmi les noms du carnet, outre ceux des invités de la veille, Kevin en trouva beaucoup qui étaient célèbres. Il remit le carnet à Murphy, en lui disant de se renseigner sur tous ces gens et il ne lui envia pas ce travail.

Kevin examina la fenêtre donnant sur l'escalier d'incendie et constata qu'elle était fermée. Il descendit interroger les locataires de l'étage au-dessous et découvrit que, vers minuit et demi, la nuit précédente, ils avaient entendu un bruit de chute au plafond de leur chambre située sous le bureau de David Hammer.

Avant de s'en aller, Kevin se livra à une expérience. Laissant les portes du bureau et du living-room légèrement entrouvertes, il dit à Cohen de lever le buste à hauteur d'homme et de le lâcher ensuite sur le tapis du bureau. Il alla dans le living-room et écouta. Il entendit le bruit avec netteté, mais pas aussi fortement qu'il l'eût souhaité. Des gens en train de converser pouvaient ne pas l'avoir remarqué.

Quand il revint à Centre Street, Kevin trouva sur son bureau cinq rapports sur les invités de Hammer, mais toujours rien à propos de Margot Case. L'expert en empreintes digitales déclarait que, à cause sa surface grumeleuse, aucune empreinte nette n'avait pu être relevée sur le buste.

Il y avait aussi un rapport préliminaire du médecin légiste disant que David Hammer était mort vers cinq heures, le vendredi matin.

9

Ce soir-là, Lily, la sœur de Mary, et son mari George, qui habitaient l'autre moitié de la maison, dînèrent avec les Corelli. Quand la table fut desservie, les deux hommes s'installèrent dans des fauteuils et George demanda :

— Qu'est-ce qui vous tracasse ?

— Ça se voit donc ? fit Kevin. Dayton m'a chargé d'enquêter sur un meurtre.

— Ça me paraît bon, dites donc ? Il y a peut-être de l'avancement à la clef ?

— Non, c'est le genre d'affaires où, si vous vous en tirez bien, personne ne vous dit rien, mais où, si vous la loupez, vous n'y coupez pas de la grande engueulade.

— Qu'est-ce qui ne va pas ?

— D'abord, le fait que, si je n'éclaircis pas ça en une semaine, je n'aurai pas le loisir d'être près de Mary quand elle accouchera.

— Et pensez-vous pouvoir élucider cette affaire en une semaine ?

— Je n'en sais rien. Je n'ai que six suspects, mais il y en a un qui manque à l'appel.

— Quand est-ce arrivé ?

Kevin et son beau-frère s'entretenaient souvent ainsi. George écoutait, hochait la tête, posait des questions utiles.

— La nuit dernière, vers minuit et demi. Mais le type n'est mort qu'à cinq heures du matin. Quelqu'un lui a défoncé le crâne, au cours d'un cocktail au Village, puis ils sont tous partis en le laissant comme ça.

— Savaient-ils qu'il était encore vivant ?

— Les deux qui sont allés voir le corps disent que non. Une femme aussi l'a vu, mais je ne crois pas non plus qu'elle se soit rendu compte qu'il n'était pas mort. Elle a disparu sans laisser de trace.

— Pensez-vous que ce soit elle qui ait fait le coup ?

— C'est possible. Mais l'arme est un buste de bronze pesant quelque soixante livres et il fallait une femme robuste pour le brandir ainsi.

— Avez-vous le signalement de cette femme ?

— Un signalement assez vague. Tout d'abord, ils m'ont dit que c'était une femme âgée, puis, quand j'ai demandé qui aurait pu défoncer le crâne d'un homme en se servant de cette statue, ils se sont tous mis à dire que, après tout, elle n'était pas tellement vieille. Bref, elle doit avoir entre quarante-cinq et soixante ans... et elle est grande.

— On ne peut jamais rien affirmer concernant la force d'une femme. J'en ai vu une, l'an passé, emporter son mari hors de leur pavillon en feu, et il devait bien peser le double d'elle. Quelqu'un avait-il une raison de tuer ce type ?

— Je ne sais pas. Nous n'avons encore rien trouvé, mais j'ai l'impression que ça ne va pas durer. A vrai dire, l'un des suspects avait un mobile, mais j'aimerais autant que ça ne soit pas lui le coupable.

George alla chercher deux bouteilles de bière dans le réfrigérateur.

— Ce suspect est communiste, dit Kevin, et la victime était l'auteur de cette série d'articles, *Le communisme vu de l'intérieur.* Si les journaux apprennent ça, ils vont en faire un crime politique, et j'aurai tout le monde sur le dos, à commencer par le District Attorney.

— Il se peut que ce soit un crime politique, et ça ne servirait à rien de vouloir prétendre le contraire.

— Moi, je suis convaincu que ça n'en est pas un et, si la politique s'en mêle, je serai encore sur l'affaire dans deux ans... à moins que je n'aie été cassé d'ici là !

— Reste-t-il des bretzels ?

— Non, je crois que Mary les a finis. Voyez-vous, il y a une chose sur laquelle les vieux renards de Centre Street sont tous d'accord mais c'est bien la seule : quand on se trouve mêlé à des trucs politiques, on avance plus rapidement, mais on dégringole encore deux fois plus vite !

— Et les autres suspects ? Ne pouvez-vous rien trouver contre eux ?

— C'est bien ce qui me tracasse, George. Figurez-vous qu'ils ont tous téléphoné ce matin pour nous informer d'un meurtre qu'ils avaient découvert la nuit dernière. Vous paraît-il normal que cinq personnes — je ne compte pas la femme qui a disparu — puissent oublier durant neuf heures qu'on doit avertir la police quand un crime a été commis ?

— Ils disent avoir oublié ?

— Oui. Ça leur était sorti de l'esprit !

— Ils ont dû se rendre compte que vous finiriez par les rattacher à cette mort.

— Oui, sûrement. Mais pourquoi ne s'en sont-ils pas rendu compte aussitôt ?

— Votre avis, Kevin ?

— Selon moi, l'un d'eux, à tout le moins, est revenu dans

l'appartement après le départ des autres. Murphy m'a dit que les tiroirs du bureau étaient en désordre, comme si un « amateur » avait déjà fouillé dedans. Et l'un des invités — un gros ponte nommé Barton Zimmer — m'a déclaré que, lorsqu'il a vu le corps, le sang ne s'était pas encore étendu aussi loin que c'eût été le cas si le crime avait été commis depuis déjà un long moment. Or, quand il s'agit de blessures à la tête, il arrive parfois qu'elles ne saignent pas du tout ; ou bien, au contraire, que le sang coule à flots puis s'arrête, surtout quand le type est encore vivant, comme c'était le cas. Alors, selon moi, Zimmer savait que le sang s'étendrait plus loin parce qu'il l'a effectivement constaté quand il est revenu dans l'appartement. C'est peut-être risqué comme hypothèse, mais ça se défend.

— Vous pensez qu'ils sont tous revenus chercher quelque chose et que, ne l'ayant pas trouvé, ils ont préféré prendre les devants et se donner le beau rôle en vous prévenant ?

— Peut-être pas tous, non... encore que ce soit possible. Mais l'un d'eux est certainement revenu, et je pense que c'est Barton Zimmer. Cela tombe sous le sens, n'est-ce pas, George ? Pourquoi auraient-ils été si désireux de m'apporter leur aide s'ils n'avaient pensé que je risquais de découvrir quelque chose les concernant ? Et ce Zimmer : est-ce qu'une « huile » comme lui se donnerait normalement la peine de traverser toute la ville pour venir trouver un obscur lieutenant de police ? Un type pareil doit probablement tutoyer le District Attorney !

— Que fait ce Zimmer ?

— Vous avez certainement entendu parler de lui. Il est à la tête de l'U.S. Marine, cette compagnie qui a des ennuis avec le gouvernement à cause de la loi antitrusts, je crois.

— Les journalistes vont jubiler quand ils apprendront ça. Et pas seulement les communistes.

— Encore mieux que ça, mon vieux ! Le communiste qui se trouve dans le bain est trésorier de la Ligue maritime.

— Tonnerre de bonsoir ! Vous allez me dire que les trois autres sont le Président, le secrétaire d'Etat et le maire de New York ?

— Non, sourit Kevin, ce sont juste des gens... des gens comme vous et moi. Deux d'entre eux ont vingt-huit millions de dollars, et l'autre, une femme sculpteur, n'en a qu'une centaine de mille.

— Qu'allez-vous faire, Kevin ? demanda George en desserrant sa ceinture d'un cran.

— J'ai bien pesé le pour et le contre, George. Si je fais appel à Dayton, ça ne me soulagera d'aucun travail et, si ça se révèle être un crime politique, je serai encore à m'en occuper quand viendra le moment de prendre ma retraite.

» Si je m'y risque seul, je peux m'y casser les reins — Zimmer, aussi bien que le parti politique soutenu par les communistes, ont assez d'influence pour cela ; mais, d'un autre côté, je peux être à même d'opérer une arrestation avant qu'on m'ait tout embrouillé. Dans ce cas, je m'en tire au mieux pour mon avancement — ça compte, George, surtout maintenant que je vais avoir un gosse —, et Dayton veillera à ce que je puisse être libre pour l'accouchement de Mary.

— Autrement dit, vous allez courir un risque calculé.

— C'est ça, George ! Exactement !

Kevin vida son verre de bière et se leva :

— Merci, mon vieux. Ça m'a beaucoup aidé de discuter avec vous de tout cela. Maintenant, il faut que je monte me coucher car, demain, je vais avoir un sacré boulot !

— Bonne nuit, Kevin.

— Bonne nuit, George, et encore merci.

— Cette femme qui s'est enfuie, quel rôle joue-t-elle là-dedans ?

— Il me faut absolument la retrouver. Ou bien c'est elle qui a fait le coup, ou bien elle sait qui l'a fait. Je mise sur elle.

— Qu'est-ce qui vous donne à croire qu'elle connaît le nom de l'assassin ?

— C'est ce qu'elle a dit aux autres. Et elle se trouvait dans la pièce voisine de celle où le crime a été commis.

— Alors, il vous suffit de la retrouver pour avoir soit l'assassin, soit un témoin capable de l'identifier.

— Ou bien un autre cadavre, dit Kevin en quittant la pièce.

10

Hanna s'éveilla d'un rêve délicieux. Elle était à la campagne, sur le versant d'une colline, et le soleil matinal lui chauffait la nuque. Vêtue d'une grande jupe fleurie et d'un corsage blanc, toute jeune encore, elle contemplait le paysage avec extase. Puis elle avait ouvert les yeux et ressenti ce vide atroce au creux de l'estomac qui accompagne la chute au sein d'un cauchemar.

Les cauchemars sont supportables parce que, lorsqu'ils atteignent leur point culminant, le cerveau rassure le dormeur en l'éveillant et en lui disant : « Ça n'était pas vrai. » On éprouve alors un tel soulagement que, dans bien des cas, ça vaut la peine d'avoir des cauchemars. Après quoi, on se retourne sur la fraîcheur du traversin, et l'on se remémore avec gratitude les éléments du rêve en se répétant : « Ça n'était pas vrai... personne n'a frappé à ma porte... on ne veut pas me tuer... ce n'était qu'un cauchemar. »

Mais, cette fois, c'est en s'éveillant qu'Hanna se trouvait en plein cauchemar, après le répit du rêve.

La chambre à coucher était obscure. Toutes les persiennes étaient closes, mais Hanna savait que c'était le jour.

Oui, la porte était bien fermée à clef et la chaîne de sûreté en place. Il n'y avait plus maintenant qu'à attendre. On reviendrait frapper. Ces coups insistants, impitoyables, qui ébranlaient le bois de la porte comme si c'eût été du carton. Ces coups qui se répéteraient jusqu'à la rendre folle. Un jour viendrait où l'on frapperait avec une telle insistance qu'elle ne pourrait plus s'empêcher d'ouvrir.

Cette personne qui avait frappé à la porte, la nuit précédente, savait qu'Hanna était de l'autre côté du vantail, respirant à peine, n'osant bouger et ressentant dans tout son corps chaque coup frappé. Cette personne espérait l'amener à ouvrir la porte.

Le plus effrayant, c'est que l'on avait frappé sans hâte, comme si l'on était sûr d'arriver à ce qu'on voulait. Longtemps après qu'on eut cessé de frapper, Hanna était demeurée contre la porte, à épier le silence du couloir. Tout d'abord, elle avait pensé que l'autre personne était encore là, attendant qu'elle bouge, guettant le moindre bruit de sa part. Puis elle avait été convaincue d'être bien seule, l'oreille collée à une porte donnant sur un couloir vide.

Hanna sortit lentement du lit, alluma la lampe de chevet, chaussa ses pantoufles et serra son peignoir autour d'elle. Il lui fallait commencer cette journée comme à l'ordinaire. Elle alla prendre dans la penderie une robe bleu marine. Elle l'avait vue dans *Vogue* un mois auparavant et chaque fois qu'elle la portait, elle éprouvait une sensation de force accrue. Cette robe collait à son corps ; or, ce qu'Hanna désirait le plus ce jour-là, c'était savoir où son corps finissait et où commençait le monde extérieur.

Tandis que son bain coulait, elle prit la brosse à dents, la lime, le peigne, la brosse à cheveux et le flacon de déodorant dans l'armoire à pharmacie. C'était un rite auquel il ne fallait rien changer, car il permettait de tromper le temps et la peur.

Elle arrêta les robinets quand l'eau arriva à trente centimètres du bord et ferma résolument la porte de la salle de bains. Elle savait qu'il lui faudrait beaucoup de courage pour en ressortir ensuite, car quelqu'un pourrait s'introduire dans l'appartement durant qu'elle serait dans son bain. Mais il lui était absolument impossible de se baigner avec la porte ouverte. Chaque porte qu'elle fermait devenait un piège et non un rempart ; elle le savait, mais n'y pouvait rien.

Quand elle entra dans la baignoire, après y avoir versé un peu de parfum, l'eau affleura presque au bord. Elle se souvint d'une époque où l'eau ne montait pas si haut. Hanna regardait rarement son corps, mais, ce matin-là, elle le considéra sous les mouvants reflets de l'eau et se demanda comment la mince jeune fille qu'elle était naguère avait pu s'engloutir dans cette masse de chair.

Puis le moment vint où Hanna se retrouva devant la porte close. De l'autre côté, l'appartement était silencieux, mais il n'en serait pas autrement si quelqu'un l'y guettait. Elle savait que personne n'avait pu entrer. Mais comment être encore sûre de quoi que ce fût ? Elle ouvrit la porte vivement, avec bruit, marcha résolument dans le living-room, passa dans la cuisine, puis revint dans le living-room pour gagner sa chambre. Personne. Il lui était accordé encore un peu de répit.

Hanna avait mis sa robe et arrangeait ses cheveux quand le téléphone sonna. Elle s'immobilisa devant le miroir, les deux mains à ses tempes. Le téléphone était dans le living-room (elle n'aurait pu supporter de l'avoir dans sa chambre), et sa voix métallique l'appelait... la suppliait de répondre. Hanna se dit que ce pouvait être Arthur ou Mr. Howard. Mais la sonnerie se répétait, alors qu'Arthur ou le directeur de banque n'eussent pas insisté.

Hanna se dirigea lentement vers ce petit objet noir qui criait qu'on le décrochât. La sonnerie lui semblait moduler son nom *Haaaaannnnnaaaaa. Haaaaannnnnaaaaa. Haaaaannnnnaaaaa.* Elle posa sa main sur le récepteur et le sentit vibrer. Il ne fallait pas qu'elle réponde. Elle ne devait pas permettre à une voix étrangère de pénétrer dans son appartement.

Haaaaannnnnaaaaa.

Chaque fois que la sonnerie retentissait, Hanna avait l'impression que des yeux la regardaient, comme si l'instrument n'avait pas seulement la faculté d'entendre, mais aussi celle de voir. *Haaaaannnnnaaaaa. Haaaaannnnnaaaaa.* Cela ne s'arrêterait donc jamais ? Chaque roulement de sonnerie lui déchirait les nerfs, mais pire encore était le silence qui suivait et durant lequel Hanna se demandait si la sonnerie allait reprendre ou non. *Haaaaannnnnaaaaa.* Encore. *Haaaaannnnnaaaaa.* Et encore. *Haaaaannnnnaaaaa.* Toujours... Non, ça s'était arrêté. Hanna attendit, mais le téléphone ne sonna plus. Elle se laissa alors tomber dans un fauteuil, à bout de forces.

Et la journée ne faisait que commencer !

Hanna se rendait compte maintenant — trop tard — qu'il y a une sorte de luxe à craindre des choses vagues et indéfinies, un luxe qui n'était plus à sa portée. Elle ne pouvait plus se permettre de rester assise dans ce fauteuil, à attendre en tremblant un désastre imprécis. A présent, il lui fallait être sur ses gardes. En un sens, cela lui procurait une sorte de soulagement, celui que doit éprouver le commandant d'une forteresse quand se déclenche l'attaque qu'il redoutait. Hanna rassemblait maintenant toutes ses forces contre l'ennemi de l'extérieur, alors que cet effort lui avait été impossible tant qu'elle pouvait encore mettre en doute l'existence de cet ennemi.

A présent, Hanna savait que cet ennemi existait. Elle n'avait d'autre preuve qu'une main frappant contre une porte et un téléphone sonnant avec insistance, mais elle était sûre qu'il arriverait à la tuer. Elle se remémorait trop bien le pauvre visage ensanglanté de David pour douter du danger qu'elle courait. Tôt ou tard — ce n'était vraiment qu'une question de temps et Hanna fut surprise d'envisager la chose avec autant de calme —, quelqu'un tenterait de forcer sa porte afin de la tuer.

Pour la première fois, Hanna se demanda qui pouvait être cette personne. Si elle ne s'était pas encore posé la question, c'est que jusque-là son ennemi lui semblait être une sorte d'entité menaçante, sans sexe et sans nom. Aussi fut-elle toute surexcitée de découvrir que la personne ayant frappé à sa porte, la personne l'ayant appelée au téléphone, devait avoir un visage et une voix, des yeux bruns ou bleus...

Il lui parut évident que ce devait être une des personnes rencontrées chez David qui voulait la tuer. Ce ne pouvait être quelqu'un d'autre. Mais comment l'assassin savait-il où elle habitait ? Avait-elle été suivie jusqu'à son hôtel ? Non, c'était impossible. Dans le métro, il n'y avait personne qu'elle connût.

Non, il fallait qu'une de ces personnes l'ait déjà vue avant de la rencontrer chez David. Peut-être lorsqu'elle était sortie de l'hôtel ? Ou peut-être David avait-il dit où elle habitait et qui elle était ? Oui, ce devait être ça. Elle en voulut soudain à David, comme on en veut à un être cher que l'on sait irresponsable et à qui on ne peut se fier. David n'aurait pas dû parler d'elle.

Quand elle pensait à David, Hanna s'étonnait de ne pas être davantage bouleversée par son assassinat. Sa propre mort était peut-être trop imminente pour qu'elle pût s'émouvoir de celle d'un autre ? Sur un bateau qui coule, prend-on le temps de pleurer l'ami qui vient de se noyer ?

En un sens, Hanna était heureuse de n'avoir pas mieux connu David, car elle devinait qu'il ne devait pas être le noble cœur qu'elle imaginait. Se remémorant les expressions de ses invités, elle se disait que David avait dû blesser profondément l'un d'eux, sinon tous. Elle ne pouvait lui tenir rigueur de quoi que ce fût, puisqu'il avait été son seul ami. Mais elle éprouvait presque de la sympathie pour son assassin, bien que cet assassin fût vraisemblablement appelé à devenir aussi le sien.

Hanna se leva et passa dans la cuisine, pour s'assurer que les persiennes métalliques étaient bien assujetties. Il eût été impossible de les forcer, même si la fenêtre n'avait pas dominé la cour d'une hauteur de trois étages dénués de la moindre corniche. Ces persiennes étaient posées du côté intérieur. Personne ne pouvait entrer par là. Il n'y avait qu'une fenêtre par où le danger pût venir : celle du living-room, qui donnait sur l'escalier d'incendie. Mais elle était solidement verrouillée.

Hanna ouvrit la porte de sa réserve. Il y avait des centaines de boîtes de conserves entassées là, en prévision des jours où elle ne pourrait pas ouvrir sa porte à Arthur. Il y avait de tout, aussi bien des conserves de faisan que des réserves de pain. En fait de légumes et de fruits, elle avait acheté ce qui se trouvait de meilleur. Durant trente-quatre ans, chaque fois qu'elle avait vu une annonce alléchante dans un de ses magazines, elle avait écrit pour passer commande.

Pour son petit déjeuner, elle choisit une boîte de crêpes Suzette. Elle mit une casserole d'eau sur son petit réchaud et entreprit d'ouvrir la boîte. La certitude d'avoir sous la main tout ce dont elle pouvait avoir besoin la rendit presque joyeuse. Elle actionna rapidement son ouvre-boîtes et la pièce s'emplit soudain d'une âcre odeur de moisissure. Le contenu de la boîte était d'un vert vénéneux, et Hanna faillit la laisser tomber par terre, en réalisant ce que cela signifiait. Elle regarda ces rangées de boîtes qui jusqu'alors lui procuraient un tel réconfort, et eut le sentiment que tout se liguait contre elle.

Toutes ces étiquettes colorées semblaient soudain la railler, et la main d'Hanna tremblait quand elle prit une autre boîte. Elle actionna l'ouvre-boîtes lentement, certaine du désastre qu'elle allait découvrir à l'intérieur.

La boîte était pleine de petites pommes de terre nouvelles. Elles baignaient dans un liquide clair, l'odeur était celle de pommes de terre fraîchement pelées qui seront délicieuses une fois sautées et saupoudrées de persil. Avec une joie enfantine, Hanna éteignit le feu sous l'eau qui bouillait.

L'après-midi la trouva installée dans son fauteuil aux ressorts délabrés qu'elle s'était toujours refusée à laisser changer ou réparer. Son panier à ouvrage était sur une table voisine et elle travaillait à une nouvelle robe, ayant remarqué un changement de mode dans les empiècements. La journée s'était écoulée calmement. Arthur lui-même n'était pas venu la voir, mais cela n'avait rien d'extraordinaire car il attendait toujours qu'elle l'appelât, supposant dans le cas contraire qu'elle ne voulait pas être dérangée.

Mais Hanna ne se laissait pas abuser, cependant. Elle agissait comme à l'accoutumée parce que c'était le seul moyen d'échapper à la peur, mais sans croire pour autant qu'elle ne courait plus aucun danger, ni que l'assassin eût renoncé à l'atteindre. Ayant trente-quatre années d'expérience en la matière, elle en savait peut-être plus sur ce point que l'assassin lui-même. Aussi était-elle prête à tout.

Durant toutes ces années, Hanna avait eu peur sans chercher de raisons à sa peur ; mais, à présent, elle se rendait compte que l'assassin devait en avoir une pour vouloir sa mort. Et la réponse s'imposa : l'assassin devait penser qu'elle l'avait vu tuer David !

Hanna se rappelait avoir parlé comme si elle savait quelque chose, alors qu'elle ne savait rien. Mais l'assassin l'avait crue, et cela suffisait.

Son sang se glaça dans ses veines quand elle entendit frapper à la porte. Jusqu'alors, elle n'avait pas eu conscience que tous ses sens étaient tendus dans l'attente du bruit, de la vision ou de l'odeur qui matérialiserait soudain le danger. On frappa de nouveau, fortement, mais de façon amortie, comme avec le côté du poing.

Hanna alla vers la porte.

L'espace d'un moment, ce fut le silence, puis il y eut un froissement de papier sous la porte, et Hanna vit quelque chose de blanc entrer chez elle. Elle se pencha et distingua les mots « *...vivre éternellement* », le reste étant caché sous le battant.

De nouveau, elle n'entendit plus rien. La personne était-elle repartie ou non ? Hanna colla son oreille à la porte. Elle entendit le ronronnement de l'ascenseur, au bout du couloir, et quelque chose qui ressemblait à un rire provenant d'un autre étage. A ses pieds, le papier attendait... *vivre éternellement.* Elle se baissa et le ramassa. C'était une circulaire imprimée commençant ainsi : *Apprenez à vivre éternellement.*

— Madame, dit une voix sépulcrale de l'autre côté de la porte, le Seigneur a dit : « Celui qui croira en moi vivra éternellement. »

Le papier s'échappa des mains d'Hanna et elle demeura face à la porte, n'osant plus bouger bien que ce fût maintenant trop tard. On avait patiemment attendu de l'autre côté de la porte qu'elle prît la circulaire et, à présent, on savait qu'elle écoutait.

— Si vous voulez bien me permettre d'entrer, je vous communiquerai les enseignements du Seigneur comme ils m'ont été communiqués. Je ne vous demande rien qu'un peu de votre temps. Ecoutez mes paroles et le Christ entrera dans votre cœur. J'ai prié pour que vous m'entendiez.

Hanna tremblait de tous ses membres. Elle n'écoutait même pas ce qu'on lui disait, il lui suffisait d'entendre cette voix mâle s'adresser à elle comme si l'orateur la voyait.

— On ne peut servir deux maîtres à la fois, et quiconque est l'ami du monde est l'ennemi de Dieu...

Enfin, la voix se tut, et Hanna entendit des pas s'éloigner de sa porte. Mais elle sut que l'homme ne s'avouait pas vaincu et continuerait à essayer de forcer des portes jusqu'à ce qu'elles s'ouvrent. Elle comprit qu'il n'était pas celui qui avait frappé la nuit précédente, mais qu'il était peut-être encore plus dangereux que l'autre, étant l'ennemi de tout et de chacun jusqu'à ce qu'il les ait gagnés à sa cause.

Le soir, après avoir dîné de canard rôti et d'asperges, elle prit le numéro de *Life* resté sur la petite table près de la porte. Comme elle se sentait tranquille quand elle l'avait acheté !... Et voilà qu'elle ne pourrait peut-être même pas en achever la lecture avant sa mort. Sur la couverture, le maréchal Tito la regardait gravement. Il avait le même air, la veille au soir, et pourtant que de choses s'étaient passées depuis lors ! Comment pouvait-il avoir conservé la même expression ? Se désintéressait-il à ce point de la plus importante chose du monde : l'imminent danger d'être assassinée que courait Hanna ?

Elle s'assit, décidée à lire une partie de *Life* avant de se coucher.

Bien entendu, impossible de trouver le maréchal Tito à l'intérieur du magazine. *Life* vous jouait toujours le même tour : une grande photo de quelque chose d'intéressant sur la couverture et un tout petit article enfoui dans une des dernières pages, qu'il vous était impossible de découvrir avant d'avoir lu tout le reste. Elle parcourut un article sur la vie des indigènes du Zoulouland qui finit par la gêner, car il était illustré par une quantité de photos montrant des femmes à la poitrine nue. Elle apprit ensuite qu'un maire d'une ville du Sud avait naguère été acrobate dans un cirque et avait fait sa campagne en vue des élections, perché sur une estrade, où il se tenait debout sur les mains. Finalement, elle arriva à l'article d'une décevante brièveté expliquant pourquoi Tito avait des difficultés avec les Russes.

Hanna allait rejeter le magazine, avec l'intention de le lire plus attentivement le lendemain, si elle en avait le temps, quand elle se surprit soudain à regarder le visage de l'assassin.

11

Kevin connaissait bien le building de l'U.S. Marine. Quand il était enfant, il en traversait souvent le rez-de-chaussée pour gagner l'autre rue où se trouvait l'école. Un raccourci particulièrement intéressant quand il pleuvait.

Il passa devant une rangée d'ascenseurs et tourna dans un étroit couloir dallé de marbre. Il se souvenait que les ascenseurs condui-sant aux cinq derniers étages se trouvaient de l'autre côté du bâtiment. Ce dernier avait été construit durant les années de prospérité du siècle précédent, quand le Nouveau Monde commençait à prendre conscience de son importance et aimait qu'elle se manifestât dans l'architecture de ses immeubles neufs. Les grilles des ascenseurs étaient en fer forgé et les murs recouverts de marbre.

Kevin quitta la cabine au dernier étage, où le liftier l'aiguilla vers une grande porte vitrée, à l'extrémité du hall. Il se souvenait que les cinq étages supérieurs étaient occupés par l'U.S. Marine. A mesure qu'il approchait de la porte vitrée, Kevin prenait malgré lui une attitude respectueuse car, avant d'entrer dans la police, il avait caressé des rêves dorés et travaillé durant six mois dans un autre immeuble de Wall Street exactement semblable à celui-ci, pour dix-huit dollars cinquante par semaine. Il se rappela qu'il venait enquêter à propos d'un crime, qu'il représentait la Loi et n'avait à s'incliner devant personne. Mais les réminiscences du passé furent les plus fortes et il se surprit à balbutier ce qu'il désirait à une secrétaire imperturbable.

— Peut-être puis-je vous renseigner ? Mr. Zimmer est occupé.

Visiblement, elle s'attendait qu'il laisse un message et reparte. Kevin regretta de ne pas paraître plus âgé. Après tout, il était lieutenant de police et avait atteint ce grade en deux fois moins de temps que la plupart de ses collègues. Mais il ne se montra cependant pas aussi hautain qu'il l'eût souhaité :

— Je suis le lieutenant de police Corelli et j'aimerais parler à Mr. Zimmer en personne.

Elle décrocha le récepteur téléphonique, sans paraître autrement impressionnée :

— Mr. Zimmer, un détective demande à vous voir... Bien, monsieur.

Elle raccrocha le récepteur :

— Voulez-vous vous asseoir un instant, Mr. Corelli. Mr. Zimmer va vous recevoir.

Kevin s'assit sur une chaise près d'une grande table et feuilleta une revue maritime. Dix heures et demie. Il ne pourrait pas faire d'autres visites avant le déjeuner ; il lui faudrait donc remettre au lendemain ses deux derniers interrogatoires. Kevin plongea la main dans sa poche et en retira les notes qu'il avait prises.

Le policier avait commencé sa matinée sans avoir le moindre mobile à se mettre sous la dent. Maintenant il en avait quatre, peut-être même cinq. La chose prenait de l'ampleur. Il ne devait pas se laisser intimider par Zimmer. Le type avait le bras long, mais enfin, un meurtre est un meurtre...

— Entrez, lieutenant.

La porte s'était ouverte, et Barton Zimmer lui souriait. Ce sourire seyait mal au visage de Barton, et Kevin eut le sentiment qu'il devait même être douloureux à l'industriel. Il se leva et entra dans le bureau derrière son hôte. Ce faisant, Kevin eut l'impression de faire un saut d'un demi-siècle dans le passé. Tout dans ce bureau tendait à donner l'impression que le XXe siècle n'était pas encore né ou, plus exactement, que rien n'y avait été changé depuis lors ; même l'électricité était si bien dissimulée dans l'immense suspension à gaz, tout en cuivre et cristal, qu'on ne la remarquait pas. Les murs étaient recouverts de lambris et le plafond doré à la feuille. Une immense cheminée de malachite occupait presque tout un côté de la pièce, dominée par le portrait d'un homme à favoris. Au centre se dressait un bureau massif sur lequel il n'y avait ni papiers ni téléphone, juste quelques livres richement reliés, un encrier de marbre et un buvard vert, immaculé. Sur le côté du bureau était posé un chronomètre à l'ancienne mode, avec sa lourde chaîne d'or. Aux murs étaient accrochés des portraits de messieurs à barbe et jaquette, ainsi que quelques photos semblant montrer ces mêmes gentlemen participant à des banquets.

— Beau bureau ! dit Kevin qui, soudain, ne se sentit pas à la hauteur de sa mission.

— C'était celui de mon père. Je me suis efforcé de le conserver exactement comme il était. Il symbolise, à mes yeux, un esprit que nous ne connaissons plus de nos jours.

Malgré lui, Kevin avait l'impression d'être quelqu'un venu solliciter un emploi. Aussi accentua-t-il la gravité de sa voix :

— Mr. Zimmer, je crois avoir découvert pourquoi vous n'avez pas appelé la police immédiatement après le meurtre.

— Mais j'avais l'impression de vous l'avoir déjà dit...

Cette fois, l'homme ne semblait plus du tout nerveux et Kevin eut presque le sentiment de se tromper, de faire perdre son temps à un grand manitou, alors qu'il aurait pu aussi bien s'adresser à l'un de ses subordonnés.

— Parmi les effets de David Hammer, nous avons trouvé une clef de coffre-fort. (Il ne faut pas que je m'en laisse imposer, il faut que je lui foute la trouille ou je n'arriverai à rien !) Dans ce coffre, Mr. Zimmer, nous avons découvert des papiers qui vous donnaient une bonne raison d'assassiner Hammer.

Barton Zimmer juxtaposa les extrémités de ses longs doigts et hocha posément la tête :

— Dites-moi ce que vous avez découvert, lieutenant.

— Nous avons trouvé une correspondance entre vous et David Hammer, datant de plusieurs mois. Il semble qu'un accord ait été conclu entre vous pour qu'il écrive une série d'articles sur l'influence communiste dans la Ligue maritime. Il avait été convenu que vous lui paieriez une certaine somme pour ces articles.

— J'aurais pu vous le dire si vous me l'aviez demandé. Je ne vois pas comment cela aurait pu éventuellement faire de moi un assassin.

— David Hammer semble avoir pris grand soin de conserver toutes les lettres qu'il recevait de vous, ainsi que les copies de celles qu'il vous adressait. Comme il vous le soulignait dans une de ses dernières lettres, cela n'aurait pas arrangé votre situation vis-à-vis de l'opinion publique si l'on avait appris que vous aviez payé — ou offert de payer — des articles de journaux qui auraient dû être spontanés et objectifs. Cela vous eût desservi encore davantage si l'on avait fait ressortir que vous aviez voulu ainsi détourner l'attention de l'action intentée contre vous aux termes de la loi antitrusts.

En entendant l'expression « antitrusts », Barton laissa transparaître sa colère. Cette colère n'était pas tant dirigée contre Kevin que contre ce monde où il était permis d'intenter de pareilles actions.

— Lieutenant, ce n'est pas à l'honneur de la police qu'un de ses représentants aille colportant des propos subversifs d'origine communiste.

— Je ne fais que répéter le contenu de la lettre que Hammer vous avait adressée. Elle répondait à l'une des vôtres.

— Dans ma lettre à Hammer, dit Zimmer, j'exprimais simplement l'opinion que, au lieu de dilapider les deniers publics en intentant des procès politiques à des hommes innocents, l'administration ferait beaucoup mieux de s'attaquer au véritable mal qui menace notre pays et ses institutions, c'est-à-dire au communisme.

— Il ne m'appartient pas d'interpréter votre lettre, Mr. Zimmer. Seul m'intéresse que David Hammer ait pu vous faire chanter en vue d'obtenir une somme bien plus importante pour sa série d'articles, car il a été assassiné alors que vous vous trouviez dans son appartement. Il appuyait aussi son chantage sur autre chose, de beaucoup plus grave.

Zimmer observa attentivement Kevin, et celui-ci pensa qu'il guettait quelque signe de faiblesse qui lui indiquerait où attaquer pour en finir avec cette histoire. Kevin savait que tout moyen semblerait bon à Zimmer, pourvu qu'il soit efficace sans lui faire courir de trop grands risques.

— Dans une de ses lettres, Hammer vous écrivait que sa série d'articles aurait beaucoup plus de portée s'il pouvait annoncer la révélation d'un scandale ou autre chose de sensationnel, susceptible de retenir l'attention du public.

» Dans votre réponse, vous disiez que le comptable de la Ligue était « votre homme » et que, par son intermédiaire, vous vous arrangeriez pour qu'une certaine somme fût retirée de la caisse de la Ligue et versée au compte personnel de Vivian Boleyn, lequel venait d'être élu trésorier de la Ligue et était un communiste notoire.

Zimmer acquiesça :

— C'est bien ce que j'ai écrit, à défaut d'être ce que je pensais, hélas ! J'ai été très imprudent.

— Vous aviez donc l'intention, par le truchement de Hammer, d'accuser Boleyn d'un vol dont vous auriez été l'instigateur ?

— Mais rien n'a été fait, dit Zimmer, bien que Hammer ait cru le contraire et pensé ainsi m'avoir à sa merci. Cela aurait probablement eu lieu si l'homme en question n'avait été congédié peu après l'avènement de Boleyn.

— Il n'en reste pas moins que cette lettre vous compromettait.

— Mon cher garçon, c'est là vous avancer beaucoup. Ce que vous m'avez dit était la vérité à la lettre, mais l'esprit de la chose était totalement différent. Je vais être très franc avec vous, parce que je vous crois capable de me comprendre.

» Quelle différence cela peut-il faire si, n'ayant en vue que le bien de l'industrie et de la Ligue, je simule un vol qui ne tardera pas à devenir réel ? Oh, je ne pense pas que Boleyn soit personnellement malhonnête, encore que ce ne soit pas exclu, mais la trésorerie de la Ligue étant entre les mains des communistes, ces fonds ne seront plus employés qu'à des fins approuvées par le parti.

— Mr. Zimmer, interrompit Kevin, je suis policier. Vos opinions politiques ne me regardent pas. La seule chose qui m'intéresse est que Hammer semblait avoir tous les éléments pour vous faire chanter. Cette affaire, que vous aviez l'intention de négocier avec lui jeudi soir, pourrait fort bien avoir été la cause de sa mort.

Zimmer sourit. Kevin eut la désagréable impression que l'homme voyait déjà où cette conversation allait aboutir et l'attendait au tournant.

— Si vous voulez dire par là que je n'avais pas l'intention de payer un seul dollar à ce garçon et que j'aurais préféré le voir mort plutôt que de céder à son chantage, vous avez parfaitement raison. Toutefois, je n'aurais pas touché un cheveu de sa tête aussi longtemps que les soupçons pouvaient si facilement tomber sur moi. Qui plus est, à sa mort, tout cela serait venu au jour. Or, comme vous l'avez fort bien deviné, c'était justement la crainte de cette révélation que Hammer croyait pouvoir utiliser pour me faire chanter. Dans ces conditions, penser que je peux l'avoir tué serait stupide.

— Mais si vous saviez que votre correspondance se trouvait dans le bureau de Hammer ? Si vous l'aviez assassiné et étiez revenu, après le départ des autres, reprendre cette correspondance et la détruire, vous n'auriez plus personne à craindre.

— Vous croyez que je suis revenu ?

— Oui.

— Vous êtes très perspicace...

— Et vous l'avez tué.

— Bien sûr que non. Jeune homme, je vous trouve extrêmement intelligent.

Kevin retint le « merci » qui lui montait automatiquement aux lèvres, mais Zimmer l'avait déjà lu dans ses yeux.

— Je suis heureux de voir, reprit Zimmer, que cette affaire a été confiée à un homme ayant vos capacités. Il est réconfortant de constater que la police a suivi l'exemple de l'industrie moderne et s'est revigorée en faisant appel à un sang jeune. Je me demande si vous savez pourquoi je ne me suis pas mis en rapport hier matin avec le commissaire ou mon excellent ami le District Attorney ?

Kevin secoua la tête. Il aurait voulu que Dayton fût avec lui. Il n'aimait pas avoir affaire à des suspects connaissant le commissaire et le D.A. Cela ne lui semblait pas juste et lui donnait l'impression d'être contourné par l'adversaire. La différence entre les grandes crapules et les petites, c'est que les premières parviennent à vous faire douter que la loi ait pu être conçue aussi pour elles.

— C'est parce que je n'avais pas confiance en eux, dit Zimmer. En règle générale, je ne suis pas partisan de critiquer des gens devant un de leurs subordonnés, car cela pousse à l'anarchie — tendance déjà trop affirmée de nos jours —, mais je vous juge assez intelligent pour me comprendre si je dis que ces hommes sont comme des fétus lorsque se met à souffler n'importe quel vent politique.

La voix de Zimmer avait un indubitable accent de sincérité. En dépit de ses circonlocutions, il pensait visiblement ce qu'il disait.

— Mon père a travaillé toute sa vie pour cette Compagnie, et je lui ai emboîté le pas aussi loin qu'il m'a été possible de le faire. Cela n'a pas été facile et vous ne me croirez peut-être pas si je vous dis avoir fait pour cette Compagnie des choses que je n'aurais pas faites s'il s'était agi de protéger ma propre vie. L'U.S. Marine n'a cessé de prendre de l'importance, aussi des petits jaloux essaient-ils de démolir ce que nous avons bâti. Les communistes poussent à la grève, et des politiciens vénaux excipent d'une loi tombée en désuétude avec l'espoir d'extorquer ainsi des fonds leur permettant de poursuivre leurs tristes carrières politiques !

Barton prit le chronomètre dans sa main, laissant la lourde chaîne d'or osciller dans le vide. Kevin supposa que la montre aussi avait appartenu à son père. Zimmer la serrait dans sa main, comme un talisman ou une relique.

Kevin se demanda en quoi tout cela les concernait, lui ou l'assassinat de David Hammer.

— Je pense pouvoir me fier à vous. Je ne vous crois pas communiste ni désireux de hâter votre avancement en vous laissant porter par une marée de publicité politique. Je me trompe rarement dans mon appréciation des gens, et vous ne me semblez pas un homme à vous laisser détourner de votre but. Je suis certain que vous ne serez pas tenté de faire à la presse des déclarations non fondées sur mon éventuelle culpabilité dans cette affaire, ni de rendre publique une correspondance n'ayant rien à voir avec elle.

Kevin sentit la colère s'emparer de lui :

— Ecoutez-moi bien, Zimmer. Peu m'importe qui vous êtes. Si vous avez commis ce meurtre, rien ne me dissuadera de vous en faire supporter les conséquences. Inutile de m'énumérer tous les gens influents que vous connaissez ; vous ne bénéficiez d'aucune immunité et, si vous pensez être tombé sur un imbécile de pied-plat qui se mouillera pour vous couvrir, vous vous êtes fourré le doigt dans l'œil !

Barton Zimmer hocha la tête :

— C'est exactement ce que j'espérais vous entendre dire, lieutenant. Vous êtes résolu à arrêter l'assassin de David Hammer, alors je suis cent pour cent avec vous. Voilà comment j'aime qu'on aborde un problème. Directement. Avec force. Votre devoir étant d'arrêter un dangereux criminel, peut-être même un fou meurtrier, aucune considération politique ne vous en détournera.

» Vous vous êtes dit que cette affaire mettait en cause non des idéologies mais des êtres humains. Je voulais simplement vous faire comprendre que d'autres n'auraient peut-être pas les mêmes scrupules que vous. Ils pourraient se joindre à la meute pour démolir une grande institution commerciale, avec l'espoir d'en sauver un morceau à leur profit. Vous n'êtes pas ce genre d'homme, vous !

Kevin s'efforçait de dominer la situation. Zimmer ne lui était pas sympathique, mais il ne voulait pas laisser ses sentiments personnels entrer en ligne de compte. Après tout, la lutte que Zimmer menait contre les communistes ne le concernait pas ; il ne permettrait donc pas que la correspondance entre Zimmer et Hammer pût être divulguée, même partiellement. Il lui suffisait de savoir que cette correspondance constituait un mobile pour le meurtre. L'ennui, c'était que les autres aussi avaient des raisons de tuer David ; il n'était donc pas plus avancé qu'auparavant.

— Mr. Zimmer, vous parlez comme si vous vous trouviez entièrement blanchi dans cette affaire. Ça n'est pas le cas. J'ai toutes les raisons de vous croire coupable et aucune de vous croire innocent. Vous avez admis être retourné chez David Hammer après son assassinat — il n'est mort qu'à l'aube, soit dit en passant — pour récupérer des lettres servant de base à un chantage. N'est-il pas possible que vous ayez voulu aussi récupérer ces lettres parce que, si on les découvrait, elles dirigeraient immédiatement les soupçons sur vous ?

— C'est on ne peut plus vrai. Je savais que la police chercherait un mobile et, satisfaite de découvrir que j'avais pu commettre ce crime, n'irait pas chercher plus loin. En un sens, on pourrait dire que j'ai volontairement rendu service à la cause de la justice, mais je ne pense pas que vous voyiez les choses sous cet angle.

— Vous ne semblez pas curieux de savoir comment j'ai appris que vous étiez revenu après le départ des autres ?

— Non, en effet. Je n'avais plus aucune raison de le cacher, puisque je n'avais pu récupérer ce que j'étais venu chercher.

— Saviez-vous que David Hammer n'était pas encore mort à ce moment-là ?

— J'aimerais pouvoir répondre oui, lieutenant, puisque cela prouverait que je n'avais rien à voir avec sa... blessure, mais je le croyais mort. Pendant que je fouillais son bureau, je n'ai rien remarqué qui me donne à penser qu'il était encore en vie.

Le ton de Zimmer laissait entendre que fouiller l'appartement de Hammer lui avait été une obligation fort pénible, qu'il eût préféré confier à l'un de ses fondés de pouvoir.

— Et maintenant, Mr. Zimmer, voulez-vous me redire ce qui s'est passé après que Miss Case se fut sentie malade et eut quitté la pièce ?

— Certainement. J'ai vu le jeune Hammer s'en aller peu après et, comme je l'ai dit précédemment, son attitude m'a paru inexcusable. Je ne sais combien de temps s'est écoulé avant que je me décide à aller lui parler. Je me suis rendu dans son bureau et...

— Vous avez dit avoir été le premier à aller lui parler.

— Oui, et j'en suis absolument certain. Je suis entré dans son bureau et je lui ai dit exactement ce que je vous ai répété : il n'aurait pas de moi un seul dollar ; notre accord pour les articles était annulé et, s'il essayait de mettre ses menaces à exécution, il aurait tôt fait de le regretter.

— Qu'entendiez-vous par là ?

— Il le savait. Je connais fort bien les membres du comité de rédaction de son journal et il aurait suffi que je me plaigne de ses agissements pour qu'on le renvoie immédiatement. J'étais même résolu à demander sa démission sans plus tarder.

— Comment Hammer a-t-il pris cela ?

— En homme parfaitement sûr de soi. Il m'a conseillé de réfléchir encore et dit qu'il me téléphonerait le lendemain. Je suis persuadé qu'il bluffait.

— Ce fut tout ?

— Oui, absolument tout.

— Après votre retour dans le living-room, avez-vous remarqué si d'autres quittaient la pièce ?

— Oui. Je crois que, au cours de la soirée, tous se sont absentés un court moment, mais cela n'a évidemment rien d'anormal, et je ne saurais me souvenir dans quel ordre ils sont sortis ni combien de temps ont duré leurs absences respectives.

— La seule chose dont vous soyez certain, c'est d'avoir été le premier à rejoindre Hammer dans son bureau ?

— Oui, car j'étais désireux de le voir seul, comme vous le pensez bien.

— Connaissiez-vous quelqu'un parmi les autres invités ?

— Personne. En fait, je ne m'attendais pas à une telle réunion. Le jeune Hammer m'avait dit qu'il y aurait peut-être une ou deux autres personnes, mais que lui et moi pourrions nous entretenir en privé. J'y suis allé pour cette raison, car je croyais pouvoir l'amener à résipiscence. Je ne me serais certainement pas rendu chez lui si j'avais pensé y rencontrer ce bolcheviste de Boleyn.

— Que saviez-vous de Hammer, mis à part qu'il faisait autorité en matière de communisme ?

— Je n'en savais rien d'autre, mais j'aurais dû me douter qu'un homme ayant été communiste, même s'il se dit repentant, a déjà subi une telle désagrégation morale qu'il n'est plus digne de confiance.

Kevin fit alors mine de vouloir prendre congé, mais Zimmer le retint du geste :

— J'espère vous avoir suffisamment expliqué mes raisons d'agir, lieutenant. Je crois que, si vous réfléchissez bien à tout ce que je vous ai dit, vous arriverez à la conclusion que je ne suis pour rien dans cette affaire.

— Vous me semblez pourtant extrêmement compromis.

Zimmer eut un rire qui se voulait enjoué :

— C'est votre devoir de suspecter tout le monde, et je me garderai donc bien de m'en formaliser. J'aime que l'on s'en tienne à son travail et qu'on le fasse à fond. Ce sont là des vertus américaines qui finissent toujours par triompher.

— Je trouverai l'assassin de David Hammer, si c'est cela que vous voulez dire.

— J'en suis sûr, lieutenant. Dites-moi, avez-vous songé à votre avenir ?

— Comment cela ?

— Avez-vous l'intention de faire carrière dans la police ?

Kevin faillit répondre qu'il étudiait le droit, mais se rappela à temps qu'il était policier et que c'était à lui de poser des questions.

— Peut-être.

— Alors, si vous permettez à un aîné de vous donner son avis, je crois que ce serait une erreur. L'industrie moderne prend chaque jour de l'extension, et elle manque de cadres intelligents. Vous êtes marié, je présume ?

Kevin acquiesça.

— Des enfants ?

Kevin ne put s'empêcher de répondre :

— Un, sur le point de naître.

— Magnifique ! Je ne prétends pas savoir combien vous gagnez actuellement, mais je suis prêt à parier que dans n'importe lequel de mes bureaux — à Shanghai, par exemple, ou à Southampton, ou même à New York — on serait prêt à vous payer deux ou trois fois plus. J'ai réussi à convaincre mes directeurs que, lorsqu'on a un personnel de valeur, la bataille est déjà à moitié gagnée et, lorsqu'ils voient la possibilité de s'assurer les services d'un homme capable, ils ont ordre de le faire à tout prix. Je pense que vous êtes un homme de cette envergure.

Kevin assistait à un curieux phénomène : dans son for intérieur, il semblait y avoir soudain deux Kevin au lieu d'un. Un de ces Kevin faisait le compte de tout ce que lui eût permis un traitement deux ou trois fois plus important que son salaire actuel : avoir un meilleur logement, offrir des toilettes et des cadeaux à Mary, envoyer le petit dans une excellente école ; avec calme et un soupçon de mépris, l'autre Kevin lui disait qu'il était en train de se laisser acheter.

Majestueusement assis derrière son bureau, Barton Zimmer balançait sa grosse chaîne de montre tout en observant attentivement son visiteur pour déceler sur son visage le moindre signe d'acceptation. Soudain, le téléphone sonna. Barton ouvrit la porte d'un cabinet vénitien se trouvant près de son bureau et décrocha le récepteur.

Quand la brève communication fut terminée, Kevin avait pris une décision. Il demanda d'un air détaché :

— Et, maintenant, Mr. Zimmer, si vous me racontiez ce que vous savez au sujet de Margot Case ?

Zimmer parut surpris, et son expression dit éloquemment que Kevin se conduisait de façon insensée.

— Je ne sais rien d'elle. C'était la première fois que je la voyais, et je n'avais même encore jamais entendu prononcer son nom.

— Etes-vous certain qu'elle n'ait rien dit pouvant nous permettre de l'identifier ?

— Absolument rien ; quant à moi, je vous ai dit tout ce que je savais. Ecoutez, jeune homme, peut-être n'avez-vous pas compris que je vous offrais...

— Je sais ce que vous m'offrez. Si vous insistez, je vous inculpe immédiatement de tentative de corruption.

Zimmer se renversa dans son fauteuil :

— Oui, dit-il comme s'il venait de se poser mentalement une question, vous me plaisez beaucoup. Beaucoup. J'aurais aimé vous donner un conseil... Mais, avec votre tempérament impétueux, vous croiriez que je cherche à vous intimider ou quelque chose comme ça. Dans cette affaire, l'enjeu est beaucoup plus important que la vie d'un petit maître chanteur, et vous vous en êtes certainement rendu compte. Si vous n'y prenez garde, cette affaire vous dépassera et vous n'en sortirez pas indemne. Je ne veux pas dire physiquement, car je vous sais capable de veiller sur vous, mais il y a d'autres façons d'être gravement atteint. D'énormes forces sont à l'œuvre dans cette affaire et, pour votre bien, j'espère qu'elles ne vous balayeront pas.

— J'y veillerai, dit Kevin en se levant.

Zimmer le raccompagna jusqu'à la porte :

— Revenez me voir bientôt. Peut-être pourrons-nous alors parler plus longuement. Au revoir.

12

Kevin prolongea son déjeuner au maximum. La prochaine entrevue qu'il devait avoir s'annonçait extrêmement déplaisante. Il détestait avoir à interroger des femmes. Elles ne se souciaient jamais de donner une explication logique de leurs actes. Elles oubliaient invariablement qu'il était venu enquêter à propos d'un certain crime et considéraient ses questions comme autant d'occasions de lui parler d'elles. Etre submergé de semblables informations était pire que n'en pas recueillir du tout.

En plus de cela, Theodora Dennis était artiste. Elle lui avait donné l'adresse de son atelier comme étant celle où il pourrait la joindre. Kevin n'était encore jamais allé dans un atelier d'artiste, mais se représentait la chose avec une horrible précision : un modèle, à peine vêtu, et de jeunes hommes barbus buvant du Pernod, le tout baignant dans une atmosphère d'immoralité. En fait, le mot « atelier » sonnait si mal à ses oreilles qu'il se demanda s'il ne retarderait pas sa visite, afin d'aller voir Theodora à son domicile.

L'atelier de Theodora était situé dans un ancien immeuble commercial de la 23e Rue. Le liftier déposa Kevin à l'étage et le surveilla d'un œil soupçonneux tandis qu'il cherchait la porte marquée 65. Il frappa contre le vantail écaillé. Au lieu du rire d'un modèle, il entendit une voix rauque lui dire d'entrer.

Le liftier fit claquer la grille avec humeur et appuya sur le bouton « descente », tandis que Kevin entrait.

Theodora Dennis se tenait au centre d'une pièce parfaitement banale. Une boule de glaise et une cigarette dans la main gauche, elle travaillait de la main droite à une ébauche.

— Excusez-moi de vous recevoir dans autant de désordre, dit-elle avec amabilité.

Mais Kevin se rendit compte qu'elle devait dire cela à tous ceux qui venaient là pour la première fois. Il aurait fallu des mois pour mettre en ordre la pièce encombrée de vieux sacs en papier et de bouteilles vides. Dans une petite alcôve, près de l'évier, il y avait un groupe sculpté enveloppé de serviettes sales et, à côté, plusieurs bidons de glaise. Tout était maculé d'argile desséchée.

Theodora n'interrompit pas son travail. A chaque instant, elle saisissait une pincée de glaise, la roulait entre le pouce et l'index, puis sa main l'ajoutait à l'ébauche.

— J'aimerais vous poser quelques questions, dit Kevin, vaguement soulagé en même temps que déçu de constater que l'atelier ne ressemblait pas du tout à ce qu'il imaginait.

Elle acquiesça :

— Cela ne vous fait rien que je continue à travailler ?

— Non. Non, je vous en prie, dit-il avec gêne.

— Vous êtes le premier à la voir, vous savez.

— A voir quoi ?

Kevin se rendit soudain compte que, depuis la veille, il souhaitait, inconsciemment, avoir à s'occuper d'un bon petit meurtre bien simple où un ivrogne se serait fait descendre au cours d'une altercation dans un bar et non point d'une affaire englobant un communiste, un millionnaire, un gros industriel, et surtout une artiste !

— Cette tête, bien entendu. C'est celle de David. C'est le second buste que je fais de lui. Je suppose que vous avez dû voir l'autre ?

— Oh... oh, oui ! Je l'ai vu. On l'a retenu comme pièce à conviction.

Cette femme ne pouvait-elle s'asseoir et parler comme tout le monde ? Pour qui le prenait-elle, à la fin, un policier ou un critique d'art ?

— Oui, je comprends, dit-elle comme s'il s'était excusé, mais j'en voulais une copie pour moi. Je n'ai jamais été totalement satisfaite de l'autre. Quelque chose n'allait pas. On ne peut jamais bien préciser de quoi il s'agit, mais on le sent. Je crois que celle-ci sera exactement ce que j'aurais voulu que fût l'autre.

Elle parlait d'une voix tendue, avec excitation, mais cette excitation était due à son travail et non pas au fait qu'il soit venu l'interroger au sujet d'un meurtre.

Toute la surface de la tête était constellée de minuscules boulettes de glaise. Elles avaient été agglomérées à l'ébauche primitive, une à une, couche après couche. Kevin se demanda combien de centaines de milliers de boulettes avaient ainsi été assemblées à ce stade de l'exécution. Il comprenait maintenant pourquoi on n'avait pu relever d'empreintes digitales sur le buste ayant servi à tuer David : la surface devait en être toute grumeleuse.

— Quel travail cela paraît représenter ! dit-il pour se montrer sociable. Depuis combien de temps travaillez-vous à ce buste ?

— Depuis hier, de bonne heure.

Kevin remarqua alors qu'elle portait le même tailleur que la veille, lorsqu'ils s'étaient vus dans son bureau. Il était maculé de traces blanchâtres aux endroits où elle s'était essuyé les doigts. Elle devait, pour ainsi dire, n'avoir pas cessé de travailler au buste depuis qu'elle avait quitté Centre Street.

Devinant ses pensées, elle dit :

— Quand je commence à travailler, je ne m'arrête que lorsque je ne puis plus faire autrement. Je n'ai pas dormi depuis hier. Cela vous explique mon aspect. Excusez-moi.

En fait, Kevin lui trouvait meilleure apparence que la veille. Ses cheveux étaient dépeignés et ses yeux légèrement rougis, mais elle paraissait plus éveillée, plus jeune, et ses mains ne tremblaient pas autant. Pour la première fois, Kevin put imaginer, sans en éprouver de gêne, une liaison amoureuse entre David et elle.

— Vous deviez vous marier avec David Hammer, n'est-ce pas, Miss Dennis ?

Ses mains continuèrent à poser des boulettes de glaise sur cette tête qui devait être celle de David, mais Kevin put se rendre compte qu'il avait éveillé l'attention et la méfiance de Theodora.

— Nous sommes en possession de toute une correspondance échangée entre Hammer et vous, qui remonte à bon nombre d'années.

Quel pompeux préambule ! Il voulait simplement l'avertir qu'il avait lu ces lettres. C'est déjà mal de lire le courrier d'autrui, mais, quand ce courrier n'est qu'une longue et pitoyable supplication émanant d'une femme désespérément avide de tendresse, le mieux est de montrer clairement qu'on l'a fait uniquement par devoir, comme un médecin.

— Oui, dit-elle, nous étions fiancés.

— Et, continua Kevin (c'était le plus difficile à dire, bien qu'elle dût s'y attendre), vous saviez pourquoi il désirait vous épouser ?

— Pour mon argent, bien entendu. Aussi longtemps que j'en ai eu.

Sa main se mit à esquisser les lèvres de la statue, d'un coup sec, puis à la former à l'aide des boulettes de glaise, avec autant de patience que la Nature devait en mettre à détruire cette même bouche.

— Depuis quand connaissiez-vous David Hammer, Miss Dennis ?

— Depuis 1939. Je l'avais rencontré à un cocktail.

Elle parlait en gardant les yeux fixés sur l'image de David.

— Il était la seule personne au monde à me comprendre. Dès le premier instant, je me suis rendu compte que je pouvais me confier à lui, lui dire des choses dont les autres auraient ri. Même vers la fin, quand je l'ai connu sous son vrai jour, j'ai continué à penser de même. David comprenait les gens ; ça, tout le monde le sentait.

— Vous avez fait sa connaissance peu après votre retour d'Europe ?

— Le fait que vous sachiez tant de choses signifie sans doute qu'il avait gardé toutes mes lettres. J'aurais été très heureuse autrefois d'apprendre cela. Mais, bien entendu, il ne les conservait pas pour des raisons sentimentales. Il pensait simplement qu'elles pourraient lui être utiles un jour.

Elle rassembla des bouts de glaise en raclant le socle et les aggloméra à la boule qu'elle tenait dans la main gauche.

— Oui, j'ai fait sa connaissance peu après mon retour d'Europe. J'étais allée en Pologne pour régler la succession de ma mère. J'avais hérité d'elle des mines et il fallait que je m'en occupe. Ça m'était odieux... Je n'avais jamais désiré posséder autant... avoir autant de responsabilités. J'aurais tout liquidé si j'avais su comment m'y prendre.

Elle ne regardait pas Kevin. Sa main s'activait sur les lèvres, et sa voix était basse, comme si elle parlait à elle-même ou pour cette image de glaise qui se formait sous ses doigts.

— Mais ce n'était pas si simple. Il y avait une sorte de défi à relever. Les directeurs des mines cherchaient à me tromper, pensant que je n'y verrais que du feu, et il me fallait leur prouver le contraire. Je leur aurais volontiers tout donné, mais je ne pouvais tolérer qu'ils me le volent.

» David comprit bien cela, comme il comprenait tout. Il sembla même le deviner avant que j'aie ouvert la bouche. Il sut que j'étais lasse de devoir agir à la fois comme un homme et comme une femme. Il se rendit compte combien j'étais gauche et stupide, mais il m'accepta comme cela et ne me demanda jamais de changer. Je compris que j'avais enfin trouvé celui auprès de qui je pouvais me détendre, être moi-même. Je pourrais me consacrer à mon travail, tandis qu'il veillerait à tout pour moi. Je voulais tout lui confier, me débarrasser de tout, afin de ne plus avoir à me soucier de ces histoires d'argent. Je me disais que, de la sorte, on ne pourrait jamais plus me tromper.

— Combien de temps après avoir fait la connaissance de Hammer avez-vous décidé de l'épouser ? l'interrompit Kevin.

— Oh ! très rapidement. Cela se décida en quelques mois. Je lui demandai de m'épouser. Je ne me serais jamais crue capable d'oser une chose pareille, mais cela semblait tout simple, tout naturel, parce que lui et moi étions très proches l'un de l'autre... du moins, je le pensais.

» J'ai du mal à me remémorer cela, parce que j'étais heureuse, alors. On peut se souvenir toute sa vie d'un instant de souffrance, mais le contraire n'est pas vrai.

— Oui, peut-être...

Debout à quelques pas d'elle, Kevin était embarrassé de son corps, pesant tantôt sur un pied, tantôt sur l'autre. Il avait voulu lui faire confirmer des renseignements déjà puisés dans les lettres et par là, peut-être, apprendre d'elle quelque chose de nouveau ; mais il ne s'attendait pas à ce flot de réminiscences, qu'elle déversait presque comme s'il n'avait pas été dans la pièce.

— Quand la guerre éclata et que Hitler envahit la Pologne, continua-t-elle, David ajourna notre mariage. Pour lui, ça n'était pas plus compliqué que cela. Tout était toujours très simple pour David. Il n'avait même pas le sentiment de mal agir, si bien que sa duplicité n'apparaissait pas, comme c'eût été le cas chez un autre. Il me donna une vague raison, et ce fut tout. Il ne se tracassait pas, car il se rendait compte que je ne pourrais pas supporter la vérité et, par conséquent, ferais tout pour me la cacher.

» Pourtant, à la fin, je finis par comprendre quelle était la vérité : David avait voulu m'épouser pour mon argent. Cette découverte n'eut pas l'effet habituel. Je suis navrée de devoir le dire : je n'éprouvai aucune répulsion à l'égard de David, je ne le rejetai pas fièrement de ma vie, mais priai seulement pour la victoire des Alliés, afin de recouvrer mes mines et David. Quelle chose étrange, que ce massacre mondial me soit apparu comme un combat titanesque dont mon mariage était l'enjeu ! Des hommes mouraient par milliers, volaient en morceaux, des familles étaient déchirées à seule fin que j'aie assez d'argent pour m'acheter un mari !

Lentement, la bouche et le menton de la statue commençaient à prendre forme. Sous le pouce inlassable de Theodora, les traits s'affinaient, devenaient ceux d'une personne définie. Ce menton ne pouvait plus être le menton de n'importe qui. D'autres mentons eussent été plus longs, plus larges ou marqués d'une fossette plus profonde. Cette glaise sur le socle n'avait d'abord été qu'une masse compacte ; puis elle avait pris la forme d'une tête, la tête de n'importe qui et de tout le monde, mais maintenant elle devenait la tête de quelqu'un.

— Peut-être, reprit Theodora, serais-je parvenue à m'acheter David. S'il avait eu tout l'argent qu'il désirait, je crois qu'il n'aurait su à quoi l'employer. Il ne tenait pas à moi, mais, comme il ne tenait à personne d'autre, je n'avais pas à souffrir de la compétition. Il y a une limite à tout, même à la malhonnêteté ; si, finalement, il avait eu tout mon argent, cela l'aurait peut-être rendu aussi malheureux que moi. Alors, il aurait pu avoir besoin de quelqu'un, besoin de moi. C'est, du moins, ce que je pensais. Je n'avais pas prévu qu'il y aurait les communistes. David, si ; pour ces questions-là, il prévoyait tout.

» Donc, lorsque la guerre fut finie, David m'offrit d'aller en Pologne défendre mes intérêts. Nous comprenions tous deux qu'il s'agissait avant tout des siens. Il se déclarait certain que la Pologne deviendrait communiste, mais il essaierait de sauver le maximum avant que les mines fussent expropriées. Je lui donnai ma procuration. Il revint les mains vides et me dit, très simplement, penser que nous ne devrions pas nous marier. David fut exactement le commencement et la fin de tout ce que j'ai jamais désiré.

La bouche de la statue avait quelque chose qui parut familier à Kevin. Il reconnaissait déjà que c'était là une copie de la sanglante tête de bronze vue près du corps de David, mais pas tout à fait identique. Bien qu'il eût vu une seule fois le premier buste, il se rendait compte qu'il différait de celui-ci.

— Comme vous le savez, Miss Dennis, la majeure partie de ce que vous venez de me dire était expliquée dans la correspondance conservée par David Hammer. Je voulais simplement vérifier les faits. Vous vous rendez compte, je pense, que toute cette histoire vous donnait un motif d'assassiner Hammer. Vous éprouviez pour lui un sentiment très vif. Il avait promis de vous épouser, puis refusé de s'exécuter. Vous avez eu l'occasion de le tuer, une raison de le faire, et vous en étiez physiquement capable.

Elle releva la tête :

— Vous présentez cela d'une telle façon que je devrais avoir la bonne grâce de me reconnaître coupable. Toutefois, il se trouve que je ne suis pas seule à avoir eu l'occasion et la force de le tuer ; or, connaissant David comme je le connaissais, je suis sûre que les autres non plus ne devaient pas manquer de mobiles !

» Si vous allez au fond des choses, vous découvrirez certainement que David avait dupé ou s'apprêtait à duper tous ces gens qui étaient chez lui l'autre soir. Peut-être l'avez-vous même déjà découvert. Je connaissais David sans doute mieux que quiconque, et je sais que, lorsqu'il avait des amis, c'était parce qu'il espérait en tirer profit. Non, vraiment, je ne crois pas que vous ayez une raison de me suspecter davantage que les autres.

C'était si vrai que Kevin en fut irrité. Theodora s'était remise à travailler comme s'il avait quitté la pièce, et cela accrut encore la colère du policier. S'ils étaient tous aussi sûrs d'eux-mêmes, c'était parce que chacun d'eux avait pu tuer David. Chacun se sentait protégé par cette égalité devant les soupçons, et Kevin n'y pouvait rien.

— Vous n'êtes pas allée voir David dans son bureau, lorsqu'il eut quitté le living-room, ce fameux soir ?

— Non. Je suis allée aux lavabos et, donc, passée deux fois devant la porte du bureau, mais je n'y suis pas entrée. Je n'avais rien à lui dire et la réciproque était certainement vraie.

— Vous rappelez-vous quelle a été la dernière personne à s'absenter du living-room, avant que Miss Case vînt annoncer le drame ?

— Je n'en ai pas la moindre idée. Au cours d'une réunion comme celle-là, il est normal que les gens s'absentent de temps à autre, et je n'ai pas l'habitude d'y prêter attention.

— Vous n'aviez encore jamais rencontré Margot Case, je crois ?

— Jamais.

— Et pourtant vous connaissiez David depuis longtemps ?

— Oui.

— Vous m'avez bien dit cependant que Hammer vous avait présenté Miss Case comme une « vieille amie » à lui ?

— Oui, mais je ne l'avais jamais vue auparavant et n'avais même pas entendu parler d'elle. Ma surprise a été totale.

En regardant la tête d'argile, Kevin se rappela soudain où il avait vu cette bouche. C'était celle de David, mais celle de David avec la tête écrasée. Pas de méprise possible. Bien qu'elle fût encore inachevée, il était visible que la statue reproduisait les traits du mort et non plus ceux de David tel qu'il était de son vivant.

— Lors de votre première déposition, Miss Dennis, vous m'avez dit n'avoir plus revu David après son départ du living-room, ce soir-là. Je crois que vous m'avez menti, car je *sais* que vous l'avez revu après ça.

Quelque chose dans la voix de Kevin fit que Theodora abandonna son travail et s'écarta du socle en regardant le policier avec une sorte d'admiration.

— Vous avez vu son visage ! Vous avez vu son visage et vous êtes capable de le reconnaître dans cette ébauche !

Elle sourit timidement :

— Je ne sais si je dois en être ravie ou désolée. Je suis flattée de constater que j'ai attrapé la ressemblance, l'expression... Mais, ce faisant, je me suis trahie, complètement, dit-elle en regardant le buste avec fierté.

— Alors, vous avouez avoir vu Hammer après le meurtre ?

Kevin avait l'impression d'être le seul à conserver sa lucidité dans un monde insensé.

— Oui, dit-elle avec gravité. Quand tout le monde a été parti, je suis revenue. La porte était ouverte et je suis entrée. Il me fallait revoir David.

— C'est la seule chose qui vous incitait à revenir ?

— Quelle autre raison voudriez-vous que j'aie eue ?

— Je crois, moi, que vous êtes revenue chercher les lettres que vous aviez écrites à David. Vous avez dit vous-même qu'il ne jetait jamais rien qui pût lui être utile. Les lettres émanant d'une femme riche devaient certainement entrer dans cette catégorie.

— Je suis revenue pour voir David.

Kevin ignora l'interruption :

— Voilà pourquoi vous avez attendu le matin avant de prévenir la police. Vous vouliez tenter d'abord de récupérer vos lettres. Quand vous ne les avez pas trouvées, vous vous êtes dit que la police aurait certainement plus de chance que vous et qu'il valait mieux détourner les soupçons de votre personne en signalant le crime.

— Est-ce pour la même raison que les autres ont attendu le matin avant de prévenir la police ? Sont-ils également revenus dans l'appartement ?

Elle lut la réponse sur le visage du policier.

— Avez-vous tué David Hammer ?

Kevin se dit que c'était un peu comme demander au maître d'hôtel si le rôti n'est pas trop cuit : il n'y avait qu'une réponse possible.

— Non.

— Vous l'aimiez. Il était tout pour vous et, quand il vous a rejetée de sa vie, votre amour s'est transformé en haine...

Kevin se rendit immédiatement compte que sa phrase était trop longue. Déjà Theodora lui riait au nez :

— N'est-ce pas un tout petit peu trop mélodramatique pour un samedi après-midi ? Je crains fort que vous n'ayez été mal inspiré dans le choix de vos lectures.

La colère submergea brusquement Kevin. Il avait envie de casser quelque chose. Si seulement il avait pu jeter cette satanée statue par la fenêtre !

— Ecoutez-moi bien, Miss Dennis ! Vous êtes impliquée dans une très grave affaire de meurtre. Depuis le soir du crime, vous n'avez cessé d'agir de façon anormale, et vous aviez la meilleure raison de haïr David Hammer. Vous êtes l'un des principaux suspects et si vous êtes coupable, je ferai tout ce qui est en mon pouvoir pour que vous soyez arrêtée et condamnée !

Theodora Dennis revint près du socle et, tendrement, s'employa à recréer le visage de l'homme qu'elle devait haïr plus que quiconque au monde.

13

Ce dimanche matin, Hanna s'éveilla à huit heures et demie. Avant même d'avoir regardé la pendulette, elle sut que quelque chose n'allait pas. Durant des années, elle s'était éveillée chaque jour à neuf heures et demie, pas une minute plus tôt ni plus tard.

Or, en ouvrant les yeux, elle entendit une poubelle *pleine* que l'on traînait dans la cour. A neuf heures et demie, c'était un bruit de poubelles *vides* que l'on entendait. Elle se tourna sur le côté et consulta la pendulette. Elle s'était éveillée une heure plus tôt que d'habitude. Pourquoi ?

Alors, elle prit soudain conscience du bruit, ce bruit à peine perceptible qui l'avait tirée du sommeil. Il ne lui était pas familier, bien qu'elle eût maintes fois imaginé l'entendre. C'était le bruit ténu et métallique d'une clef introduite dans la serrure.

Tout la poussait à se cacher la tête sous les couvertures afin de ne plus rien entendre, et elle fut sur le point de céder à cette impulsion. Puis le souffle glacé de la réalité la fit bondir hors du lit et courir, pieds nus, dans le living-room.

La porte était ouverte. La chaîne de sûreté la retenait encore mais, par cet entrebâillement, un crayon s'activait à retirer l'extrémité de la chaîne de son encoche. Avec la force du désespoir, Hanna se jeta de tout son poids contre la porte qui se referma en claquant, brisant net le crayon.

Pendant près d'une heure, Hanna demeura contre le vantail, incrustant ses pieds dans la moquette pour mieux résister à un nouvel assaut. Personne ne se manifesta. Dans le couloir, tout n'était que silence, mais Hanna se demandait si l'assassin n'était pas là, attendant l'instant où elle s'éloignerait de la porte pour l'ouvrir à nouveau.

Elle s'en voulait de n'avoir pas pensé qu'on pouvait aisément se procurer un passe-partout. Elle aurait dû prévoir la chose ! Elle regarda la petite chaîne de cuivre qui était désormais son seul rempart contre la mort. Jadis, elle avait eu l'intention de faire poser un verrou et avait même été jusqu'à demander à Arthur d'amener un serrurier. Mais, le moment venu, elle avait eu peur d'introduire deux personnes dans sa chambre et leur avait dit de repartir, qu'elle avait changé d'avis. Maintenant, un verrou lui semblait être la plus précieuse chose qui fût au monde, et elle aurait donné un demi-million de dollars pour en posséder un. Elle aurait même donné tout ce qu'elle avait en échange d'un solide verrou, qu'elle eût été seule à pouvoir ouvrir.

Mais elle n'avait pas de verrou et elle ne pouvait rester éternellement contre la porte. Très probablement, l'assassin s'était déjà éloigné pour prendre son petit déjeuner, un bain, ou dormir, sachant bien qu'il retrouverait Hanna au gîte. Plus tard, il reviendrait, reposé, rafraîchi, prêt à risquer une nouvelle tentative. Il fallait qu'elle trouve un moyen de maintenir la porte fermée ou, tout au moins, d'être avertie si l'on tentait de l'ouvrir. Oui, si elle était prévenue à temps, elle ne risquerait rien.

S'écartant du battant, elle poussa contre lui la petite table sur le coin de laquelle, près de la poignée de la porte, elle posa un grand vase en Wedgwood. Si l'on essayait d'ouvrir la porte, le vase tomberait par terre. Ce vase avait appartenu à la mère d'Hanna et, comme elle, il était d'une extrême fragilité qui ne résisterait pas à une chute sur la moquette. De la sorte, l'alarme serait donnée, et il ne pourrait rien arriver à la porte sans qu'Hanna en fût avertie ; ce qui, pour elle, valait encore mieux qu'un verrou. Elle eût trouvé plus horrible de ne pas savoir que l'assassin était là.

Quelle chose étrange de connaître désormais le nom de l'assassin et d'être obsédée par son visage. Durant des années, l'assassin n'avait eu ni voix ni visage, et était passé des milliers de fois devant la chambre d'Hanna sans révéler son identité, ni rien trahir de ses plans. Mais, maintenant, il s'était incarné, et toutes les terreurs d'Hanna se concrétisaient.

Vêtue seulement de sa chemise de nuit — silhouette pitoyable de femme sans défense — elle alla, pieds nus, chercher l'exemplaire de *Life* où se trouvait la photo de l'assassin. Chaque fois qu'elle voyait ce visage, Hanna avait l'impression de le connaître depuis toujours. Les yeux la regardaient posément en lui promettant la mort.

Dans la légende se trouvant sous la photo, Hanna avait lu l'incontestable preuve que cette personne avait tué David et essayait maintenant de la tuer. Elle avait la troublante impression qu'aucun autre exemplaire de ce numéro de *Life* ne contenait cette photo. C'était une sorte de message à elle seule adressé. Aucun des millions de lecteurs du magazine ne voyait la haine de ce regard, la ligne cruelle de cette bouche. Personne d'autre qu'elle ne s'entendait dire aussi clairement : « A ton tour ! »

Frissonnante, elle laissa tomber le magazine sur la moquette, mais le visage demeura présent dans son esprit.

Après avoir procédé à son habituelle toilette compliquée, Hanna choisit avec soin ses vêtements du jour. D'autres femmes pouvaient se soucier seulement des choses qui se voyaient, mais, si la couleur de sa culotte n'avait pas été en harmonie avec celle de ses jarretelles,

Hanna se fût sentie aussi gênée que si elle avait perdu un de ses bas en public. Ensuite, elle prit posément son petit déjeuner, avec l'impression de sentir s'irradier dans tout son corps, jusqu'à la racine de ses cheveux, les forces qu'elle emmagasinait ainsi.

Quand elle se retrouva avec une journée entière devant elle, à peine coupée par le déjeuner, Hanna devint la proie de rêveries quasi léthargiques, alternant avec des phases de soudaine panique. A un moment, elle marcha vers la porte, résolue à en finir en faisant face à l'assassin. Mais, quand elle fut sur le point de déplacer la petite table pour libérer la porte, une pensée fulgura dans son esprit : l'assassin était là, qui l'attendait, et il avait prévu cet instant de panique qui lui livrerait Hanna. Alors elle interrompit son geste et regagna en hâte la sécurité de sa chambre.

Parfois, il lui semblait que l'assassin avait réussi à s'introduire dans l'appartement, qu'il était derrière elle, brandissant une matraque pour l'assommer. Figée sur place, elle était alors incapable du moindre mouvement, n'osant plus se retourner, attendant le coup et les ténèbres qui l'engloutiraient.

Mais, dans le courant de cet après-midi, elle fut soudain en proie à une violente colère. C'était la première fois de sa vie qu'elle s'emportait ainsi, et elle trouvait cela grisant comme une liqueur forte. Elle se mit à gifler l'air, avec l'impression de déployer une force inouïe et de réduire le visage de l'assassin en une pulpe sanglante, proférant des mots obscènes qu'elle croyait ignorer, frappant toujours plus fort, jusqu'à ce que cette frénésie la jetât, pantelante, dans son fauteuil.

Vers la fin de l'après-midi, comme elle essayait de retrouver assez de force pour vaquer à ses occupations ménagères, elle décela dans l'air une odeur de santal. Cela lui arrivait par bouffées et à chaque bouffée, l'odeur devenait plus forte.

Hanna n'avait pas senti une pareille odeur depuis qu'elle était petite fille. Le santal était le parfum de sa mère, morte alors qu'Hanna était encore en bas âge, et dont le mari avait gardé les vêtements intacts dans les armoires. Hanna aimait à jouer dans la chambre de sa mère, quand son père était absent, et, durant toute son enfance, elle avait retrouvé ce parfum de santal dans les plis des robes.

Maintenant, il semblait que ses propres vêtements, ses mains étaient saturés de ce parfum. Hanna se leva et passa dans la cuisine. Là, l'odeur était beaucoup plus atténuée, et Hanna l'avait peut-être simplement apportée avec elle. Quand elle revint dans le living-room, l'odeur prit plus de force, lui laissant un goût âcre dans la bouche. Il lui sembla presque la *voir* filtrer hors du placard où elle rangeait ses vêtements et, un instant, elle se crut de nouveau dans la chambre de sa mère.

A chaque seconde, l'odeur devenait plus intense, épaississait l'air.

Hanna se dirigea vers le placard, sentant l'odeur lui opposer une molle résistance, comme si elle avait transformé l'air en une sorte de gelée qui se solidifiait insensiblement. Il fallait qu'Hanna découvre la source de l'odeur et la détruise. Elle ouvrit toute grande la porte du placard et, une main plaquée sur le visage, elle remua de l'autre les robes entassées dans le réduit. L'odeur suffocante parut la submerger, l'envelopper dans une mortelle étreinte, et elle n'eut que le temps de gagner son lit avant de perdre connaissance.

14

Elle reprit conscience dans un sursaut et cherchait déjà à descendre du lit avant même que le bruit fût parvenu jusqu'à son cerveau. Elle courut dans le living-room, où le vase gisait en morceaux près de la petite table, et se plaqua contre la porte. Dieu merci, elle avait entendu !

Graduellement, elle se rendit compte que rien ne se produisait. Ou bien l'assassin s'était enfui, effrayé, ou bien le vase était tombé de lui-même. Oui, c'était possible. Hanna, de peur qu'il ne tombe pas, l'avait placé si près du bord qu'une vibration causée par le passage d'un camion avait pu suffire à provoquer sa chute.

Regardant les débris, Hanna se dit qu'elle était peut-être victime de son imagination. Ce pouvait être tout simplement Arthur qui avait frappé, tenté de lui téléphoner ; Arthur aussi qui avait essayé d'ouvrir la porte. Après tout, elle ne l'avait pas appelé depuis plusieurs jours, et il était fondé à la croire malade. Ses terreurs et le choc causé par la mort de David avaient pu lui faire imaginer ce complot contre sa vie. Ce n'était pas la première fois que pareille chose lui arrivait, bien qu'elle ne se fût jamais manifestée aussi violemment.

Mais, s'il s'agissait d'Arthur, pourquoi ne s'était-il pas nommé ? Pourquoi n'avait-il pas glissé un mot sous sa porte ? Pourquoi ne l'avait-il pas appelée quand elle s'était jetée contre le battant pour le refermer ?

Le crayon !

Le crayon s'était cassé en deux quand elle avait fait claquer la porte. Mais elle eut beau remuer les débris du vase, se baisser sous la petite table, longer la plinthe, Hanna ne retrouva pas le bout tombé à l'intérieur de l'appartement. Si le crayon n'était plus là, c'est qu'il n'y avait jamais été, et cela signifiait...

Hanna courut dans la chambre à coucher, ouvrit le placard, enfouit son visage dans les robes. Pas le moindre relent de santal. Avait-elle rêvé ?

Mais, si elle avait rêvé cela, elle avait pu rêver tout le reste ? Etait-elle sûre d'avoir déjeuné ? De s'être habillée ? Si certains de ses sens l'avaient abusée, il pouvait en être de même pour les autres. Elle croyait sentir ses vêtements sur soi, mais elle était peut-être nue ? Etait-elle seulement sûre d'avoir assisté à un cocktail, l'autre soir ? D'avoir connu un nommé David Hammer et qu'il ait été assassiné ?

Hanna se rua vers le numéro de *Life* demeuré à terre. De nouveau, elle vit le visage de l'assassin. Mais les indications de la légende, qui lui avaient paru jusqu'alors constituer une preuve indiscutable, lui semblèrent pouvoir être le fait d'une coïncidence. Même le regard lui parut impersonnel, comme tous ceux des autres photos. Peut-être avait-elle simplement vu ce visage et bâti autour toute l'histoire ? Qui sait si, en feuilletant le magazine, elle n'allait pas retrouver tous les autres visages, y compris celui de David ? Hanna tourna les pages une à une. Dans un groupe de personnes, derrière le maréchal Tito, elle crut reconnaître la femme en noir qu'elle avait remarquée dans le métro.

N'y avait-il donc plus moyen pour elle de distinguer le mensonge de la réalité ? Si elle était devenue folle, elle voulait pourtant en être sûre !

Hanna eut une sorte de nausée. Quand on commence à douter de sa raison, tout ce que l'on croit imaginer peut devenir réalité.

Hanna comprenait maintenant comment tout cela avait pu se produire. David n'avait peut-être jamais existé, et toutes les petites aventures qu'elle avait cru vivre lors de son escapade n'étaient probablement que les fruits d'une hallucination lui faisant croire qu'elle avait quitté son appartement. Et, maintenant qu'elle s'attendait à mourir sous les coups d'un assassin imaginaire, son cerveau lui faisait croire que le téléphone sonnait, qu'une clef invisible tentait d'ouvrir sa porte, et qu'un homme avait été assassiné, parce qu'elle avait vu une photographie dans *Life*.

Ce magazine même... Arthur avait pu le lui apporter, comme il le faisait chaque semaine. Peut-être, au sein de sa démence, Hanna avait-elle continué à vivre comme par le passé, avec Arthur lui montant ses repas et remportant la vaisselle sale ? Oui, ce devait être ainsi quand on était fou ! Mais, dans ce cas, comment s'en rendait-elle compte à présent ? Eprouvait-elle un bref instant de lucidité avant de sombrer dans une nouvelle crise ?

Hanna enfouit son visage dans ses mains glacées et se mit à sangloter.

Elle se massa le front quand elle crut entendre frapper violemment à la porte. Mais le bruit persista... il en émanait une sorte d'urgence...

Dominant le tumulte, une voix d'homme cria :

— Au feu ! Au feu ! Tout le monde dehors !

15

Il était rare que Mary demandât quelque chose à Kevin, mais, ce dimanche où elle aurait aimé aller à la messe avec lui, il avait été obligé de partir de bonne heure pour cette enquête, et Mary avait envie de pleurer.

De son côté, Kevin était furieux de devoir la quitter pour aller interroger les autres témoins, qui devenaient soudain pour lui « ce sale communiste » et « ces espèces de petits snobs », bien que Boleyn ne lui parût ressembler aucunement aux communistes dont il avait entendu parler, ni les Coburg-James être snobs le moins du monde. Mais c'était dimanche, et il avait dû laisser Mary à la maison... peut-être en train de pleurer !

Kevin s'arrêta d'abord à Centre Street, et sa colère s'accrut en apprenant qu'on n'avait toujours pas retrouvé la moindre trace de Margot Case. La seule information nouvelle que l'on eût recueillie concernait David Hammer. Ce n'était pas son vrai nom ; il s'appelait Eddie Costello.

Quand il sonna chez Boleyn, Kevin avait placé le communiste en tête de sa liste de suspects.

Une jeune femme potelée vint ouvrir. Elle sourit à Kevin et l'invita à entrer quand il se fut présenté. Une agréable odeur de lard grillé flottait dans l'appartement. La jeune femme introduisit Kevin dans un minuscule living-room communiquant d'un côté avec la salle à manger, de l'autre avec ce qui devait être le domaine de jeux d'un enfant. Si l'on avait abattu les cloisons, ça n'aurait même pas réussi à faire une grande pièce.

— Vivian ! C'est le détective qui vient te voir, cria la jeune femme en installant Kevin dans un confortable fauteuil.

A la façon dont elle dit : « C'est le détective », Kevin sut qu'ils avaient dû parler de lui et qu'elle n'était pas surprise de sa visite.

— Vous prendrez bien une tasse de café ? dit-elle en se tournant vers lui, souriante.

Kevin s'apprêtait à froncer les sourcils afin de bien signifier qu'un policier dans l'exercice de ses fonctions n'accepte aucune faveur mais, avant qu'il ait pu parler, la jeune femme avait déjà quitté la pièce.

Une porte claqua dans le couloir, et un enfant apparut. Il devait avoir six ans et considéra le policier d'un air pensif.

— Bonjour ! fit Kevin, avec nervosité.

— Bonjour !

Le gosse continua un moment à le détailler d'un œil critique, puis s'en alla dans la pièce qui lui était réservée.

Qu'attendait donc Boleyn pour venir ?

Mrs. Boleyn reparut, portant un plateau sur lequel il y avait une tasse de café et une assiette de petits beignets.

— Je les ai faits ce matin, dit-elle gaiement. Mangez-en autant que vous voudrez, il en reste encore à la cuisine. Oh ! j'ai oublié le sucre...

De nouveau, elle se précipita hors de la pièce, laissant le plateau entre les mains de Kevin. L'arôme du café et l'odeur chaude des beignets lui firent mesurer combien il avait faim. Il posa le plateau sur une petite table et, d'un air coupable, prit un des beignets.

— Voilà le sucre ! Et maintenant, mangez tant que c'est chaud.

En dépit de sa jeunesse, sa voix avait un accent maternel. Kevin marmotta un remerciement et mordit dans le beignet.

La jeune femme le regarda manger et, malgré lui, Kevin sentit son visage exprimer le plaisir qu'il éprouvait. Si l'inspecteur Dayton arrivait et le trouvait en train de prendre son petit déjeuner chez un des principaux suspects, il serait immédiatement rayé des cadres !

— J'ai mis de la confiture dedans. Elle est bonne, n'est-ce pas ? Ce n'est pas de la confiture de l'épicier. Je l'ai faite moi-même avec des mûres que nous avons cueillies près du lac Mohegan.

La confiture était délicieuse, et le café, le meilleur qu'il eût bu depuis des années... bien qu'il n'osât le comparer à celui de Mary.

Mrs. Boleyn se rendit compte de tout cela et s'assit avec satisfaction.

Kevin était déconcerté. Non seulement par Mrs. Boleyn, mais par cette petite pièce tout encombrée de bric-à-brac et de vieux souvenirs qu'un marin eût pu rapporter de ses voyages. On y respirait un air d'intimité, alors que l'appartement d'un communiste, estimait Kevin, aurait dû paraître plus dépouillé, plus utilitaire. Et Mrs. Boleyn aurait dû être une femme robuste, au visage quelconque, au lieu de ce petit elfe blond. Kevin s'attendait aussi à voir une grande photo de Staline ou de Molotov, mais il n'y avait là qu'une reproduction des *Tournesols*, de Van Gogh.

Kevin prit un autre beignet. Se découvrant affamé comme un gosse, il se dit qu'ayant commis la faute d'accepter à manger, il pouvait aussi bien continuer jusqu'à ce qu'il fût rassasié.

Il put constater que Mrs. Boleyn était ravie de lui voir manifester un tel appétit. S'imaginait-elle protéger ainsi son mari ? Non, décida

Kevin, elle ferait cela pour n'importe qui, venant chez elle à n'importe quelle heure. Elle ne pensait pas à lui en tant que policier.

Vivian Boleyn fit son entrée, des pantoufles aux pieds, vêtu d'un vieux pantalon de tweed et d'une chemise au col déboutonné.

— Bonjour, lieutenant, dit-il sans paraître trouver étrange que Kevin fût en train de prendre son petit déjeuner.

— Bonjour... Boleyn ! dit Kevin en avalant la dernière bouchée de son beignet.

Le visage de Boleyn avait un air lavé de frais, rasé de près. Il semblait d'excellente humeur, et une mèche de cheveux humides dressait une spirale exubérante sur sa tempe. L'espace d'un instant, Kevin fut jaloux de cet homme qui pouvait passer son dimanche chez lui, alors que lui-même était obligé de courir la ville pour éclaircir un mystère dont il n'était pas responsable.

— Maintenant, dit Mrs. Boleyn en se levant, si vous voulez m'excuser tous les deux... j'ai du travail qui m'attend !

Elle sourit à Kevin et arrangea au passage le col de son mari.

Kevin avait maintenant peine à croire que ce fût là l'homme qu'on lui avait décrit comme un des plus farouches dirigeants de la Ligue maritime. Mais, quand Boleyn s'assit, Kevin décela dans son mouvement la souplesse du lutteur professionnel. En dépit de sa petite taille et de son visage presque enfantin, l'homme commandait immédiatement le respect physique.

Dans la pièce voisine, l'enfant chantait comme le font tous les enfants quand ils pensent que personne ne les écoute. Puis il se mit à imiter les pompiers :

— Pin-pon ! Pin-pon ! Pin-pon !... Sauvez ces gens ou ils vont se brûler ! Hissez la grande échelle ! Sauvez cette dame ! Pin-pon... Envoyez d'autres autos !

— Il est amusant, votre gosse. Il va à l'école dans le quartier ?

— Oui, au bout de la rue. Il a toujours les meilleures notes.

Vivian Boleyn ne chercha pas à dissimuler plus longtemps qu'il considérait le jeune pompier comme la huitième merveille du monde.

Kevin se demanda s'il éprouverait la même impression devant son fils. Probablement. C'était humain... Et si Boleyn se révélait être l'assassin ? S'il lui fallait arrêter le père de ce gosse ? Au diable ! Il n'avait pas à réfléchir à ces choses, mais simplement à s'occuper de son boulot. Et puis, aussi, c'était la faute de ce Boleyn ! Quel besoin avait-il de se mêler aux communistes alors qu'il était père de famille ? Si encore il avait été seul, mais avec femme et enfant !

— Depuis quand connaissiez-vous Eddie Costello ?

— Ah, vous avez découvert... ?

— Oui, « j'ai découvert », fit Kevin. Contentez-vous de

répondre à mes questions. Depuis combien de temps le connaissiez-vous et pourquoi ne m'aviez-vous pas dit son véritable nom ?

— Je ne pensais pas que le nom pût changer grand-chose, rétorqua doucement Vivian. Je le connaissais depuis mon enfance, mais seulement comme ça... Nous avions été à l'école ensemble et l'on apprend ainsi à connaître des gens, sans être leur ami pour autant.

— Quel genre d'enfant était-ce ?

— Un garçon capable de faire n'importe quoi pour peu qu'on l'en défiât... Vous savez comment sont les gosses ? Grimper aux câbles du pont suspendu ou sauter d'un deuxième étage sur un matelas, par exemple. Il s'introduisait la nuit dans des boutiques et volait de menus objets pour pouvoir s'en vanter ensuite.

— Rien de plus grave ?

— Avec un type comme lui, on ne savait jamais. Je l'ai vu, une fois, faire face à cinq autres, un tesson de bouteille à la main...

— Vous ne l'avez jamais fréquenté davantage ?

— Pas quand j'étais enfant, non. Plus tard seulement. Je suppose que vous êtes au courant ?

— Je suis au courant de toutes les activités de Hammer depuis qu'il a adhéré au parti communiste, en 1937, mais je préfère vous entendre raconter l'histoire à votre façon.

L'espace d'un instant, Vivian hésita. Visiblement, il lui répugnait de mêler le parti à cette affaire. Enfin, il sourit, et se montra prêt à parler. Vivian avait un visage si ouvert, si honnête que Kevin devait constamment se rappeler qu'il avait affaire à un homme réputé pour son intelligence astucieuse. Boleyn avait dû se rendre compte que, l'histoire étant déjà connue, il n'avait rien à perdre en la répétant à la police avec force détails.

— Quand j'ai revu Costello, il venait d'entrer à la Ligue maritime. Il s'était beaucoup assagi entre-temps. Tout d'abord, il avait compris qu'il ne pouvait se battre avec tout le monde, aussi travaillait-t-il désormais dans le sens opposé.

Vivian se leva et se mit à arpenter la pièce, non point par nervosité mais parce qu'il n'avait pas l'habitude de parler assis. Il passa devant un masque malais et Kevin se le représenta parlant exactement de la même façon à un groupe d'indigènes. Sans qu'il sût pourquoi, cette image lui parut cocasse.

— Vous n'avez jamais vu un homme s'employer avec autant d'acharnement à se faire des amis. Il semblait d'ailleurs doué pour cela. Si un de ses copains avait le cafard, David l'écoutait parler et sympathisait avec lui. Si l'autre avait envie de se saouler, David sortait avec lui, le ramenait aux petites heures et le mettait au lit. Ce n'était pas tellement ce qu'il faisait, mais la façon dont il le faisait. Il vous donnait l'impression d'être le seul au monde à ressentir les choses exactement comme vous. Moi-même, je m'y suis laissé prendre une ou deux fois.

Boleyn posa une corbeille de pommes sur la table et en offrit à Kevin. Il en fit rouler une dans la pièce voisine, pour son fils, puis se servit, mordant à même le fruit sans le peler.

— En très peu de temps, David acquit une certaine popularité, et chercha la meilleure façon de la mettre à profit. Il jeta son dévolu sur le parti communiste.

Kevin se remémorait le visage de David tel qu'il l'avait vu. Il l'avait trouvé immédiatement sympathique, en dépit de l'horrible blessure. Chacun des suspects, pour des raisons qui lui étaient propres, avait fini par n'avoir que mépris pour David, mais, au fond, tout n'était-il pas de leur faute ? Ils avaient pris ce dont ils avaient besoin quand David le leur avait offert, et s'étaient mis à le haïr lorsqu'il leur en avait demandé le remboursement. Zimmer lui avait demandé son aide contre le communisme, Theodora Dennis lui avait demandé de l'épouser, Boleyn et son parti... eux aussi avaient probablement dû lui demander quelque chose.

— Comme il était populaire, poursuivait Boleyn, il parut être une bonne recrue pour le parti. Même alors, David ne m'inspirait pas grande confiance, mais c'était seulement en prenant le risque que je pouvais voir mes soupçons se confirmer.

— Y avait-il longtemps, à cette époque, que vous-même aviez adhéré au parti ?

— Non.

— Et vous pensiez aussi que la révolution était proche ?

Vivian sourit et Kevin comprit qu'il ne répondrait pas à cette question. D'ailleurs il ne tenait pas tellement à ce que la conversation dérivât vers la politique. Ce qui lui importait, c'était de découvrir l'homme ou la femme qui avait fracassé le crâne de David Hammer avec sa propre statue.

— Pourquoi Costello avait-il changé de nom ?

— Il était connu dans le parti sous le nom de Hammer. Mais, à la Ligue, il était toujours Costello.

— Vous vous êtes trouvé opposé à lui, je crois ? Comment cela s'est-il fait ?

— Nous nous étions présentés tous deux pour l'élection à un poste. Le parti ordonna à David de se retirer, afin de ne pas diviser les voix. Ce n'était pas un poste bien important — une fonction honorifique plus qu'autre chose —, mais David ne voulut rien entendre.

— A sa place, auriez-vous retiré votre candidature ?

— Oui.

— Alors pourquoi le parti n'a-t-il pas fait l'opération inverse ?

— C'est bien ce que David espérait. Sachant que nous voulions ce poste pour le parti, il avait supposé que son obstination finirait par l'emporter. Mais ce n'est pas ainsi que nous travaillons. Le chantage ne réussit à personne, et ça valait le coup de manquer ce poste pour découvrir ce qu'était véritablement David.

— Alors le poste vous a échappé ?

— Oui, aussi bien à David qu'à moi. Il ne me le pardonna jamais, estimant que je l'avais frustré de ce qui lui revenait de droit. Quelques mois plus tard, il quitta la Ligue. Quand nous entendîmes de nouveau parler de lui, il était apparemment journaliste, mais, en fait, anticommuniste professionnel.

Vivian prononça ces derniers mots avec un mépris sans borne, comme s'il n'était pas plus vile chose au monde. Pour lui, d'ailleurs, c'était vrai, mais un Barton Zimmer, par exemple, devait penser exactement le contraire. Tout dépendait du point de vue, et Kevin ne savait plus très bien quel était le sien.

— Dans ses articles, Hammer s'attaquait particulièrement à vous, n'est-ce pas ?

— Oui.

— Et cela vous a valu quantité d'ennuis.

— Pas à la Ligue. Ils savent tous que je suis communiste et ne s'intéressent qu'à la façon dont je fais mon boulot. C'est pour cela que je suis payé.

— Néanmoins, vous auriez été aise de n'avoir plus Hammer en travers de votre chemin.

— Et c'est pour cela que je l'aurais tué ? Il vous faudra le prouver.

— Oh, non ! Vous aviez une raison beaucoup plus directe de tuer Hammer. Il essayait de vous faire chanter.

Vivian revint s'asseoir. Son visage était impassible, mais on sentait tout son corps tendu pour faire face à ce nouvel assaut.

— J'ai appris cela en lisant les papiers que vous êtes revenu chercher chez Hammer, le soir du crime, après le départ des autres.

Kevin n'était pas absolument certain que Boleyn fût revenu, mais c'était un coup qui valait d'être tenté. Devant le silence de Vivian, il devina que ce coup avait porté. Pour la première fois, Boleyn paraissait son âge.

— Cela explique, bien entendu, pourquoi vous n'avez pas immédiatement prévenu la police. Il vous a bien fallu vous résigner à le faire, quand vous n'avez pas pu trouver ce que vous cherchiez.

Vivian continuait de se taire. L'atmosphère joyeuse et familiale de la pièce avait disparu.

— Dans les papiers de Hammer, il y avait quantité d'informations sur vous et les activités du parti communiste au sein de la Ligue maritime. J'ignore ce qu'elles contiennent de vrai ou de faux. Ce qui m'intéresse surtout, c'est une série de lettres que Hammer vous a écrites — et quelques-unes de vous y répondant —, lesquelles montrent clairement qu'il essayait de vous faire chanter.

» En échange d'une grosse somme — il laissait entendre qu'il vous était facile de vous la procurer en tant que trésorier de la Ligue —, il promettait de cesser ses attaques contre vous et de détruire certain papier en sa possession. Il s'agissait d'un document, signé par une femme se prétendant votre mère et contresigné par plusieurs témoins, déclarant que vous êtes né en Australie.

— Il n'y a aucune preuve de cela ! s'insurgea Vivian d'une voix sourde, mais très distincte.

— Je ne cherche pas à le prouver, dit Kevin. Mais dans vos réponses à ses lettres transparaît votre ennui de savoir un tel document en sa possession.

— Bien sûr que cela m'ennuyait ! Mais ça ne prouve pas que l'information était exacte !

— En tout cas, il dit, ce document, que vous avez été emmené tout enfant en Amérique, que l'on vous a fait passer en fraude du Mexique aux Etats-Unis où un jeune ménage nommé Boleyn vous a élevé comme son propre fils. A en juger par ce papier, votre véritable mère a voulu se débarrasser de vous.

— A l'heure actuelle, vous devez en savoir suffisamment sur Hammer pour vous rendre compte qu'il n'aurait pas hésité à créer un faux de toutes pièces afin d'avoir barre sur moi.

— Je l'ignore et, à en juger par le ton de vos lettres, vous n'étiez pas vous-même tellement sûr qu'il s'agisse d'un faux. Bref, comme vous l'écrivait David, ce document n'eût pas manqué d'intéresser le F.B.I. qui aurait pu vous faire expulser.

— Pas aussi facilement que cela.

— Peu m'importe qu'on puisse ou non vous expulser. Ce que je veux savoir, c'est ce qui s'est passé le soir du meurtre, lorsque vous êtes allé trouver Hammer dans son bureau.

Vivian hésita un instant, puis changea totalement d'attitude. De nouveau, son visage afficha un air de franchise, tandis que sa voix prenait le ton des confidences. Mais son regard demeura froid et scrutateur.

— Franchement, ce faux me tracassait. Voyez-vous, j'ai le malheur d'être né dans une ville qui, voici vingt-cinq ans encore, ne délivrait pas de bulletins de naissance ; aussi un pareil mensonge, appuyé par le genre de faux témoignages que David était capable de rassembler, pouvait m'occasionner bien des ennuis. Quand il me demanda d'aller chez lui, je compris que c'était pour discuter de cela et je me rendis dans son bureau avec l'espoir de découvrir exactement ce qu'il pouvait monter contre moi.

» Je lui parlai un moment, déclarant que je ne céderais pas à son chantage... Il menaça de communiquer ses renseignements au F.B.I.

et je lui dis d'agir comme bon lui semblerait. Je ne pouvais rien faire d'autre. Après quoi, je quittai le bureau, et ce fut la dernière fois que je vis David vivant.

— Comment était-il quand vous l'avez quitté ?

— Ce n'est pas moi qui l'ai tué. Je ne dis pas que je déplore sa mort, mais je n'en suis pas responsable.

— Vous avez dit avoir été le premier à quitter le living-room pour vous rendre dans le bureau de Hammer ?

— J'ignore si j'ai été le premier, mais je me rappelle être sorti très peu de temps après David et, en tout cas, avant Barton Zimmer.

— A quelle heure êtes-vous revenu dans l'appartement, après le départ des autres ?

— Vers deux heures du matin. A ma place, je ne crois pas que vous auriez agi différemment. Si ce papier était là, il fallait que je m'en empare. Certes, la mort de David le rendait moins dangereux, mais mieux valait qu'il ne tombe pas dans d'autres mains. Je ne voulais pas que moi ou le parti puissions être mêlés à ce crime sordide. Nous avons assez de soucis sans cela !

— Saviez-vous que David était encore vivant quand vous êtes revenu ?

Vivian sursauta :

— Non !... Mon Dieu !...

— Il n'a succombé qu'à cinq heures du matin. Cette mort arrangeait bien vos affaires et l'on pourrait facilement croire que vous avez un peu aidé le Destin.

— Alors, qu'est-ce qui vous retient ? lança Vivian avec colère.

— Me retient ?

— De m'arrêter et d'annoncer à la presse qu'un terroriste rouge, assassin d'un éminent journaliste, a enfin été capturé après un furieux corps à corps ? Tous les journaux, à commencer par celui de David, sont à l'affût d'une pareille nouvelle. Il vous suffit de m'arrêter, et ils veilleront à ce que je sois exécuté dans les trois jours !

— Bon sang ! tonna Kevin en se levant d'un bond. C'est en parlant ainsi que vous me donnez envie de vous arrêter ! Je fais tout mon possible pour laisser la politique en dehors de cette affaire, et vous vous ramenez avec vos insinuations ! Est-ce ma faute si vous êtes communiste ? Je ne vous ai pas demandé de vous compromettre dans cette affaire, si ? J'essaie de découvrir l'assassin de David Hammer et, s'il se trouve que c'est vous, vous aurez beau crier à la persécution, vous supporterez les conséquences de votre acte !

» J'ai délibérément caché les noms des suspects à la presse ; s'il n'avait tenu qu'à moi, les journaux n'auraient même pas su qu'un meurtre avait été commis. Je n'ai pas à me justifier, surtout à vos yeux, mais soyez bien convaincu que, si je reviens chez vous avec un mandat d'arrêt, j'aurai la preuve formelle que vous êtes l'assassin. Personnellement, moi, je vous crois coupable !

Kevin se cogna dans la petite table sur laquelle il y avait encore le plateau avec la tasse et l'assiette vide. Il la retint avant qu'elle ne se renversât.

— Où est mon chapeau ? fit-il.

Sa colère se calmant, il se trouvait embarrassé dans cette pièce minuscule et tout encombrée.

Vivian se leva en lui tendant la main :

— Au revoir, lieutenant. Votre chapeau est dans le couloir. Je vais vous le donner.

Comme ils passaient devant la cuisine, la tête blonde de Mrs. Boleyn apparut, souriante, dans l'entrebâillement de la porte :

— Oh, vous partez déjà ? Vous ne voulez pas une autre tasse de café ? C'est l'affaire d'une seconde...

— Non, merci, marmotta Kevin.

— Alors, revenez bientôt. Ne faites pas de cérémonies, surtout ! Au revoir.

Kevin prit son chapeau des mains du petit homme en bras de chemise et ne répondit pas à sa femme.

16

Le petit hôtel particulier de la 67e Rue Est n'avait guère l'air d'une maison, mais, pour en avoir vu de semblables dans des revues consacrées à l'architecture moderne, Kevin savait qu'il avait dû coûter cinq fois plus cher qu'une construction ordinaire. La porte était presque au niveau du trottoir, et cela donnait l'impression que, après avoir été bâti, l'immeuble s'était enfoncé d'une cinquantaine de centimètres dans le sol. Comparée à sa propre maison — ou plutôt demi-maison — Kevin trouva celle-ci peu accueillante. Il appuya sur le bouton placé près de la plaque marquée *Coburg-James*.

Pendant qu'il attendait, Kevin se rendit compte qu'il ne gardait aucun souvenir des jeunes gens, sinon qu'ils étaient bien physiquement et blonds tous deux.

La porte s'ouvrit. Kevin se trouva en face d'une vieille femme vêtue de noir. Elle écouta sa requête, lui demanda son nom et lui referma la porte au nez. Quelques instants plus tard, Sandy Coburg-James l'accueillait :

— Entrez, lieutenant. Nous vous attendions. Avez-vous du nouveau à nous apprendre ?

Kevin avait oublié combien elle était belle. Il se surprit à entrer avec empressement, un large sourire aux lèvres, et, quand il ôta son chapeau, c'est à peine s'il put se retenir de remonter son nœud de cravate ou d'arranger ses cheveux.

Sandy prit le chapeau et le rangea dans une penderie. Le moindre de ses mouvements était d'une grâce extrême, et Kevin se souvint que son mari avait la même démarche fluide.

— Je suis confuse que Maggie vous ait fait attendre dehors. Elle estime devoir jouer les chiens de garde !

Kevin fut un peu déçu d'être introduit dans une pièce où se trouvait Peter Coburg-James. S'il avait été absent, Kevin aurait pu différer son désagréable devoir, qui était d'interroger le jeune couple.

Peter se leva pour lui serrer la main mais, en dépit de son attitude amicale, il conserva un air distant dont il semblait n'avoir pas conscience.

A l'image de ceux qui l'habitaient, la pièce était gracieuse, claire, totalement différente de toutes celles que Kevin avait connues jusqu'alors. Des briques de verre, que le policier avait remarquées sur la façade, l'éclairaient d'une lumière bleutée, tandis que, tout en haut — la pièce s'élevait jusqu'au toit —, une verrière en partie masquée par des stores laissait filtrer le soleil.

Tout l'ameublement était résolument moderne, mais n'en conservait pas moins une délicatesse pleine de grâce. Connaissant la fortune des Coburg-James, Kevin fut surpris de constater que les sièges étaient faits de toile et de tubes métalliques. La tonalité générale se situait dans les gris bleutés.

— La musique ne vous gêne pas ? demanda Sandy en lui indiquant un divan qui n'était guère à plus de trente centimètres au-dessus du sol.

— Non, non, je vous en prie... merci, balbutia Kevin en se demandant comment faire pour s'asseoir.

Il se baissa au maximum et, pour le reste du parcours, se laissa tomber. Le divan était fait d'une toile élastique fortement tendue sur le cadre bas, et les quelque deux cents livres de Kevin y rebondirent plusieurs fois avant qu'il pût se dire assis. De l'autre extrémité de la vaste pièce parvenaient les accents d'un orchestre, issus d'une source invisible. Les connaissances musicales de Kevin étaient très limitées, mais il savait reconnaître la *Sixième Symphonie* de Tchaïkovski, la *Cinquième* de Beethoven et une ou deux choses de Bach. Il risqua :

— Bach, n'est-ce pas ?

Peter regarda Kevin :

— Je sais que beaucoup de gens plaisantent à son sujet mais, même s'il ne suit pas exactement les indications de la partition, je trouve cet enregistrement meilleur que celui de Koussevitzky.

— Mais non, chéri, dit Sandy en riant. Mr. Corelli ne voulait point se montrer sarcastique ! Il faut l'excuser, poursuivit-elle en se tournant vers Kevin. Je viens de lui donner ces disques, et il pense que tout le monde essaye de les tourner en ridicule.

Kevin fut abasourdi. Il avait fait un prodigieux effort pour essayer de deviner quel était le compositeur, et ces gens ne pensaient même pas qu'on pût l'ignorer. Toute leur attention se portait sur la question, beaucoup plus abstruse, de savoir qui conduisait l'orchestre. Il ignorait donc s'il avait deviné juste ou non, et préféra ne pas insister.

Les genoux presque à la hauteur du menton, il se rendait compte que le jeune couple le recevait comme s'il leur avait fait une visite mondaine, tout en sachant parfaitement qu'il les soupçonnait d'avoir commis un meurtre. Kevin n'arrivait pas à se les représenter en prison ou condamnés à mort. Eux non plus, d'ailleurs. Toute leur vie, ils avaient vécu au-dessus des lois et n'imaginaient pas que des choses aussi sordides que les conséquences d'un meurtre pussent atteindre leur monde, même s'ils avaient commis ce meurtre.

Kevin se surprit à regarder le corps de Sandy, détendue au creux d'un fauteuil de toile et de métal.

— J'aime autant vous le dire tout de suite : j'ai découvert que David Hammer vous faisait chanter et le motif de ce chantage.

La musique parut prendre plus d'ampleur dans le silence soudain de la pièce. La vieille femme qui avait laissé Kevin à la porte entra avec un plateau, sur lequel il y avait une bouteille de whisky, un siphon, un seau à glace et trois verres. Elle le posa sur une table basse et, en s'en allant, jeta un regard noir au policier.

— Quels liens du sang y a-t-il entre vous ? demanda-t-il.

Peter s'approcha de la table et dit calmement, tout en prenant la bouteille de whisky :

— Nous sommes cousins.

— Pas pour moi, merci... Hammer prétendait que vous étiez frère et sœur.

Peter remplit deux verres, y ajoutant un peu d'eau et de glace avant d'en faire passer un à Sandy. Il demeura debout près d'elle, et Kevin se dit qu'en les voyant ainsi, côte à côte, il était bien difficile de ne pas les croire frère et sœur.

— Il aurait prétendu n'importe quoi pour se procurer de l'argent, dit Sandy.

— Il détenait des photocopies d'extraits de naissance, montrant que vous êtes tous deux issus des mêmes parents.

— Des faux, bien entendu, dit Peter. Mon père et ma mère sont morts dans un accident d'auto alors que j'étais tout enfant. J'ai été élevé par les parents de Sandy. C'est tout.

— David est allé en Pologne avant la guerre, ajouta Sandy, et il a soudoyé un magistrat de ma ville natale pour qu'il lui délivre un faux bulletin de naissance de Peter prouvant qu'il était mon frère. Avant de quitter l'Amérique, il avait fait notre connaissance dans un cocktail. Nous venions juste de nous marier et...

— Inutile d'entrer dans tant d'explications. L'histoire est fausse. Nous n'avons pas à en discuter, coupa le jeune homme.

— Vous ne semblez pas comprendre, dit Kevin. Je me moque de la légalité de votre mariage. Mais les papiers de Hammer montrent que vous lui avez remis cent mille dollars, voici plusieurs années, et que, tout récemment, il vous a demandé un nouveau versement de la même importance. J'aimerais donc savoir pourquoi vous vous êtes rendus à son invitation, l'autre soir.

— Pour lui donner à nouveau cent mille dollars, répondit posément Peter.

Il semblait faire effort pour parler de David ; derrière sa voix calme, Kevin devinait une haine surprenante chez un garçon si parfaitement correct en toutes choses.

— Les lui avez-vous remis ?

— Non. Quand je l'ai vu se glorifier de sa facile victoire, je n'ai pu m'y résoudre. Ce n'était pas tant pour l'argent, mais j'ai compris qu'il ne s'estimerait jamais satisfait. Alors je lui ai dit d'aller au diable.

— Que s'est-il produit ensuite ?

— Rien ! s'exclama Sandy.

— C'est exact. Il ne s'est rien produit. David a simplement ri, il m'a dit qu'il me laissait le temps de réfléchir, puis j'ai quitté son bureau.

— Vous savez, bien entendu, contra Kevin, que je puis facilement imaginer une autre fin à cette histoire ?

— Je vous ai déjà dit, intervint Sandy, que j'avais entendu David siffloter quand je suis passée devant son bureau. Or c'était bien après que Peter fut allé le voir, car il était revenu depuis longtemps dans le living-room.

— Vous êtes tout aussi suspecte que votre... mari. Peut-être ne vous êtes-vous pas contentée de passer devant le bureau. Peut-être y êtes-vous entrée pour parler à David et l'avez-vous tué...

Ce fut Peter qui riposta. Il le fit d'une voix claire, comme s'il essayait d'expliquer un problème à un enfant et voulait avoir la certitude d'être bien compris :

— Je ne crois pas que vous ayez la moindre preuve pour impliquer l'un de nous dans cette affaire. D'ailleurs, pour peu que vous y réfléchissiez, vous vous rendrez compte que nous n'aurions ni l'un ni l'autre songé à faire une chose pareille, pour autant que nous puissions détester cet homme.

— Pourquoi donc ? A votre place, j'y aurais probablement songé.

— Nous ne sommes pas, comme vous, habitués au crime et à la violence, dit Sandy. Au pis aller, nous lui aurions donné cet argent, ce qui aurait été beaucoup plus raisonnable que nous exposer à être inculpés de meurtre.

Kevin remarqua que tous deux avaient l'habitude de dire « nous » plutôt que « je », comme s'il leur était difficile de penser à eux séparément.

— Mais, riposta Kevin en s'adressant à Peter, vous venez de me le dire, vous être rendu compte que ce chantage n'aurait pas de fin. Cela sous-entendait que payer ne pouvait plus être une solution. Quel parti aviez-vous alors adopté ?

— Simplement de laisser David agir à sa guise et faire ce qu'il voudrait.

— Alors pourquoi n'avoir pas décidé cela plus tôt ? Payer cent mille dollars, simplement pour s'éviter quelques ennuis, me semble un peu cher.

— Il y a cinq ans, les choses étaient différentes. On était en pleine guerre, et nous n'avions aucune idée de ce qui se passait en Pologne. Quand la paix fut revenue, nous apprîmes que tous les registres d'état civil avaient été détruits, les fausses indications que David y avait fait porter comme le reste. De tout son laborieux travail, il ne lui restait donc que deux photocopies, avec sa seule parole pour les authentifier. De quoi provoquer tout au plus quelques commérages.

— Vous voulez dire que vous n'auriez pas tué Hammer parce qu'il n'était plus en mesure de vous causer de sérieux ennuis ?

— Exactement.

— Mais, une fois mort, il pouvait encore moins vous en occasionner, sans parler du plaisir probable que ce décès vous aurait procuré. En outre, cette mort vous permettait de fouiller dans ses papiers pour en retirer tout ce qui pouvait vous concerner. Et je suis certain que vous êtes revenus chez lui dans ce but, après le départ de tous les autres. Si vous aviez réussi à récupérer les photocopies et votre correspondance, vous auriez non seulement détruit cette information en soi, mais aussi le mobile qu'on pouvait vous attribuer.

— Puisque nous ne sommes pour rien dans cette mort, à quoi bon en discuter ? dit Sandy.

Elle demandait très naturellement à Kevin de ne plus parler de cette ridicule histoire, de boire un verre et d'oublier tout cela.

La gravité de cet entretien échappait totalement aux Coburg-

James. Ils n'arrivaient pas à croire que ce charmant jeune détective pût leur vouloir du mal. Peter, à tout le moins, eût été parfaitement capable de tuer David Hammer, mais il n'aurait jamais considéré cela comme un crime. Kevin comprenait fort bien que, pour le jeune homme, c'eût été un peu comme tuer un animal nuisible.

Quand on les voyait ainsi, beaux et pleins d'assurance, ils semblaient constituer l'avant-garde d'une nouvelle race d'hommes, tellement avides de perfection qu'ils étaient incapables de s'unir à d'autres qu'eux-mêmes.

Peter servit de nouveau à boire. La musique avait changé ; maintenant un homme chantait en italien.

— Je crains qu'il nous faille cependant en discuter, dit Kevin. Vous semblez oublier que je suis venu tout exprès pour cela.

— Mais non, voyons, dit Sandy. Je sais bien que c'est votre travail.

Sandy avait prononcé le mot « travail » avec emphase, comme pour lui faire comprendre qu'elle ne sous-estimait point l'importance du « travail » dans la vie des autres.

— Que serait-il arrivé si David avait pu prouver ce qu'il avançait ? demanda Kevin.

— Je vous ai déjà dit, répliqua Peter avec froideur, que les assertions de David étaient fausses et qu'il ne pouvait rien prouver.

— Il y a une loi contre... l'inceste.

En l'entendant prononcer ce mot, le jeune couple le regarda d'un air choqué, comme si Kevin avait vraiment des façons déplorables.

— Je suppose que votre mariage aurait été annulé et que vous auriez été en butte à des poursuites ?

— Je crois que David avait dû imaginer quelque chose de cet ordre, dit Peter, sur un ton qui laissait entendre que, pour avoir imaginé la même chose, Kevin n'avait plus droit à la moindre sympathie.

— Et il suffit de vous voir pour comprendre que, l'un comme l'autre, vous n'auriez pas hésité à commettre un crime afin d'éviter cela.

— Ecoutez, dit Peter avec irritation. Dans tout ce que vous avez dit, il n'y a rien que vous puissiez prouver, et nous préférons ne plus parler de cela. Si vous ne pouvez vous conduire convenablement, je crains de devoir vous prier de sortir.

— Je ne vous ai pas encore inculpé de quoi que ce soit, et je continuerai à parler, que cela vous plaise ou non. Vous ne vous en rendez peut-être pas compte, mais, si les journaux à sensation apprenaient cette histoire, ce serait tout aussi fâcheux pour vous que si David Hammer avait mis ses menaces à exécution. Je n'ai aucun désir de persécuter des gens, innocents ou non, aussi longtemps qu'ils ne sont pas coupables du crime qui m'intéresse.

C'est pourquoi la presse a été tenue à l'écart de votre histoire, et il en sera ainsi tant que je serai chargé de cette affaire. Je vous demande simplement des renseignements... qu'il vous est facile de me donner si vous n'êtes pas coupable.

En entendant parler des journaux, le jeune couple avait enfin paru effrayé. C'était la seule chose qui les menaçât sans cesse dans leur monde parfait.

— Après tout, Peter, dit Sandy, c'est son travail.

— Oui, je le suppose, fit Peter. Veuillez m'excuser. Toute cette affaire nous a mis les nerfs à vif. Pas seulement depuis la mort de Hammer, mais bien avant.

— Je comprends. J'aimerais surtout savoir si vous pouvez m'apprendre quelque chose sur Margot Case.

— C'était la première fois que nous la voyions, dit Sandy, et je crains fort que nous ne sachions rien d'autre sur elle que ce que nous avons déjà dit.

— Juste avant de s'en aller, elle aurait déclaré savoir qui était l'assassin ?

— Oui, mais je crois que c'était uniquement un accès d'hystérie, car, lorsque nous l'avons questionnée sur ce point, elle a dit ne rien savoir du tout et s'est enfuie.

— Pouvez-vous me la décrire de nouveau ?

— Elle est très difficile à décrire. C'était une personne forte, ressemblant à n'importe quelle autre femme d'un certain âge, sauf qu'elle donnait l'impression d'avoir été longtemps malade ou de n'être pas habituée à sortir beaucoup. Son pas était mal assuré. Evidemment, je ne l'ai vue marcher que lorsqu'elle a été prise d'un malaise, mais, même assise, elle semblait comme invalide.

— Et ses vêtements ?

— Voyons... Elle avait, je crois bien, une robe de satin marron... Oui, c'est ça, et j'ai particulièrement remarqué ses chaussures. C'étaient des bottines à boutons comme on n'en porte plus depuis longtemps, et je me rappelle avoir constaté avec surprise combien ses pieds étaient petits.

— Vous parlez maintenant d'elle comme d'une infirme, alors que, précédemment, vous la jugiez capable de soulever une statue de soixante livres ?

— Je vous l'ai dit, elle était grande et forte...

— Oui, confirma Peter en hochant la tête, elle semblait parfaitement capable de soulever un tel poids.

— Avez-vous retrouvé sa trace ?

— Non, dit Kevin. Elle a complètement disparu.

— Alors ce doit être elle qui l'a tué, remarqua Sandy.

— Je le saurai quand je l'aurai retrouvée.

— Mais vous la croyez coupable, n'est-ce pas ?

— Non, car elle est la seule à s'être conduite normalement après la découverte du crime et, plus important, elle est la seule à n'avoir apparemment pas la moindre raison de tuer Hammer. La seule chose que je craigne, c'est de ne pas la retrouver assez vite. Si elle disait la vérité en déclarant savoir qui était l'assassin, elle est en aussi grand danger que l'était Hammer. Peut-être l'un de vous l'a-t-il déjà retrouvée.

— L'un de nous !

— Voyons, lieutenant, je croyais vous avoir fait clairement comprendre que nous n'étions pour rien dans cette affaire... Oh ! écoutez ça, c'est magnifique ! Pinza, avec l'orchestre dirigé par Bruno Walter !

Peter écoutait la célèbre basse en marquant la mesure avec son verre.

— Peut-être pourrions-nous mettre un disque que le lieutenant Corelli aimerait ? dit Sandy en souriant délicieusement à Kevin. Quelque chose de son homonyme ?

Kevin se sentit soudain profondément déprimé. Il pensa à Mary qui l'attendait à la maison et souhaita pouvoir être transporté près d'elle sans avoir à faire ce long trajet en métro.

La vue de ce couple admirable ajoutait à sa nostalgie. Il était bien près de les haïr, non point parce qu'ils lui avaient fait quelque chose, mais parce qu'ils semblaient n'avoir que froideur pour tout ce à quoi il tenait. Ils étaient comme deux splendides serpents dans une cage magnifique. Peut-être avaient-ils leurs disputes et leurs émotions de reptiles, mais ils ne ressentaient et ne ressentiraient jamais rien de ce que lui-même pouvait éprouver.

Kevin se leva, ce qui, en la circonstance, constituait presque un exploit athlétique :

— Il faut que je parte.

— Oh ! comme c'est dommage ! Vous ne voulez vraiment pas boire quelque chose avant de vous en aller ?

— Non, merci.

— Nous nous reverrons, n'est-ce pas ?

— Oui, bien sûr.

Sandy le précéda de si gracieuse façon que, par contraste, il se fit l'effet d'un homme des cavernes.

LIVRE III

17

Elle entendit frapper à d'autres portes dans le couloir. La voix de l'homme criait inlassablement ces paroles d'épouvante :

— Au feu ! Au feu ! La maison est en feu ! Tout le monde dehors ! Suivez-moi !

Il n'y eut d'abord pas de réponse à ses cris et, l'espace d'un moment, Hanna se raccrocha à l'espoir qu'il mentît ou fût devenu soudainement fou. L'homme lui-même sembla partager ses doutes, et ses injonctions répétées perdirent un peu de leur fanatique conviction. Mais, dès que des portes s'ouvrirent et qu'il trouva l'auditoire dont il avait besoin, sa voix reprit de la force :

— Tout le monde dehors ! Suivez-moi !

Maintenant, il semblait que toutes les portes du couloir, sauf la sienne, se fussent ouvertes pour permettre à ses voisins de fuir. Hanna savait qu'elle avait des voisins, mais elle préférait n'y pas penser ; aussi était-elle terrifiée de les découvrir si nombreux, grouillant devant sa porte.

— Pour l'amour du ciel, dépêchez-vous ! Par ici !

L'homme qui avait donné l'alarme essayait de se faire entendre, de dominer les cris des femmes et les questions anxieuses des hommes. Il n'y avait plus aucune panique dans sa voix mais, au contraire, un accent de calme autorité. Plusieurs hommes demandaient où était le feu, mais l'autre ne semblait pas les entendre.

— Alignez-vous tous ici ! Pour l'amour du ciel, faites taire cette femme ! Suivez-moi. Il n'y a aucun danger si l'on garde son calme !

Appuyée contre sa porte, Hanna ne pouvait se résoudre à l'ouvrir pour se joindre aux autres. Elle n'arrivait pas à se défaire de l'idée que l'appartement était son seul abri sûr et que ces gens constituaient pour elle un danger plus grand que l'incendie.

La foule, dans le couloir, semblait maintenant se diriger vers l'escalier.

— Restez en rang ! Que deux des hommes aillent s'assurer qu'il n'y a pas d'attardés !

Ils partaient. Ils allaient la laisser seule. Soudain, Hanna sentit la fumée et, pour la première fois, se rendit compte de la situation.

Elle imagina le feu consumant les murs de son appartement, rampant vers elle sur la moquette. Une fois, elle s'était renversé de la soupe chaude sur la jambe. Comme cela lui avait fait mal !... Jamais elle n'avait autant souffert. Il lui serait impossible d'endurer cela. Il lui fallait partir avec les autres.

Elle se mit en devoir de décrocher la chaîne de sûreté. Déjà les autres atteignaient le bout du couloir, et il importait maintenant à Hanna de ne pas perdre le contact de ces gens qu'elle avait fuis jusqu'alors. Elle se rassura en pensant que les hommes chargés de veiller aux attardés prendraient soin d'elle.

Un cri se propagea à l'autre extrémité du couloir :

— Retournez ! Retournez ! La cage d'escalier est en feu ! Empruntez les escaliers d'incendie ! Vous, là, restez en rang ! Suivez-moi tous !

Il y avait une note d'irritation dans la voix de l'homme, comme si l'idée de recourir aux escaliers d'incendie avait été émise par un autre que lui.

Hanna referma vivement sa porte et remit la chaîne de sûreté. Elle entendit la colonne des fuyards repasser devant chez elle. Personne ne semblait avoir remarqué sa tentative avortée de se joindre à eux.

— Entrez là ! Descendez un à un... Que deux hommes restent à la fenêtre et veillent à ce que les femmes passent les premières. (« J'aurais été du nombre », pensa Hanna.) Ne bousculez pas !

Derrière ses persiennes closes, Hanna entendit des gens descendre l'escalier d'incendie qui passait devant sa fenêtre. Tout le monde quittait l'immeuble, l'abandonnant, la laissant seule. Il n'y aurait bientôt plus qu'elle dans cette grande coquille vidée...

De la rue monta la sirène d'une voiture de pompiers. Dès que les premières personnes atteignirent la cour, elles crièrent des encouragements à ceux qui suivaient.

Hanna demeurait figée au milieu de son living-room qu'éclairait paisiblement la petite lampe à abat-jour de parchemin. Le souvenir des milliers de soirées qu'elle avait passées là lui donna envie de pleurer. Pouvait-elle abandonner tout ce qui lui était si cher ? Ses petites tasses blanches et ses robes ? Pouvait-elle laisser le feu les détruire ? Même si elle parvenait à rejoindre les autres et se sauver, tout ce qui faisait sa vie n'en serait pas moins détruit. Peut-être n'était-ce pas un incendie grave ? Le feu devrait franchir tant de murs solides et d'épais planchers avant de parvenir jusqu'à elle !... Oui, elle avait encore un peu de temps. S'il lui fallait partir, ce ne pouvait être aussi précipitamment.

Tandis que l'odeur de fumée se faisait plus forte, Hanna sortit toutes ses robes du placard et les étendit sur le lit, même celles qui n'étaient pas terminées — en fait, c'était pour celles-là qu'Hanna éprouvait le plus de tendresse. Dans la cuisine, elle ouvrit la porte de la réserve où s'entassaient les boîtes de conserves, comme on ouvre les portes d'une écurie pour permettre aux chevaux de fuir la fournaise. Elle ouvrit aussi le réfrigérateur et mangea un bout de canard rôti. Puis elle retourna s'asseoir dans son vieux fauteuil, serrant contre elle le recueil des poèmes d'Emily Dickinson.

Graduellement, les bruits s'apaisèrent dans l'escalier d'incendie. Par les fentes des persiennes, Hanna apercevait le reflet de torches électriques. Le dernier fuyard fut acclamé quand il atteignit le bas de l'escalier. Puis le ton de la foule changea, et les gens commencèrent à se lamenter sur le sort de leurs affaires si l'incendie n'était pas rapidement maîtrisé. On dut ensuite leur faire évacuer la cour, car le bruit des voix s'éteignit au loin.

Se levant alors, Hanna s'approcha des persiennes. Elle avait d'abord envisagé d'emporter ce qu'elle avait de plus précieux, mais elle se rendait compte à présent qu'il lui valait mieux tout abandonner. Il resterait ainsi moins de choses pour lui rappeler ce qu'elle avait perdu.

Hanna n'avait pas peur ; cela viendrait sans doute ensuite, mais, pour l'instant, elle se sentait très forte. C'était peut-être dû à la nature même du danger. Pour aussi terrible que fût un incendie, le feu était un élément sans âme : il n'en voulait pas personnellement à Hanna, il ne la haïssait pas et ne désirait pas vraiment la tuer.

Hanna rabattit la persienne de fer et, levant le châssis vitré, mit un pied sur le rebord de la fenêtre.

Avant d'être totalement aveuglée par l'éclair éblouissant, Hanna eut le temps d'entrevoir deux jambes d'homme appuyées contre la rampe extérieure de l'escalier d'incendie. Hanna leva un bras devant ses yeux et recula dans la pièce. Elle repoussa la persienne de toutes ses forces et parvint à assujettir la barre de fermeture avant de s'évanouir.

18

Quand il arriva en vue de leur maison jumelle, Corelli aperçut George occupé à passer un vieux fauteuil au papier de verre. Kevin était toujours heureux de revoir George et, après une journée aussi exaspérante, une bonne conversation avec lui était nécessaire pour remettre les choses en place.

— Mary est là ? demanda-t-il à son beau-frère.

— Oui, avec Lily. Elles font une liste des choses à acheter pour le bébé. Mon vieux, si votre gosse pouvait naître déjà tout grand, il aurait de quoi s'habiller pendant au moins trente ans !

— Oui, dit Kevin, Mary a toujours peur qu'il lui manque quelque chose.

— Et Lily donc ! On croirait que c'est elle qui va accoucher !

Kevin attira à lui un autre vieux fauteuil remisé sous le porche, tandis que George s'installait dans celui qu'il venait de décaper, en demandant :

— Comment va l'affaire ?

— Mal. Jamais vu un pareil lot de suspects ! La seule personne qui pourrait m'apporter une preuve concluante a disparu.

— La vieille femme dont vous m'avez parlé ?

— Oui. Aucune trace d'elle, et nous avons pourtant donné ordre qu'on la recherche jusque dans les Etats environnants, dès le lendemain du crime.

— Vous pensez qu'elle a quitté la ville ?

— Etant donné le maigre signalement dont nous disposons, elle a pu partir et revenir une douzaine de fois déjà !

— Personne ne la connaissait ?

— Tous ceux qui assistaient à ce fameux cocktail prétendent l'avoir vue ce jour-là pour la première fois.

— Avez-vous obtenu un résultat avec les autres ?

— Beaucoup trop, à mon sens ! Je vous avais dit qu'ils me faisaient tous l'effet de cacher quelque chose ? Eh bien, chacun d'eux cherchait à me dissimuler l'excellente raison qu'il avait de commettre le crime ! Hammer les faisait tous chanter. Tous, sauf une femme qu'il avait possédée d'une autre façon. En apparence, cette découverte paraît excellente pour la progression de mon enquête, mais, tout compte fait, elle me ramène exactement à mon point de départ, car ils ne peuvent être tous coupables.

— Avez-vous vu les journaux, ce matin ?

— Bien sûr. Qu'est-ce que je vous avais dit ? Ils commencent déjà à flairer une affaire politique. Qui aurait pu vouloir tuer un anticommuniste, pensent-ils, sinon un communiste ? Mon vieux, j'aimerais pouvoir leur montrer ce que j'ai trouvé dans le coffre de cet Hammer ! Il y a une bonne vingtaine de personnes dans New York qui n'ont jamais dû se tracasser autant que pendant ce week-end !

— Se pourrait-il que ce soit l'une d'elles qui ait commis le crime ?

— Non. Ce ne peut être que l'un des invités.

— Et vous n'allez pas dire aux journaux le nom de vos suspects ?

— Non, à moins d'y être obligé. C'est drôle, mais j'ai le sentiment qu'ils s'en sont tous rendu compte — je parle de mes suspects —, et c'est pourquoi ils sont si contents qu'on m'ait chargé de l'affaire. Vous me connaissez, George, et vous savez que je ne chercherais pas à protéger quelqu'un que je saurais coupable. Eh bien, je suis sûr qu'un de ces cinq suspects est mon coupable, et pourtant je le protège avec les autres. Ce n'est pas que je le souhaite, mais j'y suis obligé pour deux raisons...

— Je crois les connaître.

— Alors, dites-les-moi.

— La première est que vous voulez éclaircir cette affaire le plus rapidement possible, et vous en seriez empêché si on lui donnait une trop grande publicité. La seconde raison, Kevin, c'est, je crois, que vous aimez votre travail. Comme moi avec ce fauteuil, tenez ! J'aurais pu me contenter d'y flanquer un coup de peinture fraîche par-dessus la vieille. Personne n'y aurait vu de différence et, pour l'usage que j'en ferai, c'était tout aussi bien. Mais plus que les apparences, ce qui compte, c'est la façon dont on fait les choses.

» Avec cette affaire, vous pourriez certainement vous tailler un beau succès auprès des journalistes. D'après ce que vous m'avez dit, vous pourriez arrêter n'importe lequel de ces suspects. Il me semble que c'est à celle du communiste que l'on applaudirait le plus, mais peut-être y en aurait-il une encore plus spectaculaire. Le seul inconvénient, c'est que vous n'auriez aucune certitude et, en dépit des louanges dont on vous couvrirait, vous ne seriez pas fier de vous.

Jamais Kevin n'avait entendu son beau-frère parler aussi longuement. George lui-même en eut conscience et, pour masquer la chose, se mit à gratter l'accoudoir du fauteuil avec un bout de papier de verre.

Kevin essaya d'aiguiller la conversation sur un terrain moins personnel.

— Je ne crois pas que mes idées changent grand-chose à l'affaire, car Dayton va certainement m'en décharger dès demain. Elle devient un tout petit peu trop délicate à manier, et je ne suis jamais qu'une sorte de garçon de courses bien payé. Au fond, cela vaudra peut-être mieux...

19

En ouvrant son journal dans le métro, le lundi matin, Kevin constata avec découragement que la mort de David Hammer avait pris de l'importance. On commentait « l'étrange attitude » de la police, qui tentait de dissimuler à la presse les éléments de l'affaire.

Un journaliste était allé interviewer la famille Bienholtz, laquelle habitait l'appartement situé au-dessous de celui de David, et il avait appris qu'une réception avait été donnée par la victime, le soir de sa mort. Mr. Bienholtz avait parlé d'un bruit de chute que sa femme et lui avaient entendu au-dessus de leurs têtes, peu après minuit. Rappelant l'activité journalistique de Hammer, on soulignait que, la victime étant un « implacable ennemi » du communisme, les « milieux ordinairement bien informés » pensaient que les communistes pourraient bien être les instigateurs de cet assassinat. « Du moins, concluait le journal, plutôt conservateur, cette possibilité n'est-elle pas exclue, en l'absence d'informations plus précises de la part de la police. »

L'homme assis à côté de Kevin lisait le journal auquel David Hammer avait collaboré. Celui-là s'exprimait sans réticence. Une manchette écarlate barrait le haut de la première page : « Les Rouges exécutent un écrivain anticommuniste. » Kevin lut aussi loin qu'il lui fut possible par-dessus l'épaule de son voisin. L'auteur de l'article n'avait pas besoin de preuves pour affirmer que ce meurtre était l'aboutissement de sombres menées dans les milieux maritimes où se trouvaient les pires ennemis de Hammer. Il ajoutait que tout le parti communiste était sur le point de se réfugier dans la clandestinité.

Un reporter avait grimpé sur le toit de la maison habitée par le leader communiste Vivian Boleyn, qu'on avait entendu à un récent meeting menacer « d'avoir » Hammer. Constatant que de la fumée s'échappait de la cheminée de l'appartement, le reporter était descendu par l'escalier d'incendie et avait vu « une blonde ravissante » occupée à brûler des « documents » dans l'âtre de Boleyn.

L'article contenait aussi une série de remarques peu flatteuses à l'endroit de la police, laissant entendre qu'une « pression », émanant de personnes très haut placées, pourrait fort bien être exercée pour qu'on étouffe ce « monstrueux crime politique ».

Kevin était arrivé à son bureau depuis quelques minutes seulement lorsque l'inspecteur Dayton le fit appeler. Avec lassitude, le policier prit le dossier de l'affaire et se dirigea vers le bureau de son supérieur. « Du moins, pensa-t-il, vais-je être déchargé de toute responsabilité. Qu'ils se débrouillent ! Je n'aurai plus qu'à exécuter les ordres. »

Kevin aimait Dayton, et savait être un de ses préférés. La façon qu'avait l'inspecteur de marquer sa préférence à l'un de ses hommes était de le faire travailler davantage que les autres. Selon lui, c'était le seul moyen de bien apprendre le métier et, en cela comme en presque tout, il avait raison.

Lorsque Kevin entra dans le bureau de l'inspecteur Dayton, son supérieur semblait, comme à l'accoutumée, occupé à ne rien faire.

Parfois, quand Kevin était débordé de travail, il arrivait que Dayton passe à son bureau, un sac de golf accroché à l'épaule, pour lui dire que, vu le beau temps, il avait décidé de s'octroyer un peu de plein air. Puis, en s'en allant, l'inspecteur rappelait à Kevin qu'il désirait lui voir terminer son travail dans un délai ridiculement court.

Mais après avoir travaillé près d'un an sous les ordres de Dayton, Kevin comprit que l'inspecteur était presque seul à supporter tout le poids de la Brigade criminelle où il avait la réputation d'être un travailleur infatigable. Le fait qu'il semblât ne jamais être occupé ne l'empêchait pas de faire quantité de choses. En fait, Dayton avait horreur de travailler dans un bureau et sur le papier. Il ne détestait rien tant qu'une feuille de papier, sinon une feuille de papier avec quelque chose écrit dessus. Aussi, lorsqu'un rapport lui parvenait, se hâtait-il de le lire pour le passer à quelqu'un d'autre. A cette phobie de la chose écrite, il ajoutait la passion de la précision et une prodigieuse mémoire. Aussi, avec Dayton, la Brigade criminelle ne risquait-elle pas de s'enliser dans les paperasses.

— Corelli, dit l'inspecteur en voyant entrer son subordonné, j'ai appris que votre femme allait avoir un bébé.

— Oui, chef. Nous pensons que c'est pour dans moins d'une semaine.

— Je suppose que vous aimeriez avoir quelques jours de congé pour rester près d'elle ?

— Oh oui, chef !

— Eh bien, vous pourrez les prendre...

Kevin se détendit. Dire qu'il s'était fait tant de souci pour rien ! Brave vieux Dayton !

— ... si...

L'inspecteur parut ravi de voir l'effet produit sur Kevin par ce tout petit mot.

— ... si vous éclaircissez l'affaire dont vous êtes chargé d'ici la fin de la semaine.

— Mais... je...

— Bon sang ! Le pouvez-vous, oui ou non ?

— Oui, chef.

Qu'avait-il dit ? Se promettre à soi-même d'éclaircir l'affaire dans ce délai était tout autre chose que le promettre à Dayton ! L'inspecteur n'aimait pas qu'on manque à sa parole. Il estimait qu'on ne devait point faire de promesses si l'on n'était pas capable de les tenir.

— Parfait ! Vous m'ôtez un grand souci. Je m'en vais dire au D.A. que l'affaire sera éclaircie à la fin de la semaine... Non, bon sang, ne commencez pas à vouloir me montrer vos satanés papiers !

Kevin referma son dossier avec humeur.

— Et ne m'en parlez pas non plus ! J'ai déjà assez de tracas sans cela ! Un homme a été tué, à ce que j'ai compris ? Eh bien, c'est que quelqu'un l'a tué. Trouvez-le, c'est tout.

— Mais, chef, les journaux...

— Je ne les lis jamais !

Kevin en demeura tout penaud :

— Bien, chef. Je ferai de mon mieux.

L'inspecteur releva la tête et dit d'un ton adouci :

— Oh, vous n'avez pas besoin de trop vous presser : vous avez une semaine devant vous. Quand vous aurez fini, donnez-moi un coup de fil et vous pourrez prendre quinze jours de congé.

Arrivé à la fin de la semaine, Kevin n'avait vraiment rien fait qui justifiât la confiance de son supérieur. Il n'avait toujours aucun indice probant touchant l'identité de l'assassin, et Margot Case demeurait introuvable. Il était à peu près certain de savoir qui était l'assassin, mais à quoi lui servait de le savoir s'il ne pouvait le prouver ? Son instinct lui disait qu'une seule personne pouvait avoir commis ce meurtre, mais, bien qu'ayant passé au crible la déposition de cette personne et la faisant surveiller attentivement, il ne pouvait toujours rien prouver.

Le vendredi soir, comme il allait prendre le métro pour rentrer chez lui, Kevin acheta *Life*, en se disant que c'était sans doute son dernier soir de répit. Jamais Dayton ne lui pardonnerait d'avoir manqué à sa parole.

Ce fut quelques stations plus loin que, en tournant la page, il découvrit la photo extrêmement curieuse d'une femme. De toute évidence, elle avait été photographiée par surprise, un pied posé sur le rebord d'une fenêtre, et son regard exprimait la terreur, mais cela ne faisait que rendre la photographie plus amusante encore, car la légende assurait au lecteur que cette femme n'avait vraiment aucune raison d'avoir peur.

LA PHOTO DE LA SEMAINE — La recluse... Miss Hanna Carpenter, photographiée par le reporter de Life *Hugh Jennings, au moment où elle s'enfuyait de chez elle. Jennings, venu prendre des photos de l'incendie qui s'est déclaré la semaine dernière à l'*Hôtel 38, *à Manhattan, emprunta le vieil escalier d'incendie qui se trouve à l'arrière de l'immeuble (voir autres photos page suivante) et prit un instantané de Miss Hanna Carpenter au moment où, pour la première fois depuis plus de trente ans, elle se risquait hors de son domicile. L'instant d'après, Miss Carpenter disparut dans sa chambre en fermant sa persienne de fer au nez de notre reporter. Hanna Carpenter est l'unique héritière de la fabuleuse fortune de Bertie Carpenter.*

Une chose, dans cette photo, attira l'attention de Kevin. Le pied posé sur le rebord de la fenêtre était chaussé d'une minuscule bottine à boutons. Aussitôt, Kevin entreprit de se frayer un chemin vers les portières et descendit à la Cinquième Avenue.

Entre-temps, d'autres personnes avaient vu cette photo et nourrissaient encore moins de doutes que Kevin quant à l'identité de la recluse.

Mr. Barton Zimmer vit la photo par-dessus l'épaule de sa secrétaire et téléphona aussitôt à l'*Hôtel 38*.

Peter et Sandy Coburg-James, fervents lecteurs du magazine, reconnurent immédiatement Margot et l'appelèrent au téléphone.

C'est chez son coiffeur que Theodora Dennis vit la photo (bien qu'elle parût toujours ne s'être pas peignée depuis plusieurs semaines, elle était constamment chez son coiffeur), et elle téléphona sans plus tarder.

Même Vivian Boleyn, qui détestait *Life*, feuilleta le magazine dans le hall de la Ligue. Quand il vit la photo, lui aussi téléphona à Margot.

Bien entendu, ils furent tous un peu surpris de s'entendre cordialement inviter à se rendre chez elle à cinq heures, ce vendredi après-midi.

20

Ce vendredi après-midi, Hanna s'affairait dans son appartement. Maintenant qu'elle attendait des invités, elle s'avisait soudain que tout était sale et en mauvais état. Elle s'était toujours éreintée à maintenir son appartement propre, mais le temps avait eu raison de tout, en dépit de ses efforts. Elle fut surprise de constater qu'une portion du mur avait perdu sa peinture. Jusqu'alors, il lui avait paru normal que cette partie du mur n'eût pas de peinture. Maintenant, pour la première fois, elle voyait son appartement avec les yeux des autres et était bouleversée par le tableau qui s'offrait à elle.

A l'aide d'une épingle à cheveux, elle était occupée à retirer la poussière accumulée dans la fente des rebords de fenêtre quand elle entendit frapper à sa porte trois coups longs et trois coups brefs. C'était le signal secret convenu entre elle et Mr. Howard, mais elle s'assura d'abord de l'identité de son visiteur en mettant la chaîne de sûreté avant d'ouvrir la porte.

— Bonjour, Miss Carpenter. Beau temps, n'est-ce pas ? Un peu frais encore, mais quel soleil !

La première phrase de Mr. Howard se rapportait invariablement au temps qu'il faisait. Il semblait vouloir délibérément ignorer que sa cliente, ne sortant jamais, n'avait cure que la journée fût belle ou non.

Hanna l'accueillit en femme d'affaires, ce qu'elle savait lui plaire. Le banquier apportait avec lui son habituelle serviette, mais aussi un gros paquet et un exemplaire de *Life*. Hanna se rendit compte que le paquet l'embarrassait. Il n'avait pas l'habitude d'en transporter et qu'il eût répondu aussitôt « D'accord ! », lorsqu'elle lui avait demandé d'effectuer ces achats, suffisait à dire en quelle estime il la tenait. Hanna le débarrassa du paquet et du magazine, résistant à la tentation d'ouvrir immédiatement ce dernier.

— Voulez-vous retirer votre pardessus ?

— Oui, merci.

— Je vous suis vraiment très reconnaissante de vous être donné le mal d'aller acheter ces choses pour moi.

— Oh, je vous en prie. Ce n'est rien du tout. Je pense que ces achats vous donneront satisfaction. Les olives sont là aussi...

— Je n'ai encore jamais pris de martini, Mr. Howard. Savez-vous comment... ?

— Mais bien sûr ! Il y a différentes formules. Certaines personnes mettent une mesure de vermouth pour deux mesures de gin ; d'autres, trois de gin pour une de vermouth, et il en est qui vont jusqu'à quatre mesures de gin pour une seule de vermouth.

Il eut une petite grimace pour exprimer l'horreur que lui inspirait cette dernière formule.

— Je crois préférer la seconde formule : trois mesures de gin.

— C'est aussi celle qui rallie mes suffrages.

A l'idée que Mr. Howard pût préparer des martinis chez lui, Hanna se sentit vaguement choquée. Peut-être était-il pareillement scandalisé de la voir donner une réception ? Quel genre de personnes supposait-il qu'elle recevait ? Mais peut-être ne pensait-il pas à des invités ; peut-être croyait-il qu'elle...

— J'attends quelques personnes à cinq heures.

— Oui.

— Quand je fais le mélange, dois-je y ajouter de la glace ?

— Vous versez le vermouth et le gin sur quelques cubes de glace, puis vous remuez vivement le tout et servez dans les verres avant que la glace ait eu le temps de trop fondre.

— Et l'olive ?

— Vous la mettez au fond du verre.

— Vraiment, je ne vous remercierai jamais assez...

— Je vous en prie !

Mr. Howard posa sa serviette sur la table. Une chaînette, se terminant par un bracelet, la rattachait à son poignet. Prenant une petite clef dans la poche de son gilet, il se libéra du bracelet.

— Je me suis fait accompagner jusqu'à l'hôtel, dit-il. Je n'aime pas circuler dans les rues avec autant d'argent.

Hanna savait qu'il ne formulait pas là un reproche, mais exprimait simplement ce qui était pour lui un principe. Mr. Howard considérait l'argent qui n'était pas mis en sûreté dans un coffre comme une incitation au crime. Il estimait aussi qu'utiliser de grosses sommes pour autre chose que des placements était non seulement anormal, mais immoral. Bien entendu, il convenait de la nécessité de dépenser pour se loger, se nourrir et se vêtir, mais, s'il n'avait eu une si grande admiration pour le sens des affaires dont témoignait Hanna, Mr. Howard lui aurait fortement déconseillé de donner suite à tout projet nécessitant un quart de million de dollars en gros billets. Quand ils en avaient discuté au téléphone, il l'avait engagée à effectuer cette transaction au moyen d'un chèque, mais elle avait insisté pour avoir la somme en espèces.

Il ouvrit la serviette et en sortit les liasses. Hanna se rendait compte qu'il était gêné de n'avoir ni grilles, ni sonneries, ni gardes armés entre ce trésor et le monde extérieur. Elle avait toujours considéré son appartement comme une forteresse, mais il semblait un lieu terriblement public à Mr. Howard, habitué à une protection plus efficace contre d'éventuels dangers.

— Voulez-vous que je vous signe un chèque de cette somme ?

— Euh, oui... J'aimerais mieux le remporter avec moi.

Hanna s'approcha du petit secrétaire, prit son stylo et le carnet de chèques :

— Si vous ne remportiez pas ce chèque avec vous et qu'il m'arrive quelque chose...

— Ça ne serait pas de chance pour nous ! dit Mr. Howard en riant, comme si c'eût été une bonne farce à faire à la banque.

Il rangea le chèque dans sa serviette, la ferma, et remit la chaînette à son poignet.

— J'espère, dit-il en montrant l'argent négligemment laissé sur la table, que vous n'allez pas garder cela longtemps ici. J'imagine qu'il serait relativement facile à quelqu'un de s'introduire dans cet appartement.

En entendant cela, Hanna sursauta. Si Mr. Howard avait réfléchi avant de parler, il se fût sans doute rendu compte que ce n'était pas la chose à dire, mais voir des billets de banque traités comme de vulgaires bouts de papier le rendait malade. Tous deux avaient peur que quelqu'un pût s'introduire dans l'appartement, mais pas pour les mêmes raisons.

— Dans une heure, je n'aurai plus à me tracasser, dit calmement Hanna.

— J'en suis heureux. On n'est jamais trop prudent, vous savez ?

— Je sais.

— Je crois que ma visite habituelle est pour le mois prochain ?

— Le mois prochain ? Oh, oui, je vous téléphonerai.

— Je ne pense pas que nous aurons à faire d'importants changements. Vos placements, comme toujours, sont excellents.

— Encore merci, Mr. Howard, merci pour tout.

Comme elle se dirigeait vers la porte, Hanna vit un bout de crayon à demi engagé sous le bord de la moquette. Elle allait se baisser pour le ramasser, mais, se souvenant qu'elle avait un hôte, elle le laissa où il était. D'ailleurs, quelle importance avait-il maintenant ? Quand il aurait pu signifier quelque chose pour elle, constituer la preuve qu'elle n'avait pas rêvé l'incident de la porte, elle ne l'avait pas retrouvé. A présent, quand cela ne changeait plus rien qu'elle eût ou non une preuve, son regard s'était posé directement sur le crayon.

— Cela a été un plaisir pour moi, Miss Carpenter. Un véritable plaisir.

Hanna ouvrit la porte et, en la refermant, vit Mr. Howard regarder par-dessus son épaule. Elle comprit qu'il disait adieu à cet argent laissé sans défense.

Le banquier parti, Hanna se précipita vers la table et y prit le numéro de *Life* qu'il lui avait apporté. Elle en tourna les pages, vit un rat disséqué, la nouvelle mode des maillots de bain, un article illustré sur la chasse sous-marine, puis arriva à *La Photo de la Semaine* (elle lisait toujours les légendes avant de regarder les images) : *La recluse... Miss Hanna Carpenter, photographiée par...* Elle leva les yeux vers la photographie et se vit en train de se regarder avec effroi.

Bien qu'elle se reconnût, Hanna éprouva un instant de doute. C'était tout ? Ces derniers jours, ces années de peur et d'angoisse, tout cela se condensait-il aussi aisément dans ce visage grimaçant ? Certes, il y avait de la peur dans ce regard, mais une bien pâle imitation de la peur dont elle gardait le souvenir. Ce regard ne reflétait pas la panique atroce qu'elle avait éprouvée à ce moment-là.

Cette photographie était un mensonge. Elle eût pu aussi bien montrer une jeune fille faisant de l'aquaplane ou un jeune homme au volant d'une voiture grand sport. En la voyant, les gens en auraient su tout autant sur ce qu'Hanna ressentait au moment où la photo avait été prise.

A la déception qu'elle éprouvait se mêlait un soulagement intense. Personne ne l'avait donc vue telle qu'elle était alors, avec son âme à nu, horrible, lamentable. Hanna sentit qu'elle n'aurait pu le supporter.

Mais, pour aussi trompeuse qu'elle fût, cette photographie suffisait à raviver dans l'esprit d'Hanna les dramatiques instants dont elle témoignait. En revenant à elle, étendue sur le parquet, Hanna avait commencé par s'assurer qu'elle n'était pas blessée, ne souffrait d'aucun mal. Puis elle avait compris qu'elle n'avait plus à douter de sa lucidité.

Il n'était plus possible qu'elle ait imaginé le danger qu'elle avait couru ni que la mort de David ait seulement été un cauchemar. *Quelque chose* était dehors, qui la guettait. Une chose sans forme, sans couleur, sans substance, qui montait inlassablement la garde autour de son appartement. Parfois cette chose prenait la forme d'une personne — l'assassin de David —, ou bien semblait provoquer des accidents, comme cette photo qu'on avait prise d'elle. Mais ce n'était pas accidentel. Tout cela faisait partie d'un plan soigneusement conçu dans le but de l'anéantir. Ce n'était pas de façon fortuite qu'elle était allée chez David, et même la mort de ce dernier faisait partie du plan. Et si, maintenant, elle connaissait l'identité de l'assassin, cela aussi avait été voulu.

Ce matin-là, quand elle s'était éveillée, après avoir passé la journée de la veille en proie à une sorte de stupeur, Hanna avait compris qu'elle ne pourrait continuer à vivre qu'à la seule condition de faire face à la chose, de se libérer de sa peur, même si pour cela il lui fallait risquer la mort.

L'incendie était l'œuvre de l'assassin. Hanna en était sûre. L'énormité de ce crime, qui aurait mis en danger tant d'autres vies pour atteindre la sienne, ne l'impressionnait pas spécialement. La chose qui rôdait au-dehors, qu'elle s'incarnât dans l'assassin ou prît une autre forme, ne reculerait devant rien pour l'anéantir.

Désormais, son seul espoir était d'implorer l'assassin tant que les autres seraient présents et pourraient la protéger.

21

A quatre heures et demie, Hanna s'habilla, puis s'assit et essaya de lire, mais à chaque bruit dans le couloir elle posait son livre et se précipitait vers la porte. Entendant des voix du côté de l'ascenseur, elle courut dans la cuisine voir si tout était bien prêt pour les cocktails. Les voix dépassèrent sa porte, et Hanna reprit son livre, lisant plusieurs fois le même paragraphe sans arriver à en pénétrer le sens.

Enfin la porte de l'ascenseur claqua et des pas s'approchèrent. Cette fois, c'était pour elle, Hanna le sentait. Elle vit littéralement la personne s'arrêter devant sa porte. Mais, lorsqu'on frappa, tous ses sens n'en furent pas moins violemment émus, comme si elle ne s'y attendait pas. Elle aurait voulu rester encore un instant seule, pour se remémorer les bons moments de ces trente-quatre années, ces années qui lui avaient paru si terribles et que soudain elle se prenait à regretter. On frappa de nouveau et Hanna, se levant, alla calmement ouvrir la porte.

— Oh, entrez donc ! Les autres vont être là dans quelques minutes. Donnez-moi votre manteau...

— Les autres ?

— Oui, je ne vous avais pas dit... C'est une sorte de petite réunion.

Theodora traversa la pièce et s'assit sans rien dire, mais Hanna comprit que cette impolitesse n'était pas voulue. Elle emporta le manteau dans sa chambre et revint auprès de son invitée :

— Voulez-vous boire quelque chose ?

— Oui, volontiers.

— J'ai des martinis.

— Je préférerais simplement du rye avec de la glace, si vous en avez.

— Oh ! Je crains que non ! Voyez-vous, j'ai demandé à Mr. Howard ce qui était préférable comme cocktails. Il m'a répondu que c'étaient les martinis, et j'en ai commandé pour tout le monde. Je suis désolée, je...

— Aucune importance : je prendrai un martini.

Hanna passa dans la cuisine et regarda tout ce qu'elle avait préparé sur la table. Elle se rendit compte qu'elle ne saurait jamais confectionner un martini. Cela lui avait paru très simple en écoutant Mr. Howard, mais maintenant, elle ne se souvenait plus si c'était trois mesures de vermouth ou de gin qu'il fallait mettre dans le mélange.

— Puis-je vous aider ? s'enquit une voix derrière elle.

— Je n'ai encore jamais préparé de cocktails...

— Ça ne fait rien. Je vais m'en occuper.

Theodora mit quelques cubes de glace dans un pichet à orangeade.

— Quatre ou cinq pour une ?

— Quatre ou cinq quoi ?

— Quatre ou cinq mesures de gin pour une de vermouth. Que préférez-vous ?

— Oh, je pensais... Ne croyez-vous pas que quatre... ?

On frappa de nouveau à la porte et Hanna courut ouvrir.

Ils étaient maintenant tous assis dans le living-room, tous ces gens qu'un drame terrible avait mêlés à sa vie. Hanna se souvenait du temps où elle rêvait qu'un ami pût lui rendre visite. C'eût été une visite très protocolaire au cours de laquelle on n'aurait parlé que de livres ou d'événements mondiaux, mais il lui avait fallu néanmoins chaque fois faire appel à tout son courage pour envisager une telle possibilité. Elle serait devenue folle si elle avait pu imaginer qu'un jour elle inviterait chez elle cinq personnes qui lui étaient hostiles, et dont une souhaiterait la tuer ! Comment y était-elle parvenue ? Dans quel abîme secret de son être avait-elle puisé le courage de recevoir ces gens ?

Tandis que Theodora servait les cocktails, Hanna eut au moins la consolation de se dire qu'elle n'était pas folle. Elle n'avait pas imaginé que ces gens existaient et qu'il y eût un assassin parmi eux. Ils existaient réellement. Elle leur avait serré la main, elle avait emporté leurs chapeaux et leurs manteaux dans la chambre à coucher. Cela seul n'eût rien prouvé — n'avait-elle pas respiré ce parfum de santal comme s'il avait réellement existé ? — mais il y avait une sorte d'embarras dans l'attitude de ces personnes, qui attestait leur réalité.

Durant un moment, Hanna fut tentée de leur dire de partir, qu'elle s'était trompée, qu'elle n'avait pas eu l'intention de les inviter. En un sens, maintenant qu'ils étaient là, elle n'avait plus peur d'eux. Mais elle les haïssait. Quand Barton Zimmer s'était assis sur une de ses chaises si fragiles, Hanna avait failli hurler. La chaise avait gémi pitoyablement, et le désir de la défendre contre ce poids excessif avait fait oublier à Hanna la peur que lui inspirait cet homme.

Sandy revenait de la salle de bains et Hanna se retint avec peine d'aller voir si le robinet était bien fermé, si le lavabo était sale ou le savon en train de fondre dans une mare d'eau. Que le regard de ces gens effleurât ses pauvres trésors lui semblait la plus grande des offenses.

Barton Zimmer posa son verre mouillé directement sur le bois de la table, en faisant de nouveau gémir la chaise dont les pieds délicats s'enfoncèrent dans la moquette usée.

— Je crois, Miss... euh... Carpenter, le moment venu de nous expliquer pourquoi vous nous avez convoqués ici. Je n'imaginais pas qu'il y aurait d'autres personnes que moi.

Theodora tendit un verre à Peter et, prenant le sien, alla s'asseoir dans le fauteuil d'Hanna, dont les ressorts fatigués achevèrent de céder sous son poids.

— Nous non plus, dit Sandy. Après ce que nous avons lu dans *Life*, nous... nous pensions que vous n'aimeriez pas avoir beaucoup de gens chez vous.

— Je suis navrée, dit Hanna, de ne pas vous avoir prévenus qu'il y aurait d'autres personnes, mais je l'ignorais moi-même. C'est seulement quand vous m'avez téléphoné, les uns après les autres, que j'ai décidé d'organiser une petite réunion.

— Je crois, intervint Vivian Boleyn, qu'il vaudrait mieux dire à Miss Carpenter pourquoi nous désirions la voir. Je suis sûr que vous êtes tous venus pour la même raison que moi. Miss Carpenter, savez-vous qui a tué David ?

Vivian était debout, appuyé contre le mur et, comme il parlait, le frottement de son épaule fit s'écailler davantage la peinture. Les deux mains crispées sur son verre glacé, Hanna but une grande gorgée de martini pour dissimuler son agitation. Oh, comme elle le détestait !

— Oui, dit-elle calmement, je connais son assassin.

— Alors, vous feriez mieux de nous le nommer, dit Theodora. La presse a fait tant de battage autour de ce meurtre que cela nous mettrait dans une situation extrêmement embarrassante si le public venait à apprendre que nous sommes tous suspects.

— Oui, dit Sandy, nous ne tenons pas à voir notre nom dans les journaux.

— En outre, souligna Barton Zimmer, comme vous figurez vous-même au nombre des suspects, cela vous éviterait bien des ennuis avec la police si vous nommiez l'assassin.

Tout en parlant, Barton regardait Vivian Boleyn pour bien marquer qu'il n'avait personnellement aucun doute quant à l'identité du meurtrier.

Hanna demeura un moment silencieuse. « On me met à l'épreuve », pensa-t-elle.

— Non, je n'ai pas l'intention de dire son nom. A personne.

Tandis qu'elle disait cela, Hanna sentait le regard de l'assassin posé sur elle. Le moment était venu. Il lui fallait maintenant convaincre cette personne qu'elle ne mentait pas.

— L'un de vous a tué David Hammer. Je le sais à cause de quelque chose que David m'avait dit. Peu importe la raison pour laquelle il me l'avait dit. Ce qui compte, c'est que je sais qui l'a tué.

Elle but une autre gorgée et en éprouva un immédiat réconfort. Mais comment expliquer ce qu'elle ressentait ?

— Toute ma vie j'ai eu peur, atrocement peur qu'il m'arrive quelque chose. Je ne savais pas de quoi j'avais peur, mais j'étais surtout effrayée par les gens. J'ai souvent pensé que le monde doit être régi par une terrible loi de l'offre et de la demande. Quand il y a beaucoup de quelque chose, c'est que personne n'en veut et, quand on demande beaucoup de quelque chose, c'est parce que personne n'en a. La seule façon d'avoir quelque chose que l'on veut, c'est de prétendre n'en pas vouloir et même de tout faire pour ne pas l'avoir... Alors, bien entendu, on vous le donne sans difficulté. Non, je ne m'égare pas, rassurez-vous, je vais en venir au fait dans un moment...

» Jadis, je voulus une robe pour une réception, et mon père refusa d'accéder à mon désir — bien qu'il eût largement les moyens de satisfaire tous mes petits caprices — par crainte que je ne devienne vaniteuse. Ce fut seulement après cette réception — durant laquelle je demeurai cachée dans la salle de bains parce que je me trouvais laide — qu'il consentit à m'acheter cette robe, dont je n'avais plus envie.

Hanna vida son verre et continua de parler, en ayant l'impression que ce n'était pas elle mais Margot Case qui s'adressait à ces gens. Cela la tranquillisa. Margot saurait tout expliquer, leur faire tout comprendre.

— Je suppose que la plupart des gens font tôt ou tard cette découverte et apprennent à ne plus désirer les choses, du moins, pas au point de ne pouvoir s'en passer. J'ignore comment on y arrive, mais je pense que ce doit être comme une sorte de suicide. Vous séparez de vous la partie de vous qui veut trop de choses et vous la tuez. Alors vous devenez adulte et pouvez avoir certaines choses que vous désiriez, bien que vous n'en ayez plus vraiment envie. Ce qui est terrible, c'est que, ensuite, on se met à haïr les gens qui désirent encore des choses. On se dit : « Pourquoi aurait-elle ce qu'elle veut, alors que je n'ai jamais pu l'obtenir ? » On se met à considérer comme un devoir de vous détruire, même si l'on vient seulement de faire votre connaissance, et l'on vous promet mille félicités si vous consentez à laisser assassiner une partie de vous-même.

» C'est pour cela que je ne sors jamais de chez moi. Durant trente-quatre ans, je n'ai quitté cet appartement qu'une seule fois, et c'est la fois où je vous ai tous connus.

Ses cinq invités la regardaient avec une expression peinée, et Hanna se rendit compte de leur embarras. La tête lui tournait un peu, et il lui fallait se hâter avant que l'ivresse la rende incapable de parler.

— Je ne sais pas comment le prouver, mais je crois que, tous, vous êtes un peu comme moi. Vous désirez tous quelque chose au point de ne presque plus pouvoir vivre sans l'avoir. Et si je vous ai parlé ainsi, c'est afin d'expliquer à l'un de vous qu'il m'est indifférent qu'on le punisse ou non pour avoir tué David. Vous à qui je parle, je ne vous en veux même pas de vouloir me tuer, car je sais que vous ne me haïssez pas vraiment. Vous avez seulement peur que je dise ce que je sais... que je devienne semblable à tout ce monde qui veut vous faire du mal.

» Je vous ai donné de l'argent. Vous n'en avez probablement pas besoin, puisque c'est souvent ainsi quand on vous donne quelque chose, mais j'ai simplement voulu vous montrer que je désirais votre bonheur. Je vous demande seulement de me laisser en paix, et je vous promets de ne rien dire à personne. Si vous le voulez, je puis doubler ou tripler la somme. J'en suis navrée, mais c'est tout ce que j'ai à donner. Si je possédais quelque chose de plus précieux, je vous l'abandonnerais de grand cœur.

— Etes-vous certaine de ne pas vous sentir souffrante, Miss Carpenter ? demanda Peter en se penchant vers elle avec sollicitude.

— Il vaut mieux qu'elle ne boive pas davantage, dit Theodora.

Hanna sentit qu'elle s'éloignait du ferme terrain de la raison. Quelle sottise d'avoir bu ! Au moment où il était d'une telle importance qu'elle gardât son sang-froid, voilà qu'elle s'enivrait ! Elle essaya de se rappeler ce qu'elle venait de dire. L'assassin avait-il compris ? Puis elle se surprit à penser qu'elle n'avait pas arrosé ses philodendrons depuis une semaine. Pauvres feuilles desséchées ! Comme ce devait être atroce ! Hanna crut sentir leur terrible soif dans sa propre gorge.

— Miss Carpenter, dit Vivian Boleyn, vous avez déclaré avoir donné une grosse somme d'argent à l'un d'entre nous. Je suppose que vous l'avez donnée à la personne que vous pensez être l'assassin de David Hammer ?

— Oui, dit Hanna ; je ne savais comment faire pour montrer...

— Cette personne sait-elle que vous lui avez donné cet argent ? s'enquit Barton Zimmer. Je veux dire : l'a-t-elle accepté ?

— Non, je le lui ai simplement donné, dit Hanna, en pensant à la lourde enveloppe qu'elle avait attachée avec une épingle de sûreté à l'intérieur d'un des manteaux se trouvant dans sa chambre. Je vous en prie, ne parlons plus de cet argent. Je n'ai vu en lui qu'un moyen d'exprimer...

— Je pense comprendre, intervint Theodora. (Il y avait quelque chose de réconfortant dans le calme de sa voix.) *Primo*, elle croit savoir qui a tué David. *Secundo*, à cause de cela, elle pense que l'un de nous lui veut du mal et elle essaye de lui faire comprendre qu'elle ne le dénoncera pas à la police. Puis il y a cet argent qu'elle a dû envoyer à l'un de nous ou cacher parmi nos affaires.

— De quelle somme s'agit-il ? s'enquit Barton Zimmer, car c'était là un sujet qu'il connaissait bien.

— Deux cent cinquante mille dollars ! répondit Hanna avec lassitude.

Elle avait décidé d'arroser les plantes dès que ses invités seraient partis. Elle aurait alors le temps de réfléchir à ce qu'elle avait fait.

— Seigneur ! s'exclama Vivian, à la fois amusé et impressionné. Le crime devient d'un bon rapport !

— Un instant, intervint Peter. Tout cela est trop embrouillé pour moi. A supposer que vous ayez raison et sachiez qui est l'assassin, pourquoi avoir invité cette personne ici, pourquoi lui dire devant nous que vous l'avez identifiée et, pire encore, le prouver en lui remettant cette somme d'argent ? Si vous avez peur de l'un d'entre nous, pourquoi donnez-vous à l'assassin une raison de se débarrasser de vous ?

— Je crains de ne pas comprendre, dit Hanna.

— Si l'assassin ne savait pas que vous connaissiez son identité, dit Sandy, pourquoi le lui avoir appris ?

— Mais je ne le lui ai pas appris ! dit Hanna. Durant toute la semaine, l'un de vous a essayé de s'introduire dans mon appartement.

— Etes-vous sûre que c'était l'un de nous ? questionna Theodora.

— Oui, j'en suis certaine.

— Avez-vous vu cette personne ? demanda Vivian.

— Non, mais tout a commencé la première nuit. La nuit où David a été tué. Ce ne pouvait être personne d'autre !

— Pourquoi ? dit Peter.

— Peut-être s'agissait-il d'un cambrioleur, renchérit Theodora en versant le reste du shaker dans son propre verre.

Hanna se leva, chancelant d'un pied sur l'autre, et regarda ses hôtes comme une bête traquée :

— Vous cherchez à me faire dire qui c'est ! Mais je ne parlerai pas ! Je tiendrai ma promesse ! D'ailleurs, qu'importe le nom de l'assassin ? Ç'aurait pu être n'importe lequel d'entre vous. Vous êtes tous des assassins ! Chacun de vous voulait tuer David. Je le sais parce que je vous ai observés, ce soir-là. L'un de vous a commis le meurtre, mais les autres sont tout aussi coupables.

» Peut-être n'était-ce pas un crime de tuer David. Je pense qu'il avait dû vous faire du mal à tous ou menacer de vous en faire. Et, maintenant qu'il est mort, cela ne changerait rien qu'on vous punisse... Mais pourquoi voulez-vous me tuer ? Pourquoi l'innocent doit-il toujours souffrir plus que quiconque ? Ce n'est pas juste ! Il a suffi d'un instant pour tuer David. Vous ne lui avez pas fait de mal ; je ne pense même pas qu'il ait senti le coup. Mais la personne qui se trouvait simplement être là, vous mettez des jours et des semaines à la tuer ! Je vous en prie, je vous en supplie ! laissez-moi en paix, je ne suis pas dangereuse. Ne voyez-vous pas que je ne veux aucun mal à personne ?

— Je crois que nous ferions mieux de partir, dit Barton Zimmer. Elle me semble en pleine crise d'hystérie. De toute façon, cela ne nous regarde pas. C'est l'affaire de la police. Personnellement, je crois qu'elle a inventé toute cette histoire.

— Pensez-vous qu'elle pourrait être l'assassin ? demanda Sandy.

— C'est possible, dit Peter.

— Je crois que Mr. Zimmer a raison, déclara Theodora. Partons.

Hanna se tenait debout près de sa chaise. Des larmes brûlantes roulaient sur ses joues. Ce n'étaient pas des larmes de chagrin, ni même d'effroi. C'étaient les larmes que verse un enfant lorsqu'il s'attendrit sur lui-même. Elle était heureuse de les voir partir. Ils allèrent eux-mêmes reprendre leurs vêtements dans la chambre à coucher. Hanna vit la surprise de l'assassin quand sa main décela l'épais paquet dissimulé à l'intérieur du manteau. Mais les autres ne remarquèrent rien, personne ne sut que l'argent était parvenu à destination...

Quand ses invités revinrent dans le living-room, Hanna les vit tout déformés à travers le voile de ses larmes. L'un d'eux lui dit au revoir, et les autres bredouillèrent quelque chose qu'elle prit pour des remerciements. L'assassin ne la regarda pas, mais comme le petit groupe sortait dans le couloir, Hanna le vit étreindre de nouveau le paquet sous le manteau.

Hanna referma lentement sa porte et regarda avec dégoût cet appartement qui, désormais, n'était plus tout à fait le sien...

22

Moins d'une heure plus tard, Hanna avait effacé toute trace du passage de ses invités, prenant même soin de déplacer les sièges afin de ne plus se rappeler que d'autres qu'elle s'y étaient assis. Puis elle arrosa soigneusement ses philodendrons.

Alors seulement Hanna put se permettre de réfléchir à ce qui venait de se passer. Avait-elle réussi à convaincre l'assassin de sa sincérité ? Oui, elle lui avait bien prouvé que personne ne pourrait la forcer à parler et qu'il n'avait rien à craindre de sa part.

Hanna pensa à David et se dit qu'il la comprendrait. Venger sa mort ne l'aurait pas fait revivre et il se rendrait compte qu'Hanna ne pouvait agir autrement. Il lui semblait que David veillait sur elle et souhaitait qu'elle fût heureuse.

L'effet de l'alcool s'était dissipé et Hanna se sentait tout étourdie, l'esprit nébuleux. Elle décida de s'habiller comme pour sortir, puis elle demanderait à Arthur de lui apporter son dîner. Pour la première fois depuis plusieurs jours, elle se souvenait d'Arthur. Pourquoi n'était-il pas venu s'informer si elle avait besoin de quelque chose ? Arthur avait l'habitude de la laisser tranquille pendant un jour ou deux si elle ne l'appelait pas, mais cela ne lui ressemblait pas de l'abandonner ainsi pendant toute une semaine.

« Pourvu qu'il ne soit pas malade ! » s'inquiéta Hanna avec sollicitude.

De nouveau, elle pensa à David. Non, il ne pouvait lui tenir rigueur de ne pas dénoncer son assassin, car, au fond, tout avait été sa faute. C'était lui qui avait dû dire à l'assassin où elle habitait « Le même hôtel que vous », ou bien simplement son nom : « Oh ! elle ne s'appelle pas vraiment Margot Case. C'est Hanna Carpenter... vous savez bien, la fille du type des mines. Vous êtes voisins tous les deux. »

Oui, c'est ainsi que les choses avaient dû se passer. Plus tard, quand Hanna avait déclaré connaître l'assassin, celui-ci avait pris peur et pensé qu'Hanna avait tout vu. Oui, en un sens, David était à blâmer pour cela comme pour tout le reste.

Peut-être Hanna n'aurait-elle jamais su qui cherchait à la tuer si elle n'avait vu la photo dans *Life* et appris par la légende que cette personne habitait le même hôtel qu'elle. C'était donc bien celle dont David lui avait parlé.

Maintenant qu'elle se sentait de nouveau en sécurité, Hanna comprenait combien tout cela avait dû être atroce pour l'assassin. Elle ignorait ce que David avait fait pour attirer sur lui une aussi terrible vengeance, mais elle se rendait compte que l'assassin avait dû souffrir encore plus qu'elle. Quand elle avait dû lutter pour sa vie, Hanna avait du moins quatre murs pour la protéger. Comme cela devait être terrible de devoir se défendre en terrain découvert, sans jamais savoir qui pouvait surgir derrière vous, quand chaque passant pouvait être un policier, quand chaque visage souriant vous rappelait que quelqu'un d'autre connaissait votre secret.

L'assassin pourrait utiliser l'argent pour s'enfuir, aller peut-être dans un autre pays, vivre seul loin des visages familiers. Brusquement, Hanna sentit qu'elle eût aimé partir avec son ex-adversaire. C'était une idée ridicule, mais Hanna imaginait que l'assassin et elle auraient pu se lier d'amitié, voyager en caravane à travers l'Arabie ou se rendre en chaise à porteurs dans les lamaseries du Tibet. Ils se seraient appelés par leurs prénoms et auraient ri des choses étranges qu'ils auraient découvertes ensemble. Ils auraient vécu à leur guise, en oubliant tout du passé.

Ce fut tandis qu'elle s'abandonnait à cette délicieuse rêverie qu'Hanna entendit du bruit dans sa chambre à coucher. Ce n'était qu'un faible « tic-tic-tic-tic », et il lui fallut plusieurs minutes pour comprendre que quelqu'un s'employait à creuser un trou dans le mur de séparation.

23

Il était sept heures quand Kevin arriva à l'*Hôtel 38*. Il s'informa auprès du planton posté à l'extérieur et apprit que l'assassin n'avait pas encore quitté l'hôtel.

Evitant le préposé à la réception, le policier se rendit dans la salle à manger et demanda si quelqu'un connaissait Hanna Carpenter. Il avait appris que les préposés à la réception, de même que les directeurs, étaient toujours peu loquaces quand on leur demandait des renseignements. On l'aiguilla vers Arthur qui, entre deux plats, ne demandait qu'à parler.

Kevin dit immédiatement ce qu'il était, et Arthur l'attira nerveusement à l'écart :

— Jésus ! Inutile de me dire qu'il lui est arrivé quelque chose : je le sais !

— Comment ça ?

— Vous comprenez, la vieille a toujours été un peu bizarre, bien sûr, mais inoffensive, et je me suis immédiatement rendu compte qu'il y avait quelque chose d'anormal quand, la semaine dernière, je l'ai vue rentrer à trois heures du matin.

— Elle ne rentrait jamais si tard ?

— Rentrer ! A ma connaissance, depuis plus de trente ans, elle n'était jamais sortie de chez elle !

— Quand ça, la semaine dernière ?

— Jeudi soir ou, plus exactement, vendredi matin.

— Et ça ne lui était encore jamais arrivé ?

— Jamais depuis plus de trente ans que je la connais ! Elle avait peur même de son ombre. J'étais le seul qu'elle laissait entrer chez elle, et je me demande maintenant si elle voudra encore me recevoir.

— Pourquoi donc ?

— Comme je vous l'ai dit, vendredi à trois heures du matin, je l'ai vue descendre d'un taxi. J'avais fait un remplacement, cette nuit-là, et, comme c'était calme, j'ai préféré la suivre jusque chez elle, pour le cas où elle ne se sentirait pas bien. Vous comprenez, cette vieille, j'avais une sorte d'affection pour elle. Toujours gentille pour ma femme et moi, n'oubliant jamais nos étrennes... Bref, j'ai voulu m'assurer qu'elle n'avait besoin de rien. Je suis monté derrière elle, car elle avait pris l'escalier, ne pensant sans doute pas qu'elle pouvait utiliser l'ascenseur. Je l'ai vue refermer sa porte, juste comme j'arrivais sur le palier. Alors je suis allé frapper...

— Vous êtes sûr que c'était elle ?

— Oh, oui ! J'ai même reconnu la robe qu'elle portait. C'est ma femme qui lui a acheté le tissu. Et puis, elle avait aussi ses drôles de bottines à la mode de l'ancien temps. Non, je ne pouvais pas m'être trompé et, comme je vous le disais, j'ai frappé à sa porte. Elle ne m'a pas répondu, mais j'ai su qu'elle était là, car je voyais de la lumière sous la porte. Je n'ai pas insisté, car il lui arrive de ne vouloir voir personne et elle aurait pu prendre cela mal.

Arthur jeta un coup d'œil professionnel dans la salle du restaurant, puis reprit la conversation. Il semblait soulagé de pouvoir raconter son histoire à quelqu'un.

— Le lendemain matin, j'y ai repensé, et je me suis dit que je lui avais peut-être fait peur en frappant à sa porte, au milieu de la nuit. Je lui ai téléphoné pour lui dire que c'était moi qui avais frappé, mais elle n'a pas décroché. Alors il m'est venu à l'idée qu'elle pouvait être malade, incapable d'appeler ou de répondre au téléphone. Mais, d'un autre côté, il se pouvait aussi qu'elle veuille simplement être seule, comme cela lui arrive quelquefois.

— Garçon !

— Oui, monsieur ! répondit Arthur en se précipitant à l'appel du client pour lui apporter la salade et l'assurer que le canard était préparé exactement à son goût.

Quand il revint, Arthur reprit son récit au point où il l'avait laissé :

— Mais, samedi, j'ai continué à me sentir inquiet, car elle n'avait toujours pas donné signe de vie. Elle a des conserves dans sa cuisine pour se nourrir à sa guise, mais j'avais son exemplaire de *Life* qui arrive le vendredi et, d'ordinaire, il lui tarde de le lire. Aussi, le samedi matin, j'ai pris un passe — personne ne trouve à redire quand j'en prends un, car il y a longtemps que je suis dans la maison — et suis monté chez elle. J'ai frappé à deux reprises mais, n'obtenant toujours pas de réponse, mon inquiétude a grandi et je n'ai plus hésité à ouvrir la porte. L'ennui, c'est qu'elle avait mis une chaîne de sûreté, et je n'ai pu qu'entrouvrir le battant.

Kevin attendait impatiemment qu'Arthur ait fini. Maintenant qu'il touchait au but, cela le rendait nerveux de penser que l'assassin était encore dans l'hôtel.

— Comme elle ne bronchait pas, je me suis dit qu'elle était probablement très malade, peut-être même morte, et qu'il me fallait entrer à tout prix. J'ai donc pris un crayon dans ma poche et je m'efforçais de décrocher la chaîne quand, tout d'un coup, comme une tonne de briques qui vous dégringolerait sur le râble, voilà la porte qui se referme violemment. Si j'avais eu la main dans l'entrebâillement, je ne sais pas ce qui serait arrivé !

» En tout cas, ça me prouvait qu'elle n'était pas malade, et j'ai aussitôt pensé au pétard qu'elle ferait si elle apprenait que j'avais essayé de forcer sa porte. Avec les piquées, il ne suffit pas de leur dire qu'on était inquiet à leur sujet... Aussi ai-je préféré ficher le camp en vitesse.

— Il y a une chose que je ne comprends pas, dit Kevin. Si vous étiez sûr ensuite qu'elle allait bien, pourquoi m'avez-vous dit, tout à l'heure, savoir qu'il lui était arrivé quelque chose ?

— Parce qu'elle n'a plus donné signe de vie depuis lors. Dimanche dernier, nous avons eu un commencement d'incendie dans la cage d'escalier. Si ç'avait été quelque chose de grave, j'aurais été chercher la vieille, mais c'était un petit feu de rien du tout... Quoique, avec tout ce que nous avions comme pompiers et le raffut que faisaient les sauveteurs bénévoles, on aurait cru que tout le pâté d'immeubles était en flammes.

» Ce qui m'a tracassé, c'est que, après cela, la vieille n'a toujours pas téléphoné. Je voulais lui dire, quand elle me demanderait de lui monter son dîner, que c'était moi qui avais essayé d'entrer chez elle. Bien sûr, j'aurais pu lui glisser un mot sous sa porte, mais, au cas où elle aurait fait des histoires, j'aimais mieux qu'elle n'ait rien d'écrit, car, pour ce qu'elle peut dire, on sait bien à la direction qu'elle est piquée. J'ai donc préféré attendre qu'elle m'appelle.

» Ce qui m'inquiétait aussi, c'est qu'un type de *Life* était venu demander après elle. Il a parlé au directeur, bien entendu, et maintenant, je sais pour quoi c'était. Vous avez vu sa photo, je suppose ? Un sale tour qu'on lui a joué là !

— Oui, je l'ai vue. Et elle ne vous a pas appelé depuis ?

— Non, monsieur, et ça commence à me turlupiner sérieusement. Quand vous êtes arrivé, j'étais sur le point de monter frapper à sa porte ; je ne serais pas redescendu sans être certain qu'elle allait bien et lui avoir tout expliqué.

— Je regrette que vous n'ayez pas fait cela dès le premier jour, dit Kevin.

— Alors, je ne me trompais pas ? Il se passe quelque chose ?

— Je n'en sais rien encore. J'espère que non.

— Je vais vous montrer sa chambre, si vous voulez ? Juste le temps d'appeler quelqu'un pour me remplacer...

24

Kevin frappa de façon impérative à la porte de Miss Hanna Carpenter.

Il tendit l'oreille, cherchant à percevoir un bruit de pas de l'autre côté du battant. Si seulement il était sûr que cette femme n'avait rien et que l'inquiétude d'Arthur n'était due qu'à sa crainte de lui avoir fait peur ! Kevin n'avait aucune preuve que Miss Carpenter fût bien la personne qu'il cherchait, mais son malaise s'accrut quand il constata qu'on ne lui répondait pas.

Il frappa à coups redoublés, s'étonnant lui-même de la force qu'il mettait dans ses poings. De quelque part, à l'intérieur de l'appartement, lui parvint un faible bruit rythmique, comme si quelqu'un tapait avec insistance pour le railler. Il se tourna vers Arthur et lui demanda le passe.

— Je ne l'ai pas. Il est en bas. Je le demande seulement quand...

— Alors, bon sang, allez le chercher ! Vite !

Arthur s'élança dans le couloir au pas de course.

Kevin tourna la poignée de la porte. Elle était bien fermée. Soudain, il entendit un bruit sourd à l'intérieur de l'appartement. Durant un moment, on cessa de frapper. Puis cela recommença.

Bien qu'il ne s'en rendît pas compte, Kevin était extrêmement superstitieux. Depuis longtemps, il était convaincu que la double vue existait et que bien des événements dans sa vie faisaient partie d'un plan préétabli par les influences régissant sa destinée. Par exemple, le fait d'avoir trouvé la photo de Miss Carpenter dans un magazine qu'il lui arrivait rarement de lire. Et devant cette porte close, derrière laquelle se trouvait une femme qui ne voulait pas ou ne pouvait pas lui ouvrir, il eut la soudaine conviction que la situation requérait une action immédiate et énergique. Aussi, abandonnant la porte, se mit-il à courir dans le couloir.

Il venait de se rappeler que la photo de *Life* avait été prise d'un escalier d'incendie. Gravissant trois marches à la fois, il fut en un rien de temps devant la porte de l'appartement situé au-dessus de celui de Miss Carpenter et frappa vivement contre le battant.

— Entrez !

Il ouvrit aussitôt la porte et se trouva devant une femme uniquement vêtue d'un négligé. Elle était assise sur un divan ; près d'elle, sur une petite table, il y avait un shaker et deux verres. Le tendre sourire d'accueil disparut de ses lèvres et elle s'écria :

— Qui diable êtes-vous ?

Mal à l'aise, Kevin sortit sa plaque de police :

— Police ! J'ai besoin de descendre par l'escalier d'incendie.

— Il se passe quelque chose ?

Au lieu de répondre, Kevin se précipita vers la fenêtre, l'ouvrit et accueillit avec soulagement l'air frais de la nuit. Ayant repéré l'escalier menant à l'étage inférieur, il le descendit aussi rapidement que possible.

Quand il arriva sur la passerelle métallique se trouvant à la hauteur de la fenêtre d'Hanna, Kevin constata avec désespoir que, derrière les vitres, il y avait des persiennes de fer. Il se baissa, car une des feuilles de la persienne de droite était un peu tordue et lui permettait d'avoir une vue partielle de la pièce. Ce qu'il vit tout d'abord n'avait rien que de très normal et, réfléchissant qu'il n'avait pas encore légalement le droit de s'introduire par la force chez Miss Carpenter, le policier fut sur le point de rebrousser chemin. Mais, lentement, la conviction lui vint que cette femme, figée au milieu de la pièce, était effrayée, terriblement effrayée, par quelque chose qu'elle regardait, et que Kevin ne pouvait voir. Elle étendit un bras et sa bouche se tordit, paraissant balbutier des supplications incohérentes.

D'un coup de pied, Kevin fit voler en éclats la vitre de la fenêtre à guillotine. Passant la main à l'intérieur, il ouvrit le verrou et leva le panneau inférieur. Ce faisant, il put se rendre compte que la femme n'avait même pas eu conscience du vacarme et continuait à pointer le doigt vers quelque chose qu'il ne pouvait voir. Il perçut un bruit émanant de la pièce. Ces coups rythmés qu'il avait entendus dans le couloir, mais qui étaient maintenant beaucoup plus forts.

Kevin plaça le canon de son revolver dans la fente entre la persienne et le cadre de la fenêtre. A la faible clarté provenant de la pièce, il put constater que les gonds étaient vieux et rouillés. Se servant du revolver comme d'un levier, il parvint à écarter suffisamment la persienne pour pouvoir passer la main, et se mit alors à pousser de toutes ses forces afin de l'arracher au cadre de la fenêtre. Tout d'abord, il crut qu'il n'y parviendrait pas, car il n'était pas dans une bonne position pour exercer sa pression, puis il sentit que les gonds commençaient à céder.

A l'intérieur, il entendit un grand fracas, qui lui rappela le jour où George et lui avaient abattu une cloison. Il vit des morceaux de plâtre tomber sur la moquette de la pièce. Alors, prenant appui d'une main contre le cadre de la fenêtre, Kevin poussa de tout son corps contre la persienne. Les gonds claquèrent enfin, et la persienne tomba à l'intérieur de la pièce.

Ce que Kevin vit alors devait encore hanter ses cauchemars bien des années plus tard.

Regardant dans la direction que lui indiquait le doigt d'Hanna Carpenter, il vit Theodora progressant dans la pièce voisine, avec la lenteur d'un chat marchant vers la proie qu'il fascine. Dans le mur, derrière elle, béait un grand trou, et une poussière blanche flottait encore dans l'air. Kevin s'approcha vivement d'Hanna pour la rassurer, mais se rendit compte qu'elle n'avait pas conscience de sa présence. Elle se tenait parfaitement immobile, le cou légèrement penché, regardant vers la chambre à coucher. Theodora atteignit la porte. Son visage était couvert de plâtre, et sa main droite tenait un ciseau à froid. Ses doigts saignaient, et Kevin put voir qu'un de ses ongles avait été arraché. Bien qu'il se tînt près d'Hanna, Kevin comprit que Theodora, les yeux rivés sur sa victime, n'avait pas non plus conscience d'une tierce présence...

Lorsque Kevin parla, sa voix résonna étrangement dans la pièce. Il eut l'atroce impression d'y être le seul encore capable de comprendre des paroles.

— Arrêtez ou je tire !

Theodora continua d'avancer lentement. Aucune des deux femmes ne l'avait entendu, aucune ne savait qu'il était là.

— Arrêtez, bon sang, ou je vais tirer !

Mais ces deux femmes, face à face, n'avaient plus rien d'humain et ne pouvaient comprendre ce qu'il disait.

Alors Kevin s'interposa devant Hanna et saisit Theodora par le bras. D'un seul mouvement, sans presque se détourner, elle le rejeta de côté. S'il avait eu affaire à un homme de sa taille, le policier aurait prévu une réaction semblable et ne se serait pas laissé surprendre aussi aisément.

Theodora bondit alors vers sa victime et Kevin fit feu.

25

Tandis que le métro roulait, Kevin réfléchissait au rapport qu'il rédigerait le lendemain à l'intention de l'inspecteur Dayton. La concision était ce que son chef appréciait le plus dans un rapport. Grâce à ce que Miss Carpenter avait été en mesure de lui dire, après que le médecin de la police lui eut administré un sédatif, Kevin pouvait aisément reconstituer l'histoire en son entier.

Theodora avait tué David Hammer parce qu'il ne voulait plus l'épouser. En écoutant les dépositions des suspects, Kevin en avait eu immédiatement la prescience. Tous les autres avaient une raison précise et très logique de souhaiter la disparition de David mais, pour chacun d'eux, son assassinat eût révélé au grand jour ce qu'ils voulaient précisément dissimuler à tout prix. Certes, il y avait une chance de récupérer les documents à l'aide desquels Hammer les faisait chanter, mais elle était si mince qu'aucun d'eux, d'après l'idée que Kevin avait pu se faire de leur caractère, n'aurait voulu s'y fier, eu égard aux énormes risques courus si l'entreprise échouait.

Mais Theodora Dennis, elle, ne risquait rien. Le mal que Hammer pouvait lui faire appartenait au passé. Alors que les autres avaient une raison parfaitement valable de revenir dans l'appartement de David après le meurtre, Theodora n'en avait pas... à moins qu'elle ne fût l'assassin et voulût faire disparaître tout indice susceptible de l'accuser. Theodora était la seule qui connût suffisamment David pour se rendre compte que les autres invités avaient probablement de fortes raisons de souhaiter sa mort, et que les soupçons seraient également répartis entre eux tous. Aucun des autres ne pouvait se douter de cela, et chacun d'eux eût naturellement pensé qu'il serait le premier soupçonné si David venait à être assassiné.

Tout cela avait incité Kevin à cristalliser ses soupçons sur Theodora. Mais, ce qui lui avait paru encore plus important, c'est qu'elle était la seule que son tempérament avait pu pousser à commettre ce crime. Boleyn comme Zimmer étaient des hommes habitués à raisonner et à calculer. S'ils avaient été capables de graves imprudences, ils ne seraient jamais arrivés aux postes qu'ils occupaient. Et tuer David dans un appartement plein de monde était incontestablement une très grave imprudence ! En admettant même que l'un de ces deux hommes eût pu la commettre, il n'aurait pas manqué de s'assurer auparavant que les documents dont il voulait s'emparer étaient dans le bureau de David.

Kevin avait éliminé Peter et Sandy parce qu'il les jugeait absolument incapables de cette rage aveugle qui avait poussé l'assassin à tuer David sans réfléchir aux conséquences. Et puis, bien que Peter eût refusé de payer à Hammer la somme demandée, il n'était pas concevable, étant donné leur immense fortune, qu'ils aient préféré commettre un meurtre plutôt que donner cent mille dollars, à supposer que l'information détenue par David ait été véritablement dangereuse pour eux. En outre, si Peter avait choisi de tuer Hammer, il ne l'aurait pas fait au cours d'une réunion où sa femme était présente.

Quand Hanna avait dit connaître l'assassin, dans le seul but de les effrayer, Theodora avait compris qu'elle n'aurait plus de répit avant d'avoir tué également la vieille fille. Et, parallèlement à la police, elle avait recherché dans toute la ville la seule personne qu'elle croyait en mesure de prouver sa culpabilité.

Hanna, entre-temps, s'était souvenue des paroles de David, lui disant que l'assassin habitait près de chez elle, et avait trouvé dans *Life* un article consacré à Theodora et à ses sculptures. On y donnait l'adresse de Theodora, ce qui avait constitué une preuve suffisante aux yeux d'Hanna. Miss Carpenter s'était alors mis en tête que l'assassin essayait de s'introduire dans son appartement. Kevin s'était bien gardé de lui apprendre que Arthur était l'auteur de ces tentatives. De même, il ne lui avait pas dit qu'elle avait failli être seule responsable de sa mort, pour avoir confirmé elle-même les craintes de Theodora en lui remettant une somme d'argent.

L'appartement de Theodora était tout en haut de l'hôtel. Kevin y avait trouvé, presque terminé, le buste de David auquel elle travaillait quand il avait été l'interroger. Elle avait dû le transporter de l'atelier dans son appartement pour une raison que Kevin ignorait. Dispersés sur le parquet, autour du buste, gisaient les billets remis par Hanna. Quelques-uns étaient déchirés en menus morceaux et la moitié d'un billet de cent dollars adhérait à la glaise, sur la joue de David.

L'appartement contigu à la chambre à coucher de Miss Carpenter se trouvait vacant depuis plusieurs jours, ceux qui l'occupaient étant partis aussitôt après l'incendie. En sortant de chez Hanna, Theodora était montée chercher un des ciseaux à froid dont elle se servait pour sculpter la pierre, puis s'était introduite dans l'appartement désert.

Pendant les quelques heures où Theodora survécut à sa blessure, il apparut clairement qu'elle était devenue complètement folle. Elle mourut avec la conviction d'avoir tué Hanna Carpenter.

Tandis que roulait le métro, Kevin ouvrit le numéro de *Life* dont il avait si dramatiquement interrompu la lecture. En lisant, le trajet lui semblerait moins long. Il avait hâte de se retrouver chez lui.

Arthur redescendait du neuvième étage avec le plateau chargé de vaisselle sale. Miss Carpenter avait été logée dans un autre appartement, en attendant que le sien fût réparé. Elle avait même surpris Arthur en déclarant souhaiter que cela ne se prolongeât pas trop, car il lui tardait de revenir chez elle.

— Je crois, lui avait-elle dit quand il était monté chercher le plateau, que je m'en vais faire repeindre mon appartement. Ne pensez-vous pas que ce serait une bonne chose, Arthur ?

— Si, Miss Carpenter.

Quand il l'avait vue après la fusillade, la vieille demoiselle était dans un tel état qu'elle avait été incapable de parler jusqu'à ce que le médecin lui eût fait une piqûre. Maintenant, elle était redevenue la femme polie et réservée qu'il avait toujours connue. Elle paraissait même aller mieux qu'auparavant. Son teint était plus coloré, et elle n'avait pas sursauté le moins du monde quand il avait fait tomber le couvre-plat.

— Que diriez-vous d'un rose pâle, avec les boiseries en blanc ?

— Ce serait très seyant pour vous, Miss Carpenter.

— Et je pourrais aussi acheter quelques nouveaux meubles. Oui, vraiment, je pense que je saurai arranger cela de façon charmante.

Arthur avait fini de rassembler la vaisselle sur le grand plateau :

— Aurez-vous encore besoin de quelque chose, Miss Carpenter ?

— Non, merci... Je dois vous prévenir que, certains soirs, je ne dînerai pas ici.

Elle s'était efforcée de dire cela d'un ton détaché, mais Arthur avait pu se rendre compte qu'elle n'était pas peu fière d'avoir réussi à prendre une telle décision, et il abonda dans son sens :

— Y a-t-il un restaurant dans le voisinage que vous préfériez, Miss Carpenter ?

— Comment ? Oh, oui ! Dans le bas de la rue, une excellente succursale de *Schrafft*. Il est possible que j'y aille de temps à autre.

— Oui, je crois, en effet, qu'on y mange assez bien, avait dit Arthur.

Mais, tout en appelant l'ascenseur, il ne pouvait s'empêcher de hocher la tête. « Il y a des gens, pensait-il, à qui jamais rien ne servira de leçon. » Toute cette affaire ne tendait-elle pas à prouver que la vieille aurait mieux fait de rester chez elle ? Si elle sortait à nouveau, quelque chose d'autre lui arriverait. Il y a des gens qui sont destinés à avoir des ennuis. Pourquoi tenter le destin ?

Whit Masterson

LA SOIF DU MAL

Badge of Evil
1956
Traduction de M. Michel-Tyl

1

C'est à huit heures, par une claire soirée de janvier, qu'éclata la bombe qui devait secouer l'Etat de Californie tout entier.

Rudy Linneker, assis dans son luxueux bungalow de plage de sa propriété de Landfall Point, regardait la télévision tout en jouant avec son verre de cocktail, le premier de la soirée.

C'était un veuf de cinquante-cinq ans, vêtu d'un short de bain bariolé de fleurs éclatantes et chaussé d'une paire de sandales. La table rustique, derrière lui, était dressée pour deux personnes — un souper aux chandelles — car il avait mis sa fille au défi de se joindre à lui pour un bain hivernal : suggestion à laquelle elle ne pouvait généralement pas résister. Sa pensée vagabondait et il songeait au réconfort que représente une jeune présence féminine pour un homme dans la force de l'âge. Par moments, il tendait l'oreille comme un vieil amoureux transi et s'efforçait de surprendre le bruit des pas de la jeune fille dévalant les escaliers de bois accrochés la falaise derrière la plage privée largement éclairée.

Sa fille, cependant, ne devait arriver qu'un moment après la catastrophe.

Les fenêtres coulissantes du bungalow étaient ouvertes. Au-delà du port, scintillant de mille petites lumières, Rudy Linneker pouvait deviner, à côté des squelettes décharnés des grues de chargement, les énormes piles de bois ; plus loin encore, la masse sombre du cargo qui avait abordé aujourd'hui. Pour Linneker, la scierie qu'il dirigeait, même endormie dans la nuit, était, après sa fille, la chose la plus importante de sa vie.

Il n'entendit personne descendre les escaliers de la falaise, aucun pas ne fit crisser le sable de la plage ; mais, à huit heures, une main apparut à la fenêtre et laissa tomber un paquet à l'intérieur.

Rudy Linneker entendit le choc du paquet sur le tapis. Il se retourna et vit la chose, comme une poignée de gros doigts rouges ficelés ensemble, accompagnée d'une petite flamme dansante. Il se leva, indécis, sans comprendre. Il fut transformé en cendres quand la lueur jaune fit éclater les murs du bungalow.

Dix jours plus tard, la police n'avait encore procédé à aucune arrestation.

Mitchell Holt ne frappa qu'un coup à la porte marquée « District

Attorney » et entra sans attendre de réponse. Son patron était caché derrière le journal du matin. Seul signe de vie, une volute de fumée s'élevait lentement de l'autre côté de la barrière de papier. Holt alla s'asseoir devant le bureau et attendit, avec un rien d'appréhension.

Au bout d'un moment, le D.A. laissa lentement glisser le journal comme s'il dévoilait quelque statue à inaugurer. James P. Adair était un homme au visage buriné surmonté d'une chevelure d'un gris de granit. La ressemblance avec une statue ne s'arrêtait pas là et son expression d'ordinaire immuable donnait un grand prix au moindre de ses sourires, mais en temps normal il était l'image même de l'implacable District Attorney.

— Je suis content que vous ayez pu me réserver une minute, Mitch, déclara Adair. Que savez-vous du meurtre de Linneker ?

— Seulement les ragots de bureau. J'étais trop occupé.

Adair retourna le journal de manière que Holt le voie.

— Je sais, dit-il. Joli portrait de vous.

Le *Sentinel*, quotidien à tendance gouvernementale, avait consacré une bonne part de sa première page à la conclusion, imminente à ce jour, de l'affaire Buccio. La photo de Holt y figurait comme celle du jeune assistant du D.A., principal artisan de la victoire de la loi. La grosse trame grise laissait deviner un jeune visage grave, étroit jusqu'à en être maigre, avec des yeux enfoncés au regard intense et des cheveux noirs broussailleux. Holt trouvait que cette photo le faisait un peu trop ressembler à un jeune Abraham Lincoln, mais sa femme aimait ce portrait et tout le monde lui donnait raison. Holt, personnellement, aurait préféré un portrait plus mûr et moins « jeune-chevalier-partant-pour-la-croisade ». A trente-cinq ans, il n'appréciait plus autant ce genre de rôle.

— Joli, répéta Adair, ce travail sur l'affaire Emil Buccio, et c'est l'opinion de toute la profession. Comment se fait-il que vous ne soyez pas au Palais pour entendre la sentence ?

— C'est maintenant au juge de prendre l'affaire en main. En ce qui me concerne, ma tâche s'est achevée mercredi dernier, quand on a rendu le verdict.

Il parlait avec légèreté, mais c'était bien là le fond de sa pensée. Il était capable de s'enfoncer jusqu'au cou dans une affaire, de la vivre vingt-quatre heures sur vingt-quatre ; mais une fois qu'il avait gagné, ou même perdu, il était également capable de la chasser définitivement de son esprit, se sentant satisfait par le sentiment d'avoir fait de son mieux.

Adair l'étudia un moment.

— Je ne peux arriver à comprendre comment vous réussissez à vous tenir en dehors. Si j'avais travaillé depuis neuf mois pour abattre un Buccio, je n'aimerais pas manquer le coup de grâce. Toute la pègre est au Palais, elle, pour voir comment le vieux

Buccio va pouvoir s'en tirer. Le reste de la famille va s'effriter en petits clans maintenant que vous l'avez décapitée.

— Je le suppose, répondit Holt mal à l'aise tout en se demandant ce que son chef lui voulait au juste.

D'habitude il n'était pas aussi prodigue de louanges.

— Joli, répéta encore Adair avec un sourire ravi. L'affaire la mieux et la plus nettement conclue depuis des années ! Le racket des licences de bar est terminé au mieux et les Buccio sont finis. Quels sont vos projets maintenant, Mitch ?

— Je vais enfin prendre mes vacances de l'été dernier.

— Février est un bien sale mois. Ce serait peut-être plus agréable d'attendre les beaux jours.

— Essayez d'expliquer cela à ma femme ; mais commencez par vous mettre à l'abri.

— Comment va Connie ? Et votre fille ?

— Bien — à ce que je crois. J'ai bien peur de ne leur avoir pas accordé beaucoup d'attention depuis longtemps, hélas !

Holt étendit ses longues jambes, troublé par l'intérêt subit de son chef pour sa vie privée.

— Nous partons passer une quinzaine de jours au Mexique, ajouta-t-il. Son père possède un ranch à Enseneda, comme vous le savez. Belles chasses dans ce coin : des antilopes.

Adair se leva et son regard se posa sur les vieux fusils groupés en trophées sur les murs. Holt n'avait jamais pu arriver à savoir si le décor Far West du bureau de Adair, avec ses gravures naïves, ses armes antiques et ses collections d'anciens insignes de shérifs, correspondait à un intérêt historique réel ou à un besoin d'évasion dans un passé moins compliqué que les rudes temps actuels. D'autres laissaient entendre qu'Adair voulait ainsi se composer un personnage, dans des buts politiques, mais Holt n'avait jamais donné foi à ces ragots. Quelques employés du District Attorney l'appelaient : « Deux-Fusils », mais pas en face.

— Antilopes, hein, Mitch ? Que diriez-vous d'une chasse à l'homme à la place ?

— Allez-y, parlez ! dit Holt sans enthousiasme.

— Le dynamiteur de Linneker, dit le District Attorney.

— L'affaire en est déjà à notre stade ?

— L'affaire est vieille de dix jours et n'a encore atteint aucun stade. C'est bien là l'ennui.

— Dix jours, ce n'est pas beaucoup.

— Il s'agit de Linneker, pas de monsieur Tout-le-Monde. Vous savez combien je déteste les questions politiques mais, quand elles existent, il faut bien en tenir compte. De tout côté on fait pression pour que cette affaire trouve rapidement sa conclusion... surtout par la voix du *Press Examiner*. J'ai dû me rendre à une réunion chez le maire hier soir. Gould, le chef de la police, était là et Rackmill aussi. En haut lieu, l'ordre est le suivant : obtenir des résultats.

Holt acquiesça d'un signe de tête. Il comprenait la situation d'Adair. Les Linneker, comme les Buccio, étaient une famille de premier plan dans la région... mais pour des raisons bien différentes. Il y avait déjà un Linneker parmi les fondateurs de la ville et les scieries Linneker y étaient aussi connues que la Banque d'Amérique. Le meurtre d'il y a dix jours tiendrait la manchette des journaux locaux jusqu'à ce que le problème soit résolu et les pressions exercées sur l'appareil de la justice seraient proportionnées à l'ampleur de l'affaire. Toutefois Holt ne voyait pas ce qu'il pouvait y faire. Le bureau du District Attorney entre ordinairement en scène après que la police a terminé son travail, pas avant.

— Rudy Linneker possédait presque tout ce qu'un homme peut désirer et, en plus, c'était un brave type, poursuivit Adair. Il s'entendait bien avec sa fille, était très proche d'elle depuis la mort de sa femme, il y a une dizaine d'années. Tara va avoir trente ans ; elle est toujours célibataire. Seule enfant, seule héritière, ce qui signifie environ deux millions de dollars, la maison de Landfall Point, un ranch dans l'Arizona, un avion particulier et l'entreprise. Tout cela appartenait à cet homme qui a été tué il y a eu une semaine samedi... Tué ? reprit Adair avec un petit rire sec. Il a été littéralement volatilisé. Qu'en pensez-vous, Mitch ?

— Un sale micmac.

— C'est bien ça, et rien ne peut donner à penser qu'on arrivera à en sortir. Pas de piste, pas de motif, rien de rien.

— La fille n'est d'aucune aide ?

— Tara Linneker clame qu'elle se baladait sur les routes avec son petit ami — son fiancé maintenant — quand la chose s'est produite. Linneker n'avait pas l'air très emballé par le jeune homme. Il s'appelle Shayon. Mac Coy travaille sur cette piste.

— Mac Coy ? interrompit brusquement Holt. Vous parlez du capitaine Mac Coy ? Je croyais qu'il avait pris sa retraite il y a deux ans.

— C'est vrai. Mais Gould lui a demandé de prendre l'affaire en main. Ça vous donne une idée du sérieux avec lequel la police s'y est attaquée.

C'est bien ce que pensait Holt. Le capitaine Loren Mac Coy était en quelque sorte un personnage de légende. Holt ne l'avait jamais rencontré personnellement et n'avait jamais eu à travailler avec lui mais il connaissait comme tout le monde la réputation de Mac Coy. Pendant presque trente ans il avait été à la tête de la brigade criminelle et, avec son principal assistant, le sergent Hank Quinlan, il avait formé un couple de limiers sans égal dans tout le Sud-Ouest. Que la police ait fait appel à Mac Coy dans sa retraite prouvait avec quelle ardeur désespérée elle voulait obtenir la solution de l'affaire Linneker.

— Eh bien, dit lentement Holt, si Mac Coy est revenu, je ne vois pas pourquoi vous vous faites du souci. Il ne peut pas rater son coup.

— D'accord. Il gagnera la partie maintenant comme toujours ; mais ce bureau, aussi bien que la police, se trouve dans une situation difficile. Parfois il ne nous suffit pas de faire de notre mieux. Il faut encore en fournir la preuve publiquement. Des ordres sont arrivés hier soir, Mitch. Le bureau du District Attorney est prié de montrer son influence dans cette affaire. Nous sommes tenus de désigner un enquêteur spécial.

— Pourquoi moi ? Si c'est d'un enquêteur que vous avez besoin Van Dusen est le meilleur.

— Non. C'est vous l'homme de la situation. Vous venez de remporter le match contre Buccio, votre photo est dans les journaux, le public connaît votre nom. Votre nomination constitue, pour le contribuable, une preuve de l'effort que nous entendons fournir pour résoudre cette histoire.

Holt jura entre ses dents et regarda fixement son patron. Adair rencontra son regard et haussa les épaules avec un air d'impuissance.

— C'est la rançon du succès : encore plus de travail ! Je tiens à m'excuser personnellement, Mitch. Je sais que vous méritez plus que jamais vos vacances, mais ce n'est qu'un retard temporaire, peut-être pas plus d'un jour ou deux, une semaine au plus. Juste le temps que les pressions se relâchent un peu.

— Non, ce travail ne me dit rien. Je n'ai pas envie de servir d'épouvantail.

— Je peux vous certifier qu'il s'agit de plus que cela.

— Eh bien, quoi que je représente, je ne suis pas un flic et je n'ai pas envie de me rendre ridicule en jouant au Sherlock Holmes. Surtout avec des cracks du genre Mac Coy et Quinlan.

— Ne rendez pas les armes trop tôt. Peut-être apprendrez-vous à ces vieux renards de nouvelles ficelles.

— Oui, bien sûr, dit Holt. Et ils adoreront ça !

Adair lui tapota affectueusement l'épaule.

— Ecoutez, si vous vous faites du souci au sujet des récriminations de votre femme, je peux appeler Connie et lui expliquer...

Holt se leva ; il dépassait le mètre quatre-vingt-cinq.

— Je m'en chargerai moi-même. Je suis plus gros qu'elle. C'est d'ailleurs mon seul avantage.

Il savait qu'il valait mieux prendre la chose en plaisantant. Un ordre est un ordre et son humeur n'y changerait rien, mais il ne pouvait s'empêcher de donner son opinion :

— Je désirerais savoir tout de suite...

Le téléphone l'interrompit. Adair répondit, grogna, puis raccrocha, un sourire sur son dur visage.

— Le vieux Buccio a récolté le maximum : dix ans. Maintenant que vouliez-vous me demander, Mitch ?

— Ceci : dois-je réellement m'attaquer à l'affaire Linneker, ou dois-je me borner à poser pour des photos en première page ?

Adair marqua le coup ; il dit sérieusement :

— Les deux... si vous pouvez vous en arranger.

Holt se leva et ouvrit la porte.

— Très bien. Je suis au service du public et j'essaierai. Mais, pour le moment, je doute d'arriver seulement à remplir unc de ces deux tâches !

2

Nommé peu après Adair, Mitch Holt était assistant du District Attorney depuis un peu plus de trois ans. Rares étaient ceux qui restaient aussi longtemps à ce poste, considéré généralement par ses détenteurs comme un palier dans le cours d'une carrière plus ambitieuse ; mais Holt n'était pas aigri. Il se contentait de travailler et de se donner entièrement à sa tâche, même quand les travaux qu'on lui assignait n'étaient pas ceux qu'il aurait choisis de lui-même.

Ainsi, il était bien dans la ligne de son caractère, après avoir exprimé à Adair son dégoût pour le travail d'enquêteur, de s'y plonger jusqu'au cou avec ardeur. Il quitta immédiatement le Centre administratif, sauta dans sa voiture et traversa le quartier des affaires pour se rendre aux bureaux de la police.

A l'entrée, Holt déclina son identité et demanda à voir le capitaine Mac Coy.

— Le capitaine Quinlan et le capitaine Troge sont en conférence avec le patron, lui dit le sergent, voulez-vous que je leur annonce que vous êtes là, Mr. Holt ?

Holt ne pensait pas que ce fût nécessaire. Sa position n'était pas suffisamment importante pour qu'il puisse se permettre d'interrompre une conférence directoriale. Il se mit à parcourir le corridor de bout en bout en attendant la fin de la réunion.

Le bureau de la presse était situé en face de celui de l'Administration. Un homme, assis sur le bord d'une table, parlait au téléphone. Quand il vit Holt passer devant la porte, il raccrocha et sortit pour lui barrer le passage.

— Vous êtes bien Holt, du bureau du D.A. ? Je m'appelle Barker.

C'est moi qui tiens la chronique policière du *Sentinel*. Vous avez fait du bon boulot avec Buccio.

— Merci. Mais j'ai été très bien aidé.

— Je viens de recevoir une communication du journal. On dit que vous allez faire le même travail sur l'affaire Linneker.

Holt haussa les sourcils, surpris. Adair n'avait pas perdu de temps pour informer les journaux.

— Oh ! ce n'est pas tout à fait cela. C'est la police qui s'occupe entièrement de la question. Je sers seulement de liaison entre elle et le bureau du D.A., pour le moment.

Il y eut un lourd bruit de pas dans le corridor, derrière lui, et Holt pivota pour se trouver en face de trois hommes sortant du bureau du chef de la police. Il reconnut le capitaine Troge du bureau des homicides. Les deux autres lui étaient inconnus mais il devina que c'était la fameuse équipe Mac Coy et Quinlan. Le plus important en taille des deux personnages s'appuyait sur une canne et boitait assez bas.

Le reporter se précipita au-devant d'eux.

— Puisque vous êtes au grand complet, peut-être l'un d'entre vous voudra-t-il bien me faire une déclaration ? Vous, par exemple, capitaine Mac Coy ? Y a-t-il du nouveau dans l'affaire Linneker ?

L'homme auquel il s'adressait était le plus petit des deux inconnus, maigre et racorni, surmonté d'une toison d'un blanc de neige. Son visage était buriné et austère mais avec quelque chose de paternel. Mac Coy avait environ soixante ans, estima Holt. Il se borna à sourire en faisant un signe de tête au reporter, mais l'homme à la canne — qui devait donc être Quinlan — grogna :

— N'embêtez pas le capitaine, Barker. Quand nous saurons quelque chose, nous vous en ferons part.

— Ne faites pas le méchant, Hank, répondit le reporter ; je ne fais que mon travail. Et je pensais qu'avec l'arrivée du nouvel enquêteur spécial du bureau du D.A. vous pourriez vouloir prouver quel dur travail vous avez fourni.

Mac Coy et Quinlan fixèrent Holt comme s'ils venaient seulement de s'apercevoir de sa présence et Troge fit les présentations. Ils échangèrent les compliments d'usage mais Holt eut l'impression que ce n'était là que des formules. Il ne pouvait les en blâmer : les officiers de police devaient penser qu'il avait amené le reporter avec lui. Personne n'aime voir les autres trop soigner leur publicité. Mac Coy confirma cette impression en disant :

— Je crois avoir vu votre photo sur le journal ce matin, Mr. Holt. A propos de Buccio. Félicitations.

Il avait une voix agréable, musicale, avec une légère teinte de suffisance.

— Merci, répondit Holt mal à l'aise. Je suppose que vous connaissez les raisons de ma présence ici.

— Le chef vient de nous en parler, dit Troge. Je suis en retard, ajouta-t-il après avoir jeté un coup d'œil à sa montre. A votre entière disposition, Mac.

Il inclina la tête en un bref salut à la ronde et disparut précipitamment dans la direction de son bureau.

Les trois hommes, avec le fringant reporter en serre-file, restèrent debout au milieu du corridor pendant un très désagréable moment.

— Où pourrions-nous causer, capitaine ? demanda Holt.

— Hank et moi allons manger un morceau, juste de l'autre côté de la rue. (Mac Coy hésita.) Nous serions heureux de vous voir vous joindre à nous, dit-il enfin.

Holt accepta l'invitation faite à contrecœur et reprit le corridor avec les deux policiers en laissant le reporter derrière eux. Barker les appela :

— J'attends vos déclarations, capitaine.

— Ne perdez pas votre temps, marmonna Quinlan. Qu'ils aillent au diable, tous les journaux et tous leurs lecteurs avec !

Mac Coy ricana et Holt jugea plus diplomatique de ne pas faire de commentaire car les récriminations de Quinlan pouvaient tout aussi bien s'adresser à lui.

Ils traversèrent la rue et s'installèrent dans le fond du restaurant. Pendant qu'ils consultaient le menu, Holt examina ses compagnons plus attentivement. Bien que formant équipe, ils n'avaient rien de semblable. Mac Coy était visiblement le cerveau, Quinlan l'exécuteur. Il pesait au moins trente kilos de plus que son supérieur et avait une tête de plus que lui. Il avait l'air renfrogné et Mac Coy souriait, mais Holt décida que les deux expressions cachaient la même chose : un esprit déterminé, froid et compétent. Ils étaient flics, flics avant et contre tout, avec de durs regards de flics.

Mac Coy regardait par la fenêtre tandis qu'ils attendaient qu'on leur serve leur commande.

— Ça se couvre. Il va pleuvoir, hein, Hank ?

— Oui, si j'en crois mon genou, agréa Quinlan indiquant sa jambe gauche étendue raide sur le côté.

Il avait été gravement blessé au cours d'une bagarre au pistolet trois ou quatre ans auparavant ; Holt se rappela avoir entendu l'histoire. Un autre en aurait profité pour prendre sa retraite, mais Mac Coy lui avait déniché un travail de bureau pour le conserver jusqu'à la limite d'âge qu'il allait maintenant atteindre dans un an ou deux.

Holt désirait sincèrement établir d'aimables relations avec les deux vétérans. Quand le serveur se fut éloigné, il attaqua droit au but :

— Je désire prendre position très clairement. Comme vous le savez déjà, le District Attorney m'a désigné comme enquêteur spécial sur l'affaire Linneker. Je suis censé y travailler avec vous à partir de maintenant.

— C'est bien ce que nous avons compris, murmura Mac Coy d'un ton neutre.

— Pour moi, cela signifie que je suis là pour vous apporter toute l'aide possible dans les domaines où le bureau du D.A. peut vous rendre service. Et c'est tout. Je suis un homme de loi, pas un policier, et je ne prétends en rien passer pour ce que je ne suis pas. On m'a nommé à ce poste pour la même raison qui vous a fait appeler, vous aussi : pour bien montrer que nous faisons tout ce qui est en notre pouvoir pour résoudre la question. Mais c'est toujours vous qui tenez les rênes.

Mac Coy, qui bourrait une vieille pipe culottée, ne répondit rien et la grimace ne s'effaça pas sur le visage rouge de Quinlan, mais Holt sentit que leur hostilité se relâchait.

— Cela semble sensé, déclara enfin Mac Coy. Qu'en penses-tu, Hank ? Prenons-nous Holt dans notre équipe ?

— Il y a toujours de la place pour un de plus, répliqua Quinlan. Je voudrais bien qu'on se dépêche de nous servir. Je veux aller jusqu'à Seacliff et en revenir avant la pluie.

Seacliff était un petit hameau sur une plage à une trentaine de kilomètres, mais encore dans les limites du comté. Mac Coy expliqua :

— Seacliff est l'endroit où a été achetée la dynamite qui a servi à faire sauter Linneker.

— Et par qui ? demanda Holt sautant sur l'hameçon. On dirait que vous en avez une idée.

Le serveur revint à ce moment et Mac Coy attendit pour répondre à cette question. Il regardait le bol de curry commandé par Quinlan et eut un haussement d'épaules ironique.

— Comment peux-tu soumettre ton estomac à d'aussi rudes épreuves ? N'as-tu vraiment aucun respect pour l'intérieur que t'a donné le Seigneur ?

Quinlan grogna gentiment et entama sa portion. Le déjeuner de Mac Coy était, lui, du genre inoffensif : un potage et une salade. Avant de se mettre à manger, il sortit une pilule blanche d'un étui pharmaceutique. Après quelques bouchées, il dit :

— Gardez ceci pour vous, Holt ; ce n'est pas encore bon à lancer dans la circulation mais nous pensons tenir le bon bout.

— Excellent ! s'exclama Holt. Pouvez-vous me dire ce que vous avez découvert ?

— C'est la fille qui a fait le coup, déclara Mac Coy. Tara Linneker et son petit ami, Shayon. Rien de plus compliqué. Ils voulaient se marier et le père n'était pas d'accord. Il les a menacés de les laisser tomber s'ils réalisaient leurs projets. Aussi a-t-il sauté dans un meilleur monde et maintenant Tara peut jouir à la fois de son argent et de son petit ami.

— Ça paraît logique, admit Holt. Quelles preuves a-t-on ?

— Laissez-moi seulement mener un interrogatoire et je vous la donnerai, votre preuve, murmura Quinlan penché sur son curry.

— La preuve viendra, dit imperturbablement Mac Coy. Quand vous êtes sûr d'avoir raison, ça se passe toujours comme ça. Tout tient dans la manière de mener les recherches.

— Ça viendrait encore plus vite si on ne se perdait pas dans les dédales des rapports de laboratoires et des machines à calculer, dit Quinlan. Ce sont les gens qui font le boulot. Les gens qui savent réfléchir.

— Les analyses de laboratoires et les travaux de statistiques ne sont que la prolongation de l'intuition humaine, Hank, dit Mac Coy. L'intuition, voilà l'important. Tout, pour finir, découle d'elle.

— Pourtant, en tant qu'avocat, fit Holt, il me semble que la preuve reste le point le plus important.

Mac Coy repoussa son assiette et ralluma sa pipe.

— Quand vous aurez plus de métier, Holt, vous verrez grandir votre respect pour ce qu'on s'accorde généralement à appeler l'intuition. C'est comme pour Hank et sa patte raide. Je vois les nuages mais je ne peux, pour cette unique raison, être sûr qu'il va pleuvoir ; Hank, lui, le peut, parce que sa jambe le lui dit. Mon intuition m'assure que Tara Linneker et Delmont Shayon ont commis ce meurtre.

— Preuve N° 1, sourit Holt. L'intuition du capitaine Mac Coy.

— Ne vous méprenez pas. Ça ne nous suffit quand même pas ; il nous faut la preuve que nous avons raison. Tu as les photos, Hank ?

Quand Quinlan eut tiré une enveloppe des profondeurs de sa poche, Mac Coy déclara :

— La dynamite qui a servi à faire sauter Linneker a été achetée à Seacliff il y a deux mois, la première semaine de décembre. Marque « Black Fox » (Renard Noir) très répandue. L'homme qui l'a achetée a donné un faux nom et une fausse adresse. Pour les explosifs c'est comme pour les poisons vous savez, il faut signer — et c'est ce qui nous a fourni notre piste. La description sommaire que nous avons pu avoir correspond bien au signalement de Shayon.

Il prit l'enveloppe des mains de Quinlan, en tira plusieurs photographies et en choisit une.

— Voici Shayon.

Holt examina la photo, un portrait en buste d'un jeune homme entre vingt et trente ans. Un assez beau visage aux traits mous, à la peau blanche sous des cheveux noirs bouclés. Au premier coup d'œil, Delmont Shayon semblait tout à fait incapable de faire sauter brutalement un vieil homme pour l'effacer de son horizon, mais les yeux, sur l'image, avaient quelque chose de secret et de renfermé. Holt ne croyait cependant pas qu'on puisse lire si aisément un caractère ; il rendit la photo à Mac Coy.

— Il m'a l'air à peu près normal, dit-il.

Le capitaine replaça le cliché au milieu des autres.

— Nous allons maintenant faire un saut à Seacliff pour tâcher d'obtenir une identification formelle. Les autres photos ne montrent pas Shayon ; simplement des cartes pour brouiller le jeu.

— Qu'arrivera-t-il s'il n'est pas identifié ?

— Vous voulez parier ?

— Non, merci, fit Holt en secouant la tête. Mais j'essaie de me mettre à la place du type que vous allez placer devant ce problème. Est-ce que des photos de Shayon n'ont pas paru dans les journaux ?

— Peut-être, admit Mac Coy. Pourquoi ?

— Ça peut jeter un doute sur l'authenticité de l'identification.

Quinlan roula en boule sa serviette de papier et la jeta par terre d'un geste nerveux.

— Vous êtes là pour défendre Shayon, Holt ?

Ce dernier rougit mais Mac Coy dit aimablement :

— Ça va, Hank ; ne laisse pas ce curry te taper sur les nerfs. Holt a marqué un point. Même si notre expédition à Seacliff donne un bilan positif — ce que j'espère bien — ce ne sera qu'un premier pas. Mais ça prouvera que nous sommes sur la bonne route. D'accord, messieurs ?

Quinlan haussa les épaules pour montrer son indifférence et Holt était fermement résolu à oublier l'incident. Il abandonna sans protester.

— Ne m'en veuillez pas si je pense en avocat. Je vous avais bien dit que je n'avais rien d'un flic.

— Peut-être aimeriez-vous nous accompagner à Seacliff et voir comment les choses se dessinent, suggéra Mac Coy en se préparant à sortir. Nous en serons ravis.

L'invitation était sincère, mais Holt la refusa Il avait décidé que la logique voulait qu'il commençât son travail en revoyant toute l'affaire Linneker.

Tandis qu'il se dirigeait vers les bureaux de la police, les premières gouttes commençaient à mouiller la chaussée. Quinlan l'avait bien dit.

— Premier round pour l'intuition, dit Holt à voix haute.

Il se sentait un peu désolé pour Delmont Shayon et Tara Linneker de savoir de tels surhommes à leurs trousses, mais il était content d'avoir repoussé le pari de Mac Coy.

3

Au bout d'une heure, Holt en savait autant qu'il était possible au sujet du meurtre de Linneker. Il était aisé de comprendre pourquoi Mac Coy avait rapidement classé comme suspects N° 1 Tara Linneker et son fiancé. Motif, occasion, manque d'alibi, connaissance des lieux : tout y était. Rudy Linneker n'avait pas d'ennemi connu et la première semaine de recherches n'avait donné aucune piste digne d'être suivie, même momentanément. Pas étonnant que les deux limiers se sentent aussi sûrs d'eux-mêmes. Seul un aveu — ou une preuve qui pourrait en tenir lieu — manquait pour mettre le point final à l'affaire.

Il bruinait encore légèrement quand Holt quitta les bureaux de la police. Il s'en alla rouler vers le port, pensant qu'après tout il valait mieux se familiariser tout de suite avec le théâtre du crime.

Landfall Point était un long bras de terre qui s'étendait devant la ville et le port comme pour les protéger des attaques de l'océan Pacifique. Du côté de la pleine mer la nature avait gardé ses droits. Mais celui qui regardait la ville était transformé en un luxueux quartier résidentiel. La plupart des maisons étaient construites sur le haut de la petite falaise, à la fois pour jouir de la meilleure vue et pour échapper aux brouillards vespéraux qui s'élevaient de la baie. Le relief torturé de Landfall Point, avec ses petits canyons, faisait de chaque propriété une sorte de tour d'ivoire, isolée et bien séparée de ses voisines.

Mitch Holt trouva la maison Linneker sans aucune difficulté. Elle était bâtie sur trois niveaux, en grande partie en bois, comme il se devait pour la demeure du propriétaire d'une scierie, et entourée d'une petite jungle d'arbres et de plantes tropicales. On sentait s'en dégager une impression de goûts luxueux et de vie facile. La mort, et la mort violente en particulier, semblait n'y devoir jamais prendre place.

Holt contourna la maison en suivant un sentier dallé qui le mena jusqu'à un vaste patio et, plus loin, à un court de tennis. Il ne vit ni n'entendit personne et était prêt à en conclure que l'endroit était désert. Mais, au moment où il apparut brusquement en vue de la plage privée, il se vit barrer la route par un flic en uniforme assis sur la dernière marche de l'escalier qui descendait vers la mer. Le policier se leva brusquement mais se détendit quand Holt se fut nommé.

— Bien sûr, allez voir, dit-il. De toute manière, je me demande ce que je fais ici. Le paysage ne risque pas de s'évaporer et il ne reste pas grand-chose à voler.

Holt fut obligé d'en convenir. Il fallait faire un violent effort d'imagination pour voir ce trou sinistre tel qu'il devait être avant la tragédie : le lieu de délassement favori d'un homme fortuné. Il ne restait du bungalow qu'un tracé noir, indiquant où s'élevaient les murs avant l'explosion et l'incendie qui avait suivi. Le sable avait été creusé en cuvette par l'explosion et, de blanc qu'il était normalement, était maintenant noir de débris.

— C'est la seule voie d'accès ? questionna Holt en désignant l'escalier.

— Par en haut, oui. Mais rien ne peut empêcher quelqu'un de venir par la plage, sinon les palissades, faciles à escalader. Et j'imagine qu'on peut aussi venir à la nage, si l'on en a envie. Dites, ajouta-t-il, si vous restez là un moment, je vais faire un saut jusqu'à la maison pour boire un verre d'eau.

Holt donna son accord et commença à descendre les marches vers la plage. L'odeur âcre du bois brûlé piquait ses narines, plus forte encore que la senteur iodée de la mer. La cabane avait brûlé de fond en comble avant que les pompiers puissent faire quoi que ce soit bien que, par ironie du sort, toute l'eau d'un océan vînt lécher le sable à quelques pas seulement.

Holt se sentit oppressé par le spectacle de destruction créé par la dynamite. Il essayait d'imaginer la scène telle que l'avaient découverte les policiers et les pompiers à la seule clarté s'élevant du bungalow en flammes.

Tout en retournant ces macabres pensées dans son esprit, il eut tout à coup l'étrange impression d'être surveillé et fit du regard le tour des lieux jusqu'à ce qu'il ait découvert ce qu'il avait senti d'instinct. Il n'était pas seul.

A chaque bout de la plage, une mince palissade avait été élevée entre la falaise et l'eau. Ce n'était qu'une indication de limite de propriété, trop basse et légère pour interdire l'entrée des lieux. Et, sur la limite nord, là où la barrière s'enfonçait dans la paroi rocheuse, une femme se tenait assise, le dos appuyé contre le dernier poteau. Elle était en train de le regarder, mais, quand elle se vit découverte, elle détourna rapidement la tête.

Avec curiosité, Holt traversa la langue de sable et s'avança vers elle, mais elle ne daigna pas le regarder de nouveau ni même répondre à son salut. Elle était assise sur le sable, en tenue de ville et tout en noir. Cela, en plus du fait qu'elle était jeune, pas plus de trente ans, renseigna Holt sur son identité. Il s'arrêta à quelques pas.

— Bonjour.

La femme ne donna aucun signe qu'elle se fût aperçue de son arrivée. Holt dit aimablement :

— Je suis Mitchell Holt, du bureau du District Attorney. Je ne vous avais pas vue en arrivant. Vous devez être Miss Linneker.

Elle le regarda, mais sans le moindre signe de bienvenue.

— Oui. Que voulez-vous ?

— En fait, rien. J'ai été désigné pour travailler... enfin pour aider à trouver le nœud de cette affaire et je pensais qu'il valait mieux venir me rendre compte moi-même.

— Très bien, dit Tara Linneker avec indifférence.

Elle était grande, même assise, avec de gros traits lourds. Tara Linneker n'avait rien à voir avec l'idée romantique que l'on se fait de la jeune héritière. Ses vêtements mêmes, son manteau de lainage noir, lui donnaient une allure fagotée et empruntée.

— Je n'avais pas l'intention de me rendre importun, s'excusa Holt.

— Cela n'a pas d'importance. De toute manière je n'ai rien à vous dire.

Holt s'efforça de garder un ton aimable.

— Ce n'est pas gentil à vous de me dire cela.

— Je sais ce que les gens pensent. Vous croyez comme tout le monde que c'est Del et moi qui avons tué mon père. Tout ce que vous voulez, c'est me coincer.

— Miss Linneker ! Je ne savais même pas que vous étiez là. Mais, puisque vous y êtes, j'aimerais vous poser quelques questions.

— Mon avocat est là pour ça. Mr. Whal ; immeuble de la National Bank.

Holt s'assit en tailleur sur le sable.

— Je ne crois pas avoir quoi que ce soit à dire à votre avocat. Vous n'êtes accusée de rien, que je sache. En ce qui me concerne, mon seul but est de faire payer au coupable le meurtre de votre père. Et j'imagine que vous partagez ce sentiment.

— Oui, en effet, dit Tara, au bout d'un moment.

— Vous n'êtes en rien forcée de me parler de cette affaire, mais je ne vois pas pourquoi nous ne pourrions échanger nos points de vue.

Elle marmonna un acquiescement. Elle semblait terrassée et apathique, incapable de réagir. Mais Holt ne pouvait s'empêcher, en la regardant, de se remémorer les soupçons de Mac Coy et ne savait qu'en penser : quelquefois une conscience coupable produit les mêmes effets sur le comportement que le chagrin. Et la manière dont Tara restait assise, les yeux secs et le regard fixe, sur la plage même où son père avait trouvé la mort, avait quelque chose de diabolique.

— Depuis combien de temps êtes-vous assise là ? demanda-t-il. On doit se demander où vous êtes passée.

Tara eut un petit rire sans joie.

— Qui, on ? C'est de la police que vous parlez ?

— Je pensais à votre ami Shayon.

— Il s'en moque bien. Del ne m'a même pas téléphoné. Je ne lui en veux pas ; je le comprends. C'est moi qui l'ai mis dans ce pétrin.

— Quel pétrin ? demanda doucement Holt.

— Toute cette horrible histoire au sujet de papa. Les choses affreuses qu'ils se sont dites. Et maintenant ceci.

Elle eut un geste vague puis se tourna franchement vers Holt.

— Pourquoi croyez-vous que Del et moi avons tué mon père ?

— Je n'ai pas dit que je le croyais.

— Non, vous ne l'avez pas dit. Mais vous le pensez, n'est-ce pas ? Vous le croyez ?

— Disons que deux millions de dollars constituent un motif sérieux.

— Deux millions de dollars, répéta Tara avec un soupir. Oui, bien sûr. Je suppose que les gens qui n'ont jamais eu d'argent considèrent cela comme un motif. Je méprise les gens.

— J'espère que ce n'est pas vrai. Tout d'abord parce que votre vie peut dépendre de ces gens-là, Miss Linneker.

— Je vous ai dit que je n'avais rien à vous raconter. Allez-vous-en et laissez-moi seule.

— J'aimerais, avant de partir, que vous répondiez à une dernière question. Vous avez parlé d'une querelle entre Shayon et votre père. N'était-ce pas il y a environ deux mois, aux alentours du 1er décembre ? N'est-ce pas à dater de ce jour que les ennuis ont commencé ?

Tara hésita avant de répondre :

— Bien sûr que non. Père n'approuvait pas mon... enfin Del et moi. Mais il n'y avait pas le moindre ennui. Ni le 1er décembre ni aucun autre jour. Maintenant, j'aimerais que vous partiez.

Holt se leva et épousseta son pantalon.

— Il va faire nuit bientôt, dit-il. Je serais ravi de vous accompagner jusqu'à la maison.

Tara détourna la tête et ne répondit rien. Au bout d'un moment Holt dit un au revoir poli et se dirigea vers l'escalier. Il regarda une fois en bas, mais Tara avait les yeux fixés au-delà de l'eau, vers les bâtiments de la scierie, sur l'autre rivage, maintenant son entière propriété. Holt se demanda ce qu'elle ressentait. Désespoir ? Remords ? Ou quoi d'autre ?

La pluie avait cessé. Il ne savait vraiment quoi faire pour la pauvre fille perdue dans ses tristes pensées. Elle avait menti délibérément au sujet du 1er décembre ; il en était sûr. Jusqu'à quel point le reste de son histoire était-il faux ? Tout ou partie ? Holt se sentit plein de compassion pour elle, coupable ou non. Puis il soupira. Tara avait l'air indifférente à tout, pourquoi, lui, se faisait-il du souci ?

Le flic était assis sous un palmier et tirait sur une cigarette humide.

— Vous avez tout vu ? demanda-t-il comme Holt arrivait.

— Non, répondit l'assistant du D.A. Pas encore.

4

En rentrant chez lui, Holt fit un détour pour s'arrêter au petit restaurant où Van Dusen était installé au bar devant son dîner habituel : un double Martini-gin.

Van Dusen devait avoir un prénom mais personne ne s'en souvenait, à part le chef du personnel. C'était le chef enquêteur du bureau du District Attorney, un célibataire grassouillet de quarante et quelques années, dont le crâne en boule de billard s'ornait d'une couronne de cheveux bruns frisés. A première vue, il donnait l'impression d'un être totalement falot mais, s'il avait conservé sa place depuis des années, en dépit des fluctuations de l'administration, c'était bien parce qu'il était en réalité un homme indispensable. D'un coup de pied il rapprocha le tabouret voisin pour l'offrir à Holt.

— On fête l'affaire Buccio, Mitch ? Perche-toi là-dessus.

— Je n'ai pas le temps, Van. J'espérais bien te trouver ici. Le patron t'a mis au courant ?

— Deux-Fusils ? Non... de quoi ?

— On hérite de l'affaire Linneker. (Van Dusen eut une grimace.) Je sais... ça me fait le même effet. Mais il faut avoir l'air de la prendre au sérieux, ne serait-ce que pour faire plaisir à Adair.

— Je t'offre un verre et tu me racontes tout.

— J'attendrai le café de demain matin. Pour le moment, il faut que je rentre dire à Connie que nos vacances tombent à l'eau.

— J'oubliais que tu es un pauvre homme marié, dit Van Dusen avec ironie. A demain matin, alors. Si je ne te vois pas arriver, j'irai tout droit te demander à l'hôpital.

— Ne tombe pas dans les clichés de célibataire, grogna Holt. Tu vas trop au cinéma. Je ne connais pour ma part pas un seul mari terrifié par son épouse.

Les vues pessimistes du célibataire Van Dusen sur le mariage le faisaient encore sourire quand il atteignit sa maison et entra dans son garage. Sa femme était assise en tailleur sur son établi, un fusil de chasse à la main. Elle descendit de son perchoir pour venir l'embrasser.

— Où est ta serviette ? demanda-t-elle. Toute la journée j'ai pensé au plaisir de te voir revenir avec cette serviette vide pour une fois.

— Je t'expliquerai ça plus tard. Qu'y a-t-il pour dîner ?

— A manger. Moi aussi, je peux prendre l'air mystérieux.

Elle l'attendit dans le passage reliant la maison au garage tandis qu'il fermait la lourde porte coulissante et ils entrèrent ensemble dans la cuisine. En passant devant la salle à manger, Mitch put voir que le couvert avait été dressé avec un luxe inhabituel. Connie suivit la direction de son regard.

— On fête le départ, expliqua-t-elle.

— Joli comme tout, commenta brièvement Holt.

Du living-room s'élevait le bruit d'une émission de télévision. Connie éleva la voix pour couvrir le bruit et appela :

— Nancy ! Papa est rentré !

Immédiatement il y eut un piétinement précipité et la petite fille fit irruption dans la cuisine en criant : « Papa ! Papa ! » Elle sauta au cou de son père, forcé de se plier en deux. Il ébouriffa ses boucles noires puis, les salutations rituelles ayant été échangées, Nancy se rua vers la télévision où, à en juger par les hurlements qui en sortaient, il devait se passer quelque chose de passionnant.

— Assieds-toi et fais-moi un brin de conversation, Mitch, dit Connie. Je t'ai préparé un cocktail.

Holt alla le chercher et se pencha sur le bord de l'évier tout en regardant sa femme affairée à sa cuisine ; il pensa qu'il avait de la chance d'avoir une aussi jolie compagne. Même après neuf années de mariage, il était encore tout étonné d'avoir décroché un tel lot. Connie Holt, cela sonnait aussi américain que possible, mais autrefois elle s'appelait Consuelo Mayatorena et un de ses arrière-grands-pères avait débarqué sur le Nouveau Monde en compagnie de Cortez. Consuelo Mayatorena était une Mexicaine pur-sang, la fille d'une fière et ancienne famille qui, jadis, possédait presque la moitié de la Basse-Californie. Ses propriétés restaient encore d'une étendue inusitée, même si elles se limitaient maintenant à quelques milliers d'hectares autour d'un ranch au sud d'Ensenada. Seule jeune fille de cette nouvelle génération, Consuelo aurait pu dénicher un parti au moins aussi fortuné qu'elle. Or elle avait choisi de devenir Connie Holt, maîtresse de maison et épouse américaine et, si elle avait jamais regretté cette décision, elle n'en avait rien laissé paraître.

— Emporte ton verre dans la chambre et parle-moi pendant que je me change, lui dit-elle. Je veux me mettre en tenue de fête. J'arriverai peut-être à te faire croire que je suis une créature de rêve.

Il lui répondit comme elle l'espérait et alla s'asseoir sur le bord de leur lit. Mais il ne pouvait soutenir la conversation joyeuse à laquelle elle s'attendait et elle ne tarda pas à s'en apercevoir et à lui en demander la raison. Il lui annonça alors la mauvaise nouvelle. Connie réagit comme il l'avait prévu, avec désappointement, mais résignation, et Holt se prit à penser combien les choses finissent par se présenter autrement que les gens les imaginent habituellement.

— Bon, soupira-t-elle. Si j'avais su je ne me serais pas donné tout ce mal pour faire l'argenterie. Ce n'est qu'une soirée comme les autres, pour finir.

— Nous pouvons quand même avoir notre petite fête, tous les trois.

— C'est vrai, fit Connie se forçant à prendre un ton de gaieté. Au diable tous les autres. Pour le moment, tu ne travailles pas et tu es à moi toute seule.

Malgré leurs efforts, en dépit de l'argenterie, des petits plats et des bougies allumées, ce n'était — comme Connie l'avait dit — qu'un soir comme les autres. Et la gratuité de la fête se fit encore plus sentir après dîner quand Connie téléphona à son père, à Enseneda, pour lui annoncer qu'ils ne pouvaient venir. Elle ajouta même que ce n'était pas la peine de les attendre du tout, ni aujourd'hui ni plus tard, ce que Holt se mit à discuter quand elle eut raccroché.

— Inutile de nous faire des illusions, lui répondit sa femme. Je sais comment ça se passe quand tu es sur une affaire.

— Ce n'est pas une affaire ordinaire. Mac Coy et Quinlan auront probablement terminé toute l'histoire d'ici demain.

Il lui expliqua où en étaient les choses ; à sa grande surprise, Connie hocha la tête calmement.

— Ça ne me paraît pas si simple, Mitch. Les deux gosses — Tara et son amoureux — n'ont pas tué leur père. J'ai lu tous les articles à ce sujet dans les journaux.

— Oh ! ça va, Connie, dit-il en riant. Les journaux n'y connaissent rien. Je préfère l'expérience de Mac Coy.

— Tout le monde peut se tromper, c'est une simple question de bon sens. Tous les jours des filles tombent amoureuses contre le gré de leurs parents et se marient contre leur volonté. Elles n'ont pas pour cela besoin de tuer leur père. Papa n'a pas précisément sauté de joie quand j'ai décidé de t'épouser. En fait, je crois bien me rappeler qu'il m'a déclaré solennellement que je ne passerais jamais plus le seuil de sa maison. Bien sûr, maintenant, il te trouve beaucoup trop bien pour moi, fit-elle avec un petit rire. Il m'a encore demandé ce soir si je m'occupais de te faire un peu engraisser.

— Est-ce que grand-papa a parlé de mon poney ? demanda brusquement Nancy.

— Ton poney sera là quand nous arriverons, répondit Connie. Et maintenant, jeune fille, l'heure de votre lit est passée.

Cette phrase produisit l'effet habituel, la discussion rituelle et la conclusion inévitable. Après que Nancy eut consenti à se retirer à regret, Connie se replongea dans la discussion avec son mari.

— Je t'ai épousé, Mitch, et ceci sans avoir à tuer personne... et je passe pour avoir un tempérament explosif et latin !

— C'est différent. Tara Linneker hérite de deux millions de dollars.

— Oh ! c'est ridicule. Une fille amoureuse ne pense pas à l'argent. Je n'y pense jamais et papa n'est pas précisément un indigent ! Tara Linneker n'est certainement pas différente des autres. Tu l'as vue, toi ?

— Je n'ai pas dit que Tara avait combiné cette histoire. Mais le dénommé Shayon en est peut-être capable.

— Moi, il me semble que Mac Coy a cherché la solution la plus facile et que tu le suis dans cette voie. Aucun d'entre vous n'a seulement vu Shayon et vous avez déjà décidé qu'il était coupable. Je pense que tu as envie de liquider toute cette histoire au plus tôt pour ne pas nous priver de vacances, Nancy et moi. Détends-toi pendant que je vais voir pourquoi Son Altesse ne sort pas de la salle de bains.

Holt fit de son mieux, mais ne put complètement se calmer. L'exactitude de la réflexion de Connie l'avait frappé. Il fut pris d'une brusque résolution et empoigna l'annuaire. L'adresse de Shayon était située de l'autre côté de la ville, une course de vingt minutes en voiture. Il appela le numéro. Le téléphone sonna si longtemps que Holt était sur le point de raccrocher quand une voix d'homme finit par répondre, une voix douce et veloutée comme celle d'un acteur. Mais Shayon abandonna rapidement son personnage quand Holt eut décliné son identité.

— Je représente le District Attorney dans l'affaire Linneker et...

— Je sais, interrompit Shayon ; j'ai lu les journaux. Quel est votre but en me téléphonant ?

— J'aimerais parler un moment avec vous, Mr. Shayon. Je crois qu'il serait bon que nous nous rencontrions, dans votre intérêt comme dans le mien.

— Merci de l'aimable attention, mais j'ai déjà dit aux flics tout ce que j'avais à dire. Je n'ai rien à y ajouter.

Holt était décidé à ne pas se laisser entamer par cette hostilité patente.

— Je ne suis pas un flic, Mr. Shayon, et je ne viens pas vous demander une nouvelle déposition. Mais, comme j'ai parlé avec Miss Linneker cet après-midi, je pensais pouvoir en faire autant avec vous.

— Vous avez déjà rencontré Tara ? demanda Shayon sur un autre ton qui semblait tout à coup contenir de l'appréhension. Est-ce elle qui vous a dit de m'appeler ?

C'était une bonne introduction, mais Holt ne voulut pas en profiter.

— Non, je l'ai fait de mon propre chef. J'aimerais vous voir.

— Pourquoi pas ? dit enfin Shayon après une hésitation marquée. Je suis toute la journée à la boutique. Venez quand vous voudrez.

— Je voulais dire, ce soir. Je peux aussi bien faire un saut jusque chez vous si ça vous arrange.

— Et si ça ne m'arrange pas ? questionna Shayon. Peut-être que j'ai mieux à faire. (Holt attendit sans répliquer.) Bon, venez après tout.

Et il raccrocha sans dire au revoir.

Connie rentra dans le living-room au moment où son mari remettait son manteau. Elle s'arrêta, intriguée par ses préparatifs de départ.

— Où vas-tu donc, Mitch ?

— Il faut que je fasse un saut en ville pour voir Shayon. Ça m'empoisonne de sortir, mais tu sais comment ça me prend.

— Certainement, je sais, dit-elle. Je ne comprends même pas comment j'ai pu croire que nous arriverions à passer une seule soirée ensemble. Mitch, j'avais mis une bouteille de champagne au frais... c'était une surprise.

— J'ai déjà rendez-vous avec Shayon.

— C'est charmant, dit-elle d'un ton glacé. Tu feras bien d'aller embrasser Nancy. Elle t'attend pour s'endormir.

Mal à l'aise, Holt se rendit dans la chambre de sa fille. Après les rites habituels de la prière et du bordage des couvertures, la petite fille questionna :

— Papa, est-ce qu'on n'ira pas du tout voir grand-papa ?

— On ira bientôt, dit-il d'une voix forte et solennelle. Je le jure sur ma tête.

Mais, s'il avait espéré être entendu à côté, il avait perdu son temps. Connie s'était enfermée dans la salle de bains et Holt se rendit compte qu'elle était sérieusement fâchée.

En sortant sa voiture, il réalisa que la soirée avait pris exactement la tournure prédite par Van Dusen, et, maintenant, il ne se sentait plus du tout l'envie d'en rire.

5

Delmont Shayon habitait un appartement au-dessus d'un garage construit au fond de la cour d'un grand immeuble ; la porte s'ouvrit au premier coup de sonnette de Holt qui n'eut aucun mal à reconnaître le jeune homme d'après sa photographie, bien qu'il fût plus petit qu'il ne le supposait. Il devait avoir environ vingt-cinq ans mais déjà quelques fils blancs striaient ses cheveux sombres et frisés, ce qui ajoutait d'ailleurs à son charme un peu frelaté.

— Vous êtes venu vite, commenta Shayon en l'introduisant.

L'allure nonchalante, le jeune homme s'approcha de la table basse : une bouteille de bourbon à moitié pleine y était posée.

— Vous avez essayé de m'amadouer au téléphone en m'expliquant que vous n'étiez pas un flic, dit-il ; mais vous pensez la même chose qu'eux, n'est-ce pas ? Eh bien, asseyez-vous et reprenons toute l'histoire par le début. Comment j'ai pulvérisé Linneker en petits morceaux. C'est bien ça que vous voulez m'entendre raconter.

— Uniquement si c'est la vérité, dit Holt en s'asseyant sur une chaise rustique cannée.

Quoique petit, l'appartement de Shayon était luxueusement meublé, dans un style moderne. Tous les meubles étaient neufs.

— Qu'est-ce que représente la vérité pour vous autres ? demanda Shayon avec un léger soupir. Je suppose que ça ne vous ennuie pas de prendre un verre, même pendant les heures de travail ?

— Pourquoi pas ? acquiesça Holt non parce qu'il avait soif mais dans l'espoir d'atténuer l'hostilité de Shayon.

Le jeune homme alla chercher des verres dans la petite cuisine, versa de généreuses rasades et leva son verre.

— Au crime ! Et maintenant, allons-y, Holt. Voulez-vous porter tout de suite votre accusation, ou tournerons-nous autour du pot pendant quelque temps à coups de questions oiseuses. Du genre : comment un vendeur de chaussures peut-il s'acheter des meubles aussi luxueux ? Réponse : c'est Tara qui me les a offerts.

— Dites-moi, Mr. Shayon, êtes-vous désagréable avec tout le monde ou bien cela m'est-il réservé ?

— Suis-je désagréable ? Désolé, mon vieux, fit Shayon avec un sourire amer. On m'a dit que j'avais une très forte personnalité. Le meilleur vendeur de la boutique ! C'est comme ça que j'ai rencontré Tara, vous savez, et j'étais déjà à ses pieds à ce moment-là. Vous pouvez appeler ça une vente qui rapporte : quelque deux millions de dollars ! Le seul ennui, c'est que son père ne tenait pas à avoir un vendeur de chaussures comme gendre. Aussi, naturellement, je devais l'écarter de mon chemin. Et, tout aussi naturellement, je l'ai fait sauter à la dynamite en suivant mes instincts vicieux et cruels.

Il s'arrêta, étudiant Holt du regard.

— Allez-y donc, reprit-il ; c'est moi qui fais tout le travail. Vous pourriez au moins avoir la décence de poser vous-même les questions.

En dépit de l'étrange hostilité de Shayon, Holt ne se sentait pas le moins du monde vexé. C'était plutôt pathétique de voir ce jeune homme se défendre si farouchement sans attendre qu'on l'ait même attaqué. Et, à en juger par la manière dont il insistait sur son métier de vendeur de chaussures, il était visible qu'il souffrait de sa condition sociale, tout particulièrement dans les circonstances présentes. Holt répondit calmement :

— Maintenant que vous êtes libéré de votre mauvaise humeur, si nous parlions raisonnablement de la situation ?

Shayon fixa un moment son verre.

— Je crois qu'il valait mieux que je lâche un peu la vapeur, murmura-t-il. Mais j'ai déjà eu les flics sur le dos.

— J'aimerais vous promettre que vous ne les verrez plus. Mais c'est impossible.

— Oh, je sais. Je suis déjà catalogué. Le chasseur d'héritière qui a enfin trouvé la fille rêvée et qui l'a envoûtée jusqu'à ce qu'elle tue son propre père pour mettre le grappin sur l'argent. Mon vieux, si j'avais ce genre de pouvoir, je n'en serais pas encore là à mon âge !

— Alors, l'argent de Tara ne vous intéresse pas ?

— Ne dites pas de bêtises, dit Shayon en le regardant bien dans les yeux. Ce serait idiot de dire que je ne me soucie pas de cet argent. Je n'aurais pas accordé la moindre attention à Tara sans lui, au départ. J'ai été pauvre et je vous assure que je n'aime pas ça du tout. C'est la première chose que je lui ai dite. Mais elle voulait quand même... (Il s'arrêta et haussa les épaules.) Qu'importe après tout. Vous ne me croirez pas.

— Essayez toujours de me convaincre, dit Holt. Je sais très bien écouter.

— Eh bien, supposez un peu que les choses se soient passées exactement dans l'autre sens. Au lieu que ce soit l'homme qui poursuive la jeune fille, c'est cette dernière qui a pris l'initiative. Supposez qu'elle soit venue à la boutique, jour après jour, mendiant pratiquement un peu d'intérêt et de gentillesse. Et supposez que, finalement, il lui cède et les lui accorde, rien que pour voir comment vit cette partie fortunée de l'humanité — rien que pour rire un brin. Et puis il découvre qu'elle est gentille et douce, bien qu'elle ait deux ans de plus que lui. Il finit par l'aimer beaucoup et, quand elle décide : « marions-nous », il répond : « pourquoi pas ? » Que pouvait-il faire ? Se draper dans sa dignité et déclarer : « Non, ma chère, nous ne pourrons être heureux à cause de votre argent » ? Bobards ! L'argent n'a jamais rendu personne malheureux. Bien sûr, ce que le type ignore, c'est que le papa de la fille n'a envie de la marier à personne. Non, papa entend la garder pour lui, pour égayer ses dernières années. Et, quand le vendeur de chaussures découvre ça, il se déclare prêt à se retirer, mais la fille ne veut rien savoir parce que, maintenant, elle ne peut plus vivre sans lui. Et le pauvre type est dans un drôle de pétrin. Qu'est-ce que vous auriez fait à sa place, Holt ?

— La question est de savoir ce que vous avez fait, vous.

Shayon s'était penché en avant pour parler avec plus de conviction. Il se redressa et son visage reprit son expression moqueuse.

— Eh bien, tout le monde le sait. Tara et moi avons fait sauter le vieux, bien sûr. Que pouvions-nous faire d'autre ?

— Mr. Shayon, reprit Holt, vous devez savoir que des tas de gens pensent ainsi et que ça n'arrangera rien pour vous de prendre cette histoire à la légère. Vous feriez mieux de préparer votre défense et celle de Tara. Depuis combien de temps la connaissez-vous ?

— Oh ! quatre ou cinq mois, peut-être un peu plus longtemps.

— Donc depuis octobre environ. J'aimerais vous poser une question précise à laquelle vous répondrez ou ne répondrez pas, à votre choix. Est-il arrivé quelque chose de particulier entre vous et Tara, ou entre vous et Rudy Linneker, aux environs du 1er décembre ?

C'était la même question qu'il avait posée à Tara dans l'après-midi, mais ici la réponse fut différente.

— Vous parlez ! s'exclama Shayon avec un rire sec. C'est là que l'orage a éclaté. Tara et moi nous sommes fiancés le 1er décembre.

Holt fut renversé par cette franchise. Quoi qu'il puisse être d'autre, Shayon n'avait rien d'un imbécile. Pourtant, admettre qu'il avait eu une violente discussion avec la victime la semaine même où la dynamite avait été achetée, c'était d'une stupidité affolante, à moins que...

— Puis-je me servir de votre téléphone ? demanda-t-il.

— Je vous en prie, fit Shayon en montrant l'instrument posé sur une petite table.

Il était tard, et il était inutile d'essayer d'atteindre Mac Coy à la police. Holt chercha son numéro personnel — dans la banlieue est de la ville — et attendit que la poste lui donne la communication. Shayon se raidit en comprenant qui Holt était en train d'appeler. Mac fut surpris d'entendre la voix de Holt.

— On se fait de la bile, hein ? dit-il. Ça me rappelle ma propre jeunesse pleine de fougue.

— J'étais curieux de savoir ce que vous aviez découvert à Seacliff, dit Holt plus fort que ne l'exigeait une simple conversation téléphonique.

Il gardait les yeux fixés sur Shayon mais rien, dans l'expression ni dans l'attitude de ce dernier, ne trahit un intérêt quelconque pour le nom de Seacliff.

— Tout a très bien marché, dit Mac Coy avec satisfaction. La photo de Shayon constitue un indice valable. Réponse positive, mais, par malheur, le vendeur qui a servi Shayon porte des verres épais d'un demi-centimètre. Pourtant, il n'y a aucun doute là-dessus, nous sommes sur la bonne piste.

— Très intéressant, capitaine. Je me mettrai à nouveau en rapport avec vous demain.

— C'est à Mac Coy que vous parliez ? demanda Shayon quand Holt eut raccroché. Où en est le grand détective dans ses recherches à mon sujet ?

Il essayait de prendre un ton badin et amusé, mais ce n'était qu'une bravade. Shayon était tout de même jeune et sensible.

— Mac Coy fait son travail et je fais le mien, dit Holt préparant une ruse. Si j'ai bien compris, vous assurez que vous et Tara vous promeniez sans but, en voiture, la nuit où son père a été assassiné. C'est un alibi joliment faible, comme vous le savez déjà. Ça pourrait vous rendre le plus grand service de le renforcer, en trouvant par exemple quelqu'un qui pourrait témoigner vous avoir vu quelque part.

— Qui peut vous voir dans une voiture ? De toute manière, qu'est-ce que vous espérez, Holt ? Vous n'êtes pas dans mon camp.

— Je ne suis dans le camp de personne. Vous devriez me décrire la route que vous avez suivie et je ferai quelques vérifications.

Il prit un bloc de papier dans sa poche et décapuchonna son stylo avec une petite grimace.

— J'avais oublié mon doigt. Je me le suis pincé dans la portière de la voiture ce soir. Ça ne vous dérangerait pas de m'inscrire ici le nom des rues et l'heure approximative à laquelle vous les avez parcourues ? Peut-être pourrions-nous trouver quelqu'un, un chauffeur d'autobus ou un garçon de poste d'essence, qui se souviendrait de vous.

— Nous n'avons vu personne, objecta Shayon puis il soupira : Oh ! bien, pourquoi pas. Donnez-moi ça.

Il s'assit à une petite table et commença à écrire, en s'arrêtant de temps en temps pour réfléchir. Holt l'observait silencieusement. Quand il eut couvert une page du bloc, Shayon le rendit.

— Je dois admettre que vous êtes d'un abord plus agréable que les autres, dit-il. Vous avez probablement les mêmes idées derrière la tête, mais au moins vous êtes plus poli.

— C'est une des premières choses qu'on vous apprend pendant vos études de droit, dit Holt en se dirigeant vers la porte. Encore une autre chose, Mr. Shayon : Tara doit avoir plus que jamais besoin de vous.

Holt quitta Delmont Shayon et alla rejoindre sa voiture. En mettant le contact il agita plusieurs fois son doigt soi-disant blessé en riant doucement. Mais, à mesure que ses pensées le reprenaient, son sourire s'évanouit et il revint jusque chez lui en conduisant comme un automate.

Connie ne l'avait pas attendu mais dans leur chambre une des lampes de chevet était allumée. Elle avait mis sa plus jolie chemise de nuit et il flottait dans l'air le parfum délicat de l'eau de Cologne qu'elle gardait pour les grandes occasions. En l'attendant, elle s'était endormie.

Holt s'assit sur le rebord du lit et elle se réveilla en clignant des yeux.

— Mitch ! Oh ! je m'étais endormie ! Chéri, je t'en prie, pardonne-moi pour ce soir, veux-tu ?

— Ce soir ? (Il avait oublié.) Oh ! ce n'était rien. Tu avais raison, Connie.

— Tu es un amour. Mitch, mais j'ai eu tort de dire...

— Non, interrompit-il brusquement. Je ne te parle pas de ça. Je te parle de l'autre chose : l'importante. Tu avais raison, Connie et tous les autres ont tort. Tara et Shayon n'ont pas tué Linneker.

6

Depuis un quart d'heure, Holt exposait son nouveau point de vue sur le cas Linneker à Van Dusen.

— Le motif ne tient pas debout, dit-il. Bien sûr, Linneker n'approuvait pas les fiançailles de sa fille, mais Tara était assez âgée pour épouser qui elle voulait, quand elle voulait. Nous ne sommes plus au Moyen Age et Tara aurait eu l'argent, tôt ou tard, de toute manière. Ensuite, il y a la dynamite. Ce n'est pas l'arme qui leur convenait. Non, je ne marche pas. C'est incertain, dangereux à manier, trop bruyant, et ça attire immédiatement l'attention.

— On a pu espérer que ça ferait croire à un accident.

— Objection, Votre Honneur. On n'a essayé en rien de faire croire à un accident. On s'est borné à jeter la dynamite par la fenêtre ouverte. Rien d'intelligent, de concentré ni de tortueux dans tout cela... ni de féminin.

Van Dusen sourit et tapa sur la table avec sa cuiller comme si c'eût été un marteau.

— Objection acceptée. La séance est suspendue. Qu'est-ce que tu prends, Mitch ? Encore un peu de café ?

Holt haussa les épaules avec indifférence et la serveuse sortit du comptoir pour venir remplir de nouveau leurs tasses. Quand elle fut partie, Van Dusen reprit :

— Qu'est-ce qu'Adair pense de tout cela ?

— Je n'en ai pas encore parlé avec lui, admit Holt. A vrai dire, Van, je n'en ai encore parlé qu'avec toi, et avec Connie la nuit dernière. J'avais besoin de connaître ton avis.

Van Dusen garda le silence un long moment en remuant pensivement le café dans sa tasse. Il le fixait comme un fakir sa boule de cristal.

— Eh bien, je vais te le donner. Je ne peux pas encaisser tout à fait ton histoire, Mitch. Ce qui ne veut pas dire que tu as tort, bien sûr. Mais j'ai déjà travaillé avec Mac Coy et c'est un crack, le meilleur de la région. Je me souviens d'une affaire, il y a quelques années, avant que tu n'arrives ici. Nous étions acculés à un mur, sans issue possible, et Mac Coy a trouvé la solution comme s'il sortait un lapin de son chapeau. C'était ce marin, sur un thonier, qui avait tué sa femme. Il avait un alibi magnifique, soi-disant en campagne de pêche à ce moment. Mais Mac Coy a déniché un indice et s'y est accroché jusqu'à ce qu'il s'avère probant. Le bateau du gars avait relâché à Masatlan pour avarie du moteur et notre homme avait sauté dans un avion, sous un faux nom, et était rentré chez lui — sa femme menait une double vie et il le savait. Il l'a tuée et était de retour à Mexico avant que quiconque se soit aperçu de son absence. Ses copains de l'équipage croyaient qu'il avait simplement tiré une bordée. Mais Mac a démoli son alibi et l'homme a avoué. Aussi, quand Mac Coy déclare que Tara Linneker et Delmont Shayon ont descendu le vieux, j'y vais doucement avant de prendre le contre-pied du vétéran.

— J'ai moi-même le plus grand respect pour Mac Coy, dit Holt. Mais c'est un homme et tout homme est faillible. Moi-même, j'ai déjà changé d'avis une fois au sujet de cette affaire. Peut-être en changerai-je de nouveau. Mais quand j'irai en justice je veux avoir une certitude. (Holt arracha une page de son bloc et la tendit à Van Dusen.) J'ai obtenu ceci de Shayon hier soir. C'est leur alibi, à lui et à Tara... ou ce qui en tient lieu.

Van Dusen étudia les noms des rues.

— Je ne vois pas ce qui t'intéresse là-dedans, dit-il. Deux-Fusils pouvait se le procurer lui-même. Ce n'est en rien un alibi.

— Je voulais un spécimen de l'écriture de Shayon. Hier soir, j'ai tout à coup pensé que cette balade sans but défini était une drôle d'idée pour un jeune couple qui dispose de quatre ou cinq heures devant lui, surtout par cette froide nuit d'hiver.

— N'est-ce pas aussi l'opinion de Mac Coy ?

— Pour le moment, c'est ton avis à toi que je veux. Supposons que tu as formé le projet de tuer quelqu'un, tout en sachant que tu seras obligatoirement le principal suspect. Te baserais-tu sur un alibi de ce genre qui, tu le dis toi-même, n'a d'alibi que le nom ? Je ne le pense pas. Même le pêcheur de thon avait trouvé mieux que ça et Shayon n'est pas un cinglé. Je parierais que ces deux gosses ont un alibi qu'ils ne veulent pas invoquer.

— Tu veux dire qu'ils s'envoyaient en l'air quelque part, dit pensivement Van Dusen. Mais pourquoi garder le secret, vu le pétrin dans lequel ils sont ?

— Tara est tellement à plat en ce moment qu'elle se moque de tout ce qui peut arriver. Et j'ai l'impression que Shayon a une envie stupide de jouer au gentleman, rien que pour prouver qu'il est mieux qu'un vendeur de chaussures. Qu'est-ce que tu dirais de vérifier tous les registres d'hôtels et de motels de la région en présentant l'écriture de Shayon et de leurs signalements à tous deux ?

— C'est assez facile, si c'est ça que tu veux. Tu le veux vraiment, Mitch ?

— Pourquoi non ?

— Parce que ça risque de te rendre peu sympathique à des tas de gens. Si tu écartes les soupçons concernant Tara Linneker et Delmont Shayon, il y aura toujours quelques fortes têtes pour déclarer que tu fais le boulot de la défense, pas le tien. Et dans ce nombre sera compris notre distingué patron, Adair. Deux-Fusils compte sur l'affaire Linneker pour se mijoter un nouveau mandat.

— Qui se prépare bien... à condition que nous ne suivions pas la mauvaise piste.

— Mais est-ce la mauvaise piste ? demanda Van Dusen avec scepticisme. Bon, je vais tenter le coup ! mais j'ai comme une drôle d'impression que ça vaudra mieux pour tout le monde si je ne trouve rien.

Tout en conduisant sa voiture sur le boulevard qui menait au port, dans la lumière froide du soleil de février, Holt se répétait les propos de Van Dusen. Oui, tout le monde s'en porterait mieux s'il laissait les choses suivre leur cours — tout le monde sauf le couple suspect. Pourtant, un meurtre avait été commis. C'était un fait sur lequel on ne pouvait discuter. Par conséquent un meurtrier était nécessaire. S'il avait raison et que Tara et Shayon ne soient pas coupables, ça ne mettrait pas pour autant fin au problème. Et puisque à l'heure actuelle il en était à détruire — ou du moins à mettre à rude épreuve — l'hypothèse de Mac Coy, c'était également à lui d'en fournir une nouvelle. Ce n'était pas aussi facile à faire qu'à dire. Ils étaient innocents, car le coupable était... Au fait, qui était le coupable ?

Il se rangea devant la scierie Linneker. Les bâtiments occupaient un grand terrain en bordure même du port, juste à la limite de la ville. En dépit du récent décès du propriétaire, le travail se poursuivait comme à l'accoutumée. Les scies hurlaient et rugissaient et les manutentionnaires chargés de rondins s'affairaient autour des entrepôts comme autant de fourmis lancées dans un travail sans but apparent.

Tout en se dirigeant vers les bureaux, Holt reniflait les odeurs caractéristiques — résine, bois frais et eau salée. C'était tonique et revigorant, plein de vie. Mais pourtant, de l'autre côté du port, il pouvait voir les maisons accrochées aux flancs de Landfall Point et la plage privée de Linneker.

Le nom du contremaître était Pitzer : une sorte de bouledogue en forme de barrique qui semblait sorti du rang. Il avait des manières brusques, mais semblait particulièrement efficace. Après une poignée de main énergique, il indiqua de la main un siège à Holt.

— Qu'est-ce que je peux faire pour vous ? demanda-t-il.

— J'enquête sur l'affaire Linneker ; votre aide me sera précieuse, Mr. Pitzer.

— Je ferai tout ce que je pourrai. Que désirez-vous savoir au juste ?

— A vrai dire, nous cherchons encore notre voie. Nous essayons pour le moment de ne nous attaquer à personne. Une chose m'a frappé : c'est que ce meurtre — la manière dont il a été commis — a exactement l'aspect d'une vengeance. Je me demandais si vous connaissiez par hasard des ennemis à Rudy Linneker.

Pitzer hocha lentement la tête et sembla se détendre un peu.

— Oh, bien sûr, Rudy avait des ennemis. Qui n'en a pas ? Mais rien de bien sérieux.

— Mr. Linneker était-il populaire auprès de ses employés ?

— Tout le monde aime le Père Noël, non ? Notre échelle de salaires est la plus élevée de la région, vacances payées, primes en fin d'année, retraite substantielle, pensions aux accidentés. C'est une bonne boîte, Mr. Holt.

— Vous avez quand même eu à renvoyer des gens, parfois, poursuivit Holt. Pourriez-vous m'en donner la liste ?

Pitzer se pencha sur l'interphone de son bureau et poussa le bouton.

— Vera, apportez-moi les copies de la liste des employés remerciés. Vous savez bien, celle que vous avez tapée pour la police la semaine dernière.

— Je vois que le terrain a déjà été retourné, fit Holt avec un sourire désappointé. Je voudrais savoir si vous avez renvoyé quelqu'un aux alentours du 1er décembre.

La porte s'ouvrit et la secrétaire apporta deux feuilles de papier tapées à la machine.

— Voilà, dit Pitzer. Ceci couvre toute l'année écoulée.

Holt jeta un coup d'œil sur la liste de noms et d'adresses. La date de départ était portée en regard. Son attention se fixa sur deux noms : Ernest Farnum, James O'Hara. Ils avaient été mis à la porte vers le milieu de novembre. C'étaient les seuls départs se rapprochant de la date qu'il surveillait.

— C'est vrai, murmura Pitzer. J'avais oublié Farnum et O'Hara. Deux employés à la scierie. Ils s'étaient battus, je ne sais pourquoi, quelque part sur le quai six. Farnum s'était fait salement arranger. Il a fallu les renvoyer tous les deux. Mais c'est moi qui en avais pris l'initiative et qui en ai assuré l'exécution. Rudy n'a rien à faire dans cette histoire.

— Je crois que je vais quand même fouiner un peu par là, dit Holt en fourrant la liste dans sa poche. Je n'ai pas tant de pistes que je puisse me permettre d'en négliger une seule.

Pitzer se leva en même temps que lui.

— Eh bien, bonne chance, Mr. Holt. J'espère que cette affaire trouvera sa conclusion bientôt. (Il eut un geste vers la porte du bureau voisin qui portait le nom de Mr. Linneker.) Tant que ce bureau restera vide, nous marquerons le pas en quelque sorte, ici.

— Nous ferons de notre mieux.

Holt ne dit pas à Pitzer que, si son cheval gagnait, le bureau d'à côté porterait probablement d'ici peu le nom de Shayon. Il ne savait trop ce que le vieux scieur de long pensait de cette éventualité.

Au milieu de l'après-midi, Van Dusen ne s'était toujours pas manifesté. Holt décida de ne pas attendre plus longtemps et sortit pour mener une petite enquête personnelle sur les deux noms que Pitzer lui avait donnés. Mais apparemment ce n'était pas le bon jour pour obtenir des renseignements précis. James O'Hara ne résidait plus dans la ville : à en croire sa dernière propriétaire il était parti pour San Francisco peu de temps après son renvoi. Ernest Farnum aussi s'était volatilisé. Il avait quitté sa chambre meublée deux semaines auparavant pour cause de ralentissement chronique dans le paiement de son loyer. Il n'avait laissé aucune adresse, probablement pour égarer ses créanciers.

Cela portait à zéro la somme des résultats de la journée de Holt et, quand l'heure de fermeture des bureaux arriva sans que Van Dusen ait donné signe de vie, il retourna chez lui d'une humeur massacrante. Il commençait à se demander s'il ne s'était pas créé inutilement des ennuis idiots.

— Je suis à bout, dit-il amèrement à Connie. Je m'étais juré de ne pas jouer au flic et je n'ai pas fait autre chose depuis hier. Je ferais mieux d'aller consulter un psychiatre.

— Ne laisse pas tout tomber. Je suis sûre que tu es sur la bonne voie.

— Si je suis si futé, pourquoi Van ne m'a-t-il pas appelé ? La seule réponse, c'est qu'il n'a rien trouvé lui-même.

Il repoussa la suggestion de sa femme d'aller voir un film pour se distraire et passa le reste de la soirée à faire semblant de lire, tout en attendant fébrilement un coup de téléphone. Il ne sonna pas une seule fois.

Le lendemain matin, quand découragé Holt rejoignit la boîte vitrée qui lui servait de bureau, il sursauta en la trouvant déjà occupée. Van Dusen était assis sur son bureau, les talons martelant les tiroirs avec impatience.

— D'où diable sors-tu ? questionna Holt presque impoliment.

— Je t'attendais. Je voulais te donner une petite représentation !

Solennellement, Van Dusen enleva son chapeau et balaya le plancher d'une plume imaginaire. L'excitation tordit l'estomac de Holt.

— Tu as trouvé quelque chose ?

Van Dusen remit son chapeau avec une grimace joyeuse.

— Tu pourras me faire la bise, s'exclama-t-il. Mitch, je dois te rendre justice. Tu as mis en plein dans le mille.

— Alors pourquoi ne m'as-tu pas téléphoné ? Je suais sang et eau.

— Mon doux bébé, j'avais un tas de vérifications à faire. Tu peux me remercier de m'en être tiré ; personne d'autre ne l'aurait fait. Assieds-toi bien sagement et je te raconterai tout.

Holt obtempéra et Van Dusen balança ses jambes par-dessus le bureau pour lui faire face.

— J'ai commencé par prospecter les motels du côté de Naranja-Beach. Tu te rappelles la liste de rues donnée par Shayon, toutes dans ce coin-là ? J'ai senti une touche dans le troisième, le motel *Rancho Del Mar*, un grand machin au nord de la ville. Shayon et la fille Linneker s'y étaient inscrits sous le nom de Mr. et Mrs. Donald Sexton, aux alentours de sept heures, le soir de l'explosion du papa. L'écriture est probante et le type du motel a reconnu leurs photos et même le numéro de la voiture de Shayon est porté sur la fiche.

— A sept heures, répéta Holt. Et Linneker a été tué vers huit heures. Continue, Van.

— Nous arrivons au cœur de l'action. Donc ces deux cocos sont arrivés à sept heures et ils ne sont pas partis avant dix heures, peut-être même plus tard. La grande antenne de télévision du motel avait été endommagée et le réparateur a laissé le mât en travers du chemin pendant au moins deux heures. Les gens du motel sont formels là-dessus. Ils se sont assurés auparavant qu'aucun de leurs clients n'avait besoin de partir. La plupart ont sorti leurs voitures, bien sûr, mais pas le petit numéro sept : celui où se trouvaient Shayon et Tara Linneker, goûtant prématurément les douceurs de la vie conjugale.

— Ça veut seulement dire que leur voiture n'est pas sortie, dit prudemment Holt. Mais eux ont très bien pu s'en aller à pied, puis prendre un bus ou un taxi.

— Du calme, du calme, dit paternellement Van Dusen. Ne t'ai-je pas dit que j'avais tout vérifié ? Il n'y a pas de ligne de bus qui aille aussi loin du centre, seulement un car qui passe toutes les quatre heures. J'ai parlé au chauffeur qui était de service ce soir-là. Il ne les a pas transportés. J'ai vérifié auprès des taxis, me suis rendu au siège de la compagnie et ai taillé quelques bavettes avec les chauffeurs des bahuts. Pas mèche. L'alibi tient debout, à moins que ces deux mignons n'aient eu des ailes dans le dos.

— Il reste la possibilité d'une seconde voiture ? Tara doit en avoir une à elle et ils peuvent avoir...

— Je ne peux comprendre pour qui tu es dans cette histoire, geignit Van Dusen. Bien sûr, Tara a sa propre voiture... et deux jours avant le meurtre elle l'a flanquée dans un palmier. Elle est encore au garage à se refaire une anatomie. Je l'ai vue de mes propres yeux.

— Nous devons absolument être sûrs de nous.

— Tu vas si loin dans les détails que tu négliges l'essentiel. Ils ont l'alibi parfait parce qu'il ne peut en rien être un alibi préparé. Comment, Seigneur, auraient-il pu être sûrs que le dépannage d'une antenne de télévision les barricaderait dans ce motel justement ce soir-là ?

Holt resta silencieux un moment. Finalement il dit :

— Bon, je ne vois plus d'objections. Tu as fait un boulot du tonnerre, Van.

— Grand merci, doux Seigneur.

— Tous deux me semblent tirés d'affaire, maintenant ; et c'est une bonne chose que nous en ayons la preuve avant de nous être enfoncés jusqu'au cou dans cette histoire. J'ai l'impression que Tara et Shayon ne réalisent même pas eux-mêmes la valeur de leur alibi. Merci à cette antenne en morceaux.

— Qui donc a dit que la télévision était un danger pour notre jeunesse ? demanda avec emphase Van Dusen. Bon, alors où allons-nous maintenant, Mitch ?

— Je crois que le mieux à faire est de téléphoner à Mac Coy. Peut-être n'appréciera-t-il pas ce que j'ai à lui dire, mais il devra bien s'incliner devant les faits.

Holt demanda le numéro à la standardiste de la police. Pendant qu'ils attendaient, il sortit de sa poche la liste de noms que Pitzer lui avait donnée la veille.

— Voilà autre chose à grignoter pour toi.

— Pas commode, dit Van Dusen en la parcourant.

— M'en a tout l'air. J'ai souligné le gros morceau. Sur la deuxième page : Farnum et O'Hara. Tous les deux se sont barrés et on ne sait pas où ils sont. O'Hara est probablement parti pour Frisco et je n'ai pas la moindre piste pour Farnum.

— C'est juste pour me maintenir en forme, ou bien as-tu vraiment quelque chose derrière la tête ?

— Ils ont été sacqués par Linneker en novembre. La dynamite a été achetée peu après. Cela ne veut probablement pas dire grand-chose, mais nous ferons quand même mieux de vérifier...

Une voix au téléphone l'interrompit.

— C'est vous, capitaine ? dit-il. Ici Holt, du bureau du District Attorney. Désolé de vous déranger mais l'affaire Linneker a pris une nouvelle tournure et j'aimerais vous voir à ce sujet.

— Et comment ! approuva Mac Coy. Comment l'avez-vous su si tôt ?

— Quoi ?

Holt s'interrompit, ahuri. Il jeta un coup d'œil à Van Dusen, se demandant si l'enquêteur avait déjà prévenu Mac Coy. Mais l'expression de Van Dusen disait éloquemment que ce n'était pas le cas. Prudemment, Holt reprit :

— Je crois qu'il vaut mieux que je vienne vous voir, capitaine.

— En fait, j'étais sur le point de vous appeler. Pouvez-vous venir tout de suite ? Je crois qu'il vaut mieux que vous soyez au courant le plus tôt possible. Maintenant c'est votre bébé à vous tout seul, après tout.

— Je serai là dans cinq minutes, dit Holt.

Il raccrocha et regarda fixement Van Dusen.

— Van, tu connais Mac Coy depuis plus longtemps que moi. Dois-je comprendre qu'il est sorcier ?

— En tout cas, il est écossais, fit Van Dusen qui semblait intrigué. Qu'est-ce qui se passe ?

— Je ne sais pas. Je crois que le mieux à faire est d'y aller voir.

7

Tandis qu'il se rendait à la police, Holt crut deviner ce que Mac Coy avait à lui dire. Les flics devaient avoir découvert, de leur côté, les mêmes renseignements que Van Dusen. Il était évident que Mac Coy et Quinlan, avec leur expérience, devaient le devancer dans ce petit jeu. Holt ne savait trop s'il était déçu ou soulagé. Il est humain, après tout, de voir reconnaître son effort. Mais d'autre part il se rendait compte que moins il interviendrait dans cette histoire, plus ses relations avec la police resteraient amicales.

Il trouva le capitaine dans le laboratoire de la police et bavardant avec les techniciens. Quinlan n'était pas avec lui.

Mac Coy accueillit Holt avec un large sourire.

— Eh bien, vous avez fait vite. Vouliez être là pour la mise à mort, hé ?

— Heu... je voulais vous parler, capitaine.

— Je pense bien. Je ne peux encore comprendre comment vous avez trouvé si vite. Le D.A. doit avoir des antennes, dit Mac Coy en levant les bras au ciel avec enthousiasme. Eh bien, Holt, c'est fini. La poursuite s'achève, on sonne l'hallali. Nous tenons la preuve qu'il nous fallait. Jetez un coup d'œil, conseilla Mac Coy avec un geste vers la table du laboratoire.

Au milieu du fouillis de ressorts, d'éprouvettes, de becs Bunsen, était posée une vieille boîte grisâtre. On en avait retiré le couvercle de carton et, à ce que Holt put constater, la boîte était vide.

— Voilà le joli bébé qui va les mener tout droit à la chambre à gaz. Une veine que vous et le bureau du D.A. ne soyez pas tombés dessus les premiers.

— Envoyer qui à la chambre à gaz ? demanda Holt. Je ne suis pas certain de vous suivre tout à fait.

— Mais, Shayon et Tara Linneker, dit Mac Coy avec impatience. N'est-ce pas de cela que nous parlons depuis un moment ?

Holt hésita ; il s'avérait que le nouvel épisode promis par Mac Coy et le sien n'étaient en rien les mêmes.

— Je crois que j'ai quelque chose à vous dire, capitaine...

— Tout à l'heure, fit Mac Coy avec un geste d'enfant capricieux. La dynamite ! c'est elle qui, finalement, a travaillé pour nous. Vous vous souvenez que c'est de la « Black Fox » que Shayon avait achetée à Seacliff ?

— Un homme répondant au signalement général de Shayon, répliqua Holt avec calme.

Mac Coy n'y prit même pas garde.

— Et c'est de la « Black Fox » qui a expédié Linneker dans l'autre monde. Le laboratoire en a fourni la preuve. Mais une chose ne collait pas tout à fait : Shayon avait acheté deux douzaines de pétards, plus les détonateurs. Aucun doute au sujet du chiffre : il est porté sur les livres. Toutefois le laboratoire a évalué à dix-huit tubes, pas plus, le nombre des pétards utilisés à la cabane. Du diable si je comprends comment ils sont arrivés à cette précision, mais ces petits chimistes sont des perles.

Holt ne répondit rien. Mac Coy poursuivit :

— Je me suis donc demandé ce qu'étaient devenus les six tubes restants. Il était probable que Shayon s'en était débarrassé d'une manière ou d'une autre, mais ce genre de cinglé commet parfois des étourderies mortelles. Par chance, Hank et moi sommes allés fouiller l'appartement de Shayon ce matin... et le dernier endroit où nous avons regardé fut le petit placard extérieur placé sous les marches qui mènent à sa porte. Le placard était fermé à clé, mais la porte en était si vermoulue qu'il n'a fallu qu'une minute à la poigne de Hank pour la réduire à néant, bois, gonds et serrure compris. Shayon range là quelques vieux vêtements de travail, quelques outils et autres joujoux. Et, sous une pile de vieux journaux, j'ai trouvé cette boîte à chaussures. Avec cinq bâtons de dynamite alignés dedans. Aussi vrai que je vous le dis.

Holt aurait dû s'extasier mais ne pouvait s'y résoudre. Il s'aperçut qu'il était resté bouche bée sous le coup de cette révélation. Il eut du mal à reprendre son expression habituelle.

— Bien sûr, disait Mac Coy en fourrant sa pipe dans sa poche, ça nous laisse à court d'un bâton, mais j'imagine que les gars du labo consentent à s'accorder une marge d'erreur.

Holt secoua lentement la tête en marmonnant :

— En êtes-vous sûr ?

La découverte de Mac Coy jetait à terre toutes ses propres conclusions et aucun alibi, le meilleur soit-il, ne pouvait plus les étayer maintenant. Qu'avait donc trafiqué Van Dusen ? Ils avaient dû commettre une monstrueuse erreur quelque part.

— Qu'est-ce que vous vouliez de plus ? demanda Mac Coy qui avait de nouveau bourré sa pipe et l'allumait à la flamme d'un bec Bunsen ; un aveu ? On vous aura ça aussi, sans tarder. Quand ces deux-là verront la tournure que prennent les choses, ils laisseront tomber. Il n'y a pas d'empreintes sur la dynamite elle-même, bien sûr, les bâtons étant plutôt graisseux. Mais la boîte en est couverte : toutes de Shayon. Maintenant, à votre tour. Que vouliez-vous me dire, Holt ?

— Rien de bien important maintenant. Je pensais avoir trouvé du nouveau, mais je crois que je ferais mieux de l'oublier.

— Et moi, je crois que je vais pouvoir retourner à mon élevage et reprendre la bonne vie, dit Mac Coy en souriant avec satisfaction. Vous devriez venir me voir un de ces jours, Holt, et je vous donnerai une dinde. J'en fais l'élevage, vous savez.

Quinlan entra en boitillant, sa canne résonnant sur le dallage.

— Eh, Mac, les mandats sont prêts. Tu veux venir le cueillir avec moi ? Oh ! vous voilà, Holt. Vous connaissez la nouvelle ?

— Oui, murmura Holt. Félicitations.

— Bien sûr, dit Mac Coy en quittant son tabouret. Nous allons cueillir Shayon à sa boutique. Vous venez avec nous, Holt ? Je parie qu'il va s'effondrer.

— Non, merci, dit Holt. Et Tara ?

— Nous aurons le temps de nous en occuper quand nous aurons fait parler Shayon. Ensuite c'est vous qui prendrez le relais.

Holt retourna à son bureau beaucoup plus lentement qu'il n'en était venu une heure plus tôt. Il ne pouvait arriver à débrouiller son esprit. Il avait été si sûr d'avoir raison... et les découvertes de Van Dusen étayaient si bien ses convictions. Mais son raisonnement s'était effondré devant l'évidence de la dynamite cachée par Shayon ; aucun argument ne pourrait lutter contre elle. Il soupira. « Mieux vaut l'admettre tout de suite », se dit-il à lui-même. « Tu t'étais radicalement trompé. » Mais ça restait dur à avaler.

Van Dusen était dans le corridor quand Holt rentra. Il le héla joyeusement :

— Eh, j'ai fini mes devoirs, professeur. O'Hara a bien quitté la ville et j'ai envoyé un télégramme au D.A. de Frisco pour qu'on enquête à son sujet. Et voici la nouvelle adresse de Farnum, ajouta-t-il en brandissant une feuille de papier.

Holt la prit et lut machinalement.

— Du nanan, reprit Van Dusen. Je me suis dit qu'il devait être en chômage aussi j'ai consulté les listes des bureaux de placement et j'ai trouvé sans même sortir de mon bureau. Tu veux qu'on aille le voir d'un saut ?

— Je crois que nous n'aurons plus à nous en soucier.

Rapidement, il mit Van Dusen au courant de l'histoire de la dynamite et de l'arrestation de Shayon, probablement effectuée maintenant.

— Elle est bien bonne ! sourit Van Dusen. Je ne vois pas comment ils ont fait, mais tu te rappelles ce que je t'avais dit au sujet de Mac Coy. Il est infaillible. Tu vas probablement pouvoir partir en vacances quand même, après tout.

— Ouais.

Holt fourra le bout de papier avec l'adresse de Farnum dans sa poche. Ainsi, finalement, il pouvait vider sa serviette et prendre de vraies vacances, mais il ne se sentait pas particulièrement joyeux à cette idée. Il entra dans son bureau pour appeler Connie. Il se demandait si elle serait si contente que ça, après tout, quand elle connaîtrait la raison de sa soudaine liberté. Mais comment lutter contre le cours des choses ?

Connie fut un peu désappointée et chagrinée, mais elle prit la chose mieux que son mari. Elle s'était trompée, elle l'admettait et ne se torturait pas à ce sujet.

Malgré tous ses efforts, les pensées de Mitch revenaient sans cesse à l'affaire, comme un oiseau de proie sur une carcasse dépouillée jusqu'au dernier lambeau de chair. Il resta presque silencieux pendant tout le dîner et mangea à peine.

— Pour l'amour de Dieu, Mitch, comment veux-tu que je demande à Nancy de vider son assiette si tu lui montres un tel exemple ? disait Connie.

— Je n'ai pas faim.

— Tu aurais faim si tu cessais de te tourmenter. Pourquoi te figures-tu toujours que tout ce qui arrive est de ta faute ? Tu devrais être content que tout soit terminé.

— Justement, ce n'est pas terminé, pas pour moi, du moins, reprit patiemment Holt. C'est moi qui vais devoir poursuivre ces deux gosses en justice, Connie. Et quel travail serais-je capable de faire avec ce doute constamment présent à l'esprit ? J'ai toujours l'impression de me trouver du même côté de la barrière qu'eux. Je me moque de cette preuve, toute cette histoire me semble sans queue ni tête. Il y a trop de choses qui ne collent pas. Mais je me demande ce que je peux y faire, personnellement.

— Tu trouveras quelque chose, répondit-elle. Je te connais.

Holt grogna dubitativement et recula sa chaise pour chercher ses cigarettes dans sa poche. Ses doigts rencontrèrent alors une feuille de papier plié. C'était l'adresse que Van Dusen lui avait donnée : il l'avait complètement oubliée. Holt resta assis, les yeux fixés sur le papier, si longtemps que Connie finit par lui demander ce que c'était.

— Rien, répondit-il en chiffonnant le papier entre deux doigts, puis, tout aussi lentement, il le défroissa et se remit à l'étudier. C'est-à-dire probablement rien, reprit-il. Connie, est-ce que tu me tueras si je te laisse tomber encore ce soir ?

— Pour l'affaire Linneker ?

Et, comme il acquiesçait, elle se leva et l'embrassa rapidement.

— Va vite, dit-elle.

La nouvelle adresse d'Ernest Farnum amena Holt à un hôtel ouvrier des faubourgs. C'était un quartier désolé, plein de bistrots, de fripiers et autres établissements moins respectables. Debout sur le trottoir devant l'hôtel miteux, Holt se demanda ce qui l'avait poussé à abandonner sa maison confortable pour une mission aussi nébuleuse. Etait-ce une mission, après tout ? Qu'espérait-il au juste prouver... ou démentir ?

— Oh ! puisque m'y voilà... murmura-t-il comme excuse à son bon sens.

La chambre de Farnum était au second étage, au fond d'un couloir poussiéreux. Un rai de lumière passait sous la porte et prouvait que l'homme était chez lui. Holt frappa, sans provoquer de réponse. Il attendit un peu puis cogna de nouveau et finit par essayer de tourner la poignée. La porte n'était pas verrouillée et s'ouvrit tout de suite. Il fit un pas et se trouva à l'intérieur d'une pièce sinistre qui sentait le vieux tabac, les vêtements sales et le papier mural poussiéreux.

L'homme assis dans le fond d'un fauteuil défoncé, près de la fenêtre, ne réagit pas le moins du monde à son entrée et ne se leva pas pour l'accueillir. Il semblait vieux bien que n'ayant probablement pas plus de quarante ans, plutôt petit, avec des cheveux sombres plaqués et des yeux tristes, profondément enfoncés. Ces yeux fixaient Holt comme s'ils ne le voyaient pas, ou du moins comme si sa venue n'avait rien de surprenant.

— Je cherche Ernest Farnum, dit Holt.

— Vous êtes un flic, n'est-ce pas ? fit l'autre d'une voix sourde.

Il était en train de lire la dernière édition du journal. Les feuilles étaient tombées sur ses genoux ; Holt pouvait distinguer les titres en gros caractères : LA POLICE A PROCÉDÉ À L'ARRESTATION DU SÉDUCTEUR. L'AFFAIRE LINNEKER REBONDIT.

— Je m'appelle Holt et je suis l'assistant du District Attorney. J'aimerais vous parler... si toutefois vous êtes bien Ernest Farnum ?

— Je suis Ernest Farnum, dit l'homme comme un aveu. Je suis heureux que vous soyez venu. J'étais sur le point de vous appeler. Vous ou quelqu'un d'autre.

— C'est vrai ? Et que vouliez-vous nous dire ?

— Qu'est-ce qu'on va lui faire ?

— A qui ? demanda Holt décontenancé et commençant à se demander si Farnum n'était pas ivre.

L'homme courba lentement la tête, comme s'il lui en coûtait, vers le journal.

— A Delmont Shayon. Le type qu'ils ont arrêté aujourd'hui.

— Je ne sais pas encore. Il va être emprisonné, accusé et, si l'on prouve qu'il est coupable, jugé.

— Si l'on prouve qu'il est coupable, répéta Farnum. Alors ils le passeront à la chambre à gaz, hein ? Je ne croyais pas que ça pourrait arriver. Ce n'est pas juste qu'il soit dans ce pétrin à cause de moi.

Holt tressaillit comme sous une piqûre d'aiguille.

— Mr. Farnum, savez-vous quelque chose au sujet de l'affaire Linneker ?

Farnum le regarda avec des yeux écarquillés par la surprise.

— Mais oui. Est-ce que ce n'est pas pour ça que vous êtes là ? Je l'ai tué. Avec de la dynamite, sur sa plage.

L'aveu fut si calme, si exempt d'émotion, que Holt ne réagit pas immédiatement. Il se demandait s'il avait bien entendu.

— C'est bien pour ça que vous êtes là, non ? reprit Farnum. Vous venez m'arrêtez. Je suis content que tout soit fini. Je ne pouvais laisser un innocent payer pour moi, ce n'aurait pas été convenable.

— Je vous crois, murmura Holt.

Il avait besoin de s'asseoir, mais Farnum occupait le seul siège et il dut se contenter du bord du lit défait. Il regardait fixement le meurtrier qui venait d'avouer son crime. La surprise était assez grande pour qu'il souhaitât d'autres explications.

— Vous savez que vous venez de faire un aveu ? dit-il prudemment.

— Oui. C'est drôle, la façon dont tournent les choses. Je n'avais vraiment pas l'intention de blesser personne quand j'ai acheté cette dynamite. Je voulais juste rendre au vieux Linneker la monnaie de sa pièce. Mais ça a tourné tout autrement.

— Vous deviez avoir une raison d'agir ainsi.

— Bien sûr que j'avais une raison. Pour qui me prenez-vous ? Il me poursuivait de sa haine. Je ne lui avais pourtant rien fait, mais il ne pouvait pas me supporter. Il fallait bien que je me défende. Je suis un homme après tout !

Il y avait quelque chose dans la sincérité pathétique de Farnum qui forçait à le croire, aussi fantastique que paraisse sa confession. Que son esprit soit faussé, cela ne faisait pas de doute ; mais Holt n'avait-il pas toujours eu l'impression, depuis le commencement, que ce crime était l'œuvre d'un cerveau détraqué ? Mais il voulait obtenir une dernière réponse qui confirmerait la culpabilité de l'homme.

— Je voudrais que vous me disiez où vous avez acheté la dynamite, demanda-t-il.

— Sur la côte. Dans un petit trou appelé Seacliff. J'avais travaillé dans le coin une fois et c'est là que mon idée m'est venue. N'allez-vous pas finir par m'arrêter ? ajouta Farnum en s'agitant avec impatience.

L'origine de la dynamite n'avait jamais été révélée. Seule la police la connaissait... et l'homme qui l'avait achetée. Holt se leva et déclara :

— Ernest Farnum, je vous arrête pour le meurtre de Rudy Linneker commis le 25 janvier au soir, cette même année.

— C'est bien, soupira Farnum comme soulagé. Est-ce que nous allons tout de suite à la prison ?

— Après. Je veux d'abord vous emmener voir quelques personnes qui recueilleront votre déposition.

— D'accord.

Farnum se leva pour prendre son manteau. Le journal glissa sur le plancher et resta là, étalé.

— Je devrais peut-être laisser un mot pour les propriétaires, dit encore Farnum. Ils voudront louer la chambre. Peut-être pourriez-vous leur dire que je ne reviendrai pas.

— Ils le sauront bien, dit Holt. Ils ne vous attendront pas.

8

Je soussigné Ernest Farnum, certifie que la suivante déposition, donnée et signée par moi ce 6 février, l'a été de ma propre volonté et sans aucune contrainte ni coercition que ce soit...

Ainsi débutait la confession de Farnum concernant le meurtre de Rudy Linneker. Il était minuit et Mitch Holt, assis dans le bureau personnel du District Attorney, en lisait une copie dont, dans une pièce voisine, l'assassin signait l'original. C'était un sordide et pitoyable document et Holt avait eu besoin, pour en absorber le contenu, de se soustraire au maelström créé dans les bureaux par la police, les journalistes et les photographes, ainsi que par le personnel du bureau du D.A. Holt, malgré son exaltation tranquille, ne tenait pas à prendre part à cette représentation de cirque.

— Hé ! vous, s'exclama son patron en entrant et en le découvrant, qu'est-ce que vous fichez là ? Vous allez rater le plus drôle !

— Je voulais lire tranquillement la déposition de Farnum.

— Instructif, hein ? Difficile à croire qu'on puisse trouver un homme à la fois aussi trouillard et aussi bête.

Holt haussa les épaules sans vouloir émettre un jugement trop sommaire. Adair, au sommet du triomphe, rayonnait de confiance.

— Nous les avons eus, fiston, et grâce à vous !

— Je n'ai eu qu'à me baisser pour le cueillir.

— Qu'est-ce que vous me racontiez en me disant que vous n'aviez rien d'un détective ? Vous avez coiffé les flics au poteau. J'ai du mal à me forcer à attendre demain matin pour alerter le chef Gould.

— N'importe qui en aurait fait autant. La police était tellement obnubilée par Shayon et Tara qu'elle est passée à côté de l'évidence ! C'est sans doute mon inexpérience qui m'a servi, sinon j'aurais agi comme eux.

— Jouez au modeste si ça vous chante. Les résultats parlent d'eux-mêmes. (Il vit Holt froncer les sourcils.) Qu'est-ce qui vous tracasse, Mitch ?

— Je ne sais pas. Avez-vous lu la déposition de Farnum ?

— Pas entièrement. J'étais à l'interrogatoire et j'en avais assez entendu.

— Oh, c'est plutôt incohérent, ce qu'on peut d'ailleurs attendre de ce genre de cerveau, fit Holt en feuilletant les pages. Il raconte que Linneker ne lui avait jamais donné sa chance, faisait passer les autres par-dessus lui, etc. Farnum s'en prend à Linneker personnellement quoique Linneker ait probablement toujours ignoré jusqu'à son existence. Voilà pour le délire paranoïaque. Ensuite, il parle de la bagarre avec O'Hara et dit qu'il a vu Linneker sur le chantier au moment où il a été renvoyé. Il prétend que Linneker se moquait de lui. C'est à ce moment qu'il a juré que le vieux le lui paierait. Il a acheté la dynamite deux semaines plus tard, après avoir mijoté quelque temps sa rancœur.

— Pourquoi a-t-il tant attendu pour l'utiliser ?

— J'ai l'impression que ses nerfs n'ont pas tenu ou qu'il a changé d'avis — Farnum ne s'explique pas clairement là-dessus. Mais ça a probablement recommencé à le travailler quand il n'a pu retrouver de travail. Il dit que Linneker l'avait coulé auprès de toutes les entreprises de la région. C'est ridicule, bien sûr, mais lui le croyait. Et il a fini par se rendre sur le chantier pour tout ficher en l'air à ce qu'il dit. Mais, de l'autre côté du port, il a vu la plage privée de Linneker et le bungalow. Il a regardé tout cela comme un symbole de sa haine, et il est revenu sur ses pas, le long du quai, pendant trois kilomètres, a escaladé la clôture et a balancé la dynamite par la première fenêtre ouverte qu'il a rencontrée, puis il s'est sauvé en courant. Il ne savait même pas qu'il avait tué quelqu'un jusqu'à ce qu'il ait lu les journaux. Mais n'avez-vous pas été frappé par autre chose dans cette histoire ? Cette confession a onze pages et décrit l'affaire de bout en bout, mais nulle part Farnum ne dit avoir caché la dynamite dans ce placard, sous l'escalier de Shayon.

— Il aura probablement oublié, dit Adair avec indifférence.

— Il n'a pas pu l'oublier parce que je le lui ai demandé. Il nie avoir fait cela. Bien plus, il déclare qu'il lui restait plusieurs bâtons de dynamite, qu'il les a mis en morceaux et les a jetés dans le lavabo de sa chambre d'hôtel.

— Trou de mémoire, probablement. Vous ne pouvez attendre de logique chez un type de ce genre. De toute manière, l'essentiel est que nous tenons notre homme.

— Oui, je suppose que c'est là le plus important. Mais j'ai envie de faire un saut à la prison et de voir relâcher Shayon.

— Bonne idée, agréa Adair avec un signe de tête approbateur. Très bonne idée. Ça lui montrera que nous sommes de cœur avec lui. Vous ne pensez pas qu'il va se montrer désagréable ?

— Peut-être. Mais ce n'est pas pour ça que j'y vais.

Holt ne s'expliqua pas plus avant et dit rapidement au revoir à son chef ; il avait peur que Shayon ne soit parti avant qu'il puisse atteindre l'état-major de la police.

Comme il devait s'en apercevoir, il n'avait aucun besoin de se presser. La mécanique policière, qui marche rarement à rebours, se révélait fort lente et Holt dut attendre presque une demi-heure dans le corridor obscur avant qu'on rende sa liberté à Delmont Shayon. La prison n'avait en rien rabattu la gouaille du jeune homme. Il sourit en voyant Holt et dit :

— Qu'est-ce que vous venez faire ici, Holt ? Chanter des cantiques quand j'émergerai dans le soleil levant ?

— Je voulais parler avec vous une minute.

— Je crois que je peux faire ça pour vous.

Shayon donna une tape amicale au sergent qui l'avait accompagné hors de la section des détenus.

— Charmant séjour, sergent, je recommanderai l'endroit à mes amis.

— La plupart de nos clients restent plus longtemps, répliqua l'autre. Considérez-vous comme un veinard.

— Oh, certes oui. Mais il manque un comité de réception.

Shayon jeta sa veste sur son épaule et dévala joyeusement le corridor en direction de la porte ouverte sur sa liberté. Holt le suivait rapidement.

— Eh bien, qu'est-ce que vous me voulez, Holt ? Peur que j'assigne l'administration en justice pour arrestation arbitraire ?

— Vous pourriez, agréa Holt, mais vous y gagnerez en fourrant cette histoire dans votre poche et votre mouchoir par-dessus. Ce genre de procès n'est pas très bien vu.

— Vous êtes venu jusqu'ici pour me donner des conseils ?

— Je suis venu pour vous demander si vous vous connaissez des ennemis capables d'avoir voulu vous couler avec cette histoire de dynamite. J'ai toujours envie de savoir comment elle est arrivée dans votre cagibi.

— Je n'ai pas un seul ennemi au monde, dit Shayon joyeusement. Tout le monde m'aime bien... sauf les flics. Savez-vous, Holt, je me demande si cette dynamite a seulement existé.

— Je l'ai vue, dit Holt... et aussi la boîte à chaussures dans laquelle elle était rangée.

— Oh, la boîte à chaussures était à moi, oui. C'est mon gagne-pain, souvenez-vous. Mais je n'ai jamais acheté de dynamite de ma vie. De toute manière, quelle différence cela fait-il ? Le gars à avoué, hein ?

— Pas tout, dit Holt. C'est bien ce qui me chiffonne.

— Eh bien, moi, ça ne me fait ni chaud ni froid. Ça sent rudement bon, ajouta-t-il en s'arrêtant sur le seuil et aspirant une grande bouffée d'air nocturne. Maintenant je sais ce que peut ressentir un oiseau en cage. Dites, Holt, voulez-vous me rendre service et me déposer quelque part ? Je n'ai pas ma voiture.

— Voici un taxi, suggéra Holt désignant un véhicule jaune rangé au bord du trottoir.

— Il est occupé, objecta Shayon après un coup d'œil.

— Et comment, qu'il l'est. J'ai téléphoné à Tara pendant que je vous attendais.

Shayon l'étudia pendant un moment puis commença à sourire.

— Vous avez une fichue manie de vous mêler des affaires des autres, Holt, c'est un fait. Mais je crois que je vous suis très reconnaissant d'être ainsi.

Il marcha vers le taxi arrêté. Puis il tourna la tête et lança par-dessus son épaule :

— Si vous avez jamais besoin d'une paire de chaussures, venez me voir.

— Entendu, murmura Holt.

Mais l'étreinte dont il fut témoin disait clairement que Delmont Shayon avait vendu la dernière paire de chaussures de sa vie.

Le District Attorney tenait une conférence de presse le lendemain à dix heures, mais Holt ne s'y rendit pas : il avait une autre tâche à remplir. Dans l'excitation de la nuit précédente, les deux hommes chargés officiellement de l'affaire avaient été totalement laissés de côté — à savoir le capitaine Mac Coy et le sergent Quinlan. Et comme il pouvait avoir à travailler de nouveau avec eux dans l'avenir, Holt désirait dissiper les malentendus, si toutefois ils existaient.

Sa première tentative fut un échec. Quinlan était affalé sur son bureau et l'accueillit d'un grognement :

— Qu'est-ce que vous voulez ? Vous venez vous pavaner ?

— Il n'y a vraiment pas de quoi. J'ai simplement eu de la chance et je voulais vous assurer, vous et le capitaine, que je n'essayais pas de vous doubler.

— Comment appelez-vous ça, alors ? J'ai lu les journaux.

Et Quinlan se leva et se retira dans le bureau voisin en faisant claquer la porte derrière lui. Holt soupira. Quinlan le considérait comme un intrus depuis le début et il y avait peu de chance qu'il changeât d'avis maintenant. Holt espérait que Mac Coy prendrait une attitude plus conciliante, mais le capitaine n'était pas là. Puisque Holt considérait comme important de maintenir des relations amicales, il n'avait plus qu'à prendre sa voiture et à se rendre chez lui.

L'élevage de dindes de Mac Coy était situé dans une banlieue agricole connue sous le nom de Whiteside. C'était un petit hameau qui étalait ses quelques fermes et boutiques de long de la route et au milieu de prairies bien soignées à quelque quarante-cinq minutes de la ville. Holt eut du mal à trouver la bonne grille, la seule indication étant le nom porté sur la boîte aux lettres, mais, à partir de là, une allée de gravier menait à un petit ranch, gentil, mais sans grand luxe, tout à fait ce qu'on pouvait attendre de la maison de retraite d'un employé de la police économe et rangé. Mac Coy, Holt s'en souvint tout à coup, était célibataire.

Derrière la maison était aménagé un grand espace entouré de palissades et c'est là que Holt trouva Mac Coy. Le capitaine était assis sur une caisse et fumait sa pipe en regardant son troupeau de dindes à crêtes rouges picorer du grain.

Après la réception glacée de Quinlan, Holt s'attendait à une nouvelle rebuffade, mais fut vite détrompé. Mac Coy sembla surpris de le voir arriver, mais il se leva en souriant et tendit la main.

— Bien, bien, dit-il gentiment. En fait, je ne pensais pas vous voir de sitôt, Holt. Vous devriez être en train de recueillir les compliments.

— Je voulais m'expliquer avec vous sur tout ce qui s'est passé, capitaine.

— Asseyez-vous, lui proposa Mac Coy en désignant une seconde caisse. Il n'y a rien du tout à expliquer. Vous avez trouvé votre homme et c'est tout. (Il surprit l'expression de soulagement de Holt et eut un sourire amusé.) Qu'est-ce qui ne va pas, Holt ? Vous croyiez que j'étais en rogne contre vous ?

— Euh... en tout cas le sergent Quinlan l'est, admit Holt en s'asseyant.

— Hank prend toujours ces choses très au sérieux. Je crois que ça doit avoir un rapport avec sa jambe : ça l'a rendu très susceptible. A la manière dont il a réagi on aurait dit que vous lui aviez chipé son portefeuille, fit Mac Coy en éclatant de rire.

— Je n'avais aucune idée de la façon dont les choses allaient tourner. Farnum m'a tendu sa confession sur un plateau d'argent.

— Oui, mais vous étiez là pour la ramasser. Vous étiez là et moi pas ; c'est toute la différence. Que voulez-vous, la jeunesse a ses avantages.

— Je suis content de vous voir prendre les choses de cette manière, capitaine. Je n'aurais pas aimé blesser quelqu'un.

— Ce n'est pas le cas. Dites-moi, puisque vous êtes là, vous pouvez tout aussi bien emporter la dinde que je vous ai promis.

— Ça ne vous ferait rien si je remettais à plus tard ? Ma femme et moi partons en vacances incessamment et j'aurais peur qu'elle soit perdue.

— Quand vous voudrez, acquiesça Mac Coy. J'imagine que vous serez de retour pour le procès.

— Oh, je serai revenu bien avant, mais n'importe qui peut assurer maintenant les travaux préliminaires.

— D'après ce que je sais, le procès est d'ores et déjà conclu.

— Oh, on ne sait jamais. Farnum peut revenir sur ses aveux. Ça ne changera pas la conclusion, mais il faut être prêt à toute éventualité... et aussi, il y a cette histoire de la dynamite qu'on a trouvée chez Shayon.

— Ouais, dit Mac Coy en tirant sur sa pipe. Je m'étais déjà posé la question.

— Farnum nie l'avoir planquée lui-même et je crois qu'il dit la vérité. Un bon avocat peut en tirer quelque chose pour sa défense.

— Peut-être Shayon a-t-il un ennemi qui a sauté sur l'occasion.

— Shayon ne le croit pas. Mais celui qui a caché la dynamite a un rapport quelconque avec l'affaire. Autrement, comment aurait-il connu précisément la marque dont on s'était servi ?

— Ce ne doit pas être si compliqué. Il me semble bien que les journaux ont cité cette marque — après les premiers rapports de laboratoires.

— Je ne savais pas ça, admit Holt. Je crois bien que je n'ai pas lu tous les journaux.

— Mais un tas de gens l'ont fait. Peut-être y a-t-il un cinglé, un farfelu, qui a décidé brusquement de prendre l'affaire en main. La « Black Fox » est une marque répandue, on peut l'acheter n'importe où. Et je crois vous avoir dit que la serrure de ce cagibi ne valait rien.

— C'était vraiment une idée de tordu, à mon avis. Qu'est-ce qu'il pouvait avoir à y gagner ?

Mac Coy sembla étudier ses volatiles pendant un moment, avant de répondre. Il parla calmement, simplement, comme s'il avait déjà longuement envisagé ce problème.

— Vous seriez surpris du nombre de personnes qui prennent une part personnelle à une affaire du genre Linneker. Des gens qui n'ont d'ailleurs rien à y voir, je veux dire. C'est un besoin humain de vouloir que justice soit faite et certains d'entre nous ne peuvent pas toujours attendre que les choses suivent normalement leur cours. Il n'est pas question d'y gagner quoi que ce soit. Je ne crois pas que vous ayez de souci à vous faire à ce sujet.

— Eh bien, espérons que non, dit Holt en se levant.

Le clair soleil, le calme de la campagne semblaient l'avoir grisé et il réalisa combien il avait besoin de vacances. Ce serait bien agréable de s'éloigner quelque temps sans avoir rien à faire.

— Merci mille fois, capitaine. Vous avez une jolie propriété. Je vous envie.

— Ce n'est pas trop mal. Mais c'est dur aussi de sortir du courant de la vie. Vous êtes encore trop jeune pour comprendre. C'est pour ça que je me suis laissé entraîner à revenir fourrer mon nez dans cette affaire Linneker. J'ai bien l'impression que c'était une bêtise, hé ?

Son ton était si amer que Holt répondit :

— Pas à mon avis. Comme je vous l'ai dit, j'ai seulement eu un coup de veine. De droit, c'est à vous qu'il revenait.

— Il ne faut jamais trop croire à la chance, murmura Mac Coy, puis il sourit et tendit la main. Félicitations, Holt... et merci de me dorer la pilule. C'est un remède auquel je n'étais pas habitué et c'était quand même un peu dur.

Holt le quitta, content d'avoir fait la route jusqu'ici. Il sentait que cela en valait la peine, ne serait-ce que pour ménager l'orgueil du vieux Mac Coy. Le vétéran de la police en avait assez fait pour la société pour mériter autre chose qu'un coup de pied dans les gencives à la fin de sa carrière. Un homme comme Mac Coy vivait sur sa réputation : privez-le de son orgueil et il n'aura plus de raison d'exister.

Toutefois, le respect de Holt pour le vieil homme ne suffisait pas à dissiper le fait qu'il ne possédait toujours pas de réponse satisfaisante au problème de la dynamite cachée chez Shayon, aussi regagna-t-il le quartier général de la police où il obtint audience du chef Gould. C'était un bel homme bronzé, robuste et imposant. Il considérait le succès de Holt avec bonne humeur et sans jalousie et l'admettait en bon joueur.

— Ça ne fait pas de mal aux gens qu'on leur rabatte un peu leur caquet. Je n'aurais jamais cru qu'un amateur puisse battre Mac Coy et Quinlan sur leur propre terrain, mais pourtant vous voici.

— J'ai simplement eu de la chance, dit Holt se demandant combien de fois il devrait répéter cette phrase qui lui semblait de plus en plus creuse. Mais il y a encore un point sur lequel j'ai besoin d'un coup de main, chef.

— De notre part ? questionna Gould avec un sourire. Je croyais que vous étiez le loup solitaire.

— Jamais quand je peux l'éviter. Ce relevé des ventes de dynamite réalisées durant toute l'année dernière, celui qui a été fait par vos services, pourrais-je en avoir une copie ?

— Pourquoi pas ? Vous pouvez demander tout ce que vous voudrez, y compris du travail. Peut-être même ma place. Je vous fais porter ce rapport tout de suite.

En retournant à son bureau, Holt acheta l'édition de midi des journaux. Le nom de Mac Coy n'était même pas mentionné.

Quant au sien... !

9

Quand Holt arriva à son bureau, le lundi matin, le rapport concernant les achats de dynamite l'attendait sur sa table, mais un autre, joint au premier, en détruisait l'importance. Farnum avait avoué avoir caché l'explosif dans l'appartement de Shayon.

La nouvelle lui était communiquée par un billet personnel de son patron qui concluait ainsi : *Comme nous l'avions deviné, ce n'était qu'une tentative désespérée pour égarer vos soupçons. Et qui a presque marché il faut le dire. De toute manière, nous y voilà ! J.P.A.*

« Nous y voilà », se répéta Holt pour lui-même avec satisfaction. A partir de maintenant, on entrait dans l'ère inévitable et bien ordonnée de l'audition des témoins, de la mise en accusation, etc., jusqu'à la sentence finale.

Holt ramassa le rapport, déjà prêt à l'envoyer au classement, quand un nom lui sauta aux yeux. Il relut tout le paragraphe. La date remontait à cinq mois, la première semaine de septembre. Pendant un moment, le sourcil froncé, Holt étudia les lignes tapées à la machine.

— Ça alors, c'est rigolo ! murmura-t-il, mais son expression n'avait rien d'amusé. Il peut s'agir d'une coïncidence, bien sûr !

Au bout d'un moment, il rangea le rapport dans un de ses tiroirs et prit son chapeau. Sa première idée avait été d'aller bavarder avec Van Dusen, mais l'enquêteur n'était pas là. Holt prit sa voiture et roula jusqu'au quartier général de la police.

Il en était devenu une figure familière et le geôlier le fit entrer dans le département des détenus.

— Je suppose que vous venez voir notre pensionnaire-vedette ? Ne vous en faites pas ! Il est toujours ici.

Holt demanda qui avait assuré la garde de la prison durant le dernier week-end et découvrit que c'était l'homme auquel il parlait. Il questionna prudemment :

— J'imagine que Farnum n'a reçu que peu de visites ?

— Rien qui vaille la peine d'en parler. Il n'avait d'ailleurs demandé personne. Il a passé son temps étendu sur sa couchette.

— Son avocat, peut-être ?

— Je crois qu'il n'en a pas. Je suppose que le tribunal va lui en attribuer un d'office. Non, personne n'est venu le voir, sauf des gens de chez nous, bien sûr. Quinlan, samedi. Et Mac Coy, un peu après.

Ils s'arrêtèrent devant la dernière cellule au fond du couloir.

— Il est là. Eh, Farnum, debout, voilà de la compagnie.

Farnum était étendu sur le ventre sur sa couchette. Il leva la tête et fixa Holt sans dire un mot. Le gardien ouvrit la porte.

— Appelez-moi quand vous voudrez sortir, dit-il à Holt.

Il mit le verrou et s'en alla en sifflotant.

— Qu'est-ce que vous me voulez ? demanda Farnum fixant Holt d'un œil triste.

— J'aimerais vous parler.

— Je vous ai dit tout ce que j'avais à vous dire.

— C'était bien ce que je pensais, mais, ce matin, j'ai appris que vous avouiez avoir caché la dynamite dans le placard sous l'escalier de Shayon. J'aimerais que vous me parliez de cela.

— Je n'ai rien à ajouter. J'avais lu dans les journaux que la fille avait un petit ami, son adresse, et tout. J'ai dû penser qu'il valait mieux que les flics s'intéressent à lui qu'à moi. Aussi j'ai apporté le reste de la dynamite jusque chez lui et l'ai planquée là. En fait, je ne pensais pas qu'elle serait découverte et qu'il en aurait des ennuis.

— Pourquoi ne m'avez-vous pas dit ça l'autre soir ?

— J'ai dû oublier.

— C'est un peu dur à admettre si l'on considère que je vous ai posé des questions précises à ce sujet.

Farnum ne répondit pas. Holt reprit :

— J'ai appris que vous aviez eu quelques visites pendant le week-end.

— Non, dit Farnum immédiatement. Je n'ai vu personne.

— Le geôlier m'a dit que le capitaine Mac Coy et le sergent Quinlan étaient venus tous les deux vous parler.

Farnum hésita.

— Oh oui, c'est vrai, dit-il enfin. Et alors, qu'est-ce que ça fait ?

— Que voulaient-ils ?

— Parler de différentes choses. Je ne sais pas. Ce sont des flics, après tout ? Pourquoi ne seraient-ils pas venus me voir ?

Holt tira un paquet de cigarettes de sa poche et le tendit à Farnum. Le prisonnier en accepta une, avec hésitation, et ses yeux, quand ils rencontrèrent ceux de Holt, étaient méfiants.

— Votre manque de mémoire à propos de la dynamite m'inquiète, Farnum. Vous comprenez bien, n'est-ce pas, que ça ne fera aucune différence pour vous, ni dans un sens ni dans l'autre ?

— Je vous ai dit que j'avais oublié, marmonna Farnum.

Il dut se relever pour allumer sa cigarette et resta appuyé contre le mur. Holt s'assit à l'autre bout de la couchette ; il espérait que la conversation allait prendre un tour plus amical ; mais Farnum ne semblait en rien vouloir se détendre.

— Je ne veux pas vous induire en erreur, déclara Holt. Vous

avez avoué un meurtre et serez poursuivi en justice. Si quelqu'un d'autre a émis devant vous la possibilité d'un marché, disant par exemple que vous pourriez vous en tirer mieux en admettant avoir caché la dynamite, cette personne l'a fait de sa propre autorité sans qu'aucun engagement en résulte de la part de la justice. Comprenez-vous bien cela ?

— Je suppose.

— Le sachant, tenez-vous toujours à maintenir votre histoire de dynamite ?

Farnum avait les yeux rivés au sol. Holt remarqua que les doigts qui tenaient la cigarette tremblaient.

— J'ai dit que je l'avais fait, n'est-ce pas ? dit enfin tristement Farnum. Alors, qu'est-ce que vous voulez de plus ?

— La vérité. L'autre soir, dans votre chambre, vous m'avez avoué le meurtre de Linneker parce que, à ce que vous disiez, ce n'était pas convenable de laisser un autre endosser votre crime. Maintenant vous clamez avoir voulu faire prendre ce même homme. A quel moment mentez-vous, Farnum ?

— L'autre fois, marmonna l'homme. Maintenant je dis la vérité.

— Dans ce cas, vous ne vous opposeriez pas a vous soumettre au détecteur de mensonges ?

— Je ne veux pas de saloperies de ce genre ! éclata Farnum immédiatement d'une voix tremblante. Vous ne pouvez pas me forcer à ça. Je connais mes droits et mes privilèges devant la loi, et je n'y suis pas tenu. Maintenant, laissez-moi seul.

La formule « droits et privilèges devant la loi » sonnait bizarrement dans la bouche de Farnum, comme une leçon serinée par quelque professeur. Holt se demandait qui il était. Pas l'avocat de Farnum puisqu'il n'en avait pas.

— Moi aussi, je tiens à protéger vos droits et vos privilèges, dit Holt. Pourquoi ne voulez-vous pas m'aider ?

Farnum ne voulait même plus le regarder.

— Je n'ai plus rien à vous dire, soupira-t-il.

— Si vous changez d'avis, appelez-moi !

Farnum ne répondit pas. Holt se leva et appela le gardien. Quand il s'en alla, l'homme était assis sur le bord de sa couchette, les yeux rivés au sol.

Adair avait fait demander Holt, ce qui arrangeait parfaitement ce dernier. Il commençait à penser qu'il ne pouvait assumer seul une pareille tâche. Adair était de bonne humeur et baignait encore dans l'euphorie de l'heureuse conclusion de l'affaire Linneker.

— Je voulais seulement vous demander quand vous avez l'intention de partir, dit-il. Si c'est bientôt, je mettrai Burnett au travail sur les questions préliminaires.

— J'avais projeté de partir demain, répondit Holt, jusqu'à ce que ce nouveau problème se pose...

— De quel autre problème parlez-vous, Mitch ?

Holt tira de sa poche le rapport concernant les achats de dynamite et se tapota le genou avec la liasse pliée avant de répondre.

— Cela risque de vous paraître insensé, finit-il par prononcer, mais je crois qu'il vaut mieux que je vous en parle.

Adair attendait, le visage empreint de son impassibilité de statue. Holt reprit :

— C'est au sujet de la dynamite que Mac Coy et Quinlan ont trouvée chez Shayon.

— Je croyais que tout avait été expliqué. N'avez-vous pas vu ma note ?

— Si, et j'ai aussi parlé avec Farnum de cette question. Il a avoué son crime pour ne pas, à ce qu'il a dit, laisser un innocent souffrir à sa place. Questionné, il a nié avoir caché la dynamite, et même s'être approché du domicile de Shayon. Deux jours plus tard, il modifie complètement son histoire. Pourquoi ?

— On ne peut s'attendre à une manière d'agir raisonnable de la part d'un paranoïaque.

— Je suis d'accord avec vous... jusqu'à un certain point. J'ai proposé un test au détecteur de mensonges à Farnum aujourd'hui. Il n'aurait certainement rien eu à y perdre. Pourtant il a refusé et s'est mis dans tous ses états en alléguant ses droits légaux.

Adair se mit à se balancer lentement sur son siège.

— Mitch, n'êtes-vous pas en train de vous faire une montagne d'un grain de sable ? De toute manière, qu'espérez-vous démontrer ?

Holt ouvrit le rapport à la page marquée et le tendit par-dessus le bureau au District Attorney.

— Lisez ce que j'ai souligné.

Adair lut, les sourcils froncés : *Loren Mac Coy. Whiteside, Californie, 50 bâtons de dynamite « Black Fox », avec détonateurs, achetés chez Heartland Hardware le 5 septembre.*

— Qu'est-ce que c'est que ça ? demanda-t-il.

— C'est le rapport établi par la police concernant les achats de dynamite effectués durant l'année passée. Intéressant, non ?

— Je crains de ne pas vous suivre.

— Voyons, « Black Fox » est la marque qui a servi à volatiliser Linneker, avec environ dix-huit bâtons. Farnum a acheté sa dynamite en décembre. Trois mois auparavant, le capitaine Mac Coy a, lui aussi, acheté de la dynamite. C'est Mac Coy et Quinlan qui ont découvert l'explosif dans le cagibi de Shayon. Farnum a nié l'y avoir mis. Puis il a changé de version... mais sans conviction. Mac et Quinlan ont tous deux rendu visite à Farnum pendant le week-end, bien que Farnum n'ait pas voulu tout d'abord en convenir auprès de moi.

Adair ne put rester assis. Il se leva, se mit à marcher de long en large et finit par s'arrêter face à Holt.

— Vous rendez-vous compte de ce que vous sous-entendez ?

Holt hocha la tête comme à regret.

— Je vous avais dit que ce serait plutôt dur à avaler.

— Dur ? Le mot est faible.

— Supposons, reprit Holt en se frottant la nuque, que ça s'est passé de la manière suivante : Mac Coy et Quinlan étaient sûrs que Shayon et Tara étaient coupables. Par intuition, comme disait Mac Coy, basée sur l'expérience. Tout ce dont ils avaient besoin était une preuve solide... c'est du moins ce qu'ils m'ont assuré eux-mêmes. Ils pensaient la tenir dans l'identification formelle de Shayon par le vendeur de Seacliff qui avait servi la dynamite à Farnum, ce qui, bien entendu, ne s'est pas produit. Mais cela n'a pourtant en rien ébranlé leur conviction de la culpabilité de Shayon. Ils étaient sûrs d'avoir raison. Et n'oubliez pas qu'ils étaient tenus de résoudre cette affaire Linneker, et en vitesse. Leur réputation même l'exigeait. Ne pourraient-ils avoir voulu *trouver* à tout prix la preuve qu'ils cherchaient — même s'il fallait la fabriquer eux-mêmes — dans l'espoir que Shayon s'effondrerait ? Je pense que c'est ça.

— Incroyable, murmura Adair.

— Pas tellement. Mac Coy et Quinlan sont des hommes très fiers de leur réputation. D'ailleurs, ils ont des raisons de l'être. Et, puisque Shayon était coupable, où était le mal ? J'essaie de vous exposer leur point de vue.

— Que je ne saurais pas encore leur attribuer, toutefois.

— Laissez-moi vous dire autre chose. Celui, quel qu'il soit, qui a mis la dynamite dans le placard de Shayon connaissait la bonne marque. Quand j'ai bavardé avec Mac Coy, l'autre vendredi, je le lui ai dit. Il m'a répondu que le nom de la marque, « Black Fox », avait été publié dans les journaux. Or, je viens de parcourir le registre des coupures de presse concernant cette affaire, et le nom de la marque n'a été mentionné nulle part, ni même le nombre de bâtons utilisés ou vendus. La police n'a évidemment pas donné ces renseignements aux journalistes. Il faut donc bien que ce soit quelqu'un au courant de l'affaire dans ses moindres détails qui ait planqué la dynamite.

— Exactement. Ernest Farnum.

— Mais, si ce n'est pas lui, ce n'est en tout cas pas un cinglé quelconque, comme le suggérait Mac Coy. La « Black Fox » est une marque répandue, bien sûr, mais ce n'est pas la seule. C'est fabuleux de vouloir prétendre qu'un outsider est tombé juste sur la bonne marque du premier coup.

Adair fit un geste de dénégation comme s'il écartait une toile d'araignée. Holt poursuivit :

— La confession de Farnum a fourré Mac Coy et Quinlan dans le pétrin. Cette dynamite cachée demandait des explications. Je crois que c'est pour ça qu'ils sont allés voir Farnum. Ils lui ont probablement flanqué une frousse du diable ; ils lui ont expliqué que, s'il n'avouait pas ça aussi, il risquait de terribles choses. Farnum est impressionnable comme un enfant. Se sentir en cage, à la merci d'autres gens, a déjà fait faire des choses pires à des hommes plus solides.

— Laissez-moi le temps de comprendre. A votre avis, Mac Coy et Quinlan auraient donc un intérêt quelconque dans l'affaire Linneker ?

— En dehors de la défense de leur réputation, non.

Adair hocha la tête et alla s'asseoir derrière son bureau. Il joignit les mains et se mit à les regarder. Holt attendait, se demandant quelle attitude son chef allait adopter. Ce pouvait aussi bien être un accord total qu'un désaveu complet. Adair choisit le juste milieu.

— Mitch, vous constatez que je ne vous dis pas tout de suite que vous avez tort. Aussi essayons de considérer les faits d'une autre manière. Premièrement, la dynamite. Mac Coy en a sûrement besoin pour sa ferme ; cela est établi nettement par le fait que l'explosif a été acheté longtemps avant le meurtre de Linneker. Donc cela ne prouve rien.

— Sauf que c'était la même marque et qu'elle pouvait donc servir.

— Deuxièmement, leurs visites à Farnum. Ni vous ni moi ne saurons jamais ce qui a été dit ; mais il semble parfaitement naturel que Mac Coy aussi bien que Quinlan s'intéressent à Farnum puisqu'ils sont chargés de cette affaire.

— C'est évident.

— Ce qui joue le plus, dans mon opinion, c'est le caractère de ces hommes. Ce ne sont pas des flics quelconques, mais des vétérans, l'aristocratie du métier. Il est difficile d'imaginer que des hommes de cette réputation s'abaissent un jour jusqu'à fabriquer de fausses preuves. Non, ça ne colle pas.

— Vous ne dites rien que je ne me sois déjà dit, admit Holt. Mais contre tout cela, vous avez les atermoiements et les revirements dans la confession de Farnum.

— L'homme est un cas psychologique.

— Un vrai fouillis, hein ? soupira Holt. Qui allez-vous croire, pour finir ?

— Comprenez-moi, je n'écarte pas la possibilité que vous ayez raison ; mais je me sens extrêmement indécis au moment de nous engager dans une histoire que nous pourrions regretter plus tard. Ecoutez-moi, Mitch, je crois qu'il vaut mieux que je prenne les choses en main moi-même. Je vais faire un saut au quartier général et aller bavarder amicalement avec le chef Gould. Je lui laisserai prudemment entendre la manière dont vous envisagez les choses. Gould pourra en discuter avec Mac Coy et Quinlan. Il vaut mieux prendre des gants dans ce genre d'histoires.

— Tout ce que vous estimerez devoir faire sera bien, agréa Holt pas mécontent de remettre ses soucis en d'autres mains maintenant qu'il s'était libéré l'esprit de ses soupçons.

Adair se leva et eut un sourire de soulagement.

— Je crois que c'est le mieux. Et ça peut donner à la police une bonne leçon : ils ont parfois trop tendance à usurper les droits de la Justice. Et n'oublions pas l'essentiel : nous avons découvert le bon coupable.

— Oui, dit Holt en se levant à son tour. C'est au moins une certitude dans ce monde incertain.

10

Quand il quitta son bureau, à midi, Mitch Holt eut l'impression d'y laisser toutes ses responsabilités, y compris les doutes et les soucis se rattachant au cas Linneker. Après avoir mis brièvement Connie au courant du déroulement des événements, il ajouta qu'il ne voulait plus entendre parler de travail pendant les deux semaines à venir. Elle était trop contente de lui faire ce plaisir.

La jeune femme avait presque terminé leurs bagages, mais elle n'avait pas empaqueté leurs fusils de chasse pour qu'il puisse y jeter un dernier coup d'œil.

— Papa m'a toujours laissée tirer avec ses fusils, dit-elle, mais il insistait pour les inspecter, les nettoyer et en assurer lui-même la responsabilité.

— Oh, c'est un vrai professionnel dès qu'il s'agit de chasse, dit Holt se rappelant la salle des trophées du grand-papa Mayatorena, une grande pièce entourée de têtes naturalisées d'antilopes et de mouflons, avec quelques jaguars et un ou deux ours.

C'était un spectacle étonnant pour quiconque s'intéressait à la chasse et Holt s'était souvent émerveillé devant tant de triomphes.

— Connie, demanda-t-il, crois-tu que je deviendrai jamais un fusil comme ton père ?

— Pourquoi pas ? Tu es doué. C'est papa qui l'a dit.

Holt enveloppa le living-room d'un grand geste.

— Peux-tu imaginer à quoi ressemblerait cette pièce avec une collection comme celle de ton père ?

Connie éclata de rire et prit un air malicieux.

— Mitch, si je te livre un secret de famille, jures-tu de n'en jamais souffler mot à personne au monde ? Surtout à papa ?

— Tu connais les principes moraux d'un avocat.

— Je parle sérieusement. Je ne voudrais pas que papa sache que je te l'ai dit. Mais la salle des trophées, avec toutes ces têtes empaillées sur les murs... ce n'est pas vraiment lui qui les a descendues.

— Tu ne blagues pas ? dit Holt surpris. D'où sortent-elles alors ?

— Papa en a tué quand même pas mal lui-même. Au moins la moitié, je parie. Mais les autres, il les a achetés.

— Seigneur Dieu ! pourquoi donc ?

— Oh, tu connais papa, fit Connie avec le ton indulgent des grands enfants pour les faiblesses de leurs parents. Il est un peu vaniteux. C'est un bon chasseur, mais il souhaite que chacun le croie encore meilleur qu'il n'est. Personne ne le sait en dehors de la famille, et papa lui-même a probablement oublié qu'il n'a pas réellement descendu chacun de ses trophées. C'est pour ça que je ne veux pas que tu lui en parles jamais. Il serait horriblement vexé et malheureux.

— Oh, son secret ne risque rien avec moi.

Holt hocha la tête avec amusement à cette évocation des faiblesses cachées de la nature humaine. La réputation de grand chasseur de papa Mayatorena était fondée et il n'avait vraiment pas besoin de renchérir là-dessus. Tout le monde veut se faire passer pour meilleur qu'il n'est, même s'il faut tricher un peu pour y arriver. Dans le cas de papa Mayatorena, la fraude n'avait rien de nuisible, c'était plutôt drôle de penser qu'en mélangeant des faux trophées à ses véritables victoires il en était arrivé à se tromper lui-même aussi bien que les autres, mais si...

— Connie, il va falloir que je retourne au bureau, dit-il brusquement. J'ai oublié quelque chose...

— Ça ne peut vraiment pas attendre ? demanda-t-elle sèchement.

Holt l'embrassa avec tendresse pour adoucir son brusque départ, et promit de revenir très vite.

Il conduisit rapidement, crispé au volant. Il se rendait à la salle des archives. C'était une grande pièce voûtée, triste, située sous le niveau de la rue et, quand Holt y pénétra, l'immensité de la tâche qui l'attendait l'accabla tout d'un coup. Des rangées de classeurs s'étendaient du haut en bas et d'un bout à l'autre des murs de la pièce. Holt se sentit prêt à tourner les talons et à tout abandonner, à cette vue. S'il ne le fit pas, c'est uniquement parce qu'il rencontra une employée qui le connaissait.

— Hé, Mr. Holt, dit-elle. Que pouvons-nous faire pour vous aujourd'hui ?

— Je voulais jeter un coup d'œil sur quelques vieilles archives de justice. Affaires criminelles. Envoyez-moi toutes les employées disponibles, demanda-t-il.

Trois d'entre elles arrivèrent rapidement. Holt les rassembla autour de lui comme un chef d'équipe donnant ses instructions avant le match.

— Je vous ai écrit ces deux noms sur un bout de papier, pour chacune, de manière que vous ne les oubliiez pas. Nous allons commencer par les dossiers de 1945 et remonter jusqu'à aujourd'hui. Sortez toutes les affaires d'homicide ; relevez toutes les preuves fournies et tous les témoignages déposés par ces deux hommes à l'exclusion de tous les autres, plus les instructions données par le juge aux jurés et concernant ces preuves et témoignages. Est-ce bien clair ?

Ils commencèrent. Les filles se demandaient visiblement quel était le but de leur travail, mais Holt ne se souciait pas de les éclairer. Il était encore trop peu sûr de lui pour s'exprimer nettement. L'heure de fermeture des bureaux ne tarda pas à sonner, mais Holt continua à travailler jusqu'à ce qu'il s'aperçoive que les employées louchaient sur leurs montres et commençaient à s'agiter, mal à l'aise.

Il les appela de nouveau et à ce qu'il constata, leur travail, pourtant réel, ne représentait qu'une aiguille dans sa meule de foin.

— Verriez-vous une objection à faire quelques heures supplémentaires ce soir ?

Elles ne firent pas d'objection, demandant seulement à donner quelques coups de téléphone.

Plus tard, une des sténos alla chercher des sandwiches et du café pour tout le monde et Holt se souvint brusquement de son propre dîner. Il avait quitté Connie au début de l'après-midi en lui promettant de revenir de bonne heure et maintenant — seigneur Dieu ! — il était près de neuf heures ! Il se sentit coupable et lui téléphona.

La réaction de Connie fut telle qu'il s'y attendait. Après les premières questions anxieuses au sujet de sa santé, elle laissa percer son irritation devant l'oubli de son mari.

— Mitch, le moins que tu pouvais faire était de téléphoner.

— Je sais, je me suis laissé abrutir par le travail. Tout ce que je peux dire pour ma défense, c'est que l'affaire est d'importance.

— J'aimerais parfois que tu sois simplement ivre ou quelque chose de ce genre... rien que pour changer. Je suis si fatiguée de lutter avec ce bureau ! Ce n'est pas ce que je voulais dire, Mitch, ajouta-t-elle d'une voix plus douce. Je m'inquiétais, c'est tout. Quand rentres-tu ?

— Dans un petit moment.

Il décida qu'il valait mieux ne pas lui parler des jours, peut-être des semaines, de travail à venir.

— Bon, dépêche-toi, veux-tu ? Je parie que tu n'as même rien mangé pour dîner. Je t'ai gardé quelque chose. Oh ! à propos, Mitch, quelqu'un est venu te voir, ce soir. Un M. Quinlan. Il n'a pas laissé de message.

— Oh ! dit lentement Holt.

Puis, sans bien réaliser pourquoi, il demanda :

— Tout va bien, Connie ?

— Bien sûr, répondit-elle un peu étonnée. Je suis fatiguée, c'est tout. Rentre un peu chez toi, veux-tu, cher époux.

Holt retourna à son travail avec une énergie redoublée. Il commençait à s'apercevoir que c'était généralement Mac Coy qui portait témoignage, pas Quinlan. Mac Coy, à n'en pas douter, était le plus adroit des deux hommes, le plus rapide à comprendre et à s'exprimer, et semblait faire plus grande impression sur le jury en tant que témoin expert. Cette partie du travail d'équipe revenait visiblement à l'officier supérieur.

Il était minuit passé quand, les yeux clignotants, il acheva sa journée. Pour la première fois il prit conscience de l'effort qu'il avait fourni et de sa fatigue. Mais, au milieu de sa lassitude, il ressentait une certaine exaltation et, aussi, un peu de crainte.

Il rangea la somme de son travail dans sa serviette. Quand il était arrivé dans le hall des archives, la serviette était vide. Maintenant il avait du mal à boucler la fermeture à glissière. Elle pesait de tout son poids d'arme mortelle, car Holt la considérait maintenant comme telle. Lentement, il quitta la grande pièce aux rangées de dossiers. En sortant, il dit au portier qu'il pouvait fermer la salle des archives.

— Vous avez eu une longue journée, Mr. Holt.

— Oui. Content que ce soit fini.

Mais ce n'était pas fini, à vrai dire. Au moment où Holt s'engageait dans sa rue, il vit une voiture inconnue arrêtée devant chez lui. L'estomac tenaillé par l'appréhension, il ne fut pas du tout surpris, au moment où il revenait après avoir levé la porte du garage, de se trouver en face de la silhouette massive du sergent Quinlan.

Ils se rencontrèrent devant le porche. Il n'y avait pas de lune et Holt ne pouvait distinguer l'expression de l'homme. En fait, il n'avait pas besoin de lumière pour la deviner car la voix de Quinlan, dure et amère, disait déjà tout :

— Holt ! Que diable êtes-vous en train de trafiquer ?

Holt lui rendit ses manières rogues :

— Je cherche la vérité... et je crois l'avoir trouvée, ajouta-t-il en indiquant du doigt sa serviette.

— Vous cherchez des ennuis, oui. Le chef m'a fait venir cet après-midi. Et vous savez ce qu'il m'a dit ?

— Je peux le deviner.

— Je ne supporterai pas plus longtemps vos coups bas, Holt. Je ne sais pas ce que vous cherchez mais vous avez mis le doigt dans une machine dangereuse.

— Vous êtes seul ? interrompit Holt en jetant un coup d'œil vers la voiture de Quinlan.

— Je n'ai besoin de personne pour vous flanquer une correction. Vous pouvez me croire trop vieux et trop rouillé, mais vous allez pouvoir constater par vous-même si c'est vrai !

Il empoigna sa canne comme un club de golf et fit un pas en avant, sans dissimuler le moins du monde ses intentions. Holt, dressé sur la pointe des pieds, se tint prêt à accueillir l'assaillant.

L'attaque fut empêchée par la lumière qui éclaira soudainement le porche, les éblouissant tous les deux. Connie ouvrit la porte et jeta un coup d'œil dehors. Elle était en robe de chambre et en pantoufles.

— C'est toi, Mitch ? J'ai entendu un bruit de voix et... Oh ! Mr. Quinlan, je ne savais pas que vous étiez ici.

Quinlan abaissa lentement sa canne. Son visage était rouge et ses yeux, derrière les lunettes sans monture, brillaient de colère.

— Nous bavardions simplement, marmonna-t-il. Désolé de vous avoir dérangée, Mrs. Holt.

— Pourquoi n'entrez-vous pas ? dit la jeune femme en souriant gentiment à Quinlan. J'ai du chocolat chaud et des sandwiches.

Le regard de Quinlan alla du sourire de Connie à l'expression crispée de Holt ; puis il eut un geste de colère rentrée.

— Non, merci, dit-il.

Il se retourna pour partir mais, par-dessus son épaule, il lança à Holt :

— Vous ! Rappelez-vous ce que je vous ai dit.

Il traversa les pelouses pour rejoindre sa voiture.

— Qu'est-ce que c'est que toute cette histoire ? demanda Connie.

Holt regardait la voiture de Quinlan s'éloigner. Le moteur ronflait méchamment comme pour traduire l'humeur de son propriétaire.

— Je ne sais pas encore très bien, répliqua-t-il, bien qu'il le sût parfaitement. (Il passa son bras autour des épaules de sa femme et rentra dans la maison avec elle.) Connie, je crois qu'il va falloir encore remettre un peu nos vacances, finalement !

11

Le lendemain matin, à neuf heures, Holt, sa serviette bourrée à la main, entrait dans le bureau d'Adair.

Moins de vingt-quatre heures auparavant, il était assis en face du District Attorney. Alors, Holt avait cru sa tâche pratiquement achevée et ses vacances virtuellement commencées. Ce matin, il savait que débutait le plus dur travail de sa carrière. Adair, lui aussi, avait ce matin une vue différente des choses. Son accueil à son assistant fut brusque et ses lèvres étaient loin de sourire.

— Content de vous voir, Mitch, dit-il, mais sa phrase sonnait terriblement faux. Je voulais justement vous parler.

— C'est réciproque.

— J'ai eu une conversation avec le chef Gould et, franchement, je ne suis pas très content de la tournure qu'elle a prise. A la fin, je n'avais plus qu'à me convaincre d'être un âne pour avoir seulement écouté vos ridicules soupçons concernant Mac Coy et Quinlan. Gould a cru qu'il allait en mourir de rire.

— Mais pas Quinlan, dit Holt. Il est venu chez moi, hier soir, prêt à me faire rentrer mes paroles dans la gorge.

Adair reçut cette nouvelle sans émotion apparente et Holt réalisa que son chef avait complètement changé de point de vue depuis la veille.

— Je ne peux trop en vouloir à Quinlan, dit Adair quand Holt eut terminé le récit de l'orageuse entrevue de la nuit précédente. Comprenez-moi, Mitch, je ne vous en veux pas non plus. En réalité, c'est moi que je blâme pour vous avoir laissé en arriver à cette extrémité. Vous savez être diablement persuasif !

C'était une franche invite pour Holt à reconnaître son erreur, mais il ne l'accepta pas.

— Je ne crois cependant pas que nous en ayons fini, dit-il.

Adair jouait nerveusement avec son coupe-papier.

— Vous croyez ? Gould a dit quelque chose de bizarre, hier. Il a émis l'opinion que vous aviez peut-être des ambitions politiques maintenant que vous avez votre photo dans les journaux. Théorie que j'ai repoussée, bien sûr, moi qui vous connais.

Holt s'assit, foudroyé. Il ne s'attendait pas à cela. Maintenant, il commençait à comprendre le revirement du D.A. La crainte cachée d'Adair ne concernait pas le problème lui-même, mais ce qui pouvait se révéler une rivalité dans l'attribution de la charge du

District Attorney. Et ceci en dépit de son habituelle profession de dégoût pour la politique.

— C'est ridicule, dit Holt d'une voix étouffée. Je ne travaille pas pour briguer une charge. On dirait que Gould a essayé de créer une diversion et qu'il était plus ennuyé qu'il ne voulait le paraître.

— Ennuyé au sujet de votre état mental, je suis d'accord. Mais là n'est pas la question.

Holt voyait son patron sous un nouveau jour et se demandait comment il avait pu si longtemps placer en lui toute sa confiance.

— Tout ce que je demande, c'est une vérification soigneuse de mes découvertes, dit-il. Je ne tiens pas à les poursuivre personnellement.

Adair s'affairait à redresser son matériel de bureau ce qui signifiait habituellement que la discussion était close.

— On a pris toutes les précautions d'usage et ce qui est fait est fait. Quand partez-vous en vacances, Mitch ?

Holt posa sa serviette sur le bureau et l'ouvrit :

— Je ne sais pas. Je voudrais que vous jetiez un coup d'œil sur ces notes.

Adair soupesa la lourde liasse de papier avec malaise.

— Ça semble assez énorme, dit-il. Rien de tout cela ne peut-il attendre ? Il faut que je sois au conseil municipal à dix heures.

— Alors, permettez-moi de vous les résumer, dit Holt.

Il se rendait compte qu'il était importun mais, contre le mauvais vouloir d'Adair, il ne connaissait qu'une manière de lutter et il était bien décidé à ce que son chef considérât le problème en face.

— J'ai passé tout l'après-midi et la plus grande partie de la soirée dernière dans la salle des archives à fouiller dans les classeurs des affaires criminelles de ces dix dernières années. Je n'ai pas pu tout voir, malgré mes efforts, mais j'ai quand même tiré ce que je voulais d'un certain nombre de procès de meurtre.

Adair se renversa sur son siège avec une expression de patience résignée :

— Et pourquoi donc, Seigneur ?

— J'ai pris, ou fait prendre des notes, concernant des procès criminels où la preuve maîtresse avait été fournie par Mac Coy et Quinlan. En voici seulement une faible partie. Dans chaque affaire, la défense a nié l'existence de cette preuve et, dans chaque cas, seule la parole de l'officier témoin se porte garante de la preuve en question.

— Une minute, je vous prie, interrompit Adair. Qu'est-ce que vous cherchez au juste ?

Holt reprit son souffle.

— Mac Coy et Quinlan ont caché la dynamite chez Shayon. Il n'y a pas d'autre explication à cette découverte et ma conviction est que ce n'était peut-être pas la première fois qu'ils truquaient un indice pour obtenir une arrestation.

Adair le fixait comme s'il venait brusquement de déclarer qu'il était Jack l'Eventreur.

— Mitch ! murmura-t-il presque avec compassion. Il y a de quoi hurler !

— J'ai dit : peut-être, insista Holt. Mais si Mac Coy et Quinlan ont falsifié une preuve aujourd'hui — et ils l'ont fait — pourquoi ne l'auraient-ils pas déjà fait au cours des dernières années ? Ils se croyaient infaillibles. Je ne peux me les imaginer complotant la perte d'un innocent mais, s'ils étaient sûrs que l'autre était coupable — comme ils l'étaient pour Shayon —, ils pouvaient aussi bien estimer aider la justice en s'assurant que le coupable n'échapperait pas au paiement de sa dette par manque de preuve. Le cas Linneker est l'exemple type. Je frémis en pensant à ce qui aurait pu arriver à Shayon et à Tara Linneker si Farnum n'avait pas avoué. Cette dynamite cachée — la preuve falsifiée — aurait été impossible à écarter au regard de n'importe quel jury. Il est certain pour moi qu'une ombre plane sur chacune des affaires dans lesquelles Mac Coy et Quinlan sont intervenus.

Adair avait écouté en silence mais maintenant sa voix, comme son visage, était de pierre.

— C'est un véritable château de cartes de conjectures que vous avez bâti. J'admire votre imagination, sinon vos conclusions. J'aimerais vous faire remarquer un point toutefois. Tout repose sur votre affirmation que Mac Coy et Quinlan ont falsifié la preuve, avec la dynamite.

— Ils l'ont fait, affirma Holt.

— J'ai peur que vous n'ayez du mal à le prouver. En tout cas, vous ne m'en avez pas convaincu, moi. Cela reste sous votre entière responsabilité.

— Mais si je pouvais démontrer que Mac Coy et Quinlan ont bien caché cette dynamite ? demanda Holt. Cela sous-entendrait bien des choses, n'est-ce pas ? Si Farnum consent à se soumettre à un détecteur de mensonges...

— Il a déjà refusé. D'autre part, cet homme n'est pas un témoin valable.

— Farnum a refusé parce qu'on l'avait terrifié. Si vous le transférez à la prison du comté où il sera hors d'atteinte de Mac Coy et Quinlan...

— Je n'ai pas la moindre intention d'agir de la sorte, déclara solennellement Adair. Je me demande où vous êtes allé chercher tout à coup ces idées mélodramatiques. Vous n'avez pas un fait précis sur lequel vous appuyer et vous devriez être le premier à en avoir conscience.

— On pouvait dire la même chose de l'affaire Buccio et il est maintenant en prison.

Adair devint tout rouge.

— Vous parliez tout à l'heure d'hommes victimes du souci de leur réputation. Ne vous laissez pas prendre vous-même à ce jeu.

Il poussa la serviette de Holt vers lui à travers son bureau, puis, avec effort, il tenta de reprendre un ton plus amical.

— Mitch, vous êtes fatigué et c'est compréhensible. Vous avez trop travaillé ces temps-ci. Allez prendre vos vacances — aussi longuement que vous le désirerez, je m'en arrangerai — et, quand vous reviendrez, vous comprendrez combien vos hypothèses d'aujourd'hui ne tiennent pas debout.

Holt referma sa serviette et se leva. Il était furieux mais essayait de ne pas trop en avoir l'air.

— Mes vacances peuvent attendre. Ceci est plus important.

— Et si je vous dis que non ? dit Adair d'une voix glacée.

— Je suggère que nous nous rencontrions de nouveau demain matin. Vous aurez eu le temps d'y penser d'ici là.

Il n'y avait plus la moindre note d'amabilité maintenant entre eux. Ils se faisaient face, de part et d'autre du grand bureau, comme des duellistes.

— On dirait que vous me donnez un ultimatum, dit Adair, ce que je ne saurais admettre de la part de mes subordonnés.

— Peut-être est-ce là que gît le mal, dit Holt avec colère, je croyais travailler pour la loi.

Profondément dégoûté, il retourna aux archives. Il s'était attendu à de la méfiance et à du scepticisme, mais pas à une opposition systématique. Le refus d'Adair de consulter, et même de jeter un simple coup d'œil à ses notes, le remplit d'amertume et de rage.

Il réquisitionna les trois mêmes sténos et leur fit reprendre le travail où elles en étaient restées le soir précédent. Mais cette fois il les laissa partir à l'heure dite. Comme elles s'en allaient, une des filles ne put maîtriser sa curiosité.

— Est-ce sur la question du Grand Jury que vous travaillez, Mr. Holt ?

Il n'avait pas vu si loin. Il ne savait en réalité où ses recherches finiraient par le mener.

— Non, répondit-il lentement. Pas encore.

12

Mitch Holt n'était pas partisan des sentiments extrêmes. Il était en général d'un caractère remarquablement tempéré mais sa déconvenue au sujet d'Adair lui avait empoisonné sa journée, et son amertume ne l'avait pas quitté quand il regagna ses pénates.

Et, bien sûr, il ne devait recevoir aucun secours de Connie.

— Je refuse catégoriquement de rappeler papa pour lui dire de nouveau que nous ne venons pas, déclara-t-elle sans ambages avant même que Holt ait enlevé son chapeau.

— Je ne vois cependant pas comment faire autrement.

— Moi, si. Cette fois, nous partons — demain matin, comme nous l'avions décidé — et c'est comme ça !

Malgré son ton définitif, il était certainement possible de convaincre Connie en la raisonnant, ou au besoin en la cajolant et, en d'autres circonstances, Holt aurait sans doute agi de cette façon. Mais ce soir-là il ne se sentait pas d'humeur à faire des concessions.

— Je ne peux absolument pas partir demain ; si tu tiens à t'en aller, tu n'as qu'à partir seule.

— Oh, c'est peut-être ce que je vais faire, répondit-elle d'un ton cinglant et elle fonça dans la cuisine pour préparer le dîner dans un grand bruit de casseroles et de poêles.

Ni Connie ni Holt ne pensaient ce qu'ils disaient et ils le savaient bien. Ils se contentaient de suivre le scénario conjugal classique sur le thème : « Passons notre mauvaise humeur l'un sur l'autre. » Ça se terminerait inévitablement par des excuses et des embrassades et tout serait vite oublié ; mais, pour le moment, la règle voulait qu'on se contente d'une politesse distante. Cachés l'un et l'autre derrière l'écran de leurs lectures respectives, ils n'en émergeaient de temps à autre que pour se lancer des regards glacés et furibonds. Ni l'un ni l'autre ne se sentait prêt à faire les premières avances et la querelle aurait pu durer jusqu'au coucher si elle n'avait été interrompue.

Holt entendit l'auto s'arrêter devant la maison mais le bruit n'avait rien d'inhabituel et n'excita pas sa curiosité. Il n'attendait aucune visite ce soir-là.

La pétarade assourdissante, éclatant dans la tranquillité du grand living-room, le fit presque sauter de surprise sur sa chaise. La pièce lui sembla exploser et Holt se retrouva couvert de petits éclats de verre. Sa première pensée, naturelle pour un Californien du Sud, fut qu'il s'agissait d'un tremblement de terre. Il cria pour appeler

Connie, dit quelque chose d'inintelligible à propos de la petite fille qu'il fallait faire sortir de la maison avant qu'une seconde secousse la fasse s'écrouler sur leurs têtes. Mais avant peu sa panique se dissipa et la raison lui revint. Ce n'était pas un tremblement de terre. Ils ne font pas ce genre de bruit, ils... Dans le lointain, Holt perçut le grincement des pneus d'une auto qui tournait le coin à toute vitesse.

Connie arrivait en courant de la chambre, moitié portant et moitié tirant Nancy complètement abasourdie de sommeil. La petite fille commençait à pleurer de terreur sans comprendre.

— Tout va bien maintenant, dit Holt en les prenant toutes les deux dans ses bras. Ce n'est pas la peine de se sauver... Remets Nancy dans son lit. Ce n'était pas un tremblement de terre, Connie.

Leurs yeux se rencontrèrent par-dessus la tête de leur enfant puis le regard de Connie se dirigea vers la vitre en mille morceaux avec des aiguilles de verre qui hérissaient à l'encadrement et se tourna ensuite vers la pièce. Le mur d'en face était criblé de trous.

— Mais, on dirait... murmura-t-elle lentement.

— Oui. Remets Nancy au lit. J'ai un coup de fil à donner.

Connie acquiesça d'un signe de tête : ce n'était pas le genre de femme à tomber en faiblesse à la première alerte.

— Tu ferais sans doute mieux d'éteindre la lumière, dit-elle simplement.

Holt n'éteignit pas. Il ne pensait pas que ce fût nécessaire maintenant. Celui qui avait tiré sur la vaste baie — les points d'impact disaient qu'il s'agissait d'une mitraillette — n'avait pas l'intention de tuer : l'angle de tir en faisait foi et Holt était assis, bien en vue de quiconque voulait le choisir pour cible. La mitraillade n'était qu'une tentative d'intimidation, un avertissement, rien d'autre. Holt appela le quartier général de la police.

Il fut impressionné par la rapidité des forces de l'ordre. Le premier car arriva moins de trois minutes après son appel, toutes sirènes hurlantes.

Les officiers connaissaient Holt de réputation ; ils écoutèrent le résumé succinct qu'il leur fit de son aventure et l'un d'eux se posta sur le seuil pour rechercher les indices possibles tandis qu'un autre entrait pour inspecter les dégâts.

— On a tiré en l'air, commenta-t-il en mesurant la hauteur des points d'impact sur le mur. Avez-vous une idée du genre de voiture qu'il conduisait ? ajouta le policier qui remplissait son formulaire de rapport.

— Je n'ai rien pu voir du tout. Tout s'est passé si rapidement.

L'autre officier entrait.

— On a probablement tiré de l'intérieur de la voiture, ce qui expliquerait qu'on ne trouve aucune douille. La cible était bien visible de l'autre côté de l'allée, dit-il.

Connie pénétra dans le living-room pendant que les policiers téléphonaient au quartier général. Holt vint près d'elle.

— Connie, lui dit-il à voix basse, je veux que tu prennes la voiture et que tu emmènes Nancy. Dieu merci, tous les bagages sont prêts ! Allez au ranch de ton père. Tout de suite !

— Mais, et toi, Mitch ? Si c'était bien une fusillade...

— C'était bien ça. Et peut-être pas la dernière. Je peux très bien assurer ma propre protection, mais il faut que je vous sache, toi et Nancy, hors de tout cela. Connie, je ne peux pas t'en dire plus pour le moment. Je te demande seulement de me faire confiance et de partir.

Connie répondit, toujours à voix basse, mais elle vibrait d'inquiétude :

— Cette affaire sur laquelle tu es ; cela vaut-il que tu risques ta vie, Mitch ?

— Oui, répondit-il laconiquement. L'expérience de ce soir l'a prouvé.

— Alors, si ça a tant d'importance pour toi, ça en a pour moi aussi. Je ne vais pas t'abandonner.

Holt lui entoura les épaules de ses bras. Tous deux avaient depuis longtemps oublié leur conflit de ce soir.

— Je comprends ce que tu ressens, Connie. Mais il faut que tu fasses ce que je te dis ; cela m'aidera de vous savoir en sécurité ; et il faut penser à Nancy. Si quelque chose lui arrivait...

La jeune femme regarda dans la direction de la chambre de leur fille. Holt pouvait sentir le frisson de la peur s'emparer d'elle. Quand il perçut le tremblement de ses épaules, il comprit qu'elle agirait comme il l'entendait.

— Très bien, souffla-t-elle. Pour la sécurité de Nancy.

Les détectives arrivèrent pendant que Connie remplissait la dernière valise et éveillait la petite fille pour la seconde fois. Les policiers étaient assaillis par les journalistes, mais ils les maintinrent temporairement à distance pendant qu'ils conféraient avec Holt.

— Ce genre d'affaire est généralement impossible à éclaircir, avoua l'un d'eux après avoir enregistré les faits énoncés par Holt. Les fusillades, c'est du travail de gang, d'habitude. (Il sembla tout à coup frappé par une idée.) Eh, dites, est-ce que ce n'est pas vous qui venez de mettre le vieux Buccio dedans ? c'est peut-être l'expression de sa gratitude ?

— Oh, je pense que quelques vérifications sur ce gang ne doivent pas présenter de difficultés, répondit Holt en haussant les épaules.

— Comptez sur nous. A moins que vous n'ayez une autre idée ?

fit l'officier en le fixant d'un regard pénétrant. Quelle enquête poursuivez-vous en ce moment, monsieur Holt ?

— L'affaire Linneker, admit Holt. C'est tout.

— Rien de ce côté, alors.

De dehors, les reporters l'appelèrent. Il sourit à Holt.

— Est-ce que je les laisse entrer avant qu'ils aient complètement dévasté les pelouses ?

— J'aimerais mieux pas, répondit Holt. Pourquoi ne leur exposeriez-vous pas vous-même les faits ?

— Les faits ne les intéressent pas. Ce qu'ils veulent, c'est du roman.

— Mais... oh ! après tout, pourquoi pas !

Tandis qu'il sortait pour accueillir les reporters il entendit un des flics dire à un autre :

— Qu'est-ce qu'il a à faire des manières ? C'est de la publicité gratuite, après tout.

Holt ne pouvait lui en vouloir : il avait si souvent eu les honneurs de la première page ces temps derniers que la police devait croire qu'il possédait de nombreuses parts dans les journaux locaux.

Holt fit de son mieux mais sans donner réellement satisfaction aux journalistes et les reporters connaissaient trop bien leur métier pour ne pas sentir sa réticence. Il ne se fit pas mieux valoir en refusant de poser pour des photos et en interdisant à Connie de le faire. L'interview se termina dans une mauvaise humeur générale.

Connie était prête à partir. Nancy, habillée mais toujours à moitié endormie, était étendue sur son lit. Holt saisit Nancy dans ses bras et précéda Connie. Un des flics en uniforme fouillait l'arrière de la maison, une lampe électrique à la main, à la recherche d'on ne savait quoi.

— Va tout droit chez ton père et restes-y. Ne t'arrête nulle part le long de la route. De l'autre côté de la frontière, vous serez en sécurité.

Ils s'arrêtèrent dans le garage le temps d'un long et fervent baiser d'adieu. Connie murmura un au revoir imprévu :

— Au moins, nourris-toi comme il faut ; et prends garde à toi ! Téléphone-moi au ranch.

Il promit et leva la porte du garage mais, traversé par une idée, il dit : « Attends une minute », et rentra en courant dans la maison. Les reporters étaient sur le point de partir, à regret, mais revinrent sur leurs pas en voyant réapparaître Holt. Sans même les regarder, il alla droit aux détectives en civil qui complétaient la ruine du mur en y creusant des trous supplémentaires du bout de leurs canifs.

— Puis-je vous demander une faveur ? demanda-t-il.

— Bien sûr, nous ferons ce que nous pourrons.

— Je me fais du souci pour ma famille et j'envoie ma femme et ma fille au ranch de mon beau-père, au Mexique, pour quelques jours. Elles sont prêtes à partir. Pourriez-vous les escorter jusqu'à la frontière ?

Les détectives s'entre-regardèrent et finalement l'un d'entre eux haussa les épaules :

— Pourquoi pas ? Vous voulez qu'on vous laisse un garde du corps ici aussi ?

— Non, ici je peux prendre moi-même les choses en main.

— D'accord. Mais faites attention, Mr. Holt. Un tueur à mitraillette peut très bien frapper deux fois.

Holt pensait comme eux mais ne répliqua pas. La prochaine manche pouvait être plus qu'un avertissement, bien sûr. Ce fut avec soulagement qu'il vit les deux voitures, le cabriolet de Connie en tête, disparaître au bout de la rue. Oui, la prochaine manche pouvait être mortelle, mais avec lui seul dans le coup il pouvait l'attendre sans peur. La famille d'un homme, voilà le défaut de son armure et avec Connie et Nancy en sécurité...

Holt attendit minuit pour téléphoner au ranch Mayatorena afin de s'assurer que Connie était arrivée saine et sauve. Elle y était. Même après cette nouvelle rassurante il ne put dormir. Il se demandait si Mac Coy et Quinlan dormaient, eux.

13

Le lendemain matin, Holt se contenta de déjeuner d'un café noir. Avant de quitter la maison, il téléphona à une entreprise de vitrerie pour commander une nouvelle baie. Le mur défoncé pouvait attendre.

Il ne se rendit pas immédiatement à son bureau mais s'arrêta dans une des meilleures armureries de la ville pour acheter un revolver et des munitions. Quand il signa le livre d'achat, l'employé l'avertit qu'il devait obtenir un permis de port d'armes.

— C'est-à-dire, à moins que vous n'ayez l'intention de le laisser chez vous tout le temps, Mr. Holt. Drôle de décret, hein ?

— Drôle à en mourir, agréa Holt. Croyez-vous que tout se passera bien si je prends la liberté de l'emporter avec moi jusqu'au poste de police ?

— Oh ! je pense que oui, fit l'autre en riant. A moins que vous n'ayez l'intention de descendre un flic.

Holt ne fit pas la réponse qui lui brûlait les lèvres. Il se borna à glisser le pistolet non chargé dans la poche de son manteau et se rendit au quartier général de la police. Le sergent de la réception écouta sa requête et le dirigea vers le service approprié. Avec un sourire amer, Holt découvrit que c'était un de ceux placés sous la direction du sergent Hank Quinlan.

Quinlan était d'ailleurs là, affalé sur son bureau, sa jambe blessée étendue. Il accueillit Holt sans un salut ni un sourire et se contenta de l'écouter faire sa demande à une secrétaire.

— Raison justifiant du port d'armes ? questionnait l'employée, après les préliminaires usuels concernant le nom, l'adresse, la profession, la marque et le numéro du pistolet.

— Ma protection personnelle et celle de ma famille, dit Holt avec un regard vers Quinlan. On nous a tiré dessus l'autre nuit.

Quinlan se leva calmement en prenant sa canne.

— Très intéressant, commenta-t-il. N'est-ce pas, Mac ?

Holt se retourna rapidement. Le capitaine Mac Coy se tenait derrière lui, un léger sourire sur son visage tanné. Holt ne savait pas depuis combien de temps Mac Coy était là. Le capitaine se déplaçait silencieusement sur la pointe des pieds. Pour les nerfs à fleur de peau de Holt, il y avait quelque chose de presque fantomatique dans la matérialisation de Mac Coy au moment où il l'imaginait à des kilomètres, dans son ranch.

— Très intéressant, répéta le capitaine. Si c'est authentique, du moins. On ne sait jamais. Quelle sorte d'histoire mijotez-vous maintenant, Holt ?

— J'ai l'impression que c'est plutôt vous qui mijotez quelque chose, capitaine, répondit Holt sur le même ton. Qu'est-ce que vous faites ici ? Je vous croyais à la retraite.

— Oh ! je faisais un saut pour prendre un café avec Hank. C'est dur de rompre les habitudes de toute une vie, vous savez.

— Il y a de bonnes habitudes et il y en a de mauvaises. Desquelles parlez-vous ?

— Si vous vivez aussi vieux que moi, vous comprendrez.

— Auriez-vous des doutes concernant ma longévité, capitaine ?

Le dialogue à double sens semblait amuser Mac Coy :

— J'ai déjà vu des hommes de votre genre travailler eux-mêmes à leur propre mort.

La secrétaire restait la plume en l'air, complètement désorientée par la conversation, un peu effrayée par le sentiment d'hostilité qui se dégageait des deux hommes. Timidement, elle s'enquit :

— Voulez-vous signer le formulaire, Mr. Holt ?

— Quand pourrai-je retirer le permis ?

Quinlan intervint avant qu'elle puisse répondre :

— Nous sommes très occupés en ce moment, dit-il sèchement. Ça peut prendre un moment. Appelez-nous demain.

C'était une fin de non-recevoir si flagrante que Holt se sentit rougir. Des mots de colère montèrent à ses lèvres mais il se retint.

Il n'allait pas donner à cette jolie paire la satisfaction de le voir perdre le contrôle de lui-même.

— Très bien, dit-il, je vous appellerai demain.

Il pivota et quitta le bureau. Derrière lui, il entendit le rire étouffé de Mac Coy.

Holt était encore furieux quand il pénétra dans le bureau du District Attorney un quart d'heure plus tard. Adair se leva pour l'accueillir avec une expression à la fois surprise et contrariée :

— Mitch, je suis heureux de vous voir. J'ai été informé de ce qui vous est arrivé et je n'étais pas sûr que vous seriez au bureau aujourd'hui.

— J'y suis pour un bout de temps.

— Mais... j'ai entendu dire que Connie et votre fille étaient parties pour le Mexique et je supposais...

— Je n'ai aucune envie de me sauver.

— Je ne l'entendais pas de cette manière. Mais, si j'étais vous, je ne resterais pas dans le coin à servir de pigeon d'argile pour les exercices de tir de la bande à Buccio.

Holt s'assit. Le ton amical d'Adair et sa volonté évidente de rendre les Buccio responsables de l'attaque lui disaient que l'entrevue allait être longue et difficile.

— Ce n'étaient pas les Buccio qui nous ont tiré dessus. C'était Mac Coy.

Adair se raidit :

— Et pourquoi donc croyez-vous que c'était Mac Coy ?

— Parce que Quinlan se serait servi de ses poings.

Adair se rassit derrière son bureau et perdit toute cordialité.

— Ce n'est pas ce que je voulais dire et vous l'avez parfaitement compris. Je veux savoir pourquoi vous persistez dans cette stupide théorie de votre invention. J'y ai longuement réfléchi et j'ose espérer que vous en avez fait autant. Vous n'avez pas une seule base sérieuse.

— Que faudrait-il pour vous convaincre ?

— Une preuve.

— Alors, donnez-moi une chance de vous en fournir une. Mais vous faites tout pour m'empêcher d'arriver avant même que je sois parti. Ecoutez, tout ce que je vous demande est de garder l'esprit libre.

— Si quelqu'un n'a pas l'esprit libre dans ce bureau, ce n'est pas de mon côté, interrompit Adair. La seule conclusion que je puisse tirer de toute cette histoire est que vous êtes tombé dans un cul-de-sac et que vous avez la tête trop dure pour vouloir l'admettre. Ou c'est ça, ou vous avez un grief personnel contre Mac Coy et Quinlan que vous ne voulez pas me dire.

— Si telle est réellement votre opinion, vous avez ma démission, répondit sèchement Holt.

Réalisant qu'il était allé trop loin, Adair prit un ton paternel.

— Je n'ai pas dit que j'en étais convaincu. Je vous connais trop bien, Mitch. Mais vous vous proposez de détruire deux hommes dans lesquels le public a placé sa confiance. Et, que vous ayez tort ou raison — et je sais que vous avez tort —, si l'on s'attaque officiellement à cette question, toutes les affaires dans lesquelles Mac Coy et Quinlan sont intervenus vont se trouver entachées de doute. Mitch, ne voyez-vous pas ce que ça va représenter aux yeux du public ? Il perdra confiance en la police tout entière et, qui pis est, dans tout l'appareil de la Justice. Est-ce cela que vous voulez ?

— Mais où est l'alternative ? questionna Holt. Supposons que j'aie raison et que nous étouffions cette affaire par amour du public. Combien d'hommes sont en prison actuellement qui sont peut-être innocents ? Il est même possible que des innocents aient été exécutés sur faux témoignages et parjures !

— Et que proposez-vous alors ? éclata Adair. D'ouvrir les prisons et de lancer dans la circulation une horde de criminels ? Vous parlez naïvement de réinstruire ces vieilles affaires. Nous ouvrons la porte à des procès en dommages et intérêts qui coûteront des millions à l'Etat. La seule solution serait donc de prononcer une amnistie générale et de vider les prisons. Voudriez-vous prendre cette responsabilité ?

— Je dis et j'affirme que cela vaudrait encore mieux que de garder un seul innocent sous les verrous. Mais ce n'est quand même pas la montagne que vous en faites. La plupart des affaires dans lesquelles Mac Coy et Quinlan sont intervenus ne reposent pas sur leurs seuls témoignages. Quelques-uns des accusés ont été déclarés coupables sur d'autres évidences, sans compter leurs propres aveux. Il n'est pas le moins du monde question d'amnistie générale.

— Ça reviendra au même avant que vous ayez commencé. Même si vous avez raison, cela équivaudrait à brûler une maison tout entière pour tuer un seul rat.

— Une couple de rats, corrigea Holt sans sourire.

— Je ne crois pas à vos théories, mais je vais faire la moitié du chemin, soupira Adair. Je m'arrangerai pour que Mac Coy et Quinlan n'interviennent plus dans aucune affaire. Cela devrait suffire à vous satisfaire.

Il est toujours plus difficile de résister à un compromis qu'à une franche opposition et Holt dut se raidir pour ne pas accepter celui-ci. Mais la serviette pesait sur ses genoux comme une lourde conscience de cuir.

— Non, dit-il lentement, ce n'est pas assez.

— Je vois... dit froidement Adair.

Mais ce qu'il voyait ne devait pas être exposé car ils furent interrompus par un léger coup à la porte et la secrétaire du D.A. passa la tête par l'entrebâillement.

— Le chef Gould est ici ; il veut vous voir, Mr. Adair.

— Oh ! fit Adair visiblement surpris. Eh bien, faites-le entrer.

Il se leva avec un coup d'œil à Holt pour lui signifier que la conversation était terminée. Mais Holt resta assis, obstinément décidé à ne pas se retirer avant que le problème n'ait été résolu. Et, avant qu'Adair ait pu ajouter quoi que ce soit, le chef Gould entrait. Il sembla étonné en découvrant Holt.

— Oh, je ne savais pas que je vous interrompais, Jim.

— Tout va très bien, répondit Adair. Mitch et moi avons terminé.

Comme Holt ne se levait toujours pas, Gould dit, mal à l'aise :

— Je voulais bavarder un peu avec vous, Jim, mais ça peut attendre.

— S'il s'agit d'une question personnelle, je sortirai, dit Holt. Mais si cela concerne ce à quoi je pense, alors je veux l'entendre, moi aussi.

Il y eut un silence inconfortable rompu par le rire sonore de Gould.

— Eh bien, peut-être jugerez-vous que c'est personnel, Holt ; mais si vous voulez l'entendre, je n'y vois pas d'inconvénient. Je ne suis pas en train d'essayer de dissimuler quelque chose.

Gould s'installa face au D.A., son rude profil offert à Holt. Au bout d'un moment, il commença :

— C'est au sujet de ce qui s'est passé hier soir. La fusillade chez Holt. Je ne suis pas convaincu qu'on nous ait donné exactement les faits.

— Qu'entendez-vous par là ? murmura Adair.

— Je sais généralement déceler une combinaison louche et j'en sens une dans ce cas. Je ne crois pas à cette soi-disant attaque à la mitrailleuse. Je pense que c'était préparé.

— Qui vous l'a dit ? demanda calmement Holt. Mac Coy ou Quinlan ?

Gould tourna la tête pour lui faire face.

— Pour votre gouverne, je tire généralement mes conclusions moi-même. Nous n'avons que votre parole au sujet de ce qui est arrivé, Holt. Aucune preuve ne vient l'étayer.

— Ma parole et celle de ma femme.

— Votre femme, fit Gould en écho, qui est partie quelque part pour le Mexique, je crois, tout à fait à propos. Les douaniers mexicains m'ont dit qu'elle transportait des armes à feu avec elle quand elle a traversé la frontière. N'y avait-il pas une mitraillette, ou simplement un fusil à répétition dans le tas ?

— Ils ne vous ont pas donné ce renseignement précis ?

— Ils n'en étaient pas sûrs. Mais je trouve étrange que vous ne puissiez donner aucune description de la voiture et que vous ayez repoussé la proposition d'un garde du corps à votre domicile. Vous ne pouvez même pas donner de raison de la fusillade.

— Oh, je le puis très bien, dit Holt, mais je ne pense pas que vous y croirez.

— J'ai une raison, moi aussi, et qui s'adapte parfaitement à votre attitude de ces derniers jours. J'ai l'impression que vous êtes un brillant jeune homme décidé à tout pour arriver au sommet, même à passer sur le corps de la police tout entière.

C'était si absurde que Holt ne ressentit pas la moindre colère. Il souriait presque, ne croyant pas un instant que l'attaque vaille la peine d'être parée. Adair réagit différemment.

— Je crois que vous méjugez Mitch, dit-il mal à l'aise. Il est quelquefois un peu obstiné et il peut se tromper comme tout le monde, mais c'est l'homme le moins porté sur la politique que je connaisse. Et, même s'il avait des ambitions de cet ordre, je le crois assez honnête pour ne pas agir derrière mon dos.

Cela avait l'air d'une déclaration de confiance, mais Holt eut l'impression qu'il s'agissait plutôt d'une question.

— La politique, ce n'est pas mon boulot, déclara Gould avec quelque mauvaise foi puisque c'était à elle qu'il devait sa charge, mais j'ai l'intention de défendre ma corporation des attaques venimeuses.

Adair tenta un rire rassurant qui sonna faux.

— Ne vous en faites pas pour Mitch. Il part en vacances demain — un long séjour — et, quand il reviendra, tout nous semblera différent à tous.

— Ceci veut-il dire qu'on me signifie de la fermer et de me montrer un bon petit garçon ? demanda Holt.

Adair posa les mains à plat sur son bureau.

— Puisque vous me forcez à étaler mon jeu, c'est bien ça. Vous allez laisser tomber votre théorie, complètement et définitivement. Vous allez vous tenir loin de Farnum. Vous n'utiliserez pas le personnel du bureau pour poursuivre vos chimères. Vos vacances commencent maintenant. Partez pour le Mexique et oubliez ces idées de fou. C'est comme ça !

Holt se leva et son regard alla de l'expression coléreuse d'Adair au sourire fielleux de Gould :

— Très bien, dit-il lentement. Ainsi je suis en vacances. Mais je ne pars pas pour le Mexique. Je peux disposer comme je l'entends de mon temps. Même s'il s'agit de chasse aux chimères.

Il se retira sans faire claquer la porte bien qu'il dût faire effort pour se retenir. Gould n'avait pas réussi à le mettre en colère, mais Adair y était parvenu. Il se demandait comment il avait pu croire à l'intégrité de son patron. Gould avait dû le convaincre que Holt constituait une menace en puissance pour sa sécurité et la permanence de sa charge.

En passant devant le bureau de la secrétaire, il entendit la voix d'Adair sortant de l'interphone :

— Passez-moi Rackmill.

Le D.A. ne perdait pas de temps. Rackmill était le président du comité central du parti au pouvoir.

14

Sur le plan de la ville, le grand boulevard portait le nom de Plaza Boulevard, mais il était aussi connu sous celui de Glass Alley et il était difficile de savoir lequel des deux noms était le plus fréquemment employé par la population. C'était une voie banale qui était devenue, pour on ne sait quelle raison, le quartier général des bistrots et des boîtes de nuit.

Après la chute d'Emil Buccio, le trône était revenu naturellement à son frère, Dan. Holt dut s'enquérir de Dan dans trois bars différents avant de le trouver et, quand il sut où le rencontrer, il était certain que Dan Buccio avait été averti de son arrivée. Les informateurs travaillent vite et bien dans Glass Alley, comme dans tout endroit où l'on navigue à la limite de la légalité, et même parfois de l'autre côté.

Dan Buccio l'attendait au *Hi-Lo-Club*, un petit bar stratégiquement fort bien placé, en plein centre de la zone des night-clubs. Il jouait au billard japonais avec un jeune homme et, à part le barman secouant de la glace dans un shaker, ils étaient seuls dans la salle obscure.

— Alors, Holt, qu'est-ce que vous chassez aujourd'hui ? demanda Buccio.

— Je ne suis pas en chasse. Je voulais vous parler.

Holt se jucha sur un des tabourets du bar et secoua la tête pour répondre à la question que lui posait d'un regard le barman.

— Vous avez lu les journaux, ce matin, Dan ?

— Je n'en ai pas eu besoin. Vos amis les flics sont venus me trouver hier soir. Quelqu'un vous a servi une bonne fusillade, hé ?

— Ça vous surprend ?

— Plus rien ne peut me surprendre. Y compris le fait que les Buccio semblent devoir servir de boucs émissaires pour tout ce qui peut arriver dans cette ville. Vous faites fausse route, Holt. Trouvez-vous une autre victime, cette fois-ci.

— Répondez-moi franchement : est-ce vous qui l'avez fait, Dan ?

— Je ne me serais pas amusé à perdre des munitions, répondit calmement Buccio. Quelle espèce de sangsues êtes-vous donc, vous autres ? Ça ne vous suffit pas d'avoir mis la main au collet d'Emil ? Il vous faut aussi le frère, le fiston, la maman et toute la famille pour vous calmer ?

— Il faut que je sache, dit Holt. Je ne peux pas me permettre de me tromper.

Buccio le fixait, un peu ahuri par cette dernière phrase :

— Je ne vois pas où vous voulez en venir en me cassant les pieds de la sorte. Mais je vous dirai ce que j'ai déjà affirmé aux flics hier soir. Les Buccio n'ont rien à voir avec ce qui vous arrive. Et nous pouvons le prouver. Nous avions un grand dîner de famille au *Quai des Pêcheurs* hier soir, et tout le monde y était. C'est un alibi, Holt, qu'est-ce que vous en pensez ?

Holt le crut ; il avait seulement besoin de cette certitude avant de risquer lui-même sa tête dans le nœud coulant.

— Je voulais seulement vous l'entendre dire. Merci.

— Je ne comprends pas. Vous me cherchez des crosses, oui ou non ? demanda Buccio avec curiosité.

— Pas cette fois-ci. Mais vous ferez bien de vous garer.

— C'est ce que je fais. Je ne suis qu'un homme d'affaires et je ne m'occupe que de mes affaires ! Bien sûr, il s'agit d'alcool, mais le commerce en est licite dans cet Etat. Je ne suis pas un gibier de potence, aussi ne me prenez pas pour tel, voulez-vous ?

— Ce n'est pas moi qui ai eu l'idée d'envoyer la police à vos trousses, répondit Holt. Je savais que ce n'était pas vous.

— Eh bien, arrangez-vous pour qu'ils le sachent aussi. Je n'aime pas ce genre de réputation. C'est mauvais pour les affaires. Ecoutez, Holt, je pourrais peut-être vous aider. J'ai des tas de relations en ville. Je peux faire passer une consigne, rassembler quelques renseignements et vous faire savoir...

— Non, interrompit Holt. Il faut bien nous comprendre, Dan. Je n'essaie en rien de vous attirer des ennuis, mais ça ne veut pas dire que nous soyons du même côté de la barrière.

— Alors, jouez tout seul, gros dur, murmura Buccio. Et peut-être entendrons-nous de nouveau parler de vous dans les journaux.

Holt descendit Glass Alley vers l'endroit où il avait garé sa voiture. Il était toujours furieux, mais pas contre les Buccio. Sa colère était dirigée vers ses véritables ennemis : Mac Coy, Quinlan et les hommes stupides et effrayés qui avaient décidé de les protéger.

— Tiens, c'est drôle, marmonna-t-il en mettant sa clef dans la serrure de la voiture ; je croyais l'avoir fermée à clef.

Croyais ? Il était sûr d'avoir verrouillé l'auto car il avait laissé sa serviette sur le siège et...

Hâtivement, Holt ouvrit la porte et plongea dans la voiture bien qu'il ait pu déjà constater par la vitre que le siège avant était vide.

Le pare-brise se balança quand il ouvrit brusquement la porte, en jouant autour de ses pivots forcés.

Sa serviette — toute la documentation péniblement accumulée qu'elle contenait, les extraits des procès —, tout s'était envolé !

Holt resta assis quelques minutes dans sa voiture, couvert d'une sueur froide. Le vol en lui-même lui faisait peu d'impression ; les sténos avaient fait des copies, les avaient classées. Ce qui importait, c'était le fait, assez effrayant, qu'il était filé et surveillé. Il jeta instinctivement un coup d'œil autour de lui mais ne vit que la rue, semblable à elle-même, avec d'innocents passants sur les trottoirs.

Aucun signe de Mac Coy ni de Quinlan. Un raisonnement logique prouvait toutefois que Quinlan n'avait certes pas le loisir de le filer dans la journée, le bouillant sergent ayant un rôle à remplir au quartier général. Non, c'était Mac Coy qui était à ses trousses ; Mac Coy, retraité et disposant de tout son temps.

Holt essuya son front et sa bouche et mit sa voiture en marche. S'ils espéraient l'effrayer, ils avaient réussi. Sous la brillante lumière du jour, il est déprimant de se sentir surveillé secrètement, de réaliser que votre moindre mouvement est suivi par un tiers. Il n'avait aucun espoir de battre Mac Coy à ce jeu ; son poursuivant avait trente ans d'expérience dans la chasse à l'homme. Holt se sentait ligoté, comme endormi par le venin d'une araignée et ne pouvant rien faire d'autre qu'attendre d'être mangé.

Il s'injuria et, lançant sa voiture à toute vitesse, se rendit au quartier général de la police et rapporta l'incident au préposé à la réception. On lui assura qu'une enquête serait faite. Il se demandait comment le chef Gould allait interpréter cette dernière mésaventure.

Il était près de midi. Le vol de sa serviette avait quelque peu bouleversé son emploi du temps mais il n'en modifia pas pour autant ses plans. Il se rendit à l'entrepôt de Young And Fenn, alimentation en gros. Douglas Fenn était président du Grand Jury.

La secrétaire de Fenn lui jeta un de ces regards qui signifient clairement : « Vous voyez bien qu'il est l'heure du déjeuner », mais elle alla l'annoncer à son patron. Quand elle revint, elle se montra polie, mais froide.

— Je suis désolée, Mr. Holt, mais Mr. Fenn a déjà un rendez-vous et ne pourra vous recevoir maintenant. Si vous voulez prendre rendez-vous...

— Je reviendrai après déjeuner.

Il le fit, mais reçut le même accueil. Il réalisa alors que le président était sûrement informé de son équipée solitaire et ne tenait en rien à être impliqué dans ses histoires. Tout de même, par crainte de se tromper, Holt attendit tout l'après-midi. Il ne se trompait pas : il ne put seulement apercevoir la silhouette de son homme et Fenn finit par s'en aller par une porte de derrière vers quatre heures. Ce que Holt apprit vers quatre heures et demie par la secrétaire.

— Mr. Holt, déclara-t-elle avec une candeur désarmante ; pourquoi n'avez-vous pas écouté mon conseil de prendre rendez-vous ?

— Je crois que je suis un grand têtu, répliqua-t-il.

Il le prouva en retournant au quartier général de la police. Il ne s'attendait pas à trouver son permis prêt, et il ne l'était pas. La secrétaire auprès de laquelle il avait déposé sa demande était encore là, mais n'eut pas l'air de le reconnaître et ne put même retrouver le formulaire de demande. Le sergent Quinlan était absent.

Comme Holt s'en allait, il s'entendit appeler par le sergent de la réception, qui l'informa que le chef Gould désirait le voir. S'attendant à moitié à être mis en état d'arrestation pour violation de quelque obscur décret, Holt pénétra dans le bureau du chef.

Au contraire, il fut reçu à bras ouverts. La raison de cette attitude ne tarda pas à apparaître : Gould plastronnait.

— Il paraît que l'on vous a volé votre serviette dans votre voiture ce matin, Holt.

— C'est exact.

— Eh bien, je sais que vous ne donneriez pas cher de l'expérience de nos services, mais pourtant : voici.

De derrière son fauteuil, Gould tira un objet de cuir à la forme familière et le tendit à Holt par-dessus sa table.

— Est-ce ceci ? On l'a rapporté moins d'une heure après que vous ayez déclaré le vol. Que dites-vous de notre efficacité ?

— Qui l'a rapportée ? Mac Coy ou Quinlan ?

— De quoi parlez-vous ? Un agent de la circulation l'a trouvée dans une bouche d'égout au coin de Plaza et de Broadway. Un peu sale, bien sûr.

La serviette était mieux que sale : elle était en loques. Le cuir en était tailladé à grands coups de canif. La serviette était bonne pour la poubelle. Et elle était vide, bien sûr. Holt la regardait en silence, la retournait entre ses mains et se sentait mal à l'aise. Cette vengeance sur un objet inanimé décelait une telle haine qu'il se sentait plus effrayé que par les coups de feu de la veille.

Gould devina ses pensées, mais seulement en partie :

— Ça vous laisse songeur, hé ? Nous tombons tout le temps sur des choses de ce genre, du vandalisme infantile, sans rime ni raison.

— Ceci n'a rien d'infantile.

— Oh ! Seigneur Dieu ! siffla Gould d'un air dégoûté ; c'est à vous de grandir, Holt. J'ai repensé à notre discussion de ce matin.

Qu'est-ce qui vous a pris ? Vous allez vous fourrer dans de drôles d'ennuis si vous ne vous surveillez pas.

— Je pourrai toujours demander à un flic de s'en charger, répondit Holt sarcastique.

— Peut-être n'en aurez-vous pas besoin, fit Gould avec un sourire déplaisant. Suivant le rapport, votre serviette a été volée — si du moins elle l'a vraiment été — en face d'un des tripots des Buccio. Où étiez-vous pendant ce temps, Holt ? En train de conclure un marché avec eux... ou de les remercier de vous avoir canardé hier soir ?

— Ils m'ont offert leur aide. C'est plus que je n'en ai obtenu de votre part. Peut-être d'ailleurs, un jour, me sera-t-elle utile et ai-je eu tort de la refuser.

Holt respira longuement et prit sur lui-même avec énergie pour essayer une dernière tentative.

— Chef, toute cette histoire est ridicule. Nous devrions travailler ensemble et non pas nous combattre. Il est certainement dans votre intérêt, comme dans celui de votre bureau, de me laisser prouver si j'ai tort ou raison, et non d'étouffer l'affaire.

— Je n'ai pas besoin de vos conseils, répondit Gould avec hauteur. Mais je peux faire quelque chose pour vous : c'est vous obtenir un rendez-vous avec un des meilleurs médecins de l'hôpital psychiatrique. Croyez-moi, Holt, vous en avez besoin.

Holt se leva et ramassa les restes de sa serviette.

— Je crois que voilà nos positions bien établies. Encore une dernière chose : j'ai déposé une demande de permis de port d'armes. Vais-je l'obtenir un jour ? Et si oui : quand ?

Gould haussa les épaules.

— Si vous pouvez donner un motif, oui. Je ne fais rien pour vous persécuter, Holt, quoi que vous puissiez en penser. Parlez-en au sergent Quinlan : c'est sa section.

— Bien sûr, répliqua amèrement Holt. Avez-vous déjà vu une souris aller se nicher dans l'oreille d'un chat ?

Dehors, les boulevards étaient animés par les employés et les ouvriers qui, leur journée terminée, se hâtaient vers leurs maisons. Celle de Holt était triste et silencieuse quand il y entra. Les vitriers avaient remplacé la fenêtre pendant son absence. Il baissa les volets avant d'allumer la lumière. Il se sentait traqué et seul.

— Première démonstration, murmura-t-il devant le mur constellé de trous, puis il baissa les yeux vers la serviette qu'il tenait à la main, et deuxième avertissement. Et la suite des nombres est, dit-on, infinie.

Holt ne se croyait pas un homme bien dangereux mais, ce soir, il ne s'en sentait pas pour autant rassuré.

15

Holt sortit du réfrigérateur de quoi faire un maigre souper froid et resta un moment assis à ruminer devant sa tasse de café. Il n'avait aucune envie d'aller s'installer dans le living-room dévasté.

Il se demandait si Quinlan avait pris la relève pour la nuit. Mais Mac Coy ne dormait peut-être jamais ? Peut-être aussi n'avait-il pas confiance en son sergent pour mener à bien cette tâche délicate ? Quinlan devait constituer une ombre bien encombrante et bien peu agile avec sa jambe blessée.

Ainsi, s'il y avait quelqu'un, ce devait être Mac Coy, à l'affût dans l'ombre des arbres. Mac Coy seul.

Holt se redressa brusquement sur sa chaise. La nouvelle idée qui venait de lui traverser l'esprit avait de quoi le raidir brusquement.

Mac Coy seul ! Et si tout le temps ç'avait été Mac Coy tout seul ? Holt commença de raisonner sur cette base. Il en avait eu une première intuition quand il avait déclaré à Adair que c'était Mac Coy qui avait organisé, et même réalisé, la fusillade parce que Quinlan se serait servi de ses poings. Et de même dans la salle des archives, quand il avait remarqué que c'était Mac Coy qui portait témoignage bien plus souvent que Quinlan. Et maintenant il comprenait qu'il n'était pas nécessaire que les deux membres de l'équipe légendaire soient tous deux coupables. S'il fallait choisir, ce ne pouvait être que Mac Coy.

Un homme atteint de monomanie — puisqu'il fallait en venir à cette conclusion — est plus vraisemblable que deux. Il était aussi plus facile de croire qu'un homme seul avait réussi pendant tout ce temps à berner le public et son dévoué coéquipier que d'affirmer que deux hommes s'étaient toujours entendus pour réaliser leurs perfidies sans jamais commettre d'erreurs. Et, si Mac Coy seul était coupable, ça expliquerait pourquoi les deux détectives avaient séparément rendu visite à Farnum dans sa cellule. C'est la visite de Mac Coy qui avait été préméditée et dirigée dans un but précis, celle de Quinlan n'était qu'un mouvement de curiosité. Quinlan le fidèle, le confiant assistant, manquant assez d'imagination pour se faire rouler par son supérieur !

Et si l'on pouvait prouver à Quinlan la vérité sur Mac Coy... Holt secoua la tête. Son imagination s'emportait mais il ne pouvait se représenter Quinlan se retournant contre Mac Coy. Il n'existait probablement pas de preuve assez flagrante pour détruire cette vieille amitié, ni assez facile à découvrir pour profiter de l'humeur actuellement batailleuse de Quinlan.

Pour le moment, l'idée géniale semblait devoir aboutir à une impasse, mais du moins elle avait eu le mérite de fouetter le besoin d'action de Holt. Il consulta l'annuaire du téléphone pour trouver l'adresse personnelle de Douglas Fenn.

Le président du Grand Jury vivait dans un des quartiers résidentiels les plus anciens et les plus huppés de la ville. Plusieurs voitures étaient rangées devant le perron quand Holt y arriva. Il laissa son propre véhicule dans la rue.

Une femme en uniforme sombre répondit à son coup de sonnette et l'informa que Mr. et Mrs. Fenn recevaient des amis. Devant l'insistance de Holt, elle consentit à aller avertir Fenn de sa présence.

— Qui dois-je annoncer ?

— Adair, dit Holt sans hésitation, la vérité ne l'ayant jusqu'ici mené à rien.

Le maître des lieux arriva presque aussitôt. C'était un homme corpulent et rougeaud avec un crâne chauve et luisant et des joues couperosées. Son sourire éclatant s'évanouit quand il aperçut Holt.

— Je croyais que c'était Adair qui me demandait, dit-il en cherchant d'un regard irrité la domestique qui l'avait mal renseigné. Où est-il ?

— J'ai peur de m'être mal expliqué auprès de votre femme de chambre, expliqua Holt. Je fais partie du bureau d'Adair. Mon nom est Mitchell Holt.

A l'expression de Fenn, Holt comprit qu'il connaissait ce nom et sous un jour peu favorable.

— Eh bien, je suis affreusement occupé pour l'instant, Mr. Holt. Je reçois quelques invités. De plus, je n'ai aucunement l'intention de m'entretenir avec vous.

Holt se mordit les lèvres.

— En tant que président du Grand Jury, vous avez un devoir à remplir...

— Pas à mon domicile privé. Bonne nuit, Mr. Holt. Mes invités m'attendent.

— Un tas de gens attendent, Mr. Fenn, y compris quelques innocents qui moisissent en prison injustement. Il faudra bien que vous preniez mes découvertes en considération si je vous envoie une lettre recommandée.

— C'est votre droit. Mais ça ne veut pas dire que ça vous mènera quelque part... ni même que ça vous procurera la moindre publicité gratuite.

Il était parti avant que Holt puisse lui retourner une réponse appropriée. La femme de chambre apparut discrètement pour le reconduire.

La malchance s'acharnait contre lui avec une telle constance qu'il n'aurait pas été surpris de retrouver sa voiture avec un pneu crevé, mais l'auto semblait en bon état, en meilleur état, se dit tristement Holt, que son propriétaire au même moment.

— Et maintenant ? marmonna-t-il à haute voix.

La seule réponse était de rentrer chez lui et il l'admit rapidement. La porte du garage était baissée et Holt ne se sentait pas assez d'énergie pour aller l'ouvrir. Les garages sont souvent un luxe inutile sous le doux climat de la Californie du Sud et les voitures ont l'habitude de passer plus d'une nuit dehors. Machinalement il chercha de la main sa serviette, mais cela lui rappela autre chose et il ouvrit la boîte à gants pour en retirer le pistolet qu'en dépit de la loi il s'obstinait à transporter. Holt le fourra dans sa poche et s'en alla d'un pas nonchalant vers la porte de derrière.

Il traversait la chaussée, sa silhouette clairement découpée dans la nuit lumineuse, quand le coup de feu éclata.

16

Cette fois-ci, l'attaquant avait bel et bien des intentions meurtrières. La balle frôla l'épaulette du manteau de Holt et poursuivit son chemin avec un sifflement de regret d'avoir raté son but. Holt plongea en avant sur le sol de ciment, secoué mais sain et sauf. Il sortit son pistolet et, maudissant sa stupidité, se souvint qu'il avait négligé de le charger. Aussi resta-t-il immobile, dans l'espoir que son assassin penserait avoir fait mouche au premier coup et que, par conséquent, un second était inutile.

Holt n'entendait rien, mais cela ne le rassurait pas car il se rappelait les allures félines et silencieuses de Mac Coy. Il commença à imaginer des bruits là où il n'y en avait pas et son corps refusait d'obéir à la voix de la raison. À quatre pattes, il se mit à ramper rapidement vers la protection de la porte de derrière.

Il en était à mi-chemin quand il entendit un bruit et, cette fois, ce n'était pas son imagination qui s'emballait. Holt éprouva pendant un instant la terreur à l'état pur quand il réalisa que son attaquant n'était pas derrière lui, comme il l'avait supposé, mais devant... entre lui et la sécurité. Il n'y avait pas d'issue. Figé dans sa position accroupie, Holt attendait la balle qui devait le tuer.

Rien ne vint ; mais une voix de femme effrayée chuchota :

— Mitch ! C'est toi ?

La sensation de détente fut si délicieuse que Holt ne songea même pas à s'étonner de trouver Connie ici alors qu'il la croyait au Mexique. Il bondit en avant et la serra dans ses bras avec passion. Le coin de la maison les protégeait des attaques possibles de la rue.

— Connie, ma chérie, dit-il.

Puis il réalisa brusquement qu'elle pouvait partager les mêmes dangers que lui et il la poussa rapidement vers la porte.

— Qu'est-ce que tu fais là ? reprit-il. Je croyais bien t'avoir dit...

Il s'arrêta de bouger et de parler en réalisant qu'ils n'étaient pas seuls. Un homme leur barrait le chemin devant la porte.

— Oscar m'a raccompagnée, expliqua Connie.

Holt serra la main du frère de Connie. Les deux hommes durent passer leur pistolet dans leur main gauche mais ni l'un ni l'autre n'eut l'air de trouver la chose amusante. Cette nuit était vraiment bizarre.

Holt les introduisit dans la cuisine mais refusa d'allumer, puis alla regarder par la fenêtre de devant. Il ne vit rien que des ombres. Il était peu probable que Mac Coy se soit attardé après lui avoir tiré dessus. Tout de même, Holt ne se souciait pas de prendre des risques. Il expliqua pourquoi aux autres.

— Es-tu sûr de ne pas être blessé ? n'arrêtait pas de lui demander Connie.

Holt la berçait dans ses bras pour la rassurer.

— Je me suis fait quelques bleus en tombant, mais c'est tout. Maintenant, parle-moi de toi. Pourquoi es-tu revenue, Connie ? Je ne voulais pas que tu sois mêlée à tout ça.

— Est-ce que tu croyais vraiment que j'allais rester loin de toi ? Dès que Nancy a été en sécurité, je suis revenue. Et je reste ici... avec toi.

Holt était si heureux de sa présence et du réconfort qu'elle lui apportait qu'il ne put trouver les mots convaincants pour discuter sa décision. Et, même s'il l'avait pu, cela n'aurait probablement changé en rien la position de Connie. Elle déclara catégoriquement, pour conclure la discussion :

— La place d'une épouse est auprès de son mari. Je reste.

— Elle a raison, vous savez, dit Oscar Mayatorena.

Ce n'était qu'un adolescent, le plus jeune de la famille, un mince et joli garçon aux noirs cheveux frisés et au nez aquilin. Il était un peu américanisé, mais beaucoup moins que sa sœur.

— Et je suis là pour vous aider, moi aussi, Mitch.

Oscar tenait toujours son pistolet qu'il fit tourner dans sa main. Holt fixait dubitativement l'arme.

— C'est un renfort, admit-il. Mais que comptez-vous faire au juste ?

— Le pistolet doit répondre au pistolet, les balles aux balles, proclama Oscar mélodramatiquement. Vos ennemis vont l'apprendre à leur grand regret.

En d'autres circonstances, Holt aurait souri des fanfaronnades du jeune homme, mais aujourd'hui elles lui faisaient plutôt peur. La dernière chose dont il avait besoin à ses côtés était ce genre de jeune fou, si bonnes que soient ses intentions. Quoi que les autres fassent, lui, Holt, devait rester dans la légalité. C'était là sa force et son seul espoir de gagner. Il déclara :

— Je ne veux en rien vous vexer, Oscar, mais tout ce que vous pouvez faire est de vous attirer et nous attirer des ennuis. Vous êtes de nationalité mexicaine. Cela suffit à vous mettre hors de combat de ce côté de la frontière. Je suis désolé, mais il faut voir les choses comme elles sont. La meilleure manière de me rendre service, c'est de retourner chez vous.

Oscar haussa les épaules, exaspéré.

— Il y a des moments où je ne vous comprends pas, vous autres Américains. Un type vous tire dessus — deux fois de suite — et tout ce dont vous vous souciez, c'est de la légalité !

— C'est là en effet le point délicat, dit Holt. Si je n'agis pas ainsi, je me mets dans le même sac que lui.

Oscar partit à regret. Holt adoucit son désespoir d'abandonner la bagarre en lui confiant personnellement la garde de Nancy.

Connie questionna avec angoisse son mari quand son frère se fut éloigné :

— Tu crois que Nancy aussi est en danger, Mitch ?

— Non, pas tant qu'elle reste au ranch. Mac Coy n'est pas un grand criminel. Mais il fallait bien que je dise quelque chose à Oscar.

— Et à moi, que vas-tu raconter ? suggéra Connie en le poussant vers le canapé. Je ne suis pas indiscrète, mais je crois quand même avoir le droit de savoir ce qui se passe, maintenant.

Holt était bien d'accord. Aussi, assis tranquillement à ses côtés dans le living-room obscur, il lui raconta l'histoire depuis le commencement : depuis son premier faible soupçon qui avait grandi et s'était multiplié jusqu'à la rupture avec Adair et à la tentative d'assassinat de cette nuit. C'était une suite décourageante de revers et d'échecs et, quand il eut terminé, il dit tristement :

— Maintenant demande-moi : pourquoi tout ça ? Pourquoi est-ce que je m'amuse à me taper la tête contre un mur ?

— Je n'ai pas à te le demander, Mitch. Tu agis ainsi parce que tu es toi-même et je n'ai jamais été aussi fière de toi.

Il lui serra très fort la main.

— Merci de ne pas me prendre pour un fou !

— Ce n'est pas toi, le fou, ce sont eux. Comment des choses pareilles peuvent-elles exister ?

— Oh ! on peut le deviner. Je ne crois pas que Mac Coy ait commencé délibérément à falsifier des preuves. Mais, à un moment quelconque durant ces trente années, il s'est trouvé dans une situation où il savait qu'un certain suspect était coupable, mais ne pouvait le prouver. Le type risquait de s'en tirer à bon compte. Alors Mac Coy a fabriqué une preuve, et ça a marché. La fois suivante, ça a été plus facile, et ainsi de suite. Il est tout à fait possible que maintenant Mac Coy ne puisse distinguer le vrai du faux. Comme ton père avec ses trophées de chasse. Et, maintenant, Mac Coy a franchi le dernier pas qui le menait hors de sa route, et c'est logique. Il a atteint le point où il est dépassé par les événements. Non seulement il ne se contente plus de tirer les ficelles, mais il prend lui-même l'exécution en main. Il en arrive aux tentatives de meurtre, quoique ce terme puisse peut-être l'étonner lui-même. Il ne s'en tirera pas, bien sûr : c'est prêt à craquer, d'une manière ou d'une autre et, quand ça arrivera, ce sera un affreux scandale. Mac Coy va entraîner, avec la sienne, la perte d'un tas de gens honorables. C'est là la vraie tragédie.

— Tu ne parles que de Mac Coy. Et l'autre, celui qui est venu ici : Quinlan ?

Holt expliqua pourquoi il croyait que Mac Coy avait perpétré seul ses méfaits.

— De toute manière, je suis convaincu que Quinlan est innocent et a servi de paravent à Mac Coy, d'un bout à l'autre, dit-il en terminant.

— Alors tu pourrais peut-être lui parler, essayer de le convaincre...

Holt eut un petit rire amer.

— Je n'ai même pas pu convaincre Adair. Même si Quinlan n'a rien à voir avec cette histoire de preuves truquées, pourquoi me croirait-il plutôt qu'un ami de trente ans ? Surtout s'il s'agit d'une terrible accusation contre cet ami.

— Ça a l'air vraiment sans espoir, hein ? murmura Connie.

— Pas tout à fait. Mac Coy s'est trahi lui-même. Il a mitraillé la grande baie en guise d'avertissement. Puis il a volé ma serviette pour voir ce que je savais. Quand il a compris qu'il n'y avait aucune preuve contre lui — il n'y avait rien dans la serviette qui ne soit dûment enregistré par ailleurs — il a décidé que, seule, mon obstination personnelle constituait un danger. Aussi, ce soir, il a tenté de me mettre hors d'état de nuire. Une chance pour moi que ce soit un vieil homme. Il ne doit plus très bien y voir dans la nuit.

— Il ne fera pas toujours noir, lui rappela Connie. Mitch, j'ai peur. Qu'est-ce que nous allons faire ?

— Nous n'allons pas nous mettre à tirer à notre tour, c'est certain. C'est pour ça que j'ai renvoyé Oscar. Il faut que je garde les mains propres, à tout prix, même si je sais que je combats hors la loi.

— Et la police ? En principe elle est là pour protéger les gens ?

— Les flics sont des hommes, eux aussi. Gould m'a qualifié d'opportuniste politique ce matin et de malade mental cet après-midi. Il ne croit pas un seul mot de mon histoire, même pas que la fusillade ait été réelle. Aussi pourquoi irais-je lui raconter ce qui s'est passé ce soir ? Je ne pourrais rien prouver. C'est ça, le problème, Connie : je ne peux encore rien prouver. La seule base sur laquelle je m'appuie, ce sont mes soupçons concernant Mac Coy. Si tu étais Gould, me croirais-tu ? C'est pour cela que je n'arrive à rien. Je n'ai pas un seul allié au monde.

— Si, moi, dit doucement Connie. Et, pour le moment, je vais te mettre au lit. Demain matin, tu auras peut-être une idée. Rappelle-toi une seule chose, Mitch, tu agis ainsi parce que tu es convaincu d'avoir raison.

— Oui, acquiesça-t-il tristement. Mais Mac Coy aussi.

17

Holt était plus fatigué qu'il ne s'en rendait compte lui-même aussi dormit-il d'un sommeil profond. Peut-être Connie avait-elle raison, la veille au soir, car, quand il s'éveilla, la réponse était là, dans son esprit, claire et précise. Ce n'était d'ailleurs pas la solution qu'il aurait voulu, mais c'était la seule possible.

Après son petit déjeuner — le premier repas digne de ce nom qu'il ait pris depuis deux jours, ce qu'il se garda bien d'avouer à Connie — Holt lui révéla ses plans.

— Hier soir je disais que je n'avais pas un allié au monde, mais ce n'est pas tout à fait exact. Tout au moins, je crois pouvoir m'en découvrir un.

— Parfait. Où ça, Mitch ?

En guise de réponse il lui tendit un journal du matin. Connie en resta la bouche ouverte.

— Tu parles sérieusement ?

— Très sérieusement. Je suis sûr de mon bon droit et je sais que j'ai raison... au sujet de Mac Coy s'entend. Jusqu'à hier soir, j'étais résolu à m'adresser aux personnes compétentes et spécialisées mais maintenant je me pose une nouvelle question angoissante : et s'il m'arrivait quelque chose ?

— Mitch, ne dis pas des choses pareilles !

— Mais c'est une éventualité qu'il nous faut regarder en face.

Moi éliminé, la vérité peut ne jamais voir le jour, ou du moins trop tard. Mais si je cassais le morceau maintenant...

— Tu as dit toi-même que tu n'avais que ta parole pour lutter contre celle de Mac Coy, précisa Connie. Tout ça ne te ressemble pas, Mitch.

— Il est exact que, au point où j'en suis, je ne peux rien prouver. Mais une fois que quelqu'un du dehors sera mis au courant — je veux parler de quelqu'un qui n'aura aucun intérêt à étouffer l'affaire, comme Gould et Adair —, je serai en quelque sorte protégé.

— Adair ne te pardonnera jamais si tu agis dans son dos. Tu le sais très bien.

Holt eut un pauvre sourire.

— Je le sais en effet. Du diable si j'aime cette idée, Connie. C'est de la trahison, j'en conviens, et Adair sera strictement dans son droit en me fichant à la porte. Mais, une fois que la machine sera en marche, Mac Coy sera pratiquement battu. Si je dévoile cette histoire aux journaux, il y regardera à deux fois avant de me tirer dessus. Appelle ça « assurance sur la vie », si tu veux. Je ne suis pas un héros.

— Voilà la première chose stupide que tu aies dite, répondit Connie.

La ville comptait trois journaux, deux du matin et un du soir. Deux appartenaient au même groupe et suivaient la même ligne générale ; ils étaient favorables à l'administration actuelle et, de là, conservateurs à l'extrême. Holt jugeait qu'il était inutile d'aller leur présenter son histoire : les éditeurs du *News* et du *Sentinel* partageaient les mêmes vues politiques que les hommes influents et, qui plus est, les mêmes intérêts. Le troisième quotidien, journal du matin, était le *Press Examiner* et avait la réputation d'être la feuille d'opposition, cette épithète étant l'une des plus favorables qu'on lui donnât en général, et il semblait à Holt que son histoire devrait intéresser ce journal.

Il prit rendez-vous par téléphone avec le rédacteur en chef. Holt ne connaissait rien à la hiérarchie d'un journal mais « Rédacteur en chef » sonnait à ses oreilles comme un titre couvrant une considérable autorité.

Ce qui était vrai, mais pas dans une proportion suffisante. Le rédacteur en chef — il s'appelait Underwood et c'était un homme maigre aux allures d'étudiant attardé qui portait des lunettes à monture de corne et des moustaches très britanniques — écouta son histoire avec intérêt, visiblement fasciné, mais aussi avec une certaine prudence.

— C'est la plus grande affaire qui atteint la ville depuis la guerre, admit-il quand Holt eut terminé son exposé. La plus grande affaire en puissance, je veux dire.

— Pourquoi « en puissance » ?

— Voyons, Holt, vous vous en rendez compte encore mieux que moi, que c'est beaucoup plus qu'un sujet d'article. Cela aurait des répercussions politiques dans tout l'Etat, jusqu'à Sacramento peut-être. Et c'est là le hic : le gouverneur est un ancien D.A. du district. Il a bâti sa réputation sur plusieurs de ces mêmes affaires que vous voulez exhumer aujourd'hui. Attendez-moi quelques minutes. Je ne serai pas long.

Il quitta son petit bureau et Holt le vit appeler l'ascenseur et monter à l'étage supérieur.

Quand Underwood revint, ses lèvres sous la moustache broussailleuse dessinaient un sourire réticent.

— Notez bien ceci sur vos tablettes, Holt. La faune journalistique est vraiment la plus optimiste du monde. Nous sommes des vampires-nés, et c'est probablement la seule raison pour laquelle nous arrivons à tenir dans ce métier.

Holt se sentit envahi par une onde d'espoir.

— Cela veut-il dire que vous allez publier l'histoire ?

— Pas exactement. Vous avez seulement rendez-vous avec Mr. Ingram et le reste de l'équipe de direction après déjeuner. Une heure vous convient-il ?

— N'importe quelle heure me convient. Je suis censé être en vacances.

A une heure, il affronta une pleine assemblée de visages tendus et curieux. Underwood le présenta brièvement à l'assistance.

Jonathan Ingram, propriétaire et éditeur, était un anachronisme remontant à l'époque où un éditeur apportait sa note personnelle à son journal. C'était un petit homme dictatorial, un genre de Napoléon au petit pied, qui avait pratiquement créé de toutes pièces et de ses propres mains le *Press Examiner* à partir d'un hebdomadaire à faible tirage et à non moins faible intérêt et l'avait mené aux résultats d'aujourd'hui. Assis au haut bout de la grande table, il faisait face à Holt et le considérait avec la même attention pleine de douceur que celle d'un petit garçon considérant un papillon piqué sur une planche.

Pour la seconde fois en un jour, Holt raconta son histoire. Il le fit avec un luxe de détails plus grand encore qu'auparavant et s'efforça de la présenter avec toute la logique requise par un tribunal — ce que ses auditeurs représentaient d'ailleurs à ses yeux. Les hommes écoutaient attentivement, mais sans laisser paraître la moindre émotion et Jonathan Ingram était certainement le plus impassible de tous. Il jouait avec un stylo à bille rétractable qu'il faisait rentrer et sortir sans arrêt, avec un cliquetis et une régularité de métronome.

Quand Holt eut terminé et se fut rassis, Ingram se résigna à laisser la bille à l'intérieur.

— Il reste une chose que vous ne nous avez pas dite, déclara-t-il enfin, et c'est ce que vous espérez tirer, vous, de tout cela. Nous, nous en tirons une histoire, le public en tire des émotions, et quelques hommes s'en trouveront peut-être tirés d'affaire devant la justice ! Mais vous ?

— Moi, ça n'a pas d'importance, dit lentement Holt. Je crois simplement que j'aurai fait mon métier.

— Il me semble bien que vous n'allez plus en avoir, de métier, précisa Ingram. Bien sûr, il y en a d'autres. Celui d'Adair, par exemple. Aimeriez-vous être District Attorney ?

— Je ne crois pas avoir assez l'esprit politique.

— Mais vous ne manquez pas de dons. Enfin, cela peut attendre. (Ingram jeta un regard à la ronde avec un léger sourire.) Eh bien, messieurs, à vous de conclure. Qu'allons-nous tirer de tout cela ? Je sollicite votre opinion.

Les avis furent émis en bon ordre et le verdict se trouva mitigé. Les uns tenaient pour une publication immédiate ; les autres se montrèrent partisans de la prudence. La discussion qui s'ensuivit fut franche et parfois chaude, mais Holt ne tarda pas à découvrir qu'elle se bornait à tourner autour du fait qu'il importait de savoir jusqu'où le *Press Examiner* oserait aller et quelles répercussions il risquait dans cette affaire. Holt se tint en dehors du débat dans lequel, d'ailleurs, il n'avait pas à intervenir.

— A ce que je vois, tout se ramène à ceci, résuma Ingram. Cette histoire nous emballe tous et c'est normal, étant donné que c'est une histoire du tonnerre. Mais nous sommes aussi un peu effrayés. La question est : à quel point avons-nous peur ?

Personne ne semblant se soucier d'exposer les limites de sa couardise, Ingram poursuivit :

— J'ai l'impression que Mr. Holt a beaucoup plus à craindre qu'aucun d'entre nous. On lui a déjà tiré dessus deux fois. Et cependant il est ici. Je n'aimerais pas beaucoup me voir forcé d'admettre que Mr. Holt vaut mieux que nous.

Les *pour* sourirent ; les autres prirent une expression neutre.

— Underwood, poursuivit Ingram, si nous décidons de prendre cette affaire en main, c'est vous qui vous en chargerez. Et n'oubliez pas que j'ai dit : « Si... »

— Il n'y a qu'une façon de procéder : c'est de rester parfaitement objectif. Un exposé des faits, sans émettre d'opinion. Tout mettre sur le compte de Holt. Je me bornerai à parler du cas Linneker. Pourquoi Farnum nie-t-il avoir caché la dynamite chez Shayon ?

Pourquoi revient-il ensuite sur cette première déclaration ? Pourquoi refuse-t-il de se soumettre au détecteur ? Pourquoi interdit-on à Holt de le voir ? Tout cela venant de Holt, naturellement. Il faudra bien répondre à ces questions et, quand ce sera fait, nous aurons une base sur laquelle nous appuyer plus solidement. C'est comme ça que je procéderais, pour ma part.

Il y eut un murmure d'approbation. Ingram réfléchissait.

— Ça me semble logique et nous laisse une porte de sortie si nous en avons besoin, dit-il enfin. Montrez-moi votre première page avant de l'envoyer aux presses.

Il se leva brusquement, fit un signe de tête à Holt et se retira par la porte du fond. La séance était close.

Underwood descendit en ascenseur avec Holt.

— Eh bien, avez-vous obtenu ce que vous vouliez ?

— Je l'espère. Et vous ?

— Pour moi, un papier est un papier. Avez-vous entendu ce qu'a dit Mr. Ingram au sujet d'une porte de sortie ? Nous pouvons sauter du bus en marche quand ça nous chantera. Mais vous ?

— Est-ce cela qu'on appelle la liberté de la presse ? demanda amèrement Holt.

— Si c'est une entreprise de sauvetage qu'il vous faut, nous ne ferons pas l'affaire. Un journal est un commerce comme un autre, vous avez pu vous en rendre compte par la réunion à laquelle vous venez d'assister.

L'ascenseur s'arrêtait ; Underwood en sortit et Holt poursuivit seul sa descente. Le rédacteur en chef avait exprimé clairement la position du *Press Examiner* : le journal le suivrait aussi longtemps qu'il semblerait gagnant. Et pas plus longtemps.

« Bon, pensa Holt, c'est toujours plus que je n'avais quand je suis arrivé et je devrais me sentir plein de reconnaissance. » Et, bien que la conférence l'ait péniblement fatigué — il nota avec étonnement qu'il était près de quatre heures — il s'en alla néanmoins le cœur plus léger. Il trouvait sûrement un certain soulagement à se lancer dans l'action, même si cette dernière devait pour finir se retourner contre lui.

Il revint vers sa maison et vers sa femme. Connie n'avait pas de nouvelles à lui donner en échange des siennes, mais une lettre était arrivée par le courrier de l'après-midi. Le contenu en était une feuille de vélin d'un blanc virginal, annonçant le mariage, célébré la semaine précédente, de Miss Tara Linneker et de Mr. Delmont Shayon. La cérémonie s'était déroulée à Las Vegas, mais le cachet de la poste était celui de la ville. Sur l'envers de la carte, Tara avait écrit : *Nous vous garderons une éternelle reconnaissance pour ce que vous avez fait pour nous.* Et Shayon avait ajouté : *Un peu cérémonieux, mais sincère. P.-S. Désolé de ne pouvoir vous vendre la paire de chaussures promise !*

— Comme c'est gentil ! commenta Connie. Tu peux être fier, Mitch !

Il l'était. C'était bon de savoir qu'il avait réussi à rendre quelqu'un heureux. C'était plus que Mac Coy ne pourrait jamais dire.

18

Le *Press Examiner* était, par définition, un journal du matin, mais Ingram s'efforçait de lutter contre la concurrence en étalant ses diverses éditions le plus tard possible dans la journée. Celle de l'aurore était dans les kiosques à cinq heures, la dernière tombait vers une heure de l'après-midi. Ce jour-là, le même article tenait la manchette à chaque édition :

UN POLICIER
ACCUSÉ DE FAUX TÉMOIGNAGE...

L'article était le même, mais il fut reçu de manières différentes.

Le capitaine Loren Mac Coy fut un des premiers à en entendre parler. Dans l'impossibilité de rompre une habitude de trente années, il se levait toujours ponctuellement à cinq heures du matin pour prendre sa tasse de café décaféiné. Tout en la sirotant, il tourna le bouton de la radio et prit les premières informations.

Il écouta impassiblement, et seul un observateur dûment averti aurait pu s'apercevoir que ce qu'il entendait représentait plus pour lui qu'un simple cas d'intérêt général. Mais, quand les nouvelles furent terminées, Mac Coy se départit de sa routine habituelle. Il quitta la table sans prendre ses pillules vitaminées. Elles restèrent sur la nappe, rangées dans l'ordre : la rouge, la brune et la verte, et y demeurèrent intactes tout le long de la journée.

Mac Coy se rendit dans la salle de bains et commença à se raser. Le téléphone sonna pendant qu'il terminait sa toilette. Il persista dans sa sonnerie sans qu'il y ait de réponse.

Les reporters eurent plus de succès avec Adair. Ils tirèrent le D.A. d'un sommeil profond. La nouvelle fut pour lui une complète surprise, mais, quoique assommé encore de sommeil, Adair était trop rompu aux ficelles journalistiques pour tomber dans le piège.

— J'aurai une déclaration à vous faire plus tard dans la matinée, promit-il et il raccrocha.

« Le salaud, pensa-t-il, le répugnant vendu, le traître ! » Il fixait d'un regard vide le réveille-matin. Seulement cinq heures trente, pratiquement le milieu de la nuit. Mais Adair savait qu'il ne pourrait plus trouver le sommeil aujourd'hui, ni peut-être de longtemps.

Ernest Farnum apprit les nouvelles au petit déjeuner, dans sa cellule. Le geôlier qui lui apportait sa gamelle les lui donna toutes fraîches :

— Je ne t'envie pas, mon gars. L'assistant du D.A. a ressorti l'affaire Linneker de l'ornière et ça sent déjà le brûlé.

— Qu'est-ce que ça a à voir avec moi ? J'ai déjà avoué.

— Tu n'as jamais vu deux chiens se disputer un os ? L'os n'a pas la parole dans ce cas-là.

Quand le geôlier revint, il fut surpris de voir que Farnum n'avait pas touché à la nourriture. C'était inhabituel. Pour un prisonnier, Farnum était gros mangeur.

Une conférence se tint dès la première heure dans les bureaux du *Sentinel* et de l'*Evening News*.

— Qu'allons-nous faire ? demanda l'éditeur.

— Peut-être que, si nous nous bornons à ignorer cette histoire, elle s'envolera d'elle-même en fumée, proposa un humoriste.

— Sûrement, et nous avec. Nous sommes tenus de prendre une position. Je ne suis pas disposé à acheter l'histoire de Holt, c'est certain ; mais si jamais elle se révélait intéressante et exacte...

Il parcourut l'assemblée d'un regard circulaire et ne rencontra pas d'opposition :

— Bon, pour le moment, restons près de la barrière et regardons les chevaux sauter. En même temps, essayez de tirer ce que vous pourrez de Holt — il doit en avoir gros sur le cœur — et nous verrons si nous pouvons faire ensuite sauter les chevaux à notre guise.

Le chef Gould était hors de la ville, s'étant rendu à une réunion militaire à Los Angeles. Un reporter de l'*Evening News* réussit à le joindre à temps pour publier sa déclaration dans l'éditorial de midi.

Ce fut un démenti formel. Gould défendit Mac Coy et la police dans les termes les plus véhéments et définit Holt comme un aventurier politique irresponsable. Il précisa que la première attaque dont il avait été victime était encore l'objet d'une enquête destinée à établir son existence réelle et que la seconde — s'il y en avait eu une — n'avait même pas été signalée aux autorités.

Gould n'alla pas jusqu'à traiter Holt de menteur, mais seul le mot faisait défaut.

Holt savait qu'il allait être assailli par les reporters et ils ne lui firent pas faux bond. Mais ce qu'il n'avait pas prévu c'était la marée humaine qui déferla chez lui bien avant qu'il ait terminé son petit déjeuner. La première arrivée fut une femme qui serrait le *Press Examiner* dans ses mains crispées et préfigurait tous les autres. C'était la mère d'un jeune homme qui purgeait actuellement sa peine à la prison de San Quentin.

— Mr. Holt, il faut que vous aidiez mon Jimmy. Je n'ai jamais cru qu'il avait volé toutes ces voitures et, maintenant, j'en suis certaine. Si vous pouvez les forcer à rouvrir le procès.

— Je sympathise avec vous, lui répondit Holt, mais je ne peux rien faire. C'est une question totalement différente, ne le comprenez-vous pas ? Je n'ai aucun pouvoir sur qui que ce soit.

Elle ne le crut pas, pas plus que ceux qui la suivirent. Au début, il tenta de les raisonner, mais c'était inutile. Ils n'avaient pas l'air de le comprendre le moins du monde, ni même, dans la plupart des cas, de l'écouter.

— Que puis-je leur dire ? se plaignit Holt à sa femme pendant une brève pause. Mac Coy n'a rien à voir dans aucune de ces affaires. Croient-ils donc que j'ai le pouvoir d'ouvrir les prisons pour tout le monde ?

C'était apparemment la seule réponse exacte car ils continuèrent d'affluer tout au long de la matinée. A la fin, Holt se vit obligé de consigner sa porte et de décrocher le téléphone. Même cela ne réussit pas à les disperser. Ils s'agglomérèrent sur sa pelouse et se constituèrent en petits groupes au coin de la rue, chacun répétant sa propre histoire, encore et toujours, à quiconque voulait l'entendre. C'était l'état de siège.

F. Milton Carstairs déjeunait avec un de ses amis avocat au *Rowing Club* :

— Vous avez lu les journaux de ce matin ?

— Qui ne les a lus ? J'ai l'impression que Holt a plongé dans un gouffre les yeux fermés. Il faut toujours se méfier de ce genre de type paisible.

— J'espère que vous avez raison. Ce flic — Mac Coy — a passé presque toute la matinée au bureau. Je prépare la plus belle assignation en diffamation que cette ville ait jamais vue. Un million de dollars de dommages et intérêts.

Son compagnon de table eut un sifflement :

— Holt n'a certainement pas cette somme !

— Non, mais peut-être le *Press Examiner* l'a-t-il. Nous les considérons comme associés.

Douglas Fenn ne se permit même pas un commentaire. Sa secrétaire fit savoir que le président du Grand Jury était souffrant.

Au début de l'après-midi, le District Attorney tint enfin une tardive conférence de presse. Adair remit à chacun des assistants une déclaration écrite dont les termes posés et mesurés dénotaient un long travail de préparation. Le texte en était :

Mon bureau a été informé des attaques portées ce jour par mon assistant, Mr. Mitchell Holt. Il est entendu que, en portant ces accusations, Mr. Holt parle en son propre nom et non en celui de ce bureau. Mr. Holt est un homme capable qui a montré récemment des signes de fatigue causée par un surcroît de travail. J'ai en conséquence ordonné que les activités de Mr. Holt soient suspendues momentanément.

Les questions fusèrent :

— Cette suspension équivaut-elle au renvoi de Holt ?

— Une suspension est une suspension, rien de plus.

— Croyez-vous que les attaques de Holt soient fondées ?

— Je n'ai aucun commentaire à faire jusqu'à ce que notre enquête soit terminée. Pour le moment, toutefois, je ne discerne pas de bases à ces accusations que Mr. Holt a portées contre le capitaine Mac Coy et la police.

— Cela semble vouloir dire dans quel sens sera conclue obligatoirement l'enquête.

Cela venait du reporter du *Press Examiner* ; Adair rougit.

— Absolument pas. Mon seul but est l'intérêt de tous. Je n'ai pas l'intention de prendre le parti de qui que ce soit. C'est tout ce que j'ai à vous dire pour le moment, messieurs. Bonne journée.

— Je crois que nous tenons un nouveau sobriquet pour Deux-Fusils, murmura le reporter du *Press Examiner* à l'oreille d'un confrère. « Ponce Pilate. »

En reportant l'annonce de la suspension de Holt à l'après-midi, Adair avait espéré réserver l'information aux journaux de la tendance officielle. Mais le *Press Examiner* déjoua son plan. Ingram sortit une spéciale :

HOLT SERA-T-IL MUSELÉ
PAR LE DÉSAVEU DU D.A. ?

Un reporter réussit à joindre Mr. et Mrs. Delmont Shayon au milieu de l'après-midi. Les jeunes mariés avaient fait l'objet de recherches assidues, mais n'avaient pas été découverts jusqu'à ce que quelqu'un songe à l'appartement de Shayon où ils s'étaient réfugiés de préférence à la demeure de Linneker.

— Mr. Holt est un des hommes les plus honorables que je connaisse, déclara Tara. Je suis pour lui en tout état de cause.

Shayon fut encore plus catégorique.

— Si quelqu'un ment dans cette affaire, ce n'est pas Holt. Concluez vous-même.

Ce furent probablement les témoignages les plus amicaux portés à l'actif de Holt et ce dernier y aurait puisé quelque réconfort s'il avait pu les lire. Mais ils ne devaient jamais être imprimés. Le reporter était un de ceux de l'*Evening News* et l'article fut censuré par le rédacteur en chef. Il tenait à sa place et voulait la conserver.

Van Dusen se vit abordé par une des secrétaires du bureau du D.A. Elle avait un problème à lui soumettre :

— Hier, Mr. Holt m'a demandé de ranger toutes les copies des extraits qu'il avait recueillis dans les archives dans un casier fermé à clé et de ne les remettre à personne. Mais, maintenant qu'il est suspendu, je me demandais s'il fallait que je les donne à Mr. Adair.

Van Dusen réfléchit rapidement :

— Pourquoi ne pas me remettre la clé ? J'en parlerai à Adair moi-même.

Elle se sentit pleine de reconnaissance de se voir soulagée de cette responsabilité :

— Oh ! vous feriez ça ? Je ne voudrais pas avoir des ennuis.

Van Dusen empocha la clé du casier. Mais il ne se dirigea pas vers le bureau d'Adair. Au contraire, il quitta le Service et disparut dans le restaurant, de l'autre côté de la rue.

— Un peu en avance, aujourd'hui ? lui dit le barman.

— Un peu, agréa Van Dusen. Ce sera un double.

Jonathan Ingram appela son rédacteur en chef vers trois heures.

— Comment marche l'affaire Holt ?

— Je ne sais pas, admit Underwood. Ça a fait drôlement voler la poussière, d'accord, mais chacun reste sur ses positions. Jusqu'ici nous n'avons que la parole de Holt contre toutes les autres.

— Toujours rien de plus tangible ?

— Rien que des démentis sur toute la ligne. Mes gars n'arrivent pas à mettre la main sur Mac Coy, et c'est visiblement ce que celui-ci désire.

— Ouais, mais nous ne pouvons pas répéter la même rengaine à perpétuité, marmonna Ingram. Ou ça se développe ou nous laissons tomber. Vous avez une idée ?

— A ce que je comprends, c'est Farnum qui est la clé de voûte de l'histoire. Si nous pouvions lui faire admettre qu'il a subi une pression pour changer sa déposition... J'ai essayé toute la journée d'envoyer quelqu'un pour le rencontrer, mais les flics le gardent si bien qu'il semble enfermé dans un château fort. Gould n'est pas en ville — tout à fait à propos — et les autres ne veulent pas faire un mouvement sans lui. Sans Farnum nous sommes fichus, à mon avis.

— Alors il faut arriver jusqu'à Farnum.

— Ou laisser choir Holt, agréa Underwood.

— Il reste encore à faire jouer l'*habeas corpus*. Appelez-moi les services judiciaires au téléphone.

Le sergent Quinlan était assis à son bureau, bien que la fin de son service soit dépassée depuis longtemps. Il était seul. Les reporters s'étaient accrochés à lui, mais sa réponse catégorique, mille fois grognée, avait fini par les décourager.

— Pas de commentaire.

Quinlan essaya, pour la cinquantième fois peut-être de la journée, d'appeler Mac Coy à son ranch. Où diable pouvait être Mac ? Pourquoi ne se montrait-il pas, comme Quinlan s'y attendait, pour faire ravaler ses mensonges à ce Holt ? Et pourquoi, après trente ans de collaboration, se sentait-il si seul ?

Remâchant ses tristes pensées, Quinlan abaissa son regard vers sa jambe. La vieille blessure qu'il avait encaissée à la place de Mac lui causait des élancements douloureux. Pas un mot de Mac, sa jambe qui le faisait souffrir... et tout ça à cause d'un putois nauséabond nommé Holt ! D'un mouvement brusque de ses grosses mains, il empoigna sa canne et la cassa sauvagement sur le bord du bureau.

— Est-ce qu'ils sont encore là ? demanda Holt tristement.

Connie se retourna de devant la fenêtre où elle guettait à travers les lamelles du store.

— Je crois qu'ils sont tous partis. Tu veux que je sorte m'en assurer ?

Il arrêta son va-et-vient à travers le living-room.

— Pourquoi ne se produit-il rien ? Il a dû pourtant se passer des choses aujourd'hui.

— Mitch, assieds-toi et essaie de te calmer. Tu finis par te faire tant de bile que tu ne seras plus bon à rien. Tu sais aussi bien que moi que ça doit maintenant éclater d'une manière ou d'une autre.

Ça éclata à six heures ce soir-là, mais pas de la manière dont Holt l'avait envisagé. Ernest Farnum fut retrouvé pendu dans sa cellule à la prison municipale, cinq minutes avant que les avocats de Ingram n'y arrivent avec un décret d'*habeas corpus*.

19

La sonnette retentit vers huit heures du soir. Holt jeta un coup d'œil par le coin du volet. C'était Underwood. Il déverrouilla la porte pour le faire entrer. Le visage du rédacteur du *Press Examiner* était grave et Holt sentit son estomac se contracter. Comme un automate, il présenta le journaliste à Connie et l'invita à s'asseoir. Underwood se posa sur le bord d'une chaise comme pour bien établir qu'il n'entendait pas s'attarder. Il y eut un moment de silence.

— Bon, voyons le pire, suggéra Holt calmement. Je suis prêt à tout.

— Farnum s'est suicidé dans sa cellule. Pendu avec une corde qu'il a tressée en déchirant sa couverture.

Connie poussa une faible exclamation de surprise horrifiée et Holt murmura : « Pauvre diable ! »

— Il y a mieux : Le *Press Examiner* se retire de la bagarre. Nous laissons tomber l'affaire.

— Mais vous ne pouvez pas faire ça ! protesta Connie. Comprenez bien : Mitch est tout seul, et ce sera pire maintenant qu'avant !

— J'en suis navré, Mrs. Holt. Mais j'ai prévenu votre mari que ça pourrait finir ainsi. Il connaissait les risques du jeu.

— Est-ce que vous me balancez parce que Farnum s'est suicidé ? demanda Holt, ou bien y a-t-il une autre raison ?

Underwood tortillait sa moustache d'un air gêné.

— Cette décision ne vient pas de moi, dit-il. Nous savions hier que nous nous lancions dans une aventure en publiant votre histoire, mais nous étions résolus à ne prendre qu'un risque mesuré. Vous avez assisté à la réunion, Holt, et vous avez vu ce qu'il en était. Farnum était votre témoin clé, même en réalité votre unique témoin. Sans lui pour soutenir vos dires, nous ne pourrons pas tenir le coup.

— Allez-vous publier une rétractation ? questionna Holt. Est-ce comme cela que vous l'entendez ?

— Nous laissons tomber, c'est tout. Personnellement, je suis désolé de la tournure qu'ont pris les choses. Vous avez joué des pieds et des mains comme un as, Holt, et les pressions qui ont été exercées sur Mr. Ingram ont été énormes. Votre nom est maintenant connu jusqu'à Washington. Nous pouvions résister aussi longtemps que nous sentions que vous aviez une chance, mais... Bah ! meilleure chance la prochaine fois !

Il haussa les épaules et se leva.

— De la chance ! fit amèrement Connie en écho. Mitch lutte pour sa vie, Mr. Underwood. On l'a menacé, on lui a tiré dessus, la radio annonce même qu'il est suspendu de ses fonctions. C'est très facile pour vous et votre journal. Demain vous aurez une autre manchette pour vous aider à vendre. Mais que va faire Mitch, lui ?

Holt pensa qu'il ne l'avait jamais vue si sérieusement en colère.

— Mrs. Holt, si votre mari arrive à prouver quelque chose de précis, je peux vous promettre que nous lui donnerons un sérieux coup de main. C'est tout ce que je peux dire, et j'en suis navré, fit Underwood avec un soupir. Ne vous dérangez pas, je retrouverai mon chemin.

La colère de Connie ne se calma pas après son départ.

— Pourquoi ne t'es-tu pas mieux défendu ? demanda-t-elle à son mari. Tu as à peine dit un mot.

— Que pouvais-je dire ? questionna tristement Holt. Je ne peux pas les forcer à imprimer un article s'ils ne le veulent pas. Tu as entendu Underwood : il n'était qu'un porte-parole. Et puis, je peux avoir besoin d'eux.

— Bien sûr, ils pourront toujours t'engager comme crieur de journaux !

Connie vint s'agenouiller à côté de lui et sa voix perdit son amertume :

— Oh ! Mitch, Mitch ! qu'est-ce que nous allons faire maintenant ?

— Je ne sais pas, avoua-t-il.

La situation lui paraissait si désespérée qu'il n'avait même plus envie de lutter. Mais cet état d'esprit ne ferait qu'aggraver le désastre. Il secoua la tête comme pour chasser les nuages du découragement.

— Mais je ne vais pas rester là, assis, à ne rien faire, ça, c'est sûr. J'ai perdu toute ma journée à attendre. Maintenant, je vais agir de nouveau.

— Mais comment ? questionna Connie accablée. Tu es tout seul !

— Tu es avec moi, lui rappela Holt en lui souriant avec effort. Et peut-être pourrai-je trouver un autre ami. Je crois que je ferais bien d'essayer tout de suite.

— Emmène-moi avec toi.

Holt réfléchit, puis secoua la tête.

— Non. J'aimerais bien, mais je crois que ça marchera mieux sans témoins.

Quand il eut expliqué ce qu'il entendait faire, Connie fut d'accord avec lui. Ils se mirent alors à discuter pour savoir lequel des deux garderait le pistolet, mais Holt insista pour qu'il reste dans la maison.

— Je ne crois plus être en danger physique, maintenant, expliqua-t-il. La dernière chose que fera Mac Coy sera de me tirer dessus, parce que cela prouverait à tout le monde que j'ai raison. Mais on ne sait jamais qui peut venir rôder par ici, un cinglé, par exemple.

Il gagna la partie et quitta la maison en y laissant l'arme et après avoir donné ses instructions à Connie pour qu'elle ne laisse entrer personne. Puis il prit la voiture et se dirigea vers le restaurant où Van Dusen avait ses habitudes.

L'enquêteur était installé dans un box dans le fond. Il était seul et déjà ivre.

— Tiens, le voilà donc ! s'écria-t-il pour accueillir Holt. Comment va le boy-scout ?

— Je te cherchais, Van.

— Assieds-toi et prends un verre. (Van Dusen héla le barman.) Hé ! Joe, une autre bouteille... et un autre verre pour mon copain. Je pense que tu es toujours mon copain, hein, Holt ? Tant que personne n'est là pour m'entendre, bien sûr.

Holt n'avait jamais vu Van Dusen aussi cynique.

— Et quelle excuse as-tu trouvée pour te saouler ? demanda-t-il.

— Toi ! déclara tristement l'enquêteur. Je crois que je ne suis qu'une mauviette mais mon cœur fond en voyant un vampire pris au piège. Pourquoi t'es-tu lancé dans un pétrin pareil, boy-scout ?

— Tu l'as dit, Van. Parce que je suis un affreux vampire.

— Tu aurais dû m'en parler ; je t'aurais dit ce qui t'attendait. Mais maintenant... Trop triste ! fit Van Dusen en secouant la tête avec pitié.

— Je viens t'en parler. Je veux te demander un service.

— Non, certainement non. Je n'irai pas tuer Adair, même pour te faire plaisir. Quoique ce ne soit pas une mauvaise idée, après tout.

— Je ne veux pas que tu tues qui que ce soit. Ecoute-moi. Est-ce que je me trompe, ou existe-t-il quelque part, dans notre matériel, un équipement d'enregistrement portatif ? Tu sais, cette sorte de faux stylo relié à un microphone qui transmet à courte distance à un magnétophone à bande ?

— Nous en avons sûrement un.

— Il me le faut, Van.

— Alors, fais une demande. Mais ne me casse pas les pieds à moi. J'ai l'intention de passer ici mes jours et mes nuits à boire à ta mémoire.

— Je ne peux pas faire de demande ; je suis suspendu. Mais pas toi et je comptais sur ton amitié. Je suis désespéré, Van, comme tu peux t'en douter. Farnum s'est pendu et si je ne peux pas donner une preuve que j'ai raison — une vraie preuve indéniable — je suis lessivé. J'ai vraiment salement besoin de cet appareil.

— Qui veux-tu enregistrer ?

— Mac Coy.

Van Dusen s'étrangla et se mit à tousser. Holt poursuivit :

— Ne me demande pas comment, je n'en sais rien moi-même. Mais, maintenant que Farnum ne peut plus témoigner, une seule chose peut encore me faire gagner la partie, et c'est un aveu de culpabilité de Mac Coy lui-même.

Van Dusen avait fermé les yeux et son visage avait une expression de douleur.

— Mitch, tu détruis en moi la dernière lueur d'espoir. Tu crois que Mac Coy lui-même va te tirer d'affaire ?

— Je t'ai dit que je ne savais pas encore comment j'allais m'y prendre. Mais je peux toujours essayer. Tout est bon à tenter, pour le moment.

— Complètement siphonné, murmura Van Dusen. J'en pleurerais.

— Si j'échoue, je dirai que j'ai barboté moi-même le matériel. Tu n'as pas à t'en faire pour toi.

— Et je n'ai pas besoin que des boy-scouts s'en fassent pour moi non plus, déclara Van Dusen en ouvrant les yeux. Si je suis assez vampire pour aider un vampire quand ce vampire est dans le pétrin, alors je suis assez vampire pour tout encaisser. La question est de savoir si je suis un affreux vampire ou non ?

Holt attendait en silence.

— Oh ! rentre chez toi, dit Van Dusen avec colère. Je suis un ivrogne et ce n'est pas ici un endroit pour les boy-scouts. Je te tiendrai au courant.

En dépit de cet adieu à moitié réticent, Holt pensa que son ami allait faire ce qu'il lui avait demandé et rentra chez lui de meilleure humeur.

Il fit plus de bruit qu'il n'était nécessaire en manœuvrant la porte du garage, pour bien faire comprendre à Connie que c'était lui et la rassurer. Ses précautions furent perdues, toutefois. Quand il entra, par la porte de devant, personne ne répondit à son appel. Il fit rapidement le tour de la maison et s'aperçut qu'elle était vide.

Il eut au cœur un pincement de frayeur mais il se dissipa vite. Connie devait être sortie pour un instant mais elle serait sûrement de retour rapidement. Il alluma une cigarette et s'assit pour l'attendre, prêt à lui ouvrir la porte.

Connie ne revenait pas. Au bout d'un petit moment, Holt se leva et refit plus attentivement le tour de la maison. Aurait-elle laissé un mot qu'il n'avait pas vu ? Apparemment non. Mais il releva un indice inquiétant : le pistolet et la boîte de munitions avaient, eux aussi, disparu.

— Où donc a-t-elle pu aller ? dit-il à voix haute.

Aucune réponse ne fit écho. Connie était bel et bien avertie des dangers possibles et ne se serait pas hasardée dehors sans motif sérieux. Et elle n'avait pas de voiture, puisque Holt avait pris le seul véhicule. Qu'est-ce qui avait pu la faire sortir, ce soir-là entre tous ? Qu'était-il arrivé à Connie ? Kidnapping ? Agression ? Alors, pourquoi n'y avait-il pas trace de violence ? et pourquoi Connie avait-elle emporté le pistolet avec elle ? Lentement, Holt prit le téléphone ; le préposé au bureau de la police l'informa que Connie n'avait apparemment été l'objet d'aucun accident.

— Je vous en prie, rappelez-moi tout de suite si vous apprenez quelque chose, demanda Holt.

Après quoi, il n'y avait plus rien à faire qu'à arpenter de long en large le living-room, en allumant des cigarettes les unes aux autres. Le besoin irraisonné de faire quelque chose, de se lancer dans la nuit à la recherche de sa femme, était presque trop violent pour qu'il puisse le combattre. Il y arriva néanmoins en se disant que ça n'avancerait à rien et que, si Connie essayait de lui téléphoner...

Ou bien si Mac Coy lui téléphonait...

Au bout d'une heure d'une attente angoissée, Holt commença à croire que c'était en réalité cet appel qu'il attendait : la douce voix de Mac Coy lui proposant Connie contre son silence. Et que répondrait-il ? « Faites ce que vous voudrez d'elle, je n'abandonnerai pas » ? C'était impensable, aussi bien d'ailleurs que la solution qui le faisait se rendre honteusement. Il ne savait pas ce qu'il ferait.

Il ne le savait toujours pas quand la sonnerie du téléphone déchira enfin le silence. Il était quatre heures du matin. Il y avait maintenant six heures qu'il attendait, cependant il hésita avant de décrocher.

— Allô ! ici Holt, dit-il.

La voix, à l'autre bout du fil, n'appartenait pas à Mac Coy. C'était le préposé au bureau de la police et il semblait particulièrement emprunté et embarrassé.

— Mr. Holt, je vous appelle au sujet de votre femme.

Les mains de Holt se crispèrent sur le récepteur.

— Oui ? Où est-elle ?

— Elle est ici, sous mandat d'arrêt.

Le sergent s'arrêta, puis reprit froidement :

— Votre femme a été arrêtée pour possession et usage de stupéfiants.

20

Il y avait vingt minutes en voiture de sa maison au quartier général de la police, mais Holt n'en mit certainement pas dix. Même ainsi, les reporters l'avaient devancé et se montrèrent ravis de le voir arriver, surtout ceux du *Sentinel* et de l'*Evening News*. Bouleversé d'inquiétude pour Connie, Holt ne s'aperçut de leur présence qu'au moment où ils se dressèrent en obstacle entre lui et le lieu de détention.

— Une déclaration, Holt, suppliaient-ils tandis que les flashes déchiraient la nuit encore noire. Depuis combien de temps votre femme est-elle dans la drogue ? Saviez-vous qu'elle s'y adonnait ? Qu'avez-vous l'intention de faire ?

Holt secoua la tête comme un dogue acculé.

— Je n'ai rien à déclarer tant que je ne connaîtrai pas les faits.

Il répéta cette phrase plusieurs fois mais les reporters continuèrent à le harceler. Ils l'auraient suivi jusqu'au bout si le sergent de garde ne leur avait barré la porte.

Il s'appelait Zook. C'était un officier massif, assez âgé, avec de lourdes bajoues et des yeux fatigués.

— Bande de vautours, commenta-t-il en verrouillant la porte. C'est vous, le mari ?

— Je suis Holt. Où est ma femme ?

— Section des femmes. Vous feriez aussi bien de vous asseoir. Vous ne pouvez pas la voir maintenant. Le docteur n'a pas encore fini.

— Est-ce qu'elle va bien ? demanda Holt avec un soupir anxieux.

— Elle était complètement groggy quand ils l'ont amenée. Une vraie honte ; elle est si jeune. Comment a-t-elle pu se procurer de l'herbe ?

— La marijuana, dit lentement Holt. C'est de ça qu'il s'agit ?

— La vieille Marie-Jeanne en personne !

— Ma femme n'est pas une adepte de la marijuana. Elle n'a jamais vu une drogue de sa vie. Je suis son mari et je la connais.

Le sergent haussa les épaules : il n'avait pas envie de discuter. Il tendit le procès-verbal de l'arrestation à Holt.

— Lisez vous-même, dit-il.

C'était un document détaillé, rédigé en termes officiels et concis, basé sur le rapport des agents qui avaient opéré l'arrestation et sur la déposition du veilleur de nuit d'un hôtel de Fathom Street, la rue la plus mal famée du quartier le plus mal famé de la ville. Un peu avant minuit, une femme, plus tard identifiée comme étant Mrs. Consuelo Holt, était entrée au *Frontier Hotel* et avait demandé la chambre N° tant. Le veilleur la lui avait indiquée. Aux environs de deux heures du matin, les occupants des chambres voisines étaient venus se plaindre du bruit produit par une radio marchant à plein régime. L'employé avait recherché la source du vacarme et, dans l'impossibilité de se faire ouvrir en frappant, avait fini par se servir de son passe-partout. Mrs. Holt était étendue, inconsciente, en travers du lit, vêtue de son seul slip. La pièce montrait des reliefs d'une orgie animée, bouteilles vides, verres sales et diverses pièces de vêtements, masculins aussi bien que féminins. Le veilleur avait alerté la police qui avait décelé l'odeur de la marijuana imprégnant le souffle et le vêtement de Mrs. Holt. Une demi-douzaine de mégots — quelques-uns portant des traces de rouge, les autres non — jonchaient la pièce et trois cigarettes de marijuana intactes furent découvertes dans son sac. La police avait procédé à l'arrestation de Mrs. Holt pour détention et usage de stupéfiants.

Holt avait du mal à réaliser que ce qu'il lisait concernait sa propre femme. Il demanda :

— Puis-je voir ses vêtements ?

— Ils ont été mis au secret comme preuves. Voici la liste.

Comme la plupart des maris, Holt aurait eu du mal à reconnaître les vêtements les plus familiers de sa femme, surtout d'après une liste succincte ; mais une pièce brillait par son absence. Son revolver et les munitions n'étaient pas entre les mains de Connie au moment de son arrestation. Holt fut sur le point de le signaler mais il fut interrompu par le bruit de la porte qui s'ouvrait devant un nouveau venu. C'était le médecin légiste, un jeune homme maigre et nerveux qui portait une mallette de cuir noir.

— Je rentre chez moi, dit-il au sergent. Je l'examinerai de nouveau demain matin.

— C'est le mari, dit Zook en indiquant Holt.

Le médecin légiste regarda Holt avec curiosité.

— Comment va ma femme, docteur ?

— Elle dort. Je ne peux pas grand-chose pour elle, sinon éviter des complications. Elle sera très bien tant qu'elle dormira. Comme vous le savez sans doute, la marijuana à haute dose produit le même effet que l'alcool, une excitation temporaire suivie d'une dépression qui peut aller jusqu'à l'inconscience si la dose est assez forte.

— Connie n'est pas une droguée, assura Holt. Votre examen ne vous a-t-il pas permis de déceler quelque trace de piqûre par seringue hypodermique ?

— La marijuana ne s'absorbe pas de cette manière. Que voulez-vous dire au juste, Mr. Holt ?

— Que Connie a été victime d'une machination. Que quelqu'un l'a droguée contre sa volonté. Je doute beaucoup que ce soit réellement de la marijuana, ce doit être autre chose qui produit le même effet et se présente sous forme d'ampoules. Je désire un examen complet, comprenant une analyse sanguine.

— Comme vous êtes son mari, je comprends que vous vouliez croire à son innocence. Mais c'est un cas caractéristique de marijuana, y compris l'odeur douceâtre. J'ai cru comprendre qu'on avait trouvé des cigarettes dans son sac.

— Je ne parle pas en tant que mari, répondit sèchement Holt, mais en tant qu'avocat. J'exige un examen approfondi. Si vous ne voulez pas vous en charger, j'appellerai un médecin de l'extérieur.

— Je ne vois pas ce que vous espérez prouver, fit le docteur d'un ton irrité. Si ce n'est pas de la marijuana, elle peut aussi bien se l'être administré elle-même.

— On n'a pas trouvé d'aiguille, ni de seringue en sa possession, seulement des cigarettes, qu'on a pu d'ailleurs mettre intentionnellement dans son sac, précisa Holt. Quant à l'odeur de son haleine, le chloroforme n'a-t-il pas aussi ce parfum douceâtre ? Ecoutez, docteur, si vous étiez inconscient devant moi, je pourrais vous faire sentir comme un drogué rien qu'en soufflant de la fumée de marijuana sur vos vêtements et même dans votre bouche. Vous savez combien cette odeur est tenace.

Le docteur se borna à hocher la tête avec résignation. Holt se souciait d'ailleurs peu de ce qu'il pensait pourvu qu'il fasse ce qu'il lui demandait. Il finit par obtenir gain de cause et le médecin légiste repartit en ronchonnant faire son examen.

— Vous aimeriez tirer les choses au clair, hein ? commenta doucement Zook.

Le médecin légiste ne réapparut pas mais une infirmière se présenta pour annoncer que l'examen était terminé et que Holt pouvait voir sa femme s'il le désirait. Apparemment, le docteur pensait que la vue de Connie suffirait à convaincre Holt qu'il s'entêtait en vain.

Mais ce but ne fut pas atteint. En regardant par les barreaux de la petite cellule, Holt sentit les larmes lui brûler les paupières. Connie reposait sur la couchette, inconsciente de sa présence. Elle était habituellement le type de la femme nette et élégante, même dans ses besognes domestiques, mais pour l'instant ses cheveux pendaient, emmêlés, et son rouge à lèvres débordait largement autour de sa bouche délicate. Elle ne portait que son slip de dentelle et une couverture militaire couvrait ses jambes. Son souffle était faible mais régulier et, même à cette distance, Holt pouvait sentir l'arôme de la marijuana.

— Une si gentille petite fille, murmura l'infirmière. Pourquoi ont-ils fait ça ?

— Pour me faire taire, dit Holt mais ils ne parlaient pas de la même chose. Appelez-moi quand elle se réveillera.

— Si vous avez besoin d'une ambulance pour le transport, le préposé au bureau vous en demandera une.

— Je n'en ai pas besoin, déclara Holt. Ma femme va rester en prison.

La nuit s'avançait lentement vers sa conclusion. Mitch Holt, assis sur une banquette dans la demi-pénombre d'un corridor du quartier général, regardait avec reconnaissance l'aube monter dans l'arche de la grande porte.

Il était huit heures quand l'infirmière vint le prévenir. Connie s'était réveillée et le demandait. En plus de ces nouvelles, la femme lui apportait une tasse de café fumant.

— J'ai l'impression que vous en avez besoin, Mr. Holt.

— Merci, répliqua ce dernier.

Il était touché de sa gentillesse ; à remâcher solitairement ses tristes pensées, il en était presque arrivé à conclure que la terre entière était liguée contre lui. Ce n'était pas vrai, bien sûr. Même ici, dans ce qu'il considérait comme le camp même de l'ennemi, on trouvait encore un geste amical.

Connie était assise sur le bord de la couchette, la couverture drapée autour des épaules, comme une toge. Elle lui adressa un pauvre sourire et murmura son nom. Holt s'assit près d'elle et passa son bras autour de ses épaules. Elle se laissa aller contre lui et pendant un moment ils restèrent immobiles sans rien dire. Finalement, Connie releva la tête.

— Mitch, que m'est-il arrivé ? Je me sens si drôle. Quel est cet endroit ?

Holt le lui expliqua, aussi doucement que possible. Connie, bien que consciente, n'était pas encore complètement revenue des effets de la drogue. Holt lui tendit sa tasse de café et elle aspira lentement le liquide noir et brûlant. Elle devait tenir le bol à deux mains pour n'en pas répandre le contenu.

— Je suis en prison ! répéta-t-elle avec étonnement quand Holt eut terminé. Et ce n'était pas toi qui téléphonais...

— C'est comme ça qu'il s'y est pris... un coup de téléphone !

Connie lui raconta l'histoire par bribes décousues, le café l'aidait à retrouver ses souvenirs. A un certain moment, la veille au soir, au bout de deux heures d'absence de Holt, Connie avait reçu un appel téléphonique. Elle l'avait aussitôt attribué à son mari. Le pseudo-Holt lui avait demandé de le rejoindre immédiatement à certaine chambre du *Frontier Hotel*, dans Fathom Street. Il n'avait donné aucune autre raison après avoir prétendu que c'était très important pour l'affaire. Connie s'était rendue à l'hôtel en taxi. Quand elle était arrivée devant la chambre indiquée, une voix masculine lui avait dit d'entrer. On l'avait alors empoignée, elle avait lutté en vain...

— Et c'est tout ce dont je me souviens jusqu'au moment où je me suis réveillée ici.

— Cette voix au téléphone... pourquoi as-tu pensé que c'était moi ?

— Je ne sais pas, dit-elle en plissant le front. Je crois que je m'attendais à t'entendre. Et il m'a appelée Connie, bien sûr. J'avais beaucoup de mal à comprendre ce qu'il disait ; on aurait dit que la communication était mauvaise et il parlait très doucement. Tu as... c'est-à-dire il a commencé par dire qu'il ne voulait pas risquer d'être entendu. En plus, je crois que j'étais trop énervée pour réfléchir. Ça avait l'air si mystérieux, comme si quelque chose d'important était en jeu.

— Ce n'est pas ta faute, la rassura Holt. Je lui avais préparé moi-même le travail. J'aurais dû t'emmener avec moi.

— J'ai tellement mal à la tête, gémit Connie.

— Ce n'est rien. Je suis bien content que rien de pire ne te soit arrivé.

Et c'était bien vrai ! Il ne croyait pas du tout que Mac Coy avait eu l'intention de tuer, mais seulement de détruire la réputation de Holt aux yeux du public. Cependant, Mac Coy était flic, pas médecin, et la drogue qui avait rendu Connie inconsciente aurait tout aussi bien pu la tuer. La réputation de Connie était souillée, mais une souillure se lave. La mort seule est définitive.

— Connie, avais-tu emporté mon pistolet avec toi ?

— Oui. Je l'ai mis dans mon sac juste avant de quitter la maison, et les balles aussi. Je crois qu'ils doivent toujours y être.

Ils n'y étaient plus, comme Holt le savait déjà. Cela voulait dire que son revolver, dont il était le propriétaire légalement reconnu et enregistré, était maintenant entre les mains de Mac Coy. Ce que ce dernier pouvait en faire, Holt ne pouvait le deviner à coup sûr, mais il n'aimait pas cette pensée. Il n'en parla pas toutefois à Connie : elle avait déjà assez d'ennuis à ruminer.

— Mitch, ramène-moi à la maison, demanda-t-elle.

Holt hésita longtemps avant de dire :

— Pas tout de suite, Connie.

Les yeux de la jeune femme s'élargirent de surprise.

— Pourquoi ? Tu veux dire qu'ils ne me laisseront pas partir ? Mais je n'ai rien fait !

— Ce n'est pas cela. Je peux très bien t'emmener, mais je ne veux pas le faire.

— Mais je ne veux pas rester ici !

— Pour les heures à venir, c'est l'endroit où tu seras le plus en sûreté.

Il la serra étroitement contre lui ; elle était raidie de surprise et d'étonnement.

— Je sais que c'est dur, Connie. Mais c'est seulement de cette façon que je peux être sûr de ta sécurité.

Lentement elle se détendit dans ses bras. Elle tenta même de sourire.

— Bon, en fait, je n'ai pas le choix, n'est-ce pas ? Je dois suivre les conseils de mon avocat.

— De ton mari. Ce sont ceux-là qui comptent.

— Très bien, chéri. Mais il faut que tu me promettes quelque chose. Je ne veux pas que tu te lances dans des folies pendant que je ne peux pas te venir en aide.

Holt promit, mais sans conviction intérieure. Toutes les éventualités lui semblaient maintenant téméraires et risquées.

— J'essaierai de ne pas faire plus de bêtises que je n'en fais d'habitude.

Connie se contenta de cette réponse et ils restèrent longtemps assis l'un près de l'autre. Quand il partit, elle était en train de demander de quoi faire un peu de toilette et se vêtir.

Il parcourut les longs couloirs, une pensée trottant sans cesse dans sa tête. Le revolver, le revolver... Mac Coy lui avait volé son revolver.

Il y avait là quelque chose d'important mais Holt n'arrivait pas à trouver ce que c'était.

Brusquement, il réalisa qu'il n'avait envisagé la chose que dans un sens négatif. Il se faisait du souci au sujet de l'usage que pourrait faire Mac Coy d'un revolver enregistré à son nom. Ce à quoi il devait s'attacher, c'était à découvrir ce que lui, Holt, pouvait tirer du fait que Mac Coy était en possession de son arme. Le revolver entre les mains du capitaine était la preuve flagrante que c'était lui qui avait drogué Connie dans la chambre d'hôtel la nuit précédente. C'était une preuve, une bonne vieille solide preuve avec un beau matricule gravé dessus !

Holt n'avait ni dormi ni mangé depuis la veille mais il ne s'arrêta même pas le temps de prendre un petit déjeuner. La ville avait déjà commencé sa journée de travail... et lui avec elle. Il fonça dans le bureau de Van Dusen ; mais le chef enquêteur ne s'était pas encore présenté et personne ne l'avait vu. Holt s'en alla, conscient des coups d'œil curieux que lui lançaient les employés du D.A., ses collègues d'hier.

Il se cogna à Adair devant la porte de l'ascenseur. Le D.A. lisait le *Sentinel*.

Pendant un instant, ils se regardèrent sans parler. Adair était visiblement embarrassé. Il toussa pour s'éclaircir la voix.

— Bonjour, Mitch. Je... euh... je suis désolé de ce qui est arrivé.

— Ah oui ?

Holt prit froidement le journal des mains de son chef. LA FEMME DE HOLT INCULPÉE DE TRAFIC DE DROGUE. C'était le titre et le reste suivait, tout aussi répugnant. Il y avait aussi une grande photo de Connie, vêtue de son seul slip et soutenue par deux flics en uniforme devant le poste de police. Holt sentit une vague de rage l'aveugler, mais, quand il parla, sa voix était calme et mesurée.

— Trop gentil à vous de vous en faire !

Adair prit Holt par le coude et l'entraîna dans un coin du couloir.

— J'espère que vous comprenez que je ne suis mû par aucune

rancœur personnelle ? Il va falloir que j'annonce votre démission, Mitch, mais c'est uniquement pour le bien de ce bureau. Vous devez comprendre, surtout après ce nouveau rebondissement.

— Oh, je comprends un tas de choses.

Adair désigna le journal du menton.

— Je dois dire que cela m'a causé un choc profond. C'est la dernière chose au monde que j'aurais imaginée. Je suis sincèrement désolé.

— Pourquoi seriez-vous désolé ? dit Holt d'un ton sardonique. C'est une machination très simple — pardonnez-moi : une affaire très simple. Connie passe fréquemment la frontière, c'est facile à prouver. Et sa famille a un ranch à Ensenada... où l'on cultive la marijuana, bien sûr. Il est hors de doute que Connie s'est lancée depuis longtemps dans le trafic de la drogue et qu'elle a commis l'erreur de s'en enticher elle-même. En sus de tout cela, elle est d'origine mexicaine. C'est une base excellente car, comme tout Américain le sait, c'est de l'étranger que nous viennent tous les crimes et tous les vices. Eh bien ! affaire ouverte, affaire conclue, Adair. N'importe quel clown de ce bureau peut s'occuper de celle-là avec succès à votre place.

Ces sarcasmes semblèrent toucher Adair.

— Mitch ! je sais que vous êtes à bout, mais surveillez-vous, mon petit. Je ne vous ai jamais entendu parler comme ça...

— Vous ne savez pas à quel point je suis à bout. Et je vais faire beaucoup plus que parler, maintenant. Vous pouvez l'annoncer au bon peuple, si ça vous intéresse.

Il se retourna sans un au revoir et dégringola l'escalier sans attendre l'ascenseur. A la courbe des marches, il put voir qu'Adair était toujours immobile sur le palier et le regardait descendre.

— Brillant discours, marmonna Holt pour lui-même avec dégoût. Mais qu'est-ce que je vais faire maintenant ?

Il ne savait que se répondre. Van Dusen, son dernier espoir, avait apparemment décidé de ne pas se mouiller dans l'affaire Mitch Holt.

Mais, quand il arriva au parking pour reprendre sa voiture, il trouva un bout de papier glissé sous l'essuie-glace. Holt lut le billet et sentit une petite lueur se rallumer en lui.

Le billet était court.

« *Regarde dans ton coffre.* »

Et c'était signé : *Un Vampire*.

Holt regarda. L'enregistreur portatif et tout son équipement étaient là, posés bien en vue.

21

L'employée du quartier général de la police crut qu'il revenait pour son permis de port d'armes et se confondit en excuses pour lui annoncer qu'il n'était pas prêt. Holt l'écouta à peine. Il était venu pour voir Quinlan, mais le sergent avait téléphoné de bonne heure pour dire qu'il était malade et ne viendrait pas travailler aujourd'hui.

— Ce doit être la grippe, dit la femme. Il y a des tas de cas en ce moment.

Holt acquiesça et garda ses soupçons pour lui-même. Il imaginait que la maladie de Quinlan devait être plutôt d'ordre diplomatique. Il releva l'adresse personnelle du policier et s'y rendit, prêt à affronter la contagion s'il le fallait.

Une voiture démodée était stoppée devant le cottage que Holt cherchait. Une boîte aux lettres portait l'inscription : « Mr. et Mrs. Henry Quinlan ». Inscription périmée maintenant car Holt se souvint que Quinlan était veuf. Il agita la sonnette. Son premier coup ne reçut pas de réponse mais, au second, la voix de Quinlan lui cria d'entrer.

Le living-room était meublé confortablement mais sans luxe, et donnait sur une chambre dont la porte était ouverte. Quinlan, encore en pyjama, était assis sur le bord d'un grand lit. Sa jambe blessée était étendue raide devant lui et sa canne appuyée contre la table de nuit. Une nouvelle canne, nota Holt. Les deux hommes se considérèrent pendant un moment en silence, puis Quinlan grogna :

— Que diable venez-vous faire ici ?

— Je vous cherchais. On m'a dit que vous étiez malade.

— C'est ma jambe, répondit Quinlan sans l'inviter à s'asseoir. Eh bien ! vous m'avez trouvé. Racontez votre histoire et fichez le camp.

— Je voulais m'assurer que vous aviez vu le journal du matin, dit Holt.

— Je l'ai déjà vu, dit Quinlan en désignant d'un signe de tête la corbeille à papier où un exemplaire du *Sentinel* était jeté tout froissé. Et alors ?

— Joli travail, dit Holt. De professionnel. La patte d'un maître !

— Qu'est-ce qu'il faut que je fasse ? Me mettre à pleurer ?

Holt ne répliqua pas. Il se borna à marcher vers la commode. Trois photographies y étaient posées. L'une représentait une femme d'un certain âge, au visage agréable, probablement Mrs. Quinlan.

Les deux autres, plus récentes, un jeune homme en uniforme de la marine et une jeune femme portant un bébé.

— Votre famille, Quinlan ?

— Qu'est-ce que ça peut vous faire ?

— Ma femme a environ le même âge que votre fille. Elles doivent avoir un tas de points communs. Moi aussi, j'ai une photo de ma femme, Quinlan. Et toute la ville avec moi ! Dévêtue, devant la porte de la prison.

Quinlan haussa les épaules d'un air mal à l'aise.

— C'est là qu'elle est en ce moment, en prison, reprit Holt. Connie n'avait jamais passé la porte d'une prison auparavant, Quinlan. C'est un drôle de choc pour elle. Mais vous l'avez vue l'autre soir. Vous pouvez vous l'imaginer.

Quinlan dit d'un ton de colère :

— Et pourquoi venir pleurer chez moi ?

— Je voulais seulement vous poser une question : croyez-vous à cette histoire ? Vous avez dû reconnaître la patte de Mac Coy. Vous avez été son partenaire pendant trente ans !

— Dites donc, vous, éclata Quinlan, je ne vais pas rester assis à vous entendre déblatérer vos mensonges au sujet de Mac !

Il se leva à demi, sa main cherchant la poignée de sa canne.

— Les mensonges, les voici, dit Holt en montrant le journal, et il faudra bien que vous les affrontiez, Quinlan. Combien de temps allez-vous continuer à servir de paravent à Mac Coy ? Trente ans ne vous suffisent pas ?

— Je n'ai rien à voir avec ce qui est arrivé à votre femme ! hurla Quinlan.

— Je le sais bien... juste comme vous n'avez rien à voir avec la dynamite planquée chez Shayon et toutes les autres preuves truquées par Mac Coy. Vous étiez trop borné et confiant pour vous apercevoir de ce qui se passait, Quinlan, ça, c'est la vérité.

— Si ma jambe ne me clouait pas là, je vous aurais...

— Est-ce réellement votre jambe qui vous gêne... ou quelque chose d'autre ? contra Holt en soutenant fermement le regard furibond de Quinlan. Ce qui vous gêne, n'est-ce pas le fait que vous vous êtes aperçu que vous aviez été berné pendant toutes ces années ?

Le regard de Quinlan céda le premier. Il marmonna :

— Vous perdez la tête. Pourquoi croirais-je un traître mot de ce que vous dites ?

— Mac Coy a été votre idole et c'est plus facile pour vous de le laisser sur son piédestal. J'admire votre loyauté. C'est vraiment dommage que Mac Coy n'ait pas les mêmes sentiments envers vous.

La tête de Quinlan se redressa brusquement.

— De quoi voulez-vous parler ?

— Pendant le week-end où Farnum a changé son histoire concernant la dynamite, tous deux, vous et Mac Coy, lui avez parlé. Séparément. Ça me semble bizarre, vous formiez une équipe si unie !

— Nous devions le voir ensemble, mais...

— Mais Mac Coy ne s'est pas présenté en même temps que vous.

— Il avait été retardé, c'est tout.

— C'est évident ! Mais de cette manière Mac Coy pouvait seriner Farnum sans témoin... et, si jamais ça ne marchait pas, vous serviez de bouc émissaire.

— Vous ne pouvez pas le prouver.

— Je ne peux pas prouver non plus que Connie a été droguée. Mais je le sais. Et vous aussi. Réveillez-vous, Quinlan, Mac Coy vous a trimbalé pendant des années comme roue de secours au cas où il aurait un pépin. C'est tout ce que vous avez jamais représenté pour lui.

Le regard de Quinlan effleura furtivement sa jambe estropiée.

— Je ne vous crois pas, dit-il brutalement. Mac est mon ami.

— Où était votre ami hier soir ? Avec vous ? Vous n'avez pas besoin de me le dire, je sais où était Mac Coy. Il était au *Frontier Hotel*, dans Fathom Street, à préparer son embuscade. Il n'avait pas besoin de vous pour ça, ni pour quoi que ce soit maintenant, sinon pour prendre les coups si rien d'autre ne peut sauver sa peau.

— J'ai téléphoné au ranch, murmura Quinlan presque pour lui-même. Il n'y était pas. Cela ne prouve rien cependant.

— Vous voulez une preuve ? demanda Holt. Très bien, je sais où la trouver. C'est mon revolver. Vous l'avez vu vous-même. Connie l'avait emporté avec elle hier soir mais il n'était plus dans son sac quand les flics l'ont arrêtée. Ça veut dire que Mac Coy l'a pris. Je ne sais pas ce qu'il a l'intention d'en faire. Il le considère probablement comme la dernière corde de son arc au cas où il aurait besoin de tendre un autre traquenard. Mais c'est une arme à double tranchant.

— Je ne vous suis pas, dit Quinlan lentement.

— Si Mac Coy est en possession de mon revolver, c'est la preuve concrète que c'est lui qui a préparé le coup d'hier soir. S'il l'a fait, il est également coupable de tout le reste. Qu'est-ce que vous dites de cela, Quinlan ?

— Que voulez-vous que j'en dise ?

— Vous êtes un flic, dit Holt. Je crois que vous êtes même un flic honnête. Vous avez prêté serment et vous portez un insigne. Je sais que vous ne pouvez pas me sentir, mais ça ne joue pas... si l'insigne signifie vraiment quelque chose pour vous. Je vous charge, en tant que policier, d'enquêter sur ce que je viens de vous dire.

— Ne venez pas me tenir de discours à propos de mon devoir,

grogna Quinlan. Je faisais ce boulot quand vous étiez encore dans les langes. Vous essayez seulement de sauver votre peau, Holt.

— Et vous essayez seulement d'éviter la vérité. Pourquoi, Quinlan ? De quoi avez-vous peur ?... que je puisse avoir raison ?

— Je n'ai peur de rien du tout, dit Quinlan d'une voix enrouée. Simplement, je ne vous crois pas. Vous m'entendez bien ? Je ne vous crois pas.

— Criez aussi fort que vous voudrez, dit Holt, la voix tout aussi tendue. Vous ne me convaincrez pas plus que vous ne vous convaincrez vous-même.

Quinlan poussa un grognement inarticulé, mais Holt ne put déterminer si c'était de désespoir ou seulement de rage. Tous deux restèrent un moment à se fixer, puis Holt fit demi-tour et retourna dans le petit living-room. Il se laissa aller dans un fauteuil et ne regarda plus Quinlan. Il se sentait épuisé par l'émotion, l'esprit vide, passant de l'espoir au désespoir. Il avait dit tout ce qu'il pouvait dire ; la décision ne dépendait plus de lui. Elle appartenait maintenant au seul Quinlan.

Il resta assis un long moment sans penser à rien d'autre qu'à sa fatigue. Une fois il crut entendre Quinlan murmurer : « Trente ans » comme un requiem, mais ce fut tout.

Peut-être s'assoupit-il car il n'entendit pas Quinlan quitter son lit. Mais il réalisa soudainement que le sergent était debout à côté de son fauteuil. Il avait quitté son pyjama et portait ses vêtements de travail. Il fixait par la fenêtre les ombres du soir qui s'étendaient sur la pelouse.

— Il se fait tard, murmura Quinlan. Mais peut-être pas trop tard. Que voulez-vous que je fasse, Holt ?

Le jeune homme se leva lentement pour lui faire face.

— Je crois que vous le savez.

— Ouais, soupira Quinlan, je le crois aussi.

— Vous allez demander la vérité à Mac Coy. Vous êtes le seul homme au monde à qui il puisse la dire.

22

— J'ai l'impression d'être Dick Tracy, grognait Quinlan. N'aurais jamais cru devoir me servir un jour de ce genre de truc.

— Vous pouvez baisser les bras, maintenant, dit Holt.

En dépit des récriminations du sergent, le matériel d'enregistrement portatif était merveilleusement succinct. Un microphone, de la taille d'une pièce d'un demi-dollar, était piqué derrière son nœud de cravate et de minces fils passaient sous sa chemise pour aller retrouver une paire de batteries dissimulées dans sa poche revolver. Rien de plus, mais ça suffisait à le transformer en émetteur mobile.

— Bon, apprécia Holt. Les batteries sont un peu encombrantes mais sous votre veste ça ne se verra pas trop. Faites attention de la garder boutonnée et n'agitez pas trop les bras, vous risqueriez de couper le contact.

Quinlan grogna un acquiescement et remonta dans sa voiture. Holt s'installa derrière où, sur le siège, le petit récepteur et le magnétophone étaient installés. Il replia ses longues jambes et essaya de trouver la position la moins inconfortable sur le plancher du véhicule tandis que Quinlan mettait le moteur en marche. Ils s'étaient arrêtés à environ un mile du ranch de Mac Coy pour procéder aux derniers préparatifs.

La nuit était tombée, une nuit sombre et sans lune qui prenait dans la campagne une densité inconnue à la ville. Holt, blotti dans son trou entre les deux sièges, en ressentait particulièrement le caractère sinistre. La réputation, l'avenir, la carrière de quelqu'un devaient mourir ce soir. « Etranges funérailles, pensait-il, que celles où l'on ne sait si on sera le cadavre ou l'officiant. »

La voiture s'arrêta et Holt se souleva pour jeter un coup d'œil par la fenêtre. Ils avaient atteint la grande barrière de bois qui fermait le chemin menant au ranch de Mac Coy. Elle était baignée par la lumière de deux lanternes autour desquelles l'ombre semblait encore plus intense.

Quinlan descendit, ouvrit la grille, fit passer l'auto, redescendit pour refermer la barrière.

Ils roulèrent de nouveau le long de l'allée que Holt se rappelait avoir parcourue lors de sa récente visite, puis s'arrêtèrent définitivement.

— A quelle distance de la maison sommes-nous ? demanda-t-il à voix basse. Je ne connais pas très bien ce joujou mais je doute qu'il marche au-delà de cent mètres.

— Nous sommes juste devant la porte d'entrée, souffla Quinlan. J'ai l'impression d'être un serpent de la pire espèce, de venir ici comme ça.

— Je n'apprécie pas plus que vous.

— C'est facile à dire. Mais Mac est pour moi comme un membre de ma famille...

— Hé ! Hank, c'est toi ? Entre donc ! cria la voix de Mac Coy.

Quinlan ouvrit la porte de la voiture et descendit, Holt prit hâtivement les écouteurs et poussa le bouton du magnétophone, prêt à faire démarrer l'enregistrement. Le microphone de Quinlan marchait : Holt put parfaitement percevoir les pas lourds du sergent sur le gravier crissant puis sur le perron de bois.

La voix de Mac Coy, d'abord très faible, prit un volume de plus en plus normal à mesure que les deux hommes se rapprochaient l'un de l'autre.

— Alors, comment ça va, visiteur ? Content de te voir. Pourquoi n'as-tu pas téléphoné que tu venais ?

Quinlan s'excusait maladroitement : il jouait mal.

— Ça ne fait rien, reprenait jovialement Mac Coy. J'ai un tas de bouteilles de bière dans la glacière et je suis prêt à te donner une bonne leçon aux dominos. Entre donc, Hank.

Holt entendit le bruit d'une porte qu'on ouvrait, puis refermait. Précautionneusement, il jeta un coup d'œil au-dehors. Mac et Quinlan avaient disparu. Il mit le magnétophone en marche.

— Eh bien, ne reste pas planté là, disait Mac Coy quelque part dans le living-room du ranch. Assieds-toi, Hank, repose ta jambe. Comment va-t-elle ce soir ?

— Pas trop bien, marmonna Quinlan.

— C'est une vraie poisse, sympathisait Mac Coy. Moi, ça va bien mieux qu'aucun de ces jours-ci. En fait, j'allais même fêter ce soulagement et je suis heureux de t'avoir avec moi. Je vais chercher la bière.

— Pas la peine, dit Quinlan. Je n'ai pas soif.

— Qui parle d'avoir soif ? C'est pour le principe. (Il s'arrêta et sa voix devint plus grave.) Qu'est-ce qui te travaille, Hank ? Je sais ce que veut dire cette expression.

— Rien.

— Ouais ? Bon, très bien, puisque tu le dis. Mais détends-toi, enlève ton manteau...

— Non, je préfère le garder, dit Quinlan avec tant de précipitation que Holt cligna des paupières. Je voulais juste bavarder avec toi, Mac.

— J'écoute, dit lentement Mac Coy.

Holt, qui écoutait lui aussi, sentit ses nerfs se tendre. C'était le moment et il se demandait comment Quinlan avait l'intention de présenter la chose. Holt aurait pris des chemins détournés, mais Quinlan ne connaissait qu'une manière d'agir. Il était aussi subtil qu'un bulldozer attaquant une colline : il fonçait droit au but, tête baissée.

— Je veux savoir ce qui se passe.

— Ce qui se passe ? demanda prudemment Mac Coy.

— En ce moment. Et dans le passé. Pendant ces trente dernières années.

Il y eut un silence rompu seulement par la respiration haletante de Quinlan que Holt percevait très clairement. Finalement, Mac Coy déclara :

— C'est une grosse histoire, Hank. Il me semble que tu as trop lu les journaux.

— Ils m'ont donné à réfléchir, c'est tout.

— Et tu en es arrivé à la conclusion stupéfiante qu'il n'y a pas de fumée sans feu, fit Mac Coy avec un rire bref. Je croyais que tu venais me faire une visite amicale mais je me suis peut-être trompé. Tu croyais me pousser dans mes derniers retranchements ?

— Je suis venu pour te poser une question. Y a-t-il du vrai dans ce que Holt crie partout ?

— Du vrai ? fit Mac Coy en écho. Chaque fois que je me suis présenté devant un tribunal, j'ai juré de dire la vérité. Maintenant, il faut que je prête de nouveau serment devant toi ?

— Si tu veux bien.

— Eh bien, je ne veux pas. Je n'aime pas la façon dont nous nous parlons ce soir.

— Mac, reprit Quinlan, la question est simple, trop simple pour être éludée. As-tu jamais mis en taule quelqu'un sans preuves ?

Il y eut un nouveau silence. Puis Mac Coy dit simplement :

— Seulement des types vraiment coupables.

L'aveu fut fait avec tant de naturel que Holt, tous nerfs tendus, eut du mal à comprendre ce qu'il avait entendu. Quinlan eut apparemment la même réaction car Mac Coy éclata de rire.

— Eh bien, Hank ? Tu m'as demandé une réponse et je te l'ai donnée. Satisfait ?

— Tu te paies ma tête, dit Quinlan presque dans un souffle. Tu ne voulais pas dire ça !

— Pourquoi me moquerais-je de toi ? Tu l'as toujours su, de toute manière, n'est-ce pas ? Autrement, tu ne me l'aurais pas demandé. Je te connais.

— Je croyais aussi te connaître. J'avais confiance en toi, je t'ai secondé, et tout ce temps, tout au long de ces années, dit Quinlan d'une voix déformée par l'angoisse. Mac, pourquoi as-tu fait ça ? Qu'est-ce qui t'as pris ?

— Rien ne m'a pris. Je faisais mon boulot en m'assurant que des salauds ne commettraient plus de meurtres et en en débarrassant la société. Bien sûr, j'ai dû quelquefois avoir recours à quelques truquages, mais il faut lutter contre le feu par le feu. Il n'y avait rien de mal à ça.

— Mais falsifier des preuves, mentir...

— Ce n'est pas mentir ! glapit Mac Coy. C'était aider la justice. Tu te rappelles l'affaire Burger en 1934-35. Nous étions sûrs de notre fait mais nous n'aurions jamais pu le coincer si nous n'avions pas trouvé le bout de tuyau de plomb avec lequel il avait tué sa femme.

— Tu l'as trouvé dans sa cour où il l'avait enterré, dit lentement Quinlan. Ou bien est-ce toi qui l'avais enterré ?

— Ça a marché, oui ou non ? Burger a avoué. Quelle différence cela fait-il de savoir qui l'avait enterré ?

— Quelle différence ça fait ? cria Quinlan. Tu n'avais aucun droit...

— Burger non plus n'avait aucun droit de tuer sa femme. Je me suis assuré qu'il paierait sa dette !

— Et les autres, tous ceux qui n'ont pas avoué...

— Eh bien, quoi, les autres ? Ils étaient coupables, chacun de ces salauds.

— Mais comment en étais-tu sûr ?

— Je suis flic, dit Mac Coy. J'ai mon intuition qui me guide. Tu le sais bien. Je n'ai jamais joué avec une affaire quand je n'étais pas sûr de moi. La plupart du temps je n'ai pas eu à le faire, d'ailleurs.

— La plupart du temps, fit Quinlan en écho. Combien de fois, Mac ? Combien de fois ?

— Je ne sais pas, dit Mac Coy et Holt crut le voir hausser les épaules. Peut-être une douzaine de fois, peut-être moins. Je ne me rappelle pas exactement. Qu'est-ce que ça peut faire ?

— Ça me fait quelque chose, à moi, dit Quinlan d'une voix enrouée. Ne comprends-tu pas ce que tu as fait de toi-même. Et ce que tu m'as fait, à moi ?

— Oh ! assez de morale ! dit Mac Coy avec impatience. C'est totalement déplacé de toi à moi. Tu n'as aucun motif de me tirer dans les pattes. Tu n'as avancé ces dernières années que grâce à moi.

— Grâce à toi !

— Ouais, à moi. Tu en serais encore à monter la garde si je ne t'avais pas aidé. Mais j'ai fait de toi un sergent et rendu ton nom célèbre dans tout l'Etat. J'ai fait de toi un personnage de légende. Et ça te plaisait. Alors ne viens pas râler maintenant pour savoir comment je m'y suis pris.

— Je ne savais rien, murmura Quinlan. Dieu m'aide ! je ne savais rien.

— Ce n'est pas ma faute. De toute façon, il y a trop longtemps que nous travaillons côte à côte pour nous injurier. Tout ça, c'est de l'histoire ancienne, Hank. Je suis à la retraite maintenant, et le passé est le passé.

— Ce n'est pas de l'histoire ancienne, dit Quinlan. Ça dure encore.

— Tu veux parler du micmac à propos de la dynamite ? Très bien ; là, j'ai dérapé, mais je suis vieux maintenant, Hank, et je crois avoir voulu trop en faire. De toute façon, ça s'est bien terminé, n'est-ce pas ?

— Je te parle de la nuit dernière, quand tu as fait tomber la femme de Holt dans un traquenard. C'est une saloperie. Si tout est terminé, comme tu le dis, pourquoi as-tu volé le revolver de Holt ?

Il y eut un bref silence, puis Mac Coy demanda doucement :

— Et comment as-tu entendu parler de ce revolver ?

Sa voix contenait une menace mortelle que Holt put déceler, mais apparemment Quinlan ne s'en rendit pas compte.

— C'est Holt qui me l'a dit, répondit-il simplement.

— Ah oui ? Peut-être cela explique-t-il bien des choses : pourquoi tu es ici, et ton air ahuri. Tu travailles pour Holt maintenant. Tu t'es trouvé un autre partenaire.

— Je ne travaille pas pour Holt. Je travaille pour la police.

— Je n'aime pas la manière dont tu as dit ça. Qu'est-ce que tu cherches, Hank ?

— D'abord le revolver de Holt. Les jeux sont faits, Mac. Je vais te coincer maintenant.

— Ainsi c'était donc ça, dit Mac Coy d'une voix douce. C'est la loyauté que je mérite, hein ?

— J'ai bien encaissé une balle pour toi, jadis, dit Quinlan d'une voix amère. Je croyais que ça nous avait liés pour la vie. Mais je ne puis encaisser cela. Ne me pousse pas à bout, Mac. Si je cogne, ça risque de me faire plaisir.

— Tu ferais mieux de réfléchir avant, avertit Mac Coy. Tu es dans le bain autant que moi.

— Non. J'ai été aveugle, mais c'est fini. Je ne suis plus ton partenaire, Mac. Je me demande même si je l'ai jamais été. Maintenant, donne-moi le revolver.

Il y eut un moment de silence durant lequel Holt retint son souffle. Puis Mac Coy dit calmement :

— Si c'est ça que tu veux, Hank, le voici.

— Mac ! ne fais pas l'idiot ! cria brusquement Quinlan.

Le coup de feu explosa dans l'écouteur de Holt comme un tonnerre. Un instant plus tard, un autre bruit suivit, comme un écho. Ce fut un choc sourd, comme lorsqu'on laisse tomber un récepteur téléphonique au cours d'une conversation, puis un son d'écrasement, puis le silence. Enfin, Holt entendit la voix de Mac Coy. Elle était étouffée et semblait lointaine, ce qui voulait dire que Quinlan était tombé face contre terre, le micro bloqué sous son corps. Puis la voix du capitaine se fit plus distincte et Holt devina qu'il venait de retourner Quinlan. On aurait dit que Mac Coy sanglotait.

— Hank ! gémissait-il. Espèce d'idiot ! Je ne voulais pas... tu m'entends, Hank ? Pourquoi m'as-tu forcé à ça...

Tout à coup il s'interrompit et sa voix changea du tout au tout, passant du remords à la consternation.

— Qu'est-ce que c'est que cette saleté ?

Il avait découvert le micro. Les écouteurs devinrent muets.

Holt comprit qu'il n'avait plus que quelques secondes devant lui avant que Mac Coy comprenne. Si l'homme n'avait pas hésité à descendre son plus vieil ami pour sauver sa peau, il n'accorderait pas la moindre pitié à Holt.

Il repoussa les écouteurs maintenant inutiles et enjamba le dossier du siège avant. Pendant un instant d'épouvante, il crut que Quinlan avait emporté les clés. Mais elles dansaient sur le contact. Holt se démena pour essayer de mettre le moteur en marche ; enfin il se mit à toussoter, puis à tourner.

Au même moment, les lumières du ranch s'allumèrent subitement, inondant de lumière le devant du porche et Mac Coy apparut dans l'embrasure de la porte. Il était en manches de chemise et échevelé ; ses yeux semblaient fous. Dans la main, il tenait le revolver de Holt.

— Holt ! hurla-t-il, et le revolver ponctua ses paroles. Hank est mort ! M'entendez-vous ? Hank est mort... et c'est vous qui l'avez tué !

Holt ne se souciait pas de répondre. Le moteur rugit et il sentit la voiture bondir en avant, dessinant un large cercle vers la liberté. Il n'avait pas pris garde au coup de feu, mais le pare-brise tomba soudain en petits morceaux.

— N'essayez pas de vous enfuir ! hurlait Mac Coy. Je vous arrête !

Holt devait passer près du porche et, automatiquement, il se courba au moment où il entrait dans la zone de lumière ; mais il ne put se baisser suffisamment. Une douleur fulgurante traversa son épaule et, brusquement, son bras droit lui sembla paralysé. Il s'arrangea comme il put pour maintenir l'auto de sa seule main gauche.

— Vous avez tiré sur Hank ! lui cria Mac Coy au même moment. Je vous ai vu faire ! Ils me croiront ! Ils me croiront toujours.

La voiture était maintenant dans la bonne direction. Holt écrasa l'accélérateur. Il ne pouvait aller aussi vite que les balles, cependant. Elles volaient autour de la grosse auto comme des abeilles furieuses. Holt, d'un coup d'œil dans le rétroviseur, emporta la vision fugitive de Mac Coy courant derrière lui dans l'allée, tirant et criant :

— Je vous aurai !

Et, tout en comprenant qu'il ne s'agissait que du dernier sursaut d'un vieillard fou dont les jambes ne pouvaient prétendre lutter contre les chevaux-vapeur déchaînés par le pied de Holt, il le crut presque. Dans ce moment de panique, Mac Coy semblait détenir tout le pouvoir du prince des ténèbres. La grille de bois barrait la route, au bout de l'allée, mais Holt ne leva pas le pied. Il sentit l'auto l'écraser et l'arracher, puis la traîner derrière elle un long moment dans un bruit de squelette désarticulé.

Il avait gagné. Il dut parcourir plusieurs kilomètres dans la direction de la ville avant que son esprit, dominé par la panique, puisse le réaliser. Sur le siège arrière, le magnétophone tournait lentement à vide, mais il en avait enregistré assez pour faire éclater un scandale qui mûrissait depuis trente années Tout était là, sur un petit ruban. Trois morts avaient contribué à le tisser : Linneker, Farnum, Quinlan... et la navette tournait toujours.

23

A minuit, il y eut une réunion dans les bureaux du District Attorney. Ce fut Holt qui mena la partie, bien qu'il n'eût plus aucun titre officiel. Plus personne n'y songeait quand il eut exposé le propos de la discussion.

Holt s'était rendu directement de la ferme de Mac Coy au domicile d'Adair. Le D.A. était déjà couché, mais Holt le fit lever et la vue de son bras ensanglanté fit taire ses grognements. Ils s'assirent dans le living-room, Adair toujours en pyjama, pendant que Holt déroulait l'enregistrement qu'il venait de faire. Après quoi, un District Attorney complètement accablé donna une série de coups de téléphone.

Le premier fut pour Van Dusen qui reçut l'ordre de prévenir le shérif afin de procéder d'urgence à l'arrestation de Mac Coy ; le second pour le chef Gould ; le troisième pour prévenir le médecin légiste.

Tout ce monde, à part Van Dusen, se retrouva dans le bureau d'Adair au Centre administratif. Tandis que le chef de la police écoutait l'enregistrement avec la même horreur fascinée qu'avait ressentie Adair auparavant, le médecin s'occupait de la blessure de Holt. Il souffrait durement maintenant.

— Vous avez l'air d'aimer les complications, lui dit le docteur en s'affairant.

— Comment va ma femme ?

— Très bien. Toujours bouclée, toutefois. J'ai fait tous les examens possibles et imaginables, mais rien ne prouve qu'elle ne s'est pas droguée elle-même. Traces de piqûre hypodermique sur son bras gauche, mais ça ne veut rien dire...

— Aucune importance. Ce qui s'est passé ce soir l'innocente mieux que le meilleur test médical.

— Sa blessure est sérieuse ? demanda Adair en s'approchant du coin où Holt était assis.

— Il ne pourra pas jouer au tennis pendant un bon bout de temps, dit le docteur. Ni faire grand-chose qui nécessite l'usage de ce bras. La balle a traversé le muscle dorsal et s'est logée dans la clavicule. On en saura davantage après une radio.

— Nous ne voulons pas le perdre, docteur !

Le ton d'Adair était chaleureux : il était revenu de l'autre côté de la barrière, aux côtés de Holt.

— Il n'y a pas grand risque. Il faudra que je l'emmène à l'hôpital pour procéder à l'extraction.

— Ça peut attendre, déclara Holt en élevant la voix afin que le chef Gould l'entende. D'après vous, docteur, pourrais-je m'être infligé moi-même cette blessure ?

— Qu'est-ce que vous racontez ? s'exclama le docteur. Vous n'avez pas des bras de dix mètres de long !

Gould encaissa. Il poussa un grognement inarticulé.

— Ce n'est pas la peine de retourner le couteau dans la plaie. Qu'est-ce que vous voulez ? Que je vous baise les pieds au milieu de Broadway ?

— Seulement que vous appeliez le quartier général et que vous fassiez relâcher ma femme.

— Elle sera ici dans dix minutes.

Il se dirigea vers le téléphone et Adair prit une chaise pour s'asseoir devant Holt.

— Je crois qu'il vaut mieux que nous ayons une petite conversation avant que les journaux aient vent de la chose, dit-il. Peut-être ferais-je mieux d'inviter Rackmill et Fenn à nous rejoindre pour que nous puissions accorder nos violons.

— Si vous êtes sage, vous laisserez la politique en dehors de tout cela, dit Holt. C'est elle qui est la cause de tous ces ennuis. Cette affaire a été prise comme une question politique au lieu d'être considérée comme concernant avant tout la justice.

— Vous avez raison, dit Adair d'un air malheureux. Seigneur, quel gâchis ! Il va falloir reprendre tous les procès dans lesquels Mac Coy a été impliqué. Qu'en pensez-vous, Mitch ? En tout cas, vous pouvez réintégrer immédiatement votre emploi, je n'ai pas besoin de vous le dire.

— Je ne sais pas, répondit Holt. C'est une des raisons pour lesquelles je ne tiens pas à ce que vous fassiez venir Rackmill ici. Il voudra négocier ma remise en fonction comme un engagement à soutenir votre parti. Je n'ai pas envie de négocier. Pour le moment, il n'y a qu'une tâche que je souhaite vraiment : c'est veiller à ce que les gens trompés par Mac Coy aient une seconde chance.

— Je pense que ça pourrait s'arranger, dit Adair. Je suis certain qu'un poste spécial pourrait être créé, un défenseur public, ou quelque chose comme ça !

— Un défenseur public, répéta lentement Holt. Oui, peut-être.

Mais il me faudra des pouvoirs spéciaux pour reprendre les vieilles affaires. Pas de contrôle et pas d'influences extérieures. Autrement, la meilleure solution sera pour moi de passer à l'extérieur et de prendre les affaires en main en tant qu'avocat privé. Pour le moment, c'est facile de me promettre la lune, mais plus tard, quand ce sera refroidi, vous pourrez changer d'avis. J'ai vu ce que les pressions pouvaient faire.

— Je m'engagerai par écrit, promit Adair, et au diable les pressions. Bien sûr, il y en aura des tas, de tous côtés, mais je crois pouvoir y résister. Si je ne peux pas, eh bien, je me ferai une bonne petite clientèle privée. Je ne suis pas encore trop vieux et peux tout recommencer.

— J'espère pouvoir participer à vos projets ! dit Gould humblement en se joignant à eux. Je ne suis qu'un flic et, à partir de demain, ça va devenir l'espèce animale la plus basse dans cette ville.

— Je ne le crois pas, assura Holt. Notre bonne volonté à admettre nos erreurs et à les corriger quand nous le pouvons donnera au public encore plus de confiance dans notre justice. Mac Coy n'était après tout qu'un flic parmi beaucoup d'autres, pas la police tout entière.

— Mac Coy était plus qu'un flic : c'était un symbole pour tous les policiers. C'est comme si on découvrait qu'Abraham Lincoln avait des esclaves.

— Bien sûr ! Mais si vous avez perdu un héros cette nuit, vous en avez gagné un autre pour le remplacer. Je parle de Quinlan. Il n'avait pas besoin de mourir. Il aurait pu tout simplement fermer les yeux, comme la plupart des gens l'auraient fait. Mais il était fidèle à son insigne et il est mort en faisant son devoir. S'il vous faut un héros, Quinlan en fait un très beau.

— J'en connais un autre, dit Adair.

— Pas moi. Une fois que je m'étais engagé dans cette histoire je ne pouvais faire autrement que de la poursuivre jusqu'au bout. Mais Quinlan avait un choix à faire, un terrible problème de loyauté. C'est sur cela qu'il faut le juger.

La porte du dehors claqua et Van Dusen se rua à l'intérieur en appelant Adair. Il aperçut le groupe dans le bureau et vint les rejoindre. Son visage poupin était plus solennel qu'aucun des autres ne l'avait jamais vu.

— Tout est fini, dit-il, j'arrive du ranch.

— Il y a eu de la bagarre ? questionna Adair.

Van Dusen secoua la tête.

— Nous sommes arrivés trop tard. Mac Coy s'était déjà tiré une balle dans la tête. Il était mort quand nous sommes arrivés. Ce living-room avait tout de l'étal d'un boucher : du sang partout, le sien et celui de Quinlan. Le shérif s'en occupe.

Tous restèrent silencieux pendant un moment puis Holt murmura :

— Eh bien, c'est peut-être mieux comme ça.

— Il a laissé un billet, déclara Van Dusen. C'est plutôt incohérent, mais il semble qu'il ait voulu bâtir une histoire pour mettre le meurtre de Quinlan sur le dos de Holt. Je suppose qu'il a fini par comprendre que c'était sans espoir, ajouta-t-il en haussant les épaules.

Dans la rue, une sirène hurlait de plus en plus fort et mourut dans un miaulement. Gould, à la fenêtre, dit :

— Ce doit être votre femme, Holt.

Holt se leva péniblement, aidé par le médecin légiste.

— Je crois que nous en avons fini ici, dit-il. Je vous reverrai tous demain matin... ou quand le docteur me le permettra.

— Ne vous pressez pas, lui dit affectueusement Adair.

Van Dusen prit l'ascenseur avec Holt et le médecin.

— Eh bien, boy-scout, dit-il, je crois que vous avez bien gagné votre insigne de mérite.

— J'ai été bien aidé. Merci, Van.

— N'en parle pas, fit Van Dusen en grimaçant un sourire. Je te demande de me retourner la politesse quand Deux-Fusils s'avisera de demander où diable tu as pu te procurer ton joujou.

— Avant qu'il y pense... dit Holt en souriant.

Ils rencontrèrent Connie dans le couloir d'entrée. Escortée par deux policiers en uniforme, elle attendait l'ascenseur dans lequel Holt descendait. On lui avait rendu ses vêtements et, à part une certaine pâleur, elle semblait avoir complètement retrouvé son état normal. Ses yeux s'élargirent de surprise heureuse à la vue de son mari et elle se jeta en avant pour se pendre à son cou.

— Où étais-tu ? Je me suis fait tant de souci.

Elle le vit vaciller et sa joie tomba tout d'un coup.

— Tu es blessé ! Mitch... où ça ?

— A l'épaule, dit-il. Mais ça va très bien maintenant. Tout va très bien.

Connie, les yeux inquiets, chercha le regard du docteur pour se rassurer.

— Ça ira, assura ce dernier. Je l'emmène à l'hôpital maintenant.

— A l'hôpital ! C'est si mauvais ? Oh, Mitch !

— Il n'y restera pas longtemps, dit le docteur d'un ton rassurant. Quelques heures seulement et vous pourrez le ramener chez vous.

— J'ai une bien meilleure idée, annonça Connie.

Elle prit le bras valide de Holt tandis qu'ils quittaient le hall et descendaient l'escalier vers la voiture de police qui les attendait.

— Nous allons partir tout de suite en vacances, déclara-t-elle.

Comme il hésitait, elle en appela au médecin.

— N'est-ce pas, docteur ? Pour sa santé, c'est bien mieux ?

— Je le lui conseillerais certainement.

— Tu entends, chéri. Tout est prêt.

Il avait tenu tête à l'administration de toute une cité, mais Mitchell Holt était assez sage pour savoir qu'il était hors d'état de soutenir cet ultime combat. Aussi prétendit-il que son épaule le faisait souffrir et ne discuta-t-il pas. Il serait bien temps plus tard. Peut-être même le temps des vacances viendrait-il un jour ! Pas maintenant, un jour. « Mais avant, pensa-t-il, il y a pas mal à faire... »

Gerard Butler

DU SANG SUR TES MAINS

Kiss the Blood off my Hands
1950
Traduction de Jean Weil revue par Jean-François Merle

1

Moi, quand j'ai picolé pendant une heure ou deux, il faut qu'un gars soit malade pour venir me chercher.

Bien sûr, j'ai peut-être cogné un peu fort, mais peut-être aussi qu'en tombant il se sera cogné le crâne.

Que ça soit ça ou pas, il y a une chose que je peux affirmer : c'était pas une mauviette. Et qu'il reste comme ça par terre, ça je peux pas le croire ! Non.

Il a un faux air de cadavre. Et dans le bistrot c'est le grand silence. Un gars impressionnable en serait retourné.

Je me frotte les doigts. J'ai mal aux phalanges. J'ai dû y aller très dur sur sa gueule.

Et personne ne bouge plus dans cette taule. A cause de ce mec qui veut pas se remettre debout.

— Vous l'avez bien sonné ! dit quelqu'un.

Je me retourne. Le type qui a dit ça va en prendre un grand coup sur la tronche. Mais il s'est barré...

Je m'adresse à eux tous, pour dire ce que je pense :

— Et alors ? je dis. Si on cognait pas quand on se bagarre, ça rimerait à quoi ?

Ils la bouclent tous. Ils sont hypnotisés. Par ce gugusse qui ne veut pas se remettre sur ses pattes.

Evidemment, il a un drôle d'air. J'ai vu des mecs qui avaient cette gueule-là quand on leur avait fait des trous dans la peau.

Quand il est tombé, un petit filet de sang a coulé de sa bouche. Mais ça s'est arrêté.

Les joueurs de fléchettes sont immobiles.

Moi, je sens que l'alcool s'échappe de tous mes pores.

— Il bouge pas beaucoup, dit quelqu'un.

Et c'est de nouveau le silence. Ça fait drôle d'entendre sa respiration.

Ils se sont tous écartés. Autour du gars et de moi, une espèce de cercle s'est formé.

L'un d'eux en sort et se met à genoux. Il glisse la main sous le veston du type, et le tâte. Puis il se relève.

— Il ne respire pas ! il dit d'un air effaré.

Et on retombe tous dans le grand silence.

— Il est clamsé ! dit une voix tout d'un coup.

Tous ces rigolos se sont transformés en statues de cire.

— Il est mort ! dit une voix plus assurée.

Et un marrant, aux trois quarts bourré, répète la même chose, en y ajoutant un petit beuglement hystérique.

Puis l'un des enfoirés monte sur ses ergots :

— Vous l'avez tué !

Je me dirige vers lui, pour lui en mettre une. Mais quelqu'un à l'autre bout de la salle crie :

— Appelez la police !

Mon poing s'arrête à dix centimètres de sa tronche. Parce que je pense, tout d'un coup, que j'en ai assez de cette taule. Et aussi du type qui est par terre. C'est vrai qu'il a sa sale gueule de papier mâché !

Je me dirige vers la sortie, à l'autre bout du bar. Il y a deux mecs entre la porte et moi, mais c'est pas le moment de leur faire la causette.

Je mesure la distance et je fonce vers la porte. Je fous en l'air les deux types avant même qu'ils aient pu réagir.

Je suis dans la rue immédiatement.

Le bistrot fait l'angle. Sa porte donne sur une ruelle. A droite, c'est une large voie où passe du monde. Je fonce à gauche, tête baissée.

Les types sont surpris par la brutalité de mon départ. Maintenant que j'ai sué mon alcool, je me sens tout à fait bien. Je pourrais facilement les semer si cette foutue rue n'était pas si longue et si droite. Pas d'issue avant le bout.

J'en suis pas encore à la moitié que j'entends les hurlements derrière moi et le bruit de leur galop. Je me retourne. La meute est à cinquante mètres, mais c'est un flic qui a pris la tête, et il court bien.

J'arrive enfin au bout, et je bifurque à gauche. Ça commence à se compliquer ! Un cycliste qui m'a vu courir appuie sur ses pédales pour me rejoindre. Quand sa roue avant arrive à ma hauteur, je stoppe brusquement et je lui balance un coup de coude dans les côtes. Fracas sur la chaussée et hurlements du gars. Moi, je repars.

Je tourne à un autre coin dans une grande voie. Un autobus est sur le point de démarrer. Je l'attrape et je saute dedans. Mais je n'ai pas assez d'avance. La meute débouche au coin, et le conducteur l'aperçoit. Il me regarde et tire sur la sonnette. Je lui balance un pain dans l'estomac et je saute quand le bus ralentit.

Ça m'a fait quand même gagner du terrain. J'ai cent mètres d'avance.

Je tourne et je plonge dans une petite ruelle. Je galope comme un pur-sang, mais tout le liquide que j'ai bu ce soir commence à me tracasser. Il faudrait que je me vide. Un arrêt de deux minutes, et je les aurais comme qui rigole... Mais c'est pas possible.

Je fonce tant que je peux et je tourne encore deux ou trois fois à des angles rapprochés, pour les semer. Mais putain de merde ! Je peux plus tenir ! ma vessie va éclater !

Je m'arrête dans l'obscurité d'un renfoncement. Pendant que je me soulage, j'entends le martèlement de la galopade qui se rapproche. Maintenant ça va, mais j'ai perdu toute l'avance que j'avais. J'ai plus beaucoup de chances de m'en tirer...

Une minette ouvre une porte à proximité. Elle rentre chez elle.

Je me précipite et je bloque la porte avec mon pied. Je pousse, j'entre, et je referme derrière moi.

La fille a ses clefs à la main. Elle me regarde d'un air affolé, puis elle se décide, sans pousser de beuglements. Elle file jusqu'à une porte qui donne dans le vestibule, l'ouvre, entre chez elle en trombe, et veut me claquer la porte au nez. Mais je suis aussi rapide qu'elle, et même un peu plus.

J'entre en force et je lui colle ma main sur la bouche. Et je referme derrière moi.

Elle a du cran, cette fille ! Pas de convulsions hystériques. Je la distingue bien parce qu'un réverbère éclaire sa chambre. Ses grands yeux me fixent avec effarement, mais sans épouvante.

Moi, je suis tout prêt à lui serrer le kiki si elle se décide à gueuler.

— Bouclez-la, je dis, et restez tranquille. Je ne vous ferai pas de mal si vous bougez pas. Et pas de lumière.

Elle reste immobile et silencieuse.

Dans la rue, il y a du boucan, maintenant. Les poursuivants sont tout près et ils s'agitent dans tous les sens en s'engueulant.

Ils se doutent bien que je me suis planqué pas loin. Ça discute tant que ça peut. Puis ils se mettent à tambouriner à toutes les portes.

Ils arrivent à la mienne et frappent.

Je me tourne vers la fille, et je lui attrape le poignet.

— Pas un murmure, lui dis-je, ou je vous assomme.

J'entends des pas qui descendent l'escalier. Quelqu'un traverse le vestibule et ouvre la grande porte.

— Quelqu'un vient d'entrer ici ? demande une voix essoufflée.

— Vous voulez quoi ? demande une voix de femme, désagréable.

— Nous recherchons un homme. Il essaye de nous échapper. Il est sûrement entré par ici.

Son ton s'élève et elle grince :

— C'est pas une pension pour malfaiteurs, ici ! Réveiller les gens comme ça en pleine nuit ! C'est une honte ! Une maison aussi respectable !...

— Excusez, madame. Mais nous n'avons pas le choix. Personne n'est entré ici ?

— Personne ! hurle la voix revêche. Fichez-moi la paix ! Une maison comme la mienne, héberger un bandit ? Réveiller les gens pour les couvrir d'insultes... !

Et la porte est claquée brutalement.

Après quoi, on entend son souffle rauque et ses pantoufles dans l'escalier.

La fille, près de moi, n'a pas bougé.

Je lui lâche le poignet et j'examine la chambre.

Tout ce qu'il y a de modeste. Un lit, un fauteuil, un réchaud à gaz, une table de toilette.

Elle ne dit toujours rien. Elle me regarde, d'un regard direct et qui ne cille pas. Je ne sais quoi en penser au juste.

Elle est vêtue sobrement. Rien qui cherche l'épate. Elle est bien. Pas vulgaire.

— On reste calme, dis-je.

Mais je crois que c'était pas la peine de le lui dire.

Je vais jusqu'à la fenêtre et je jette un œil. Ça commence à se clairsemer, dans la meute. Les marrants sont au coin et ça discute ferme. Puis je les vois qui s'éloignent, les uns après les autres.

Je ferme soigneusement les gros rideaux, et je tourne le commutateur.

Maintenant que c'est la pleine lumière, je vois qu'elle est très jolie. Ses yeux sont beaux, mais je ne peux voir exactement leur couleur. Elle a une bouche bien dessinée, elle a sans doute un joli sourire. Quand elle a envie de sourire, naturellement.

C'est gênant pour moi d'avoir atterri chez une femme. Un homme, je pourrais l'obliger à rester tranquille en lui collant un marron au bon endroit. Mais une minette, qu'est-ce que je peux faire si elle a envie d'ouvrir sa grande gueule tout d'un coup... ?

— C'est pas après vous que j'en ai, dis-je. Soyez sans crainte.

— Vous ne me faites pas peur, elle répond. Et vous, qu'est-ce qui vous fait peur ?

— Personne, je dis avec emportement.

Mais je continue pas sur ce ton, parce que je me rends compte qu'elle plaisante.

— Alors qu'est-ce que vous fuyez comme ça ?

— Me posez pas de questions. Restez calme et silencieuse. Comme ça, il arrivera rien. Ce que vous devez faire c'est rester calme et silencieuse.

— Et si je veux pas ?

Ça me ferait mal de lui aplatir le museau. Je m'efforce de garder tout mon sang-froid et de continuer la conversation sur un ton plutôt amical.

— C'est simplement parce que j'ai aperçu un gars qui me déplaît, dis-je. Comme je suis de caractère violent, je ne tiens pas à rencontrer les gens que je n'aime pas. Alors j'ai filé pour ne pas lui casser la gueule.

— J'ai l'impression que ce gars-là était au moins une douzaine, dit-elle.

Sa réponse me fait sourire quand même.

— C'est vrai. Il y en avait au moins une douzaine. Et je ne voulais pas les rencontrer.

— C'est passionnant, dit-elle.

Et, très calmement, elle prend une cigarette dans son sac, l'allume, et tire une bouffée.

— Et maintenant, je pense que vous allez me laisser seule chez moi.

Je secoue la tête avec énergie.

— Oh ! non, dis-je. Pas question. Parce que j'ai idée que ces cons en ont pour un bon bout de temps à déambuler dans le coin.

— Vraiment ? elle fait en levant ses sourcils. Et ça va vous retenir longtemps ici ?

— M'énervez pas, je dis. Je vais passer la nuit ici. Faites-vous à cette idée.

— Tout à fait charmant, dit-elle.

Brusquement, elle file vers la porte et saisit le bouton. Elle est vachement rapide, cette petite ! Mais je bondis, je l'attrape et je la balance sur son lit. Puis je l'immobilise.

— Ecoutez-moi, dis-je. Ecoutez-moi bien. S'il faut choisir entre sortir d'ici maintenant, ou vous faire rester tranquille, je choisirai de rester ici. Pigé ?

Pour la première fois, elle a l'air d'avoir un peu peur. Je retire ma main de son cou. La peau a une marque rouge. J'ai serré plus fort que je ne voulais. Mais ça a son effet. Elle me regarde en réfléchissant. Elle a du cran à revendre, la mignonne.

— N'ayez pas peur de moi, dis-je. Il ne vous arrivera rien. Je vais éteindre la lumière, et vous ferez comme si vous ne m'aviez jamais vu ni entendu. Je vais me coucher par terre devant la porte en attendant le matin.

Elle ne m'a pas quitté des yeux pendant que je parlais. Elle continue de me fixer. Sans rien dire. Le blanc de son cou est encore rouge. Pendant un temps interminable, elle me regarde en réfléchissant. Et puis, tout d'un coup, elle prend sa décision. Sans un mot, elle se retourne sur son lit, face au mur.

Alors j'éteins la lumière, et je vais m'asseoir près de la porte, adossé au mur.

Silence complet dans la maison. Dehors aussi, maintenant, c'est calme. Mais je suis sûr que les autres font leur petit tour dans le quartier.

Demain matin il faudra que j'ouvre l'œil, et que je m'agite. Car je n'ai plus le moindre doute. Le type du bistrot a eu son compte. Maintenant que je repense à sa tronche... Il a pas eu de veine, ce gars-là. Pour moi c'est un vrai coup dur. Qui aurait pu penser ça ?

Mais je suis terriblement fatigué. Il faut plus penser à ça. Il faut que je dorme.

J'ai de la veine dans mon malheur. C'était providentiel de rencontrer cette fille. Pour cette nuit je suis peinard. Elle fera pas de foin. Pas cette nuit. Elle aurait déjà essayé si elle avait voulu.

La chambre n'est que pour une personne. Pas de visite avant demain matin. Et j'ai vu des tasses, des assiettes et des boîtes de conserves sur une étagère. Elle fait elle-même son petit déjeuner.

J'entends sa respiration profonde et régulière. Elle a fini par s'endormir. Il faut faire pareil...

C'est le bruit des boîtes à lait qui me réveille. Celles qu'on pose dehors sur le trottoir devant la porte. J'aperçois le jour par une petite fente des rideaux. Il doit être environ sept heures.

J'ai l'impression qu'elle est encore endormie. Je me lève sans faire de bruit. J'ai des crampes dans toutes les jointures. Je vais à la fenêtre et je regarde. Il pleut.

Je me retourne pour jeter un petit coup d'œil sur elle. Elle dort, encore habillée. Elle n'a pas bougé depuis hier soir.

Je cherche un truc pour la bâillonner. Je crains qu'en se réveillant elle se mette à hurler. Sans avoir eu le temps de rassembler ses idées. En me voyant tout d'un coup, au sortir de son sommeil.

Pourtant, c'est pas une nana qui doit beugler à tout bout de champ. Et puis, j'aperçois sur son cou une trace de rouge. A l'endroit où j'ai serré hier soir. Non. Je vais pas recommencer. Je cours le risque.

Je vais près de son lit, et je la secoue tout doucement. Elle ouvre les yeux et me regarde. Elle ne bouge pas. On dirait qu'elle a l'habitude de me trouver là tous les matins.

— Je voudrais vous parler, dis-je.

Elle s'assoit sur le lit et défripe un peu sa robe. Puis elle dit :

— Vous êtes encore là ?

— Je voudrais vous parler, dis-je encore.

— Allez-y ! fait-elle. Faites comme chez vous.

— Est-ce que vous vivez seule ?

— Hier soir je le croyais, elle répond.

Pas de doute, le réveil a bien sonné dans sa tête.

— Est-ce que quelqu'un apporte le petit déjeuner ? Est-ce qu'on vient faire le ménage ?

— Non. Je suis vraiment désolée de ne pas pouvoir vous fournir le service en même temps que le gîte.

— Me charriez pas, je dis. Je parle sérieusement. Je ne suis pas ici parce que votre chambre me plaît ou pour le plaisir de votre compagnie. Je suis ici parce qu'il faut que je me planque un bout de temps. Pigé ? Et vous allez m'aider !

— Du moment que vous en êtes persuadé...

— Qu'est-ce que vous faites dans la journée ?

— Ça ne vous regarde pas ! fait-elle sèchement.

— Qu'est-ce que vous faites dans la journée ?

J'ai redit les mots, lentement, cette fois. Elle hésite, puis me répond quand même :

— Je travaille chez Benny.

— Qui est Benny ?

— Un magasin. J'aurais cru que tout le monde le connaissait.

— Pas moi. Je ne suis dans cette ville que depuis deux jours. Quelles sont vos heures chez ce Benny ?

— Il faut que je parte dans une heure, dit-elle.

Et elle me regarde d'un air de défi.

J'allume une cigarette, et je lui en tends une. Nous fumons en silence pendant un moment. On est là comme deux chats qui soufflent un instant avant de reprendre leur bagarre.

Je suis empoisonné. Je ne sais pas au juste quoi faire. Je veux rester dans cette chambre pour l'instant, au cas où on fouille encore le coin. Mais si je coince cette fille ici, quelqu'un viendra peut-être voir ce qui lui est arrivé...

Histoire de détendre un peu l'atmosphère, je lui montre du doigt les tasses, et je dis :

— Si on buvait un peu de café ?

Elle descend de son lit et va au miroir de la toilette. Elle arrange un peu ses cheveux. Elle se retourne vers moi, me regarde pensivement, puis se décide. Elle prend la bouilloire, la remplit et la met sur le réchaud. J'attrape, pour elle, deux tasses sur l'étagère et je les pose sur la table. Elle ouvre la boîte de café.

— Le lait est dans la rue, devant la porte, dit-elle.

Je me mets à rire :

— Nous le boirons noir, ce matin.

Elle me fixe pendant trois secondes, puis elle dit doucement :

— Je vais le chercher et je reviens.

Je fais un pas vers elle, les poings serrés. Elle me regarde sans broncher. Un sacré caractère !

— O.K. ! dis-je malgré moi. Allez-y.

Elle ouvre la porte et sort dans le vestibule. Moi, je suis tendu comme une corde à violon. Je l'entends qui ouvre la porte d'entrée. Et j'entends aussi des pas lourds sur le trottoir. Je me ramasse sur moi-même, comme un fauve prêt à bondir.

J'entends un bruit de boîtes à lait, puis le claquement d'une porte qu'on referme. Et la voilà qui rentre.

Je fais un signe de tête interrogatif du côté de la rue. Elle dit oui en hochant la tête.

Pendant qu'elle prépare le café, j'essaye de comprendre cette gonzesse. J'y arrive pas.

Elle remplit deux tasses, m'en passe une sans un mot, et s'assoit dans le fauteuil. Puis elle tourne sa cuiller dans sa tasse, pensive.

Je m'assois sur le lit, en face d'elle. J'essaye de rassembler un peu mes idées.

— Ecoutez, dis-je après un long moment de silence. Il faut qu'on s'explique un peu tous les deux. Je dois rester caché ici tant que cette bande de guignols n'aura pas renoncé à m'attraper. Vous pigez ? Vous êtes quelqu'un de bien, je le reconnais. Mais dites-vous bien que j'aurais pu vous assommer hier soir. Qu'est-ce qui m'en empêchait ? Rien. Je l'ai pas fait, mais...

Elle me coupe brusquement la parole.

— Ne vous fatiguez pas ! dit-elle. Vous avez l'air de croire que tant que vous ferez le matamore avec moi ça m'impressionnera. Et que je vous obéirai au doigt et à l'œil. Vous ne comprenez rien à rien. La situation, la voici : Vous êtes entré de force ici, hier soir, parce que vous aviez une frousse intense. Non, ne m'interrompez pas. Les gens ne se sauvent pas et ne se réfugient pas dans une maison inconnue quand ils n'ont pas une frousse intense. Pas vrai ?

« Bien. Alors vous faites irruption chez moi. Et moi, pour une raison que je ne suis pas encore arrivée à comprendre, je vous ai permis de rester. Je ne sais pas pourquoi. Je suppose que tous les gens, au moins une fois dans leur vie, font une chose extravagante. En tout cas, je vous ai accepté ici — et vous y êtes encore.

« Et maintenant vous me dites que vous voulez rester un certain temps. Alors, pour votre gouverne, il faut que je vous explique une chose : je travaille et l'on m'attend, comme d'habitude, là où je travaille. Si je n'y vais pas, on croira que je suis souffrante. Et une de mes collègues viendra aux nouvelles pendant l'heure du déjeuner. Ça vous en fera deux sur le dos au lieu d'une seule... Vous pigez ?... comme vous dites.

« Et puis dites-vous bien que, si je le voulais, je pourrais hurler tellement fort que tous les flics du voisinage arriveraient ici au pas de course, si vous voulez me faire rester ici contre ma volonté. Vous avez tout compris ?

« Et je tiens à aller à mon travail, parce que ça sera très amusant. Pourquoi amusant ? Parce que je sais que, toute la journée, vous

vous rongerez à vous dire : « Est-ce qu'elle a dit quelque chose à quelqu'un ? » Ou bien : « A-t-elle prévenu la police ? » Ou encore : « Ça y est ! On vient ! Ce sont les flics ! » Et vous me baptiserez d'un tas de noms d'oiseaux... Mais quand je dis oiseaux, je ne veux pas dire oiseaux...

« Alors ? Vous préférez partir maintenant ? Ou bien vous préférez me retenir ici de force et entendre comment je sais crier ?

Elle a fini son discours. Elle me regarde avec l'air de se payer ma gueule.

Je suis tellement soufflé de son culot que je la regarde en ouvrant grand la bouche.

Cette fille a beaucoup trop de sang-froid. J'aurais dû la bâillonner avant qu'elle ne se réveille. Trop tard maintenant.

— Vous avez la langue bien pendue, dis-je. Mais à quoi ça sert ? Vous voulez dire que si je vous laisse sortir vous allez me faire une entourloupe ? Vous me donnez à choisir entre ça ou filer immédiatement ?

Elle hausse les épaules :

— Je n'ai rien voulu dire de semblable.

Et elle me regarde avec comme un reproche dans les yeux. Puis elle me tend la bouteille de lait encore à moitié pleine.

— Vous en voulez encore un peu ? fait-elle.

Cette bouteille de lait, ça me fait penser à ce qui s'est passé tout à l'heure. Elle était sur le trottoir, et la môme est allée la chercher. Et il y avait aussi un flic sur le trottoir. Il faisait sa petite ronde. Et la môme l'a laissé continuer.

— Oui. Je veux bien encore un peu de lait.

Elle s'est levée et elle s'est dirigée vers le coin toilette. Puis elle m'a montré le mur au fond de la pièce, et elle m'a dit :

— Tournez-vous par là, et admirez le beau papier peint.

Alors je regarde le beau papier. Je me demande comment on peut faire des horreurs pareilles.

Pendant ce temps, quelque chose passe au-dessus de ma tête et tombe à côté de moi. Je le ramasse. C'est le journal d'hier.

J'entends l'eau qui coule dans la cuvette. Et puis un froissement de vêtements.

— Lisez le journal, dit-elle.

— Vous tracassez pas, dis-je. J'oublie que vous êtes là.

Et je me plonge dans la lecture du canard.

C'est vraiment rigolo. La police recherche un gars qui a découpé quelqu'un en petites tranches. La police recherche une môme qui a poignardé son amant. La police recherche... Tout ça, c'est des trucs auxquels on ne fait pas attention quand on n'est pas mêlé à l'histoire. Je me demande ce qu'il peut bien y avoir dans le journal d'aujourd'hui.

Sans me retourner, je lui dis :

— Je voudrais vous demander un service.

— J'ai l'impression que vous ne faites que ça depuis hier soir, me répond-elle.

— Vous fâchez pas, je dis. Seulement, j'ai besoin que vous m'achetiez les journaux d'aujourd'hui.

— Vous ne manquez pas d'air, dit-elle. Lesquels voulez-vous ?

— Tous, dis-je.

Elle se marre. Puis elle me dit :

— Vous pouvez cesser d'admirer le papier peint.

Je me retourne, elle a changé de vêtements. Ses cheveux blonds ont des reflets d'or quand elle passe devant la fenêtre. Et sa bouche garde aux coins une espèce de demi-sourire. Je peux dire que cette fillette m'est plus sympathique qu'aucune autre que j'ai rencontrée.

Je sors de ma poche une liasse de billets, je jette une livre sur le lit.

— Voilà de quoi acheter les journaux. Je voudrais aussi des cigarettes.

Elle suit mon geste des yeux quand je remets la liasse dans ma poche. Puis elle regarde le billet posé sur le lit. Il y a de la surprise dans ses yeux, mais elle ne dit rien.

— A quelle heure rentrerez-vous ?

— Vers sept heures, si je ne suis pas retardée.

— Vous ne rentrez pas à midi ?

Elle secoue la tête.

— Vous n'auriez pas quelques cigarettes à me laisser ?...

Elle sort de son sac un paquet entamé et me le lance.

Quand elle arrive près de la porte, je ne peux pas m'empêcher de faire un pas vers elle. Je lui prends le poignet, doucement, et je lui demande :

— Alors ?...

Elle me fixe une minute sans rien dire. Puis elle répond, en me regardant dans les yeux :

— Ça ne serait pas drôle. Je ne serais pas ici pour assister à la corrida.

Elle sort en claquant la porte.

Par la fenêtre, je l'aperçois qui s'éloigne dans la rue. Elle se dépêche. Elle croise de nombreux passants, mais elle ne parle à personne. Je me demande si ce coin est encore surveillé. Je ne remarque rien de particulier. Mais si le gugusse d'hier soir est bien ce qu'il semblait, certain qu'ils n'ont pas renoncé à me chercher. Mieux vaut ne pas sortir encore.

Elle est presque au bout de la rue. Elle arrive au coin. Elle tourne l'angle. Je ne la vois plus. Maintenant, c'est pile ou face... Je prends une pièce dans ma poche et je la jette en l'air. Mais je la ramasse sans la regarder.

Je prends un magazine sur la table. Je vais me plonger dans la lecture. Le temps va me paraître long...

Il fait nuit quand elle revient. Quand elle ouvre la porte, je m'abrite derrière le battant, le poing levé, prêt à frapper sur quelqu'un qui serait avec elle. Mais elle est seule. J'ai l'air un peu con.

Elle ferme la porte et jette un paquet de journaux sur le lit. Puis elle sort deux paquets de cigarettes de son sac et me les tend.

— Quelle bonne surprise de vous voir encore ici ! fait-elle avec ironie.

— Je suis la gentillesse même, dis-je sur le même ton.

Et je me plonge dans la lecture de la presse.

Naturellement, il y a mon histoire... Le type s'appelait Martin. Et le diagnostic était vrai hier soir. J'avais pas voulu le croire, bien sûr... à cet instant... mais au fond de moi-même j'en étais persuadé.

Trois des canards l'ont collé en première page. Avec des titres ronflants. Il paraît que je suis un métèque, un marin, un bagarreur professionnel. A ça, on m'ajoute des tas de particularités qui ne sont pas piquées des vers.

Naturellement, les types de l'assistance se sont jetés sur moi comme des lions pour tenter de m'arracher la victime. Et comment, qu'ils ont été des lions ! D'ailleurs, si ces comiques s'étaient mêlés à la bagarre, ç'aurait été beaucoup plus marrant. Ils seraient beaucoup moins nombreux pour raconter leurs prouesses.

Je me tourne vers elle et je demande :

— Vous avez lu cette histoire de bagarre ?

— Quelle histoire ?

— Celle où un métèque a démoli un barman.

— Oui, oui, dit-elle.

— Et cette autre histoire, sur le même sujet, où il paraît que le métèque est un marin ?

— Qu'est-ce que vous voulez dire ?

Je me mets à rigoler et je fais une grosse boule de papier avec chacun des canards.

— L'histoire que vous avez lue, ça doit être celle où le métèque est un champion de catch et un champion de boxe. Une terreur qui cache son identité... quand il fait la tournée des bars.

Elle pose les assiettes qu'elle commençait d'astiquer. Elle me regarde fixement et demande calmement :

— Qu'est-ce que vous voulez dire ?

— Mais vous venez de me dire que vous avez lu l'histoire de cette bagarre dans un bistrot...

Elle me jette un regard bizarre et pénétrant. Puis elle dit :

— Il y a loin de ce bistrot à ici ? Combien de temps ça peut prendre, en courant ?

Je me hérisse. Je réponds :

— Je comprends rien à ce que vous dites.

Elle est immobile comme une statue. Intérieurement, je me traite de tous les noms. Et je me rends compte qu'avec cette gonzesse il n'y a pas de bourrage de crâne qui tienne.

Je hausse les épaules. C'est comme ça que va le monde.

— Adieu ! je fais.

— Vous partez ?

Je fais oui de la tête.

— Il fait froid dehors, à cause du brouillard. On n'y voit absolument rien.

— Tant pis pour le froid, dis-je. Mais le brouillard épais, c'est exactement ce qu'il me faut.

— Voilà votre monnaie, elle fait.

Elle me tend un billet de dix shillings et quelques pièces. J'aurais pu lui dire de garder ça, mais je me rends compte que ça la blesserait. C'est pas son genre, à cette fille.

Je prends l'argent et je vais vers la porte.

— Merci, dis-je. Merci pour tout. Vous êtes quelqu'un de bien.

Elle ne répond pas.

Je la regarde bien, avant de partir. Puis je ferme la porte doucement.

Le vestibule, la porte d'entrée, la rue. Et je disparais dans le brouillard jaune.

2

Ça me requinque d'être de nouveau en mouvement. Un jour entier dans une chambre, c'était un peu comme être en tôle. Moi, il me faut de l'exercice. Et je respire à pleins poumons malgré le brouillard qui y rentre. Un brouillard de merde qui se déchire par endroits, mais qui se reforme ensuite.

Je marche tellement vite qu'à plusieurs reprises je percute des passants.

Je marche au hasard. Pour le seul plaisir de bouger. D'ailleurs, il n'y a pas lieu de se tracasser. D'après les journaux qu'elle a rapportés tout à l'heure, la situation n'est pas si mauvaise. La description qui est faite de moi est différente d'un canard à l'autre. Les témoins de la scène étaient tellement jetés qu'aucun d'eux ne se rappelle exactement ma tronche.

Et l'histoire de la bagarre elle-même varie. Certains racontent que tout le monde s'en est mêlé. Que ça a été un cassage de gueules général. Mon signalement est plutôt vague. J'ai l'impression que tant qu'ils ne sauront pas qui il faut rechercher, je n'aurai pas grand-chose à craindre.

Le brouillard se lève un peu. Mais ça va être une nuit moche. Je pourrais dormir dehors, mais le temps est pas copain. J'arrive dans un endroit où il y a des hôtels. Le genre de boui-boui où vous avez pas besoin d'arriver avec des bagages. Des taules où on vous reçoit à bras ouverts si vous posez vos six shillings sur le bureau du taulier.

J'en choisis un au hasard.

— Je veux une chambre pour la nuit, je dis.

— Pour une personne ?

— Tout ce qu'il y a de plus seul.

— Vous avez des bagages ?

— Non.

— Ça sera cinq shillings sans petit déjeuner. Pouvez-vous payer d'avance ?

Je donne le fric.

— Je vais vous la montrer.

— Pas la peine. Dites le numéro.

— Dix-sept.

— Alors à tout à l'heure. Je vais faire un tour.

Je sors pour trouver un endroit où grignoter un morceau. A deux pas, j'aperçois un restaurant qui a l'air sympa. Il est bondé, et je ne vois pas de table libre. Je m'installe à une table de quatre occupée par deux types.

J'avais avalé ma soupe et j'allais attaquer ma viande, quand l'un d'eux dit quelque chose qui me secoue. Il était en train de parler de moi. Il parlait de l'histoire du bistrot.

— Je me demande s'ils ont réussi à coincer le salaud qui a fait ça, lui répond son copain.

Il a dit salaud ! Moi, je pose mon couteau et ma fourchette. J'ouvre la bouche pour dire ce que j'en pense. J'arrive à me maîtriser. Je desserre les poings et je me détends.

— Vous connaissez sûrement l'endroit où ça s'est passé ? continue l'un d'eux. C'est le bistrot qui fait l'angle, juste là.

Merde alors !... Je m'étrangle à moitié. Bon Dieu de foutu couillon que je suis ! J'ai tourné en rond dans le noir sans m'en apercevoir. Je suis revenu dans l'endroit de la ville qui est le plus malsain pour moi...

Je ne finis pas mon steak. Je demande l'addition et je file.

Dehors, j'essaye de voir où il se trouve, le bistrot. Du coin à ma droite surgit soudain une forme massive. Un flic en vadrouille... Je fais demi-tour. Je m'efforce de ne pas marcher trop vite.

En me réveillant, le matin, j'ai une sale tronche. Pas rasé depuis deux jours. Et les fringues ! J'avais dormi dedans la veille, et le brouillard les a détrempées. Des chiffons. Il va falloir que je réagisse.

J'appuie sur la sonnette. Quand la soubrette arrive, je lui demande de me monter mon petit déjeuner. Pendant qu'elle va le chercher, je me débarbouille. Mais comme j'ai pas de rasoir, je suis forcé de garder un début de barbe.

Après avoir mangé, je descends payer le supplément. Et je me casse. Je prends comme point de repère le restaurant d'hier soir, et je dégage à l'opposé. Ce qui compte, pour l'instant, c'est de ne pas moisir dans le secteur.

Je file pendant une bonne demi-heure. Après le coiffeur qui m'arrange le portrait, je fais le compte de ma fortune.

Un peu plus de sept livres. Ça ne me conduira pas très loin. Va falloir que je refasse des réserves.

Je ne connais pas les possibilités de cette ville. J'ai pas encore eu le temps de les étudier. Mais dans tous les cas j'aurai la ressource de démarrer avec ce cher vieux « coup du taxi ». Dans une ville bien respectable, ça vous rapporte toujours quelques billets par nuit. Simplement il faut être fringué convenablement. Les vêtements que j'ai sur le dos sont trop moches.

Je dois placer le reste de mon pognon en frusques et me saper en milord.

Je reprends ma promenade jusqu'à une boutique sympa. J'entre et je demande à voir les complets. Le vendeur s'empresse, caquette, se tire-bouchonne, et m'apporte trois vêtements. Je lui dis qu'il me faut aussi une chemise, une cravate et un chapeau — et que tout ça ne doit pas dépasser sept livres.

Je fais mon choix. Le larbin me demande où il faut me les envoyer. Je réponds que je vais les mettre tout de suite.

— Et les vêtements que vous laissez ?

— Faites-en cadeau à l'Armée du Salut.

Et je me casse avec, pour toute fortune, un seul et unique shilling. Mais je suis beau comme un astre.

Ce qu'il me faut, maintenant, c'est un plan détaillé de la ville. J'en achète un, et je vais m'installer sur un banc public pour l'étudier avec soin. Puis j'attends la nuit.

Le « coup du taxi » est épatant pour se procurer des fonds quand on arrive dans une nouvelle ville. Mais je me suis toujours fait une règle absolue de le travailler géographiquement. Sinon, on risque de le refaire là où on est déjà passé, et où les flics sont sur le qui-vive.

Je me grave donc bien dans la tête les voies principales, en étudiant soigneusement le plan. Et puis, en attendant l'obscurité, je regarde les bonnes d'enfants flanquer des fessées aux mioches.

La nuit venue, je vais vers les quartiers chics. Je m'arrête à proximité d'une station. A une vingtaine de mètres plus loin que le taxi de tête. Je me colle sous une porte cochère et j'attends.

Après quelques instants, un homme et une femme montent dans le premier taxi, qui démarre. Presque immédiatement, un type seul prend le suivant. Mais je le laisse filer parce qu'il n'a pas l'air d'être du genre impressionnable. Pour se remettre dans le bain, il ne faut pas chercher la difficulté.

Peu après en arrive un qui a tout du gogo. Il fait signe au chauffeur avec son parapluie. Il lui donne l'adresse où aller, ouvre, entre, et referme la portière. Le chauffeur appuie sur le démarreur. Et juste à cet instant j'arrive et j'ouvre la portière en me fendant d'une oreille à l'autre. C'est un sourire irrésistible, qui montre mon ravissement. Je viens de reconnaître un de mes bons vieux copains de toujours.

— Hello, vieux ! dis-je. Quelle veine de tomber sur toi comme ça. On ne te voit plus jamais, espèce de lâcheur !

Le type est pétrifié, bouche bée.

— Je crois que... balbutie-t-il.

Mais je couvre sa voix par un joyeux et retentissant : « Allez-y, chauffeur ! » Et je claque la portière derrière moi. Il démarre. Je joue admirablement ce rôle du vieux copain...

— Vous faites erreur, il commence à dire.

Mais je le coupe tout de suite.

— Ta gueule, dis-je. Tu as déjà vu au cinéma des gars balancés par la portière d'un taxi — après avoir été butés ? Eh bien, ça va t'arriver dans moins d'une minute si tu fais le méchant. Fais un geste, un bruit, et tu es nettoyé ! Regarde la manière...

Je lui balance un petit crochet du gauche, très sec.

Le gars est mal. Ça me fait presque de la peine de travailler sur ce type. L'impression de taper un bébé aveugle.

— Vide tes poches !

Il est liquéfié, la bouche ouverte.

— Ton pognon !

Et je lui balance un nouveau crochet, histoire qu'il s'intéresse.

Il est tellement épouvanté que ça me dégoûte. J'ai presque envie de lui cracher à la gueule.

Il sort son portefeuille et me le tend. Je le prends, je me recule un peu pour me donner de l'espace. Puis je lui catapulte mon poing droit à la pointe du menton. Il s'affale comme un sac en papier. Je fourre le portefeuille dans ma poche, et je frappe à la vitre.

Quand le taxi ralentit, j'entrouvre la portière et je sors la tête. Histoire d'attirer l'attention du chauffeur sur moi.

— Arrêtez-moi ici, dis-je. Mon ami continue.

Et, avant que le taxi ne se soit arrêté tout à fait, je saute sur le trottoir et je claque la portière.

— A bientôt, vieux ! dis-je à mon cher vieux copain.

Je regarde le taxi disparaître.

Ensuite, j'entre dans un bar, pour me rafraîchir. Je sors le portefeuille du gus. Il y a cinq livres et dix shillings. Je paye et je bois mon coup. Puis je repars pour une nouvelle opération.

Sur mon chemin, je balance le portefeuille dans une bouche d'égout. Je marque d'un cercle au crayon, sur mon plan, l'endroit où j'ai fait mon coup. Faudra pas y revenir.

J'ai recommencé un peu plus loin. Aussi facile que la première fois. C'est toujours comme ça, dans les grandes villes. Plus elles sont grandes, plus les types se dégonflent.

Après quelques heures de boulot, j'ai près de vingt livres dans ma poche. Mais mon plan de ville a des tas de petits cercles au crayon. Je me dis qu'il vaut mieux en rester là pour ce soir. Sans ça, ça pourrait se compliquer.

Je vais dormir du sommeil du juste.

3

Il faut que je me dégote quelques bagages. Pour pouvoir habiter un hôtel correct. Je ne veux pas changer de chambre à tout bout de champ.

J'ai la chance de tomber sur un brocanteur obligeant. Dans la grande valise que je viens de lui acheter, il fourre un paquet de vieux magazines. Pour faire le poids. Comme si elle était pleine de vêtements. Et il cale les magazines avec des journaux roulés en boules.

En sortant de sa boutique, je saute dans un taxi et je demande au chauffeur l'adresse d'un hôtel propret. Et pas dans une grande rue.

Il me dépose à l'hôtel Fletcher. Je prends une chambre et j'y laisse ma valise. Je sors m'acheter un rasoir et différents autres accessoires. En rentrant dans ma chambre, j'étale tout ça sur la tablette du lavabo. Pour que ça ne fasse pas vide. Puis je sors de nouveau pour explorer les environs.

En somme, cette ville est assez sympa. A part cette malheureuse séance au bistrot, l'autre soir, mon impression est favorable.

Avec les villes, on ne sait jamais. Il y en a où l'on se débrouille tout de suite très bien. Il y en a d'autres où tout se complique. J'ai idée que celle-là sera bonne pour moi.

La dernière où j'étais, j'avais tout le temps des tuiles. J'ai même dû la quitter précipitamment.

Quelque chose qui m'aidera ici, c'est que la saison des courses commence. Je suis plutôt à l'aise avec ça.

Ma promenade me guide jusqu'à une grande boutique ouverte, où il y a des rangées d'appareils à sous. Moi, j'ai jamais su leur résister ! Chaque fois qu'on invente un nouvel appareil, je passe des heures à le faire marcher.

J'entre dans la boutique et je change un billet contre des pièces. Je me mets à l'ouvrage. Je veux gagner les cinq cigarettes qu'ils offrent à tous ceux qui dépassent cinq mille.

Je me donne un mal de chien. Après un bon moment, je me rends compte qu'ils ont recourbé les pointes trop près l'une de l'autre. Et que c'est impossible, avec dix boules seulement, de gagner les cinq cigarettes.

J'essaye de compenser ça en penchant un peu l'appareil. Ça permet de guider les boules. Après plusieurs essais ratés, j'arrive à décrocher les cinq mille.

D'un claquement de doigts j'appelle la nénette de l'établissement. Elle vient et je lui montre le résultat avec mon plus beau sourire.

Elle me fait un sourire encore plus charmant, et me dit qu'on n'a pas le droit de bouger l'appareil.

— Je regrette, monsieur.

Elle a un petit air insolent et dédaigneux qui me hérisse les poils du dos.

— Donnez-moi les cinq cigarettes, dis-je.

— Pas du tout. Vous avez penché l'appareil. Je vous ai vu.

Sa main est posée sur l'appareil. Je lui colle mon coude dessus. Sèchement. Elle retire sa main et pousse des petits jappements. Qui me font marrer.

— Allez-vous-en ! elle dit. Filez, ou je vous fais jeter dehors !

Je commence à me poiler. Un gars plus doux et plus mignon que moi, c'est introuvable. Dire que je suis obligé de passer mes jours et mes nuits à casser la gueule à des gens qui me cherchent.

Je regarde aux alentours, pour repérer les types qu'elle a chargés de me vider. Mais je n'aperçois que quelques petits gars qui se dirigent précipitamment vers la sortie. C'est l'heure du travail partout et la boutique est presque déserte.

Je me contente de regarder en parcourant des yeux les rangées d'appareils. Puis je la fixe avec un sourire grinçant.

— Y en a du verre et des vitres, ici ! je dis.

Elle hésite. Elle comprend. Elle plonge la main dans la poche de son tablier, et en sort un paquet de cinq cigarettes.

— Maintenant, vous vous cassez ! Pas besoin de types comme vous ici !

Je prends les cigarettes et je sors. J'en allume une. Elle a un goût épatant. Elles m'ont coûté plusieurs shillings, mais elles ont toujours un bien meilleur goût quand on les a gagnées sur l'adversité.

Un peu plus loin, je passe devant un cinéma. J'entre, histoire de tuer le temps.

Le film n'est pas marrant. C'est l'histoire d'un type qui est tout le temps dans les vapes, et qui mène la vie dure à sa femme chaque fois qu'il en a l'occasion. Même qu'à la fin elle meurt, tellement elle en a plein le dos. Alors il s'aperçoit qu'il en a marre aussi. Il se fait sauter la caisse.

Moi, je pige pas très bien pourquoi il fait ça. Parce que, maintenant qu'il s'était débarrassé d'elle, il pouvait mener la vraie vie sans qu'on lui reproche tout le temps de trop picoler...

En tout cas, ça renifle fort à côté de moi. Si fort que je change de place. Parce que la poupée, dans le film, elle ressemble terriblement à ma copine de l'autre soir. Et ce bruit de quelqu'un qui chiale sans la connaître, ça me fout en rogne.

Pourquoi je pense comme ça à elle, je sais pas au juste. Elle est pas comme les autres, ça se voit du premier coup. Pas encombrante pour un sou, celle-là. Pas bavarde, pas empoisonnante. Mais je sais même pas son nom. Impossible de retrouver la rue qu'elle habite. De toute façon, moi je suis pour ne jamais revoir deux fois la même gonzesse.

Quand je sors du ciné, il pleut comme vache qui pisse. J'entre dans un petit bar pour me mettre à l'abri. Il est vide à cette heure-ci et le barman me fait la causette. Comme ça me distrait un peu d'entendre ses conneries, je suis généreux et je lui paye un verre.

— J'ai un tuyau sensationnel pour samedi, me dit-il.

— Ah oui ?

— Y a un client, son beau-frère il est jockey. Y paraît que c'est du tout cuit.

Je rigole.

— Je veux bien, moi, dis-je. Mais si j'en juge par le nombre impressionnant de mecs dont le beau-frère est jockey, ça laisse penser que les mères de jockeys font autant de petits que les lapines !

Le barman n'a pas l'air de piger. Et puis, comme il a l'air d'un brave gars, j'ai pas de raisons de l'emmerder.

— Vas-y toujours, dis-je. Je t'écoute.

— Y s'agit d'un trois ans, dit-il. Il a couru que deux fois, comme deux ans. Si peureux au départ qu'il n'avait jamais rien pu faire de bien. Mais maintenant, ça lui est passé. Et ils vont le sortir, en douce et mine de rien. Et le beau-frère lui a dit : « Il les aura tous comme il voudra. Tu peux jouer ta chemise dessus. C'est un coup formidable ! »

Le barman se tait et me regarde triomphalement.

— Et comment s'appelle l'athlète ? je dis.

— Pétulant !

— Jamais entendu parler de ce canasson.

— C'est ça qu'est intéressant, s'exclame le barman en dansant sur place. Personne n'en a jamais entendu parler !

— Excepté les ballots qui fréquentent ce zinc.

Le barman prend un air terriblement offensé.

— Bon, bon, fait-il. Laissez tomber. Mais n'oubliez pas de lire les résultats samedi. Et vous vous mordrez les doigts d'avoir raté un tuyau comme ça.

Tout d'un coup, je me dis que c'est une combine à lui. Je serre mon verre.

— Tu peux prendre un pari dessus ?

J'ai le sourire, mais je guette le gars. S'il me répond oui, je lui écrase mon verre sur la gueule. Mais il secoue la tête.

— Je fais pas ces trucs-là, vieux, il dit. Ça pourrait me coûter la licence.

Je vide mon verre.

— Je vais placer quelque chose dessus.

Le gars va servir. Je ramasse un journal sur le zinc et je le feuillette, distraitement. Tout d'un coup quelque chose à la deuxième page m'attire l'œil. Sur l'instant je ne me rends pas compte pourquoi. C'est une publicité, avec des dessins de chapeaux et de manteaux et de tas d'autres choses : « Chez Benny, votre argent sera bien employé. »

Voilà ! J'y suis. C'est là qu'elle travaille ! Je me rappelle qu'elle m'a dit : « C'est seulement à une demi-heure. Je serai là à sept heures, si je ne suis pas retardée. »

Je repense à tout ça, en m'envoyant encore un ou deux verres. Puis je déchire l'annonce, et je la mets dans ma poche. Après quoi je fais bye-bye au barman, et je me casse.

Bien sûr, on peut les compter sur les doigts d'une seule main les gars à qui ça a réussi de revoir deux fois la même fille. Je sais bien. Mais je peux me permettre de faire une entorse à mes principes pour une fois. On a le droit d'être con, quand c'est exceptionnel.

Je sors de ma poche le bout de papier. L'adresse, c'est 17-19-21, Loumar Street. J'arrête un type, dans la rue, pour lui demander le chemin. Prendre d'abord le bus. Puis je fais le restant à pied. Et j'aperçois enfin Benny.

C'est un magasin très important. Son nom brille au néon, en lettres immenses. J'entre. C'est un tel bouillonnement de femelles, là-dedans, que je ressors en vitesse. Absolument irrespirable.

Je tourne autour des bâtiments pour voir s'il y a une porte spéciale par où elle sortirait. L'horloge principale marque six heures vingt. D'après ce qu'elle m'a dit, je suppose qu'on boucle et qu'elles peuvent filer à partir de six heures trente.

De l'autre côté des bâtiments, je découvre une porte marquée : *Réservé au personnel.* Alors je m'installe dans un coin à proximité. Je me place discrètement, pour qu'elle ne m'aperçoive pas tout de suite. Peut-être qu'elle n'aimerait pas qu'on me voie là. D'abord, je fais ce qui me plaît. Toujours. Et je ne permets à personne de me dicter ma conduite. Mais, cette fille, c'est un peu spécial...

Je me demande ce qu'elle va dire en me revoyant. Elle ne va peut-être pas être contente. C'est déjà extraordinaire qu'elle ait été si épatante l'autre soir. Elle va peut-être trouver que j'exagère.

J'attends une dizaine de minutes, puis je vois le flot qui déferle par la porte. Y en a des grandes et des petites, des maigres et des grassouillettes.

J'essaye de me rappeler sa taille. Et aussi comment elle était habillée.

Toutes ces minettes bavardent comme des pies. Elles se séparent en petits groupes et s'égaillent dans toutes les directions.

Tout d'un coup, je l'aperçois. Elle. Elle sort, une copine avec elle. Elles se dirigent dans la direction opposée de la mienne.

Je me demande si je dois les aborder et dire à l'autre d'aller voir ailleurs. Mais je me dis qu'elle serait peut-être fâchée. Alors je leur emboîte le pas, pour voir. Et je les vois qui se disent au revoir au coin d'une rue, un peu plus loin.

Alors je ne fais ni une ni deux. Je la rattrape, et je m'arrête devant elle.

— Hello ! je fais.

Elle est un peu interloquée, d'abord. Puis elle me dit :

— Encore vous !

— Oui.

Et puis je reste planté là sans plus savoir quoi dire. Parce qu'au fond, j'ai rien à lui dire. Je me demande pourquoi je suis là.

C'est elle qui rompt le silence.

— Qu'est-ce que vous voulez encore ?

— Je ne veux rien, dis-je. Je suis juste venu vous dire un petit bonjour.

— Alors, bonjour et bonsoir, elle dit.

Et elle s'en va rapidement. Je la rattrape.

— Vous sauvez pas. Je vais vous laisser dans une minute. Je veux faire un pas ou deux avec vous, simplement.

Je règle mon pas sur le sien. Je me creuse la cervelle. Comment est-ce qu'on fait la conversation à une nana comme celle-là ? Les autres, les empoisonnantes, on trouve toujours quelque chose. Ça vient tout seul. Là je ne sais pas quoi dire, puisque je ne sais pas pourquoi je suis venu.

Au bout de quelques pas, elle s'arrête de nouveau et me regarde.

— Mettons les choses au point, dit-elle. Vous prenez ma chambre pour l'Armée du Salut ? Je ne me charge pas de recueillir les âmes en détresse !

— Bien sûr, ma belle. Je viens pas vous demander un abri. Je suis venu seulement pour vous saluer. Il y a pourtant d'autres gens à qui ça doit arriver, de venir dire bonjour...

Elle se détend un peu.

— D'accord ! elle fait. Et maintenant que vous m'avez dit bonjour, qu'est-ce qui est supposé se passer ?

Je ne sais pas où me foutre. Elle s'y entend pour vous mettre mal à l'aise ! Si c'était pas elle, il y a une paire de claques qui serait déjà partie. Nom de Dieu ! Qu'est-ce qui m'a pris de venir la voir ?

— Est-ce que tout marche bien pour vous ? je dis.

Elle ne me répond pas.

— J'espère que vous n'avez pas eu trop peur de moi l'autre soir.

— Peur de vous ? elle fait.

Et la conversation tombe à nouveau.

Nous continuons de marcher côte à côte. En silence.

— Est-il *indispensable* que vous marchiez à mes côtés ? elle me fait.

— Ecoutez-moi. Je ne vous fais pas de boniment. J'étais venu avec l'idée de vous demander de venir aux courses avec moi, samedi prochain. Ça ne vous ferait pas plaisir de sortir avec moi ?...

— Absolument pas.

— Parce que si ça vous tentait, moi je demande pas mieux. Je trouverais ça tout naturel.

— Ah ? Eh bien, moi pas. Alors ne vous donnez pas la peine de réfléchir.

— Eh bien tant pis ! dis-je.

Elle s'éloigne rapidement.
Je regarde autour de moi. Personne ne paraît avoir fait attention à nous. Je reste là un peu, à la regarder disparaître. Puis je m'enfile dans un bistrot. J'aimerais casser la gueule à quelqu'un.

Je me balade autour des baraques des courses. J'attends qu'on fixe la cote pour la troisième.
Journée calme. Je n'ai pas apporté mes cartes. Pas de bonneteau ni aucune combine.
Je n'ai rien misé dans les deux premières. Je n'ai fait que circuler les mains dans les poches, comme un touriste. D'ailleurs, depuis mon entrevue avec la fille, l'autre soir, j'ai la nette impression d'être le roi des ploucs.
Voilà qu'on affiche la troisième. C'est elle dont le barman m'a parlé. Je vais voir à combien on donne Pétulant, si quelque chose se mijote. Je ne peux pas rentrer comme ça, sans avoir rien fait de la journée.
Pétulant est d'abord à dix contre un. Puis il passe à neuf, à huit, à sept. Puis ça ne bouge plus. Quand les chevaux arrivent pour prendre le départ, il n'y a toujours pas de changement. Je me dis que cette histoire ne sent pas mauvais du tout.
Je mets trois sacs sur Pétulant, puis je frôle le torticolis en essayant de voir la course. La cloche sonne. Tout le monde gueule. J'attends l'affichage. Eh oui ! C'était du tout cuit ! Et je m'en vais empocher mes vingt et un billets.
Ce petit bar est vraiment sympa. On s'y sent un peu comme chez soi. Et le barman est un chic type. Je me sens nettement mieux. C'est agréable l'argent qui vous tombe tout seul dans les poches. Sans qu'on ait eu besoin de le prendre à quelqu'un. Sans risque et sans fatigue.

En rentrant chez moi, par les rues éclairées, je sens que je perds ma bonne humeur. Ça tient à ces passants qui vont par couples. Qui se tiennent par le bras. Qui se font des petits câlins. Bon Dieu ! Ce que ça peut faire con ! Mais ça a l'air de leur plaire ! Des pitres, voilà ce qu'ils sont ! Ils me font mal au ventre. Je vais aller me pieuter. Adieu, bande de comiques.

Le mercredi suivant, je retourne au magasin. Elle est aussi désagréable que l'autre jour.
La première chose qu'elle me dit, c'est :
— Il faut que j'appelle la police ?
— Mais pourquoi donc, bon Dieu ? dis-je. Je viens vous dire bonsoir. y a du mal à ça ?
— Je ne tiens pas à ce que vous veniez me dire bonsoir. Et je ne

tiens pas non plus à ce que vous marchiez à mes côtés. N'insistez pas, ou j'appelle un agent.

— C'est pas raisonnable !

— Et je profiterai de l'occasion pour lui raconter que vous avez forcé ma porte l'autre soir.

— Allons, allons...

— Ça l'intéresserait peut-être de savoir que vous avez été mêlé à une bagarre dans un certain café...

— Taisez-vous ! dis-je brutalement.

Je me calme, et lui dis plus doucement :

— Vous vous imaginez des choses au sujet de cette nuit-là.

— Vraiment ? Vous allez probablement me dire que tout ça s'est passé dans ma tête ?

— Non, dis-je. Mais je ne suis pas le type qui a démoli ce pauvre type, là-bas. J'étais dans ce bistrot, et je me suis trouvé mêlé à une bagarre générale. Ce n'est pas moi qui l'ai buté. Le gars qui a fait le coup a filé. Alors on a tous un peu perdu la tête. Et on a pensé tous pareil : qu'il valait mieux se tailler avant que la police arrive. Ma déveine, c'est que c'est justement moi à qui on a couru après. Mais ça n'est pas moi qui l'ai descendu. Absolument pas. D'ailleurs, est-ce que le signalement qu'on a donné dans les journaux me ressemble ?

Je me suis rendu compte immédiatement que c'était ce qu'il fallait dire. Parce que tous les canards en avaient tellement rajouté sur mon signalement que je n'avais pas pu me reconnaître moi-même. Cette phrase-là devait enlever le morceau.

La gosse reste immobile et me regarde. Ses yeux semblent me passer à travers :

— J'aimerais bien vous croire.

Et là-dessus, avant que j'aie rien pu dire d'autre, elle file, traverse la chaussée, et tourne le coin de la rue.

Ça fait trois soirs de suite, maintenant, que je la raccompagne jusqu'à sa porte. Elle ne se hérisse plus quand elle me voit. Et moi — c'est très rigolo — je ne trouve plus que ça a l'air con de se promener avec une femme. Mais je dois dire que cette fille, c'est autre chose que le modèle courant. Y a pas de comparaison possible.

Ce soir, ça me semble vraiment idiot de la laisser rentrer comme ça chez elle, et moi de m'en aller en attendant de la revoir le lendemain. Alors je lui demande si ça ne lui plairait pas de venir manger quelque chose avec moi quelque part.

Elle veut bien. Et je l'emmène dans un petit restaurant que je connais et où l'on mange bien.

En m'asseyant, je regarde autour de moi. A presque toutes les tables il y a des couples. Ça me rassure. Je me sens tout content.

Le garçon nous apporte le menu. Elle commande une friture, mais je lui enlève le menu des mains. Je dis au zèbre de nous servir du poulet. Et que ça soit copieux, et bon.

— C'est une petite célébration, dis-je.

— Pour fêter quoi ? demande-t-elle.

— Que vous n'êtes plus désagréable avec moi. Et aussi que je ne me sens plus ridicule d'avoir envie d'être avec vous.

Elle rit, gentiment :

— Vous avez une façon originale de dire les choses. Et d'ailleurs, vous ne m'avez même pas dit votre nom.

— Appelez-moi Bill.

— Vous vous appelez Bill tout court ?

— Ajoutez-y Saunders.

— Et qu'est-ce que vous faites dans la vie ?

— Je voyage.

— Où ça ?

— Un peu partout. Ça dépend de mes occupations.

— Quelles occupations ?

— Oh !... ça dépend des saisons. Et vous ?

— Vous savez tout de moi, dit-elle. Je passe ma jeunesse à dire à des femmes quelconques qu'elles sont ravissantes sous un chapeau de chez Benny... Mais vous ne m'avez toujours pas dit quelles sont vos occupations. Comment gagnez-vous votre vie ?

— Au petit bonheur la chance, je dis. Je prends ce qui passe...

Et je me mets à rire. Elle aussi.

— Je parie que vous estimez que ce métier n'est pas digne de vous, dit-elle. Vous êtes orgueilleux.

Quand le dessert est expédié et qu'on nous apporte le café, je lui passe une cigarette, et nous fumons béatement. Je vois la marque de son rouge à lèvres quand elle la retire.

— Vous vous peinturlurez les lèvres comme si elles étaient moches, dis-je en plaisantant.

— Je fais tout ce que je peux pour être présentable, répond-elle en riant aussi. Parce que si vous pouviez voir comme je suis au réveil...

— Vous savez bien que ce n'est pas vrai. Alors arrêtez de vous foutre de moi.

Le restaurant était plein quand nous sommes arrivés. Il est aux trois quarts vide maintenant. Elle me dit qu'il est temps de partir, parce qu'elle est fatiguée.

— C'est vrai qu'il est tard, je dis. Que le temps passe vite !

Je suis épaté. Les heures filent, c'est inouï ! On a tant de plaisir à la regarder et à l'écouter.

Et puis, aussi, c'est l'air amusé qu'elle a de regarder les gens et les choses. Rien d'acariâtre chez cette fille. Elle ne ressemble pas aux autres. C'est tout.

Je paye et nous partons. Je la raccompagne jusqu'à sa porte.

— Bonsoir, fait-elle. Et merci pour ce bon dîner.

— Il y a encore des courses samedi prochain, dis-je timidement.

— J'espère que vous vous y amuserez bien, dit-elle en riant. Bonne nuit !

Et elle disparaît.

4

Au moment où on arrive, on est en train d'afficher la deuxième course. Il est près de trois heures, parce qu'elle ne quitte son travail qu'à une heure le samedi. Et, en plus de ça, j'ai eu un mal de chien à la décider.

J'ai fait valoir le beau temps, j'ai insisté sur le bon air, enfin j'ai fait un baratin raisonnable. Elle a fini par admettre que j'avais raison.

Et ce qui est formidable avec cette fille, c'est qu'elle plonge, tête baissée, dès qu'elle a pris sa décision. Tout ce qu'elle fait, elle le fait avec enthousiasme. Exemple : les courses d'aujourd'hui. A une heure, elle ne voulait rien savoir pour y aller. Puis, quand je l'ai convaincue, elle n'avait plus qu'une inquiétude : combien de courses on allait manquer ?

Enfin, nous y voilà, et on affiche la deuxième course. D'après les noms portés au tableau, je vois que c'est un petit bizness très privé. Une course pour les books. Rien qui semble intéressant, sauf pour quelques initiés. Mais la petite trépigne presque, dans son enthousiasme. Pour elle, cette course d'initiés, c'est ni plus ni moins que le Derby...

— Jeannot Lapin ! s'exclame-t-elle. Quel nom délicieux !

Et elle se cramponne après ma manche et tire dessus tant qu'elle peut.

— Parions sur Jeannot Lapin ! Je suis certaine qu'il gagnera.

— Ça ne lui est encore jamais arrivé !

— Ça ne fait rien, je suis sûre qu'il va gagner aujourd'hui. Et ce numéro cinq qui est inscrit là-haut, qu'est-ce que c'est ?

— Qu'il est offert à cinq contre un.

— Oh ! Je veux absolument jouer sur lui.

Je sors de ma poche un billet d'une livre, et je lui tends.

— Tenez, dis-je. Misez ça.

Elle regarde le billet avec stupéfaction.

— Une livre ! Vous êtes fou. Je ne peux pas accepter. Je veux jouer avec mon argent, et pas plus d'un shilling. Ça serait horrible de jouer plus.

Elle ouvre son sac, en sort un shilling, va vers un book.

— Un shilling sur Jeannot Lapin, s'il vous plaît.

— Sept shillings pour un, Jeannot Lapin, merci, lady.

Elle revient vers moi en courant et en agitant son ticket.

— Il a parlé si vite que je n'ai rien compris, dit-elle. Est-ce qu'ils prennent le départ bientôt ?

— Dans un instant.

— Alors grimpons dans la tribune pour regarder.

Nous escaladons les gradins. Par-ci par-là, je bouscule un ou deux mecs encombrants. Histoire d'ouvrir le passage et de lui faire une place. Les chevaux arrivent. La gosse se cramponne de nouveau à mon veston. Tellement fort que j'ai peur qu'elle le déchire.

— C'est lequel ?

— Le numéro sept.

— Oh ! Le jockey bleu à casquette rouge ? C'est le plus joli cheval. Il va gagner, c'est sûr. Vous ne regrettez pas de n'avoir pas joué ?

De la voir si enthousiaste et joyeuse, ça me fait quelque chose. Qui réchauffe le cœur.

— C'est vrai. Il a l'air de tenir la forme.

Les chevaux s'alignent au départ, juste devant la tribune. Elle est tellement excitée, et elle se penche tellement en avant, que je me prépare à l'attraper au vol. Si elle le pouvait, elle irait jusqu'à son Jeannot Lapin pour lui donner une claque sur le croupion.

Le départ est donné ; la foule hurle, puis se calme quand les canassons ont disparu au tournant. Puis elle hurle de nouveau. Quelqu'un a dû distinguer quelque chose à la jumelle. La gosse trépigne tant qu'elle peut. Les chevaux réapparaissent avant la ligne droite. Ça gueule à nouveau partout.

— Les voilà !... les voilà !... crie-t-elle. Allez, Jeannot !... Vas-y, Jeannot ! Où est-il ?... Où est Jeannot ?

— C'est Blacky qui est en tête, dit quelqu'un. Blacky gagne les doigts dans le nez !

— Où est Jeannot ? Où il est, Bill ?

— Trop tôt pour se rendre compte, dis-je en retenant un bouton de ma veste qu'elle est sur le point d'arracher. Ça se joue toujours dans les deux cents derniers mètres sur ce parcours.

Le peloton est maintenant bien visible. Je distingue le Jeannot. Il doit être quatrième. Je lui dis. Elle hurle à tour de bras.

— Vas-y, Jeannot ! mugit une voix.

Je me fais l'effet d'un pignouf quand je m'aperçois que c'est ma propre voix.

C'est sa faute si je suis déchaîné comme ça. Elle m'a filé sa frénésie. On hurle tous les deux comme des fous. Les chevaux passent la ligne...

Elle se tourne vers moi. Elle est radieuse :

— Je vous l'avais bien dit ! J'étais sûre qu'il gagnerait... N'est-ce pas qu'il a été merveilleux ?

— Attendez, dis-je. Je crois qu'il s'est fait coiffer au poteau.

Mais, avant que j'aie pu l'arrêter, elle s'élance et bondit jusqu'en bas des marches. Elle se faufile en vitesse à travers la foule. Et elle me crie :

— Venez ! Je vais toucher mon argent.

Je la rejoins et je lui dis qu'on ne sera fixé que dans quelques minutes. Puis on affiche le résultat au tableau. Le sept a gagné. Elle avait raison.

— Maintenant, vous pouvez y aller, dis-je.

Elle m'attrape par le bras et m'entraîne vers les books. Elle est aussi heureuse que si elle avait gagné une fortune.

Mais elle perd chaque fois un shilling dans les trois dernières courses. Ça lui fait quand même un bénef de quatre shillings. Elle me dit, triomphale :

— Et maintenant, on va prendre le thé avec mon gain.

Elle dit ça si sérieusement que je ne peux pas m'empêcher de rire :

— D'accord. Ça nous fera du bien.

Ça me fait un drôle d'effet qu'on m'invite à prendre le thé. Ça ne m'est encore jamais arrivé. Et puis je n'ai jamais passé un après-midi comme celui-là aux courses.

Il n'y a plus de thé dans la théière, et la nuit commence à tomber. Mais nous demeurons devant nos tasses.

— Les émotions m'ont mise à plat, dit la petite, heureuse d'être au calme.

Quant à moi, les champs de courses, c'est un de mes lieux de travail favori. C'est toujours violent, d'une façon ou d'une autre. Alors je n'arrive pas à faire le rapprochement avec ce bel après-midi où il y a seulement de la joie à cueillir. Tout ça à cause d'une fille qui n'est pas comme les autres...

— Bill, me dit-elle tout d'un coup, pourquoi m'avez-vous amenée ici aujourd'hui ?

— Je ne sais pas bien, dis-je. Pour sortir tous les deux ensemble, c'est tout.

— Vous allez souvent aux courses ?

— Assez, oui.

— Et vous emmenez toujours une amie avec vous ?

— C'est bien la première fois !

Elle rit :

— Vous aimez la plaisanterie, Bill !
— Je vous assure que c'est la première fois.
Mais elle se remet à rire et elle me demande :
— Qu'est-ce que vous faites dans la vie ?
— Des tas de choses...
— Par exemple ?
Ça m'embarrasse. J'ai l'habitude de dire aux gens ce que je veux. Que ça leur plaise ou non, c'est tout comme. Et ils ne se risquent pas à m'interroger deux fois. Mais avec elle, je peux pas faire la même chose.
Je me creuse la cervelle à toute vitesse. Peut-être qu'avec mes cartes je pourrais lui changer les idées...
Je sors les cartes de ma poche, et je lui dis :
— Ça, c'est une des choses. Ah ! dites-moi : est-ce que vous connaissez ce truc-là ?
Je pose trois cartes sur la table, et je lui dis :
— Il faut que vous deviniez laquelle est la dame.
— Ce n'est pas ça qu'on appelle le bonneteau ?
— Si.
— Mais je croyais que c'était un jeu malhonnête ?
Je me mets à rire :
— Pas à ma façon. Je fais ça à la régulière. Absolument sans reproches. Vrai de vrai ! Je vous montre les trois cartes comme ça, l'image dessus. Et puis je les tourne sur la table, et il faut que vous trouviez laquelle est la dame.
— Ça a l'air assez facile, dit-elle. Je ne l'ai jamais vu faire, mais j'ai toujours entendu dire qu'il y avait un truc qui empêche l'autre de pouvoir gagner.
— On dit beaucoup de mal de ce jeu. Mais ça tient à la façon de jouer. Il y a des gens qui font ça dans les trains des courses. Et sur le champ de course même, on en trouve. Ils font ça avec l'aide de deux ou trois complices. Ils harponnent un client et ils le laissent gagner une fois ou deux. Tant que les mises sont faibles. Et puis, dès qu'il commence à miser gros et qu'il gagne, ils le font continuer jusqu'à ce qu'il perde tout.
— Mais s'il s'en va quand il a gagné ?
— C'est là que les deux ou trois autres types font leur boulot. Il s'agitent autour du mec et commencent à l'asticoter. S'il ne comprend pas... c'est à ses risques et périls.
— Alors c'est un vrai gang ?
— Oui. Ils se mettent à trois ou quatre contre un. Mais moi je fais ça tout seul. Je ne suis pas un lâche. On ne peut rien me reprocher, pas vrai ?
Elle se met à rire.
— C'est un bon point. Mais le truc, qu'est-ce que c'est ?

— Faisons une partie, je dis.

Je lui montre les cartes, l'image au-dessus.

— Gardez bien vos yeux sur la dame.

Je prends les trois cartes en main, deux dans une main et une dans l'autre. Puis je les jette sur la table face en dessous et côte à côte.

— Et maintenant, où est-elle ?

Elle en montre une du doigt.

— Là.

Elle n'avait qu'une chance sur trois. Elle choisit la mauvaise.

— Perdu, dis-je. Voyez.

Je retourne une autre carte, et je lui montre la dame.

— On recommence. Regardez bien les cartes.

Je les ramasse, et je fais comme tout à l'heure. Cette fois-ci, elle m'indique bien la dame.

— Bravo, dis-je. Encore une fois.

Je recommence une troisième fois. Elle montre la dame sans hésiter.

— Vous pigez la combine ? dis-je.

Elle se met à rire.

— Bill, dit-elle, vous ne ferez jamais fortune si vous jouez ce jeu-là comme ça. L'un des coins de la dame est un tout petit peu écorné. Je peux la reconnaître à chaque coup !

— Bravo, bravo, bravo ! dis-je. Alors, maintenant, faisons comme si vous jouiez une livre.

Je recommence une quatrième fois la manipulation, et je lui répète encore :

— Cette fois-ci, vous jouez des sous.

— Désolée de vous prendre votre argent, dit-elle en riant, mais voici la dame.

Je retourne la carte qu'elle m'indique. Ce n'est pas la reine. Je lui rigole au nez. Elle est mortifiée.

— Mais pourtant, Bill, s'exclame-t-elle, j'aurais juré que la carte un peu écornée c'était la dame ! C'est à ça que je l'ai reconnue les deux derniers coups.

— Vous commencez à piger, dis-je. On corne légèrement la dame pendant les coups de mise en train. Alors le client se dit qu'il peut facilement la reconnaître. Mais dès qu'il commence à miser une somme importante, la carte qui se trouve légèrement cornée n'est plus la reine — c'est une des deux autres.

— Ah bien ! fait-elle. Mais quand le client s'en aperçoit... ? Ça lui facilite le choix !

— Allons-y encore un coup, dis-je.

Je refais la manipulation, pour la cinquième fois.

— A vous.

Naturellement, elle laisse de côté la carte un peu cornée, et en indique une des deux autres.

— Encore perdu, lui dis-je en riant.

Je retourne la carte cornée, et c'est la reine. Je lui explique :

— Dès que je m'aperçois que vous avez saisi le truc, je recommence à corner la reine. Et le client est fait comme un rat !

Elle rit de bon cœur. Puis elle secoue la tête.

— Ça n'est pas plus malin que ça ? fait-elle.

— Ne vous y trompez pas, dis-je. C'est beaucoup plus difficile que vous ne croyez. Ça donne beaucoup de mal pour devenir un as. On peut dire que c'est une école de psychologie. Moi, je vous ai mise sur la voie. Ça vous a fait piger plus vite. Mais supposez que je joue avec un étranger. Il faut que j'arrive à sentir le moment exact où il saisit le truc chaque fois, afin de pouvoir corner une autre carte.

La gosse me regarde avec un peu d'admiration dans ses grands yeux. Elle me demande :

— Ça ne vous arrive jamais de perdre ?

— A ce jeu-là ? Pourquoi est-ce que je perdrais à ce jeu ? Si j'ai affaire à un gars qui s'affranchit trop vite, je...

J'hésite et je laisse ma phrase en plan.

— Vous quoi ? fait-elle.

— Je continue à jouer jusqu'à ce que je gagne, dis-je précipitamment.

Et, avant qu'elle recommence à me poser des questions, j'appelle la serveuse pour la note. Je paye et j'oblige la petite à ranger son argent.

— Je crois que c'est l'heure de rentrer, dis-je. On va tranquillement prendre notre train.

Du salon de thé à la gare, il y a près d'un kilomètre de marche. La foule des courses est déjà partie depuis longtemps. Les quais de la gare sont à peu près déserts. Je me dis que les conditions sont de premier ordre pour se mettre au boulot. Il y aura sûrement des compartiments avec seulement une ou deux personnes assises.

Je lui jette un coup d'œil en coin. Ça me ferait de la peine qu'elle soit choquée de ce que je pourrais être amené à faire. Mais je ne peux pas continuer ainsi. A ne plus m'occuper que d'elle et à me laisser aller. Faut bien penser à la croûte.

Le train arrive, et un péquenaud se hisse dans un compartiment vide. Il me fait l'effet d'être celui qu'il me faut.

— Venez ! je dis à la gosse en la prenant par le bras et en la poussant derrière le gars.

Mais elle recule brusquement.

— C'est un compartiment de première, Bill.

— Ça fait rien. Je payerai la différence. Ça m'a l'air très confortable !

Nous nous installons face à face sur les banquettes, chacun dans un coin. Elle est ravie, mais me regarde avec un peu d'étonnement.

— C'est pas une bonne journée ? dis-je.

— Merveilleuse !

Le train démarre et prend de la vitesse. On en a pour trois quarts d'heure. Pas besoin de me presser.

La gosse est fatiguée. Elle se cale dans son coin et s'endort au bout d'une minute ou deux.

Je jette un coup d'œil vers le type à l'autre bout. Il a bien l'air de ce qu'il est.

J'allume une cigarette, puis je lui demande, histoire de montrer que je suis un gars sociable :

— Aux courses, tantôt ?

— Oui, fait-il. Vous aussi ?

La môme ne bouge pas. Elle pionce.

— Oui, dis-je. Ç'a m'a amusé, parce que je n'ai pas souvent l'occasion. Bonne journée pour vous ?

Il hoche la tête.

— J'ai touché trois gagnants, dit-il. Ça a pas mal marché.

Ce type a tout du naïf. Faut être idiot pour raconter ça à tout le monde.

Alors, je sors mes trois cartes de ma poche, et je lui dis :

— Pour moi la journée a été plutôt mauvaise. Je suis tombé sur un bonhomme qui jouait au bonneteau. Je l'ai regardé faire. Et j'ai pas résisté. J'ai pas pu m'empêcher de parier un peu. Le malheur, c'est qu'il était trop adroit. J'ai laissé des plumes. A la fin, je lui ai demandé de me vendre ses trois cartes. Parce que j'étais sûr qu'elles étaient truquées. Mais j'ai gaspillé mon blé. Ce sont des cartes comme les autres.

Je lui tends les cartes. Il les examine avec intérêt.

— C'est ma foi vrai ! il s'exclame. Je me le suis souvent demandé. Oui, elles semblent ordinaires. Vous êtes sûr que c'est avec elles qu'il a joué ?

— Absolument, dis-je. Ça doit être dans la façon de les jeter.

Je saisis mes cartes de la façon habituelle, et je les jette sur la banquette, côte à côte. Puis j'en ramasse une et je la regarde. Puis je pars d'un grand rire, je me tape sur la cuisse :

— Je me suis roulé moi-même. Tordant.

Il se met à rigoler.

Je ramasse les cartes et je les jette à nouveau. Le mec fait un signe avec sa tête pour m'indiquer la carte du bout. Je la ramasse et je lui montre. C'est la reine.

— Décidément, dis-je, je ne suis pas fort à ce jeu !

Je ramasse encore les cartes et je les jette. Plusieurs fois de suite. Comme si j'essayais d'y comprendre quelque chose. Au bout d'un moment, je lui dis :

— Je crois que j'ai pigé. Regardez un peu si vous pouvez me suivre.

Je recommence la chose deux fois. Une fois il se trompe, une fois il tombe juste.

Je lui fais un sourire tout ce qu'il y a d'engageant, et je lui dis :

— Allons-y maintenant pour de vrai.

Puis je sors de ma poche un billet d'une livre, et je le pose sur la banquette.

Il hésite un peu, puis se décide.

— Soit, dit-il. Mais je vous préviens que j'ai un fameux coup d'œil.

Je lui montre les cartes, et je les jette. Il m'indique celle du milieu.

Je lui montre celle de droite.

— J'ai idée que ça doit être celle-là, dis-je.

Je la retourne. C'est la reine.

Je ramasse son billet d'une livre, mais je le laisse sur la banquette, à côté du mien. Je reprends les cartes.

— Vous aurez peut-être plus de chance ce coup-ci, je dis. On fait ça à quitte ou double ?

— Soit, dit-il. Une fois seulement.

Je jette les cartes, puis je le scrute intensément. J'avais corné la reine le coup d'avant, et je l'avais laissée cornée pour ce coup-ci. Je vois son regard se vriller dessus. Ça y est ! Il m'indique la carte cornée.

Je lui rends son billet d'une livre.

Je recommence mon petit trafic. Le gars se donne un mal de chien pour faire semblant de se creuser la tête. Puis il me montre la carte qui a le coin corné. Seulement, cette fois-ci, je l'ai eu... Il me refile son billet.

Et son air de se creuser la tête n'est plus une comédie.

Je recommence le boulot — et il se trompe encore. Parce que je l'ai embarqué maintenant dans le coup des devinettes. Coin, ou pas coin ? Il ne s'y retrouve plus dans toutes ces cornes qui changent.

Mais il n'est pas aussi bouché que je le pensais. Là, il trouve la reine. Puis deux fois de suite, encore. Il y va au hasard, mais il a la chance pour lui. Il a quatre livres d'avance.

— J'arrête, dit-il tout d'un coup. Je ne veux pas continuer à vous piquer votre fric.

— Allez-y ! dis-je. Profitez de votre veine.

— Non, vraiment, proteste-t-il. Je sens que j'ai la chance et que je vais continuer à gagner. Il vaut mieux s'arrêter.

— Continuez ! dis-je. On ne s'arrête pas comme ça !

Il fronce les sourcils.

— Que voulez-vous dire ? fait-il. J'ai le droit de m'arrêter de jouer quand je veux.

Elle était toujours endormie. Le train n'allait pas tarder à arriver. Je n'avais pas prévu que le jeu tournerait comme ça. Sûrement mon tour de main n'avait pas été ce qu'il est d'habitude. En tout cas, il ne reste plus beaucoup de temps pour régler la question. Il faut que je lui fasse comprendre que je ne vais pas le laisser s'en sortir comme ça.

— Aboule le fric !

— Foutez-moi la paix !

Je n'ai plus le temps de discuter. Je me lève et je lui balance mon poing dans la gueule. Il s'affale en arrière comme si c'était la fin du monde. Il lève les bras pour se protéger la figure, mais il n'essaye même pas de riposter.

— Allez, crache ! dis-je. Mon fric ! Et le tien aussi !

Ma main s'abaisse vers la poche où il l'a rangé. Il a un geste pour m'en empêcher.

Le train traverse maintenant les faubourgs. Il va bientôt ralentir. Je vais être niqué.

Alors je le cogne. Un seul coup au menton.

Quand il s'effondre sur les coussins, j'entends hurler derrière moi. Je me retourne. Elle s'est réveillée. Elle me regarde comme si j'étais un cauchemar. De l'horreur dans tous les traits de son visage.

Je me détourne d'elle. Pas le temps de discuter.

Je plonge ma main dans la poche du type. Je sors l'argent qu'elle contient.

— Bill ! crie la gosse. Oh ! non, Bill !

Je vais vers elle, mais elle a un geste de recul, avec une espèce de frisson. Et avant que je puisse me rendre compte de ce qu'elle veut faire, elle se lève d'un bond et tire le signal d'alarme.

Je lui attrape le bras, mais trop tard.

Le train freine. Je rejette la môme sur la banquette, avec, au fond de ma gorge, une terrible envie de l'écraser.

— Pauvre idiote ! je lui dis avec fureur.

Elle ne répond rien. Elle me regarde comme si elle avait envie de me cracher dessus. Si ça n'avait pas été elle, j'y aurais été à coups de pied dans le ventre.

Les freins grincent dur. Le train va s'arrêter. J'attrape d'une main son poignet, et de l'autre j'ouvre la portière. La fermeture est vers l'avant, ce qui fait que le poids seul de la portière la maintient ouverte toute grande.

Un instant elle s'agite. Mais elle jette un regard sur la forme inerte du type, ça la tourneboule. Elle cesse de se débattre, elle se laisse aller.

Si elle était restée tranquille, personne ne se serait aperçu de rien avant la sortie de la gare. J'aurais rangé le type confortablement dans son coin avant de le quitter. La bonne affaire.

— N'attendez pas que le train s'arrête, je lui dis.

Je l'ai placée tout au bord et je la maintiens solidement.

— Essayez d'atterrir à quatre pattes, dis-je. Et sautez le plus loin possible pour que la portière ne vous accroche pas. Allez-y !

Le train s'arrête juste au moment où elle saute. Je la vois atterrir sur les genoux et sur les mains. A moi de faire...

La secousse du train qui se bloque ramène la portière en avant. Au moment de mon saut, ma tête heurte brutalement le montant. Je fais une cabriole dans les airs, et j'atterris sur le dos. Je suis sonné. Mais je me relève au bout de deux ou trois secondes.

Des portières s'ouvrent, des vitres s'abaissent, des têtes surgissent tout le long du train.

Je me secoue, et je la cherche du regard. Elle est à quelques pas de moi, l'air ahuri, immobile. Je plonge vers elle et je l'attrape par le bras.

— Filons en vitesse ! dis-je.

Et je l'entraîne vers le talus.

Mais la lueur qui vient des compartiments éclairés se reflète un peu sur nous. Et j'entends des gens qui gueulent.

Le chef de train, qui marche le long du convoi, nous aperçoit. Il lance la chasse.

Je l'entraîne à ma suite. Nous détalons. On attaque le talus de biais. On arrive au sommet, puis on dégringole la pente en vitesse. On arrive à une palissade qui enclôt la cour d'une baraque. D'autres bicoques, d'autres palissades. J'en vise une.

Je l'attrape, je la balance au-dessus. Puis je me hisse et je saute. Toutes ces bicoques se touchent. C'est compliqué de courir plus loin. Il faut traverser toute la cambuse.

Nous écoutons un instant. On entend vaguement quelques cris, mais très loin. Ce talus qui nous masquait aux gens du train nous a été bien utile.

On aperçoit une petite lueur par la porte de derrière de cette bicoque. Je lui reprends le bras et je la tire vers l'habitation.

— Restez derrière moi, dis-je. Et fermez-la.

Je tourne le bouton de la porte. Elle est fermée. Alors je frappe. Et j'entends la voix d'un môme :

— On frappe à la porte de derrière, maman !

— Ne dis pas d'imbécillité, répond une voix de femme.

— Je t'assure que si, maman !

J'entends un petit pas qui vient. La porte s'ouvre. C'est un petit gars. Je le repousse de côté, et j'entre en tirant la fille derrière moi. Nous fonçons dans le couloir, vers le devant de la taule.

— Maman ! crie le môme. Y a un homme et une femme qui m'ont poussé pour entrer !

La femme surgit dans le couloir, avant que nous ayons eu le temps d'arriver à la porte de devant. Elle nous barre le passage. Elle est massive et menaçante.

— Qui êtes-vous ? Qu'est-ce que vous faites ici ? demande-t-elle.

C'est le genre avec qui on peut pas discuter.

Je lui en balance une bonne au creux de l'estomac. Elle se plie en deux et s'assoit par terre. Nous passons avant que la mégère ait pu reprendre son souffle.

On atteint la porte, on l'ouvre et on la claque.

On est dans la rue. Elle est déserte.

— Filons ! je dis.

Et nous galopons aussi vite qu'elle le peut.

J'entends les cris du gosse dans la maison. Mais ils s'estompent de plus en plus. Et personne nous court après. Personne.

Après avoir enfilé plusieurs rues, j'arrête pour la laisser souffler. Elle n'en peut plus.

Aussitôt, elle donne une secousse pour me faire lâcher son bras.

— Dès que vous aurez récupéré, dis-je, nous repartons. Vaut mieux pas moisir ici.

Son souffle lui revient. Je lui prends de nouveau le bras, pour l'entraîner. Elle se dégage d'une secousse.

— Laissez-moi ! fait-elle. Je ne vais pas avec vous.

— Faites pas d'histoires, dis-je. Vous m'avez suffisamment compliqué l'existence cette nuit. Ça suffit.

Je tends la main vers elle de nouveau, mais elle recule d'un élan brusque. Elle me siffle d'une voix haineuse :

— Je vous ai assez vu pour le restant de mes jours !

A toute volée, elle me gifle.

Puis elle fait demi-tour et s'éloigne. A toute vitesse.

Je reste figé sur place. Je la regarde s'éloigner. La joue me brûle. Comme si un fer rouge m'avait marqué. Sa main m'a frappé. Sa silhouette s'estompe.

Elle m'a frappé et elle est partie...

5

Ça me poursuit comme si elle me l'avait dit hier. Et c'est vieux de trois semaines.

Ça me travaille sans arrêt. C'est incrusté en moi. Dans ma tête, dans mon estomac, dans mes tripes.

Elle m'a dit : « Au fond de moi-même, je savais bien que vous étiez un mauvais garçon. Je ne peux pas le nier. Et même j'avoue que c'était pour moi une sorte de fascination. Mais je croyais sincèrement à une sorte de droiture. J'étais persuadée que vous étiez propre au fond. Maintenant, je sais exactement ce que vous êtes. Une brute. Une brute mauvaise et lâche. Une bête féroce. »

Elle *ne veut pas* comprendre. Elle ne veut pas comprendre que ça n'est pas ma faute si le mec du train était un dégonflé. J'aurais voulu qu'il se défende. Il avait l'air péquenaud, mais c'était un gars solide, un costaud. Je n'y peux rien s'il n'a pas accepté la bagarre.

Et puis elle ne veut pas comprendre l'imprévu. Je n'avais pas l'intention de lui cogner dessus. C'est venu de ce que j'ai merdé dans mes cartes.

Elle veut pas voir. Elle veut pas comprendre.

Quand je vais l'attendre à son travail, elle me regarde d'un œil glacé. Elle refuse de me répondre.

Je me suis obstiné à venir. Alors elle se fait accompagner par deux amies — une de chaque côté — jusqu'à sa porte.

Autrement elle se débrouille pour me glisser entre les doigts quand même. Pendant que je l'attends à la porte du personnel, elle file par une des portes réservées aux clients. Et je reste planté là jusqu'à ce qu'on ferme.

Au fond, je me fous de tout ça. Qu'elle fasse ce qu'elle veut. Je m'en balance. La femme qui fera de moi un pantin n'est pas encore née. La femme qui me fera bêler, je crois pas qu'elle existe. La femme qui se figurerait que je vais me ronger les sangs parce qu'elle me dit que je suis une brute... ça me fait rigoler !

Je me suis toujours foutu de ce que les femmes pensent. Et encore plus des hommes. Je les emmerde tous et toutes. Moi, j'ai mes poings. C'est ça qui compte. La seule chose qui compte...

— Nom de Dieu ! Garçon ! Je vous ai demandé un autre verre.

Ces putains de rues ! On en crèverait de marcher dans ces rues. Ces mecs avec des pépées suspendues à leur bras. Toutes ces garces qui font d'eux des guignols. Tous ces guignols qui se croient des

Don Juan. Qu'est-ce qu'ils feraient si un gars comme moi venait leur aplatir la gueule ?

— Garçon, un autre ! et plein à ras !

Cette gosse, qu'est-ce qu'elle voulait ? Faire joujou. Faire joujou avec moi ? Et puis elle s'aperçoit que je joue à des jeux dangereux. Alors elle comprend que je ne suis pas ce qu'il lui faut. Il lui faut quoi ? Un gentleman.

— Garçon, et ce verre ! Garçon !...

J'arrive pas à écrire cette lettre. Je sais ce que je veux lui dire, mais quand c'est écrit, ça n'a plus l'air de rien.

Et pourtant, il n'y a rien d'autre à faire, puisqu'elle ne veut pas que je lui parle. A quoi ça me sert de monter tous les jours la garde devant la sortie de chez Benny ?

J'en ai raturé tellement, des feuilles de papier, que ma chambre est pleine de boulettes.

Je ne peux pas la forcer à me parler à moins de la brutaliser. La prendre par les épaules et la secouer. Au moins j'entendrais de nouveau sa voix. Mais c'est pas une méthode de gentleman. Je suis bien forcé d'adopter des méthodes de gentleman.

Je crois que, cette fois-ci, ça y est. Ce que je lui écris n'a pas l'air trop con. Ça devrait la faire réfléchir.

Je n'ai plus qu'à mettre ça sous enveloppe et à lui adresser. Mais, bon Dieu ! je pense tout d'un coup que je ne sais même pas son nom. Je ne le lui ai jamais demandé. Ça ne m'avait pas paru utile.

Je fourre la lettre dans ma poche, et je file vers chez Benny. J'y arrive exprès en avance. Et je harponne un gosse qui se baguenaude à proximité.

— Tu veux gagner un shilling, mon gars ? dis-je.

— Et comment ! Qu'est-ce qu'il faut faire ?

— Attends simplement qu'une fille sorte de chez Benny, et qu'elle vienne par ici. Et puis tu lui donnes cette lettre.

— A n'importe laquelle ?

— Je te la montrerai quand elle sortira. Viens un peu par ici, parce que je ne veux pas qu'elle me voie.

J'emmène le môme un peu plus haut. Dans la direction qu'elle doit suivre. Je nous colle tous les deux sous une porte, en attendant l'heure.

— Moi aussi j'écris des lettres à une fille, il fait.

— Boucle-la.

— Je veux bien la boucler. Mais c'est quand même vrai que j'écris des lettres à une fille.

Juste à cet instant, elle sort. Elle vient vers nous. Elle est avec une amie.

— C'est celle-là, lui dis-je en la lui montrant. Alors, tu prends cette lettre, tu lui donnes, et tu fermes ta gueule. Après, tu te tailles et tu disparais, jusqu'à ce qu'elle ait filé. Je t'attends ici. Quand elle aura tourné le coin là-bas, reviens me trouver, et je te donnerai le shilling.

Le petit gars prend la lettre. Puis, au moment de partir, il me demande encore :

— Elles sont deux. Je la remets à n'importe laquelle ?

— Non. A celle qui est le plus près de la chaussée.

— O.K. ! il fait. Je crois que vous avez raison. C'est la mieux.

De ma porte, je le vois galoper vers elles, les rattraper, et tendre ma lettre à la gosse.

Elle la prend, regarde l'enveloppe, puis regarde le gosse, comme pour le questionner. Mais il fait ce que je lui ai dit. Il se transforme en courant d'air.

Alors elle fait quelques pas pour se mettre sous un lampadaire, et tire le papier de l'enveloppe. Puis elle commence à lire. Sa copine se penche aussi pour voir ce que c'est. Mais, dès les premiers mots, elle s'écarte un peu pour que l'autre ne puisse pas lire.

Quand elle a fini, elle roule mon papier en boule, comme pour le jeter. Mais elle hésite. Elle se tourne à droite et à gauche, comme si elle s'attendait à voir quelqu'un. Puis elle ouvre son sac et y fourre la boule de papier. Elle dit quelques mots à l'autre, et elles continuent ensemble leur chemin.

Aussitôt qu'elles ont disparu, le gosse arrive au galop. Il tend la main, et je lui file son shilling.

— Merci, monsieur !

Il fait quelques pas, puis revient brusquement. Il me regarde d'un air important et confidentiel. Et il me dit :

— Cette nana est encore plus chouette que la mienne, vous savez !

Puis il se taille. Mais je le rappelle.

— Tiens, dis-je. Voilà encore un shilling pour toi.

Il le prend et me regarde comme si j'étais cinglé. Puis il se sauve à toutes jambes. Comme s'il avait peur que je le lui reprenne.

— Encore un verre, je dis au mec.

Il en a déjà bu pas mal. Il lui faut beaucoup de liquide pour que lui pousse un peu de courage.

— Bien sûr, je crache pas sur le pognon, il dit. Mais j'aime pas les emmerdements.

— Aucun danger. Tu sais courir, je suppose ? Alors ? Quand quelque chose comme ça arrive, les badauds s'attroupent toujours autour de la fille. Avant qu'ils aient rien pu piger, t'es déjà loin.

— Et s'il y a un flic dans les parages ?

— On choisira le moment.

— Et tu feras seulement semblant de me sonner ?

— Bien sûr ! Pas de bobo. Tu penses bien que si je t'assommais à moitié, et que tu ne puisses pas te tailler fissa, on serait ramassés tous les deux. Et il faudrait répondre à des tas de questions. Je t'allongerai une petite beigne gentille.

Il vide son verre.

— Ils pourraient me foutre en taule pour ça, dit-il encore.

— Ils foutent en taule que ce qu'ils attrapent. Bon Dieu, qu'est-ce que tu voudrais ? Que je te file de l'oseille pour l'embrasser ?

Je sors une livre de ma poche. Et je la chiffonne sous le regard du zigoto.

— Dans un sens, ce fric-là me serait assez utile, il fait.

Moi, je commence à en avoir marre de ce type.

— Il est facile à gagner, dis-je. Oui ou merde, ou est-ce que je propose le truc à un autre ?

Je remets le billet dans ma poche, et je me lève. Du coup, il se décide :

— D'accord. Je marche.

Je lui tends le billet.

— Alors, allons-y !

Nous sortons du bistrot, et je l'emmène d'un pas rapide.

Au bout d'un quart d'heure, nous arrivons au coin que j'ai choisi.

— Et maintenant, écoute-moi bien. Si tu fais ton boulot de travers exprès, pour te débiner en douce et me doubler, je me mettrai à ta recherche. Et, quand je t'aurai retrouvé, tu seras dans un tel état que tu en auras pour six mois d'hosto. Tu piges ? Bon. Alors installe-toi là-bas, près de la boîte aux lettres. Et attends qu'elle passe devant toi.

Il va où j'ai dit et s'adosse au mur.

Une horloge sonne sept coups. Elle ne va pas tarder. D'ailleurs la voilà. Elle passe près de moi.

— Bonsoir, je dis.

Elle détourne la tête et continue son chemin. Tout va se passer comme prévu. Elle avance vers la boîte aux lettres. Je la suis de loin. J'aperçois le mec, là-bas, qui me regarde. Je lève le bras et je me gratte la tête. C'est le signe convenu pour la désigner.

Quand elle passe devant lui, il se détache soudain du mur, plonge sur elle et lui attrape son sac.

C'est le moment ! Je fonce vers eux. Ça me prend deux secondes. Ils se débattent autour du sac à main. Le mec y va suffisamment mollo.

— Espèce de salaud ! je lui dis.

Je l'arrache de la gosse et je le gifle.

Un ou deux types qui passaient sur le trottoir d'en face traversent la chaussée et accourent.

Dès que je lui ai filé sa beigne, mon mec s'escamote avec la vitesse du lapin. Et personne ne lui fait la chasse.

Ceux qui avaient traversé la rue soulèvent leur chapeau et demandent à la gosse si elle n'a pas de mal. Elle leur répond que non. D'ailleurs, ça se voit bien. Ils touchent à nouveau leur galure et se barrent.

J'ai l'impression que ça s'est passé un peu trop en douce.

Elle se tourne vers moi.

— Merci beaucoup, dit-elle. Vous avez été très aimable et très courageux. Mais vous ne paraissez pas être en pleine forme. Je me souviens que vous pouvez assommer les gens d'un seul coup. Quand vous reverrez votre ami, remerciez-le de ma part de m'avoir attaquée avec tant de mollesse.

Là-dessus, elle me tourne le dos et s'en va. Je m'éloigne dans la direction opposée. Comme si j'étais un badaud...

Pourtant, la première fois, j'avais su comment lui parler, puisqu'elle m'avait laissé passer la journée dans sa chambre. Et j'avais su aussi la décider à venir aux courses avec moi. Ça prouve que c'est une fille qu'on peut convaincre. Mais bien sûr, pour ça, il faut savoir lui parler.

Comment parler à quelqu'un qui refuse de vous voir ? Qui passe tout droit près de vous, sans s'arrêter ?

Si seulement je pouvais la coincer dans un endroit où il n'y aurait pas moyen de s'échapper.

Bon sang ! Comment n'y ai-je pas pensé ? J'ai idée que j'ai trouvé le moyen de la forcer à me parler...

Je quitte ma chambre, et je file à toute allure chez Benny. J'arrive devant, et j'entre.

Un type en redingote me regarde. Comme si je lui faisais l'impression d'attendre ses condoléances. Il a une gueule d'enterrement.

— Puis-je vous être utile, monsieur ? fait-il.

— Laisse tomber, dis-je.

Il lève les sourcils, et reprend :

— Pardon, monsieur. Que dites-vous ?

— Rien, dis-je. Je jette seulement un petit coup d'œil.

— Mais certainement, monsieur.

Et il me zyeute comme si j'allais lui faucher quelque chose.

Je commence ma petite tournée dans le magasin. On a l'impression de marcher pendant des kilomètres. Je me fraye un chemin au milieu de la foule. Des centaines de nanas grouillent dans tous les coins. Y'en a qui achètent, y'en a qui vendent. C'est étouffant. Pas la moindre trace de celle que je cherche.

Après avoir visité le rez-de-chaussée, je fais pareil au premier étage. Puis au second, puis au troisième, puis encore plus haut. Et au moment de renoncer, je l'aperçois enfin. Elle tripote un carton à chapeau. Je vais vers elle.

— Bonjour ! je lui dis.

Elle lève la tête et me regarde. Je ne l'ai encore jamais vue avec un air aussi furieux.

— Qu'est-ce que vous faites ici ?

— Je suis venu vous parler.

— Vous ne pouvez pas me parler ici, fait-elle précipitamment. Allez-vous-en ! Vous allez me faire perdre mon emploi.

— C'est au contraire le meilleur endroit pour ça.

— Allez-vous-en ! Je vous en supplie, allez-vous-en ! J'aurai des ennuis si on nous voit ensemble.

Je lui fais mon plus beau sourire.

— Je veux bien m'en aller, dis-je. A condition que vous me promettiez de me rencontrer ce soir.

— Pas question !

Et elle se replonge dans le tripotage du carton à chapeau. Alors je dis :

— Je reste ici jusqu'à ce que vous me parliez.

Elle lève de nouveau les yeux sur moi. Maintenant, elle est plus effrayée que furieuse. Une matronne qui a la gueule d'une surveillante est adossée à un comptoir un peu plus loin. Elle a l'air de commencer à s'intéresser à nous.

— Eh bien... c'est entendu ! elle fait. Je vous verrai à la sortie, ce soir. Mais je vous en prie, partez.

Je redescends tous les étages, et j'arrive à la grande porte. Le larbin en habit me jette un regard en coin. S'il pouvait savoir ce qui lui évite de recevoir mon poing dans la gueule, il accorderait sûrement à la gosse une splendide gratification.

Elle a tenu parole. Elle est sortie seule, et elle se dirige vers moi. Elle est immobile devant moi, maintenant. Elle me semble pas très contente.

— Alors ? fait-elle sèchement.

— Ne restons pas là, dis-je. Faisons un petit tour.

Nous partons. Je me creuse la cervelle. Je ne sais pas quoi dire au juste. Et elle n'a pas l'air d'être disposée à m'aider :

— Vous voyez bien que vous n'aviez rien de particulier à me dire.

— C'est vrai. Ce que je voulais, c'était simplement parler comme avant. Parler de n'importe quoi. Comme avant.

Elle s'arrête et me fait face. Son visage est dur.

— Ce n'est plus possible, dit-elle.

— Pourquoi ?

— Parce que vous êtes une brute, un lâche et un voleur. Et que je ne supporte plus de vous voir.

Là-dessus, elle me tourne le dos pour s'en aller. Mais je la rattrape par le bras.

— Laissez-moi dire un mot, je fais. Vous n'avez pas le droit de m'accuser comme ça, simplement parce que vous avez assisté une fois à une histoire qui n'était pas prévue, que je n'ai pas voulue, et qu'en tout cas vous n'auriez pas dû voir si vous aviez continué de dormir. C'est pas par plaisir que j'ai sonné le gars. J'étais forcé. Il voulait s'envoyer le blé sans me donner ma chance. Je ne sonne jamais personne quand on ne m'y oblige pas. Je ne cogne que lorsque je n'ai pas d'autre moyen de m'en sortir.

— Les autres n'agissent pas comme ça.

— Moi, je ne connais que ça ! J'ai toujours vécu comme ça parce que je ne connais pas d'autre méthode. Et je n'ai rien à me reprocher. Personne ne m'a jamais aidé. J'étais seul contre lui. Tout ce que je fais, je le fais toujours seul. C'est correct, ça. Pas vrai ?

— Extrêmement correct, dit-elle d'un ton glacial. Sauf que vous êtes aussi fort que deux hommes forts. Quelle heureuse coïncidence !

— Bon Dieu ! Qu'est-ce que je peux y faire ?

Elle ne répond rien. Nous restons là, plantés l'un en face de l'autre.

— Dites-moi quelque chose, s'il vous plaît ! je dis enfin.

Elle baisse la tête et regarde le trottoir.

— Je n'ai plus rien à vous dire. Sauf que je ne veux plus vous revoir.

Et je sens, tout d'un coup, que ce qu'elle dit là, elle le pense. Ça me fait comme si quelque chose se déchirait en moi.

Je lui dis quelque chose, sans savoir au juste quoi. Ça sort seul :

— Ne soyez pas comme ça, s'il vous plaît ! Vous ne comprenez pas. Moi, je ne sais pas comment m'expliquer. Parce que j'ai toujours été seul. J'ai toujours voulu être seul. Des copains, des copines ? Jamais pour moi ! Qu'est-ce que j'aurais pu en faire ? Quel intérêt ? Mais maintenant, il y a vous. Il y a vous tout le temps. Il y a vous partout. A toutes les minutes. Vous êtes en moi sans que je puisse rien y faire...

Je m'arrête de parler. J'attends qu'elle dise quelque chose.

Et, tout d'un coup, il arrive une foutue chose. Sans que je m'y attende, elle se penche soudain vers moi et cache son visage sur mon veston. Puis elle se met à chialer. En catimini. Presque en silence.

Je suis pétrifié. Je ne sais pas quoi faire. Je voudrais bien qu'elle s'arrête. C'est empoisonnant quand les gens passent.

Je l'attrape par les épaules, et je la secoue.

— Arrêtez, bon Dieu ! Arrêtez !

— Oh ! Bill, dit-elle en sanglotant, pourquoi êtes-vous comme vous êtes ? Pourquoi n'êtes-vous pas comme tout le monde ?

Je ne peux rien répondre à ça.

— Bill, pourquoi ne feriez-vous pas un travail honnête ? Pourquoi n'auriez-vous pas une existence normale ? Un emploi sérieux comme... comme... Comme par exemple les hommes qui travaillent chez Benny ?

Ça me fait le même effet qu'un coup sur le crâne. Quoi ? Elle me voit comme ça ? Comme le type en redingote. A faire des courbettes ? A faire le larbin pour la paye du samedi ? Quelques shillings qu'on me donne si je suis une bonne carpette ?

Et cette petite salope essaye de me vendre ça ?

— Allez vous faire foutre ! je lui dis en la repoussant.

Sans plus la regarder je mets les voiles.

Y a des choses qui tombent comme ça. Qui sonnent. Quand ça arrive, il faut serrer les dents. Et les poings.

Je fonce dans la rue, dents et poings serrés. Je ne regarde rien, je ne vois rien. Ni à droite ni à gauche. Je fonce.

C'est comme ça que ça se passe, alors ? Vous attendez quelque chose de merveilleux — et on vous offre de la daube. Qu'ils aillent se faire foutre ! Tous, tant qu'ils sont.

Et puis c'était pas à faire, de se toquer d'une gonzesse. Un homme qui se laisse avoir, c'est un homme foutu. Moi, je suis pas comme ça. On ne me possède pas, moi. Pas de cette façon.

Il faut que je l'arrache. Que je rejette cette nana hors de moi. Hors de mon crâne, hors de mon coffre, hors de mes tripes. Je crois que si je la tenais maintenant, je l'étranglerais. J'en aurais fini au moins d'avoir si mal à cause d'elle.

En tournant le coin de la rue, je bute sur un mec. Je le repousse en jurant. Bon sang ! Ce gars-là, il va payer pour tout. Il est en tenue de soirée, il a une gueule délicate qui me fait penser à elle. Il va payer.

Je lui colle un pain, il chancelle. Le second l'envoie chez les anges, sa tronche de gonzesse est couverte de sang.

Elle m'a dit : « Brute forcenée, brute forcenée ! » Je ramasse le mec, je le remets sur ses pieds, il se balance un peu, je pivote et je frappe. De tout mon poids. A toute volée. Comme une brute forcenée ! Comme une brute forcenée ! Comme une brute forcenée !...

Il s'effondre. Un pantin désarticulé. Comme le bétail à l'abattoir.

Un flic est pas loin. Il me les casse avec son sifflet. Il est à deux cents mètres. Je me retourne. La voie est libre, par là. Je vais le faire courir.

Je plonge à genoux près de la victime. Il a un portefeuille dans sa poche. Il est pour moi.

Le flic n'est plus loin quand je me relève. Je fais volte-face et je démarre. Je file comme un ouragan.

C'est pas mon soir de chance. Au moment de traverser la rue, une auto prend le virage en trombe. Je ne peux pas m'arrêter à temps. Un cyclone m'écrase, me soulève et m'emporte. Et la rue tourne, tourne, tourne, sans que je puisse l'arrêter.

Je reprends connaissance. Lentement. Et je sens des petits balancements. Je suis dans une auto qui roule.

J'ouvre les yeux, mais je ne vois pas bien. Y a une sorte de brouillard qui me gêne.

Mes yeux s'habituent à nouveau. Je distingue maintenant. Un uniforme de flic. Et une femme en blanc. Un mec en blanc. Un flic, une infirmière, un toubib. Ils sont avec moi. Dans une ambulance. Une ambulance. Je dois être amoché.

Le flic me regarde. Il s'efface et puis il revient. Je vois qu'il ne me quitte pas des yeux. Il dit :

— Il reprend connaissance.

Le toubib lui répond :

— Je crois qu'il a rien de très grave. Mais je voudrais arrêter l'hémorragie.

Je lutte pour voir et pour comprendre. Comme lorsque la boisson est sur le point de vous foudroyer. Et je m'entends dire :

— Vous parlez de moi ? Alors j'ai rien à foutre ici.

— Tu restes avec moi, me répond le flic.

J'essaye de m'asseoir, mais ma tête est lourde.

— Vous n'allez pas me garder puisque je vais bien !

— Regarde là-bas, me dit le flic.

Et il fait un signe de tête vers l'autre côté de l'ambulance.

Je roule ma tête sur l'oreiller, pour voir ce qu'il veut me montrer. Je ne vois que les dos blancs de l'infirmière et du toubib. Ils sont penchés sur quelque chose. Ils ont l'air de s'affairer.

Et puis, tout d'un coup, le toubib s'écarte pour choper quelque chose. Alors je vois la couchette d'en face. Elle est rouge. On ne voit que du rouge. Dessus, il y a quelque chose d'encore plus rouge. C'est la figure de quelqu'un.

Je regarde de toutes mes forces, mais ça commence à tourner. C'est pas le sang. Ça ne m'a jamais rien fait de voir du sang. C'est pas le sang. Ça tournait déjà avant que je regarde.

Je soulève ma main pour caler ma tête. Ma main est rouge. Ma main est rouge comme la tête d'en face.

Je voudrais vomir. Je laisse retomber ma main. Ça tourne de nouveau. Ça tourne. Et je m'enfonce de nouveau dans la nuit.

Il a failli en crever, mais il a tenu bon. C'est la police qui me l'a dit. Et il paraît qu'il se retape très vite.

— C'est une veine pour moi, dis-je au flic.

Il n'a pas l'air d'être d'accord :

— Ça t'aurait appris.

Je ne bronche pas pendant qu'il me dit ça. Mais je le regarde bien en face.

Vaut mieux rester peinard dans le pétrin dans lequel je suis. Parce qu'ils se servent de tout ce qu'on peut dire contre vous.

Mais si vous pouvez graver dans votre tête une physionomie ou deux... Qui sait ?... On peut se rencontrer par hasard, un jour !...

Pour l'instant, c'est excessivement moche. Le flic a déclaré qu'il m'a vu écrabouiller le type. Et puis ils ont trouvé une nénette qui a tout vu de sa fenêtre. Et le portefeuille du gars était dans mon veston. C'est excessivement moche.

C'est comme ça. On joue le jeu durement. On le joue longtemps. On y devient si fort qu'on n'imagine plus pouvoir perdre. De ceux qui se font coincer, on dit : ils ne savent pas bien jouer.

Maintenant, c'est moi qui trinque... Je pensais plus que ça pouvait m'arriver. Alors je me rappelle plus ce qu'on peut prendre. Trois mois ? Six ? Je peux rien faire d'autre qu'attendre...

C'est le jour du procès, aujourd'hui. Plus rien ne me tracasse. J'en avais marre d'attendre que ça vienne. De rien savoir.

Ce qu'ils me colleront, ça passera assez vite. Qu'on me dise combien, c'est tout ce que je demande. Qu'on en finisse !

Maintenant j'y suis. En plein dedans. Ça prend un temps fou. Interminable.

Ils n'en finissent pas, dans ce tribunal, de rabâcher et de rabâcher. Le flic vient raconter son boniment. Ensuite rapplique la nénette qui a tout vu de sa fenêtre. Au tour du gars. Il marmonne à travers les pansements qui l'entourent encore.

Moi, je m'évertue à dire que ce sont que des menteurs.

Et ils recommencent. Et moi je recommence. Ça peut durer comme ça longtemps.

Pourtant, il n'y a personne dans cette salle qui ne sache que mon sort est déjà réglé. On prend les mêmes et on recommence...

Le type en perruque blanche désigné pour plaider pour moi pose des tas de questions au flic. Pour essayer de le prendre en défaut. Pour créer la confusion. Et puis il raconte à tous ces connards que je suis un type qui a le cerveau faiblard. Que je suis un irresponsable, une noix. Il y va tellement fort que je lui demande de la fermer un peu.

Enfin ça se termine. Le juge fait sa conférence :

— Vous avez été jugé coupable d'un crime odieux. Vous devriez remercier la chance qui vous a évité d'être traduit devant cette cour sous l'inculpation d'assassinat...

Son coassement n'a pas de fin. Ça se tend, ça s'étire... Les mots dégoulinent... Même pas la peine d'écouter. Mais le silence que font tous ces gens qui écoutent, c'est carrément hallucinant. Ça vous donne la chair de poule. Je regarde d'un côté, puis de l'autre. Mais cette voix me poursuit toujours.

Et puis, tout d'un coup, je sens mes nerfs qui se tendent. Tout d'un coup, mon regard se rive sur le sien. Tout d'un coup, des mots se détachent les uns des autres :

— ... et à recevoir — dit-il en crachant chaque mot — dix coups de chat-à-neuf-queues.

Je me sens brûlant. Je regarde ce vieux con. Et il me regarde aussi. Moi, machinalement, je passe ma langue sur mes lèvres. Elles sont sèches et me tiraillent. C'est bien ce qu'il a dit. Je le regarde, ce connard grinçant. C'est bien ce qu'il a dit. Il me regarde.

Et puis quelque chose casse le silence. Un sanglot. Un sanglot bref et déchirant.

Je lève les yeux vers la galerie. Je la cherche. C'est bien elle qui est là. Elle a su, et elle est venue là. Elle tremble tout entière. Je vois ses lèvres qui tremblent. Et ses yeux ont une grande douceur triste. Des larmes tremblent dedans.

Comment a-t-elle su ? Pourquoi est-elle venue ? Ça m'enlève mon courage et mes forces.

Et je me laisse conduire, la tête baissée, quand des mains me saisissent et m'entraînent.

6

Ils me regardent tous. Les flics et les gardiens me regardent tous. Comme si j'étais une bête inconnue. Et parfois je les surprends à se regarder mutuellement.

Quand c'est comme ça, c'est comme un signal qu'ils se passent. Quelque chose qui a rapport à moi.

Mais ils ne disent rien. Ils ne l'ouvrent pas.

C'est du regard qu'ils parlent de moi. Je suis photographié sur toutes les coutures. Ils me jaugent. Ils me pèsent. Ils n'ont pas encore d'opinion. Parce qu'une bête fauve de mon envergure, ils n'en voient pas tous les jours...

— Moi, je sais encaisser !

Ces mots que je crie, ça les gêne. Parce que c'est ce qui les chatouille. C'est ce qu'ils pensent.

Les coups d'œil qu'ils se jettent disent le contraire. Ils se disent que je ne sais pas ce qui m'attend. Ils se disent que je vais craquer.

C'est ce qu'ils pensent. Ça se voit sur leurs tronches. Ça se voit à leur mutisme.

— Vous avez déjà vu ça ? dis-je. Vous avez déjà vu quelqu'un prendre ça sans broncher ?

Ils me répondent pas. Je leur demande à chacun séparément. Ils secouent la tête sans rien dire. Ils ont des gueules de morceaux de bois.

— Je suis dur au mal, moi !

Je leur crie ça pour les appâter. Ils ne répondent pas.

— C'est vous qui allez me la flanquer ?

Ils font non, d'un hochement dur de la tête.

Ils fixent les fers à mes poignets. Et ils les vissent sur un grand cadre.

Tout ça en silence.

Je me demande... je me demande... On finit par douter quand même de soi-même.

— Qui est-ce qui va me le faire ? Qui est-ce qui sera là ? Qui est-ce qui le verra ?

Aucune importance, bien sûr. Mais on ne peut pas s'empêcher de penser. Ça tourne en rond dans cette grande salle...

Elle le saura. Elle sait que je vais déguster puisqu'elle l'a entendu à l'audience. Mais sait-elle que c'est maintenant ?

Est-ce qu'ils lui diront que je l'ai pris avec le sourire ? Non. Personne ne le lui dira. Moi je le lui dirai. Je le lui dirai quand je la reverrai. Je lui dirai que je leur ai ri au nez. Je lui dirai que c'était comme si des souris avaient essayé de mordre un chien. Je lui dirai que j'ai rigolé comme s'ils m'avaient chatouillé.

Mais non ! il ne faut pas qu'elle le sache. Que quelqu'un lui dise qu'ils n'ont pas osé. Sinon, je ne pourrai plus jamais la regarder en face.

Comme un collégien, non ? Comme un chien qui a pissé sur le tapis ? Si elle ose seulement bouger un seul coin de sa bouche — je la tue.

Il y a un toubib, qui vient écouter mon cœur qui bat un peu vite. Mais c'est seulement à cause de la nouveauté de la chose. Ils se figurent que je suis une mauviette ?...

Il fait oui de la tête pour leur dire que ça va.

Ils sont toute une bande. Cinq qui font les gros bras. Y en a un qui dirige les autres. Il leur dit de faire ci ou ça. Il a une sale gueule que j'aurais plaisir à aplatir.

Mais je peux pas me payer ce plaisir. Il faudrait au moins que j'aie les mains libres. Maintenant, c'est à eux de faire. C'est eux qui font le spectacle.

La grande salle est pleine de silence. Comme un vide dans vos boyaux.

Et les types se pressent pas. Ils font leur boulot comme s'ils étaient en vacances.

Mes yeux font le tour de la salle. Le mec est là-bas, il tient l'instrument... Ce qu'il tient, c'est pas beau à voir. C'est sinistre, ces lanières longues, épaisses. Il y a des boules au bout. C'est méchant...

Alors c'est ce gars qui va faire le boulot ? Je veux photographier sa tronche. On se rencontrera bien un jour, lui et moi. Il va me taper dessus, et je ne pourrai rien lui rendre ! Aujourd'hui, non. Mais le jour où on se rencontrera ailleurs...

J'avais froid ce matin. Mais plus maintenant. Bien qu'ils m'aient enlevé ma chemise, je sens qu'il y a de la sueur sur mon front, et sur mon torse.

Ce cadre où ils m'ont attaché est debout au centre de la salle. Mes mains y sont fixées en haut, les bras écartés. Maintenant ils m'immobilisent les pieds. Ils les enchaînent en bas du cadre.

Allez-y, les gars ! Tant que vous pouvez ! Tant que vous le pouvez... ! On se retrouvera peut-être, autrement, un jour. On se retrouvera. Sûrement.

Quand j'entends les lanières siffler, mon instinct essaye de me courber vers l'avant. Pour que le coup perde un peu de sa force. Mais je suis trop bien ficelé. Je ne peux pas bouger d'un pouce.

J'entends le bruit sourd du cuir sur ma peau. Et pendant une fraction de seconde je n'enregistre rien d'autre.

Et puis, tout d'un coup, c'est une brûlure horrible. Ça me ravage tout entier. J'étouffe. Mon cœur s'étouffe. Le mur d'en face danse.

Le mur reprend sa place. Je serre les dents si fort que ma mâchoire va se briser. Dix coups comme celui-là. Encore neuf autres. Mon Dieu ! Ils savent comment broyer ! C'est pas mal, qu'ils font. C'est de la torture.

Encore ! Et encore ! C'est dans ma tête que se réfugie tout mon sang. Mes yeux ne voient plus rien ! Je suis aveugle !

Non ! Non ! Assez ! Assez ! Dieu ! Dieu ! Mon dos ! Ils l'ont coupé en deux !

Encore ! Encore ! Mon Dieu ! Faites craquer mes chaînes ! Vous voyez bien que j'essaye tant que je peux. Laissez-moi les briser.

Libérez mes poings, Seigneur ! Laissez-moi écraser ce porc qui me frappe ! Laissez-moi le broyer ! Laissez-moi le tuer !

Mes mains ne veulent pas venir ! Elles ne peuvent pas sortir de ces bracelets ! Mon Dieu, faites-les-en sortir ! Voyez, j'essaye. De toutes mes forces. Et le sang coule tout le long de mes bras.

Mon Dieu ! Je ne suis plus qu'une plaie. Mon Dieu ! Ne les ferez-vous pas finir ? Allez-vous les laisser me tuer !

Donnez-moi quelqu'un, Seigneur ! Quelqu'un à tuer. Détachez-moi. Que je puisse tuer ! Tous ceux qui sont là, je peux encore les tuer. Donnez-les-moi, Seigneur, pendant que j'ai encore la force de les tuer ! Que je leur fasse ce qu'ils me font. Que je leur arrache les entrailles.

Je ne suis plus qu'une plaie... Ils ont fini. Ils me décrochent. Ils m'emportent... Seigneur ! Je n'ai plus aucune force... Je n'ai plus de forces pour les tuer...

L'hiver est venu. Et puis il s'est traîné. Et puis il vient de partir.

J'ai su que c'était l'hiver, parce qu'il faisait froid. Et parce que le ciel était tout le temps gris.

Et puis la nuit venait très vite.

Ces choses-là, la prison ne peut pas les cacher. Mais elle vous cache tout le reste.

Elle vous prend tout. Sauf deux choses. Sortir de la cellule et passer dans le couloir. Et passer du couloir dans la cour, pour quelques instants. Pour respirer un instant.

Et puis, au coup de sifflet, on rentre.

On rentre dans la cellule. La porte se referme. Et les murs s'écrasent sur moi.

Ils m'empêchent de bouger, de me défendre. Ces blessures à mon dos ! Elles me brûlent. Ça recommence. C'est le gars et son chat-à-neuf-queues ! Il recommence. Je vous jure qu'il recommence !

Les murs s'écroulent sur moi !

Et des voix venant des autres cellules qui gueulent :

— Faites-le taire, bon sang ! Bâillonnez-le !

Et les gardiens m'engueulent à travers la porte.

— Une visite pour vous, dit le gardien. Et c'est une dame.

Alors elle vient me faire une visite ? Pour me dire : « Ça devait arriver. Tôt ou tard, ça devait arriver. » Elle vient pour m'examiner. Pour voir si j'en ai mon compte !

— Je ne veux pas la voir, dis-je.

Le gardien s'étonne :

— Allons, Saunders. Ne faites pas ça. Changez-vous un peu les idées !

C'est pas un mauvais bougre, celui-là.

— Je veux pas la voir.

Il hausse les épaules. Quand la porte se referme, je le rappelle :

— Attendez ! J'y vais.

Il me fait signe de le suivre. Nous marchons dans les couloirs. Il ouvre une porte. Elle est là.

Elle a changé de coiffure. Son visage a une expression nouvelle. Mais elle n'a pas changé. En regardant bien, on voit qu'elle n'a pas changé.

— Bonjour, Bill, elle fait.

Moi, je ne dis rien. Je plonge mes yeux dans les siens. Je les fouille. J'attends de voir ce qu'ils disent. J'attends qu'elle prononce : « Ça devait arriver ! »

Mais elle ne dit pas ça. Son expression est la même que quand Jeannot Lapin a gagné.

Elle me regarde comme si rien ne s'était passé.

— Pourquoi êtes-vous venue ? je dis enfin.

— Pour vous dire bonjour. Ça fait longtemps que je le voulais.

— A quoi ça sert ? dis-je.

— Laissons de côté les questions trop difficiles, elle dit en souriant. Vous avez l'air en pleine forme, Bill.

— Vous aussi.

La conversation s'arrête. C'est difficile de trouver des mots à se dire. Au bout d'un moment, elle ajoute :

— Je travaille toujours chez Benny.

— Qui vous attend, maintenant, à la sortie ? fais-je.

Son sourire s'efface.

— Ne me parlez pas comme ça, Bill.

— En tout cas, dis-je, vous n'avez plus besoin qu'on vous protège de moi quand vous rentrez chez vous.

Elle se met à sourire à nouveau. Puis elle demande le plus naturellement du monde :

— Vous en avez pour combien de temps ?

Je hausse les épaules. Je fais la grimace — parce que ce mouvement me tire la peau du dos.

— Plus pour tellement longtemps.

— Vous avez des projets, Bill ?

— Comment ça ?

— Avez-vous fait des plans pour... après ?

Je secoue la tête.

— Pas vraiment. Pour quoi faire ?

Elle me regarde droit dans les yeux. Et elle dit :

— J'ai pensé sans cesse à ça, depuis cette journée au tribunal. Et j'aimerais que vous me promettiez deux choses.

— Quoi donc ?

Elle hésite un peu.

— La première, c'est vous ôter de l'esprit ce que je vous ait dit dans la rue... quand j'ai pleuré. Et la seconde, c'est que vous me laissiez agir pour vous.

Je la regarde avec étonnement :

— Je ne vous suis pas très bien.

Elle sourit. Le gardien surgit et lui touche le bras. Il fait un signe de tête pour indiquer que c'est fini.

— Je reviendrai bientôt, Bill, elle me dit.

— Au revoir.

Au moment où elle quitte la pièce, j'ajoute :

— Merci d'être venue. Et merci de ne pas être venue avant.

Je repars avec le gardien. Et tout au long des couloirs, et tout le restant de la journée, et tout au long de la nuit, il y a eu ses yeux et son sourire.

Elle est revenue très souvent. Et ça a donné une nouvelle forme à mon existence. A cause des dates fixes des visites autorisées.

Le temps est maintenant quelque chose d'un peu plus précis. Ce n'est plus un ruban sans fin et sans repères.

Je compte les jours, entre chaque visite. Je calcule. Je retranche, un à un, les jours jusqu'à la prochaine fois.

Parfois nous bavardons énormément. Parfois on se dit pas grand-chose. Mais elle revient régulièrement.

Peu à peu, je me rends compte qu'elle prépare quelque chose. Quand je serai sorti. Et ça, ça me plaît pas trop.

Une fois, je me suis senti tellement hérissé à cette idée que j'ai pas pu m'empêcher de lui dire ce que je pensais. J'ai dit que mes affaires ne regardent que moi. Mais elle était si triste que j'ai ravalé ma colère.

Après tout, si ça lui plaît de faire des projets pour moi, ça serait pas sympa de ma part de lui montrer que j'aime pas trop qu'on s'occupe de moi.

Et puis aussi elle pourrait abandonner l'idée de venir me voir. Il faut pas y aller trop fort. On avisera plus tard.

Un jour, je lui ai dit :

— Je pourrais peut-être trouver un boulot dans les parages. Comme ça je serais à pied d'œuvre, quand ils auront envie de me refourrer en cabane...

Mais j'ai vu que ça la faisait pâlir. Je n'ai pas continué sur ce ton.

Aujourd'hui, dès qu'elle arrive, elle est pleine d'effervescence.

Aussitôt que le gardien nous laisse, elle me dit :

— J'ai réussi à tout arranger !

— Allez-y ! Racontez-moi.

J'en ris d'avance. Mais, dès qu'elle commence à s'expliquer, j'en ai plus envie du tout.

— J'ai une tante, dit-elle, qui habite à la campagne. Elle a des poules et toutes sortes d'animaux. Elle vend directement aux consommateurs ses œufs et son beurre. Elle vient de me promettre de vous donner un emploi chez elle. Elle ne sait rien de vous, sauf que vous êtes un ami à moi. Je lui ai dit que vous reveniez de l'étranger.

Elle se tait, puis ajoute précipitamment :

— Ce n'est pas que j'aie honte... Pas du tout, pas du tout, Bill. Mais c'est une bonne brave vieille un peu démodée. J'ai pensé qu'il valait mieux que je lui dise cela.

Elle a fini d'expliquer. Elle attend que je dise ce que j'en pense. Ses yeux brillent de plaisir.

Je suis désarçonné. Cette gosse, elle est toute la joie de ma vie. Mais quand même ! Elle me voit avec des œufs ? Elle se paye ma tête ? Non. Je la vois qui me dévisage anxieusement.

Il faut que je réponde. Elle attend. Qu'est-ce que je peux dire ?

— Quel serait mon boulot ?

— Voilà, Bill : elle a une vieille bagnole, qui lui sert à faire ses livraisons en ville et dans les environs. Naturellement, elle ne peut pas conduire elle-même, parce qu'elle a trop de boulot à la ferme. Et son représentant va la quitter pour s'établir à son compte. Alors j'ai pensé que ce travail vous irait bien. Vous savez conduire ?

J'acquiesce :

— Bien sûr, mais j'ai jamais trimbalé des œufs !

Elle semble tellement ravie que je n'ose pas lui gâcher sa joie. Je veux pas lui casser la baraque tout de suite.

— Bill, vous serez tout le temps au grand air à circuler. C'est ce qu'il vous faut. Et puis ça vous permettra de voir venir en attendant autre chose. J'ai pas raison ?

— Moi et des œufs !

Je n'ai pas pu m'empêcher de dire ça.

— Mais Bill, voyons, c'est comme pour tout ! Votre force sera utile pour charger les caisses avec précaution.

Il y a une espèce de reproche dans son regard. Puis elle ajoute :

— Et d'ailleurs, maintenant que je lui ai parlé de vous, elle y compte bien. Bill, vous n'allez pas nous laisser tomber ?

Qu'est-ce qu'il faut lui dire ? Qu'est-ce qu'il faut que je fasse ?

— Ça serait pour quand ? je dis enfin.

— Vous devez sortir dans deux mois, n'est-ce pas ?

J'acquiesce.

— Vous n'avez pas d'autres projets, Bill ?

Ses yeux brillent de contentement. Comment assommer cette gosse avec un refus ? Impossible de lui faire de la peine :

— Je vais y réfléchir.

Après son départ, cette idée saugrenue me poursuit. Moi et des œufs. Ça me paraît tellement incongru que je me marre tout seul. Pour être poilant, c'est poilant.

Mais, après un petit bout de temps, ça me semble pas si con. Après tout, il faudra manger. Et me réadapter. Moi et des œufs, ça me permet d'attendre, et de voir un peu plus clair.

7

— N'oubliez pas que vous arrivez du Canada, me dit-elle. Ça ne sera pas compliqué pour vous, parce que ma tante n'a jamais beaucoup voyagé. Elle ne pourra pas vous poser de questions embarrassantes.

Ça la fait rire. Elle ajoute :

— Mais il faudra quand même que vous appreniez des noms de patelins au cas où quelqu'un du coin connaisse et vous en parle.

— Je me laisserai pas poser des colles, dis-je.

Le car s'arrête sur la place du village, et nous descendons. Dimanche matin. C'est très calme.

— Nous avons deux kilomètres à faire à pied, dit-elle.

Nous filons sur la route d'un bon pas.

Des champs, des champs partout. Je sens que je respire mieux, sous ce beau soleil. Ça me change, de ne pas sentir des gens autour de moi.

Nous marchons bien. Je me sens en pleine forme.

— Ralentissons un peu, me dit-elle. Je n'arrive plus à vous suivre.

— C'est de votre faute, dis-je. C'est vous qui avez commandé l'excursion.

Elle éclate de rire.

— C'est une très bonne idée. Que ça vous plaise ou non, je m'en moque. C'est ainsi, cher monsieur.

Elle a une façon de dire les choses... Une autre ne se permettrait pas.

Après une vingtaine de minutes, nous arrivons à une petite ferme en brique. Il y a un ou deux hangars à proximité.

— C'est là, dit-elle avec un geste. Et voilà justement ma tante.

C'est une femme entre deux âges, les cheveux gris, et qui a l'air de savoir ce qu'elle veut.

Elle vient vers nous d'un pas alerte et décidé. Elle est solide pour son âge, autant que je puisse en juger.

Elle sourit, et embrasse sa nièce.

— Contente de te voir, Jane, dit-elle.

Puis elle se tourne vers moi et me regarde d'un air amical.

— C'est le jeune homme dont tu m'as parlé ?

— Oui, tantine, dit la gosse. C'est Bill Saunders. Je vous présente ma tante, Mrs. Wharton.

La tante me tend la main. Puis elle m'examine de la tête aux pieds. D'un regard tellement aigu que ça me donne envie de dire quelque chose de désagréable. Mais l'œil de la gosse est sur moi. Alors je ne dis rien. Je fais même un sourire.

Je lui ai promis de ne plus me mettre en rogne pour un oui ou pour un non. Il faut que je tienne ma promesse. Sans quoi, je ne la reverrai plus. Ça vaut la peine de faire gaffe.

— Alors, Jane vous a expliqué mon petit commerce, Mr. Saunders ?

— Elle m'a parlé d'œufs, dis-je.

Elle sourit. Puis elle dit :

— Vous arrivez justement pour le repas des fauves. Il faut s'en occuper avant le déjeuner. Accompagnez-moi si vous voulez. Comme ça, vous visiterez mon domaine.

Sur ces paroles, elle démarre et nous conduit à l'un des hangars. Elle prend une casserole qu'elle remplit de grain. Et nous partons au long de son domaine.

Il y a des poulets partout. Ils savent bien que c'est l'heure de croûter. Ils font un raffût du diable.

La distribution est finie. Elle remet sa casserole dans le hangar. Puis elle nous dit :

— Maintenant que nous les avons bien soignés, nous allons voir ce qu'ils ont fait pour mériter nos gentillesses.

Elle attrape un grand panier et nous entraîne. Nous faisons le tour de toute une série de petites cabanes à toit incliné. Elle les fouille toutes soigneusement. Et quand nous avons fini la tournée, le grand panier que je tiens est rempli d'œufs jusqu'au bord.

— Maintenant, nous pouvons aller déjeuner, dit-elle.

L'intérieur de la maison est très plaisant et confortable. Le mobilier est vieux, mais solide et bien entretenu. Il y a des gravures aux murs. L'atmosphère est sympathique.

La table était mise. Pendant que la vieille dame va chercher la bouffe, je jette un œil à la petite. Je regarde le panier d'œufs, posé dans un coin.

— Je m'en tire bien ?

— Superbement, dit-elle. Vous n'avez pas laissé tomber le panier.

La vieille dame revient, avec des choses qui sentent bon. Nous dévorons avec enthousiasme.

— Je suis contente de voir que l'air de la campagne vous donne de l'appétit, nous dit-elle.

Puis elle me regarde et demande :

— Alors, Mr. Saunders, on m'a dit que vous arriviez du Canada ?

— Oui.

— Vous y êtes resté longtemps ?

— Un bon bout de temps.

— Qu'est-ce que vous faisiez là-bas ?

— Oh !... toutes sortes de choses.

Je commence à penser que, la gosse et moi, on aurait dû creuser un peu plus cette histoire.

Elle vient à mon secours :

— Tu comprends, tantine, Bill a fait un peu de tout. Pour se débrouiller dans toutes les circonstances. Pour être, en quelque sorte, quelqu'un d'indépendant. Pas vrai, Bill ?

J'approuve. Energiquement.

— C'est exactement ça.

Je change précipitamment de sujet :

— Vous avez un très joli domaine, Mrs. Wharton.

Elle s'illumine :

— N'est-ce pas ? Il n'avait rien de bien merveilleux quand je l'ai pris — il y a longtemps. Mais j'y ai fait des tas d'améliorations, année après année. Et maintenant, c'est devenu une bonne petite affaire d'élevage de poules et de vente d'œufs.

Quand j'ai commencé, je faisais tout moi-même. C'était peu important, je portais les œufs aux clients. Mais maintenant, naturellement, ça n'est plus possible. Je suis trop vieille. Un homme d'ici me fait des livraisons en ville et aux alentours avec ma voiture, mais il va s'établir. Et Jane m'a écrit que cet emploi vous intéresserait. Qu'est-ce que vous en pensez, Mr. Saunders ?

Elle répond avant moi :

— Ça plairait énormément à Bill, tantine.

— C'est vrai ?

— Tout à fait, dis-je.

— Eh bien, je suis très contente. Parce qu'il me faut quelqu'un en qui je puisse avoir toute confiance. Et, comme vous êtes un ami de Jane, je ne pouvais pas trouver mieux.

Elle me fait marcher ou quoi ? Mais son sourire est tout naturel. Alors je souris aussi.

Cette bonne femme commence à me plaire. J'ai pas rencontré souvent des gens qui me faisaient confiance sur ma bonne mine. Et puis elle est sans chichis.

— Je commence quand ? dis-je.

— Dès que vous pouvez. Il y a une chambre pour vous, en haut, si ça vous dit.

Elle s'interrompt un court instant, et reprend :

— En fait, j'aimerais bien que vous tourniez avec Jeff pendant une semaine avant son départ. Ça vous permettra de bien connaître les endroits où vous devrez livrer.

— Ce Jeff, il va s'installer où ? demande la petite.

— Il a trouvé des locaux à une quinzaine de kilomètres.

— Il a déjà des clients ?

La vieille dame hausse les épaules. Puis elle fixe tout d'un coup sa nièce :

— Pourquoi tu me demandes ça ? Je ne crois pas qu'il ait déjà des clients. Non.

— C'est peut-être mal de penser ça, répond-elle, mais je me demande tout d'un coup si ça ne lui serait pas très facile de te voler tes clients puisqu'il les connaît depuis longtemps...

— Je ne crois pas qu'il ferait ça, dit Mrs. Wharton. Il a toujours été très honnête.

— Tant mieux. Parce que c'est facile pour lui. Je suis sûre que presque tous tes clients sont tellement habitués à le voir livrer tes œufs que, s'il continuait à faire la même tournée en livrant les siens, beaucoup d'entre eux se tromperaient et oublieraient que ce ne sont plus les œufs de ta ferme.

— Que tu es méfiante ! dit la vieille dame. En tout cas, puisque Mr. Saunders va faire la tournée avec Jeff, il connaîtra mes clients. Ils sauront que je change de livreur.

— Vous tracassez pas pour ça, Mrs. Wharton, je dis. Si je m'aperçois d'une combine de ce genre, je mettrais le zèbre au pas. Avant même qu'il comprenne.

La petite me regarde. La tante sourit.

— Je suis sûre que tout marchera bien, dit la brave femme.

En rentrant à la fin de la journée, je pense à un truc :

— C'est bien beau tout ça, mais si je me fixe chez votre tantine, je vous verrai presque plus.

Elle sourit. De ce sourire qu'elle a et qui vous rend tout chose.

— Il y aura les week-ends.

— D'accord, je dis. Mais entre les week-ends ?

— Ne vous en faites pas pour ça, Bill. Quand vous aurez bien démarré dans cette nouvelle vie, vous pourrez peut-être vous arranger pour avoir une chambre en ville et faire le trajet tous les matins. Ce n'est pas si loin.

— Ecoutez, dis-je, plus j'y pense, plus j'ai l'impression que ce boulot n'est pas ce qu'il me faut. C'est pas pour moi, la campagne.

— Bill, répond-elle avec fermeté, il faut vous refaire une

nouvelle existence... N'oubliez pas que vous m'en avez fait la promesse.

Elle est devenue très grave.

— D'accord ! dis-je. Ce qui est promis est promis. Je ferai mon possible.

Il avait été convenu que le Jeff resterait encore une semaine. Dès que j'entre en fonction, on fait la tournée ensemble.

Mrs. Wharton m'a donné une liste des noms et adresses de tous ses clients. Ça me permet de bien repérer les endroits, pour mes tournées futures.

Il faut les voir tous et tout de suite. Qu'ils aient des commandes en cours ou pas. Afin d'avoir une vraie opinion.

La tantine a près de cent cinquante clients sur un très vaste territoire. Et comme la bagnole est essoufflée, c'est long.

Je l'aime pas trop, ce Jeff. Il a une gueule qui me revient pas.

Il aime poser des questions. Pendant qu'on roule ensemble, il arrête pas. Vachement intéressé par ce que j'ai fait jusqu'à maintenant.

C'est assez gênant. Et je me retiens pour ne pas lui fermer le clapet et lui faire avaler ses dents. La tentation est tellement forte que je n'arrive à me détendre qu'en usant d'un truc que j'ai inventé. Quand mes poings se crispent, je ferme les yeux et je pense à elle. J'ai la vision de cette douceur quand elle me regarde et qu'elle sourit.

Avec un peu d'entraînement, ce truc marche très bien. J'arrive même à entendre sa voix qui me dit : « Vous me l'avez promis ! » Je retrouve aussitôt mon calme.

Mais le dernier jour des huit jours avec Jeff, grand incident.

Nous avions visité plusieurs fois les mêmes clients dans la semaine. Certains nous avaient dit qu'ils n'avaient pas besoin d'œufs pour le moment.

Donc pas la peine de les revoir avant son départ. Pourtant, il y retourne, pendant que moi j'entre chez ceux qui achètent régulièrement.

— Pourquoi vas-tu chez eux ? lui dis-je. Tu te fatigues inutilement puisqu'ils nous ont dit qu'ils écriraient à Mrs. Wharton quand ils voudront être livrés. Le principal, c'est que je sache où ils perchent.

— D'accord, fait-il. Mais je veux m'assurer qu'ils n'ont vraiment besoin de rien en ce moment.

J'encaisse ça sans rien dire. Mais je commence à le surveiller.

Un peu plus loin, je le vois entrer chez un de ces gens-là. Il parle à la bonne femme sur le pas de la porte. Et je le vois tendre une feuille.

Si c'était elle qui lui avait tendu un papier, ç'aurait été une commande. Mais que lui, il lui donne un papier, ça rime à rien.

Il revient à la bagnole. J'arrête le moteur, et je lui demande :

— Qu'est-ce que c'est que ce papier que tu as donné à la femme ?

Il me répond sans me regarder :

— Rien du tout. Je vois pas ce que tu veux dire. Démarre, on perd du temps.

J'ouvre la portière et je descends. Je fourre la clef de contact dans ma poche. C'est plus prudent.

— T'impatiente pas, dis-je. Je serai pas long.

Je vais à la maison et je frappe à la porte. La femme vient m'ouvrir.

— Excusez-moi, dis-je. Je travaille pour Mrs. Wharton, qui vous vend des œufs.

Elle me fait un sourire.

— Votre collègue vient de passer, dit-elle. Le livreur habituel. Il m'a donné la nouvelle adresse.

— Quelle nouvelle adresse ?

— La nouvelle adresse de Mrs. Wharton. Il m'a annoncé qu'elle s'installe un peu plus loin, dans une nouvelle ferme. Comme ça je saurai où lui écrire quand je veux des œufs.

Tous mes muscles se contractent. Dans le dos mes cicatrices me font mal.

— Merci, dis-je à la femme. C'est tout ce que je voulais savoir.

Et je reviens en vitesse à la bagnole.

Je m'assois sur le siège, à côté du Jeff, et je remets en place la clef de contact.

— En route.

— Qu'est-ce qui se passe, Bill ?

— Boucle-la ! On démarre. On rentre.

— Mais on n'a pas fini la tournée...

— T'occupe. On rentre.

— Mais voyons, Bill, c'est des conneries...

— Boucle-la. Démarre.

J'ai les poings crispés, et mes dents grincent. Alors c'est cette fripouille qui avait toute la confiance de la tantine ! Qu'est-ce que la gosse voudrait que je fasse dans ce cas ? C'est pas compris dans ma promesse ! Une seule façon de régler ça. Lui écrabouiller la gueule. En faire de la purée. Ça réglera sa combine...

— Ecoute, Bill...

— Boucle-la, je dis d'une voix qui tremble.

Je ferme les yeux. Je la vois. Elle me regarde. Bon, bon, j'ai promis. Mais c'est pas une bonne chose. Il ne faut pas qu'il s'en tire comme ça.

Nous roulons en silence. A travers la banlieue, puis dans la campagne. Nous arrivons à un endroit où la route longe un étang.

— Arrête ici ! dis-je brusquement.

Il continue de rouler et dit :

— Pourquoi ?

Je me penche et j'enlève la clef de contact. La voiture s'arrête en tressautant.

— Tu sors de là !

— Je n'ai pas d'ordres à recevoir de toi, il fait.

Je ne vais pas discuter plus longtemps. Je l'attrape par le poignet et je le tords. Il pousse des jappements qui seraient marrants si j'avais envie de me marrer.

De mon autre main j'ouvre la portière et je tire ce fumier sur la route. Il beugle sans arrêt :

— Lâche-moi le bras ! Lâche-moi le bras !

Je m'arrête et je crache :

— Ecoute-moi : c'est ton jour de chance, aujourd'hui. C'est pour ça que je t'écrase pas la gueule. C'est ton jour de chance, parce que... parce que je veux faire plaisir à quelqu'un. C'est pour ça que je t'écrabouille pas. Mais je vais te rafraîchir !

Je le tire vers moi, je me baisse, j'attrape de mon autre main son pantalon et la peau de son ventre. Je me redresse d'un coup et je catapulte ce fumier.

Il vole en tournoyant. Il s'aplatit dans la flotte dans un grand « plouf ».

Il en émerge couvert de vase comme le porc qu'il est. Il gueule.

Je lui crie :

— Gare à la prochaine. Ce sera plus sérieux !

Et je m'en vais. Pour qu'il ne me casse plus les oreilles. Pour pas qu'il m'énerve plus. Sinon, je ne réponds plus de rien.

Je démarre et je rentre à la ferme.

Quand je raconte l'histoire à la tantine, ça la retourne. Elle se fait du mauvais sang, elle se demande s'il a fait ça avec beaucoup de ses clients.

En la voyant se tourmenter comme ça je regrette d'avoir laissé intacte la gueule de Jeff.

Mais elle, elle trouve au contraire que j'y ai été trop fort, de balancer cette ordure à la flotte.

— C'est terrible de faire ça, me dit-elle.

Je la regarde et je me mets à rire.

— C'est vrai, dis-je. C'est terrible. J'ai dû fermer les yeux pendant toute une minute avant de me décider !

C'est dimanche. Le premier depuis que j'ai commencé mon travail. J'ai rendez-vous avec elle. On a convenu de se retrouver à moitié chemin. A un endroit de la banlieue où les maisons commencent à se faire rares. Là où la campagne commence.

Je suis descendu du bus à l'endroit fixé. Et j'attends qu'elle arrive. Je suis arrivé en avance exprès. Pour pas qu'elle attende.

Deux ou trois autobus passent. Enfin la voilà. Elle me fait signe depuis sa place près de la vitre. Elle descend. Elle est près de moi. Elle me sourit. Elle est toujours la même...

— Quel temps splendide, Bill !

— Nous l'avons bien mérité.

Elle est habillée d'un tailleur que je ne lui connaissais pas. Elle a un petit chapeau, placé en arrière de sa tête, qui lui dégage bien le visage. Je n'arrête pas de la regarder.

— Quel est le programme ? me demande-t-elle.

— Ce que vous voudrez.

Elle éclate de rire :

— On pourrait marcher un peu. J'ai besoin de respirer un peu le grand air.

— Alors, en route ! dis-je.

Et nous partons dans la direction d'où je suis venu. Très vite nous laissons derrière nous les dernières maisons. Et nous marchons, comme ça, dans le soleil et l'air pur, sans presque parler. En respirant à pleins poumons.

Nous arrivons près d'un petit ruisseau, chevauché d'un pont de bois rachitique. Elle s'arrête là.

— Un petit repos, s'il vous plaît, mon bon monsieur.

En appuyant les mains sur le parapet, elle se hisse et s'assoit, les jambes pendantes.

Je regarde avec inquiétude le parapet :

— Je me demande s'il nous supportera tous les deux.

— Prenons le risque, dit-elle. Je sais nager.

Je saute sur le parapet, à côté d'elle. Et nous restons là, au-dessus de l'eau, avec du soleil plein les yeux.

— Alors ? fait-elle en souriant. Comment va le boulot ?

— Très bien, dis-je.

— C'est tout ce que vous trouvez à dire ?

Je lui raconte l'histoire de Jeff. Comment j'ai découvert sa combine. Comment je l'ai balancé dans l'étang.

Elle m'écoute sans m'interrompre une seule fois. Quand j'ai fini, elle reste encore silencieuse une ou deux minutes.

Enfin elle se tourne vers moi et me regarde droit dans les yeux :

— C'est vrai, n'est-ce pas, Bill ?

— Bien sûr. Pourquoi je vous mentirais ?

— Je veux dire : vous lui avez juste fait prendre un bain ?

J'acquiesce.

— Vous ne l'avez pas frappé, n'est-ce pas, Bill ?

— Non. Je lui ai fait que ce que je vous ai dit.

Elle me regarde, et je vois une espèce de tendresse dans ses yeux. Puis sa main se pose sur la mienne.

Au bout d'un moment, elle me dit :

— Je ne sais pas pourquoi, mais j'avais l'intuition que Jeff serait une source d'ennuis... Pourtant, je ne l'ai jamais vu. Mais j'ai senti ça dès l'instant où ma tante a parlé de son commerce futur.

— La tantine se fait un sang d'encre à cause de lui, dis-je.

— Vous l'appelez tantine, Bill ? s'exclame-t-elle.

— Pas quand je lui parle, bien sûr, dis-je en riant. Mais, pour moi, elle sera toujours tantine. Ce qui n'empêche pas qu'on est très copains, elle et moi.

— Elle craint que Jeff lui ait volé déjà des clients ?

— Oui. Parce qu'une grande partie de son commerce se fait par correspondance. Vous comprenez, ceux qui habitent dans des coins perdus qu'on ne visite pas souvent ont pris l'habitude de lui envoyer une carte postale quand ils ont besoin de quelque chose. Et, souvent, ils donnent l'adresse d'amis à eux que ça intéresse de recevoir des œufs de ferme. C'est là le malaise. Elle craint que beaucoup de ces cartes postales ne s'en aillent maintenant à l'adresse de l'autre fripouille.

— Pauvre tante ! C'est tellement honteux d'agir ainsi contre une femme aussi honnête et confiante.

— Attendez que je rencontre ce fumier sur ma route, dis-je. Je lui ferai une petite distribution qui ne sera pas piquée des vers.

La gosse me regarde gravement, et me dit :

— Il faut être très prudent, Bill. Parce que, malgré les motifs, la police aurait forcément une dent contre vous. Ce serait un obstacle difficile à franchir s'il portait plainte, sait-on jamais.

Elle a probablement raison. Mais si quelqu'un d'autre qu'elle me disait ça, j'en aurais rien à cirer. Il suffit qu'elle le dise.

Bon Dieu ! j'ai pas l'habitude de suivre des conseils quand ils me plaisent pas. Je comprends pas l'influence qu'elle a sur moi, cette minette !

Je me laisse glisser du parapet et je la regarde. Puis je dis :

— Si on essayait de trouver un endroit où casser la graine ? Je suis sûr que vous avez faim.

— Je meurs de faim, c'est vrai.

— Alors on y va ?

Je l'attrape par les coudes et je la pose doucement par terre.

— Vous êtes fort, Bill.

Elle ne me dit pas ça de la même façon qu'elle me l'a dit l'autre soir. Quand elle m'a dit que j'étais une brute forcenée.

Nous reprenons notre chemin. Nous arrivons à un petit village. Il n'y a pas de restaurant. Juste un bistrot. On veut bien nous servir du fromage et du pain.

— Ce sera parfait, dit-elle.

Le fromage était délicieux. Nous en avons redemandé deux fois. Et la bière pétillante et bien fraîche.

Quand nous avons terminé, nous sommes un peu somnolents. Mais nous ne pouvons pas nous attarder, parce que le bistrot ferme bientôt.

Nous repartons tranquillement. Et, quand nous arrivons à l'arrêt d'autobus, il n'est pas loin de quatre heures.

— Ça vous dirait de boire un thé ?

— Si vous n'êtes pas pressé, je vous en ferai chez moi, répond-elle.

— D'accord. Je ne suis pas pressé du tout. On va prendre le bus suivant.

L'autobus nous dépose près de son domicile. Seulement quelques minutes à marcher.

Elle tourne la clef et me fait entrer. Moi, je ne peux pas m'empêcher de sourire, en regardant tout autour de moi dans la chambre.

Elle s'affaire tout de suite avec la théière et la bouilloire.

— Un bon bout de temps que je suis venu, je dis.

— Oui.

— Je ne pensais pas y revenir.

— Non.

Je sens, tout d'un coup, quelque chose qui cloche. Je sens une espèce de gêne.

Il y a là le lit, où elle avait dormi habillée. Ici, c'est le coin où j'étais, devant la porte. Rien n'a changé.

C'est pour ça que je me sens gêné. Je n'aurais pas dû venir.

Elle est silencieuse, en préparant les tasses, en allumant le réchaud. Un truc la chiffonne, c'est sûr.

— Je ne pensais pas ce soir-là que vous reviendriez ici.

— J'étais forcé d'être méchant, dis-je.

— Je ne pensais pas à ça.

Il y a autre chose, évidemment.

Oui. Il y a quelque chose, dans cette pièce, qui se glisse entre elle et moi. Nous le sentons tous les deux, ça nous met mal à l'aise.

C'est un soulagement pour moi quand l'eau commence à bouillir et qu'elle finit de tout préparer. Avaler mon thé et partir.

Assis à table, nous buvons silencieusement. Je sais qu'elle pense aussi à cette nuit-là. Ce souvenir plane au-dessus de nous deux, comme un sombre nuage.

Pourtant, il s'est passé tant de choses depuis. Maintenant elle sait tant de choses de moi ! Ce fameux soir, ce soir du passé, n'a plus aucune importance, maintenant... Plus d'importance ? Allons donc ! Je me fais des idées ! Ce que je pense là est faux. Ça ne tient pas une seconde. Un homme est mort, cette nuit-là, parce que je l'ai assommé. Ça, elle l'ignore. Je lui ai affirmé que je n'y étais pour rien. Que c'était un autre. Et j'essaye de me faire croire que cette nuit-là n'a plus d'importance ! Bon sang ! Si elle l'apprenait, elle ne me le pardonnerait jamais. Parce que, quand j'ai un peu endormi le type dans le train, j'ai vu ses yeux pleins de dégoût et de haine envers moi. Si le malheur voulait qu'elle sache la vérité un jour, alors ça serait la fin du monde...

Je n'y tiens plus. Je voudrais quitter cette chambre. Pas pour rentrer tout de suite à la ferme. Non. Simplement quitter cette chambre. Je ne suis pas pressé de rentrer. Ces soirées tout seul, dans le grand silence... Je sais que je ne ferai pas ça longtemps.

Je pourrai peut-être supporter ce travail pour lui faire plaisir. Mais pas vivre tout seul là-bas.

Il faudrait que je me trouve une piaule en ville. Peut-être que dans une autre piaule que celle-ci, il n'y aura pas cette chose pesante... cette chose qui nous sépare et qui nous étouffe.

Sa voix déchire le silence :

— Vous avez une cigarette pour moi, Bill ?

Pendant que je la lui allume, mes yeux rencontrent les siens. Ils ont un reflet lointain et vague.

— Je vais me chercher une chambre en ville, dis-je. Je peux pas supporter les soirées et les nuits là-bas.

Elle est surprise.

— Déjà ? Mais ça va coûter cher.

— Je me trouverai bien quelque chose de simple. Un petit truc. Juste pour dormir. J'en ai déjà parlé à la tantine. Je viendrai en ville le soir avec un plein chargement dans la bagnole. Comme ça je serai prêt pour faire les livraisons le lendemain matin.

— Mais pourquoi ne pas attendre encore un peu ? Ça n'est pas tellement urgent.

— Pourquoi attendre ? Si je dois le faire, autant le faire maintenant.

Je me lève pour m'en aller. Elle ne me retient pas. De nous retrouver ici a gâché ce beau dimanche.

— Je vais rentrer, dis-je.

— Bien, Bill.

Elle est debout, tout près de moi, son visage levé vers le mien. Et je sens mon cœur fondre. Je voudrais la saisir, l'écraser contre moi, la mettre en moi. Mais je peux pas faire ça. Elle est pas comme ça. Qu'est-ce que je dois faire avec elle ?

Je lui prends les épaules, doucement.

— Au revoir ! dis-je.

— Au revoir, Bill ! répond-elle avec douceur en continuant de me regarder.

Alors, sans que j'aie eu le temps d'y penser, brusquement, je me penche et je l'embrasse sur les lèvres.

Je les ai juste touchées. Doucement. Légèrement. Comme si elle était en porcelaine.

Alors sans savoir ce que je fais, la tête perdue, je lui lâche les épaules, je me jette vers la porte et je sors. Et je me retrouve dans la rue, à courir comme un sauvage.

8

Je n'ai pas perdu de temps pour m'installer en ville.

Dès le mardi suivant, j'ai bossé pour le compte de la tantine et j'ai commencé ma prospection.

Dès le boulot terminé, j'ai foncé vers un quartier modeste qui ne se trouve qu'à une vingtaine de minutes à pied de l'endroit où elle habite.

En arrivant, je vais à un kiosque à journaux qui affiche des petites annonces. Je trouve tout de suite ce que je veux. *Une chambre pour monsieur seul,* douze shillings par semaine.

Je file à l'adresse indiquée et je loue la chambre immédiatement. Elle est plutôt moche, mais c'est bien suffisant pour dormir. J'ai pas besoin de plus.

Un peu plus loin dans la rue, il y a une impasse qui sera impeccable pour garer ma bagnole la nuit. Il suffira de filer un peu de blé à la personne qui s'en occupe.

Mais je ne couche pas là dès cette nuit. Parce qu'il faut que je rapporte mes affaires et que je prévienne la brave tantine.

Je m'installe l'après-midi suivant. Et je m'arrange pour aller chez Benny à temps pour la sortie du personnel.

Quand elle me voit, elle est épatée. Elle n'arrive pas à croire que je me suis trouvé une piaule.

— Me voilà de nouveau citadin, dis-je.

J'ai pas l'impression qu'elle en soit ravie.

Elle semble contrariée que je sois revenu en ville.

Après une petite croûte dans un bistrot et que je l'ai raccompagnée jusqu'à sa porte en lui souhaitant une bonne nuit, elle me dit d'un ton où je crois sentir de l'anxiété :

— Soyez raisonnable, soyez prudent, Bill !

Deux jours plus tard, je tombe sur le Jeff, en ville. Dans un faubourg où je venais livrer et visiter quelques clients.

Je roulais dans une rue, cherchant des yeux le numéro d'un acheteur qui n'avait rien commandé depuis des semaines.

Je marchais au ralenti, quand j'aperçois tout d'un coup le Jeff qui sort d'une maison, un peu plus loin. Il grimpe dans sa bagnole, et il s'éloigne.

J'arrive devant la maison. C'est justement celle que je cherchais. Comme par hasard.

Donc, le gars Jeff avait commencé ses petites saloperies. Comme c'était à prévoir.

Sa bagnole venait de disparaître à un coin de rue. J'appuie sur le champignon, et je lui donne la chasse. Il roule vite, cette fripouille. Sa bagnole est meilleure que la mienne. Je ne peux pas faire mieux que de conserver la distance.

Faut pas le perdre de vue. C'est un devoir. Ça fait partie de mon boulot.

L'image de la gosse me revient. Je lui parle en silence. Je lui dis que c'est mon boulot de ne pas laisser ce salopard nous voler notre clientèle. C'est mon devoir envers la tante. Tant pis pour lui s'il veut jouer à ça.

Je roule derrière lui. Je me demande si j'essaye de le dépasser et de le coincer en ville, ou si je le suis jusqu'à sa brousse pour lui parler du pays.

Mais c'est lui qui décide pour moi. Après dix minutes, il s'arrête brusquement devant une maison.

Je me range juste derrière lui. Je m'épate moi-même de me sentir aussi calme. Quelque chose me dit que je devrais pouvoir régler ça comme elle l'aimerait. Sans être trop méchant. En somme, c'est le bizness. Faut faire ça dans les règles. C'est comme ça qu'elle voit les choses.

Il descend de sa bagnole et va vers la porte. Je sors :

— Salut, Jeff !

Il se retourne et me voit. Comme s'il apercevait un fantôme. Il prend une couleur saindoux, les yeux hors de la tête.

— Q... Qu'est-ce... que tu veux, Bill ?

Je lui souris et je dis :

— Comment ça va, les affaires ?

— Laisse-moi tranquille, fait-il.

— Allons, allons, dis-je, faut bien qu'on parle tous les deux. Normal quand on est dans le même turbin.

Je continue à être très calme. Je me suis adossé à sa bagnole en lui parlant. La gosse serait contente si elle voyait mon calme.

Dans sa voiture, c'est plein de caissettes d'œufs. Je me penche, et de la main gauche j'en attrape un. Son regard suit mon geste et ne voit pas l'autre main attraper sa clef de contact.

Je fourre la clef dans ma poche, et je reste planté devant lui avec l'œuf à la main. Puis je commence à jongler un peu.

— Remets cet œuf, me dit-il.

— Oui, oui, fais-je. Mais dis-moi d'abord combien tu as l'intention de nous voler de clients.

— Mrs. Wharton n'a jamais rien vendu dans cette maison, il bredouille. C'est un client que j'ai fait seul.

Je hausse les épaules, et ça me tiraille dans le dos. Ces foutues cicatrices !

Je le fixe. L'œuf dans mes doigts, le bras tendu. Sans cesser de regarder ce tocard, j'ouvre la main. Ça fait ploc sur le trottoir.

— Il faut te rappeler, dis-je, que ça sert à rien d'avoir des clients si on n'a rien à leur vendre...

— Je t'interdis !

Il essaye de rugir en disant ça mais il ne bouge pas.

— Te fâche pas, dis-je, ou je te mets dans le même état que cet œuf par terre.

Quand je me penche pour attraper un autre œuf, il saute sur le siège et appuie sur le démarreur. Mais la clef de contact, elle est dans ma poche. On n'entend pas grand-chose.

— T'en va pas avant qu'on ait fini de bavarder, je dis.

Je commence à jongler avec un deuxième œuf.

— Tu poses cet œuf ! Ou j'appelle la police.

Je jette un coup d'œil aux environs. La rue est vide. Il est tôt dans l'après-midi, et le quartier est calme à cette heure.

— C'est ça, je dis. Vas-y. Et raconte-leur comment tu te fais ta clientèle.

Il saute de sa bagnole par l'autre portière.

— Tu vas voir ce que ça va te coûter ! il me crie.

Puis il remonte la rue au galop et disparaît au coin.

Il faut que je m'affole un peu. Le Jeff peut revenir avec un flic d'un instant à l'autre. Mais ça peut lui prendre un petit bout de temps. Je mise sur ce petit laps de temps, et je me mets au boulot.

J'attrape les caissettes une à une, je les vide sur le plancher de sa bagnole. Quand tous les œufs y font un grand tas, je les recouvre avec les emballages vides. Pour ne pas salir mes souliers quand je vais danser.

Je m'y mets. Je trépigne dessus, comme un épileptique. Je sautille. Je fais des entrechats. Ça craquouille de partout, c'est une bénédiction.

Enfin, quand le plancher de la bagnole est transformé en océan — un océan jaune — et qu'il ne reste plus rien à écrabouiller, je saute, je regagne la mienne.

Et je démarre. Je fais rapidement demi-tour pour ne pas rencontrer le Jeff et son poulet.

Je mets toute la sauce.

Et je me marre...

Le dimanche suivant, quand je raconte ça à la gosse, elle se marre pas du tout.

Elle a tous les détails de l'histoire Jeff, et je vois sa figure qui s'allonge. Quand j'ai fini, elle fait la gueule.

— Je me suis cassé avant qu'ils reviennent, dis-je finalement.

Elle hoche lentement la tête.

— Oui. Cette fois. Mais la prochaine ? Vous ne pouvez pas continuer à agir ainsi dans les rues sans vous faire prendre un jour ou l'autre. Ça se terminera par une catastrophe. Je suis sûre que maintenant ils ouvrent l'œil...

Je la regarde, très étonné.

— Mais voyons, dis-je. J'ai fait ça comme vous l'auriez souhaité. Je ne l'ai pas cogné. J'ai été doux comme un agneau. Quelqu'un d'autre que moi l'aurait démoli et l'aurait aplati définitivement. Moi je l'ai pas fait. Vous pensez bien que ça m'aurait été facile. Mais je l'ai pas fait. Parce que je voulais régler ça comme vous l'auriez voulu. Une sorte d'arrangement commercial. Un règlement à l'amiable.

Je la vois sourire un quart de seconde. Puis elle redevient sombre.

— C'est inimaginable. Si un travail devait avoir un cours paisible, on peut dire que celui-ci en est un. Comment prévoir que le commerce des œufs peut vous faire courir des risques ? A cause de ce Jeff vous courez droit aux ennuis. Inimaginable !

— Mais pourquoi vous tracasser ? J'ai fait ça du mieux que j'ai pu. Je ne pouvais pourtant pas le laisser continuer à nous piquer nos clients. Et puis... nous n'aurons plus d'embêtements avec ce gars, maintenant. Il va se tenir peinard. Il sait que, si on se rencontre, je vais faire un sort à ses œufs.

Elle hausse les épaules d'un air résigné.

— Je sais que vous faites pour le mieux. Et je sais aussi que vous avez agi de la meilleure façon.

Elle reste silencieuse un instant, puis elle me dit d'une voix très douce :

— Soyez prudent, Bill, s'il vous plaît. Promettez-moi d'être prudent.

— Je vous l'ai promis. Vous êtes la seule personne au monde à qui j'ai jamais fait une promesse. Vous tracassez pas !

Pendant cette conversation, nous marchions le long des rues vers chez moi. J'avais été la chercher chez elle. Nous revenions pour prendre la bagnole dans l'impasse où elle est garée.

C'est encore un beau dimanche ensoleillé. Et rien n'a plus d'importance que cette virée que nous allons faire dans la caisse.

Nous démarrons. Moi, je me sens comme assis sur le toit du monde. Elle est assise à côté et c'est moi qu'elle regarde. Les passants qui défilent, c'est pas à eux qu'elle sourit, c'est à moi. Elle ne s'en occupe pas. Aucun intérêt. C'est pas à eux qu'elle a dit d'être prudent.

Je suis assis sur le toit du monde.

Pendant que nous roulons doucement à travers les faubourgs, de temps en temps je la regarde. Nous ne nous parlons pas. Moi, je pense à elle, et à moi.

Il y a trois ans, je n'aurais pas trimbalé une gonzesse à côté de moi. Je n'aurais pas passé un après-midi avec.

Jamais je n'ai pensé deux fois à une fille. Jamais jusqu'à présent. D'aussi loin que je me souvienne.

Elle, c'est pas pareil. Je sais pas ce qu'elle a qui est différent. Elle n'a peut-être rien de différent. C'est peut-être moi qui ne suis plus le même. C'est elle qui m'a changé. Personne d'autre n'a pu me changer. Je ne sais pas comment elle a fait. J'aurais jamais cru que c'était possible.

Nous sommes maintenant dans la campagne. La campagne tranquille. Je conduis la bagnole sur l'herbe. Je stoppe.

Elle jette un regard rêveur sur le paysage.

— Ne me racontez pas que vous êtes en panne d'essence ! dit-elle en souriant. C'est ravissant ici.

J'approuve. Pas tellement besoin de lui parler. Ce que je veux, c'est la regarder. Je dis :

— Et si on se dégourdissait un peu les jambes ?

— Bonne idée.

Nous prenons un petit sentier qui zigzague entre les arbustes. Le soleil réchauffe nos visages, et les mille bruits infimes de la campagne résonnent en nous. Le sentier se rétrécit et devient très étroit. Trop étroit pour deux. Son bras nu frôle le mien à chaque instant.

Elle marche d'une allure souple, la tête haute. La brise fait voleter une mèche de cheveux qui caresse son front.

Le sentier nous conduit à une barrière encastrée dans une haie. Je l'aide à la franchir. Comme elle est légère !

Je passe la barrière en même temps qu'elle, et je ne lui lâche pas le bras. Mes doigts enserrent sa peau douce, juste au-dessus du coude. Je sens le léger battement d'une artère.

— Asseyons-nous sur l'herbe, dis-je.

J'ai une drôle de voix.

Elle dégage son bras et s'assoit. Puis elle se laisse aller doucement en arrière. Et elle s'étend, les bras croisés sous sa tête.

Je m'étends près d'elle. Tout près. Son visage est si près que je distingue la texture de sa peau, sa finesse. Et l'imperceptible duvet sur ses joues.

Le sang bat violemment en moi.

Je l'ai déjà embrassée. Ce baiser rapide et léger, l'autre soir, dans sa chambre. Mais pourtant, je sens que j'étouffe.

Je me rapproche d'elle encore un peu. Je passe mon bras derrière son cou, et j'y enferme ses épaules. Et je me penche, je me penche, et j'embrasse ses lèvres, tout d'un coup. D'un élan que je n'ai pu maîtriser.

Je laisse ma bouche sur la sienne. Je ne peux plus l'en détacher. Mes lèvres boivent toute sa douce fraîcheur. Toute cette fraîcheur et cette chaleur douce.

Sa main se presse sur ma poitrine et me repousse.

— Bill ! réussit-elle à dire en suffoquant.

Alors je caresse doucement ses joues, de mes lèvres. Ses paupières aussi. Ses tempes.

J'embrasse sa bouche de nouveau.

Et puis, tout d'un coup, nous ne faisons plus qu'un corps, elle et moi. Et tout, tout ce qui est autour de nous s'estompe.

La chaleur douce du soleil, la fatigue, ont pesé sur nous. Nous nous sommes endormis.

Quand je me réveille, je vois qu'elle me regarde.

Elle est encore si près que je sens presque son souffle.

Elle me regarde avec douceur, intensément, comme pour découvrir quelque chose sur moi.

Je change un peu ma position parce que le sol commence à être un peu dur.

Je lui souris :

— Bonjour !

— Hello, Bill !

Sa voix n'est qu'un murmure. Ses yeux ne me quittent pas, cherchant, cherchant en moi.

La soif furieuse du désir m'a quitté. Et à sa place je ressens une vague de douceur qui déferle. Quelque chose de nouveau. Quelque chose que je n'ai jamais encore ressenti.

— Tu te sens bien ? dis-je.

C'est bien sûr une question stupide.

Elle ne répond pas. Elle me regarde. Puis sa main touche mon bras, comme pour s'assurer que j'existe. Que je suis toujours là.

Moi aussi je la regarde. Tous les traits de son visage. Et puis, tout d'un coup, je vois une larme se former, et rouler sur sa joue en y laissant une trace brillante.

— Qu'est-ce que tu as ? Du chagrin ? je dis avec une espèce d'angoisse.

Elle ne répond toujours pas. Elle continue de me regarder. Comme un mauvais rêve.

Brusquement, elle me dit :

— Embrasse-moi, Bill !

Je me penche et je l'embrasse. Elle reste immobile, les lèvres entrouvertes. Et elle ne retient pas ma bouche quand je m'écarte.

— Tu as dormi ? dis-je.

— Je crois que oui. Je dors peut-être encore.

— Qu'est-ce que tu veux dire ?

Elle reste silencieuse un instant, puis répond :

— Dis-moi quelque chose, Bill. Je t'en supplie, dis-moi quelque chose. Ce que tu penses de moi.

Je pose ma main sur son front et je glisse mes doigts dans ses cheveux :

— Tu n'es comme personne. Je ne comprends pas. Je ne me reconnais plus. C'est parce que tu es comme tu es que je n'ai jamais ressenti pour personne ce que j'éprouve pour toi. Tu sais que c'est vrai, ce que je te dis là, n'est-ce pas ?

Elle opine :

— Oui. Et je crois que je le savais. Mais j'aime te l'entendre dire, Bill. Je voulais te l'entendre dire.

Elle se met à sourire, et ajoute :

— Tu trouves que je suis stupide de dire des choses pareilles ?

Me rendre compte de ce qu'elle me dit, ça me fait exulter. Je me sens tellement heureux. Je n'arrive pas à comprendre.

— Et toi ? dis-je. Tu n'as jamais éprouvé ça non plus pour quelqu'un ?

Elle hoche doucement la tête.

— J'espérais que tu l'aurais deviné, dit-elle.

Je l'entoure de mes bras et je l'embrasse encore.

— Bill, je tiens tellement à toi. Et maintenant plus encore. Alors il faut absolument que tu tiennes ta promesse. Absolument. Si les choses devaient de nouveau tourner mal pour toi, je ne pourrais plus vivre.

— Ne te tracasse pas avec ça. Tout sera épatant, maintenant. Tout sera magnifique.

Au retour, nous roulons lentement dans le crépuscule.

Sur le siège, elle se serre contre moi.

Parfois, l'envie me prend de m'arrêter, pour la prendre dans mes bras. Mais il est tard. Il faut rentrer.

Pas loin de notre destination, je me demande s'il n'y a pas quelque chose de spécial que je devrais lui dire. Avec les autres, on n'a pas besoin de se demander ça. On n'a rien à leur dire. On n'a rien besoin de leur dire. On n'a jamais envie de les revoir plus d'une fois. Alors ça n'a pas d'importance. Mais elle ?

J'ai l'impression qu'elle n'aimerait pas que je lui propose de venir habiter chez moi. Et puis ça n'est pas assez grand ni assez bien. C'est trop moche pour elle.

Je remue tout ça dans ma tête, mais elle me dit tout d'un coup :

— Si tu me ramènes jusque chez moi, je te ferai une bonne tasse de thé. Le thé des adieux... pour aujourd'hui.

— Ça me va tout à fait, dis-je.

Mais, au même instant, je repense à ma dernière visite chez elle. Je me remémore l'atmosphère déprimante. Ce qui paraissait l'écarter de moi.

Cette chambre, elle me fait réfléchir. Elle nous force à penser aux choses passées au lieu de l'avenir. Non ! Cette chambre, pas question ! Jamais, jamais plus je n'y remettrai les pieds.

— Et puis non, dis-je. Viens plutôt visiter ma nouvelle piaule. Il y a un réchaud à gaz. Du thé. Et je crois bien que j'ai deux tasses. Je te ramènerai chez toi après.

— D'accord, fait-elle.

— Mais tu seras très déçue. Et nous nous apercevrons que les souris ont bouffé le thé, probablement.

— Des souris !

Elle est horrifiée. Je la rassure :

— Elles sont bien dressées. Elles ne se montrent pas quand j'ai une dame chez moi.

Nous laissons la bagnole au bord du trottoir, et nous pénétrons dans la maison. Il n'y a pas d'éclairage dans l'escalier. Je lui montre le chemin en craquant des allumettes.

Ma chambre est au premier. J'ouvre la porte en grand pour la laisser entrer. Les lumières de la rue l'éclairent un peu.

— Et voilà ! je dis.

Elle entre et je la suis. La serrure a un système très simple. Il faut retirer la clef de l'extérieur pour la remettre à l'intérieur et pouvoir fermer.

Puis je craque une nouvelle allumette et j'allume le bec papillon fixé au mur.

— Pas d'électricité, elle dit en riant. C'est vrai qu'on ne peut pas trop demander pour douze shillings par semaine.

Quand ses yeux sont bien habitués à cette lumière, elle examine la chambre. Elle semble désappointée.

J'aurais pas dû l'amener ici. Il doit y avoir quelque chose de spécial entre nous, qui fait que toutes les chambres semblent nous éloigner. Nous ne sommes proches que dehors.

Mais elle sourit :

— Ça manque d'une touche féminine. Il faudra que je consacre un dimanche à arranger tout ça.

Après avoir fait et bu notre thé, nous fumons une cigarette. Puis elle étouffe un bâillement.

— Je tombe de sommeil, Bill, dit-elle. Veux-tu bien me ramener ?

— Allons-y ! dis-je.

Elle est debout, appuyée au lit. Sous la lueur du lumignon, sa robe dessine ses formes.

Se réveille en moi le même désir que tantôt.

Je la prends dans mes bras, je l'embrasse sur les lèvres, je la serre un peu plus pour la porter sur mon lit, mais elle me repousse.

— Non, Bill, dit-elle. Pas maintenant. S'il te plaît, ramène moi. Il est tard, je suis fatiguée.

Je la regarde, je souris, et je caresse sa main :

— Tu as raison. Viens.

Dans l'obscurité de l'escalier, je la porte dans mes bras en descendant les marches.

9

J'aurais dû la garder chez moi. Ne pas la laisser partir.

La troisième nuit qui suivit sa visite, elle est venue. Et je me serais tué de colère et de désespoir de l'avoir laissée partir auparavant.

Elle a martelé ma porte à coups frénétiques. Je lui ai ouvert, elle est entrée, et j'ai vu ses mains couvertes de sang.

Et il y avait, dans ses yeux, une épouvantable horreur.

Pendant plus d'une heure, elle n'a rien pu me dire. Elle n'a pu que frissonner et sangloter.

Je devenais fou. Les cicatrices de mon dos me relançaient comme au premier jour.

Quand elle a pu enfin parler, ç'a été avec des mots qu'elle semblait arracher de sa chair.

Elle avait quitté chez Benny, ce soir-là, comme d'habitude. Elle avait marché jusqu'au coin de la rue avec deux copines, puis elle avait continué toute seule.

Elle était près de chez elle, lorsqu'un type qui la suivait la rejoignit. Il lui toucha le bras et dit :

— Il faut que je vous parle.

Elle le regarde. Elle ne le connaît pas.

Elle s'écarte de lui et se met à courir.

Le gars la rattrape et se plante devant elle.

— Je vous dis que j'ai à vous parler.

Il y a de la menace dans sa voix.

La gosse s'énerve. Elle répond d'une voix cassante :

— Laissez-moi tranquille ! Qu'est-ce qui vous permet de m'importuner ?

Elle s'écarte et s'échappe. Avant qu'elle ait pu faire trois pas, il lui dit en grinçant :

— C'est au sujet de Bill Saunders.

Elle s'arrête et se tourne vers lui :

— Pourquoi ?

Elle voit que le type sourit. Elle l'inspecte, des pieds à la tête.

C'est un mec dans la trentaine. Bien habillé. Sur sa tronche et dans ses yeux, l'air fourbe. Elle n'a jamais vu de sa vie un regard aussi rusé.

— C'est au sujet de Bill Saunders, il répète. Mais peut-être que vous ne le connaissez pas sous ce nom ?

— Je connais un Mr. Saunders, dit-elle sèchement. Qu'est-ce que vous avez à me dire ?

— Quelque chose qui vous intéressera beaucoup.

Il y a de l'insolence dans sa voix. Elle se crispe.

— Si vous avez quelque chose à dire, dites-le vite ! Je suis pressée.

— Nous avons bien quelques minutes !

Il sort lentement une cigarette et l'allume. Il dit enfin :

— Je suppose que vous n'ignorez pas que votre copain Saunders est un assassin ?

Elle se sent devenir livide. Elle a mal entendu. Elle veut croire qu'elle a mal entendu.

— Qu'est-ce que vous dites ? fait-elle. Je ne comprends rien à tout ça.

— Je vous demande si vous savez que Bill Saunders est un assassin. Il vous a rien raconté ?

— Raconté quoi ? balbutie-t-elle.

Elle essaye désespérément de chasser la brume de son cerveau. Comprendre que cet homme est cinglé. Ou ivre.

Pourtant, il est très calme. Il fume calmement. Il ne fait pas de gestes inconsidérés.

Il continue :

— Ça me déplairait beaucoup de repenser à tous ces horribles détails. Pourtant, si je les racontais à la police, sûr que ça l'intéresserait énormément.

Il tire une nouvelle bouffée :

— Peut-être qu'un jour je me déciderai à leur en parler. C'est mon devoir. Dommage pour vous. Car vous ne reverriez plus jamais Mr. Saunders.

La gosse est fascinée par sa désinvolture. Il est sûr de lui. Il triomphe.

Ses pensées tourbillonnent. Où ça ? Comment ? Qui ? C'est impossible ! Frapper, blesser, assommer : oui. Mais pas tuer. Faire mourir quelqu'un, non ! Non. Ça n'est pas vrai. Personne ne pourra lui faire croire cette chose. Un meurtre, non ! Quand ? Qui ? Impossible.

— Vous devez vous tromper, murmura-t-elle. Sans doute une erreur.

— J'ai bien peur que non, dit-il. Naturellement, j'aimerais me tromper. Malheureusement, c'est la stricte vérité.

Il s'interrompt une seconde, et il reprend :

— Il serait peut-être bon que je vous donne un ou deux détails. Pour vous convaincre que je ne me trompe pas.

Elle reste plantée là. Immobile. Elle n'ose plus partir.

Le type fait un geste de la main pour montrer la rue et le voisinage. Il dit :

— Je connais des endroits plus indiqués pour parler de choses confidentielles... Naturellement, je sais où vous habitez. Pourquoi pas chez vous ? Nous pourrions parler sans qu'on nous entende.

— Mais je...

Elle ne sait plus. Il y a sûrement une erreur. Mais il faut savoir... Quand ? Qui ? Non, c'est une erreur. Mais il faut savoir...

— D'accord, dit-elle. Venez.

Elle marche au long des rues, dans un état de stupeur. Le gars marche à ses côtés.

— C'est une belle soirée ! dit-il.

Ils sont dans la maison. Elle ouvre la porte de sa chambre et entre. Il la suit et retire son chapeau d'un geste large et affecté.

Elle ferme la porte. Et quoiqu'il fasse encore grand jour, par réflexe elle tire les lourds rideaux devant la fenêtre. Puis elle allume.

— Puis-je m'asseoir ? il demande.

— Je vous prie de me dire ce que vous avez à dire le plus rapidement possible.

Il s'assied sur une chaise, il pose son chapeau sur la table.

— C'était il y a longtemps, dit-il. Mais malheureusement ça ne change rien. On pourrait croire que quelquefois la police s'amollit quand c'est vieux. Qu'elle se dit : « Oublions le passé. » Mais non. Ce sont des gens obstinés. Vindicatifs.

— Vous voulez dire... vous êtes de la police ?

— Grand Dieu non !

Il se met à rire à gorge déployée. Comme pour une histoire drôle.

— Ma chère enfant, vous êtes dure avec moi !

— Alors qui êtes-vous ?

— Qui ? Oh ! simplement quelqu'un qui s'intéresse à vous et au meurtrier — je vous demande pardon — à vous et à Mr. Saunders.

— Simplement quelqu'un qui cherche à me jouer un sale tour !

Il secoue la tête.

— Pas du tout ! fait-il. Dans mon boulot, ça ne se fait pas. Au contraire, il faut être régulier. Strictement régulier.

Il lève la main comme s'il en faisait le serment. Puis il reprend :

— Mr. Saunders — le même Mr. Saunders que celui qui était avec vous dimanche dernier... et le dimanche d'avant —, le Mr. Saunders avec qui — pardonnez-moi ! — vous paraissez être en relations si cordiales, ce Mr. Saunders a tué un homme, il y a trois ans.

— Ce n'est pas vrai ! Je sais que ce n'est pas vrai !

Son cerveau tourbillonne. Essaye de calculer. Des repères. Trois ans. C'est à peu près ça. C'était ça. Cette fameuse nuit.

Son cœur l'étouffe. Elle demande :

— L'accusation que vous formulez, c'était quand, exactement ?

De la poche intérieure de son veston, il tire un petit calepin en cuir. Il le feuillette rapidement :

— C'était exactement le 2 mars. Il y a trois ans et quelques mois... A sept heures dix, environ, au bar des Trois Couronnes, dans Dane Street...

C'était bien la fameuse nuit. La date était gravée en elle comme certains autres anniversaires. C'était cette nuit. Un mardi. L'homme était mort — les journaux l'avaient dit. Et elle avait toujours su la vérité, au fond de son cœur. Elle l'avait étouffée, rejetée. Mais elle était restée là quand même. Dans un petit coin obscur de son cerveau. Mais pas de meurtre. L'homme était mort, oui. Mais ça ne signifiait pas un meurtre. Chaque fois que quelqu'un meurt, ça ne veut pas dire meurtre. Ç'avait été un accident. Sûrement. Une chose comme celle-là *peut* être un accident...

Le gars parle à nouveau :

— Voulez-vous que je vous raconte ça un peu en détail ? Voulez-vous une cigarette ? Non ? Vous permettez ? Merci.

Il allume sa cigarette, il se cale bien sur sa chaise.

— Donc, fait-il, j'étais en train de boire un verre avec un copain. Mr. Saunders était là. A en juger par son apparence, il devait être là bien avant que j'arrive.

Il toussote et reprend :

— Apparemment, ils ont l'habitude, dans ce bistrot, d'avoir... euh... des incidents, de temps en temps. Et l'un des garçons — à cette époque-là — était un ancien boxeur professionnel. Il était extrêmement précieux chaque fois qu'il s'agissait de vider un consommateur qui gênait les autres clients.

« Et, ce soir-là, Mr. Saunders — pardonnez-moi ! — était particulièrement empoisonnant. Il venait de clore une discussion avec quelqu'un en lui balançant le contenu de son verre dans la gueule.

« Le barman était l'homme qu'il fallait pour régler cet incident. C'était son boulot. Et tandis qu'il sortait de derrière le comptoir, mon ami — qui était un client régulier de l'endroit — se tourne vers moi avec un sourire, et me dit : « Empaquetez ! C'est pesé. » En m'indiquant, d'un geste, Mr. Saunders.

« Mais il se trouve que Mr. Saunders — vous l'avez sans doute remarqué — est doué d'une force exceptionnelle. De plus, il est du genre qui n'attend pas qu'on s'amuse avec lui. Avant même que personne se soit rendu compte de rien, le barman était en l'air.

« Chacun dans la boîte se frottait les mains. On attendait que le barman se relève et reprenne la bagarre. Et alors, on allait voir ce qu'on allait voir.

« Mais on n'a rien vu du tout. Mr. Saunders avait mis dans son coup une force tellement phénoménale que le barman ne s'est pas relevé. Et, après quelques minutes, on s'est aperçu qu'il était mort.

Les mots de ce type lui frappaient les tympans comme des coups de marteau.

— Continuez, murmure-t-elle.

— Il y a pas grand-chose à ajouter, dit-il. Mr. Saunders est un malin. Il a très vite compris la situation. Et il s'est taillé. Sans qu'on ait pu lui bloquer la sortie. On lui a donné la chasse, j'en faisais partie, mais il a semé tout le monde. C'était dans les journaux, le lendemain, évidemment. Mais Mr. Saunders était un inconnu au bar. Personne ne le connaissait. Je suppose que la police n'a pas su qui rechercher. Ce qui fait qu'après un bout de temps ils ont laissé tomber.

— Mais *vous,* vous saviez son nom, dit la gosse.

Le mec secoue la tête et sourit.

— Pas à ce moment-là, dit-il. Désolant, non ? Parce que, dans mon job, c'est indispensable de connaître le nom des gens.

— Alors... (La gosse espérait, malgré tout). Alors... comment savez-vous que c'était lui ?

— Pendant longtemps, j'ai considéré cette affaire comme une perte sèche. Au début, naturellement, j'ai pensé qu'il se ferait coincer. Quand j'ai vu que non, j'ai compris que l'incident ne pouvait pas être utile puisque je ne connaissais pas son nom. J'aurais pu, naturellement, donner un signalement très précis à la police — celui publié dans les journaux ne tenait pas debout —, mais je n'ai pas voulu. Parce que la police et moi, on n'est pas copains.

— Comment vous avez découvert son nom ?

— Pour l'exercice de ma profession, c'est très utile de se tenir un peu au courant de ce qui se passe au tribunal. Histoire de rester en contact avec les côtés spéciaux — disons *irréguliers* — de mes contemporains. Alors, trois mois après l'incident...

Le gars ressort son petit calepin et le consulte.

— ... exactement le 7 juin, je faisais une petite virée au tribunal correctionnel. Imaginez ma surprise ! J'y vois Mr. Saunders dans le box des accusés...

— Mais ça n'avait rien à voir avec un meurtre !

— Précisément. Je me suis rendu compte que la police n'avait pas fait le rapprochement entre les deux. Alors je me suis dit que quand Mr. Saunders aurait fait son temps je pourrais le faire figurer sur ma liste de « Comptes Ouverts ».

— Que voulez-vous dire ?

— Nous y reviendrons. J'allais vous expliquer que je vous ai vue à l'audience. J'étais assis très près de vous. La scène finale a été très touchante, permettez-moi de vous le dire. Depuis ce jour-là, j'ai gardé un œil sur vous. J'ai tout de suite pensé que vous me seriez très utile pour rester en contact avec Mr. Saunders.

Le type s'interrompt. Il allume une cigarette.

Elle était restée debout depuis le début. Maintenant, elle n'en peut plus. Elle prend une chaise et s'y laisse choir.

— Vous allez prévenir la police ? demande-t-elle.

— Ma chère enfant ! Comment pouvez-vous supposer que je ferais une chose aussi insensée, aussi méchante ? Si j'avais voulu le faire, j'aurais pu le faire dès l'audience en correctionnelle. Non. Je veux que vous me considériez comme un ami.

Et il lui fait un grand sourire.

— Qu'est-ce que vous voulez dire ? Qu'est-ce que vous allez faire ?

— Rien du tout. Je suis persuadé que Mr. Saunders est un

homme charmant. Je suis sûr que vous seriez désespérée que cette histoire se sache. Moi, je le serais aussi.

Alors quoi ? Elle ne sait plus où elle en est.

— Mais alors... qu'est-ce que vous... pourquoi êtes-vous venu me trouver ?

— Le travail, dit-il. Il faut vivre, et les temps sont durs. Cette affaire est sans grand intérêt. Je sais que Mr. Saunders ne gagne pas grand-chose en ce moment. Et que malgré une augmentation récente, vous ne vous faites guère que trois livres cinq shillings par semaine. Je ne suis pas avide. Je n'étrangle pas les gens. Je crois que — étant donné les circonstances — je ne peux guère vous demander qu'une livre. En attendant que les choses aillent mieux pour vous deux.

— Une livre ? Je ne comprends pas.

— Une livre par semaine, bien sûr. Je vous donnerai l'adresse où l'envoyer.

Elle le regarde. La bouche ouverte. Epouvantée.

— Vous voulez dire qu'il faut que je vous verse de l'argent pour que vous ne préveniez pas la police ?

Il fait un geste de protestation.

— Oh ! on ne peut pas appeler ça de l'argent. Une somme si dérisoire ! Vous ne vous en apercevrez même pas. Et puis, pensez comme vous serez heureuse de savoir que votre petit secret est en sécurité !

Elle lutte pour ne pas s'évanouir. Elle reste droite sur sa chaise. Ne pas crier, ne pas s'enfuir.

Tenir le coup. Il faut faire face sans perdre la tête.

— Pourquoi ne vous êtes-vous pas adressé à Bill — je veux dire à Mr. Saunders ?

— J'y ai pensé. J'ai été très tenté. Dans l'espoir qu'il retomberait dans des travers plus lucratifs. Ça lui aurait permis de payer plus.

« Mais, à contrecœur, j'y ai renoncé. Vous comprenez, j'ai vu Mr. Saunders en action. C'est un homme extrêmement vigoureux, et qui se met facilement en colère. S'il décidait de me supprimer, ça lui coûterait terriblement cher. Mais ça ne me rendrait pas la vie.

« Je sais que je peux compter sur vous pour ne rien lui dire de notre conversation. Parce qu'autrement il essayerait très certainement de me buter. Alors on le pendrait. La police ne le laisserait pas filer deux fois. Alors, voilà ! Rappelez-vous bien que, si vous lui en parlez, vous ferez votre propre malheur.

Il tire de sa poche un bout de papier et un crayon. Et il écrit.

— Rappelez-vous : une livre. Voici l'adresse où me l'envoyer. Je l'attendrai tous les samedi, à partir de samedi prochain. Si elle n'arrive pas, la police s'occupera de Mr. Saunders dès le lundi suivant.

— Je refuse ! crie-t-elle. Je ne ferai pas ça ! Je vous dis que je ne ferai pas ça. La police ne vous croira pas. Vous ne pouvez pas.

Le type ricane :

— Vous avez deux ou trois jours pour réfléchir avant le premier versement. J'ai toujours constaté que deux ou trois jours, c'était suffisant.

Il se lève et prend son chapeau. Puis il hésite. Pendant qu'elle le fixe désespérément, elle voit, dans ses yeux, la lueur rusée devenir mauvaise :

— Je peux très bien changer d'avis. Je peux décider que la chose correcte et normale à faire, la seule, c'est d'aller prévenir la police en sortant d'ici.

Elle suffoque.

— Non ! Je vous en supplie ! Non !

Elle se précipite sur lui et lui prend le bras d'un geste implorant.

Il la regarde sans rien dire. Puis :

— Il arrive qu'en faisant affaire avec mes clientes les plus jolies... un petit peu de gentillesse de leur part m'encourage à garder un secret...

— Qu'est-ce que ça veut dire ?

Elle lui a lâché le bras. Elle s'écarte.

Il s'approche. Il tente de la prendre dans ses bras.

— Mêler le plaisir et les affaires est toujours agréable, il dit mielleusement.

Elle le repousse, et crie :

— Allez-vous-en ! Vous êtes infect !

Son sourire disparaît.

— Parfait, dit-il. Saunders sera arrêté cette nuit même.

Son cœur s'arrête de battre. L'homme va vers la porte. En un sursaut, elle le rejoint.

— Non, ne faites pas ça ! Je ferai ce que vous voulez, mais ne faites pas ça !

Il passe un bras autour d'elle. Et, cette fois, elle n'ose pas bouger.

— N'ayez pas cet air désespéré, dit-il doucement. Vous êtes beaucoup trop jolie pour ça.

Elle sent sa tête tourner, tourner. Elle se cramponne à la seule pensée qui compte : que cet homme ne dénonce pas Bill. Il ne faut pas qu'il parte avant d'avoir promis. Elle trouvera une solution, plus tard, mais il faut gagner du temps. Elle saura certainement quoi faire dès qu'elle pourra penser. Il y a sûrement un moyen, une parade. Mais il lui faut du temps...

Le gars colle sa bouche sur la sienne. Elle sent la succion gluante des lèvres. Elle a des haut-le-cœur. Sueur glacée sur le front.

Il l'embrasse encore, et encore. Même si ses lèvres sont serrées, durcies, il semble trouver du plaisir.

Il desserre un peu son étreinte. Elle peut parler. Il faut l'apprivoiser. Elle se force à sourire.

— Dieu ! elle fait. Vous m'avez serrée si fort que je n'ai plus de souffle.

— A la bonne heure ! dit-il. Vous êtes plus jolie que jamais quand vous souriez.

Il s'assoit sur le bord du lit et allume une cigarette. Il n'a pas du tout l'air pressé.

Elle essaye de sourire. C'est ce qu'il fallait faire. Il faut continuer ainsi. Il n'a plus son attitude menaçante.

Elle prend une chaise, l'air le plus naturel possible.

— Voyons, fait-elle. J'ai dû ranger l'adresse que vous m'avez donnée. Oui, la voilà.

Puis elle lève la tête vers le réveil :

— Qu'il est tard !

Le mec tapote le lit d'une main. C'est une invitation à venir s'asseoir.

— Mais non, mais non, il n'est pas si tard. Et nous commençons seulement à faire connaissance.

— Mais je suis réellement fatiguée. Vraiment.

Elle se lève et va vers lui. Etouffant l'écœurement qui monte à ses lèvres. Faisant, pour sourire, un effort désespéré.

Elle prend ses mains dans les siennes, et le tire pour qu'il quitte le lit.

— Venez, venez, fait-elle d'une voix enjouée.

Mais il refuse de bouger. Les mains dans ses mains, il l'examine de la tête aux pieds.

C'est lui qui serre les mains maintenant.

Lentement, insensiblement, elle est tirée vers lui.

Puis, brusquement, il lâche une main et tire violemment l'autre, la forçant à pivoter et à tomber sur le lit. Au même instant, son bras libre l'entoure et la garde sur le dos, sans qu'elle puisse bouger.

Ses mains lui rampent dessus. Comme des limaces.

Non ! Il faut l'empêcher de parler. C'est la seule chose qui compte. L'empêcher de parler. Tout, pourvu qu'il se taise. Qu'il ne dénonce pas Bill. C'est la seule chose qui compte.

Dans un chaos de désespoir, elle sent l'étreinte se resserrer. L'horreur noie ses pensées. D'un effort brusquement déchaîné, elle lui échappe. Elle bondit à l'autre bout de la chambre. Et là, haletante, terrifiée, elle attend.

Mais il ne se lève pas du lit. Il reste étendu, ses yeux cruels la détaillent. Puis il tourne la tête, tranquillement, il regarde le plafond. Il attend :

— Tu ferais mieux de revenir, sinon, tu sais ce qui arrivera...

Brusquement, un voile de brume se déchira. Elle vit cet homme tel qu'il était. Elle vit les années à venir — ses années à elle — torturées par lui. Une longue plaie d'années. Une plaie qu'il ne laisserait pas guérir.

Alors monta en elle une haine désespérée. Une fureur immense et aveugle. L'instinct du meurtre.

Prendre un objet. N'importe lequel. Et frapper.

Elle pivote. En un éclair, elle prend sur l'étagère le premier objet qu'elle trouve. C'est une fourchette à toasts, aiguë et large. Elle l'agrippe, se rue vers le lit et frappe.

C'était une pauvre arme. Peut-être n'aurait-elle pas même traversé son gilet.

Mais au moment où elle va frapper, il détourne la tête, il la voit. Il ramène ses mains à la hauteur de sa poitrine, pour se protéger. Elles heurtent le manche de métal et le poussent plus haut.

Il n'a pas été assez rapide pour l'arrêter.

La petite fourche s'abat. De toute la force que donne la terreur frénétique. Les dents longues et aiguës s'enfoncent dans sa gorge.

La douleur le ferait hurler, si le hurlement ne sortait en gargouillement. En toux gargouillante. En affreux glouglous.

Un jet de sang sort de son cou. La fourchette s'incline un peu, mais elle reste plantée.

Les yeux exorbités, il essaye de se redresser. Elle reste immobile. Elle le regarde.

Sa cravate et son col sont rouges. Ses doigts essayent de saisir l'arme. Ses traits grimacent grotesquement.

Il tente de s'asseoir. Il glisse et roule. Il bascule sur le plancher.

Le gargouillement n'a pas de cesse. Sa main est crispée sur son cou, tente d'arracher l'arme.

La gosse est immobile. Elle regarde.

Puis, brusquement, secouée, tendue, elle se rue vers la porte, l'ouvre, sort, la claque.

Elle s'élance dans la rue, comme une folle.

10

Elle est là, frissonnante, dans ma chambre. Le regard fixe.

— On t'a vue entrer ici ? dis-je.

Elle ne répond pas. Elle est incapable de répondre.

Je l'entoure de mes bras. J'essaye de l'apaiser. Puis j'emplis d'eau ma cuvette, et je lui lave les mains soigneusement. Ensuite je vide la cuvette dans mon petit évier. Je rince le tout plusieurs fois, en m'assurant qu'il ne reste pas la moindre trace.

Je lui fais du thé. Elle ne veut pas le boire, mais je porte la tasse à ses lèvres, et je la force. Ça lui fait du bien. Après un moment elle cesse de trembler. Et, petit à petit, la fixité de son regard disparaît.

— Est-ce que quelqu'un t'a vue entrer ici ?

— Je ne sais pas. Je n'ai pas regardé. Je ne pensais qu'à courir.

Il y a des gens dans la rue, mais ils passent. Personne ne semble s'intéresser particulièrement à cette maison.

Je me penche à la fenêtre pour voir l'horloge du haut de la rue. Il est juste onze heures. Elle est ici depuis deux heures. Elle commence à revenir à elle. Ça ne devrait pas être dangereux de la laisser seule un moment.

— Reste assise ici tranquillement, je dis. Ne sors pas. Ne sors d'ici sous aucun prétexte avant mon retour. Je ne serai pas long.

— Où vas-tu ?

Sa voix, sans timbre, est méconnaissable.

— Nulle part en particulier. Je veux marcher un peu et réfléchir. T'inquiète pas. Laisse-moi m'occuper de tout. Reste ici tranquillement et attends que je revienne.

Elle me regarde avec anxiété :

— Ne me laisse pas.

— Il faut que je sorte. Je ne serai pas long. Promets-moi de rester assise ici tranquillement.

Elle ne répond pas.

Je cherche des yeux son sac à main. Je ne le vois pas. Elle a peut-être la clef de sa chambre dans sa poche, mais je ne peux pas lui demander. Elle me poserait des questions.

Je sors de la chambre et je ferme la porte à clef derrière moi.

Dans la rue je file d'un pas rapide. Je vais chez elle.

J'aurais bien voulu avoir la clef. Tant pis. Je m'arrangerai à entrer quand même.

Si l'homme n'est pas mort, il faut absolument que je le tue.

C'est indispensable. Pas le choix. Il serait sans cesse un nuage noir sur nos existences. Il nous sucerait jusqu'à ce que nous en crevions.

Elle ne sait pas s'il est blessé ou mort. Le sang, le gargouillement, les yeux fixes, c'est tout ce qu'elle sait. Etait-il mourant ou pas quand elle est partie ? Il faut en être sûr.

Je marche vite, mais je ne cours pas. Inutile de se faire remarquer.

Comment entrer chez elle ? Je verrai ça sur place.

C'était pas la peine de me tracasser. Au moment d'arriver dans sa rue, je stoppe court.

Il y a des gens qui stationnent devant la maison. Une vingtaine. Ce n'est pas une foule. Ils sont en petits groupes de deux ou trois.

Ils parlent entre eux, en regardant la maison. Et l'un d'eux la montre, d'un geste, comme s'il expliquait un truc.

J'avance. J'approche vers le groupe.

Les rideaux sont tirés devant sa fenêtre. Une petite ouverture laisse voir la lumière.

Je ralentis. Comme si j'étais en balade. Et, en arrivant au niveau de la maison et des badauds, je m'arrête et je tire une cigarette.

— Vous auriez du feu ?

Le gars à qui je demande acquiesce. Il sort un briquet. Il se rend compte que je viens d'arriver et il fonce avec enthousiasme dans un bavardage explicatif.

— Vous êtes au courant du meurtre ? démarre-t-il.

Je m'arrange pour que ma tronche reste dans l'ombre. On ne sait jamais.

— Quel meurtre ?

— Là, dans la maison. Ils viennent juste d'emporter le corps dans une ambulance. Et il paraît que le type était saigné comme un porc. Ils l'avaient couvert pour le sortir, alors j'ai rien vu. Mais la vieille, la propriétaire, elle hurlait comme une folle quand elle a découvert le type.

— Ah oui ?

— Elle l'a trouvé dans le hall. Paraît qu'il avait rampé hors d'une chambre du rez-de-chaussée. Puis il est clamsé là. Paraît que c'est une fille qu'a fait le coup. En tout cas, c'est dans sa piaule qu'on l'a saigné. Alors ce doit être elle.

— Il n'a rien dit ?

Le type me regarde avec pitié.

— Je viens de vous dire qu'il était mort dans le hall. Comment aurait-il pu dire quelque chose ?

Je marmonne quelque chose de vague, et je me taille.

Donc il avait déjà lâché la rampe quand ils l'ont trouvé. Il n'a rien pu dire à personne.

Mais ça change quoi ? Ils vont la rechercher. En ce moment même, on doit être à sa recherche.

La première chose que j'ai à faire, c'est de garder la tête froide, et penser juste.

A moins qu'on l'ait suivie — c'est sûrement pas le cas, parce qu'ils nous auraient chopés avant que je quitte ma chambre —, il n'y a pas de raison que la police trouve un lien entre elle et moi.

J'ai ma nouvelle chambre depuis une quinzaine. Sa proprio ne m'a jamais vu.

Il n'y a pas de raison qu'on fasse un rapprochement. Ils n'ont pas de point de départ.

Bien sûr, c'est chez Benny qu'ils vont commencer leur enquête. Mais ça ne les mènera pas à moi. Là-bas, personne ne connaît mon nom.

La police est sûrement déjà à l'ouvrage. Mais ils n'avanceront pas beaucoup cette nuit. La propriétaire va leur dire où elle travaillait, à quelle heure elle rentrait généralement. Mais, quand ils la questionneront sur les hommes qu'elle pouvait avoir, et sur ses visites, ils feront chou blanc.

Quelqu'un l'a peut-être vu s'enfuir de la maison. Mais si on ne l'a pas suivie, ça ne servira à rien.

Non. Rien ne peut les conduire à moi. Tant qu'elle restera chez moi sans se montrer, elle n'aura rien à craindre. A moins qu'ils fouillent toutes les chambres de la ville, maison par maison, il n'y a aucune raison qu'ils la trouvent.

Demain, ils vont questionner ses copines, chez Benny. Mais elles ne me connaissent pas. Même si elles m'ont vu avec elle, rien de quoi les frapper spécialement.

Ils vont rechercher dans les hôtels. Pour savoir si quelqu'un qui lui ressemble a demandé une chambre.

Ils vont demander à sa famille à qui elle pourrait demander asile...

— Bon Dieu !

Je m'arrête pile en gueulant ça entre mes dents. La tantine ! Je pense tout d'un coup à la brave vieille.

Ils vont essayer par elle de retrouver sa trace. Ils vont aller à la ferme, pour voir si elle ne s'y planque pas. Et, quand ils vont commencer à poser des questions, la brave femme va leur parler de moi. Elle leur dira que je suis son grand copain. En un rien de temps, ils rétabliront le scénario...

La tantine n'a pas mon adresse. Mais sûr qu'elle mentionnera que j'ai sa bagnole en ville tous les soirs. Et, en ce moment même, la bagnole est garée dans une petite impasse, à cinquante mètres de chez moi !

Ça va conduire leurs recherches si près que je pourrais tout aussi bien les appeler de ma fenêtre.

Merde ! Je me sens devenir glacé. Pour la première fois de ma bon Dieu de vie, j'ai la trouille. S'il ne s'agissait que de moi, ce ne serait pas pareil. Il y a des tas de choses que je peux faire seul et qui ne sont pas possibles avec elle.

Si seulement elle pouvait rester cachée dans ma chambre jusqu'à ce que les choses se tassent, je pourrais l'emmener hors de la ville, et l'installer quelque part dans un coin éloigné, où personne ne la connaîtrait, et où elle serait incognito.

Mais je ne peux pas tenter ça pour l'instant.

Pendant que je gamberge, j'avance et j'arrive à ma chambre. Quand j'entre, elle est étendue sur le lit. Elle est en larmes.

Je m'assois sur le lit près d'elle, et je lui entoure les épaules. En voyant sa pauvre figure tirée par le désespoir, je me jure que toute ma vie je serai prêt à tuer quiconque lèverait le petit doigt sur elle.

— Dieu merci, Bill, te voilà ! murmure-t-elle. Je commençais à craindre que tu ne reviennes pas.

Je lui caresse les cheveux. Je ne veux pas la quitter un instant, mais il faut y aller. Je n'ai pas un instant à perdre. Chaque minute compte.

— Ecoute-moi, ma chérie, je dis. Il faut que nous discutions de tout ça. Je dois savoir si quelqu'un peut te découvrir ici. Alors, essaye de te souvenir. Y a-t-il quelque chose dans ta chambre qui puisse laisser établir un lien entre toi et ta tante ?

Elle parle comme si elle ne m'avait pas entendu.

— Je me demande si je l'ai tué. Je me demande si je l'ai tué.

Je la secoue très doucement.

— Ecoute-moi. C'est très important. Essaye de réfléchir. Y a-t-il quelque part dans ta chambre le nom ou l'adresse de ta tante ?

Cette fois elle m'a entendu. Elle tourne la tête vers moi, et me contemple avec un intense air de surprise. Comme si elle se demandait ce que ça pouvait bien faire.

— Peut-être une lettre. Il y en a sûrement une.

Sa voix est plate, sans timbre. Mais ces mots tonnent comme une bombe à mes oreilles.

S'il y a une lettre chez elle, alors la tantine est la première piste qu'ils vont suivre. Il faut à tout prix que je voie la vieille avant eux. Et il faut que j'éloigne la bagnole immédiatement, avant qu'ils ne la cherchent.

Je vais à la fenêtre pour voir l'heure. Il est minuit un peu passé. Presque personne dans la rue. Je me tourne vers elle :

— Je dois te laisser de nouveau. Peut-être pour plusieurs heures. Je ne peux pas faire autrement. Il faut faire le nécessaire pour qu'ils ne te trouvent pas ici. Il faut que j'aille prévenir ta tante.

A la façon qu'elle a de me regarder, je vois bien qu'elle ne saisit pas tout le sens. Son cerveau n'est pas encore dégagé de sa stupeur. Mais elle ne me pose aucune question.

— Il ne faut pas qu'on m'arrête, Bill. Il ne faut pas qu'on m'arrête.

Ses lèvres tremblent quand elle parle.

Je souris pour la rassurer. Pour qu'elle se détende.

— Tout s'arrangera, je dis. Mais ne quitte pas la chambre. Je vais t'enfermer à clef, pour être sûr.

Elle me répond qu'il faut qu'elle s'absente un instant.

— C'est la porte au bout du palier sur la gauche. Je vais voir si le champ est libre.

Après toute une série de manœuvres pour qu'elle ne risque pas de rencontrer quelqu'un dans le couloir, la voici de nouveau assise sur le lit.

— A tout à l'heure, dis-je.

Je l'enferme et je file en douce jusqu'à l'impasse où est la bagnole. Elle démarre sans trop de bruit. Il n'y a pratiquement pas de circulation. En moitié moins de temps que d'habitude, je suis déjà dans les faubourgs.

Je devrais être à la ferme dans moins d'une heure. Un peu après une heure du matin. Le village sera plongé dans le sommeil. Et la tantine aussi. Elle sera au lit depuis des heures.

Je me demande jusqu'où je pourrai aller dans mes confidences à la vieille femme. De toute façon, il faudra que je lui en dise suffisamment pour qu'elle comprenne l'importance qu'il y a à la fermer.

Naturellement, il y a la possibilité qu'elle refuse d'aider à la camoufler. Elle sera peut-être tellement horrifiée qu'elle refusera de se mêler de l'affaire. Mais c'est la seule chance à courir.

Il faut que je mise tout sur l'affection qu'elle a pour sa nièce. Je sais qu'elle l'aime bien. Ça devrait l'aider à admettre que la petite a des excuses. De toute façon, il faut que j'essaye. Il y a tout à gagner, et presque rien à perdre.

Le clair de lune est lumineux. Ça me permet d'éteindre mes phares en arrivant au village. C'est une bonne chose. L'arrivée d'une bagnole à cette heure-ci pourrait paraître bizarre et faire jaser.

En arrivant à la ferme, je range la bagnole dans la cour. Le chien fait un foin de tous les diables, mais je l'appelle. Il reconnaît ma voix et il se calme.

Au moment d'arriver à la porte, la fenêtre au-dessus s'ouvre et la tête de la tantine apparaît. Le clebs l'a réveillée.

— Qui est là ?

— C'est moi, Bill Saunders. J'ai besoin de vous parler. C'est très important.

Elle écarquille les yeux et me reconnaît.

— Grand Dieu ! Qu'est-ce que vous venez faire si tard ? Vous savez l'heure qu'il est ?

— Oui. Je suis désolé de vous réveiller. Mais c'est terriblement important. Ça ne pouvait pas attendre jusqu'à demain matin. Voulez-vous descendre et m'ouvrir ?

Elle me regarde un instant. Comme pour s'assurer que je ne suis pas ivre. Mais c'est une femme de bon sens. Dès qu'elle se rend compte que je ne blague pas, elle descend.

— Entrez. Qu'est-ce qui se passe ?

— Je ne sais pas au juste par où commencer.

Elle me conduit dans la salle commune et pose la lampe à pétrole sur la table. Je prends une chaise.

Dans cette maison isolée en plein champ, le silence et le calme ont quelque chose d'extraordinaire. On en est pénétré. C'en est presque impressionnant.

— C'est au sujet de Jane, dis-je.

— Elle est malade ?

Je secoue la tête.

— Je ne sais pas comment vous dire ça. Elle est dans un sacré pétrin. Très sérieux. Dans une certaine mesure, vous pouvez l'aider.

— Expliquez-vous. Ne me laissez pas anxieuse comme ça. Bien sûr, je ferai tout ce que je pourrai.

J'hésite.

— Ça n'est pas facile, Mrs. Wharton. Ça sera peut-être difficile à comprendre.

— Ne parlez pas par énigmes, elle fait avec impatience.

Je hausse les épaules. Il faut carrément y aller :

— Elle est recherchée par la police.

Un instant, elle a une expression horrifiée. Puis son côté pratique prend le dessus.

— Pourquoi la recherchent-ils ? Qu'est-ce qu'ils s'imaginent ?

Allons, il faut tout lui dire :

— Ils veulent la coffrer pour avoir tué quelqu'un.

— *Tué* quelqu'un ?

A la façon dont elle a dit ça, je cesse presque moi-même de le croire.

— Oui. Tué quelqu'un. Elle a tué quelqu'un. Et, naturellement, ils veulent l'embarquer.

— Mais... c'est pas une erreur ? Vous ne voulez pas dire qu'elle a *vraiment* tué quelqu'un ?

— Si, dis-je. C'est ce que je veux dire.

— Accidentellement ?

— Presque. Mais la police ne considérera pas ça comme un accident. Il y a des chances pour qu'ils appellent ça un meurtre.

Quand j'ai prononcé ce mot, elle est devenue toute pâle.

Elle s'accoude à la table comme pour se soutenir. Elle arrive à surmonter son malaise. La voix est ferme quand elle demande :

— Allez-y ! Racontez-moi tout.

— Le temps presse trop pour que je vous raconte tout. La seule chose qui compte, c'est que ce n'est pas sa faute. Je sais que ce n'est pas sa faute. Et je vous demande de le croire aussi.

Anxieusement, j'attends sa réponse. Elle n'hésite pas.

— Ça ne peut pas être de sa faute, bien sûr ! Ça n'est pas

possible. Je la connais trop bien. Mais où ça s'est passé ? Quand ça c'est passé ?

— Il y a quelques heures à peine. Dans sa chambre.

— Où se trouve-t-elle en ce moment ?

— Elle est en sécurité pour l'instant.

— Comment est-ce arrivé ?

— Je ne peux pas tout vous expliquer, dis-je. Il faut que je reparte le plus vite possible. Je suis venu ici cette nuit parce que je voulais vous mettre sur vos gardes.

— Sur mes gardes ? Contre quoi ?

— Il est possible que la police vienne vous questionner. Très bientôt peut-être. Demain. Peut-être même cette nuit. Vous comprenez, ils la recherchent. Et ils pensent peut-être qu'elle se cache ici.

— Mais puisqu'elle n'y est pas !

— Ils viendront également pour tâcher d'obtenir de vous des indications qui puissent leur permettre de la trouver. C'est pour ça qu'il faut que vous soyez sur vos gardes.

— Je ne comprends pas. Puisque je ne sais pas moi-même où elle se trouve...

— Oui, mais je vais m'occuper de la sortir du pétrin. Alors il ne faut pas qu'ils s'occupent de moi ou qu'ils me surveillent. Vous comprenez ? Ils vont vous poser des tas de questions. Quand l'avez-vous vue pour la dernière fois ? Vous direz qu'il y a une quinzaine de jours. Est-elle venue seule ? Vous direz oui. A-t-elle des amis que vous connaissez ? Vous direz non. C'est ça la chose importante... Ne pas parler de moi. En aucune façon. Il faut qu'ils ignorent qu'elle et moi nous nous connaissons. Sinon ils chercheront à retrouver sa trace par moi. Je vous en supplie, si vous avez foi en elle et si vous voulez l'aider, croyez-moi sur parole. Ne dites pas un mot sur moi.

Je me lève et je vais vers la porte.

— Il faut que je rentre, dis-je. Je laisse la bagnole ici. Si je la garde en ville, à proximité de chez moi, ça pourrait leur donner une indication. On ne sait jamais. Et il faudra vous passer de mes services pendant un certain temps.

Elle tend le bras pour m'arrêter.

— Dites-moi quand même quelque chose, fait-elle. Qu'est-ce qui va arriver ? Pourquoi a-t-elle fait ça ? Tôt ou tard ils la retrouveront ! Oh ! c'est terrible ! C'est inimaginable !

Elle semble tellement bouleversée que je reviens vers elle et que je la prends doucement par les épaules.

— Espérons ! dis-je. Je trouverai bien un moyen de la tirer de là. Au revoir ! Et rappelez-vous : si la police vient vous voir, soyez sur vos gardes chaque fois que vous ouvrirez la bouche.

— Attendez, attendez !

Elle sort, grimpe l'escalier, puis redescend avec des billets dans sa main. Elle me les tend.

— Prenez ça, dit-elle. C'est tout ce que j'ai, mais ça peut aider. Si elle a besoin d'argent, rappelez-vous que je dispose d'une centaine de livres à la banque.

Je prends le fric et je le fourre dans ma poche.

— Merci, dis-je.

Je sors et je file d'un pas rapide dans la direction du village, je le contourne et rejoinds la grand-route.

Mon intention est de sauter sur une remorque de camion. Mais voilà, tout d'un coup, que le paysage s'anime. Des phares de voiture apparaissent, venant du village.

Je plonge dans une haie et je m'y enfonce. Quand la voiture passe devant moi, je distingue, au clair de lune, les casquettes de deux flics. Bon Dieu ! il était temps ! Il n'y a pas cinq minutes que j'ai quitté la ferme !

Si les poulets m'avaient trouvé là-bas, ça foutait tout en l'air, c'est sûr. Mais ce qui peut être très grave, c'est qu'ils trouvent la vieille debout. A cette heure, ça devrait leur sembler louche. Alors, pensez comme ils vont l'asticoter.

Je prends mes jambes à mon cou. Je fonce vers la ferme.

La bagnole des flics est garée devant la grille. Mais mon espoir remonte car la maison est plongée dans l'obscurité...

La tantine a dû se recoucher juste après. A quelques minutes près — peut-être même quelques secondes — les flics auraient vu la fenêtre éclairée.

Je n'ose pas m'approcher à moins de cinquante mètres. J'entends vaguement des paroles qu'ils échangent, mais je ne les comprends pas.

Puis je vois une lumière éclairer la chambre du premier étage, et disparaître, puis reparaître à la porte d'entrée. La porte se referme. La lumière est maintenant dans la grande salle commune.

Je reste planté là. Je voudrais aller là-bas, et aider la tantine à se défendre. Mais c'est impossible. La seule chose à faire, c'est d'être absent du paysage.

Un quart d'heure se passe, puis la lumière se déplace. Elle monte au premier étage. Je la vois à l'une des fenêtres du haut, puis à une seconde fenêtre. La bagnole des flics est toujours en bas. Ça veut dire qu'ils fouillent. Il s'assurent que la petite n'est pas planquée ici.

Tout d'un coup, je saute en l'air. Je viens de penser qu'ils vont peut-être fouiller aussi les hangars. Et que ça les fera passer près de ma bagnole. Et s'ils l'examinent, ils s'apercevront que le moteur est encore chaud...

Je me ronge d'être comme ça à ne rien pouvoir faire. Je tends mon regard au maximum, pour voir ce qui se passe.

Ça semble marcher. Je vois la porte d'entrée se rouvrir, et la lumière rester sur le seuil un instant. Puis j'entends le démarreur. Les flics s'en vont...

La bagnole fait demi-tour et repart dans ma direction. J'ai à peine le temps de me planquer. Ils passent en trombe, prennent le virage sur les chapeaux de roue et disparaissent vers le village.

Je me retourne vers la maison. La lumière est dans la chambre de la tantine. Je voudrais bien lui parler. Savoir ce qu'ils lui ont demandé. Ce qu'elle leur a dit.

Mais il faut rentrer. Pour m'assurer que tout va bien, là-bas, dans ma chambre. Et d'ailleurs, de toute façon, les dés sont jetés en ce qui concerne la tantine. Ou bien elle a bien joué son rôle, ou bien elle n'a pas su et je n'y peux plus rien.

Je pars à grands pas vers le village et juste avant, je coupe à travers champs pour le contourner. A l'autre bout, je prends la grand-route.

Je marche pendant une bonne heure. A une ou deux reprises, je dois plonger dans une haie ou à plat dans le fossé, pour éviter la lumière des phares qui passent en éclair sur la route. Enfin, alors que je viens de plonger encore une fois, je me rends compte que ces phares-là avancent très lentement. Et, quand ils se rapprochent, j'entends l'essoufflement d'un véhicule lourd.

J'attends qu'il passe juste à ma hauteur, je saute hors du fossé et je galope. J'atteins la remorque, je trouve une prise solide, je me hisse.

Une demi-heure plus tard, quand nous traversons les premiers faubourgs, je saute et je reprends ma promenade. Il est tout près de quatre heures quand j'arrive chez moi et je suis totalement crevé.

Dans la chambre, j'écoute intensément. J'entends une respiration régulière. Je craque une allumette et je la vois étendue sur le lit. Elle est habillée, mais elle dort.

Je m'étends par terre, sans avoir le courage de retirer mes souliers.

Ça me rappelle cette autre fois où j'ai dormi comme ça dans une autre chambre, et qu'elle dormait aussi tout habillée.

Cette fois-là, c'était moi que les flics cherchaient. Aujourd'hui, c'est elle. Pour moi, je ne me tracassais pas trop. Mais là, l'angoisse est en moi, parce que c'est elle.

11

Quand je me réveille, il fait grand jour. J'ai dormi moins de deux heures. Elle roupille toujours. Après tout ce qu'elle a enduré, je suis ravi de la voir enfin dormir.

Parce qu'il va falloir être calme. Parce que nos plans vont devoir être étudiés froidement.

Au fond de moi, j'ai la certitude que la tantine ne nous a pas laissés tomber. Et, maintenant, elle est sur ses gardes.

Et puis je n'ai plus la bagnole, je ne vois pas pourquoi les poulets viendraient la chercher ici. Non. J'ai beau retourner la question dans tous les sens, je ne vois vraiment pas ce qui pourrait les guider ici.

Pour l'instant, elle est donc en sécurité. A condition que tout le monde ignore qu'il y a une femme dans ma chambre.

Je ne connais pas les autres locataires. Cet immeuble, ce sont des petites chambres, comme la mienne. Des gens absents toute la journée. Ils n'ont pas le temps de s'intéresser au voisinage.

Mais dès que l'excitation de la police et des journaux se sera un peu calmée, il faudra se casser vite fait. Ça ne sera pas facile. Mais on le fera. Je l'emmènerai quelque part dans la brousse. Loin. Dans un endroit où on ne se promène pas sous l'œil des flics. Un endroit où l'on est censé venir respirer le bon air parce qu'on a été malade. Peut-être même que je la sortirai d'Angleterre. On irait au Canada...

Le plus important, pour l'instant, c'est qu'elle se tienne à l'écart des amis et connaissances. Qu'elle ne paraisse dans aucun des endroits où elle est repérable.

La police, ou bien elle vous coince quand la piste est chaude, ou bien ils vous harponnent dès que vous reprenez le contact avec d'anciennes relations.

Rare qu'ils vous coincent autrement.

Le grand principe, c'est de ne pas galoper pour juste fuir. Dès l'instant que vous commencez à galoper, vous côtoyez des gens que ça étonne. Des gens qui sont toujours heureux de soupçonner quelqu'un... et de le dire. Prendre son temps. Attendre l'occasion favorable. Voilà le grand principe. Et garder la tête froide, tout le temps...

Avec un peu de veine, la gosse sera très bien chez moi, au moins pour la quinzaine. Alors, j'aurai fignolé un plan. Et nous disparaîtrons tous les deux dans la nature.

Je vais chercher de l'eau, en douce. Et je me fais un brin de toilette sans faire de bruit. Quand j'ai fini, elle dort encore.

Je m'installe sur une chaise, et je me mets à fumer, en réfléchissant au pétrin dans lequel je l'ai mise. Parce que c'est à cause de moi.

Voilà une petite qui ne ferait pas de mal à une mouche et qui est recherchée pour meurtre. Et c'est à moi qu'elle doit ça. Elle a fait ça pour moi. Vraiment. Elle l'a fait pour moi. Alors il faut que je l'aide. Faut pas que les flics s'imaginent que ça se passera comme ils veulent. Ils ne coinceront personne, ou ils nous coincerons tous les deux. Et, dans ce cas-là, ils auront du boulot. Parce que j'en tuerai quelques-uns. J'en tuerai tant que je pourrai. Jusqu'à ce qu'on m'abatte.

Elle commence à remuer. Elle ouvre les yeux. Elle me regarde en silence.

— Qu'est-ce qui va arriver ? me demande-t-elle.

L'angoisse étrangle sa voix.

Je me lève et je vais au réchaud où chauffe la bouilloire.

— Ce qui va arriver, dis-je, c'est une bonne tasse de thé.

Quand elle a bu, je lui donne une cigarette et je l'allume. Je lui verse encore du thé, puis nous fumons en silence pendant un moment.

— Je me demande si je l'ai tué, dit-elle soudainement.

Il faut dire la vérité. Il faut qu'elle sache.

— Tu l'as tué, je dis.

La main qui tient sa tasse a un sursaut. Mais sa voix est étrangement assurée :

— Je m'étonne de rester si calme. Comment peut-on tuer et ne pas y attacher plus d'importance ?

Je suis soulagé. Je lui réponds :

— Dans ce cas, ça n'en a aucune. Continue donc à être comme tu es en ce moment. Si tu le prends calmement, ça nous donne double chance.

— Double chance de quoi ?

— De réussir à filer.

Elle secoue la tête.

— Ils me trouveront, dit-elle. Et ils me pendront.

Elle me dit tout ça d'un ton placide. Je suis pétrifié.

— On ne pend pas quelqu'un qui a tué, quand c'est une pourriture qui est tuée, dis-je immédiatement. Une pourriture comme ce gars. Je suis même persuadé que si tu allais les trouver et que tu leur racontais l'histoire, ils ne penseraient pas une seconde à te pendre. Ils ne te mettraient pas en cabane bien longtemps. Tu serais même acquittée.

Je réfléchis une ou deux secondes et j'ajoute :

— Ça serait peut-être la meilleure façon : que tu ailles te livrer. Bien sûr, il y a un risque. Mais est-il plus grand que de nous enfuir ? Oui, ça serait peut-être la meilleure méthode. Aller te livrer, et tout leur dire.

Nous nous regardons en silence pendant quelques instants. Je sais ce que cette solution signifierait pour moi. Et elle le sait aussi.

— Tu sais bien que je ne peux pas faire ça, Bill. Si je commençais à leur raconter l'histoire, il faudrait que je leur explique tout. Impossible de faire autrement. Ça serait te trahir, te dénoncer. Tu sais bien que je ne peux pas faire ça.

Elle secoue la tête, puis ajoute :

— Non. Même si je me fais prendre, je ne dirai rien.

— Mais tu n'as pas à me ménager, dis-je. C'est ma faute si tu es dans le pétrin. Faut pas t'en faire pour moi. Tu dois penser à toi.

Elle secoue de nouveau la tête. Puis, tout d'un coup, son calme extraordinaire la quitte. Elle serre les poings et se met à trembler violemment.

— Bill, il faut que je me cache. Il ne faut pas qu'ils m'attrapent. Crois-tu... crois-tu que c'est possible de leur échapper ?

— Non seulement c'est possible, dis-je, mais nous le ferons... Nous deux ensemble, on est capables de tout.

— Mais s'ils viennent ici ? Nous devrions nous sauver maintenant ! Tout de suite ! Vite ! C'est stupide de rester là. Ils vont me trouver ici ! Je ne vais tout de même pas les attendre !... Ils vont venir !

— Non, je ne crois pas, dis-je. Tu comprends, ce qui importe, c'est de ne pas s'affoler, de ne pas courir. Ne pas jouer leur jeu en se faisant prendre en chasse. J'ai bien réfléchi. Je ne pense pas qu'ils puissent te découvrir ici. C'est pour ça qu'il faut que tu restes tranquillement ici. Au moins une semaine. Pour qu'ils aient le temps de se calmer. Et après ma combine sera tout à fait au point. On s'en ira loin d'ici, dans un endroit où il n'y a pas de flics, où personne ne te cherchera. Laisse-moi faire. Je t'en supplie, fais-moi confiance.

Je la sens calmée, maintenant. Je vois, dans ses yeux, qu'elle a repris espoir. Et rien en elle n'a dit un seul instant que tout ça, c'est de ma faute.

Je descends pour acheter des journaux. Histoire de me rendre compte de la tournure que prennent les choses. J'en achète trois. Et je n'ai même pas la patience d'attendre d'être rentré pour les lire.

Je n'ai pas besoin de les feuilleter. En première page, une photo me saute aux yeux. Une grande photo qui me fait tirailler les cicatrices.

Malgré moi, je m'arrête en pleine rue. Le sang me monte à la tête. Si je tenais le type qui a fait cet agrandissement, je lui écraserais la gueule à coups de talon.

Je n'avais pas pensé à ça. Ma belle confiance est foutue en l'air. Avec cette photo, qui va se graver dans la tête des gens, qu'est-ce que je peux espérer d'une province proche ou lointaine ?

Cette photo est magnifique. On dirait qu'elle est vivante, sur cette saloperie de papier. Son regard si doux, son nez un peu retroussé, le petit rictus souriant de sa bouche.

CETTE JEUNE FILLE EST RECHERCHÉE PAR LA POLICE

C'est sur la première page, dans chacun des trois journaux.

Tout est foutu par terre.

A partir de maintenant, le monde entier va se transformer en détective amateur. A partir de maintenant, il n'y aura pas un seul pèlerin qui ne va se mettre à éplucher la gueule de toutes les jeunes filles qui passent à sa portée. Maintenant, pas une ville ou un village où une nouvelle arrivée puisse paraître naturelle.

Une chose pareille dans les grands journaux, c'est effroyable. Même les adolescents, pour jouer au détective, vont graver cette image dans leur cerveau. Et cette immense photo resurgira à chaque instant, ici ou là, là ou ailleurs, chaque fois que des gens ressortiront un vieux journal pour s'en servir d'emballage.

Ça pourra durer ainsi des années. Ça sera suspendu sur nos têtes, toujours.

Pauvre gosse ! Ça n'est pas sa faute si elle est jolie ! Et ses traits, tellement particuliers, sont faciles à garder en mémoire.

Naturellement, les canards ont un article sur l'affaire. Ils ne disent rien d'intéressant. Ils ne donnent aucun tuyau sérieux. Rien qui puisse aider à la retrouver. S'il n'y avait pas cette putain de photo, leur baratin serait sans aucune importance.

Je chiffonne les trois journaux et je les balance dans un égout. Vaux mieux qu'elle ne voie pas ça. Ça lui foutrait le moral à zéro. Et il y aurait vraiment de quoi !

Je continue ma balade pour faire quelques achats. De la viande froide, des conserves, de la confiture, des fruits, du pain. Il faut qu'elle mange. Ça empêche les nerfs de trop vous travailler.

Pour l'instant, elle a une réaction confiante après le premier affolement. Ça peut lâcher d'une minute à l'autre. Et, si elle s'effondrait à nouveau, les choses deviendraient diablement compliquées.

Il vaut mieux qu'elle ne sache rien de cette photo pour le moment. Parce que ça réduit terriblement nos chances. Enfin... les deux choses qui priment c'est de garder la tête froide et de l'empêcher de s'effondrer.

Quand j'ouvre la porte, je la vois debout devant la fenêtre, qui regarde dans la rue.

Je laisse tomber mes pacsons sur la table et je bondis sur elle. Je lui attrape un bras et je la tire brutalement en arrière.

— Bon sang ! je dis. Je t'avais pourtant dit de ne pas te montrer à la fenêtre !

— Mais personne ne me connaît. Les seuls qui pourraient me voir, ce sont ceux qui habitent en face. Et ils ne me connaissent pas.

— Tout le monde te connaît !

J'ai répondu sans réfléchir. Elle relève tout de suite.

— Qu'est-ce que tu veux dire, Bill ? Pourquoi tout le monde ?

J'essaye de me rattraper.

— Je veux dire que c'est plus prudent de faire comme si tout le monde te connaissait. Comme ça, on sera sûrs que ceux qui te connaissent n'auront aucune chance de te voir.

Ma réponse ne la satisfait pas. Ma soudaine colère de tout à l'heure lui fait flairer quelque chose.

— Bill, tu me caches quelque chose !

— Mais non. Vrai de vrai ! Pourquoi je te cacherais quelque chose ?

— Je ne sais pas, Bill. Mais... tu n'as pas acheté de journaux ?

— Si. J'ai dû les laisser quelque part en achetant à manger.

— Tu ne les as pas lus ?

— Juste un coup d'œil.

— Qu'est-ce qu'ils disent ?

— Presque rien. Un entrefilet où ils mentionnent ta disparition.

— Mais pourquoi ne... Bill... *Tu me caches quelque chose.*

A quoi ça sert de mentir plus longtemps ? Ça finirait par l'inquiéter autant que la chose elle-même.

Je m'assois sur le lit à côte d'elle, et je prends sa main dans la mienne.

— Il y avait une photo de toi dans chacun des canards, dis-je.

— Une photo de *moi* ?

Je fais oui de la tête.

Pendant un moment, elle se creuse la tête pour comprendre. Brusquement, elle se souvient.

— Ça doit être celle que Margy, une copine de chez Benny, a faite l'année dernière. Je n'y pensais plus, elle était rangée dans un placard.

— Elle est réussie, dis-je.

— Mais alors... Bill... ça veut dire que je ne peux aller nulle part sans qu'on me reconnaisse ! Ça veut dire qu'il faut que je reste enfermée ici jusqu'à ce qu'on me trouve — ou alors que j'aille me livrer ! Ça veut dire qu'il n'y a plus aucun espoir ! Bill... qu'est-ce que je peux faire ? Bill !...

Elle tremble, maintenant. Je m'attends à la crise de larmes. Mais elle se ressaisit superbement.

— Crois-tu vraiment qu'il y ait une possibilité d'échapper à tous ces gens, Bill ? Crois-tu que ce soit possible ? Tu as un plan ?

Je lui caresse la main. Puis je l'entoure de mon bras et je la serre contre moi, doucement.

— Je trouverai un moyen. Je te le jure. Je jure de te tirer de là, ma chérie.

Une idée vient de naître. Quelque chose de fou. Pas encore bien clair dans mon esprit, mais un point de départ.

— Qu'est-ce que tu peux faire, Bill ? Que peux-tu changer ?

— Il y a des choses qu'on peut changer, je dis.

C'est plutôt à moi-même que je parle.

— Qu'est-ce que tu veux dire ?

— Il y a des choses qu'on peut changer, je répète.

— Lesquelles ?

Je la regarde droit dans les yeux. L'idée, maintenant, martèle ma tête.

— Les gens changent, dis-je. Ça se fait couramment.

Elle me prend le bras et le secoue.

— Ne me réponds pas par des énigmes, Bill. Qu'est-ce que tu veux faire ?

— Donne-moi un peu de temps, ma chérie. Donne-moi du temps avant de t'expliquer. J'ai un plan, mais il faut que je le prépare.

Je suis bien décidé à ne rien dire avant de passer à l'acte. Personne, même elle, n'aurait le cran d'attendre calmement le moment de subir ce à quoi je pense.

— Tu ne vas rien faire de mal, Bill ? Quelque chose qui risquerait de te retomber dessus ? Quelque chose de dangereux ? J'aimerais mieux aller me livrer que de te laisser faire quelque chose comme ça...

Je lui souris pour la rassurer.

— Mais non, mon cœur. J'ai seulement besoin de prendre contact avec des gens.

— Combien de temps je devrai rester enfermée ?

— Pas longtemps, dis-je. Peut-être une semaine. Ne te tracasse pas pour ça. Ici tu n'as rien à craindre.

— Je voudrais que tu me dises ce que tu penses faire, Bill.

— Ne me demande rien, ma chérie. Ne pose pas de questions, s'il te plaît. Fais-moi confiance.

De voir sa figure, sa peau si douce, toutes ces expressions que je connais si bien, ses traits gravés dans mon cœur... je frémis quand je pense à mon plan.

Je détourne les yeux, j'ai le cœur trop serré.

Mais je crois vraiment que c'est sa seule chance. Avant d'avoir vu sa photo dans les journaux, je m'étais dit que la solution, c'était d'aller vivre loin, sous un autre nom. Mais maintenant, ce n'est plus suffisant. Il faut que son visage *aussi* soit différent.

Tous ces chirurgiens qui se vantent de faire des merveilles pour rajeunir les vieilles à coups de bistouri à travers la gueule, ils pourront s'en donner à cœur joie dans sa tendre chair...

Quand l'idée m'est venue, j'ai pensé que c'était une véritable inspiration. Mais maintenant, en marchant à grands pas dans la rue, je me demande si j'ai le droit de lui proposer une chose pareille.

Mais quoi faire ? Avec le visage qu'elle a, cette beauté si particulière, elle ne peut pas passer inaperçue. Nulle part. Et cette photo publiée, qui est justement si ressemblante, si sensationnelle ! On y reconnaît même son sourire, ce sourire que j'aime tant, qui lui tire un peu la bouche en coin.

Et qui va lui faire ? Bon sang ? Le plus grand de tous ! Le plus grand, que je lui amènerai de gré ou de force. En lui pressant mon flingue dans les côtes s'il le faut. Et il faut aussi une infirmière. Une infirmière de premier choix.

Ils devront faire leur boulot avec célérité et discrétion. Défense de l'ouvrir. Sinon gare. J'irais leur tordre le cou où qu'ils soient.

Oui. Bien sûr. Après elle sera un million de fois plus en sécurité. Mais ce n'est qu'une façon de voir. Rien ne sera vraiment suffisant que ce qui lui donnera la vraie liberté. Cette liberté ne peut venir que d'une seule chose : que personne ne parle, parce que personne ne sait rien.

J'entre dans un bar, et je m'envoie un ou deux verres. Il faut rester calme. Il faut fonctionner vite et clairement.

Oui. Ce qu'il faut, c'est partir loin. Très loin. Dans un endroit où cette photo est inconnue. Où personne n'aura jamais entendu parler de rien. Dans un endroit où les gens nous prendront comme nous sommes.

On fera ça de nuit. On se servira de la nuit. On foncera tous les deux, tête baissée. A fond. Tout sera bon pour réussir. Rien ne m'arrêtera. Je jure que rien ne m'arrêtera pour la sauver.

Je sors du bar et je me retrouve dans la rue. Tous ces gens qui passent, ils sont en sécurité. Personne ne leur fait la chasse. Ce sont de braves gens. Honnêtes, et tout. De bons citoyens vertueux. Pas un d'entre eux qui ne se précipiterait vertueusement vers un flic pour la montrer du doigt, s'il la croisait en ce moment et qu'il la reconnaisse.

Il faut rester calme. Il faut rester calme. J'ai une furieuse envie de casser la gueule à quelqu'un.

Quand je rentre, après avoir marché éperdument pendant deux

ou trois heures, je la trouve en piteux état. Elle est tendue, tendue comme une corde. Et elle se met à pleurer.

Elle pleure pendant deux heures sans s'arrêter. Je ne peux que lui répéter la même chose :

— Ça ne sera pas très long maintenant. Il n'y en a plus pour longtemps avant que tout soit prêt. Tout est en place. Tout se passera bien. Je t'emmènerai dans un endroit où tu seras en sécurité. Là où personne n'aura l'idée de savoir d'où tu viens. Ça n'intéressera personne. Je te jure que je le ferai. Je te jure que je réussirai. Devant Dieu, je te le jure !

12

— C'est lui, là-bas ! me dit le mec.

Je suis la direction de son regard à travers la salle enfumée.

— Le gars trapu ?

— Oui. C'est lui, le capitaine Brand. Tu parles si je le connais !

— Tu es absolument sûr que c'est le type qu'il me faut ?

— Il l'a déjà fait. C'est tout ce que je peux te dire. Il l'a déjà fait.

Je sors un gros billet et je le colle devant lui sur le zinc.

— Si tu me foutais dedans, ça te porterait malheur ! dis-je.

Il agrippe le fric et le fait disparaître :

— Tu me jures que tu ne lui diras rien ? Surtout ne lui dis pas que c'est moi !

Il s'enfile son verre d'une traite et il se taille comme s'il avait le feu au cul.

Je regarde le gars qui vient d'entrer. Il traverse la salle et s'assoit à une table.

Je me fraye un chemin jusqu'à lui.

— Capitaine Brand ?

Il lève un œil sur moi.

— Qu'est-ce que ça peut te foutre ?

Je m'assois en face de lui.

— Qu'est-ce que tu bois ?

Pendant plusieurs secondes il ne répond pas. Puis il hausse les épaules :

— Allons-y pour un whisky.

J'appelle le garçon et je lui commande deux whiskies. Puis je me penche par-dessus la table, et lui dis :

— Je voudrais te parler d'un boulot.

— Ah oui ?

— J'ai entendu dire que tu appareilles bientôt.

Il tire sur sa pipe, calmement.

— Qu'est-ce que ça peut te foutre ?

Je ne dis rien pendant que le garçon nous apporte les verres. Puis je le regarde bien en face.

— Je cherche quelqu'un qui me ferait faire une traversée calme et tranquille.

Sans me quitter du regard il lève son verre.

— A ta santé, fait-il. Et à celle de tes petits copains.

Je ne pige pas ses finesses.

— Mes copains ? je fais.

— Oui. Tes copains. Ils essayent toujours de donner des mauvaises pensées à d'honnêtes gars comme moi.

Puis tout d'un coup sa voix se fait mauvaise :

— Et maintenant, tire-toi ! dit-il. Retourne d'où tu viens. Le capitaine Brand ne boit pas deux fois avec un flic !

Je suis pétrifié. Je le regarde, la bouche grande ouverte. Puis je me mets à hurler de rire. C'est la première fois de ma vie qu'on me prend pour un flic.

— Moi ? je dis enfin. Bon Dieu ! tu as de la colle sur les yeux !

— Ah ouais ?

Je continue de l'examiner. Au fond de moi, je suis certain que le mec d'avant ne m'a pas roulé. D'ailleurs le Brand n'a pas paru surpris. Qu'il soit soupçonneux, ça prouve bien qu'il est prudent.

Je baisse ma garde complètement. Je lui dis :

— Je cherche un passage pour deux. Discrètement. Et sans questions. C'est une fuite.

Il se marre.

— Seulement pour deux ? fait-il. Tu voudrais pas une invitation pour quelques douzaines de tes copains ?

Décidément, il s'entête. Comment persuader ce type ? Je me creuse la tête. Aucun baratin ne le convaincra. Je commence à me crisper. Si près d'une solution, et la rater à cause de ce cabochard. Les cicatrices de mon dos commencent à me tirailler.

— Ecoute, dis-je soudain. Si je te donne une preuve... on pourra causer ?

Il secoue la tête :

— Il n'y a pas de preuve qui tienne.

— Tu crois ? Eh bien, viens avec moi. Je vais t'en montrer une.

— Venir où ?

— Aux toilettes.

Il ouvre grand la bouche.

— T'es cinglé ou quoi ?

— Viens, bon sang ! Je veux te montrer des preuves.

— T'essayerais pas un coup en vache sur le capitaine Brand, hein ?

— Viens donc ! je répète.

Je me lève. Le gars est mordu de curiosité, maintenant. Il se lève aussi, il me suit à travers la salle puis dans les toilettes hommes. Il n'y a personne, en ce moment.

Quand je retire mon veston, sa main plonge dans sa poche. Aussi rapide qu'un serpent. Je lui ris au nez.

— Tiens-moi ça ! dis-je.

Et je lui lance mon veston. Puis je fais glisser mes bretelles.

Maintenant je lui fais face, je lui parle calmement :

— Une recommandation. Un petit avertissement. Pas de plaisanterie ! Pas de petite rigolade ! Rien du tout ! N'oublie pas !

Puis je me retourne, je lève ma chemise, et je lui fais voir mon dos nu :

— Depuis quand un poulet porte ces décorations ?

J'entends sa respiration siffler entre ses dents. Mais c'est tout.

Je remets ma chemise et mon veston.

— Maintenant, allons causer, je dis.

Il me suit en silence. Il a le regard un brin rêveur quand nous nous asseyons. Ça l'a sonné.

Il appelle le garçon et commande deux autres verres.

— Quand t'a-t-on remis ces décorations ?

— Tu les as vues, je dis. Ça suffit. Maintenant, on cause.

Plus de simagrées. Il me dit qu'il peut se charger du boulot. Qu'il n'y a personne d'autre pour le faire aussi bien.

— Mais tu me demandes de risquer gros, conclut-il.

— Combien tu demandes ?

— Combien tu as ?

— Maxi cent sacs.

— Quoi ? Cent sacs !

Il se fabrique un ricanement très professionnel.

— Tu rigoles ! il fait. Pour qui tu me prends ? C'est quoi, cent pauvres livres pour le beau voyage que tu vas faire ?

— C'est tout ce que j'ai, dis-je.

— Alors, va te faire foutre.

Mais j'ai vu dans ses yeux une lueur cupide. Je me lève.

— C'est tout ce que j'ai, je répète.

Et je fais semblant de m'en aller.

— Eh ! Attends un peu. Qu'est-ce qui presse ? Assieds-toi et causons un peu.

Je me rassois. Il commence un numéro cajoleur :

— Tu veux dire cent sacs pour chacun, hein ? fait-il.

— Je veux dire cent pour les deux.

— Ecoute... Disons cent cinquante, et c'est conclu.

— Je n'ai que cent livres, dis-je avec impatience. C'est à prendre ou à laisser.

— Bon ! Mais tu es verni. Tu ne trouverais pas beaucoup de mecs aussi serviables que le capitaine Brand ! Mais, dis-moi, c'est qui l'autre gars ?

— C'est une... c'est ma femme.

— Ta...

Il tient son verre entre la table et sa bouche.

— Une femme ? fait-il. Tu veux te tailler avec une femme ? T'es pas cinglé ! Ça va doubler les difficultés et diminuer tes chances de moitié.

Il réfléchit un instant. Puis je vois passer dans ses yeux une lueur de ruse. Il se penche vers moi par-dessus la table et il me glisse :

— Pourquoi ne pas t'en débarrasser ? Je suis là pour te donner un coup de main.

Je le vois comme à travers un brouillard. Parce que le sang qui me monte à la tête me trouble la vue. Mes poings se crispent... Non ! Ça, ça attendra. Ça viendra après. Je ne vais pas démolir la combine...

Il réagit juste à temps.

— D'accord ! D'accord ! il fait précipitamment. Après tout, ça te regarde !

Je mets presque une minute avant de pouvoir parler :

— Où est-ce qu'on nous cueille ?

— Je te montrerai dès qu'on aura bu encore un verre. Nous serons mouillés à environ trois milles. Mon gosse vous attendra avec la chaloupe à un quai que je te montrerai.

— Dans la nuit de vendredi ?

— Dans la nuit de vendredi. La chaloupe sera là. Et toi, tu seras prêt ? N'oublie pas que le fric devra monter l'échelle devant toi. En totalité. Et s'il en manquait... nous serons à trois milles au large... Tu n'oublieras rien, n'est-ce pas ?

— Sois tranquille ! dis-je. Tu auras ce que je t'ai promis.

Il me tend la main :

— Serre-m'en cinq. Et tu sais, il y aura des fleurs dans la cabine. Le capitaine Brand fait bien les choses. Demande à qui tu voudras !

Je me lève.

— Montre le quai, dis-je.

Dans le train, en revenant du port, je commence à voir les choses avec plus d'optimisme. Pas de doute, les choses commencent à se décoincer.

Le patron va nous attendre. La chaloupe sera là. La rapacité, l'avidité étaient trop visibles dans ses yeux pour avoir le moindre doute.

Avec un peu de chance quand il s'agira de faucher une bagnole, on pourrait liquider l'affaire en trois heures.

Pour le blé, je serai forcé de le demander à la tantine. D'ailleurs, elle m'a offert ces cent livres la nuit où je suis arrivé chez elle avant les flics. Et puisqu'elle aime sa nièce, elle ne pourrait sûrement pas lui rendre un plus grand service avec ce pognon. Oui, il faut que ça passe par elle. Impossible de faire autrement. Un de nous deux pourchassé, c'est plus que suffisant. Je ne peux pas me permettre de courir un risque supplémentaire, et de me fourrer aussi dans la merde en me procurant le fric d'une autre façon.

Il est près de deux heures du matin quand le train me dépose en ville. Je ne veux pas rentrer chez moi. Il faut attraper le premier car qui puisse m'emmener au village ou à proximité de la ferme. Il faut faire une visite discrète et rapide à la brave tantine. Je lui demanderai de retirer de la banque les cent livres, et de me les donner immédiatement. Ça me permettra de rentrer en ville à temps pour être prêt à démarrer le soir même.

Je ne veux pas revenir vers elle auparavant. La revoir, la quitter de nouveau, ça ne pourrait que compliquer les choses. Chacun de mes retours la secoue un peu plus. Je n'arrive pas à la persuader que je travaille réellement à sa délivrance. Elle ne veut pas croire que j'essaye de la tirer de ce merdier.

Je me rends dans un bistrot ouvert toute la nuit. Je m'y installe pour tuer le temps. Je m'enfile des tasses de café. J'essaye de lire des journaux laissés par des clients. Mais mes pensées reviennent tout le temps vers elle.

Enfin il fait grand jour. Je paye et je sors. Je respire l'air frais à pleins poumons. Ça va mieux. Je vais faire un nouveau pas vers la fuite.

— T'en fais pas ! je dis à mi-voix comme si je lui parlais. T'en fais pas. Ça ne sera plus long maintenant.

— Bonjour, chérie !

Elle est au fond de la chambre, adossée au mur, avec des yeux pleins d'angoisse. Comme si elle s'attendait à ce que quelque chose d'horrible entre.

— C'est moi.

Elle opine, lentement. Lentement, avec une lenteur horrible à voir, elle me reconnaît.

Je m'approche tout près d'elle.

— Ça va, chérie ?

Elle pose sa main sur mon bras, le lâche, le reprend, comme pour s'assurer que je suis réellement là.

— Chérie !

Elle bouge les lèvres. Sa voix est si faible que je l'entends à peine. Elle me dit :

— Je pensais qu'il t'était arrivé quelque chose. J'ai cru que tu ne reviendrais pas.

Ça y est. Elle a pété les plombs. Pauvre petite ! Bien sûr, elle en a supporté plus qu'aucune autre.

Je l'enlace. Je la serre fort.

— Tout va bien, ma chérie. Je regrette de t'avoir laissée seule si longtemps.

Et toujours sa même petite voix sans vie :

— Je pensais que tu ne reviendrais plus jamais.

Je me force à lancer un grand rire, qui sonne d'une façon grotesque dans cette chambre misérable.

— Je n'ai pas pu faire autrement, ma chérie. J'ai été très, très occupé. Mais maintenant tout est arrangé. Et nous nous en allons cette nuit.

Elle ne répond rien. Elle a le regard perdu.

Je me penche et je l'embrasse. Ses lèvres ne répondent pas à mon baiser.

— Tout va marcher comme sur des roulettes. Tout est au point. Pas sans mal, mais ça va.

Ses lèvres tremblent :

— Quand est-ce qu'ils viennent ?

— Qui ça ?

— Les policiers. Quand viendront-ils m'arrêter ?

— Chérie ! Pas question de ça. Nous allons dire au revoir à cette ville de merde.

Elle secoue la tête à nouveau.

— Non, Bill. Ils vont venir. Je *sais* qu'ils vont venir. Je *sens* qu'ils vont venir.

Je la secoue.

— Maîtrise-toi, ma chérie ! Cramponne-toi !

Elle est dans un état lamentable. Je suis resté absent trop longtemps. Elle n'est plus en état de tenter le grand coup.

Bon sang ! Juste au moment où il va falloir agir vite et fort, faire face, tenir — son cran s'est évaporé !

— Je vais faire du thé, je dis. Tu en veux ?

Elle ne répond pas. Elle reste plantée, immobile.

Je la conduis jusqu'à une chaise, et je la force à s'asseoir. J'allume le réchaud et je mets la bouilloire.

— Prends une cigarette, je dis, en lui lançant mon paquet.

Elle fait non. J'en sors une, je la lui colle entre les lèvres et je craque une allumette.

— Tire dessus.

Elle aspire la fumée. Je m'en allume une autre. Je m'assois en face d'elle en attendant que l'eau bouille.

— Il commence à pleuvoir, dis-je. Ecoute ça ! Il tombe des hallebardes.

Elle fait oui de la tête. Elle a toujours son regard perdu.

— Ta cigarette brûle toute seule, dis-je. Tu vas te griller les doigts.

Elle tire une bouffée, elle s'agite un peu sur sa chaise.

— Je ne comprends rien, Bill. Tu n'as plus l'air de te tracasser de la situation...

Je lui prends les mains, je la force à me regarder.

— Ne crois pas ça, chérie. C'est pas possible que tu le croies. Tu *sais* que ce n'est pas vrai. Je ne me tracasse pas comme toi, mais à ma manière. Tu sais bien que je n'ai qu'une seule pensée : c'est toi. Toi et la façon de te mettre à l'abri. Tu sais bien que je ne pense qu'à ça, non ?

J'ai l'impression, tout d'un coup, que sa confiance revient. Mais la brève lueur se ternit à nouveau.

— Bill, tant pis pour nous. Nous ne pouvons pas continuer à rester ici comme des bêtes en cage. Il vaut mieux que j'aille me livrer et qu'on en finisse. Il faudra un jour en arriver là. Autant le faire immédiatement. Tout vaut mieux que de rester comme ça et attendre. Ce sera un soulagement pour moi. Si je continue à rester là, je crois que je vais devenir folle.

— Non ! Il n'est pas question d'attendre plus longtemps. J'ai tout préparé pour notre départ. C'est cette nuit. Pour un endroit où on ne saura rien de nous. Partir tous les deux. Recommencer une nouvelle vie. Toi et moi.

Elle me regarde dans les yeux et me dit lentement :

— Je suis lasse de t'entendre dire ça, Bill. Ça ne représente rien de vrai, tu le sais bien. Tu essayes de me soutenir le moral. Mais ça ne sert plus à rien. Personne, ni toi ni moi, personne ne peut nous sauver.

Sur les derniers mots, sa voix se durcit, puis se casse. Elle lutte pour se ressaisir, mais je la vois craquer.

Alors, je me penche vers elle, et je lui donne une claque très sèche sur la joue.

— Bill ! Qu'est-ce que... dit-elle convulsivement après un instant de stupeur.

— Chérie, écoute-moi ! Enfonce ces mots dans ta tête. Je te dis et je te répète que nous tenons le bon bout. Tout est prêt. Tout va réussir. A condition que tu retrouves ton sang-froid et que tu gardes l'esprit clair. A condition que tes nerfs ne te lâchent pas. Comprends-moi. Si tu te fourres dans la tête que c'est impossible, alors tu trébucheras. Automatiquement. Je te supplie de me croire quand je te dis que je peux t'amener en lieu sûr. Et que nous y serons ensemble pour toujours. J'ai tout fait pour que ça réussisse.

Il n'y a qu'une condition : que tu sois prête à me suivre. Alors tu te secoues, tu te remets l'esprit d'équerre et je vais t'expliquer mon plan.

Ma gifle a porté ses fruits et l'a sortie de sa stupeur. Elle l'a forcée à m'écouter. Et maintenant, je vois de la lumière en elle. C'est celle d'autrefois qui m'écoute :

— Oui, explique-moi tout.

L'eau chante dans la bouilloire. Je me lève, je fais le thé, je lui en verse une tasse.

— Bois ça, dis-je. Ça va te remettre complètement.

Et pendant qu'elle boit à petites gorgées, je lui raconte les plans faits avec le capitaine Brand, ma visite au port pour fixer exactement l'endroit où sera la chaloupe.

— On peut avoir confiance en lui ? elle demande.

— Sans aucun doute. Il aime le fric. Il sera régulier.

— Mais nous n'avons pas l'argent.

— Si. Les économies de ta bonne vieille tantine. Je l'ai vue aujourd'hui. Elle les a retirées de la banque et me les a données.

— Mais comment arriver jusqu'à la chaloupe sans qu'on me reconnaisse ?

— Il fait nuit, il pleut. Nous ferons tout le trajet en bagnole. Personne ne te verra.

— Dans la voiture de tantine ?

— Non. Trop dangereux. La police essaye de te retrouver sur cette piste. Non. Nous prendrons une autre bagnole.

— Tu veux dire... en voler une ?

— Disons en emprunter une. Pas loin d'ici, il y a un grand cinéma avec un parking. J'ai repéré les lieux. C'est sombre. A onze heures la séance se termine et les gens sortent. Le parc est plein de types qui viennent prendre leur caisse. Donc, c'est pas l'heure. Mais une demi-heure avant, il ne sort presque personne.

« Il est maintenant dix heures. Dans une demi-heure, nous filerons d'ici, tu te camoufleras sous une écharpe. Nous nous planquerons dans le parc, derrière une rangée de bagnoles. Et nous n'aurons plus qu'à attendre qu'un type s'amène.

— Mais... je ne comprends pas. Pourquoi attendre qu'il arrive ?

— Je vais t'expliquer, dis-je.

Je prends fermement ses épaules.

— Comprends bien, ma chérie, que la réussite de ce coup est une question de vie ou de mort. Le moindre petit caillou dans notre engrenage, et nous sautons pour de bon, cette fois. Alors il faudra bien que je mette quelqu'un k.o. Mais je te promets que je ne lui ferai pas mal. Simplement de quoi le faire rester tranquille pendant que nous filerons. Tu piges ?

Elle opine :

— Je ne comprends toujours pas pourquoi tu veux attendre le propriétaire de la voiture.

— Pour ne pas ajouter aux risques. Si nous nous contentons de piquer la bagnole, immédiatement le type préviendra la police. Tous les flics de la région seront prévenus. Et nous pourrions être ramassés pendant le trajet. Mais si nous trimbalons le propriétaire avec nous, il ne pourra rien faire.

— Bill ! tu ne veux pas dire que tu... ?

Elle s'arrête. Elle n'ose pas prononcer le mot.

Je fais non de la tête, en souriant.

— Mais non, ma chérie ! Absolument pas. Je te le promets. Te tracasse pas.

Son regard est clair maintenant.

— Emmène-moi, Bill... Partons ensemble. J'ai confiance.

Je la serre dans mes bras et je la tiens un moment. Puis je dis :

— Voici le départ. En route.

13

Nous descendons silencieusement l'escalier. Et elle se retrouve dans la rue, après que j'ai jeté un rapide coup d'œil dehors avant qu'elle ne sorte.

La pluie ne tombe plus à seaux, mais c'est bien le temps qu'il faut. Il bruine et il fait froid. La rue est absolument déserte.

Sa figure est enfouie dans un foulard.

— On y va ! je dis. Surtout, quoi qu'il arrive, reste près de moi. Tu fais exactement ce que je te dis.

Le cinéma fait l'angle de deux rues. Le parking est derrière, à l'écart. Il nous faut passer devant les lumières.

— Cache-toi, dis-je. Comme pour t'abriter de la pluie.

Nous passons en vitesse devant le néon et nous arrivons au parking. Nous allons au centre entre deux rangées de voitures serrées.

— Laquelle est la vôtre, monsieur ?

La voix me fait tressaillir. Je n'avais pas pensé qu'il pouvait y avoir un gardien.

— Cache-toi entre ces deux bagnoles, je dis à voix basse.

Elle va à l'endroit que je lui ai montré.

— Vous avez votre ticket, monsieur ?

Je fouille dans ma poche, en me déplaçant un peu pour qu'une bagnole me cache.

— Le voilà, dis-je.

Quand il approche en allumant sa torche, je lui en balance un sévère. Et je l'attrape au vol quand il s'effondre. Je le traîne entre deux bagnoles, je le planque.

Ça n'a fait aucun bruit. Je ne crois pas qu'elle ait vu quelque chose. Mais ça complique. Parce que je ne sais pas combien de temps il va rester dans les vapes.

Je reviens vers elle.

— Ça va ?

— Oui, dit-elle d'un ton ferme.

Elle a retrouvé son courage. Elle s'efforce de masquer son énervement.

Je m'accroupis près d'elle, dans l'obscurité. Et je la tiens serrée dans mes bras.

— Ça ne sera pas long, maintenant, chérie. Continue à rester calme. Et rappelle-toi qu'il n'y a pas de raison de s'inquiéter.

Le temps passe. Les secondes traînent. Si personne n'arrive bientôt, il va falloir aller s'occuper du gardien.

Et si les gens arrivent par paires ?

Un bruit de pas. Quelqu'un vient de l'entrée du parc. Je vois une silhouette noire se découper sur la lumière diffuse de la rue. C'est une veine — la première personne qui arrive est un type seul !

Il traverse le parc jusqu'à une bagnole au bout de la rangée. Je l'entends qui cherche ses clefs.

Au moment où il ouvre sa porte, j'attrape la gosse et je l'entraîne à toute allure le long de l'allée. Nous arrivons juste avant qu'il claque sa portière.

— Pouvez-vous nous prendre ? dis-je.

— Pardon ? fait-il.

Il passe sa tête par la portière pour essayer de me voir, il est juste comme il faut. Sa mâchoire prend tout. De quoi l'endormir pour un bon bout de temps.

Je le pousse sur l'autre siège et je me penche pour ouvrir la portière arrière.

— Monte, dis-je. Je le garde devant avec moi, pour le surveiller.

La clef de contact est mise. Je me colle au volant. Le moteur tousse un coup et démarre. En moins d'une minute, nous sommes hors du parc et nous fuyons.

— Reste bien enfoncée dans ton coin, je dis par-dessus mon épaule.

Je regarde le niveau d'essence. Le réservoir est plein aux trois quarts. C'est peinard.

Le gars à côté de moi est affalé, la tête sur la poitrine. N'importe qui le verrait du dehors croirait qu'il est endormi.

— C'est du tout cuit !

Je me sens euphorique.

C'est une bonne bagnole. Bonne pointe de vitesse. Je la pousse autant qu'on peut sur les routes détrempées.

Jusqu'à présent mon plan a bien fonctionné. Avec notre chance nous n'avons rien à craindre. Dans trois heures, nous devrions avoir atteint le quai, sauté dans la chaloupe et salué tout le monde.

Nous sommes presque sortis de la ville, quand le gars remue un peu. J'entends un léger bruit venir de la banquette arrière. Et je sens les yeux de la gosse sur moi.

Avec elle derrière, je ne peux rien faire d'autre que d'allonger au type la copie de ce qu'il a déjà eu.

Ne rien risquer.

Tenant le volant d'une main je calcule soigneusement la distance, du coin de l'œil. Puis je pivote brusquement sur mon siège, et je frappe, de mon poing libre.

Il s'affale. Mais, dans la détente, j'ai donné un coup de volant imprévu. Et j'entends un cri venir du fond, tandis que la bagnole fait une embardée.

Pendant que je me bats avec le volant, j'aperçois un cycliste quelque part devant moi. Et, quand je réussis à remettre la bagnole d'aplomb, je la sens qui le heurte.

— Bill ! tu l'as renversé !

Cramponné au volant, je continue à foncer.

— Nous ne pouvons pas nous arrêter, dis-je. Quelqu'un va s'occuper de lui.

— Bill ! La voiture au bord de la route, là-bas... Je crois qu'elle nous poursuit.

— Foutaise ! Pour l'amour de Dieu, ne laisse pas la tête à la vitre !

Mais je vois, dans le rétroviseur, les phares de la bagnole. Elle devait se trouver à l'arrêt, pas loin. On nous a sans doute vus heurter le cycliste. On est peut-être après nous.

J'appuie à fond sur le champignon. Nous devrions les semer facilement.

Je prends plusieurs virages à l'allure d'un ouragan, pour nous détacher. Mais chaque fois qu'on revient en ligne droite, les phares sont dans mon rétro. Ils ont même l'air de gagner. Et tout d'un coup, faible, mais reconnaissable, j'entends la sirène d'une bagnole de police !

Tonnerre de Dieu ! Avec ma salope de chance, je cogne un vélo sous le nez des flics.

— Planque-toi bien, je dis.

J'ai mis la main sur une bonne bagnole. L'aiguille du compteur marque cent, cent dix, cent quinze, pendant que nous trouons la nuit à travers les derniers faubourgs de banlieue, sur la grand-route.

Mais les phares sont toujours derrière. Et je viens d'entendre la sirène un peu plus nettement. Aucun doute, ils se rapprochent.

Des virages, toujours ces virages que j'aborde en cyclone. Mais ce tourbillon de vitesse ne souffle pas en moi. Je reste calme. Je cherche ce que je pourrais faire. Froidement.

Le gars à côté de moi — si je le balançais au milieu de la route ? Ça pourrait peut-être les arrêter...

Je me penche par-dessus et je tâtonne pour trouver le loquet. Mais je change d'idée. Ça ne servirait à rien. Au contraire, ça les fixerait exactement sur ce que je suis, sur ce qu'ils doivent faire. Ils ont vu le numéro de ma bagnole. Si je balançais un gars, je serais signalé immédiatement. Et nous serions harponnés dans la demi-heure.

Les phares se rapprochent. Cent mètres. Cinquante mètres. Presque plus rien maintenant.

— Ne t'affole pas, chérie ! je dis. Prépare-toi à sauter et à courir quand je te dirai.

Ils grignotent. Leur sirène maintenant nous noie sous son hululement.

Je fais des embardées, une ou deux fois, pour les forcer à rester derrière. Mais la route est large, et ils nous dévorent petit à petit.

L'aiguille du compteur est exactement sur cent quinze. Impossible de faire mieux.

Du coin de l'œil, je vois que leur avant est presque sur nos roues arrière. Et, pendant un instant, je suis en rage... Tout est contre nous ! Tous contre nous !

Quand ils arrivent à ma hauteur, je tords le volant d'un coup, d'un arrachement brutal de tout, pour tout broyer !...

La détonation du pneu qui éclate, le déchirement du métal écrasé, déchiqueté. Et un hurlement qui s'étouffe...

Et puis la route qui tremble et qui frissonne. Et puis le typhon noir qui engloutit tout...

Dans le silence surnaturel, je reste assis là, sans pensées. Vaguement, je sens une douleur à la main, une douleur qui enfle, terrible. Mais je lutte. Je veux l'oublier.

Calme et lucide, je regarde autour de moi. Comme si j'étais quelqu'un de passage. La bagnole après la culbute est de nouveau sur ses roues. Elle a dû faire un tour complet quand nous avons quitté la route et qu'elle est tombée en contrebas.

L'autre bagnole est à dix mètres. Par la position de ses phares je vois qu'elle est couchée sur le côté. Rien n'en sort. Le seul bruit ici c'est son petit gémissement plaintif.

La portière est coincée. Je réussis à faire glisser le toit ouvrant.

Le gars est toujours à sa place. J'écarquille les yeux dans l'obscurité. Il a du sang sur la figure.

Je me hisse dehors, par l'ouverture du toit. Puis j'essaye la portière arrière. Elle s'ouvre. Et la gosse, qui était affalée contre, glisse et roule sur le marchepied.

Je l'entoure de mon bras.

— Comment tu te sens ?

Elle essaye de se mettre debout, elle chavire et retombe, en gémissant.

Au moins, elle peut gémir. C'est déjà ça. De l'autre bagnole, on n'entend toujours rien.

Ne pas perdre de temps. Ils ne nous ont pas encore eus. Tant que je serai debout, la partie se jouera.

Je la soulève dans mes bras, je la transporte à quelques mètres sur l'herbe. Je reviens en vitesse à la voiture. Ne pas perdre de temps.

Nous avons encore une chance d'en sortir. La chaloupe est là-bas. Elle nous attend. Et l'échelle du bateau. Et le reste.

Alors voilà : cette bagnole n'est pas à nous. Ce monsieur, nous ne le connaissons pas. Il a simplement accepté de nous prendre. Le cycliste ? Nous n'y sommes pour rien, c'est ce monsieur qui conduisait. Ce télescopage ? Même chose. Si on avait pu prévoir ça, nous deux, on aurait préféré marcher plutôt que de faire de l'auto-stop !

Faut faire vite ! Je ne sais pas si les flics vont se hisser bientôt hors de leur bagnole, mais de toute façon quelqu'un ne va pas tarder à passer.

Alors si le gars a vraiment l'air d'être le conducteur on nous laissera tranquilles.

Debout sur le capot, je me penche par l'ouverture du toit. J'attrape le gars, je le colle sur mon siège, à ma place. Je lui passe un bras dans le volant.

C'est clair que c'est lui, le conducteur ! A moins qu'il se réveille et qu'il parle...

Il est peut-être déjà mort. En tout cas, je fais pas ça pour moi. C'est pour elle. Moi, j'aurais pas besoin de le faire. Il faut que je le fasse pour elle !

Il est affalé. Je l'attrape par le cou. Et je lui broie le front sur la monture du pare-brise. Mais il est déjà mort. Probablement.

Je retourne auprès d'elle. Je la soulève dans mes bras. Je me hisse jusqu'en haut du talus, sur la route.

— Bill !

Elle peut parler ! Elle va reprendre du poil de la bête ! Elle va se remettre en un rien de temps ! J'étais sûr que c'était pas grave. Ça ne pouvait pas finir comme ça. Ni rien ni personne ne pourra rien tant que je l'aurai avec moi !

Je marche sur la route, elle dans mes bras.

La chaloupe est là ! L'échelle du bateau est là ! Tout nous attend là ! Rien ne pourra nous arrêter ! Nous y sommes presque !...

Derrière nous, des phares trouent l'obscurité. Avec la gosse dans mes bras, je me colle au milieu de la route. La voiture ralentit, hésite, continue d'avancer. Mais je ne bouge pas du milieu de la route. Ça la force à s'arrêter.

Le conducteur ouvre la portière, descend, et accourt vers nous.

— Montez vite ! dit-il. Je sais où il y a un hôpital.

— Pas besoin d'hôpital ! dis-je rudement. Montons, et je vous dirai où je veux aller.

Et puis, brusquement, dans la clarté de ses phares, je vois que sa figure est couverte de sang. Et que sa bouche est tordue, grande ouverte.

Mes yeux sont rivés sur son visage, mais je n'y distingue rien. Il est couvert de sang. Non, je ne peux pas l'emmener comme ça à la chaloupe. Mais nous avons le temps de faire un arrêt pour qu'elle soit soignée. Le bateau attendra. Nous avons le temps. Il attendra.

— Oui, allons à l'hôpital.

Pendant le trajet je la tiens serrée contre moi. Je suis tout près de toi, ma petite. Tout près de toi.

Le type s'arrête devant l'hôpital, saute et vient ouvrir la portière.

— Je vais vous aider, il fait.

Je le repousse :

— Ne la touchez pas !

Je la porte en haut des marches du perron, puis dans l'entrée, puis dans le hall.

Des gens en blouse blanche arrivent précipitamment.

— Portez-la dans cette salle là-bas... Posez-la sur cette table...

— Je ne la lâcherai pas ! dis-je. Amenez le meilleur de vos toubibs. Vite ! Le meilleur ! Et dites-lui que s'il ne vient pas vite, je...

— Posez-la sur cette table. Laissez-moi la prendre.

Je la serre contre moi, tout contre moi.

— Personne ne me la prendra ! Elle est à moi ! A moi seul ! Personne ne me l'arrachera ! Personne !

Mais ils l'ont enlevée juste à temps. Juste à temps. L'un d'entre eux m'attrape à bras-le-corps. A cet instant la douleur à mon bras explose, et tout dans la salle devient gris. Et je les vois tous dans un grand tourbillon.

14

La grande chaleur du jour est passée, mais le soleil persiste.

Dans l'ombre des arbres, ici, sur la crête, il ne fait jamais trop chaud. Mais l'ombre a tourné autour de moi. Et le soleil se promène sur un côté de ma figure. Il s'y promène jusqu'à ce que ça me réveille.

Je bâille et je m'étire sur l'herbe. Et je secoue le rêve. Le rêve qui vient souvent quand je m'endors sur la crête.

De dessous les arbres, je vois la campagne onduler. Des milliers d'hectares de campagne.

C'est l'heure, bientôt, où elle rentre. Dans la bonne vieille Ford incroyablement rachitique.

C'est toujours à ce moment-là que je m'endors sur la crête. Mais je me réveille juste à temps pour la voir arriver.

Le rêve que je fais est toujours le même. Du sang. Toujours du sang. Et des yeux, des yeux que je connais, au milieu de tout ce sang. Et une figure émerge de tout ce sang. Mais je ne connais pas cette figure. Et je cherche, je cherche dans mon rêve, pourquoi je connais ces yeux, mais pas ce visage.

Alors je demande à des gens s'ils savent qui elle est. Ils me répondent qu'elle n'existait pas avant que je leur demande. Ou qu'ils ne savent pas. Ils ne savent rien. Elle n'existait pas avant.

Je cherche, je cherche d'autres personnes. Je me retrouve tout d'un coup dans une petite salle. Toute blanche, et pleine de silence.

Je marche de long en large, nerveusement. J'ai un bras en écharpe. Une de mes mains est entourée d'un tas de pansements.

La porte s'ouvre, une femme entre.

— Vous pouvez la voir maintenant, me dit-elle.

— C'est pas trop tôt ! je dis en grommelant.

Je me précipite vers la porte.

— Un instant ! fait-elle en écartant le bras. Avant d'y aller, je voudrais vous prévenir.

— Me prévenir de quoi ? Ils m'ont dit qu'elle est très bien. Rien à craindre. Qu'elle pouvait s'en aller tout de suite.

— C'est vrai, dit l'infirmière. Tout à fait vrai qu'il n'y a aucun danger. Les blessures sont superficielles. Mais il faut que je vous prévienne, avant que...

Elle hésite à continuer.

— Qu'est-ce que tout ça veut dire ? je fais.

— Je ne l'ai jamais vue avant cette nuit, naturellement, mais son visage a beaucoup souffert de l'accident. Alors il est possible que... euh... sur le moment... vous ne la reconnaissiez pas... peut-être.

Je reste immobile devant elle. Glacé de sueur. Je revois la figure chérie, son petit nez retroussé, sa bouche qui avait toujours l'air de sourire. Alors ? il n'en resterait rien ? C'est moi qui lui aurais enlevé tout ça ?

Brusquement, une autre pensée me frappe. Alors ! La photo dans les journaux ne serait plus une photo d'elle ? On serait hors de danger ?

— Préférez-vous ne pas la voir maintenant ? me dit l'infirmière.

J'ai un sursaut :

— Rendez-la-moi tout de suite !

Elle sort et je la suis. Des couloirs, des escaliers. Puis nous entrons dans une chambre, remplie d'odeurs de médicaments.

J'aperçois un mouchoir qu'on agite. Un mouchoir qui remue tout seul au-dessus de la butte qui masque le chemin. Elle est encore à un kilomètre.

Je me dresse. Et, mettant mes mains en cornet, je lance un « you-hou ! » qui se répercute sur les pentes.

Elle a entendu. Je le vois à la façon dont s'agite le mouchoir.

Je dégringole la pente, coupant plusieurs fois les lacets du chemin. Et j'arrive dans un virage quand la brave vieille Ford y entre.

Je saute sur le marchepied.

— Reculez-vous, madame, dis-je.

Elle se glisse au bout du siège, et je m'installe au volant.

— A la maison, chauffeur ! me dit-elle.

J'embraye et la bagnole démarre en s'essoufflant. Elle lève les yeux vers un bouquet d'arbres, là-haut, au-dessus de la crête. On voit un petit bungalow au milieu d'arbres fruitiers.

— Il est toujours là-haut, dit-elle. J'ai toujours peur quand je le quitte de ne plus le retrouver là en rentrant. J'ai toujours peur que tout ça ne soit qu'un rêve.

Je passe mon bras autour de ses épaules.

— Bonne journée ? dis-je.

Elle opine.

— Chaude et fatigante. Mais bonne quand même. J'ai acheté des tas de choses. J'ai dépensé tout ton argent. Oh !...

Elle plonge précipitamment la main dans son sac.

— Je ne t'ai pas dit la grande nouvelle, Bill. Une lettre !

— De qui ?

— D'Angleterre. Devine !

— D'Angleterre ?

Une peur soudain me transperce. Tout ça pour rien ?

— D'Angleterre ? Mais alors quelqu'un sait ! Quelqu'un sait où...

Elle se met à rire.

— Stupide Bill ! Tête de linotte ! Il y a quelques semaines, je t'ai dit que j'avais écrit à ma tante Ethel. C'est elle qui me répond.

— Tantine !

Je m'épanouis de soulagement.

— Bonne vieille tantine ! Que raconte-t-elle ?

— Des tas de choses. Une charmante lettre. Tu la liras quand nous serons rentrés. Elle dit que son nouveau livreur n'a pas tes capacités. Et que, naturellement, il est loin d'être aussi beau garçon que toi.

Elle reste songeuse un instant et ajoute placidement :

— Et puis elle dit aussi que... que la police a enfin cessé de lui poser des questions.

Je la serre encore plus fort. Ça remplace la réponse. Je n'ai rien à lui dire qu'elle ne sache déjà. Tout ça, c'est vieux de plusieurs mois. Ça se noie déjà dans le passé. Ça s'est passé à des milliers de kilomètres. Mais ça restera loin combien de temps ?

Ici, nous sommes des gens différents. Nous menons une vie différente. Ici, tout est plus facile, plus propre, plus frais. Ici, notre passé, il n'y a que nous que ça regarde. Personne ne nous demande rien. Ici, nous avons notre chance. Pour combien de temps ?...

Enfin ils ont renoncé à lui poser des questions !

C'est déjà une bonne chose.

Dans le bungalow, elle s'affaire.

— J'ai l'impression que tu as acheté toute la ville ! dis-je.

Elle rit.

— C'est vrai que j'ai fait des folies, Bill. J'ai acheté, acheté, acheté sans fin. J'ai failli ne jamais m'arrêter. Et j'aime autant t'avouer que je te laisse à peu près sur la paille.

C'est bon de la voir comme ça, heureuse et enthousiaste.

— Tu es à peu près ruiné, Bill. Heureusement que l'eau de source est merveilleuse ici. Pendant quelques semaines, il nous faudra vivre d'amour et d'eau fraîche.

Je m'adosse à la cloison, et je la regarde. Son corps est jeune et charmant. Tout comme autrefois. Elle me tourne le dos tandis qu'elle déballe toutes ses emplettes. Elle est absolument comme avant.

— Grand Dieu ! je dis soudain. Moi aussi, j'ai une grande nouvelle. Et j'ai oublié de te la dire.

— Alors vas-y avant d'oublier à nouveau !

— Ils m'ont augmenté, au ranch.

— C'est vrai, Bill ? De combien ?

— Quatre shillings de plus.

Elle bondit à travers la pièce et se jette sur moi.

— C'est magnifique ! dit-elle. Nous sommes riches, Bill ! C'est vrai que tu réussis superbement, là-bas. Tu dois travailler dur, hein, mon Bill ! Nous sommes les gens les plus veinards du monde. Pas vrai ?

La voir comme ça, c'est la plus belle chose du monde. C'est plus merveilleux que tout.

— Ça n'est rien. Tu verras ! Un jour, nous aurons notre ranch à nous. Toi et moi, il n'y a rien que nous ne puissions réussir ensemble.

C'est l'air, ici, qui fait tout. Le travail prend votre force mais il ne l'use pas. Il vous la rend ensuite. L'air, et aussi l'immense espace. Un espace qui n'en finit pas.

Je détache le cheval de la charrue. Et je lui colle une grande claque sur la croupe. Pas besoin de lui montrer le chemin. Il va tout seul retrouver sa litière.

Elle a préparé le dîner. Elle a fait ce que j'aime.

Après le repas, nous allons nous asseoir devant la porte pour respirer la fraîcheur qui vient.

Le crépuscule tombe. Elle pose son travail de couture sur ses genoux, parce qu'il ne fait plus assez clair.

— La prochaine fois que tu descendras en ville, dis-je, tu penses à m'acheter des lames de rasoir ?

Elle ne répond pas. Elle a le regard vers le sol. M'a-t-elle entendu ? Elle dit :

— Tu devrais demander à quelqu'un du ranch de t'en rapporter. C'est bien rare qu'un des hommes n'ait pas à s'y rendre. Presque chaque jour, il y en a un qui y va. Si tu es pressé ça vaudrait mieux. Parce que je ne sais pas au juste quand j'aurai quelque chose à y faire.

Elle a un air embarrassé pour me dire ça. Et quand j'essaye de voir ses yeux, elle détourne le regard.

— Ça n'est pas pressé, dis-je. Ça peut attendre que tu y retournes.

— Je préférerais que tu demandes à quelqu'un d'autre, dit-elle.

Je suis très surpris. Parce qu'elle est si heureuse d'habitude de conduire la guimbarde jusqu'à la ville. Elle y va tous les quinze jours, au moins. C'est le grand événement de la quinzaine pour elle. Toute la paye du jour précédent y passe en achats pour notre bicoque, pour elle, pour moi.

— Ça ne te dit plus rien de descendre en ville ? dis-je.

— Oh, on est si bien ici. Ça semble un peu bête d'aller là-bas quand ce n'est pas pour quelque chose de très important.

— Ah !... Enfin, on fait comme tu veux.

Sûr qu'elle était un peu gênée en me répondant. Je ne comprends pas. Et ça me tracasse.

C'est pourquoi quelque temps plus tard je remets ça.

— Dis-moi, chérie... as-tu une raison spéciale pour ne plus vouloir descendre en ville ?

— Mais non, Bill. Absolument aucune.

Quelque chose dans sa voix me dit le contraire.

— Est-ce que quelque chose t'est arrivé la dernière fois, dis-je. Dis-le-moi, ma chérie. Je suis sûr qu'il y a quelque chose.

— Tu... tu ne comprendrais pas, Bill. Ce n'était vraiment rien. C'est stupide de ma part. Seulement deux gosses. Ils ne pensaient pas à mal.

— Deux gosses ? Qu'est-ce qu'ils t'ont fait ? Qu'est-ce qui est arrivé ?

— Ils n'ont rien fait, dit-elle.

Elle détourne le visage, mais je parierais qu'elle pleure.

— Dis-moi ce qui est arrivé, mon petit, dis-je.

Elle ne dit rien pendant une minute. Puis, comme si elle se parlait à elle-même, elle dit :

— Ce ne sont que des enfants. Ce n'était pas de la méchanceté.

— Qu'est-ce qu'ils t'ont fait ?

— Ils n'ont rien fait. C'est seulement ce qu'ils ont dit.

Je suis certain maintenant qu'elle pleure.

— Qui étaient ces gosses ? Ils ont dit quoi ?

— Deux enfants dans la rue. Ils étaient en train de jouer quand je passais. Et puis ils ont relevé la tête à ce moment-là. Ils m'ont vue...

Sa voix devient tremblante.

— ... et ils m'ont montrée du doigt en disant...

— En disant quoi ?

Sa voix est si faible que je l'entends à peine.

— ... en disant : *Regarde comme elle est moche !*

Je lui serre le bras. Mais, jusqu'à ce qu'elle pousse un gémissement, je ne me rends pas compte que j'y mets tant de force.

— Tu me fais mal.

Je la lâche et je me mets debout. Ça gronde en moi. Tous mes muscles se crispent. Mes cicatrices me tiraillent.

— Personne ne te dira quelque chose comme ça, dis-je.

Je la sens qui s'agrippe à moi.

— Bill... ce n'étaient que deux enfants. Ne te mets pas dans cet état-là.

— Personne ne se permettra de faire ça.

— Bill ! Bill ! Ne te mets pas dans cet état, pas comme autrefois, écoute-moi ! Je t'en supplie !

Je la repousse.

— Personne ne fera ça !

Ma voix s'étrangle.

Mais ses bras se nouent autour de mon cou.

— Bill ! Ne sois pas comme ça. Bill ! je suis heureuse avec toi. Bill, mon Bill !

Il y avait encore, dans ses yeux, deux larmes. Je les embrasse, tout doucement. Puis je prends ma gosse dans mes bras, et je l'emporte.

— Ils ne savent pas ce qu'ils disent. Tu es ravissante.

Elle sourit et secoue la tête.

— Plus maintenant, Bill.

— Si ! Plus belle que jamais. Plus belle que toutes les autres.

— Bill, tu me serres tellement fort que j'étouffe.

— Ma chérie, je t'aime.

— C'est ça qui compte, mon Bill. C'est la seule chose qui compte. Ne pense à rien d'autre qu'à ça. Et dis-le-moi chaque fois que tu le penses. Je ne demande rien d'autre.

— Je t'aime. Je t'aime.

— Alors rien n'a d'importance.

Peter Rabe

BALLE PERDUE

Journey into Terror
1958
Traduction de Gilles Morris-Dumoulin

1

Trois rues convergeaient vers Truesdell Square, qui était une placette plutôt qu'une place, et recelait un arrêt d'autobus, un prisunic, quelques magasins d'alimentation... Au deuxième étage d'un grand immeuble, restait accroché, en permanence, un écriteau qui disait : « BUREAUX A LOUER »... En attendant, les locaux servaient de dépotoir et contenaient des caisses vides, un coffre-fort, et de longues rangées de machines à sous...

Dans une des trois rues converties par l'hiver en marécages, roulait une voiture transportant quatre hommes sans profession définie. Deux devant, deux derrière. Il faisait froid dans la voiture car le chauffage ne fonctionnait pas, et les quatre hommes bougeaient le moins possible, afin de conserver l'air tiède emprisonné dans leurs vêtements. A contrecœur, l'un d'eux questionna :

— C'est encore loin ?

— On y sera, riposta le conducteur. Ils viennent chercher les livres à quatre heures. On a encore cinq minutes...

Un bloc de neige se détacha d'un arbre et frappa le capot de la voiture avec un bruit sourd. Tout le monde sursauta et deux ou trois jurèrent entre leurs dents.

— Eh, Tarpin...

Le conducteur émit un vague grognement.

— Pourquoi que t'essaierais pas de lui parler encore un coup ? Ça risque de faire du vilain, tu sais !

— Il est en train de m'éjecter, oui ou non. Alors, tout ce que je peux faire, c'est du vilain ! Et les regrets seront pas pour moi !...

Tarpin avait parlé sans émotion apparente. Ses cheveux, noirs et drus, étaient plantés très bas, sur le front, et lorsqu'il haussait les sourcils, dans les moments de tension, il semblait ne plus avoir de front du tout.

— Ces bouquins, Tarpin... On en a peut-être pas tellement besoin ? On pourrait...

— Je veux les livres, un point, c'est tout !

— D'accord, mais le grabuge que ça risque de...

— Pas de grabuge ! trancha Tarpin. Aucune raison qu'il y ait du grabuge !

Il plissa le front, l'escamotant du même coup, et pressa, contre son flanc gauche, l'étui de son revolver. Puis il consulta sa montre et vit qu'il était moins trois. Ils atteindraient Truesdell Square vers quatre heures...

Ann Jackson avait la peau très blanche, le teint délicat, l'allure frêle. Une allure qu'accentuait encore le lourd manteau qu'elle portait... Cette conversation inopinée allait la mettre en retard, mais elle était trop timide pour la rompre avec la brusquerie nécessaire. Et Mme Pollin, superbe d'inconscience, poursuivait :

— Et demain, ce sera Madame qu'il faudra vous appeler, hein, Miss Jackson ? Avez-vous l'intention de vous établir dans le coin, avec votre mari ?

— Peut-être... Je n'ai pas... Nous n'avons pas encore...

— Si votre mari est aussi sympathique que vous, eh bien, je peux vous dire que vous n'auriez que des amis dans le quartier !

Ann sourit pour cacher son embarras. John — son futur mari — n'était pas un sujet de conversation futile avec des étrangers tels que cette femme...

— Et où est-ce qu'il travaille ?

Pas moyen d'y couper. Pas moyen de filer sans répondre...

— Chez Kessler... Les Equipements Industriels Kessler...

— Oh, c'est une grosse boîte !

Environ cinq fois plus grosse que celle qui employait M. Pollin !... Avec beaucoup moins d'enthousiasme, la commère ajouta :

— Et qu'est-ce qu'il fait ? Electricien ? Mécanicien ? Le mien est dans les bureaux, vous savez...

— Il est électricien... Ingénieur-électricien !

— Oh ?... C'est classé dans les spécialistes, non ?

Ann Jackson acquiesça d'un signe de tête, et profita du dépit de l'adversaire pour s'esquiver rapidement. Elle avait rendez-vous avec John, sur la place. A la descente du bus de quatre heures. Elle consulta sa montre. En se dépêchant un peu, elle atteindrait Truesdell Square vers quatre heures...

Pas d'erreur là-dessus, songeait John Bunting en pataugeant allégrement dans les flaques, il allait falloir qu'il commençât à acquérir le *sens de l'heure*... Lui qui n'avait jamais pu s'astreindre à porter une montre... Ann lui en offrirait une, probablement, pour leur premier anniversaire de mariage ! Il irait même jusqu'à le lui suggérer, par des allusions répétées... pour que dans un an et un jour, elle pût lui en faire la surprise ! Il franchit une dernière flaque et se planta près de la pancarte « ARRET FIXE » en fredonnant : « Je me marie... hop... demain... »

L'autobus arriva, et dans l'atmosphère poisseuse et grise du véhicule, Bunting reperdit une partie de sa bonne humeur, l'impatience de retrouver sa fiancée prenant le pas, graduellement, sur la joie de bientôt la revoir. Tous ces gens qui faisaient stopper l'autobus aux arrêts facultatifs n'auraient pas pu marcher un peu pour se grouper aux arrêts fixes ?

Allons, bon ! Un embouteillage, maintenant ! A deux pas de Truesdell Square ! La déflagration d'un échappement libre... Des silhouettes pressées courant sous l'averse... Enfin, la place.

Bunting sauta à terre et l'autobus redémarra. Animée un instant plus tôt, Truesdell Square paraissait étrangement déserte. Rectification, Truesdell Square était déserte. Personne sur les trottoirs, pas une auto en vue... Drôle d'histoire !

Toussant dans sa barbe, Bunting se demanda s'il était quatre heures. Ce vide, cette accalmie, avaient quelque chose d'inquiétant. La pluie n'était pas une explication suffisante...

Il la découvrit en pivotant sur lui-même pour chercher à voir où tout le monde était passé...

Les oranges qu'elle avait achetées gisaient près d'elle, sur le trottoir, et jamais elle n'avait été si frêle, si perdue dans son grand manteau, toute petite et recroquevillée sous le porche où elle s'était réfugiée pour l'attendre à l'abri de l'averse.

Toutes les portes, toutes les boutiques d'alentour recommençaient à vomir les fuyards qu'elles avaient recueillis, mais Bunting ne les voyait pas. Bunting ne voyait plus rien, que le visage exsangue d'Ann Jackson et le petit trou rouge au milieu de son front pâle.

Le lieutenant n'était pas plus mauvais qu'un autre, mais il avait à faire un boulot bien précis et ne tenait pas à prolonger cette scène.

— Ecoutez, M. Bunting, coupa-t-il, nous avons déjà mis tout cela bien au point. Il s'agit d'un accident. D'une balle perdue. Miss Jackson n'avait rien à voir avec ce règlement de compte...

Ce n'était pas ce que Bunting avait voulu dire. Il ne savait pas, en fait, ce qu'il avait voulu dire. Il ne savait pas très bien, non plus, ce qu'il disait, ce qu'il répondait aux questions absurdes du lieutenant, froides comme la discussion, épures en main, d'un montage complexe de circuits électriques...

— Elle habitait bien au 421 de l'Avenue Maglin ?

— Oui.

— Et ses parents ? Où habitent-ils ? Ses parents...

— Oui. Son père et sa mère ?

— Pas en ville... Un petit bled...

— Vous ne savez pas où, exactement ?

— ... suis jamais allé...

— Et son lieu de travail ?

— Elle travaille...

Bunting s'étrangla, émit un son qui ressemblait à un éclat de rire, mais n'en était pas un.

— Elle travaillait chez Kessler... A l'étage au-dessous...

— Pardon ?

Quoi, pardon ? A l'étage au-dessous de son propre atelier, dans le bureau d'études. C'était là qu'ils avaient fait connaissance, à la longue. Là qu'ils avaient décidé, un beau jour, de se marier. Là qu'ils avaient arrêté, finalement, la date de leur mariage... Demain. C'était demain qu'ils devaient se marier...

— M. Bunting ! Eh, M. Bunting...

Le plus bizarre, c'est qu'il avait envie de rire vraiment. C'était tellement ridicule, toutes ces questions. Tellement inutile...

— ... nous accompagner à présent, M. Bunting. La morgue est juste à côté. Vous avez été très patient...

— Je ne suis pas un parent, protesta Bunting, d'une voix morne.

C'était la chose la plus claire, la plus intelligible, la plus « patiente » qu'il leur eût dite depuis le début. La morgue est juste à côté, M. Bunting ! Vous avez été très patient, M. Bunting !

— Rien de plus qu'un expédient provisoire, M. Bunting. Jusqu'à ce que nous puissions mettre la main sur les parents. Après ça, vous pourrez partir. Ce sera tout !

— Ce sera... tout !

Cette fois, Bunting éclata de rire. Un rire effroyable qui lui déchirait la poitrine et le convulsait des pieds à la tête et lui inondait le visage de larmes irrésistibles.

— Ce sera tout ! Ce sera tout ! Ce sera...

— Bunting ! Arrêtez ça, voulez-vous ?

La voix, impérieuse, le fit taire, et c'est avec une docilité de somnambule qu'il suivit le lieutenant dans la rue, pénétra, derrière lui, dans le bâtiment voisin...

— Par ici, M. Bunting. Par ici, je vous prie...

Recouvert d'un drap, le corps gisait sur une table aux minces pieds tubulaires.

— Un simple coup d'œil, juste le temps de l'identifier, et ce sera tout. Vous êtes prêt ?

Mais Bunting n'était pas prêt. La forme allongée sous ce linceul ne signifiait rien pour lui, ne pouvait pas être Ann Jackson. Ann, telle qu'il l'avait connue. Bunting ne voulait pas regarder la forme allongée sous ce linceul...

— Voilà, M. Bunting, nous y sommes ! Attention...

Le lieutenant releva le coin du drap. Il y eut un bref silence. Puis, John Bunting articula clairement, trop clairement :

— Espèce d'ignoble salaud...

— Quoi ?

Le policier avait tressailli. L'espace d'un instant, les regards des deux hommes s'affrontèrent. Bunting s'était mis à trembler. Non de froid, ni de peur, ni de faiblesse. Il s'agissait, et le lieutenant ne s'y trompa pas, de ce petit tremblement convulsif, à peine visible, qui précède l'effondrement total.

— Espèce d'ignoble salaud ! répéta Bunting. Parle encore ! Vas-y ! Dis encore quelque chose...

Il attendait, prêt à la bagarre et souhaitant la bagarre et cherchant la bagarre qui lui apporterait, en même temps qu'un exutoire, un moyen d'oubli passager comparable à l'alcool.

Le lieutenant rejeta le coin du drap sur le visage de marbre et sortit sans ajouter une syllabe. Il ne se retourna pas une seule fois et s'abstint, aussi, de presser le pas. Il sortit, simplement, livrant Bunting à sa solitude.

Un peu plus tard, Bunting sortit à son tour. Il avait l'air, à nouveau, d'un homme normal, mais un homme normal se promène-t-il, en pleine ville, dans un désert, avec l'impression de trimbaler, autour de sa poitrine, un carcan serré à bloc ?

2

Bunting se réveilla, meurtri, courbatu, et, comme chaque matin, livra son esprit vide au lent défilé des souvenirs... Les jours passés à contempler le plafond de cette piaule anonyme — il avait quitté, tout de suite, sa chambre habituelle —, les soirs de beuverie solitaire et les réveils misérables avec une seule image en tête, une seule, toujours la même... Qui le hantait chaque fois que le sommeil s'abattait sur lui comme un suaire de plomb...

Ce matin, pourtant, il avait autre chose à se remémorer. Une bagarre. Un petit homme dont il avait oublié le nom, mais qui l'avait aidé à boire, qui avait bu en sa compagnie, tous ces derniers soirs, et qu'il avait voulu étrangler, la veille, parce que l'avorton, dans sa propre saoulographie, lui reprochait de ne rien tenter contre ceux qui lui avaient « buté sa fiancée sous lui »...

Il avait fallu les séparer, et ça n'avait pas été sans casse car Bunting était fou. Fou à lier. Il y avait eu pas mal de côtes froissées, d'yeux pochés et de nez tuméfiés dans le paysage lorsqu'on avait réussi, finalement, à le jeter sur le trottoir !

Bunting se leva. Péniblement. Il avait encaissé, lui-même, une sacrée dégelée, et dut, pour laver son visage transformé en palette, s'imposer un véritable martyre... Brusquement, les traits boursouflés, la face de pochard qu'il découvrait dans la glace du lavabo lui firent horreur et le révoltèrent. Un pochard ! Lui, John Bunting. Un pochard vaincu, résigné, qu'un barman flanque sur le trottoir avec l'aide d'autres propres à rien...

Il revint vers son lit dont les draps imprégnés de sueur et roulés en cordes lui inspirèrent le même dégoût, la même révolte, que son reflet dans le miroir. Alors, il alla ouvrir la fenêtre et les rayons du soleil le frappèrent au visage comme des poings et lorsqu'il se retourna vers le plumard grisâtre, vers les murs écaillés de la chambre, il se demanda, soudain, comment il avait pu supporter cela aussi longtemps...

Il s'aperçut, en redescendant la rue sous ce soleil d'hiver éclatant et chaud, qu'il ne la connaissait pas du tout. Il passa devant le bistrot sans le voir et dut revenir sur ses pas. Il l'avait cru beaucoup plus éloigné de l'hôtel...

Le barman de jour mettait en perce un petit tonneau, tandis qu'une vieille femme épongeait lentement le carrelage.

— Je cherche un type à peu près haut comme ça, dit Bunting. Il n'a plus de dents, et...

— C'est Mooch ! affirma la vieille.

— Qu'est-ce qui vous est arrivé ? s'enquit le barman. Votre figure...

— Je me suis battu, hier soir. Vous savez où je pourrais le trouver ? Ce Mooch...

— Il vient ici tous les jours, aux environs de midi, riposta la vieille.

— C'est bon, je vais l'attendre, dit Bunting.

— Qu'est-ce que vous buvez ? conclut le barman.

Bunting ressortit sans répondre, gagna le restaurant d'en face où il commanda des œufs, du jambon, une tasse de café. Il en ingurgita la moitié, ne put la conserver dans son estomac et, lorsqu'il revint des lavabos, se contenta de boire un verre de lait glacé. Une cigarette plus tard, il vit Mooch pénétrer dans le bistrot, de l'autre côté de la rue, paya sa note, acheva de siroter son lait, à petites gorgées, et retraversa la chaussée. Le barman époussetait ses bouteilles et la vieille buvait un demi.

— Dans les vécés ! indiqua-t-elle, pouce braqué par-dessus son épaule.

Bunting trouva Mooch dénudé jusqu'à la ceinture devant le lavabo. Le petit homme bondit sur sa chemise plus vite qu'une rosière surprise avec la poitrine au vent et Bunting dut attendre, ensuite, qu'il s'essuyât le visage et nouât précipitamment sa cravate.

— Inutile de t'affoler comme ça, Mooch ! Je n'ai qu'une question à te poser...

Mooch jeta la serviette de papier dans la corbeille, puis entreprit de cueillir, sur ses joues, les vermisseaux de cellulose restés accrochés aux poils de sa barbe. Ce Bunting n'était plus le même. Il n'avait plus rien du sac de peau qu'on remplit d'alcool à sa guise et qui règle toutes les consommations...

— D'après ta façon de parler, hier soir, continuait Bunting, j'ai eu l'impression que tu savais quelque chose...

— Moi ? Ecoute, Johnny, tout ce que j'ai dit, c'est que...

— Laisse-moi parler, tu veux ? Et réponds... Cette... La jeune femme... Ann Jackson. Qui l'a tuée ?

Plus que les mots, l'attitude nouvelle de Bunting effrayait Mooch. Sa voix était une chose agressive, menaçante, qui vous empoignait au collet...

— Tu le sais ou tu ne le sais pas ? insista Bunting.

Mooch était profondément malheureux. Une affaire de cette importance ne se discute pas dans les goguenots. Il fallait l'envisager sous tous ses aspects, afin que Mooch pût prouver sa connaissance étendue des faits et des gens de la ville, et dissimuler, par la même occasion, sa totale ignorance de toute information spécifique...

— Ecoute, Mooch, je n'ai pas toute la journée devant moi...

— T'énerve pas, Johnny ! Je peux te dire pas mal de choses... T'indiquer la filière à suivre... Mais sortons d'ici, tu veux ? Avec leur foutu désinfectant...

— Bref, tu ne sais absolument rien !

— Puisque je te dis que je peux...

— Ça va, n'en parlons plus !

Bunting avait réellement changé, depuis la veille ! Mooch le rattrapa au milieu du bistrot. S'il pouvait arriver, seulement, à le faire asseoir. Un premier verre et ce serait peut-être, à nouveau, l'ancien Bunting...

— Johnny ! T'en va pas comme ça, Johnny ! Faut pas s'embarquer à la légère quand y s'agit de Saltenberg et de sa bande...

Bunting s'arrêta net et pivota sur lui-même.

— Répète ce que tu viens de dire !

Mooch, glorieux, marcha jusqu'au comptoir Tout n'était pas perdu. Il avait drôlement la main pour raccrocher les poires bonnes à presser. Bunting allait le suivre, maintenant. Financer la première tournée. Et l'écouter, l'écouter jusqu'à plus soif. (C'était le cas de le dire.) Bunting ou la poire idéale. Qui non seulement payait les verres mais savait écouter. Et pour comble de bonheur aujourd'hui, c'était Mooch le Professeur en face de Bunting le Novice. Mooch dont la parole était attendue comme un oracle...

Bunting lui infligea une nouvelle déception en ne commandant rien pour lui-même. En réglant simplement le verre de Mooch. Mais une fois que le poisson serait ferré...

— T'es comme moi, Johnny, hein ? amorça le petit homme.

Quand on nous fait une crasse, on l'emporte pas en paradis ! C'est ce que je dis toujours...

— Qui est Saltenberg ? trancha Bunting.

— Saltenberg, Johnny ? Ah, Saltenberg...

— Pas de discours, Mooch ! Tu le connais on tu ne le connais pas ?

Mooch ne connaissait pas Saltenberg. Il tergiversa, manœuvra de toutes les façons possibles pour faire remplir son verre vide, mais Bunting ne mordait plus à ses hameçons, et bientôt, Mooch dut se contenter de répondre aux questions qui lui étaient posées. Sans conviction. Sans grand intérêt...

— Qui est Saltenberg ?

— Une grosse tête. Un gars qui fabrique et exploite des machines à sous...

— Pourquoi as-tu parlé de Saltenterg ?

— Parce que tu me l'as demandé ! Tu m'as demandé qui avait...

— C'est Saltenberg qui l'a tuée ?

— Seigneur ! Saltenberg est un cerveau ! Pas un tueur !

— Tu sais qui l'a tuée ?

— Bon sang, Johnny, tu ne lis pas les journaux ?

— Pas depuis quelque temps. Je t'écoute !

Mooch sentait renaître ses espoirs.

— Tout ce que je vais te dire était pas dans les journaux, mais puisque tu veux le savoir...

— Pas de boniments, Mooch ! Raconte, et c'est tout !

— Voilà... Ils étaient en bagarre. Saltenberg, le vieux, et son second, Tarpin. Comme ça se produit souvent entre ces grosses légumes... Et celui qui s'en ressort en tenant le mauvais bout du bâton, c'est Tarpin ! Tu piges ?

— Non. Continue.

— Tarpin se fait éjecter ! Il a la galette, il a les hommes, mais il a pas les contacts ! Les relations ! Alors, c'est lui qui se fait éjecter !

— D'où cette fusillade ?

— Ça y est, tu commences à comprendre ! Tarpin a besoin de certains livres... Comptabilité, répertoires, etc. Mais quand il arrive pour les prendre, voilà que ça se gâte ! Et Tarpin, c'est pas le gars qui discute, Johnny ! Avec Tarpin, c'est tout de suite l'artillerie qui démarre... Rien à perdre, de toute façon ! Puisque ça retombe sur Saltenberg...

— Viens-en aux faits, tu veux ?

— Des faits ? Mais je fais que ça de t'en donner, des faits ! C'est un choc de personnalités, tu comprends ? Saltenberg d'un côté, et... Attends, Johnny, attends un peu.

Bunting marchait vers la porte. Ce petit avorton ne savait rien. Rien de rien.

— Eh, Johnny ! Je peux te dire encore des tas de choses ! Ces gars-là sont pas les premiers venus, Johnny ! Eh, où est-ce que tu t'en vas ?

— Voir les flics ! rétorqua Bunting.

Il disparut et Mooch se laissa choir sur une chaise, devant son verre vide. C'était fini. La meilleure source de tournées gratuites qu'il eût jamais découverte était définitivement tarie.

Après une longue attente dans un bureau surchauffé, en compagnie d'un jeune lieutenant manchot qui s'appelait Dolphin et buvait du café, Bunting fut introduit finalement auprès du lieutenant Krakow, celui-là même qui l'avait interviewé et conduit à la morgue, le premier soir. Krakow n'avait eu, visiblement, aucune envie de le recevoir. Il paraissait à bout de forces et portait une barbe de vingt-quatre heures.

— Salut, Bunting, vous vous souvenez de moi ? lança-t-il à l'entrée du visiteur.

Bunting ôta son manteau.

— Oui, je me souviens...

— Je suis un peu débordé, actuellement, poursuivit Krakow, mais s'il y a quelque chose que vous désirez savoir...

Ben, voyons ! Pouvons-nous faire quelque chose pour vous, M. Bunting ? Ressusciter votre fiancée, par exemple ?

Contenant sa rage renaissante, Bunting murmura :

— Je veux savoir, simplement, ce que devient l'affaire Ann Jackson !

— Nous sommes toujours dessus, Bunting. Nous n'en avons pas terminé avec cette affaire...

— En un mot comme en cent, je veux savoir qui a tué Ann Jackson !

Krakow se leva, desserra sa cravate. Il n'aimait pas du tout le ton de Bunting. Il trouvait que Bunting avait beaucoup changé, depuis ce fameux soir...

— Nous ne le savons pas encore nous-mêmes !

— Pourquoi ?

— Pourquoi ! Parce que ça n'est pas aussi facile que vous semblez le croire, voilà pourquoi !

— Ecoutez, lieutenant ! Vous êtes sur l'affaire et vous savez, là-dessus, tout ce qu'il est possible de savoir. Je suis sur l'affaire, moi aussi, dans un certain sens, et je ne sais pratiquement rien. Si vous me disiez...

— D'accord, d'accord !

Krakow se massa la nuque.

— Il semble que Miss Jackson soit arrivée sur les lieux au moment précis où ces types ressortaient de l'immeuble. Elle a dû s'arrêter pile, ne sachant que faire, et c'est alors que la bagarre a éclaté... L'épouvante, la surprise, l'ont probablement clouée sur place. Toujours est-il qu'elle n'avait même pas eu le temps de tourner les talons pour prendre la fuite lorsqu'elle a été touchée...

— En plein front, je sais ! souligna Bunting.

— Ouais ! grogna Krakow avec dégoût. Je vous explique tout ça pour essayer de vous faire comprendre que nous ne négligeons aucun détail, aucun aspect du problème. Comment elle a été touchée, pourquoi...

— Comment et pourquoi, je m'en fous ! Tout ce que je vous demande, c'est *qui* !

Krakow soupira.

— Je sais, Bunting, je sais... Et je crois même savoir ce que vous pouvez ressentir... Mais je vous ai déjà dit que c'était un accident. Quatre balles tirées d'un côté, deux de l'autre, et l'une d'elles a touché Miss Jackson. Nous avons retrouvé toutes les douilles et l'enquête suit son cours... Dès qu'il y aura du nouveau...

Il cueillit son chapeau dans une corbeille à courrier, se dirigea ostensiblement vers la porte.

— Je ne voudrais pas avoir l'air de vous chasser, Bunting, mais au train où vont les choses, dans cette boîte...

— Sûr ! Vous êtes claqué, pas vrai ? Vous y perdez le sommeil, pas vrai ? Ça me fait une belle jambe ! Moi aussi, je suis claqué ! Moi aussi, j'y ai perdu le sommeil ! Tout ce que je demande, c'est la réponse à une question très simple et tout ce que j'obtiens, c'est une vague promesse et l'autorisation de débarrasser le plancher !

— Ecoutez, Bunting...

— Je ne demande qu'à vous écouter ! Je ne demande qu'à vous entendre dire que vous faites quelque chose pour retrouver ce salaud ! La ville est-elle si grande que vous ne puissiez même pas...

— Je peux vous dire au moins que le meurtrier a quitté la ville, Bunting. Je vous ai déjà dit comment ça s'était passé : les uns dans la rue, les autres sortant d'un immeuble, et nous savons même laquelle des deux bandes a tiré le coup de feu qui a tué Miss Jackson ! Le coupable est l'un des hommes de cette bande : celle qui a quitté la ville...

— C'est-à-dire ? Tarpin ou Saltenberg ?

Krakow rejeta son chapeau dans la corbeille à courrier.

— Vous n'êtes pas si mal renseigné, après tout !

— Alors ?

— Vous devriez le savoir, puisque vous êtes si malin ! Le jour où quelqu'un forcera Saltenberg à quitter la ville, il fera plus chaud, beaucoup plus chaud qu'aujourd'hui !

— Aucune idée de l'endroit où Tarpin et sa bande sont allés se terrer ?

— Qu'est-ce que c'est que ça, Bunting ? Un interrogatoire ?

— Et Saltenberg ? Où est ce qu'on peut le rencontrer ?

— Vous vous foutez de moi, non ? Vous voudriez que je vous renseigne pour aller jouer ensuite les redresseurs de torts ? Laissez-moi vous dire une bonne chose, mon vieux...

— C'est précisément pour ça que je suis venu ! Pour m'entendre dire une bonne chose ! Et tout ce que j'entends, c'est que le meurtrier a quitté la ville et que vous êtes trop occupés pour lui courir après ! Et pas un mot sur des recherches entreprises ou sur une piste suivie ! Non... Rien qu'un bureau plein de paperasses qui paraît-il vous empêchent de dormir ! Et vous voudriez que...

— Je voudrais que vous cessiez de gueuler comme vous le faites, Bunting ! Je voudrais que vous ayez assez de jugeote pour ne pas chercher à vous immiscer dans le fonctionnement d'une organisation qui est assez grande pour...

— Assez grande ! ricana Bunting. Vous n'avez même pas un clou pour y suspendre votre chapeau !

Il sortit en claquant la porte.

3

Bunting regagna sa piaule, dormit jusqu'à neuf heures. Ils coupaient le chauffage, à neuf heures, et ce fut la chute brutale de la température qui le réveilla finalement. Il était encore un peu tôt pour partir à la recherche de Mooch, mais il n'avait rien à faire non plus, dans cette chambre. Le plafond désormais familier était net de toute image et l'esprit de Bunting, net de toute sensation. De tout sentiment. Le reflet rose de l'enseigne au néon disparut lorsqu'il alluma la lumière. Son visage était un peu moins gonflé, un peu plus présentable. Il se lava soigneusement à l'eau froide, puis se rasa. Ensuite, il changea de linge. Acheva de se rhabiller. Descendit posément, à destination du bar et d'un nouvel entretien avec M. Mooch.

Mooch était assis près du poêle, avec deux clients. Blindés, l'un comme l'autre, alors que Mooch, qui ne restait jamais une tournée en arrière, ne trahissait aucun signe d'ébriété. La salle était tellement encombrée, tellement pleine de buée et de fumée, que personne ne remarqua Bunting jusqu'à ce qu'il atteignît la table de Mooch. Il s'arrêta derrière la chaise de l'avorton et questionna :

— Je peux te voir une minute ?

Mooch fit un bond, se retourna, poussa une exclamation de surprise. Nombreux étaient les clients qui avaient assisté, voire activement participé, à la bagarre de la veille. Tous levèrent les yeux, mais aucun ne bougea.

— Il faut que je te parle, Mooch, reprit Bunting. Si tu veux...

C'est alors qu'il sentit la présence aux aguets, derrière son dos.

— Dehors, mon vieux, lui dit le barman. Et sans histoire, pas vrai ?

Bunting lui fit face et l'homme enchaîna précipitamment :

— J'ai des tas de copains, dans la salle. Toi, t'en as pas un seul !

— Je ne suis pas saoul, aujourd'hui ! riposta Bunting.

— Non. Et t'as même plus la gueule d'un gars décidé à boire. Alors, t'as rien à faire ici ! Donc... bonsoir !

Bunting toucha l'épaule de Mooch.

— Je t'attends dehors... Je te donne cinq minutes !

Mooch le rejoignit presque aussitôt, sur le trottoir.

— Pour l'amour du ciel, Johnny, es-tu en train de...

— Qui sont ces deux petits marrants ?

Les compagnons de Mooch venaient d'apparaître sur le seuil du bistrot, traversaient le trottoir en gesticulant.

— C'est des clients ! expliqua Mooch. Je peux pas les laisser tomber. J'ai promis de...

— Ça ne demandera qu'un instant.

— Pas tout de suite, Johnny, pas tout de suite ! On allait partir...

— Alors, petite tête ? intercala l'un des deux pochards. On y va ou on y va pas ?

— Il faut que je te parle, Mooch, répéta Bunting. On n'a qu'à monter chez moi...

— Puisque je te dis que c'est impossible pour le moment ! J'ai ces deux gars-là qu'il faut que je conduise... Ils savent pas où c'est et si je laisse tomber des clients, ça se saura...

— Eh, petite tête, c'est nous qu'on fait le trottoir on quoi ?

— Tu vois, Johnny ! Si je les conduis pas, j'en suis de deux dollars...

— Je vais te les donner, tes deux dollars...

— Eh, petite tête...

— Il y va de ma réputation, Johnny. J'ai donné ma parole. Faut que je les emmène...

— Où ça ? s'informa Bunting.

— Au bordel ! Et si tu as besoin de me parler, on pourra parler là-bas... Mme Karen nous prêtera une piaule. Une piaule bien chaude et bien à l'abri des oreilles qui traînent...

— Alors, petite tête, c'est pour aujourd'hui ou pour demain ?

— O.K., décida Bunting. Tu prends celui-là en remorque et moi je prends l'autre. Allons-y !

— Mais c'est moi qui toucherai pour les deux !

— Naturellement...

La maison close était agréable et bien chauffée. Une vague odeur de bacon filtrait de la cuisine, mais une fois franchies les tentures tirées entre le vestibule et le salon, l'air sentait l'encens et le désinfectant.

Mooch écarta les tentures pendant que Bunting poussait les deux pochards à l'intérieur du salon. Deux filles surgirent aussitôt, qui harponnèrent les clients, tandis qu'une troisième empoignait Bunting. Mooch s'interposa, expliqua le malentendu, et la troisième fille retourna s'asseoir. Puis la mère maquerelle arriva, en tailleur strict et lunettes d'écaille. Mooch sortit avec elle pour aller toucher ses deux dollars. Bunting s'assit sur un des canapés disponibles. Les canapés étaient lie-de-vin et les guéridons noirs, avec des incrustations de nacre.

— Si tu préfères attendre, on a toute la nuit devant nous, dit la fille.

— Non, merci ! répliqua Bunting.

Haussant les épaules, elle s'empara d'un magazine et se mit à lire. Elle portait des talons aiguille, histoire d'accentuer le déhanchement de sa démarche, et un slip noir qui soulignait sa nudité. Sa peau était très blanche et les pointes de ses seins, d'un rouge agressif. Fardées, probablement, songea Bunting. Il constata, sans y attacher d'importance, que le spectacle ne lui faisait aucun effet. Il ne voyait, sur ce canapé rouge, qu'un *corps* presque nu. Pas une femme...

Mooch revint. Il avait ses deux dollars en poche et se sentait beaucoup mieux. Sa réputation professionnelle n'était plus en jeu. Il conduisit Bunting à la chambre dont Mme Karen voulait bien leur laisser l'usage pendant quelques minutes et précisa :

— Mais défense de s'asseoir sur le plumard ! Il est prêt pour le prochain client...

— Je suis allé voir les flics, commença Bunting, plongeant immédiatement dans le vif du sujet. Et je n'ai rien tiré d'eux ! Rien !

— Ça, c'est une surprise !

— Ils ne tiennent pas le meurtrier. Ils ne connaissent même pas son identité !

— J'aurais pu te le dire sans que tu ailles le leur demander...

Il n'y avait pas de chaise dans la chambre.

Imitant l'exemple de Mooch, Bunting ôta son manteau et s'assit sur le parquet.

— Avant de te lancer dans une émission, Mooch, laisse-moi te mettre les points sur les I ! Ce que tu ressens, je m'en fous ! L'histoire de ta vie, je m'en fous ! Tes conseils, je m'en fous ! Si tu sais vraiment quelque chose, dis-le ! En dehors de ça, zéro !

Le ton froid, résolu, de Bunting emplit Mooch d'admiration. Il avait la prétention de s'y connaître en bonshommes, et ce Bunting avait *réellement* quelque chose dans le ventre.

— D'accord, Johnny, dit-il. Alors, voilà ce que je *sais*... La bande à Saltenberg tient les flics à distance depuis pas mal d'années. Leur spécialité, c'est les machines à sous, billards électriques et tout le tremblement. Ils placent leurs bidules et ils les exploitent. Dans le secteur, y a surtout des billards électriques, ce qui constitue pas un délit, sauf quand Saltenberg se sert de montages spéciaux ou prend des paris en sous-main, sur le dos de la mécanique ! Sans parler de tout le reste... Cette maison, par exemple ! Je dis pas que Saltenberg est derrière, mais c'est une des choses qui...

— Pas de digression, Mooch. Reviens à nos moutons !

— Ouais... Donc, il y a des années que Saltenberg tient les flics à distance et les flics, c'est pas des rapides... Mais ils sont patients, ils ont des moyens, et maintenant, ils approchent du but ! Ils en approchent même tellement que Saltenberg et Tarpin deviennent nerveux, s'engueulent et se séparent ! Le premier signe de débâcle, Johnny ! Et si près du but, tu voudrais que les flics foutent tout leur boulot par terre en alarmant ce vieux Saltenberg avec la recherche d'un comparse quelconque ? D'un sagouin qui a buté accidentellement une personne étrangère à la combine ? Réfléchis un peu, Johnny !

Ça tenait debout. Aux yeux d'une organisation d'une administration impersonnelle comme la police, c'était même la seule marche à suivre... Mais pas aux yeux de John Bunting.

— Qui est Saltenberg ? Où peut-on le trouver ?

— Qui est Saltenberg, Johnny ? C'est l'un...

— Je te demande une réponse, Mooch, pas une conférence !

— *Monsieur* Saltenberg, Johnny, est un homme d'affaires...

La porte s'ouvrit, la fille du rez-de-chaussée pénétra dans la chambre, suivie d'un jeune type dont les mains brûlaient d'être partout à la fois.

— Mme Karen m'a dit de prendre cette chambre, annonça-t-elle. Si vous avez pas terminé, allez au numéro trois...

Mooch et Bunting se relevèrent alors que la fille balançait, déjà, ses talons aiguille et perdait, du même coup, une bonne dizaine de centimètres.

— Doucement, mon chou, doucement... entendit Bunting lorsqu'il referma la porte.

Le numéro trois était au rez-de-chaussée, et c'était la réplique exacte de la chambre qu'ils venaient de quitter. Les deux hommes durent attendre que la vieille femme de service eût achevé de changer les draps. Finalement, elle leur jeta un regard de suprême dégoût et s'esquiva.

— Les problèmes de la circulation et du stationnement ! dit Mooch en se laissant choir, derechef, sur le plancher.

— Saltenberg. Où est-ce qu'on peut le trouver ? recommença Bunting.

— Quand on aura fini de bavarder, Johnny qu'est-ce que tu penserais de...

— Réponds à mes questions, tu veux ?

— Non, je veux dire... Cette petite, là-haut...

— Je te paierai ton temps, Mooch. Tu n'as pas besoin de jouer les rabatteurs avec moi pour te faire un dollar de plus !

Mooch s'esclaffa.

— Oh, je pensais pas à ça, Johnny. Tu sais quel âge elle a, cette petite ?

— Tout juste majeure, riposta Bunting en s'asseyant à son tour, sur le parquet.

— Majeure ! Quand elle sera majeure, elle aura fait son temps ici !... O.K., Johnny... Saltenberg, hein ? Je ne sais pas où il habite...

— Mais tu sais où le trouver ?

— Sûr ! Si tu veux le trouver, on le trouvera. Et ça t'avancera à quoi ? Tu iras le voir et tu lui diras : « Lequel de tes acolytes a tué ma fiancée, que je puisse le démolir ? »

Une fatigue énorme s'abattit, d'un seul coup, sur les épaules de Bunting. Mais il ne fit pas explosion parce que Mooch était dans le vrai. Trouver Saltenberg n'était pas suffisant. Il faudrait encore tirer des plans, réfléchir, prévoir... Et se cramponner à sa haine.

— Tarpin ? Tu sais où il est, celui-là ?

— Il a quitté la ville. C'est tout ce que je sais. C'est tout ce qu'il est possible de savoir. Pour l'instant.

Bunting se remit sur pied.

— O.K., Mooch, tu m'as été d'un grand secours. Je vais te...

— Une minute, Johnny. Je ne veux pas de ta galette. En tout cas, pas encore ! J'ai des relations. Laisse-moi gamberger un moment et...

Le billet de dix dollars que Bunting venait de sortir de sa poche atterrit dans la main du petit homme.

— Prends ça, Mooch ! On est des copains de biture ! En dehors de ça, tu ne sais pas qui je suis, tu ne sais pas ce que je veux, tu ne sais pas ce que je cherche. Compris ? Voilà ce que représentent ces dix dollars !

Il ajouta en se dirigeant vers la porte :

— Je n'ai pas beaucoup d'argent devant moi. Je ne peux pas me permettre de te donner plus ! Même ça, c'est trop pour ma bourse ! Et toi... tu ne peux pas te permettre de ne pas le prendre !

La voix du petit homme l'immobilisa, une ultime seconde, sur le seuil du corridor.

— Je veux te voir gagner, Johnny, tu comprends ? Et je sais que je peux t'aider... Si tu veux que je te procure un revolver... Un couteau, peut-être ? Je sais où...

— Tais-toi, Mooch, tu me rends malade ! lança Bunting en marchant vers la sortie.

Son dégoût l'escorta jusqu'à sa chambre d'hôtel et, pendant des heures, tint le sommeil en échec. Lorsqu'il s'endormit, ce fut pour retrouver les habituels cauchemars, où revenait sans cesse le visage d'Ann avec son œil de cyclope au milieu du front.

Le rêve qu'il était en train de faire, quand Mooch frappa à sa porte, vers six heures du matin, était particulièrement horrible, et Bunting accueillit avec une sorte de gratitude la nécessité de se rhabiller, dans la chambre glaciale, et de repartir en compagnie de l'avorton surexcité, pour la maison close où Mooch prétendait avoir découvert le moyen de parvenir jusqu'à Saltenberg.

Seul, Bunting fût passé devant le lupanar sans le connaître. Aucune lumière n'y brillait plus, et la façade était semblable à celles de tous les immeubles voisins. Mieux entretenue, simplement.

Il faisait moins chaud, dans le vestibule obscur, mais l'odeur de cuisine y était plus forte que jamais. Les huit filles de la maison étaient réunies, du reste, dans la cuisine, autour de la grande table, et Mme Karen, un tablier blanc coquettement noué sur son tailleur strict, remuait des choses dans des casseroles. Toutes les filles portaient des peignoirs ou des kimonos multicolores qu'elles resserrèrent autour d'elles, à l'entrée des deux hommes, sans cesser de manger et de bavarder à voix basse.

— Re-bonsoir, tout le monde, dit Mooch. Voilà celle que je veux te présenter, Johnny... John, je te présente Joyce. Joyce, je te présente John...

La nommée Joyce se leva et Mme Karen intervint, avec une autorité maternelle :

— Finis d'abord de souper ! Mooch, allez l'attendre au salon, avec votre ami. C'est l'heure du souper, et ces petites doivent pouvoir manger tranquilles, tout de même !

Mooch et Bunting emportèrent une tasse de café, allumèrent une des lampes roses et s'assirent sur un des canapés lie-de-vin. Dehors, il s'était remis à neiger. Des flocons épars, nonchalants, qui disparaissaient en touchant les vitres bleuies par le petit jour.

— Cette Joyce, questionna Bunting, saoul de fatigue, elle connaît Saltenberg ?

— Non, mais sa sœur le connaît. Elle rentre chez elle après le souper. Elle va te présenter à sa sœur et je pense qu'elle devrait te renseigner...

Bunting posa sa tasse vide sur un guéridon.

— Comment se fait-il que ce soit aussi compliqué ? On croirait presque qu'il est impossible de voir Saltenberg, à moins de connaître le mot de passe...

— Je t'ai déjà dit que Saltenberg voyageait beaucoup. Ici aujourd'hui, ailleurs demain. Et la frangine de Joyce sait peut-être où il sera aujourd'hui. J'ai déjà essayé...

— Oui, oui, d'accord...

Les tentures s'écartèrent et la nommée Joyce montra sa tête.

— J'arrive tout de suite...

Mooch la rejoignit dans le vestibule, bavarda un instant avec elle. Et quand la fille revint chercher Bunting, habillée, cette fois, de pied en cap, Mooch avait quitté la maison.

Joyce et Bunting sortirent dans l'aube glacée. Les trottoirs étaient glissants et Bunting prit le bras de Joyce, pour la soutenir. Elle ne parut pas s'en apercevoir.

— Votre sœur ? Elle va être levée ?

— Il le faudra bien. Nous n'avons qu'un lit !

— Fatiguée ?

— Mal aux reins ! répliqua-t-elle.

Débarrassé de sa couche de maquillage, son visage était las et pitoyablement jeune.

Les deux sœurs logeaient dans une seule pièce avec cuisine-placard attenante. Joyce fit les présentations, d'une voix molle :

— Linda... Et... euh... comment vous appelez-vous, déjà ?

— John.

— O.K. ! John... Il veut te demander un renseignement sur Saltenberg ou quelque chose dans ce goût-là. C'est Mooch qui l'a amené...

Debout, en peignoir de bain, Linda vint poser sur la table une cafetière fumante.

— Enchantée ! Vous voulez vous asseoir ?

— Je cherche à joindre Saltenberg, expliqua Bunting. Mooch m'a dit que vous pourriez peut-être m'aider...

— Saltenberg ? Je le connais à peine.

L'énorme peignoir de bain la faisait paraître informe, mais il était visible qu'elle s'en foutait.

— Tu le connais assez, intervint Joyce, pour conduire ce type auprès de lui, non ?

— Peut-être, admit Linda.

— Peut-être ! ricana Joyce. Non, mais, regardez-la ! Madame est veuve, figurez-vous ! Et son cher disparu travaillait pour Saltenberg. C'est comme ça qu'elle peut vous dire où est Saltenberg chaque jour de la semaine, parce qu'il a un emploi du temps régulier. Elle vous conduira auprès de Saltenberg, si vous pouvez l'arracher un instant à son deuil cruel !

Le ton, les mots, le regard, toute l'attitude de Joyce, visaient à blesser. Linda n'en avait cure, mais Bunting, soudain, prit la mouche :

— Dites donc, si vous voulez vous crêper le chignon, attendez que je sois parti ! Tout ce que je veux...

— Et pourquoi que je me gênerais ? Je n'habite pas ici, peut-être ? Je ne paie pas le loyer, peut-être ?

Reposant sa tasse sur la table, Linda se leva, ouvrit une armoire, revint avec une serviette et un morceau de savon.

— Non, mais regardez-la ! répéta Joyce. On la croirait capable, comme ça, de gagner sa vie ? Je l'ai montrée à Mme Karen, une fois, histoire de voir... Et vous savez ce qu'elle a dit, Mme Karen ? Elle a dit : « J'ai jamais vu un quartier de viande aussi mort que celui-là ! » Et même si Linda avait voulu, c'est Mme Karen qui n'aurait pas marché !

Bunting observait Linda, et ne pouvait que reconnaître le bien-fondé de la diatribe de Joyce. Le peignoir informe bâillait un peu, découvrant à demi un sein ferme et haut perché. D'après l'endroit où s'incurvait la hanche, sous l'épais tissu, les jambes devaient être longues et probablement belles. Linda se rendait parfaitement compte que Bunting était en train de la déshabiller du regard, mais elle s'en foutait. Il n'y avait rien dans ses yeux gonflés. Rien. Aucune trace de vie.

— Dites-moi simplement où est Saltenberg, voulez-vous ? articula Bunting.

— Quel jour sommes-nous ?

— Oh, grand Dieu ! Mercredi ! Nous sommes mercredi !

Joyce commençait à déboutonner sa robe. Elle avait déjà ôté ses souliers.

— Mercredi ? releva Linda, sans changer de visage. Il doit être à Steuben. Je ne connais pas le nom de la rue.

— Vous voulez vous retourner que je puisse me coucher ? dit Joyce.

Bunting se retourna.

— Steuben ? En banlieue.

— Oui... Ce petit bled...

Le lit grinça, et Joyce soupira d'aise. Bunting poursuivit :

— Si vous ne connaissez pas l'adresse, il faudrait que...

— Est-ce que je vais pouvoir dormir, à la fin ? Il fait presque jour !

Serrant les dents, Bunting ouvrit la porte, empoigna Linda par le bras, la projeta dans le corridor. Elle n'émit aucune protestation, renoua lentement sa ceinture que la violence du geste avait arrachée. Sous le peignoir elle était nue, mais il eût fallu beaucoup plus que le regard de Bunting pour qu'elle forçât le rythme de ses mouvements. Et ce n'était même pas de l'impudeur. Elle s'en foutait.

Bunting gronda :

— Réveillez-vous assez longtemps pour me donner une réponse claire ! Comment puis-je trouver Saltenberg à Steuben ?

— Je n'en sais rien. C'est une maison comme les autres, avec un atelier au sous-sol. Lâchez mon bras, voulez-vous ?

Il obéit, la regarda masser son poignet meurtri.

— Allez faire votre toilette et habillez-vous pour sortir ! Je vous attends en bas. Vous viendrez me montrer vous-même l'endroit où il habite, d'accord ?

— Il n'y habite pas. C'est juste une des maisons où...

— Aucune importance, pourvu qu'il y soit ! Ça ne vous ennuie pas ?

— M'ennuyer, moi ?

Elle tourna les talons et traîna ses pantoufles jusqu'au fond du corridor.

4

Linda avait une voiture neuve et la conduisait bien, mais de la même façon qu'elle faisait tout le reste. Avec indifférence. Une indifférence que Bunting, assis à son côté, la cigarette au bec, éprouva tout à coup l'envie d'ébranler. Par n'importe quel moyen.

— C'est aussi votre sœur qui a payé cette bagnole ?

La grossièreté de la question, la sécheresse de sa propre voix le surprirent lui-même. Il n'avait aucune raison de se comporter de cette manière.

Linda n'avait pas bronché.

— Non. C'est mon mari qui me l'a laissée.

— Très juste ! Je l'avais oublié, celui-là ! Comment est-il mort ? Tué en service commandé ?

— Non. Il est mort à la clinique. D'une affection de la vésicule biliaire.

— C'est bien la première fois que j'entends une chose pareille ! Je croyais que tous ces gars-là mouraient d'un pruneau mal placé ou d'un coup de couteau ?

— Il était comptable, expliqua Linda. Le comptable de M. Saltenberg.

Bunting haussa les épaules. Sa propre cruauté continuait de le surprendre, mais il n'avait aucun remords. Tout glissait sur cette carapace d'indifférence...

Sur la demande de Linda, ils s'arrêtèrent pour déjeuner. Bunting trouva qu'elle mangeait beaucoup, pour une femme. Surtout à l'heure du petit déjeuner. Et toujours avec la même indifférence... Non seulement elle lui déplaisait, non seulement elle l'exaspérait, mais elle commençait, aussi, à le dégoûter un peu...

Ils repartirent et stoppèrent en fin de compte devant une maison cernée d'arbustes régulièrement taillés. Bunting vit, en descendant de voiture, qu'il y avait des rideaux plissés, aux fenêtres.

L'un derrière l'autre, ils contournèrent la maison.

— Il est là, constata Linda. C'est sa voiture...

Une conduite intérieure noire, puissante, confortable, qui devait valoir une petite fortune. Bunting comprit, tout à coup, que les arbustes, les rideaux plissés, les deux bouteilles de lait, sous le porche, lui avaient donné une fausse image de son équipée. C'était un gangster qu'il allait rencontrer. Un chef de bande. Non un paisible banlieusard...

Ils descendirent les marches qui menaient au sous-sol, et Bunting se retrouva, soudain, dans un cadre si familier qu'il ressentit une étrange impression de dédoublement. Dans le temps comme dans l'espace. Sur une table à dessin munie de tous les accessoires classiques, un homme traçait une épure. Deux autres soudaient des fils rouges, jaunes et bleus et deux autres encore assemblaient de menues pièces qu'ils maniaient à l'aide de brucelles.

Un seul homme était en complet-veston. Il ne travaillait pas et ce fut lui qui se leva, vivement, pour aller au-devant des visiteurs.

— Euh... Henry, je crois ? murmura Linda.

— Oui... Oh, c'est vous, Linda ! Quel bon vent vous amène ?

Il se tourna vers Bunting.

— Vous cherchez quelque chose ?

— Il veut voir Saltenberg, expliqua Linda. Je me suis rappelée qu'il était ici, le mercredi...

— C'est exact, approuva Henry. Mais M. Saltenterg ne reçoit personne. Il est occupé...

Ce refus acheva de détruire l'image fausse engendrée par l'odeur de soudure, l'ambiance archi-familière. Le monde, pour Bunting, reprenait enfin son vrai poids : un visage froid qui disait non, Saltenberg invisible, inaccessible, et Bunting tout seul, les mains vides, sans un atout...

— Si je le vois, j'en ai pour cinq minutes ! dit-il avec âpreté. Si je le vois pas, je reste ici toute la journée...

— Sans blague ? gouailla le nommé Henry.

Bunting se raidit, songeant que la partie allait sans doute être rude. Songeant, aussi, qu'il n'allait pas tarder à perdre son sang-froid... Puis Henry lui demanda :

— Comment que tu t'appelles ?

— John Bunting.
— John Bunting ?
— Oui. Et maintenant...
— Attends-moi ici ! ordonna Henry.
Il s'escamota, plantant Bunting et Linda au milieu de l'atelier.

Saltenberg reçut d'abord Linda. Seule. Il voulait savoir quelles étaient au juste les relations de Linda avec John Bunting et lorsqu'il le sut, il ôta ses lunettes à monture d'or pour déclarer d'un ton conciliant :
— Je ne vous reproche rien, ma petite Linda. Vous n'avez fait aucun mal et votre mari était l'un de mes proches collaborateurs, mais pourquoi diable m'avez-vous amené cet homme ? Vous savez que je ne reçois pas n'importe qui !
— Il m'a demandé de le conduire auprès de vous...
Saltenberg sourit, secouant sa tête rubiconde auréolée de cheveux grisonnants.
— Il vous l'a demandé et vous l'avez fait. Tout simplement ! Oui, je suis sûr que vous me dites la vérité. Mais vous ne savez rien de lui, Linda. Je vous ai connue plus prudente...
— Si vous ne voulez pas le voir, je le remmène. Il n'est rien pour moi et je me moque...
— Allons, allons, ne prenez pas ça comme ça. Je *vais* le recevoir...
Saltenberg émit un rire bonhomme.
— Mais c'est peut-être un bateau que vous êtes en train de me monter, hein, Linda ? Vous connaissez peut-être ce Bunting mieux que vous ne voulez me le dire ? Il serait temps, après tout, que vous recommenciez à vivre... On ne peut pas rester éternellement en deuil !
Il porta sa main à sa poche intérieure.
— Si vous avez besoin de quoi que ce soit...
— Merci, j'ai ce qu'il me faut.
— Parfait, acquiesça Saltenberg. Parfait...
Il n'avait jamais eu l'intention de lui donner de l'argent, mais comme ça, le geste avait été fait. Et repoussé... Linda se laissa docilement reconduire et Henry accourut aux ordres.
— Je fais entrer Bunting, patron ?
— Linda vit avec sa sœur, n'est-ce pas ?
— Oui.
— Je veux savoir qui paie le loyer.
— Aujourd'hui ?
— Oui. Et cette voiture, là-bas devant. Elle est payée, je suppose ?

— Je vais m'occuper de tout ça... Si elle a besoin d'argent, elle n'a qu'à la vendre et...

— Je ne crois pas que son esprit fonctionne de cette façon, dit Saltenberg, songeur.

— Je ne crois pas que son esprit fonctionne, point à la ligne ! rectifia Henry. Et si y a un truc que je peux pas sentir, c'est bien de voir une femme se balader dans la vie comme une somnambule ! Vous allez lui prêter de l'argent ?

— Ce n'est pas à ça que je pensais, répliqua Saltenberg. Bunting peut venir, maintenant...

Bunting marcha droit jusqu'au grand bureau derrière lequel trônait l'homme aux cheveux grisonnants, aux lunettes à monture d'or.

— Je m'appelle John Bunting. Je suis venu...

— Oui, M. Bunting. Prenez un siège, je vous prie. Et veuillez accepter mes condoléances. Le choc a dû être terrible, pour vous...

Bunting s'arrêta, déconcerté, puis songea que les journaux avaient publié toute l'histoire, en long et en large.

— Je n'ai que deux questions à vous poser, M. Saltenberg. Savez-vous qui l'a tuée ?

— Non.

— Savez-vous où est Tarpin ?

— Oui. Mais vous allez trop vite pour moi, M. Bunting. Peut-être...

— Je ne suis pas de votre avis. Je trouve que je vais beaucoup trop lentement. Ma fiancée a été tuée et rien d'autre n'est arrivé. Je suis allé voir les flics et rien d'autre n'est arrivé. Tout ce que je veux, c'est...

— ... que justice soit faite, M. Bunting ?

Saltenberg souriait. Bunting grinça des dents.

— Appelez ça comme vous voudrez...

— Bien sûr ! Et quel que soit le nom choisi, je crois que je vous comprends, John. Vous permettez que je vous appelle John ?

— Ecoutez, Saltenberg, tout ce que je veux...

— Oui, je sais ce que vous voulez !

Saltenberg se leva, fit un geste circulaire.

— Mais vous ne connaissez pas ces hommes, vous ne parlez pas leur langage, vous n'avez pas la même façon de voir et de sentir...

— Quelle importance ? Tout ce que je veux...

— Laissez-moi finir, John ! De quoi est fait votre passé ? De travail. Rien que de travail... Etudes assez brillantes. Puis ingénieur-électricien, dès le départ. Cinq employeurs différents en cinq ans, il est vrai, seule marque d'inconstance dans vos antécédents...

— Qu'est-ce que c'est que cet inventaire ? Et comment se fait-il que...

— J'essaie de vous montrer que vous n'êtes pas équipé pour affronter ces hommes ! Votre partie, c'est l'électricité, et vous y êtes fort compétent. Vous pourriez donc...

— C'est tout ce que vous savez ? Et cette fugue que j'ai faite, à huit ans ? Et ce garçon que j'ai presque noyé parce qu'il payait des bonbons, derrière mon dos, à ma petite copine ? Et l'équipe de basket-ball dont je faisais partie...

— J'ai cru comprendre que vous étiez un très bon joueur...

— A cause de la longueur de mes bras ! Et puisqu'il y est question de bras long...

Bunting se pencha en avant, comment quelqu'un qui s'apprête à bondir.

— D'où vient que vous soyez si bien renseigné sur mes origines ?

— Vous venez de le dire, John ! J'ai le bras long, et pas mal d'hommes à ma disposition...

— Et si je ne suis pas en train de perdre complètement la boule, vous vous disposez à m'offrir du travail !

— Exactement !

Regagnant son fauteuil, Saltenberg sortit une chemise de la serviette de cuir posée sur son bureau.

— J'ai là votre dossier, John. Et ce que vous ne savez peut-être pas, c'est qu'un ingénieur-électricien gagne, à mon service, environ deux fois plus que chez Kessler. Je puis offrir, pour commencer...

— Je deviens fou ! gémit Bunting. Je deviens complètement fou ! Ecoutez, Saltenberg, je suis venu vous voir pour un motif bien précis...

— Soyez raisonnable, John ! Vous ne pouvez pas continuer à vivre sans travailler...

— Vous voulez m'empêcher de faire ce que j'ai l'intention de faire ?

— Nullement, John. Je veux vous aider !

L'homme assis derrière le grand bureau n'avait subi aucune transformation particulière mais Bunting le voyait, tout à coup, sous l'aspect d'une araignée gigantesque dont la toile s'étendait en tous sens, devant, derrière, à gauche, à droite, prête à vous capturer dans n'importe quelle direction. Et parce qu'il ne savait dans quelle direction prendre la fuite, Bunting se mit à hurler, à vociférer des questions, des imprécations confuses. Jusqu'à ce que Saltenberg lui coupât le sifflet en déclarant d'une voix paisible :

— Tarpin est dans une petite ville de Floride, John. A Manitoba, pour être exact. Et maintenant, ne m'interrompez plus, je vous prie... Je puis vous fournir des références, des antécédents qui vous *placeront* auprès de Tarpin. Je puis également vous faire accompagner par quelqu'un qu'ils connaissent déjà. Et pourquoi pas cette jeune femme, Linda ? Vous n'aurez pas besoin de vous faire passer pour autre chose que ce que vous êtes. Un ingénieur-électricien. Tarpin vous embauchera tout de suite. Il veut s'établir à son propre nom, voler de ses propres ailes. Vous entrez à son service, et de temps à autre — nous préciserons comment — vous m'informerez de ses progrès ou de ses déboires. Bref, vous m'aiderez à le tenir à l'œil, et quand vous aurez fait, là-bas, ce que vous projetez d'y faire, croyez-moi, votre place ici sera toute trouvée. J'ai autant besoin de vos talents, et d'une manière aussi légitime, que...

— C'est vous qui êtes cinglé, Saltenberg ! Vous vous figurez qu'en m'appâtant avec ces perspectives d'avenir...

— Voilà que vous recommencez à hurler, Bunting. Je vous comprends, mais ce ne sont pas vos accès de rage qui vous conduiront bien loin. Alors que...

Bunting reprit son pardessus jeté en vrac sur le dossier d'une chaise.

— Vous ne voyez pas ce qui vous crève les yeux, hein, Saltenberg ? Vous me parlez, et vous tirez des plans sur la comète comme si j'étais un être humain ! Et c'est précisément ce que je ne suis plus ! Un être humain...

La porte claqua, et quelques instants plus tard, Henry pénétra dans le bureau de son patron.

— Ça y est, il est engagé ?

— Non.

— Oh. C'est dommage...

Saltenberg secoua la tête.

— Non. Parce qu'il va aller là-bas... Nous allons faire le nécessaire pour lui faciliter la tâche et achever de le décider...

Steuben étant l'un des bleds les plus mal desservis de la grande banlieue, Bunting dut changer trois fois d'autobus et prendre finalement un taxi pour rentrer en ville et regagner sa piaule.

Il ne s'y attarda pas très longtemps, mais la nuit était tombée lorsqu'il grimpa, quatre à quatre, l'escalier de Joyce et de Linda. Il vit, en arrivant sur le palier, qu'il y avait de la lumière dans l'appartement, entra sans frapper et claqua la porte derrière lui. Joyce n'était pas là. Le bordel devait ouvrir entre sept et huit. Debout près de la table, en costume de ville, Linda faisait ses valises.

— Vous m'avez bien laissé tomber, à Steuben ! commença Bunting, d'une humeur de dogue. J'étais persuadé que vous m'attendiez et...

Il s'interrompit. Sa rage faisait long feu devant l'incompréhension évidente de Linda. Inutile de lui demander pourquoi elle ne l'avait pas attendu, à Steuben. Elle ne l'avait pas attendu parce qu'elle n'y avait pas pensé, tout simplement. Et elle n'y avait pas pensé parce qu'elle s'en foutait, d'une façon comme d'une autre...

— Vous ne vous souvenez pas de moi ? l'aiguillonna Bunting.

— Si. John, n'est-ce pas ? John Bunting...

— Bravo ! Quelle mémoire ! Vous partez en voyage ?

— On dirait que vous avez bu ? constata-t-elle.

— J'ai eu le temps de siffler quelques verres, effectivement, à chaque correspondance ! Mais je ne suis pas saoul ! C'est uniquement ma gaieté naturelle qui soulève mon couvercle et déborde à l'extérieur...

— Vous vouliez voir Joyce, peut-être ?

— Si j'avais voulu voir Joyce, ce n'est pas ici que je serais venu !

— Alors, c'est moi que vous voulez encore ?

— Vous, Linda ! Vous seule ! Et quelle puissance de déduction... Sinon de séduction !

Il avait pleinement conscience d'être injuste. Elle portait un tailleur très strict, boutonné jusqu'en haut, comme celui de Mme Karen, et la ligne de boutons décrivait une sacrée courbe. Quant à ses jambes, il avait eu l'occasion de les voir, lorsqu'elle était descendue de voiture, à Steuben. Elles étaient très longues, en effet. Et très belles.

— Où allez-vous ? s'informa-t-il.

Linda ne jugea pas nécessaire de répondre. Ou plus exactement, elle ne pensa pas du tout à répondre.

— Il y a quelque chose à boire, dans la cambuse ?

Elle disparut dans la cuisine-placard, revint avec une bouteille de whisky. Presque pleine.

— Et deux verres ?

Elle retourna chercher les verres. Sans un mot. Sans un geste superflu. Et ne protesta pas quand Bunting lui servit une généreuse rasade d'alcool pur.

— On dirait que vous avez subi un choc ! insista-t-il. Expliquez-moi le topo, que je sache comment me conduire !

Elle secoua la tête. Elle n'avait pas pensé que ça se voyait tant que ça. Le premier choc véritable qui fût parvenu à briser sa carapace, depuis qu'elle s'était mise à vivre dans un cocon, depuis la mort de...

— Il faut que je déménage. Joyce m'a flanquée à la porte...

— C'est tout ?

— Oui. Sinon que je n'ai pas d'argent...

Bunting souriait. Elle ne comprenait pas pourquoi, mais il souriait. Vidant son verre d'un trait elle se leva, tenta de fermer sa valise. Mais la valise était trop pleine...

— Vous avez une grosse voiture, lui rappela Bunting. Vous allez pouvoir la vendre.

— Bien sûr...

C'était ce qu'elle avait de mieux à faire. Mais vendre une voiture est une chose tellement compliquée, tellement fatigante... L'argent de la vente lui permettrait de retrouver un toit, cependant. Un toit, quatre murs, une fenêtre avec des volets hermétiques. Le genre d'existence qu'elle voulait continuer à mener...

— Votre sœur l'a fait exprès ? D'attendre que vous n'ayez plus un sou pour vous flanquer à la porte ?

— Je ne... Oui, je crois qu'elle l'a fait exprès ! C'est elle qui m'a cherché toutes les noises possibles, quand je suis rentrée...

Bunting, hilare, remplit le verre de Linda.

— Merci, Joyce !

— Je m'appelle Linda, bon sang...

Le visage de Bunting exprima une surprise exagérée, devant ce brusque changement de ton. Comme si quelque chose, enfin, l'avait atteinte...

Puis il dit :

— Ce n'est pas à vous que ça s'adressait ! Je remerciais Joyce, pour l'excellence de son minutage...

Elle le regarda, fronçant les sourcils, puis renonça carrément à comprendre. Ils ne pouvaient savoir, du reste, ni l'un ni l'autre, que l'auteur du « minutage » était Saltenberg. Non Joyce. Ils ne pouvaient soupçonner quelle somme Saltenberg avait promise à Joyce, par téléphone, pour flanquer, précisément aujourd'hui, sa sœur à la porte... Quand Saltenberg se mettait à tirer les ficelles, rares étaient les marionnettes qui refusaient de danser au gré de sa fantaisie !

Il faisait de plus en plus chaud, dans la chambre, et Linda n'en finissait pas de remplir ses valises. Elle tenta de fermer, une fois de plus, celle qui était sur la table. Mais elle était vraiment trop bourrée, et malgré sa lassitude, Linda dut se résigner à transférer quelques-uns de ses vêtements dans un sac de voyage. Bunting l'observait, narquois, et lui servait une rasade de whisky, de temps à autre, et sa présence immobile, sarcastique, commençait à réveiller les nerfs de Linda. Sans compter qu'il faisait trop chaud, dans cette pièce, et qu'elle n'avait plus l'habitude de boire...

En fermant sa valise allégée d'une partie de son contenu, elle renversa du whisky sur sa jupe et s'assit lourdement, prête à pleurer. Le monde était par trop dur avec elle, trop fertile en difficultés insurmontables...

Bunting vint s'asseoir près d'elle, se pencha pour la regarder dans les yeux.

— Ma parole, mais j'ai l'impression que quelque chose vient de bouger, là-dedans ! Un vague éclair d'intelligence ! Quelque chose qui était presque... humain !

Trop de chaleur. Trop de lumière. Et cet homme assis trop près d'elle... Linda voulut frapper Bunting, mais ne put prendre assez d'élan pour lui faire du mal. Il encaissa le coup, sans broncher, ricana :

— Pas morte à ce point-là, quand même, hein ?

Et il lui enfonça sauvagement son index raidi au creux de l'estomac.

Elle suffoqua, tenta de se lever, se leva, battant de ses deux bras un air raréfié. Elle aurait voulu l'assommer, le tuer sur place, mais elle n'en avait pas la force. Elle trébucha, le heurta du front, le griffa, essaya de le mordre.

La pièce trop chaude et cette lumière trop vive et cette présence trop proche... Elle se sentit glacée, tout à coup, dut se raccrocher à lui pour ne pas s'écrouler... Bunting la repoussa, ce qui était une erreur, dans cette chambre exiguë, et le lit grinça sous leurs poids conjugués...

Ils restèrent longuement étendus, côte à côte. Tout habillés. C'était la première fois qu'ils faisaient une chose pareille, l'un comme l'autre. Leur étreinte avait ressemblé à un viol.

5

Comme presque toutes les villes de Floride, Manitoba faisait des efforts méritoires pour séduire et retenir le touriste en balade. Peu ou pas de gazon, afin d'éviter le pullulement des insectes. En fait d'arbres, des palmiers importés, et pour le reste, du plâtre, du métal et des blocs d'aggloméré.

Manitoba était à l'intérieur des terres. Ce qui n'empêchait pas ses quartiers les plus favorisés d'avoir une vue passable sur le Lac Okeechobee, ou du moins sur les équipes de prisonniers occupées à faucher les roseaux derrière lesquels s'étendait le lac. Ceux qui ne voyaient pas le lac lui-même distinguaient la réverbération du soleil sur sa nappe huileuse, étalée jusqu'à l'horizon...

ENCHANTÉS DE FAIRE
VOT' CONNAISSANCE !

disait l'énorme écriteau tendu au-dessus de la route.

Bunting arrêta la voiture et cracha, blanc, par la portière. C'était le début de l'après-midi, et ce bled vidé par l'heure de la sieste, au terme d'un voyage de trois jours, avait de quoi déprimer le plus résistant ! Trois jours et deux nuits à se morfondre côte à côte et dormir dans la voiture. Deux êtres humains étrangers l'un à l'autre, hostiles à tout contact, bien enfermés chacun dans sa peau...

L'arrivée à Manitoba, toutefois, modifiait leurs rapports. Parmi tous ces gens encore invisibles, sous ce soleil abrutissant, Bunting ne connaissait personne d'autre que Linda, et Linda ne connaissait personne d'autre que Bunting. Si cela pouvait s'appeler « connaître »...

Ils prirent une « cabine » dans le premier motel. Bunting se laissa choir sur le bord du lit, accablé de fatigue, et Linda disparut, tout de suite, dans la salle de bain...

— Tu n'aurais pas un élastique ?

Il se réveilla en sursaut, se redressa d'un effort brusque.

— Quoi ?

— Un élastique. Pour tenir mes cheveux. J'ai tellement chaud...

— Non.

Elle redisparut et il se laissa retomber en arrière, réalisant après coup que Linda venait de se montrer à lui en slip et en soutien-gorge. Puis il entendit le bruit d'averse de la douche...

— Je peux m'allonger ?

Brusquement arraché, pour la seconde fois, à sa somnolence, il s'écarta machinalement, et le matelas s'affaissa sous le poids de la jeune femme. L'odeur vivante et saine du corps fraîchement lavé assaillit les narines de Bunting, qui cessa un instant de contempler le plafond pour loucher dans la direction de sa compagne.

Elle avait enfilé une combinaison propre de nylon, mais sous la combinaison, elle était nue, et quand les yeux de Bunting retrouvèrent la surface lisse du plafond, ils y transportèrent l'image de cette chair accessible, à peine voilée par le nylon rose. Subitement exaspéré, il se leva d'un bond, quitta la cabine sans laisser à Linda le temps de prononcer une syllabe et plongea, résolument, dans la chaleur étouffante du dehors. Il avait eu l'intention de faire comme elle, de prendre une douche, mais se déshabiller, se laver, se rhabiller, demandaient une somme d'efforts dont il se sentait provisoirement incapable. Et cette chambre exiguë, ce lit partagé avec une femme qui n'était pas, qui ne serait jamais Ann Jackson...

Ann !

Il dut s'arrêter pour reprendre haleine, vaincu, oppressé par un brusque accès de souffrance. Le vide, la vanité de tout cela, le vide béant, le vide, le vide...

— Eh, salut !

Le monde se stabilisa, reprit ses contours habituels. Un chien dormait à l'ombre de leur voiture et non loin de là, sous un palmier, se tenait l'homme qui venait de héler Bunting. Il était en kaki, avec un chapeau à large bord. L'allure et le visage recuit, buriné, d'un fermier prospère ?

— Comment va ? Enchanté de faire vot'connaissance !

Bunting se surprit à se pencher en avant, à se ramasser sur lui-même comme pour sauter à la gorge de cet inconnu débonnaire qui marchait à sa rencontre. Tendu, prêt à tout comme s'il avait déjà commis plusieurs crimes...

— Vous êtes de Steuben, pas vrai ? ou des environs ?

La tension s'accentua. Se précisa. Sans empêcher, cependant, la main de Bunting d'accepter sans hésitation la main offerte de l'inconnu.

— Steuben ?

— Sûr, Steuben ! Oh, c'est pas une grande ville. Probablement considéré comme un bled de banlieue, maintenant... J'ai vécu là-bas, dans le temps. Et j'ai vu, d'après votre plaque, que vous étiez du coin... Vous êtes bien du coin, pas vrai ?

— Oh... Oui. Oui, bien sûr !

Les jambes de Bunting tremblaient légèrement. D'excitation ? D'appréhension ? Difficile à dire...

— Y a bien quinze ans que j'y ai pas mis les pieds ! continuait le fermier, jovial. Mais je reçois toujours le journal local ! Oui, monsieur, je reçois toujours le journal local...

Bunting eut conscience d'avoir répondu quelque chose et ce devait être à peu près ce qu'il fallait répondre, car l'homme enchaîna joyeusement, sans marquer aucune surprise :

— Je m'appelle Collins. Et vous ?

— John...

— John ! Salut, John ! Et dites-moi... Il y a de la neige, là-bas, en ce moment ?

— Un peu, oui !

— C'est formidable, de penser qu'il y a de la neige, à Steuben, pendant qu'ici, on cuit dans son jus... Vous êtes en vacances, Johnny ?

— Oui. Oui, c'est ça...

— Je marche un bout de chemin avec vous, O.K. ? Quand je pense que depuis quinze ans...

— Je m'excuse, Collins, mais... Je crois que je vais aller boire un verre... Là-bas en face !

— C'est ma tournée ! hurla le fermier, transporté de joie.

Ils se retrouvèrent plantés côte à côte devant le comptoir. Bunting commanda un café, Collins, un lait à l'orange. Une spécialité du pays.

— ...vous prenez ce bled, par exemple, pérorait Collins. Il vous paraît mort, pas vrai ?

— Oui, plutôt !

— Non, monsieur ! C'est parce que vous ne le connaissez pas ! Mais moi qui travaille avec le touriste — j'ai un parc pour les remorques d'habitation, pour les caravanes, vous savez ? —, moi qui connais tout le monde, dans le secteur...

Il ment, songea Bunting. Il ne connaît pas le type de la buvette, celui qui vient de nous servir. Ils se seraient salués par leurs prénoms respectifs, et n'auraient pas manqué d'échanger quelques paroles...

— ... mais y a pas que l'industrie touristique, ici, Johnny ! Vous descendez par exemple l'Avenue de Denver jusqu'aux entrepôts, une chose que les touristes ne font jamais...

Et d'un seul coup, Bunting retomba sur terre. Parfaitement éveillé. Parfaitement lucide.

— C'est ça ! approuva-t-il. Racontez-moi un peu ce qui se passe dans le secteur. En dehors de l'industrie touristique...

Le rire de Collins contenait toute l'allégresse du monde.

— Mais c'est ce que je suis en train de faire, Johnny, c'est ce que je suis en train de faire ! On travaille toute l'année, ici ! Pas seulement pendant la saison ! Manitoba est un centre producteur ! Oui, monsieur. On est desservi régulièrement par le chemin de fer... Le gars qui veut s'établir dans un commerce... N'importe quel commerce... Mais c'est l'endroit idéal !

Bunting opina du bonnet. C'était probablement ce que Tarpin envisageait de faire...

— Et de la main-d'œuvre à bon marché, en veux-tu, en voilà ! Y se passe pas de mois sans qu'un type vienne sonder le secteur, pour une industrie ou pour une autre. Vous êtes dans l'industrie, Johnny ?

— Moi ? Non... D'ailleurs, je suis en vacances...

— Qu'est-ce qui vous empêche de vous fixer dans le coin si le climat vous plaît ? En temps de vacances du premier janvier à la Saint-Sylvestre ! Avec les pépinières, les fabriques d'appareils de toutes sortes et ces nouvelles industries sur le point de se créer, y a de quoi employer tout le monde, chacun selon ses goûts et ses capacités !

A la grande surprise de Bunting, Collins se leva, paya la tournée, s'attarda un instant encore, jouant nonchalamment avec son vaste chapeau.

— Allez faire un tour au bout de l'Avenue de Denver et jetez un coup d'œil à la ronde. C'est par là que se tiennent tous les gars qui viennent du dehors. Pas les touristes, je veux dire !... Mais les autres !... Et si vous cherchez une situation d'avenir, Johnny, c'est ici que vous la trouverez ! Bye, bye...

Bunting le suivit des yeux, pendant quelques secondes, avant de repartir, à son tour, dans la direction opposée. Une coïncidence, ce type qui se flanquait dans ses pattes et lui donnait cent détails sur la ville, lui précisait l'endroit où il devait aller... Cette rencontre troublait Bunting et le mettait sur ses gardes. Le hic, c'est qu'il ne savait pas de quoi il devait se garder...

Il retrouva Linda endormie, la réveilla sans ménagement, lui intima l'ordre de se préparer pendant qu'il prendrait sa douche. Lorsqu'il ressortit de la salle de bain, elle était assise sur les marches de leur cabine et l'attendait patiemment en grillant une cigarette.

— J'ai faim, commença-t-elle. Nous pourrions peut-être...

Il s'accroupit auprès d'elle pour lui parler à mi-voix.

— Je te l'ai déjà dit et je te répète, une fois de plus. Je suis ici parce que je cherche du boulot. Un boulot tout simple d'électricien. Ça n'a pas marché avec Saltenberg, alors je veux essayer Tarpin. A leurs yeux, tu vis avec moi. A mes yeux tu es là pour m'aider à dénicher et contacter ces types, et faire semblant de vivre avec moi. Un point, c'est tout. Compris ?

— Oui. Mais je ne comprends pas pourquoi tu te crois obligé de prendre cette attitude agressive...

— Parce que j'ai des ennuis avec ma vésicule biliaire ! Voilà pourquoi !

Elle retint son souffle et se détourna. Puis se releva lentement.

— Je ne vois pas pourquoi, non plus, tu cherches constamment à m'insulter. Ou à me blesser...

— Tout ce que tu demandes, c'est le manger et le boire et un toit sur ta tête, pas vrai ? Et c'est bien ça qui est convenu ? Tu me laisses tranquille et je te laisse tranquille...

— Oui, dit elle. Mais toi, tu ne me laisses pas tranquille...

C'était vrai et Bunting ne répondit pas. Il ne savait pas lui-même ce qui le faisait agir de cette manière. Et pourtant, ce n'était pas son intérêt. Il avait besoin d'elle et s'il continuait comme ça, elle finirait par le laisser choir. La seule chose qui la retînt auprès de lui, en fait, était son inertie. Son indifférence.

Il se rappela qu'elle avait faim et l'emmena au restaurant. Elle mangea tandis qu'il buvait du café. Elle vit qu'il faisait des efforts pour la laisser en paix, sans trahir son impatience, et lui en fut reconnaissante. Bunting était le premier homme avec qui elle eût été réellement en contact depuis la mort de son mari.

— Fini ? s'informa-t-il en constatant qu'elle l'observait.

— Fini !

— Très bien... Nous allons démarrer, maintenant. Ouvrir la chasse. Ce qu'on cherche, c'est une plaque d'immatriculation étrangère au secteur. Ce que tu dois chercher, toi, c'est une ou plusieurs têtes de connaissance. Pour autant que je sache, ils sont quatre. Dont Tarpin. Tu crois pouvoir reconnaître Tarpin ?

— Lui, sans aucun doute. Les autres, je n'en sais rien. Si ce sont des nouveaux... Voilà plus de six mois que je vis en dehors de tout...

— Et nous sommes ensemble, tous les deux. Vraiment ensemble. Vu ?

— Vu !

Ils descendirent l'Avenue de Denver, roulant au pas comme un couple de touristes fraîchement débarqués. Le soleil rouge glissait vers la ligne d'horizon, les ombres s'allongeaient, l'air du crépuscule enveloppait Linda comme une présence physique dont elle eût conscience, un instant — ce qui, chez elle, était nouveau — mais qui s'évanouit très vite, la laissant bizarrement lucide et mélancolique et lasse.

— Un motel, signala Bunting.

Ils n'y virent aucune voiture et parvinrent aux entrepôts, qui s'étiraient des deux côtés de la route. Devant l'un d'eux, passait une ramification de la voie ferrée. Une grande pancarte signalait qu'un immeuble abritait les locaux de la « Compagnie Trixi », (un peu vague, comme explication), et deux autres immeubles renfermaient des bureaux à louer. Puis, venaient un restaurant, une blanchisserie automatique, un parc pour caravanes...

— Regarde ce type, là-bas, dit Linda. C'est à nous qu'il fait signe ?

Bunting reconnut le nommé Collins, à l'intérieur du parc pour caravanes. Il était vautré dans un fauteuil de jardin, avec une petite fille sur les genoux. Une petite fille qui riait aux éclats, parce que Collins lui tenait le bras, et l'agitait à l'adresse des autos qui passaient, sur la route...

Ils atteignirent une fourche dont une branche conduisait à la gare de marchandises et l'autre à la sortie de la ville, dans la direction du lac. Bunting fit demi-tour et revint vers le centre du pays, en contournant les voies de triage. Ils découvrirent, ainsi, deux autres motels enfouis dans les pins d'Australie.

— J'aperçois des voitures, annonça Bunting. On va pousser une pointe jusque-là...

— Attends... Qu'est-ce que c'est que celle-là qui s'amène ?

La décapotable sortait du motel, s'en venait à leur rencontre.

— J'ignore d'où elle est, mais elle a une plaque, par-devant. Dans cet Etat, ils ne mettent pas de plaque...

— Je le connais ! coupa Linda. C'est un nommé Morgan.

6

Morgan était entré dans un drugstore.

Ils rangèrent la voiture, le rejoignirent à l'intérieur du magasin et ce fut l'affaire de trente secondes...

— Morgan !

— Quoi ?... Lindy ! Bon sang, mais c'est Lindy ! D'où sortez-vous ? Et Tom ? Où est...

Puis Morgan rougit, s'étrangla et conclut avec une gaucherie plutôt sympathique :

— Bon sang, Lindy, j'en fais jamais d'autres ! Je sais pas comment j'ai pu oublier... Même une seconde...

— C'est ce que j'essaie de faire moi-même, Morgan. Oublier... D'ailleurs, je veux vous présenter quelqu'un... Il s'appelle John... John, je te présente Morgan...

Les deux hommes échangèrent une cordiale poignée de main. Morgan avait les yeux bleus, un large visage amical de poupon souriant... Enchanté de faire vot'connaissance, songeait Bunting, la gorge nouée, incapable de prononcer une syllabe. Enchanté de faire la connaissance d'un de ceux par la faute de qui Ann est morte. De celui-là même, peut-être, qui l'a tuée ?

— ... pour passer des vacances ?... John... Eh, John !

Bunting sursauta violemment.

— Quoi ? Oui ? Qu'est-ce que vous disiez ?

Morgan éclata de rire.

— Je vous demandais si vous étiez là pour passer des vacances ?

— Il vient de tenir le volant pendant trois jours, intervint Linda. Il est complètement dans le cirage. Vous savez comment c'est, quand on est trop fatigué ?

— Sûr ! approuva Morgan. Faut prendre un remontant, John. Garçon !...

Fébrilement, Bunting cherchait à reprendre pied, à secouer la paralysie, qui le clouait sur place, conscient du rire de Linda, des explications qu'elle fournissait à Morgan, de l'aide précieuse qu'elle lui apportait à lui-même, avec un naturel, une aisance de comédienne qui le surprenaient. Morgan n'était peut-être pas celui qu'il cherchait, mais c'était un d'entre eux, et c'était lui qui allait le conduire auprès des autres...

— Je suis ici, s'entendit déclarer Bunting, parce que je cherche du boulot...

— Ouais ? Qu'est-ce que...

— Et c'est pas tout à fait par hasard qu'on t'a rencontré !

Le sourire amical se figea, et Bunting eut l'impression que les pupilles noires ressortaient beaucoup plus, tout à coup, au centre des prunelles bleues. Posément, il ajouta :

— Heureux que Linda t'ait reconnu, parce que moi, je te connaissais pas...

— Je pige pas très bien, murmura Morgan.

— Tu vas piger. Je cherche Tarpin.

— Tarpin ?

Très vite. Histoire de tuer dans l'œuf toute réaction visible.

— Tarpin ! Je cherche du boulot et je cherche Tarpin.

Morgan se retourna vers la jeune femme.

— Qui est-ce, Linda ?

— Il est avec moi, dit-elle. Tu peux lui faire confiance.

— Naturellement...

Mais il n'avait répondu de cette façon que pour faire plaisir à Linda et Bunting lui toucha l'épaule.

— Tout ce que je veux, c'est parler à Tarpin. Est-ce qu'il faut un laissez-passer signé Morgan, pour y arriver ?

— Tarpin est le patron ! riposta Morgan.

Et pour lui, c'était une explication suffisante.

— Alors, laisse-le prendre ses décisions lui-même ! dit Bunting. D'ailleurs, je le trouverai bien sans toi...

— C'est vrai ! pouffa Morgan. On y va ! Vous n'aurez qu'à me suivre...

Il n'était pas soupçonneux de nature. Il n'avait réagi de cette façon que par habitude professionnelle.

Le ciel était rouge. Un incendie qui embrasait tout l'ouest et s'éteignait à vitesse vertigineuse, sous la chute noire de la nuit.

Bien que peintes en rose, en bleu, en blanc, les cabines alignées sur trois rangées n'étaient pas plus vivantes que celles du motel où Linda et Bunting étaient descendus. C'étaient toujours des façades de plâtre. Peintes en rose, en bleu ou en blanc...

La cabine occupée par Tarpin et ses hommes comportait deux chambres, une pièce de séjour, une salle de bain, une cuisine. Magazines et vêtements épars jonchaient le parquet et les meubles. sans parvenir à donner au chalet un air « habité ».

— Y a quelqu'un là-dedans ? hurla Morgan.

— Personne, à part nous autres les souris ! flûta une voix.

Morgan se mit à rire.

— C'est ce qu'il répond chaque fois. Et chaque fois, c'est plus fort que moi, ça me fait rigoler...

— Aujourd'hui, monsieur reçoit dans son lit ! continua la voix.

— T'es correct, oui ? J'ai une femme avec moi...

— Une femme ? Une vraie ? Qu'elle entre, bon sang, qu'elle entre ! C'est à peine si je sais encore comment c'est fait !

Ils pénétrèrent dans la chambre où, sur un des plumards, s'agitait une espèce de pitre frisé comme un mouton, dans un grand concert de ressorts grinçants et de magazines froissés. Sa tignasse noire brillait, ses chaussures noires brillaient, et son visage osseux était sans cesse en mouvement.

— Tu te souviens de Linda ? dit Morgan.

— Linda. Linda... Oui, oui... Linda et Tom.

Il serra la main de la jeune femme.

— J'ai oublié votre nom, avoua Linda.

— Jesse. Rien d'étonnant, vous étiez mariée, à l'époque !

Il se leva, regarda Bunting.

— Encore mariée ?

C'était à Bunting de répondre, mais Bunting observait Jesse et, pour la seconde fois en moins d'une demi-heure, ne pouvait articuler une syllabe.

Linda dut encore intervenir pour sauver la situation.

— Non, dit-elle. Mais c'est tout comme. Jesse je vous présente John...

— Salut, John ! souligna Jesse.

Quelques répliques s'entrecroisèrent. Quelques répliques sans importance et quelques rires sans signification.

— Et Tarpin ? s'informa Bunting.

Les trois autres le regardèrent. Puis Jesse riposta :

— Il va revenir. Dans une demi-heure, peut-être...

— O.K., approuva Bunting. Alors, on va revenir, nous aussi.

— Vous pouvez l'attendre, dit Jesse. Vous ne nous gênez pas...

Morgan acquiesça d'un signe de tête. Il ne souriait plus et quand Bunting se retourna vers la porte, Jesse lui barrait le passage. Jesse était plus petit et plus léger que Bunting, mais ça n'avait rien d'évident. Ce qui sautait aux yeux, c'était que Jesse ne laisserait personne quitter la pièce.

— On peut aussi bien attendre ici, pas vrai ? dit Linda.

Lentement, pesamment, Bunting alla s'asseoir sur le bord du lit jonché de magazines.

— Oui. On peut attendre... Au moins quelques minutes !

Quelques secondes s'écoulèrent. Puis Morgan rompit à nouveau le silence :

— Tu as un revolver sur toi, John ?

Bunting allumait une cigarette.

— Non.

Il n'y avait jamais pensé, et s'en étonnait tout à coup.

— Tu ferais mieux de vérifier, dit Jesse à l'adresse de Morgan.

Morgan haussa les épaules.

— Lindy, est-ce qu'il...

— Bien sûr que non !

— J'en ai jamais eu l'impression, confirma Morgan.

Linda vint s'asseoir sur le lit, posa sa main sur la cuisse de Morgan et l'y laissa jusqu'à ce qu'elle sentît ses muscles se détendre. Elle lui était vraiment d'un grand secours et Bunting songea, vaguement, qu'il n'avait jamais vu une femme jouer aussi bien la comédie. Puis Jesse et Morgan passèrent dans la pièce voisine et dès qu'ils furent seuls, Linda murmura :

— Je ne sais pas pourquoi tu es ici, John. Tu dis que c'est pour chercher du travail et je veux bien te croire. Mais tu te conduis comme s'il y avait autre chose... On dirait que tu le fais exprès d'éveiller leur méfiance !

Il lui jeta un regard chargé d'une telle hostilité qu'elle s'écarta de lui, instinctivement, regrettant d'avoir eu cette faiblesse de vouloir le conseiller. Elle s'était imaginé, au départ, qu'il lui suffirait de le présenter à la ronde et qu'elle pourrait, ensuite, passer son temps à dormir et savourer le soleil de Floride. Mais il était déjà plus qu'évident que les choses ne seraient pas si simples. Qu'il lui faudrait s'engager beaucoup plus profondément, beaucoup plus dangereusement, vis-à-vis de Tarpin et de ses hommes...

L'attente fut morne et silencieuse. Une seule fois, Bunting s'approcha de la porte et Morgan se dressa devant lui, souriant, débonnaire. Bunting demanda un verre d'eau que Jesse s'empressa de lui apporter...

Finalement, une auto s'arrêta devant la cabine ; une portière claqua ; il y eut des pas, des murmures, dans la pièce voisine, un bruit d'eau courante... Bunting alla rouvrir la porte de la chambre et se trouva, cette fois, en présence de trois hommes. Jesse, Morgan, et un gringalet qui n'avait pas l'air de tenir en place...

Le bruit d'eau cessa, et l'homme qui surgit de la salle de bain avait la figure enfouie dans une serviette éponge.

— C'est toi qui veux me voir ?

— Tarpin ?

Bunting s'avança jusqu'au centre de la pièce.

— Oui.

Il acheva de s'essuyer, rejeta ses cheveux en arrière et lança la serviette à l'un de ses hommes.

— Assieds-toi !

Quelqu'un poussa une chaise derrière les genoux de Bunting.

Tarpin était noir de poil, avec un front qui disparaissait complètement, quand il remontait les sourcils.

— Et alors ?

Bunting, à présent, savait sa leçon. Il la débita sans y penser, avec tout le naturel désirable.

— Je cherche du boulot. Je suis électricien. Monteur-électricien. J'ai essayé Saltenberg, mais il m'a éjecté. Alors, j'ai décidé de venir te proposer mes services...

Sans y penser. Sans que son cerveau participât vraiment à sa réponse. Son cerveau que meublait, présentement, une seule pensée : ils sont là, tous les quatre, et l'un d'eux est celui que je cherche...

— Pourquoi ? disait Tarpin.

— Parce que tu peux m'utiliser mieux encore que Saltenberg, puisque tu en es au démarrage...

— Qu'est-ce qui te le fait croire ?
— Ça tombe sous le sens !
— Qui t'a dit que j'étais ici ?
— C'est pas un secret...
— Je me figurais le contraire !
— Tu avais tort. Comment que j'aurais fait, sans ça, pour...
— C'est ce que je te demande !
— Je vous connaissais tous de vue, intervint Linda, debout sur le seuil de la chambre. J'ai aperçu Morgan, et...
— Va l'attendre dehors ! coupa Tarpin.

Elle obéit et personne ne pipa mot jusqu'à ce qu'elle eût refermé la porte derrière elle. Le cuir chevelu de Tarpin exécutait une étrange gymnastique, ondulant d'avant en arrière en escamotant, chaque fois, son front bas.

— Kuntz ! Ferme la fenêtre !

Kuntz se précipita. Bunting voulut se lever mais deux mains s'abattirent sur ses épaules. Kuntz. Morgan. Jesse. Tarpin. Et c'était un des quatre ! Kuntz. Morgan. Jesse. Tarpin. Comme une litanie...

— Je répète ! Qui t'a dit que j'étais ici ?
— Personne. Je me suis renseigné à la ronde...
— Qui ?
— Personne, je te dis ! J'ai su ça comme ça ! Les bruits courent vite...

La gifle bâillonna Bunting. Une voix déclara :

— C'est pas impossible, tu sais ! Ça se répand, ces trucs-là...
— Bien sûr ! ricana Tarpin en recommençant à cogner.

Aveuglé par la rage et la douleur cuisante engendrée par ces gifles méthodiquement assenées, Bunting rua des deux jambes. Dans le vide. Les deux mains le clouaient toujours sur sa chaise, mais il n'y avait plus personne, devant lui. Debout à trois mètres de là, Tarpin allumait une cigarette.

Puis il revint à la charge.

— D'où est-ce que tu sors ? Où est-ce que tu bossais, avant ça ?

Il était prêt à redémarrer. C'était comme ça, et pas autrement, qu'il avait l'intention de mener l'entrevue, et d'un effort violent, Bunting échappa aux deux mains qui le retenaient. Le temps de reprendre son équilibre, malheureusement, et Morgan était déjà sur lui. Jesse et Morgan. Ils le maîtrisèrent avec dextérité, lui tordirent les bras derrière le dos tandis que Tarpin prenait son élan et frappait Bunting au creux de l'estomac, affirmant d'une voix paisible :

— Si tu ne réponds pas tout de suite, tu répondras tout à l'heure ! Alors, pourquoi te faire esquinter ? D'où est-ce que tu sors ?

Bunting eut un haut-le-cœur et Tarpin recula prudemment.

— Redressez-le ! ordonna-t-il.

Bunting luttait pour ne pas tourner de l'œil. C'était la seule chose qui manquât encore pour compléter sa sensation d'impuissance, pour rendre sa haine futile et sa tâche, apparemment désespérée. A moins de les tuer tous les quatre, s'ils ne le tuaient pas eux-mêmes, comment pourrait-il jamais...

Les questions succédaient aux coups et les coups aux questions. Monotones. Implacables. Méthodiques et sans colère. Et toujours à cette même place, dans les muscles contractés de son estomac...

La sonnerie du téléphone arrêta le poing de Tarpin à mi-chemin du cinquième ou sixième swing. Elle se reproduisit, dans le silence tendu, sans que personne ne bougeât, et Tarpin, brusquement, explosa :

— Alors ? Y en a pas un qui va aller répondre ?

Morgan traversa la pièce.

— Allô, oui ?

Puis il écouta un instant.

— Si c'est Miami, lui cria Tarpin, dis-leur que je les rappellerai...

— Non, dit Morgan. C'est pas Miami. Attends un peu...

— Si c'est pas Miami, qui est-ce qui me demande ?

Morgan posa l'appareil sur la table et déclara :

— C'est pas toi qu'on demande. C'est Bunting !

7

Bunting mit un bon bout de temps à comprendre que le bourdonnement qu'il entendait n'était plus celui du téléphone et n'existait nulle part ailleurs que dans sa propre tête.

Une voix parlait, une voix prononçait son nom, à l'autre bout de la ligne, mais elle dut le répéter pas mal de fois avant qu'il trouvât la force de répondre :

— Oui... Oui, c'est moi, Bunting.

— Ah, tout de même ! Vous vous souvenez de la tempête de neige qui a éclaté, le jour où vous êtes venu à Steuben ?

— Qu... quoi ?

— La tempête de neige. Vous vous souvenez ? Le jour où...

— Il n'est pas tombé de neige ce jour-là ! graillonna péniblement Bunting.

Un éclat de rire lui fit vibrer le tympan.

— Parfait ! Un peu primitif, sans doute, mais c'est tout ce que j'ai trouvé pour m'assurer de votre identité... Que j'avais bien affaire à vous, veux-je dire !

— Qui... qui est à l'appareil ?

— Il y a quelqu'un d'autre à l'écoute ?

— Non.

— Essayez de rester impassible, Bunting. Aucune réaction spéciale, vous comprenez ? C'est Saltenberg qui vous téléphone... Mais répondez-moi quelque chose comme : « Oh, c'est toi, Jack ! Qu'est-ce que tu veux ? » ou quelque chose du même genre. Pourvu que le nom de Jack soit dans le topo...

— Jack ? Qu'est-ce qui te prend de me rappeler ici ? J'ai...

— Bravo ! Alors, c'est Jack Eckstein qui vous téléphone. Jack Eckstein. Vous n'êtes pas seul, naturellement ?

— Sûrement pas, Jack ! Oh, mais, pas du tout !

— Très bien. Continuez comme ça. Jack Eckstein est un de mes collègues. Secteur de New York. Vous avez passé un an à New York ?

— Exact ! grogna Bunting.

Et malgré son estomac chaviré, malgré ses muscles douloureux, il ne put s'empêcher d'admirer la précision des informations de Saltenberg.

— Parfait ! Vous avez travaillé pour Eckstein. Pendant un an. Vous l'avez quitté il y a un mois. Vous vous occupiez de superviser le montage et la réparation des machines à sous. Et d'acheter, aussi, une partie des matières premières. J'ai cru comprendre, en étudiant votre dossier, que vous étiez qualifié pour...

— Ouais, ouais, ouais !

— Un Jack ou deux, s'il vous plaît !

— Ecoute, Jack...

— Merci. Je suis Jack Eckstein et je vous demande de revenir travailler pour moi. Vous ne voulez rien savoir. Nous nous sommes bagarrés parce que je vous ai reproché d'acheter trop cher, et vous êtes susceptible. Vous ne voulez pas revenir. A aucun prix ! Faites-le comprendre à vos auditeurs, je vous prie ! Et servez-vous de termes énergiques...

— Tu peux toujours aller te faire foutre, espèce de...

— C'est ça, continuez dans ce sens !

— Jamais de la vie, je te dis ! J'aimerais mieux crever la gueule ouverte ! Quand quelqu'un a ch... dans mes bottes...

— Merveilleux, vous avez des dispositions remarquables...

— Mais je voudrais bien savoir, quand même, ce qui te prend, comme ça, tout d'un coup...

La réplique était bonne pour les deux bouts du fil, et Saltenberg expliqua :

— Eckstein et moi sommes officiellement à couteaux tirés. Avoir travaillé pour Eckstein ne peut que vous accréditer aux yeux de Tarpin, vous comprenez ?

— Sûr, Jack, mais...

— Mais en réalité, j'ai conclu un accord avec Eckstein. Il s'est engagé à corroborer tout ce que je suis en train de vous dire, et vous pourrez le prouver en conseillant à Tarpin de rappeler Eckstein...

Saltenberg toussa délicatement avant d'ajouter :

— Voilà qui devrait faciliter vos rapports avec Tarpin et sa bande, Bunting !

Il y eut un silence, durant lequel Bunting s'efforça de mettre un peu d'ordre dans ses idées. Saltenberg lui sauvait la mise. Peut-être même la vie. Mais il avait ses raisons pour cela.

Des raisons qui...

Bunting n'hésita pas davantage. Il leva les yeux, brièvement, vers ses quatre auditeurs, et n'hésita pas davantage. Un des quatre était son homme, l'assassin de sa fiancée, et il était là pour avoir sa peau.

— Ça va, Jack ! Et tu demanderais quoi, en contrepartie ? Je suis sûr qu'il y aurait une contrepartie !

— Vous n'avez pas oublié Collins, naturellement ?

— Collins ? Je ne connais personne qui...

— Pas de noms, bon Dieu ! Ce type qui vous a cramponné, aujourd'hui... Ce sera votre intermédiaire. C'est par lui que vous communiquerez avec moi. Que vous me transmettrez les renseignements qui...

— Espèce de salopard ! martela Bunting, mi-révolté, mi-admiratif.

Saltenberg s'esclaffa.

— Excellente conclusion, à votre extrémité, Bunting ! A propos, j'ai vu que vous vous étiez fort bien débrouillé, avec Linda. Tout marche selon vos désirs, dans ce domaine ?

— Barre-toi, espèce de...

Les injures qui jaillirent spontanément des lèvres de Bunting s'adressèrent à un appareil raccroché, à une ligne sourde, mais firent une grosse impression sur les quatre hommes en attente. Le souffle rauque, Bunting s'écroula sur la première chaise disponible et Tarpin questionna :

— C'était qui ?

Bunting grommela quelque chose dans sa barbe, mais prit le temps d'allumer une cigarette. Il pouvait se permettre, à présent, de les faire languir.

Tarpin renchérit :

— Et comment ce type savait-il où t'appeler ?

Bunting tira sur sa cigarette, se releva lourdement, vint se planter devant Tarpin.

— Je t'ai pourtant déjà dit que c'était pas un secret ! Ni que tu sois là, ni que j'y vienne ! Je cherche du boulot, et si t'as jamais cherché du boulot tu sais ce qu'on fait, dans ce cas-là. On se renseigne. Je me suis renseigné pour savoir où tu étais passé, et pour la vingt-cinquième fois, c'est pas un secret. Ou alors, vous l'avez rudement mal gardé !

Bunting retourna s'asseoir. Ses jambes flageolaient sous lui, mais les coups qu'il avait encaissés étaient une explication suffisante.

Tarpin répéta :

— C'était qui ? Au téléphone...

— Eckstein... Jack Eckstein...

Ménageant son effet, Bunting marqua une pause.

— C'est pour lui que je bossais, en dernier...

Tarpin fourra ses deux mains dans ses poches. Kuntz, Jesse, Morgan observaient Bunting. Figés. Attentifs.

— Alors, comme ça, tu as bossé pour Jack Eckstein ?

— Ouais ! Et si tu peux pas m'employer, je retourne à New York ! C'est ce qu'il veut, d'ailleurs...

Après ça, tout marcha comme sur des roulettes. Tarpin appela New York et pendant qu'ils attendaient la communication, Bunting alla chercher Linda, réintégra la cabine avec elle.

Eckstein se tira fort bien du rôle que Saltenberg l'avait payé pour jouer. Il récita son texte d'une façon convaincante et lorsque Tarpin eut passé le mot alentour, l'atmosphère se détendit sensiblement.

— C'est quoi, sa partie ? s'informa Jesse.

Il interrogeait Tarpin. Exactement comme si Bunting n'eût pas été là.

— Electricité, dit Tarpin. Tout ce qui concerne le montage et l'achat du matériel...

— Eh ! s'exclama Morgan. C'est justement pour ça qu'on n'a encore rien fait ! Parce qu'on n'avait pas...

— Ta gueule, Morgan ! trancha Tarpin.

On déboucha une bouteille. On remplit des verres. On trinqua. On parla de choses et d'autres... Bunting essaya de donner à la conversation un tour pratique que Tarpin écarta d'un signe de tête. Pas de discussions sérieuses ce soir. Pas d'excuses, non plus, pour la façon dont il avait traité Bunting, avant ce coup de téléphone. Bunting n'en attendait pas, d'ailleurs. C'était un aspect *personnel* du problème et tout cela devait rester strictement impersonnel jusqu'à ce qu'il cessât d'avoir quatre hommes en face de lui. Jusqu'à ce qu'il eût découvert lequel de ces quatre hommes était responsable de cette mort...

— Je suis content de voir à quel point vous avez changé, Linda, ronronnait Jesse, assis près de la jeune femme sur le canapé de moleskine. Du temps de ce vieux Tom, vous n'auriez laissé personne vous faire la cour...

— Laisse Tom tranquille, tu veux ? Il est mort !

Kuntz, l'hypernerveux, suait comme un bœuf.

— Moi, ce que j'en dis, poursuivit Jesse, c'est histoire de

causer... Il a été vite remplacé, le cher disparu, hein, Linda ? Combien de vrai veuvage ? Trois mois ? Six mois ?

La jeune femme se détourna, cherchant surtout à fuir cette haleine chargée d'alcool. Sans forcer la dose, Morgan s'interposa :

— Allez, Jesse, fous-lui la paix, quoi...

— Ça te concerne, Morgan ? Regarde Johnny, ça lui est égal...

Bunting avait accaparé l'attention de Kuntz, et semblait se moquer de tout le reste. La voix de Morgan se durcit légèrement.

— Debout, Jesse, et pas d'histoires... Laisse Linda tranquille.

Jesse ne se fâcha pas. Morgan était un peu gros pour lui et Linda ne repartirait pas tout de suite, maintenant que Bunting était dans le coup. Il se leva, louchant ostensiblement dans le décolleté de Linda, et remplit son verre. Morgan s'assit sur le canapé, lent, lourd, impassible. Tarpin avait ouvert un magazine et Bunting, dans son coin, discutait à voix basse avec le nommé Kuntz :

— Ça doit être agréable de bosser pour Tarpin, non ? C'est un type qui sait ce qu'il veut... Un type sur qui on peut s'appuyer, quand ça tourne mal... Comme l'autre fois, là, l'histoire de Truesdell Square...

— Bon Dieu, je pense bien ! soupira Kuntz.

C'était lui le plus nerveux et le plus malléable des quatre. Bunting n'avait pas prémédité de mettre le sujet, si vite, sur le tapis, mais Kuntz semblait une proie si facile...

— Tu y étais, ce jour-là ?

— Qui, moi ? Bien sûr ! On y était tous les quatre...

Un premier point d'acquis. Ces quatre-là, et personne d'autre...

— La façon dont cette fille a stoppé un pruneau. Une balle perdue, hein, Kuntz ? Mais pas perdue pour tout le monde...

— Me parle pas de ça ! J'en suis malade...

— Pourquoi ? C'est toi qui...

— T'es cinglé ! Laisse-moi partir... Faut que j'aille aux goguenots...

Kuntz disparut et Bunting resta seul, ébranlé par cette première alerte, par ce premier espoir né trop vite et trop vite déçu...

— Ça fait combien de temps que vous êtes ensemble ? disait Tarpin à Linda.

La jeune femme émit un rire bref.

— Je ne vois pas en quoi...

— Vous avez tellement changé, depuis la mort de Tom ! Pas physiquement, je veux dire... Vous êtes toujours aussi bien balancée ! Mais on vous sent nerveuse, sous pression...

— Peut-être que ça ne lui plaît pas, d'être avec Bunting ? suggéra Jesse, venimeux.

Une fois encore, Morgan intervint :

— S'il vous embête, faites-moi signe, Linda !

Parlait-il de Jesse ou de Bunting ou peut-être même des deux ? Jesse préféra renoncer à élucider le problème et retourna faire le plein de son glass. Hochant la tête, Tarpin reprit :

— Vous étiez si gaie, du temps de Tom. Si pleine d'insouciance...

— Je suis fatiguée, Tarpin. Nous avons dormi deux nuits dans la voiture, alors laissez-moi tranquille, voulez-vous ?

Elle avait élevé la voix, sans y prendre garde, et sa véhémence attira l'attention de Bunting.

— Quelque chose qui cloche, Linda ?

— C'est mes questions qui la rendent nerveuse ! ricana Tarpin.

— Si t'as des questions à poser, je suis là pour y répondre...

— Oh, j'en sais rien... On parlait d'il y a... combien de temps, Linda ? Six mois, environ... T'étais pas dans le secteur, Bunting. Où est-ce que tu étais, y a six mois ?

— Je crois qu'on ferait mieux d'aller tous se coucher, dit Morgan. Y a six mois, pour toi, c'est y a six mois, Tarpin. Mais peut-être que pour Linda...

— Il a raison ! conclut Bunting. Viens, Linda, on s'en va...

Suivit une brève discussion au terme de laquelle Bunting et Linda s'installèrent dans la cabine voisine, tandis que Morgan allait régler leur note et récupérer leurs bagages, à l'autre motel.

— J'espère que j'ai bien empaqueté vos affaires, Linda, dit-il à son retour. J'ai fait de mon mieux, mais...

— Je suis sûre que tout est très bien. Merci beaucoup, Morgan. Vous êtes un chic type...

Morgan se retira en leur souhaitant de passer une bonne nuit et son départ soulagea Bunting. Linda ne cessait plus de s'agiter, depuis un bon moment, se lançait dans de longues phrases qu'elle ne finissait pas et s'interrompait à chaque instant pour se mordre la lèvre. Ses nerfs allaient la lâcher, d'une seconde à l'autre, et mieux valait qu'ils fussent seuls, tous les deux, quand la crise éclaterait.

La crise n'éclata pas, cependant. Il y avait deux lits, dans la chambre, et Linda s'était embarquée dans une dissertation sur les avantages des lits jumeaux, tout en commençant à se déshabiller avec des gestes fébriles.

— Exactement ce qu'il nous faut, hein, Johnny ? Deux petits lits jumeaux bien sages et bien éloignés... Quand je pense que ces idiots s'imaginent... Décroche-moi cette agrafe, tu veux ?... Merci, ça ne t'a pas trop ennuyé ?... Ça ne t'ennuie pas trop que je dorme comme ça ?... C'est à cause de cette chaleur...

Elle rit convulsivement.

— C'est la première fois que tu me vois toute nue, hein ?... Ça ne te dérange pas trop ?... Là-bas, chez Joyce... J'étais habillée... Et même autrement, tu ne m'aurais sans doute pas vue... Un viol d'ivrogne, pas vrai ? Violée par un ivrogne ! C'est à peine si je m'en souviens... Tu avais trouvé le moyen de me saouler aussi...

Bunting passa dans la salle de bain. Elle continua de parler, toute seule, pendant qu'il prenait sa douche. Puis il n'entendit plus rien et crut un instant qu'elle s'était endormie. Elle ne dormait pas, pourtant. Elle était assise sur le bord de son lit, toujours nue, mais Bunting passa près d'elle sans que le corps jeune et ferme exposé à sa vue lui inspirât la moindre parcelle de désir.

Il éteignit la lumière et s'allongea sur l'autre lit. Jesse. Kuntz. Tarpin. Morgan. Quatre noms.

Quatre visages. D'ici peu, il tuerait un de ces quatre hommes et cette perspective emplissait son esprit, neutralisait en lui toute autre possibilité d'émotion...

Un son léger, venu du lit voisin, parvint tout de même à couper le fil de ses pensées. Il se détourna, distingua vaguement la silhouette de sa compagne, toujours assise, toujours prostrée sur le bord de son lit.

— Eh ! chuchota-t-il. Eh, Linda ?

Elle ne répondit pas. Il eut tout à coup, très précise, l'impression qu'elle luttait de toutes ses forces pour ne pas éclater en sanglots.

Il se leva, tendit la main. Le dos nu était lisse et frais comme de la soie. Aussi doux et non moins inerte.

— Linda ? Pourquoi... Pourquoi ça ? Maintenant...

Elle voulut lui répondre, mais quelque chose se coinça dans sa gorge et les seuls mots qu'il comprit furent :

— Il faut bien que... Il faut bien que... que je prenne une... *décision* !

Puis elle fondit en larmes et Bunting s'entendit murmurer :

— Allons... Allons... Allons...

Sur un rythme monotone.

Le mot sonnait doux à ses propres oreilles et il continua de le répéter, d'une voix apaisante, en la pressant doucement contre lui.

Peu à peu, elle se calma, s'amollit dans les bras de l'homme.

— Je suis fatiguée, Johnny... Couche-moi.

Il la désirait à présent mais il fit ce qu'elle lui demandait. Gentiment. Il repoussa les cheveux qui lui encombraient le visage et les étala sur l'oreiller. Puis il la borda soigneusement dans son lit et regagna le sien, sur la pointe des pieds. Il savait ce qu'elle ressentait parce qu'il avait, lui-même, dû quitter une morte, il n'y avait pas si longtemps, et qu'il s'était promené dans les rues, toute la nuit, pleurant et tremblant de tous ses membres, sans bien savoir où il allait...

Pourtant, il se trompait en attribuant les sanglots de Linda au décès, récent encore, de son mari. Sa coquille d'indifférence ne la protégeait plus, ne l'empêchait plus de se rendre compte que même son deuil avait cessé d'exister. Plus que tout le reste, c'était le choc de cette constatation qui avait provoqué sa crise, parce que tant que Bunting ne changerait pas d'attitude envers elle, tant qu'il persisterait à la traiter comme un bagage encombrant, elle n'aurait plus rien au monde. Rien.

Pas même une raison de souffrir.

8

Linda se réveilla en songeant que c'était arrivé, qu'il *avait* changé d'attitude, qu'il s'était montré gentil avec elle, infiniment doux et compréhensif, qu'ils allaient pouvoir, vraiment, réunir leurs deux solitudes et commencer à vivre ensemble...

Elle se retourna vers l'autre lit, mais il était déjà vide. Bunting était parti depuis plus d'une heure.

Les quatre hommes étaient semblables aux souvenirs de Bunting. Semblables à ce qu'ils avaient été la veille. Tarpin très paisible, mais jetant à la ronde, par intermittence, quelque accusation, quelque soupçon inattendus. Jesse ombrageux, agressif, volontiers désagréable. Morgan souriant, pesant, amical. Kuntz fébrile, effrayé par chaque difficulté entrevue...

Assis en cercle, ils mangeaient des sandwiches et buvaient du café que Morgan était allé chercher au drugstore, et si les mâchoires fonctionnaient activement, la conférence ne progressait guère...

— Et supposons même, dit Tarpin, que Miami ne me rappelle pas ! On se procurera le matériel ailleurs et c'est tout...

— Mais ça signifiera qu'ils ne veulent pas de notre clientèle et que...

— Ta gueule, Kuntz ! J'ai assez de fric pour tenir le coup et payer cash, chez n'importe quel fournisseur !

— Quand tu parles de matériel, intervint Bunting, tu envisages de monter entièrement les machines par nos propres moyens ? Pas de caisses préfabriquées, pas de tableaux tout montés...

— Et où est-ce que tu veux qu'on aille pêcher tout ça ? gémit Kuntz. Si les gens de Miami nous laissent choir...

— Assez !

Tarpin jeta son gobelet de carton dans un coin de la pièce et gronda :

— Vous oubliez tous qu'on ne dépend plus de Saltenberg ! Tout le monde le sait et personne ne tient à se le mettre à dos ! Il faut prendre les inconvénients en même temps que les avantages ! Un peu de patience, un peu de jugeote, et...

Jesse lui coupa la parole :

— C'est pas avec de la patience et de la jugeote qu'on lance une nouvelle organisation, Tarpin, et tu le sais aussi bien que nous ! C'est avec des relations et des gros capitaux ! Et comme on n'a ni les unes, ni les autres...

Encouragé par cette apostrophe, Kuntz renchérit :

— Sûr, Tarpin ! En fait de relations, on a Saltenberg contre nous, Eckstein contre nous, et pas un atout dans la manche. Y a des tas d'autres choses qu'on peut tenter... Le temps de voir venir, comme de juste... Chacun de son côté, sans attirer sur nous l'attention des caïds...

— Bande de dégonflés, commença Tarpin. Bande de minables ! Des hommes, ça ! Des gonzesses, oui ! Qu'est-ce que vous voulez foutre avec une tribu de rats d'égout qui cavalent dans tous les sens au premier contretemps...

Timidement, presque plaintivement, Morgan déclara :

— Moi, je marche toujours avec toi, Tarpin. Si les autres veulent...

Mais il en eût fallu d'autant plus, pour arrêter Tarpin, que Jesse et Kuntz n'avaient fait qu'exprimer ses propres inquiétudes et durant plusieurs minutes, la discussion menaça de crever le toit de la cabine, entrecoupée de blasphèmes et d'invectives, sans que la conclusion atteinte en fût modifiée d'une virgule.

Dans l'accalmie qui suivit l'orage, Bunting questionna d'une voix qu'il eût désirée moins tremblante :

— Vous voulez pas dire qu'on va se disloquer ? Tout laisser choir ?

Sa véhémence surprit tout le monde. Ils ignoraient, et pour cause, qu'il avait une raison de plus qu'eux, une raison infiniment puissante d'empêcher la désagrégation du quatuor...

— Vous pouvez pas faire un truc pareil ! ajouta-t-il, au sein du silence persistant.

— On discute, quoi ! dit Tarpin. Et pour ce qui est de ce qu'on peut faire ou de ce qu'on peut pas faire...

— Mais vous discutez dans le vide ! Vous n'avez pas assez de détails pour décider raisonnablement dans un sens ou dans l'autre !

— Et toi, t'en as des détails ? jappa Jesse.

— C'est une affaire, qu'on discute, ou un plongeon dans le noir ? Je connais peut-être pas grand-chose au marché, à la distribution, à l'approvisionnement, mais je connais mon boulot sur le bout du doigt et si Tarpin veut me faire confiance, je peux vous procurer le matériel électrique intérieur, en fournitures non spécialisées, pour la moitié de ce que vous comptiez y mettre ! Comme ça, vous pourrez payer le reste un peu plus cher, et je vous organiserai un système de montage qui ne demandera pas de gros moyens, et rien que nous pour démarrer, en guise de main-d'œuvre ! Et même avec l'amortissement du local, ça reviendra encore moins cher qu'une machine montée avec des éléments préfabriqués obtenus dans de bonnes conditions...

Il les convainquit, finalement, parce que la raison qu'il avait de les convaincre lui donnait tout le feu nécessaire et que son ardeur pouvait passer pour l'intérêt d'un jeune businessman aventureux envers une entreprise risquée, mais riche de promesses.

Tarpin, en tout cas, était convaincu. Quant aux autres, Kuntz n'osait plus l'ouvrir, Jesse demandait à voir et Morgan n'avait aucune idée personnelle.

Un seul voyage à Miami suffirait, estima Tarpin, pour que Bunting pût montrer quel matériel il était capable d'acheter là-bas, et dans quelles conditions.

— Vas-y, conclut Tarpin. On t'attend pour demain, en fin d'après-midi...

— Sans doute plus tôt, dit Bunting.

— Et Morgan va t'accompagner...

Morgan se leva et, quand Bunting le regarda, haussa simplement les épaules en essayant de sourire. Puis ils sortirent tous les deux, l'un derrière l'autre.

— T'es en pétard après moi, Johnny ?

Bunting secoua la tête et reporta toute son attention sur la route qui s'étendait devant lui, rectiligne.

— Y veut que je vienne avec toi, je pouvais pas refuser...

— Te casse pas la tête ! C'est pas ta faute s'il a le caractère soupçonneux...

— Sûr, Johnny, dit Morgan. J'espérais que tu prendrais ça comme ça...

Ils avaient laissé derrière eux le lac et les marais hérissés de roseaux. Le paysage était aride et plat, clairsemé de pins étiques et d'occasionnels buissons de mangliers. De loin en loin, luisait, sur le fond brun de la terre rôtie, l'eau stagnante d'un marécage, et la chaleur était étouffante.

— C'est vraiment comme ça que tu le prends, hein, Johnny ?

Bunting soupira. Pourquoi Morgan s'acharnait-il à se conduire comme un être humain ? Non comme une des cibles proposées à sa soif de vengeance ?

— Bien sûr, Morgan, tu n'y es pour rien...

Morgan se mit à rire.

— Je sais pas pourquoi mais j'avais dans l'idée que tu réagirais comme ça, si tu vois ce que je veux dire.

— Pas exactement. Qu'est-ce qui t'a donné cette idée, Morgan ?

— Ben... C'est un truc qui s'explique pas... Tu connais Linda, comme de juste, et quand un type...

La phrase devenant trop compliquée pour lui, il la laissa choir et rajusta, contre son flanc gauche, l'étui de son revolver. D'un geste aussi machinal que celui d'un simple quidam rajustant sa cravate.

— C'est comme ça, des fois... Je sens qu'un type est un chic type, et je saurais pas dire pourquoi...

— Et Tarpin, c'est pas un chic type ?

— Tarpin ?

Morgan réfléchit un instant, étudiant sérieusement le problème.

— Tarpin, c'est le patron... Mais quand je t'ai vu, toi, avec Lindy... Linda, je veux dire... Tu l'appelles Linda, pas vrai ?... Si elle t'a à la bonne, c'est que t'es un chic type... Quand elle était mariée avec Tom, c'était pareil... Tom était un... un chic type !

Il souligna son explication d'un nouvel éclat de rire, souhaitant que Bunting l'eût trouvée suffisamment claire.

— Je ne sais pas, je ne l'ai jamais connu, murmura Bunting, pour lui-même beaucoup plus que pour son compagnon.

Les mangliers encadraient la route, à présent. Le fossé n'était plus un fossé, mais un véritable canal de drainage et l'eau se présentait sous l'aspect d'une nappe de verre noir que les racines des mangliers fouillaient de leurs doigts crochus.

— Si tu vois une bûche, reprit Morgan, tu sais, une bûche à moitié enfoncée dans l'eau, et qui ressemble à un alligator... Ben, ce sera un alligator !

Il attendit que Bunting rît de sa facétie, mais Bunting ne rit pas et Morgan dut rire tout seul, longuement.

Quelques minutes plus tard, d'un ton aussi naturel que possible, Bunting lança la conversation dans le sens qu'il désirait lui voir prendre :

— Y a du flottement dans la troupe, pas vrai ? Mais ce Kuntz, je crois qu'il en faudrait pas beaucoup pour lui flanquer le feu aux fesses ?

— Oh, Kuntz !... Il est comme ça presque tout le temps.

— Presque tout le temps !

— Ouais. C'est son tempérament, quoi...

Morgan haussa les épaules. Kuntz et son tempérament ne l'intéressaient guère.

— Surtout dernièrement, bien sûr, opina Bunting. Avec tout ce qui s'est passé...

— Ouais !

Morgan développait une tablette de chewing gum. Il la fourra dans sa bouche et se mit à ruminer. Bunting enchaîna :

— Un hypernerveux comme Kuntz... Cette histoire qui vous est arrivée, là-bas, dans le nord... Elle a dû drôlement le secouer !

— Quelle histoire ?

— Ben, le coup de... attends... Truesdell Square. Oui, c'est ça. Truesdell Square !

— Oh, Truesdell Square... Quand on a voulu soulever les livres à Saltenberg... On aurait mieux fait d'aller au cinéma !

— Ah, oui ?

— Et comment ! On les a pas eus, les bouquins. Zéro !

Bunting s'épongea le front.

— Et ce... cet accident ! Oublie pas l'accident !

— Je l'oublie pas ! Bon sang... Une fille toute jeune, pas vrai ?

— Oui, souffla Bunting. En plein front !

Morgan le regarda de travers.

— Pas la peine de me rappeler ça, Johnny. J'y étais, tu sais !

— Oh ?

— Oui. On y était tous...

Faute de nouvel aliment, la conversation était en train de s'éteindre, et Bunting cherchait avec tant de concentration le moyen de la ranimer qu'il manqua la première moitié des paroles de Morgan :

— ... qui l'a descendue.

— Quoi ? Qu'est-ce que tu dis ?

— Je dis : est-ce que tu sais qui l'a descendue ?

Morgan attendit un instant et, devant l'expression effarée de Bunting, précisa :

— Je veux dire par là : est-ce que les journaux ont jamais dit qui c'était ? On a filé tout de suite, tu sais...

Une bande de rats aux dents acérées rongeait lentement les entrailles de Bunting. Ou Morgan ne savait pas qui avait tué Ann, ou Morgan voulait simplement savoir si quelqu'un d'autre le savait.

— Tu as besoin des journaux pour te dire un truc pareil ?

Morgan ne put s'empêcher de rire.

— Tu sais pourquoi je ris, Johnny ? Parce que c'est plutôt marrant que je te demande ça, puisque j'y étais, ce jour-là...

— Mais tu veux dire que tu ne sais pas qui l'a tuée ?

Bunting se rendit compte, soudain, qu'il ahanait comme un bûcheron, et s'efforça de rétablir le rythme normal de sa respiration. Quand Morgan reprit la parole, sa voix avait complètement changé. Elle ne contenait plus aucune trace d'hilarité, aucune trace de bonhomie :

— Je vais te dire une chose, John... T'es avec Lindy et t'es le genre de type à qui on peut dire ces choses-là... Tu sais, Johnny, je suis vraiment désolé que cette histoire-là soit arrivée...

C'était si sincère que Bunting dut se tenir à quatre pour ne pas hurler. Je suis désolé, Johnny. On t'a tué ta fiancée et j'en suis désolé ! Mais t'es avec Lindy et t'es le genre de type à qui on peut dire ces choses-là...

— Pourquoi que tu ralentis comme ça ? Tu veux t'arrêter pour quelque chose ?

Bunting pressa aussitôt l'accélérateur. Ses mains serraient le volant avec une énergie inconsciente, désespérée.

— C'est Kuntz qui l'a tuée, Morgan ?

— Quoi ?

— Je te demande si c'est Kuntz qui la tuée ? Ou toi, peut-être ?

Bunting regarda Morgan. C'était indispensable. Il fallait, à ce moment-là, qu'il observât l'expression de Morgan.

Morgan était tourné dans la direction opposée, en train de jeter son chewing-gum par la portière, et quand il se réinstalla confortablement auprès de Bunting, il ne lui lança qu'un bref regard sans signification particulière.

— T'aurais pas dû me demander ça, Johnny. On se connaît pas encore assez bien pour que tu me poses des questions pareilles...

— Tu as dit que t'étais désolé. C'est pour ça que je te l'ai posée !

— Ouais, Johnny. J'aurais pas dû dire que j'étais désolé. Et t'aurais pas dû me poser une question pareille !

Morgan rabattit son chapeau sur ses yeux et se carra contre le dossier du siège.

9

Leur premier arrêt, à Miami, fut dans un bar proche de la tête de ligne des grands cars routiers. La rue était étroite, le bar torride, quoique plongé dans l'ombre, et il n'y avait pas un seul palmier en vue pour donner à l'ensemble un aspect tropical. On n'était pas sous les tropiques, on crevait de chaleur tout de même et l'on n'avait pas pour un sou l'impression d'être en vacances !

Morgan but de la bière, au comptoir, pendant que Bunting relevait quelques adresses dans l'annuaire des professions... Et le reste de la journée fut, pour Morgan, un interminable cauchemar. Bunting devait avoir une turbine dans le ventre pour déployer une telle énergie !

Et rien ne le décourageait ! Aucun refus ! Aucune brimade ! Derrière lesquels on pouvait deviner, cependant, le veto à longue portée de Croquemitaine-Saltenberg...

— Pas mèche chez les fournisseurs spécialisés, résuma Bunting, vers le milieu de l'après-midi. Mais c'était prévu, pas vrai ? Tout ce que je voulais, c'était glaner un renseignement à droite et à gauche... Maintenant, on file à la...

Il consulta un de ses bouts de papier.

— ... Société de Réparation et d'Entretien du...

— Le monteur ? Le gars qui vend les pièces détachées ?

— Exactement !

— Ecoute, John, avec ce soleil qui nous tape sur le cuir, on pourrait pas...

— Business, business, Morgan. On est là pour remplir une mission. Mais si tu veux m'attendre dans un bar...

— Me tente pas trop ! soupira Morgan en essuyant son front ruisselant.

La Société de Réparation et d'Entretien vendait des tas de choses. Modèles réduits, prototypes de jouets nouveaux, balsa, matière plastique, alliages légers, outils de découpage et de bricoleurs, ainsi que toutes les pièces de rechange possibles et imaginables pour billards électriques, tirs à l'ours, machines à horoscopes, distributeurs, juke-boxes et tout le saint-frusquin.

Fort de ses connaissances étendues en électromécanique, Bunting embringua le propriétaire dans une discussion d'ordre professionnel qui lui valut d'étudier de très près, sans en avoir l'air, divers montages et diagrammes de montages dont sa mémoire exercée enregistra méthodiquement les caractéristiques. Bien que tout cela fût plutôt élémentaire, au regard de sa formation technique, il se surprit, même, à s'intéresser vraiment aux problèmes posés, et repartit avec un tarif détaillé des plateaux, panneaux de verre, coffres et accessoires. Il n'avait rien demandé sur les montages tout faits, noyant ses intentions véritables dans le flot de son savoir d'ingénieur, et reprit la route, au terme de sa tournée, sans soupçonner à quel point ses trésors d'éloquence avaient été dépensés en pure perte. Les gens qu'il venait de visiter — le propriétaire de la Société de Réparation et d'Entretien comme les autres — étaient tous au courant de la présence de Tarpin dans le secteur...

— J'ai en tête un montage, murmura-t-il, sur le chemin du retour, que n'importe quel idiot pourra réussir... C'est comme ça qu'on va réduire les frais et...

— On ? grogna Morgan. Pour l'instant, *on* a toujours aussi chaud ! Et le reste, c'est pas mon rayon. Je me vois pas bricoler avec des bouts de fil et des pinces à sucre...

Ils avaient, à nouveau, le soleil dans la figure et Morgan, en raison de sa corpulence et de la bière qu'il avait absorbée, nageait dans un bain de transpiration.

— Pourquoi que t'enlèves pas ton veston ?

— Avec mon pétard sous le bras ? J'aurais mieux fait de le laisser à la maison !

— Tu croyais sans doute que t'en aurais besoin ? Pour me descendre !

— John ! Tu devrais pas dire des choses pareilles !

— Pourquoi ? Ça te choque ?

— Non, mais je te l'ai dit... Tu m'es sympathique !

Morgan était sincère et la perplexité de Bunting augmentait d'heure en heure. L'être humain le plus simple rend des points à la machine la plus compliquée, dont les rouages, du moins, sont immuables et peuvent être étudiés séparément. Alors que rien dans l'être humain n'est réellement immuable et définitivement fixé, et qu'en plus de tout cela, il doit être considéré, chaque fois, dans son ensemble. Morgan le Tueur. Morgan le Chien Fidèle à son Maître Tarpin. Morgan l'Admirateur Discret de Lindy. Morgan le Bon Bougre attaché aux Chics Types... Impossible de l'étiqueter une fois pour toutes et d'agir en conséquence !

— Je vais te dire autre chose, Johnny, amorça-t-il un peu plus tard. Maintenant qu'on se connaît un peu mieux...

— Tu ne me connais pas quand même aussi bien que les autres ! Les autres, y a des années que tu les connais...

— Les autres sont tous les mêmes, riposta Morgan. Ce que je veux te dire... Juste comme ça, en passant, hein, c'est pas une chose à répéter... Mais dans quelque temps, quand on aura ramassé un peu de galette, peut-être qu'y vaudrait mieux penser à se séparer... D'une façon ou d'une autre... Qu'est-ce que t'en dis ?

Bunting ne répondit pas immédiatement. L'épouvantail d'une dislocation prématurée du quatuor était là de nouveau, et sous sa forme la plus inattendue, celle de Morgan. Un cinquième, un sixième, un énième Morgan, entièrement neuf...

— Comment ça ? marmotta Bunting, la voix neutre.

Morgan se pencha, confidentiel, comme si quelqu'un eût pu les entendre.

— Tu le sais aussi bien que moi, Johnny. Y a quelque chose qui tourne pas rond, dans tout ça... On a pas beaucoup de chances de s'en sortir en fin de compte...

— Je suis pas de ton avis. En tout cas, pas encore !

— Et tu crois que c'est une vie pour Lindy ? Pour toi et pour Lindy ? Moi, c'est ce que je pense, Johnny, hein, et je te le dis comme je le pense...

Morgan avait visiblement une très haute opinion de Linda. Plus haute, songea Bunting, beaucoup plus haute que la sienne propre... Morgan pensait à Linda. Morgan *tenait compte* de Linda, alors que lui-même...

Quoique, depuis la nuit précédente...

Il se mit à jurer. Longuement. Consciencieusement. Cherchant les mots les plus grossiers de son répertoire. Linda ne comptait pas. Linda ne devait pas compter...

— Bon sang ! commenta Morgan, admiratif. Y en a plusieurs que je connaissais pas !

— Oh, toi, boucle-la, tu veux ?

Ce fut à peu de chose près la dernière réplique du voyage. Il faisait nuit noire lorsque Bunting stoppa la voiture derrière le chalet de Tarpin. Il sauta à terre et marcha vers sa propre cabine en lançant par-dessus son épaule :

— Dis-lui que j'arrive tout de suite !

Linda n'était pas couchée. Elle lisait, assise sur le canapé standard recouvert de matière plastique, et se leva pour venir à sa rencontre.

— Johnny...

— Je vais prendre une douche en vitesse, coupa-t-il. Saleté de route...

Il s'engouffra dans la salle de bain. Linda s'arrêta sur le seuil.

— J'ai du café au chaud. Veux-tu que...

— Une chemise, seulement. Dans ma petite valise...

— Je sais, oui ! J'ai défait tes bagages...

Elle lui apporta la chemise. Il avait changé d'avis et se lavait simplement la figure et les bras, debout, torse nu, devant le lavabo.

— Pose ça là. Merci...

— Tu n'as sans doute pas mangé...

— Non, mais je n'ai pas faim...

— Tu auras faim quand tu reviendras de chez Tarpin. Je vais...

— Rien ! dit-il en déboutonnant la chemise. Je suis ici pour affaires, tu te rappelles ? Alors je n'ai pas le temps de penser à autre chose. Excuse-moi...

Il enfila sa chemise et sortit sans se retourner.

Chez Tarpin, la tension n'avait fait que croître et embellir. Adossé au mur, Jesse se curait les ongles. Avec un couteau de poche.

— C'est gentil d'être revenu ! dit-il à l'entrée de Bunting. Quel bon vent te ramène ?

Il se composa une expression angoissée.

— J'espère que c'est un *bon* vent !

— Bunting ?

Tarpin surgit de la pièce voisine.

— Alors, faut que t'ailles embrasser la mariée avant de rappliquer au rapport ? Si tu crois que je vais...

— Qu'est-ce que vous avez tous dans le buffet ? s'étonna Bunting. Vous vous êtes assis sur une fourmilière ?

Kuntz venait d'entrer à son tour, et dansait littéralement sur place, une cigarette éteinte au coin des lèvres. Tarpin hurla :

— Tu vas t'asseoir, bon Dieu ? Bunting a des bonnes nouvelles à nous annoncer !

Kuntz obéit, et Tarpin grinça entre ses dents :

— C'est fou ce qu'un petit salopard haut comme ça peut vous porter sur le système...

— Qu'est-ce que vous avez tous ? répéta Bunting. Qu'est-ce qui se passe ?

— C'est Kuntz ! expliqua Jesse. Kuntz est un petit salopard haut comme ça qui cesse pas de nous prédire que tout va aller mal ! Depuis ce matin que vous êtes partis... Heureusement que Tarpin et moi, on est du genre stoïque, parce que...

De nouveau, Tarpin hurla :

— Vous allez fermer vos gueules ? J'ai assez entendu de conneries pour la journée, et le premier qui l'ouvre encore... Vas-y, Bunting, accouche !

— Morgan ! appela Jesse. On attend plus que toi pour commencer !

Un lit craqua, dans la pièce contiguë.

— Moi ? Je pensais que...

— Pense pas ! Bouge pas ! Reste où tu es !

Tarpin respira profondément, se retourna vers Bunting.

— O.K., on t'écoute. Qu'est-ce que tu as trouvé ?

Bunting leur fit un compte rendu détaillé de sa journée. Tout était clair dans sa tête et huit jours suffiraient, selon lui, pour mettre en route la chaîne de montage. Si le problème de la distribution, qui était strictement l'affaire de Tarpin, pouvait être aussi vite résolu...

Tarpin connaissait également son boulot, et posa de nombreuses questions, éplucha de nombreux détails, discuta de nombreuses possibilités avant de déclarer finalement, dans un silence dramatique :

— C'est bon ! On va faire une commande d'essai. Et voir ce que ça donne...

Pour Kuntz et pour Bunting, la décision de Tarpin signifiait deux choses différentes. Pour Bunting, c'était le temps de voir venir, d'éliminer trois noms sur quatre et d'effacer le dernier, en toute connaissance de cause. Pour Kuntz, c'était la continuation de son calvaire, la croissance illimitée de cette tension déjà plus forte que sa résistance.

— Tu veux dire que tu vas de l'avant, Tarpin ? Je me suis tué toute la journée à essayer de t'en dissuader et tu veux dire que tu vas de l'avant ? Juste parce que ce Bunting peut acheter du fil électrique moins cher que tu le pensais et qu'il...

— Je sais, je sais ! Change de disque, tu veux, je connais tous tes refrains...

Tarpin passa dans la cuisine, ouvrit le robinet de l'eau chaude.

— Depuis ce matin que tu me serines ça dans les oreilles, alors, maintenant, ta gueule !

Kuntz le regarda verser du café en poudre dans une tasse, et tenir la tasse sous le robinet.

— Tu m'as même pas écouté ! pleurnicha-t-il incrédule. Tu vas aller de l'avant parce que tu m'as même pas écouté...

Sa tasse fumante à la main, Tarpin regagna son siège.

— Maintenant, j'ai des chiffres, Kuntz ! Des chiffres précis ! Des données solides ! Asseyez-vous tous autour de la table, on va rédiger nos premières commandes...

— Tarpin...

— Tu vas t'asseoir et nous donner un coup de main, oui ? Ou tu veux que je te casse la gueule ?

— Faut que tu m'écoutes, Tarpin, faut absolument que tu m'écoutes... On n'a rien de préparé. On n'a pas de plan d'action. Tout ce qu'on a, c'est des espoirs, un peu de galette, et une sacrée pression sur le dos !

— T'as déjà connu autre chose, espèce de cave !

— J'essaie, Tarpin ! Et je dis qu'on devrait avoir au moins quelques engagements signés des gars avec qui on traitera par la suite. Rien, qu'on a ! On part dans le vide ! On sait pas si Saltenberg va pas nous griller au poteau, partout où on cherchera à vendre. On n'a même pas essayé de flairer le vent...

— Pour quoi faire, bon Dieu ? J'ai assez de standing...

— Pas *contre* Saltenterg. Et le local pour monter les appareils ? Et le moyen de les transporter ? Et le plan de distribution ? Rien...

Tarpin plaqua violemment sa tasse sur le dessus de la table, renversant la moitié du breuvage tiède.

— J'en ai marre de ces hésitations ! C'est comme ça qu'on recule toujours et qu'on n'entreprend jamais rien !

— Tu crois que ça résout tous les problèmes, de pas vouloir les regarder ? Tu crois que...

— Je crois rien du tout, Kuntz ! *Tous* les problèmes sont jamais résolus ! On résout ceux qu'on peut résoudre, au départ, et les autres à mesure qu'ils se présentent...

— C'est un bon moyen d'aller à la catastrophe ! Tu t'imagines que je suis bon qu'à gémir, hein, Tarpin ? Tu t'imagines que j'ai rien dans le ventre et t'as peut-être raison ! Mais j'ai quelque chose dans le crâne et je te dis que...

L'apparition de Morgan, bouffi de sommeil, sur le seuil de la pièce, lui bloqua la suite au fond de la gorge. Morgan brandissait une valise. Une valise toute remplie, toute sanglée. Et Morgan questionnait d'une voix somnolente :

— A qui c'est, ce truc-là ? C'est pas à toi, Kuntz ?

Le front de Tarpin disparut.

— Comment se fait-il que tu aies déjà fait ta valise, Kuntz ?

— Il s'apprête à foutre le camp ! dit Jesse, tirant, au nom de tous, une conclusion évidente.

Les paumes de Bunting étaient moites. Il eut soudain l'impression que Kuntz l'observait attentivement, mais c'était sans doute un hasard. Kuntz les dévisageait tous, l'un après l'autre.

— J'y pensais, admit-il. Oui, j'y pensais... Et si vous m'aviez écouté, depuis ce matin, vous l'auriez compris ! Cette chaleur, cette baraque et ces maudites ampoules de dix watts ! On se croirait à un enterrement ! Je peux plus rester ici, Tarpin ! Je sens que je suis en train de devenir fou...

— Faut te soigner les nerfs, mon gars ! dit Jesse.

— Exactement mon avis ! appuya Tarpin.

— Je le sais, que j'ai les nerfs malades ! J'ai pas l'habitude de travailler comme ça, sans aucune méthode...

— Et l'esprit des anciens pionniers ? gouailla Jesse.

Il y eut un silence, tous les regards convergeant vers Kuntz qui haussa finalement les épaules, leva et laissa retomber ses bras en un geste de totale impuissance.

— Au moins une chose sur laquelle on est d'accord, hein ? murmura-t-il. Je peux pas vous être utile, je suis pas à votre hauteur... Autant que je m'en aille tout de suite !

— C'est ça ! dit Tarpin.

Jesse ricana :

— Et l'oseille que t'as mis dans le coup ? Tu t'en vas comme ça, les poches vides ?

— Laisse-le, si c'est ce qu'il souhaite ! souligna Tarpin.

De nouveau, Kuntz haussa les épaules.

— J'ai même pas pensé à ça...

Il alla prendre sa valise, se dirigea vers la sortie.

— T'as combien sur toi ? s'enquit Tarpin.

— Cinquante dollars.

— Tiens, empoche toujours ça... Cent dollars. C'est pas le Pérou, mais ça te permettra d'aller plus loin sans t'arrêter...

— J'avais compris ! dit Kuntz.

Il revint prendre le billet et, pour la seconde fois, marcha vers la porte.

Tarpin ajouta

— Tu veux partir, tu pars ! Mais je veux pas te retrouver dans mes pattes...

— En Californie, riposta Kuntz. C'est là que je vais. Je vous l'ai déjà dit...

Il ouvrit la porte, jeta un bref regard en arrière.

— Voilà... Salut, les gars !

Personne ne répondit. Kuntz murmura : « O.K... » et referma doucement la porte.

10

Un moteur se fit entendre, les graviers grincèrent, à l'extérieur, sous les pneus de la voiture de Kuntz et Bunting se tordit les doigts pour ne pas exploser. Pour ne pas agir inconsidérément. Pour trouver la force d'attendre encore quelques secondes... Il ne savait pas ce qu'il pouvait faire, jusqu'où il pouvait aller sans risquer de se trahir, mais un des quatre hommes était sur le point de lui échapper et cet homme était peut-être l'assassin d'Ann Jackson...

— Morgan ? dit Tarpin.

— J'arrive !

Morgan reparut, achevant d'enfiler son veston. Tarpin désigna la porte d'un hochement de tête et murmura :

— Je veux qu'il n'ait pas envie de s'arrêter de sitôt, hein, Morgan...

— Sûr !

— Attendez...

Tout le monde regarda Bunting.

— Attendez... J'aimerais me charger de ça !

— Ben, mon'ieux... Tarpin.

— J'aimerais me charger de ça...

Impossible de penser, impossible de dire autre chose.

— Pourquoi ?

— J'aimerais me charger de ça, c'est tout ! J'aimerais me charger de ça...

Pour cacher la danse de son scalp. Tarpin se passa la main sur le front.

— Quand tu te mets à pas pouvoir blairer un type, on dirait que tu fais pas les choses à moitié, hein, Bunting ?

Morgan ouvrit la porte.

— Il est déjà sur la route...

Bunting le rejoignit en trois bonds et Tarpin concéda :

— O.K., tu peux aller avec Morgan...

C'était ce qu'il avait de mieux à faire. Bunting ne se laisserait pas arrêter, de toute façon, et Tarpin risquerait d'y perdre la face.

Sur le point de disparaître, Bunting se retourna.

— Des clous ! C'est Morgan qui vient avec moi ! Parce que c'est moi qui vais m'en charger...

Morgan prit le volant et tourna à droite à la sortie du motel.

L'autre direction les ramenait en ville. A la gare de triage, il ne marqua, non plus, aucune hésitation. Un des chemins possibles était celui de la ville. L'autre conduisait à la Nationale...

Dès qu'ils l'eurent atteinte, ils aperçurent les feux rouges, droit devant eux, et Bunting, instinctivement, braqua son index.

Morgan secoua la tête.

— Non, c'est une Ford. Kuntz conduit une Packard. Tu vois la forme des phares ?

— Bon sang ! C'est une patrouille de la routière !

— Sûr !

— Tu vas pas les doubler, Morgan ? La limite de nuit, c'est quatre-vingts, et ils les font largement...

— T'es trop tendu, John, tu devrais...

— Les double pas, je te dis ! Ils vont...

— Nous faire stopper, peut-être. Et nous demander depuis combien de temps on est dans l'Etat. Puisque nos plaques sont pas de l'Etat ! Et nous expliquer que la limite de jour et la limite de nuit sont pas les mêmes, dans cet Etat. Un point, c'est tout !

Il remarqua que Bunting se penchait pour regarder son côté gauche et le rassura d'un sourire.

— D'abord, y verra rien. Et en plus de ça, j'ai un permis...

La voiture de police se laissa doubler sans réagir et lorsque ses phares se furent progressivement évanouis, derrière eux, Morgan chatouilla son champignon. Ils durent atteindre et dépasser le cent quarante, cependant, pour voir enfin les feux de la Packard apparaître au bout de la route. Puis la Nationale s'écarta du lac et les mangliers reculèrent et Bunting ne vit plus rien, de part et d'autre de la chaussée. Mais l'air était plein de l'odeur nocturne des marais, de l'odeur caractéristique des roseaux gorgés d'humidité stagnante...

Bunting se tourna vers Morgan et tendit la main.

— Le revolver ? s'informa Morgan. Tarpin a seulement dit de lui flanquer le feu aux fesses. T'as besoin d'un revolver pour ça ?

— Non, reconnut Bunting. J'ai pas besoin d'un revolver pour ça.

Les deux voitures tapaient le cent cinquante. Lentement, celle de Morgan grignotait son handicap, se hissait au niveau de la Packard. N'eût été la fuite hurlante de l'air et les contours vagues, imprécis, de tout ce qui n'était pas la voiture voisine, on eût pu croire que les deux véhicules venaient de s'immobiliser, côte à côte.

Kuntz ne voulait pas céder, ralentir. Mais il avait compris et tenta, farouchement, de reprendre la tête. La Packard gagna un peu de terrain. Une demi-longueur. Avec une lenteur effroyable. Se maintint quelques secondes dans cette position. Puis les nerfs de Kuntz lâchèrent prise et la Packard reperdit le terrain gagné, recula ou du moins sembla reculer, par rapport à l'autre voiture, et Morgan, paisible, constata :

— Il est à nous ! Je vais le coincer, maintenant, en douceur...

L'espace se réduisit lentement, entre les deux voitures. Bunting avait sorti sa tête et larmoyait avec obstination, dans le vent furieux de leur vitesse. Il eut soudain l'impression qu'il allait se faire décapiter et se rejeta vivement en arrière. Puis il y eut un bruit de métal froissé, la Packard céda la place et quand Bunting se retourna, il vit qu'elle avait une aile enfoncée.

L'œil rivé au rétroviseur, Morgan ralentit progressivement, maintenant sa voiture dans l'axe exact de la Packard ivre. L'un derrière l'autre, les deux véhicules s'arrêtèrent.

— Recule ! haleta Bunting. Si jamais il...

— Où veux-tu qu'il aille ? Dans la flotte ?

Bunting sauta sur la route. Kuntz l'y avait précédé, et détalait éperdument, longeant la berme.

Morgan ne fit pas un geste pour quitter son volant. Bunting avait pris l'affaire en main. Volontairement. C'était l'affaire de Bunting.

— Tu peux y aller, dit-il. Je sais qu'il a pas de revolver sur lui...

Bunting se rua dans l'obscurité dense. La silhouette de Kuntz était un fantôme noir, qui semblait apparaître et disparaître par intermittence et courait à présent sur la berme. Une course lourde, laborieuse, beaucoup moins bruyante, mais aussi beaucoup moins rapide que sur la chaussée sonore. Insoucieux du vacarme éveillé par ses pas, Bunting réduisait à vue d'œil la distance qui le séparait de Kuntz. Le sang battant sauvagement à ses tempes, il cria :

— Arrête !

Kuntz regagna la route, d'un écart brusque, et reprit un peu de vitesse.

— Juste un mot à te dire !

Visiblement au comble de la terreur, Kuntz donnait tout ce qu'il pouvait, bras fouettant l'air, tête agitée, basques au vent. Il était si proche, à présent, que sa respiration douloureuse emplissait les oreilles de Bunting...

Quelques foulées forcées, forcenées... Un geste convulsif... Les doigts de Bunting agrippèrent le veston de Kuntz.

Avec un râle de frayeur, Kuntz trébucha, dégagea ses deux bras et bondit, plongea vers les mangliers, sanglotant au contact de l'eau croupie...

Bunting hésita une seconde. Il ne voyait plus rien, que le miroitement vague de la nappe ténébreuse, les lances raides des roseaux. Kuntz fuyait vers la droite, fendant le souple jeu d'orgues et pataugeant au petit bonheur. Bunting fit quelques pas rapides, sur la berme, distingua une enclave mate, dans la nappe luisante, et s'élança, écrasant les herbes. Au bout d'une dizaine, d'une quinzaine de mètres, il atteignit le marais, s'y enfonça jusqu'à la cheville, hoqueta. Puis le soufflet de forge qui s'appelait Kuntz se transforma en sirène, dans un grand jaillissement d'eau fouettée. Kuntz braillait, hululait. C'était tout juste s'il ne criait pas au secours.

Marchant vers le point d'origine au gargouillis frénétique, Bunting retrouva son gibier dans une sorte de canal boueux, peu profond, l'attrapa aux aisselles, le hissa sur la berge molle et reprit haleine. Kuntz s'était déjà vu noyé, et n'avait plus la force de bouger. Quant à Bunting, il ne savait pas encore ce qu'il allait dire, par quel bout il allait commencer. Puis il y eut un battement d'ailes, tout près, suivi d'un glissement reptilien qui pouvait signifier n'importe quoi...

— Oh, mon Dieu, oh, mon Dieu ! gémit Kuntz.

Le canal n'était pas un canal et la berge n'était pas une berge, mais une fondrière dans laquelle ils s'enfonçaient, lentement...

— Kuntz, tu m'entends ?

— Allons-nous-en, Bunting, allons-nous-en...

Le petit homme tenta de fuir et s'écroula, entraînant Bunting dans sa chute. Bunting se redressa vivement, obligea Kuntz à s'asseoir.

— Une question, une seule ! Qui a tué cette jeune fille ? Toi !

— Quoi... Qu'est-ce que tu...

Bunting le frappa au visage. Il eut l'impression de frapper un tas de boue.

— Truesdell Square ! Tu y étais, non ? Qui l'a tuée, Kuntz ? Qui ?

— Truesdell Square ? La jeune fille ? Qu'est-ce que tu veux, Bunting ? Qu'est-ce que...

Bunting le frappa de nouveau, se redressa pour arracher son pied gauche à l'étreinte molle de la terre.

— Truesdell Square, Kuntz ! Qui a tué cette jeune fille ?

— J'en sais rien...

— Tu étais là. Qui l'a tuée ?

— J'en sais rien...

— Me force pas à cogner encore, Kuntz. Je veux une réponse à ma question et je l'aurai ! C'est toi qui l'as tuée ?

— Non. Comment veux-tu que... Je veux dire, comment que j'aurais pu la tuer...

Bunting l'empoigna, le précipita dans la boue et s'assit sur le dos de Kuntz. Ses deux mains serraient la nuque de sa victime...

Puis sa main droite monta, pressa le visage de Kuntz contre le terrain mou. Rien ne devait l'arrêter, rien. Aucun sentiment personnel. Aucune conception morale périmée. Ou Kuntz parlerait, ou il lui enfoncerait la gueule dans cette mélasse jusqu'à ce que... La cruauté nouveau-née de Bunting était comme une boule d'acier qui, mise en mouvement, ne pouvait plus, ne devait plus stopper avant d'avoir atteint son but.

— Qui l'a tuée, Kuntz ? Qui l'a tuée ? Vas-tu me répondre ? Vas-tu me répondre, espèce de salaud ?

Brusquement, il s'interrompit, se retrouva quatre pattes près de l'homme dont les jambes cessèrent de battre la boue, tandis que son visage rejaillissait désespérément à l'air libre. Bunting essaya de vomir et n'y parvint pas. Ce qu'il ressentait était horrible. Il n'avait pas pu aller jusqu'au bout. La boule d'acier l'avait écrasé, tout à coup, broyant sa résolution et le vidant de toute substance, de toute énergie.

— Kuntz, chuchota-t-il. C'est toi qui l'as tuée ?

— Non... Non... Pas moi !

— Alors, qui ?

— J'en sais rien, j'en sais rien, je te le jure...

Bunting se releva, dégagea ses pieds de leur gangue de boue et s'éloigna.

— Terminé ? questionna Morgan.

— Oui.

— Bon sang, t'es dans un drôle d'état !

Morgan vira en trois temps, redémarra, reprit de la vitesse.

— Tu lui as bien collé le trouillomètre à zéro ?

— Oui.

Ils roulèrent sans parler, durant quelques minutes. Puis Morgan marmotta :

— Je t'avais bien dit que t'aurais pas besoin de revolver, hein ?

— Oui. J'en ai pas eu besoin.

— J'en étais sûr. Kuntz a jamais d'arme sur lui. Il a jamais tiré un coup de revolver de sa vie...

11

Linda s'était endormie, en l'attendant, sur le canapé de matière plastique. Un trapèze de lumière, issu de la cuisine, éclairait ses pieds nus, son peignoir de tissu-éponge. Bunting referma doucement la porte de la cabine, traversa la pièce, passa dans la salle de bain. Il n'aspirait plus qu'à deux choses : ôter ses vêtements trempés, souillés d'humus nauséabond, et dormir...

— John ? Je t'ai gardé de quoi manger sur le réchaud...

Debout sur le seuil de la salle de bain, Linda s'interrompit en voyant dans quel état il était rentré. Bunting se détourna. Elle ajouta :

— Tu boiras au moins un peu de lait chaud ?

Et s'éloigna sans attendre sa réponse.

Il lui en fut reconnaissant. Il avait craint qu'elle ne manifestât l'intention de lui venir en aide alors qu'il n'aspirait, pour l'instant, qu'à rester seul.

Il se dévêtit rapidement, laissant choir ses frusques en tas sur le sol. Puis il se leva sommairement et se traîna jusqu'à son lit, dans la pénombre amie de la chambre à coucher.

Revenant de la cuisine, un verre fumant à la main, Linda donna de la lumière.

— John ?... Tu n'es pas blessé ? J'aurais dû te le demander tout de suite...

— Non, non, fatigué, seulement...

Il prit le verre qu'elle lui tendait, le contempla longuement sans le porter à ses lèvres.

— Si tu ne peux pas le boire, Johnny, ne le bois pas...

Il secoua la tête et Linda lui reprit le verre. Comment avait-elle pu deviner que sa gorge serrée, verrouillée, refuserait de laisser passer la moindre goutte de liquide ?...

— Ne reste pas assis comme ça sur le bord du lit, John... Allonge-toi...

— Oui... Oui, tout de suite...

Mais il ne pouvait s'arracher à sa prostration, à son épuisement total. Se coucher, même, semblait un trop gros effort...

— John ?

— Oui...

— Le travail que tu as trouvé ici... C'est ce que tu voulais ?

Bunting s'entendit rire nerveusement.

— Si ! C'est exactement ce que je voulais !

— Je ne te crois pas, Johnny.

— Ah ?

— Je *sais* que ce travail ne te plaît pas !

— Tu sais ça vraiment ?

— Pas besoin de lunettes pour le voir !

— Je ne savais pas que tu m'observais d'aussi près...

— Je t'observe maintenant, Johnny. Et je sais que ce travail n'est pas ce que tu cherches...

— Je suis crevé, un point, c'est tout ! Je n'ai même pas envie de parler...

Il aperçut un paquet de cigarettes, sur la table de nuit, en prit une et l'alluma.

— Le temps de la griller et je me couche... Tu peux te coucher et dormir, si tu veux...

— Je préfère te tenir compagnie. A moins que ça ne t'ennuie...

— Non. Oh, non, pas du tout... Tu as déjà dormi avec la lumière allumée ? Je veux dire : tu t'es déjà endormie avec la lumière allumée ?

— Tu veux qu'on laisse la lumière allumée ?

Il poussa un soupir et ne répondit pas. Il ne fumait plus et contemplait d'un œil fixe l'extrémité incandescente de sa cigarette. Linda se leva, cueillit le mégot entre ses doigts inertes et l'écrasa dans un cendrier.

— Merci, chuchota Bunting. Merci... Merci beaucoup...

— Lève-toi !

Il obéit. Elle écarta la couverture et dit :

— Allonge-toi, maintenant... Un peu plus loin que je puisse m'allonger près de toi...

Merci ! Merci beaucoup ! Sur un rythme précipité. Monotone et froid dans sa tête vide comme le staccato d'une machine à écrire.

— Détends-toi, Johnny... Qu'est-ce qu'il y a ?

Cette eau noire. Cette noirceur invraisemblable de l'eau. Une eau noire ne peut être que glacée, même si elle paraît tiède. Un miroir sombre dans lequel on peut voir se matérialiser tout ce qu'on poursuit, tout ce qu'on désire...

— John...

Elle lui avait pris la tête au creux de son épaule et lui caressait les cheveux, doucement. Il essayait de ne pas trembler, mais c'était impossible...

— Johnny... Attends... Je vais te réchauffer... Et tu vas dormir... Attends...

Elle s'écarta de lui et Bunting se demanda, vaguement, ce que signifiait son remue-ménage. Il avait les yeux grands ouverts, mais n'osait tourner la tête, de peur d'apercevoir, dans le miroir sombre, quelque chose qui le glacerait encore davantage et décuplerait la violence de son tremblement...

— Viens, Johnny, viens...

Elle le reprenait au creux de son épaule, mais cette fois, elle avait ôté son peignoir et se pressait étroitement contre lui, cherchant à lui communiquer sa chaleur, sa volonté quasi maternelle d'apaisement et d'amour... Bunting se laissa couler avec gratitude dans ce bain de douceur qui dénouait, peu à peu, sa gorge étranglée et dissipait la tension de ses muscles et le faisait pleurer, comme un enfant, le visage enfoui dans la fermeté moelleuse des seins de Linda.

Elle le garda ainsi, bien serré contre sa poitrine jusqu'à que ses sanglots se fussent apaisés et qu'il sombrât, sans transition, dans un sommeil cataleptique...

Il se réveilla parfaitement reposé, et dès qu'il sortit du lit, la voix de Linda lui parvint de la pièce voisine.

— Tu te lèves ?

— Hon-hon, je vais revenir tout de suite...

Dans la salle de bain, il remarqua que ses vêtements sales n'étaient plus là et se remémora la nuit précédente. Le cauchemar de cette poursuite et de ce dialogue absurde, dans la boue du marais, et le réconfort que Linda lui avait prodigué... Réconfort sans quoi son réveil de ce matin eût été sans doute très différent... Tout en prenant sa douche, puis en se rasant devant la glace piquée du lavabo, il se demanda ce qu'il devrait lui dire, quand il la reverrait tout à l'heure... Qu'il la remerciait ? Qu'il avait perdu la boule ? Qu'il ne se souvenait de rien ? Une ou plusieurs de ces choses, mais lesquelles ? Tout cela devenait trop compliqué et il décida de ne rien préméditer, d'attendre leur rencontre imminente et de parler, alors, sur l'impulsion du moment...

Mais quand il rejoignit Linda, elle n'était plus seule.

— ... si vous faites du café comme ça tous les matins, disait Jesse, je m'inscris pour un abonnement ! On pourrait même... Oh, salut, Bunting ! C'est pas moi qui t'ai réveillé, non ?

— Non. Salut, Jesse !

Bunting se sentait à nouveau tendu, irritable. Il se tourna vers Linda, lui sourit brièvement et crut discerner quelque chose, dans le regard qu'ils échangèrent, mais ce n'était pas le moment d'élucider ce genre de problème.

— Je ne suis ici, disait Jesse, que pour veiller à ce que tu passes en toute sécurité de ce petit chalet idyllique au petit chalet idyllique voisin. Où Tarpin t'attend depuis environ deux heures.

— Oh ? Quelle heure est-il ?

— Neuf heures et demie, dix heures moins le quart.

— O.K., dis-lui que j'arrive. Le temps de manger une bouchée...

— Tt, tt ! Tarpin s'impatiente, Bunting !

— Tiens, intervint Linda. Bois au moins ton café...

Bunting s'empara de la tasse qu'elle lui tendait. Il n'aimait pas la façon dont Linda lui tendait cette tasse, acceptait l'ordre donné. Simplement parce que Jesse les houspillait, et que Tarpin attendait Bunting dans la cabine d'à coté. Et il n'aimait, ni le sourire, ni le regard de Jesse posé sur Linda.

— Tu t'assois pas pour boire ton café ? reprit Jesse. Moi, je le bois assis, tu vois ! C'est si bon, un bon café !

Les yeux de Jesse dévêtaient Linda et Bunting se surprit à souhaiter que ce souriant salopard aux manières de singe dressé fût son homme. Pour l'instant, il ne souhaitait rien de plus, et ne cherchait même pas à connaître les raisons de son vœu. Il souhaitait, simplement, que Jesse fût son homme...

— Vide ta tasse et fous le camp ! dit-il.

— Vas-y, tu connais le chemin...

— Passe devant, je risquerais de me perdre !

Jesse se leva, regarda Linda.

— Il est toujours comme ça, le matin ?

Sur le point de sortir, il ajouta :

— Je vais te dire une chose, Johnny ! La prochaine fois que je viendrai ici, je viendrai pas du tout pour te voir !

Il émit un ricanement sardonique et disparut. Bunting le suivit. Non sans avoir échangé, avec Linda immobile, un petit signe de la main.

— Le v'là, dans toute sa splendeur ! annonça Jesse. Il a dû trop se fatiguer, la nuit dernière !

Un nouvel éclat de rire accompagna son passage dans la cuisine.

— Assieds-toi ! ordonna Tarpin. Tout est là sur la table. Tes tarifs, tes catalogues, et mes premières listes... Tu vois ces chiffres ? Dépense plus que ça pour la première commande et c'est pas du travail ! Et ceux-là, c'est mes prévisions pour le premier mois. Au maximum ! Après ça, on verra. Vas-y, tu peux commencer tes calculs...

— Une minute, Tarpin ! As-tu pensé qu'en commandant par plus grosses quantités...

— Plus tard, Bunting. Pour l'instant, occupe-toi de cette première commande, et rien que de cette première commande... Jesse ?

— A vos ordres, patron !

— Cesse de faire le pitre, tu veux, et passe-moi mon-veston...

Bunting protesta :

— Mais où est-ce que tu seras si j'ai besoin de te consulter ? Il est pas impossible que...

— Je vais chercher un local provisoire, pour le montage. Pas la peine de m'attendre. Rédige les bulletins, va les expédier à la poste, recommandés, et reviens ici...

L'un escortant l'autre, Jesse et Tarpin s'esquivèrent.

Bunting se mit au travail. A un moment donné, Morgan montra sa tête, lui demanda comment il allait, et redisparut. Un peu plus tard, Bunting vit par la fenêtre Linda gagner sa voiture et s'éloigner en direction de la ville. Il ne perdit pas de temps. Ces bulletins de commande à remplir l'ennuyaient prodigieusement. C'était un moyen extrêmement compliqué, extrêmement détourné de parvenir aux fins poursuivies et Bunting sentait croître en lui, à mesure que passaient les heures, une curieuse sensation de futilité, d'inanité absolue. Quand il eut terminé son travail, il découvrit qu'il avait une faim canine, s'empara du paquet de lettres et partit, à pied, pour le centre de la ville.

Peu d'animation, au bureau de poste comme ailleurs. Les habitants de Manitoba vivaient encore dans la semi-léthargie de la morte saison, que seule pourrait abolir l'arrivée des premiers touristes. Au restaurant, Bunting eut également quelque peine à obtenir ce qu'il désirait, et le craquement du sable sous ses dents, lorsque la serveuse lui eut finalement apporté ses œufs au jambon, paracheva sa mauvaise humeur. Il avait oublié que le sable, dans ces régions, est le condiment inévitable de tout petit déjeuner pris ailleurs qu'à l'abri de portes et de fenêtres hermétiquement closes !

Il ne manquait plus, pour compléter la matinée, que le nommé Collins, le correspondant de Saltenberg, vînt s'asseoir auprès de lui avec son large sourire, sa face recuite, son grand chapeau et ses commentaires ineptes sur le climat ou la façon de préparer les saucisses en Floride !

Encore une chose que Bunting avait oubliée : la présence de Collins et le fait qu'il était là pour relayer à Saltenberg les informations glanées par Bunting dans l'entourage de Tarpin ! S'efforçant d'ingurgiter sa nourriture aussi rapidement que possible, à grosses bouchées insipides, mal mâchées, Bunting grogna entre ses dents :

— Rien à vous dire, Collins, inutile de vous mettre en frais !

Collins éclata de rire, prolongeant son hilarité jusqu'à ce que la serveuse fût repartie, après avoir déposé devant lui une assiette d'œufs au bacon et une grande tasse de café.

— Pas mauvais ! opina Collins en reposant sa tasse. Bien chaud, en tout cas !

Il en aspira une autre goulée tandis que Bunting poursuivait sa mastication méthodique, chaque bouchée avalée signifiant un instant de moins à subir la compagnie de Collins, un pas de plus vers la cigarette qu'il lui tardait d'allumer... Puis Collins questionna en sourdine :

— Vous n'avez vraiment rien à me dire, Johnny ? Pas même au sujet de ces commandes que vous venez d'expédier ?

Bunting éprouva une surprise passagère, un certain respect pour la perspicacité de ce type.

— Rien de sorcier là-dedans, Johnny, expliqua Collins. Je vous ai vu tout à l'heure avec vos lettres à la main. Cette importante correspondance, plus votre voyage d'hier, égalent premières commandes, non ?

Bunting se fit apporter une autre tasse de café. Collins attaqua ses œufs au bacon et suggéra :

— Prenez donc un dessert pendant que je déjeune... Leurs puddings paient pas de mine, mais je peux vous dire que...

— Je bois mon café, j'allume une cigarette et je file, Collins. Bon appétit !

Sans s'offusquer le moins du monde, l'autre continua d'exterminer ses œufs et marmotta, la bouche pleine :

— Un petit conseil personnel, Johnny, avant de vous transmettre le message de Saltenberg...

— Quoi ? Quel message ?

— Après, Johnny. Mon conseil, d'abord...

— Merci de l'intention, mais...

— J'ai deux fois votre âge, et vous n'étiez pas encore né que je savais déjà naviguer dans ces eaux, Johnny...

— Et après ?

— Après ? Rien. Sinon que vous n'êtes pas dans votre élément et que...

— Dites donc, Collins, si vous croyez...

— Inutile de parler si fort ! Il me suffit de vous observer, en ce moment même, pour que mon opinion soit faite ! Quelles que soient vos intentions, Johnny, reprenez vos billes pendant que vous le pouvez encore et laissez tomber ! Ce que font Tarpin et les autres, c'est pas votre rayon...

Bunting but son café, tira sur sa cigarette.

— O.K., vous vouliez me donner un conseil, vous me l'avez donné. Le message de Saltenberg, maintenant...

Collins, cette fois, prit le temps de vider sa bouche.

— Le message de Saltenberg, Johnny, ressemble beaucoup à mon conseil. Il n'y a que les motifs qui diffèrent...

— J'écoute !

— Laissez tomber ! Voilà le message de Saltenberg.

Un silence. Puis :

— Laisser tomber ? Laisser tomber quoi ?

Collins discerna l'anxiété de Bunting, le tremblement d'excitation qui était en train de l'empoigner des pieds à la tête, et se sentit sincèrement navré pour lui. Il n'essaya même pas de le charrier à cause de son changement d'attitude, mais lui servit ça tout net, sans assaisonnement :

— Saltenberg m'a téléphoné pour me charger de vous dire qu'il n'avait plus besoin de votre assistance... Que vous pouviez vous considérer affranchi de toute obligation envers lui...

— C'est-à-dire ?

— Le renseigner sur les activités de Tarpin et de ses acolytes...

— Et c'est tout ?

— Comment ça ? Que pouvait-il dire de plus ?

— Pourquoi ! Il n'a pas dit pourquoi ?

— Oh... Parce qu'il a changé d'avis, tout bonnement ! Il avait l'intention de laisser Tarpin démarrer un peu et gaspiller son argent avant de décréter le blocus... Saltenberg travaille à l'échelle nationale et ne peut autoriser la création d'un réseau parasite, d'un

Etat dans l'Etat ! Mais il a décidé, toute réflexion faite, de cisailler Tarpin sans fioritures. Immédiatement !

— Ce qui signifie ?

— Eh bien... Par exemple, que ces commandes qui viennent de partir ne seront pas exécutées !

— Bon sang...

— Quoi ?

— Je veux dire... Quand ? Quand le nouveau plan de Saltenberg va-t-il atteindre Tarpin ?

— Vous pouvez calculer ça vous-même, Johnny... Vos commandes viennent de partir. Les réponses négatives peuvent arriver d'ici trois jours. A moins que la nouvelle ne transpire jusqu'à Tarpin par un autre canal. Un gars qu'il aura contacté, pour ses ventes à venir, et qui se sera renseigné ailleurs...

Collins sortit un cigare de sa poche, en mordit l'extrémité, recracha les débris sur le sol.

— Mais en tout cas, pas avant demain. Pas avant demain, au plus tôt !

Bunting paya sa note et quitta le restaurant sans accorder à Collins un autre regard. Le tumulte était dans ses oreilles, dans sa tête, l'emplissait des pieds à la tête. C'était la seconde fois de sa vie qu'il ressentait une impression semblable. Sourd, aveugle à tout ce qui se passait autour de lui...

La comparaison avec cette autre fois, cette unique fois précédente, s'imposa lentement à lui. C'était bien la même frustration, la même fureur, après la même longue attente. Sa passion pour Ann, pour une femme dont il parvenait difficilement, en cet instant précis, à recomposer le visage, avait été une attente, et sa mort, une frustration.

Au pas de course ou presque, il repartit vers le motel. Il irait jusqu'au bout de ce qu'il avait commencé. Il n'avait pas l'intention de se laisser frustrer une seconde fois.

12

Allongé sur le canapé, Tarpin leva la tête à l'entrée de Bunting et glissa ses deux mains sous sa nuque.

— Ça y est ? C'est expédié ?

— Sûr !

La gaieté soudaine de Bunting était aussi bruyante que parfaitement artificielle.

— D'ici quarante-huit heures, on devrait recevoir les premières réponses... Peut-être même les premiers colis... Tu te rends compte, Tarpin ? D'ici quarante-huit heures !

— Ouais, grogna Tarpin. On est tous excités !

Sa réponse inspira Bunting. Il n'avait pas quarante-huit, mais vingt-quatre heures à peine pour atteindre son objectif. Vingt-quatre heures au bout desquelles rien n'empêcherait plus la dislocation du trio...

— J'ai une idée ! commença-t-il avec un enthousiasme qu'il espérait communicatif. Tu sais ce qui va se produire dans un jour ou deux, hein, Tarpin ? Boulot, boulot ! Allées et venues et coups de fil toute la sainte journée ! Finie, la rigolade !

— Optimiste, hein, Bunting ?

C'était Jesse qui mêlait son grain de sel à la conversation.

— Pourquoi ça ? Je vois les choses comme elles sont. Et ça va venir vite, maintenant ! C'est pour ça que j'ai une idée ! Ce soir, on fait la bringue ! Tous ensemble ! Et c'est moi qui régale ! Je vous emmène à Miami, O.K. ? Quatre types à la veille de se lancer dans une affaire pareille... Faut que ça s'arrose, non ? Alors...

— Sans Linda ? intercala Jesse.

— Quoi ? Oh, j'avais même pas pensé à ça ! Je viens juste d'en avoir l'idée, de cette petite bringue, et...

— Tu crois pas, s'informa Tarpin, que Miami est un peu loin de notre base d'opération ?

— Peut-être, oui ! Mais j'ai une autre idée... Vous avez vu ce boui-boui appelé *Chez Freddy — A l'Embarcadère*, sur le bord du lac ? Ils louent aux particuliers. C'est marqué sur leur pancarte. Eh bien, je loue pour ce soir et on organise une party à tout casser...

— Ce soir ? releva Jesse.

— Pourquoi pas ? Je me charge de tout...

— Même des femmes ? Où est-ce que tu vas nous trouver des femmes ? T'as vu des belles filles disponibles, toi, dans le secteur ?

— Chacun peut amener qui il veut. Je voyais ça comme une...

— Va pour ce soir ! trancha Tarpin. C'est pas une mauvaise idée.

— Et y aura pas de quoi boire, non plus ? insista Jesse.

— Mais si, y aura de quoi boire, et de la musique, et des...

— Entendu, entendu ! dit Tarpin. Et maintenant, parlons de choses sérieuses !...

— De choses sérieuses ? Sûr, Tarpin ! Plus que l'heure à fixer ! Disons pour neuf heures, là-bas ?

— Pour neuf heures, ce sera parfait !

Tout à cette party décisive, Bunting ne remarqua même pas les intonations de Tarpin. Pour une party du tonnerre, ce serait une party du tonnerre. Dût-il y engloutir jusqu'à son dernier dollar, il ne leur bouderait pas l'alcool. Demain, il serait probablement trop tard et c'est pourquoi il devait agir, et réussir, cette nuit même...

Réussir à leur extirper la vérité du cerveau, dans le brouillard de la saoulographie générale...

— On a trouvé Linda, en ville, dit Tarpin, et j'ai eu une petite conversation avec elle...

Bunting redescendit sur terre. Tarpin était debout devant lui, un verre d'eau à la main. Voyant que Bunting l'avait entendu, il porta le verre à ses lèvres et souligna :

— Tu as compris ce que je viens de dire ?

— Oui. Tu as eu une conversation avec Linda...

— Exact !

— Et alors ?

— Alors, je ne sais pas, murmura Tarpin. Mais j'aimerais savoir...

Il s'assit en face de Bunting, posa son verre sur la table, ses mains sur ses genoux.

— Tu sais ce qu'elle m'a dit, Linda ?

Impassible, Bunting secoua la tête.

— Elle m'a dit que tu étais arrivé juste à pic, juste alors qu'elle venait de se faire éjecter par sa sœur...

L'espace d'une seconde, Bunting ne réagit point. Puis il dit avec une fureur naissante :

— Elle a pas pu te dire ça, Tarpin ! Je la connaissais avant que sa sœur ne la flanque à la porte. Je peux même te prouver que...

— Ça va, ça va !

La main de Tarpin retomba sur son genou.

— Aucune importance. J'ai peut-être pas très bien compris... Donne-moi une cigarette, Jesse.

Bunting dut attendre que Tarpin allumât sa cigarette et reprit dans une bouffée de fumée :

— On parlait comme ça, hein, histoire de tuer le temps... Et Linda me racontait ses bagarres avec sa sœur... « Mais ce jour-là — c'est Linda qui parle — Joyce a vraiment fait tout ce qu'elle pouvait ? tout d'un coup, pour que ça s'envenime et que ça se termine comme ça... Et Dieu merci, John est arrivé, juste alors que je finissais mes bagages... » C'est comme ça qu'elle me l'a raconté, Bunting !

— Je ne vois pas ce qu'il peut y avoir dans tout ça...

— Attends... Ça m'a mis la puce à l'oreille et j'ai demandé des détails à Linda... Elle s'est souvenue, alors, que Joyce avait eu un coup de télé phone, avant cette bagarre... Un coup de téléphone qui avait paru lui faire un plaisir énorme... Et c'est après ce coup de téléphone que Joyce lui a cherché des poux dans la tête et l'a balancée sur le pavé... Tu sais ce que je crois, Bunting ?

— Non ! Et j'aimerais que tu le fasses pas venir d'aussi loin. Si tu as quelque chose à dire, dis-le ! Tant que tu ne l'as pas dit, je ne peux pas te répondre !

Jesse s'esclaffa et Tarpin aboya brusquement :

— C'est Saltenterg qui a téléphoné à la sœur de Linda pour qu'elle la flanque dehors ! J'en suis aussi sûr que si j'avais écouté la conversation ! Et là-dessus, tu t'amènes comme le bon samaritain et tu recueilles l'oiseau tombé du nid ! Un oiseau qui t'a diablement facilité le contact avec nous, Bunting !

Bondissant sur ses pieds, Bunting vociféra :

— Je t'ai dit ce que je savais, Tarpin ! Je t'ai dit que j'avais essayé de me faire embaucher par Saltenberg et que ça n'avait pas marché ! Je suis venu ici pour trouver du boulot, je l'ai trouvé et j'essaie de le faire ! Alors toi et ton esprit soupçonneux, vous commencez à me courir sur l'haricot ! Attends de voir au moins comment seront exécutées ces commandes ! Si j'étais là pour te doubler comme tu as l'air de l'insinuer, est-ce que je...

— J'en sais rien ! coupa Tarpin. Si Saltenberg est derrière tout ça...

— Bien sûr ! Mais il se trouve que Saltenberg n'est pas derrière tout ça et qu'avec un peu de patience...

Le dialogue cessa faute d'interlocuteur. Tarpin n'était même plus dans la pièce et sa voix jaillit du fond de la cuisine, au sein d'un bruit d'eau courante :

— A ce soir, Bunting ! A la party...

Jesse ricana et Bunting quitta la cabine. Cet accrochage avec Tarpin ne l'inquiétait même pas, parce que ce soir, d'une façon ou d'une autre il tiendrait son homme, et que tous les problèmes seraient résolus.

Même celui qui s'appelait Linda.

Il alluma une cigarette, aperçut Morgan qui lavait sa voiture. Ce qui s'était passé la nuit précédente, sa défaillance et la tendresse réconfortante de Linda et la gratitude qu'il avait cru devoir éprouver, tout cela n'existait plus. Tout cela était résolu, simplifié. Il fit un pas vers sa propre cabine et Morgan cria :

— John !

— Oui ?

— Tu cherches Linda ?

— Oui.

— Elle est partie faire un tour. Dans cette direction...

L'index pointé montrait la gare de triage et la campagne au-delà. Morgan regarda Bunting s'éloigner, tête baissée, et fronça les sourcils. Quelque chose ne tournait pas rond entre Bunting et Linda. Morgan attendit que Bunting eût disparu derrière les arbres et, sans conviction, acheva de nettoyer sa voiture...

Linda revenait d'un pas accablé. Elle était allée jusqu'à la gare de triage et n'y avait trouvé aucun remède à sa solitude. Elle n'avait pas envie de regagner cette cabine où John ne restait jamais seul avec elle. Il y avait toujours quelque chose ou quelqu'un pour interrompre leurs rares tête-à-tête et même ce qu'elle avait cru distinguer, ce matin, dans les yeux de John, n'avait été sans doute qu'une illusion. Elle allait rentrer chez eux et Bunting ne serait pas là. Elle serait seule à nouveau. Probablement jusqu'au soir...

Elle le reconnut, de loin, et comprit qu'il la cherchait. Elle força l'allure. Elle aurait voulu courir, mais n'osait pas. Elle était heureuse qu'il l'eût cherchée. Elle avait une envie folle de l'entendre rire...

— Petite garce ! dit-il lorsqu'elle parvint à sa hauteur.

Il l'empoigna par le bras, la poussa brutalement dans un terrain vague qui s'étendait en lisière de la route.

— John, pour l'amour de Dieu... implora-t-elle.

Le pire, c'est qu'il riait effectivement, mais que son rire ne ressemblait pas à un rire.

— John, tu me fais mal...

Il la lâcha, fourra ses deux mains dans ses poches et se détourna, savourant d'avance la cruauté de ce qu'il allait lui dire :

— Encore ce soir, Linda, et tu es en chômage...

— Qu'est-ce que tu veux dire par là ?

— L'affaire Saltenberg ! Terminée ! Liquidée ! A partir de demain, tu es sur le sable, c'est vraiment le cas de le dire ! Et je suppose que tu le sais déjà, non ? Pour être allée raconter à Tarpin cette histoire de coup de téléphone et d'arrivée miraculeuse...

— John ! Je ne comprends pas... Je comprends de moins en moins...

— Sans blague ? Qu'est-ce que tu cherchais au juste ? A te couvrir aux yeux de Tarpin ? Tu as des vues sur lui, peut-être ?

— John ! Tu n'as pas le droit...

— Pas le droit de quoi ?

Il bouscula une planche, d'un coup de pied, dévoilant un rectangle d'herbe brune, écrasée. Chassé de son abri, un petit triton détala parmi les pierres. Bunting lui marcha dessus, sauvagement. La bestiole abandonna sa queue, cherchant le salut dans une fuite éperdue. Mais Bunting avait déjà relevé les yeux.

— J'aurais bien dû piger que le minutage était trop parfait ! Joyce d'accord avec Saltenberg ? Au bout d'une perche ! C'est à toi qu'il a téléphoné, oui ! Pas à Joyce ! C'est pour ça que tu es venue, hein ? Pour ça et pas pour autre chose ! Et je dois dire que tu as été formidable ! Dans tous tes rôles ! Même hier soir, dans celui de la couverture chauffante...

— John ! Je t'en prie ! Tout ça est tellement faux, tellement absurde...

— Puisque je te dis que le boulot est fini et que tu peux te décontracter !...

Peu de chose eût suffi pour que Linda fondît en larmes. Le désespoir qui devait pouvoir se lire sur son visage l'embarrassait cruellement, ses bras nus l'embarrassaient et son corps nu moulé dans une mince robe d'été l'embarrassait aussi, pour une raison ou pour une autre.

— Essaie de m'écouter, John, essaie de m'entendre...

Cette fois, elle osa lever la main jusqu'à lui, toucher la manche de sa veste.

— Tu as tort, John. Ne me regarde pas comme ça, je t'en supplie... Tu as tort, tu es... tu es malade, John !

— Malade !

Il repoussa les mains qui tentaient de le saisir. Désespérément, elle insista :

— Malade, Johnny, je ne trouve pas d'autre mot... Et j'en sais si peu... Mais je sais au moins une chose, John ! Quelque chose te rend malade. Tu n'es pas ici pour la raison que tu donnes. Ce travail n'est qu'un prétexte... Aucun homme ne se conduirait comme tu te conduis, dans les circonstances présentes, si c'était la seule raison...

— Saltenberg ne t'a pas mise au courant ? Sa confiance n'est pas allée jusque-là ?

— Je te supplie de me croire, John ! Je ne suis pour rien dans tout cela...

— Alors, je vais te le dire !

Il marqua une pause, sachant fort bien qu'il ferait mieux de se taire mais incapable de s'arrêter à mi-chemin.

— Je vais te le dire, pour que tu comprennes bien à quel point je suis *malade* ! Je suis ici pour tuer un homme. Je suis ici parce qu'un de ces types a tué une jeune fille d'une balle en plein front. Cette jeune fille allait être ma femme. Nous allions nous marier le lendemain et le tueur est ici et je suis là pour tuer le tueur. Tu piges ?

— Mon Dieu !

Il sourit. Ou du moins, il retroussa les lèvres comme pour sourire. Et ricana :

— Alors ? Je suis toujours malade ?

— Mon Dieu ! soupira-t-elle. Je pense bien !

Il se sentit soudain d'humeur folâtre.

— Je ferais la même chose pour toi ! Imagine, si ça t'est possible, qu'on s'aime et qu'on doive se marier ! Et puis crac, tu reçois une balle dans le crâne ! Là, c'est exactement là qu'elle a reçu la balle ! Et c'est là que tu la reçois, toi aussi ! Eh bien, je ferais la même chose pour toi ! Ce que je m'apprête à faire maintenant... Tu piges ?

Elle pigeait. Elle comprenait tout, à présent. Tout ce qui s'était passé entre eux. Toutes les anomalies, toutes les outrances de sa conduite. Elle comprenait tout et se moquait de tout ce qu'il pourrait désormais dire et faire. Même s'il l'insultait. Même s'il repoussait violemment les mains posées sur son bras ou s'il la regardait comme il l'avait fait tout à l'heure. Avec un dégoût confinant à la haine...

Elle l'empoigna par le devant de sa chemise et se hissa littéralement jusqu'à lui, parlant à quelques centimètres de son visage.

— Ecoute-moi bien, John, et tu ne pourras pas ne pas me croire. Je suis venue parce que tout m'était égal. Je n'étais en cheville avec personne, ni Saltenberg, ni personne d'autre, et quand tu m'as demandé de venir, je suis venue parce que tout m'était égal. Tu ne te rappelles pas comment j'étais ? Je ne suis pas venue réellement *avec* toi, mais maintenant, je suis avec toi et je peux voir comment tu étais, à ce moment-là, et comment tu es maintenant. Cette idée te faisait souffrir, John, mais maintenant, elle te rend fou, elle te rend malade ! Tu t'y habitues, peu à peu, et si...

— Oh, boucle-la, tu veux ? Boucle-la !

Bunting recula si brutalement que la jeune femme cramponnée à lui faillit perdre l'équilibre et dut le lâcher pour ne pas tomber. Il la regardait comme quelque chose de contaminé, quelque chose qui prétendait, à nouveau, le frustrer d'un accomplissement prévu de longue date...

Il savait déjà ce qu'il allait dire. La réplique cruelle qui couronnerait toutes les autres. Il avala le sable qu'il sentait dans sa gorge et se gratta le dessus de la main jusqu'à entamer la peau. Il avala une autre gorgée de salive rocailleuse et s'éclaircit la gorge et déclara :

— Je donne une party ce soir. Le verre et la cigarette du condamné ! Ce soir, je saurai lequel des trois est mon assassin, et je te charge de faire parler Jesse. Par n'importe quel moyen, tu m'entends ! Je te charge de faire parler Jesse...

13

Il y avait une jeune femme, à deux maisons de là, qui n'arrivait pas à faire repartir le moteur de sa machine à laver. Morgan l'observa un instant, puis s'approcha d'elle et regarda la machine.

— Bonjour, dit-il à la jeune femme. Ça lui arrive souvent ?

— Bonjour... De temps en temps, seulement... Henry fait toujours quelque chose par là-dessous, dans ces cas-là, avec une burette à huile... Vous voyez ce qu'il y a ?

Morgan s'était mis à quatre pattes, et reniflait l'air chaud qui montait des entrailles de la machine.

— Pas la peine d'aller chercher plus loin, ma petite dame ! C'est le moteur qui est surchauffé...

— Oui. C'est ce que mon mari dit toujours, quand il se produit... Vous voulez la burette à huile ?

— Sûr. Pendant qu'on y est...

Morgan se releva. Juste à temps pour voir Jesse et Tarpin sortir de leur chalet et s'éloigner dans une des voitures.

— Entrez donc, disait la femme. Vous prendrez bien une tasse de café...

— Pourquoi pas ?

A l'intérieur, la maison était exactement semblable à toutes les autres, murs de plâtre et sol de granito. Quelques objets personnels disséminés çà et là... Le portrait encadré d'un garçon d'une douzaine d'années, divers bibelots, un abat-jour représentant une cataracte que la chaleur de l'ampoule allumée faisait chatoyer de curieuse manière, donnant l'illusion d'une eau vive.

— C'est joli, ça ! dit Morgan. Et vous laissez brûler l'ampoule même le jour ?

— J'adore l'avoir sous les yeux. C'est les chutes du Niagara, vous savez. Je n'y suis jamais allée...

— Les gens de par ici ne doivent guère aller passer là-bas leur lune de miel...

— Oh, moi, je me suis mariée dans le New Jersey, dit la jeune femme en revenant de la cuisine. Voilà, j'ai trouvé la burette...

— Merci.

— Y a de ça douze ans...

— Pardon ?

— Douze ans que je suis mariée. Est-ce que vous l'auriez cru ?

C'était la première fois que Morgan prenait la peine de la dévisager. Elle paraissait effectivement très jeune.

— Votre fils, sur la photo ?

— Oui. Onze ans. Est-ce que vous l'auriez cru ?

— A le voir, oui. A vous voir, non.

Le compliment lui plut et elle sourit au visiteur.

— Tenez, voilà votre café...

Morgan s'assit à la table proche de la fenêtre et releva la jalousie pour pouvoir surveiller les environs.

La jeune femme s'assit en face de lui, les avant-bras sur la table, croisés au-dessous de sa poitrine.

— Vous allez rester longtemps par ici ?

— Oui. Un mois, peut-être...

— C'est agréable de garder un peu les mêmes voisins. Nous, on est déjà là depuis deux mois, et c'est toujours des nouvelles têtes. A part une autre famille qui est là depuis plus longtemps que nous. Mon mari travaille pour le ministère des Finances. C'est comme ça qu'on voyage tout le temps. Ça peut sembler agréable, à première vue, mais quand je dois rester seule pendant des jours d'affilée...

— Oui, c'est pas une vie pour une femme, approuva Morgan, distrait.

— Oh, je me débrouille !

Il cessa un instant de regarder par la fenêtre.

— Ça, je veux bien vous croire...

— Encore un peu de café ?

— Non, merci. Bien qu'il soit excellent...

— O.K. ! murmura-t-elle.

Morgan ouvrit de grands yeux quand la jeune femme vint lui prendre la main pour la refermer en coupe autour d'un sein plantureux, ferme et doux sous la mince robe.

— O.K. ? répéta-t-elle.

Morgan en était baba.

— Allez, viens, souligna-t-elle. Le gosse ne rentre pas tout de suite. On a plus d'une heure devant nous...

Morgan la sentait frétiller sous ses doigts. Il était tenté, mais Linda venait d'apparaître, à l'autre bout du motel, et n'avait pas du tout l'air d'être dans son assiette...

La femme s'était escamotée, et quand il la rejoignit dans la chambre à coucher, elle était déjà nue et allongée sur son lit.

— Ecoutez... Ecoute, dit Morgan. Tu t'appelles comment ?

— Fran. Je te plais ?

— Je pense bien que tu me plais ! Mais il faut que je parte... Je veux pas que tu sois fâchée, ni rien, tu comprends, mais il faut que je parte...

— Oh, flûte !

— Sincèrement. C'est important. Ça n'a rien à voir avec toi, Fay, c'est juste que...

— Fran !

— Excuse-moi...

Elle s'assit sur le bord du lit, massant doucement son ventre.

— Quand ?

— Hein ?

— Quand ? Vers trois heures ? Le gosse sera reparti, à trois heures...

— Entendu ! D'accord ! Trois heures... Et pour la machine à laver...

— Oh, mon Dieu ! soupira-t-elle.

Mais Morgan avait déjà quitté la pièce.

Il respira profondément, deux ou trois fois de suite, avant de frapper à la porte de Linda.

— Entrez !

Elle était dans la pièce du fond, en train d'allumer une cigarette.

Il s'assit près d'elle sans qu'elle parût s'apercevoir de sa présence. Il y avait, entre eux, comme un mur de verre et Morgan se sentait effroyablement gauche et embarrassé, incapable d'engager la conversation et tout aussi incapable de continuer à se taire. Puis elle lui demanda s'il voulait du café, d'une voix morne ; il pensa à Fran et à sa machine à laver, et commença laborieusement :

— Lindy... Vous avez jamais eu de vrais ennuis... Je veux dire... Vous aviez Tom et vous avez jamais eu besoin de l'aide d'un ami... D'un vrai... Mais je crois que... Enfin, je voudrais... Je sais pas comment vous faire comprendre...

Cette bonne volonté sincèrement offerte la toucha finalement, au fond de sa transe. Elle posa sa main sur le bras de Morgan, la retira aussitôt.

— Vous avez toujours été un chic type, Morgan. Tom avait beaucoup d'amitié pour vous...

— Tom était un chic type. J'aurais fait n'importe quoi pour lui. N'importe quand !

— Il vous considérait comme son seul vrai copain...

— C'est lui qui disait ça, Lindy ? Il disait vraiment ça ?

— Naturellement !

Morgan respira un bon coup.

— C'est pour ça que j'aurai toujours l'œil sur vous, Lindy. Vous prenez ça comme je le dis, pas vrai ?

— Oui.

— Et je vais vous dire autre chose, Lindy. Votre John... Y me botte, lui aussi. Je l'ai tout de suite trouvé sympa...

Morgan hésita.

— Mais... Je sais pas comment dire... Y a quelque chose qui tourne pas rond, chez lui. Y a quelque chose qui l'empêche d'être un aussi chic type qu'il pourrait l'être...

— Vous ne savez pas si bien dire...

— C'est pour ça que... Enfin, ce que je voulais dire vraiment, Lindy... Si je peux vous aider d'une façon quelconque...

— Ne soyez pas idiot, Morgan !

— Non, non, je parle sérieusement. Je dis ça comme je le pense, vous savez...

— Bien sûr que je le sais !

Il lui sourit, se pencha pour lui tapoter l'épaule et c'est alors que, sans transition, la jeune femme explosa. Elle enfouit son visage dans ses bras repliés, balayant tout ce qu'il y avait sur la table, et se mit à sangloter convulsivement, hoquetant à travers ses larmes :

— Aidez-moi, Morgan, aidez-moi, oh, mon Dieu, aidez-moi...

Morgan ne savait trop que faire. Tout ce qu'il savait, c'est qu'il ne pouvait pas laisser Lindy comme ça. Glissant un bras derrière son dos et l'autre sous ses cuisses jointes, il la souleva aisément, la transporta dans la chambre à coucher. Elle se pelotonna instinctivement, au creux de ses bras, et il la tint blottie contre lui, pendant quelques secondes, avant de la déposer sur un des lits jumeaux. Jamais de sa vie il n'avait ressenti d'impression aussi merveilleuse...

Il lui ôta ses souliers, tira sur elle une couverture et s'assit à son chevet.

— Donnez-moi la main, Lindy...

Elle la lui donna. Il la prit dans ses grosses pattes et la caressa doucement, répétant d'une voix apaisante :

— Allons, Lindy, allons, allons, allons...

Elle se calma effectivement. Elle était épuisée.

— Et maintenant, murmura Morgan, dites-moi ce qui ne va pas, Lindy...

Elle chuchota :

— Je n'ai pleuré qu'une seule autre fois comme ça...

— Oui, je sais quand...

— Et je me souviens de ce qui est arrivé ensuite...

— Ne retombez pas là-dedans, Lindy, je vous en prie...

— Dans quoi ? Qu'est-ce que vous voulez dire ?

— Vous savez bien... Comme une somnambule...

— Ah oui !

Elle le regarda sans le voir.

— Je ne sais pas si je pourrais. Ou plutôt si. Et je sens que c'est en train de revenir...

— Qu'est-ce qui est arrivé, Lindy ?

Elle lui reprit sa main pour se frotter les yeux, la remit ensuite, d'un geste naturel, dans celles de Morgan.

— John, dit-elle. Vous savez pourquoi il est ici ?

— Eh bien, pour... Non, je n'en sais rien.

— Vous savez qui il est ?

— Comment ça ?

— Cette jeune fille qui a été tuée sur la place, vous vous souvenez, quand Tarpin a voulu...

— Oui, oui, elle a stoppé une balle perdue...

— C'était sa fiancée, Morgan. Ils devaient se marier le lendemain.

— Bon sang !

— Oui. Il restera ici, à tuer tout ce qu'il peut voir et toucher, jusqu'à ce qu'il découvre son tueur !

— Bon sang...

Il y eut un silence et Linda se rendit compte, après coup, de la justesse de son expression. Bunting tuait tout ce qui passait à sa portée, et n'aurait de repos que lorsque tout serait mort. C'était le seul moyen qu'il avait trouvé...

Morgan caressait distraitement la main de Linda, secouant la tête sans le savoir...

— Qui est-ce qui l'a tuée, Morgan ? Est-ce vous ?

— Comment que j'aurais pu ?. Je ne vois pas...

— C'est un accident, pas vrai ?

— Sûr ! Un horrible accident...

— Je suis tellement inquiète, Morgan, tellement inquiète... Cette party qu'il donne ce soir... Une party, Morgan ! Vous vous rendez compte ?

Elle se remit à rire. Un rire qui, très rapidement, virait à la crise de nerfs.

— Lindy !

Elle s'arrêta et parut s'enfoncer un peu plus dans son lit. Puis elle ferma les yeux, accordant toute son attention à ce que disait Morgan, à la façon dont il lui tenait la main.

— Ce soir ? répéta-t-il.

— Oui. Pour nous tous...

— O.K., Lindy, je l'aurai à l'œil. Allez-y sans crainte, je ne le quitterai pas de l'œil !

— Merci, Morgan, vous êtes chic...

— Je vous aime bien, Lindy, c'est pour ça... Et John aussi. Je comprends, maintenant, pourquoi il est si... bizarre, quelquefois...

— Oui, Morgan. Embrassez-moi, voulez-vous ? Je veux dormir...

Il se pencha vers elle et ferma les yeux pour l'embrasser. Puis il sortit doucement de la chambre et quitta la cabine.

Dehors, il cligna des yeux, un moment, dans le soleil cru. La rue était vide, si l'on pouvait appeler ça une rue. Rien de plus qu'un espace nu, entre deux rangées de petites maisons, et la machine à laver, devant l'une d'elles.

En passant à côté, les mains au fond des poches il flanqua un bon coup de pied dans le socle de la machine. Puis, poursuivit son chemin, l'air maussade...

14

Tout était prêt quand ils arrivèrent, à l'heure dite. Les bouteilles et les sandwiches et les amuse-gueule... Bunting était crevé, mais dès qu'il les vit approcher, à travers les écrans-moustiquaires du porche, il bondit à leur rencontre avec son sourire des grands jours, parlant du beau temps et des domestiques qui n'étaient pas là parce que c'était leur soir de sortie et plaisantant et gesticulant et leur faisant les honneurs de l'endroit, le visage distendu par un rictus figé qui ressemblait de moins en moins à un sourire...

La party eut beaucoup de mal à démarrer. Ils étaient trop peu nombreux pour les dimensions de la salle et l'éclairage était insuffisant et les serpentins qui dégoulinaient des poutres avaient quelque chose de sinistre, mais Bunting était partout à la fois, versant à boire et s'occupant du pick-up et poussant Linda dans les bras de Jesse, qui était de fort loin le meilleur danseur de l'assistance, et finalement, Jesse et Tarpin ôtèrent leur veston et la réunion mérita, dans une certaine mesure, le nom de « party »...

Morgan n'ôta pas son veston pour la bonne raison qu'il avait son revolver sur lui. Il remarqua que Bunting n'avait pas ôté son veston, lui non plus, et se demanda si cela signifiait quelque chose. Il n'avait pas, de toute manière, l'intention de le perdre de vue.

Une bouteille à la main, Bunting s'approcha de Tarpin.

— Allez, cul sec ! Y a des provisions, nom d'un chien !

— Des clous, pour moi, c'est du scotch, Bunting !

— Oh, mille pardons, mon prince !

Bunting changea de bouteille, remplit le verre de Tarpin, s'assit à coté de lui et jeta un coup d'œil circulaire. Morgan, bras croisés, son verre à la main. Jesse au pick-up, empilant de nouveaux disques sur le changeur automatique. Linda, derrière lui, tenant son propre verre et le verre de Jesse... Bunting se retourna vers Tarpin, l'observant attentivement.

— Je suis pas encore blindé, dit Tarpin. Si c'est ça que tu cherches à voir...

Un petit éclat de rire pour faire bien dans le tableau et créer l'ambiance !... Tarpin ne se dérida pas.

— On dirait que tu t'amuses, hein, Bunting ?

— Moi ? Je me suis jamais autant amusé de ma vie !

— T'as une cigarette ?

Bunting sortit son paquet de sa poche, s'aperçut qu'il n'avait plus d'allumettes, appela Morgan à la rescousse et profita de l'occasion pour lui remplir son verre. Ensuite, Morgan regagna son coin tandis que Bunting se retournait vers Tarpin. Debout près du pick-up, Jesse faisait remarquer à Linda les finesses d'une quelconque orchestration... Morgan s'assura que personne ne le regardait, et balança le contenu de son glass par-dessus son épaule, à travers l'écran-moustiquaire.

— Un truc marrant, disait Bunting à Tarpin, c'est de pouvoir onduler du scalp comme tu le fais. Moi, j'ai jamais réussi...

— Je vois pas ce que ça te donnerait !

— Fais-le, Tarpin, que j'essaie de voir comment tu t'y prends !

— Plus tard. Il est encore trop tôt.

— Tu veux dire que t'es pas encore assez saoul ? Tiens, bois !

Pour ne pas recevoir l'alcool sur son pantalon, Tarpin dut redresser son verre. Ce Bunting était de plus en plus bizarre et Tarpin se dit qu'il avait dû boire avant leur arrivée, et qu'il avait déjà plus que son compte...

— Je t'ai vraiment jamais vu aussi gai ! dit-il au bout d'un moment.

— C'est rare que je sois aussi gai, Tarpin ! Et tu sais pourquoi je suis gai ?

Il se pencha en avant.

— Parce que je vous ai préparé une surprise...

— J'aime pas les surprises !

— Celle-là tu l'aimeras ! Tu sais ce que j'ai fait ?

— Ouais. T'as décidé d'organiser une party !

— Et tu sais pourquoi, Tarpin ?

— Recule un peu, tu veux ? Je commence à loucher...

— J'ai préparé de la distraction pour tout l'heure ! De la vraie distraction...

— Va dire ça à Jesse. Il adore la distraction !

— On parle de moi, dans le secteur ?

Bunting ne put s'empêcher de sourire, sincèrement pour une fois, parce que Jesse avait un sacré cheveu sur la langue.

— De la distraction, dit-il. Pour tout à l'heure.

— Qui c'est qui veut de la distraction ?

Jesse empoigna Linda, l'attira violemment à lui.

— Y a tout ce qu'y faut, ici, pour se distraire !

— Ton disque patine, Jesse ! intervint Morgan. Va le changer !

Jesse ouvrit la bouche pour riposter, puis se ravisa et fit ce que disait Morgan. Quand il revint, Bunting avait rempli son verre...

— Faut que j'aille pisser un coup ! annonça Tarpin, un peu plus tard.

Bunting le regarda traverser la salle avec une satisfaction intense. Tarpin en avait un bon tour dans le pare-brise. Jesse commençait à n'être plus tout à fait aussi bon danseur et Morgan ne semblait pas avoir bougé de son coin, depuis le début de la party. Bunting s'approcha de lui.

— Tu m'excuses, hein, Morgan ? Je t'ai pour ainsi dire pas parlé de la soirée, mais tu sais ce que c'est quand y faut s'occuper de tout, avoir l'œil à tout et tenir la jambe du boss...

— T'es tout excusé, Johnny... Et tu sais quoi ? Je vais m'occuper des bouteilles. Garder un œil dessus et...

— Attends, attends ! Tu dis ça comme si tu voulais les empêcher de boire... Y s'agit pas de garder l'œil dessus, matelot ! Au contraire... !

— Voilà Tarpin qui revient...

— Très juste ! Excuse moi si je te demande pardon...

En parfait maître de maison, Bunting accueillit Tarpin sur le seuil de la salle.

— Eh, qu'est-ce que t'as foutu, là-dehors ? T'es mouillé plus haut que les chevilles !

— J'ai foutu les pieds dans cette saloperie de lac...

Tarpin s'assit pour ôter ses chaussures. Riant sous cape, Bunting alla remplir un verre et le lui rapporta.

— Bois un coup, Tarpin ! C'est le meilleur anti-rhume !

Tarpin s'empara du verre et le vida.

— F'noir comme dans un four, là-bas derrière...

Il avait atteint ses limites.

— Travailler dur, rigoler dur, approuva Bunting d'un ton beaucoup plus calme. T'es mon genre de boss, Tarpin !

— T'as fini de me passer de la pommade, espèce de...

— Je dis ce que je pense, voilà tout ! Je pourrais pas faire ce que tu fais...

— Quoi ?... 's que je fais ?

— Mener une barque de cette importance ! Des millions de détails à régler, des millions de choses à penser, et chaque fois que quelque chose va de travers, personne pour parer le coup à ta place...

— Y a rien qui va de travers, Bunting ! Y a rien qui...

— Attention à ton glass, tu vas le renverser !

— Merci.

— Chaque fois que quelque chose va de travers, je veux pas dire les grandes choses, tu piges ? Pas les choses étudiées, préparées... Je veux dire les petites choses comme cette escarmouche, là, quand vous avez quitté la ville...

— De quoi ?

— Truesdell Square. La fusillade...

— Ah, oui ! Pas moyen d'avoir ces foutus bouquins. Aucune importance, d'ailleurs...

— Tu vois ! C'est ça que je veux dire ! La façon dont tu prends tout ça... Si j'avais descendu cette fille, même sans le faire exprès, je pourrais pas rester calme !

— On s'habitue à tout...

La musique s'arrêta et l'aiguille continua de grincer un instant au centre du disque. Bunting était assis très droit, très raide, et les cubes de glace cliquetaient dans son verre.

— Rejouez-nous la même chose, bon sang ! Est-ce que quelqu'un va se décider à nous repasser ce disque ?

Il avait parlé si fort que tout le monde le regarda. Quelqu'un remit le disque en route, sans que Bunting se retournât pour voir qui c'était. Puis, Morgan rit brièvement d'une réflexion de Linda... Le pied qui battait la mesure devait être celui de Jesse...

— Tarpin, reprit Bunting, je crois que tu sous-estimes ce que tu peux faire. Tout le monde peut pas faire ce que tu peux faire...

— T'as une cigarette ?

— Tout le monde peut pas se dire : j'ai tué une femme, d'une balle en plein front, et ça m'est égal ! Je l'avais pas fait exprès...

— Je te demande si t'as une cigarette ! T'es sourdingue, non ?

— Voilà ta cigarette, Tarpin...

Sur le ton exact d'un larbin disant à son patron : « Voilà votre courrier, monsieur... »

— L'allume pas tout de suite. Je vais la garder un moment comme ça...

— Oui...

Bunting était calme à présent. Une statue de glace. Seuls, ses yeux vivaient dans son visage blême, impassible. Ses yeux qui regardaient le tueur bien en face... Car le tueur n'était plus une abstraction, une idée perdue dans sa tête, une décision prise dans sa tête, mais un être de chair et d'os, un objet réel, un homme bien vivant... Pour l'instant !

— L'as-tu *visée* au front, Tarpin ? Ou bien est-ce un simple effet du hasard ?

— Qui ça, moi ?

— Oui, toi, Tarpin !

— Visée au front, tu dis ?

— La fille que tu as descendue...

— Moi ? J'étais déjà au volant... J'ai vu un type sortir de l'immeuble et je lui ai tiré dans les pattes... J'ai vu dans le canard, après, que ça s'était terminé à l'hosto. Un type avec une patte folle ou peut-être même deux types avec...

— Et la femme, Tarpin ? La jeune femme ?

— Oh, oui. Je l'ai vue s'écrouler alors que je tenais déjà mon volant... Ça canardait encore à ce moment-là... Bon sang çui qui l'a eue l'a pas loupée... T'as une allumette, Bunting ?

Bunting entendit des rires, *à l'intérieur* de la salle, et s'aperçut, ainsi, qu'il en était sorti.

Il se retourna, vit Morgan, silhouette noire, immobile dans son coin. Puis il vit Jesse et Linda, double silhouette noire agitée par le rythme d'une nouvelle danse. Invisible dans l'ombre du porche, Bunting se sentit tout à coup aussi grand que le lac, et à peine plus humain...

— Le voilà ! brailla Jesse.

Bunting réintégrait la salle, claquant derrière lui la porte-moustiquaire.

— Le voilà ! Je vous l'avais dit, que le capitaine est toujours le dernier à quitter son bateau ! Hein, capitaine Bunting ?

— Sûr, Jesse, sûr !

Bunting stoppa le couple en agrippant une épaule tournoyante.

— Et faut que je te dise, Jesse, combien je te suis reconnaissant d'empêcher cette femme de trop boire ! Elle est terrible quand elle est blindée, hein, Linda ? Tu te rappelles, la fois qu'on s'est pochardés, tous les deux, en ville ?

Linda ne semblait pas pouvoir suivre son train de pensée. Crûment, cruellement, il lui rafraîchit la mémoire :

— Dans la chambre de Joyce ! On est pas restés seuls trente-six fois dans la chambre de Joyce !

Elle se mordit la lèvre, luttant contre une violente envie de pleurer. Jesse disait :

— Fais-moi confiance, Johnny ! C'est pas d'alcool que j'essaie de la saouler !

— Je n'aime pas qu'on parle de moi comme ça, j'ai horreur de la vulgarité ! protesta la jeune femme.

Elle cherchait le regard de Bunting, mais Bunting n'avait d'yeux que pour Morgan.

— Eh, biglez sa manière de rappliquer ! On dirait un flic qui s'amène pour disperser un attroupement ! Circulez, messieurs-dames, circulez...

— Tu exagères, Johnny, j'ai jamais...

— Si, si ! A te voir, c'est ce qu'on aurait cru... T'as raison, d'ailleurs ! Faut que je m'occupe un peu de toi, Morgan ! Je t'ai presque pas adressé la parole de la soirée. Vous deux, allez vous reposer sur la grande banquette, là-bas, sous le porche, que je bavarde un peu tranquille avec Morgan...

Enthousiasmé, Jesse se précipita vers la table chargée de bouteilles.

— Le temps de remplir deux verres, Johnny, un pour moi et un pour...

— Sûr, Jesse ! Linda dort debout ! Emmène-la se reposer un peu sous le porche...

— John...

D'un pas de côté, Bunting évita la main tendue.

— Sois pas aussi impatiente, Linda ! Jesse s'occupe de vos deux verres...

— C'est bien ce que tu veux, John ?

Il se pencha vers elle. Tout près d'elle. Et pourtant, il ne la voyait pas.

— Tu m'as dit que j'étais malade, pas vrai ? Alors, fais ce qu'il faut pour que je guérisse !

Puis il se redressa en beuglant :

— La voilà, Jesse ! Elle arrive...

Morgan ne savait que faire. Rien de tout cela, pour lui, n'était clair et simple. Il toucha le bras de Linda, interrogeant la jeune femme du regard.

— Merci, Morgan, ça ira, chuchota-t-elle.

Mais elle se détourna aussitôt pour que ni Morgan ni Bunting ne pussent voir son visage. Elle rejoignit Jesse, sous le porche, sur la grande banquette du porche, en songeant que tout cela n'avait aucune importance. La vieille stupeur somnambulique était là, toute proche, qui la reprenait peu à peu, imprégnait ses os, l'enfermant dans sa dure carapace. Bientôt, elle ne sentirait plus rien, elle serait, à nouveau, en sécurité, et sans doute était-ce mieux comme ça...

— Tu as vu Tarpin ? disait Bunting à Morgan.

Effondré sur le sol, Tarpin ronflait.

— Il est plus dans le coup, lui ! constata Morgan.

— Tu crois pas si bien dire, Morgan, tu crois pas si bien dire !

Bunting avait retrouvé tout son dynamisme. C'était si simple à présent. Morgan ou Jesse. Linda s'occupait de Jesse et Bunting s'occupait de Morgan...

— Maintenant que j'ai rempli mes devoirs d'hôte, je me saoule la gueule, Morgan ! Et c'est toi qui vas me tenir compagnie !

— Ecoute, John, y a quelque chose qui me tracasse...

— Demain, les tracas, Morgan ! Viens boire un verre...

Tout était trop silencieux, brusquement. Tarpin avait cessé de ronfler. Un homme qui dort, un ivrogne, peut-il cesser de ronfler comme ça, sans raison ? Etait-ce la banquette qui craquait sous le porche ? Un animal qui froissait les roseaux ?

— Musique, Morgan ! Mets-nous de la musique, bon sang !

Morgan obéit. Si Lindy avait besoin de lui, elle l'appellerait. D'ici là, voir ce que Bunting avait réellement dans le buffet... Cette espèce de dingue ne savait plus ce qu'il faisait. Expédier Lindy sous ce porche avec Jesse... Bunting avait largement assez bu pour ce soir !

— Pose ça, Johnny, faut que je te parle...

— Poser quoi ? T'es cinglé, non ?

Morgan lui prit le verre des mains, rabattit méthodiquement les bras agités de Bunting. Où diable allait-il puiser tout cette énergie ?

— Tiens-toi tranquille, John. Y a quelque chose qu'y faut que je mette au point, dans ma tête. Et dans la tienne aussi, sans doute...

— Tu peux pas la fermer, non ?

— John, tu as parlé à Tarpin, je crois que tu en as fait autant, avec Kuntz, l'autre soir, et même à moi, tu as...

— Ta gueule, bon Dieu ! Arrête plutôt cette saloperie de musique...

La sueur ruisselait en cascade sur le visage de Bunting. C'était la première fois que Morgan voyait un type transpirer comme ça...

— T'entends ? T'as entendu, cette fois-ci ? Bon Dieu, c'est pas dans ma tête ! Ça peut pas être dans ma tête...

Morgan était près du pick-up, qui s'arrêta en gémissant comme un vieux phonographe. Puis Morgan entendit les deux voix, rapides et rauques et précipitées. Et Bunting les entendit...

Un silence. Et soudain, une exclamation étouffée, suivie d'un cri de douleur...

Prompt comme un fauve, Bunting fonça vers le porche. Il avait un revolver à la main.

Morgan ne chercha même pas à dégainer le sien. Sa main rafla une bouteille proche, l'abattit, an passage, sur le poignet de Bunting. Le revolver rebondit sur le plancher, mais Bunting ne s'arrêta pas. L'écran-moustiquaire claqua derrière et le vacarme éclata, furieux, sous le porche obscur. Un piétinement sauvage, primitif, coupé d'interjections inarticulées...

Comment Bunting, en si peu de temps, put esquinter Jesse à ce point, Linda fut seule à le voir. Morgan l'entendit ahaner, trois fois, quatre fois, ouvrit la porte-moustiquaire au moment exact où Jesse s'écroulait, le visage en sang, dans le rond lumineux de l'unique ampoule.

Freddy, de *Chez Freddy*, jugea finalement indispensable de descendre aux nouvelles. Il n'alla pas plus loin, toutefois, que l'entrée du porche, et n'aperçut que deux ivrognes effondrés, un couple assis sur la banquette, et un type strictement à jeun qui lui dit de foutre le camp, que c'était une réunion privée. Freddy n'insista pas et rebroussa chemin.

Il n'eut pas à le regretter, car tout fut remarquablement tranquille, après ça. Le type qui n'avait pas bu ne tarda guère à s'en aller, traînant un des ivrognes après lui et portant l'autre sur son épaule. Il les chargea dans une voiture et démarra presque aussitôt, laissant Bunting seul avec Linda...

Bunting avait rejoint Linda, près du lac. Il ne pensait plus à Linda, du reste, en tant que Linda. Preuve flagrante du degré de concentration qu'il était capable d'atteindre. Il pensait : la personne qui a fait parler Jesse. Jesse ou l'une des deux possibilités restantes...

— Alors, il a dit quelque chose ?

— Oui... Il a dit quelque chose !

Elle tenait, de la main gauche, sa robe déchirée, et massait, de sa main droite, son sein meurtri.

— Qu'est-ce qu'il a dit ? Il a dit qui a tué cette fille ?

Linda s'arrêta court. La façon dont il venait de dire : « cette fille » était effrayante. Tellement impersonnelle. La chose qui faisait agir Bunting, qui le poussait à se mouvoir avec une rage, une résolution implacable, n'avait plus aucune existence réelle, n'était plus qu'une chose morte...

— Alors ? Il a dit qui lui a flanqué ce pruneau dans le crâne ?

Autant lui apprendre la vérité tout de suite et le laisser face à face avec elle...

— C'est encore plus compliqué que tu le penses, expliqua Linda d'une voix monocorde. Parce que Jesse a vu sur la scène plus clairement que les trois autres et plus tard, ils en ont même reparlé, tous les quatre, tous ceux qui étaient dans la voiture, ce jour-là...

— Qui, Linda ? Qui est le tueur ?

— Tout s'est passé trop vite. Aucun d'entre eux ne l'a jamais su...

15

Bunting dut s'accroupir au milieu de la route. Ses jambes brusquement fauchées refusaient de le porter plus avant. Il faisait toujours nuit noire, mais le ciel commençait, tout de même, à s'éclaircir, dans le lointain, et les mangliers ne formaient plus un mur, de part et d'autre de la route. On distinguait, çà et là, l'enchevêtrement de leurs tentacules anguleux. Et Linda distinguait, aussi, les traits de Bunting et se demandait ce qu'il ferait, si quelque véhicule leur arrivait dessus à grande vitesse...

— Aide-moi, dit-il enfin. Je ne peux pas me relever...

Elle lui tendit la main. Il se redressa comme un vieillard ankylosé, perclus de rhumatismes. Ils repartirent côte à côte et quand il la regarda au bout d'un moment, quand il vit les écorchures et la robe déchirée, il ferma les yeux, se mordit la lèvre et se mit à secouer la tête, lentement, comme un animal en cage.

— Je peux pas te demander ça, murmura-t-il. Je voudrais juste être quelqu'un d'autre pour pouvoir te demander de me pardonner... Je ne sais pas... C'est comme si je ne sentais plus rien... Comme si je n'étais plus un... un être de chair et de sang... mais un automate... un automate remonté pour remplir une certaine mission... et qui ne s'arrêtera pas avant de l'avoir remplie...

Il sourit, vaguement amusé par la maladresse, la solennité de son explication.

— Je sais ce que tu as fait ! riposta Linda. Tout ce que tu as fait... A toi-même et à tout le reste. Ecoute-moi, John !

— Je t'écoute, Linda. Je t'assure que je t'écoute...

— Quand tu as subi cette... perte, tu as voulu te venger, et ta soif de vengeance, à ce moment-là, était une chose vivante ?

— Oui.

— Et maintenant ? Est-ce que c'est toujours une chose vivante ?

Il répondit sans hésiter une seconde :

— C'est un schéma. Une épure. Un schéma dressé blanc sur bleu...

— Le schéma de la mission confiée à l'automate. Mais tu es un homme, John. Et chez un homme, les choses ne restent jamais fixées... Le... le schéma ne correspond plus à rien, et c'est ça qui te fait mal !

Elle posa sa main sur la poitrine de Bunting.

— Là-dedans, ta soif de vengeance ne signifie plus rien, John. Et tu sais pourquoi ?

— Ne me le dis pas maintenant, riposta-t-il. Rentrons d'abord au motel. Il se peut qu'il y ait du changement...

Il pensait surtout au changement de plan de Saltenberg. Si jamais la nouvelle atteignait les trois hommes au courrier du matin...

Ils avaient pris le mauvais chemin pour regagner l'endroit où Bunting avait laissé la voiture, mais ils accomplirent le long trajet sans éprouver, ni l'un ni l'autre, le besoin d'ajouter un seul mot. Bunting n'avait pas à penser. Le schéma était dressé, une fois pour toutes, et lui épargnait la peine de penser davantage. Quant à Linda, elle avait décidé d'attendre. Deux fois seulement elle avait vu Bunting se conduire en être *vivant* depuis qu'elle le connaissait. La nuit où il avait eu cette crise de larmes, et lorsqu'il s'était rué sur Jesse pour l'assommer. Deux fois seulement, mais Linda avait décidé d'attendre...

Ils récupérèrent la voiture à l'Embarcadère et regagnèrent la ville. Traversèrent la ville et regagnèrent le motel. Il était neuf heures du matin.

La porte de Tarpin était ouverte et Bunting se rua comme un bolide à l'intérieur de la cabine, parce que les voitures n'étaient plus là.

Le visage de Morgan était impassible, mais sa voix n'avait pas le même son que d'habitude. Elle était morne et incertaine, et Morgan ne faisait pas le moindre effort pour la modifier.

— T'es revenu, Johnny ? constata-t-il. Pourquoi que t'es revenu ?

— Ils ont foutu le camp, hein ? Ils ont foutu le camp ?

— Oui. Il y avait une lettre express, au courrier de ce matin. Et Tarpin a donné deux ou trois coups de fil. Saltenberg a bouclé toutes les portes...

— Alors, ils sont partis. Et ils ne vont pas revenir ?

— Non... J'ai pas de voiture, Johnny... Ils les ont prises toutes les deux... Ça t'ennuierait de me conduire ?

— De te conduire où ça, nom d'un chien ?

— Et je veux que Linda vienne aussi. Vous occupez pas de vos bagages. On va pas aller loin...

Sa voix était sérieuse à présent, presque froide. Ils suivirent ses directives à la lettre. Ils ne reconnaissaient pas Morgan.

— Arrête-toi ici, Johnny...

— Ici ? Mais il n'y a rien...

— Fais ce que je te dis, et prends ça... C'est ton revolver. Tu l'avais oublié, là-bas...

— Oh... Merci !

Ils mirent pied à terre au milieu des broussailles. Morgan plaça Linda et Bunting à quelques mètres de distance, en lisière d'une petite clairière, puis s'éloigna de quelques pas et se retourna. Ils formaient un triangle absurde, assez large pour que Bunting dût élever la voix :

— Qu'est-ce que ça veut dire, Morgan ? A propos, tu as ton revolver ?

— Oui... Maintenant, écoutez-moi...

Il semblait étrangement petit et déplacé parmi ces arbres et cette végétation folle. Il n'avait pas du tout l'air d'un dur et ses yeux paraissaient plus clairs que jamais, avec leur pupille noire, inquiétante.

— Je me suis tracassé pendant des heures, expliqua-t-il. Je me tracasse jamais, d'habitude, mais Linda m'a parlé, et toi aussi, Johnny, et c'est pour ça que je me suis tracassé... Parce que j'aime bien Lindy et que tu m'es sympa, toi aussi, Johnny...

Les mots se bousculaient à la sortie, mais il parvint à en contrôler le débit pour conclure :

— Je t'ai rendu ton revolver, mais tire pas tout de suite, Johnny. C'est moi qui ai descendu cette jeune fille...

Bunting avait peur.

D'où venait cette peur, il n'en savait rien, mais elle était là et repartirait d'un moment à l'autre. Le revolver, dans sa main, ne visait encore personne.

— Je me suis tracassé, reprit Morgan, parce que je savais quelque chose... Excepté que j'y avais jamais pensé avant... Quand j'y ai pensé, ça m'est revenu. Tu veux que je te dise comment c'est arrivé ?

— Oui.

Bunting n'avait plus peur. Il n'était plus dans une clairière inculte mais sur une place où gisait une jeune fille, dans la neige, avec un trou au milieu du front.

Morgan enchaîna :

— Je suis bon tireur. Bien entraîné... Je visais le bras du gars et la fille était un peu plus loin en dehors de ma ligne de tir. Pas beaucoup, bien sûr, mais je savais ce que je faisais... C'est alors que Jesse a tiré, trop près de mon oreille, et que Tarpin m'a bousculé...

J'ai tiré en même temps que Jesse et Tarpin avait le pétard au poing, lui aussi, mais c'est moi qui l'ai tuée, Johnny, j'en suis sûr.

Il haussa les épaules.

— C'est un accident !

— Un accident ? Espèce de...

— Oui. Et je regrette que tu m'aies forcé à réaliser que c'était moi, mais ça, tu t'en fous, bien sûr... Lindy ?

— Oui ?

Morgan regardait toujours Bunting.

— Lindy... Il est allé loin, Johnny... Il avait ça tout préparé, il vivait plus que pour ça... Et maintenant que je sais pourquoi il est là... et que j'ai vu comme ça le rend malade... je sais que ça tournera pas rond pour lui, tant qu'y sera pas allé jusqu'au bout !

Il baissa légèrement la voix.

— Vas-y, Johnny... Descends ton tueur !

Bunting ne bougea pas et Morgan ajouta :

— Je suis armé, Johnny. On part à égalité... Non, Lindy ! Reste où tu es !

Bunting avait levé le bras. C'était bien la fin, cette fois, la dernière touche portée sur le schéma... Mais Linda pleurait, non loin de lui, et Truesdell Square, malgré toute la précision du tableau, n'était plus qu'une image sans consistance réelle, un souvenir qui s'effaçait rapidement pour laisser place au présent, à cette clairière silencieuse... Malgré tous ses efforts, Bunting ne voyait plus Ann Jackson, mais un simple cadavre étendu dans la neige, avec ce petit trou noir au milieu du front...

Il se retourna vivement. Il regardait Linda et ce n'était pas Linda qu'il fallait regarder ! Mais Morgan n'avait pas bronché. Morgan n'avait pas dégainé son arme. Morgan était toujours là, immobile, qui l'observait, la main droite légèrement écartée du corps...

Sans baisser le bras, Bunting ouvrit les doigts et le revolver bascula, tomba dans les hautes herbes. Bunting respira bien à fond, puis, avec une sorte de râle sourd, rejeta, bruyamment, l'air accumulé dans ses poumons.

— Je ne peux pas, dit-il à Morgan. Je ne peux pas... Et c'est fini !

Il s'approcha de Linda, lui prit la tête et la nicha doucement au creux de son épaule.

— Et je sais pourquoi c'est fini, ajouta-t-il. C'est l'attente qui est finie...

Morgan les observa un instant, de l'autre bout de la clairière, puis les rejoignit, sans se hâter outre mesure, et se tint légèrement à l'écart, souhaitant qu'ils eussent quelque chose à lui dire.

Mais ils n'avaient pas de mots, ni eux, ni lui, pour exprimer ce qu'ils ressentaient. Alors, Morgan fourra ses deux mains dans ses poches et leur adressa un petit signe de tête.

— Au revoir, murmura-t-il avant de marcher vers la route.

Ils gardèrent le silence, mais Morgan crut avoir distingué un lointain sourire, derrière les larmes de Linda, lorsqu'elle avait détourné les yeux pour lui rendre, par-dessus l'épaule de Bunting, son léger signe d'adieu, son timide petit signe de tête...

Bill Ballinger

UNE DENT CONTRE LUI...

The Tooth and the Nail
1955
Traduction de Gilles Morris-Dumoulin

Prologue

Lew Austrian, alias Lewison Clark, alias Patrick Paris, s'appelait, en réalité, Luis Montana, nom dont il fit par la suite « Lewis Mountain », ce qui, en anglais, veut dire la même chose. Ses parents étaient américains depuis plusieurs générations, mais le vieux nom était resté le même, et Luis était né en Iowa, dans une grande ferme transmise à son père par son grand-père et à son grand-père par le père de celui-ci.

De son vivant, il était prestidigitateur.

Un magicien, un faiseur de miracles, un illusionniste comme Houdini ou Thurston, mais beaucoup moins célèbre parce que mort trop tôt.

Beaucoup moins célèbre, mais non moins habile, car il réalisa, en somme, trois choses que ces maîtres de l'illusion ne tentèrent jamais d'accomplir.

En premier lieu, il vengea un meurtre.

En second lieu, il commit un meurtre.

Et finalement, il disparut lui-même en commettant ce meurtre.

Et ce meurtre vengé, ce meurtre commis, ce meurtre « subi », composent, à eux trois, un tour de passe-passe que seul pouvait réussir Luis Montana, qui depuis l'âge de dix ans, n'avait plus vécu que pour la magie, l'illusion, le miracle...

1

Le district attorney s'appelait Franklin Cannon, et c'était, au moral comme au physique, un homme moyen qui s'efforçait de remplir ses obligations professionnelles sans passion ni cabotinage, préparant consciencieusement ses réquisitoires et les exposant au jury avec une simplicité, une sincérité souvent plus dangereuses pour la défense que de grands éclats de voix. Il connaissait l'importance primordiale de la première impression produite sur le jury, et par l'accusation, et par la défense, à l'ouverture d'un procès. De cette impression première découlaient fréquemment d'imprévisibles partis pris qui subsistaient intacts jusqu'à la fin des débats et pouvaient fort bien en fausser l'issue.

C'était l'une des raisons pour lesquelles Franklin Cannon n'abordait jamais le vif de son sujet sans avoir établi au préalable, par des généralités pleines de bon sens et de bonhomie, un contact humain entre lui-même et les douze individus encore mal adaptés à leur rôle qu'il allait devoir convaincre. Peu à peu, il sentait s'évaporer la gêne et diminuer la tension, sur les bancs du jury, à mesure que chacun des jurés constatait in petto : « Il parle un peu comme le cousin Joe... » ou : « Il ressemble à Bob Elton, mon chef d'atelier », ou simplement : « Ce Cannon a l'air d'un type impartial qui ne cherche pas à vous influencer... »

— Et vous ne devez pas oublier, conclut l'attorney du même ton naturel, que l'accusé ici présent n'est pas tenu de prouver son innocence, mais qu'il incombe à l'Etat... qu'il m'incombe, par conséquent... de démontrer sa culpabilité...

L'avocat de la défense se leva brusquement, se tourna vers le président du tribunal.

— Je demande à Votre Honneur de bien vouloir préciser qu'il s'agit là d'une disposition légale, et non d'un geste magnanime de mon distingué collègue.

Cannon lui fit face et, lui faisant face, parut s'incliner vers son adversaire.

— C'est, effectivement, une disposition légale, dit-il avec courtoisie.

L'interruption de la défense lui avait acquis temporairement les sympathies d'un jury choqué par ce rappel aux réalités judiciaires. Cannon enchaîna :

— L'accusé, ici présent, est inculpé de meurtre. Cela ne signifie pas nécessairement qu'il a commis ce meurtre ! L'Etat de New York va tenter de prouver qu'il a tué un certain Isham Reddick, employé par lui comme chauffeur et valet de chambre. Nous allons tenter de prouver que l'accusé possédait un *motif*, et qu'il en a eu, également, l'*occasion*...

Cannon retourna prélever sur sa table une liasse de papiers qu'il feuilleta rapidement. Le jury attendait. Comme semblaient attendre, dans la salle austère, les vieux bancs de chêne et le drapeau inerte, les stores verts défraîchis et les spectres silencieux des jugements passés... Rejetant ses notes sur la table, l'attorney revint se planter en face du jury.

— Une légende assez solidement établie, reprit-il, le visage amène, prétend que, sans cadavre, il ne saurait y avoir de condamnation. Elle est, bien entendu, tout à fait inexacte et je puis, si quelqu'un le désire, rappeler plusieurs cas célèbres où des verdicts de culpabilité furent rendus *sans* découverte réelle du corps de la victime, la présence antérieure de ce corps ayant toutefois été démontrée sans doute possible.

« L'Etat de New York va donc s'efforcer de prouver que le vingt-deux novembre de l'année dernière, peu avant minuit, l'accusé a tué un homme répondant au nom d'Isham Reddick, employé à son service dans un immeuble de la Quatre-vingt-neuvième Rue est, à New York. Documents et témoignages tendront à démontrer que Reddick était devenu la bête noire de l'accusé, qu'il le faisait chanter et qu'il avait reçu dudit accusé, en une certaine occasion... et probablement en plusieurs autres... une importante somme d'argent. Ils tendront à démontrer que cette nuit du vingt-deux novembre, la tension existant entre maître et valet s'est finalement soldée par une scène de violence.

— Objection ! coupa l'avocat de la défense. Ceci est une conclusion personnelle, non un fait établi !

— Quel est le but de ce préambule, Mr. Cannon ? s'informa le juge.

— Il est de fournir au jury un tableau des faits que nous nous efforcerons de prouver par la suite, Votre Honneur.

— Continuez, Mr. Cannon, riposta le juge. Je ferai simplement remarquer au jury qu'à ce stade des débats, aucune preuve n'a encore été produite à l'appui de votre exposé.

— Merci, Votre Honneur, dit l'avocat de la défense.

Il reprit sa place auprès de l'accusé, tandis que Franklin Cannon renouait prudemment le fil de son discours :

— Durant cette nuit du vingt-deux au vingt-trois novembre, le corps d'Isham Reddick a été démembré et détruit dans le but évident d'effacer toute preuve du crime. La manœuvre ayant partiellement échoué, grâce à l'apparition... prématurée des autorités, documents, témoignages et pièces à conviction vont vous être présentés. Vous les verrez et les entendrez. Et lorsque vous aurez tout vu de vos propres yeux, tout entendu de vos propres oreilles, vous déciderez, en votre âme et conscience, si l'accusé doit être déclaré coupable et partant s'il doit être condamné... Mesdames et messieurs du jury, je vous remercie de l'attention que vous m'avez accordée.

Levant les yeux vers la vieille horloge, le juge donna un coup de maillet sur son bureau et suspendit l'audience jusqu'au lendemain matin. La cour se leva respectueusement pour saluer sa sortie.

2

Tout a commencé le jour où j'ai rencontré Tally Shaw... S'il faut croire en la fatalité, alors, je suppose que cette rencontre était écrite, et qu'il était inévitable, aussi, que j'agisse de cette manière. Le taxi venait de s'arrêter devant la porte de mon hôtel, et sa passagère n'avait pas de quoi payer le prix de la course. Elle suppliait le chauffeur de lui laisser prendre « au moins le petit sac », mais l'homme était intraitable :

— Désolé, m'dame ! C'est bien possible que vous ayez perdu votre argent, mais moi, je garde les bagages jusqu'à ce que vous puissiez me payer... A moins que vous vouliez que j'appelle un agent ?

— Non, non, je vous en prie ! Gardez le carton à chapeaux, mais laissez-moi prendre le petit sac... Ils vont me demander de payer d'avance, à l'hôtel, si je n'ai pas de bagages, et...

— Des clous ! Je garde les deux !

La voix du chauffeur de taxi était nette et définitive... et c'est à ce moment précis que je me retrouvai près de la demoiselle en détresse, et que j'entendis ma propre voix déclarer avec une certaine emphase :

— Si madame veut bien me permettre... Combien vous doit-elle, chauffeur ?

— Un dollar !

— Voilà... et rendez ses bagages à madame !

Il plaça côte à côte, sur le trottoir, un grand carton à chapeaux et un petit sac de cuir fauve. Lorsqu'il eut disparu au premier tournant, je dis à ma protégée toujours pétrifiée :

— Maintenant, du moins, vous pouvez choisir : ou bien vous me remerciez gentiment, ou bien c'est *moi* qui prends vos bagages !

— Oh... oui... je... c'est vraiment chic de votre part, bégaya-t-elle, embarrassée. Merci beaucoup... merci infiniment !

— J'ai cru comprendre que vous aviez perdu votre argent ?

— Oui.

Elle se remit à fourrager dans son sac à main d'un air parfaitement misérable.

— C'est sûrement au départ... à Philadelphie... J'ai mangé un sandwich au buffet... Puis je suis montée dans le train... et je n'ai rien acheté d'autre, en cours de route... Je n'ai pas pris de porteur... Je suis venue directement ici...

— Pouvez-vous télégraphier pour qu'on vous envoie d'autres munitions ?

Elle se contenta de secouer désespérément la tête. Je me hâtai de poursuivre :

— Inutile en tout cas de rester piqués sur le trottoir. Venez boire une tasse de café. Nous allons étudier la situation...

Je m'emparai de ses bagages et sentis mes yeux s'arrondir. Le carton à chapeaux pesait le poids qu'on peut attendre d'un honnête carton à chapeaux. Mais le petit sac de cuir n'aurait pas été plus lourd s'il avait été rempli de billes de plomb... Je ne pus m'empêcher de faire une plaisanterie à ce sujet, et la jeune fille hocha la tête, plutôt nerveusement.

— Oui, n'est-ce pas, dit-elle. Mais c'est un excellent exercice...

Puis elle sourit et haussa les épaules.

Nous nous juchâmes sur deux tabourets voisins, devant le comptoir du snack-bar de mon hôtel.

— Commençons par le commencement, dis-je à ma compagne. Avez-vous des amis ou des parents en ville ? Quelqu'un à qui vous puissiez téléphoner ?

— Non. Je ne connais personne à New York.

— Et vous venez de Philadelphie ?

— Oui.

— Je vais vous prêter cinq dollars et vous allez y retourner. Dès ce soir ! Il y a des trains qui partent à chaque instant...

Sa voix n'était plus qu'un murmure.

— Non, je ne peux pas faire ça...

— A cause des cinq dollars ? Vous me les renverrez quand vous pourrez. Rien ne presse...

— Non. Ce n'est pas ce que je voulais dire. Je... je ne peux pas retourner à Philadelphie.

— Pourquoi ça ?

Elle ne répondit pas et je m'aperçus tout à coup, en la regardant bien droit dans les yeux, que ce n'était pas de l'entêtement — comme je l'avais cru tout d'abord — qui assombrissait son regard. Pas de l'entêtement, non, mais de la peur...

J'ajoutai :

— Très bien, très bien, parlons d'autre chose... Parlez-moi de vous-même. Je ne suis pas le Bon Samaritain, mais si je peux vous être utile, d'une manière ou d'une autre...

J'appris ainsi qu'elle s'appelait Tally Shaw, qu'elle n'avait aucune famille, et que son dernier parent, un vieil oncle, venait de mourir. Elle avait perdu, à Philadelphie, le peu d'argent que lui avait laissé le prix de son billet pour New York et sa situation pouvait se résumer en quelques mots : pas d'argent, pas d'amis, pas de travail... Tout en l'écoutant, je la regardais, et je m'apercevais, peu à peu, que c'était un passe-temps des plus agréables. Il y avait dans les mouvements de ses jolis doigts maniant sa tasse de thé, dans son port de tête et dans son délicat profil, une grâce inconsciente qui lui conférait un charme paisible et doux, rafraîchissant comme une eau claire. Sa bouche un peu trop large, ses pommettes un peu trop saillantes donnaient en outre à son visage une expression légèrement énigmatique, un tantinet orientale.

Je lui demandai ce qu'elle avait eu l'intention de faire à New York, avant de s'apercevoir qu'elle avait perdu son argent.

— Chercher du travail, bien sûr.

— Vous avez déjà travaillé ?

— Mon Dieu... oui. Avant la mort de l'oncle Will.

— Vous savez taper à la machine, vous connaissez la sténo ?

— Non. Il faudrait que j'apprenne...

— Vous savez chanter, danser, jouer la comédie ?

Elle reposa fermement sa tasse sur le zinc et sourit.

— Je chante comme tout le monde, j'ai pratiqué très occasionnellement la danse de salon et je n'ai jamais joué la comédie. Vous êtes acteur ?

— Non. J'ai chanté dans les chœurs du « Prince Etudiant », j'ai dansé dans la « Veuve Joyeuse » et figuré dans diverses pièces, quand je ne trouvais pas autre chose à faire. J'ai aussi vendu des tickets dans un spectacle forain, fait le clown dans un cirque et le camelot dans le Nevada... mais mon véritable métier en même temps que ma vocation, c'est prestidigitateur.

— Vous savez faire des tours ?

— Y compris celui de passer devant la réception sans me faire repérer, quand je n'ai pas de quoi payer ma note !

Elle rit franchement, pour la première fois.

— J'adore les prestidigitateurs... Etant gosse, c'était ce que je préférais... les numéros d'illusion... et les clowns ! Vous m'avez dit que vous vous appeliez Lew Mountain... Ce n'est pas votre nom de théâtre ?

— Non. Actuellement, c'est Patrick Paris. Ou plus pompeusement, le professeur Paris !

— Vous avez du travail, en ce moment ?

— Oui. Dans un cabaret... Ce qui m'amène à parler d'un autre sujet. Etant magicien, je sais que je fais du tort à ma profession en m'avouant incapable de cueillir les gros billets dans les airs. Mais comme je ne suis pas très en fonds, pour le quart d'heure, voici ce que nous allons faire...

Elle baissa les yeux vers la clef que je venais de matérialiser dans le creux de ma main et murmura :

— Qu'est-ce que c'est que ça ?

— Une clef qui permet d'accéder à un bain chaud, un lit plutôt dur, quatre parois étanches, un plafond et un plancher douteux. Bref, c'est la clef de ma chambre... numéro 302, *Hôtel Delafield*... où nous nous trouvons déjà...

Je vis s'effacer son sourire et continuai précipitamment :

— Une minute ! Ne soyez donc pas si pressée de conclure... Il vous faut une crèche pour cette nuit... peut-être même pour quelques jours. Ma chambre est louée au mois. Vous vous y installez provisoirement... et je vais loger chez un vieux copain qui a un divan de réserve et qui est toujours enchanté de me recevoir...

Le sourire renaquit sur ses lèvres.

— Oh... Et vous croyez que les gens de l'hôtel n'y verront pas d'inconvénient ?

— Ils en verraient un si nous leur demandions leur avis. Ces gens-là préféreraient de beaucoup que nous vivions dans le péché... et que je leur paie tarif double ! Ce sont des réalistes, non des moralistes. Mais un peu de lubrifiant dans la paume de Max, le chasseur, idem dans celle de la femme de chambre, et la réception n'y verra que du bleu...

Ce fut, effectivement, très facile. A ma question concernant les bagages de Tally, Max répondit qu'il se chargeait, si nécessaire, d'introduire la Statue de la Liberté dans la chambre 302, au nez et à la barbe de la réception... Puis il souleva le petit sac de cuir et demanda à Tally comment elle avait fait pour y enfermer ladite statue. La jeune fille, rougissante, lui proposa de porter le sac elle-même ; Max, offensé, répondit qu'il avait l'habitude de charrier sur son épaule des ivrognes beaucoup plus lourds, et quelques minutes après, je me retrouvai seul, avec Tally, au troisième étage du *Delafield*, derrière la porte refermée de ma chambre...

— Le plus beau compliment qu'il soit possible de faire à cette piaule, dis-je en suivant le regard circulaire de mon invitée, c'est qu'elle est payée jusqu'à la fin du mois !

Elle se retourna vers moi, les yeux curieusement embués.

— Vous ne pouvez pas savoir à quel point elle me paraît luxueuse ! chuchota-t-elle.

— Oh, alors, si telle est votre opinion, venez que je vous fasse faire le tour du propriétaire... Ici, la salle de bains, sans autre issue que cette porte de communication. Là, le placard-penderie... mais ne commettez pas l'erreur d'y pénétrer et d'essayer de vous retourner. Je l'ai fait, un soir, et j'ai manqué une représentation... Ici, enfin... (Je relevai le couvre-pieds et sortis de sous le lit une cantine de bois.) Ici, enfin... la cuisine. Vous n'êtes pas censée faire chauffer quoi que ce soit dans votre chambre, mais du moment que vous bouclez la porte pendant ce temps-là...

J'ouvris la cantine et jetai la clef sur le lit.

— Réchaud électrique, assiettes, couverts et casseroles en aluminium, cafetière, etc. Les provisions sont dans ce compartiment : café, sucre, et quelques conserves. Plus un pot de crème dans le réfrigérateur, c'est-à-dire sur la fenêtre... Gardez tout ça sous clef quand vous ne vous en servez pas. La femme de chambre est au courant... les femmes de chambre sont toujours au courant... mais vous lui refilerez ce billet, demain matin, et elle continuera de se taire.

Tally acquiesça.

— Bien organisé... pour ne pas dire davantage. Je suppose que vous donnez rarement de grands dîners ?

— Seulement en pleine saison. Et jamais plus d'un couvert : le mien !

Elle avait remis tout en place et rabattu le couvre-pieds.

— Je ne sais comment vous exprimer ma gratitude, Mr. Mountain...

— Ne l'exprimez pas, mignonne. Tout le plaisir est pour moi. C'est la première fois que je peux faire bénéficier quelqu'un de ma modeste hospitalité...

Le visage de Tally Shaw était doux et indéchiffrable.

— Je vais chercher quelque chose dès demain...

— Bien sûr, bien sûr, mais prenez votre temps. Commencez tout en haut si possible. Vous pourrez toujours redescendre après...

Mon chapeau à la main, je ressortis dans le corridor.

— A demain, vers midi. Je viendrai vous demander une tasse de café.

— Je serai levée bien avant ça, dit-elle.

— Vous, peut-être, mais pas moi !

Je la quittai sur ces mots. Je ne savais pas encore, en réalité, chez qui j'allais passer la nuit. Mais j'étais bougrement content tout de même...

3

Charles Denman, l'avocat de la défense, était un homme brun et fluet, à l'humour sardonique, qui maniait l'ironie de main de maître et ne craignait pas, le cas échéant, de ridiculiser les témoins à charge pour mettre les rieurs de son côté. Toute la matinée, il s'appliqua méthodiquement à saper l'effet produit la veille par le discours de l'attorney, et plus d'une fois, maint sourire apparut sur les visages des neuf hommes et des trois femmes auxquels il faisait face.

Denman, cependant, n'était pas aussi sûr de lui qu'il avait coutume de l'être. Ceci pour une raison élémentaire : il ne savait pas si son client était coupable ou non. En sa qualité d'avocat, Denman estimait qu'il était de son devoir d'assumer la défense du coupable comme celle de l'innocent. Dans une certaine mesure uniquement limitée par son propre cynisme, il était capable de se dévouer corps et âme aux causes qu'il acceptait. Tous les hommes étaient — tous les hommes devaient être — égaux devant la loi, et Denman éprouvait parfois plus de sympathie pour ceux qu'il croyait coupables... Celui-là se prétendait innocent, et si Charles Denman refusait systématiquement de défendre quiconque, innocent ou coupable, essayait de le mener en bateau, dans le cas de cet individu et pour la première fois peut-être de sa carrière, il n'avait pu se faire une opinion dans un sens ou dans l'autre. Il n'était pas sûr de connaître *toute* l'histoire. Mais ce qu'il en savait le fascinait littéralement...

— Je vous rappellerai simplement, conclut-il alors que l'heure du déjeuner approchait, je vous rappellerai simplement que mon client a plaidé non coupable et qu'au regard de la loi cela signifie qu'il *n'est pas* coupable... jusqu'à ce que l'accusation nous ait irréfutablement prouvé le contraire ! Mais l'accusation, mesdames et messieurs les jurés, ne pourra jamais nous prouver le contraire ! Car je suis bien certain d'avoir en face de moi douze citoyens sensés et raisonnables, qui ne se laisseront pas abuser par un tissu de présomptions si mince que les rares faits réels dont puisse se targuer l'accusation y brillent évidemment d'un éclat sans pareil !

Denman secoua la tête avec commisération, sourit à la ronde et dit d'une voix égayée :

— Vous saurez, j'en suis certain, rendre à ces précieux faits réels le magnifique isolement qu'ils possédaient avant d'être encadrés de plaisante manière par les théories de l'accusation, et sur ce, mesdames et messieurs... bon appétit !

La cour se retira, deux agents emmenèrent l'accusé, tout le monde alla déjeuner et, dès la reprise de l'audience, commença le défilé des témoins à charge.

Le premier était le lieutenant Daniel F. Mikleson, attaché à la brigade criminelle, secteur est, de la ville de New York. Confortablement installé dans le box des témoins, il expliqua comment il avait été appelé à examiner un local sis dans un certain immeuble de la Quatre-vingt-neuvième Rue est.

— Ceci, lui fit préciser Franklin Cannon, ceci, en réponse à un coup de téléphone anonyme ?

— Oui, monsieur. L'appel émanait de la cabine publique de la station de métro de la Quatre-vingt-sixième Rue est.

— Est-ce vous qui avez pris la communication ?

— Oui.

— Qu'avez-vous entendu ?

— L'homme m'a donné l'adresse de l'immeuble en question. Puis il a déclaré : « Il y a des odeurs horribles qui sortent de la cheminée. Ça ne m'étonnerait pas qu'un meurtre ait été commis... »

Cannon jeta un regard pensif dans la direction de l'accusé, et se retourna vers le témoin.

— Vous êtes-vous rendu seul à l'adresse indiquée, lieutenant ?

— Non. J'avais avec moi un autre détective nommé James Lowery.

— Que s'est-il passé à votre arrivée sur les lieux ?

— Nous avons garé la voiture devant la maison, qui est un grand immeuble de pierre brune, avec une porte vitrée protégée par une grille de fer forgé. Il était exactement dix heures vingt-huit du matin lorsque nous avons commencé à sonner. Nous avons sonné pendant dix minutes et frappé à coups de poing. La sonnette fonctionnait, car nous l'entendions du dehors.

— Ensuite ?

— Nous ne pouvions pas être sûrs qu'il ne s'agissait pas d'une blague ou d'une vengeance de voisin hargneux, et nous allions rentrer au poste pour demander des ordres quand la porte s'est finalement ouverte.

— Ouverte par qui, lieutenant ? Un homme ? Une femme ?

— Un homme.

— Vêtu de quelle manière ?

— Linge de corps et robe de chambre !

— Rasé ? Coiffé ?

— Non, monsieur. Il n'était pas rasé, et ses cheveux étaient en désordre.

— Cet homme est-il actuellement présent dans la salle d'audience ?

— Oui, monsieur. Il est assis là-bas, sur le b...

— Veuillez aller lui toucher l'épaule, je vous prie.

Le détective obéit avec une certaine raideur, toucha brièvement le bras de l'accusé et regagna sa chaise. Cannon poursuivit :

— Voyons, lieutenant... Dites-nous maintenant quels mots exacts a prononcé l'accusé, après avoir ouvert la porte.

— Il a joué l'étonnement. Il...

— Objection ! intervint Denman.

— Objection retenue, approuva le juge.

— Fort bien, souligna Cannon, imperturbable. Que s'est-il passé après l'ouverture de la porte, lieutenant ?

— L'homme était silencieux. Je lui ai montré ma carte et mon insigne. Il m'a demandé ce que je désirais. Je lui ai dit qu'on venait de nous signaler qu'un meurtre avait été commis dans sa maison et que c'était mon devoir de m'en assurer.

— Qu'a-t-il répondu alors ?

— Rien. Il avait l'air bizarre et...

— Objection ! jappa Charles Denman.

— Objection retenue ! dit le juge.

— Racontez-nous simplement ce qu'il *faisait*, renchérit Cannon.

— Eh bien... il secouait la tête, lentement, de droite à gauche et de gauche à droite... Il a fallu que je répète ce que je lui avais déjà dit. Finalement, il m'a demandé si j'avais un mandat de perquisition. Je lui ai dit que je n'en avais pas, mais que je pouvais aller en chercher un s'il le désirait, à condition qu'il veuille bien m'attendre en compagnie du détective Lowery. Il m'a dit alors : « Autant que vous entriez tout de suite », et nous sommes entrés...

Pas à pas, sous la conduite de Cannon, le témoin décrivit la maison, identifia des photographies de la chambre à coucher de l'accusé et de la salle de bains adjacente, prises en sa présence par les spécialistes de la brigade. Les photos furent classées parmi les pièces à conviction et Cannon reprit :

— Vous êtes descendus ensuite au sous-sol, et qu'y avez-vous découvert ?

— Le sous-sol comprend une chaufferie, une buanderie, une salle d'eau, expliqua Mikleson. Il y a aussi...

— Nous nous en tiendrons pour l'instant à la chaufferie. Où est située celle-ci par rapport à la façade de l'immeuble ?

— Elle est située à l'arrière de l'immeuble, monsieur.

— Comporte-t-elle des fenêtres ?

— Oui, monsieur. Deux. Toutes petites et très haut perchées. A peu près au niveau du sol.

— De telle sorte qu'il est extrêmement difficile de voir, du dehors, ce qui se passe à l'intérieur ?

— Oui. C'est à peu près impossible, même en s'accroupissant devant une des fenêtres.

— Avez-vous relevé quelque chose d'insolite, dans cette chaufferie ?

— Eh bien... c'est un grand immeuble, et la chaudière du chauffage central est très puissante. Il faisait chaud, ce jour-là, mais il y avait un feu d'enfer...

— Un instant, je vous prie, trancha Cannon. Avec la permission de la cour, et le consentement de la défense, j'aimerais introduire ici le contenu des bulletins météorologiques officiels pour les journées des vingt-deux et vingt-trois novembre de l'année passée. Ils m'ont été fournis par l'Office météorologique et je puis, si nécessaire, convoquer un expert qui en confirmera...

— Nous ne songeons pas à mettre en doute l'authenticité de ce bulletin ! fit Charles Denman avec indifférence.

— Continuez, Mr. Cannon, ordonna le juge.

— Durant la période chaude de l'automne dernier, résuma Cannon, les températures officiellement enregistrées le vingt-deux novembre oscillent entre vingt et vingt-trois degrés ; le vingt-trois novembre, entre vingt-deux et vingt-cinq degrés...

Il remit aux jurés la fiche de l'Office météorologique et revint vers le détective.

— Mr. Mikleson, je vous prie...

— Eh bien... malgré la température extérieure, la chaudière était brûlante. Elle est revêtue, comme de juste, d'une épaisse couche d'isolant, mais quand j'ai voulu la tâter, je n'ai pas pu laisser ma main dessus...

— Cela vous a-t-il paru anormal ?

— Bien sûr. A cause du temps, d'abord. Et aussi pour la chaudière. C'est très mauvais de pousser une chaudière à ce point-là. Ça les esquinte... Après ça, j'ai jeté un coup d'œil dans la chaufferie, et j'ai vu qu'elle avait été récemment lavée...

— Qu'entendez-vous par « récemment lavée » ?

— Elle venait, en fait, d'être lavée. Il faisait horriblement chaud, dans ce sous-sol, et malgré ça, il y avait encore une petite flaque d'humidité, vers le centre...

— Pouvez-vous nous décrire le sol de la chaufferie ?

— Il se compose de larges dalles de béton. Les traces d'humidité restantes se trouvaient dans les joints, entre les dalles.

— Avez-vous remarqué autre chose ?

— D'après des marques laissées sur le sol et l'un des murs, j'ai constaté qu'il y avait eu récemment, dans cette chaufferie, un grand établi de bois...

— ... qui ne se trouvait plus à sa place habituelle ?

— Non, monsieur. Il avait disp...

— Une minute ! coupa Denman. Dans l'histoire de cette maison, vieille d'environ trois quarts de siècle, plusieurs établis ont probablement séjourné à des endroits divers de son sous-sol, établis qui ne s'y trouvent plus à présent ! L'accusation me paraît faire preuve, en imposant cet établi à l'attention du jury, d'un... excès de zèle pour le moins prématuré !

— L'importance de ce point particulier sera démontrée par la suite, Votre Honneur, protesta Cannon. Je prouverai que l'établi était encore dans la chaufferie la nuit même du meurtre...

— Poursuivez, je vous prie, décida le juge. Nous estimerons plus tard si nous devons ou non faire rayer ce détail.

Cannon se retourna vers Mikleson.

— Chaudière surchauffée, sol humide et le reste vous ont donc poussé à faire des recherches plus approfondies ? Et qu'avez-vous découvert ?

Le détective s'humecta légèrement les lèvres.

— Eh bien... près de la chaudière, il y a une sorte de creux, produit sans doute par l'habitude d'y casser le bois d'allumage... une ramification de ce creux va jusque sous l'enveloppe extérieure de la chaudière, et le sol penche dans cette direction... Au fond de cette cavité... presque hors de vue... j'ai trouvé un morceau de doigt humain !

Cannon montra au lieutenant un flacon rempli de formol à l'intérieur duquel flottaient deux phalanges humaines.

— Est-ce bien le doigt que vous avez trouvé, Mr. Mikleson ?

— Oui, monsieur. Je reconnais l'encoche en forme de V que j'ai moi-même taillée dans l'ongle.

Le flacon fut classé comme pièce à conviction, ainsi qu'une photo de la cavité, également identifiée par le lieutenant qui, sur la demande de Cannon, acheva rapidement d'exposer comment il avait rejoint, au rez-de-chaussée, l'accusé et le détective Lowery, puis appelé le central et fait alerter le médecin légiste, le labo et les photographes.

Cannon remercia son témoin, et l'offrit courtoisement à Charles Denman, aux fins de contre-interrogatoire. Consultant la feuille de papier sur laquelle il avait jeté quelques notes, l'avocat de la défense s'approcha de Mikleson.

— Vous ne connaissez pas, et pour cause, l'auteur de ce mystérieux coup de téléphone, lieutenant, mais vous affirmez qu'il s'agissait d'un homme ?

— Oui, monsieur.

— Avait-il une voix grave ?

— Une voix... ordinaire. Une voix d'homme, quoi !

— Mais pas une voix de basse ou de baryton ; une voix placée quelque part entre le ténor et le baryton ?

— Mon Dieu, oui...

— Vous savez que certaines femmes ont des voix dites « de contralto » ?

— Oui. Oui, bien sûr !

— Ne croyez-vous pas qu'une telle voix de femme, surtout intentionnellement déguisée, puisse ressembler, au téléphone, à une voix d'homme relativement aiguë ? Pouvez-vous m'assurer, positivement, que c'était bien une voix d'homme, et non une voix de femme relativement grave, et peut-être intentionnellement déguisée ?

— Eh bien...

— Oui ou non, lieutenant ?

— N... non, monsieur, je ne peux pas l'assurer positivement... mais je pense que...

— Pas de suppositions, lieutenant ! Des faits, rien que des faits ! Vous ne savez donc pas, positivement si c'était un homme ou une femme qui tentait ainsi de créer des ennuis à son prochain... Que vous a dit exactement cette personne ?

— Il y a des odeurs horribles qui sortent de la cheminée, répéta Mikleson. Ça ne m'étonnerait pas qu'un crime ait été commis...

Denman lui fit également répéter l'adresse de l'immeuble, l'heure approximative de la communication, et raconter la manière dont l'origine de l'appel avait été retracée.

— Une cabine publique, n'est-ce pas ? Une cabine publique de la Quatre-vingt-sixième Rue, c'est-à-dire assez éloignée de l'immeuble en question... Et la brigade criminelle n'hésite pas à se déplacer pour vérifier des appels anonymes de ce genre ?

Le ton du lieutenant Mikleson se fit emphatique.

— Parfaitement, monsieur ! Nous recevons couramment des informations... et des appels de ce genre... qui émanent de sources plus ou moins étranges... et tout est toujours soigneusement vérifié !

Cette déclaration impressionna visiblement le jury et Denman rétorqua d'un ton sarcastique :

— Alors, vous devez passer une grande partie de votre temps à courir les lièvres levés par les innombrables cerveaux fêlés et autres correspondants mystérieux... désireux de régler quelque compte avec Pierre ou Paul !

— Oui, monsieur, acquiesça Mikleson, vengeur. Mais il arrive parfois qu'un de ces lièvres nous conduise jusqu'à son terrier !

Denman soupira. Ce lieutenant était coriace. Il n'y avait certainement pas grand-chose à en tirer pour la défense.

4

Le lendemain, vers midi, je frappai comme convenu à la porte du 302 et Tally me fit entrer aussitôt, vêtue de pied en cap... de la même robe que la veille. C'était probablement la seule qu'elle possédait, ou du moins, la seule qu'elle avait emportée avec elle. Bien coiffée, bien reposée, maquillée de frais, elle était diablement séduisante. Elle avait déjà préparé le café, et j'avais acheté des croissants en cours de route. Nous nous mîmes à déjeuner tout en essayant d'entretenir la conversation.

— Levée depuis longtemps ?

— Oh, oui. Plusieurs heures...

— Le monde est à ceux qui se lèvent tôt, paraît-il. Pas de danger qu'il m'appartienne un jour... Vous avez bien dormi ?

— Merveilleusement. Et vous ?

C'était vraiment étonnant ! Mais être là, simplement assis en face d'elle, et pouvoir échanger avec elle des répliques banales, je trouvais ça déjà formidable !

— Oh, moi, j'ai dormi comme un ange... en compagnie d'un chien ! Il roupille toujours sur le lit supplémentaire, et même quand son maître reçoit un ami, rien à faire pour l'en déloger. A condition de lui demander poliment, toutefois ; il consent à le partager... Il l'a partagé avec moi cette nuit, mais il a insisté pour garder l'oreiller.

Elle éclata de rire. Un rire aussi clair que le soleil du matin.

— Vous avez travaillé, hier soir ?

— Bien sûr ! J'ai fait mes trois représentations.

— C'est rigolo ?

— Pas particulièrement...

Puis je m'aperçus que j'étais en train de jouer les blasés, mais que ça n'était pas sincère. Si, c'était rigolo ! C'était follement rigolo, et pour dissiper l'impression fausse que ma réponse avait pu produire, je racontai tout le reste... Mon enfance heureuse, mais solitaire, à la ferme... Puis la découverte, dans le catalogue qui nous était envoyé deux fois par an, de cette boîte mystérieuse intitulée « Le Petit Magicien », boîte dont la reproduction photographique avait enflammé mon imagination au point d'effacer tous mes autres désirs... Littéralement submergée par l'intensité de mes supplications, ma mère finit par céder, et le jour de mon dixième anniversaire, la boîte arriva, soigneusement emballée... Sur son couvercle de carton, un magicien méphistophélique à la chevelure vernissée tirait d'un chapeau de soie un lapin flegmatique, mais à l'intérieur de la boîte, grand Dieu, il y avait mieux que le simple équipement nécessaire pour faire disparaître une pièce dans un verre d'eau, jaillir d'un œuf des mouchoirs multicolores et réaliser cent autres tours peu coûteux... il y avait tous les rêves que peut enfanter le cerveau d'un gosse de dix ans habitué à vivre constamment replié sur lui-même.

A partir de ce jour, ma vie fut transformée. Tout mon argent de poche, et par la suite, tous mes gages d'adolescent travaillant pour le compte de son père, étaient invariablement consacrés à l'achat de matériel et d'accessoires plus complexes. Dans ma chambre comme en plein air, dans la grange comme aux champs, je saisissais toutes les occasions de pratiquer mes tours, jusqu'à ce que mon habileté manuelle fût réellement prodigieuse. A dix-sept ans, je participais à toutes les manifestations artistiques, à toutes les fêtes de patronage du secteur, et jouissais dans la région d'une réputation professionnelle des plus flatteuses. Cette année-là, mes parents avaient formé le projet de me faire entrer à l'Ecole d'agriculture d'Ames, mais le quatre juillet [1], je me rendis avec les Murray, nos plus proches voisins, à la foire d'Oneïda, le chef-lieu de notre comté... et l'Ecole d'agriculture m'attend encore !

Tout de suite, les bruits, les lumières, les odeurs du champ de foire m'assaillirent et me grisèrent. Dès le premier contact, j'étais vaincu, perdu, ivre d'une excitation que je n'avais encore jamais éprouvée... Rapidement, je semai les Murray et, guidé par je ne sais quelle mystérieuse prescience, marchai tout droit vers une roulotte rouge parquée en bordure de l'allée centrale. Un homme d'âge moyen, aux cheveux poivre et sel, prenait le frais sur les marches de la roulotte. Je me plantai devant lui et dis avec aplomb :

— C'est vous, le propriétaire ?

Ses gros yeux globuleux, encapuchonnés de paupières de tortue, descendirent lentement jusqu'à moi. Le grognement qu'il émit en constatant ma présence pouvait signifier n'importe quoi.

— Je cherche du boulot, insistai-je. Je veux travailler pour vous. Je ferai tout ce que vous voudrez...

— Casse-toi, gamin ! J'ai besoin de personne.

— Je sais soigner les animaux.

— J'ai besoin de personne, fiston. Retourne chez ta mère !

Mû par une impulsion irraisonnée, je sortis de ma poche un dollar d'argent, le fis apparaître et disparaître, rouler tout au long de mon bras, s'arrêter à mon commandement et s'évanouir dans l'espace. La foire, autour de moi, hurlait et claquait et grésillait et crépitait de toutes ses voix, de tous ses tirs, de tous ses manèges, de toutes ses roues de loterie... Abruptement, le grand gaillard en bras de

1. L'équivalent de notre 14 juillet (4 juillet 1775 : déclaration d'indépendance).

chemise se leva, me dominant de toute sa taille augmentée des trois marches de la roulotte.

— Tu te défends, fiston ! admit-il. Et tu as dit que tu cherchais du boulot ?

— Oui, m'sieur. Oh, oui, m'sieur !

L'homme jeta un prénom dans le tintamarre et presque aussitôt, la silhouette d'un hercule musclé, aux immenses oreilles décollées, à l'énorme cou de taureau, se matérialisa près de l'escalier.

— Hym ! répéta l'homme au nez rouge. Regarde un peu ce gosse. Il a des drôles de dispositions !

D'un signe de tête, il m'enjoignit de reprendre mes manipulations.

— Ouais... approuva finalement l'hercule. Ouais... Il a une bonne bouille honnête. On pourrait l'essayer aux biffetons... Tu lui as parlé ?

— Non.

— Ça va, grommela l'hercule. Je vais lui casser le morceau...

Je le suivis jusqu'à la tente-réfectoire, et m'assis en face de lui, devant une table graisseuse. L'hercule nommé Hym posa ses gros bras sur les planches grossièrement rabotées.

— Tu habites près d'ici, fiston ?

Mon mensonge fut purement instinctif. Simple mesure de prudence qui semblait s'imposer, sur le moment.

— Non, m'sieur. Je viens d'un bled du Minnesota, à plus de cinq cents kilomètres d'ici.

L'information parut satisfaire l'hercule.

— Personne qui risque de te cavaler derrière ?

L'image de mes parents passa devant mes yeux. Je la repoussai de toutes mes forces.

— Non, m'sieur !

Hym hocha la tête.

— Alors, ça va peut-être pouvoir coller. Je vais te faire débuter aux tickets du spectac' féminin, ousque l'entrée est à trente cents...

Il plongea son énorme patte dans la poche de son pantalon et grogna :

— Observe un peu, fiston. Tu m'as donné un dollar et je te fourre ton tickson dans la main gauche. Pourquoi la main gauche ? Parce que presque tous les jobards ont leur mitraille dans la poche droite ! Tends ta main droite pour recevoir ta monnaie. Trente cents sur un dollar, voilà, m'sieur... trente, trente-cinq, quarante-cinq, cinquante, soixante-quinze et UN dollar, UN ! Au suivant, s'il vous plaît... O.K., maintenant, compte ta monnaie, blanc-bec !

J'obéis, et ne trouvai que cinquante cents, au lieu des soixante-dix annoncés par l'hercule. Hym, cependant, poursuivait sa conférence :

— Le gars est là avec sa pogne pleine de mitraille, et toi, tu le houspilles en braillant : « Au suivant, s'il vous plaît. Dégageons la piste. Ne restons pas là à bloquer le chemin. Le spectac' va commencer et y en a d'autres qui veulent entrer... » Un de mes gars fait avancer la queue, le gars fourre sa monnaie dans sa poche sans avoir eu le temps de la compter, et c'est bien rare qu'y s'aperçoive de quèque chose. T'as pigé le topo, fiston ?

J'avais pigé, mais j'étais incapable de répondre. Je devais avoir l'air si misérable qu'il haussa brusquement les épaules et se leva. Ma propre voix me parut étrangement lointaine, mais c'était bien elle qui disait :

— Oui, oui... J'ai... j'ai pigé !

— O.K., souligna Hym. Nourri, couché, dix dollars par semaine...

Il attendit mes protestations et, voyant qu'elles ne venaient pas, se radoucit nettement :

— D'ici huit jours, fiston, tu m'en voleras trois fois autant... Mais attention... Ne carotte jamais sur moins d'un dollar... Et ne laisse pas tes doigts devenir trop collants... T'en prends un peu, t'en gardes un peu, d'accord... Mais n'oublie jamais qu'y me faut ma part...

Et l'hercule nommé Hym quitta la tente-réfectoire au sein d'une bouffée de vacarme.

Il y avait en Tally Shaw une sorte d'équilibre interne, une acceptation paisible des aléas de l'existence quotidienne qui, après mes propres années de pérégrinations et d'instabilité perpétuelle, m'attiraient plus que je n'eusse voulu le reconnaître. Durant plusieurs semaines, elle chercha du travail. Nous nous séparions chaque soir devant l'hôtel et nous nous retrouvions tous les midis et, plus les jours passaient, plus je la dissuadais d'accepter l'un des emplois trop durs et trop mal payés qui s'offraient à elle.

L'idée de l'adjoindre à mon numéro naquit graduellement, d'elle-même et, dès qu'elle se fut dessinée dans mon esprit, ne me lâcha plus. Je ne manquais pas d'engagements, Dieu merci, et la présence d'une partenaire pourrait me permettre, en attirant au bon moment l'attention du public, d'accélérer, de perfectionner et de corser mes réalisations. J'étudiai la question sous cet angle, soumis mes projets à Tally, qui se déclara tout de suite d'accord et, jour après jour, bâtis avec elle mon nouveau numéro à deux personnages.

J'avais fait prendre ses mesures par un costumier et savais que le maillot à paillettes, le collant et les longs gants noirs que nous avions commandés transformeraient Tally en une créature totalement différente de celle que je connaissais. Mais lorsque je la vis pour la première fois, étroitement moulée dans sa tenue de scène, elle me coupa littéralement la respiration. Elle était éblouissante !

J'ajoutai à mon propre smoking la traditionnelle cape de soirée. (Traditionnelle avec cette différence que je pouvais modifier à volonté la couleur de sa doublure, en la faisant tourbillonner autour de moi). Mais ce fut incontestablement Tally qui insuffla une nouvelle vie, un nouveau brillant dans mon classique numéro d'illusion, de manipulation et d'escamotage.

Après notre mariage, je réemménageai dans ma chambre du *Delafield*. Nous n'y habitions ensemble que depuis quelques jours lorsque je m'aperçus, à retardement, qu'il manquait quelque chose.

— Eh, Mrs. Mountain, dis-je à Tally. Qu'est-ce que tu as fait de tes bagages ?

Elle était accroupie sur le plancher, en train de sortir la cantine.

— Quels bagages, chéri ? Mon carton à chapeaux est dans la penderie.

— Oui, mais ton petit sac de cuir... Celui qui était lesté d'uranium ou quelque chose dans ce goût-là ?

Elle s'empara de la cafetière et dit sans relever la tête :

— Oh, celui-là... Je m'en suis débarrassée.

— Pourquoi ça ?

— Il ne valait pas la peine d'être conservé.

— Qu'est-ce qu'il y avait dedans ?

— Rien... Tout un vieux bric à brac...

Je ne savais pas moi-même pourquoi j'insistais à ce point. Peut-être parce qu'elle n'avait eu que deux petites valises, lorsque je l'avais rencontrée, et que maintenant, elle n'en avait plus qu'une...

— Tu n'as pas d'autres effets en dépôt quelque part ?

— Non, chéri.

Elle se remit sur pied, rejeta ses cheveux en arrière et vint m'embrasser.

— Tu m'as prise telle que j'étais, pas vrai ? Tu savais que je n'étais pas une riche héritière. Veux-tu divorcer, maintenant ?

— Impossible, tu fais partie de mon numéro ! Je te garde et je t'achèterai même une robe d'occasion, quand tu n'auras plus rien à te mettre...

Mais cette petite valise beaucoup trop lourde pour son faible volume continua de m'inquiéter. Un jour ou l'autre, je savais que Tally m'en raconterait l'histoire. En attendant, je ne pouvais m'empêcher de me poser certaines questions : pourquoi était-elle partie de chez elle aussi vite ? Pourquoi n'avait-elle gardé aucune attache avec son pays d'origine ? Et pourquoi n'avait-elle pas emporté davantage de vêtements ?

Je n'avais pas la prétention de connaître grand-chose aux femmes, mais je n'étais pas, non plus, suffisamment novice pour imaginer qu'une femme puisse quitter sa ville, *de son plein gré*, en n'emportant que la robe qu'elle a sur elle, et un peu de lingerie dans un carton à chapeaux...

5

Harold Lafosky, membre des services techniques de la brigade criminelle, était sur la sellette. Arrivé à pied d'œuvre en même temps que les agents Meyers et Cane, il avait participé à l'examen approfondi de la chaufferie, puis des autres locaux du sous-sol et enfin du reste de l'immeuble. Ouvrant une petite boîte de carton, Franklin Cannon en sortit un morceau de métal presque plat, noirci par un contact intime avec le feu.

— Pouvez-vous identifier cet objet, Mr. Lafosky ?

— Oui, monsieur, j'ai trouvé cette balle sous la chaudière, à l'intérieur du cendrier.

Cannon lui remit le petit bloc de plomb.

— Dites-nous, je vous prie, comment vous pouvez l'identifier d'une manière aussi catégorique.

Lafosky retourna la balle entre ses doigts, l'approcha de ses yeux, déclara :

— J'y ai gravé mes initiales, avec la pointe de mon couteau.

— Dès sa découverte ?

— Dès sa découverte !

La balle fut classée parmi les autres pièces à conviction et Cannon tendit à Lafosky une boîte de carton encore plus petite que la précédente.

— Ouvrez cette boîte, je vous prie, Mr. Lafosky, et dites-nous ce que vous y voyez.

Lafosky s'exécuta.

— J'y vois une dent...

— Et d'où provient cette dent, Mr. Lafosky ?

— Elle provient, tout comme la balle, du cendrier de la chaudière.

— Vous êtes sûr qu'il s'agit bien de la même dent ? Celle que vous avez personnellement découverte ?

— Oui, monsieur. Vous remarquerez qu'elle est brûlée et tachée de noir de fumée. Il était impossible de la marquer à l'aide d'une plume ou d'un crayon. Je me suis donc servi de vernis à ongle pour y imprimer ce petit signe « plus »...

— Et vous reconnaissez formellement cette marque ?

— Oui, monsieur.

Cannon remit la petite boîte au fonctionnaire préposé à la garde des pièces à conviction et s'empara d'une lourde enveloppe bulle.

— Avez-vous déjà vu cette enveloppe, Mr. Lafosky ?

— Oui, monsieur. J'y ai inscrit mon nom, en travers du rabat, ainsi que la date du vingt-trois novembre de l'année dernière.

— Qu'y a-t-il dans cette enveloppe ?

— Une certaine quantité de cendres, prélevée dans le cendrier de la chaudière.

— C'est-à-dire au même endroit que la balle et la dent précédemment identifiées ?

— Oui, monsieur.

— Y avait-il beaucoup de cendres dans ce cendrier ?

— Pas énormément, monsieur. Il avait été vidé avant l'arrivée de la police.

— Vidé avant l'arrivée de la police ? Comment expliquez-vous, dans ce cas, la présence de la balle et de la dent à l'intérieur de ce même cendrier ?

— Objection ! s'interposa Denman. La réponse à cette question ne peut être qu'une supposition de la part du témoin.

Sans laisser au juge le temps de se prononcer, Cannon recommença :

— Nous dirons alors : Croyez-vous possible, Mr. Lafosky, que la dent et la balle soient tombées à travers la grille de la chaudière *après* que le cendrier ait été nettoyé ?

— Oui, monsieur, c'est ce que je crois.

— Vous avez donc placé un échantillon des cendres recueillies à l'intérieur de cette enveloppe, que vous avez scellée et revêtue de votre signature ?

— Oui, monsieur.

— Ce sera tout, je vous remercie.

L'enveloppe alla rejoindre les autres pièces à conviction, Lafosky se retira et Cannon fit appeler le détective Herman Meyers, qui avait accompagné Lafosky sur les lieux du crime présumé. Après identification et formalités d'usage, Cannon demanda au détective ce qu'il avait fait pendant que Lafosky examinait la chaudière.

— J'ai passé le restant de la chaufferie au peigne fin, répondit Meyers avec impatience.

— Et vous avez trouvé quelque chose ?

— Bien sûr, que j'ai trouvé quelque chose !

Grand diable sanguin aux épaules de lutteur, Meyers appartenait visiblement à cette catégorie de policiers qui considère que le temps passé dans une salle d'audience pourrait être beaucoup plus utilement employé.

— Objection ! aboya Denman. La remarque du témoin est nettement tendancieuse.

Mais ce détective lui plaisait énormément. Plus un témoin est irritable, plus il est facile de lui faire dire d'énormes sottises.

— Contentez-vous de répondre à mes questions, Mr. Meyers, dit Franklin Cannon d'un ton suave. De cette façon, nous ne donnerons pas à Mr. Denman l'occasion de nous interrompre !

Meyers darda un regard belliqueux dans la direction de Denman et fit un signe affirmatif. Canon enchaîna :

— Dites-nous donc ce que vous avez trouvé en examinant la chaufferie...

— J'ai trouvé une poubelle... pleine de résidus de toutes sortes.

Cannon s'empara d'un rouleau de papier huilé qu'il développa soigneusement, exposant un morceau d'os à demi calciné. Meyers identifia cet os, grâce à l'étiquette qu'il y avait personnellement attachée, déclara qu'il l'avait trouvé dans la poubelle de la chaufferie, puis identifia également un tronçon de basting et un lambeau de forte toile, tous deux brûlés, provenant de la même source.

Arthur Cane, le collègue de Meyers, vint le remplacer dans le box des témoins, et décrivit à son tour les trouvailles qu'il avait faites.

— J'ai prélevé des échantillons de la saleté renfermée dans les craquelures du sol de la chaufferie. J'ai mis ces échantillons dans une fiole de verre et j'ai collé sur la fiole une étiquette avec mon nom, la date, et le mot « chaufferie ».

Il identifia la fiole en question et, sur la demande de Cannon, poursuivit :

— J'ai également examiné la salle d'eau du sous-sol, où se trouvent un water, un lavabo et une douche. Le sol de cette pièce et celui de la douche étaient encore humides, avec des petites flaques de place en place...

— Qu'avez-vous fait alors ?

— J'ai démonté le siphon du lavabo, et j'en ai extrait certains résidus que j'ai introduits dans une autre fiole, sur laquelle j'ai aussi fait figurer mon nom, la date, et la mention « salle d'eau ».

Il identifia cette seconde fiole qui, comme la première, fut aussitôt classée avec les pièces à conviction, et Cannon reprit :

— Vous avez, je crois, également visité la buanderie. Qu'y avez-vous découvert ?

— J'y ai découvert une boîte à outils, contenant un marteau, une hachette, des pinces, des tenailles, deux scies, des tournevis, un petit fer à souder, quelques boîtes de clous, bref, ce qu'on peut s'attendre à y trouver...

— Cette hachette est-elle bien celle que vous avez trouvée ?

Il tendit au témoin une hachette du type « serpe » et le détective désigna de l'index les initiales qu'il avait gravées sur le manche. Puis il identifia une enveloppe blanche portant son nom et la date du vingt-trois novembre, enveloppe dans laquelle il avait rangé des cheveux prélevés sur la brosse à cheveux d'Isham Reddick, dans la chambre de celui-ci, au dernier étage de l'immeuble.

Connaissant, par expérience, l'effet produit sur les jurés par toutes ces dépositions et authentifications préliminaires, Charles Denman rappela Harold Lafosky et concentra ses efforts sur la dent qui, pour l'instant du moins, était l'arme la plus sérieuse de l'accusation. Et dès sa première question, le témoin Lafosky « mordit » comme un seul homme !

— Toutes les dents se ressemblent, n'est-ce pas, Mr. Lafosky ?

— Peut-être. Mais pas aux yeux d'un dentiste !

— Seriez-vous dentiste, Mr. Lafosky ?

— Dentiste, moi ? Non, bien sûr...

L'avocat de la défense recula d'un pas pour contempler le témoin comme il eût contemplé une bête curieuse.

— Alors, veuillez maintenir vos réponses dans le cadre de vos compétences, Mr. Lafosky ! Supposons maintenant que je vous montre... disons, une centaine de dents ! Supposons que j'en choisisse une et que je vous demande de l'identifier positivement, comme vous l'avez fait tout à l'heure... Agiriez-vous de même, dans ces conditions ?

— Oui... si j'avais marqué la dent ! grommela le technicien, sur ses gardes.

— C'est possible, effet. Vous aviez inscrit votre nom sur cette dent que vous jurez avoir découverte l'année dernière ?

— Non, je...

— « Non » est parfaitement suffisant, Mr. Lafosky. Vous y aviez inscrit ou gravé vos initiales ?

— Comment diable... ?

— Oui ou non, je vous prie. C'est simple comme bonjour. Répondez juste par oui ou par non.

— Par oui ou par non ! ricana Lafosky.

— Très drôle ! commenta Denman. Très drôle en vérité ! Vous nous avez déjà dit que vous n'étiez pas dentiste, Mr. Lafosky. Et je vois que vous n'êtes pas non plus très bon comédien. Vous semblez cependant disposer d'une certaine aptitude à répéter les choses. Peut-être cette aptitude s'est-elle développée comme se développe celle d'un perroquet ? A force de patience, on arrive, paraît-il, à leur faire répéter n'importe quoi...

— Objection, Votre Honneur ! explosa Franklin Cannon. L'avocat de la défense cherche à ridiculiser le témoin.

— Lequel témoin n'est pas entièrement sans reproche ! compléta calmement le juge. Quoi qu'il en soit, Mr. Cannon, la cour prie Mr. Denman de poursuivre plus avant son contre-interrogatoire.

Denman, satisfait, se retourna vers Lafosky, l'œil glacial et sarcastique.

— Vous avez, je crois, marqué cette dent à l'aide de vernis à ongle ?

Visiblement mal à l'aise, Lafosky s'agita sur son siège.

— Oui, monsieur.

— Peut-on savoir pour quelle raison ?

— Le vernis à ongle tient sur l'émail.

— Voilà qui est fort intéressant. Je suppose que vous avez une nuance de prédilection ?

— Non. N'importe quel vernis peut faire l'affaire.

— Vous en avez toujours une bouteille sur vous, pour marquer vos découvertes éventuelles ?

Lafosky rougit.

— Non, bien sûr. J'ai trouvé cette bouteille sur place, dans la chambre de la bonne.

— Dans la chambre de la bonne ! Voyez-vous ça ! Pouvez-vous nous en rappeler la marque ?

Le témoin jeta un coup d'œil dans la direction de Cannon, mais ne reçut de sa part aucune assistance.

— Non... non, je ne l'ai pas notée.

— La teinte exacte me suffira. Elle devait être indiquée sur l'étiquette.

— Rouge, je pense. On appelle ça du « rouge à ongle », non ?

— Il ne s'agit pas de « penser », Mr. Lafosky. Il s'agit de se montrer précis et affirmatif. N'importe laquelle des femmes présentes dans la salle pourrait vous dire qu'aucun vernis à ongle n'est vraiment rouge. Et chaque nuance possède un nom différent... Cyclamen... Coquelicot... Soleil Couchant... Mais passons... Dites-nous maintenant pour quelle raison vous avez marqué cette dent d'un signe « plus ».

Lafosky haussa les épaules et donna tête baissée dans le panneau.

— C'était un signe facile à faire et facile à retenir...

— Exact, exact, approuva Denman. Je ne vois guère que deux autres signes encore plus faciles à faire. Le signe « moins » qui est la moitié horizontale du signe « plus », et le point. En réalité, Mr. Lafosky, vous ne pouvez être sûr qu'il s'agit bien de la même dent. Vous le supposez, simplement... Vous ne pouvez, n'étant pas dentiste, reconnaître la dent elle-même ; vous ne vous souvenez pas de la teinte exacte du vernis employé ; et vous vous êtes borné à marquer cette dent d'un signe qui peut être aisément reproduit par n'importe quel écolier d'âge tendre...

— J'affirme qu'il s'agit bien de la même dent ! protesta Lafosky avec obstination.

— Affirmer quoi que ce soit dans de telles conditions ressemble fort à l'entêtement borné d'un certain animal domestique aux longues oreilles, Mr. Lafosky ! l'aiguillonna doucement Charles Denman.

— Votre Honneur ! intervint Cannon, outré.

— Rayez cette dernière remarque de la défense, ordonna sèchement le juge. Et vous, mesdames et messieurs les jurés, veuillez n'en tenir aucun compte. Le devoir d'un témoin est de se montrer toujours aussi positif que possible dans ses déclarations.

Denman s'inclina courtoisement.

— Je demande pardon à la cour. J'avais cru comprendre que le témoin essayait, une fois de plus, de *prouver* quelque chose...

— Objection ! vociféra Cannon.

L'air contrit, Charles Denman encaissa un nouveau rappel à l'ordre, puis renvoya Lafosky et rappela Meyers. Il était parvenu, dans la mesure du possible, à faire passer le témoin pour un imbécile. Le suivant, sous ce rapport, était encore plus prometteur. Il suffirait sans doute de l'asticoter un peu pour le mettre en colère et le pousser à se contredire.

6

Tally et moi vivions parfaitement heureux dans ce monde inversé des artistes de cabaret, où l'on va se coucher à l'approche de l'aube pour dormir jusqu'au début de l'après-midi et ne recommencer à exister pleinement qu'au début de la soirée. Nos finances se portaient à merveille, car nous ne quittions une boîte que pour nous produire dans une autre. Petit à petit, à la faveur des longues conversations que nous tenions dans notre loge, entre les séances, je découvrais l'enfance et l'adolescence de Tally.

Je savais maintenant qu'elle avait perdu ses parents très jeune, à la suite d'un accident d'auto, et qu'elle était allée vivre chez son grand-oncle Will, dont l'épouse avait quitté ce monde, à son tour, huit années plus tard, laissant à la petite le soin d'administrer la maison... et de veiller sur l'oncle Will, qui était bien l'homme le plus rêveur et le moins pratique de la terre !

Graveur professionnel, l'oncle Will avait été un véritable artiste, ainsi qu'en témoignait le minuscule médaillon accroché au bracelet de Tally, médaillon qui recelait le portrait ciselé de ma jeune épouse à l'âge de quatorze ans. L'exquise minutie du tracé, la délicatesse du trait, faisaient de cette effigie un authentique chef-d'œuvre, dont la perfection apparaissait au premier regard, et résistait à l'examen le plus approfondi. Jamais, pourtant, l'oncle Will n'avait su tirer parti de son art. Certes, il avait toujours honorablement gagné sa vie, en faisant de la photogravure, mais jamais il n'était sorti de la médiocrité, jamais il n'avait récolté le fruit des études qu'il était allé faire en Europe, étant jeune, avec l'espoir de devenir un graveur célèbre, dans la grande tradition d'Albrecht Dürer...

Une nuit — c'était entre la deuxième séance, qui a lieu généralement vers minuit moins des poussières, et la dernière, celle d'une heure et demie — je trouvai dans le journal l'histoire d'un pauvre type qui venait d'être victime du vieux truc de l'enveloppe scellée, dont le principe est le suivant : étant parvenu à convaincre une « poire » de placer une certaine somme d'argent dans une affaire quelconque, l'escroc remet à ladite poire, en garantie de son placement, des titres d'une valeur incontestable, (généralement des Bons du Trésor), qu'il glisse à l'intérieur d'une enveloppe avant de les donner au naïf spéculateur. L'enveloppe est humectée, scellée devant la poire, mais quand la poire, au bout d'un temps variable, commence à flairer le pot aux roses et rouvre finalement l'enveloppe, il n'y a plus, à l'intérieur, que des morceaux de papier de journal ! L'escroc s'est évidemment débrouillé pour interchanger les enveloppes et filer avec le magot. C'est un racket vieux comme le monde, mais qui, chose curieuse, continue à faire des victimes.

Je ne pus m'empêcher de ricaner en résumant l'article à l'intention de Tally, et fus assez surpris de constater que l'histoire ne la faisait pas rire.

— Personne n'a jamais essayé ce truc-là sur l'oncle Will, dit-elle avec mélancolie, mais c'est sans doute le seul tour qu'on ne lui ait pas joué !

— Le vieux Will était poire à ce point-là ?

— Poire est un mot bien dur, Lew... Mais je suppose que c'est vraiment le seul qui convienne ! Oncle Will était un enfant. Toujours optimiste d'une part, toujours enthousiasmé par les projets les plus chimériques. Et toujours prêt, d'autre part, à compatir aux malheurs d'autrui. Si bien qu'entre les moyens rapides et infaillibles de faire fortune que lui indiquaient des individus qu'il ne revoyait jamais... et les sommes que lui empruntaient de « pauvres types » qui disparaissaient ensuite sans laisser de traces... il était toujours plus ou moins fauché ! Oh, pas au point d'avoir des ardoises chez les commerçants ou plusieurs termes en retard, bien sûr. Mais avec son salaire relativement élevé, c'était tout juste si nous arrivions à joindre les deux bouts ! Pauvre oncle Will ! Il s'imaginait que tout le monde était honnête et bon... comme lui ! Jusqu'à la fin de sa vie, il a cru aux miracles...

Il y avait des larmes dans les yeux de Tally. Je la pris par la taille et l'installai sur mes genoux. La vieille chaise vermoulue émit un craquement sinistre, suivi de gémissements plaintifs qui durent traverser la mince paroi contiguë avec la loge voisine, car une petite danseuse que nous connaissions lança d'une voix goguenarde :

— Eh... Vous êtes pas censés faire ça sur le temps du patron !

Tally rougit et voulut se relever. Je l'enlaçai plus étroitement — elle était en maillot de scène et diablement agréable à presser contre soi — tout en déclarant d'une voix forte :

— Ne réponds pas, chérie ! Laisse-les se figurer ce qu'ils veulent...

La danseuse applaudit bruyamment, dans la loge adjacente, et je murmurai à l'oreille de Tally :

— Alors ? Ecartées, les menaces de pluie ?

Elle me sourit en s'essuyant prudemment les yeux, pour ne pas avoir à refaire son maquillage de scène.

— Oui, Lew. Je suis complètement idiote... Mais à chaque fois que je pense au sort de l'oncle Will...

Elle marqua une pause, puis ajouta :

— C'est drôle... Sur les deux hommes que j'ai vraiment aimés...

— Eh là, eh là... S'il s'agit d'une confession tardive destinée à provoquer mes propres confidences... je dois te dire tout de suite que je ne parlerai qu'en présence de mon avocat !

— Laisse-moi finir, veux-tu ? Sur les deux hommes que j'ai vraiment aimés, à savoir l'oncle Will et toi, l'un était un utopiste, qui vivait dans un monde merveilleux... l'autre est un matérialiste aux deux pieds solidement posés sur la terre...

Abruptement, elle noua ses bras nus autour de mon cou, et m'embrassa longuement sur la bouche.

— Pas vrai, Lew ? questionna-t-elle enfin, haletante.

— Quand tu m'embrasses comme ça, mignonne, dis-je avec béatitude, je serais plutôt l'utopiste égaré dans le monde merveilleux...

Puis je m'aperçus, tout à coup, qu'elle parlait sérieusement.

— Je t'aime, Lew. Et je suis heureuse que tu m'aimes...

Elle se dégagea doucement, recula d'un pas sans me quitter des yeux.

— Mais si tu te mets un jour à détester quelqu'un, je ne voudrais pas être l'objet de ta haine, chéri !

— Eh là, eh là ! protestai-je pour la seconde fois. Qu'est-ce que c'est que cette conversation ? D'où diable est-elle sortie ? Je ne déteste personne ! J'adore mon prochain comme moi-même. Je suis un philanthrope, un bienfaiteur de l'humanité...

— Oui, chéri !

Elle avait retrouvé toute sa gaieté.

— Je vais acheter une barre de chocolat praliné, annonça-t-elle en enfilant son manteau. Tu veux que je te rapporte quelque chose ?

— Oui, ma beauté ! Une huître... avec une perle dedans !

Et durant un certain temps, nous ne parlâmes plus de l'oncle Will. Notre existence à l'envers était, je l'ai dit, une existence heureuse, quoique strictement repliée sur elle-même... L'attente entre les séances, dans la loge aux murs nus... l'orchestre attaquant notre indicatif... les lumières et les projecteurs et les applaudissements des dîneurs attablés... la paie chaque vendredi... et le retour à travers les rues grises du petit matin, le café et les croissants au snack-bar de l'hôtel, avec les chauffeurs de camion, les laitiers et les flics et tous les autres oiseaux de nuit. Broadway après l'extinction des feux, alors que le jour ne peut se décider encore à paraître !

Les trottoirs sont déserts et tristes à cette heure indue ; la ville est sinistre, hostile et froide.

Mais si la fille pour qui vous en pincez marche près de vous et se presse contre vous en s'accrochant frileusement à votre bras, alors, tout disparaît comme sous la baguette d'un prestidigitateur, la grisaille et l'hostilité et la bise, et vous vous sentez divinement heureux !

7

Le médecin légiste assistant Howard M. Eggleston était un bel homme élégamment vêtu, qui répondait aux questions qu'on lui posait avec autorité, calme et précision.

— Depuis combien de temps êtes-vous médecin légiste, Dr Eggleston ?

— Sept ans.

— Combien estimez-vous avoir pratiqué d'autopsies durant cette période ?

— Deux cents à deux cent cinquante environ chaque année.

— Soit en sept années : quatorze cents à dix-sept cent cinquante ? Nombre qui pourrait être confirmé, au besoin, par les archives officielles ?

— Oui, monsieur. Et le total tomberait effectivement entre les deux extrêmes que vous venez d'indiquer.

— Merci, docteur. Au cours de ces sept années, vous avez donc autopsié des centaines de corps d'hommes et de femmes, d'enfants aussi, de tous âges et de toutes races ?

— C'est exact. La loi requiert une autopsie dans tous les cas d'homicide, de mort accidentelle, violente ou simplement suspecte.

— Vous avez dû parfois identifier des corps incomplets, des corps sans tête, sans jambes, sans bras, des corps trop endommagés ou décomposés pour que les traits du visage ou les empreintes digitales soient encore déchiffrables ?

— Oui.

Denman se leva, s'adressa au président du tribunal.

— Tout ceci est fort intéressant, Votre Honneur, mais j'aimerais savoir ce que cherche à prouver l'avocat de l'accusation

— Comme ne l'ignore point mon distingué collègue, repartit aussitôt Cannon, je désire simplement établir la haute compétence du témoin, avant de lui demander son opinion d'expert.

Denman, qui préférait que cette « haute compétence du témoin » ne fût pas trop clairement établie aux yeux du jury, déclara :

— La défense reconnaît volontiers la qualité d'expert du Dr Eggleston, et reprit place auprès de son client.

Cannon recommença :

— Dr Eggleston... Voici une hachette qui a été déjà identifiée par Mr. Cane. Avez-vous examiné cette hachette dans votre laboratoire ?

— Oui.

— Et qu'avez-vous découvert ?

— A la base du fer, entre le fer et le manche, des traces de sang et des brins de cheveux brisés.

— Ce sang était-il du sang humain, Dr Eggleston ?

— Oui, monsieur. Du sang humain du groupe O.

— Et les cheveux provenaient, sans nul doute, d'une tête humaine ?

— Sans aucun doute !

— Merci, docteur... Voici une enveloppe blanche, également identifiée par Mr. Cane, qui contient des cheveux prélevés sur la brosse à cheveux d'Isham Reddick. Avez-vous examiné ces cheveux ?

— Oui. Ils sont identiques à ceux que j'ai découverts sur la hachette.

D'un même mouvement, tous les jurés se penchèrent en avant, suspendus aux lèvres du Dr Eggleston.

— Vous voulez dire, insista Cannon, que les cheveux prélevés sur la brosse d'Isham Reddick et les cheveux découverts sur la hachette proviennent incontestablement de la même tête ?

— Incontestablement.

— Pouvez-vous nous montrer comment vous avez atteint cette conclusion ?

On monta un petit projecteur, et deux sections démesurément agrandies des cheveux étudiés apparurent côte à côte sur un écran. Eggleston fit sa démonstration d'une voix sèche et doctrinale, indiquant à mesure la similitude des structures cellulaires et autres points d'identification. Puis il regagna sa chaise et Cannon lui présenta le lambeau de grosse toile identifié par Harold Lafosky :

— Cette pièce vous a également été remise aux fins d'examen, n'est-ce pas, docteur ?

— C'est exact.

— Et qu'avez-vous découvert ?

— Des traces de peinture et des taches de sang.

— De sang humain ?

— Oui, monsieur. De sang humain du groupe O.

Dans la fiole marquée « chaufferie », précédemment identifiée par le détective Cane, Eggleston avait découvert de la poussière, de la suie, du charbon, des fibres de bois, des traces de pétrole et d'essence de térébenthine.

Et des traces de sang humain du groupe O.

Dans la fiole marquée « salle d'eau », qui contenait les résidus recueillis à l'intérieur du siphon d'écoulement par le détective Cane, Eggleston avait découvert de la crasse, des corps gras d'origine savonneuse, de la lessive, des poils de brosse naturels et synthétiques.

Et des traces de sang humain du groupe O.

Dans la grande enveloppe bulle identifiée par Lafosky, parmi les cendres recueillies dans le cendrier de la chaudière, Eggleston avait découvert, en plus du résidu normal laissé par la combustion du bois et du charbon, d'autres résidus d'origine végétale, tels que coton, lin, etc.

— Et finalement, conclut le médecin légiste après une courte pause, des résidus de protéine.

— Des résidus de protéine, répéta Franklin Cannon en détachant soigneusement chaque syllabe. Cette découverte implique-t-elle, docteur, la présence *possible* de chair humaine à l'intérieur de la chaudière... ou plus exactement, la présence de ce qui avait été de la chair humaine ?

— Oui, monsieur.

Cannon laissa le silence s'appesantir sur la salle d'audience, puis se racla doucement la gorge et reprit en main l'os noirci, enveloppé de papier huilé. Eggleston reconnut avoir examiné cet os et déclara qu'il s'agissait d'un tibia provenant du corps d'un être humain de taille adulte et de sexe masculin.

— Vous a-t-il été possible, en partant de ce tibia, de déterminer la taille du mâle adulte en question ?

— Oui, sous une certaine réserve. L'homme à qui appartenait ce tibia mesurait entre un mètre soixante-quinze et un mètre quatre-vingts.

— Comment avez-vous pu déterminer ces tailles limites, docteur ?

Eggleston se lança dans une dissertation circonstanciée sur les mensurations et les proportions du corps humain. Cannon l'interrompit :

— Il existe certainement des exceptions à ces règles ? Des cas de difformité pouvant affecter diverses parties du squelette ?

— Certes. Mais une telle difformité, lorsqu'elle existe, peut être révélée par des recherches additionnelles.

— Cette possibilité n'existe pas, d'après vous, dans la situation présente ?

— Non. Ce tibia provenait d'un être humain normalement développé.

— Merci, docteur. Une dernière identification...

Il s'agissait, cette fois, de la fiole remplie de formol contenant les deux phalanges découvertes par le lieutenant Mikleson. Le médecin légiste déclara qu'il avait examiné ces phalanges, et qu'elles provenaient d'une main droite.

— C'est exactement, précisa-t-il, la phalangette et la phalangine presque complète du majeur, d'une main droite d'homme adulte.

— Pouvez-vous dire à la cour comment ces deux phalanges ont été séparées du reste de la main ?

— Par un instrument tranchant.

— Vous est-il possible de nous révéler la nature exacte dudit instrument ?

— Non.

— Pensez-vous qu'un instrument tranchant tel qu'une hachette ait pu produire ce résultat ?

— Le doigt a très bien pu, effectivement, être coupé par une hachette.

— Merci, docteur. Ce sera tout.

Denman se contenta de réserver son droit de contre-interrogatoire, et l'accusation appela le témoin suivant, Charles L. Risko, employé aux archives anthropométriques de la ville de New York, qui exposa comment l'empreinte du doigt coupé avait été relevée et identifiée, par comparaison avec celle figurant sur une demande de permis de chauffeur de taxi faite en son temps par un certain Isham Reddick. Grâce à l'écran et au petit projecteur, Risko démontra au jury l'identité des deux empreintes, ne faisant ressortir pas moins de trente-quatre caractéristiques semblables, constituant une identification cent pour cent positive.

Lincoln M. Means, employé du Service des permis de conduire de la ville de New York, lui succéda dans le box des témoins. Il avait apporté la demande originale de permis de taxi rédigée par Isham Reddick et Cannon lui demanda de bien vouloir lire à haute voix le signalement inscrit sur ladite demande. Means récita :

— Sexe : masculin. Age : 36 ans. Yeux : bleus. Cheveux : châtain foncé. Poids : 80 kilos. Taille : 1,78 m.

— Voulez-vous répéter cette dernière indication, Mr. Means ?

— Taille : un mètre soixante-dix-huit.

— Indication portée par Isham Reddick en personne ?

— Oui, monsieur. Ou du moins, par l'homme qui a signé « Isham Reddick ».

Une intervention de Denman nécessita l'apparition d'un expert graphologue nommé Alvin G. Hartney, qui certifia que l'écriture figurant sur la demande de permis de conduire était identique à celle figurant sur divers documents manuscrits trouvés dans la chambre d'Isham Reddick. Denman se déclara satisfait et Lincoln M. Means revint s'asseoir sur la chaise.

— Veuillez nous relire une fois de plus, Mr. Means, martela distinctement Cannon, l'indication portée par Isham Reddick, *de sa propre main*, en regard du mot « taille »...

— Un mètre soixante-dix-huit.

— Un mètre soixante-dix-huit, et non un mètre quatre-vingts ou quatre-vingt-deux ?

— Oui, monsieur.

— Un mètre soixante-dix-huit, et non un mètre soixante-douze ou soixante-quatorze ?

— Oui, monsieur.

— Parfait...

Réservant toujours son droit de contre-interrogatoire, Denman ne fit aucun effort pour interrompre le défilé des témoins. Il attendait pour agir que Franklin Cannon eût achevé son travail d'identification. Près de lui, l'accusé ne bronchait pas plus qu'une statue, le menton incliné vers la poitrine, les mains croisées sur le bord de la table. Cannon appela un chirurgien-dentiste du nom de Stanley Boss, établi à New York depuis une dizaine d'années, à qui il demanda d'identifier la dent découverte dans le cendrier de la chaudière et marquée d'une croix par le détective Lafosky. Stanley Boss, petit homme menu d'allure quelconque, ajusta nerveusement ses verres sans monture, identifia formellement la dent et raconta son histoire :

— Le patient m'a téléphoné le douze septembre de l'année dernière, et je lui ai donné un rendez-vous pour le dix-neuf... Il s'appelait Isham Reddick... Le jour dit, à l'heure exacte, il s'est présenté à mon cabinet... Ma femme, qui me sert d'infirmière, a préparé sa fiche, groupe sanguin compris, en cas de nécessité. C'était le...

— Objection ! jappa Denman.

— Objection retenue.

— Nous appellerons Mrs. Boss un peu plus tard, dit Cannon. Continuez, Dr Boss.

— Mr. Reddick se plaignait de douleurs aiguës dans trois de ses molaires. J'ai fait une radio, sans découvrir de carie importante pouvant justifier ces douleurs, dont l'origine n'était donc apparemment point dentaire... Nous en sommes venus, tout naturellement, à parler d'autre chose. Le patient avait antérieurement perdu une de ses dents de devant, ce qui altérait considérablement son aspect physique. Nous avons envisagé la possibilité de la remplacer ; il m'a dit que sa décision dépendrait uniquement du prix, et je lui ai fait une offre très raisonnable, qu'il a aussitôt acceptée.

— Vous avez donc entrepris de fabriquer une dent, à l'intention de ce patient nommé Isham Reddick ?

— Oui, monsieur. Et je l'ai fabriquée moi-même.

— Selon des mesures préalablement relevées ?

— Selon des mesures extrêmement exactes... Je tiens d'ailleurs registre de tous mes travaux, mesures et degré de coloration compris.

— Degré de coloration ? Combien y a-t-il donc de degrés de coloration, docteur ?

— Il y a autant de degrés dans la coloration de l'émail dentaire que dans la coloration de la peau. Les fausses dents, surtout lorsqu'elles sont intercalées entre les dents réelles du patient, doivent être très soigneusement teintées.

— Ayant élaboré, fabriqué et teinté vous-même la dent en question, vous êtes parfaitement certain, Dr Boss, qu'il s'agit bien de celle que l'on vient de vous présenter ?

— Oui, monsieur. C'est pourquoi je l'ai formellement identifiée.

— De quelle manière en êtes-vous venu à procéder à cette identification, Dr Boss ? Est-ce la police qui est allée vous chercher ?

— Non. J'ai lu dans les journaux les articles consacrés au meurtre présumé d'Isham Reddick. J'ai reconnu le nom et j'ai pensé que mon témoignage pourrait peut-être s'avérer utile...

— Et c'est ainsi que, de vous-même, vous avez pris contact avec la justice. Initiative infiniment louable, Dr Boss.

— C'était mon devoir de citoyen, riposta le dentiste avec complaisance.

Sa femme vint préciser ensuite la question du groupe sanguin.

— C'est une précaution toujours utile en cas d'extractions et de chirurgie dentaire. Mr. Reddick appartenait au groupe O.

— Il vous l'a dit lui-même ?

— Non. Il ne le savait pas ou l'avait oublié. J'ai prélevé un petit échantillon de son sang, que j'ai envoyé au labo. Et dès que le labo m'a renvoyé le résultat du test, j'ai porté l'indication sur la fiche...

8

Je n'oublierai jamais l'expression de Tally lorsque je lui annonçai, un soir, que nous étions engagés pour cinq semaines au *Club de l'Alouette*, à Philadelphie. Le contrat était intéressant et je refusai de le résilier, disant que son oncle Will était mort depuis assez longtemps, maintenant, pour qu'elle puisse revoir la ville sans trop d'émotion.

— Quant à te laisser seule ici, mignonne, ajoutai-je en l'embrassant dans le cou, pas question ! Avec tous les admirateurs que tu t'es fait depuis que nous travaillons ensemble, je serais sûr de ne pas te retrouver ! D'ailleurs, le directeur du cabaret de Philly a déclaré textuellement : « Votre magicien de pacotille, je m'en fous ! Mais la pépée, elle est du tonnerre ! C'est elle qui m'intéresse... »

Tally, cependant, n'arrivait pas à se dérider.

— Pourquoi justement à Philadelphie, Lew ? Pourquoi pas à Chicago ou Los Angeles ou n'importe quelle autre ville ?

— Parce que c'est comme ça, mon chou ! Dans ce business, on prend les engagements comme ils viennent ! A plus forte raison quand ils sont intéressants et qu'il n'y a pas de battement entre deux !

Elle errait à travers la chambre, débattant intérieurement quelque problème dont je ne pouvais soupçonner la nature.

— Toute plaisanterie mise à part, Lew... tu ne vois vraiment pas le moyen de te passer de moi, rien que pour cette fois ?

— En dehors d'autres considérations plus personnelles, Tally, le gars de Philadelphie attend un numéro à deux. Pas un solo !

— Alors, je suppose que c'est écrit comme ça, et qu'il faut que les choses arrivent de cette façon...

Le début de notre séjour à Philly fut absolument épatant. Le *Club de l'Alouette* n'était pas plus moche qu'un autre, les camarades de plateau étaient sympas, dans l'ensemble, le public mordait dur et nous avions trouvé une crèche à l'*Hôtel Mac Andrews*, un repaire d'artistes ni pire ni meilleur que notre vieux *Delafield*.

Il y avait plus d'une semaine que nous étions installés dans nos nouvelles habitudes quand un matin, le téléphone sonna. Je le laissai carillonner pendant un bon moment, espérant que Tally ferait un beau geste puis, voyant qu'elle ne bronchait pas, j'allongeai le bras jusqu'au récepteur et bâillai :

— Allô, oui ? Qu'est-ce que c'est ?

Personne ne répondit, et pour une raison ou pour une autre, ce silence insolite acheva de me réveiller. Je répétai : « Allô... allô ? » plusieurs fois de suite et finalement, une voix qui m'était inconnue articula :

— Je t'en donne vingt-cinq mille dollars.

— Quoi ? Qui est à l'appareil ?

— Tu le sais très bien ! riposta la voix.

Et la communication fut coupée.

— C'est le téléphone ? s'informa paresseusement Tally en m'entourant de ses deux bras.

Je raccrochai.

— Bien sûr, flemmarde. Tu as cru que c'étaient les cloches de Sainte Marie ?

— Non... Qu'est-ce que c'était ? Hollywood t'offrant un pont d'or ?

— Sais pas. Un idiot quelconque. Probablement un des autres numéros du programme. Lemmie Hall, peut-être. Ça correspondrait assez à son sens de l'humour...

— Du moment que tu l'affirmes, chéri ! Mais qu'est-ce qu'il a dit ?

— Le coup classique de la voix mystérieuse, tu sais... Il m'a dit : « Je t'en donne vingt-cinq mille dollars ! »

Le corps de mon adorable épouse était doux et chaud sous mes doigts, et cette mauvaise blague qu'on venait de nous jouer avait déjà perdu tout intérêt à mes yeux, lorsque Tally se dressa brusquement dans le lit, le visage gris de terreur et la parole momentanément coupée.

— Chérie !

Je la serrai contre moi. Elle tremblait convulsivement et sa respiration s'étranglait dans sa gorge.

— Tally, mon petit ! Réponds-moi... Qu'est-ce qui se passe ? Qu'est-ce qui ne va pas ? Raconte-moi tout...

— Oh, Lew... Je ne sais pas par quel bout commencer... Mais je suis sûre que c'est ce type, ce... Greenleaf !

— Qui est-ce, Tally, dis-moi...

— Je ne sais pas... Je ne l'ai jamais vu... Je lui ai seulement parlé au téléphone...

Elle tremblait de plus en plus fort. Je l'installai confortablement sur les oreillers, allumai une cigarette et la piquai entre ses lèvres rouges.

— Calme-toi, chérie. Raconte-moi tout et nous ferons ce qu'il faudra... Donc, tu lui as donc seulement parlé au téléphone... Parlé de quoi ?

— Des plaques... des plaques gravées par l'oncle Will, pour fabriquer de la fausse monnaie.

— Quoi ?

Je n'en croyais pas mes oreilles. Les yeux de Tally se remplirent de larmes et j'ajoutai vivement :

— Ne nous affolons pas. Raconte-moi tout, depuis le début... exactement comme ça te vient...

J'allai lui chercher un mouchoir dans la commode. Elle s'essuya les yeux et tenta de sourire.

— Je t'ai déjà expliqué comment était l'oncle Will, Lew... Il croyait tout ce qu'on lui disait... et ce qui l'a achevé, c'est de perdre un beau jour l'emploi qu'il avait depuis des années... La maison avait été vendue, et les nouveaux propriétaires le trouvaient trop vieux... L'oncle Will avait toujours vécu dans un monde à part, mais après ce renvoi immérité, il s'y est enfermé, littéralement, pour ne plus voir celui qui l'avait rejeté...

« C'est à ce moment-là que je me suis mise à travailler. Comme caissière suppléante, dans un grand magasin. Et aussi chez Mr. Doremus, le samedi et le dimanche ; Mr. Doremus, le patron du drugstore, qui m'avait connue toute petite... Ça m'ennuyait de laisser l'oncle Will aussi souvent seul, mais il le fallait bien... Je savais qu'il allait s'asseoir, presque tous les jours, sur un banc du square Washington, en plein cœur du quartier de l'édition et de l'imprimerie. Il espérait sans doute y rencontrer quelques-uns de ses vieux amis... Ça me rassurait, dans une certaine mesure. Tant qu'il avait l'impression de faire ou d'attendre quelque chose...

— C'est compréhensible. Il aimait retourner dans le coin des imprimeurs, comme un vieux cheminot qui revient toujours se balader autour de la gare...

— Oui, je raisonnais comme ça, moi aussi... Mais un jour, il est rentré tout heureux, tout bouffi d'importance et de mystère, comme un gosse. Il allait bientôt avoir du boulot, mais ne pouvait m'en dire plus pour l'instant. Quelque chose à voir avec le gouvernement, mais il avait juré le secret, etc., etc. Je me demandais même s'il n'avait pas inventé cette histoire de toutes pièces !

« Durant plusieurs semaines, il m'a parlé de cet homme important qu'il rencontrait en ville et qui s'asseyait avec lui dans le square, pour discuter affaires. Et puis un beau jour, il a rapporté un chèque. Un chèque de trente-cinq dollars, établi au porteur, et signé « Greenleaf ». Le pauvre vieux était rayonnant. Ce Greenleaf allait lui faire décrocher un emploi formidable, et d'ici là, lui avancer trente-cinq dollars par semaine pour lui permettre d'attendre ! Au début, je me suis méfiée, mais le chèque était réellement bon... et chaque vendredi, après ça, l'oncle Will nous a ramené un autre chèque de trente-cinq dollars que j'allais encaisser aussitôt... Nous avions terriblement besoin de cet argent, et pour une fois que l'oncle Will en recevait, au lieu de se faire délester du sien...

« Pendant tout ce temps, du reste, il travaillait sans relâche, à la maison, dans son petit atelier du sous-sol. Du matin au soir et même la nuit... Il avait muni d'un cadenas la porte de l'atelier et ne m'y laissait plus entrer. Motus et bouche cousue ! Bientôt, je n'aurais plus besoin de travailler pour lui et nous aurions à nouveau tout le nécessaire et le superflu ! Il était comme un gosse s'efforçant de garder un secret, mais ne pouvant s'empêcher d'y faire continuellement des allusions voilées. J'aurais peut-être dû me douter de quelque chose, Lew, mais je n'avais pas le cœur de le pousser dans ses derniers retranchements. Je savais que sa main était toujours ferme et que malgré son âge, il était toujours un merveilleux graveur. Sincèrement, Lew, je pensais qu'il travaillait à un bibelot quelconque, pour le compte de Greenleaf... et puisque Greenleaf le payait...

— Mais tu n'as jamais rencontré ce Greenleaf ?

Elle avait recouvré son sang-froid, et tout en l'écoutant, je préparais le café.

— Non, Lew, dit-elle. Je lui ai parlé plusieurs fois, au téléphone, quand il demandait l'oncle Will, mais je n'ai jamais eu l'occasion de le voir...

Je lui apportai une tasse de café. Elle redressa les oreillers, s'y adossa fermement et poursuivit en s'interrompant de loin en loin pour boire une gorgée :

— Un soir, Greenleaf a téléphoné, une fois de plus, et j'ai entendu mon oncle lui dire qu'il avait terminé son boulot, et qu'il entendait obtenir au plus vite, à présent, l'emploi promis... J'ai compris, par les répliques de mon oncle, que Greenleaf l'exhortait à la patience, et lui demandait de venir immédiatement en ville. Brusquement, l'oncle Will s'est mis à hurler que si ça continuait comme ça, il se chargerait lui-même d'apporter son travail à Washington. La discussion s'est envenimée et j'ai constaté, tout à coup, qu'il pleurait... Il tremblait si fort qu'il pouvait à peine se tenir debout. Il s'est effondré finalement sur une chaise proche du téléphone et juste avant de raccrocher, il a crié : « Personne ne les aura tant que je ne serai pas officiellement engagé ! » Ensuite, il s'est mis à sangloter, la tête dans ses mains, avec une telle violence que je commençais à craindre le coup de sang, la syncope cardiaque... J'ai pu le calmer, en fin de compte, et lui ai soutiré, bribe par bribe, le récit de son aventure...

Will Shaw avait donc rencontré Greenleaf « accidentellement », et tous deux étaient devenus une paire d'amis, se retrouvant presque chaque jour au square Washington et faisant peu à peu assaut de confidences. Will Shaw était un maître graveur ? Quelle coïncidence, Greenleaf connaissait intimement le chef du Bureau d'Impression et de Gravure de Washington, et rien ne l'empêcherait, à la première occasion, de parler de Will Shaw à son haut fonctionnaire d'ami ! Le Bureau était toujours en quête de maîtres graveurs, et Will Shaw se souvenait même d'avoir, dans sa jeunesse, repoussé une occasion de travailler pour le gouvernement ! Mais il était plus sage, à présent, et la perspective évoquée par Greenleaf l'avait immédiatement regonflé d'un nouvel espoir.

Quelques semaines plus tard, hélas, chute verticale ! Washington trouvait Will Shaw beaucoup trop vieux. Washington s'imaginait qu'il n'avait plus la main assez sûre. Washington refusait de lui faire confiance. Greenleaf, par bonheur, avait une idée. Une idée que le vieillard complètement démoralisé n'était plus en état de juger objectivement... C'était on ne peut plus simple ! Will Shaw allait graver des plaques que Greenleaf se chargerait ensuite de fourrer sous le nez incrédule de Washington ! Quand les gens du Bureau se rendraient compte de la perfection du travail, ils seraient bien obligés de reconnaître que le vieux Will avait toujours bonne main, bons yeux, et le convoqueraient immédiatement. Pas une seule fois, bien sûr, Greenleaf n'avait prononcé le mot « contrefaçon », et Will Shaw s'était laissé doucement persuader qu'en raison de ses accointances avec le Bureau d'Impression et de Gravure, son providentiel ami pouvait se permettre d'enfreindre les vieilles règles concernant la reproduction clandestine des vignettes gouvernementales. Greenleaf était tellement persuadé du succès final de Will Shaw qu'il lui avait offert spontanément de lui avancer de quoi vivre jusqu'à la réalisation des plaques spécimens. Ce qui ne l'avait pas empêché de mettre le vieux graveur en garde contre toute hâte excessive, leur plan ne pouvant réussir qu'à condition de fournir à Washington des reproductions absolument parfaites. Il avait confiance en Will Shaw, et savait qu'il récupérerait son argent lorsque Will toucherait à Washington le salaire élevé auquel ses capacités devaient lui donner droit...

— Il faut que le vieux ait été sérieusement diminué, côté cervelle, pour mordre à un pareil hameçon, commentai-je. Tu parles s'il a rencontré accidentellement Greenleaf ! A peu près comme une poule rencontre un renard !

— Une seule idée le hantait, Lew : trouver du travail... Sa crédulité avait toujours confiné à la simplicité d'esprit, et en vieillissant...

— Oui, je sais. Il était malade et sénile... Et ensuite, Tally ? Que s'est-il passé ?

— Je l'ai obligé à me remettre la clef de son atelier, et sur son établi de graveur, j'ai découvert les plaques d'acier représentant les deux faces des billets de cinq, dix et vingt dollars. Je savais que le gouvernement considérerait ces plaques comme des contrefaçons, et j'étais également certaine que Greenleaf avait l'intention de s'en servir pour son propre usage. Quelque chose me disait qu'il fallait que je les transporte immédiatement hors de la maison. Je les ai donc enfermées dans un petit sac que je possédais, un petit sac de cuir muni d'une serrure, et je suis allée le cacher au drugstore, chez Mr. Doremus. Comme tous les autres membres du personnel, j'y avais mon casier pour y ranger mes vêtements et mon uniforme. J'ai déposé le petit sac à l'intérieur du casier, et j'ai brouillé la combinaison. Puis, comme je ne savais pas quoi faire, je me suis assise au comptoir devant un Coca-Cola.

« Il y a ici, à Philadelphie, un hôtel de la monnaie. J'ai décidé que j'y déposerais les plaques, le lendemain matin, entre les mains des autorités compétentes. Puis je me suis dit qu'ils feraient certainement interner l'oncle Will et j'ai pensé à les leur adresser anonymement, mais on raconte tant de choses, dans les romans policiers, sur les moyens dont dispose le F.B.I. pour remonter à la source d'un envoi... Finalement, j'ai décidé que j'irais tout simplement les jeter à l'eau, dans le Delaware, et là-dessus, je suis rentrée à la maison... Il y avait de la lumière dans l'atelier, au sous-sol, et l'oncle Will gisait au pied de l'escalier, la tête sur le ciment...

— Mort ?

— Oui...

Elle lutta pour recouvrer la maîtrise de sa voix et continua d'un ton neutre :

— Je ne me souviens pas exactement du reste de cette nuit horrible. J'ai téléphoné au médecin, qui a prévenu la police... laquelle s'est bornée à constater la mort accidentelle...

— Et ce n'était pas une mort accidentelle ?

— Je l'ai cru d'abord. J'avais laissé l'oncle Will dans un état pitoyable. Il avait fort bien pu trébucher... voire même s'évanouir en voulant descendre l'escalier, et se rompre le cou...

— Tu n'as pas parlé aux flics des plaques et du nommé Greenleaf ?

— Non. Elles n'étaient plus là et je ne savais pas encore ce que j'allais faire... Les policiers se sont montrés gentils et pleins de prévenance à mon égard. C'est à peine s'ils m'ont interrogée... Le médecin m'a donné un sédatif et l'une de nos voisines est restée près de moi, cette nuit-là. Le lendemain, quand la police est revenue, j'avais eu le temps de réfléchir et de décider que je ne dirais rien au sujet des plaques et de ce Greenleaf. J'ai simplement confirmé la version de la mort accidentelle, en expliquant à quel point l'oncle Will était vieux et malade...

— Et qu'est-ce qui t'a fait changer d'avis, en ce qui concerne cette version ?

— Après le départ de la police, la seconde fois, je me suis mise à jeter un coup d'œil alentour, et j'ai constaté que la maison avait été fouillée de fond en comble. Oh, rien d'évident... Pas de tiroirs vidés sur le plancher ou de meubles déplacés... Ça, la police l'aurait remarqué ! Mais quand on vit depuis longtemps dans une maison, on a des tas d'habitudes à peine conscientes... le balai à droite du placard, le linge rangé de telle ou telle façon, dans la commode. Et bien des petites choses de ce genre avaient été changées. Rien ne manquait, mais je savais qu'une main étrangère était passée par là, et que ça n'avait pu se produire que la nuit où l'oncle Will était mort, puisque depuis mon retour du drugstore, je n'avais pas quitté la maison...

— Tu es sûre que ce n'était pas le travail des flics ?

— Certaine. Ils avaient bien fouillé la maison, eux aussi, mais pas comme ça. Simplement pour voir si personne ne s'y cachait, s'il n'y avait rien de suspect... J'avais peur, naturellement, parce que je ne savais pas ce que cela signifiait, et que je me demandais toujours ce que je devais faire... Une autre employée du drugstore avait accepté de me tenir compagnie jusqu'à l'enterrement d'oncle Will, deux jours plus tard. Le lendemain de l'enterrement, elle est rentrée chez elle, et ce jour-là, Greenleaf a téléphoné...

— Pourrais-tu identifier la voix de Greenleaf, aujourd'hui, si tu l'entendais de nouveau ? questionnai-je.

Elle réfléchit un instant.

— Je n'en suis pas sûre... bien qu'elle m'ait laissé l'impression d'une voix un peu... affectée.

— Affectée ? Sa voix avait donc des caractéristiques spéciales ?

Elle fouilla consciencieusement sa mémoire.

— Pas exactement... Je pense qu'il devait être de l'est...

— Philadelphie ? New York ? Boston ?

— Non. Plus... plus précieux que tous ces accents-là... Une voix... différente des autres mais d'une façon difficile à caractériser... Quoi qu'il en soit, il m'a dit, au téléphone, qu'il voulait les plaques gravées par l'oncle Will. J'ai fait semblant de ne pas comprendre, il a éclaté de rire et je me suis mise en colère. Je lui ai dit que si jamais je les trouvais, je les remettrais au gouvernement, en racontant de quelle manière il avait dupé l'oncle Will. Il a éclaté de rire, une seconde fois, et il m'a dit de ne pas oublier tous les chèques que j'avais moi-même acquittés. Après ça, il y a eu un long silence et j'ai cru qu'il avait raccroché. Mais il a ajouté finalement d'une voix froide et menaçante : « Je vous les paierai au prix fort... à moins que vous ne préfériez qu'il arrive un deuxième accident dans la famille ? »

— C'est tout ?

— Presque... Juste au moment de raccrocher, il a dit encore quelque chose que je n'ai pas très bien compris. Ça sonnait à peu près comme « *loon. who ought to...* »

— *Loon who ought to ?* Tu en es sûre ?

— Oui... Enfin... c'est ce que j'ai compris, ça n'était pas très clair... Il a dit ça, et il a raccroché aussitôt.

— Il s'est peut-être détourné un instant du téléphone, et tu n'as entendu qu'une partie de sa phrase... Il t'a peut-être dit que tu n'étais qu'une « *folle qui devait* » (*loon who ought to*) profiter de son offre ou quelque chose dans ce goût-là...

L'explication était faible et ne cadrait guère avec ce que nous savions du caractère de l'individu. Mais je n'en voyais pas d'autre et de toute manière, ça n'avait plus beaucoup d'importance.

— Et qu'est-il arrivé ensuite ?

— Je me suis réellement affolée... La mort de l'oncle Will, cette perquisition clandestine, les mensonges que j'avais racontés à la police, et l'allusion de Greenleaf à un deuxième « accident »... J'ai jeté un peu de linge dans mon carton à chapeaux, j'ai repris les plaques chez Mr. Doremus, et je suis partie à l'aventure... j'ai sauté dans le premier train pour New York...

— La suite, nous la connaissons, parodiai-je. Tu as rencontré un grand beau garçon riche et plein de talent, tu lui as mis le grappin dessus et tu l'as épousé... le rêve de toute jeune fille sentimentale !

Un sourire éclaira son visage tendu.

— Exactement, dit-elle en me donnant ses lèvres.

— Et tout à fait accessoirement, soupirai-je, tu t'es débarrassée des plaques pendant que nous étions à New York.

Son sourire s'effaça et je la sentis frémir des pieds à la tête.

— Non, souffla-t-elle. Non, je les ai toujours. Elles sont dans mon nouveau petit sac de voyage, ici même, au fond de la penderie...

— Nom de Dieu !

Je ne fis qu'un bond jusqu'au placard, m'emparai du petit sac, l'ouvris et restai figé devant les magnifiques plaques gravées sur acier, dont la possession pouvait permettre d'enfreindre le plus dangereux monopole du gouvernement... Et tandis que je contemplais, hypnotisé, leurs creux profonds et leurs reliefs délicats, je sentais la sueur de l'épouvante qui commençait à perler sur mon front.

9

Le Dr Eggleston était maintenant aux prises avec l'avocat de la défense :

— L'accusation a soigneusement établi votre qualité d'expert, docteur, et nous ne vous ferons pas l'injure de mettre ses conclusions en doute...

— Merci beaucoup ! rétorqua sèchement le praticien.

— Vous avez donc découvert, poursuivit Denman, imperturbable, des traces de sang humain sur une hachette et un morceau de toile, ainsi qu'à l'intérieur de deux fioles étiquetées contenant divers résidus... et vous nous avez informés que ce sang appartenait au groupe O. C'est bien exact ?

— Parfaitement exact.

— Combien existe-t-il de groupes sanguins, Dr Eggleston ?

— Quatre.

— Pas davantage ? Seulement quatre groupes sanguins pour les quelque deux milliards d'individus entassés sur cette malheureuse planète ?

Le médecin légiste serra les mâchoires.

— Oui, monsieur.

— Et chacun de ces deux milliards d'individus, insista Denman sans la moindre vergogne, entre dans un de ces quatre groupes ! Imaginez une chose pareille... Pouvez-vous nous dire quels sont ces quatre groupes, docteur ?

— Le groupe O. Le groupe A. Le groupe B. Le groupe AB.

— Sur ces quatre groupes, quel est le moins courant ?

— Le groupe AB.

— Et quel est le plus répandu ?

— Le groupe O.

— Très intéressant. Le groupe sanguin le plus répandu est celui qu'on désigne par la lettre « O »... Il y a donc des centaines de millions de gens qui appartiennent à ce groupe ? Est ce bien exact ?

Eggleston s'éclaircit la voix.

— C'est exact !

Denman jeta un coup d'œil vers le jury, puis s'enquit courtoisement :

— Parmi ces douze dames et messieurs réunis sur les bancs du jury, la probabilité mathématique est que plusieurs d'entre eux appartiennent au groupe O ?

— Objection ! coupa Cannon. L'avocat de la défense demande au témoin de tirer une conclusion.

— Votre Honneur ! ricana Denman. Ce n'est pas une conclusion bien aventureuse que d'affirmer qu'il y a du sang dans les veines de nos jurés !

Cannon rougit. Le juge déclara :

— Veuillez formuler votre question d'une autre manière...

Denman haussa les épaules et récapitula :

— Le sang humain découvert sur tous les objets précédemment énumérés appartenait donc au groupe O, le plus commun de tous. En votre qualité d'expert agréé, pouvez-vous Dr Eggleston, certifier que ce sang était celui d'Isham Reddick ?

— Non, bien sûr.

— Vous n'avez fait, en somme, que ramener le nombre des propriétaires possibles de ce sang, d'environ deux milliards à quelques centaines de millions ?

— J'ai démontré que ce sang appartenait au même groupe sanguin que Mr. Reddick.

— Mais vous ne pouvez pas prouver qu'il appartenait à Mr. Reddick ?

— Non, monsieur.

Bien que sa remarque suivante s'adressât toujours au témoin, Denman se tourna vers le jury :

— En d'autres termes, vous n'avez absolument rien prouvé !

— Je ne suis pas d'accord avec vous.

Sauvagement, Denman fit volte-face.

— Dans ce cas, docteur, dites-nous exactement ce que vous avez *prouvé* ?

Les regards des deux hommes s'affrontèrent, et le médecin riposta d'une voix ferme :

— J'ai prouvé qu'il n'était pas impossible que ce sang eût appartenu à Isham Reddick !

Immédiatement, Denman bifurqua :

— J'espère que vous allez pouvoir vous montrer un peu plus précis en ce qui concerne les cendres mystérieuses que vous avez analysées, docteur. Vous avez déclaré que ces cendres contenaient des résidus de protéine, et mon distingué confrère en a déduit la présence possible de chair humaine à l'intérieur de la chaudière... Qu'entendez-vous au juste par le mot « protéine » ?

— Ce mot désigne, en termes de biochimie, l'une quelconque des combinaisons naturelles d'amino-acides... pardon... de carbone, d'hydrogène, d'azote, d'oxygène et généralement de soufre, ces corps simples étant les composants essentiels de toute cellule vivante.

Denman se recueillit un long moment.

— La protéine n'existe-t-elle pas dans les cellules végétales au même titre que dans les cellules animales ?

— Oui...

— Ah ! triompha Denman. Les résidus de protéine pouvaient donc provenir de substances végétales ?

— Non, rétorqua Eggleston. Chimiquement parlant, la dif...

— Contentez-vous de répondre à mes questions, je vous prie ! trancha Denman.

La situation était dangereuse et il se hâta de faire machine arrière.

— Il n'y a pas une minute, docteur, je vous ai demandé ce que vous entendiez par le mot « protéine »...

— Oui. Et je vous ai donné une définition biochimique...

— Voyons, voyons, docteur, vous ne vous adressez pas à des chimistes. Encore moins à des biochimistes... Votre Honneur... j'aimerais que la cour donnât instruction au greffier de relire la question que j'ai posée au témoin, après celle que je viens d'évoquer, ainsi que la réponse faite par ledit témoin...

Le juge fit ce que désirait l'avocat de la défense et le greffier récita :

« Question : La protéine n'existe-t-elle pas dans les cellules végétales au même titre que dans les cellules animales ?

« Réponse : Oui. »

— Tout simplement ! souligna Denman. La protéine peut donc également provenir de substances végétales. Est-ce bien exact ?

— Oui, concéda Eggleston, sur la défensive.

Denman arborait le sourire satisfait de quelqu'un qui vient juste de démasquer une imposture.

— Parfait ! Nous avons suffisamment parlé de la protéine végétale !

S'approchant posément de la table sur laquelle étaient rangées les pièces à conviction, il s'empara du rouleau de papier huilé, qu'il présenta sans l'ouvrir au médecin légiste :

— Inutile d'éprouver à nouveau la sensibilité des personnes présentes dans cette salle en exhibant une fois de plus ce sinistre débris... Vous avez déjà identifié cet os, Dr Eggleston, vous savez donc de quoi je veux parler...

— Oui, monsieur. Il s'agit d'un os humain appelé le tibia.

— Humain, vous le certifiez ?

— Absolument.

— Il ne peut provenir du squelette d'un primate ?

— Si, monsieur ! répliqua le spécialiste d'un ton acide. L'homme est un des primates.

Denman entendit, derrière lui, fuser discrètement le rire de Franklin Cannon, mais il s'abstint de trahir la moindre irritation.

— Naturellement, docteur, admit-il en souriant. Nous avons tous, j'en suis sûr, quelques notions de biologie... Ce que je m'apprêtais à vous demander... Incidemment, Votre Honneur, j'aimerais assez que le témoin cesse de répondre à mes questions avant que je les pose !

— Votre Honneur ! intervint Cannon, j'ai distinctement entendu l'avocat de la défense poser au témoin une question précise à laquelle ledit témoin s'est contenté de faire une réponse précise ! J'estime que Mr. Denman cherche une fois de plus à faire sombrer dans le ridicule l'importance de la déposition du témoin...

Il reprit place sur sa chaise. Ses yeux croisèrent fugitivement les yeux de son adversaire et s'éloignèrent béatement. La cour pria le témoin de maintenir ses réponses dans les limites des questions posées, et Denman reprit avec dignité :

— Je réitère donc ma demande : cet os peut-il provenir du squelette d'un des primates autres que l'homme... singe, gorille, orang-outan ? Je ne parle évidemment pas du ouistiti, en raison de sa petite taille.

— Non, monsieur. C'est sans aucun doute un os humain.

— Un tibia, n'est-ce pas... qui, nous avez-vous dit, provient d'une jambe normalement développée... Pouvez-vous nous dire laquelle ?

— La jambe gauche.

— Vous nous avez dit également que le mâle adulte jadis possesseur de cette jambe mesurait entre un mètre soixante-quinze et un mètre quatre-vingts, c'est bien exact ?

— Oui.

— Dans quel état cet os vous a-t-il été remis, docteur ?

— Il était partiellement consumé.

— Partiellement consumé, peut-être, mais entier ?

— J'ai peur de ne pas très bien comprendre cette question.

— Je veux dire par là, docteur, que l'os pouvait être noirci, rongé par les flammes, mais qu'il avait conservé, sinon sa forme exacte, du moins ses dimensions primitives ?

— Non, monsieur. Les deux extrémités avaient été détruites.

— Et c'est sur cet os endommagé, incomplet... raccourci... que vous basez votre estimation de la taille de son ex-propriétaire ?

— Oui, monsieur.

— Vous ne verrez donc aucun inconvénient à déposer, sous la foi du serment, que l'homme ne pouvait, en aucune circonstance, mesurer moins d'un mètre soixante-quinze. Disons par exemple un mètre soixante-quatorze ?

Eggleston jeta autour de lui un regard ennuyé. Il lui était impossible, bien entendu, de se prononcer aussi dogmatiquement sur ce décalage éventuel d'un centimètre.

— Sous la foi du serment... j'en doute...

— Je ne vous demande pas de douter de quoi que ce soit, docteur ! appuya Denman, implacable. Je vous pose une question précise, à laquelle je vous demande, selon la formule de mon distingué confrère, de faire une réponse précise. En un mot comme en cent, est-il médicalement impossible que le sujet eût mesuré un mètre soixante-quatorze, voire soixante-treize.

— C'est éminemment improbable...

— Je n'ai pas dit improbable, docteur, j'ai dit impossible !

— Eh bien... concéda le médecin légiste à contrecœur, ce n'est pas absolument impossible...

— Merci ! C'est tout ce que je voulais savoir !

Délibérément, Denman entreprit de démolir la limite opposée d'un mètre quatre-vingts et, après maintes manœuvres, arracha au médecin légiste l'aveu qu'il n'était pas impossible que l'homme eût mesuré un mètre quatre-vingt-un ou quatre-vingt-deux.

— Merci, Dr Eggleston, conclut-il, debout près du témoin, mais s'adressant en fait au jury. Cet os qui ne provient ni d'un singe, ni d'un gorille, ni d'un orang-outan, mais qui n'en est pas moins à demi consumé, et n'a pas gardé grand-chose de sa forme et de ses dimensions primitives, cet os, disais-je, est, d'après vous, une relique humaine. Son possesseur, qui mesurait à l'origine, entre un mètre soixante-quinze et un mètre quatre-vingts, se situe maintenant quelque part entre un mètre soixante-treize et un mètre quatre-vingt-deux. Et je suis sûr que si nous avions le loisir de poursuivre ce petit jeu, le docteur et moi tomberions finalement d'accord pour le situer quelque part entre un nain et un phénomène de foire...

Eggleston s'éloignait déjà, visiblement soulagé d'en avoir terminé. A la dernière seconde, Denman le rappela d'un ton désinvolte, ruse de guerre dont il avait maintes fois éprouvé l'effet sur des témoins fatigués. Sans laisser au praticien le temps de reprendre son souffle, il lui fit déclarer que la balle découverte dans le cendrier n'avait recelé aucune trace de sang, et l'empêcha très adroitement d'ajouter que la chaleur du feu, qui avait fait fondre la balle, n'avait pu laisser subsister, sur ladite balle, la moindre tache de sang, la moindre parcelle de chair. Cannon chuchota vivement à l'oreille de son assistant de prévoir un rappel ultérieur du Dr Eggleston, pour lui faire préciser ce point essentiel.

Ayant la qualité d'employé du Service des permis de conduire du témoin Lincoln M. Means, Denman questionna :

— Si je déposais entre vos mains une demande de permis de conduire, et que je porte sur cette demande la taille d'un mètre quatre-vingts, me feriez-vous passer sous la toise ?

— Non, monsieur.

— Pourquoi ?

— Eh bien... d'abord parce que le service ne possède pas d'appareil de mesure. Ça n'est pas nécessaire... pourquoi les gens mentiraient-ils au sujet de leur taille ?

— Et ensuite ?

— Vous mesurez bien un mètre quatre-vingts... Ça se voit suffisamment à l'œil nu !

— Mais si je vous disais que je mesure... disons, un mètre quatre-vingt-cinq, vous ne me croiriez pas ?

— Non, monsieur. Je ne pense pas que vous mesuriez plus d'un mètre quatre-vingts.

— Supposons maintenant que je porte sur ma demande le poids de quatre-vingt-quatre kilos. Me croiriez-vous ?

Means le soupesa du regard.

— Vous êtes grand et robuste. Vous devez peser autour de quatre-vingt-sept, quatre-vingt-huit kilos...

— Un mètre quatre-vingts, quatre-vingt-huit kilos ? Nous sommes bien d'accord ?

— Oui, monsieur.

— Un mètre quatre-vingts, quatre-vingt-huit kilos, répéta lentement Denman en sortant son portefeuille de sa poche, et son permis de son portefeuille. Je lis ici, Mr. Means : un mètre quatre-vingt-quatre, soixante-seize kilos. Soit une différence de quatre centimètres, et d'une douzaine de kilogrammes ! Comment expliquez-vous cette erreur d'évaluation, Mr. Means ?

— Un instant, Mr. Denman, intervint le juge. Quand votre permis a-t-il été délivré ?

— Il y a un peu plus d'une année, riposta Denman. Et je suis prêt, s'il le faut, à me soumettre aux épreuves de la toise et de la balance. Mais je puis affirmer à la cour que je n'ai ni grandi ni grossi depuis cette date.

— Merci, répondit le juge. Vous pouvez continuer.

— Combien pesez-vous vous-même, Mr. Means ? reprit Denman.

— Soixante-douze, soixante-treize kilos.

— Quand vous êtes-vous pesé pour la dernière fois. J'entends, sur une balance exacte. Disons... dans un cabinet médical ?

— Il y a deux ou trois ans, chez le médecin de mon assurance.

— Et votre taille ?

— Un mètre soixante-neuf.

— Avec ou sans chaussures ?

— Sans chaussures.

— Taille relevée au cours de l'examen précité ?

— Oui, monsieur.

— Quand je me suis fait examiner par le médecin de ma compagnie d'assurance, expliqua Denman, on ne m'a pas demandé d'ôter mes chaussures. Le médecin a simplement soustrait deux centimètres pour compenser l'épaisseur de mes talons.

— A la réflexion, c'est peut-être bien ce qui s'est passé, pour moi aussi, murmura Lincoln Means.

— Aucune importance, dit l'avocat d'un ton conciliant. Je ne suis pas en train d'essayer de vous prendre au piège, Mr. Means. Je démontre simplement que la mémoire n'est pas infaillible La plupart des gens se pèsent de temps à autre ; sur des appareils automatiques généralement assez inexacts... ou s'ils disposent d'indications réellement précises, les chiffres peuvent s'être trouvés faussés, entre-temps, soit par le jeu incertain de la mémoire, soit par une diminution ou une augmentation de corpulence... En réalité,

Mr. Means, vous ne savez pas exactement si vous mesurez un mètre soixante-huit, soixante-neuf ou soixante-dix ? Et vous pouvez peser aussi bien soixante-huit kilos que soixante-neuf, dix, douze ou quinze ?

— Oui, monsieur. Oui... oui, bien sûr.

— Ne croyez-vous pas, Mr. Means, que la plupart des gens qui déposent des demandes entre vos mains se fondent, en réalité, sur des informations erronées, faussées par le temps ou les circonstances ? D'autant plus que personne n'attache, au fond, une bien grande importance à ces indications portées sur les formulaires administratifs... indications dont l'exactitude me paraît, en conséquence, extrêmement douteuse !

— Eh bien... non, tout de même... nous...

— Comprenez-moi bien, Mr. Means. Je ne veux pas dire qu'un nabot peut se faire passer, aux yeux de vos services, pour un homme de haute taille ! Mais cinq ou dix kilos en plus ou en moins... trois ou quatre centimètres... vous ne pouvez garantir, en tout état de cause, que les questionnaires de votre service sont toujours remplis avec une scrupuleuse exactitude ?

— Non, bien sûr... Il peut arriver que les gens se trompent, dans une certaine mesure, et que la différence ne soit pas assez grande pour que...

— Je ne vous le fais pas dire !

Denman consulta ses notes et poursuivit :

— Je relève dans votre témoignage : taille d'Isham Reddick : un mètre soixante-dix-huit. Poids : quatre-vingts kilos. Un chiffre rond, Mr. Means, et comme tel, bien suspect ! Quand vous avez évalué ma propre stature, il y a quelques minutes, vous vous êtes lourdement trompé. Nous pouvons donc déduire, de cette erreur...

— Objection ! s'écria Cannon, bondissant sur ses pieds.

— ... que Reddick pouvait aussi bien mesurer plus d'un mètre quatre-vingts et peser quatre-vingt-dix kilos, acheva Denman, souriant.

— Objection ! répéta Cannon. Votre Honneur, je demande que cette remarque soit rayée des minutes et que le jury reçoive instruction de n'en point tenir compte.

— Pour quelle raison ? s'informa Denman, dont le sourire s'élargissait de seconde en seconde.

— C'est une opinion personnelle, basée sur une série d'hypothèses...

— Objection retenue, déclara le juge. Mesdames et messieurs les jurés, prière vous est faite de considérer comme nulle la dernière remarque de Mr. Denman, et de ne laisser cette remarque affecter votre décision en aucune manière.

Denman, cependant, souriait toujours. Il avait élevé un rideau de fumée autour des faits établis par l'accusation et le jury avait manifestement compris que ni la taille déduite par le médecin légiste en partant du tronçon de tibia, ni le terme de comparaison fourni par la demande de permis de conduire ne pouvaient être considérés comme des certitudes... Il rappela Stanley Boss, le chirurgien-dentiste, qui regagna sans enthousiasme le box des témoins. Debout près de son client, Denman avait l'air d'un grand fauve plein de ruse affûtant ses griffes avant de fondre sur sa proie.

Il laissa au témoin le temps de se réinstaller, puis, sans crier gare, déclencha son attaque.

10

Ces plaques d'acier me pesaient lourd sur la conscience ! Nous devions nous en débarrasser aussi vite que possible, mais il n'est pas très courant, dans un hôtel, d'appeler le chasseur, de lui demander un marteau, et de battre le chœur des forgerons sur des blocs de métal extra-dur... Même si les plaques n'avaient jamais été utilisées, le simple fait de les posséder pourrait nous valoir des ennuis terribles ! Mais le plus grand danger, à mon point de vue, était encore ce Greenleaf. Si, conformément aux suppositions de Tally, c'était bien lui qui avait aidé le vieux Will à se casser le cou dans l'escalier du sous-sol, son allusion à un deuxième accident possible n'était pas une plaisanterie, et le bref coup de fil qui avait décidé Tally à me raconter toute l'histoire ouvrait devant nous des perspectives redoutables.

Une chose, en tout cas, paraissait évidente : il fallait sortir les plaques de l'hôtel et couper tout lien entre ces maudits bouts de ferraille et nous-mêmes. Je remis le sac dans la penderie, m'habillai rapidement et dis à Tally :

— Ne t'inquiète pas, mon chou... Je vais chercher un endroit où déposer discrètement ces sacrés fourbis ! Je ne veux pas me balader avec eux dans les rues de Philadelphie, mais dès que j'aurai trouvé une solution, même provisoire, je rapplique et j'escamote le paquet !

Une fois dans la rue, je me dirigeai tout droit vers l'hôtel de ville, dépassai le monument de George Washington et pénétrai dans le parc du musée des Beaux Arts. Derrière une statue de bronze représentant un cavalier armé d'une lance, je dénichai l'endroit qu'il me fallait. Ce cavalier (qui s'appelle, je crois, le Tueur de Lions), tourne le dos à une haie vive aux tiges torses, inextricablement emmêlées. La statue me ravirait aux regards indiscrets pendant que je creuserais entre les tiges et, si je les enfouissais à bonne profondeur, les plaques ne seraient sans doute pas découvertes avant de nombreuses années, et s'oxyderaient paisiblement dans l'humidité de la terre...

J'avais hâte, à présent, de repasser au *Mac Andrews* et de revenir enterrer les plaques. En ressortant de l'enceinte du musée, je hélai un taxi et donnai au chauffeur l'adresse de l'hôtel.

J'arrivai juste à temps pour voir le corps de Tally s'écraser, pratiquement à mes pieds, sur le trottoir inondé de soleil.

La voix qui résonnait dans le tumulte et le brouillard environnants acquit finalement un visage. Un large visage aux petits yeux noirs, très rapprochés. La voix appartenait à ce visage et ce visage était celui d'un détective nommé Brockheim, que je voyais pour la première fois de ma vie.

Nous étions au *Mac Andrews*, dans ma chambre, et elle était pleine d'hommes en civil et en uniforme. Il y avait tout un tas de gens, dans ma chambre. Des gens qui criaient et s'agitaient et s'efforçaient visiblement de capter mon intérêt. Il y avait tout un tas de gens dans la chambre qui avait été *notre* chambre et qui n'était plus que ma chambre. Il y avait tout un tas de gens dans ma chambre, mais Tally, elle, n'était plus là.

Les voix disaient :

— Allons, allons, Mr. Mountain... Le choc a été terrible, nous le savons, mais vous *devez* nous écouter... Nous sommes obligés de vous poser quelques questions... Remettez-vous, Mr. Mountain, allons, allons...

Un flic me fit boire une énorme rasade de scotch et je ne la sentis même pas descendre. La voix du détective nommé Brockheim répétait sans arrêt :

— Allons, allons...

Ma propre voix répondit quelque chose que je ne compris pas, mais qui parut satisfaire Brockheim, car il déclara :

— Là, c'est déjà mieux... Il faut que vous nous disiez quand vous avez vu votre femme pour la dernière fois, Mr. Mountain.

— Je ne sais pas.

— Allons, allons, vous êtes descendu d'un taxi, devant l'hôtel, juste au moment où... Vous l'avez bien vue ce matin, que diable ?

— Je ne sais pas.

— Alors, dites-nous plutôt combien de temps vous êtes resté absent...

Ma propre montre se matérialisa devant mes yeux, en plusieurs exemplaires. Je me souvenais vaguement de l'avoir regardée durant mon séjour dans le parc du musée et murmurai :

— Deux heures.

Sans trop savoir si c'était exact ou non.

— Parfait ! approuva Brockheim. Que faisait Mrs. Mountain quand vous l'avez laissée ce matin ?

— Elle était encore couchée.

— Couchée et dévêtue ?

— Oui.

— Elle s'est levée après votre départ, puisqu'elle portait ses vêtements de ville quand elle a saut... quand elle est tombée. Pourquoi ? Devait-elle sortir ?

— Je ne le crois pas.

L'image de Tally telle que je l'avais quittée, avec ses cheveux dénoués étalés sur les oreillers, apparut au sein du brouillard, et j'ajoutai mécaniquement :

— Il est possible qu'elle ait décidé de se lever. Mon absence a été relativement longue.

— Comment était-elle ce matin ? Est-ce que vous vous étiez querellés ?

— Non. Ça ne nous arrivait jamais...

— Etait-elle déprimée ? Cafardeuse ?

— Je ne sais pas... Je ne comprends pas très bien ce que vous me dites... Laissez-moi passer dans le cabinet de toilette... Ça ira mieux après...

Sans attendre l'autorisation de Brockheim, je m'arrachai au fauteuil dans lequel ils m'avaient fourré, titubai jusqu'à la salle de bains, dénouai ma cravate, déboutonnai mon col de chemise et m'aspergeai d'eau froide. Quand je revins m'écrouler dans le vieux fauteuil grinçant, j'avais les idées légèrement plus claires.

— Ça va, dis-je au détective. Vous pouvez continuer...

— Je vous demandais si votre femme était déprimée, cafardeuse, quand vous l'avez quittée. Avait-elle des ennuis ? Une femme ne saute pas par la fenêtre comme ça... sans raison...

C'était le moment de prendre la grande décision ! Le point au-delà duquel la route serait à sens unique. C'était maintenant que je devais dire la vérité. Maintenant ou... jamais ! Abandonnant le vieux fauteuil pour la seconde fois, je plaçai une cigarette entre mes lèvres et, sans laisser au détective le temps de m'offrir du feu, ouvris la penderie sous prétexte de prendre une pochette d'allumettes, dans la poche d'une de mes vestes...

Le petit sac de voyage contenant les plaques n'était plus à sa place.

Je savais que Tally n'était pas allée le cacher ailleurs. Elle attendait mon retour avec confiance ; mon retour, et la solution que j'aurais trouvée... Greenleaf était donc passé par là. Greenleaf s'était emparé des plaques. Greenleaf avait assassiné Tally... Mais comment accuser un homme que je n'avais jamais vu, que je ne serais pas capable d'identifier, et contre qui je ne possédais aucune preuve ? Si je révélais aux flics l'existence de ces plaques qui valaient des millions de dollars en fausse monnaie, je ne me sortirais jamais plus de leurs pattes. Ils pourraient même m'accuser d'avoir tué Tally, dans le but de l'empêcher de parler ou pour quelque autre raison d'intérêt. Bien sûr, j'avais un alibi parfait puisque le portier m'avait vu descendre de mon taxi au moment exact où... Mais cet alibi parfait — presque trop parfait, si l'on voulait chercher la petite bête ! — n'excluait pas l'intervention d'un complice...

Toutes ces choses traversèrent mon esprit, avec une extraordinaire clarté, en moins de quatre ou cinq secondes, et lorsque mon regard rencontra de nouveau celui du détective, ma voix débita d'elle-même :

— Ma femme avait perdu son oncle... son dernier parent vivant... ici... à Philadelphie... il y a de ça quelques mois... Et cette mort l'avait durement frappée... Le fait de revenir travailler dans cette ville l'avait affectée, c'est vrai... mais pas au point de la pousser à...

Brockheim développa une tablette de chewing-gum et la fourra dans sa bouche.

— J'essaie de ne plus fumer, me confia-t-il, mais ça ne marche pas très bien... Vous étiez mariés depuis longtemps ?

Je lui dis depuis combien de temps et il grommela :

— Encore jeune mariés, pas vrai ?

— Oui,

— Avait-elle une assurance sur la vie ?

— Non.

— Sûr ?

— Absolument.

Brockheim haussa les épaules.

— Ce sera vérifié, observa-t-il sans penser à mal, en homme pour qui tout cela n'est jamais que routine. La standardiste d'en bas m'a dit que vous aviez reçu une communication téléphonique, ce matin, avant de quitter l'hôtel. Qui était-ce ?

— Un blagueur de la troupe, je suppose. C'était simplement pour nous réveiller. Il s'est excusé en prétendant que c'était une erreur...

Brockheim s'approcha de la fenêtre ouverte.

— Votre femme a reçu un deuxième coup de fil, très bref, durant votre absence... Dès qu'elle a fait entendre sa voix, la communication a été coupée. Vous pensez qu'il s'agit du même farceur ?

Mes tempes battaient et le monde recommençait à virevolter autour de moi.

— Probablement. Il y en a toujours au moins un par programme qui passe son temps à mystifier les copains et se croit très drôle...

Brockheim émit un grognement indistinct, fit face à la fenêtre, se pencha au-dehors, contempla un instant le spectacle de la rue qui grouillait au-dessous de lui, quinze étages plus bas.

— Vous ne croyez pas que votre femme ait pu se suicider, n'est-ce pas ? dit-il en se redressant.

— Non.

D'un ton positif.

— Vous pensez qu'il s'agit plutôt d'un accident ? Qu'elle a dû se pencher comme je viens de le faire, pour respirer un peu d'air frais... et qu'elle est tombée ?

— Oui. C'est la seule solution.

— Je le crois aussi... Nous allons vous laisser à présent, Mr. Mountain... Il y a certaines questions que je dois poser... Ici même, à l'intérieur de l'hôtel... et au cabaret où vous travaillez... Je vous reverrai plus tard...

Il sortit en compagnie des autres détectives.

Instantanément, la chambre prit des proportions de désert... Une immense chambre carrée, large de plusieurs kilomètres... Une immense chambre vide... immobile... silencieuse... sans un bruit... sans un mouvement nulle part... excepté ceux de mes doigts qui manipulaient inconsciemment des cartes invisibles.

Je constatai leur activité, au bout d'un long moment, marchai jusqu'à la commode et bus d'un seul trait ce qui restait de scotch au fond de la bouteille.

11

— Vous nous avez dit, Dr Boss, que Reddick était venu vous consulter parce que trois de ses molaires le faisaient souffrir ?

Le chirurgien-dentiste se passa la main dans les cheveux, s'éclaircit la gorge et répondit avec une pointe de nervosité :

— Oui, monsieur.

— Vous avez examiné et radiographié les trois molaires suspectes sans relever la moindre cause de douleur ?

— C'est exact.

— Qu'a dit votre patient quand vous l'en avez informé ?

— Il a dit qu'avec ou sans cause, ses dents lui faisaient mal.

— Quand vous l'avez revu par la suite, au sujet de cette fausse dent, il ne vous a jamais reparlé de ses molaires douloureuses ?

Le Dr Boss haussa les épaules.

— Ça, je ne m'en souviens pas.

— Mais vous vous souvenez de tout le reste !

Le dentiste fronça les sourcils, derrière ses verres sans monture.

— Quand je l'ai revu par la suite, je ne pensais plus qu'à la fausse dent.

— En somme, vous avez dit à votre patient qu'il n'y avait aucune raison pour que ses molaires le tracassent, et pour vous faire plaisir, il n'en a jamais reparlé. Vous ne trouvez pas ça légèrement bizarre ?

— Non. Il arrive que les dents acquièrent temporairement une hypersensibilité à la chaleur et au froid... Puis, les choses redeviennent normales et il se peut fort bien que le cas ne se reproduise jamais...

— Bref, vous avez décidé que tout allait bien du côté des molaires, et vous avez entrepris de fabriquer une fausse dent pour Isham Reddick. De qui est venue cette idée, Dr Boss ? De vous-même ou de votre patient ?

— Je suis sûr qu'elle est venue du patient, monsieur.

— Pourquoi cela ?

— Il était beaucoup plus important pour lui... pour son aspect physique, de se faire poser cette dent, qu'il n'était important pour moi de la fabriquer... étant donné, surtout, que Reddick n'avait pas de quoi payer le tarif normal.

— Vous avez déjà laissé entendre, Dr Boss, que vous aviez fait une faveur à Isham Reddick en lui fabriquant cette dent à un prix très raisonnable... Puis-je vous demander comment marche votre cabinet ?

— D'une façon très satisfaisante. J'ai toute la clientèle qu'il m'est humainement possible d'accepter.

Denman esquissa une moue admirative.

— Et malgré cela, malgré cet emploi du temps déjà très chargé, vous avez consacré autant d'heures... autant d'efforts... autant d'habileté professionnelle à faire cette dent pour Isham Reddick, qui ne pouvait payer le tarif normal... que vous en auriez consacré à un travail réglé au prix fort par un client riche ?

— Parfaitement, monsieur ! dit le chirurgien-dentiste, agressif.

— Allons, allons, Dr Boss, insista Denman, je n'attaque nullement la qualité de votre travail. Je suis sûr que la dent d'Isham Reddick était aussi bonne que le permettaient les circonstances... Mais s'agissait-il réellement d'une dent faite à la main, spécialement teintée, modelée, ajustée pour les besoins de la cause... bref, d'une dent littéralement unique au monde ? Reddick ne pouvant rémunérer votre temps, vos efforts, votre habileté à leur juste valeur, il eût été normal que vous vous serviez d'une dent toute faite... Il existe bien des dents toutes faites, de toutes dimensions et de tous coloris ?

— Oui, monsieur, mais je n'ai pas...

— Vous auriez très bien pu en trouver une de nuance suffisamment assortie à celles de Reddick, la rectifier et l'adapter en conséquence... et lui en donner encore largement pour son argent. Votre temps est précieux, Dr Boss, vous n'êtes pas un philanthrope, et je suis sûr que le travail aurait été parfait tout de même...

— Non ! s'obstina le dentiste.

— Mais pour quelle raison ?

— Un tel travail de série ne peut pas satisfaire *vraiment* le patient !

Si Denman avait pu pousser le Dr Boss à reconnaître qu'il s'était servi d'une dent « prête à porter », au lieu de confectionner réellement une dent sur mesure, l'identification positive de la dent découverte dans le cendrier de la chaudière aurait été considérablement affaiblie. Mais, malgré tous les efforts de Denman, Boss ne voulut point démordre de sa thèse et l'avocat de la défense dut renvoyer le témoin sans avoir obtenu le résultat escompté. Après un très bref contre-interrogatoire de Mrs. Boss, qui ne put que répéter son témoignage au sujet du groupe sanguin, le juge prononça la suspension de l'audience.

— Le lendemain matin, Cannon rappela le lieutenant Mikleson pour lui faire identifier un revolver de calibre 32, trouvé par le détective au domicile de l'accusé.

— C'est bien celui-ci, affirma Mikleson. Un 32 avec une cartouche manquante, découvert le vingt-trois novembre dans la chambre à coucher de l'accusé, dans le second tiroir de sa commode...

— Est-ce tout ce que vous avez trouvé dans cette commode ?

— Non, monsieur. J'y ai trouvé un morceau de papier plié en quatre, glissé sous une pile de vêtements.

— Le morceau de papier que je vous présente est-il celui que vous avez trouvé ?

— Oui, monsieur. C'est un feuillet arraché à un calepin de poche...

— Et que lisez-vous sur ce feuillet ?

— Mes initiales, inscrites le vingt-trois novembre, et une mention manuscrite ainsi conçue : « Reddick, points de suspension, mt. 8500. »

Mikleson identifia ensuite un calepin de poche à couverture de cuir appartenant à l'accusé. Puis l'expert graphologue, Alvin G. Hartney, revint certifier que les spécimens d'écriture figurant dans ce calepin, la mention manuscrite portée sur le feuillet arraché audit calepin, et divers autres échantillons de l'écriture de l'accusé étaient rigoureusement identiques. Cannon le renvoya et fit appeler Mary Deems, petite femme d'une quarantaine d'années encore svelte et très soignée, qui avait rempli, au service de l'accusé, les fonctions de femme de chambre. Bien sanglée dans son tailleur sombre, elle croisa modestement les chevilles, posa ses mains sur ses genoux et se mit en devoir d'expliquer :

— Oui, monsieur. Nous étions, Isham Reddick et moi, les seuls domestiques. Il n'y avait pas de cuisinière. Le café du matin, avec des croissants, à la mode européenne, était le seul repas que Monsieur prenait à la maison. Et quand il invitait — rarement — quelques personnes, tout était commandé chez un traiteur...

— Vous n'étiez que deux pour tenir cette grande maison ?

Mary Deems secoua la tête.

— Nous étions deux à demeure. Mais il y avait aussi Mr. et Mrs. Lightbody, les concierges d'un immeuble voisin, qui venaient régulièrement faire les gros travaux. Mr. Lightbody venait chaque jour vider les cendres, vérifier la chaudière, et réparer ce qui pouvait avoir besoin d'être réparé. Mrs. Lightbody venait deux fois par semaine faire le ménage.

— Je vois. Revenons maintenant à Isham Reddick qui, nous avez-vous dit, cumulait en quelque sorte les fonctions de chauffeur et de valet de chambre... Depuis combien d'années pratiquez-vous votre profession, Miss Deems ?

La femme hésita.

— J'étais toute jeune quand j'ai commencé...

Cannon savait se montrer compréhensif, lorsque les circonstances l'exigeaient.

— Je ne vous demande pas une réponse absolument précise, Miss Deems. Disons... une vingtaine d'années ?

— Oui, monsieur.

— Parfait. Durant ces vingt années, vous avez travaillé dans plusieurs maisons et connu bien des domestiques. Comment était Reddick, comparé à d'autres chauffeurs-valets de chambre ?

Nouvelle hésitation. Il lui répugnait, visiblement, d'exprimer une opinion tant soit peu péjorative sur un homme qui avait cessé de vivre.

— Eh bien, monsieur, dit-elle lentement, je... enfin, j'avais l'impression qu'il ne s'intéressait pas vraiment à son travail...

Son honnête visage rond s'éclaircit brusquement et elle enchaîna d'un ton plus alerte :

— Evidemment, ça ne l'emballait peut-être pas de faire tant de choses à la fois. En général, un chauffeur est un chauffeur et un valet de chambre est un valet de chambre...

— En étiez-vous venue à réellement bien connaître Isham Reddick ? s'informa Cannon.

Mary Deems rougit, et l'avocat de l'accusation se hâta de préciser sa demande :

— Je veux dire par là, Miss Deems, aviez-vous avec lui de longues conversations ?

— Non, monsieur, il n'était pas très causant. Quand il n'était pas de service, il restait généralement dans sa chambre. Une seule fois, il m'a invitée à aller au cinéma, et nous avons mangé quelque chose, ensuite, dans un petit restaurant.

— Vous souvenez-vous de cet incident simplement parce qu'il est resté unique en son genre, Miss Deems, ou bien aussi pour quelque autre raison ?

Mary Deems fit un signe affirmatif.

— Oui, il y a une autre raison... Je... je ne voulais pas abuser, au restaurant, après le spectacle, et je n'allais commander qu'un sandwich et une tasse de thé, mais Mr. Reddick m'a dit : « Allez-y, voyons, commandez tout ce que vous désirez. J'ai toute la galette qu'il me faut ! »

— Isham Reddick a dit textuellement : « Allez-y, voyons, commandez tout ce que vous désirez. J'ai toute la galette qu'il me faut ! », répéta Franklin Cannon. Ce qui signifiait, en substance, qu'il estimait avoir beaucoup d'argent.

— Oui, c'est ça... J'ai cru tout d'abord qu'il plaisantait, ou qu'il prenait plaisir à crâner, et je l'ai un peu charr... taquiné. Il m'a regardée dans les yeux et il m'a dit : « Qu'est-ce que vous pensez de ces machins-là ? » en sortant de sa poche un gros paquet de billets. Il me les a tenus sous le nez pendant une bonne minute, d'un air très fier de lui, avant de les remettre dans sa poche.

— Vous a-t-il dit combien d'argent représentait cette liasse ?

— Non, monsieur. Mais quand il me l'a feuilletée sous le nez, j'ai pu voir qu'il y avait tout un tas de billets de cent dollars.

— Pensez-vous que cela pouvait représenter une somme de huit mille cinq cents...

Charles Denman se leva d'un bond.

— Objection, Votre Honneur !

— Objection retenue, accorda le juge.

Cannon n'insista pas.

— Après que Reddick vous eut ainsi montré son gros paquet de billets, comportant de nombreux billets de cent dollars, quels commentaires avez-vous faits, miss Deems ?

— Eh bien... naturellement, je me suis demandé où il avait pêché tout cet argent. Je savais que ce n'était pas son salaire qui...

— Objection ! rugit Denman.

— Accordée...

— Que lui avez-vous dit, et que vous a-t-il répondu ? questionna Cannon

— Je lui ai dit en riant : « Eh ben, mon vieux, vous devez avoir une mine d'or ou quelque chose comme ça ! » Il s'est mis à rire, lui aussi, et il m'a répondu : « Non, pas une mine d'or. Mais je sais sous quelles roches sont les anguilles ! »

— Ce qui, je suppose, martela délibérément Cannon, soucieux de souligner ce point particulièrement important, ne signifiait pas qu'il tirait ses revenus supplémentaires du métier de pêcheur, mais constituait une allusion à l'expression figurée « anguille sous roche », et voulait dire qu'il disposait de certaines informations dont la connaissance lui rapportait gros ?

— Oui, monsieur, c'est bien ce que j'avais compris.

— Ça ne ressemble guère à un homme qui ne pouvait se permettre, d'autre part, de s'offrir une fausse dent ?

— Non, monsieur. Pour moi, Isham Reddick était loin de manquer d'argent !

— Portait-il sa dent postiche le soir où vous avez dîné ensemble ?

— Non, dit nettement Mary Deems. Je me souviens très bien qu'il y avait une large brèche, comme toujours, dans ses dents de devant...

12

L'illusion de la vie ne meurt pas toujours en même temps que la vie. Vous croyez entendre, parfois, la voix bien-aimée résonner dans la pièce voisine, les pas familiers se répercuter le long d'un corridor. Puis c'est un rire qui vous frappe en plein visage, un profil brusquement aperçu qui vous fait bondir le cœur, et la nuit, vous retrouvez la silhouette adorée, dans vos rêves, la caresse bien connue des douces lèvres, sur votre joue... mais quand vous vous réveillez, au petit matin, il n'y a rien, auprès de vous, que les draps tordus et mouillés de sueur. Et dans l'enfer des jours misérables et des nuits sans fin, l'espoir, à son tour, disparaît progressivement, l'illusion s'évanouit, la mort a fait son œuvre...

Je ne perdis pas Tally à Philadelphie, devant le *Mac Andrews*, mais quelques mois plus tard, à New York, alors que je gisais, plus ou moins ivre, sur un trottoir de la Huitième Avenue. Je gisais sur ce trottoir parce que le patron du bar dans lequel j'avais bu depuis le commencement de la soirée venait de me vider avec perte et fracas. Je venais de me faire vider parce que je n'avais plus d'argent pour payer mes consommations. Je n'avais plus d'argent parce que je n'avais pas travaillé depuis Philadelphie... J'étais ivre, j'étais crasseux comme un vieux peigne et surtout, j'étais seul. Le fantôme de Tally, le dernier vestige illusoire de sa présence, avaient définitivement disparu et j'étais seul, tout seul, irrémédiablement seul. A quatre pattes, je me traînai jusqu'au ruisseau et vomis jusqu'à la dernière goutte du mauvais alcool dans lequel j'avais essayé de noyer ma solitude.

C'est à ce moment précis, pleinement conscient, pour la première fois, de cette irrémédiable solitude et de la profondeur abjecte de ma déchéance, que je décidai d'assassiner Greenleaf.

Le lendemain matin, j'allai voir mon impresario. Il y avait plus de huit jours que je dormais tout habillé, ma chemise était noire, je n'avais pas mangé depuis... je ne sais pas... trois ou quatre fois vingt-quatre heures. Je n'avais même pas de quoi me payer un ticket de métro, j'étais donc bien obligé de marcher, et chaque pas que je faisais me coûtait un effort terrible. Tous les cent ou deux cents mètres, je m'asseyais sur le bord du trottoir, épuisé, haletant, et les passants évitaient soigneusement de s'approcher du clochard puant, mal rasé, dont j'avais l'allure. Finalement, j'atteignis tout de même le bureau de mon agent, et poireautai devant la porte jusqu'à son arrivée.

— Sol, il faut que je te parle...

— Bien sûr, Lew, entre donc...

Sol est un petit bougre bedonnant, à la bonne bouille réjouie. Il a l'air d'un chic type et *c'est* un chic type. Du moins avec ceux qu'il connaît bien. Il me fit asseoir dans un fauteuil, et m'offrit une cigarette dont la fumée racla douloureusement ma gorge irritée.

— Sol, j'ai besoin d'un coup de main...

— Je sais ce qui s'est passé à Philly, Lew. Je suis sincèrement désolé...

— J'ai besoin d'argent, Sol. Je suis complètement fauché !

— Naturellement, naturellement... Tu... ça va un peu mieux, maintenant ?

— Oui...

— Tu as toujours eu un bon numéro, Lew. Ça ne rime à rien de le laisser choir. Même... tout seul... je peux te faire tourner pratiquement sans arrêt. Faudrait juste que tu lâches le picolo...

— Ecoute, Sol...

J'avais l'impression d'être assis sur le pont d'un navire pris dans la tempête et mon estomac vide me torturait implacablement.

— Ecoute, Sol, sois gentil, ne me fais pas de sermon. Donne-moi un peu d'argent, et laisse-moi foutre le camp d'ici. J'ai besoin de reprendre figure humaine...

— D'accord Lew. Combien tu veux ?

— Je n'en sais rien... prête-moi ce que tu estimes pouvoir me prêter. J'en ai salement besoin, et c'est pas pour me saouler !

Il me signa un chèque de deux cents dollars, et me demanda si ça me suffisait.

— Oui, Sol. Et merci... Avec ça, je vais pouvoir réintégrer ma piaule.

— Reviens me voir aussi vite que possible. Je te trouverai des engagements, Lew...

— J'ai quelque chose à faire, auparavant. Quelque chose de très important. Mais je m'arrangerai toujours pour te rendre ta galette...

— C'est pas pour ça que je veux te faire travailler. Je t'en fais cadeau, en souvenir du bon vieux temps...

Une bonne douche chasse bien des péchés... en tout cas, ceux qui viennent de la crasse. De retour à l'hôtel, je me décapai consciencieusement et dormis près de vingt-quatre heures. Le lendemain, vêtu de linge propre, j'obligeai mon estomac à reprendre contact avec une nourriture régulière, et pendant plusieurs jours, je ne fis rien d'autre que manger, dormir et mijoter mon plan contre Greenleaf. La première difficulté à résoudre était le manque d'argent. Ma note d'hôtel avait absorbé déjà une bonne moitié de mes deux cents dollars et ce n'était pas en retravaillant que je pourrais me procurer rapidement la somme dont j'avais besoin. Il n'y avait qu'un seul moyen d'écarter cet obstacle et dès que mes mains eurent cessé de trembler, au bout d'une semaine d'existence quasi végétative, j'allai trouver Max, le chasseur, et dis en lui glissant un pourboire :

— J'ai un pote qui rapplique de la cambrousse dans un jour ou deux, vieille branche ! Il a l'intention de se donner un peu de mouvement. Tu peux m'indiquer un bon poker des familles ?

Max me connaissait depuis trop longtemps pour prendre la peine de tourner autour du pot.

— Sûr que ce gars-là est un de tes copains, Lew ?

— Certain !

— Je peux t'indiquer une adresse, mais c'est pas un poker pour enfants de chœur. Le gars qui le tient est un dur et il arrive que ça barde quand un joueur essaie de faire le zigoto.

Je haussai les épaules.

— Mon copain est déjà sorti, Max. Il sait jouer et il est bon perdant.

Nous nous regardions droit dans les yeux. Max haussa les épaules, à son tour, et pour se donner le temps de réfléchir, alluma une cigarette.

— O.K., Lew, après tout, c'est pas mes oignons... Y s'appelle comment, ton pote ?

— Tom Murphy, fils de Tom Murphy, et petit-fils de...

— Tom Murphy ! compléta Max. Une belle famille de Tom Murphy !

— J'ignore comment tu as pu deviner ça, Max, mais tu as juste mis le doigt dessus.

— O.K., répéta Max. Dis à Tom Murphy de demander après Jack, de la part de Max, au bureau de tabac que je vais t'indiquer...

Il peut y aller vers neuf heures et demie, n'importe quel soir. La partie commence en général à dix heures. Jamais au même endroit. Jack lui dira où il faut qu'il aille...

Le lendemain soir, j'entamai la série, dans l'arrière-boutique d'un marchand de chaussures. L'organisateur du jeu était un dangereux Grec poitrinaire, nommé Steve, qui prélevait sur chaque « pot » un petit pourcentage. Il me restait tout juste cinquante dollars. Je ne pouvais donc me permettre de perdre et jouai prudemment, sans prendre de risques et... sans tricher. Quand nous levâmes le siège vers quatre heures du matin, j'avais gagné soixante-dix dollars, somme suffisamment modeste pour ne susciter aucun commentaire... et cependant, Steve m'avait déjà remarqué.

Durant les quinze jours qui suivirent, je jouai tous les soirs à la table de Steve ; nous nous réunissions dans des chambres d'hôtel, dans des garages, dans des arrière-salles de restaurant, des salons de coiffure, des magasins de musique ou d'antiquités, bref, dans n'importe quel local dont le propriétaire ne crachait pas sur un billet de vingt dollars facilement gagné. Les joueurs allaient et venaient : chaque nuit de nouvelles têtes, en dehors de la mienne ! Steve le Grec s'en foutait, pourvu qu'il touche son pourcentage sur chaque pot ! Par prudence, cependant, je lâchai délibérément un peu de lest à deux reprises, en me débrouillant pour qu'il le remarque. A la fin de ces quinze premiers jours, j'étais à la tête d'environ cinq cents dollars.

Une nuit, après le départ des autres joueurs, j'invitai Steve à boire une tasse de café dans un self-service des alentours de Times Square et sitôt à table, je lui cassai le morceau :

— J'en ai marre des petites parties pour débutants, Steve. Tu ne connais pas un coin où l'on joue gros jeu ?

— T'as le sens des cartes, admit le Grec. Tu gagnes régulièrement ta croûte. T'as envie de tout reperdre ?

— J'ai pas l'impression que je perdrais.

Steve haussa les épaules.

— Peut-être pas. Mais c'est l'impression qu'ils ont tous...

— Supposons que je perde ! C'est ma galette, pas vrai ? Mais si je gagne, je te refile dix pour cent du total.

Il tourna la tête pour me contempler un instant, puis biaisa d'un ton neutre :

— Ça te tient à ce point-là ?

— Un peu ! J'ai une bonne affaire en vue, sur la côte Ouest, mais faut que je donne ma réponse en vitesse ou c'est cuit ! T'as des relations, tu sais où ça se passe... tu m'as vu jouer. Si ça marche, tu le regretteras pas.

— Dix pour cent, c'est ça ?

— C'est bien ce que j'ai dit.

Il regardait par-dessus mon épaule.

— Peut-être que je peux faire quelque chose... Tu mets combien dans le commerce ?

— Cinq cents, c'est tout ce que j'ai.

— Pas suffisant pour une partie sérieuse.

Il avait raison et je le savais. Je me penchais vers lui, tendu des pieds à la tête. C'était maintenant ou jamais.

— O.K., Steve, j'ai besoin d'oseille pour orner ma façade. Tu me prêtes encore cinq cents et je te ristourne vingt pour cent au lieu de dix.

— Des clous. Cinq cents pour la façade, si tu veux, mais sur la table...

Il voulait dire que je devrais garder ses cinq cents dollars devant moi, mais n'y toucher sous aucun prétexte. Si je perdais les miens, je reconvertirais mes jetons en galette et lui rendrais son avance.

— Ça va, Steve. Cinq cents sur la table, mais je ne te donnerai que quinze pour cent.

— Je vais voir ce que je peux faire, promit-il.

Trois soirs après, le Grec m'introduisit dans une partie qui se jouait au dernier étage d'un hôtel chic de la rive Est. Steve était avec moi, non seulement pour me présenter, mais pour surveiller son pognon et percevoir ses quinze pour cent de mes gains éventuels. Il y avait des jetons de vingt-cinq, cinquante et cent, et les cinq autres joueurs assis autour de la table étaient tous des cracks.

Vers deux heures du matin, je n'avais gagné que deux ou trois cents dollars, mais continuais de jouer avec circonspection, attendant ma chance de ramasser un pot intéressant. Nous jouions depuis plus de trois heures, c'est-à-dire juste assez longtemps pour que les yeux commencent à se fatiguer, les réflexes à se ralentir. Malgré toute mon attention, je n'avais décelé nulle part le moindre signe d'irrégularité. Les jeux — six en tout — étaient interchangés dans n'importe quel ordre et je savais, maintenant, que les cartes n'étaient pas marquées. Il y avait eu déjà quelques moments de tension, avec des pots de trois ou quatre mille et parmi ceux des joueurs du début qui n'avaient pas encore cédé leur place à quelqu'un d'autre, le plus gros gagnant était un grand type au visage glacé, aux mains prestes et sûres, que j'observais étroitement sans en avoir l'air. A mesure que la nuit s'avançait, se précisait aussi l'intuition que j'avais à son sujet. Une intuition que ne justifiait encore aucun fait réel...

Et soudain, mon intuition devint certitude !

Visage-de-Glace venait de battre les cartes et de les faire couper par le joueur de droite. Nonchalamment, il reprit le jeu de la main gauche, le couvrit — l'espace d'une fraction de seconde — avec sa main droite et durant cette fraction de seconde, exécuta, d'une seule main, le truc de la fausse coupe, une des manipulations les plus rapides et les plus délicates du travail des cartes, qui consiste à rendre au jeu sa position d'origine d'avant la coupe, et ne peut signifier qu'une seule chose : le donneur a truqué le jeu !

C'était l'une des occasions que j'attendais. Nous jouions, comme d'habitude, avec des jeux alternant dos bleus et dos rouges. Ces jeux sont pratiquement de rigueur dans les grosses parties, sans doute parce que difficiles à marquer efficacement, et j'avais sur moi un jeu rouge et un jeu bleu, répartis dans mes vêtements par couleurs et valeur des cartes. Tout ceci n'était rien pour moi. Il y avait des années que je pratiquais ce sport, sous les feux de la rampe !

Visage-de-Glace avait préparé son coup pour obtenir un maximum de relances. J'avais en main, pour ma part, un full composé de trois huit et d'une paire de dames. J'observai les écarts en essayant de déterminer ce que chacun avait en main. Une chose, en tout cas, était certaine : quand un joueur truque la donne, tout son système est basé sur l'ordre de distribution des cartes. Bouleversez l'ordre pré-établi et la partie change de physionomie. Fort de ce principe, j'écartai mes trois huit et demandai trois cartes. Une minuscule étincelle passa dans le regard de Visage-de-Glace. Il avait escompté que je garderais mon full. Il était déconcerté. J'étais sur la bonne voie et croyais savoir, à présent, ce qu'il détenait lui-même, c'est-à-dire un poker. Et sans doute pas un poker de fortes cartes puisque le full ou le flush sont battus, de toute manière, par un carré.

Sachant où j'allais, je marchai à fond. Je n'avais plus mon full d'origine, mais j'avais ramassé une troisième dame qui ne m'était pas destinée et lorsque Visage-de-Glace et moi demeurâmes seuls face à face, tous les autres s'étant retirés, je couvris jusqu'à la gauche et remportai le pot avec quatre dames contre le carré de cinq de Visage-de-Glace !

Impassible, il me regarda ratisser le magot. Il savait à quoi s'en tenir, mais nous étions dans le même bain et s'il voulait s'en sortir indemne, lui aussi, il n'avait qu'à la boucler. Escamoter la dame surnuméraire et remettre dans le jeu le six de trèfle que j'avais fait disparaître fut pour moi un jeu d'enfant. Tandis que je réunissais les écarts, Visage-de-Glace alluma une cigarette.

— Il me semble bien vous avoir déjà vu quelque part, dit-il d'un ton naturel. Est-ce que vous n'êtes pas un copain de Bill ?

— Si, bien sûr. Je le connais depuis longtemps...

C'était la prise de contact classique des joueurs professionnels. Visage-de-Glace haussa les épaules et bâilla :

— Il y a un sacré bout de temps que je ne l'ai vu...

Jusqu'à la fin de la séance, je me contentai de jouer régulièrement, gagnant un peu, perdant un peu, bref, conservant mes gains. En quittant l'hôtel, je rendis au Grec ses cinq cents dollars de façade et lui versai vingt pour cent sur mes gains, au lieu des quinze promis.

— Ça va, dit-il. Mais j'ai pas aimé que tu couvres avec ma galette, dans cette fameuse partie. C'était pas convenu comme ça...

— T'aurais pas voulu que je laisse filer, non ?

Il enfonça son chapeau sur sa tête et arrêta un taxi en maraude.

— Tout est bien qui finit bien, murmura-t-il avant de monter dans la voiture. Mais les artistes dans ton genre vivent pas vieux...

— Une expérience m'a suffi. Je recommencerai pas, lui dis-je.

Il claqua la portière derrière lui et le taxi s'enfonça dans la nuit mouillée.

Toutes dettes payées, il me restait environ trois mille trois cents dollars.

Assez d'argent pour retrouver Greenleaf et lui régler son compte.

13

— Mr. Lightbody, récapitula Franklin Cannon, vous nous avez bien dit que vous étiez concierge d'un immeuble de la Quatre-vingt-neuvième Rue est, proche de l'immeuble occupé par l'accusé. Vous travaillez approximativement deux heures par jour dans ce dernier immeuble, allumant et vidant la chaudière et transportant les poubelles à l'extérieur, puis les rentrant plus tard dans la matinée et revenant chaque soir pour vérifier à nouveau la chaudière, vider les cendres et régler la marche de l'appareil afin qu'il puisse tenir jusqu'au lendemain matin ?

— Oui, monsieur, c'est exactement ça.

— Il ressort donc clairement de ces multiples activités, centrées autour de la chaudière, que la chaufferie située au sous-sol vous est extrêmement familière ?

— Je pense bien ! Je la connais comme ma poche !

— Ceci étant posé, souligna Cannon, entre le soir du vingt-deux novembre de l'année dernière et le moment où vous avez de nouveau pénétré dans la chaufferie, c'est-à-dire quelques jours plus tard, un ou plusieurs objets que vous aviez coutume d'y voir n'avaient-ils pas disparu de ladite chaufferie ?

— Oui. Et pas des petits objets ! D'abord un gros établi en bon bois costaud, et un morceau de bâche carré d'à peu près deux mètres cinquante.

— A quoi servait cet établi, Mr. Lightbody ?

— Ben... comme tous les établis, quoi... à taper et à clouer des choses dessus !

— Etait-il suffisamment robuste pour supporter le poids d'un homme ?

— Pour ça, oui ! Je me suis assis dessus bien souvent pour griller une sèche... je veux dire, pour fumer une cigarette en attendant que mon feu prenne !

— Etait-il assez long pour qu'un homme puisse s'y étendre ?

— Oh, sûrement, mais j'ai jamais essayé...

— Et ce morceau de bâche, Mr. Lightbody, à quoi servait-il ?

— On le posait par terre quand il y avait quelque chose à repeindre ou à nettoyer, pour que la peinture ou la térébenthine, le pétrole, etc., se répandent pas partout...

— Ces deux objets étaient encore là le soir du vingt-deux novembre, Mr. Lightbody, mais vous ne les avez jamais revus par la suite ?

— Ouais, c'est bien ça. Ni l'établi, ni la bâche !

— Voilà qui est extrêmement clair... En dehors du service de la chaufferie, Mr. Lightbody, remplissiez-vous occasionnellement d'autres offices pour le compte de l'accusé ?

Lightbody haussa ses lourdes épaules, et leva ses grosses mains rouges en un geste de dépréciation.

— C'est arrivé, bien sûr, mais pas très souvent, et jamais des choses compliquées. Un tuyau engorgé à déboucher, un fusible à changer, des trucs comme ça, quoi...

— Avez-vous eu parfois l'occasion de bavarder avec Isham Reddick ?

— Bien sûr ! Je le voyais souvent...

— Vous a-t-il jamais offert de vous aider dans vos divers travaux ?

— Fichtre non ! Il lui arrivait de fumer une cigarette à côté de moi ou de tenir l'échelle pour l'empêcher de glisser, mais quant à se salir les mains, bernique ! Il avait toujours l'air de se croire trop bien pour le boulot qu'il faisait !

— Vous l'a-t-il jamais dit, Mr. Lightbody ?

— Et comment ! C'était un fout... enfin, c'était un satané crâneur, toujours à fumer des Congress à trente-cinq cents le paquet ! Et croyez-moi, c'est pas avec son salaire qu'il...

— Objection ! trancha Denman.

— Objection retenue, dit le juge. Greffier, veuillez rayer la dernière déclaration du témoin.

— Continuez, Mr. Lightbody, suggéra Franklin Cannon.

— Ben... y a cette fois où je lui ai demandé si y pouvait pas me prêter cinq dollars jusqu'au lendemain, pour me dépanner. Voilà mon Reddick qui se met à rigoler et qui me dit qu'y me prêtera tout ce que je voudrai et qui sort de sa poche un paquet de billets et qui me tend royalement un billet de vingt dollars ! En même temps, y fait tomber une enveloppe de sa poche, je la ramasse, je la lui redonne, il y jette un coup d'œil, la chiffonne et la balance dans le corridor d'entrée... où j'étais en train de remplacer un carreau !

— Ensuite, Mr. Lightbody ?

— Ben, je le remercie, bien sûr ! Et qu'est-ce qu'y me répond ? Y me répond que c'est pas un prêt, et que j'ai pas besoin de lui rendre les vingt dollars. Comme un prince, vous savez ! Pensez que ça m'a hérissé le poil, et j'ai pas pu m'empêcher de lui dire que ça f'sait toujours plaisir de connaître un richard !

— Et que vous a-t-il dit ?

— Y m'a dit que c'était vrai qu'il était riche et qu'il allait pas tarder à l'être encore plus !

— Je m'excuse d'insister sur ce point, Mr. Lightbody, mais Isham Reddick vous a dit qu'il était riche, et qu'il n'allait pas tarder à l'être encore plus ?

— Oui, monsieur. Textuellement !

— Continuez, je vous prie. Que s'est-il passé ensuite ?

— Il est parti. J'ai fini mon boulot, puis j'ai vu cette enveloppe qui traînait et comme ça faisait pas net et qu'y avait pas de corbeille à papier dans le corridor, ben, je l'ai ramassée et fourrée dans ma poche... En vidant mes poches, un ou deux jours plus tard, je l'ai jetée avec deux ou trois autres bricoles sur le secrétaire où je range mes factures, mes reçus, etc. J'avais vu qu'il y avait des chiffres, dessus, et quand la police est venue me poser des questions, quelques jours après...

— Vous vous êtes rappelé l'existence de cette enveloppe et vous l'avez remise aux autorités, c'est bien cela ?

— Oui, monsieur, c'est exactement ça.

Cannon présenta au concierge une enveloppe sale et fripée.

— Est-ce là l'enveloppe que vous avez ramassée dans le corridor de l'immeuble où Reddick l'avait jetée, Mr. Lightbody ?

— Oui, monsieur, je reconnais les chiffres, et les flics m'ont fait marquer mes initiales dans le coin...

— Merci, Mr. Lightbody.

Cannon se tourna vers le jury.

— Au recto de cette enveloppe, mesdames et messieurs, figurent le nom et l'adresse d'Isham Reddick, plus le timbre et les diverses oblitérations postales. Nom et adresse sont dactylographiés et l'enveloppe ne comporte aucune adresse d'expéditeur. Au verso, figurent six chiffres écrits au crayon, l'un sous l'autre, et représentant des sommes d'argent, puisque le premier de la série est précédé du signe « dollar ». Soit :

1 000
1 800
2 000
4 000
6 600
8 500

« La dernière somme est soulignée d'un trait, mais le total de l'addition n'a pas été fait. Total qui se monte, en l'occurrence, à 23 900 dollars... A la place de ce total, figure la mention manuscrite : « Et ainsi de suite ! » terminée par un point d'exclamation...

Cannon remit l'enveloppe aux jurés, afin qu'ils pussent l'examiner à loisir avant son classement parmi les autres pièces à conviction.

— Mr. Lightbody, reprit le district attorney, vous avez entendu Miss Deems déclarer que le soir du vingt-deux novembre, Isham Reddick lui avait dit que l'accusé, ici présent, l'avait chargé d'informer le personnel que tout le monde pouvait disposer librement de la soirée et de la journée du lendemain. Avez-vous eu avec Isham Reddick une discussion semblable ?

— Oui, monsieur. Par téléphone. Il m'a dit que...

— Veuillez préciser l'heure et la date, Mr. Lightbody.

— Ben, le vingt-deux novembre, au début de la soirée... on allait se mettre à dîner... vers six heures, six heures et demie, quoi... Isham Reddick m'a téléphoné pour me dire que c'était pas la peine que je revienne le soir, puisqu'y faisait si chaud, et le lendemain non plus, parce qu'y aurait personne...

— Vous n'êtes donc pas allé vous occuper de la chaudière, ce soir du vingt-deux novembre, ni le lendemain, le vingt-trois, comme vous l'auriez fait sans ce coup de téléphone ?

— Non, monsieur. Reddick m'a dit de dire la même chose à ma bourgeoise, pour le ménage, et je lui ai fait la commission.

Cannon remercia le concierge, Denman réserva son droit de contre-interrogatoire, et l'expert en graphologie revint, une fois encore, pour certifier que les chiffres portés sur l'enveloppe avaient bien été tracés par la main d'Isham Reddick. Dès que Franklin Cannon eut obtenu satisfaction, Denman se leva et dit en marchant vers le graphologue :

— Mr. Hartney, j'ai toujours cru que des chiffres étaient beaucoup plus difficiles à identifier que des lettres. Est-ce exact ?

— Eh bien... oui, dans une certaine mesure.

— Comment cela ?

— Il y a moins de variété dans la façon de former les chiffres que les lettres de l'alphabet.

— Je vois... Or, en examinant les nombres inscrits au recto de cette enveloppe, j'y trouve des spécimens des chiffres 1, 2, 4, 5, 6, 8 et 0. Il manque donc les chiffres 3, 7 et 9. Parmi les documents qui ont été pris comme termes de comparaison, un seul comporte des chiffres : cette carte postale envoyée à Miss Deems par Isham Reddick, carte sur laquelle figure, bien entendu, l'adresse de l'immeuble : « 37, 89e Rue est ! » Le seul chiffre commun aux deux documents est donc le chiffre 8 ! Et vous affirmez que c'est Isham Reddick qui a inscrit ces nombres, Mr. Hartney... ceci sur la base *d'un seul chiffre* !

— Il n'y a pas que ça, sur l'enveloppe, il y a aussi la mention : « Et ainsi de suite ! »

— Je ne vous parle pas des lettres, pour l'instant, Mr. Hartney ! coupa Denman, impliquant ainsi, sans s'exposer directement aux foudres de l'accusation, que l'identification des lettres par l'expert graphologue n'était pas plus sérieuse que celle des chiffres. Je ne vous parle pas des lettres, je vous parle des nombres, pour lesquels le seul terme de comparaison homologué que vous possédiez est le chiffre 8...

— Et la demande de permis de conduire rédigée par Isham Reddick ? lui rappela l'expert, furieux. Vous voulez que je vous énumère *tous* les chiffres que j'ai trouvés sur cette demande, pour les comparer à ceux de l'enveloppe ? Age : 36 ans. Taille...

— Je vous remercie, Mr. Hartney, soupira Denman avec lassitude.

Il avait, effectivement, oublié l'existence de cette maudite demande et tenta d'escamoter l'incident en rappelant immédiatement le concierge, Gerald Lightbody. Mais l'occasion était trop belle pour l'accusation, et lorsque Franklin Cannon laissa finalement repartir le graphologue, l'identification des chiffres inscrits sur l'enveloppe ne pouvait plus faire le moindre doute dans l'esprit des douze jurés...

Avant d'attaquer Lightbody, Charles Denman se recueillit un instant. Il venait de commettre une erreur et ne devait, à aucun prix, renouveler une telle expérience. La seule tactique possible, avec ce Lightbody, était de discréditer son témoignage en faisant la preuve de son hostilité à l'égard de Reddick...

— Vous avez bien dit, Mr. Lightbody, en parlant d'Isham Reddick... voyons, je cite vos propres paroles : « Quant à se salir les mains, bernique ! Il avait toujours l'air de se croire trop bien pour le boulot qu'il faisait ? »

— Oui, je l'ai dit. Et c'est la vérité...

— En d'autres termes, Mr. Lightbody, parce que Reddick ne voulait pas faire le travail pour lequel vous étiez payé, vous le considériez comme un homme qui n'aimait pas se salir les mains, ou, selon votre propre mot, comme un « crâneur » ?

— Ben...

— Isham Reddick vous a-t-il jamais demandé de faire son travail, Mr. Lightbody ?

— Non...

— Mais ça ne vous empêche pas de le critiquer... Dites-moi, Mr. Lightbody, vous allez parfois jouer aux quilles ?

— Oui, bien sûr. Ça m'arrive.

— Et ça vous arrive également d'aller au cinéma ?

— Oui.

— De fréquenter en spectateur les terrains de sport ?

— Quelquefois, oui.

— Ainsi, résuma Charles Denman, il vous arrive de jouer aux quilles, d'aller voir un film qui vous plaît ou un match occasionnel. Vous dépensez cinquante cents par-ci, un dollar par-là pour vos menus plaisirs... (La voix de l'avocat se fit soudain tranchante)... mais quand Isham Reddick dépense dix ou douze cents de plus pour acheter des cigarettes Congress, parce qu'il les préfère aux autres, vous l'accusez de « crâner », voire d'être un fout... pardon, un satané crâneur ! A quel étalon vous rapportez-vous pour jauger et juger les gens, Mr. Lightbody ?

Le concierge croisa et décroisa ses courtes jambes, se racla la gorge et marmotta :

— Ben...

— Autre chose, Mr. Lightbody ! Un jour, momentanément à court d'argent, vous demandez à Reddick de vous prêter cinq dollars. Reddick se montre aimable et généreux. Au lieu de vous *prêter* cinq dollars, il vous en *donne* vingt... et vous nous dites que ça vous a « hérissé le poil » ! Non seulement vous ne lui en vouez aucune reconnaissance, mais vous essayez de lire et de nous faire lire dans cet incident je ne sais quelles implications ténébreuses. Est-ce bien exact ?

— Non ! cria Lightbody, rouge de colère.

— Comment, non ? Vous nous avez dit également que Reddick « rigolait », mais vous ne pensez pas un seul instant qu'il a pu plaisanter en affirmant qu'il était riche et qu'il ne tarderait pas à l'être davantage...

Denman se rendait parfaitement compte qu'il était sur un tapis roulant marchant à contresens. Il n'avait aucun intérêt à dépeindre Isham Reddick sous les traits d'un garçon sympathique... sinon pour démontrer l'absence de tout mobile. Lightbody, bien sûr, était en train de se ridiculiser aux yeux du jury. Encore quelques piqûres d'épingle et ce serait probablement l'explosion :

— Ainsi, Mr. Lightbody, Reddick s'est montré gentil avec vous,

Il vous a aidé. Il vous a prêté... donné de l'argent, et sans doute pour lui prouver votre gratitude, vous le salissez maintenant de toutes les façons possibles !

— On voit que vous le connaissiez pas ! hurla le concierge, déchaîné. Y a des moments où qu'on aurait pu croire que c'était lui, le patron... mais ça l'empêchait pas de ramper et de faire des courbettes quand le singe était là ! Même le soir qu'y m'a appelé au téléphone pour me dire : « Pas la peine d'allumer le feu ce soir. Et pas la peine de venir demain, non plus ! » Bon sang, on aurait dit que c'était un congé payé qu'y m'offrait ! Alors que ça voulait même rien dire du tout ! Y avait même pas eu de feu dans la boîte depuis trois ou quatre jours, tellement qu'y faisait chaud dehors !

Denman, qui s'était détourné, pivota brutalement sur lui-même.

— Vous ai-je bien entendu dire, Mr. Lightbody, qu'il n'y avait pas de feu dans la maison depuis plusieurs jours ? Qu'il n'y en avait pas, en conséquence, le soir de ce vingt-deux novembre ?

— Ouais ! C'est bien ce que j'ai dit ! grogna le concierge.

— Ne trouvez-vous pas étrange que Reddick vous ait téléphoné... pour vous dire de ne pas vous occuper du feu... alors qu'il n'y en avait pas depuis plusieurs jours ?

Denman se sentait bizarrement excité. Peut-être avait-il découvert, enfin, le fil conducteur qu'il cherchait, la faille dans laquelle il allait pouvoir glisser un coin... et taper dessus à coups redoublés ! Où le mènerait ce fil conducteur, il n'en savait rien encore, mais il fallait, de toute manière, essayer de le dévider.

— Reddick savait-il qu'il n'y avait pas de feu ? ajouta-t-il après une pause.

— Naturellement qu'il le savait, vociféra Lightbody.

Puis il ajouta, réduisant du même coup à néant les espoirs de Charles Denman :

— Mais c'était sa façon d'agir et de présenter les choses... pour se faire mousser aux yeux de tout le monde... alors qu'en réalité, il avait pas voix au chapitre tant que le singe lui donnait pas d'ordres !

En prononçant le mot « singe », Lightbody regarda l'accusé, l'espace d'une seconde, puis se détourna précipitamment.

14

J'avais maintenant l'argent qu'il me fallait pour retrouver Greenleaf et si c'était à peu près tout ce que j'avais, ma haine me donnait la force de ressasser, jour gris après jour gris, nuit blanche après nuit blanche, les rares faits en ma possession pour en exprimer la goutte de réalité qui me fournirait un point de départ.

Will Shaw avait connu Greenleaf, mais Will Shaw était mort. Tally n'avait connu que le son de sa voix et Tally était morte, elle aussi. Quant à ce nom de Greenleaf, c'était évidemment un pseudonyme et malheureusement un pseudonyme qu'il avait dû spécialement assumer pour la circonstance. Car ce Greenleaf n'était pas un criminel ordinaire. C'était un homme patient, rusé, capable de concevoir et de réaliser des projets à longue échéance... Implacable au surplus, quoique tueur opportuniste plutôt que meurtrier avec préméditation. Le meurtre n'entrait peut-être pas vraiment dans ses cordes. D'où le choix, à deux reprises, d'accidents plutôt que d'armes improvisés. Ce dernier point, du reste, n'était qu'une hypothèse...

J'étais sûr, en revanche, que Greenleaf travaillait seul. Avec le vieux Will Shaw — un tantinet gâteux et facile à duper — il n'avait pas eu besoin de compères pour étayer son conte de fée, et dans ce genre de racket, aucun véritable spécialiste ne s'embarrasse d'un complice lorsqu'il lui est possible de faire autrement. Selon toute évidence, il lui fallait un imprimeur, et un bon, pour fabriquer les faux billets, mais tous les pros de l'abus de confiance ont des relations suivies avec quelque imprimeur marron, qui se charge de leur fournir les papiers à en-tête, les factures, les actions, obligations et autres documents truqués dont ils ont couramment besoin...

Il y avait un autre point qu'il était bien difficile de résoudre : Greenleaf vendait-il sa monnaie de singe au prix de gros, ou bien se bornait-il à l'écouler lui-même ? Le faussaire en gros vend ses billets à dix cents le dollar, l'intermédiaire la répartit entre ses détaillants, avec un honnête bénéfice, et les détaillants écoulent la marchandise à leurs risques et périls, la différence entre valeur d'achat et valeur nominale leur restant naturellement acquise. Si Greenleaf était grossiste, je ne lui mettrais sans doute jamais le grappin dessus. Par contre, s'il écoulait lui-même, j'avais une chance de le posséder un jour...

Je tournai et retournai le problème sur toutes ses faces et finis par conclure que Greenleaf devait écouler personnellement sa marchandise. La vente en gros permet peut-être d'obtenir de plus grosses sommes d'un seul coup, mais elle est beaucoup plus dangereuse, en raison des quantités énormes de faux billets répandues simultanément d'un bout à l'autre du pays. Trop de contrefaçons placées simultanément sous les yeux de trop de caissiers de banque, trop d'alertes données en même temps aux gens des finances publiques... Une telle combine ne pouvait aller loin et les plaques de Greenleaf étaient trop parfaites, Greenleaf lui-même trop intelligent pour que la solution de l'écoulement personnel n'eût pas été préférée. A condition de ne pas noyer le marché, il pouvait vivre comme un millionnaire jusqu'à la fin de ses jours, sans associés, sans intermédiaires, sans comparses susceptibles d'être appréhendés par les flics — voire pour une toute autre raison ! — et de se mettre à table avec un peu trop d'appétit... Personne, que lui-même et son imprimeur travaillant à un bon pourcentage, et Greenleaf jouait pratiquement sur le velours...

Ma première initiative fut d'aller trouver Dave Scherz, un détective privé que j'avais connu jadis dans un casino du Nevada, où j'avais passé mon numéro pendant toute une saison. Dave, en ce temps-là, était capitaine de l'escouade particulière affectée à la surveillance de la roulette. Il avait son agence, à présent, et j'étais sûr qu'il se souviendrait de moi.

— Salut, Lew ! s'écria-t-il effectivement en m'introduisant dans son bureau. Comment vas-tu, ma vieille, et comment vont tes affaires ?

— Couci-couça... Et toi, Dave ? Où sont les murs lambrissés, la secrétaire nymphomane et les cadavres des victimes ?

Dave éclata de rire, bâilla, se renversa en arrière, les mains à la nuque, et justifia tout au moins l'un des traits caractéristiques du privé en plantant fermement ses deux pieds sur sa table de travail.

— Tu vas trop au cinéma, Lew, s'esclaffa-t-il. Ce business est tellement tranquille que j'en suis venu à fréquenter les fêtes de patronage pour me donner un peu de mouvement.

— Pas de meurtres, pas d'hécatombes spectaculaires ?

— Foutre non ! Les flics auraient vite fait de nous les soulever ! Rien que des maris soupçonneux et des épouses encore plus soupçonneuses et quelques enquêtes pour les compagnies d'assurance...

— En parlant d'enquête, Dave, ça t'intéresserait peut-être de faire un petit boulot pour moi ?

— Si petit soit-il, je suis sûr qu'il m'intéresse, ricana le détective. Je peux quand même pas lire tout le temps des romans policiers !

— Alors, ça colle... Tu as gardé un œil sur la fine équipe des casinos ?

L'une de ses occupations principales, dans le Nevada, était de « renifler » les escrocs et spécialistes de tout poil qui gravitent immanquablement autour des boîtes de jeu.

— J'en ai revu quelques-uns, admit-il. Après Reno, j'ai fait Las Vegas, et je suis à mon compte depuis quelques années. Il y en a un qui t'intéresse particulièrement ?

— Un seul. Je ne sais rien sur lui, sinon qu'il a opéré à Philly, sous le nom de Greenleaf, il y a de ça environ un an, qu'il s'y trouvait encore voilà quelques mois, et qu'il y avait un compte en banque, car il a signé, à l'époque, pas mal de chèques qui ont été honorés. Quelle banque, je n'en sais rien, quelle était son adresse, idem, et c'est exactement tout ce que je puis en dire.

— C'est maigre... Jamais entendu ce nom de Greenleaf. Je peux voir si les flics ont quelque chose sous cette étiquette, authentique ou pseudo. Et, grâce à mes respectables accointances avec le monde des assureurs, je pourrai peut-être obtenir des renseignements sur ce compte en banque de Philadelphie. Sans garantie de ma part, toutefois...

Il reprit une posture plus protocolaire, alluma une cigarette et dit :

— Ça ne pourrait pas m'aider de savoir pourquoi ce Greenleaf t'intéresse, Lew ?

— Non, Dave. Affaire strictement personnelle.

Il haussa les épaules.

— O.K., Lew, je te passerai un coup de fil dès que j'aurai du nouveau.

J'alignai quelques billets sur sa table de travail.

— A titre de provision, Dave.

Le détective sourit.

— Ça suffira, Lew. En souvenir du bon vieux temps. A moins que je ne doive louer une paire de traîneaux à destination de l'Alaska.

Ma seconde visite fut pour un professeur d'université nommé Thurman Simons, qui enseignait l'italien, l'espagnol, le français, le portugais et connaissait en outre l'allemand, le hollandais et quelques autres langues. Nous prîmes rendez-vous par téléphone et je me trouvai, à ma grande surprise, en présence d'un homme relativement jeune, petit, grassouillet, hypernerveux et binoclard. Je lui fis comprendre, immédiatement, que j'étais prêt à rémunérer ses services, mais il repoussa mon offre d'un geste décidé.

— Si mes faibles connaissances peuvent vous être de quelque utilité, j'en serai ravi. Mais puisque vous insistez, je vous laisse toute latitude d'envoyer un petit chèque, en mon nom, à la Croix Rouge. Rien ne prouve, d'ailleurs, que je puisse vous dire ce que vous attendez de moi...

— Eh bien, voilà, improvisai-je lentement. Ça n'a rien de très important, professeur, sinon sur un plan extrêmement personnel... Ma femme est morte, voilà quelques mois et avant de mourir, elle a répété fréquemment, dans une sorte de... délire, des mots qui ressemblaient à *loon who ought to...* Ces mots, bien entendu, ne signifiaient rien ni pour moi, ni pour les autres membres de la famille, et peut-être étaient-ils, en effet, dépourvus de signification. Mais elle les a répétés si souvent qu'ils continuent à nous obséder, et que nous nous demandons tous si elle n'essayait pas, dans son... agonie, de nous dire quelque chose...

— Je vous présente mes sincères condoléances, Mr. Mountain.

Je doute de pouvoir vous aider, mais je vais essayer, tout de même. Votre femme parlait-elle une autre langue que l'anglais ?

— Non. Pas que je sache...

— Peut-être avait-elle étudié quelque langue étrangère, durant ses années scolaires ?

— Je n'en sais rien, professeur. Au collège, peut-être... Il arrive qu'on fasse de telles études et qu'on en oublie l'essentiel, par la suite, faute d'avoir à s'en servir...

Le professeur hocha la tête et se mit à répéter *loon who ought to, loon who ought to...* en variant à chaque fois ses intonations, les paupières closes et le front plissé. Après un long moment consacré à ces exercices phonétiques, il déclara d'un ton pénétré :

— Ces syllabes ont fort bien pu se trouver déformées, en premier lieu par votre femme, en second lieu par vous-même, à votre propre insu... Je vois plusieurs possibilités, la plus évidente étant une expression française d'usage courant... à savoir : « L'un ou l'autre ».

Il me dit ce que signifiait cette expression qui, prononcée par lui, donnait à peu près, en phonétique anglaise : « lun-who-lought-tr » ou « lun-ooo-low-tra ».

« Je vous les paierai au prix fort... ou peut-être préféreriez-vous qu'il arrive un deuxième accident dans la famille ? » avait dit Greenleaf en téléphonant à Tally. L'expression « l'un ou l'autre » s'enchaînait logiquement à cet ultimatum. L'un ou l'autre, c'est-à-dire : faites votre choix, il n'y a pas de troisième solution... Simons me demanda ce que je pensais de cette explication et je le remerciai de son assistance, ajoutant que nous ne saurions probablement jamais ce que ma femme avait voulu dire.

— Je vais y réfléchir encore, promit-il. Rappelez-moi dans la semaine, et je vous communiquerai les autres possibilités qui me seront venues à l'esprit.

— Entendu, professeur. Comptez sur moi pour envoyer un don à la Croix Rouge...

Mais d'ores et déjà, j'étais persuadé que le professeur avait mis le doigt dessus.

Quelques jours plus tard, Dave Scherz me téléphona, au *Delafield*, pour me demander de passer à son bureau.

— Nous avons découvert, à Philly, plusieurs comptes ouverts sous le nom de Greenleaf, m'expliqua-t-il. Certains dataient de plusieurs années et comportaient des adresses stables ; tous étaient vides sauf un, qui contient encore quelques dollars et fonctionnait régulièrement aux dates que tu m'as indiquées. Il a été ouvert, à la Philadelphia Mercantile Bank et Trust Company, par un nommé Derek A. Greenleaf. Dépôt initial, mille dollars. Quatre chèques mensuellement émis par Greenleaf, de trente-cinq dollars chacun, pendant six mois environ. Tous au porteur, tous régulièrement encaissés par une femme signant « T. Shaw ». Un beau jour, Greenleaf a rédigé un chèque à son ordre représentant le solde approximatif de son compte et depuis, plus rien...

— Quelle adresse avait-il donné ?

— Celle d'un meublé minable de Spruce Street. On y a fait un saut. La taulière ne se souvient pas d'avoir jamais eu un locataire du nom de Greenleaf.

— Et les relevés mensuels de la banque, tant que le compte est resté actif ?

Dave haussa les épaules.

— J'y ai pensé, naturellement, mais il passe tellement de monde, dans ces garnis pouilleux, que la taulière ne peut guère retenir tous les noms qui défilent, et que le courrier que personne ne réclame doit aller tout droit au panier...

— Oui, je vois. Et chez les flics, tu n'as rien trouvé de plus ?

— Rien qui puisse coller. Aucun Greenleaf. Le prénom de Derek a été utilisé deux ou trois fois, mais ni au bon endroit, ni au bon moment. Un spécialiste de l'abus de confiance nommé Eddie Jackson a travaillé à Frisco sous le nom de Derek Moore, mais il est en taule depuis plus de trois ans, en Californie. Un autre vieux cheval de retour, nommé Fred Hoskins, s'est fait coincer, dans le temps sous le nom de Derek Tone, mais... Hoskins approche des soixante-quinze piges et vit en pépère, aujourd'hui, à Birmingham, Alabama, chez un de ses fils mariés...

Je repris mon chapeau et marchai vers la porte.

— Merci, Dave. Tu as fait tout ce qu'il était possible de faire...

— Je ne pouvais faire davantage sans te mettre de gros frais sur le dos, Lew. Tu veux que je continue ?

Je secouai la tête.

— Non... Ce gars-là est un artiste... Si j'apprends quelque chose qui puisse te fournir un autre point de départ, je reviendrai te consulter...

J'étais assez déprimé. Mon bonhomme n'avait toujours ni silhouette ni visage. Je savais maintenant à quelle banque il avait déposé mille dollars, sous le nom de Derek A. Greenleaf, pour mener à bien sa machination de longue haleine. Je savais ou croyais savoir qu'il employait occasionnellement des expressions françaises. Je le savais capable de tuer pour protéger ses arrières et je le savais en possession de plaques susceptibles de le faire vivre comme un millionnaire...

Etait-ce là tout ce que je savais ? Non ! Je savais encore une chose. Je savais qu'il avait menacé Tally de se servir des chèques acquittés par elle pour la mettre dans le bain, si jamais elle décidait d'aller porter les plaques au gouvernement ! Greenleaf savait, bien entendu, que les banques enregistraient tous ces éléments, mais la possession effective des chèques acquittés lui fournissait une arme impressionnante, et contre Will, et contre Tally Shaw. En donnant à la banque cette adresse de Spruce Street, il avait certainement voulu se ménager un moyen de les récupérer[1].

Dave Sherz pensait que la logeuse jetait simplement au panier le courrier qui ne lui était pas réclamé. Cette pratique, assez courante dans les meublés de dernier ordre, ne pouvait que faciliter la tâche de Greenleaf. Il n'avait même pas eu besoin, sans doute, d'habiter réellement dans ce garni pour prélever chaque mois le relevé de compte adressé par la banque...

Le lendemain de ma seconde entrevue avec Dave, j'étais à Philly et me présentais à la tenancière du meublé en question, l'un des plus minables, en effet, qu'il m'eût jamais été donné de voir. La logeuse elle-même était une grosse femme rougeaude affublée d'une vieille robe de satin qui, me prenant tout d'abord pour un représentant, glapit sans me laisser le temps d'ouvrir la bouche :

— Je vous préviens tout de suite que j'ai besoin de rien, et que j'ai pas non plus de chambres libres. Alors, dans un cas comme dans l'autre, au revoir !

— Je m'excuse, insistai-je, mais votre maison m'a été recommandée par un de mes amis... un nommé Derek Greenleaf.

— Vous vous foutez de moi, non ? Y a pas une semaine qu'un autre type est déjà venu fouiner dans le coin, après ce nommé Greenleaf ! J'y ai dit que j'en avais jamais entendu parler et je vous le répète, à vous aussi ! Bonsoir !

— Ecoutez, madame, j'ai besoin d'aide et si vous voulez bien...

— Des clous ! Les flics ont rien à faire chez moi. Ma maison est respectable et j'ai droit à ce qu'on me laisse en paix...

Je me cramponnais désespérément à ma patience.

— Bien sûr, madame, mais... je ne suis pas un flic. C'est une affaire personnelle entre ce Greenleaf et moi...

— Je vous dis que c'est la première fois que j'entends ce nom-là...

Elle allait refermer sa porte. Je sortis deux billets de vingt dollars de ma poche et les lui montrai.

— Votre temps est précieux, je le sais, madame, et je suis prêt à vous dédommager des minutes que vous voudrez bien me consacrer... Vous êtes une femme d'affaires, n'est-ce pas ? Il doit vous arriver de temps en temps qu'un locataire vous laisse une ardoise ?

— Plus maintenant ! rugit-elle. Maintenant, tout le monde paie d'avance !

Ce n'était peut-être qu'une impression de ma part, mais ses prunelles me paraissaient déjà moins soupçonneuses.

---

1. Aux Etats-Unis, les chèques acquittés sont retournés au tireur.

Une fois de plus, j'improvisai rapidement une histoire :

— Ce Greenleaf me doit de l'argent. Une assez forte somme...

— C'est ce qui arrive quand on fait confiance à n'importe qui !

— Je... euh, ce n'est pas exactement ma faute. C'est mon associé qui lui a consenti ce crédit. Il est mort la semaine dernière et j'essaie de retrouver ce Greenleaf...

— Jamais eu de Greenleaf ici. Quelle tête qu'il a, votre type ?

— Je n'en sais rien. Je ne l'ai jamais vu...

— Mon Dieu ! Mais alors, comment voulez-vous que je vous aide ?

J'avais appris, en téléphonant dès mon arrivée, à la Philadelphia Mercantile Bank and Trust Company, que les relevés de compte mensuels étaient expédiés le quatre de chaque mois. J'expliquai donc à la taulière que pendant une période de six ou sept mois, le cinq ou le six de chaque mois, une lettre avait été adressée, chez elle, au nom de Derek A. Greenleaf.

— Une grande enveloppe commerciale, précisai-je, probablement assez lourde, dans le genre de celles dont se servent les banques.

— Et adressée ici, au nom de Greenleaf ? répéta-t-elle. Est-ce qu'y devrait y en avoir eu, ces derniers temps ?

— C'est toujours possible, bien sûr, mais je pense qu'elles ont dû cesser d'arriver depuis environ cinq ou six mois.

— Y'a plus de quinze ans que je tiens cette boîte ! grogna-t-elle. Et y m'arrive toujours du courrier pour des gens que je ne me souviens même pas d'avoir jamais logés !

Elle désigna la table, que j'avais déjà repérée, sur laquelle s'entassaient des piles de prospectus, de journaux, d'avis postaux et de lettres.

— Maintenant, je regarde juste si y en a pas pour moi, et le restant, je laisse les locataires se débrouiller avec. Si y a du courrier pour eux, y sont bien assez grands pour le trier eux-mêmes !

Elle s'approcha de la table, feuilleta rapidement le tas de lettres.

— Rien là-dedans pour votre Greenleaf ! annonça-t-elle.

— Ça prouve qu'il a dû en prendre possession ! triomphai-je. Autrement, les lettres seraient toujours là, et vous vous souviendriez de les avoir vues. Surtout si quelques-unes d'entre elles s'étaient accumulées... Il y a deux solutions possibles : ou bien il vivait ici sous un faux nom, ou bien il passait tous les mois pour prendre sa lettre. Vous ne vous souvenez pas de quelqu'un qui ne logeait pas ici, mais qui passait régulièrement ? Sans doute au cours de la première semaine de chaque mois pour une raison ou pour une autre ?

Il y avait une troisième possibilité, qui était que Greenleaf eût chargé l'un des locataires du meublé de prélever son courrier dans le tas et de le lui réexpédier. Mais je ne pensais pas que Greenleaf eût révélé à quiconque son nouveau pseudonyme et sa nouvelle adresse.

— Ça me dit rien non plus, déclara finalement la logeuse. Mes locataires ont des copains qui viennent les voir, pas vrai, et je vois toujours beaucoup de monde. Le seul type que je verrais pourrait pas être le vôtre ; c'était un Français...

— Quoi ?

Je lui offris une cigarette qu'elle refusa. J'en allumai une moi-même et continuai, réprimant mon excitation :

— Un Français venait vous voir régulièrement ? Je me souviens d'avoir entendu mon associé dire une fois ou deux que ce Greenleaf avait un accent ! Qu'est-ce qu'il voulait, ce Français ?

Elle s'absorba dans ses réflexions.

— Ben... maintenant que j'y pense, y venait régulièrement, en effet... Et presque toujours dans la première semaine du mois... Je m'en souviens parce qu'y me demandait si j'avais quèque chose de libre... Mais quand mes locataires s'en vont, c'est en général le dernier jour du mois, comme de juste... Lui, y venait toujours trop tard, et je lui répétais chaque fois de venir avant la fin du mois, mais y pouvait jamais, et je lui ai jamais loué de chambre...

Tandis qu'elle parlait, je pesais le pour et le contre. Un spécialiste de l'abus de confiance est toujours un bon acteur et ce Greenleaf, qui disposait apparemment d'une certaine connaissance de la langue française, n'avait dû avoir aucun mal à se faire passer pour un authentique Français, aux yeux de quelqu'un d'aussi stupide que cette logeuse. Chaque mois, il venait demander une chambre... quand il était sûr de n'en pas trouver, et tout en baratinant la taulière, se débrouillait pour subtiliser son relevé de compte. Greenleaf était un type prudent. Si jamais les choses tournaient mal, l'adresse de Spruce Street ne devait, en aucun cas, permettre à quiconque de remonter jusqu'à lui...

— Comment était-il ? questionnai-je.

— Oh... un grand échalas... plus grand et plus maigre que vous...

Elle se replongea dans ses souvenirs.

— A vrai dire, j'ai jamais bien fait attention à lui... Mais en y réfléchissant, ça devait être un homme d'une cinquantaine d'années... Ah... une chose que je me rappelle, tout de même : il avait un grand nez ! Oui, oui, ça j'en suis sûre, il avait un tarin comme ça... gros et grand comme ça... dans une figure maigre. Et aussi des cheveux gris, et toujours bien sapé !

Je lui remis les deux billets de vingt dollars.

— Merci beaucoup, madame, je suis certain que c'est mon homme. Si vous vouliez m'accompagner au poste de police pour essayer de l'identifier parmi les photos qu'ils ont entre les mains, je vous paierais encore cinquante dollars pour votre dérangement.

Elle glissa les quarante dollars dans son décolleté douteux et secoua la tête avec énergie.

— Moi, ce que j'en ai dit, c'est pour vous aider gentiment, en voisine, mais je veux rien avoir à faire avec les flics, ça, jamais !

Je la remerciai encore et m'éclipsai. J'étais bougrement content de mon voyage. Un visage maigre, un grand nez, des cheveux gris, cinquante ans, grand et mince... la silhouette se précisait, la tête commençait à se dessiner.

Un jour ou l'autre, je séparerais cette tête du reste de la silhouette !

15

Convaincu d'avoir irréfutablement établi, dans le cadre fixé par la loi, non seulement la réalité du meurtre, mais aussi l'identité de la victime, Cannon cherchait maintenant à établir le mobile du crime.

Seul un fou peut tuer sans mobile, et la clarté d'esprit de l'accusé ne faisait aucun doute. Dans le cas présent, Cannon ne voyait, à son crime, qu'un seul mobile possible : le chantage. Isham Reddick, chauffeur-valet de chambre, avait fait chanter son maître. Las de se laisser pressurer, le maître avait supprimé le valet, et tenté vainement d'échapper à la justice en brûlant le cadavre ! Dans le but d'étayer par des faits tangibles la véracité des chiffres inscrits par Reddick au dos de la fameuse enveloppe, Cannon avait convoqué trois témoins Le premier de ces témoins était une certaine Miss Beatrice Hyman, vendeuse dans une bijouterie de la Cinquième Avenue, que Franklin Cannon attaqua en ces termes :

— Miss Hyman, parmi les papiers personnels découverts dans la chambre d'Isham Reddick figurait un récépissé de vente que vous avez reconnu avoir rédigé vous-même...

— Oui, monsieur. Il s'agissait d'un reçu de trois cent cinquante dollars correspondant au prix d'une montre-bracelet vendue l'année dernière à Mr. Reddick.

— L'année dernière, à quel moment exact, Miss Hyman ?

— D'après le registre de vente, le dix-sept octobre.

— Miss Hyman, voulez-vous regarder attentivement cette photographie et, si vous le pouvez, identifier l'homme qu'elle représente.

Béatrice Hyman, longue pin-up au maintien plein de distinction, examina soigneusement la photo avant de déclarer :

— C'est bien l'homme à qui j'ai vendu la montre en question.

— Et cet homme vous a lui-même donné son nom ?

— Oui, monsieur ! Isham Reddick. C'est d'ailleurs à ce nom que le reçu est établi.

— Parfait... Puis-je vous demander, Miss Hyman, si vous vendez souvent des montres à trois cent cinquante dollars ?

— Pas très souvent.

— La clientèle de cette bijouterie où vous travaillez, je crois, depuis des années est, en général, une clientèle aisée ?

— Oui, monsieur.

— Vous avez, je suppose, des montres à meilleur marché ?

— Nous en avons à partir de soixante-quinze dollars, qui n'en sont pas moins d'excellents articles.

— Avez-vous montré de tels articles à Mr. Reddick ?

— Oui, monsieur. Je me souviens de lui en avoir montré, ainsi qu'à cent cinquante, deux cent vingt-cinq et deux cent soixante-quinze dollars. Mais il a choisi une montre-bracelet à trois cent cinquante dollars.

— Qu'il a payée en espèces ?

— Oui, monsieur, et en gros billets.

— Pourquoi cette précision, Miss Hyman ?

— La plupart de nos clients ont un compte dans la maison. Quelques-uns paient comptant, et généralement en gros billets. Si Mr. Reddick m'avait réglé trois cent cinquante dollars en petites coupures, je m'en souviendrais, car le fait est extrêmement inhabituel.

— Et vous n'avez pas conservé le souvenir d'un tel détail ?

— Non, monsieur. Je suis sûre qu'il n'y avait pas plus d'une demi-douzaine de billets, au grand maximum.

— Une dernière question, Miss Hyman, vendez-vous souvent des montres de trois cent cinquante dollars à des chauffeurs ?

— Certainement pas ! s'exclama Béatrice Hyman d'une voix un tantinet goguenarde.

Cannon la remercia, mais visiblement décidé à battre le fer pendant qu'il était encore chaud, Denman contre-attaqua immédiatement :

— Miss Hyman, quand un client que vous voyez pour la première fois pénètre dans votre magasin, lui demandez-vous quelle est sa profession ?

— Bien sûr que non !

— Mais comme vous travaillez depuis des années dans cette bijouterie, vous êtes désormais capable de discerner, du premier coup d'œil, la profession des clients que vous ne connaissez pas encore ?

— Mais non, monsieur, certes non !

— Isham Reddick était-il donc en livrée, lorsqu'il est venu vous acheter cette montre ?

— Non, il n'était pas en livrée, et sa profession ne m'intéressait pas spécialement...

— Alors, comment diable avez-vous pu découvrir qu'il était chauffeur ?

— C'est Mr. Cannon qui...

— Jusqu'à ce que Mr. Cannon vous le dise, vous ne saviez donc pas que Reddick était chauffeur. Et pour autant que vous le sachiez, il vous est peut-être arrivé de vendre des montres, des diamants et autres articles coûteux à des chauffeurs, sans soupçonner un instant que vous aviez affaire à des chauffeurs...

— Ça n'est pas impossible, effectivement ! concéda Beatrice Hyman, de plus en plus furieuse.

— Vous nous avez dit d'autre part, éluda Denman, que vous aviez des montres à partir de soixante-quinze dollars. Ces montres étant les moins chères que vous ayez en magasin, pouvez-vous me dire quelles sont les plus chères ? Parmi les montres d'homme, bien entendu.

— Je ne connais pas tous les prix par cœur, mais ça peut aller jusqu'à plusieurs milliers de dollars.

— Plusieurs milliers de dollars... Entre soixante-quinze dollars et plusieurs milliers de dollars, Isham Reddick n'a pas choisi un article à deux mille dollars, ni même à quinze cents dollars, ni même à cinq ou six cents dollars, mais à *trois cent cinquante* dollars... S'il désirait une montre précise et de très bonne qualité, et qu'il eût économisé son argent en vue d'effectuer cet achat, voyez-vous une raison valable qui interdit à un chauffeur d'acheter chez vous une montre d'un prix finalement très inférieur à *votre* moyenne ?

— Non, monsieur, absolument aucune ! répliqua Béatrice Hyman avec dignité.

L'avocat de la défense la remercia, et la jolie vendeuse descendit élégamment de son perchoir.

Mr. Dann, de la maison Dann et Glend, tailleurs pour messieurs, était un homme d'une cinquantaine d'années, vêtu avec un peu trop de recherche, qui se présenta lui-même, modestement, comme le « principal associé de la maison exclusive qui avait l'honneur d'habiller tant de New-Yorkais distingués et autres personnalités nationales ».

— Votre magasin, questionna Cannon, est bien situé dans Madison Avenue ?

— Oui, monsieur. Depuis bientôt trente ans !

— Vous et votre associé... Mr. Glend... vous recevez personnellement toute votre clientèle ?

— Bien entendu, nous avons des tailleurs spécialisés qui procèdent aux diverses opérations de coupe, d'essayage et de finition, mais Mr. Glend et moi-même nous occupons toujours personnellement de nos clients. La confection d'un complet... d'un bon complet... est une affaire strictement personnelle, et nous n'avons jamais envisagé d'employer des... vendeurs salariés !

Tout en discourant, il examinait d'un œil professionnel le costume de Franklin Cannon, et ce qu'il voyait ne lui semblait évidemment pas au-dessus de toute critique.

— Mr. Dann, vous vous souvenez d'avoir vendu trois complets à un nommé Isham Reddick ?

Le tailleur acquiesça, identifia formellement la photo déjà présentée à Beatrice Hyman, et Cannon poursuivit :

— Voulez-vous nous expliquer, Mr. Dann, comment les choses se sont passées ?

— Eh bien, commença Dann en croisant soigneusement ses longues jambes habillées de flanelle grise, ce... hem... monsieur est entré dans le magasin, et c'est moi qui me suis occupé de lui, mon associé, Mr. Glend, étant à ce moment-là occupé avec un de nos vieux clients. J'ai informé ce monsieur que nous faisions uniquement le complet sur mesure... Le... costume qu'il portait était un article de confection d'un tissu très ordinaire, et je ne pensais pas que nos prix pussent l'intéresser... Des gens pénètrent ainsi quelquefois dans notre magasin, s'imaginant selon toute évidence que nous faisons aussi le prêt-à-porter... ce que, bien sûr, nous n'avons jamais fait ! Ils se retirent très vite, en général, quand nous leur annonçons nos prix...

— Quels sont vos prix, Mr. Dann ?

— A partir de deux cents dollars, premier tarif, selon le tissu choisi et la coupe.

— Vous avez donc fourni ces indications à Isham Reddick, et que vous a-t-il répondu ?

— Il m'a répondu qu'il désirait commander trois complets. Les tissus choisis étaient, je m'en souviens, respectivement gris fumée, gris clair et bleu de nuit. Mr. Mat a relevé ses mesures, et comme ce monsieur n'avait pas encore de compte dans la maison, je l'ai prié de bien vouloir nous régler immédiatement le prix du tissu et de la coupe, le solde étant payable à livraison des complets.

— Reddick a-t-il présenté quelque objection ?

— Non, monsieur. Il m'a immédiatement versé quatre cents dollars.

— Lors de cette première visite, il vous a versé quatre cents dollars ? En espèces ?

— Oui, monsieur. Il m'a remis la somme en quatre billets de cent dollars.

— Vous souvenez-vous encore du complet qu'il portait ce jour-là ?

— Je me souviens d'avoir remarqué à quel point il était médiocre, mais serais incapable de vous donner un seul détail précis. Je pense, d'ailleurs, qu'il n'y avait justement aucun détail à remarquer... c'était ce genre de complet, si vous voyez ce que je veux dire !

— Qu'entendez-vous exactement par l'expression « complet médiocre », Mr. Dann ?

— N'importe quel costume fabriqué en série pour un prix inférieur à cinquante dollars ! rétorqua promptement le tailleur.

— Avez-vous été surpris de voir Isham Reddick commander, non pas un, mais trois de vos complets sur mesure ?

— Certes oui ! Il n'avait pas l'air de pouvoir se permettre...

— Objection !

Le juge se rangea du côté de Denman qui, l'accusation en ayant terminé avec le témoin, commença aussitôt son contre-interrogatoire.

— Mr. Dann, voulez-vous jeter un coup d'œil au complet que je porte, et me dire si vous le considérez comme un article médiocre, fabriqué à bas prix ?

— Puis-je l'examiner de plus près, monsieur ?

— Certainement...

Denman vint se planter devant le témoin, qui se pencha vers lui pour jeter un coup d'œil aux revers du veston, ainsi qu'aux boutons des manches.

— Eh bien, Mr. Dann ? insista l'avocat, souriant.

— Votre complet, monsieur, annonça le tailleur, très digne, a été fait par Meade et Thomas, concurrents directs depuis un quart de siècle, de ma propre maison, et qui jouissent, je dois le dire, d'une excellente réputation. Vous l'avez payé deux cent cinquante dollars, minimum, et vous auriez pu faire une meilleure affaire !

Une vague de rires déferla sur l'assistance. Denman s'inclina, toujours souriant, et riposta :

— Entièrement d'accord, cher monsieur ! La prochaine fois, je viendrai certainement vous voir... Mais considérons, si vous le voulez bien, les complets achetés par Isham Reddick... complets qui, à deux cents dollars, devaient constituer une excellente affaire. Nous sommes bien d'accord sur ce point, Mr. Dann ?

— Naturellement !

— Vous ne voyez rien d'extraordinaire dans le fait qu'un homme consacre deux cents dollars à l'achat d'un complet ?

— Je le vois maintes fois chaque jour ! répliqua le tailleur.

— Même l'achat simultané de trois complets à deux cents dollars constitue une affaire excellente ?

— Excellente et plus qu'excellente ! Les complets durent plus longtemps, et restent plus longtemps convenables, lorsque vous les portez à tour de rôle. Tout gentleman devrait posséder pour le moins quatorze complets !

— Certainement ! approuva Denman. Isham Reddick vous a donc versé les deux tiers de sa commande, soit quatre cents dollars. Vous a-t-il jamais réglé le solde ?

— Non, monsieur. Il est venu pour les essayages, et nous n'avons plus jamais entendu parler de lui. Au bout d'un certain temps, nous avons appelé le numéro que Reddick nous avait donné, un policier a pris la communication et... vous savez le reste !

— Mais vous pensez toujours que ces complets étaient une excellente affaire ?

— Absolument !

Denman remercia le témoin. Acheter une montre à trois cent cinquante dollars, et commander simultanément trois complets à deux cents dollars était peut-être une preuve de bon sens, mais l'avocat de la défense savait fort bien, malgré tout, que le jury n'éprouverait aucune sympathie pour ce genre de « bon sens », manifesté par un chauffeur à deux cent cinquante dollars par mois.

Anthony Gillick, employé à l'agence de voyage Monterey, identifia lui aussi la photographie d'Isham Reddick, et raconta comment celui-ci s'était présenté à son bureau, le vingt novembre de l'année précédente, pour retenir une place à destination de Paris.

— Quand et dans quelles conditions désirait-il voyager ? demanda Cannon.

— Le vingt-quatre novembre, sur un appareil de luxe.

— Quelle est la différence entre un voyage normal et le même voyage en catégorie de luxe ?

— Environ cent cinquante dollars.

— Et quand Isham Reddick désirait-il revenir ?

Gillick secoua la tête.

— Je n'en sais rien. Il n'a pris qu'un aller simple. Je lui ai dit qu'il économiserait de l'argent en prenant un aller et retour, valable jusqu'à douze mois, mais il m'a répondu qu'il n'avait pas l'intention de revenir.

— Il vous a dit qu'il n'avait pas l'intention de revenir ?

— Oui, monsieur.

— Incidemment, Mr. Gillick, combien coûtait ce billet pour Paris ?

— Cinq cent soixante-quinze dollars.

— Isham Reddick vous a-t-il payé immédiatement cette somme.

— Oui, monsieur. En espèces.

— Avez-vous jamais revu Isham Reddick ?

— Non, monsieur. La veille du départ, nous avons appelé sa

résidence, pour lui confirmer l'heure d'envol et le numéro de sa place... comme nous le faisons toujours...

Gillick s'interrompit pour avaler sa salive, ce qui fit danser comiquement sa pomme d'Adam.

— La personne qui m'a répondu... m'a informé que... eh bien, que Mr. Reddick était mort.

— Isham Reddick semble avoir été un homme extrêmement occupé ! supputa Franklin Cannon, observant le témoin du coin de l'œil. Cinq cent soixante-quinze dollars pour un billet d'avion... quatre cents dollars pour une note de tailleur... trois cent cinquante dollars pour une montre-bracelet... soit au total treize cent vingt-cinq dollars...

— Est-ce un monologue, ou un interrogatoire ? s'informa Denman, sarcastique.

Exagérant légèrement la lenteur de sa volte-face, Cannon se retourna vers l'avocat de la défense.

— Oh, excusez-moi, je vous prie... Merci beaucoup, Mr. Gillick...

Avec une sorte de lourd fatalisme, Denman amorça son contre-interrogatoire.

16

Je rentrai à New York et les longues nuits recommencèrent... Les longues nuits durant lesquelles je battais et coupais et rebattais les faits dont je disposais avant de les répartir devant moi en d'interminables réussites.

J'avais découvert que les longs trajets nocturnes, en métro, stimulaient mes facultés mentales, et je passais le plus clair de mes nuits dans la dernière voiture d'une des rames directes de la Septième Avenue, à regarder les trous noirs des tunnels décroître en arrière du train comme des fusées de ténèbres. Les lumières viraient du rouge au jaune et du jaune au vert sur notre passage et les rails étaient de longs reptiles capricieux rampant vers leurs antres souterrains aux profondeurs abyssales. Une rame de métro ne martèle pas le rythme régulier, implacable, des trains ordinaires, mais il y a dans sa façon pressée, impersonnelle, de dévorer la distance, quelque chose de définitif et d'irrésistible qui semble déjà promettre la bonne arrivée à destination.

Et ma destination s'appelait Greenleaf.

Je savais maintenant qu'il était grand et mince ; qu'il avait des cheveux gris, un nez gros et long ; et qu'il possédait une certaine connaissance de la langue française. J'étais à peu près certain, toutefois, qu'il n'était pas français. Tally ne m'avait rapporté aucune réflexion de Will Shaw au sujet d'un accent quelconque, et lorsque j'avais, avec elle, analysé la façon de s'exprimer de Greenleaf, elle ne m'avait pas signalé, elle non plus, le moindre accent. Greenleaf avait délibérément joué le rôle d'un Français, au profit de la logeuse de Philadelphie. S'il avait été réellement français, il eût sans doute fait l'impossible pour cacher sa nationalité.

Son physique le rendait apte à tenir aisément trois rôles principaux, qu'il avait sans nul doute joués alternativement au cours de sa carrière. Ce type de grand gaillard plus ou moins dégingandé, au long et large nez piqué dans un visage maigre, correspond, aux U.S.A., à la conception classique du cow-boy de l'Ouest, en Angleterre, à celle du chasseur cent pour cent britannique, en France, à celle de l'officier de carrière. Ceci, moyennant un simple changement d'accent. Et l'accent anglais, particulièrement dans l'est des Etats-Unis devient très souvent difficile à distinguer — par exemple — de l'accent de Boston.

Cette expression française utilisée par Greenleaf, au cours de sa conversation avec Tally, m'inclinait à croire qu'il avait joué, vis-à-vis du vieux Will Shaw, le rôle d'un Anglais ou d'un homme de l'Est doté d'une vaste culture. Peut-être même avait-il prétendu remplir à Washington une quelconque fonction diplomatique ? (D'où ses rapports avec les gens de la Monnaie)... J'étais convaincu, d'autre part, qu'une fois en possession des plaques, Greenleaf adopterait un nouveau rôle aussi différent que possible de ceux qu'il avait joués précédemment, Anglais ou Bostonien et... Français. Des trois rôles essentiels auxquels se prêtait son physique, un seul restait disponible : celui d'un homme de l'Ouest. Pas un cow-boy, naturellement, pas un cul terreux sortant de sa brousse natale, mais un type du Texas, de l'Arizona ou du Nouveau Mexique...

Mes recherches viseraient donc en premier lieu un Américain du Sud-Ouest, grand, maigre, aux cheveux grisonnants. Mais où commencer mes investigations ? En d'autres termes : où Greenleaf irait-il pour écouler sa monnaie de singe ? Pas dans une petite ville, bien sûr. Les petites villes se montrent toujours trop curieuses à l'égard des étrangers, surtout lorsqu'ils paraissent avoir l'argent facile. En outre, si jamais l'un des faux billets venait à être repéré, il serait beaucoup trop aisé, dans une petite ville, de remonter jusqu'à sa source.

L'endroit idéal pour écouler de la fausse monnaie, c'est New York, Chicago ou Los Angeles, métropoles tentaculaires où vont et viennent sans arrêt les touristes. Et le plan idéal pour écouler des contrefaçons, et simultanément acquérir la respectabilité que donne un solide compte en banque, c'est de régler la plupart de ses achats avec des billets de dix ou vingt dollars, et de déposer à la banque la monnaie authentique ainsi accumulée. Pas question, bien entendu, d'y déposer le moindre faux billet !

Or, New York est bien le premier endroit du pays où l'on puisse donner un billet de vingt dollars pour payer un paquet de cigarettes et recevoir sa monnaie sans attirer la moindre attention. A New York, Greenleaf pourrait écouler des gros billets toute la journée sans jamais pénétrer deux fois dans le même magasin... Et puis, il y avait encore autre chose : presque tous les spécialistes de cette catégorie sont eux-mêmes des poires invétérées qui ne peuvent résister à l'attrait des lumières, des filles faciles et des alcools de choix. New York offrait à Greenleaf un champ d'action illimité pour convertir, le jour, ses copies en originaux négociables, et, la nuit, dépenser sans compter ces mêmes copies dans les cabarets et autres boîtes à pin-up et à champagne.

Mon raisonnement comportait des lacunes, mais il fallait bien commencer quelque part et j'allais donc commencer à New York, non sans avoir légèrement modifié mon apparence, au cas probable où Greenleaf m'aurait vu, à Philadelphie, en compagnie de Tally... Mon premier geste fut de raser ma moustache (j'ai le poil très noir et cette moustache avait toujours composé avec mes cheveux et mes sourcils foncés, un excellent « masque de scène »... beaucoup trop facile à retenir). Je ne touchai pas à mes cheveux. La teinture demande trop de soins pour rester impeccable. En revanche, je décolorai partiellement mes sourcils, et complétai ma transformation en ménageant une brèche dans mes incisives.

Je m'explique ! J'avais perdu cette dent, bien des années auparavant, au cours d'une bagarre qui avait opposé, dans un bled du Sud, une partie de la troupe du cirque aux « caïds » du coin. J'avais fait remplacer cette incisive, aussitôt que possible, par une dent postiche montée sur un bridge amovible. Il me suffit, par conséquent, de me débarrasser de ce bridge pour que mon nouveau visage ressemblât assez peu à l'ancien. Le B.A. BA du maquillage a toujours été, et sera toujours, d'employer aussi peu de maquillage que possible...

La question de ma nouvelle identité se trouva réglée, elle aussi, d'une façon relativement simple. Lors de cette fameuse bagarre qui m'avait coûté une dent, le conducteur d'un des camions transportant la ménagerie avait été tué. Il s'appelait Isham Reddick et j'avais si souvent voyagé avec lui, dans la cabine du camion, que je connaissais pratiquement par cœur l'histoire de sa vie. La nuit de la bagarre, les flics du secteur, intelligents comme savent l'être les flics de petites villes, avaient perdu les pédales et tiré quelques coups de feu dans l'obscurité. Isham Reddick avait stoppé l'un des pruneaux et la municipalité du bled l'avait fait enterrer sans publicité ni fanfare dans un petit cimetière baptiste situé en lisière de la bourgade...

L'épisode avait été suffisamment frappant pour rester à jamais gravé dans ma mémoire et je n'avais pas oublié, non plus, le nom exact du pays natal de Reddick. C'était Rocky, Colorado, que ses parents avaient quitté alors que Reddick était encore tout gosse. J'écrivis à l'état civil de Rocky, Colorado, en joignant un billet de cinq dollars, disant que je m'appelais Isham Reddick et que je désirais une copie de mon certificat de naissance. Dix jours plus tard, je reçus une petite carte officielle, couverte de tampons et de signatures et certifiant que ma naissance était enregistrée au folio trente-trois, volume vingt-six, etc., etc. Incroyable, mais vrai, on me retournait aussi la somme de trois dollars !

Il ne me restait plus qu'à mettre au point mon système de surveillance autour des boîtes à gogos les plus chères et les plus clinquantes de New York. Comme je ne pouvais faire la tournée des lieux-où-l'on-est-censé-s'amuser et poser partout des questions sans risquer d'alerter Greenleaf, je commençai par me bâtir une bonne façade. Je remplis une demande pour un permis de taxi, passai les examens nécessaires et l'obtins... sous le nom d'Isham Reddick. N'ayant jamais été condamné, je savais que mes empreintes ne figuraient pas sur les fiches de la police, et par bonheur le casier judiciaire du vrai Reddick était vierge, lui aussi...

La ville de New York possède autant de compagnies de taxis qu'elle possède de piétons. Je choisis l'une des plus importantes, en me disant qu'avec des effectifs semblables, le mouvement de personnel devait y être incessant, et demandai à travailler de nuit... c'est-à-dire de six heures du soir à six heures du matin. Ma demande fut rapidement agréée, et l'on m'assigna un invraisemblable char à bancs peint aux couleurs de la compagnie — cercles rouges sur fond orange — qui se déplaçait avec la légèreté silencieuse et primesautière d'un éléphant égaré dans un champ de cloches à melon. Mais j'étais la dernière roue de la charrette (en ma qualité de dernier conducteur engagé), et je n'avais pas le choix des véhicules ; c'était à prendre ou à laisser... Chaque soir, je traînais donc ma guimbarde dans les rues de Manhattan, de Brooklyn et du Bronx. J'avais besoin de gagner ma croûte, fût-ce chichement, pour ne pas trop écorner mon petit capital, et je devais justifier, aussi, d'un certain kilométrage. Après minuit, cependant, je travaillais aussi peu que possible. Je me garais avec les autres devant une des boîtes de nuit, bavardant avec les collègues et surveillant la clientèle. Un par un, les taxis remontaient la queue jusqu'à prendre la première position. Quand je pouvais le faire sans attirer l'attention, je m'esquivais à vide, ou de toute manière déposais mon client en quatrième vitesse et filais me poster devant une autre boîte. Chaque matin, mon kilométrage insuffisant me valait un savon carabiné du contremaître de nuit, et la menace vociférée de me sacquer avec perte et fracas... Mais comme les chauffeurs n'étaient pas légion, et que je continuais à conduire, sans jamais protester, le plus vieux tas de ferraille du garage, jamais les menaces n'étaient mises à exécution et je reprenais, soir après soir, mon petit bonhomme de chemin.

Je repérai ainsi maints suspects dont l'allure générale correspondait au signalement, combien sommaire, de Greenleaf. Une nuit, par exemple, je crus bien l'avoir trouvé, et dis au portier de la boîte :

— Qui c'est, ce mec-là ? Il a l'air d'une sacrée légume...

Je désignais en douce un grand échalas grisonnant, d'aspect distingué, qui venait de sortir du cabaret avec une somptueuse rouquine accrochée au bras.

— Oh, celui-là ? C'est un gros fermier, un nommé Cready... Un type extra ! Tout ce que j'ai à lui dire, c'est « Bonsoir, Mr. Cready », et je suis bon pour un talbin de dix dollars !

Je sifflai d'un air impressionné.

— Fichtre ! Y doit être drôlement plein aux as !

— Ça, tu peux le dire, mon petit pote ! Un vrai nabab ! Y dépense le pognon comme si ça lui brûlait les mains. Paraît que c'est une grosse tête dans son bled. Et quand y vient à New York, y descend toujours au *Van Dyke Plaza*, jamais ailleurs...

— Longtemps que tu le connais ?

— Oh, y a bien quatre, cinq ans qu'y vient régulièrement à la boîte. Et toujours avec des poupées du tonnerre...

Quatre, cinq ans, ça ne pouvait donc pas être Greenleaf, et cette conversation donne le ton de toutes les autres. Parfois, mes espoirs duraient un peu plus longtemps. Quelquefois, je suivais le suspect jusqu'à son hôtel ou son domicile... pour y découvrir que j'avais fait fausse route. Le travail nocturne, cependant, ne m'était pas à charge. J'avais toujours plus ou moins travaillé la nuit. La plaie ouverte par la mort de Tally était maintenant en voie de cicatrisation sinon d'oubli total. Mais j'avais vécu trop longtemps avec ma haine envers Greenleaf pour être jamais capable de la perdre. Je m'étais trop souvent récité les litanies de la vengeance pour pouvoir les désapprendre avant que cette vengeance ne soit consommée.

Et finalement, bien sûr, je trouvai Greenleaf. Je le trouvai comme j'avais toujours su que je le trouverais. La première fois que je le vis, il était un peu ivre et discutait sous le dais du *Copabonga Club* avec une blonde incendiaire cramponnée à ses basques. Fourrant quelques billets dans les mains de la fille, il l'escorta jusqu'au plus proche taxi, revint échanger quelques mots avec le portier de la boîte et, tandis que celui-ci appelait un deuxième taxi, lui glissa également un billet dans la main.

J'étais en cinquième position dans la file et, bien que l'individu fût un quinquagénaire grand et maigre et apparemment fort prodigue, je n'étais pas en mesure de me dégager assez vite pour le suivre. Quittant mon tacot, j'allumai une cigarette et m'approchai du portier, un géant de deux mètres nommé Ozzie, que je connaissais à présent comme je connaissais presque tous les portiers de cabarets de la ville.

— Qui c'est, ce type-là ? dis-je à Ozzie en étouffant un bâillement.

— Un gars du Texas... Il a des puits de pétrole là-bas... et il oublie jamais d'en emporter avec lui !

Dépliant son énorme poing fermé, Ozzie me montra le billet de vingt dollars niché au creux de sa main.

La vieille excitation, désormais familière, s'était emparée de moi, et je n'eus pas à feindre la convoitise avec laquelle je déclarai :

— Fichtre ! J'aimerais bien le trimbaler, un de ces quatre ! Il vient souvent dans ton bastringue ?

— Oh... une fois par semaine !

— Un habitué, quoi ?

— Ouais... Depuis trois ou quatre mois... Jusqu'à ce qu'il retourne récolter son pétrole dans le Texas...

Trois ou quatre mois, pétrole et Texas, le temps pouvait coller, la mascarade aussi.

— Comment qu'y s'appelle ?

— Mr. Ballard Humphries, dit Ozzie en traînant sur les syllabes comme un homme de l'Ouest.

J'avais eu soin, naturellement, de noter dans un coin de ma mémoire la compagnie et le numéro du taxi qui avait pris le type en charge. Le lendemain soir, je retrouvai le chauffeur dans la file, devant le *Copabonga Club*, lui offris une cigarette et lui demandai s'il était satisfait de l'homme du Texas qu'il avait chargé la nuit précédente.

— Bah, y sont tous pareils, riposta mon collègue en haussant les épaules.

— Sauf que celui-là est millionnaire ! C'est Ozzie qui me l'a dit...

— Ouais... Ça ne m'étonne pas ! Y m'a refilé dix dollars pour un compteur d'un cinquante...

— Y doit loger dans une crèche au poil ?

— Bah, vu de l'extérieur, tu sais... Y perche dans la Quatre-vingt-neuvième. Une grande baraque de meulière, vers le milieu du pâté de maisons...

Je fis semblant de réfléchir.

— Ouais, je vois où c'est... Je crois même que je vois la maison... Y a une rampe de cuivre de chaque côté du perron.

Le chauffeur réfléchit à son tour et secoua la tête.

— Non, celle dont je te parle, elle a une grande porte vitrée avec une grille en fer forgé.

— Bah, presque toutes les portes sont comme ça, dans cette rue. Je te parie qu'y a une rampe de cuivre...

— Des clous. C'est la troisième ou la quatrième après un grand immeub' de rapport. Je revois bien la baraque. Y a pas plus de rampe en cuivre que de beurre en broche !

— T'as peut-être raison, après tout. On va pas se chamailler pour si peu !

Lorsque je regagnai ma guimbarde, quelques instants plus tard, j'avais l'estomac serré, mais c'était d'impatience et non plus de désappointement et de rage comme cela s'était produit si souvent au cours des mois écoulés. J'attendis que mon collègue eut quitté la file pour retourner bavarder avec Ozzie, le portier.

— Tu te souviens de ton millionnaire du Texas d'hier soir ? lui dis-je sans autre préambule. Comment qu'y s'appelait, déjà ?

— Humphries. Pourquoi ?

— Ben, j'ai pas mal gambergé, depuis hier. Je commence à en avoir ma claque de faire le taxi, et je me suis demandé si ce Mr. Humphries voudrait pas des fois engager un chauffeur. J'aimerais lui poser ma candidature.

— Qu'est-ce qui t'en empêche ? T'as pas besoin de mon autorisation !

— Comment que tu veux que je fasse ? Que je vienne lui taper sur l'épaule quand y sort d'ici à moitié gelé, et que je lui dise : « M'sieur Humphries, ça vous plairait de m'engager comme chauffeur ? » Non, faut de la diplomatie. Et j'ai pensé que si je pouvais le charger, un de ces matins, tout en roulant, j'aurais peut-être ma chance de lui poser la question...

La sortie d'un groupe de quatre personnes nous interrompit un instant. Ozzie héla un de mes confrères, aida les quatre passagers à embarquer sans encombre, empocha son pourboire et claqua la portière. Lorsqu'il me rejoignit, il me fit comprendre sans ambages que je lui cassais les pieds.

— C'est à toi de résoudre le problème, mon vieux. Moi, j'peux rien faire...

— Si, justement, tu peux. Tiens, v'là vingt dollars... rien que pour me refiler ton Humphries la prochaine fois qu'y vient ici... Et vingt autres pour toi si je décroche la timbale, O.K. ?

Ozzie fit disparaître les vingt dollars, et me toisa de toute sa hauteur.

— Qu'est-ce que je risque ? Mais je vois pas comment tu comptes t'y prendre...

— C'est pas difficile... A partir de demain, je me place pas dans la file. Je me gare là-bas au coin de la rue et j'ouvre l'œil. Quand il sort, tu le fais traîner le plus que tu peux avant d'appeler un taxi. Je rapplique en vitesse et je le cueille au vol...

— Tes copains vont aller au pétard ! me prévint Ozzie avec indifférence.

— T'auras qu'à dire au gars à qui je l'aurais soulevé que je lui refilerai dix dollars pour sa peine. Ça devrait suffire à lui rendre sa joie de vivre !

— Ça va, dit Ozzie. Mais oublie pas que tu me devras vingt dollars.

— J'ai qu'une parole, mec, ripostai-je. Surtout quand j'ai affaire à des costauds comme toi !

Nous exécutâmes le plan prévu à la lettre, et le mardi suivant, vers trois heures du matin, Humphries ressortit du *Copabonga Club* en compagnie d'une brune flexible qui, bien que suffisamment jeune pour pouvoir être sa fille, avait l'air de posséder assez d'expérience pour pouvoir être sa mère. Ozzie retarda le couple comme convenu, je décollai de mon poste d'observation et stoppai devant le cabaret. Mon copain le portier hissa l'homme du Texas et sa compagne à l'intérieur du véhicule et Ballard Humphries me donna, avec un terrible accent de l'Ouest, la fameuse adresse de l'immeuble à porte vitrée de la Quatre-vingt-neuvième Rue.

Je redémarrai, et tous deux se mirent à jouer au petit soldat, sur le siège arrière. Au bout de quelques minutes, je me raclai la gorge avec assez d'énergie pour couper net les petits éclats de rire excités de la fille, et, dans le silence qui suivit, lançai mon premier ballon-sonde.

— Excusez-moi, monsieur, mais vous me faites l'effet d'un monsieur très cultivé...

La remarque prit Humphries totalement au dépourvu, et dans mon rétroviseur, je le vis nettement se redresser sur son siège.

— Hein ? Voulez-vous répéter, jeune homme ?

Je lui donnai satisfaction et continuai :

— C'est pas que ce soit très important, mais j'aimerais vous demander quelque chose, vu que j'ai l'impression que vous pourriez me renseigner...

— Si je peux vous être utile, mon vieux, glousse Humphries de la même voix traînante, allez-y, je suis tout ouïe !

— Ben, voilà... Ce soir... devant l'immeuble des Nations Unies, j'ai chargé un monsieur et sa dame... des Français, je pense... Quand ils sont descendus, le monsieur m'a dit dans un drôle d'anglais de garder la monnaie... un bon pourboire, d'ailleurs... et quand je l'ai remercié, il m'a dit quelque chose que je n'ai pas compris... Je lui ai dit : « Pardon, monsieur ? » et il s'est mis à rire en disant : « *Don't mention it.* » Je suppose qu'y m'avait dit la même chose avant, en français, et j'aimerais m'en rappeler, comme ça, pour savoir... Alors, comme vous avez l'air d'un monsieur instruit et tout... je me suis demandé si des fois vous connaîtriez pas le français ?

Humphries éclata de rire, manifestement enchanté.

— Je ne croyais pas que ça se voyait tant que ça, mais je suis toujours fier de dire que je suis sorti avec tous mes diplômes de l'Université chrétienne du Texas !

— L'U.C.T. ! répétai-je, admiratif. Ils ont des équipes de football terribles... Je les ai vues souvent dans les actualités. C'est à Waco, pas vrai ?

— Vous l'avez dit, mon vieux ! Les gars de l'U.C.T., rien que des champions ! Comme je vous le disais, j'ai fait mes études là-bas, et j'y ai effectivement appris le français...

— Oh, Ballard ! minauda la fille, tu ne vas pas me dire que tu parles *aussi* le français...

— Mais si, mon enfant, mais si ! crâna Humphries. Et si je ne me trompe pas, ce que notre ami le chauffeur a entendu dire ce soir devait être : « Il n'y a pas de quoi ! »

— Exactement, monsieur ! m'exclamai-je.

— *Eel knee ah paw duh qua !* répéta la fille en battant des mains. Oh, c'est épatant, Ballard ! Et dire que tu sais tout ça !

— Et je ne demande qu'à m'instruire encore, mignonne ! riposta galamment Humphries en faisant, dans l'obscurité du taxi, quelque chose qui eut le don de remettre en route les miaulements excités de sa compagne.

Moi, je pensais à tout autre chose... Baylor University est peut-être à Waco, mais l'Université chrétienne du Texas est à Fort Worth ! Ivre ou non, aucun véritable Texan ne commettra jamais une erreur aussi monumentale !

17

— Asseyez-vous, Humphries, dit Charles Denman en se laissant tomber sur une des deux chaises. Asseyez-vous et parlons...

Le grand gaillard grisonnant au maigre visage profondément marqué s'assit en face de lui et posa ses coudes sur la vieille table de chêne. L'avocat reprit calmement :

— Vous avez suivi les débats, je l'espère, avec une lucidité suffisante pour savoir où nous en sommes exactement, Humphries ? Demain, nous devons commencer à présenter votre défense et c'est pourquoi, ce soir encore, je fais appel, une fois de plus, à votre franchise ! C'est votre vie qui est en jeu, Humphries, non la mienne ! Habituellement, je me fais une opinion sur l'innocence ou la culpabilité de mes clients, et qu'ils soient innocents ou coupables, mon devoir est de veiller à ce qu'ils reçoivent un jugement équitable, dans le cadre des lois en vigueur.

Denman marqua une pause avant de conclure :

— Qu'ils soient innocents ou coupables, je défends toujours mes clients dans la pleine mesure de mes capacités, et plus j'en sais sur leur affaire, plus j'ai de chances de les sauver... mais que je sois pendu si je sais à quoi m'en tenir sur votre compte, Humphries !

— J'ai plaidé non coupable, pas vrai ?

— L'homme que l'on surprend avec son couteau enfoncé dans la gorge de sa victime peut aussi plaider non coupable ! trancha Denman. Mon impression est que vous cachez quelque chose, Humphries... quelque chose ou... quelqu'un ! Ne m'interrompez pas, je vous prie... Ce n'est pas la première fois que je discute ainsi, dans cette pièce, avec un de mes clients... à la veille d'assumer sa défense ! Examinez-la, Humphries ! Combien mesure-t-elle, d'après vous ? Trois mètres sur trois ? Deux petites fenêtres munies de solides barreaux. Une porte bouclée avec un gardien devant. Deux chaises, une vieille table. Bref, un appartement de luxe à côté de ce qui vous attend à Ossining !

« Oui, je me suis assis bien souvent dans cette pièce, pour discuter avec un de mes clients ! Cinquante fois, peut-être... Ou cent fois ? Je ne saurais le dire... Les années aidant, tous les visages se confondent. Certains d'entre eux déjà gris à la perspective des longues années de réclusion à venir. D'autres déjà marqués par la mort... Je cherche à vous effrayer, Humphries... pour obtenir de vous un supplément d'informations qui me permettrait peut-être de vous épargner tout cela...

Denman se renversa sur son siège, étirant sous la table ses longues jambes ankylosées.

— D'autres que vous ont refusé de parler, Humphries, qui avaient mis en lieu sûr des capitaux illicites, et qui ont joué leur vie sur la chance de se retrouver un jour libres et riches... Quelques-uns d'entre eux sont morts en prison, vaincus par les ans avant d'avoir pu rejoindre leur fortune cachée. D'autres sont allés s'asseoir sur la chaise électrique... en hurlant — mais un peu tard — qu'ils étaient prêts à dire toute la vérité. Quelques-uns — pas beaucoup ! — ont pu, effectivement, retrouver leur galette... très peu de temps avant de se faire, à nouveau, cueillir par la police !

— Je ne vois pas où vous voulez en venir, grommela Humphries, l'air hargneux.

— Moi non plus, rétorqua Denman. Une seule chose est sûre : vous ne m'avez pas dit la vérité ! Durant une semaine, Cannon nous a accablés de faits tangibles et de témoignages irréfutables ! Et qu'est-ce que nous avons contre ça ? Rien ! Pas d'alibi ! Pas de témoins ! Pas le plus petit argument ! Pour la dernière fois, Humphries, la vraie dernière, car je n'aurai plus l'occasion de vous parler de cette manière... est-ce que Reddick vous faisait chanter ?

— NON !

Le poing de Ballard Humphries s'abattit violemment sur la table.

— Non, non et non, je vous l'ai déjà dit cent fois ! Reddick ne me faisait pas chanter ! Il ne m'a jamais demandé un traître *cent* !

— Admettons qu'il ait eu l'intention de le faire. Par quel moyen *aurait-il pu* vous soutirer de l'argent ?

Humphries n'hésita qu'une fraction de seconde.

— Aucun moyen. Il n'avait rien contre moi !

Denman se contenait visiblement à grand-peine.

— Ecoutez, Humphries, martela-t-il. Vous avez entendu Cannon. Il vous accuse d'avoir tué Reddick dans la chaufferie, avec le revolver trouvé dans le tiroir de votre commode. Après l'avoir tué, vous avez débité son cadavre sur l'établi disparu, recouvert du carré de grosse toile également disparu, à l'aide de la hachette. Vous avez brûlé le corps dans la chaudière, et fait disparaître la plupart des traces et des cendres. Mais la police est arrivée trop tôt, vous n'avez pas eu le temps de parfaire votre ouvrage et des vestiges de ces cendres ont même été retrouvés dans votre voiture... Comme preuves de ce qu'il avance, Cannon a le doigt de Reddick, un de ses tibias, sa dent, et peut-être son sang. Il prétend qu'après le meurtre, vous vous êtes douché dans la salle d'eau du sous-sol. Le mobile, il croit l'avoir trouvé dans le fait que Reddick vous faisait chanter... il a entre les mains une feuille de calepin portant la mention, inscrite par vous, d'un paiement de huit mille cinq cents dollars... Reddick dépensait son argent comme un marin en bordée ! D'où tenait-il cet argent ? De vous, affirme Cannon. Et il nous oppose des témoins qui ont entendu Reddick déclarer implicitement que sa vache laitière, c'était vous !

« Il a prouvé, d'autre part, que vous n'êtes pas originaire du Texas et que vous n'avez aucune occupation lucrative, aucun revenu officiel ! Reddick était-il renseigné sur ce point ? Est-ce pour dissimuler des informations de ce genre que vous lui versiez de l'argent ?

Denman hocha la tête avec incrédulité.

— Et vous voudriez me faire croire que vous ne cachez pas quelque chose !

— Cannon n'a pas pu prouver que je me livrais à des activités illégales, objecta Humphries.

— L'argent que vous dépensiez provenait bien de quelque part !

— Je suis innocent, éluda Humphries. Reddick était fou. Complètement fou !

— Au point de se suicider, de se couper en morceaux et de se brûler dans votre chaudière ?

— Il a pu se procurer un autre cadavre...

— Ne soyez pas ridicule ! Il est impossible de voler un cadavre et vous le savez aussi bien que moi... Non, l'accusation a contre vous des armes terribles, mais la question n'est pas là. Ce que je veux savoir, Humphries, c'est la raison de tout cela. Pourquoi, Humphries, POURQUOI ?

— Je n'en sais rien, je vous jure que je n'en sais rien...

— Oh si, vous le savez, mais vous ne voulez pas me le dire, c'est bien ça, n'est-ce pas ?

Humphries ne répondit pas, se bornant à secouer la tête avec une sorte d'hébétude. Denman soupira :

— Très bien... Comme vous voudrez... Demain, nous commençons à présenter notre défense. Nous n'avons pas d'alibi pour la nuit du vingt-deux au vingt-trois novembre ; nous n'avons aucun témoin ; nous n'avons même pas l'ombre d'une théorie contraire à celle de l'accusation...

— Je ne suis pas obligé de témoigner, marmotta Humphries.

— C'est exact... Il vaut mieux, en général, que l'accusé s'abstienne de témoigner. Mais il faut bien que nous fassions quelque chose ! Nous n'avons déjà pas de défense. Si vous refusez de témoigner, le jury se demandera pourquoi !

Il se leva pesamment, et contempla pendant une minute ou deux une longue craquelure qui courait en zigzag sur le mur du fond.

— La thèse de Cannon est pleine de fissures comparables à celle-ci, dit-il à mi-voix, comme pour lui-même. Mais faute de faits réels, je suis incapable de les agrandir...

Abruptement, il revint s'asseoir en face de l'accusé.

— Et vous persistez à vous taire, Humphries ? Vous vous obstinez à vouloir jouer votre vie sur l'histoire que vous m'avez racontée ?

— C'est la seule que je puisse raconter, murmura Humphries. C'est la seule... puisqu'elle est vraie.

— Vous avez vu Franklin Cannon à l'œuvre. Vous savez ce qu'il va en faire, de votre histoire ?

Humphries resta silencieux. Denman poussa un nouveau soupir et se dirigea vers la porte.

— Si un seul des jurés vous croit... ou croit une partie, si infime soit-elle, de votre histoire... nous avons peut-être une chance... Une seule !

Il pivota sur lui-même, attendit un instant. Humphries n'eut aucune réaction. Denman se fit ouvrir la porte par le gardien et quitta la pièce.

18

En aidant Humphries à sortir de ma guimbarde, devant chez lui, je le soulageai de son portefeuille et l'empochai discrètement. Simple question de doigté... Vers midi, le lendemain, je sonnai à sa porte pour le lui rendre. Une femme de chambre m'introduisit dans le salon et quelques minutes plus tard, Humphries vint m'y rejoindre, drapé dans un peignoir de soie prune et visiblement en proie à une gueule de bois épouvantable.

— Je m'appelle Reddick, monsieur, expliquai-je. C'est moi qui vous ai ramené, la nuit dernière. Après votre départ, j'ai trouvé ce portefeuille sur le siège arrière de mon taxi. Je pense qu'il ne peut être qu'à vous...

Il l'ouvrit et feuilleta brièvement les billets qu'il contenait : cinq cents dollars en coupures de dix et de vingt. Toutes flambant neuves ! Je les avais comptées moi-même...

— Mon Dieu... merci ! dit-il. Je ne m'en étais pas encore aperçu... Je viens juste de me lever... Pas beaucoup dormi... Difficile de récupérer...

— Oui, monsieur ! approuvai-je en jetant un coup d'œil autour de moi.

Le salon était vaste, avec un haut plafond à rosace et moulures de plâtre, pleines d'un charme vieillot. Une énorme cheminée de marbre sculptée à l'italienne dominait la pièce. Humphries se laissa choir dans un fauteuil Empire, et me tendit mollement cinq billets de vingt dollars.

— Voilà pour la peine que vous avez prise, mon garçon ! dit-il d'une voix plus chaleureuse que son geste.

Je secouai la tête.

— Merci, monsieur, mais c'est beaucoup trop. Vingt dollars suffiront largement...

Ses yeux injectés de sang trahirent sa surprise.

— Vous, alors, vous êtes un type honnête ! constata-t-il.

— Oui, monsieur... Mais vous n'avez pas l'air d'être dans votre assiette... Si vous voulez me permettre... Où est la cuisine, monsieur ?

Marchant dans la direction générale qu'il m'avait indiquée, je découvris une vaste cuisine blanche, avec un réfrigérateur électrique. Le tout était très moderne, mais n'avait pas l'air de servir bien souvent.

J'ouvris une boîte de jus de tomate que je vidai dans un grand verre, ajoutai deux cuillerées de sauce Worcestershire et un soupçon de piment rouge. Quand je réintégrai le salon, Humphries n'avait pas bougé. Je lui tendis ma mixture, il la liquida d'un seul trait, secoua la tête avec un temps de retard et grogna :

— Corsé, votre truc, mais j'en avais besoin ! Quelle gueule de bois, mes aïeux !

Il fit un premier effort pour s'arracher aux profondeurs de son fauteuil et retomba faiblement.

— Je vous remercie encore... Maintenant, faut que je m'habille...

— Je vais vous aider, monsieur...

Il protesta. Je le pris par le bras, le mis sur pied et le poussai doucement vers l'escalier.

— Ça n'a pas d'importance, monsieur, je n'ai rien d'autre à faire...

Une fois au premier étage, tandis qu'il se tenait stupidement sous sa douche, je sortis un complet de sa garde-robe, dépliai sur son lit une chemise et du linge propre. Tout en l'aidant à s'habiller, un peu plus tard, je me remis à flatter sa vanité, comme je l'avais fait, la nuit même, dans mon taxi :

— Ce qu'il vous faudrait, Mr. Humphries... un monsieur riche et distingué comme vous l'êtes... c'est quelqu'un pour vous aider, pour vous épargner les petites difficultés quotidiennes. Avez-vous une voiture particulière ?

— Non. Trop compliqué de circuler et de se garer dans cette foutue ville !

— Pas si vous avez un chauffeur ! Quelqu'un pour entretenir la voiture, vous conduire où vous voulez aller, et revenir vous chercher à l'heure que vous voulez... Franchement, monsieur, c'est la plus grande commodité dont on puisse disposer ! Sans compter qu'il n'est pas prudent de se promener comme vous le faites avec de grosses sommes dans votre portefeuille...

— Foutaise ! bâilla Humphries, somnolent.

— Non, monsieur. Il vous faut quelqu'un pour vous ramener chez vous sain et sauf, la nuit... vous servir et vous aider le jour, à la maison. Et si je puis me permettre de faire le rapprochement, monsieur, je serais moi-même très heureux d'abandonner ma profession de chauffeur de taxi. J'ai toujours rêvé de devenir chauffeur dans une bonne maison...

— Vous êtes marié ? questionna-t-il d'un ton vague.

Une gorgée de bile monta jusqu'à ma gorge menaçant de me suffoquer, mais je la ravalai vivement et dis :

— Non, monsieur. Je suis célibataire

— De la famille à New York ?

— Non, monsieur. Il y a longtemps que je travaille ici, mais je suis né à Rocky, dans le Colorado, et mes parents y sont toujours.

— Rappelez-moi votre nom...

— Reddick, monsieur, Isham Reddick.

— Je n'ai pas beaucoup de personnel, dans cette maison, Reddick. Rien qu'une bonne, une femme de ménage, et un auxiliaire qui s'occupe du chauffage et de diverses petites choses... Mais c'est peut-être à voir... Combien voudriez-vous gagner par mois ?

— Trois cents dollars, monsieur.

— Je vous en donne deux cent cinquante, logé. Je ne prends moi-même que mon petit déjeuner à la maison, mais vous pourrez sûrement vous débrouiller avec la femme de chambre, pour vos repas...

— Oui, monsieur ! acquiesçai-je vivement. Je suis preneur !

Dans l'après-midi, nous allâmes en ville acheter une voiture. J'avais hâte de voir sur quel genre de voiture Humphries jetterait son dévolu... et son choix confirma mes soupçons. Un homme aussi riche qu'il était censé l'être n'aurait pas hésité à se payer une Cadillac de grand luxe, alors que mon patron se contenta d'un engin de dimensions et de prix beaucoup plus modestes. Il ne pouvait en effet régler son achat en billets de dix et de vingt dollars. Il était obligé de payer par chèque, de puiser, pour la circonstance, dans ce compte en banque « régulier » qu'il était en train de se constituer, et qu'il ne tenait évidemment pas à vider ! En ce qui me concerne, toutefois, il aurait très bien pu acheter une périssoire, et je l'aurais promené à l'aviron tout le long de la Cinquième Avenue...

Ce même soir, tout seul dans ma chambre de domestique, au dernier étage, je dus lutter longuement contre moi-même pour ne pas crier ma haine et mon triomphe d'un bout à l'autre de la maison. Je savais, déjà, que mon plus grand problème serait de ne pas me trahir prématurément. Bien décidé à tuer Greenleaf — Humphries, si vous préférez — et à le faire périr aussi lentement et douloureusement que possible, j'avais peur que ma résolution ne pût se lire sur mon visage, et je pris l'habitude d'observer, à son égard, une attitude obséquieuse et servile qui le remplissait d'orgueil et contribuait à prévenir tout soupçon. J'étais décidé, bien entendu, à ne pas me laisser prendre pour le meurtre que j'avais l'intention de commettre. Toute vengeance nécessitant mon propre sacrifice n'eût pas été complète. Je voulais *survivre* à Humphries et, dans le but d'échapper aux futures recherches de la justice, je décidai de transformer Isham Reddick en un personnage concret, bien défini ; de lui fournir un motif d'assassiner son maître, puis de l'escamoter purement et simplement. Tandis que la police se lancerait sur les traces d'Isham Reddick, chauffeur glabre aux sourcils clairs, à la denture incomplète, je redeviendrais, du jour au lendemain, Lew Mountain, prestidigitateur !

Tout en commençant à planter mon décor — un détail ici, un

détail là — je gardais l'œil bien ouvert sur le partenaire indispensable de Humphries : l'imprimeur. Chaque jour, quand il se rendait en ville, je le déposais quelque part au cœur de Manhattan, puis j'essayais de garer la voiture et de revenir à temps pour pouvoir le suivre. C'était généralement impossible, mais je parvins cependant à le retrouver plusieurs fois, non loin de l'endroit où je l'avais laissé, et découvris ainsi qu'il passait le plus clair de son temps à écouler ses billets de dix et vingt dollars, achetant une foule de menus articles qu'il lui arrivait de jeter quelques minutes après avoir quitté le magasin.

J'avais fouillé la maison de fond en comble sans trouver la cachette où mon « patron » dissimulait sa réserve de faux billets. Passer au peigne fin une aussi grande maison n'est pas une tâche facile, surtout lorsqu'on ne peut y consacrer que quelques minutes à la fois. Il y avait presque toujours quelqu'un sur les lieux — ou bien Mary Deems, la femme de chambre, une personne plutôt simplette, ou bien Mrs. Lightbody, la femme de ménage, ou bien son concierge de mari, une espèce de touche-à-tout encore plus curieux que son épouse — et je ne pouvais courir le risque d'éveiller leurs soupçons. L'immeuble avait été loué, tout meublé, à Ballard Humphries, par de riches bourgeois vivant dans le Connecticut, et je doutais, en conséquence, que mon patron eût accès aux artifices mélodramatiques des panneaux coulissants, des cabinets dérobés et des passages secrets. Après tout, j'étais moi-même un spécialiste des doubles fonds et des couvercles truqués et j'étais convaincu que si Humphries avait trouvé, dans cette maison, une cachette inédite, je l'aurais découverte moi aussi.

Jour après jour, pendant qu'il était en ville, je fouillais consciencieusement ses effets personnels, sans que Mary Deems ou Mrs. Lightbody pussent songer à mal, puisque je cumulais avec mes fonctions de chauffeur celles de valet de chambre. Mais Humphries ne laissait jamais traîner le moindre argent, ni dans les vêtements ni dans sa chambre et le seul indice que je pus relever un beau jour fut un nom et une heure de rendez-vous : « Magarian-2 h. » imprimés en creux par une main trop lourde sur la seconde feuille d'un bloc dont la première avait été arrachée. Je fis des recherches dans les annuaires de toutes les banlieues new-yorkaises, et dans ceux des villes les plus proches du New Jersey et du Connecticut, et si j'y découvris un certain nombre de Magarian, aucun n'était imprimeur. J'envisageai un instant de retourner voir Dave Scherz, mais abandonnai aussitôt cette idée. J'étais moi-même dans le bain jusqu'au cou, et le meurtre doit rester une tâche strictement individuelle.

Vers dix heures, chaque soir, j'allais reprendre Humphries au restaurant où il avait dîné, et le conduisais, avec son invitée, à la boîte qu'il me désignait. Au lieu de revenir le chercher à l'heure convenue, toutefois, je restais fréquemment dans le secteur, à surveiller les abords de la boîte, et finalement, à force de patience et de circonspection, je perçai à jour la méthode employée par Humphries pour prendre livraison de la fausse monnaie sans jamais s'approcher de l'imprimerie où on la fabriquait !

Elle était à la fois très simple et très ingénieuse. Humphries entrait dans un cabaret avec l'une de ses « call-girls », saoulait confortablement la fille, s'excusait auprès d'elle, quittait la boîte, sautait dans un taxi, filait jusqu'à un proche restaurant, drugstore ou tout autre endroit public, en ressortait une minute plus tard et venait rejoindre sa compagne... laquelle, dans son état d'ébriété plus ou moins avancé, n'avait pu se rendre compte de la durée de son absence et serait toujours prête, le cas échéant, à lui fournir un alibi. Il était évident qu'à un moment quelconque de la journée, Humphries se mettait d'accord avec son imprimeur sur le lieu — toujours voisin d'un cabaret —, l'heure et les circonstances de leur rendez-vous. Je n'assistai jamais au transfert effectif de l'argent, et ne vis jamais, non plus l'imprimeur, en raison de l'impossibilité de suivre Humphries de trop près. Dès que j'eus compris sa méthode, du reste, je cessai entièrement de le suivre. J'en savais assez, désormais, pour pouvoir préparer mon plan en toute quiétude...

J'éprouvai un plaisir sauvage à constater combien Humphries tirait peu de jouissance réelle du genre d'existence qu'il avait choisi. Toute la journée, il travaillait dur à l'écoulement de sa fausse monnaie, dans la crainte perpétuelle de voir un commerçant plus avisé que les autres remarquer telle ou telle imperfection d'un de ses billets. Et chaque nuit, c'était la même routine : cabaret, fille saoule, contact avec l'imprimeur, retour à la maison, soit après avoir flanqué la fille dans un taxi, soit en compagnie de la fille, que j'allais reconduire chez elle, un peu plus tard, au petit matin... Il n'avait pas le temps de se faire des amis ou de goûter réellement un plaisir quelconque, excepté celui de boire ! Bien sûr, il dépensait pas mal d'argent pour sa garde-robe et ses bijoux personnels, mais où est le plaisir d'être bien fringué et couvert d'orfèvrerie, quand il n'y a que des prostituées et un valet de chambre pour vous admirer ?

Le quatre juillet, Humphries m'annonça qu'il allait prendre quelques jours de repos dans un camp touristique de Bear Mountain. Je l'y conduisis et, lorsque nous arrivâmes à destination, Humphries griffonna quelque chose sur une feuille de son calepin qu'il me tendit en bâillant :

— Je vous téléphonerai quand je serai prêt à rentrer... Si quelque chose se présente, à la maison, appelez-moi à ce numéro.

— Qu'est-ce qui pourrait se présenter à la maison, monsieur ?

Avec un geste irrité, il quitta la voiture ; j'empoignai ses bagages et me hâtai de le suivre.

— Comment voulez-vous que je sache ce qui peut se présenter pendant mon absence ? C'est justement pour ça que je vous donne ce numéro !

— Bien, monsieur.

De retour à la voiture, j'examinai la feuille de papier sur laquelle Humphries avait inscrit :

« Reddick... Bear mt. 8500. »

Délibérément, je déchirai une partie du feuillet de manière à n'y laisser subsister que : « Reddick... mt. 8500 », le pliai soigneusement et le rangeai dans mon portefeuille. Avec un peu d'imagination, et d'autres « preuves » à l'appui ; ce « mt. » passerait aisément pour l'abréviation de « montant ».

Avant de rentrer à la maison, je passai chez Duval, une boîte spécialisée qui non seulement met au point chaque année plusieurs dispositifs mécaniques compliqués destinés aux professionnels de l'illusion, mais assure en outre la garde du matériel personnel des prestidigitateurs, quand ceux-ci n'en ont pas besoin ou sont en tournée à travers le pays. Ma propre malle de théâtre y était entreposée et, parmi les accessoires innombrables qu'elle contenait, je prélevai une épaisse liasse d'argent de scène, ces billets sont ornés de portraits fantaisistes et couverts de formules à double sens, mais au-delà d'une courte distance, il est difficile de flairer la supercherie, et ce sont ces billets que le manipulateur substitue aux billets authentiques qu'il feint de déchirer sous les yeux des spectateurs).

Une fois enfermé dans ma chambre, j'encadrai mes billets de scène d'authentiques billets de cinquante et cent dollars, me fabriquant ainsi une liasse d'argent de poche qui aurait impressionné un directeur de banque ! Le lendemain soir, j'emmenai Mary Deems, la femme de chambre, au cinéma, et l'invitai, après la séance, à dîner dans un bon restaurant. Là, je me débrouillai pour exhiber ma liasse et pus voir qu'elle avait produit son petit effet... C'était exactement le résultat que je voulais obtenir.

Humphries était absent depuis trois jours lorsque je lus, en page neuf du journal, un petit entrefilet annonçant qu'un nommé Adrien Magarian, propriétaire d'une imprimerie située à proximité de Canal Street, avait été découvert assassiné dans son bureau. Un coup violemment assené avait fracassé le crâne et son ou ses agresseurs s'étaient ensuite livrés à un véritable pillage de l'atelier, retournant et bouleversant tout. La position et la brièveté de l'article indiquaient que Magarian n'était pas, de son vivant, un personnage bien important... Les flics n'avaient donc pas trouvé la série de plaques fabriquée par le vieux Will Shaw, car dans ce cas, l'article eût figuré en première page, et sur plusieurs colonnes !

Etait-ce Humphries qui avait tué Magarian ? J'inclinais d'autant plus à le croire que le meurtre était tout à fait dans sa manière : pas de revolver, pas de couteau. Histoire d'étudier sa réaction, j'appelai le numéro qu'il m'avait donné : Bear Mountain 8500, et dès que j'entendis sa voix à l'autre bout du fil, amorçai prudemment :

— Je ne sais pas si c'est important, monsieur, mais j'ai pensé qu'il valait peut-être mieux que je vous téléphone...

— Quoi ? Qu'est-ce que c'est ?

— Eh bien... un monsieur qui n'a pas voulu me dire son nom vient de téléphoner ici. Je l'ai informé que vous n'étiez pas en ville, et il m'a demandé si je pouvais lui donner l'adresse d'un nommé Magarian...

— Quoi ?

— Magarian.

Il y eut une longue pause. Puis :

— Première fois que j'entends ce nom-là. Vous avez demandé à ce type comment il s'appelait, Reddick ?

— Oui, monsieur, mais il n'a pas voulu me le dire.

— Est-ce que... est-ce qu'il doit me rappeler ?

— Il n'en a pas manifesté l'intention, monsieur.

Nouvelle pause au terme de laquelle Humphries murmura lentement, d'une voix soupçonneuse :

— Pourquoi diable m'avez-vous téléphoné, Reddick ?

— Vous m'aviez dit que si quelque chose se présentait...

— Et alors ? Qu'est-ce qui s'est présenté ?

— Rien, monsieur, sinon que ce type... ce monsieur, veux-je dire, a beaucoup insisté, alors, j'ai pensé que peut-être...

— Aucune importance, de toute manière... Incidemment, Reddick, je commence à en avoir plein le dos de Bear Mountain. Je n'ai pas mis le nez dehors depuis que je suis ici... Venez donc me chercher cet après-midi !

Je n'avais toujours aucune certitude, mais j'étais convaincu que Humphries n'était allé à Bear Mountain que pour se constituer un alibi, revenir en douce à New York et liquider Magarian. Tout ce qu'il y avait de certain, c'est que Magarian était mort et que — je ne devais pas tarder à m'en apercevoir — Humphries était toujours en possession des plaques. Durant plusieurs semaines, il s'abstint de sortir le soir. Puis un beau jour, il renoua avec ses vieilles habitudes et je compris qu'il avait trouvé un autre imprimeur...

Dans l'intervalle, je poursuivais la mise au point de mes propres plans. Comme motif de meurtre, j'avais choisi le chantage... mais à l'envers. Habituellement, c'est le maître chanteur qui se fait tuer, non la victime, mais pour une fois, ce serait le maître chanteur qui supprimerait sa poule aux œufs d'or. Les flics concluraient que j'avais poussé ma victime jusqu'à la limite de son endurance, et que pour l'empêcher de me dénoncer — fût-ce au prix de sa propre perte —, j'avais dû me résoudre à employer les grands moyens. Exhibant ma liasse truquée à tout propos, multipliant les allusions à mes sources de revenu occultes, je provoquai délibérément l'occasion de prêter de l'argent au concierge, Lightbody, et m'arrangeai pour faire tomber entre ses mains une enveloppe spécialement préparée, sur laquelle j'avais inscrit une colonne de chiffres fantastiques, comprenant, entre autres, le nombre 8 500... Fouinard comme il l'était, Lightbody se souviendrait de cette enveloppe, et ne serait que trop heureux d'en parler, le moment venu. Je le croyais même parfaitement capable de la conserver dans un tiroir...

Mes trois mille dollars fondaient à vue d'œil, mais si je voulais que mon histoire de chantage ait toute chance de prendre aux yeux des flics, il fallait absolument que je donne l'impression d'avoir gaspillé sans compter l'argent « extorqué à Humphries ». Prenant toujours grand soin de laisser derrière moi une piste facile à suivre, j'achetai une montre en or, divers autres bijoux, des costumes, des articles de sport... Je ne pouvais être sûr que la police exhumerait tous ces achats, mais je savais qu'ils retrouveraient aisément la trace de quelques-uns d'entre eux.

Je faillis, à un certain moment, commettre une sérieuse erreur. Il était indispensable que mes incisives soient au complet le jour où je quitterais la maison après avoir supprimé Humphries. Les flics rechercheraient un type répondant au signalement d'Isham Reddick et je ne pouvais me permettre de me faire remarquer, au départ, à cause de cette dent manquante. Or, j'étais dans l'incapacité totale de remettre la main sur mon bridge amovible ! Je ne me souvenais pas de l'avoir vu depuis mon emménagement au trente-sept de la Quatre-vingt-neuvième Rue et devais, en conséquence, m'en faire exécuter un autre. Le dentiste pourrait évidemment s'en souvenir et communiquer le fait à la police, mais je bénéficierais toujours d'une avance plus grande que si je conservais cette brèche dans mon sourire... J'allai voir un dentiste nommé Boss et restai, vis-à-vis de lui, dans mon rôle de pauvre chauffeur mal payé. Il fallait bien que je lui donne une adresse, un numéro de téléphone, et si je me présentais à lui sous un nom fictif et qu'il ait à m'appeler, un jour, pour annuler un rendez-vous, l'incident lui resterait encore beaucoup mieux en mémoire. Je lui donnai donc mon « vrai » nom, ma véritable adresse, et il me fabriqua une dent très passable, à un prix fort intéressant...

J'avais décidé d'assassiner Humphries en dehors de la ville, de le dépouiller de ses vêtements et d'abandonner le cadavre dans un endroit où il ne serait peut-être pas immédiatement découvert.

J'aurais ainsi quelques jours de plus pour disparaître sans laisser de traces. Humphries, cependant, restait obstinément en ville.

Vers le début du mois de novembre, je commençai à lui suggérer doucement qu'il avait besoin de repos, qu'un petit voyage à la campagne lui ferait le plus grand bien, mais il refusa de mordre à l'hameçon. En fait, il devenait chaque jour plus taciturne, plus maussade, plus renfermé. L'idée qu'une personne inconnue pouvait être au courant de ses relations avec feu Magarian était-elle à l'origine de son humeur noire ? Ou bien était-ce la tension quotidienne engendrée par l'écoulement des faux billets ? Son vernis d'homme du Texas jovial et sans un souci au monde se craquelait un peu plus de jour en jour. De temps à autre, il y avait des lacunes dans son accent traînant et il s'intéressait de moins en moins à son apparence extérieure.

Le spectacle de cette lente désagrégation me procurait tant de plaisir que je me demande si ma décision de tuer Humphries en dehors de la ville — bien que nullement déraisonnable, au contraire ! — n'était pas inspirée, au fond, par le désir d'en jouir le plus longtemps possible. Quoi qu'il en soit, le moment d'agir me fut imposé finalement, et par Humphries en personne !

Le vingt novembre, il se leva avec une monumentale gueule de bois. La nuit précédente, au cabaret, il était resté absent beaucoup plus longtemps que de coutume, ne revenant qu'au bout d'une heure un quart avec un petit paquet soigneusement ficelé... et visiblement fort pesant. La fille qui l'accompagnait avait remarqué sa défection et tous deux s'étaient chamaillés, dans la voiture, jusqu'à ce qu'il lui fourre une poignée de billets dans la main et me crie de la déposer près de la plus proche station de taxis... Et ce matin-là, tout en avalant des comprimés d'aspirine arrosés de cordial, il m'expliqua d'une voix caverneuse :

— Reddick, j'ai des mauvaises nouvelles pour vous... J'ai décidé de boucler cette boîte et de réintégrer mon bon vieux Texas !

— C'est en effet une bien mauvaise nouvelle, monsieur !

Je savais, naturellement, qu'il avait récupéré les plaques. Quittait-il New York parce qu'il estimait avoir suffisamment tenté le diable en opérant si longtemps dans la même ville ou bien avait-il, pour la seconde fois, des ennuis avec son imprimeur ? Toujours est-il qu'il s'apprêtait à détaler...

— Oui, Reddick, je rentre au bercail dès la semaine prochaine... Je sais que c'est un peu rapide, mais je vous paierai une quinzaine supplémentaire.

— Et Mary Deems ? questionnai-je.

— Elle restera au service des propriétaires... pour entretenir la maison, ouvrir les fenêtres, etc... Je... je vous serai très reconnaissant, Reddick, de ne pas lui en parler avant que je sois prêt à le faire moi-même...

En d'autres termes, il avait l'intention de filer sans respecter les clauses de son engagement de location, et craignait que Mary Deems ne prévienne les propriétaires. Je me demandai pourquoi il avait jugé utile de me tenir au courant... et ne tardai pas à comprendre. Etant très mauvais conducteur, il avait besoin de moi pour vendre la voiture ! Je lui promis de ne rien dire et, l'après-midi même, allai retenir ma place sur un avion de luxe partant pour la France quatre jours plus tard. Quand la police découvrirait que Reddick avait acheté un billet pour Paris, cette nouvelle embrouillerait les recherches pendant un jour ou deux. Comme je n'avais fait aucune demande de passeport, les autorités ne pourraient être sûres, avant vérification détaillée... que je n'avais pas joué la fille de l'air sous un nom d'emprunt.

Le vingt et un novembre, je baladai la voiture de garage en garage, et rapportai à Humphries les diverses offres que j'avais reçues. Le vingt-deux novembre, Humphries se leva plus tôt que de coutume, et parfaitement à jeun, pour changer. Je le conduisis en ville, où il se fit déposer devant une banque de la Cinquième Avenue, et il me quitta en m'informant qu'il ne rentrerait que très tard dans la soirée. Cet après-midi-là, je racontai à Mary Deems que le patron m'avait chargé de lui dire qu'elle pouvait disposer de sa soirée, ainsi que de la journée du lendemain. Elle s'esquiva, une heure plus tard, à destination de Saint-Albans, où habitait sa mère, et je transmis le même message aux époux Lightbody.

Je dînai d'un sandwich et, vers huit heures, retournai chez Duval. Parmi mes accessoires, figurait un 32 qui, chargé de cartouches à blanc, me servait parfois à « donner le départ » de certains effets de scène. J'avais aussi quelques vraies cartouches, que j'eus un mal de chien à repêcher dans le fond d'un compartiment, mais je parvins finalement à faire le plein du revolver, réenfournai tout mon bric-à-brac dans la malle, bouclai les deux serrures et rentrai à la maison.

Pour la première fois depuis que j'y logeais, elle me parut sinistre, anormalement silencieuse... un silence peuplé de craquements insolites et de mystérieux chuchotis. Autour de moi, rôdaient les spectres de tous les meurtriers engendrés par l'humanité depuis que le monde est monde et chacun de mes pas semblait secouer l'édifice jusqu'en ses fondations, menaçant d'en faire crouler les murailles... Je voulais trouver les plaques, si possible avant le retour du « patron », mais ce fut seulement au bout d'une heure de recherches infructueuses que je pensai à regarder sous les bûches empilées dans la cheminée de la chambre à coucher de Greenleaf... Et comme les cachettes les plus simples, les plus ostensibles, sont toujours les meilleures, j'y découvris le paquet de plaques, que je développai fébrilement sur le lit... Elles étaient toutes là, les œuvres clandestines du vieux Will Shaw ! A présent tachées d'encre et quelque peu ternies, mais toujours aussi parfaites que lorsque je les avais vues pour la première fois, dans la chambre du *Mac Andrews*, à Philadelphie !

— Espèce de petit salaud... !

Je pivotai rapidement sur moi-même. Le visage émacié de Greenleaf-Humphries était convulsé de fureur et dans la pénombre de la pièce, ses petits yeux profondément enfoncés dans leurs orbites n'étaient plus que deux puits d'ombre dense. Avec un grondement de rage, il se précipita vers moi, les poings en avant...

Ma main réagit plus vite que mon esprit, et Humphries s'arrêta pile devant la menace du 32 brusquement jailli de ma poche.

— Reddick, haleta-t-il, les bras ballants. Reddick ! Qu'est-ce que vous voulez ?

— Recule ! ordonnai-je. Et les mains en l'air, tout de suite !

Il obéit machinalement.

— Qui... qui êtes-vous ?

— Tu m'as toujours appelé Isham Reddick !

— Mais c'est... c'est un faux nom !

— Alors, pourquoi pas Magarian ? Adrian Magarian ? Je suis peut-être une réincarnation ?

— Trêve de finasserie, bon Dieu ! Qui es-tu, et qu'est-ce que tu veux ?

Il n'avait plus du tout l'accent du Texas.

— Je m'appelle Mort, lui dis-je. Donald, Carolus... D. C. Mort ! D. C. ! Tu saisis l'astuce ?

— T'es cinglé, non ? Qu'est-ce que tout ça veut dire ?

— Ça veut dire que pour toi, je m'appelle Mort, ou Décès, au choix ! Tu permets que je m'amuse un peu, non ? Je n'ai pas l'occasion de rigoler tous les jours...

Je vis nettement les milliers de gouttelettes surgir en rangs pressés tout le long de son front.

— T'es cinglé ! répéta-t-il d'une voix rauque.

— Exactement ! acquiesçai-je.

Et j'étais fou, c'est vrai. Ma bouche était si desséchée que je devais former les syllabes avec mes lèvres avant de pouvoir les prononcer. Et la bile, une fois de plus, me corrodait la gorge.

Epouvanté, Humphries se mit à reculer.

— C'est ça, ricanai-je. Continue... On descend au sous-sol, tous les deux... Je pourrais te descendre ici, mais les voisins risqueraient d'entendre les coups de pétard... Allez... Demi-tour et en avant, marche !

Il partit comme un somnambule et je le suivis dans le corridor, dans l'escalier, dans la cuisine...

— On descend au sous-sol, répétai-je. Parce qu'il y a six balles dans ce pétard et que je vais t'en tirer quatre dans le corps. Sans me presser ! La cinquième sera pour ta tête, quand j'en aurai assez de te voir agoniser ! On sera si bien, au sous-sol... et personne n'entendra rien, du dehors... j'y ai souvent réfléchi...

Humphries traversa la cuisine, ouvrit la porte qui donnait accès à l'escalier du sous-sol. Ses yeux étaient hagards, incrédules, distendus par la terreur, ses gestes lourds et maladroits comme ceux d'un scaphandrier.

— Allume ! aboyai-je.

Ses doigts griffèrent sans succès le plâtre du mur. J'allongeai le bras et tournai le commutateur.

— Descends !

Il obéit avec une lenteur d'automate.

Je m'engageai, à sa suite, dans l'escalier qui menait au sous-sol.

19

— Le vingt-deux novembre, expliquait Humphries d'une voix monocorde, j'ai passé toute la journée en ville. Je suis allé à la banque, pour prélever de l'argent sur mon compte, et l'après-midi, j'ai fait divers achats, en vue de... de partir en vacances. Après dîner, j'ai préféré rentrer chez moi en taxi, plutôt que de téléphoner à Reddick et d'attendre qu'il vienne me chercher avec la voiture... Quand je suis arrivé à la maison, j'ai remarqué qu'il n'y avait de lumière nulle part, excepté dans ma chambre, alors que le contraire eût été normal... je veux dire que la maison aurait dû être éclairée un peu partout, à l'exception de ma chambre... J'ai ouvert la porte avec ma clef et je suis entré. Mary Deems n'avait pas l'air d'être là, et...

— Contrairement aux prétendues « instructions » transmises par Reddick, vous ne lui aviez accordé ni sa soirée ni sa journée du lendemain ? intervint Denman.

— Bien sûr que non ! J'ai monté l'escalier, tout doucement, et c'est comme ça que j'ai surpris Reddick en train de faire son choix parmi mes bijoux personnels... Il avait aussi vidé sur mon lit le contenu d'un portefeuille que j'avais laissé dans le tiroir de ma commode... Dès qu'il m'a aperçu, il a sorti un revolver de sa poche et m'a dit de lever les mains. Je n'étais pas armé... J'étais entièrement sans défense... J'ai obéi... tout en essayant de le raisonner. Mais il était comme fou... Il criait sans arrêt et me menaçait...

— Que vous disait-il exactement, Mr. Humphries ?

— Il parlait très vite et la plupart des choses qu'il disait n'avaient pas de sens... Il disait par exemple qu'il s'appelait Mort... D. C. Mort... C'était un véritable cauchemar... Je lui ai dit de prendre les bijoux et l'argent, et de s'en aller, mais...

— Depuis qu'il travaillait à votre service, Mr. Humphries, s'informa Denman, Reddick avait-il donné parfois d'autres signes de désordre mental ?

— Non... Il n'avait pas vraiment l'air d'un homme qu'on emploie comme domestique... Je ne sais pas comment dire... Il n'était jamais... irrespectueux, mais il avait l'air, parfois, de rire sous cape... comme quelqu'un qui possède un secret et s'en amuse... Il faisait bien son travail... Si j'avais pu soupçonner un seul instant que j'avais un fou à mon service, je l'aurais immédiatement renvoyé...

— Naturellement, acquiesça Denman. Continuez, je vous prie.

— Eh bien, tout à coup, il m'a ordonné de faire demi-tour et de descendre au sous-sol... La maison était sombre, et tout en marchant dans les corridors, je cherchais un moyen de l'attaquer, de me tirer de là... mais il était juste derrière moi, son revolver à la main, ponctuant chaque pas d'une imprécation...

— Une fois encore, Mr. Humphries, pouvez-vous nous rapporter quelques-uns des mots qu'il prononçait ?

— Oui... Il me menaçait de me torturer... de me faire mourir lentement... en me tirant quatre ou cinq balles dans le corps...

— Il n'est donc pas exagéré d'affirmer, Mr. Humphries, que vous étiez en danger de mort, et que l'épouvante vous rongeait les entrailles ?

— Epouvante ? Je n'ai jamais eu aussi peur de ma vie !

Humphries s'épongea le front, remit son mouchoir dans sa poche, et l'en ressortit aussitôt pour essuyer ses paumes moites.

— Au sommet de l'escalier du sous-sol, reprit-il, Reddick m'a ordonné d'allumer la lumière. C'est la dernière chose dont je puisse me souvenir clairement. Je savais que je marchais vers la mort... et chaque pas que je faisais était moins net, moins réel... La descente est assez longue et bien avant d'en voir le bout, j'ai perdu tout contact avec la réalité...

— J'aimerais que vous nous précisiez ce dernier point, Mr. Humphries, insista Denman. Vous dites que vous avez perdu tout contact avec la réalité. Vous souvenez-vous d'avoir atteint la dernière marche ?

— Oui, riposta lentement Humphries. Mais c'est plutôt une impression qu'une sensation physique réelle... A mesure que je descendais cet escalier, je m'enfonçais dans du néant, dans du brouillard... Mes jambes fonctionnaient indépendamment de mon esprit... Il n’y avait plus de relation consciente entre les deux... Finalement, je sais que j’ai atteint le sous-sol, et à ce moment-là, tout a disparu... tout a sombré dans le noir...

— C’est tout ce que vous vous rappelez de cette nuit terrible ?

— Oui, monsieur, c’est tout.

— Quel est l’événement suivant dont vous puissiez vous souvenir ?

— C’est un bruit... un bruit qui se répétait avec insistance... Au bout d’un long moment, j’ai compris que c’était la sonnette de la porte d’entrée. J’ai repris contact avec la réalité...

— Où étiez-vous à ce moment-là, quand vous avez repris connaissance ?

Humphries secoua la tête avec une incrédulité béante.

— J’étais étendu sur mon lit... dans ma propre chambre !

— Entièrement vêtu ? s’enquit Denman.

— Non... Je n’avais sur moi que mes sous-vêtements.

— Où était le complet que vous aviez porté la veille ?

— Accroché dans ma penderie, je m’en suis aperçu plus tard... J’avais une migraine épouvantable et je me demandais pourquoi Reddick ou Mary Deems n’allaient pas ouvrir la porte.

— Vous souveniez-vous, à ce moment-là, des événements de la nuit précédente ?

— Non, monsieur... Tout ça ne m’est revenu que par la suite... Je me suis levé finalement, et j’ai enfilé un peignoir... Je suis allé ouvrir la porte... et c’était la police.

— Quand vous avez vu la police, qu’avez-vous dit ?

— Rien, tout d’abord... Je ne comprenais pas pourquoi ils étaient là... Puis je me suis souvenu de ce qui s’était passé, entre moi et Reddick... Je me suis demandé comment je pouvais être encore vivant, j’ai compris... j’ai cru comprendre que Reddick s’était enfui sans m’avoir tué... qu’il était tombé entre les mains de la police... et que la police était là à cause de lui !

— Quand les agents vous ont demandé la permission d’entrer chez vous, vous les avez donc laissés faire ?

— Certainement ! Je n’avais rien à cacher...

Jusqu’à midi, Denman déploya toutes les ressources de sa remarquable éloquence pour convaincre le jury de la bonne foi de son client. Il n’avait d’autre base que l’histoire de Ballard Humphries telle que celui-ci venait de la raconter, et lorsque les jurés se levèrent pour aller déjeuner, l’avocat de la défense scruta anxieusement leurs visages. Onze de ces visages étaient impassibles, indéchiffrables, mais, sur le douzième, Denman eut la nette impression de discerner une faible trace, une minuscule étincelle d’incertitude...

Dès le début de l’après-midi, Cannon commença son contre-interrogatoire :

— Dites-moi, Mr. Humphries, que sont devenus les bijoux et l'argent que Reddick était en train de vous dérober lorsque vous l'avez surpris ?

— Objection ! dit Denman.

— Objection retenue, souligna le juge, et Cannon reprit sans se démonter :

— Vous nous avez bien dit, Mr. Humphries, que Reddick était en train de vous voler des bijoux ?

— Oui, monsieur.

— Avez-vous revu ces bijoux ?

— Non, monsieur.

— La police n'en a retrouvé aucune trace dans la maison. Les avez-vous cherchés vous-mêmes ?

— Je... non, monsieur. J'ai pensé que Reddick les avait emportés...

— Et l'argent ? Vous aviez laissé une certaine somme d'argent dans un portefeuille rangé à l'intérieur d'un de vos tiroirs ?

— Oui, oui, bien sûr !

— Et vous aviez eu besoin d'aller à la banque prélever une autre somme d'argent sur votre compte ?

— Oui. J'avais l'intention de partir en vacances...

Par ses questions rapides, incessantes, souvent insignifiantes, Cannon espérait fatiguer Humphries, le pousser à se contredire, à révéler ce qu'il s'obstinait manifestement à dissimuler.

— Mr. Humphries ! s'exclama-t-il, beaucoup plus tard. Vous nous dites qu'en atteignant la dernière marche de l'escalier, vous avez « sombré » dans le noir ! Entre ce moment et celui où vous avez « repris contact avec la réalité », pour employer vos propres termes, vous ne vous rappelez absolument rien de ce qui s'est passé ?

— Non, monsieur. Absolument rien.

— Cela représente pourtant un intervalle de plus de douze heures !

— Je ne me souviens de rien.

— Vous ne vous souvenez pas d'avoir tué Reddick ?

— Non, monsieur. Je ne l'ai pas tué.

— Vous ne vous souvenez pas d'avoir vu quelqu'un d'autre le tuer ?

— Non, monsieur.

— Vous ne vous souvenez pas de l'avoir coupé en morceaux, pour le brûler dans votre chaudière ?

— Je ne l'ai pas coupé en morceaux. Je ne l'ai pas brûlé dans ma chaudière.

— Comment pouvez-vous en être sûr, puisque vous ne vous souvenez de rien ?

— Je ne me souviens de rien, mais je sais que je ne l'ai pas fait...

— Vous ne vous souvenez pas d'avoir vu quelqu'un d'autre couper Reddick en morceaux et le brûler dans la chaudière ?

— Non, monsieur !

— Il n'y avait personne d'autre dans la maison, au cours de cette nuit terrible ?

— Non, monsieur.

— Et le lendemain matin, vous vous êtes miraculeusement retrouvé dans votre lit, bien rafraîchi par une nuit de sommeil... en dépit de ce tueur enragé qui vous menaçait des pires tortures ?

Humphries secoua désespérément la tête, tira sur son col de chemise, puis joignit les mains et les serra si fort l'une contre l'autre que ses phalanges blanchirent.

— Isham Reddick vous faisait chanter, n'est-ce pas ? Il vous soutirait de l'argent ?

— Non monsieur...

— Vous n'aviez aucune raison de le détester et de le craindre ?

— Absolument aucune !

— Il n'avait aucune raison de vous détester et de vous craindre ?

— Aucune... en dehors de ce flagrant délit de vol...

— Flagrant délit suffisant pour le pousser à vous tuer ? Bien que vous lui ayez dit de prendre les bijoux et l'argent... et de partir ?

— Isham Reddick était fou... fou à lier !

— Assez fou pour se tuer lui-même, se débiter en tranches et se brûler dans la chaudière ? Assez fou pour nettoyer ensuite le gâchis ?

— Non...

— Alors, qui l'a tué ? Qui l'a coupé en morceaux ? Qui l'a brûlé dans la chaudière ?

— Je n'en sais rien... Mais ce n'est pas moi...

— Il s'agit d'un meurtre savamment prémédité, habilement exécuté, uniquement découvert à cause de cette arrivée prématurée de la police. Vous étiez seul dans l'immeuble en compagnie de Reddick. Car vous étiez bien seul avec lui, n'est-ce pas ?

— Je vous l'ai déjà dit cent fois... Je ne sais rien... Je ne me souviens de rien...

Tandis que Franklin Cannon poursuivait impitoyablement son travail de démolisseur, Charles Denman chercha prudemment le regard du juré qu'il avait remarqué à l'heure du déjeuner. L'espace d'une seconde, leurs yeux s'affrontèrent... Les yeux de l'avocat de la défense, et les yeux d'un juré parmi tous les autres. Et Denman se prit à douter d'avoir jamais vu passer dans ces yeux la moindre lueur de sympathie ou d'incertitude.

20

L'escalier béait devant nous... La descente était raide et je dus transférer le revolver dans ma main gauche pour pouvoir tenir la rampe qui courait le long du mur de droite. La tête de Greenleaf-Humphries se trouvait juste au niveau de ma poitrine et l'odeur de sa transpiration — l'âcre remugle de la peur — planait, lourde, dans l'air ambiant. Pour une raison ou une autre, cette odeur eut le don d'intensifier ma rage, et je poussai brutalement contre sa nuque le canon de mon revolver. Lentement, nous progressions, marche par marche, jambes fonctionnant à l'unisson dans une sorte de danse macabre...

En atteignant le pied de l'escalier, Humphries poussa un hurlement étranglé, se baissa brusquement... se redressa tout aussi vite... tandis qu'un éclair d'acier jaillissait à hauteur de son épaule J'esquivai instinctivement et lançai ma main droite vers l'extrémité de la rampe pour rétablir mon équilibre compromis. L'instant d'après, la hachette s'enfonçait dans le bois et Humphries s'effondrait le nez en avant...

Je n'avais pourtant pas l'impression d'avoir tiré. Je ne sentais aucune odeur de poudre, et je n'avais entendu aucune détonation... Une chaleur insolite s'étendait progressivement sur le dessus de ma main droite, toujours appuyée contre le poteau de l'escalier. Je l'amenai machinalement au niveau de mes yeux, et constatai qu'il me manquait un doigt... Je ne souffrais pas encore, cependant, et lorsque je me retrouvai au milieu de la chaufferie, quelques instants plus tard, marchant de long en large comme un insensé en essayant d'endiguer le flot de sang qui coulait de ma phalange tronquée, je fis mécaniquement ce que j'aurais dû commencer par faire... J'ouvris le barillet de mon 32 et vérifiai la présence des six balles... Je n'avais pas tué Humphries. Après son dernier effort frénétique pour protéger son existence, il avait tout simplement perdu connaissance... sous l'effet conjugué de la terreur et de l'hystérie... comme le font parfois les condamnés à mort sur le chemin de la chaise électrique.

C'est à ce moment, je crois, que me vint l'idée de renverser la vapeur ! Ma montre indiquait dix heures et demie... J'allumai une cigarette et m'assis sur les marches de l'escalier, non loin de l'homme évanoui qui respirait irrégulièrement, bruyamment, en travers des dalles de la chaufferie, et disséquai soigneusement les faits et les choses dont je disposais... Les plus grands numéros d'illusion attachent une égale importance à ce qu'on voit... et à ce qu'on ne voit pas. Ce qui compte, c'est l'effet d'ensemble, et le tableau que je devrais laisser derrière moi était celui d'un meurtre commis... et presque entièrement « effacé »...

Ramassant la hache, je passai dans la buanderie, où se trouvait la boîte à outils. Je m'arrachai quelques cheveux et les collai avec mon sang au fer de la hachette, près du manche. Puis je l'essuyai soigneusement et la déposai parmi les autres outils. Dans la petite salle d'eau du sous-sol, je laissai couler un peu de mon sang dans le lavabo, puis éparpillai quelques taches ici et là, dans les craquelures du sol... jusqu'à ce que je sois obligé de m'arrêter. Je n'avais déjà perdu que trop de sang. Avec un morceau de ficelle, je ligaturai ma phalange restante, pour stopper l'hémorragie, et, déchirant mon mouchoir, improvisai un pansement sommaire.

Ce que je craignais le plus, à présent, c'était un réveil prématuré de Humphries. L'empoignant sous les aisselles, je le traînai jusqu'à l'intérieur du réduit obscur bâti sous l'escalier, ressortis de là plié en deux, claquai la lourde porte et poussai le loquet. Même s'il revenait à lui durant mon absence, il pourrait toujours cogner tout son saoul. Personne ne risquerait de l'entendre !

Montant dans ma chambre, j'enfilai une paire de gants de peau, après avoir bourré de coton le doigt manquant. Il y a toujours une permanence de nuit, chez Duval, et l'employé de service ne manifesta aucune surprise en me voyant apparaître. Je dus, cette fois, vider mon immense malle aux trois quarts pour pouvoir en extraire Omar, mon squelette ! Dieu sait qui avait été Omar, dans le temps. Toujours est-il que je l'avais acheté, quelque dix ans plus tôt, pour un numéro d'escamotage. Omar était un vrai squelette, monté sur articulations de fil de cuivre. Je l'amputai d'un de ses tibias, le remis dans la malle, fis de même avec tout le reste du matériel, et juste au moment de reboucler le tout, songeai à ouvrir un petit tiroir ménagé dans l'épaisseur du couvercle. Et là, parmi de menus accessoires, je découvris mon bridge amovible, que j'y avais rangé, par habitude, le jour où j'avais déposé ma malle chez Duval pour devenir chauffeur de taxi ! Glissant le bridge dans ma poche, je fourrai le tibia d'Omar sous ma ceinture et regagnai l'auto de Humphries. Ma main était horriblement douloureuse, à présent, mais j'avais encore quelques courses à faire...

Evitant les quartiers du centre, je cherchai des boutiques de nourriture à emporter ouvertes toute la nuit. J'en trouvai quatre et dans chacune d'elles, j'achetai cinq livres de bœuf. Alors, et alors seulement, muni du tibia d'Omar, d'une dizaine de kilos de viande et de mon bridge récupéré, je rentrai à la maison.

Entre-temps, le vingt-deux novembre était devenu le vingt-trois... Travaillant avec frénésie, je démantelai le gros établi de la chaufferie et m'en servis pour allumer et alimenter, dans la chaudière, un feu d'enfer... Une grande bâche carrée subit le même sort, après que j'en eus prélevé l'extrémité tachée de sang. La souffrance engendrée par mon doigt coupé s'étendait maintenant jusqu'à mon épaule et ma tête tournait follement, mais ce n'était pas encore le moment de faiblir. Grimpant au second étage, je trouvai des pilules de codéine, dans la chambre de Mary Deems, et les avalai avec une gorgée de whisky. J'y découvris également une petite bouteille d'éther que je glissai dans ma poche avant de regagner la chaufferie.

J'entretins le feu et forçai le tirage jusqu'à ce que, vers quatre heures, les pelletées de charbon que j'avais enfournées dans la chaudière soient presque complètement brûlées. Secouant les grilles, je vidai les cendres dans une poubelle, chargeai la poubelle dans la voiture et fis à travers la grisaille du petit matin une dernière incursion en ville, déposant ma poubelle parmi de nombreuses autres, au pied d'un grand immeuble d'habitation. L'empreinte de la poubelle et quelques traces des cendres évacuées restèrent cependant sur le tapis, à l'arrière de la voiture.

L'aube approchait lorsque je décidai de transporter Humphries dans sa chambre. En le ressortant de son placard, je m'aperçus qu'il bougeait faiblement et me hâtai de verser, sur les débris de mon mouchoir, le contenu de la petite bouteille d'éther... Je maintins le tampon près de la bouche et des narines de l'homme jusqu'à ce qu'il cesse de manifester le moindre signe de vie. Puis je m'assurai qu'il n'était pas mort, et le hissai jusqu'au premier étage, le déshabillai, et le laissai sur son lit après avoir suspendu son complet dans la penderie.

Epuisé par les efforts violents que je venais de faire, je bus quelques gorgées de whisky, mais n'en sentis ni le degré ni le goût... De retour à la chaufferie, je ranimai le feu dans la chaudière, tirai une balle dans un des morceaux de bœuf, et déposai la totalité de la viande sur le lit de charbon incandescent. Elle se consuma en grésillant, prit feu et brûla en dégageant une épaisse fumée noire, puante. J'en brisai les cendres à l'aide du tisonnier et, de nouveau, secouai la grille, criblant dans le cendrier les restes du bois, du charbon... et de la viande.

Ensuite, je fis brûler partiellement le tibia d'Omar, attendant que les flammes l'aient à demi rongé pour le tirer de là, noir et fumant, et le déposer dans la poubelle restante, avec un morceau consumé de l'établi, et le lambeau de toile préalablement soumis, lui aussi, à l'action des flammes.

Un tuyau d'arrosage branché sur un robinet intérieur me permit d'asperger le sol de la chaufferie et de la salle d'eau, ménageant çà et là des flaques qui ne s'évaporeraient que très lentement. Lorsque j'eus achevé cette partie du travail, le sol était propre, mais je savais que la police retrouverait des traces de sang, un peu partout, entre les dalles...

Le temps pressait, maintenant. Les rues, à l'extérieur, commençaient à se réveiller. Avant de quitter le sous-sol, je fis noircir sur les charbons la dent que le Dr Boss m'avait faite, et la jetai dans le cendrier. Quant au doigt coupé, il était déjà à sa place sous la chaudière.

Dans la commode du maître de maison, au premier étage, je cachai le bout de papier portant la mention « Reddick... mt. 8500 » et le revolver essuyé. Puis je passai dans la salle de bains et me lavai de toute trace de sang, de cendre et autres souillures. Ceci fait, je remis les vêtements tachés que je ne voulais pas laisser dans la maison.

Au deuxième étage, dans ma propre chambre, je rendis à mes sourcils, à l'aide d'un crayon à maquiller, leur noirceur originale, remis mon bridge dans ma bouche et me brossai les cheveux, m'assurant après coup qu'il en restait quelques-uns sur la brosse. Toutes ces opérations me demandèrent un certain temps, car j'étais obligé de me servir de ma main gauche. Le sang avait détrempé mon gant droit. J'en enfilai une autre paire, non sans avoir bourré de coton le doigt vide, et rangeai les gants tachés dans ma poche. Un dernier coup d'œil dans les tiroirs... quelques nécessaires spécimens d'écriture, ici et là... le reçu de ma montre en or... Un dernier coup d'œil également dans la chambre de Humphries... Les plaques, bon Dieu ! Je les enveloppai rapidement, nouai la ficelle et fourrai le paquet sous mon bras, pour destruction ultérieure...

Au moment de quitter la maison, je m'attardai encore une minute, repassant mentalement en revue tous les détails de mon petit numéro d'illusion... La chaudière brûlante, les cendres, les traces de sang ; la dent, le doigt, les vestiges de chair brûlée ; le tibia, le morceau d'établi et le lambeau de toile sanglante ; le sang sur la hachette, les cheveux sur la hachette et sur ma brosse ; le sang dans le siphon du lavabo ; l'empreinte de la poubelle et les traces de cendres dans la voiture ; la feuille de calepin et le revolver, dans la commode... Et mes vantardises délibérées ; l'effet produit par ma liasse de gros billets sur Mary Deems et Lightbody, l'enveloppe avec ses chiffres fantastiques ; la montre en or, les trois complets à deux cents dollars, le billet pour Paris... Et naturellement, la maison déserte ; Humphries dans les pommes... sans alibi, sans témoins... sans autre ressource que de raconter une vérité imbuvable ! Toute l'existence de Greenleaf-Humphries avait reposé sur des mensonges, mais ce serait la vérité qui le condamnerait, la seule vérité qu'il pût se permettre de divulguer... sous peine d'échanger un bourreau contre un autre, une chance de survivre contre la certitude d'aller s'asseoir sur la chaise électrique !

Oui, je pouvais être satisfait. Malgré des lacunes évidentes, Humphries ne s'en tirerait pas.

C'était le plus grand numéro, le meilleur tour de passe-passe de toute ma carrière !

21

Après soixante-douze heures de discussions et de controverses, le jury avait répondu :

— Coupable.

Et maintenant, le juge s'apprêtait à prononcer la sentence, observant par-dessus ses lunettes, avec une sorte de perplexité, le prisonnier debout devant lui. Humphries avait beaucoup maigri, depuis le début de son procès. Son complet pendait misérablement autour de lui, en longs plis informes. Ses cheveux gris paraissaient plus blancs. Son long nez ressemblait au bec d'un grand oiseau efflanqué...

Quelques minutes plus tard, après avoir satisfait aux formalités requises par l'Etat de New York, le juge rejeta ses documents et, contemplant fixement l'accusé, poursuivit en martelant chaque syllabe :

— Ballard Temple Humphries, le jury vous a reconnu coupable, au-delà du dernier doute, d'un meurtre que vous avez essayé de ravir au regard de la justice d'une manière particulièrement atroce.

« La conviction de la cour est cependant que tous les éléments et circonstances de ce meurtre n'ont été découverts, dévoilés et approfondis, ni par la défense, ni par l'accusation. Peut-être cette conviction est-elle erronée ou, si elle ne l'est pas, peut-être les faits dérobés aux yeux de la justice ne seront-ils jamais découverts et mis à jour. Quoi qu'il en soit, l'existence et la découverte éventuelles de ces faits inconnus a pesé sur la décision de la cour, que voici :

« Ballard Temple Humphries, vous êtes condamné à être remis entre les mains du directeur de la prison de l'Etat de New York, sise à Ossining, ou de tout autre fonctionnaire agissant en ses lieu et place, pour être incarcéré dans ledit établissement jusqu'à la fin naturelle de votre vie... »

Ramenant autour de lui les plis de sa robe, le juge se leva et quitta la salle d'audience. Charles Denman, avocat de la défense, posa vivement sa main sur le bras de l'accusé :

— Vous avez de la chance, Humphries ! chuchota-t-il. Vous ne pouvez pas savoir à quel point vous avez de la chance !

Humphries secoua la tête, le regard aveugle, et s'éloigna docilement, lourdement, entre ses deux gardiens.

22

Un manipulateur avec un doigt en moins est un magicien sans baguette magique, un joueur professionnel affligé de rhumatismes articulaires ! La condamnation à perpétuité de Greenleaf m'a coûté mon doigt, mon métier, mon avenir. Mais j'ai déjà fait le clown, dans le temps, et je peux encore le faire. Avec ce qu'il me reste de dextérité, je pourrai peut-être encore me tailler un certain succès ?

Le Grand Cirque Itinérant est quelque part dans l'Ouest. Les oriflammes claquent au sommet du chapiteau, la musique est assourdissante, la parade bat son plein et les gosses rient à gorge déployée. Trop longtemps, beaucoup trop longtemps, j'ai vécu avec des fantômes... Tally, que j'ai aimée ; Will Shaw, que j'aurais certainement trouvé sympathique ; et Magarian, qui m'aurait probablement dégoûté !

Et naturellement, Isham Reddick, l'homme qui mourut deux fois. Une première fois il n'y a pas mal d'années, et la seconde, tout récemment. Et lorsqu'il est mort pour la seconde fois, Greenleaf est mort en même temps que lui. Pas d'un seul coup, mais comme je l'avais désiré... lentement, douloureusement, par petits morceaux quotidiens.

Il est temps pour moi de chasser les fantômes... Celui que j'ai aimé ; et ceux que je n'ai jamais connus. Dans la nuit, j'entends passer les trains qui sifflent le grand départ.

Ils filent vers l'Ouest, à toute vapeur, et je m'apprête à les suivre...

23

Une cellule exiguë, une fenêtre trop haute et trop petite pour dispenser autre chose qu'un jour gris et sale, une grille donnant sur un couloir sonore et sans arrêt, sans une heure de répit, la même question lancinante :

— Qui m'a fait ça ? Qui m'a fait ça ? Qui m'a fait ça ? Qui m'a fait ça ?

Exaspéré, Humphries gronde entre ses dents :

— Mais qui était ce salaud, bon Dieu ? Qui ? Qui ? Qui ?

Il s'effondre sur sa couchette et se retourne vers le mur. Mais déjà, la question infernale retentit de nouveau dans sa tête endolorie :

— Qui m'a fait ça ? Qui m'a fait ça ? Qui m'a fait ça ? Qui ? *Qui ?* QUI ?

Lionel White

ON VOUS DESCEND À LA PROCHAINE

Death Takes the Bus
1955
Traduction de Louis Saurin

1

Il est indiscutable qu'en prenant douze personnes réunies au même endroit à la même heure, chacune aura son problème personnel et chacune sera convaincue que ce qui lui tient à cœur dépasse de loin en importance tout ce qui peut préoccuper les autres.

D'autre part, il n'est pas obligatoire, mais fort probable, qu'en un temps assez court, un (ou plusieurs) de ces individus trouve la solution de son ennui personnel. Tandis que d'autres ne résoudront jamais les leurs, les traîneront jusqu'à leur mort et prendront sans doute plaisir à les compliquer.

D'une façon ou d'une autre, les réflexions qui précèdent s'appliquaient fort bien aux douze voyageurs du grand autocar bleu et blanc qui venait de quitter les montagnes de San Bernardino et roulait par cet après-midi de juillet torride le long de la route brûlée vers le pot au noir de la Vallée Impériale. Le seul fait qui distinguât ces douze-là de n'importe quelle autre douzaine de voyageurs, c'était qu'avant quarante-huit heures chacun allait se trouver devant un destin qui résoudrait son problème particulier.

Malgré le bouleversement intérieur que trahissait l'expression inquiète de son joli visage, Marta Ryan avait vu les menottes dès que les deux passagers étaient montés dans l'autocar au terminus de Los Angeles. Pendant un instant très bref, les fers, qui liaient le vieil homme au sombrero défraîchi au jeune homme amer et déjà grisonnant, lui avaient rappelé l'anneau d'or qu'elle portait au troisième doigt de la main gauche, un lien qui l'enchaînait au passé et qui, à présent que son mari était mort, semblait la maintenir plus que jamais prisonnière.

Elle regarda son alliance, puis le petit garçon assis à ses côtés, et, pour la millième fois peut-être, fut stupéfaite de la ressemblance. Elle se demanda encore comment elle pouvait aimer son fils à ce point tout en éprouvant pour son père d'autres sentiments, son père qui avait eu les mêmes cheveux roux flamboyants, les mêmes yeux gris-bleu et les mêmes taches de rousseur. Elle remercia Dieu que la ressemblance s'arrêtât là.

Elle vit le petit garçon serrer les lèvres et se pencha vers lui tendrement. Là encore, il y avait une différence : le grand Tip n'avait jamais été malade de sa vie et le seul médecin qui ait jamais eu à s'occuper de lui était le major de l'Air Force qui avait aidé à dégager ses restes des débris fumants de son appareil à réaction, trente-six heures plus tôt, au bord du terrain d'atterrissage de son camp d'entraînement.

Le camp se trouvait au Texas, et Marta Ryan, avec le petit Tip, son fils de quatre ans, allait réclamer ce qui restait de son mari, l'homme qu'elle avait aimé.

L'homme qui, après une semaine de lune de miel, avait fait de sa vie un enfer. Tip avait affirmé qu'il ne lui rendrait jamais sa liberté. Il le lui écrivait la semaine dernière encore : il l'aimait malgré tout, même si elle s'était détournée de lui. Il écrivait qu'il préférait mourir que de la perdre. Sa lettre se terminait ainsi : « Ou tu demeureras ma femme, ou tu seras ma veuve. »

Avait-il mis sa menace à exécution ? Avait-il enfin accompli ce geste qu'il jurait de faire si elle n'acceptait pas de subir sa brutalité et sa jalousie morbide ? Ou bien n'était-ce qu'un tragique accident ? Elle ne le saurait sans doute jamais.

Malgré elle, son regard se glissa vers les deux hommes liés l'un à l'autre par l'acier des menottes, le couple mal assorti, installé de l'autre côté du car, devant elle et le petit Tip, tandis que Red Knowles conduisait le lourd véhicule dans la touffeur d'un après-midi caniculaire.

Red Knowles aussi pensait à ces menottes.

Il gratta son nez bulbeux et, sans réfléchir, glissa une main dans sa poche pour prendre une cigarette. Mais il se rappela l'homme assis derrière lui et reprit son volant à deux mains, irrité et grommelant. De plus en plus souvent, depuis quelques mois, il se surprenait à parler tout haut.

— Il a de sales ennuis !

Red pensait au plus jeune des deux hommes unis par les chaînes.

— De sacrés ennuis. Pas d'erreur, il doit retourner en taule quelque part. Mais bon sang, lui, au moins, il sait où il va et il n'y peut rien. Il n'a plus besoin de s'en faire. Je peux pas en dire autant ! Au fond, je l'envie !

Il se remit à ressasser ses propres ennuis. Il n'en manquait pas, ça non. Chaque jour lui en apportait de nouveaux et ce jour-là ne faisait pas exception à la règle. Les empoisonnements avaient commencé dès l'instant où il avait mis le pied dans son car.

C'était un sale trajet, la route qui partait de Los Angeles pour aller se perdre dans les déserts arides de l'Arizona. Sa récompense pour dix ans de bons et loyaux services ! Et encore heureux de ne pas être fichu à la porte ! Mac Namara, son chef direct, ne lui avait pas mâché ses mots :

— Je devrais te balancer mais j'ai pitié de ta femme et de tes gosses. Et puis ce trajet Los Angeles-Tucson est tellement pénible qu'on a du mal à trouver un chauffeur qui veuille bien s'en charger.

Mais c'est ta dernière chance. Et si jamais j'apprends que tu as encore bu ou que tu as eu des ennuis avec les voyageurs, c'est fini. Dis-toi bien une chose : Pas une compagnie ne voudra de toi. Tu es un ivrogne, un coureur de jupons et tu as déjà eu trop d'accidents, même si ce n'était pas toujours ta faute. Je suis persuadé que tu as d'autres méfaits sur la conscience mais il est inutile d'en parler. Je te préviens seulement que c'est ta dernière chance.

Tout le long de son existence, Red Knowles n'avait connu que des « dernières chances ». Anna lui avait donné une dernière chance quand ils étaient fiancés et qu'elle avait appris qu'il la trompait. Il s'était ressaisi, cette fois-là. Non qu'il eût renoncé aux filles, mais il s'était montré plus prudent. Et il avait épousé Anna. Les trois enfants n'avaient pas tardé à naître. Red regrettait de ne pas avoir laissé passer cette « chance »-là. Les trois mômes n'étaient pour lui que trois bouches à nourrir et il se souciait encore moins d'Anna.

A dix-huit ans, Anna avait été une jolie fille, avec le teint mat des Italiennes, des cheveux de jais, des hanches et une poitrine généreuses. Mais dès la naissance du premier enfant, elle s'était mise à grossir. Son teint avait fini par tourner au gris et les cheveux de jais étaient à présent ternes et grisonnants. Pour Red, il ne pouvait être question de quitter Anna : elle avait trois frères, aussi imposants qu'elle, qui n'hésitaient pas à malmener Red si jamais il rentrait ivre, ou s'il ne rapportait pas sa paye entière. Ils ne se souciaient pas des femmes. Anna non plus, d'ailleurs.

Mais pour être fidèle à la triste vérité, il faut avouer que les femmes devenaient rares. Ce n'était pas tant l'envie qui lui manquait, que l'occasion. Les conducteurs de car n'ont pas tellement de temps à perdre.

S'il n'y avait pas eu l'histoire de l'auto-stoppeuse qu'il avait ramassée, contre tous les règlements de la compagnie, il serait encore en train de suivre la bonne route de San Francisco. Comment pouvait-il deviner qu'elle était mineure et, de plus, recherchée par la police ? Toujours le manque de pot.

On l'avait donc mis sur la route du désert, par mesure de discipline, et la compagnie envoyait sa paye directement à sa femme, qui ne lui allouait qu'un dollar par jour d'argent de poche. Pas de quoi faire le don Juan avec ça ! Et puis, il n'y avait pas beaucoup de filles qui prenaient la route du désert.

Red leva les yeux sur son large rétroviseur qui lui permettait de surveiller tous ses passagers. Son œil se fixa sur Marta Ryan et son petit garçon. Elle lui plaisait bien. Jolie fille. Et la présence du gosse ne gênait en rien, au contraire. Ça permettait de faire connaissance. Mais Red avait compris, dès qu'elle était montée dans le car. C'était le genre de filles avec lesquelles il n'avait pas la moindre chance.

Il surveilla un peu sa route et revint à son rétroviseur. Son regard se planta dans celui de l'autre fille, un drôle de numéro, celle-là, assise avec son amie au milieu du car. Son instinct lui disait qu'avec celle-ci ce serait du gâteau. Elle ne devait pas avoir plus de dix-sept ou dix-huit ans, mais ça n'avait pas d'importance. Seulement il y avait l'amie au visage maussade.

Red fronça le sourcil et se concentra sur sa route. L'homme au regard perçant assis juste derrière lui le tracassait davantage. Red pensait que c'était un inspecteur de la compagnie, chargé de le surveiller.

Il serra les dents et secoua rageusement la tête. Impossible de boire un coup en douce avec ce type-là. Une fois dans la vallée, peut-être, au prochain arrêt. Il y avait un épicier à côté de l'arrêt des cars. Il pourrait s'y glisser et s'acheter une bouteille de bière fraîche, inspecteur ou pas...

Caroline Bigelow contemplait d'un œil noir l'homme qui l'avait bousculée pour s'asseoir derrière le chauffeur. D'une voix nette et sèche, qui portait jusqu'au fond du car, elle glapit :

— Vous êtes un âne, George. Nous étions les premiers. Vous savez que je tiens à m'asseoir derrière le chauffeur. C'est la place la plus sûre. Mais non, il faut toujours que vous vous laissiez faire...

— Allons, allons, Cary, soupira le docteur Bigelow, est-ce vraiment la peine de...

— Et si nous avons un accident ?

La querelle durait depuis le départ de Los Angeles. Il n'y avait rien à faire. Depuis quarante ans, Cary se plaignait, gémissait et ne se taisait jamais. Le docteur finissait par y être habitué. Déçue par le mariage, aigrie, Caroline Bigelow ne pardonnait pas à son mari d'avoir perdu toute sa fortune dans un travail de recherches biologiques qui n'avaient pas réussi. Elle ne lui pardonnait pas non plus de l'avoir rendue mère après douze ans de mariage. Une fille était née, Marian, et, faisant finalement contre mauvaise fortune bon cœur, Cary l'avait aimée et choyée comme elle n'avait jamais aimé son mari. Marian était devenue sa raison de vivre. Elle réservait à son mari tous ses sarcasmes et commençait la moindre de ses phrases par :

— Vous êtes un âne, George !

Il en convenait bien volontiers. Encore heureux que Caroline ignorât l'engloutissement de toutes leurs économies, soixante mille dollars, dans un coup de bourse sur l'uranium... Dieu merci ! Il avait encore un peu de répit avant le terrible aveu. Mais il faudrait tout de même en venir là. Le docteur Bigelow et sa femme se rendaient chez leur fille, au Nouveau-Mexique, et il savait qu'à leur arrivée la vérité éclaterait. C'était leur gendre, Frank, qui s'était occupé de l'affaire et Marian était déjà au courant. Ce n'était qu'en interceptant sa dernière lettre qu'il avait réussi à laisser si longtemps sa femme dans l'ignorance. Mais dès qu'ils seraient arrivés et que Marian raconterait à sa mère comment Frank l'avait abandonnée, elle et les enfants, lui parlerait du scandale et des escroqueries, eh bien, tout se saurait.

Malgré la chaleur étouffante, le docteur Bigelow frissonna. Une fois de plus, la voix de sa femme le tira de ses songes.

— ... et je ne peux pas comprendre pourquoi vous avez insisté pour prendre le car. A mon âge, les voyages sont déjà assez pénibles. Il ne s'agit pas seulement du manque de confort. Regardez ces gens ! Abominables ! Vous avez vu cet homme avec des menottes aux mains ? Quand je pense que vous osez exposer votre femme aux...

— Cary, je vous en prie, tout le monde peut vous entendre.

— La belle affaire ! Abominables, je le répète ! Vous n'avez pas plus de considération pour moi que...

Le docteur chassa sa femme de ses pensées et parvint à demeurer sourd à ses récriminations. Elle n'avait pas tort, d'ailleurs. L'homme avait bel et bien pris leurs places. Ils étaient arrivés les premiers et s'étaient installés, mais, un peu avant le départ, Cary avait voulu aller prendre une tasse de café. Ils avaient laissé leurs bagages sur les sièges, mais, à leur retour, les valises étaient par terre et l'homme bien installé.

Naturellement, Cary avait protesté aigrement et s'était tournée vers le chauffeur pour lui demander son appui. Mais le chauffeur avait donné raison à l'intrus. Cary avait eu raison mais, lui-même, que pouvait-il faire ? Et puis cela n'avait pas grande importance, au fond, du moment que l'on était assis.

Dans son for intérieur, le docteur ne pouvait s'empêcher d'admirer l'homme épais et stupide qui avait pris leurs places. Il était bien rare que Cary ne sortît pas vainqueur d'une discussion.

Il pensa ensuite à l'étrange couple, lié par les menottes. Le plus jeune avait l'air souffrant, et des yeux jaunâtres. Il devait avoir mal au foie. Le médecin réfléchit distraitement aux diverses maladies de la vésicule, puis son attention se tourna vers la jeune femme avec le petit garçon. Elle avait l'air d'avoir pleuré. Le médecin pensa à sa fille Marian, qui avait un petit garçon du même âge. Il se retourna et vit que l'enfant le dévisageait. Il sourit et le petit garçon lui rendit son sourire. Puis le médecin lui cligna de l'œil. Tip Ryan se glissa vivement de son siège, échappa à la main de sa mère comme une anguille et vint se jeter contre le siège du docteur Bigelow.

— J'ai mal au ventre, déclara-t-il fièrement.

— Tu m'en diras tant ! Voyons, j'ai peut-être bien quelque chose...

Marta Ryan se leva à son tour pour venir chercher son fils, à qui le médecin donnait un bonbon à la menthe.

— Tip, tu sais bien qu'il ne faut pas ennuyer les grandes personnes.

— Ne vous inquiétez pas, madame. Il ne m'ennuie pas du tout. Il me raconte qu'il a mal au ventre.

— Ce n'est rien, et vraiment, je suis confuse...

— Mais non, mais non.

— Tu as dit merci, Tip ?

Red Knowles regarda un instant par-dessus son épaule.

— Faut pas rester debout dans la travée.

Marta rougit, prit son enfant par la main et regagna sa place. Le médecin les suivit des yeux en souriant.

— Restez donc un peu tranquille, George, dit Caroline. C'est bien le moins que vous puissiez faire ! J'espère que l'on va bientôt s'arrêter. Je meurs de soif. Demandez au chauffeur quel est le prochain arrêt.

2

Assise contre la glace, deux rangées derrière le docteur Bigelow et sa femme, Judy Lazlo soupira et s'épongea le front avec un petit mouchoir bleu. Sans regarder sa compagne, elle cria d'une voix aiguë :

— Bon sang, quelle chaleur ! J'ai soif. Tu crois qu'il va finir par s'arrêter quelque part ?

Fan Farrow tourna vers elle son visage ingrat aux lèvres minces vierges de rouge. Elle sourit et prit la main de son amie.

— Nous arrivons, chérie. Dans quelques minutes, ce sera Indio. On s'arrête un quart d'heure. Nous aurons le temps d'aller prendre une boisson fraîche et je ferai remplir le thermos de citronnade.

— J'aimerais mieux de la bière, gémit Judy.

— Voyons, Judy, tu sais bien...

— Bon, bon, t'en fais donc pas. C'est toi qui m'invites et si tu veux offrir de la citronnade, je la boirai, mince alors, quoi !

— Tu sais bien que la bière ne te vaut rien, Judy. Mais si tu en as vraiment envie, je t'en prendrai, va.

— Laisse tomber, murmura Judy.

Machinalement, Judy retira sa main et se tourna vers le paysage. Dieu ! que ces vacances allaient être fastidieuses ! Cette Fan prenait tout au sérieux. Une vraie crampe. Pleine de bonnes intentions, bien sûr, mais Judy pouvait à peine la supporter, encore que ce fût Fan qui l'eût invitée à passer trois semaines de vacances entièrement à l'œil. Enfin... Elle rencontrerait peut-être quelqu'un d'intéressant. Elle jeta un regard furtif au jeune homme seul, assis au fond du car. Mais il ne la regardait pas. Penché en avant, il parlait au petit garçon, le môme de cette fille aux grands airs. Judy renifla et se tourna de nouveau vers son amie.

— Tu sais, la bière, c'est ce qu'il y a de plus rafraîchissant.

— Bon. Si tu veux, nous prendrons de la bière.

Fan était prête à toutes les concessions pourvu que Judy cessât de penser aux hommes. L'idiote ! Elle n'avait pas dix-neuf ans, les hommes l'avaient déjà mise dans des situations épouvantables, et elle continuait à flirter avec le premier pantalon qui passait ! Ces vacances entre filles, en pleine campagne, loin de tout, lui feraient certainement du bien. Fan dilapidait toutes ses économies pour offrir ce repos à son amie, dans un ranch, avec piscine, tennis et promenades à cheval. Mais après tout ce que Joe avait fait endurer à Judy, la petite le méritait.

Joe était le propre frère de Fan. Il était marié et père de famille. Fan le haïssait, depuis sa plus tendre enfance. De quatre ans plus âgé qu'elle, Joe, à trente ans, était une brute. Fan avait toujours été une enfant bizarre, renfermée, qui avait peur des autres enfants. Elle reportait toute son affection sur les animaux et recueillait les chiens et les chats abandonnés.

Lorsqu'elle avait quitté sa famille pour aller travailler en ville comme dactylo, elle avait continué à recueillir les êtres sans défense, mais maintenant, c'étaient des êtres humains. Au début, il s'agissait le plus souvent de jeunes garçons, qui venaient manger ses provisions, dormaient sur son divan et lui empruntaient de l'argent, sans le moindre remerciement. Elle mit longtemps à comprendre qu'ils la méprisaient pour toutes ses gentillesses. Fan s'était alors tournée vers les filles. La première qu'elle aida, Betty, était encore plus laide qu'elle et buvait. Fan l'avait littéralement ramassée sur le trottoir, ivre morte. Elle l'avait soignée, nourrie, entretenue. Pour tout remerciement, Betty rentra un soir, ivre, avec un chauffeur de taxi. Fan avait eu toutes les peines du monde à les jeter dehors et avait même dû avoir recours à la police. D'autres filles avaient pris la succession de Betty, avec des résultats tout aussi fâcheux.

Enfin, Fan avait rencontré Judy, qui ne ressemblait pas aux autres. D'abord, elle était jolie. Ensuite, elle n'avait pas réellement besoin de Fan. Judy travaillait et gagnait bien sa vie. Elles étaient devenues amies et Judy était venue partager l'appartement de Fan. Tout avait bien marché. Même l'histoire avec Joe les avait rapprochées. Fan se reprochait bien d'avoir permis à Joe de rencontrer Judy, mais maintenant, tout était fini. Elles partaient en vacances et Judy pourrait se reposer et se remettre de ses émotions.

Souriante, Fan se tourna vers son amie. A ce moment, le voyageur assis derrière elle se pencha et la frappa sur l'épaule. Elle sursauta.

— Ça ne vous dirait rien, mesdemoiselles, de boire un bon coup de whisky à la menthe ? dit-il en leur tendant un thermos.

Carter Jones regardait Judy, tout en parlant à Fan. Il faillit dire sa pensée à haute voix : « Quel pou ! Et quelle poupée ! »

Le problème de Jones était des plus simples : comment se débarrasser du pou et garder la poupée. L'offre de boisson fraîche lui permettrait de faire connaissance.

Jones n'était pas un buveur, mais il emportait toujours un peu d'alcool en voyage, afin justement de lier connaissance. Il voyageait beaucoup, presque toujours par le car. Jones était inspecteur dans une compagnie d'essence et visitait les stations-service dans tout le Sud-Ouest.

Au début, Jones se servait de sa propre voiture et demeurait quelques jours dans chacune des succursales, pendant qu'il vérifiait les comptes. Et à cette époque-là, il avait plutôt tendance à boire. Mais c'était avant son accident. Depuis, il ne buvait plus et ne conduisait jamais. D'ailleurs, il n'en souffrait pas. Il avait juré de ne plus toucher ni un volant ni un verre d'alcool.

Il se rappelait encore trop clairement, bien qu'il eût été presque inconscient, le corps brisé de Pearl, sa femme, que l'on avait retirée des débris de sa voiture. Lui-même n'avait eu que quelques contusions. Et il se souvenait des paroles de l'interne de service, à l'hôpital :

— Y a un bon Dieu pour les ivrognes, comme pour les fous. Ils s'en tirent toujours, et ils tuent les autres.

Les autres... Sa femme, Pearl...

Il laissa négligemment tomber sa main sur l'épaule de la jolie fille en chandail jaune.

— Mais oui, ça vous fera du bien, de boire quelque chose de frais. Tenez.

Fan ouvrit la bouche pour répliquer mais Judy la devança :

— Avec plaisir. Je mourais de soif. Vous devez être devin, mon bon monsieur.

Jones sourit en dévissant le bouchon.

— Je m'appelle Jones, dit-il, Johnny pour les dames.

Sidney leva les yeux et regarda la pancarte qui se balançait au milieu du grand pare-brise et qui interdisait de fumer. Haussant les épaules, avec un sourire parfaitement idiot, il glissa la main dans sa poche et en sortit un paquet de cigarettes aplati. Il prit une cigarette et la colla délibérément entre ses lèvres épaisses. Puis il l'alluma. Le briquet disparaissait dans sa patte énorme. Il leva ses yeux mornes et regarda le grand rétroviseur, cherchant les deux passagers assis au fond du car. Il allait abaisser son regard quand il vit que le chauffeur le dévisageait. Red Knowles ne se retourna pas.

— C'est défendu de fumer, monsieur.

Sidney retira la cigarette de sa bouche et souffla un nuage de fumée épaisse dans le cou du chauffeur, s'agita sur son siège et regarda par la fenêtre, comme s'il n'avait rien entendu.

Red Knowles était furieux.

— Salaud, grommela-t-il entre ses dents. Qu'est-ce qu'il se figure ? Il me cherche des crosses ?

Il se retourna à demi mais fit un effort pour parler normalement, sans colère.

— Je regrette, monsieur, mais il est interdit de fumer dans le car.

Sidney ne broncha pas. Il tira sur sa cigarette et, de nouveau, rejeta un gros nuage de fumée.

— Le règlement... commença Red.

Lorsque Sidney parla enfin, ce fut d'un ton net et précis, malgré l'accent grasseyant :

— Je t'ai entendu la première fois, papa.

Red reporta son regard rageur sur la route. Fumier ! Sale espion ! On ne l'aurait pas comme ça !

Il entendit des rires, au fond du car. Dans son miroir, Red vit l'enfant debout dans la travée. Le jeune homme seul l'avait pris par le bras et lui murmurait quelque chose à l'oreille.

Ce sacré môme ne devrait pas se balader comme ça. Mais Red commençait à se ficher du règlement, des voyageurs et du reste. Il n'avait qu'une envie : arriver à Indio et boire une bière fraîche.

Il espérait cependant qu'il n'aurait pas d'ennuis avec ce policier et son prisonnier. Red n'aimait pas beaucoup trimbaler des criminels, même s'ils avaient les menottes aux mains. Le vieux, qui devait être un shérif ou quelque chose comme ça, était armé. On voyait la bosse que formait son revolver, sous sa veste. Mais il n'avait pas l'air d'avoir la force ou les réflexes nécessaires, si jamais son prisonnier se mettait à se faire des idées.

Et Red avait peur. Il craignait et détestait la violence. Cette crainte lui faisait presque oublier ses ennuis personnels. S'il s'écoutait, à Indio, il les laisserait tous tomber...

Le vieil homme au sombrero somnolait, affalé sur son siège. Il avait ôté ses bottes à hauts talons. Soudain, la voix de son compagnon le réveilla. Il se redressa, ouvrit des yeux chassieux et toussota.

— Hein ? Qu'est-ce qu'il y a, petit ?

— Une cigarette, dit Matt Hardin. J'aimerais bien fumer.

Ab Bland le regarda froidement :

— Tu sais pas lire ? C'est défendu.

— Ouais, mais le type là-bas devant est en train de fumer, alors l'écriteau ne doit pas vouloir dire grand-chose.

— C'est défendu. Je me fiche de ce que font les autres. Nous, on obéit.

Matt se retourna vers la fenêtre.

Le vieux haussa les épaules. Cette nouvelle génération, ça se croyait fortiche, mais c'étaient tous des mous. Sans armes, et sans copains, ils ne valaient plus tripette.

Ab Bland, shérif adjoint du comté de Narago, accomplissait sa dernière mission. Après cinquante et un ans de bons et loyaux services, on le mettait à la retraite. Et pourtant, par Dieu, il était toujours aussi habile et aussi fort. On n'avait pas idée de le mettre à la retraite quand il pouvait encore rendre tant de services ! Il avait soixante-dix ans ! La belle affaire ! Il était toujours aussi costaud.

Y avait qu'à voir ce Hardin, un assassin, un criminel endurci, un évadé recherché par toutes les polices de la région. Et c'était bien lui, Ab Bland, que l'on avait choisi pour le ramener au bercail. On avait donc confiance en lui. Et malgré cela, on le mettait au rencart !

C'était assez triste de finir sa carrière ainsi, à servir de nourrice à ce vaurien qui serait bientôt exécuté, et qui pourtant n'avait rien d'un tueur, avec ses longues mains fines et sa carrure étroite.

Bland se demanda ce qu'il allait faire maintenant. Quand on a passé cinquante et un ans de sa vie à traquer des criminels, il est difficile de se mettre soudain à se tourner les pouces. Et un homme ne pouvait tout de même pas se laisser mourir comme un chien. La retraite ! Il était pourtant d'attaque, même à son âge ! Il se sentit brusquement très seul.

— Nous arrivons bientôt à Indio, dit-il, plus doucement. Tu pourras t'allumer une cigarette à l'arrêt.

Sans savoir pourquoi, le vieux shérif adjoint se sentait pris de tendresse pour son prisonnier.

Matt Hardin n'arrivait pas à se considérer comme un prisonnier, pas plus à présent que lorsqu'il était enfermé au Texas, dans la cellule des condamnés à mort. Il ne se considérait pas davantage comme un criminel. Non qu'il fût habile à se leurrer, ou qu'il eût peur de regarder la vérité en face. C'était beaucoup plus compliqué que ça. Au fond, l'arrestation, la condamnation, tout cela faisait partie des risques du métier, à passer par profits et pertes. Le crime est une profession comme une autre. Et Matt pensait qu'il l'avait choisie plus par force que par faiblesse. Dès le début, il avait compris que c'était une façon dangereuse de gagner sa vie. Et le début remontait à son enfance, au jour où son père l'avait surpris en train de prendre l'argent du loyer dans le tiroir du bureau.

Venant du pays de Galles, Damon Hardin avait émigré tout jeune aux Etats-Unis, pour travailler aux mines de Virginie-Occidentale. C'était un homme sec et sévère, un presbytérien abstinent, craignant Dieu, qui croyait au travail et à la vie spartiate. Damon avait épousé une petite institutrice de la Nouvelle-Angleterre, Myrtle Mainwaring. Ils avaient eu ce fils, Matt, un enfant délicat, que sa mère avait abominablement gâté. A sa façon, le mineur avait aimé son fils, mais ne lui avait rien passé.

Matt avait huit ans quand il avait trouvé la boîte où son père mettait de côté l'argent du loyer. Ebloui par tous ces billets, l'enfant les avait pris, pour financer son équipe de base-ball. Pendant quarante-huit heures, il avait été le héros du quartier et ses camarades, malgré son jeune âge, l'avaient nommé capitaine de l'équipe.

Lorsque son père s'était aperçu du vol, il avait été outré, non pas tellement à cause de l'argent qui manquait, que parce que son fils était un voleur. Il l'avait sévèrement battu, au point qu'il fallut appeler le médecin. Myrtle n'avait jamais pardonné à son mari.

Cette correction n'avait appris qu'une seule chose au petit : qu'il ne fallait en aucun cas se faire prendre, mais que, si l'on était pris, il fallait supporter sa punition sans rien dire et tâcher de faire mieux la prochaine fois.

Damon Hardin ne surprit plus jamais son fils en flagrant délit de vol pour la bonne raison qu'il mourut dans un accident à la mine, moins de deux mois après l'incident du loyer. Les camarades de Matt ne surent jamais qu'il avait volé et continuèrent de le croire fort riche. Matt, à cette occasion, fit une seconde découverte, à savoir que la réputation d'être riche équivaut à la richesse. Il se découvrait une multitude d'amis. Pour soutenir sa réputation de fortune, il n'hésitait plus à voler et à se procurer de l'argent par tous les moyens, prenant de la monnaie dans le portefeuille de sa mère, chipant çà et là, quand il en avait l'occasion, tout en prenant bien garde de ne pas se faire surprendre.

A douze ans, Matt était devenu un voleur invétéré. Et, malgré sa petite taille et sa fragilité apparente, il savait aussi se battre. Sa première bagarre sérieuse eut lieu quand il avait dix ans. Un « grand », nouveau dans le quartier, l'avait défié et, avant de savoir ce qui lui arrivait, Matt se retrouva étendu sur le trottoir, la bouche pleine de sang. C'est alors que ses doigts rencontrèrent une pierre. Aveuglé de crainte et de fureur, il s'en était emparé et l'avait lancée en plein dans la figure de son assaillant. Il avait fallu les séparer.

Il avait treize ans quand deux événements vinrent transformer son existence. Sa mère se remaria et Matt fut envoyé dans une maison de redressement.

Le second mari de Myrtle était un missionnaire nommé Hickman, un homme calme, un peu rêveur, désespérément utopique et idéaliste. Myrtle quitta son poste d'institutrice pour suivre son mari et l'aider à évangéliser les foules. Ce fut au moment où son beau-père tenait une réunion religieuse dans une petite ville du Mississippi que Matt Hardin vola une voiture, sans raison si ce n'est qu'il s'ennuyait à périr et qu'il avait toujours voulu conduire une auto. Un quart d'heure plus tard, la voiture était en miettes dans un fossé et Matt à l'hôpital avec une jambe cassée. De l'hôpital, on le transféra dans une maison de correction, où il resta jusqu'à son dix-huitième anniversaire.

Quand il fut relâché, Matt Hardin était devenu un véritable gangster, de vocation. Il haïssait tout et tout le monde, à l'exception de sa mère qui n'avait jamais cessé de lui écrire et de lui envoyer de menus cadeaux que les gardiens confisquaient.

Matt était allé, en auto-stop, voir sa mère en Californie et son demi-frère, qu'il ne connaissait pas. Il passa deux jours chez son beau-père, qu'il considérait comme un idiot intégral. Au cours de sa courte visite, il alla faire un tour dans un grand magasin, y vola un sac à main pour sa mère et un tigre de peluche pour le bébé et reprit la route. Un an plus tard, il se retrouvait en prison pour avoir voulu cambrioler une banque.

Les années passèrent et, après d'autres crimes et d'autres séjours en prison, Matt Hardin reprenait le chemin de la cellule des condamnés à mort, avec un détachement des plus étranges.

Son détachement était, il faut bien le dire, basé sur une certitude : il n'avait pas la moindre intention d'aller moisir en cellule en attendant la mort, dans cette même prison d'où il s'était si savamment échappé un mois plus tôt, avec trois autres condamnés à mort, dans la propre voiture du gardien-chef, après avoir tué un geôlier et en avoir blessé deux autres.

La « belle » n'avait guère duré et le quatuor avait été poursuivi par la guigne. Deux de ses compagnons avaient été abattus par la police et le troisième blessé et repris. Matt avait eu plus de chance, mais il demeurait persuadé que ce troisième larron était responsable de sa nouvelle arrestation. Il avait dû parler. Matt avait été repris à Los Angeles, alors qu'il s'apprêtait à tirer l'argent de sa cachette et à passer la frontière mexicaine.

Matt pensa à son compagnon, ce vieil homme qui avait été un héros de la police locale, à qui les journaux faisaient plus de publicité qu'à lui-même et qui avait l'honneur, avant d'être mis à la retraite, de reconduire à la mort Matt Hardin.

Matt lui jeta un bref coup d'œil. Ce n'était qu'un vieil homme, déguisé en shérif de cinéma, mais Matt ne se fiait guère aux apparences. Il savait qu'on l'aurait facilement pris lui-même pour un petit comptable. Non, le vieux pouvait avoir l'air d'un carnaval, ce n'en était pas moins certainement un bon policier.

Cependant, Matt ne s'inquiétait pas outre mesure. Il ne retournerait jamais à la cellule des condamnés à mort. Le plan était précis et tout irait bien, comme prévu. La rencontre aurait lieu, la voiture serait au rendez-vous. Il n'y aurait pas d'anicroche.

Matt fumerait sa cigarette à Indio. Plus tard, à Yuma, au crépuscule, il descendrait avec le shérif et il prendrait un sandwich et une tasse de café, et fumerait une autre cigarette. C'était là, l'arrêt important. Et puis ensuite... le reste suivrait, comme il l'avait prévu.

Matt ne s'inquiétait que d'une chose. Il avait été obligé de mettre le gosse dans le coup, et ça le chiffonnait. Il aurait préféré le laisser en dehors de tout ça. Mais c'était impossible. Il n'avait pas pu faire autrement, il y allait de sa vie.

Mais c'était quand même dommage que le gosse ait appris l'amère vérité sur son frère. Matt fronça les sourcils, puis il haussa les épaules. Il n'avait jamais rien demandé au gosse et ce serait la dernière fois. Le petit pourrait retourner à ses études et vivre tranquillement. Il deviendrait médecin ou ingénieur, un honnête citoyen, un homme dont Matt pourrait être fier.

Matt avait beaucoup fait pour son demi-frère et il était satisfait du résultat. Il ne lui demandait que de devenir quelqu'un, et de l'aider pour cette fois.

Matt tendit le cou et se retourna à demi. Il vit que le petit garçon, debout dans la travée, le regardait, les yeux grands ouverts. Matt sourit et cligna de l'œil. L'enfant cligna de l'œil à son tour et se jeta sur sa mère.

— Maman, maman, le monsieur m'a cligné de l'œil ! Je peux aller lui parler ?

Marta Ryan se pencha avec un sourire las.

— Tu ferais mieux de rester ici, Tip. Repose-toi. Nous allons bientôt arriver à Indio et nous irons boire quelque chose.

— Tu n'as pas besoin de me payer à boire. Mon ami a dit qu'il me payerait une glace. Il l'a dit.

— Ton ami ?

— Oui, mon ami Guy.

Marta se retourna et, pour la première fois, remarqua le voyageur assis de l'autre côté de la travée. Il les avait écoutés et souriait. Sans savoir pourquoi, elle rougit et baissa les yeux. Guy Hickman se pencha et murmura :

— Si ta maman le veut bien.

Marta releva les paupières.

— J'espère qu'il ne vous ennuie pas.

— Moi ? bien sûr que non ! s'écria l'enfant, indigné. On est des copains, pas vrai ? Dis-lui, qu'on est des copains !

Guy se mit à rire et contempla Marta Ryan.

— Bien sûr.

Quelques minutes plus tard, il se pencha de nouveau vers le petit garçon et lui dit, en hésitant un peu :

— Quand on s'arrêtera, je te payerai une grande glace et tu pourras peut-être demander à ta maman qu'elle vienne avec nous.

L'enfant leva les yeux, un peu déçu.

— Bon. J'y demanderai. Mais elle voudra pas. Tu sais, mon papa est mort et elle ne se sent pas très bien.

Il quitta vivement son nouvel ami et grimpa sur le siège à côté de sa mère.

3

Guy Hickman suivit l'enfant des yeux et contempla la jeune mère. Il ne s'était pas trompé quand il s'était dit qu'elle avait pleuré. Il n'était pas seul à avoir des ennuis. Tout le monde en avait.

Il eut un peu honte de s'être apitoyé sur son propre sort. Ce qui lui arrivait n'était pas bien grave à côté du chagrin de cette jeune femme, presque une enfant, déjà veuve, et mère d'un gamin de quatre ans. Il eut soudain envie d'aller la consoler. Mais il repoussa cette pensée. Ce serait aussi ridicule que d'aller consoler cet autre, là-bas au fond...

Mon Dieu... Cela ne lui semblait pas possible ! Matt Hardin, son demi-frère ! Si quelqu'un lui avait dit, il y avait seulement un mois, que Matt Hardin était son frère, il aurait éclaté de rire. Matt Hardin, gangster et assassin notoire, entretenait Guy depuis sept ans, depuis la mort de ses parents, payait sa pension et ses études. Et Guy ne l'avait jamais rencontré et ignorait tout. Bien entendu, il avait entendu parler de Matt Hardin. Sa photo était dans tous les journaux. Mais il avait fallu l'avocat de San Francisco et tous ses papiers et ses documents pour que Guy consentît à croire que Matt Hardin était vraiment son frère et son bienfaiteur.

C'était un problème, ça, c'était sûr. Guy s'était trouvé entraîné dans une situation invraisemblable. Il avait lutté avec sa conscience et avait pris la décision. Mais il haïssait chaque minute de la route, il détestait ce qu'il allait faire.

Il plongea machinalement la main dans la poche intérieure de sa veste et ses doigts caressèrent la petite bouteille plate. Il serra les dents et son visage se durcit. Le car ralentissait, mais Guy ne leva pas les yeux.

— Nous arrivons à Indio, dit le docteur Bigelow en se tournant vers sa femme. Voulez-vous que nous descendions boire quelque chose ?

— Il fait trop chaud pour se déplacer, dit Caroline. Et puis si nous quittons nos places, on viendra encore nous les prendre. Mais descendez si vous voulez.

Elle jeta un regard furibond à la nuque rougeaude de Red Knowles. Le médecin inclina la tête. Le car s'arrêta brusquement devant un café-restaurant qui tenait lieu de station.

— Je n'ai pas faim, mais puisque vous descendez, reprit Caroline Bigelow, rapportez-moi donc un peu de lait. Ou du chocolat. Et un sandwich au poulet. Il faut sans doute que je me restaure un peu. Ce voyage est abominable.

— Mais oui, murmura le docteur.

Il était exactement quatre heures et demie à la pendule du comptoir quand les premiers voyageurs poussèrent la porte du restaurant. Helen, la serveuse, considéra d'un œil critique la fille en sévère costume de tweed et sa jolie compagne, en chandail jaune et jupe collante, et se tourna vers Paul, le Grec qui était son patron et le propriétaire du bar.

— Des paumés, je parie. Je ferai pas soixante cents de pourboire avec tout le lot, soupira-t-elle.

Paul lui sourit et lui caressa nonchalamment la croupe.

— Qu'est-ce que ça fait, poupée ? Puisque t'as la chance de m'avoir !

Helen lui rendit son sourire. Les deux filles s'étaient installées au bar et Carter Jones venait de les rejoindre.

— C'est moi qui régale, annonça-t-il à Helen. Demandez à ces jeunes personnes ce qu'elles veulent.

Fan le toisa froidement.

— Nous payerons notre part, si ça ne vous fait rien.

Judy se contenta de sourire.

— Qu'est-ce que vous en pensez, la belle ? insista Jones. Laissez donc payer l'oncle d'Amérique. Allez-y, commandez du solide. Il me reste un peu de whisky et faut pas boire à jeun.

— Il y a des gens, grinça Fan, qui ne comprennent pas qu'ils sont encombrants.

Jones répliqua du tac au tac :

— Parlez donc pour vous. Cette petite fille et moi...

— Je parle aussi en son nom, coupa Fan en rougissant de colère, luttant pour retenir les larmes qui n'allaient pas manquer de couler. C'est vrai, n'est-ce pas, Judy ? Tu es d'accord avec moi ?

Judy considéra un instant son amie, froidement, se tourna, cligna de l'œil à Jones et répondit :

— Mais voyons, Fan, bien sûr.

Le coup d'œil avait échappé à Fan. Jones haussa les épaules et se tourna vers la serveuse.

— Elles sont toutes folles de moi, déclara-t-il. En attendant, faites-moi donc sauter deux hamburgers sans oignon, pain blanc.

Judy commanda un Coca-Cola et un hot-dog et Fan une tasse de café. Elle avait l'appétit coupé. Jones alluma une cigarette et se retourna vers la salle. Marta Ryan venait d'entrer avec son petit garçon. Jones la détailla. Belle fille. Une possibilité, peut-être...

— Mais maman, dit Tip, je veux rien manger. Mon ami a dit qu'il viendrait me payer une glace. Il l'a dit.

Marta le regarda, inquiète.

— Je sais, chéri. Mais tu devrais manger quelque chose. Tu n'as pas bien déjeuné, ce matin, et je crois que c'est pour ça que tu as mal au ventre. Sois mignon, mange un peu de soupe et un sandwich, et ensuite tu auras ta glace.

L'enfant commençait à protester quand le docteur Bigelow s'approcha :

— Votre maman a raison, jeune homme. Il faut prendre quelque chose de chaud. Il me paraît un peu pâlot, ajouta-t-il en se tournant vers Marta. Il a été malade ?

Marta sursauta.

— Excusez-moi. Je suis médecin. Je le voyais, pendant le trajet, et je me suis dit que peut-être...

— Il se plaint d'avoir mal au ventre, et ce matin il a vomi. Je crois qu'il ne se sent pas très bien.

— Hum. Surveillez sa nourriture. On ne sait jamais, avec ces maux de ventre. C'est parfois dangereux.

— Je sais. Je n'aurais pas dû l'emmener, mais vraiment...

— Je ne voulais pas être indiscret, madame. Je sais qu'on est parfois obligé d'agir contre son gré. Mais veillez bien à sa nourriture.

Marta lui sourit et il s'éloigna vers le distributeur de cigarettes. Judy le bouscula un peu pour aller mettre un jeton dans le juke-box. Du coin de l'œil, elle vit que Jones la suivait. Elle le trouvait assommant mais elle avait bien l'intention de flirter avec lui, ne serait-ce que pour faire enrager Fan.

Sidney pénétra à son tour dans le restaurant. Il était le seul à garder sa veste, soigneusement boutonnée. Il ne quittait pas davantage le petit sac à fermeture Eclair qu'il ne lâchait pas depuis le départ de Los Angeles. Ses yeux mornes firent le tour de la salle et il alla s'installer au bar, à la place que venait de quitter Jones, devant les deux hamburgers qu'on lui avait servis sur une assiette de carton.

A l'autre bout du comptoir, Helen prenait la commande de Marta Ryan. Sidney attendit patiemment. Il sentit vaguement que quelqu'un s'asseyait sur le tabouret à côté du sien et se recula légèrement quand Judy lui poussa doucement le coude. Il leva vers elle un regard terne et la dévisagea. Elle lui sourit et s'excusa. Sidney la fixait, sans sourire. Puis il clignota des paupières et se tourna vers Helen.

— Une tasse de café, glacé.

— Un café glacé ?

— Dans une tasse. Café glacé. De la tarte. Aux pommes. Et puis vous pouvez m'enlever ces ordures de là, ajouta-t-il en repoussant l'assiette aux hamburgers.

Jones s'approchait, après avoir échangé quelques mots aimables avec le docteur Bigelow.

— C'est ma place, jeune homme, dit-il.

Sidney ne répondit pas. Jones sentit la moutarde lui monter au nez.

— Ecoute, mon petit père. C'est ma place, et ce que tu appelles des ordures, c'est ce que je viens de commander.

Sidney se retourna légèrement, le contempla fixement, pinça les lèvres et un jet de salive vint frapper Jones entre les deux yeux.

Sidney pivota sur son tabouret. Son visage n'avait pas changé d'expression.

Le geste avait été si brusque, si inattendu, que Jones en demeura comme pétrifié, le crachat dégoulinait lentement le long de son nez. La salle était parfaitement silencieuse.

Et puis Jones tourna les talons et se dirigea en chancelant vers la porte. Il voulait sortir avant qu'on puisse voir les larmes dans ses yeux. Comme un aveugle, il tâtonna pour ouvrir la porte. Guy, qui venait de quitter le car, dut s'écarter pour le laisser passer.

Guy était resté dans le car jusqu'à ce que tous les voyageurs fussent descendus, à l'exception de la vieille dame assise devant, et des deux autres — le shérif adjoint et Matt Hardin.

Guy savait que ces deux-là ne bougeraient pas. Il surveillait la femme. Mais elle paraissait décidée à rester là, dans le car surchauffé. Guy attendit encore une ou deux minutes, puis il se leva lentement et se dirigea vers les deux hommes.

Ab Bland paraissait dormir, le sombrero baissé sur le front. Mais lorsque Guy, en évitant soigneusement de regarder Matt, lui frappa sur l'épaule, le vieux ouvrit brusquement les yeux.

— Oui, mon garçon ?

Guy s'éclaircit la gorge. Il avait le trac.

— Euh, eh bien, c'est-à-dire que je vais prendre un sandwich et un Coca-Cola et j'ai pensé que je pourrais peut-être vous rapporter quelque chose, comme, euh, enfin, je vois que vous ne...

Il se tut, soudain gêné.

— Nous ne bougeons pas, acheva le vieux. Vous avez raison, mon garçon. Tout le monde a dû s'en apercevoir, à la fin. Non, mon copain et moi, on reste là. Jusqu'au bout du voyage. (Il se tourna vers son prisonnier.) Tu veux boire quelque chose ?

Matt ne quittait pas la glace des yeux. Il murmura d'une voix à peine distincte :

— Non, je n'ai pas soif. Je voudrais fumer. On doit encore s'arrêter dans deux heures, non ?

— Ouais. A Yuma, on passe dans l'Arizona.

— Je prendrai un sandwich et un café là-bas.

Ab grogna et répondit à Guy :

— Merci, fiston, mais on attendra tous les deux le prochain arrêt.

Guy tourna les talons. Il avait accompli son premier geste.

Red Knowles attendit un moment, pour descendre du car, et surveilla l'homme qui s'était assis derrière lui. Sidney hésitait devant le restaurant et faisait mine de renouer un lacet défait.

« Il attend pour voir ce que je fais, se dit Red. Sale mouchard. Eh bien, il en sera pour ses frais. Moi aussi, je peux jouer ce jeu-là. » Red mit la main à sa poche, en tira un paquet de cigarettes et prit tout son temps pour en allumer une. Il vit Sidney se redresser et passer nonchalamment devant la porte du restaurant pour pénétrer dans la cabine de téléphone publique. Red s'avança vivement, ouvrit la porte du bar mais n'entra pas. Il la laissa claquer et se recula prestement, tout contre la mince paroi de la cabine. Il entendit l'homme demander l'inter et un numéro à El Centro.

Red était perplexe. El Centro ? C'était une petite ville frontière et le car n'y passait pas. Il n'y avait pas non plus de bureaux de la compagnie, là-bas. Pour la première fois, Red se demanda s'il ne s'était pas trompé. Ce n'était peut-être pas du tout un inspecteur. Il se faisait peut-être des cheveux pour rien. Il était encore là à réfléchir, quand il entendit la voix de Sidney :

— Tout va bien, Ed. A la minute. Ouais. Ouais... Comme prévu. Non, il a l'air d'aller bien. A tout à l'heure.

Red eut à peine le temps de s'esquiver et Sidney sortit de la cabine.

Red se dirigea tout droit vers l'épicerie. Il avait cessé de s'inquiéter. Quelle idée d'avoir pris ce type-là pour un mouchard de la compagnie ! Ce n'était qu'un vague crétin qui s'occupait de ses affaires. Red se fichait bien de ce que cela pouvait être, du moment qu'on ne s'occupait pas de lui.

Les affaires de Sidney n'allaient cependant pas tarder à le regarder, mais Red n'en savait encore rien. Heureusement pour lui. S'il l'avait su, il n'aurait jamais acheté deux bouteilles de bière, une pour boire tout de suite, une pour emporter. Il aurait simplement poursuivi sa route, loin et vite...

Lorsque Guy pénétra dans le restaurant, Tip s'agitait sur sa chaise. Guy vint s'asseoir à côté de lui.

— J'ai mangé ma soupe et un sandwich tout entier, annonça le petit garçon. Et maintenant...

— Tip, voyons ! Il ne faut pas...

— Mais si, dit Guy en souriant. Je lui ai promis une glace et il va l'avoir.

— Double, réclama Tip.

— Bien entendu. Double.

Guy mit son bras autour de l'enfant.

— Tu as demandé à ta maman de se joindre à nous ?

Marta regarda le jeune homme et rougit.

— Je ne pense pas...

— Allons, pourquoi pas ? Après tout, ce garçon et moi, nous sommes des amis d'enfance et les amis partagent tout.

— Même les mamans ?

Ce fut au tour de Guy de rougir. Il s'adressa à Tip.

— Va commander ce que tu veux à cette dame là-bas.

L'enfant glissa de son tabouret et Guy s'adressa à Marta :

— Permettez-moi de me présenter. Guy Hickman, de San Francisco. Berkeley, plutôt. Je suis à l'Université. Tip m'a dit qu'il venait de perdre son papa. Je sais que cela ne me regarde pas, mais je voudrais vous dire combien je vous plains, très sincèrement. Je sais ce que c'est que d'être dans l'ennui. Nous en avons tous notre part et si jamais je puis vous être utile...

Marta se détourna, la lèvre tremblante. Guy se reprocha sa maladresse et craignit d'en avoir trop dit. Il se mêlait vraiment de ce qui ne le regardait pas. Mais à l'instant même où il se traitait de tous les noms, Marta tourna vers lui un visage souriant.

— Vous êtes très bon. Vous avez été tellement gentil avec Tip ! Mais ne vous faites pas de souci. En effet, Tip vient de perdre son papa. Pour l'instant, je veux dire, à son âge, il ne se rend pas très bien compte. Il n'a jamais beaucoup connu son père et...

Elle laissa sa phrase en suspens et se détourna de nouveau. Malgré lui, Guy posa une question. Les mots lui avaient à peine échappé qu'il voulut se mordre la langue. Il ne comprenait pas ce qui lui arrivait.

— Et vous ? demanda-t-il. Est-ce que cela a de l'importance pour vous ?

Elle leva vivement les yeux. Mais elle n'était pas fâchée. Triste, plutôt, découragée.

— Le père de Tip a été tué hier matin. Son avion s'est écrasé, au Texas, murmura-t-elle. Nous étions séparés depuis la naissance de l'enfant. J'avais demandé le divorce.

Elle parlait simplement, sans émotion. Elle énonçait un fait et ne cherchait pas à se faire plaindre.

Dix minutes plus tard, quand les voyageurs reprirent le car, Guy, Marta et Tip s'installèrent tous les trois sur la longue banquette à l'arrière du véhicule. Le petit garçon s'allongea pour faire sa sieste, comme il l'avait promis, et serrait, dans sa petite main moite, les longs doigts bronzés de Guy.

Le docteur Bigelow rapporta à sa femme du café et un sandwich au poulet. Elle se plaignit de ce que le café fût tiède, ouvrit un côté de son sandwich et remarqua aigrement :

— Rien que des morceaux de carcasse, naturellement.

Sidney s'était replacé derrière le chauffeur. En passant, Judy lui fit un petit sourire tandis que Fan relevait un nez méprisant. Sidney regarda fixement la jeune fille et la suivit des yeux.

Carter Jones restait affalé sur son siège. Lentement, très lentement, son courage lui revenait, mais il fallait de la patience. Pour la première fois depuis de longs mois il devenait fou, tenaillé par l'envie de boire de l'alcool.

Red Knowles monta le dernier. Il avait deux ou trois minutes de retard sur l'horaire parce qu'il avait perdu du temps à bavarder avec Paul qui lui avait dit :

— Paraît que t'as une célébrité dans ton bahut ?

— Sans blague ? Une célébrité ? Et qui ça donc ?

Red se demandait quelle célébrité pouvait bien prendre son car minable dans ce pays perdu.

— Ouais, poursuivit Paul. Le dispatcher vient de me passer un coup de fil, du siège. Paraît que tu trimbales Hardin.

— Hardin ?

Paul le considéra avec pitié.

— Ben quoi ? Tu lis pas les journaux ? Matt Hardin, l'assassin, celui qui s'est évadé, là, en tuant un gardien, et qu'on a ramassé à Los Angeles ! Il est dans ton car. C'est un shérif adjoint qui le ramène. Fais gaffe, petit. C'est un vrai tueur, ce mec-là.

Paul éclata de rire et envoya une bourrade amicale à Red. Mais Red n'avait pas du tout envie de rire.

Seigneur Dieu ! Matt Hardin ! C'était donc ça ? Red frissonna en escaladant les trois marches du car. Il se glissa au volant et leva immédiatement les yeux vers le grand rétroviseur. Bon sang, Matt Hardin ! Qui aurait pensé ça !

La limousine Buick noire quitta El Centro à cinq heures cinq précises, Ed au volant et un des hommes à ses côtés, les deux autres sur le siège arrière. La voiture se dirigea vers le sud, par la nationale 99, et passa la frontière mexicaine à Calexico. De là, elle fila vers l'est, par la route 2, jusqu'à Alamo et de là à San Luis.

Elle roulait, parallèle à la frontière. La nuit était tombée, et Ed conduisait lentement. Le vent s'était levé et chassait des tourbillons de sable à travers le désert de Yuma et l'interminable *mesa*, rendant la conduite difficile. Les phares puissants se heurtaient à une barrière de sable. Ed dut ralentir encore. La voiture allait au pas. L'air étouffant était irrespirable.

Le voisin d'Ed voulut ôter sa chemise, mais les grains de sable le bombardèrent et il se rhabilla en jurant. Les passagers de la voiture fermèrent toutes les fenêtres. Le sable pénétrait quand même dans la voiture.

4

Moins d'une heure après avoir quitté Indio, alors que la route longeait le lac Salton à trente mètres au-dessous du niveau de la mer, Red Knowles s'aperçut qu'ils allaient avoir du mauvais temps. Il fait toujours chaud dans la Vallée Impériale, mais ce jour-là, c'était l'enfer. La sueur lui ruisselait dans le dos, trempant sa chemise et son pantalon. Il avait hâte d'arriver à Yuma, pour boire encore une bière et connaître quelques minutes de répit dans le bar climatisé.

Derrière Red, Sidney s'était à demi allongé sur son siège. Les yeux fermés, la bouche ouverte, il ronflait doucement. Une de ses mains pendait à son côté. L'autre se crispait toujours sur le sac posé sur ses genoux.

De l'autre côté de la travée, le docteur Bigelow somnolait aussi, mais ses yeux demeuraient ouverts. Il restait sourd aux plaintes amères proférées par sa femme.

Fan Farrow, insouciante du règlement, allumait une cigarette après l'autre en bavardant à mi-voix avec Judy. Mais Judy ne l'écoutait pas. Elle pensait à l'incident du restaurant et regrettait que le jeune homme du fond n'ait pas été à la place de Sidney. Mais il paraissait subjugué par la bonne femme au gosse. Judy cherchait comment attirer son attention. Elle le trouvait tout à fait à son goût.

Ab Bland essayait de dormir mais, comme toujours lorsqu'un prisonnier se trouvait sous sa garde, il en était incapable. Non qu'il s'inquiétât. Il savait bien que même s'il cédait au sommeil, le moindre mouvement de son compagnon le réveillerait instantanément. Et puis il n'avait guère de considération pour la force supposée de Matt Hardin. Non, ce n'était pas Matt qui l'empêchait de dormir. C'étaient le lendemain et tous les lendemains qui se succéderaient, une fois qu'il aurait mené à bien la dernière mission de sa carrière.

Matt Hardin regardait toujours par la fenêtre. De tous les passagers, il paraissait seul à ne pas souffrir de la chaleur. C'était un homme qui prenait la vie comme elle venait et les événements extérieurs ne le touchaient que peu. Son trouble était beaucoup plus subtil qu'un simple inconfort physique. Il ne craignait pas non plus la prison ni la mort. Il savait qu'il ne risquait rien, et pensait à Ed et à ses hommes. Ils devaient se trouver à ce moment de l'autre côté de la frontière. Ed avait une carte et, d'ailleurs, il connaissait bien la région. Il serait exact au rendez-vous.

Matt n'avait pas cependant une telle confiance en Ed, pas plus qu'en aucun des autres. S'il n'y avait pas eu l'argent, ils auraient eu vite fait de le laisser tomber. L'argent seul garantissait leur loyauté et les poussait à prendre des risques pour sauver Matt, pour qu'il puisse les conduire au magot. Pas un ne se serait mouillé, s'il n'y avait eu ce miroitant espoir.

Pas un. Sauf Guy. Seulement Guy ne faisait pas partie de la bande. Matt se désolait d'avoir dû se servir de Guy. Mais il n'y avait pas moyen de faire autrement.

Pendant des années, il avait espéré que Guy n'apprendrait jamais la vérité sur son frère. C'était étrange, au fond, cet intérêt du grand pour son cadet, alors qu'il savait tout de lui, sans le connaître vraiment. Matt était toujours resté en rapport avec sa mère mais il avait insisté pour que l'enfant du deuxième lit n'apprît jamais rien. Le père de Guy était au courant, naturellement, mais cela n'avait pas d'importance. Ce n'était pas lui qui parlerait. Un parent repris de justice n'est guère un sujet de conversation plaisant pour un prédicateur.

Matt avait régulièrement envoyé des cadeaux et de l'argent à sa mère, que celle-ci, non moins régulièrement, remettait à des œuvres, jusqu'au jour où, son mari étant mort d'une pneumonie, elle s'était trouvée seule pour élever le petit Guy. C'était un enfant sage, intelligent, qui ne présentait pas de problèmes. L'argent de Matt avait servi à l'envoyer dans une bonne école. Guy était ensuite entré au collège, mais au bout de deux ans, il avait devancé l'appel et s'était engagé dans l'aviation. Sa mère était morte pendant qu'il était en Allemagne et il n'avait pas pu rentrer pour les obsèques. Peu de temps après, une lettre d'un avoué de San Francisco lui avait appris qu'elle avait laissé suffisamment d'argent pour lui permettre de poursuivre ses études. Matt s'était arrangé ainsi. Il fondait de grands espoirs sur ce demi-frère inconnu.

Et puis cette chose était arrivée. Pour la première fois, Matt avait eu besoin de quelqu'un de dévoué, quelqu'un qui ne fît pas partie de sa bande. Et il avait pensé à Guy.

Il était heureux que l'avocat ait pu s'occuper de tout et qu'il n'ait pas eu à s'adresser personnellement à Guy. Personne ne pourrait jamais deviner leur parenté. Même les hommes ignoraient la part que prendrait Guy dans l'affaire. Evidemment, c'était dommage, mais après tout, Guy devait bien quelque chose à son frère.

Matt se retenait pour ne pas regarder Guy trop fixement. Il n'avait fait que l'apercevoir quand il était monté dans le car, avec la jeune femme et le petit garçon. Il avait vu un grand jeune homme sérieux, soigné. Leur mère aurait pu être fière de son fils.

— On prétend qu'il arrive souvent que l'on se confie plus facilement à un étranger qu'à une personne de sa famille, et c'est bien vrai, murmura Marta en levant un regard timide vers le jeune homme assis à ses côtés. Mais je suppose que vous devez en avoir assez d'entendre parler de moi. Je ne sais pas ce que j'ai, mais je me sentais...

— Non, j'étais heureux de vous écouter. Et vous avez eu raison de vous épancher. Mais je tiens à vous dire une chose. Ne pensez plus à la mort de votre mari. Que ce soit un accident ou un suicide, vous n'êtes absolument pas responsable. Puisque vous aviez cessé de l'aimer, et que vous demandiez le divorce, c'était déjà fini. Et si vous vouliez le quitter, j'imagine que vous deviez avoir de bonnes raisons.

Machinalement, il avait pris sa main. Elle ne la lui retira pas.

— Ecoutez, poursuivit Guy, il faut penser à votre petit bonhomme. Vous avez toute la vie devant vous. Ce qui est arrivé est peut-être un bien. En tout cas, répétez-vous bien que ce n'était pas votre faute. Vous savez, nous avons tous des problèmes. Je ne voudrais pas avoir l'air de me plaindre, mais à l'heure actuelle, je suis pris dans un engrenage épouvantable. J'ai pris une décision et je vais faire une chose qui me fait horreur et que je regretterai sans doute toute ma vie.

Il la vit sourire et se tourna vers elle, emprisonnant les frêles épaules dans ses grandes mains musclées.

— Je ne mens pas. Ce ne sont pas de vains bavardages. Et je ne cherche pas à me faire plaindre, mais plutôt à vous consoler. Vous, au moins, vous êtes certaine de ne jamais avoir rien fait de mal.

— Pourquoi ? Vous allez faire quelque chose de mal ?

Il la dévisagea un instant et se détourna.

— Je ne peux rien vous dire, à vous ni à personne. Mon problème — mon secret, plutôt — ne m'appartient pas.

— Il s'agit d'une fille ?

— Non, et je le regrette bien. Ce serait sans doute plus facile.

— Ne pourrais-je vous aider ?

— Personne ne peut m'aider. En tout cas...

L'enfant s'agita et Guy lui mit la main sur le front.

— Il est brûlant, murmura-t-il. Il doit avoir de la fièvre.

Marta se pencha vivement sur le petit et Tip ouvrit les yeux. Il regarda sa mère et brusquement se mit à pleurer.

— Nous allons arriver à Yuma, dit Guy. Vous feriez peut-être mieux de vous y arrêter et de...

Mais Marta berçait son fils et ne l'écoutait pas.

Le car arriva à Yuma à sept heures et quart. Red annonça un arrêt de vingt minutes et conseilla à ceux qui le désiraient de dîner là, car le prochain arrêt n'aurait lieu que dans trois heures et demie.

Il descendit le premier et, négligeant la station des cars, se dirigea vers un bar proche. Le vent s'était levé et le soleil disparaissait à l'horizon, mais l'air fétide semblait plus étouffant que jamais. Red avait décidé de remplacer sa bière par du whisky. Il n'avait pas faim.

Judy et Fan pénétrèrent dans le restaurant et s'installèrent au comptoir. Fan commanda des sandwiches au rosbif chaud tandis que Judy, avec un infaillible instinct, se dirigeait vers le juke-box.

Sidney entra à leur suite. Il tenait toujours son sac à fermeture Eclair. Carter Jones demeura dans le car. Il avait faim, mais en voyant descendre Sidney, il jugea plus prudent de ne pas le suivre. Il ne cessait de ressasser l'incident de l'arrêt précédent. Il savait très bien ce qu'il aurait dû faire, ce que n'importe quel homme aurait fait dans un cas semblable. Cependant, Jones ne se considérait pas comme un lâche. Il avait fait une bonne guerre. Mais cet homme-là avait quelque chose de froid et de curieusement sinistre qui l'avait paralysé. Son courage lui revenait, à retardement, et avec le courage, une colère et une haine furieuses. On verrait bien, il ne se laisserait pas faire ! Ça non ! Avant la fin du voyage, il leur montrerait. Mais il était encore trop tôt, et il ne bougea pas...

Caroline Bigelow se leva et secoua son mari par l'épaule.

— Allons, George. Nous ne pouvons pas rester ainsi sans manger quoi que ce soit. Le moins que vous puissiez faire après m'avoir infligé ce misérable voyage en car...

Le docteur Bigelow se redressa et se retourna vers le fond du car, où Marta essuyait avec son mouchoir le front de son petit garçon.

— Allez donc, Cary, dit-il. Je veux jeter un coup d'œil à cet enfant. Il a l'air de souffrir terriblement de cette chaleur.

— Nous en souffrons tous, rétorqua aigrement Caroline. N'allez pas encore vous mêler de ce qui ne vous regarde pas. Vous avez cessé de pratiquer et il n'y a aucune raison pour...

— Oui, oui. Je sais. Allez commander un en-cas et je vous rejoins.

Il se leva et gagna le fond du car.

Le shérif adjoint Ab Bland bourrait sa pipe. Son prisonnier ne bougeait toujours pas, perdu dans la contemplation du paysage. Guy s'arrêta devant eux.

— Je vais manger un morceau, dit-il. Vous ne voulez pas que je vous rapporte quelque chose ?

Ab Bland leva les sourcils.

— Ça, c'est vraiment aimable, fiston. Vraiment aimable. Et c'est pas de refus. Et toi, tu veux manger quelque chose ? Qu'est-ce que tu veux ?

Matt ne bougea pas et répondit sans se retourner :

— Du café. Et deux hamburgers.

— Il prendra du café et deux hamburgers. La même chose pour moi, mais un seul sandwich, dit Ab Bland en tirant de sa poche un vieux porte-monnaie démodé.

— Le café, demanda Guy, au lait ?

— Noir pour moi, dit Bland.

Matt leva les yeux pour la première fois.

— Un crème pour moi, s'il vous plaît. Sans sucre.

— Je reviens.

En descendant du car, Guy éprouva un extraordinaire soulagement.

Il n'alla pas tout droit au comptoir, une fois dans le restaurant, mais alla s'enfermer dans les toilettes. Se baissant vivement, il releva la jambe droite de son pantalon jusqu'au genou, tira sur le sparadrap et dégagea le revolver de petit calibre. Il l'essuya soigneusement et l'enfouit dans la corbeille à papiers, sous les serviettes roulées en boule.

Il se lava les mains. Avant de quitter les toilettes, il sortit de sa poche intérieure un petit flacon carré, l'ouvrit et renifla la poudre blanche. Puis il le reboucha et sortit, le flacon caché dans sa paume.

Il poussa un soupir. Au moins, il n'aurait pas à se servir du revolver. C'était toujours ça.

— Deux tasses de café à emporter, commanda-t-il à la serveuse. Un noir, un crème sans sucre. Et trois hamburgers. Donnez-moi aussi un café en attendant.

La serveuse inclina la tête et Guy alla s'asseoir à une table libre, passant devant Judy sans la voir.

Le docteur Bigelow se redressa, la main sur le front de l'enfant.

— Il a un peu de fièvre. Et je n'aime pas beaucoup cette douleur au ventre. C'est peut-être une indigestion, mais peut-être aussi autre chose.

Marta leva vers lui ses yeux inquiets.

— Si je pouvais me permettre de vous donner un conseil, ce serait de quitter le car, d'interrompre votre voyage et d'attendre un jour ou deux ici.

— C'est impossible. Il faut que nous allions au Texas le plus vite possible. C'est... Nous allons à un enterrement. Je... Mon mari.

Le docteur Bigelow leva les sourcils mais ne fit aucun commentaire.

— Evidemment, je ne peux pas vous en empêcher. Mais cet enfant me paraît bien malade. Enfin, je suppose que cela ne sera pas dangereux d'aller un peu plus loin. De toute façon, je serai là jusqu'au prochain arrêt, et je pourrai le surveiller. Et si ça ne va pas, vous pourrez toujours vous arrêter à Tucson. Et puis, c'est peut-être cette chaleur, le voyage... Allons, ne vous inquiétez pas. Tenez, allez donc prendre quelque chose, je ne veux pas avoir deux malades sur les bras. Je vais prendre la température de ce petit bonhomme et lui donner de l'aspirine. Vous pourriez lui rapporter un peu de bouillon. Et maintenant, allez vite.

Marta hésita un instant. Enfin, elle obéit.

— Puis-je vous rapporter quelque chose ? Vous ne voulez rien ?

— Non, non. Merci. Mais dites à ma femme de manger sans moi, que je suis occupé. Je mangerai au prochain arrêt.

Lorsque Marta pénétra dans le restaurant, Guy venait de régler sa commande et attendait que la serveuse se fût éloignée. Il regarda autour de lui, avec méfiance, prit la tasse de café noir et versa dedans un peu de la poudre blanche de son flacon. Il était en train de le reboucher quand il sentit soudain une présence à son côté. Il sursauta et vit Marta qui l'observait, avec un sourire étonné.

— De la saccharine ? Vous n'avez pourtant pas l'air trop gras ! (Elle s'assit en face de Guy et soupira.) Le médecin, ce monsieur qui est assis à l'avant, vient d'examiner Tip. Il va lui prendre sa température. Mais dites-moi, qu'est-ce que vous avez à rougir comme ça ? On dirait un gamin surpris la main dans le pot de confitures !

Guy eut un petit rire gêné et expliqua :

— Je comptais boire mon café dans le car et j'allais porter

l'autre tasse et les sandwiches à l'un des voyageurs. Je vais y aller tout de suite, d'ailleurs. Je reviens.

Il se leva brusquement en souriant et se hâta vers la porte.

Après avoir donné les cafés et les sandwiches au shérif adjoint, Guy alla voir le docteur Bigelow et prendre des nouvelles de Tip.

— Un peu de température. Des douleurs dans le ventre. Je crois que vous feriez mieux de rester ici et de consulter un médecin.

— Nous ne sommes pas ensemble.

— Ah ? J'avais cru... Enfin. Ce ne sera peut-être rien.

— Hé, hé, fit Tip en tirant Guy par la manche. J'ai encore mal au ventre ! Mais ça va aller. Je tiens le coup, moi.

Guy sourit et lui caressa le front.

— Bien sûr... Docteur, vous ne voulez pas que je reste avec lui ? Vous ne descendez pas ?

— Non, non. Allez donc. Je reste.

— Vous n'avez besoin de rien ?

— De rien du tout, ne vous occupez pas de moi. Avec cette abominable chaleur, on n'a pas faim. Fichu temps.

Guy regagna le restaurant. Cette fois, il alla s'asseoir à côté de Marta, tout près d'elle.

5

Le lundi soir, à huit heures, le sergent Wilton Gary, de la police de l'Arizona, muté depuis peu à Tucson, comprit que la nuit allait être mauvaise. Il devait quitter son service à dix heures et avait promis à sa femme Rose de rentrer directement. Rose était enceinte de huit mois et demi et, ces derniers temps, sa nervosité ne faisait qu'empirer. Elle n'avait pas l'habitude des petites villes, ne connaissait personne, et l'animation des grandes cités lui manquait. Lorsque son mari était à la maison, tout allait bien, mais elle ne pouvait supporter la solitude.

Une fois ou deux, son service l'avait retenu toute la nuit et le sergent avait téléphoné à sa femme pour la prévenir, en essayant de plaisanter. Mais elle avait mal pris la chose. Et voilà que cela allait se reproduire, dans un moment bien critique pour elle... Evidemment, il pouvait toujours tenter de se faire remplacer, en invoquant un cas urgent. Mais le sergent attendait sa promotion et ce n'était pas le moment de se faire remarquer, surtout maintenant. Avec une troisième bouche à nourrir, l'augmentation serait la bienvenue.

La tempête s'éloignerait peut-être. Le vent pourrait tomber brusquement. Mais son instinct et sa connaissance de la météo rendaient cet espoir bien précaire. A huit heures et quart, le sergent téléphona à l'aéroport. Toutes ses craintes se révélèrent justifiées. Déjà les pilotes avaient ordre de demeurer au sol et les lignes d'aviation déroutaient leurs appareils.

Il fallait maintenant expédier deux hommes dans une voiture de patrouille aux portes de la ville pour empêcher les voyageurs de poursuivre leur route vers l'ouest. Auparavant, le sergent téléphona chez lui et prévint Rose de l'imminence de la tempête. La nouvelle l'effraya, et elle gémit en apprenant que son mari ne rentrerait sans doute pas de la nuit.

— Il faut absolument que je parle à quelqu'un. Je m'ennuie ici, toute seule, et j'ai le cafard.

Il allait suggérer qu'elle aille voir une voisine mais se rappela à temps qu'ils ne connaissaient pas leurs voisins. Soudain, il eut une inspiration.

— Chérie, téléphone donc à ta mère à Los Angeles. Vous pourrez bavarder un moment. Ça te remontera le moral.

Elle protesta, alléguant le coût de la communication, mais il insista et lui assura que les tarifs de nuit n'étaient pas élevés. Enfin, elle promit à contrecœur d'appeler sa mère et raccrocha.

Rose demanda la communication avec Los Angeles vers huit heures et demie. La téléphoniste promit de la rappeler rapidement. Mais à neuf heures moins dix, elle prévint Rose que la tempête avait dû abattre des lignes et qu'il n'était pas possible d'obtenir Los Angeles.

Peu avant huit heures, le bureau de la compagnie des cars, à Tucson, reçut l'ordre de ne laisser aucune voiture prendre la route de l'ouest. Le dispatcher attendit neuf heures pour téléphoner à Gila Bend. La communication était très mauvaise et il ne comprenait pas très bien ce que lui disait l'employée, à l'autre bout du fil. Il apprit cependant que la tempête augmentait de violence et que le car Los Angeles-Tucson n'était pas encore arrivé.

— Il a dû faire demi-tour et regagner Yuma, dit la voix, à Gila Bend. Je vais essayer de...

La communication fut brusquement interrompue.

Le dispatcher raccrocha avec un haussement d'épaules. Il n'y avait sans doute pas à s'inquiéter. Le chauffeur était certainement un homme expérimenté et il ne prendrait pas de risques inutiles.

Vingt minutes après avoir quitté Yuma, Red Knowles se mit à penser au flacon plat caché dans sa poche revolver. Il voulait boire, mais ne voyait pas comment s'y prendre. Devant lui, le ciel s'assombrissait rapidement et Red consulta sa montre. Il fut surpris de voir qu'il était encore tôt.

La plupart des voyageurs somnolaient, mais il savait que ce serait dangereux de boire dans le car, alors qu'il faisait encore jour. Il n'en eut pas l'occasion avant d'avoir traversé les montagnes de Gila et d'amorcer la route du désert de Tule.

Il avait été obligé de lever sa glace de gauche pour empêcher le sable de pénétrer dans la voiture et, en levant les yeux vers le rétroviseur, il vit un des passagers de l'arrière qui essayait lui aussi de remonter sa vitre. Il ralentit et s'arrêta sur le bas-côté. Une voiture les croisa, ses phares déjà allumés.

Red se tourna vers les voyageurs :

— Faut que j'aille jeter un œil sur un pneu arrière. Je vous conseille de fermer toutes les glaces. Tout ce sable...

Il ouvrit sa porte et le souffle d'air brûlant le suffoqua un instant. Il courut derrière le car et porta vivement son flacon à ses lèvres. Il toussa en le rebouchant et regagna vite sa place. La vitre du côté de Sidney était toujours baissée. Sidney ne bougeait pas. Red hésita puis il se pencha et la ferma.

Le docteur Bigelow profita de l'arrêt pour aller voir Tip, qui gémissait dans les bras de Marta.

— Cette chaleur, dit-elle, en s'excusant presque. Il est fatigué...

Le vieux médecin prit un petit flacon dans sa poche.

— C'est un calmant, dit-il, rien de dangereux. Tiens, voilà un beau bonbon. Prends.

Tip tendit la main, prit la pilule, la croqua et l'avala.

— T'en as encore ?

— Tout à l'heure, si tu es sage. Quant à vous, madame, si vous vouliez...

— Non, non merci. Je n'ai besoin de rien. D'ailleurs je crois que je vais dormir. J'ai du mal à garder les yeux ouverts.

Le docteur Bigelow posa une dernière fois sa main sur le petit front moite et retourna s'asseoir au moment où le car démarrait.

L'alcool commençait à faire son effet, mais Red pensait que la chaleur y était pour beaucoup. Il transpirait et ses mains ruisselantes de sueur glissaient sur le volant. Il avait mis ses phares mais, avec le sable tourbillonnant et le crépuscule soudain, la visibilité était presque nulle. Depuis le départ de Yuma, la circulation s'était considérablement ralentie. De rares voitures les croisaient, roulant péniblement contre le vent furieux.

Si Red Knowles avait été dans son état normal, ou plus familier avec les tempêtes du désert, il aurait songé depuis longtemps à rebrousser chemin et à regagner Yuma. Cependant, il n'avait qu'une idée : arriver à Tucson, où il devait être relayé. Son flacon le soutiendrait bien jusque-là et, à Tucson, il pourrait boire tout son soûl.

A huit heures et demie, Red alluma le tableau de bord et regarda sa montre. La nuit était totale et, comme il ralentissait pour voir l'heure, les hurlements du vent lui parvinrent et il se rendit compte de l'intensité de l'ouragan.

C'est au moment où il se penchait pour éteindre la lampe du tableau de bord qu'il sentit une brusque douleur quand le canon d'un revolver frappa son côté droit. Il sursauta, sans comprendre. Mais les paroles chuchotées tout contre son oreille ne laissaient aucune place au doute !

Carter Jones était bien éveillé. Il ne quittait pas des yeux l'homme assis derrière le chauffeur. Sa rage avait atteint son paroxysme et sa décision était prise.

Il savait ce qu'il allait faire. A Tucson, il n'attendrait même pas que l'autre descendît. Il marcherait droit sur lui. Et il n'irait pas lui cracher dans l'œil. Que non. Il l'attraperait par les revers de sa veste et lui planterait son poing entre les deux yeux. Voilà.

C'est parce que Jones surveillait Sidney qu'il s'aperçut d'un mouvement insolite, quand Red alluma la lampe du tableau de bord. Il vit la silhouette confuse de l'homme se pencher en avant, comprit qu'il murmurait quelque chose, mais ne put rien entendre, avec le sifflement du vent et le ronflement du moteur.

Jones avait fait ce trajet plusieurs fois et lorsque, quelques minutes plus tard, le car ralentit et tourna brusquement à droite, vers le sud, il comprit que ça n'allait pas. On aurait dû filer tout droit, jusqu'à la ville suivante, Gila Bend.

Il faillit se lever pour voir ce qui se passait mais se ravisa. Il avait pu se tromper. On n'y voyait rien. Le car n'avait peut-être pas tourné du tout. Il s'était certainement trompé. Dans deux heures, ils seraient à Tucson, et Jones ne pensait qu'à ça. A Tucson et à sa revanche...

Judy attendit que Fan fût bien endormie pour se retourner avec un sourire vers Jones.

— Mince alors, qu'est-ce qu'il peut faire chaud ! Il ne vous en reste plus, de votre truc ?

A sa profonde surprise, Jones ne répondit que par un grognement. Judy se tourna vers Fan et l'examina. Elle commençait à en avoir assez. Quand Fan avait proposé ces vacances, Judy avait sauté sur l'occasion. Elles rencontreraient sûrement des garçons et Fan ne lui faisait guère concurrence. Mais les choses ne se passaient pas du tout comme elle l'avait espéré. D'abord Fan ne s'intéressait pas aux garçons et, de plus, exigeait le même désintéressement de la part de son amie. Eh bien, puisque c'était comme ça, Judy la laisserait tomber. Elle avait l'habitude de se débrouiller toute seule. Il se passerait bien quelque chose. C'était fatal.

Devant les deux jeunes filles, Caroline Bigelow dormait d'un sommeil aussi grincheux que sa personne. Le docteur, les yeux grands ouverts, pensait à la scène qui ne manquerait pas d'éclater, dès qu'ils seraient arrivés chez leur fille.

Marta avait fini par s'endormir, tout comme l'enfant dans ses bras. Guy, bien réveillé, avait passé son bras autour des épaules de la jeune femme et bénissait ce sommeil. C'était étrange. Il ne la connaissait que depuis quelques heures, et il était amoureux. Il en était sûr. Et c'était la première fois. Bien sûr, il avait eu des flirts et, à l'armée, il avait cru aimer la femme du capitaine. Mais ce nouveau sentiment était tout différent. Par une curieuse ironie du sort, il avait fallu qu'il rencontrât l'amour justement dans de telles circonstances ! Ce qui devait arriver n'allait pas tarder, et Guy pria Dieu que tout se passe bien.

Il sentit le car prendre le virage et tourner à droite.

Le shérif adjoint Ab Bland dormait profondément. Affalé sur son siège, les jambes étendues, un bras ballant, l'autre tirant sur la menotte qui le liait à son prisonnier, il mettait Matt Hardin dans une position des plus inconfortables. Mais Matt ne s'en souciait guère.

La seule chose dont il se souciât, qu'il n'eût pas prise en considération dans ses plans, c'était le temps. Il ne pouvait compter sur le temps qu'il ferait. Mais Matt se frottait moralement les mains.

Le mauvais temps favoriserait ses projets. Il y aurait peu de circulation, et plus la visibilité serait mauvaise, mieux cela vaudrait. Mais, lorsque le car eut quitté Yuma et que Matt entendit les hurlements furieux du vent, de plus en plus intenses, il commença à s'inquiéter. Et maintenant, alors que le car, laissant les collines de Yuma derrière lui, abordait le désert, il comprit que l'ouragan présentait du danger.

On ne lui avait pas laissé sa montre et il ne pouvait juger exactement de l'heure mais il savait à peu près où ils se trouvaient. Le car avait un peu de retard et cette précoce obscurité les retardait davantage. D'autre part, ce crépuscule hâtif n'était pas mauvais. C'était aussi un avantage que tout le monde eût fermé les vitres. On étouffait et les voyageurs assommés s'étaient presque tous endormis. Moins il y en aurait d'éveillés quand cela se passerait, mieux cela vaudrait.

Les nerfs tendus de Matt lui permirent de saisir l'instant précis où Sidney braqua son revolver contre les côtes du chauffeur. Il sentit le car ralentir et tourner à droite. Tout allait bien.

Il pensa un instant à Ed et à ses hommes et se demanda à quelle distance ils étaient à présent du rendez-vous. Il n'avait aucune confiance en Ed mais il savait bien que, ce coup-ci, il pouvait compter sur lui. Ed ne le laisserait pas tomber. Il tenait trop à toucher sa part.

Sidney, c'était autre chose. Il n'avait jamais travaillé avec lui et le connaissait à peine. Mais l'avocat de Frisco l'avait chaudement recommandé et Matt ne le payerait pas avant que tout soit terminé.

Jusque-là, pas d'anicroches. Et Matt se réjouit en pensant à Guy. Les choses s'étaient admirablement passées. Personne au monde ne pourrait jamais soupçonner Guy d'avoir pris part à l'évasion.

Red commençait à peine à comprendre ce qui lui arrivait. Au début, il avait été trop stupéfait pour réagir. Il savait seulement qu'un homme le tenait sous la menace d'un revolver et lui disait de conduire. Mais quand Sidney lui donna l'ordre de ralentir et de prendre à droite, il pensa à un hold-up. Ce ne fut qu'en tournant son volant pour s'engager sur la petite route qu'il songea enfin à l'homme aux menottes. Puis il se rappela le vieux shérif au sombrero. Un vieil homme qui n'avait l'air de rien mais qui devait tout de même être quelqu'un, pour qu'on lui ait confié un prisonnier aussi important que Matt Hardin. Il devait bien savoir que ça n'allait pas. Il avait dû se rendre compte...

Red frissonna malgré la chaleur infernale. Il imaginait le vieux, revolver en main. Il y aurait de la bagarre, des coups de feu. C'était fatal. Dès qu'il s'arrêterait, et il faudrait bien s'arrêter quelque part, le vieux s'y mettrait. Inconsciemment, Red pesa sur l'accélérateur. Le canon de l'arme lui entra dans les côtes et Sidney siffla entre ses dents :

— T'énerve pas.

Red ralentit. Les pneus arrière chassèrent un peu sur le sable quand il freina. Cinq minutes plus tard, Sidney se pencha de nouveau :

— Doucement et arrête-toi.

Red se demanda quelle attitude serait la moins dangereuse, obéir aveuglément ou chercher à gagner du temps. Il hésita un instant, le pied sur l'accélérateur. Une douleur brutale le traversa quand le canon du revolver s'abattit sur sa nuque.

C'était fou. Ça n'avait pas de sens. Mais Red obéit.

— Dès que tu t'arrêtes, t'allumes tout, l'intérieur du car. Grouille, et pas de fantaisies.

Comme le lourd véhicule stoppait avec une secousse sur le bord de la route, Red se pencha et tourna l'interrupteur. La lumière jaillit et, presque au même instant, il se sentit soulevé par le col de sa veste, tiré hors de son siège et jeté au milieu de la travée. Red tomba. Sidney l'enjamba et fit face aux voyageurs effarés, réveillés en sursaut.

— Eh bien ! s'écria Caroline Bigelow d'un air indigné. Je n'ai jamais...

— Fermez ça ! Bouclez-la, tous tant que vous êtes ! Et faites ce qu'on vous dit de faire. Comme ça, y aura pas de bobo.

Sidney les dévisagea tous, l'un après l'autre. Son regard s'arrêta enfin sur Guy.

— Toi, là-bas ! Debout ! Prends-lui les clefs dans la poche.

Guy Hickman demeura un moment pétrifié.

— T'es sourdingue ? Allez, grouille ! Lui, là-bas, dit Sidney en montrant Ab Bland du bout de son revolver. Prends-lui ses clefs et ouvre les menottes.

Matt Hardin, très calme, ouvrit la bouche pour la première fois.

— Poche droite du pantalon.

Guy se leva comme un automate et s'approcha du shérif adjoint. Sidney s'avança dans la travée.

— Le premier qui bouge, je le descends.

Guy fouillait dans la poche du pantalon du shérif tandis que Sidney s'approchait. C'est à cet instant précis que Carter Jones retrouva son courage.

Les choses s'étaient passées avec une telle rapidité que Jones ne comprenait pas encore très bien. Il savait seulement que le car s'était arrêté brusquement, que le chauffeur gisait dans la travée et que là, devant lui, se tenait l'homme qu'il haïssait.

Carter Jones bondit et frappa de toutes ses forces.

Sidney lui tournait le dos et le coup l'atteignit en pleine nuque, le faisant pivoter sur lui-même. Mais il resta debout et, avant que Jones ne soit prêt à expédier de nouveau son poing, Sidney acheva son demi-tour et abattit le canon de son arme sur le front de Jones qui gémit et s'affala sur son siège.

Sidney demeura un moment immobile, à moitié groggy, mais il se remit vite. Il leva son revolver, visa tranquillement, et son doigt se crispait déjà sur la détente quand une voix retentit :

— Attends !

Tous les regards se tournèrent vers l'homme, toujours assis à côté du shérif endormi.

— J'ai dit : attends !

Matt se redressait. Il n'avait plus rien d'humble ni de prostré.

— Tu le tueras plus tard, si t'en as envie. Pour l'instant, il y a autre chose à faire. (Il se tourna vers Guy.) Vite ! Ote-moi ces menottes.

Sidney retira le revolver du shérif de son étui et le tendit à Matt qui gagna l'avant du car, repoussant Guy.

— Il faut que vous m'écoutiez, déclara-t-il, puis il ajouta en pointant son arme vers le docteur Bigelow : Faites taire cette bonne femme.

Le médecin se tourna vers sa femme. Derrière eux, Fan ouvrait de grands yeux.

— Bon. Inutile d'avoir peur. Personne ne souffrira, si vous obéissez. Nous nous emparons de ce car. Dans deux heures, je vous quitterai et le chauffeur vous ramènera sur la bonne route. Mais en attendant, je ne veux pas que vous vous fassiez des idées, ni que vous jouiez au petit soldat. Pas de héros. Vous savez qui je suis, alors tenez-vous tranquilles. Allez tous vous asseoir à l'arrière, et en silence.

Les voyageurs se regardèrent. Le docteur Bigelow se leva le premier. En conduisant sa femme vers l'arrière, il s'arrêta devant Jones.

— Cet homme a besoin de soins, dit-il. Je suis médecin.

— Vous ferez ce que vous pourrez dans le noir, déclara Matt. Il a cherché des histoires et n'a eu que ce qu'il méritait. Allez, vite ! Tous au fond !

Il gagna l'avant du car, éteignit les ampoules centrales et se tourna vers le troupeau des passagers massés à l'arrière.

— Je ne veux pas d'histoires. Le premier qui bouge se fait descendre immédiatement.

— Fan ! Fan, ils nous enlèvent ! Tout le car ! C'est formidable...

Fan mit sa main sur la bouche de Judy.

— Tais-toi, idiote. Tu veux nous faire tuer ?

Mrs. Bigelow, haletant comme un cheval fourbu, tira son mari par la manche.

— George, faites quelque chose, chuchota-t-elle. Jamais de ma vie je n'ai été...

— Il vaut mieux se taire. Ces hommes sont des assassins, Cary. Obéissons.

Il reprit son examen superficiel de la blessure de Jones. On n'y voyait pas grand-chose, avec les seules ampoules latérales.

— C'est propre, une plaie saine, marmonna-t-il. Mais il peut y avoir fracture...

Le petit Tip dormait toujours, d'un sommeil agité, dans les bras de Marta. A côté d'elle, Guy se tenait raide, les yeux fixes. Marta lui murmura :

— Le shérif ne s'est pas réveillé. Je n'y comprends rien. Avec tout ce bruit !

Guy chercha sa main et la serra.

— Ne dites rien.

Red Knowles s'était relevé et s'était affaissé sur le siège qui faisait face à celui du shérif. La bouche ouverte, il avait l'air d'un imbécile. Il ne comprenait pas.

Il s'aperçut vaguement que Matt avait mis le car en marche. Ils roulèrent ainsi pendant près de trois kilomètres, puis le car changea encore de route et se dirigea vers le sud-est. Red ne savait absolument pas où ils se trouvaient. Il se doutait simplement qu'ils se dirigeaient sur la frontière, à travers le désert. Il comprit enfin, en sentant le car rouler en première, qu'ils n'étaient même pas sur une route, ni sur un chemin, mais qu'ils allaient à travers les dunes, sur une piste.

Ainsi, c'était le grand Matt Hardin. Eh bien, on n'avait pas menti, dans les journaux. C'était un vrai dur. Enlever tout un car avec ses passagers ! Ça, c'était quelque chose !

Red éprouva un sentiment de joie. Matt Hardin ne lui ferait pas de mal. Red Knowles ne demandait pas mieux que de faire tout ce qu'on lui ordonnait. La compagnie ne l'avait pas embauché pour traquer des bandits évadés et des assassins, mais pour conduire un car. Il aurait été parfaitement heureux s'il avait eu son flacon de whisky. Mais la bouteille était restée à l'avant, dans le vide-poche de la portière. Red se demanda s'il n'irait pas tout simplement la chercher mais décida que ce serait tenter le diable. Il valait mieux rester tranquille et attendre les événements.

Il se demandait aussi quelle serait leur destination. Par là, il n'y avait que le désert... et la frontière. Et la tempête de sable ne faisait qu'empirer d'instant en instant.

Une demi-heure plus tard, il entendit que Matt avait des ennuis avec la boîte de vitesses. Le lourd véhicule avançait péniblement sur le sable et les roues chassaient terriblement.

6

Ed finit par arrêter la voiture un peu après onze heures. Il y avait longtemps qu'ils avaient quitté la route pour la piste qui serpentait à travers le désert vers la frontière, au nord. Mais l'ouragan faisait rage et la violence du vent ne cessait d'augmenter. Ed avait du mal à suivre la piste et la perdait parfois. Et maintenant, le sable recouvrait tout et il n'avait plus le moindre point de repère.

Un des passagers de l'arrière voulut protester, mais Ed le fit taire.

— J'y peux rien. Bon Dieu, c'est assez duraille en plein jour, mais la nuit, avec ce vent, j'y vois rien du tout. Je sais même pas où on va.

— Alors qu'est-ce qu'on fait ?

— On reste ici et on attend le jour.

— Ben, et Matt ?

— T'en fais pas pour Matt. Il doit être déjà arrivé à la cabane. Il attendra comme tout le monde que cette tempête soit calmée. Nous, on n'arriverait jamais à le trouver, à présent.

— Vouais, mais Matt, il voulait qu'on soye là pour qu'on lui fasse passer la frontière avant...

— Nom de Dieu, réfléchis, duconneau ! Si tu crois que tu peux trouver ton chemin, tiens, t'as qu'à prendre le volant !

Personne ne répondit. Ed prit une bouteille dans la boîte à gants, dévissa le bouchon, but une gorgée et la passa à son voisin.

— La première fois de ma vie que j'aurais préféré un verre d'eau, constata-t-il.

Ed alluma la radio et tomba sur un programme de chansons country chantées en espagnol. Il tripota les boutons et trouva enfin une station américaine qui diffusait les informations.

On ne lui apprenait rien en annonçant une tempête de sable peu commune, mais ce qui l'intéressa davantage, ce fut l'annonce de la fermeture de certaines routes. Il alluma le plafonnier et chercha vivement la carte. Quand le speaker eut terminé, il baissa le volume et se tourna vers ses compagnons.

— Une veine pour Matt. Les flics ont fermé la route Yuma-Tucson un peu après neuf heures. A cette heure-là, le car avait largement dépassé Yuma. Ils doivent être arrivés à la cabane.

— Tu parles d'un coup formidable ! jeta un des hommes de l'arrière. Ben, et nous ? On y est pas, nous !

— On y arrivera dans la matinée. Dès qu'il fera jour.

Le voisin d'Ed toussa et cracha.

— Peut-être bien que oui, peut-être bien que non. T'as entendu le mec. Une sacrée tempête comme y en a peu. Et ça ne fait qu'embellir. On aura de la veine d'arriver quelque part, n'importe où. Moi, j'aime pas ça. Je connais le pays ; des fois, y en a pour des jours et des jours.

— Ta gueule et t'en fais pas, lui dit Ed. On y arrivera. Faut bien. C'est forcé.

Matt s'arrêta pour la première fois à dix heures moins dix. Après une brève conférence chuchotée avec Sidney, Matt ouvrit la porte, laissant entrer un tourbillon de sable brûlant. Il sauta à terre et Sidney referma vivement la portière. Matt resta longtemps dehors et, quand il revint, il dut frapper à plusieurs reprises sur la vitre, parce que la violence du vent empêchait Sidney de l'entendre.

Quand il remonta, il parla encore à voix basse à Sidney, puis il alluma la lampe du tableau de bord et les deux hommes se penchèrent sur un papier. Enfin, Matt mit en marche et passa en première.

Les roues firent un demi-tour, la lourde machine oscilla, frémit et retomba au même endroit. Matt jura et passa en marche arrière. Il dut faire cette manœuvre plusieurs fois avant que les pneus n'adhèrent au sable.

Au fond du car, Tip s'était réveillé et Marta essayait de lui faire avaler le bouillon qu'elle avait acheté à Yuma. Guy ne disait rien. Marta murmura, et Guy l'entendit à peine dans le fracas du moteur et du vent.

— C'est tout de même invraisemblable ! Il dort toujours, comme s'il avait été drogué.

Guy mit un doigt sur ses lèvres.

Jones avait repris connaissance et s'était allongé sur la banquette, la tête sur l'accoudoir. La main sur les yeux, il ne s'occupait que de son mal de crâne.

Caroline Bigelow rappelait pour la centième fois au docteur que tout était de sa faute, à cause de son avarice sordide.

— Que peut-on espérer d'un voyage en car ? Dieu sait ce que Marian va penser de tout ça !

Le docteur s'inquiétait moins de ce que penserait Marian que de ce que Caroline allait penser dès qu'elle aurait vu sa fille. Dans un sens, cet étrange intermède ne lui déplaisait pas. Cela retardait le moment pénible où Marian raconterait ce qu'avait fait son mari et ce qu'il était advenu.

Judy était la seule passagère du car à s'amuser follement. Ça, c'était quelque chose ! Elle avait cru que le voyage serait monotone et ennuyeux ! Et voilà qu'on l'enlevait ! Elle ne pensait pas que les autres étaient dans son cas. Dans son idée, elle se voyait seule actrice dans ce drame. Avec les deux criminels.

Elle sourit légèrement en pensant au joli garçon assis à l'arrière. Elle savait une chose que tout le monde ignorait. Quelque chose de vraiment important. Comme tout le monde, Judy avait été intriguée par le sommeil profond du vieux shérif. Et elle se rappela un incident qui avait eu lieu au dernier arrêt.

Quand le joli garçon était sorti des toilettes, elle s'était arrangée pour se trouver sur son passage et l'avait frôlé. Mais il était passé, la tête haute, comme si elle n'existait pas. Il ne lui avait pas accordé un regard. En revanche, elle, elle l'avait bien regardé. Elle l'avait entendu commander les cafés et les sandwiches. Et elle l'avait vu verser quelque chose dans un des cafés.

Naturellement, elle ne pouvait être sûre que c'était le café du shérif, mais elle savait que le vieux n'avait pas quitté le car et, à son retour, elle avait vu le prisonnier et son gardien boire du café et manger des sandwiches.

Judy pouvait faire le rapprochement. Le grand joli garçon qui avait l'air d'un étudiant de bonne famille était dans le coup. Il faisait partie de la bande.

Sans savoir pourquoi, cette certitude la tranquillisait. De Sidney seul, elle aurait eu grand-peur. Il émanait de lui une sorte d'auréole dangereuse. Judy n'était pas une oie blanche. Elle connaissait les hommes et elle savait que Sidney n'était pas de ceux que l'on mène par le bout du nez. Tandis que Guy lui plaisait, sans plus.

Il faudrait bien qu'on s'arrête. On verrait bien alors s'il la toiserait encore !

Au bout d'une heure, Matt dut s'avouer qu'ils s'étaient égarés. Quelque part, il avait perdu la piste. Il était certain d'être dans la bonne direction. Mais on n'y voyait absolument rien et il lui semblait bien qu'ils auraient dû déjà arriver à la cabane.

Il s'y était déjà rendu cinq ou six fois, même la nuit. Evidemment, il y avait au moins deux ans de ça, au temps où la cahute leur servait de lieu de ralliement. Le pays avait pu changer, mais il en doutait. Par ici, rien ne changeait jamais.

Avec cette tempête, il pouvait très bien l'avoir dépassée sans la voir. La nuit était noire et les phares puissants se heurtaient à un mur invisible, à des tourbillons de sable que le vent tordait.

Sidney sentit l'incertitude de Matt et se pencha vers lui.

— Dis donc, on devrait pas y être ?

— Ouais. Mais on n'y est pas. Je ne sais pas trop où nous sommes.

— Bon Dieu, tu veux dire qu'on est perdus ?

— Je dis simplement qu'on n'est pas encore là.

— Ecoute, arrête-toi. On ira jeter un coup d'œil. C'est pas le moment de...

— Fais pas l'andouille, grinça Matt. Si je m'arrête maintenant, on pourra jamais redémarrer. Avec tout ce sable, on serait ensablé en une minute. T'as bien vu la dernière fois.

— Ben alors, qu'est-ce qu'on va faire ?

— Avancer. Au moins, on sait qu'on est dans la bonne direction. La frontière. Et avec cet ouragan, impossible de savoir si Ed et les gars auront réussi à l'atteindre. La seule chose à faire, c'est de continuer à rouler.

Sidney grogna et se racla la gorge.

— Moi, je m'attendais pas à ça. Moi, j'ai fait mon boulot sans discuter, mais ce truc-là...

— Bon sang de bon Dieu, tu vas la fermer ? Tu crois que je l'ai voulue, cette foutue saloperie de tempête de merde ? Qu'est-ce que t'as à perdre, hein ? Rien. Bon. Alors on continue jusqu'à ce qu'on s'arrête. Et si j'en crois les roues qui renâclent, y en a pas pour longtemps.

Cinq minutes plus tard, Matt aperçut la silhouette d'une cabane, devant lui, un peu à droite. C'était une sorte de grange, longue et basse, ouverte sur tout un côté avec un toit à demi effondré.

Ce n'était pas la cabane du rendez-vous, mais c'était un abri. Matt ne savait pas où ils étaient. Mais il n'ignorait pas qu'il allait être forcé de s'arrêter d'un instant à l'autre et que cette grange offrait un abri, si précaire soit-il. Ils seraient restés en panne dans le désert et, le jour levé, si le temps s'éclaircissait, la police enverrait des avions à la recherche du car. Si Matt pouvait faire entrer le véhicule dans la grange, on ne le verrait pas du ciel.

Dès qu'il tourna le volant vers la droite, il sentit la masse du car osciller et les roues s'enfoncer dans le sable mou. Il écrasa du pied l'accélérateur.

Il faillit bien ne pas y arriver. Le sable, poussé par le vent, formait des monticules glissants, des fondrières pernicieuses et le car avançait par saccades, patinant, dérapant sur le côté. Le capot disparut sous l'abri, la voiture fit un bond et le moteur cala. Mais le car était bien rangé contre la paroi de bois, dissimulé aux regards. Matt se pencha et retira la clef de contact.

— Eh ben, je crois que ça y est.

— Ça y est quoi ?

Matt se leva.

— Passe-moi ta torche électrique.

Il prit son revolver dans la main droite, ouvrit la portière et se tourna vers Sidney :

— Ça va. Surveille tout ton monde. Dès que je serai descendu, tu éteins tout. Je vais jeter un coup d'œil.

Une rafale de vent fit tanguer le car quand Matt sauta à terre. Sidney referma vivement la portière.

7

Au temps de la ruée vers l'or, un fermier de la Nouvelle-Angleterre, persuadé que le précieux métal se trouvait à foison dans ce coin particulier du Sud-Ouest, était venu s'installer dans le désert, traînant ses maigres bagages, sa femme et ses deux enfants. Il était venu trop tôt. Il ne trouva pas d'or et s'apprêtait à repartir vers de nouveaux cieux quand les Indiens mirent fin à ses ennuis en assassinant toute la famille. En 1912, un géologue amateur, répondant à l'incroyable nom de Liberté Clancy, découvrit un filon de cuivre en campant par hasard dans la masure abandonnée depuis longtemps. En un an, tout un village minier s'éleva sur la concession du pauvre chercheur d'or. Mais des bandits mexicains firent un raid et décimèrent la population de mineurs. D'ailleurs, le filon s'était évanoui et la mine fut abandonnée.

Le vent, le soleil et les sables eurent vite fait de détruire le village. Il ne resta bientôt plus que quelques cabanes que fréquentaient, seuls, les lézards et les crapauds-buffles, ou quelque prospecteur égaré. Quand vint la ruée vers l'uranium, le coin reçut quelques visiteurs, mais il ne restait plus que la longue grange en ruines et une masure de deux pièces qui avait miraculeusement survécu aux intempéries. Les vitres étaient cassées et le toit percé, mais dans un pays où il ne pleuvait jamais, cela n'avait pas d'importance. La bâtisse était encore suffisamment solide.

Matt Hardin la découvrit peu après avoir quitté le car. Mais il décida de ne rien dire de sa trouvaille. Les voyageurs étaient bien plus faciles à garder dans l'étroite enceinte de la voiture.

Ce furent les pleurs de l'enfant qui réveillèrent enfin le shérif adjoint. Il ouvrit lentement les yeux, sans comprendre. La mémoire lui revint peu à peu et il s'aperçut soudain qu'il n'y avait personne à côté de lui.

Ab Bland retint le cri qui montait à ses lèvres et son œil vif fit le tour du car obscur. Et puis, en voulant prendre son revolver, il sentit les menottes à ses poignets. Il étouffa un gémissement et baissa la tête. Il ne savait pas ce qui s'était passé, mais il ne bougerait pas avant d'avoir compris.

L'enfant criait encore, mais malgré le bruit, le shérif entendit la voix douce de Matt et, son regard s'étant accoutumé à la pénombre, il vit les deux silhouettes, tête contre tête, à l'avant du car. Il comprenait enfin.

Sa première pensée fut celle-ci : ils avaient raison. Ils avaient tous eu raison. Il n'était plus qu'un vieil homme qui avait trop présumé de ses forces et de son habileté. Il aurait dû prendre sa retraite depuis longtemps, et ne pas s'accrocher à un métier qu'il n'était plus capable de faire. Il s'était endormi, et le prisonnier s'était libéré, sans doute avec l'aide d'un complice qui devait avoir pris le car au départ.

Le shérif avait l'oreille fine et il écouta. Il comprit tout de suite que les deux hommes s'étaient perdus. Matt avait rendez-vous avec le reste de sa bande dans une cabane du désert, mais ils s'étaient égarés dans la tempête. Le shérif poussa un petit soupir de soulagement. Il y avait peut-être encore une chance.

Il entendit quelqu'un se lever et instantanément la lumière jaillit. Le docteur Bigelow marchait à tâtons vers la banquette arrière.

— Ne bougez pas !

Le médecin se retourna.

— Cet enfant est malade et je vais le soigner, déclara-t-il nettement.

Il se dirigea sans hésiter vers le petit Tip qui s'agitait dans les bras de Marta. Le docteur se pencha sur l'enfant. La jeune femme leva vers lui un visage inquiet. Matt Hardin n'avait pas ouvert la bouche.

Sidney tendit la main et tourna l'interrupteur. Le docteur Bigelow se redressa et cria, sans la moindre crainte :

— Rallumez. Il faut que je prenne sa température.

— Prends-la dans le noir, hé, dit Sidney.

La lumière revint et Guy leva les yeux. C'était Matt qui avait rallumé. Le docteur hocha la tête en lisant le thermomètre.

— Il faut absolument emmener cet enfant à l'hôpital. Dès que possible. Je crois que c'est l'appendicite. Je ferai ce que je pourrai mais il a besoin...

— Vous le ferez ici, docteur, dit Matt en s'approchant de Marta. Nous sommes coincés. Je ne sais même pas où nous sommes et même si je le voulais, je ne pourrais pas faire redémarrer ce car.

Guy se pencha et prit la main de Marta.

— Ne vous inquiétez pas. Nous serons sauvés dès qu'il fera jour. En ne voyant pas le car arriver à Tucson, on comprendra qu'il nous est arrivé quelque chose et on fera des recherches.

— Pas par ici, en tout cas, rétorqua Matt.

Guy le regarda d'un œil froid.

— On nous trouvera bien. Ils patrouilleront sur les routes, d'abord, et puis ils enverront des avions.

Matt se détourna et regagna l'avant du car.

— Pas de danger, avec cette tempête de sable. Feriez mieux de vous occuper du gosse tout de suite.

Marta retira sa main. Guy voulut lui parler mais elle tourna la tête vivement.

Une demi-heure plus tard, Tip s'endormit d'un sommeil agité. La lumière s'éteignit et les autres voyageurs s'assoupirent aussi. Sidney avait découvert le whisky de Red, avait vidé la bouteille et ronflait sur le siège du chauffeur.

Matt demeura éveillé, surveillant son chargement et ouvrant de temps en temps la porte pour écouter. Il ne savait pas où il se trouvait mais il ne pouvait être loin du rendez-vous, et il espérait pouvoir entendre le bruit de la voiture d'Ed.

Le vent tomba peu avant l'aube et le temps fraîchit. A sept

heures, cependant, la tempête reprit. Le ciel se teinta de violet et le soleil se cacha.

Caroline Bigelow avait soif. Et faim, mais la faim n'était rien, à côté de la soif. La gorge et la bouche sèches, elle finit par cesser de se plaindre, vers le lever du jour, car cela lui faisait trop mal de parler. Le docteur souffrait aussi de la soif mais lorsque sa femme se tut, il bénit son silence et s'endormit.

Fan dormait aussi, la bouche ouverte, avec un léger ronflement. A côté d'elle, Judy s'éveillait. Le docteur Bigelow avait administré un somnifère à Carter Jones qui dormait également, allongé sur deux sièges, en gémissant faiblement.

La fatigue avait eu raison de Marta mais Guy Hickman n'avait pu s'endormir. Il avait passé la nuit les yeux grands ouverts, torturé par ses pensées, sans pouvoir connaître le repos. Il se maudissait en silence, sans cesser d'entendre la respiration oppressée du petit garçon qui lui rappelait sa propre responsabilité. S'il arrivait malheur à l'enfant, si l'on ne parvenait pas à l'emmener à temps à l'hôpital, Guy savait qu'il serait le seul coupable.

Sidney se serait peut-être arrangé sans son aide, mais cela n'avait pas d'importance. Guy avait fait le geste. Evidemment, Matt était son demi-frère, et il lui devait beaucoup. Il avait payé sa dette en versant la poudre somnifère dans le café du shérif. Mais ce qui se passait maintenant n'était pas dans son contrat.

On lui avait menti, on lui avait affirmé que Matt serait enlevé du car et que personne ne serait molesté, que le car et les voyageurs pourraient reprendre la route.

Il avait fait ce qu'il avait pu pour éviter la mort à son frère, mais le destin en avait décidé autrement. Matt n'était pas encore sauvé et une autre vie se trouvait en danger, celle d'un enfant de quatre ans.

Inutile d'ailleurs de se faire des illusions. Leurs vies à tous étaient en danger. Et c'était sa faute, à lui seul.

Guy s'en voulait à mort. Il s'était conduit comme un imbécile, un imbécile dangereux. Il était aussi mauvais que Matt. Soudain, il se mit à haïr Matt, presque autant qu'il se haïssait lui-même.

Sidney regarda Judy se lever de sa place et s'étirer, les seins en avant, les bras nus au-dessus de sa tête. Elle bâilla et se frotta les yeux. Puis elle enjamba Fan avec précaution et s'avança dans la travée. Matt leva la tête et l'observa, lui aussi.

— J'ai soif, dit-elle.

— Nous avons tous soif.

Mais Judy ne regardait pas Matt. Elle plongeait son regard dans les yeux de Sidney, sans aucune crainte.

— Faut que je sorte, annonça-t-elle.

Sidney se mit à rire. Matt la contempla un moment en silence, puis il se pencha et ouvrit la portière. Une rafale de vent s'engouffra dans le car et il vit l'étendue désolée des dunes, les buissons de sauge, les cactus et une branche morte enlevée par le vent.

— Bon, mais n'allez pas trop loin. Pas la peine de courir, ni d'essayer de vous échapper. Y a rien, par ici.

Judy frôla Sidney en passant et sauta à terre. Matt claqua la portière.

Du fond du car, Guy avait observé la scène. S'ils laissaient sortir la jeune fille, peut-être le laisseraient-ils descendre aussi. Il ignorait où il se trouvait mais cela n'avait pas d'importance. Si seulement il pouvait sortir, il tenterait de s'échapper.

Il ne doutait pas de la folie de l'entreprise. Les chances seraient bien minimes dans le désert et l'ouragan de sable. Mais tant pis. Il fallait chercher du secours. Si seulement il pouvait sortir...

A mesure que les ombres de la nuit se dissipaient et que les pâles lueurs de l'aube révélaient le paysage, Guy faisait l'inventaire des alentours. Ils se trouvaient dans une sorte d'abri abandonné. Il apercevait par la portière un coin de la masure que Matt avait découverte la veille au soir et il se dit qu'il pourrait peut-être s'en servir, il ne savait encore comment.

Ils étaient quatre. Quatre hommes. Lui-même, le chauffeur, Jones et le vieux médecin. Il y avait aussi Ab Bland, bien sûr, mais le shérif, menottes aux mains, était réduit à l'impuissance. Jones aussi, d'ailleurs, avec sa blessure. Quant au docteur Bigelow, il ne le voyait pas très bien dans une bagarre. Restait Red Knowles. D'après son attitude, Guy se doutait qu'il ne pouvait compter sur le chauffeur. Il demeurait donc seul.

Guy pouvait attendre et voir venir, comme les autres, mais ce n'était pas une solution., Il ne s'agissait pas de survivre, tout simplement. Il fallait qu'il corrigeât le mal qu'il avait fait, qu'il effaçât sa stupidité criminelle.

Les voyageurs dormaient, ou attendaient en silence, résignés...

Au bout de cinq minutes, Sidney frappa sur l'épaule de Matt.

— Dis donc, ça fait une paye qu'elle est sortie.

— Qu'est-ce que ça fait ? Elle ne peut aller nulle part. Si elle est assez folle pour s'échapper, elle y restera.

— Ma foi, reprit Sidney en se levant et en s'étirant, je vais toujours jeter un coup d'œil. On ne sait jamais.

— Laisse tomber.

Sidney fourra son revolver dans sa ceinture et mit la main sur la poignée de la portière.

— Je vais toujours voir.

La voix de Fan s'éleva soudain, stridente :

— Laissez-la tranquille ! C'est une enfant ! Ne la touchez pas !

— Ta gueule, poupée. C'est pas tes oignons.

Il ouvrit, sauta à terre, et Matt claqua la portière derrière lui.

8

A quatre ans, Judy Lazlo était une enfant ravissante et son père, Emil, se plaisait à le répéter à ses amis :

— Une petite poupée. Le portrait de sa pauvre mère. Elle va en briser, des cœurs !

Il ne se trompait pas. La petite fille aux yeux pers, aux boucles blondes et au petit visage parfait devint une jeune fille extraordinairement belle et commença à briser des cœurs alors qu'elle allait encore en classe, mais pas tout à fait comme son père l'avait cru. Car le premier cœur qu'elle brisa fut justement celui de ce père trop indulgent.

Emil Lazlo n'était pas particulièrement intelligent, mais avec sa fille il était carrément stupide et complètement aveugle. Et l'incident qui eut lieu quand Judy avait dix ans lui révéla une telle âme qu'il en reçut un choc horrible ; le pauvre homme ne s'en remit jamais.

Lazlo et sa partenaire, une certaine Billie Martin, formaient un couple de danseurs de music-hall, mais la vogue du music-hall passée et le couple n'ayant guère de talent, il se trouva vite réduit à courir le cachet. La mère de Judy était morte quand l'enfant n'avait que trois ans et Emil, incapable de donner un foyer à la petite, l'avait confiée à des anciens amis de sa femme, les Helheimer, chez qui il avait une chambre en permanence où il vivait entre deux tournées.

Mrs. Helheimer était une bonne grosse femme, maternelle et tendre, mère de trois enfants. La fille aînée était mariée au loin et les deux garçons dans l'armée. Mrs. Helheimer prenait des pensionnaires.

Félix Helheimer aussi était un ancien du music-hall, un acrobate. Mais il s'était vu vieillir, avait abandonné les planches avant qu'il ne fût trop tard et avait acheté une boucherie avec ses économies. A quarante-sept ans, il était encore solide et fort comme un bœuf, malgré une légère tendance à l'embonpoint. Il ne fumait ni ne buvait, et suivait un régime. Le chapeau sur la tête, pour dissimuler sa calvitie naissante, on ne lui donnait pas plus de trente-cinq ans.

Judy était le contraire d'une enfant timide, et dès son arrivée chez les Helheimer elle s'y trouva tout à fait à l'aise. Elle mit un point d'honneur à séduire Mr. Helheimer et fut surprise qu'il ne cédât pas à son charme. Car, sans trop savoir pourquoi, le brave homme n'arrivait pas à aimer cette petite fille câline qui adorait se pelotonner sur ses genoux.

Judy était mal élevée, paresseuse et ne s'entendait pas avec ses petites camarades. Elle était souvent punie. Un soir que Mrs. Helheimer lui avait donné une fessée pour avoir dépensé l'argent de son déjeuner en bonbons, elle se leva au milieu de la nuit, entassa de vieux journaux sur le tapis du salon et y mit le feu.

L'incendie maîtrisé par les pompiers, Mrs. Helheimer couchée en proie à une crise de nerfs, Judy avoua son forfait. Mr. Helheimer, un peu dépassé par les événements, réagit normalement. Il emmena Judy dans sa chambre, la jeta en travers de ses genoux et lui administra une vigoureuse fessée. Elle ne versa pas une larme, mais lorsqu'il eut fini et l'eut remise debout, elle contempla un moment l'homme haletant, lui sourit et l'embrassa.

Ce geste lui fit peur. A partir de ce jour-là, il évita la petite fille. Elle le mettait mal à l'aise. Et rien ne serait sans doute arrivé si Mrs. Helheimer n'était tombée malade et n'était entrée en clinique pour une opération de la vésicule, laissant son mari seul à la maison avec Judy, qui venait d'avoir dix ans.

Judy était une de ces rares enfants qui ne connaissent pas l'âge ingrat. Fillette, elle demeurait toujours aussi jolie, avec son teint de lait, ses grands yeux pers, ses cheveux soyeux et bien coiffés, ses petites mains toujours propres. Assez grande pour son âge, elle commençait à prendre des formes et il était visible que, dans deux ou trois ans, elle aurait toute la maturité d'une belle fille de dix-huit ans.

L'incident qui devait causer un tel choc au père de Judy arriva un lundi après-midi, quelques heures après l'opération de Mrs. Helheimer. Son mari avait fermé sa boucherie de bonne heure. Il était allé voir sa femme à la clinique, avait appris que l'opération avait parfaitement réussi et il était rentré chez lui, encore un peu inquiet, les nerfs tendus, pour s'affaler dans un fauteuil du salon en soupirant. Il faisait très chaud et il ne portait qu'un pantalon d'été et une chemise ouverte. Judy arriva quelques instants plus tard. Elle sortait du bain et n'était vêtue que d'un peignoir éponge. Elle alla tout de suite se jeter sur les genoux de Mr. Helheimer.

— Oh, papa Félix, comment va petite mère ? Elle va bien ? Ça s'est bien passé ?

Helheimer fut touché de l'inquiétude de la petite fille. Après vingt-quatre ans de mariage, il était encore profondément amoureux de sa femme.

— Ça va aller, murmura-t-il, car il n'était pas homme à faire des discours compliqués.

— Pauvre petit papa Félix !

Judy glissa de ses genoux, et se tint debout entre ses jambes écartées. Brusquement elle se pencha et l'embrassa sur les lèvres.

Helheimer était suffoqué. Il n'aurait pas cru que l'enfant aimât tellement sa femme. Il s'était peut-être trompé sur son compte. Peut-être...

Mais avant qu'il puisse réfléchir davantage, Judy se pressa contre lui, colla son petit corps contre le sien, lui mit les bras autour du cou et lui appliqua de nouveau ses lèvres sur la bouche. Ce n'était pas du tout un baiser d'enfant.

Soudain, Félix Helheimer perdit la tête. Sa main glissa sur la petite cuisse nue, remontant vers la croupe ferme. Le sang à la tête, il se sentait devenir fou.

Félix Helheimer reprit ses esprits une seconde plus tard, quand les ongles pointus de Judy lui lacérèrent les joues, laissant des traînées sanglantes de l'œil au menton. Il bondit, rouge de confusion, et, par un malencontreux hasard, déchira le mince peignoir de haut en bas. Ahuri, chancelant, il vit Judy s'enfuir en hurlant.

Mrs. Thomas, la voisine, trouva l'enfant en larmes sur le perron et fit venir la police. Mrs. Thomas n'avait jamais aimé ses voisins, qu'elle trouvait fiers, et avant l'arrivée des agents, elle eut largement le temps de faire parler Judy, qui avait retrouvé son calme.

Judy était une enfant très précoce et bien capable d'avoir inventé les détails qui devaient faire scandale au procès. Mais il était fort possible aussi que Mrs. Thomas les lui ait soufflés. De toute façon, le résultat restait le même.

Judy déclara donc, d'abord à un inspecteur plein de compassion, puis à un juge grisonnant, que Mr. Helheimer était rentré de la clinique, l'avait trouvée en tenue légère et avait tenté de la séduire. Personne ne mit sa parole en doute.

Mrs. Helheimer, qui aurait pu voler au secours de son mari, venait hélas d'avoir une rechute quand la nouvelle lui parvint à la clinique. Elle tenta de se lever, la plaie se rouvrit et cinq jours plus tard, elle était morte.

Félix Helheimer fut condamné, pour incitation de mineure à la débauche et tentative de viol, à vingt-cinq ans de réclusion.

Emil Lazlo revint de sa tournée au milieu du procès et jura de tuer Helheimer de ses propres mains si jamais il bénéficiait d'un non-lieu. Mais six mois plus tard, pris d'un doute, il alla rendre visite à Helheimer dans sa prison et apprit l'autre version de l'histoire. Quand il mit sa fille en face des faits, elle avoua bien volontiers que Helheimer n'avait pas menti.

Lazlo alla voir le juge et le procureur, pensant bien que Helheimer n'était pas tout à fait innocent, mais qu'il ne méritait pas de passer toute sa vie derrière des barreaux. Malheureusement, les magistrats le considérèrent comme un père dénaturé et ses efforts furent inutiles.

Ce n'était pas encore cela qui avait tellement bouleversé Lazlo. C'était surtout la façon qu'avait eue Judy de vouloir lui faire une démonstration de ce qui s'était passé et lui montrer exactement de quelle façon elle avait embrassé Mr. Helheimer.

A quatorze ans, Judy avait un corps de femme et l'instinct d'une chatte en chaleur. Elle avait eu pas mal d'expériences amoureuses, avec des garçons de son âge ou à peine plus âgés, allant des regards tendres aux baisers brûlants et aux surprises-parties échevelées. Cependant, assez curieusement, Judy demeurait techniquement vierge. Au dernier moment, elle s'arrangeait toujours pour s'enfuir, plus ou moins sincèrement affolée.

Elle parfit enfin son éducation sentimentale avec un certain Mr. Singer, professeur de maths à son école, un homme maigre et délicat d'une trentaine d'années. Son premier mariage avait été annulé pour non-consommation. Sa seconde femme demanda le divorce pour incompatibilité et s'enfuit avec un boxeur, qui était l'antithèse de Caldwell Singer, physiquement et moralement.

Singer jouait les esthètes et vivait seul à son club. Dès qu'il la vit, il fut fasciné par la beauté pure de Judy et intrigué. Il mit sur le compte de sa propre habileté d'avoir pu la retenir après la classe. En réalité, c'était Judy qui s'était arrangée pour que cette réunion fût possible. Elle aussi était intriguée par le personnage de son professeur, qui avait la réputation d'être pédéraste.

Judy s'aperçut vite que si Mr. Singer était pédéraste, en tout cas il réagissait devant ses charmes comme n'importe quel homme normal. Il était plus subtil, plus doux que les garçons auxquels elle était habituée. Il tournait davantage autour du pot. Mais après quatre rendez-vous dans la salle de classe déserte, il l'embrassait passionnément, la serrait contre lui et la caressait. Ce fut Judy qui émit l'opinion qu'une salle de classe n'était peut-être pas un endroit de tout repos pour ce genre d'exercice.

Singer savait qu'il prenait des risques, mais il passa outre et emmena Judy un samedi soir dans une auberge accueillante, près de Pasadena. Ils s'inscrivirent comme mari et femme. Singer, gêné malgré ses deux mariages, suggéra quelques verres, pour la mise en train, mais Judy refusa. Elle n'aimait pas beaucoup l'alcool et elle était curieuse de savoir ce qui allait se passer.

Et Judy découvrit enfin, après les préliminaires d'usage, ce qui avait causé les deux divorces du professeur. Elle passa une nuit hallucinante. Singer se roulait par terre, faisait le tour de la pièce à quatre pattes et suppliait Judy de le fouetter, ou bien il enfouissait sa tête entre ses jeunes seins et lui jurait qu'il l'aimait, qu'il l'enlèverait et qu'il lui prouverait bien qu'il était un homme.

A sa profonde stupéfaction, Judy sortit vierge de l'aventure.

Cet hiver-là, Emil Lazlo mourut. Judy quitta l'école et trouva une place de serveuse. Un joueur de saxophone épris de drogue et de beauté l'enleva, la ramena chez lui avec armes et bagages, se rua sur elle, mais s'endormit lourdement avant d'accomplir quoi que ce fût d'irrémédiable.

Elle resta quinze jours chez lui. Il travaillait toute la soirée, mais entre deux danses, il buvait et fumait de la marijuana. Il rentrait invariablement ivre mort et bon à rien. Il se réveillait le lendemain faible et souffrant et, malgré son désir, réduit à l'impuissance. Judy en eut assez et, un beau soir, elle prit ses cliques et ses claques, sans oublier les économies du musicien, sept cents dollars, et disparut.

Un mois plus tard, elle était arrêtée pour vagabondage et placée dans un centre de redressement où elle demeura jusqu'à dix-huit ans.

Pendant cette période, Judy fut à peu près totalement privée d'hommes. Cependant, le concierge de l'école fut mis à la porte pour avoir été surpris une nuit en train d'essayer de forcer la porte de la chambre de Judy. Le concierge était un vieil homme auquel on n'avait jamais rien eu à reprocher, aussi se contenta-t-on de le remercier. Il affirma que la jeune fille l'avait invité à monter chez elle, mais personne ne le crut.

Deux mois après avoir quitté l'école, Judy fit la connaissance de Fan Farrow. Quand celle-ci lui offrit de venir partager son appartement, Judy sauta sur l'occasion. Même l'histoire avec Joe n'avait pas réussi à briser leur amitié.

Bien que marié et père de famille, Joe n'y allait pas par quatre chemins. Il prit l'habitude de venir voir Judy lorsque Fan allait à ses cours du soir. Il l'embrassait, la caressait, mais elle ne lui permettait pas d'aller plus loin. Ce n'était pas une soudaine crise de conscience, mais elle aimait conserver l'initiative et la hardiesse de Joe l'agaçait. Ce petit jeu l'amusait beaucoup et mettait Joe dans un état épouvantable.

L'aventure prit fin brusquement, un soir que Fan rentra chez elle à l'improviste et trouva le couple enlacé sur le divan du salon, Judy nue jusqu'à la ceinture.

Huit jours plus tard, Fan décidait d'emmener Judy en vacances.

Telle était Judy Lazlo : une fille de dix-huit ans qui en savait plus long que la majorité des femmes sur l'amour, mais qui était encore vierge.

Telle était celle qui, par une triste matinée de juillet, sauta du car dans la tornade, avisa la petite masure perdue dans le désert et alla y chercher un abri discret.

9

Sidney avait soif. Le whisky de Red Knowles lui avait laissé la bouche amère. Il ne s'était pas rasé depuis deux jours et la peau le démangeait. Le sable lui piquait les yeux.

Il était fatigué, fourbu, plein de courbatures dues à la longue nuit passée sur le siège du chauffeur, inquiet et de mauvaise humeur.

Ce qui l'exaspérait le plus, c'était qu'il n'avait pas été payé. On lui avait donné cinq cents dollars d'avance et il devait toucher le reste après avoir fait ce qu'on lui demandait. Eh bien, il l'avait fait. Et il n'était toujours pas payé. Il devait toucher encore cinq mille cinq cents dollars. Il y avait gros à parier que Matt n'avait pas l'argent sur lui, et si les autres ne venaient pas au rendez-vous, comment le payerait-on ? Cette idée le rendait fou.

Bien sûr, il pouvait faire le tour des voyageurs et les soulager de leurs portefeuilles. Mais quoi, c'étaient tous des miteux ! Il n'en tirerait rien.

Des miteux. Des vieux et des sales mômes. Y avait que la fille.

Il y avait deux jolies filles dans le car, mais seule celle au chandail jaune l'intéressait. L'autre, avec son gosse, c'était pas son type. Il les connaissait, celles-là, hautaines, fières et frigides. Il se demandait comment elles s'y prenaient pour avoir des mômes.

Tandis que l'autre... Elle lui avait fait du rentre-dedans dès le début, mais il ne l'avait pas regardée avant d'avoir accompli ce qu'il devait faire. Maintenant, il avait le temps de penser à elle.

Il courba les épaules, détourna sa tête pour se garantir du vent violent et se dirigea lentement vers la petite maison de guingois contre une dune.

Debout au milieu de la première pièce, les jambes écartées, Judy se regardait dans un miroir de poche et dessinait soigneusement le contour de ses lèvres. Elle s'était recoiffée et arrangée de son mieux.

Judy sentit derrière elle la présence de Sidney mais elle ne broncha pas. Elle poursuivit sa toilette, comme si elle se fût trouvée dans sa chambre, fit bouffer ses cheveux, rangea son rouge et sa poudre et remit son sac sur son épaule. Puis elle pivota sur ses talons et considéra Sidney sans rien dire.

Elle était déçue. Judy, se fiant à son curieux instinct, avait été certaine que quelqu'un la suivrait. Ce ne serait pas Matt et elle savait que ni le vieux shérif, ni le médecin, ni le chauffeur ne bougeraient. Carter Jones était blessé. Elle pensait que ce serait

Guy. Il faisait partie de la bande, elle le savait bien, et par conséquent serait libre d'aller et de venir.

Mais c'était l'autre, cet étrange individu qui avait craché à la figure de Jones et l'avait assommé ensuite. Il s'était servi de son revolver comme d'une matraque. Elle voyait maintenant l'arme à la ceinture de l'homme.

Dommage que ce soit celui-ci. Mais en tout cas, elle ne s'était pas trompée. Quelqu'un l'avait suivie.

Sidney fit un pas dans la pièce et s'arrêta.

— Qu'est-ce que tu fous ?

Judy lui sourit. Elle comprit tout de suite qu'il était furieux. Pourquoi, elle l'ignorait. Mais s'il était en colère, il serait dangereux. Elle devrait se montrer prudente.

— Ma foi, dit-elle, après cette affreuse nuit, j'ai eu envie de me refaire une beauté. Ça fait du bien.

— Une beauté, pour quoi faire ? Tu vas voir personne.

Judy recula.

— Eh bien, je... je ne sais pas... C'est simplement que...

— Que ça fait du bien.

Sidney s'approcha. Judy recula encore, jusqu'à la porte qui séparait les deux pièces. Elle buta sur une planche disjointe et se retourna. Elle vit que l'autre pièce ressemblait à la première mais qu'il y avait une vieille chaise bancale et un matelas mangé aux mites dans un coin. Le sol était recouvert de sable et sur l'évier desséché un cactus, que quelqu'un avait amoureusement planté dans une boîte de conserve, achevait de mourir.

— Moi aussi, je voudrais me sentir bien, murmura Sidney.

Judy eut soudain peur, une peur irraisonnée qu'elle ne comprenait pas. Jamais elle avait eu peur d'un homme. Ils étaient tous les mêmes, réclamaient tous la même chose et cherchaient à l'obtenir soit en suppliant, soit en employant la force. Mais Judy n'avait jamais eu aucun mal à s'en défendre. Que pouvait-elle craindre à présent ?

Elle leva les yeux vers Sidney et, au lieu de chercher à lui échapper, ce qui lui serait fatal, elle ne l'ignorait pas, elle oscilla sur la pointe des pieds, se pencha vers lui et lui prit le bras, comme pour retrouver son équilibre.

— Ce que vous êtes fort, dit-elle.

Elle plongea son regard dans celui de Sidney. Il se dégagea et la saisit à son tour, au-dessus des coudes.

— Fais-moi du bien, murmura-t-il.

Mais oui, se dit Judy. Tous les mêmes.

— Comme ça ?

Elle pencha la tête, s'appuya contre lui et entrouvrit ses lèvres humides.

Sidney ne la lâcha pas. Il écrasa sa bouche épaisse sur celle de Judy, la fouilla et poussa la fille sur le vieux matelas. Ils tombèrent ensemble. La crosse du revolver blessait le ventre de Judy. D'un geste brusque Sidney lui arracha son chandail, dévoilant les seins nus.

Il n'avait pas lâché ses lèvres. Judy perdait le souffle. Elle chercha à se dégager, mais soudain, les dents de l'homme se plantèrent dans sa lèvre inférieure. Elle poussa un hurlement sourd, que le vent dispersa.

Sa lèvre fendue saignait abondamment, mais elle oubliait la douleur en sentant les mains puissantes la pétrir. Malgré tout, elle n'avait pas tellement peur. Elle saignait, l'homme lui faisait mal, mais elle pensait encore pouvoir reprendre la situation en main.

Enfin, il leva la tête et la regarda en face. C'est alors que l'affolement la gagna, sans qu'elle sût exactement pourquoi. Ce n'étaient ni la douleur ni la brutalité. Elle avait déjà connu cela. D'autres lui avaient mordu les lèvres, d'autres lui avaient meurtri les seins. Mais jamais avec cette force sadique, jamais avec ces yeux morts, jamais avec cette froideur. Celui-ci n'avait pas l'air de la désirer vraiment. Il ne haletait même pas. Elle gémit :

— Je vous en prie... S'il vous plaît... Je suis vierge, ajouta-t-elle en se rendant compte du ridicule de cette phrase qu'elle avait si souvent répétée. Je suis vierge, je vous jure... Parole...

Mais Sidney ne l'écoutait pas. Il leva une main et la plongea dans sa ceinture, tirant le revolver par la crosse. C'est alors qu'il la regarda et qu'il éclata de rire, d'un rire comme elle n'en avait jamais entendu.

— Voyez-vous ça ? grinça-t-il en déchirant sa jupe d'un geste brusque. Une vierge ! Eh ben, ma petite, je vais t'arranger ça en moins de deux !

Le canon de l'arme la pénétra et Judy poussa un long hurlement, une clameur violente, interminable, que le vent, cette fois, ne parvenait pas à couvrir.

Marta était en train de faire avaler les dernières gouttes de bouillon froid à son petit garçon quand le premier cri leur parvint. Elle saisit le bras de Guy qui se leva d'un bond.

Carter Jones ouvrit les yeux et jeta autour de lui un regard affolé. Caroline Bigelow ferma les paupières et pinça les lèvres.

— Bien fait, siffla-t-elle. Une gourgandine ! Elle n'a que ce qu'elle mérite !

— Ah, Cary, je vous en prie, ça suffit ! dit le docteur en interrogeant Matt du regard.

Ab Bland ne bougea pas mais il serra les dents et les phalanges de ses poings crispés blêmirent.

Un second cri s'éleva, puis un troisième. Fan se dressa, les yeux hors de la tête :

— Je vous en supplie ! Faites quelque chose ! Mon Dieu, mon Dieu, je vous en conjure ! Faites quelque chose !

Guy s'avança dans la travée mais la voix sèche de Matt le cloua sur place.

— Ne bougez pas ! Que personne ne bouge. Restez tous où vous êtes.

Pour lui-même, il grommela : « L'imbécile ! L'ignoble connard ! Comme si on n'avait pas assez d'emmerdements comme ça ! »

Guy n'hésita qu'une seconde, et reprit sa marche.

— Je sors, déclara-t-il.

— J'ai dit qu'on ne bouge pas ! cria Matt. Je descends le premier qui fait un geste. (Il regarda Guy dans les yeux.) Et toi aussi.

Levant son arme, il la braqua sur le ventre de Guy. Leurs regards se croisèrent un moment et puis Matt recula vers la portière.

— Très bien, dit-il. Je vais y aller, mais je veux que ce soit bien entendu. Que personne ne quitte sa place. Je reviens tout de suite, et si vous tenez à votre petite santé, je vous conseille d'obéir.

Il tira le levier de la lourde portière et sauta au sol. La porte resta ouverte. Les voyageurs le virent s'éloigner vers la masure. Le vent hululait sinistrement, et chassait de grands tourbillons de sable dans le car.

Guy sentit soudain qu'on le tirait par la manche.

— Vite ! siffla Ab Bland. Dans mon sac de voyage. Sous les chemises, le revolver.

Guy le regarda une fraction de seconde sans comprendre, mais quand le sens des mots parvint à son entendement, il n'hésita pas. Sous les yeux effarés des autres voyageurs, il enjamba le shérif et prit le sac sur le filet. En deux secondes, il trouva le revolver. Il allait s'éloigner quand Ab Bland le retint :

— Donnez-le-moi, petit.

Guy, indécis, finit par hocher la tête :

— Non, non, je...

— J'ai dit : donnez !

Le shérif leva ses mains prisonnières. Guy hésitait encore.

— C'est mon boulot, insista Bland. Si vous sortez, il vous tuera, pas d'erreur. Donnez-moi le revolver et faites ranger tout le monde sur un côté, que j'aie le champ libre.

Marta mit sa main sur le bras de Guy.

— Donnez-le-lui, Guy.

Il la regarda. Elle le dévisageait froidement, sans sourire. Il comprit qu'elle n'avait pas oublié l'incident de la « saccharine » dans le café. Elle n'avait plus confiance en lui. Lentement, il tendit l'arme au shérif.

— Que puis-je faire ?

— Faites ranger les gens, c'est tout. Vite.

Guy courut à l'arrière et prit Tip dans ses bras. Il alla s'asseoir à l'avant ; les autres le suivirent, en jetant des regards inquiets vers la porte. Tous, sauf Jones.

— Restez où vous êtes, cria Jones d'une voix aiguë. Ils vont nous tuer, tous tant que nous sommes. C'est pas la peine de se rebiffer. Qu'est-ce qu'il peut faire, ce vieux avec ses mains liées ? On n'a pas la moindre chance.

Bland le regarda.

— Allez là-bas avec les autres, ordonna-t-il.

— Jamais de la vie. Je reste ici, comme on me l'a dit.

Ab Bland était bien calé sur son siège, au fond et à gauche du car. Il serrait son revolver dans sa main droite, la gauche pliée, lui servant de support.

Jones, en face de lui, s'était laissé glisser tout au fond de son siège. Guy avait porté le petit Tip à l'avant et l'avait installé à la place de Sidney. Il conseilla à Marta de s'accroupir devant l'enfant. Le docteur Bigelow et sa femme se serrèrent derrière le volant mais Fan Farrow, blême, les nerfs à vif, refusa de bouger. Elle resta à sa place devant Jones, les yeux fixés sur la portière ouverte. Red Knowles s'assit par terre derrière Marta et le petit.

Et ils attendirent, le souffle coupé, le cœur serré.

Guy faisait le guet à la portière et, le premier, aperçut Matt sortant de la cabane. Il se retourna et fit signe à Ab Bland. Le shérif se pencha en avant et posa le canon de son arme sur le dossier du siège devant lui, braqué sur la portière.

Il attendait Matt.

Mais Matt ne monta pas dans le car. Il appela le docteur Bigelow, en criant pour se faire entendre dans l'ouragan :

— Feriez mieux de venir voir à la cabane, docteur. La fille a besoin de vos soins.

Le vieux médecin se leva immédiatement mais sa femme le retint par le bras.

— George ! Restez ici ! Ne me quittez pas ! Cela ne vous regarde en rien !

— Une blessée a besoin de mes soins, rétorqua-t-il sèchement.

Matt Hardin s'apprêtait à monter dans le car et le docteur Bigelow fut obligé de reculer d'un pas pour le laisser entrer. Bland ne les quittait pas des yeux, prêt à tirer dès que Matt apparaîtrait dans la ligne de tir. Il pensait que Hardin s'effacerait pour laisser passer le médecin, aussi il fut pris de court quand ce fut le docteur Bigelow qui recula pour laisser monter Matt.

Le shérif n'eut pas le temps de dissimuler son arme et pendant une seconde il attendit de pouvoir tirer.

Un sixième sens prévint Matt que quelque chose n'allait pas. Il ne regardait pas dans la direction du shérif mais il comprit, dès qu'il eut mis le pied dans le car, qu'il s'était passé quelque chose. La révélation lui vint peut-être des yeux terrorisés de Caroline Bigelow, ou peut-être du geste vif qu'eut Guy pour écarter le médecin. Quoi qu'il en soit, Matt sentit le danger.

Un revolver apparut comme par magie dans sa main droite.

Même alors, il n'était peut-être pas trop tard. Mais Ab Bland hésita une fraction de seconde. Avec les menottes, il se sentait gauche et ne voulait tirer qu'à coup sûr. Il ne tenait pas à blesser Guy ou le docteur.

Matt appuya sur la détente dans cette seconde même. La balle ricocha sur le bras droit du shérif, brisant l'os, pour aller se loger dans son estomac. Bland avait déjà crispé son doigt sur la détente. Les nerfs achevèrent le geste. Le coup partit, mais la balle de Matt avait fait dévier l'arme et celle du shérif vint frapper Guy à la cuisse gauche.

A l'instant où Guy s'effondrait, Matt tira une seconde fois sur le shérif, puis une troisième.

Caroline Bigelow hurla et ferma les yeux. Carter Jones bondit soudain, complètement affolé, et se planta au milieu de la travée. Matt fit feu encore une fois et la balle atteignit Jones entre les côtes, à un centimètre du cœur, pénétrant dans le poumon. Il s'affala sur le cadavre du vieux shérif.

Pendant une minute, ce fut le silence. On n'entendit plus que les hurlements du vent furieux.

Et puis le petit Tip leva la tête et se mit à crier.

10

Les autres avaient fini par s'endormir, mais l'homme assis à côté d'Ed sur le siège avant de la voiture ne pouvait trouver le sommeil ni le repos. Les ronflements sonores et les gémissements d'un de ses compagnons, étalé à l'arrière, le maintenaient éveillé. Il avait essayé de fumer, mais, dans la voiture aux vitres closes pour empêcher le sable de pénétrer, l'air s'était vite empuanti et il avait éteint sa cigarette.

Il tripota un moment le bouton de la radio et finit par trouver un programme de musique douce. Il passa la nuit à écouter la musique et à jurer. Vers cinq heures et demie, le programme prit fin et il chercha une autre émission. Il réussit à obtenir Atlanta mais très faiblement. La musique finit par se taire tout à fait. L'homme s'agita inconfortablement, chercha à s'allonger, ferma les yeux et oublia d'arrêter la radio.

A six heures et demie, Ed s'éveilla. Il mit un moment à se rappeler où il se trouvait. Le vent soufflait toujours avec violence, mais au moins le jour se levait et, bien qu'il n'y vît pas grand-chose, cela suffit à lui montrer qu'il était toujours sur la route.

Il se hâta de réveiller les autres.

Ils descendirent se dégourdir les jambes avant de repartir et s'aperçurent que le sable s'était entassé autour des roues, jusqu'aux moyeux. Sans outils, ils tentèrent de dégager les roues avec les mains. C'était un travail dur et pénible mais enfin ils réussirent à tracer un chemin pour que la voiture puisse démarrer.

En remontant en voiture, toussant et crachant, Harry, un des passagers de l'arrière, demanda :

— T'as pas idée d'où ce qu'on est, Ed ?

— Sais pas trop, mais je crois que nous sommes sur la bonne route. Le tournant doit se trouver à une vingtaine de kilomètres d'ici.

— Tu crois que Matt aura réussi ?

— Comment veux-tu que je le sache ? Le seul moyen de le savoir, c'est d'y aller.

Il tourna la clef de contact et appuya sur le démarreur. Rien ne se passa.

Ed jura, tourna plusieurs fois la clef et appuya de nouveau sur le bouton, sans plus de succès. Il considéra un moment le tableau de bord et pressa le cercle de nickel du klaxon qui demeura silencieux.

— Alors, quoi, qu'est-ce que t'attends ? dit Harry.

Ed se pencha et ferma la radio.

— Ce que j'attends ? grommela-t-il d'un ton écœuré. Ce que j'attends pour partir ? Ben, mon petit père, le départ, c'est pas pour tout de suite. Ce connard a laissé marcher la radio toute la nuit et la batterie est à plat.

Pendant un moment, personne ne dit rien. Enfin, Harry tira une cigarette de sa poche et l'alluma d'une main tremblante.

— Alors ? Qu'est-ce qu'on va faire à présent ?

— On attend, dit Ed.

De nouveau, ce fut le silence.

— Et Matt ? dit le troisième homme.

Ed se retourna et le regarda d'un œil morne.

— T'en fais pas pour Matt, petit. Fais-toi plutôt du souci pour nous, si tu dois t'inquiéter.

En se retournant de nouveau vers la route, il lança son bras droit et frappa son voisin à la nuque.

— Alors, comme ça, monsieur aime la musique ? Je vais t'en foutre, moi, de la musique !

Sidney n'ouvrit pas la bouche avant que l'on ait emporté le corps de Bland pour le déposer derrière la cabane. Ils étaient tous de retour, à présent, soufflant bruyamment et regardant le docteur Bigelow faire un pansement de fortune à Guy Hickman, avec une chemise déchirée. La balle était demeurée profondément enfoncée dans la blessure. Le médecin ne pouvait la retirer, mais il avait nettoyé la plaie de son mieux avec de la teinture d'iode.

Guy n'avait pas perdu beaucoup de sang et le docteur ne pensait pas que l'os fût fracturé. Cependant, il ne pouvait s'en assurer, faute d'équipement.

— Bon, ça va, dit Sidney. Qui est-ce qui le lui a donné ?

Personne ne lui répondit.

— J'ai demandé qui lui a donné le revolver ? Je l'ai fouillé avant de lui mettre les menottes et il n'avait rien sur lui. Alors quelqu'un le lui a donné. Je veux savoir qui, déclara-t-il d'une voix mauvaise.

L'œil de Sidney avait un éclat féroce. Matt regarda Guy, impassible.

— Aucune importance, dit-il.

— Et comment, que ça a de l'importance ! rétorqua Sidney. Moi, je veux savoir qui le lui a donné.

Jones, allongé sur la banquette arrière en attendant que le docteur Bigelow vînt s'occuper de lui, ouvrit la bouche et fit un effort pour répondre, mais Matt le devança :

— Je répète que ça n'a pas d'importance. Nous avons d'autres soucis. Fouille-moi tout ce monde-là, et fais gaffe qu'ils ne cachent pas encore des armes. Fais bien attention. Ensuite, on verra si on peut faire démarrer cette bagnole. On ne peut plus rester là.

Mais ils y restèrent. Ils y restèrent encore toute la journée, et toute la nuit suivante.

Judy gisait sur le matelas mité, dans la seconde pièce de la masure, la tête légèrement surélevée posée sur une robe du soir roulée en boule, que Fan avait tirée de sa valise. Ses yeux pers grands ouverts, Judy regardait le plafond, sans rien voir, et des larmes silencieuses ruisselaient sur ses joues. Sa figure n'était qu'un masque blême, sans expression.

Malgré la chaleur intense, son corps mince était agité de frissons, sous la robe de chambre que Fan avait jetée sur elle. Agenouillée sur le sol couvert de sable, à côté du matelas, Fan tenait une main de Judy entre les siennes.

Judy ne disait rien et paraissait ne pas entendre les murmures de son amie. Un morceau de sparadrap couvrait sa lèvre inférieure que le docteur Bigelow avait nettoyée de son mieux, taché de rouge à lèvres. Elle respirait péniblement, la bouche entrouverte. Si elle n'avait pas eu les yeux ouverts, on aurait pu croire qu'elle dormait.

Fan finit par renoncer à lui parler et se contenta de rester à ses côtés, en lui tenant la main.

De l'autre côté de la pièce, Caroline Bigelow était assise par terre, les jambes allongées, et s'essuyait la figure avec un mouchoir sale. Elle avait fermé les yeux et respirait mal.

Marta avait amoncelé ses vêtements et ceux de Guy pour faire une couche pour Tip. Avec un bout de carton, elle éventait le petit garçon, et lui épongeait doucement le front. Il s'agitait faiblement et gémissait :

— Maman, j'ai soif. J'ai soif. Et j'ai mal au côté...

Il se mit à pleurer et Marta lui parla tout bas.

Dans l'autre pièce, Guy s'était assis sur la chaise bancale, près de la porte, et regarda partir les trois autres hommes, vers le car à demi enfoui dans le sable amoncelé pendant la nuit.

Matt savait que la seule chance qu'il avait de s'en tirer, c'était de partir de là le plus vite possible. Il était loin d'être certain de retrouver la cabane du rendez-vous, même en plein jour, et il ignorait si Ed et ses hommes avaient réussi à l'atteindre. Mais, même s'ils l'avaient trouvée, ils n'y resteraient pas plus de quelques heures. Ses hommes non plus n'avaient jamais envisagé la possibilité d'un ouragan et ne pouvaient être préparés à demeurer longtemps dans un abri de fortune.

De toute façon, on ne pouvait rester là où ils ne tarderaient pas à être découverts par une patrouille lancée à la recherche du car, ou à périr de faim et de soif. La seconde éventualité était d'ailleurs la plus vraisemblable car la tempête ne cessait pas et les recherches seraient impossibles pour le moment.

Son seul espoir — leur unique espoir à tous —, c'était de dégager le car du sable qui le calait.

Ils étaient allés fouiller dans la mine abandonnée, espérant trouver des pelles ou des outils, mais il n'y avait rien. C'est alors que Matt décida de se débarrasser des voyageurs en les mettant dans la masure pendant qu'il tenterait, avec Sidney et Red, de faire démarrer le lourd véhicule.

Lorsqu'ils y retournèrent, Jones était toujours étendu sur la banquette arrière et le docteur Bigelow lui donnait quelques soins. Sidney avait voulu forcer le vieux médecin à les aider à dégager le car, mais Matt savait qu'il ne leur serait d'aucune utilité. Il valait mieux le laisser à soigner les blessés et l'enfant.

Dans l'abri effondré, les trois hommes trouvèrent des planches disjointes et les arrachèrent pour s'en servir comme pelles. Ils ne gaspillèrent pas leurs forces en vaines paroles. Une fois ou deux, Red interrompit son travail pour se plaindre de la soif, mais Sidney le rabroua vertement et il se remit à la tâche.

Red souffrait plus que les autres. Le whisky lui avait laissé la tête lourde et la bouche amère. La sueur collait ses vêtements à sa peau mais il creusait sans relâche autour des immenses roues, pendant que Sidney et Matt essayaient de déblayer un chemin devant le capot. A plusieurs reprises, Red sentit des vapeurs d'essence, mais il n'en dit rien.

Enfin, Matt grimpa sur le siège du chauffeur, emballa le moteur et passa brutalement en première. Les grandes roues s'animèrent et le car fit un bond en avant, mais les roues tournèrent à vide et la lourde machine retomba dans le sable.

Matt jura et fit balancer le car d'avant en arrière. Le moteur chauffa et un nuage de fumée s'échappa du radiateur. Matt allait couper le contact quand le moteur toussota et cala.

Red mit une demi-heure à découvrir la cause de la panne. Une des balles que Matt avait tirées sur le shérif avait défoncé le plancher et pénétré dans le réservoir. Elle était ressortie de l'autre côté en déchirant les tôles et toute l'essence du réservoir s'était vidée dans le sable. Il n'en restait qu'un litre ou deux.

Le docteur Bigelow faisait ce qu'il pouvait et savait que ce n'était pas grand-chose. Il n'était pas chirurgien et, l'eût-il été, il n'avait pas d'instruments. Par habitude, il avait emporté sa trousse avec lui, mais elle ne contenait que quelques médicaments de première nécessité, une seringue, un antiseptique, du sparadrap et des bandes de gaze, ainsi qu'un stéthoscope. Il était impuissant à soulager un homme qui avait une balle dans la poitrine et une hémorragie interne.

Il se contenta donc de faire à Jones une piqûre de morphine pour le soulager un peu, chercha à le placer le plus confortablement possible et sauta du car.

« Au fond, se dit le docteur, celui-là a de la chance. La morphine le calmera et lui fera peut-être perdre conscience. Il mourra sans doute bientôt mais, avec un peu de chance, il mourra avant de connaître les tortures de la soif qui nous guettent tous. »

En descendant du car, il vit Red allongé sur le sol, haletant, entendit les paroles des deux autres et comprit ce qui était arrivé.

— Alors quoi ? disait Sidney. On est salement coincés, et avec ce tas de ferraille dans cet état, on y est jusqu'à perpète.

Matt le considéra froidement et haussa les épaules.

— J'ai pas commandé la tempête.

— C'est toi qui as tiré une balle dans le réservoir.

— Ouais, et je l'ai fait exprès, peut-être. Bougre d'andouille, si t'étais pas allé courir après cette fille, ça ne serait pas arrivé. C'est de ta faute, tout ça.

Sidney le regarda fixement, sans changer d'expression, mais il rougit violemment et sa main rampa vers le revolver fourré dans sa ceinture.

— Vas-y donc ! dit Matt. Essaye un peu voir ! Je te descendrai plus vite que l'autre ! Mais vas-y, je te dis !

Sidney s'immobilisa, resta un instant sur place, puis il tourna les talons et se dirigea vers la cabane.

— Ce truc-là, c'était pas dans le contrat, lança-t-il par-dessus son épaule. Toi qu'es malin, tire-nous donc de là !

Le docteur Bigelow s'approcha de Matt.

— Le car ne part pas ?

— Plus d'essence.

— Cet homme là-bas est en train de mourir, reprit le médecin. Le petit garçon est très malade, en danger. Je pense que c'est une appendicite. Il faut absolument trouver des secours.

— D'accord. Je téléphone tout de suite à la Croix-Rouge, hein ?

Matt pivota et suivit Sidney. Le docteur Bigelow baissa la tête et vit Red.

— Vous feriez mieux d'aller vous allonger, jeune homme. Vous allez avoir besoin de toutes vos forces.

A l'exception de Jones, ils étaient tous dans la masure. Matt se tenait sur le seuil, les yeux fixes, et réfléchissait. Il savait que Ed et les autres devaient se trouver dans les parages, attendant que la tempête se calmât. Ed ne le laisserait pas tomber. L'argent lui tenait trop à cœur. Matt savait aussi que les recherches n'allaient pas tarder à s'organiser et que le car serait découvert. Ce serait peut-être trop tard pour certains d'entre eux. En tout cas, ce serait trop tard pour lui.

A moins qu'Ed n'arrivât le premier.

Que faire ? Attendre Ed ? Ou tenter sa chance et partir tout de suite, quand il avait encore assez de force pour lutter contre le désert ?

Assis sur sa chaise, Guy observait son demi-frère. Avec sa blessure, il ne pouvait plus tenter de fuir pour aller chercher des secours. Il souffrait atrocement et la soif le torturait, comme les autres. Mais le véritable supplice, c'était sa conscience coupable.

Ce fut Red qui pensa à l'eau le premier. La soif, attisée par le whisky de la veille, lui aiguisait l'esprit et il songea au radiateur.

Il ne bougea pas, considérant toutes les possibilités, cherchant le moyen d'atteindre cette eau sans le dire aux autres. Il se dit qu'il valait mieux peut-être attendre la nuit.

Mais maintenant qu'il avait pensé à cette eau toute proche, il ne pouvait plus attendre. Alors il alla le leur dire. Red aurait préféré n'en parler qu'à Matt, mais, quand il prit sa décision, Matt et Sidney étaient ensemble et le chauffeur ne pouvait songer à parler à l'un sans que l'autre entendît. Il se résigna, espérant qu'ils consentiraient à partager avec lui. Matt le regarda approcher d'un air méfiant et dur.

— Ecoutez, dit Red. Venez, j'ai quelque chose à vous dire.

— Vouais ? grogna Sidney qui perdait son impassibilité d'instant en instant.

— J'ai pensé à un truc qui peut nous aider.

— Ça va, pas de discours, dit Matt. Qu'est-ce que c'est ?

— Dehors, murmura Red. J'aime mieux que les autres, ils entendent pas.

Sidney lui donna une bourrade qui le fit chanceler par la porte ouverte. Matt le suivit.

— Alors ? Parle.

— L'eau. Dans le car. Le radiateur.

Sidney jeta un regard vif vers Matt qui déjà se lançait vers la grange. Les autres suivirent.

Red souleva le capot et examina le moteur.

— Il y a un robinet en dessous, annonça-t-il, à cinquante centimètres de l'avant. Faudrait un récipient quelconque.

— Va voir dans le car, lui dit Matt.

Un moment après, Red revint avec le thermos vide qui avait contenu le whisky à la menthe de Jones. Matt, qui s'était accroupi devant le capot, se redressa.

— Il y a du sable jusqu'au carter, annonça-t-il. Il va falloir creuser une tranchée et se glisser dessous.

Red et Sidney reprirent les planches qui leur avaient servi de pelles et se mirent à creuser. Matt attendit que la tranchée soit assez profonde, puis il tendit le thermos à Red.

— Tiens, c'est toi le mécano. Glisse-toi là-dessous et remplis ça. Et fais gaffe à pas en renverser !

Red s'allongea sur le dos et rampa sous le moteur, le thermos levé. Puis il cria soudain :

— J'y arrive pas tout à fait. Vous pouvez pas me pousser ? J'ai même pas la place de ramper.

Les deux autres le saisirent par les pieds et poussèrent jusqu'à ce qu'ils l'entendissent grogner.

— Ça y est !

Dès que Red eut ouvert le robinet et vu couler le mince filet d'eau misérable, il comprit. On avait trop emballé le moteur et le radiateur était quasiment vide. Il doutait qu'il restât assez d'eau pour remplir le thermos d'un demi-litre et c'est l'idée de partager cette goutte infime avec les autres qui lui coûta la vie.

Il éloigna le thermos du robinet, se glissa plus avant, tordit le cou et plaça sa bouche ouverte sous le robinet. L'eau tiède et rouillée lui éclaboussa la gorge et le fit tousser.

Matt eut vite fait de comprendre ce qui se passait. Avec un grognement, il prévint Sidney et les hommes tirèrent brutalement sur les pieds de Red. Sidney repoussa le chauffeur et se jeta sous la machine, mais il ne restait déjà plus du filet d'eau que quelques gouttes. La dernière tomba avant même qu'il eût réussi à placer le thermos sous le robinet.

Sidney émergea de dessous le car et n'hésita pas une seconde. Il regarda Red affalé par terre, recula son pied et le lança contre la tête du chauffeur. Puis il prit posément son revolver, l'approcha de la figure de Red et tira.

Matt ne fit aucun commentaire.

En entendant le coup de feu qui venait d'abattre Red, Marta se dressa, soudain alarmée. Elle regarda un moment son petit garçon endormi et se précipita dans la première pièce.

Guy avait réussi à se confectionner une paire de béquilles avec deux planches et se tenait sur le seuil. En le voyant, elle poussa un soupir de soulagement, mais son regard demeura froid et dur. D'une voix amère et sarcastique, elle s'écria :

— Ils ont donc décidé de nous tuer tous les uns après les autres ?

Guy se retourna d'un air triste et elle eut un peu honte de son éclat.

— Excusez-moi, c'est simplement que...

— Je sais. Je sais ce que vous pensez. Ecoutez, Marta, il faut que je vous parle. Il faut que je vous dise...

— Quoi donc ?

Il hésita un instant et regarda vers l'autre pièce.

— Il dort ?

— Oui.

— Sortons.

Indécise, elle le considéra un moment.

— Ils vont nous laisser ? Vous êtes sûr qu'ils ne vont pas nous tuer aussi ?

— Ils ne nous feront pas de mal. Ils se soucient peu de ce que nous faisons. Ils savent bien que nous ne pouvons nous sauver.

Au cours de la journée, le vent s'était un peu calmé et ils firent lentement le tour de la cabane ; Guy marchait péniblement en s'aidant de ses planches. Ils découvrirent un coin abrité derrière un monticule de sable et Guy se laissa tomber au sol avec un grognement de douleur.

— Il y a une chose que je veux que vous sachiez. Tout cela est de ma faute. Je ne fais pas partie de leur bande, mais je les ai aidés. Vous vous demandiez comment le vieux shérif pouvait dormir ainsi. Eh bien, je...

— Je crois bien que je l'ai su dès le début, murmura Marta. Vous avez drogué son café. Pourquoi, Guy ? Pourquoi avez-vous fait cela ?

Il le lui dit. Guy parla de Matt Hardin et il expliqua tout. Il ne lui demandait pas de comprendre, ni de l'excuser. Il ne suppliait pas, il ne se justifiait pas. Tout simplement, il racontait son histoire, comme on se débarrasse d'un fardeau pesant.

Longtemps, elle se tut. Puis elle le considéra et vit son expression hagarde, ses traits défaits, ses yeux morts. Et elle lui prit la main.

— Il faut oublier, Guy. Pour l'instant, du moins, il n'y faut plus penser. Vous avez agi selon votre conscience, vous avez cru bien faire. Vous ne pouviez pas deviner ce qui arriverait, comment les choses tourneraient. Mais il ne faut plus songer au passé, Guy. Il faut aviser.

Il parut ne pas l'entendre. Elle le saisit par les bras et le secoua.

— Il faut absolument cesser de ressasser tout cela. Les remords ne servent à rien.

Il inclina la tête tristement.

— Si je pouvais, je le tuerais, marmonna-t-il.

— Oubliez-le. Il n'y a qu'une chose qui compte. Il faut sortir d'ici. Il faut nous sauver. Avant qu'il ne soit trop tard.

— Nous sauver ? ricana amèrement Guy. Comment ? Le car est immobilisé. Nous sommes perdus dans le désert, à des kilomètres du village le plus proche. Je ne sais pas ce que c'était que ce coup de feu, mais je suppose que le chauffeur a été abattu. Il ne reste que Jones, le vieux docteur et moi. Jones est sans doute mortellement blessé. Je ne suis pas bon à grand-chose, avec cette jambe inutilisable. Le docteur Bigelow est un bienfait des dieux, mais il aura déjà assez de mal à demeurer en vie, sans songer à courir chercher des secours.

Il hocha la tête.

— Je pourrais essayer... commença Marta.

— Non. Non, il n'en est pas question ! Vous devez rester ici, il n'y a rien que vous puissiez faire. Un homme en pleine possession de ses forces, connaissant bien le pays, risquerait la mort en tentant de traverser le désert, avec cette tempête. Il n'y a parmi nous que deux hommes valides et vous pouvez parier votre tête qu'ils ne feront rien pour nous tirer de là. Notre seul espoir est de rester ici et d'attendre les secours. Tôt ou tard, on s'apercevra de la disparition du car et la police enverra des patrouilles à sa recherche. Il me semble que le vent s'est un peu calmé. Cela ne durera peut-être plus bien longtemps. La seule chose à faire, c'est d'attendre.

Il aurait voulu lui remonter le moral, la consoler, la rassurer. Mais les mots ne venaient pas. Il ne savait que dire. Leurs chances étaient vraiment trop minces.

11

Juste avant le crépuscule, ils entendirent le vrombissement de l'avion. Ceux qui pouvaient encore se traîner allèrent dehors et scrutèrent péniblement le ciel, de leurs yeux injectés de sang. L'avion semblait décrire des cercles au-dessus de leurs têtes, et bien qu'ils ne puissent le voir derrière l'écran de sable tourbillonnant, ils savaient qu'il les recherchait.

Plus tard, le docteur Bigelow vint s'asseoir à côté de Guy et chuchota :

— Ils nous trouveront. C'est certain. Mais il ne faut pas qu'ils tardent trop. L'enfant va mieux que je n'aurais osé l'espérer, mais il ne pourra tenir bien longtemps. Vous avez également besoin de soins. Je n'ai pas pu faire grand-chose, hélas. Si seulement...

— Si seulement un de nous pouvait aller chercher du secours, murmura Guy d'une voix désespérée.

— Dans cette tempête ? Il n'y aurait que ces deux-là, dit le médecin en montrant les silhouettes de Matt et de Sidney qui regardaient le ciel. Et même s'ils atteignaient une région habitée, je ne pense pas...

Il n'eut pas besoin d'achever sa phrase. Guy le savait bien. Si par quelque chance insigne Matt ou Sidney réussissaient à atteindre une ville quelconque, ni l'un ni l'autre ne risqueraient leur vie pour leur envoyer de l'aide. Guy se laissa retomber en arrière, la conscience au supplice.

La morphine que le docteur Bigelow avait administrée à Jones pour le faire dormir ne lui fit guère d'effet et il demeura allongé, à demi conscient, sur la banquette arrière du car. Il souffrait. La douleur et la soif obnubilaient toutes ses facultés, mais ses yeux finirent par se fermer et il connut quelque répit. Mais il ne s'endormit pas. Il savait enfin où il était, et pourquoi.

Il était à l'hôpital, dans le lit à côté de celui de Pearl, et l'interne s'était trompé.

Les ivrognes n'ont pas toujours le bon Dieu pour eux. Les ivrognes meurent aussi.

Il était ivre, au volant de sa voiture, et ils avaient eu un accident. Pearl agonisait dans le lit voisin. Il ne s'en était pas tiré. Lui aussi, il était blessé. Lui aussi, il allait mourir. Avec Pearl, sa femme, qu'il avait tuée parce qu'il n'était qu'un imbécile d'ivrogne, bon à rien.

Il se sentait l'esprit un peu confus, mais tout irait bien à présent, puisqu'il était blessé, qu'il souffrait et qu'il mourrait avec elle.

Une heure avant l'aube, au milieu de la nuit, la seconde qu'ils passaient dans la cabane et le car battus par les vents exaspérés, naufragés du désert, alors que ses compagnons cherchaient un refuge illusoire dans le sommeil, Carter Jones se redressa soudain, fixa le vide de ses yeux aveugles et poussa un cri. Il leva les bras ; ses gros doigts se raccrochèrent au vide, un frisson le parcourut et il retomba sur le siège.

Il mourut en prononçant le nom de sa femme morte.

Le docteur Bigelow avait supplié Caroline de s'allonger sur le matelas à côté de Judy, mais elle avait refusé, préférant, disait-elle, s'installer dans le car. Il l'y avait conduite et s'était ingénié à la coucher le moins inconfortablement possible.

Pour Judy, il ne pouvait pas grand-chose. La coupure de sa lèvre était superficielle et guérirait vite, mais elle souffrait de blessures internes qu'il ne pouvait soigner. Une fois encore, il eut recours à la morphine et elle avait fini par s'endormir d'un sommeil pesant.

Fan Farrow s'était couchée à ses côtés et l'avait prise dans ses bras. Tout au long de l'interminable nuit, le corps de Judy fut agité de soubresauts et des cauchemars la faisaient soudain pousser des cris. Fan la serrait alors contre elle, et lui murmurait des paroles douces tout en sachant que son amie ne pouvait l'entendre.

Fan se doutait bien que leur situation était désespérée. Elle gardait peu d'espoir d'être sauvée avant de mourir de soif et d'inanition. Mais pour la première fois de sa vie, elle se sentait étrangement, pleinement heureuse.

Dans le car, Caroline Bigelow était incapable de trouver le sommeil. La fatigue ni l'épuisement n'avaient pu effacer son rictus grincheux. Les lèvres pincées, elle se tenait raide et droite sur son siège, adossée à la glace, les jambes allongées sur le siège voisin.

Elle n'avait pas peur. Pas plus des deux hommes assis au fond du car, qui rompaient le silence par des disputes et des jurons, que du lendemain. Ce n'était pas une femme stupide et elle se rendait très bien compte de la situation. Elle savait que les secours devraient arriver bientôt, sinon ce serait trop tard. Mais elle n'avait pas peur.

Son corps, tout comme son esprit, refusait de se laisser abattre par un destin contraire. Elle ne connaissait qu'un sentiment : la colère. Elle rageait contre George Bigelow, contre son entêtement imbécile à vouloir prendre le car. Elle était furieuse contre le chauffeur assassiné, pour ne pas avoir été capable de les amener à destination.

Le sort des autres n'intéressait pas le moins du monde Caroline Bigelow. Elle ne pensait qu'à George et à elle-même. Et sa propre mort lui paraissait plutôt une punition pour George, une punition qu'il méritait bien.

Elle était vieille et n'avait jamais été très bien portante. Mais elle était convaincue que, si quelqu'un devait survivre à cette aventure, ce serait elle. Elle tiendrait jusqu'au bout. George avait voulu lui donner un somnifère mais elle avait froidement refusé. Elle n'avait pas plus confiance dans ses qualités professionnelles que dans l'homme qu'il était. C'était un faible, il avait toujours été un bon à rien et elle éprouvait une secrète satisfaction en constatant que cette aventure ne faisait que confirmer ce qu'elle avait toujours pensé de lui.

Elle était soulagée qu'il fût resté dans la cabane avec les autres, plutôt que de l'accompagner dans le car. Elle n'avait pas besoin de lui. Ni de personne.

Mais les autres avaient besoin de ses soins et, avec une abnégation et un dévouement sans pareil, il se dépensa pour soulager malades et blessés jusqu'à ce que, vaincu par l'épuisement, il se laissât tomber par terre. Il savait que si les secours ne se hâtaient pas d'arriver, ce serait trop tard pour sauver le petit garçon et la jeune fille déchirée.

Et c'est en pensant ainsi aux malheurs des autres qu'il finit par repenser à ses propres ennuis et qu'il trouva enfin la paix de l'esprit. Tout ce qu'il avait craint et repoussé n'était rien. De petits ennuis sans importance qui avaient perdu le pouvoir de l'effrayer et de le torturer.

La perte de l'argent était peu de chose. Il n'avait craint que sa femme, la colère de Caroline en apprenant leur ruine. Mais cela non plus n'avait plus d'importance. Il ne se souciait plus de ce que Cary penserait.

Il avait passé quarante ans de sa vie à s'inquiéter de ce que pensait Cary, et cela n'avait rien arrangé. Il avait eu tort de faire le sourd à ses récriminations perpétuelles. Ce n'étaient pas ses oreilles qu'il aurait dû fermer, mais son cœur. Il aurait moins souffert.

Malgré les objurgations du docteur Bigelow, Marta avait refusé le somnifère qu'il avait donné aux autres.

— Il ne faut pas que je dorme, avait-elle dit. Il pourrait aller plus mal. Je pourrais peut-être le soulager.

Elle baissa les yeux sur l'enfant endormi. Le médecin avait proposé de veiller l'enfant, et Guy aussi, mais Marta s'était entêtée et le vieux médecin l'avait laissée là, les yeux rouges et gonflés, la tête de son petit garçon sur les genoux, essuyant régulièrement la sueur qui ruisselait sur le petit front pâle.

Guy, comme Marta, avait refusé le barbiturique, mais le docteur avait vivement insisté.

— Je comprends que vous vouliez aider. Mais votre seule chance de nous aider est de vous soigner d'abord. Cela ne sert à rien de s'épuiser en vain. Il faut absolument que vous dormiez, que vous vous reposiez.

— Je ne crois pas que je pourrais jamais dormir, répliqua amèrement Guy.

— Ne soyez pas ridicule.

Le vieil homme parlait sèchement. Il prit quelques comprimés et les donna au jeune homme.

— Faites ce que je vous dis. Prenez. Ce ne sera pas commode de les avaler sans eau, mais il faut vous forcer. Vous devez vous soigner.

Voyant que Guy ne faisait aucun effort pour prendre le somnifère, il insista encore.

— Vous le devez, non seulement pour vous, mais pour nous tous. Pour elle, et pour l'enfant. Même avec une balle dans la cuisse, vous êtes encore le seul homme, à part moi, capable de nous aider. Et vous, au moins, vous êtes jeune et fort.

Guy rougit et prit les comprimés. Il fit mine de s'excuser, mais le docteur s'écarta vivement. Guy avala les comprimés et s'avança vers Marta. Il se laissa tomber gauchement à côté d'elle. Ni l'un ni l'autre n'eurent la force de parler.

Ce fut cependant Marta qui s'endormit la première, la tête sur l'épaule de Guy, la main dans la sienne.

Sidney partit le lendemain matin à l'aube. Pendant des heures, il avait discuté avec Matt, parfois à voix basse et tendue, parfois avec des cris de colère frisant la crise de nerfs. Il s'écria enfin, d'une voix rauque :

— Reste si tu veux ! Reste et crève avec les autres ! Ed ne viendra pas. Personne ne va venir. Ça rime à rien d'attendre encore. Si on se tire pas maintenant, tout de suite, on est foutus. Oui, quelqu'un viendra peut-être, mais ce sera pas Ed. Alors on perd sur les deux tableaux.

Matt finit par se lasser de discuter, et même de penser. Il connaissait bien mieux la région que Sidney. Et il n'ignorait pas la folie que ce serait de vouloir s'aventurer au hasard dans le désert, sans eau. Il savait bien que sa seule chance de salut, c'était de rester dans le car avec les autres.

Aussi, dès que les premières lueurs de l'aube firent pâlir le ciel à l'est, annonçant le deuxième matin, Sidney lança un dernier juron et sauta du car sur le sable balayé par le vent.

A la portière ouverte, Matt le regarda partir en trébuchant et ses lèvres parcheminées s'écartèrent pour un sourire amer. Sidney se dirigeait vers le sud-ouest.

Matt aurait pu le rappeler, mais il se tut. Il s'en moquait.

Sidney aurait peut-être pu avoir une légère chance s'il avait pris une autre direction. Mais Matt savait que, par là, il n'y avait rien pour Sidney que la mort lente au bout d'un désert interminable, dans la désolation des dunes piquées de sauges et de cactus.

12

Le premier enfant du sergent Wilton Gary, un beau garçon de sept livres, naquit à huit heures et demie du matin, le second jour de la tempête. Les douleurs de la jeune mère avaient commencé vers minuit et Rose Gary, seule dans la chambre de son petit appartement, les avait senties augmenter et se rapprocher avec terreur, attendant désespérément l'arrivée de son mari.

Cela faisait la deuxième nuit de suite qu'il n'avait pu quitter son poste, et c'est à six heures du matin seulement que Rose put enfin le joindre au téléphone. Elle sanglotait, au bord de la crise de nerfs, et ne parvenait pas à se faire comprendre. Son mari eut du mal à savoir de quoi il s'agissait.

Le sergent Gary maudit la tempête et son métier du fond de son cœur, tout en assurant à sa femme qu'il arrivait tout de suite. Il raccrochait tout en prenant son grand chapeau quand son caporal s'approcha de lui et lui remit le message qu'il venait de recevoir. Un car avait disparu et les ordres étaient d'aller immédiatement à sa recherche sur la route de Gila Bend et de Yuma, quel que soit le temps qu'il faisait.

Le sergent songea un instant à donner sa démission, à tout planter là et à sauter dans sa voiture pour rentrer chez lui à toute vitesse. Mais il avait son métier dans le sang. Il se soulagea avec un juron, reprit son téléphone et appela l'hôpital.

On lui promit d'envoyer immédiatement une ambulance chez lui.

Les choses auraient pu encore s'arranger s'il n'y avait pas eu un grave accident de la route cinq minutes avant le coup de téléphone de Rose à son mari. L'unique ambulance était déjà en route vers le lieu de l'accident quand la standardiste de l'hôpital transmit le message.

Elle se demanda si elle ne ferait pas bien de réclamer une

ambulance dans un autre hôpital, puis elle se dit que le sergent Gary devait être comme tous les nouveaux papas, inquiet sans raison. Il lui avait d'ailleurs dit qu'il s'agissait de leur premier enfant. En conséquence, l'ambulance n'arriva chez le sergent Gary qu'après la naissance de son fils.

Au dernier moment, Rose fit preuve d'un calme et d'une décision extraordinaires et mit au monde son enfant toute seule et sans la moindre assistance. Après tout, elle n'avait pas le choix. L'enfant était d'ailleurs superbe et tout se passa fort bien.

Mais Rose mit très longtemps à pardonner à son mari.

Le message responsable de la défection du sergent Gary était bref et précis : le car Los Angeles-Tucson était porté disparu. Les derniers rapports précisaient qu'il avait quitté Yuma à l'heure le lundi soir, peu après sept heures. Il devait arriver à Gila Bend, l'arrêt suivant, vers dix heures. Or, il n'était jamais arrivé. Parmi les voyageurs du car se trouvait Matt Hardin, tueur et criminel notoire. Il y avait également plusieurs femmes ainsi qu'un ou deux enfants.

A cause de l'ouragan, aucune voiture n'avait pu s'engager sur la route après huit heures et demie le lundi soir, ni depuis. On avait envoyé un avion en reconnaissance au début de la matinée de mardi, pour vérifier les conditions atmosphériques et voir s'il n'y avait pas trace du car disparu, mais le pilote n'avait rien aperçu. Le sergent Gary avait l'ordre d'emmener un homme avec lui dans la voiture de patrouille et d'essayer de passer.

Le sergent passa au bureau du shérif avant de partir et apprit que les lignes téléphoniques avec l'ouest étaient rompues. On lui conseilla d'emporter une pelle et une bonne provision d'eau.

— Nous sommes au courant, pour le car, lui dit le shérif adjoint. Dès que nous pourrons, nous allons essayer d'y aller nous-mêmes. Ces malheureux doivent se trouver dans une situation périlleuse.

Il ne vint pas à l'idée du shérif adjoint ou du sergent Gary qu'il pourrait échouer et ne pas rencontrer le car, même si, par miracle, il parvenait à passer.

Guy Hickman, appuyé sur la béquille qu'il s'était confectionnée avec une planche arrachée à la cloison de la cabane, se tenait sur le seuil et contemplait le ciel voilé de sable. Le soleil se levait avec une lueur jaunâtre, comme un gros ballon orangé. Des tourbillons de sable s'élevaient encore et le vent soufflait toujours avec la même rage. L'ouragan n'avait pas l'air de se calmer. Guy jura entre ses dents et une toux sèche lui déchira la gorge.

Il y avait deux heures que Sidney était parti et Guy l'avait regardé disparaître avec un regard de haine. Il était étonné que Matt n'eût pas suivi son complice.

Et maintenant il voyait Matt s'approcher de lui, courbé contre le vent. Matt attendit d'être tout près pour lui parler.

— Je regrette, petit. Je suis désolé que ça se soit passé comme ça.

— Tu regrettes ! cracha Guy, malgré la douleur que lui faisaient les mots au passage. Moi aussi, je regrette. Je regrette d'avoir jamais entendu parler de toi. Je regrette même que tu existes. Je regrette d'être obligé de te regarder en ce moment !

— Je m'en vais. Tu n'auras pas besoin de me voir. Mais je voulais simplement te dire...

Il hésita et baissa les yeux.

— Va-t'en ! Va-t'en ! File ! jeta Guy avec une haine dont il ne se serait pas cru capable. Oui, je te hais, mais c'est à moi que j'en veux. Moi, qui ai eu la sottise de m'imaginer que je te devais quelque chose. Je devais être fou. Et pour tenter de régler une dette illusoire, j'ai commis un crime qui dépasse de loin tout ce que tu as pu faire !

Alors Matt s'en alla, sans rien dire. Il ne tenta plus de se défendre, de se justifier. Il partit dans le vent, la tête penchée, le front bas, pour se protéger les yeux.

Guy avait fait tout ce qu'il pouvait, avec Marta et le docteur Bigelow. Ils avaient essayé de se faire aider par Fan Farrow et même par Caroline Bigelow, mais elles ne voulurent rien savoir. Caroline refusait de quitter le car, bien que le cadavre de Carter Jones fût toujours étendu sur la banquette arrière. Elle ne répondait pas à son mari, mais se contentait de le regarder fixement, le regard brûlant de colère entre ses paupières bouffies. Ils avaient renoncé et avaient sollicité l'aide de Fan. Fan, elle, avait répondu, mais c'était tout :

— Laissez-nous tranquilles. Laissez-nous. Je ne la quitterai pas. Jamais. Je ne la quitterai jamais...

Fan était toujours allongée sur le matelas, serrant Judy dans ses bras.

— C'est inutile, dit enfin le docteur Bigelow. Je ne sais pas ce qu'elle a. C'est peut-être la chaleur, ou le choc émotionnel. Mais elle ne veut pas bouger et il n'y a rien à faire. Ce n'est pas la peine d'insister.

Alors, à eux trois, le jeune homme, le vieux docteur et Marta, ils firent ce qu'ils purent.

Ils songèrent d'abord à arracher les planches disjointes qui formaient le toit de la grange pour qu'un avion puisse apercevoir le car. Mais Marta avait été la seule à pouvoir escalader le toit et elle n'avait pas la force de déclouer les planches. Elle se cassa les ongles et s'écorcha les doigts, mais elle ne put arracher une seule planche. Alors, ils avaient pris toutes les valises et les avaient arrangées sur le sable pour former les trois lettres S.O.S. C'était tout ce qu'ils pouvaient faire.

Le docteur Bigelow avait fini par monter dans le car, à quatre pattes, tant était grand son épuisement. Il regarda sa femme, en s'affalant sur le siège voisin. Elle se tenait encore très raide, mais ses yeux étaient fermés.

S'il avait été moins las, il aurait remarqué l'étrangeté de son attitude. Il aurait vu que sa poitrine plate demeurait parfaitement immobile et que ses poumons desséchés ne cherchaient plus l'air.

Pendant que le docteur aidait Marta et Guy à disposer les valises pour un appel au secours, elle avait ouvert la trousse de son mari et pris le flacon de comprimés. Elle l'avait débouché et versé tous les comprimés dans sa main. Elle savait ce que c'était, quelle était la dose et quel serait leur effet. Elle n'hésita pas une seconde.

Sans eau, sa gorge rêche et parcheminée protestait. Mais elle s'acharna à les avaler un à un. Elle les prit tous. Elle ne voulait en aucun cas connaître les longues affres de la soif, la mort la plus horrible qui soit.

Si, aux yeux de Dieu, elle commettait un crime, elle ne se considérait pas comme coupable. Le vrai criminel, c'était George, George qui l'avait entraînée dans cet endroit abominable, dans ce lieu de mort. Elle ne faisait pas autre chose que d'aller à la rencontre de cette mort inévitable.

Le docteur Bigelow pensa aussi au contenu de sa trousse, en se laissant tomber sur son siège, et il chercha à se rappeler s'il n'y avait rien qui pût mettre fin aux souffrances qui l'attendaient. Mais il hocha la tête, repoussa la tentation et ferma les yeux, la tête contre le dossier.

Il attendrait.

Marta et Guy retournèrent dans la cabane et s'assirent par terre, à côté de la couche improvisée du petit garçon. Tip dormait encore, ses petites lèvres craquelées entrouvertes.

Après cet effort, Guy mit longtemps à retrouver son souffle, mais quand il put enfin parler, il se tourna vers Marta et plongea son regard dans le sien.

— Dieu ! dit-il. Dieu ! Quand je pense que je vous ai fait ça ! A vous et à Tip, et à tous ! Et pourquoi ? Pour quelle raison folle, inimaginable...

Des minutes passèrent. Enfin Marta se pencha, prit la main de Guy et la serra contre son cœur, bien qu'il cherchât à la retirer.

— Je comprends, murmura-t-elle, dans un souffle. Je comprends. Je sais ce que c'est que de se sentir lié à un être que l'on n'aime pas et qu'on ne connaît pas vraiment ; je peux le comprendre parce que...

Il l'interrompit vivement :

— Non, non. Vous ne pouvez pas comprendre. Mais si ce n'avait été pour moi, pour mon ridicule sens de la loyauté, cette stupide...

Les mots lui manquèrent et il baissa les yeux sur l'enfant endormi.

— Ces reproches ne servent à rien, Guy. Vous avez cru bien agir, noblement. Vous considériez que vous aviez une dette d'honneur. Vous n'aviez pas l'intention de faire souffrir des innocents. Nous faisons tous des fautes, des erreurs tragiques, fatales...

Elle contempla son enfant un moment, puis elle leva les yeux vers Guy.

— C'est comme moi. Sans ma faute, sans mon erreur, Tip ne serait pas là, et moi non plus. Aucun de nous peut-être n'aurait été là. Mais nous sommes obligés de vivre avec nos actions. C'est vous-même qui me l'avez dit.

Il ouvrit la bouche pour lui répondre, mais il ne sut que dire.

Il voulut encore lui ôter sa main. Elle la retint, et s'approcha de lui. Trop épuisé pour lutter davantage, il laissa lentement retomber ses paupières. Mais il ne s'endormit pas.

13

Matt Hardin n'avait jamais été ce que l'on appelle un costaud, mais il connaissait ses limites physiques, ses possibilités, et agissait en conséquence. Très tôt dans la vie, il comprit que l'on peut aisément compenser une faiblesse physique par une intelligence aiguë.

Il se répétait cela en quittant l'abri du car et tout en avançant péniblement dans le sable. Il n'avait qu'une vague idée du lieu où il se trouvait, mais il savait que la grand-route passait au nord. D'autre part, il avait peu ou plutôt pas de chances de retrouver Ed. Ce serait de la folie de se lancer dans cette direction. Ensuite, il n'ignorait pas l'épuisement dans lequel il était. Il savait qu'il ne tiendrait pas plus de trois ou quatre heures.

Il s'orienta donc du mieux qu'il put et partit dans le vent, vers un point où il pourrait croiser la grand-route.

C'était un jeu de quitte ou double.

Il aurait pu rester avec les autres, près du car. Les secours seraient peut-être arrivés à temps. Tôt ou tard, les avions repéreraient le car, dans les prochaines vingt-quatre heures, peut-être. Les autres — ce qu'il en restait — seraient sauvés. Un instant, son esprit fit le tour des voyageurs et il se souvint de l'enfant. Si le docteur ne s'était pas trompé, vingt-quatre heures, douze seulement, ce serait encore trop. Trop tard.

Mais pour Guy, ce ne serait pas trop tard, et Guy était le seul qui lui importât. Guy était son demi-frère, et c'était parce qu'il avait accepté de l'aider que la vie de Guy était en danger. L'était-elle vraiment ? Est-ce que les secours n'arriveraient pas bien assez tôt pour Guy ?

Non. Matt ne devait songer qu'à lui-même.

La marche était pénible et la soif torturante. Matt sentait ses forces décliner rapidement. Il pouvait à la rigueur surmonter les souffrances de la soif. Il était habitué à supporter de pires supplices. Son seul souci, c'était d'avoir surestimé ses forces et de se trouver soudain incapable d'aller plus loin.

Mais il repoussa cette pensée, et alla résolument de l'avant.

L'ennui, c'était qu'il ne pouvait s'empêcher de songer à Guy, à ce frère qu'il n'avait jamais bien connu, mais qu'il avait toujours aimé et protégé. Il n'arrivait pas à oublier les dernières paroles de Guy, et sa voix haineuse et méprisante.

Il y pensait encore deux heures et demie après avoir quitté le car lorsque, escaladant une haute dune et s'arrêtant au sommet pour se reposer un instant, il baissa les yeux et vit soudain devant lui le long ruban noir de la grand-route.

Il demeura figé, branlant de la tête, les yeux fixes. Ses calculs étaient justes, quant à la direction qu'il avait prise, mais il s'était trompé sur la distance. Il n'avait pas marché plus de quatre ou cinq kilomètres.

Quelques minutes plus tard, il s'agenouillait sur l'asphalte et cherchait à reprendre des forces. Epuisé, à demi mort de soif, il était loin d'être abattu. Bientôt, quelqu'un passerait par là. Il n'avait plus besoin que d'une chose, d'une seule petite chance : il ne fallait en aucun cas qu'il se laisse ramasser par une voiture de la police lancée à la recherche du car.

Comme toujours, lorsque la chance tourne, elle va jusqu'au bout. Un coup de veine en appelle un autre. Et ce fut heureux, car il n'y avait pas un coin, pas un arbuste, pas un pan de mur, pas un rocher derrière lequel il aurait pu se cacher, quand il aperçut au loin le petit point noir d'une voiture qui arrivait de l'est.

Il joua sa chance et il eut raison.

Il n'y avait qu'un vieil homme dans la voiture, un fermier, sans doute, car le véhicule n'était qu'une camionnette chargée de sacs de grains. En voyant Matt, le vieux n'avait pas hésité. Il s'était arrêté instantanément et avait bondi sur la route.

Il aida Matt à grimper sur le siège avant tout défoncé et tint une gourde à ses lèvres en lui recommandant de ne boire que de petites gorgées à la fois, de se rincer d'abord la bouche et d'avaler ensuite. Il lui conseilla de ne pas parler avant de s'être reposé un moment.

— N'essayez pas de me raconter votre histoire. Reprenez des forces, avant d'expliquer quoi que ce soit. Il y a une petite ville à une vingtaine de kilomètres, le chef-lieu du comté. On va y arriver. Vous en faites pas.

Il démarra en faisant maladroitement grincer ses vitesses, penché en avant, les yeux fixés sur la route, tandis que Matt s'affalait sur le siège.

Matt savait enfin exactement où ils se trouvaient.

C'était une chance inespérée. Entre l'endroit où le vieux l'avait ramassé et la ville dont il parlait, il y avait un croisement et Matt savait qu'il avait réussi.

Il n'était pas question de se laisser emmener jusqu'au patelin. Chef-lieu du comté. Il y aurait un shérif, qui serait au courant de la disparition du car et de la présence de Matt parmi les voyageurs. Non. La réponse à tous ses problèmes, c'était bien le croisement. La route transversale le mènerait à une autre qui à son tour le conduirait à destination, et à la liberté.

Le vieux ne quittait pas la route des yeux, les deux mains crispées sur son volant. Il se mit à bavarder, d'une voix aiguë et chevrotante, mais Matt ne l'écoutait pas et n'entendait rien.

La main de Matt Hardin s'était glissée dans sa poche, sur son revolver, et ses doigts s'étaient crispés sur la crosse. Dans trois ou quatre minutes, ils atteindraient le croisement et Matt savait ce qu'il avait à faire. C'était un coup dur pour le vieux, mais quoi ? Tant pis.

Matt essayait de se souvenir de la direction exacte de cette route et de celle qu'il emprunterait. Mais c'était étrange, comme son esprit vagabondait ! Il n'arrivait pas à penser clairement à la route. Il ne songeait qu'à Guy, Guy blessé, là-bas dans le désert.

Il remua les lèvres, silencieusement, pour se répéter : « Ils le trouveront. Dans quelques heures, ils sont forcés de le trouver. Ils emmèneront Guy à l'hôpital. On le soignera, on le remettra sur pied. Il pourra se reposer et il en sortira en pleine forme, comme s'il ne lui était rien arrivé. »

Il songeait à Guy, et revoyait le jeune homme, appuyé sur sa planche cassée, la dernière fois qu'il l'avait vu, avant de partir. Il se rappelait son regard haineux, mais plus encore sa tristesse et sa honte évidente.

Matt se souvenait même de la fille, assise à côté de Guy, et puis il se rappela l'enfant, respirant à petits coups saccadés, dans les bras de sa mère.

Oui. Les secours arriveraient peut-être à temps pour sauver Guy.

Mais il ne serait jamais complètement sur pied. Jamais plus Guy ne serait en pleine forme.

Pendant de longues minutes, Matt regarda la route, droit devant lui. Soudain, il aperçut le croisement. Et alors, avant même qu'il s'en rende compte, la camionnette l'avait dépassé comme un éclair et Matt Hardin se tournait vers le vieux et lui donnait un coup de coude en disant :

— Faudra faire vite.

Le vieux ralentit un instant et se pencha vers Matt.

— Hein ? Qu'est-ce que c'est ?

— Vite, dit Matt. Y a un plein car de voyageurs, là-bas dans le désert, et ils ont besoin de secours. Il ne faut pas tarder. Ils n'en ont plus pour longtemps. Faudra vous dépêcher, sans quoi je n'aurai plus la force de montrer le chemin aux sauveteurs.

John Ross MacDonald

IL EST PASSÉ PAR ICI

The Moving Target
1949
Traduction de Igor B. Maslowski

1

Le taxi quitta la Nationale 101 et s'engagea sur une petite route menant vers la mer.

— Cabrillo Canyon est à notre droite, déclara le chauffeur. Et les propriétés sont en bordure de l'Océan.

Nous contournâmes une colline et le paysage se transforma comme par enchantement. Les chênes firent place aux palmiers et aux cyprès, et une bouffée d'air marin vint frapper mes narines. Quelques instants plus tard, à travers les arbres, j'aperçus les premières maisons, blanches comme de la craie, avec des toits de tuiles rouges. Une Rolls, conduite par une belle blonde, nous croisa à cent à l'heure.

— Hein ! fit le chauffeur d'un ton admiratif.

Au sommet d'une côte, le Pacifique apparut à nos yeux. Puis nous plongeâmes littéralement vers la côte. La résidence Sampson, longue et plate, surgit au milieu de la verdure. J'entrevis deux ou trois courts de tennis et l'eau bleu-vert d'une piscine.

Le chauffeur s'engagea dans une allée de forme semi-circulaire et s'arrêta devant les garages.

— Ici, déclara-t-il en indiquant une porte, c'est l'entrée de service. Je continue jusqu'à la porte principale ?

— Pas la peine, répliquai-je. Je ne suis pas fier.

— Je vous attends ?

— Ça vaudrait mieux, peut-être.

Une femme assez forte, vêtue d'une robe de toile bleu clair, sortit de la maison.

— Mr. Archer ? s'enquit-elle.

— En personne.

— Je suis Mrs. Kromberger, la gouvernante. — Elle sourit. — Pas besoin de garder votre taxi, Mr. Archer. Felix vous ramènera en ville, le moment venu.

Je descendis, réglai mon chauffeur et empoignai ma valise tout en me demandant pourquoi je l'avais emportée. L'enquête pouvait évidemment durer un mois, mais il n'était pas exclu que tout fût liquidé en une heure.

— Laissez-la sur la véranda, dit Mrs. Kromberger Je la rangerai dans un instant. En attendant, suivez-moi.

J'obéis. Nous traversâmes une cuisine, blanche et chromée,

fraîche comme une cave, et pénétrâmes dans un minuscule ascenseur qui s'éleva au premier après que la gouvernante eut appuyé sur un bouton.

— Tout le confort moderne, fis-je d'un ton ironique.

— Il a fallu l'installer après l'accident de Mrs. Sampson. Sept mille cinq cents dollars, qu'il a coûté.

Si elle voulait m'impressionner, elle atteignit son but. Quelques secondes plus tard, nous émergeâmes dans une petite antichambre. Mrs. Kromberger frappa à une porte. Comme personne ne répondait, elle poussa le battant et me fit entrer dans une immense chambre à coucher Empire. Un tableau représentant une pendule était accroché au-dessus d'un lit défait. Aux autres murs, des cartes anciennes. Un chapeau gisait sur une chaise, devant la coiffeuse.

— Mrs. Sampson ! appela la gouvernante.

— Je suis sur la terrasse, en train de prendre mon bain de soleil, répliqua une voix métallique. Qu'est-ce que vous voulez ?

— J'ai Mr. Archer avec moi... Le monsieur à qui vous avez fait télégraphier.

— Qu'il vienne ici ! Et soyez gentille de m'apporter encore un peu de café.

— C'est par là, dit Mrs. Kromberger en m'indiquant une porte-fenêtre.

Elle s'en alla. Je suivis le chemin indiqué.

Appuyée sur un coude, Mrs. Sampson lisait sur une chaise-longue, son dos exposé au soleil matinal, une grande serviette de toilette protégeant le reste de son corps Il y avait un fauteuil roulant à côté d'elle mais elle ne me fit pas l'impression d'une invalide. Mince et musclée, elle était bronzée au point de ressembler à une statue de cuivre. Ses cheveux, légèrement décolorés, étaient collés à son crâne en des dizaines de petites boucles. Il me fut impossible de lui donner un âge.

En m'apercevant, elle referma son livre et me tendit la main.

— J'ai beaucoup entendu parler de vous, Mr. Archer, déclara-t-elle. Par Millicent Drew, notamment. Il paraît que vous lui avez rendu de grands services, lors de sa rupture avec Claude.

— C'est de l'histoire ancienne...

— Autrement dit, vous n'avez aucune envie d'en parler. Millicent m'avait effectivement loué votre discrétion...

Elle se mit à rire, mais je discernai de l'amertume dans son intonation. Et de l'amertume, il y en avait aussi dans son regard.

— Asseyez-vous, Mr. Archer... Vous devez vous demander pourquoi je vous ai envoyé ce télégramme...

— Disons que je me suis livré à quelques petites conjectures. Comme je m'occupe principalement de divorces...

— Vous êtes d'une franchise un peu brutale, mais je tiens à vous avertir, sans tarder, que je n'ai nulle intention de divorcer. Au contraire. Car, voyez-vous, j'ai l'intention de survivre à mon mari...

Elle s'arrêta, attendant sans doute quelque réaction de ma part. Je ne dis rien, me contentant de l'examiner de plus près. Elle avait des rides au coin des yeux et autour de la bouche. Elle m'observa quelques secondes, puis reprit :

— Non que sa santé laisse à désirer. Tandis que moi, comme vous l'avez déjà probablement deviné, je suis paralysée des jambes. Mais j'ai quand même vingt ans de moins que lui et... — L'amertume, cette fois, éclatait au grand jour. — Quelle chaleur, ce matin ! Un vrai four ! Si vous voulez quitter votre veste, Mr. Archer...

— Non, merci.

— Pourquoi ?

— Je suis armé et je porte un holster sous l'aisselle. Ce n'est pas un spectacle très esthétique Mais continuez votre récit. Vous avez mentionné le nom d'Albert Graves, dans votre télégramme.

— Lui aussi vous a recommandé. C'est un des avocats de Ralph. Vous pourrez le voir après le déjeuner, pour régler l'aspect financier de votre collaboration.

— Il n'est plus procureur ?

— Pas depuis la guerre.

— J'ai travaillé pour lui en 40 et en 41, mais je ne l'ai plus revu depuis.

— C'est ce qu'il m'a dit. Il m'a également appris qu'il n'y en avait pas deux comme vous pour retrouver les gens... C'est vrai, ça, Mr. Archer ?

— Vous voulez dire les personnes disparues... Votre mari aurait-il disparu, Mrs. Sampson ?

— Pas exactement « disparu ». Simplement parti. Seul ou en galante compagnie. Mais il serait fou furieux si j'avais le malheur de m'adresser au Bureau des Personnes disparues.

— Je vois. En somme, vous désirez que je vous informe de l'endroit où il se trouve et, le cas échéant, de l'identité de celui ou de celle qui se trouve en sa compagnie ?

— C'est cela même. Une fois que j'aurai ces deux éléments en main, je saurai ce qui me reste à faire.

Elle rejeta la tête en arrière et me fixa.

— Quand a-t-il disparu ? demandai-je.

— Hier après-midi.

— Où ?

— A Los Angeles. Il se trouvait à Las Vegas, où nous avons une résidence, mais il a pris l'avion pour L.A. hier après-midi, avec Alan. Alan, c'est son pilote. Mais Ralph lui a faussé compagnie à l'aérodrome de Burbank et, depuis, on n'en a plus entendu parler.

— Quelles seraient, à votre avis, les raisons de cette fugue ?

— Il avait bu plus que de coutume... — Elle eut un sourire méprisant. — C'est, du moins, ce qu'Alan m'a dit.

— Et il lui arrive souvent de lever le coude ?

— Non, mais quand il le fait, il dépasse les limites. Et l'alcool lui fait perdre ses inhibitions.

— Sexuelles ?

— Cela, ça n'aurait que peu d'importance. Il paraît que tous les hommes sont attirés par le sexe opposé après avoir bu. Avec Ralph, c'est plus grave car lui, il perd ses inhibitions financières. Ainsi, il y a quelques mois, à l'issue d'une cuite, il a fait don d'une montagne.

— Pardon ?

— Vous m'avez bien entendu. Une montagne qui lui appartenait. Avec un pavillon de chasse au sommet.

— Et il en a fait cadeau à une femme ?

— Je l'aurais presque préféré... Non, à un homme... Rassurez-vous, Mr. Archer, ce n'est pas ce que vous pensez. Il a donné le pavillon à un saint homme de Los Angeles... Une espèce de prophète, avec une longue barbe grise.

— Il est crédule à ce point ?

— Absolument pas. Il a commencé comme prospecteur de pétrole — vous voyez le genre —, une pierre à la place du cœur. Mais l'alcool l'a transformé de fond en comble, du moins depuis quelques années. Alors, il redevient petit garçon. C'est tout juste s'il ne demande pas qu'on lui mouche le nez ou qu'on lui donne une fessée. Vous me trouvez cruelle, peut-être, Mr. Archer ? En réalité, je suis simplement objective.

— Je comprends. Et vous voulez que je vous le retrouve avant qu'il ne fasse cadeau d'une autre montagne ?

— C'est plus ou moins ça. En outre, s'il est avec une femme, j'aimerais bien connaître l'identité de celle-ci. J'ai des atouts dans mon jeu, mais, sans être vieille, je n'ai plus vingt ans.

— Connaissez-vous une femme en particulier qui...

— Non. Ralph n'a pas l'habitude de se confier à moi. C'est plutôt à Miranda qu'il raconterait ses petites histoires. Et comme il m'est impossible de l'espionner moi-même, c'est vous que j'ai l'intention de charger de ce travail.

2

Un valet de chambre philippin en veste blanche se dressa dans l'encadrement de la porte-fenêtre.

— Votre café, Mrs. Sampson.

Il posa le service en argent sur une table basse, à côte de la chaise longue. Il était de petite taille et vif comme du mercure.

— Merci, Felix...

Elle lui adressa un aimable sourire. Avait-elle l'habitude de traiter ainsi ses domestiques, ou bien voulait-elle m'en donner l'impression ?

— En prendrez-vous une tasse, Mr. Archer ?

— Non, merci.

— Vous préférez peut-être quelque chose de plus fort ?

— Pas avant le déjeuner. Les détectives qui commencent à boire à dix heures du matin, on n'en rencontre que dans les romans.

J'eus droit à un nouveau sourire, puis elle se versa du café et se mit à le siroter à petites gorgées Je me levai et allai jusqu'à un coin de la terrasse. Elle donnait sur une falaise qui descendait presque à pic vers l'Océan. Tout à coup, j'entendis un « plouf » à ma droite et me penchai par-dessus le garde-fou. Je vis la piscine, dans laquelle une jeune fille et un jeune homme jouaient aux phoques. La première essayait d'attraper le second. Il se laissa prendre. Les mains de la jeune fille caressèrent doucement la poitrine du jeune homme. Elle avait un air de chatte amoureuse. Lui arborait un sourire ironique, un peu ennuyé. Finalement, il se dégagea et, nageant jusqu'au bord de la piscine, se hissa hors de l'eau. Elle le suivit mais, rapide comme l'éclair, il se leva, courut jusqu'au plongeoir et se jeta de nouveau dans l'onde. Cette fois, la jeune fille se contenta de le regarder d'un air vexé. Enfin, lui tournant le dos, elle s'éloigna en direction de la maison.

— Vous déjeunerez avec nous, n'est-ce pas ? — Mrs. Sampson leva la main pour récuser un éventuel refus. — Felix ! Déjeuner pour trois dans le patio. Moi, je mangerai ici, comme d'habitude.

Felix s'inclina légèrement et commença à battre en retraite, mais elle le rappela :

— Voulez-vous apporter la photo de Mr. Sampson qui se trouve dans mon boudoir ? — Puis, s'adressant à moi : — Après tout, puisque je vous charge de le retrouver, il vaut mieux que vous sachiez quelle tête il a.

L'homme de la photo était plutôt gras, pour ne pas dire adipeux. Il avait le cheveu rare et une bouche molle. Le nez, assez volumineux, donnait une impression d'obstination plus que de volonté, et le sourire paraissait forcé, artificiel. Le tout me fit penser à un portrait de macchabée dans une morgue.

— Il n'est pas bien beau, déclara Mrs. Sampson. Mais il est à moi.

Felix émit une espèce de petit grognement qui aurait pu passer pour un ricanement. Moi, j'observai un silence prudent.

Le Philippin nous servit le déjeuner dans le patio triangulaire qui séparait la maison de la colline la plus proche. Il y avait là quelques beaux arbres, des fleurs, et il y faisait une ombre relative.

Le jeune homme que j'avais vu dans la piscine s'y trouvait déjà lorsque je fis mon entrée. Il avait revêtu un complet clair et son visage respirait la santé et le bien-être. A côté de lui, j'eus l'impression d'être un homme de taille moyenne — pourtant je mesure plus d'un mètre quatre-vingts. Sa poignée de main se révéla écrasante.

— Je m'appelle Alan Taggert, se présenta-t-il. Je pilote l'avion de Sampson.

— Lew Archer.

Il contempla pensivement le verre qu'il tenait de la main gauche.

— Qu'est-ce que vous prenez ?

— Un verre de lait.

— Sans blague ? Je vous prenais pour un détective.

— Du lait de jument fermenté, s'il y en a.

Il sourit. Agréablement.

— Moi, déclara-t-il, je préfère le gin et bitter. Une habitude acquise pendant la guerre, à Port Moresby.

— Vous avez beaucoup volé ?

— Cinquante-cinq missions. Et plus de deux mille heures.

— Où ça ?

— Surtout au-dessus des Carolines. J'avais un P-38.

Il l'avait dit avec nostalgie, comme s'il parlait de la femme bien-aimée.

La jeune fille vint nous rejoindre. Elle aussi s'était habillée, et portait une robe collante qui la moulait aux endroits qu'il faut. Avec ses cheveux cuivrés et ses grands yeux verts, elle me fit penser à un film en Technicolor.

Taggert procéda aux présentations, et j'appris que c'était la fille de Sampson. Je lui donnai vingt ou vingt et un ans — autrement dit Mrs. Sampson n'était certainement pas sa mère.

Nous nous installâmes autour d'une table métallique, à l'ombre d'un impressionnant parasol et, tout en mangeant mon saumon mayonnaise, je détaillai Miranda à la dérobée. Elle avait encore les gestes brusques et l'insolence un peu calculée d'une adolescente. Il lui faudrait bien trois ou quatre ans de plus, avant de devenir femme.

— Ma belle-mère, déclara-t-elle soudain, a toujours recours aux solutions extrêmes.

— Vous faites allusion à moi, Miss Sampson ? J'ai pourtant la réputation d'un homme très ordinaire, très mesuré.

— Je ne vous visais pas en particulier, vous n'êtes qu'un des éléments du tableau. Non, tout ce qu'elle fait est extrême. Il arrive à bien des gens de tomber de cheval sans, pour cela, devenir paralysés des membres inférieurs. Mais pas Elaine. Je crois que, dans son cas, c'est plutôt psychologique. Ce n'est plus la beauté transcendante qu'elle était dans le temps. Alors, elle a décidé de se retirer de la compétition et cet accident lui a fourni un excellent prétexte. Je me demande jusqu'à quel point elle n'a pas fait cette chute exprès.

Taggert fit entendre un rire bref.

— Allons, allons, Miranda... ! Vous lisez trop !

— Voilà un reproche qu'on ne vous fera jamais, fit-elle méchamment.

Je décidai de m'interposer dans la querelle naissante :

— Existe-t-il une explication psychologique à ma présence ici ?

— J'ignore exactement dans quel but on vous a fait venir. Pour rechercher Ralph ou quelque chose dans ce genre, hein ?

— Quelque chose dans ce genre, en effet.

— Dans ce cas, j'avais raison. Est-ce qu'une personne normale ferait appel à un détective parce que son mari a découché ?

— Je suis très discret, si c'est cela qui vous inquiète, Miss Sampson.

— Je ne m'inquiète de rien. C'était une simple remarque psychologique.

Felix nous servait en silence, le sourire aux lèvres. J'aurais pourtant parié qu'il ne perdait pas un mot de notre conversation.

Taggert changea brusquement de sujet.

— Je ne pense pas avoir jamais rencontré de vrai détective, dit-il tout à coup.

— Je peux vous donner mon autographe, si cela vous amuse.

— Non, sérieusement, votre métier doit être passionnant. Il fut un temps où, moi aussi, je voulais devenir « privé ». C'était avant que je me mette à voler. Content d'en être un, mon vieux ?

— Cela dépend des jours... Au fait, vous êtes le dernier à avoir vu Mr. Sampson avant sa disparition, Je crois ?

— Oui.

— Comment était-il vêtu ?

— Veston de tweed, chemise de laine brune, vieux pantalon de couleur indéfinissable et brodequins. Pas de chapeau.

— Quand l'avez-vous vu pour la dernière fois ?

— Hier après-midi, aux environs de trois heures et demie. Nous venions d'atterrir à Burbank. Je suis resté dans l'avion, pour le garer, tandis que Mr. Sampson descendait pour téléphoner à l'hôtel. Il voulait qu'une limousine vienne nous prendre.

— Quel hôtel ?

— Le *Valerio.*

— Celui qui n'est pas loin du Wilshire ?

— Ralph y loue un bungalow, à l'année, expliqua Miranda. Il aime beaucoup l'endroit à cause du calme.

— En arrivant à la sortie de l'aérodrome, poursuivit Taggert, j'ai constaté que Mr. Sampson avait disparu. Sur le moment, je n'y ai prêté aucune attention. Visiblement, il avait un peu bu. Cependant j'avoue que j'étais furieux. Je n'avais qu'un peu de monnaie sur moi, or, une course en taxi jusqu'au *Valerio* coûte trois dollars... — Il regarda Miranda du coin de l'œil. La jeune fille paraissait s'amuser énormément. — J'ai dû prendre un autobus — que dis-je, trois autobus ! — et j'ai mis une heure et demie pour atteindre l'hôtel. Et lorsque j'y fus enfin, j'ai appris qu'il n'était pas encore arrivé. J'ai attendu jusqu'au crépuscule puis je suis revenu à l'aérodrome et j'ai repris l'avion pour rentrer ici.

— En somme, on ne l'a pas vu au *Valerio* ? demandai-je.

— Non.

— Et ses bagages ?

— Il n'en avait pas.

— Mais alors, il n'avait pas l'intention d'y passer la nuit ?

— Ralph, intervint Miranda, a ce qu'il faut dans son bungalow.

— Il s'y trouve peut-être maintenant, dis-je.

— Non, rétorqua-t-elle. Elaine y fait téléphoner toutes les heures.

Je me tournai vers Taggert.

— Vous avait-il fait part de ses plans ?

— Oui. Il avait l'intention de coucher au *Valerio*.

— Combien de temps avez-vous mis à garer l'avion ?

— Un quart d'heure. Peut-être vingt minutes.

— Et la limousine du *Valerio* n'aurait pas eu le temps d'arriver aussi vite, n'est-ce pas ?

— Il a peut-être pris une autre voiture qui l'attendait à l'aérodrome, fit Miranda.

— Avait-il beaucoup d'amis à Los Angeles ? demandai-je à la jeune fille.

— Surtout des relations d'affaires. Ralph n'a jamais été un homme très sociable.

— Pouvez-vous me citer les noms des principaux d'entre eux ?

Elle se concentra et réfléchit.

— Vous feriez mieux de le demander à Albert Graves, déclara-t-elle enfin. Il pourra vous renseigner mieux que moi. Je vais l'appeler à son bureau et l'avertir de votre arrivée. Felix vous conduira chez lui. Ce n'est pas loin d'ici, puisqu'il s'est installé à Santa Teresa. Je suppose qu'après l'avoir vu, vous retournerez à L.A. ?

— Cela me semble logique.

— Si vous aimez voler, dit-elle, Alan vous emmènera en avion à L.A. — Elle se leva et regarda le pilote d'un petit air impertinent. — Vous ne faites rien de spécial cet après-midi, Alan ?

— Rien... — Il me fixa. — Je serai ravi de vous emmener avec moi, Archer. Ça me changera les idées. C'est fou ce que je m'embête ici !

Miranda le foudroya du regard et disparut à l'intérieur de la maison.

— Allons, allons, soyez gentil avec elle ! dis-je à Taggert.

Il se leva à son tour et me jeta un coup d'œil furieux.

— Qu'est-ce que vous insinuez ?

— Elle cherche un grand et bel homme comme vous. Vous feriez un couple assorti.

Il hocha la tête d'un air de doute.

— Sûr, sûr, fit-il d'un ton las. C'est ce que j'entends souvent dire. Malheureusement, je m'intéresse à quelqu'un d'autre. Non que cela vous regarde. Ni ce maudit Jaune ! éclata-t-il tout à coup en apercevant Felix adossé à la porte de la cuisine.

Le Philippin se volatilisa littéralement.

— Ce salaud-là me tape sur le système ! se plaignit Taggert. On dirait qu'il est doué du don d'ubiquité. Et ses oreilles ne perdent pas un mot de ce qu'elles entendent... — Il s'éloigna de quelques pas, puis revint vers moi. — En fait, toute cette famille me tape sur le système. Et cette maison aussi ! Bien sûr, je mange avec eux, mais je n'en suis pas moins un domestique. Une espèce de chauffeur volant.

— Le travail ne doit pas vous tuer, dis-je. Sampson prend-il souvent l'avion ?

— J'aime bien voler. Je voudrais qu'il le prenne plus souvent. Ce dont j'ai marre, c'est d'être la nounou du vieux.

— Hein ?

— Quand il se met à boire, c'est le diable en personne ! Je ne pouvais pas vous le dire devant Miranda, mais maintenant que nous sommes seuls... L'autre semaine, dans le désert, on aurait juré qu'il voulait se saouler à mort ! Un jour, il a sifflé quatre litres ! Vous vous rendez compte ! Et quand il est plein, il n'est pas à manier avec des pincettes. Pour commencer, il a des idées de grandeur. Ensuite, il devient sentimental. Enfin, le tout se mélange et... — Il n'acheva pas et poussa un soupir. — Une fois, il m'a proposé de m'adopter. Une autre, il a voulu m'acheter une ligne aérienne... — Sa voix devint rocailleuse, comme celle d'un homme ivre. — « Je m'occuperai de vous, mon vieil Alan. Vous l'aurez, votre ligne aérienne ! »

— Il ne vous a jamais proposé de vous faire cadeau d'une montagne ?

— Vous croyez que je blague ? Mais c'est vrai. Cette ligne, il me l'a promise une bonne dizaine de fois. Le plus drôle, c'est qu'il en aurait les moyens sans que son compte en banque s'en ressente beaucoup. Malheureusement, toutes ses promesses, il me les fait quand il est schlass. Et une fois qu'il s'est dessaoulé, c'est fini, on ne pourrait pas lui soutirer dix cents !

— Il me semble un peu timbré. Pourquoi, à votre avis ?

— Est-ce que je le sais ? Cette garce, là-haut, pourrait rendre maboul l'homme le plus sensé, le plus normal de la terre. Et puis, il a perdu son fils pendant la guerre. C'est peut-être ça qui explique la sympathie qu'il me porte. A vrai dire, il n'a pas besoin d'un pilote régulièrement attaché à sa personne. Mais Bob Sampson, lui aussi, était aviateur. Il a été descendu au-dessus de Sakashima. Miranda pense que c'est cette tragédie qui a déséquilibré son vieux.

— Comment s'entend-elle avec son père ?

— A peu près correctement. Mais, ces derniers temps, il y a eu pas mal de disputes entre eux.

— A quel sujet ?

— Sampson voulait qu'elle se marie.

— Avec quelqu'un en particulier ?

— Ouais... Avec Albert Graves.

Le ton de sa voix était neutre. Pour tout dire, j'eus l'impression qu'il s'en fichait éperdument.

3

Nous arrivâmes à Santa Teresa vers le milieu de l'après-midi. La Cadillac traversa un kilomètre ou deux de maisonnettes croulantes, d'infâmes bistros et de rues mal pavées où des enfants à moitié nus se battaient dans la poussière. Le centre de la ville, lui, se présentait mieux : il y avait là quelques immeubles à peu près convenables et des restaurants où l'on ne pouvait pas manger pour moins de trois ou quatre dollars.

— Ça vous plaît, ici ? demanda Taggert qui n'avait guère ouvert la bouche de tout le trajet.

— Ce n'est pas pour mon plaisir que j'y viens, répliquai-je.

— Quand je pense que des gens s'achètent des maisons dans ce patelin, pour y achever leur existence !

Felix arrêta la bagnole devant une maison à arcades jaune, puis, ouvrant la vitre de séparation, me dit :

— Le bureau de Mr. Graves est au premier.

— Je vous attendrai ici, déclara Taggert.

Le bureau de Bert Graves se révéla un modèle de bon goût, de sobriété et d'élégance comparé à celui que je lui avais connu dans ses fonctions de D.A.

L'antichambre était peinte en vert clair et les meubles paraissaient avoir été achetés la veille. La réceptionniste me toisa des pieds à la tête et me demanda :

— Avez-vous rendez-vous, monsieur ?

— Dites simplement à Mr. Graves que c'est Lew Archer.

— Maître Graves est très occupé, pour l'instant.

— J'attendrai.

Je pris place dans un fauteuil où je m'enfonçai jusqu'aux épaules et me mis à réfléchir. Cette enquête me semblait un peu irréelle. Pensez donc ! Un magnat du pétrole qui se saoule comme un Polonais et qui, lorsqu'il est ivre, fait cadeau d'une montagne à un soi-disant prophète. Je tirai la photo de Sampson de ma poche et l'étudiai avec soin. Pas très sympa, le bonhomme. La réceptionniste s'était remise à taper et ne me prêtait aucune attention. Je rangeai la photo, étouffai un bâillement et allumai une cigarette.

La porte du bureau de Graves s'ouvrit et une dame d'âge mûr parut sur le seuil. Elle avait des diamants un peu partout, au cou, aux oreilles, aux poignets. Mais son chapeau eût fait honte à mon arrière-grand-mère.

Graves la suivait. Elle se retourna une dernière fois pour lui dire combien il était intelligent, adroit et habile. Bert l'écoutait sans avoir l'air de l'entendre. Il m'aperçut tout à coup et m'adressa un clin d'œil par-dessus le chapeau de sa cliente.

Elle finit par s'en aller et Graves vint vers moi.

— Content de te voir, mon vieux Lew !

Sa poignée de main se révéla aussi énergique qu'autrefois, mais les années avaient marqué l'homme. Ses cheveux reculaient sur tous les fronts, il avait des poches sous les yeux et ses joues commençaient à prendre de l'ampleur. Je frissonnai en pensant qu'il n'était mon aîné que de cinq ans.

— Moi aussi, lui dis-je, et je ne mentais pas

— Ça fait quelques années qu'on ne s'est pas vus, hein ?

— Pour le moins. J'ai entendu dire que tu avais renoncé à ta carrière judiciaire.

— Un district attorney n'est guère payé. Et comme, en vieillissant, j'avais envie de manger tous les jours...

— Marié ?

— Non. Chaque chose en son temps.

— Et tu es content de ton métier d'avocat ?

— Ça dépend des jours... Il n'est pas toujours facile de se montrer aimable avec les vieilles folles qu'on a comme... D'un autre côté... Suis-moi, Lew.

Son bureau respirait l'opulence. Boiseries, belle bibliothèque, table immense, gravures aux murs. Il s'assit dans son fauteuil tout en m'en indiquant un.

— Et la politique ? demandai-je. Dans le temps, tu voulais devenir gouverneur.

— Aucun avenir. Trop de rivaux infiniment plus influents dans le parti. D'ailleurs, la politique me dégoûte depuis que j'ai administré une ville allemande, pendant deux ans, pour le compte du gouvernement militaire.

— Je vois... Dis-moi, que signifie, au juste, cette fugue de Sampson ?

— Tu as vu Mrs. Sampson ?

— Oui. Une entrevue que je n'oublierai pas de sitôt. Mais je ne comprends pas très bien ses mobiles. Et toi ?

— Moi, j'ai des idées très précises là-dessus. C'est moi qui lui ai conseillé de t'engager.

— Pourquoi ?

— Il est possible que Sampson ait besoin d'être protégé. Pour un homme qui possède cinq millions de dollars, il mène une existence plutôt inquiétante. C'est un alcoolique, Lew. Et, de ce côté... — il se tapa sur le front — ... ça va de mal en pis. Surtout depuis qu'il a perdu son fils. Parfois, je me demande s'il ne va pas finir chez les fous. Elaine t'a-t-elle parlé de Claude, cet individu à qui Ralph a fait cadeau de son pavillon ?

— Ouais. Un saint homme, paraît-il.

— Claude n'est pas dangereux, mais d'autres pourraient se révéler infiniment plus coriaces. Surtout à Los Angeles, qui n'est pas une ville de chérubins.

J'écrasai ma cigarette dans un cendrier.

— Qu'est-ce que ça peut me rapporter ?

— Que dirais-tu de cinquante par jour plus les frais ?

— Disons soixante-quinze. Cette affaire n'est pas comme les autres — trop d'impondérables

— Transigeons à soixante-cinq — Il se mit à rire. — Après tout, je suis censé défendre les intérêts de mon client.

— D'accord. Au fond, c'est peut-être une fausse alerte. Sampson peut se trouver en compagnie d'un ami.

— Je l'ai cherché partout. Des amis, il n'en a pas tant que ça. Je vais t'en fournir une liste complète mais, à ta place, je ne perdrais pas mon temps à aller les voir. Ses véritables amis sont dans le Texas. C'est là qu'il a fait fortune.

— Pourquoi ne t'adresses-tu pas à la police ?

— Impossible. Si je le faisais, il me retirerait sa clientèle. Il a quand même son petit amour-propre. En outre, imagine un peu qu'on le trouve en compagnie d'une femme ? L'an dernier, je l'ai déniché dans un bordel de San Francisco, à cinquante dollars la passe.

— Et toi-même, qu'est-ce que tu fabriquais là-bas ?

— Je le cherchais, précisément.

— Ça sent nettement le divorce. Pourtant, Mrs. Sampson m'a affirmé qu'elle ne voulait pas divorcer.

— Je sais. Elle a l'intention de l'enterrer pour hériter de la moitié de sa fortune. L'autre va à Miranda.

— Elle a toujours été aussi intéressée ?

— Je crois que oui. Encore plus depuis qu'ils sont mariés. Avant de le rencontrer, elle avait tenté sa chance dans plusieurs branches de l'activité artistique : peinture, danse, couture. Mais elle n'avait ni dispositions ni talent. Finalement, elle est devenue la maîtresse de Sampson. Au bout de quelques mois, elle a réussi à se faire épouser. Cela remonte à six ans.

— Qu'est-il arrivé à ses jambes ?

— Elle est tombée d'un cheval qu'elle essayait de dompter. Sa nuque a heurté une pierre. Depuis, elle est paralysée.

— Miranda pense qu'elle *n'a pas envie* de marcher.

— Tu as eu l'occasion de faire sa connaissance... ? — Son visage s'illumina. — N'est-ce pas une fille magnifique ?

— Aucun doute là-dessus... Félicitations.

Il rougit sans rien dire. Je n'avais encore jamais vu Graves rougir et me sentis un peu embarrassé.

Pendant qu'il m'escortait jusqu'à l'ascenseur, il me demanda tout à coup :

— T'a-t-elle parlé de moi ?

— Pas un mot. Mais j'ai deviné qu'il y avait anguille sous roche.

— Quelle fille magnifique ! répéta-t-il.

A quarante ans, il semblait aussi amoureux qu'un collégien.

Arrivés en bas, nous eûmes la surprise de trouver Miranda dans la voiture. Graves arbora une mine sombre en voyant qu'elle s'entretenait amicalement avec Taggert.

— Je m'ennuyais toute seule, déclara la jeune fille, alors je vous ai rejoints. Je viendrai avec vous à Los Angeles... Tiens, bonjour, Bert !

— Bonjour, Miranda.

Il lui jeta un coup d'œil de biche blessée, mais elle avait déjà détourné la tête et poursuivait sa conversation avec Taggert. Lequel paraissait se barber plus que jamais.

Un triangle, pensai-je. Mais un triangle qui n'a rien d'équilatéral.

4

L'avion s'éleva rapidement et Santa Teresa ne fut bientôt plus qu'une succession de carrés multicolores, bordés d'un côté par le bleu de l'Océan, de l'autre par le brun clair des montagnes. L'air était exceptionnellement clair et les pics se découpaient sur l'azur avec une nette impression de relief.

L'appareil se redressa et commença à longer la côte, se dirigeant vers Los Angeles. C'était un quatre-sièges, équipé pour les vols de nuit. Je me trouvais à l'arrière. Miranda, elle, avait pris place devant, à côté de Taggert, dont elle surveillait attentivement le moindre mouvement. Un trou d'air nous fit brutalement descendre d'une trentaine de mètres. Je vis les doigts de la jeune fille se crisper sur le genou du pilote. Taggert tourna légèrement la tête et lui jeta un coup d'œil ironique.

Je repensai au triangle. Ce qui était clair pour moi devait l'être autant, sinon plus, pour Bert Graves. A moins que l'amour ne l'eût complètement aveuglé. Miranda était à Taggert, corps et âme. Il n'avait qu'à tendre la main. Quant à Graves, franchement, et malgré la sympathie que je lui portais, je ne lui voyais aucune chance avec l'héritière Sampson. Pourtant, je comprenais fort bien qu'il en soit tombé amoureux : elle représentait tout ce dont il avait toujours rêvé : richesse, jeunesse, beauté, position sociale. Et j'aurais parié gros qu'il n'y renoncerait pas facilement, car je le connaissais bien.

Fils d'un fermier de l'Ohio, Bert avait perdu son père à l'âge de quatorze ou quinze ans. La ferme, hypothéquée, avait été vendue peu après. Bert subvint aux besoins de sa mère en travaillant comme un damné dans une usine de caoutchouc. Lorsqu'elle mourut à son tour, il trouva le temps et les moyens de préparer un examen d'entrée à l'Université. A trente ans, il avait son diplôme en droit. Après avoir passé quelques mois dans une firme d'avoués de Detroit, il avait décidé de tenter sa chance à l'Ouest. Il s'établit à Santa Teresa parce qu'il n'avait encore jamais vu de sa vie de montagnes ni la mer.

Il travailla dur, négligeant les plaisirs de la vie. On le vit successivement procureur adjoint, procureur municipal et, enfin, D.A. Il préparait ses affaires avec un soin qui suscitait l'admiration de ses amis et la terreur de ses adversaires. Je l'avais vu à l'œuvre, ayant collaboré avec lui. Comment expliquer son revirement ? Pourquoi avait-il abandonné son cher Palais de Justice pour une clientèle privée ? Dans l'espoir de faire un mariage riche ?

J'en étais là de mes réflexions lorsque Taggert fit brusquement monter l'avion à près de trois mille mètres, comme s'il avait l'intention de quitter le système solaire. Le mercure du thermomètre baissa à vue d'œil. A droite, au loin, je voyais Catalina. Quelques minutes de vol encore, et les fumées de Los Angeles parurent à l'horizon.

Je hurlai :

— Est-ce que vous pouvez atterrir à Burbank ? J'ai des questions à poser à l'aérodrome.

— C'est ce que j'avais l'intention de faire, cria Taggert.

A l'aérodrome, je trouvai un chauffeur de taxi qui avait vu Sampson la veille. Il reconnut sur-le-champ la photo que je lui montrais.

— Ouais, fit-il. Je l'ai remarqué parce qu'il me paraissait un peu comme qui dirait éméché. Pas ivre-mort, bien sûr, sinon j'aurais averti les autorités, car un ivrogne sur un champ d'aviation ça peut causer des ennuis. Non, disons qu'il avait quelques verres de trop dans le nez.

— Je comprends, dis-je. Etait-il avec quelqu'un ?

— Pas que je sache... Pourquoi ? Ce type-là a des ennuis ?

— Pas à ma connaissance... Comment est-il parti ?

— Dans une limousine noire. C'était peut-être une bagnole envoyée par un des hôtels.

— Y avait-il quelqu'un dans la limousine ?

— Rien que le chauffeur.

— Vous le connaissez ?

— Non. Je connais quelques collègues qui conduisent les autos des hôtels, mais ils ne restent pas longtemps à faire ce métier. Toujours est-il que je n'avais jamais vu celui-là avant. Un type de petite taille, plutôt pâlichon.

— Vous n'avez pas remarqué le numéro de la voiture ? Ou sa marque ?

— Mon vieux, je vois les choses comme tout le monde, mais les numéros et le reste, vous savez...

— Merci, lui dis-je en lui glissant un dollar dans la main.

Puis je montai au bar où je trouvai Miranda et Taggert en train de se regarder en chiens de faïence.

— J'ai téléphoné au *Valerio*, annonça Taggert. Leur limousine va être là d'un instant à l'autre.

La voiture, lorsqu'elle arriva, était pilotée par un petit type plutôt pâlichon, mais mon chauffeur de taxi m'assura qu'il n'avait rien de commun avec celui qu'il avait remarqué la veille.

Nous montâmes dans la limousine. Je m'installai à côté du conducteur qui me contempla avec une certaine surprise.

— Oui, monsieur ? fit-il en voyant que j'ouvrais la bouche.

— Vous pouvez démarrer... — Il obéit. — C'est vous qui étiez de service hier après-midi ?

— Oui, monsieur.

— Seul ?

— Oui, monsieur. J'ai un collègue de nuit, mais il ne commence son travail qu'à six heures du soir.

— Vous a-t-on téléphoné de l'aérodrome de Burbank à trois heures ou plus tard ?

— Non, monsieur... Je ne crois pas.

— Mais vous n'en êtes pas certain ?

Il réfléchit.

— Si, monsieur. J'en suis sûr, puisque sans cela je serais venu chercher le client.

— Vous connaissez Ralph Sampson ?

— Celui du *Valerio* ? Mais oui, monsieur. Bien entendu.

— L'avez-vous vu récemment ?

— Pas depuis des semaines, monsieur.

— Je vois. Dites-moi, qui prend les communications, à l'hôtel ?

— La standardiste, monsieur... Pourquoi ? J'espère qu'il n'est rien arrivé de grave... Mr. Sampson est-il un ami à vous ?

— Non... Je suis simplement un de ses employés.

Nous n'ouvrîmes plus la bouche jusqu'à l'hôtel. En descendant, je lui refilai un dollar de pourboire. Ce fut Miranda qui paya la course.

— Je voudrais jeter un coup d'œil au bungalow, dis-je à la jeune fille. Mais, avant, je désirerais interroger la demoiselle du téléphone.

— Je vais prendre la clé et vous attendrai dans le hall.

La standardiste avait tout de la vierge pétrifiée qui rêvait d'hommes la nuit et qui les haïssait le jour.

— Oui ? fit-elle d'un ton impersonnel.

— Hier après-midi, on vous a téléphoné de l'aérodrome de Burbank, pour demander la limousine.

— Nous n'avons pas le droit de répondre à des questions de ce genre.

— Ce n'est pas une question mais une affirmation.

— Je suis très occupée, déclara-t-elle d'une voix métallique.

Je posai un dollar devant elle ; elle le regarda comme s'il provenait d'un pestiféré.

— Je devrai en référer au directeur, fit-elle.

— Tout à fait d'accord. Je travaille pour Mr. Sampson.

Je la vis tressaillir.

— Mr. *Ralph* Sampson ?
— Exact.
— Mais c'est justement lui qui a téléphoné.
— Je sais. Que s'est-il passé ensuite ?
— Il a rappelé presque aussitôt, avant que j'aie eu le temps de transmettre le message au chauffeur, pour donner contre-ordre. Il avait probablement changé d'idée.
— C'était bien lui les deux fois ?
— Oh, oui ! Je connais très bien la voix de Mr. Sampson. Ça fait des années qu'il vient ici.

Elle ramassa mon dollar et le fourra dans un sac en matière plastique. Puis elle se mit à enfoncer fébrilement des fiches dans son standard.

Miranda m'attendait dans le hall. Elle se leva à mon approche.
— Ralph n'a pas mis les pieds ici depuis un mois, m'annonça-t-elle. Je viens de me renseigner auprès du directeur adjoint.
— Vous avez la clé ?
— Je l'ai donnée à Alan. Il nous attend dans le bungalow.

Je la suivis à travers un long couloir qui donnait sur une cour-jardin. Derrière le bâtiment principal, le terrain était divisé en petites allées et les bungalows individuels s'élevaient de part et d'autre de chacune d'elles, au milieu de pelouses bien entretenues et de parterres de fleurs. Le terrain devait bien mesurer trois cents mètres carrés. Sur la gauche, on apercevait les courts de tennis, la piscine, le restaurant, le bar et même une boîte de nuit.

Les bungalows étaient de tailles et de styles différents. Celui de Sampson était plus grand que les autres et avait davantage de gazon devant sa véranda. La porte en était ouverte. Miranda et moi traversâmes une antichambre meublée de quelques chaises espagnoles trop basses pour être confortables et pénétrâmes dans une grande pièce, au plafond haut.

Nous trouvâmes Taggert installé sur un sofa, devant la cheminée, en train de consulter un annuaire des téléphones.
— Ah, vous voilà, fit-il. Je commençais à désespérer et allais téléphoner à un copain pour bavarder un brin avec lui.

Je me tournai vers Miranda, après avoir jeté un coup d'œil alentour.
— Où est-ce que votre père garde ses affaires personnelles ?
— Dans la chambre à coucher. Ne comptez pas trouver beaucoup de choses, d'ailleurs. Quelques complets de rechange, du linge, c'est tout. La chambre à coucher donne sur l'antichambre.

Nous y allâmes, Miranda et moi, et la jeune fille tourna le commutateur.
— Mon Dieu ! s'écria-t-elle. En quoi l'a-t-il transformée ?

La pièce, sans fenêtres, était polygonale. La lumière, indirecte, était du plus beau rouge qu'on puisse imaginer. Des draperies de même couleur recouvraient chacun des douze panneaux, du plafond au plancher. Rouge également la couverture sur le lit placé au milieu de la chambre. Rouge enfin l'unique fauteuil, à côté du lit. Et, pour couronner le tout, une immense glace, au plafond, doublait la hauteur de la pièce. Un déclic se fit dans ma mémoire. Où avais-je déjà vu une installation semblable ? A Mexico, dans un bordel de style napolitain, où j'avais été en service commandé.

— Pas étonnant qu'il se soit mit à boire, déclarai-je. La simple idée de dormir dans un tel décor... ! Brrrr...

— Mais cette chambre n'a pas toujours été ainsi, objecta Miranda. Il a dû la faire décorer il n'y a pas longtemps.

Je fis le tour de la pièce, m'arrêtant devant chacun des panneaux. Chaque rideau portait, brodé en fil d'or, un signe du zodiaque, Taureau, Cancer, Vierge et les neuf autres.

— Votre père s'intéresse-t-il à l'astrologie ? demandai-je à Miranda.

— Oui, reconnut-elle avec un air de s'excuser. J'ai essayé de l'en dissuader, mais sans succès. Il s'y est lancé à corps perdu après la mort de Bob. Mais je ne soupçonnais pas qu'il pût aller jusque-là.

— Consulte-t-il un astrologue en particulier ? D'après ce que j'ai entendu dire, la Californie en est littéralement infestée.

— Je l'ignore.

Je trouvai le placard derrière une des draperies. Il regorgeait de complets et de linge, de chaussures et de chapeaux. Je fis consciencieusement les poches. Dans celle d'un veston, je découvris un portefeuille contenant une épaisse liasse de billets de vingt dollars et une photo.

Je tournai celle-ci à la lumière, pour mieux l'étudier. Elle représentait une femme au visage sibyllin, aux yeux tristes, à la bouche tombante. Les cheveux, noirs, encadraient le visage et allaient se perdre dans les ombres du cou. La photo portait une inscription : *Fay à Ralph avec ses Bénédictions.*

La femme ne m'était pas inconnue, mais j'eusse été en peine de dire où je l'avais déjà vue. Je remis le portefeuille à sa place mais glissai la photo dans ma poche.

— Lew ! entendis-je tout à coup derrière moi.

Je me tournai vivement.

Miranda était allongée sur le lit, la jupe retroussée bien au-dessus des genoux. Elle avait le visage en feu et son corps était secoué de petits soubresauts nerveux.

— A quoi cette chambre vous fait-elle penser ? demanda-t-elle d'une voix rauque, les yeux fermés.

Je m'approchai d'elle et lui posai la main sur l'épaule.

— Réveillez-vous ! ordonnai-je.

Elle ouvrit les yeux et sourit.

— A un sacrifice, n'est-ce pas ? fit-elle. Comme dans *Salammbô*.

— Vous lisez trop.

Elle ne répondit pas. D'un geste brusque, elle s'empara de ma main et me tira vers elle. Je perdis l'équilibre et m'effondrai sur le lit. Les lèvres de Miranda se collèrent aux miennes.

— Qu'est-ce qui se passe ? demanda Taggert en surgissant sur le seuil.

La lumière rouge conférait à son visage un reflet diabolique, mais il arborait son éternel sourire, comme si pareil spectacle lui paraissait tout à fait fort normal.

Je me redressai et tirai sur mon veston. Moi, cette scène ne me faisait pas rire du tout.

— Qu'est-ce que j'ai senti de dur dans votre poche ? demanda Miranda.

— Mon artillerie. Je suis toujours armé.

Je pris la photo dans ma poche et la fis voir à Miranda d'abord, à Taggert ensuite.

— Connaissez-vous cette femme ? Une femme qui se fait appeler Fay ?

— Non, répliqua le pilote.

— Moi non plus, déclara la jeune fille.

Elle souriait de nouveau, ravie. Elle m'avait utilisé pour attiser la jalousie de l'homme qu'elle aimait. Et s'il y a une chose que je déteste, c'est bien servir d'instrument.

5

J'appuyai sur le bouton de la porte et, quelques secondes plus tard, une voix de femme demanda :

— Qui est-ce ?

— Lew Archer. Est-ce que Morris est à la maison ?

Elle ouvrit.

— Oui. Entrez, mon vieux... — Elle referma la porte — Ça fait longtemps qu'on ne s'est pas vus. Quel bon vent vous amène ?

— Est-ce qu'il est déjà levé ?

— Pour une fois, oui. Il s'est couché de bonne heure, cette nuit. Il est en train de prendre son petit déjeuner.

Je jetai un coup d'œil à ma montre. Près de quatre heures. Mais Morris Cramm travaillait pour un échotier en renom et commençait ses courses à sept heures du soir pour ne les terminer qu'à cinq heures du matin.

Mrs. Cramm me conduisit au salon-chambre à coucher. Le divan était défait mais vide. Nous allâmes à la cuisine où Morris, en robe de chambre, s'attaquait à un appétissant plat d'œufs au bacon. C'était un tout petit homme, très myope, et les épaisses lunettes qu'il portait grossissaient ses yeux d'une façon terrible. Doué d'une mémoire prodigieuse, il connaissait tout le monde à Los Angeles et, s'il avait révélé le dixième du quart de ce qu'il savait sur les vedettes, magnats du cinéma et autres, la ville aurait connu une épidémie de suicides, de scandales et de procès en diffamations.

— Salut, Lew ! déclara-t-il sans se lever. Alors, qu'est-ce que vous voulez me soutirer comme informations, ce matin ?

— Ce matin ? Vous en avez de bonnes ! On est au milieu de l'après-midi.

— Le temps, mon cher, est une notion relative... — Il engloutit un jaune d'œuf pendant que Mrs. Cramm me versait une tasse de café. — Pour moi, il est dix heures du matin.

Je lui montrai la photo trouvée dans le bungalow de Sampson.

— Connaissez-vous cette personne ? J'ai l'impression de l'avoir déjà vue, malheureusement ma mémoire laisse à désirer depuis quelque temps. Ne serait-ce pas une comédienne en renom ?

Il étudia la photo tout en mastiquant un bout de toast.

— Type vamp démodée, dit-il. A la voir ainsi, on lui donnerait quarante ans, mais le cliché est probablement d'avant-guerre... Fay Estabrook.

— Vous la connaissez alors ?

Il s'attaqua à un autre œuf.

— Il m'arrive de la voir, à l'occasion. C'était une vedette à l'époque des *Mystères de New York*.

— Qu'est-ce qu'elle fait pour vivre ?

— Pas grand-chose. Elle n'a pas été mêlée à des scandales depuis fort longtemps. J'ai entendu dire qu'elle avait eu un ou deux maris.

— Est-elle mariée maintenant ?

— Je ne le pense pas. Je crois qu'elle se fait un peu d'argent de poche en tournant dans des films de série B. Sam Kuntz, qui était son metteur en scène du temps du muet, lui confie parfois des petits rôles.

— Ne serait-elle pas astrologue, à ses moments perdus ?

— Possible, mais je n'en jurerais pas... — Il acheva le bacon et mordit dans un autre toast. — A vrai dire, je ne la « suis » plus, Lew. Elle n'est plus d'actualité. Mais elle doit avoir de l'argent, car je l'ai vue, une ou deux fois, dans des endroits plutôt cossus.

— Seule, probablement ?

Il me lança un coup d'œil de martyr sur le gril.

— Vous en voulez, des informations, geignit-il. Qu'est-ce qui va me payer tout ça ?

— Vous en faites pas, Morris. Je vous mettrai sur ma liste de frais.

Mrs. Cramm se hâta de remplir la tasse que j'avais vidée.

— Dans ce cas..., fit Morris en se passant la main dans les cheveux. Je l'ai vue plus d'une fois avec un gentleman type britannique mais ayant tout d'un gigolo sur le retour d'âge.

— Signalement ?

— Cheveux prématurément blancs, yeux bleus tirant sur le gris, taille moyenne. Bien habillé, mais antipathique, comme tous les hommes vivants aux crochets d'une femme.

— Vous ne l'avez vue avec personne d'autre ?

— Une fois seulement. Elle soupait avec un gros bonhomme genre nouveau riche. Il avait tellement bu que les garçons ont dû l'escorter jusqu'à la porte. Mais cela remonte à plusieurs mois, et je n'ai plus revu Fay depuis.

— Connaissez-vous son adresse ?

— Je sais qu'elle vit dans la banlieue. Quant à l'adresse... De toute façon, mon vieux, je vous en ai donné plus que le billet vert dont vous allez me faire cadeau.

Je me mis à rire.

— Est-ce que Simeon Kuntz travaille à l'heure actuelle ?

— Il tourne une production indépendante aux studios de Telepictures. Il se peut que vous la trouviez là-bas.

Je lui donnai cinq dollars, mais sa femme s'en empara avant lui et ils se mirent à se pourchasser à travers la cuisine, en riant comme des fous.

Mon taxi m'attendait en bas. Je me fis conduire chez moi et, à peine arrivé, me plongeai dans l'annuaire des téléphones. Mais ne trouvai de Fay Estabrook ni à L.A. ni dans les environs.

Je téléphonai alors à Telepictures, à Universal City, et demandai si Miss Estabrook se trouvait au studio. On me répondit qu'on allait voir.

— Miss Estabrook est effectivement sur le plateau, finit par m'annoncer la standardiste, mais elle est en train de tourner. Il y a un message à lui transmettre ?

— Pas la peine. Je passerai. Quel plateau ?

— Le trois.

— C'est Simeon Kuntz, le metteur en scène ?

— Oui. Mais il vous faudra un laissez-passer pour entrer.

— J'en ai un, mentis-je sans seulement rougir.

Avant de repartir, je me débarrassai de mon automatique et le rangeai dans le placard de l'antichambre. Il n'est pas agréable de porter un engin de cette dimension par les grandes chaleurs et, de toute façon, je ne m'attendais pas à devoir l'utiliser pour pénétrer sur le plateau numéro trois. En revanche, j'emportai avec moi des clubs de golf, en guise de « Sésame, ouvre-toi ! »

J'arrêtai ma voiture non loin des bureaux du régisseur. Il y avait devant la porte une douzaine de personnes des deux sexes et de tous âges, véritable assortiment de personnes déplacées attendant un problématique cachet de figurant. Je les dépassai et me dirigeai vers l'entrée des studios proprement dite. Elle était gardée par un vieux bonhomme en uniforme bleu défraîchi.

— Mr. Kuntz m'a chargé de lui apporter ça ! lui dis-je en lui montrant les clubs de golf.

Il me lança un bref coup d'œil puis, d'un signe de tête, me fit signe de passer.

Une lampe rouge était allumée au-dessus de la porte du plateau trois. Je m'arrêtai et regardai alentour. C'était probablement le seul coin du studio où l'on travaillât. Il ne régnait pas autour de moi cette animation que j'avais connue autrefois, lorsque l'industrie du film était prospère. Maintenant, on réalisait de petits films avec de petits moyens et on louait, pour ce faire, un petit studio.

Je n'attendis pas longtemps. La lampe s'éteignit et la porte s'ouvrit, laissant échapper une douzaine de girls, court vêtues, qui se perdirent au bout du couloir. Je les laissai passer, puis entrai.

Le décor représentait un théâtre de style rococo ou, du moins, un fragment d'un tel théâtre. La fosse d'orchestre était vide. Vide également la scène. Mais un groupe de personnes étaient assises aux premiers rangs des fauteuils de la « salle ». Un jeune homme en manches de chemise ajustait un projecteur. Il cria : « Lumière ! », et un faisceau vint illuminer, l'espace d'une seconde, la tête d'une femme que je reconnus aussitôt — Fay Estabrook.

On devait tourner un gros plan, car la caméra était braquée sur elle. Je n'eus que le temps de faire quelques pas avant que le projecteur ne s'allumât de nouveau. Un bourdonnement retentit et le silence se fit. Je m'assis sans bruit sur le bord d'une chaise placée providentiellement à proximité.

Puis la voix de Fay s'éleva :

— *N'est-il pas merveilleux ?*

Elle se tourna vers un homme à moustache grise, installé à côté d'elle, et lui saisit le bras. Il acquiesça en souriant.

— Coupez !

Un petit homme chauve, aux traits tirés, se dressa derrière la caméra et se pencha vers Fay :

— Non, non et non ! s'écria-t-il. Ce n'est pas ça du tout ! Pensez un peu à cet instant dramatique, Fay ! Vous êtes sa mère ! Vous vous êtes privée pendant des années pour lui donner une éducation musicale ! C'est la première fois qu'il chante sur scène ! De cette soirée dépend son avenir ! Son succès ou son échec !

Kuntz parlait avec un fort accent d'Europe centrale. Mais il le faisait avec tant de conviction que, machinalement, je jetai un coup d'œil sur la scène vide.

— *N'est-il pas merveilleux ?* répéta Fay d'une voix un peu solennelle.

— Mieux ! Bien mieux ! Mais ce n'est pas encore ça. Votre question n'en est pas une, en réalité ! C'est une question rhétorique ! Il faut placer l'accent sur le mot « merveilleux » !

— *N'est-il pas MERVEILLEUX !* s'écria Fay.

— Plus de sentiment, Fay ! Plus de sentiment ! Davantage de cœur. Vous êtes une mère, ne l'oubliez pas ! C'est pour vous que votre fils chante, beaucoup plus que pour les spectateurs !

— *N'EST-IL PAS MERVEILLEUX !* glapit Fay.

— Non, ce n'est pas ça ! — Kuntz fit mine de s'arracher les quelques cheveux qui lui restaient. — Trop sophistiqué, ça. Mettez-y de la chaleur ! Du sentiment ! Enfin, Fay, vous comprenez tout de même ce que je vous demande ?

Elle semblait sur le point de piquer une crise. Tous, du metteur en scène à l'accessoiriste, la fixaient et, bien qu'elle en eût l'habitude, elle devait être dans un de ses mauvais jours.

— *N'est-il pas merveilleux !* fit-elle d'une voix rauque.

— Là ! C'est presque ça ! — Kuntz s'essuya le front. — Lumière !

Nouveau bourdonnement. Nouveau silence.

— *N'est-il pas merveilleux !* répéta-t-elle en se tournant vers l'homme assis à côté d'elle et en l'agrippant par le bras.

Il sourit en acquiesçant. Puis ils se regardèrent dans le blanc des yeux, l'air aux anges.

— Coupez !

Fay et son partenaire perdirent leur sourire. Les projecteurs s'éteignirent.

— On va passer au plan soixante-dix-sept, déclara Kuntz. — Se tournant vers Fay, il ajouta : C'est fini pour aujourd'hui, Fay. Vous pouvez rentrer chez vous. Reposez-vous bien, car on tourne demain matin à huit heures.

Elle se leva sans répondre et commença à remonter l'allée centrale du « théâtre », pendant que les aides-opérateurs braquaient la caméra sur un autre coin du plateau. Elle passa devant moi sans m'apercevoir ou, plus exactement, sans me prêter la moindre attention.

Je me levai à mon tour et la suivis.

Elle nous emmena, mes clubs de golf et moi, à travers tout le studio. Je l'accompagnai jusqu'à une porte surmontée de l'écriteau

« Loges des artistes ». Comme il n'y avait qu'une sortie, je me dis qu'il serait plus prudent de l'attendre dehors. D'ailleurs, mon attirail sportif pesait lourd et j'avais hâte de le déposer dans ma bagnole.

Le gardien en uniforme se dressa devant moi au moment où je poussais le battant et cligna des yeux.

— Je croyais que Mr. Kuntz vous avait demandé... commença-t-il en indiquant les clubs d'un signe de tête.

— Il a changé d'avis. Il m'a dit qu'il préférait jouer au tennis, cet après-midi.

Et je m'éloignai sans attendre ses commentaires.

6

Je l'attendis dans ma voiture, moteur en marche. Lorsqu'elle sortit du studio, elle avait troqué ses vêtements de travail contre un tailleur foncé, admirablement coupé, qui la rajeunissait d'au moins dix ans.

Elle parcourut une centaine de mètres à pied et s'arrêta devant une Buick noire où elle prit place. Nous démarrâmes presque en même temps. Elle n'avait aucune chance de s'apercevoir qu'elle était filée car ma bagnole était d'un modèle courant. En outre, avec la circulation intense, il me semblait peu probable qu'elle pût consacrer son attention à autre chose qu'à conduire. Comme chauffeur, elle se révéla plutôt fantaisiste, doublant des voitures à droite, changeant de file. A chaque échappée, elle poussait à cent et moi, j'étais obligé de suivre son exemple, par crainte de la perdre de vue. A Beverly Hills, elle dut réduire sa vitesse mais se rattrapa quelques instants plus tard, dans Pacific Palisades. Je la vis enfin virer dans une rue calme, sur sa droite (l'écriteau disait « Woodlawn Lane ») puis, cent mètres plus loin, tourner dans une allée conduisant à un cottage blanc.

Je m'arrêtai sous un eucalyptus et la vis tirer une clé de sa poche, puis entrer. La maison avait l'air cossu, trop cossu à mon avis pour une comédienne réduite à jouer les utilités.

J'attendis cinq ou six minutes puis descendis, ôtai mon veston que je pliai et mis sur le bras, et m'emparai d'un bidon d'huile que je trouvai providentiellement dans le coffre arrière de ma bagnole. Ceci fait, je pénétrai en territoire ennemi.

Je dépassai la Buick rangée devant l'entrée et me dirigeai vers la porte ouverte du garage attenant au cottage. Il était immense — assez grand pour contenir au besoin un camion de deux tonnes en plus de la Buick. Chose étrange, j'eus justement l'impression qu'un camion y avait séjourné peu de temps avant, car on voyait par terre les traces de gros pneus.

Un judas, au fond du garage, donnait sur la cour intérieure de la propriété. Je me haussai sur la pointe des pieds et collai mon nez contre la vitre. Un homme trapu, vêtu d'une chemise de soie rouge, était installé dans un transat, à l'ombre d'un oranger. Je le voyais de dos, mais n'eus aucune peine à me rendre compte qu'il ne s'agissait pas de Ralph Sampson. Sa main gauche s'abaissait à intervalles réguliers puis remontait vers sa bouche. Je finis par comprendre le manège : il dégustait des cacahuètes salées dont un plein bol était posé à côte de lui, sur l'herbe. Puis il prit une bouteille de bière ouverte et but quelques gorgées à même le goulot.

A un certain moment, je pus l'apercevoir un instant de face et faillis reculer. Il avait tout du gorille. Ou, alors, de l'ancien boxeur au visage aplati par de trop durs combats.

J'abandonnai mon poste, revins au centre du garage et, mettant un genou à terre, entrepris d'examiner de plus près les marques des pneus. J'étais tellement absorbé par mon travail que je ne l'entendis pas venir. Ce fut sa voix qui me tira de mes méditations.

— Et alors ? Qu'est-ce que vous fichez là, Bon Dieu ?

Je levai la tête. Le gorille à chemise de soie rouge se tenait à deux mètres de moi, l'air mauvais.

Je m'emparai de mon bidon d'huile et versai une partie du contenu sur le mur le plus proche.

— Otez-vous de ma lumière ! dis-je d'un ton ennuyé.

— Quoi ? Quoi ? fit-il.

Il n'était pas plus grand que moi, mais au moins deux fois aussi large. Je n'aurais pas aimé affronter le bonhomme en combat singulier. Il fallait faire quelque chose, sous peine de graves complications. Je me redressai.

— Oui, dis-je en prenant une mine de circonstance. Il y en a certainement ici, mon vieux.

Il fit deux pas vers moi, l'air de plus en plus menaçant, le menton en avant.

— Qu'est-ce que vous voulez dire ? grogna-t-il. Il n'y a rien ici, mais vous, vous aurez certainement des ennuis pour vous être introduit en cachette dans une propriété privée.

— Termites, expliquai-je d'un ton docte — Il était tout contre moi, maintenant, et je pouvais sentir son haleine. Elle eût fait fuir un putois. — Dites à Mrs. Goldsmith qu'il y a bien des termites chez elle.

— Des termites ?

Il me jeta un coup d'œil soupçonneux, vaguement indécis. J'aurais pu l'envoyer à terre d'un solide uppercut. L'ennui était qu'il n'y serait pas resté.

— Ouais. Les petites bestioles qui se nourrissent de bois. — Je versai encore quelques centilitres d'huile sur le mur. — Et quand ils ont bouffé les murs d'une maison, celle-ci s'écroule.

— Tout d'abord, qu'est-ce que vous avez dans ce bidon ?

— Ce bidon-là ? fis-je avec un signe de tête expressif.

— Ouais. J'en vois pas d'autre.

— C'est du « tue-termites ». Lorsque ces sales bêtes mangent le bois imprégné de ce truc-là, eh bien, elles en crèvent ! N'oubliez pas de dire à Mrs. Goldsmith qu'elle a des termites.

— J'connais pas de Mrs. Goldsmith.

— La proprio, quoi ! Celle qui a appelé le Q.G. pour demander qu'on lui envoie un inspecteur.

— Q.G. ? fit-il, mal à l'aise. Inspecteur ?

— Q.G. de lutte contre les parasites. Nous, on est officiellement chargés de ça pour l'ensemble de la Californie du Sud. Et moi, je suis un des inspecteurs.

— Oh... ! — Il s'humecta les lèvres. — Ah, bon ! Mais c'est qu'on n'a pas de Mrs. Goldsmith, par ici.

— Comment ? Ce n'est pas Eucalyptus Lane ?

— Non. C'est Woodlawn Lane. Vous vous êtes trompé d'adresse, mon vieux !

— J'en suis sincèrement désolé. Je croyais que c'était Eucalyptus Lane.

— Non. Woodlawn...

Il daigna sourire.

— Dans ce cas, je ferais bien de me tirer. C'est qu'elle m'attend, Mrs. Goldsmith.

— Sûr. Mais avant... Minute !

De sa main gauche, il m'empoigna par le col de ma chemise. Puis sa droite se dressa devant mon nez, fermée en poing.

— Et que je ne vous y reprenne pas, à fureter par ici ! Vous n'avez rien à faire dans cette demeure !

Il avait les yeux injectés de sang et un peu de salive coulait de sa bouche. Je voyais nettement le moment où les choses allaient se gâter.

— Lâchez-moi ! ordonnai-je. Ce truc-là peut vous aveugler.

Et je lui jetai un peu d'huile aux yeux. Il poussa un cri de douleur imaginaire, mais ne me lâcha pas. Je me dégageai de force, en laissant la moitié de mon col entre ses doigts crispés. La main gauche sur les yeux, il lança en avant son poing droit qui m'atteignit à l'oreille.

Il me semblait inutile de rechercher l'épreuve de force. Je fis un plongeon, passai sous le bras tendu du gorille et filai sans demander mon reste.

Me diriger vers ma voiture eût été stratégiquement indéfendable, car mon adversaire aurait pu le remarquer. Je courus donc dans la direction opposée, fis le tour du bloc et revins à ma bagnole du côté opposé. Je jetai un coup d'œil à la résidence Estabrook. Pas de gorille en vue. La porte du garage était, cette fois, fermée, mais j'eus la satisfaction de constater que la Buick n'avait pas bougé de place.

Je m'engouffrai dans mon auto, remis mon veston, arrangeai ma chemise pour que la déchirure du col ne se vît pas trop, puis allumai une cigarette.

J'attendis assez longtemps. L'obscurité commençait à tomber lorsque Fay sortit enfin, vêtue d'un manteau d'ocelot. Elle monta dans la Buick, démarra, puis tourna dans Sunset Boulevard. Je la suivis. Elle retourna à Hollywood via Westwood, Bel Air et Beverly Hills.

Elle ralentit au carrefour Hollywood-Vine puis pénétra dans un parking privé. J'arrêtai ma bagnole et ouvris l'œil. Elle ressortit bientôt et, à pied, se dirigea vers un restaurant que tout le monde connaît sur la côte ouest : *Chez Swift*.

Je me remis en route et pris la direction de mon appartement. Là, je changeai de chemise, me donnai un coup de peigne et brossai mon veston. En ouvrant le placard, je vis mon automatique. Fallait-il ou non le prendre ? Après mûre réflexion, je me dis qu'il était inutile que je le porte sur moi. Mais je le glissai quand même dans ma poche avec l'intention de le mettre dans le compartiment à gants de la voiture.

7

L'arrière-salle de *Chez Swift* faisait vieille auberge anglaise : boiseries sculptées, appliques anciennes, etc. C'était l'heure du dîner et il n'y avait pas une table de libre. La clientèle était élégante. Beaucoup de vêtements de soirée, pas mal de têtes connues.

Fay Estabrook avait pris place dans un des boxes installés le long de deux des murs de l'établissement. Elle était avec quelqu'un, mais de son compagnon je ne voyais qu'un coude, le reste étant caché par la balustrade de séparation.

Je m'approchai du bar et commandai une bière.

— Bass Ale, Black Horse, Carta Blanca ou Guiness ? demanda le barman. On ne sert pas de bières américaines après six heures du soir.

Je commandai un Black Horse et lui tendis un dollar en disant de garder la monnaie. Il me dit que la consommation coûtait juste cette somme et s'en alla en me jetant un coup d'œil méprisant.

Je me penchai en avant, pour essayer de voir dans la glace l'image de Fay. Elle parlait avec son compagnon. Une certaine préoccupation se lisait sur ses traits.

L'homme se leva tout à coup et je pus l'examiner à loisir : c'était le Britannique, vrai ou faux, dont Cramm m'avait entretenu. Son complet bleu foncé était admirablement coupé. Trop admirablement pour mon goût. Et je n'aimais pas davantage l'écharpe de soie qu'il portait autour du cou. Il s'était levé pour accueillir un rouquin qui s'était approché du box. Celui-là aussi, je le reconnus. Un scénariste du nom de Russell Hunt qui, depuis des années, travaillait pour la Metro.

Le compagnon de Fay échangea quelques paroles avec Hunt puis, ayant adressé un léger signe de tête à l'actrice, se dirigea vers la porte d'un pas mesuré, un peu solennel. Quelques personnes le suivirent du regard.

Demeurée seule, Fay se passa la langue sur les lèvres. Son visage avait une expression tragique. Sans doute abhorrait-elle la solitude.

Je pris mon verre et m'approchai de la table de Hunt. Il était installé en compagnie d'un homme gras comme un porc, avec de petits yeux avides et un nez en forme de boule.

— Comment va, Russell ?

Il leva la tête.

— Tiens, salut, Lew !

Il ne paraissait pas enchanté de me voir. Pas étonnant. Je gagnais trois cents dollars par semaine, quand je travaillais. Lui en touchait quinze cents de son studio pour ne pas faire grand-chose. Depuis qu'il avait vendu son premier — et unique — roman à la Metro, cet ancien journaliste était venu habiter Hollywood où il s'était marié et avait divorcé trois fois.

— Asseyez-vous, asseyez-vous, me dit-il en constatant que je ne faisais pas mine de partir. Qu'est-ce que vous prenez ? L'alcool est un remède souverain contre les migraines.

Son compagnon me toisa d'un air méfiant.

— Si vous êtes un artiste créateur, me dit-il, vous pouvez prendre place. Sinon, ne vous attendez pas à ce que je perde mon temps avec vous.

— Timothy est mon agent, expliqua Russell. C'est moi sa poule aux œufs d'or. Ce steak qu'il mange, cette bière qu'il boit, c'est moi qui les lui paie, avec ça..., dit-il en se tapotant le front.

— Il déraille, déclara Timothy. Sans blague, mon vieux, est-ce que vous créez ?

Je m'assis et posai mon verre sur la table.

— Je suis un homme d'action, expliquai-je.

— Lew est détective, précisa Hunt. Il déterre les secrets des gens pour les lancer à la figure du monde scandalisé.

— Vous n'avez pas honte de faire un métier pareil ? fit Timothy d'une voix ravie.

Je ne goûtai guère ses paroles, mais j'étais là pour soutirer des tuyaux et pas pour me bagarrer. Néanmoins l'agent dut voir à mon expression que je n'étais pas content et, détournant la tête, demanda de la moutarde au garçon qui venait de s'approcher.

— Avec qui vous entreteniez-vous, tout à l'heure ? demandai-je à Hunt.

— L'élégant gentleman à l'écharpe ? Fay m'a dit qu'il s'appelait Troy. Comme ils ont du être mariés dans le temps, elle doit le savoir.

— Qu'est-ce qu'il fait pour vivre ?

— Je n'en sais fichtre rien. Mais on le voit un peu partout : à Palm Springs, à Las Vegas, à Tia Juana...

— Las Vegas ?

— Oui... Pourquoi ? Fay prétend qu'il est importateur, mais je suis tranquille...

Il s'arrêta pour écouter le dialogue entre Timothy et le garçon. L'agent, à qui on avait apporté la moutarde, demandait au garçon s'il pouvait avoir des pommes de terre au gratin comme légume.

— On n'en a pas, aujourd'hui, monsieur.

— Mais vous pouvez en faire sur commande ! s'obstinait Timothy.

— Certainement, monsieur, mais cela demandera trente-cinq à quarante minutes.

— Quel bistro ! — Timothy leva les yeux au ciel et se tourna vers Hunt : — Si on allait finir de dîner au *Chasen*, Russ ? Il me faut absolument des pommes de terre au gratin.

— Impossible, déclara Hunt. On ne m'y laisse plus entrer sous prétexte que je suis un agent du Kominform. J'ai écrit dans le temps un scénario dont le traître était nazi. Alors, depuis, je passe pour un communiste bon teint. C'est d'ailleurs Moscou qui me paie, pour saboter l'industrie cinématographique américaine et démoraliser la nation !

Je ne l'écoutais que d'une oreille car je surveillais Fay. Toujours seule à sa table, elle achevait de vider une bouteille de vin.

— Ainsi vous connaissez Fay Estabrook ? dis-je à Hunt à brûle-pourpoint.

Il m'observa, surpris, pendant que Timothy reprenait sa discussion avec le garçon.

— Un peu, déclara-t-il.

— Vous ne voudriez pas me présenter ?

— Pourquoi ?

— J'ai toujours eu envie de faire sa connaissance.

— Je ne vous comprends pas, Lew. Elle est assez vieille pour être votre femme.

— Présentez-le donc, s'il en a envie, intervint Timothy. Ces détectives privés me coupent l'appétit.

Hunt se leva laborieusement. Je faillis dire quelque chose de désagréable à son agent, mais me contins, me réservant pour une meilleure occasion.

— Surtout, glissai-je à l'oreille de Hunt, ne lui dites pas ce que je fais.

— Qui suis-je pour laver votre linge sale en public ? déclama-t-il d'un ton tragique.

En nous voyant arriver, Fay Estabrook leva la tête et nous jeta un regard intrigué.

— Fay, dit Hunt, je vous présente Lew Archer. C'est un agent. De l'Internationale communiste, bien entendu. Il est depuis toujours votre admirateur et rêve depuis sa plus tendre enfance de vous être présenté.

— Mais j'en suis ravie, fit-elle d'une voix précieuse. Asseyez-vous donc, je vous prie.

— Merci.

Je m'installai sur la banquette de cuir, en face d'elle.

— Je m'excuse, dit Hunt, mais je suis obligé de vous quitter. Si je ne le surveille pas, Timothy va faire du scandale d'ici peu. Or c'est mon jour de garde, aujourd'hui. Demain, c'est lui qui prend soin de moi.

Il s'éloigna en marmonnant quelque chose dans sa barbe. Visiblement, l'alcool qu'il avait absorbé commençait à agir.

— Il est agréable de rencontrer quelqu'un qui se souvienne de vous, déclara Fay. La plupart de mes anciens amis sont morts ou partis. Helen et Florence et Mae... Toutes oubliées !

Elle jouait la comédie, cela ne faisait aucun doute ; mais il y avait au fond de sa voix un accent de sincérité qui m'émut. En tout cas, elle m'avait indiqué son côté faible et je pouvais aller de l'avant.

— *Sic transit*, dis-je. Helen Chadwick a été une grande comédienne, de son temps. Mais vous, vous continuez de porter le flambeau.

— J'essaie, Archer, j'essaie, mais ce n'est pas facile. Cette ville n'a plus d'âme. Nous autres, quand on tournait des films, ce n'était pas seulement pour gagner de l'argent. Pensez que l'on me payait jusqu'à trois mille par semaine ! Et, pourtant, c'est davantage pour l'art que nous travaillions. Tandis que maintenant... La ville est morte, les gens sont morts. Et moi aussi, je me sens mourir un peu plus chaque jour.

— Allons donc...

Tout en m'insurgeant ainsi contre ses paroles, je regardais son corps. Elle n'était pas mal pour son âge. La poitrine était ferme, les chairs aussi. Et il se dégageait de tout son être une étonnante personnalité. Et, également, une sorte d'orgueil qui forçait l'admiration.

— Vous m'êtes sympathique, Archer, déclara-t-elle. Dites-moi, quand êtes-vous né ?

— Vous voulez savoir l'année ?

— Non, la date.

— Le 2 juin.

— Vraiment ? Je n'aurais jamais pensé que vous étiez né sous le signe des Gémeaux. Ces gens-là n'ont pas de cœur. Ils ont une âme double. Et souvent ils mènent une existence double. Avez-vous une pierre à la place du cœur, Archer ?

Elle se pencha vers moi et me fixa dans les yeux. Si intensément que j'en vins à me demander si elle parlait sérieusement ou si elle me faisait marcher.

— Je suis l'ami de tous, répondis-je. Les bêtes et les enfants m'adorent. Et je m'occupe même de cultiver les fleurs.

— Vous n'êtes qu'un cynique, fit-elle en prenant un air dégoûté. Vous ne croyez donc pas aux astres ?

— Et vous ?

— Bien sûr que si ! Mais d'une façon purement scientifique. Lorsqu'on connaît un certain nombre de faits, lorsqu'on a procédé à une série de constatations, il est impossible de ne pas croire à l'astrologie. Tenez, moi, par exemple, je suis née sous le signe du Cancer. Eh bien, il suffit de m'avoir fréquentée un peu pour s'en rendre compte. J'ai de l'imagination et de la sensibilité. En outre, il faut que l'on m'aime. Les gens que j'aime peuvent me faire faire n'importe quoi. D'un autre côté, je peux être drôlement obstinée quand c'est nécessaire. Je n'ai pas de chance en amour, comme bien des gens nés sous le même signe que moi. Etes-vous marié, Archer ?

— Pas maintenant.

— Ce qui veut dire que vous l'avez été. Vous vous remarierez. Comme la plupart des Gémeaux. Et, souvent, les hommes nés sous ce signe épousent des femmes plus âgées qu'eux.

Malgré moi, je tressaillis.

— Vous êtes très convaincante, dis-je en grimaçant un sourire.

— C'est parce que je dis la vérité.

— Vous devriez devenir professionnelle. Il y a de l'argent à faire, dans ce métier. Surtout ici à L.A...

Ses yeux se transformèrent en deux fentes étroites, mais je savais qu'à l'abri de ses paupières elle m'étudiait. Tout à coup, elle les rouvrit tout grands.

— Oh, non ! fit-elle. Professionnellement ? Jamais ! Comme bien des Cancers, il m'arrive de voir plus clair, de *sentir* certaines choses. Quand je peux aider un ami de mes conseils, je le fais volontiers. Mais en tirer profit ? Non...

— Vous avez de la veine d'avoir des revenus indépendants.

Le verre qu'elle tenait s'échappa de sa main et se brisa en deux.

— Décidément, fit-elle, vous êtes bien un Gémeaux. Ces gens-là adorent aller jusqu'au fond des choses.

— Je n'avais pas l'intention de me montrer indiscret, me hâtai-je de dire.

— Oh, je le sais, je le sais... — Elle se leva brusquement. — Quittons ce sale endroit, Archer. Allons ailleurs. Quelque part où nous puissions parler en paix.

— Pourquoi pas ?

Elle posa un billet sur la table et se dirigea vers la porte d'une démarche un peu raide mais digne. Je la suivis, éprouvant un peu le sentiment d'une mouche aux prises avec une énorme araignée.

Russell Hunt était effondré sur sa chaise et paraissait dormir. Timothy traitait de tous les noms un maître d'hôtel qui lui expliquait que ses pommes au gratin seraient prêtes dans un quart d'heure.

8

Au *Hollywood Roosevelt*, elle se plaignit de l'air irrespirable. Au *Zebra Room*, elle décida de se saouler au whisky irlandais. Au même endroit, elle prit à partie un innocent consommateur qui, affirmait-elle, la dévisageait avec insistance. Il fallut toute ma diplomatie pour éviter un désagréable incident. Finalement, elle me demanda de l'escorter à l'*Ambassador*.

Je la laissai conduire sa voiture — j'avais laissé la mienne devant *Chez Swift* — mais je dus l'aider à la garer — elle en était totalement incapable. Notre séjour à l'*Ambassador* fut d'ailleurs de courte durée, car elle accusa le barman de nous servir de la bibine. Comme je ne lui avais pas encore soutiré les renseignements que je voulais, force nous fut de changer de crémerie. Je l'emmenai donc au *Huntoon Park*, bar situé dans une cave et où, heureusement, il n'y avait pas trop de clients. En fait, à part un couple d'amoureux installés au bout du comptoir, l'établissement était désert. Nous primes place sur des tabourets et j'essayai d'aiguiller la conversation sur le *Valerio*.

Elle, elle préféra me parler de sa carrière. Elle avait bu une quantité fantastique d'alcool. Malgré cela, elle tenait admirablement le coup. Ivre, elle l'était certes, mais pas au point de m'ouvrir son cœur. Je dus avaler encore trois ou quatre verres d'une liqueur affreusement sucrée avant qu'elle ne change de sujet.

Elle commença à parler à voix basse, de façon indistincte. Puis, brusquement, son intonation s'affermit :

— ... Il n'avait jamais pris soin de sa santé, mais il avait un corps de lutteur et une tête de chef indien. D'ailleurs, il avait du sang indien dans les veines. Quel homme ! Tendre, passionné, fidèle. Malheureusement, il était poitrinaire et mourut par une belle matinée d'été. Ce fut un rude choc pour moi. Au fond, je ne m'en suis jamais remise. C'est le seul homme que j'ai vraiment aimé.

— Comment disiez-vous qu'il s'appelait ? demandai-je, en m'examinant d'un air horrifié dans la glace qui nous faisait face.

— Bill... — Elle me regarda de biais. — Et je n'avais pas dit son nom. C'était mon contremaître. J'avais une immense propriété dans la vallée. Nous avons vécu ensemble, un an, puis il est mort. Cela se passait il y a vingt-cinq ans et, depuis, je n'ai jamais été moi-même.

Elle me contempla, l'air attendri. Moi, je sentais le sommeil m'envahir. Si cela continuait, c'est elle qui me ramènerait chez moi. Et je n'en savais pas plus long sur ses relations avec Sampson.

— ... D'ailleurs, poursuivait-elle, maintenant je n'ai plus confiance en personne. J'aimerais bien avoir un bon ami, quelqu'un sur qui je puisse compter. Mais où le chercher ? Même ce Simeon Kuntz de malheur... Il se prétend mon ami et, l'autre jour, il m'a dit qu'il me faisait tourner pour la dernière fois. Non, Archer, cessez de vous intéresser à moi. Je n'en vaux pas la peine. Il y a vingt-cinq ans que je suis finie.

Je protestai pour la forme. Elle ricana amèrement et vida son verre.

— Ramenez-moi chez moi, Archer.

Je glissai de mon tabouret avec l'agilité d'un gigolo et l'aidai à descendre du sien.

— Vous ne pouvez pas rentrer comme ça, lui dis-je... Il vous faut un autre petit verre pour vous remonter le moral.

— Vous êtes gentil... — Il y avait de l'ironie dans sa voix. — Mais pas ici. Ça ressemble à une morgue. Pour l'amour du Ciel, hurla-t-elle à l'adresse du barman, où sont tous vos clients ?

— Mais vous en êtes une, madame, répliqua-t-il froidement.

Je tirai Fay par le bras, car je voyais déjà une querelle naissante. Nous nous retrouvâmes dans la rue. La nuit était fraîche et les néons nous faisaient ressembler à des cadavres ambulants.

— Brrr, fit-elle. Où voulez-vous m'emmener ?

— Que diriez-vous du *Valerio* ? — Je n'eus droit à aucune réaction. — Ce n'est pas loin d'ici et c'est un endroit très convenable.

— Va pour le *Valerio*, décida-t-elle. Mais après, je rentre, entendu ?

J'ouvris la porte de la Buick. Fay s'appuya lourdement contre moi. Sa poitrine s'écrasa contre mon bras. J'eus un recul instinctif, mais elle ne le remarqua pas.

La serveuse du bar du *Valerio* appela Fay par son nom, nous escorta jusqu'à un box vide, donna un coup de serviette sur la table. Le barman, un jeune Grec, se dérangea pour venir prendre notre commande, pour lui demander de ses nouvelles. Et, aussi, de celles de Mr. Sampson.

Je poussai un soupir de soulagement.

— Il est toujours dans le Nevada, répliqua-t-elle.

Voyant que je l'observais, elle ajouta à mon intention :

— C'est un très vieil ami à moi. Il descend toujours au *Valerio* quand il est en ville.

— Chic type ! déclara le barman. Il nous manque.

— Ralph est un homme extraordinaire, renchérit Fay. De nos jours, on rencontre peu de gens comme lui.

Le barman prit notre commande et s'éloigna.

— Puisque c'est un bon ami à vous, dis-je à Fay, vous avez sûrement établi son horoscope.

— Comment l'avez-vous deviné... ? En effet. C'est un Capricorne. Charmant, mais tellement dominateur ! Il a connu une grande tragédie dans sa vie. Son fils unique a été tué pendant la guerre. Le soleil de Ralph était en conjonction avec Uranus. Mais vous ne comprenez certainement pas ce que je veux dire.

— Non, reconnus-je franchement. Mais, pour que vous en parliez, ce doit être quelque chose d'important.

— Très important. Uranus, c'est sa planète maléfique. Toutes les autres lui sont au contraire favorables. Et, après que je lui eus expliqué les raisons astrologiques de ses malheurs, il a fini par accepter la situation avec plus de résignation... — Elle se pencha vers moi et ajouta, d'un ton confidentiel : — Je voudrais que vous voyiez sa chambre à coucher ! Je l'ai fait redécorer. C'est dans un des bungalows du *Valerio*, mais on ne nous laisserait certainement pas y entrer.

— Mais alors, il est à l'hôtel, actuellement ?

— Non, dans le Nevada. Il a une ravissante maison dans le désert.

— Y avez-vous jamais été ?

— Bon Dieu, mais vous êtes d'une curiosité frisant l'indiscrétion ! — Elle sourit. — Vous ne seriez pas jaloux, des fois ?

— Vous me disiez que vous n'aviez plus d'amis.

— Vraiment ? J'oubliais Ralph.

Le barman nous servit nos consommations. Je venais de tremper mes lèvres, quand, par la porte menant au foyer de l'hôtel, je vis entrer un couple : Miranda et Alan Taggert.

— Excusez-moi un instant, dis-je à Fay.

Miranda m'aperçut au moment où je me levais. Je portai mon index aux lèvres et, du regard, lui indiquai le hall. Elle s'arrêta, bouche bée. Alan, lui, comprit aussitôt la situation. Saisissant la jeune fille par la main, il l'entraîna hors du bar.

Je les rejoignis dans le hall, à un endroit où ni le barman ni Fay ne pouvaient me voir. La porte battante du bar s'était d'ailleurs refermée derrière moi.

— Je ne comprends pas, dit Miranda. Je croyais que vous étiez censé chercher Ralph.

— C'est ce que je fais, précisément. Je suis en train de tirer les vers du nez d'une personne qui en sait probablement long sur son compte. Surtout ne venez pas gâcher mes efforts. Ne retournez plus au bar.

— Cela fait des heures que j'essaie de vous contacter !

Elle paraissait irritée et nerveuse.

— Emmenez-la d'ici avant qu'elle ne compromette tout, dis-je à Taggert.

— Mais Mrs. Sampson cherche depuis des heures à vous joindre, objecta-t-il.

Un chasseur philippin se tenait à quelques mètres de nous, ne perdant aucune de nos paroles. J'entraînai les deux jeunes gens vers un coin désert et mal éclairé.

— Que me veut-elle ? demandai-je.

— Elle a eu des nouvelles de Ralph, expliqua Miranda. Une lettre exprès. Il la prie de lui envoyer de l'argent. Pas envoyer, à vrai dire, mais de le tenir prêt à sa disposition.

— Combien ?

— Cent mille dollars.

— Hein ?

— Oui. Il lui demande de vendre des valeurs pour un montant de cent mille dollars.

— Elle en a donc autant sous la main ?

— Non, mais elle peut se procurer la somme nécessaire. Bert Graves, en sa qualité d'avocat et d'avoué, peut effectuer des transactions de ce genre. Ralph lui a donné les pouvoirs nécessaires.

— Qu'est-elle censée faire avec cette somme ?

— Ralph lui annonce qu'il lui donnera de ses nouvelles. Ou, alors, qu'il enverra un messager.

— Vous êtes sûre que cette lettre est bien de lui ?

— Elaine affirme que c'est son écriture.

— Lui révèle-t-il l'endroit où il se trouve ?

— Non, mais la lettre porte le cachet de la poste de Santa Maria. Il a dû y être aujourd'hui.

— Pas nécessairement. Pourquoi Mrs. Sampson veut-elle me voir ?

— Je l'ignore. Je suppose qu'elle désire votre avis.

— Bon. Dites-lui alors de tenir l'argent prêt mais de ne le remettre à personne sans la preuve formelle que votre père est toujours en vie.

— Vous pensez qu'il est mort ?

Je vis sa main se crisper sur un pli de sa robe.

— Ce n'est pas le moment de jouer aux devinettes. — Je me tournai vers Taggert. — Est-ce que vous pouvez ramener Miranda en avion chez elle ?

— Je viens de téléphoner à Santa Teresa, répliqua-t-il. Il y a sur l'aérodrome un intense brouillard. Mais il se dissipera certainement avant l'aube.

— Alors, dis-je, répétez-lui mon conseil par téléphone. Je suis sur une piste et je ne peux pas la lâcher. D'un autre côté, que Graves contacte discrètement la police. La police locale, celle de Los Angeles et, aussi, le F.B.I.

— Le F.B.I. ? murmura faiblement Miranda.

— Oui, expliquai-je, l'enlèvement est un crime puni par les lois fédérales.

9

Quand je revins au bar, un jeune Mexicain, s'accompagnant d'une guitare, chantait une chanson de toréador, adossé au piano à queue qui occupait un coin de la salle. Fay le dévorait littéralement des yeux. Elle fit à peine attention à moi, lorsque je me rassis en face d'elle.

Elle applaudit vigoureusement quand le chanteur eut terminé et lui fit signe d'approcher.

— Voudriez-vous chanter *Babalu*, s'il vous plaît, dit-elle en lui tendant un billet d'un dollar.

Il sourit, s'inclina et alla se remettre contre le piano, attaquant aussitôt l'air demandé.

— C'est la mélodie favorite de Ralph, m'expliqua Fay. Et Domingo la chante si bien ! Vous l'ignorez certainement, mais il a du sang espagnol dans les veines.

— Pendant qu'on parle de cet ami à vous, de ce Ralph, vous

ne pensez pas qu'il pourrait être mécontent, s'il me savait en votre compagnie ?

— Ne dites donc pas de sottises ! Au contraire ! J'espère que vous ferez connaissance un jour prochain, vous deux. Je parie qu'il vous sera sympathique dès le premier abord.

— Qu'est-ce qu'il fait dans l'existence ?

— Il est plus ou moins rentier. Il a beaucoup d'argent.

— Pourquoi ne l'épousez-vous pas ?

Elle fit entendre un rire rauque.

— Ne vous ai-je pas dit que j'avais un mari ? Mais vous n'avez pas à vous en faire... C'est un simple mariage d'affaires.

— Je ne savais pas que vous étiez dans les affaires.

— Je ne l'ai jamais prétendu... — Elle rit de nouveau, bien moins naturellement cette fois, et changea de sujet : — C'est drôle que vous me conseilliez d'épouser Ralph. Car nous sommes mariés tous les deux, chacun de son côté. De toute façon, notre amitié n'est pas ce que vous pouvez imaginer. Elle est sur un plan différent. Essentiellement spirituel.

Je levai mon verre :

— A l'amitié sur le plan spirituel.

Je fis signe à la serveuse avant même que Fay eût fini de boire. Le nouveau verre eut enfin le résultat escompté : il l'acheva. Son visage parut se décomposer, ses yeux devinrent ternes, les coins de sa bouche tombèrent.

— Je ne me sens pas très bien, déclara-t-elle tout à coup en s'éventant avec la main.

— Je vais vous ramener !

— Vous êtes gentil.

Je l'aidai à se redresser. La serveuse nous tint la porte ouverte. Elle eut un sourire condescendant pour Fay, un regard peu aimable pour moi. Fay franchit le trottoir en s'appuyant sur moi comme si j'avais été une canne. La faire monter dans la voiture ne fut pas une mince affaire. A peine installée, elle rejeta sa tête en arrière et ferma les yeux. Je mis le moteur en marche et pris la direction de Pacific Palisades.

— Il faut que je rentre, déclara Fay d'une voix à peine audible. Vous savez où j'habite ?

— Oui, vous me l'avez dit.

Elle ne s'aperçut pas de mon mensonge.

— Je me lève de bonne heure, demain, poursuivit-elle. Le studio ! Comme si j'en avais besoin ! Sam peut bien me balancer ! Qu'est-ce que ça peut bien me fiche ? J'ai d'autres revenus.

— Vous avez effectivement l'air d'une femme d'affaires.

— Vous êtes gentil, Archer... — Elle commençait à me taper sur le système, à force de se répéter. — Prendre soin d'un vieil épouvantail comme moi ! Mais je parie que je vous serais moins sympathique si je vous révélais d'où je tire mes ressources.

— Essayez toujours.

— Ah, non ! Rien à faire. — Son rire me parut sinistre. — Vous êtes un trop gentil garçon.

Sûr, pensai-je. Le modèle même du jeune Américain. Toujours prêt à tendre une main secourable à une vieille dame un peu éméchée qui risque de se retrouver le nez sur le trottoir.

Fay se tut. Elle respirait régulièrement, mais son haleine empestait l'alcool. J'avais l'impression d'être assis à côté d'un fauve. D'un vieux fauve. Vieille, l'était-elle, au fond ? Pas tant que ça. Une cinquantaine d'années. Mais quelle vie, quelle expérience ! Le genre de fréquentation, en un mot, que Sampson aurait dû éviter comme la peste.

Tout en roulant, je lui jetais par moments un petit coup d'œil. Elle dormait. Mais elle se réveilla au moment où j'arrêtais la bagnole devant sa maison.

— Prenez l'allée, mon petit, dit-elle d'une voix pâteuse.

J'obéis, arrêtai le moteur, descendis, lui tendis à nouveau le bras.

— Venez avec moi, fit-elle en me tendant sa clef. J'ai encore soif et vous me tiendrez compagnie.

— Mais... votre mari ?

J'eus droit à un ricanement sonore.

— Ça fait des années qu'on ne vit plus ensemble.

Je la suivis dans l'antichambre qui sentait le musc et l'alcool. Le plancher était glissant et je craignis un instant qu'elle ne s'effondre. Mais elle se déplaçait avec la sûreté d'une somnambule. Je lui donnai quand même le bras et pénétrai avec elle dans une pièce où elle fit la lumière. C'était un living-room qui n'avait rien d'astrologique, un living-room de maison bourgeoise, confortablement meublé. Il y avait là une belle bibliothèque, un combiné radio, des reproductions de tableaux impressionnistes aux murs, une vaste cheminée. La seule chose qui me frappa fut le tissu qui recouvrait les fauteuils et le sofa : il représentait des plantes tropicales et, entre chacune d'elles, il y avait... un œil ouvert.

Je pris place sur le sofa cependant que Fay se dirigeait vers un petit bar, dans un coin.

— Qu'est-ce que vous prenez ? demanda-t-elle.

— Whisky et soda, s'il vous plaît.

Elle m'apporta mon verre. Du moins la moitié, car l'autre se répandit en route, laissant des taches sur le tapis. Puis elle s'assit à côté de moi, tête branlante.

— Je ne sais pas ce que je voudrais boire, pleurnicha-t-elle en s'appuyant contre moi.

Je lui passai un bras autour des épaules. Elle tressaillit :

— Ne me faites rien ce soir, mon petit. Je suis vraiment crevée. Une autre fois, si vous voulez...

Elle ferma les yeux et s'endormit. Pour m'en assurer, je lui soulevai une paupière. Aucun doute, elle dormait. Alors, je dégageai doucement mon bras et l'étendis sur le sofa. A peine fut-elle sur le dos qu'elle commença à ronfler.

Je me levai et passai dans la pièce voisine. C'était une salle à manger à l'ameublement moderne. Des fleurs artificielles ornaient la table. Rien à chercher, ici. Je passai à la cuisine. Là également, il n'y avait rien d'intéressant, et je me demandai un instant si je ne m'étais pas trompé sur son compte. Après tout, elle pouvait s'occuper d'astrologie dans des buts parfaitement avouables. Malheureusement, il y avait aussi ce garage, bien trop grand pour une maison de ce genre. Et, surtout, son gorille qui avait failli me mettre à mal.

J'allai dans la salle de bains. Tout y était bleu pastel. La pharmacie, accrochée au mur, regorgeait de médicaments de toutes sortes, et de drogues plus ou moins nocives — véronal, membutal, luminol. J'y découvris également des fards, des boîtes de poudre. Et un rasoir. Mais nulle part je ne vis de crème à raser. En outre, il n'y avait qu'une seule brosse à dents dans le verre, sur l'étagère fixée au-dessus du lavabo.

La chambre à coucher était abondamment fleurie et faisait penser à celle d'une jeune fille. Un bouquin sur l'astrologie était posé sur la table de nuit. Dans les placards, je trouvai un grand nombre de robes, toutes portant la griffe des couturiers les plus chers de la ville.

Tout un tiroir de la commode était rempli de bas. J'y fouillai par acquit de conscience et sans grand espoir. Soudain, je me raidis. Sous une pile de bas, j'aperçus des rouleaux de papier vert. Des billets de banque. Presque uniquement des billets de un, cinq et dix dollars. Mais qu'est-ce qu'il y en avait ! Pour huit à dix mille dollars, au bas mot. Et je remarquai aussi que la plupart des billets étaient vieux et couverts de taches de graisse. Pourquoi les gardait-elle ici, au lieu de les porter à la banque ? Il est vrai qu'elle avait reconnu elle-même que la majeure partie de ses ressources était d'origine inavouable.

J'en étais là de mes réflexions quand la sonnerie du téléphone me fit sursauter. Je me hâtai de remettre l'argent dans le tiroir et de le recouvrir de bas. Puis je descendis au rez-de-chaussée. Le téléphone sonnait toujours. Il était installé dans l'entrée. En passant devant le living-room, je tendis l'oreille, mais n'entendis rien de suspect.

Je décrochai et, tenant la main en cornet, dis à voix basse :

— J'écoute.

— Mr. Troy ?

Une voix de femme.

— Oui.

— C'est Betty. — Le débit était rapide. — Est-ce que Fay est rentrée ?

— Non.

— Ecoutez-moi, Mr. Troy, on a vu Fay au *Valerio*, il y a environ une heure, en compagnie d'un homme. Il est possible que ce soit un flic. Il a annoncé qu'il la ramenait chez elle. Vous ne voulez sûrement pas qu'il soit là lorsque le camion arrivera. Et vous savez comment est Fay, lorsqu'elle a un verre de trop dans le nez.

— Oui... — D'une voix à peine audible, j'ajoutai : — Où êtes-vous, maintenant ?

— Au *Piano*, bien sûr.

— Est-ce que Ralph Sampson est là ?

Elle étouffa une exclamation de surprise, mais ne dit rien l'espace de dix bonnes secondes. A la fin, elle déclara :

— Pourquoi me le demandez-vous ? Je ne l'ai pas vu, ces temps-ci.

— Où est-il ?

— Je l'ignore... Qui est à l'appareil... ? Mr. Troy ?

— Oui. Ne vous en faites pas. Je prendrai soin de Fay.

Je raccrochai. Au même instant, un petit bruit du côté de la porte éveilla mon attention. Les doigts crispés sur le récepteur, je vis le bouton tourner. Puis le battant s'ouvrit brusquement, démasquant un homme vêtu d'un pardessus léger. Celui que j'avais vu *Chez Swift* en compagnie de Fay. Il entra comme un comédien entre en scène et, de la main gauche, repoussa la porte. La droite, elle, était enfouie dans la poche et celle-ci pointait vers moi.

— Qui êtes-vous ? lui demandai-je d'un ton indigné.

— Je sais qu'il est fort impoli de répondre à une question par une autre question, déclara-t-il, mais *qui êtes-vous* ?

Il parlait avec l'accent d'un Anglais ayant quitté son pays depuis des années.

— Si c'est une attaque à main armée... commençai-je.

Il eut un sourire ironique.

— Je vous ai posé une question très simple, mon vieux. J'aimerais que votre réponse le fût tout autant.

— Je m'appelle Archer. — Il s'était rapproché et je voyais que ses cheveux blancs, soigneusement peignés, cachaient une calvitie assez prononcée. — Et vous ?

— Et qu'est-ce que vous faites dans la vie, Mr. Archer ?

— Je suis dans les assurances. Vous voulez voir ma carte... ?

Je fis mine de plonger la main dans ma poche intérieure, mais il m'arrêta d'un geste.

— Ne bougez pas ! Je déteste la violence mais, quand c'est nécessaire, je n'hésite jamais à y recourir.

— Je n'en doute pas. Aussi ne vais-je pas vous proposer de vous assurer. Vous ne ferez pas long feu, à vous promener armé à L.A.

Il sourit de nouveau.

— Peut-on vous demander ce que vous faites ici, Mr. Archer ?

— J'ai ramené Fay chez elle.

— Etes-vous un ami à elle ?

— Apparemment. Et vous ?

— C'est moi qui pose les questions, Mr. Archer. Qu'avez-vous l'intention de faire maintenant ?

— J'allais appeler un taxi, pour rentrer chez moi.

— C'est ce qu'il y a de plus raisonnable à faire, convint-il. Allez-y.

Je formai le numéro des « Yellow Cabs ». Pendant que je le faisais, Troy s'approcha de moi et me palpa sur toutes les coutures. Heureusement pour moi, j'avais laissé mon automatique dans ma voiture.

Il recula de deux pas et me fit voir sa propre arme, un revolver de calibre 32 ou 38, à crosse nickelée. Je supputai un instant les chances d'une attaque brusquée, mais il dut deviner ma pensée.

— Non, fit-il. Je suis un excellent tireur. Ce serait un véritable suicide. Voulez-vous vous tourner, je vous prie ?

J'obéis. Il m'enfonça son revolver dans les reins.

— Voulez-vous monter dans la chambre à coucher, au premier, s'il vous plaît.

J'obéis encore. Lorsque nous fûmes en haut, me tenant toujours en respect, il s'approcha de la commode, ouvrit le tiroir à bas, en inspecta le contenu.

— Qu'est-ce que vous faisiez dans cette pièce ?

— Je n'y suis même pas monté. C'est Fay qui a allumé.

— Où est-elle maintenant ?

— Dans la grande pièce du bas.

Nous redescendîmes, moi devant, lui derrière. Fay dormait à poings fermés. Sa bouche était ouverte et elle ne ronflait plus. Un de ses bras était retombé et les doigts touchaient le tapis. L'homme la regarda avec mépris.

— Elle n'a jamais su boire, fit-il.

— Nous avons fait pas mal de bistros.

— Je n'en doute pas. Ce qui m'étonne, Mr. Archer, c'est que vous vous intéressiez à un vieux sac d'asticots comme elle...

Il indiqua Fay du canon du revolver.

— Mesurez vos paroles, déclarai-je d'un ton solennel. Vous parlez de la femme que j'aime.

— C'est mon épouse.

Un léger frémissement de ses narines me prouva qu'il était capable d'avoir des réactions visibles.

— Vraiment ?

— Je ne suis pas d'un naturel jaloux, Mr. Archer, mais je ne puis que vous conseiller de la laisser tranquille. Elle possède son petit cercle d'amis et de relations et je ne vous vois pas jouant un rôle parmi eux. Fay est très tolérante, comme vous avez dû vous en rendre compte. Moi, je le suis un peu moins. Mais certains de ses amis ne le sont pas du tout.

— Tous, j'espère, ne sont pas aussi loquaces que vous.

Il contempla son revolver d'un air absorbé, puis braqua l'arme sur mon cœur.

— C'est possible, dit-il, mais ils possèdent d'autres moyens de s'exprimer. Des moyens infiniment plus dangereux. Me suis-je bien fait comprendre, Mr. Archer ?

— On ne peut mieux, répondis-je aimablement.

Un klaxon retentit dans la rue.

Troy alla jusqu'à la porte et me l'ouvrit toute grande.

10

— Content d'avoir un client, déclara le chauffeur après que nous eûmes démarré. Je craignais de rentrer à vide. J'ai emmené une partie carrée à Malibu, mais ils ont déjà commencé à faire des leurs dans le taxi. Vous vous rendez compte ?

— Je compatis, dis-je.

— Et si vous aviez entendu les deux femmes parler ! Moi qui ne suis pas bégueule, elles m'ont fait rougir... Où est-ce que vous allez ?

Nous avions atteint Sunset Boulevard et il hésitait sur la direction à prendre.

— Est-ce que vous connaissez une boîte qui s'appelle *Le Piano* ?

— Vous parlez du *Piano sauvage* ? C'est dans West Hollywood.

— Dirigé par qui ?

— On ne me l'a pas présenté, rétorqua-t-il en redémarrant. C'est là que je vous emmène ?

— Pourquoi pas ? La nuit ne fait que commencer.

Je mentais outrageusement. Pour moi, la nuit était déjà avancée, et j'aurais volontiers réintégré mes pénates. Mais je me devais à mon client.

Le Piano sauvage se trouvait dans une petite rue mal éclairée et était flanqué de deux bâtisses qui eussent fait honte à un bidonville.

Pas d'enseigne, pas d'entrée rutilante. Au-dessus de la porte, j'aperçus un balcon de fer forgé. Derrière, une fenêtre aux rideaux soigneusement tirés.

Un chasseur noir, surgi on ne sait d'où, ouvrit la portière du taxi. Je réglai la course et descendis. En passant près du Noir, je constatai que son uniforme bleu était usé jusqu'à la corde.

On pénétrait au *Piano* par une espèce de tunnel étroit qui donnait sur la salle proprement dite. Un autre Noir, en veste blanche de garçon, m'accueillit à l'entrée, un sourire de circonstances aux lèvres.

Je remis mon chapeau à la demoiselle du vestiaire et jetai un coup d'œil alentour. La salle était toute en longueur, avec des tables recouvertes de nappes blanches de part et d'autre de l'allée centrale. Tout au fond il y avait une estrade sur laquelle on avait installé un crapaud. La pianiste jouait avec des mouvements mécaniques.

Je demandai une table près de l'estrade. Le garçon m'y conduisit non sans se retourner plusieurs fois, comme s'il craignait que je me sauve. Les murs du *Piano* étaient décorés de femmes nues — blanches sur fond bleu. Les deux tiers des tables étaient vides. Et les rares clients assis autour des autres avaient l'air de mourir d'ennui. Les entraîneuses — car il y en avait, forcément — étaient de deuxième choix. Une jeune Mexicaine, installée, seule, à une table voisine de la mienne, me jeta un regard rempli d'espoir puis haussa imperceptiblement les épaules et détourna la tête.

— Scotch ou bourbon, monsieur ? demanda le garçon.

— Bourbon à l'eau.

— Très bien, monsieur. Nous servons aussi des sandwiches, si vous le désirez.

Je me souvins tout à coup que je n'avais pas dîné.

— O.K. Au fromage.

— Très bien, monsieur.

Le garçon parti, je jetai un coup d'œil à la pianiste. Je ne voyais pas son visage. Son corps, lui, était plutôt maigrichon, surtout les bras. Mais elle avait de beaux cheveux, qui lui tombaient sur les épaules. Elle continuait de jouer de façon mécanique et l'on avait l'impression que, si elle s'arrêtait, le piano, lui, poursuivrait tout seul.

— Bonsoir, beau brun. Tu me paies à boire ?

Je tournai la tête. La petite Mexicaine était devant moi. Avant même que j'aie ouvert la bouche, elle s'était installée sur la banquette, à côté de moi, et ses doigts avaient commencé à pétrir mon bras. Son sourire était artificiel.

— *Beau* brun ? fis-je. C'est plutôt une paire de lunettes que je devrais te payer.

Elle devina que c'était censé être drôle et éclata d'un petit rire sur mesure.

— Tu es un petit marrant. J'aime bien les gens marrants...

Elle avait la voix gutturale et son visage était aussi expressif qu'un morceau de bois.

— Tu ne m'aimerais sûrement pas. Mais je vais te payer à boire.

Elle tenta, sans réussir, de simuler une vive satisfaction. Puis elle se frotta contre moi. Elle avait un épais duvet au-dessus de la lèvre supérieure et une véritable fourrure sous les bras.

— Réflexion faite, dis-je, c'est plutôt des hormones que je devrais te payer.

— C'est quelque chose qu'on mange ? Chic ! Car j'ai très faim.

Et j'eus le droit de contempler une rangée de petites dents très blanches.

— Tu peux me mordre, si tu veux.

— Tu es marrant, fit-elle de nouveau, cependant que ses mains continuaient de pétrir mon bras.

Le garçon survint sur ces entrefaites, porteur d'un petit plateau. Il posa devant moi un minuscule sandwich, un verre d'eau, une tasse contenant un centimètre de whisky et une coupe d'un liquide de couleur bizarre destiné visiblement à l'entraîneuse.

— Ce sera six dollars, monsieur, déclara-t-il.

— Pardon ?

— Deux dollars par consommation et deux dollars pour le sandwich.

J'examinai de plus près ce qu'il appelait de ce nom. La tranche de fromage était aussi mince qu'une feuille d'or. Je posai dix dollars sur la table et ne ramassai pas la monnaie. La petite Mexicaine jeta un regard concupiscent sur les quatre billets.

— Tu as des doigts très passionnés, lui dis-je, mais il se trouve que j'attends Betty.

— Betty... ? — Elle jeta un regard furieux à la pianiste. — Mais Betty est une artiste. Elle ne voudra pas...

Un geste obscène acheva la phrase.

— C'est Betty que j'attends.

Elle faillit cracher par terre, puis se leva, l'air furieux, et s'éloigna. Je fis signe au garçon et lui commandai une consommation pour la pianiste. Il l'apporta presque sur-le-champ et la posa sur le piano. Betty tourna la tête. Elle avait un visage ravissant. Les yeux, tristes, étaient d'une couleur indéfinissable. Elle ne fit aucun effort pour sourire. J'indiquai de la tête la place à côté de moi. Elle eut un geste négatif, puis le clavier se déchaîna.

Soudain, elle s'arrêta, observa quelques secondes de silence et, passant du boogie-woogie au blues, se mit à chanter :

Je n'ai plus ma tête,
Je n'ai plus mon cœur,
Je ne suis qu'une fleur
Qui se meurt.

Elle chantait avec conviction et même, dirais-je, avec une certaine émotion. La voix, un peu rauque, n'était pas désagréable. Le public ne l'écoutait pas. J'applaudis vigoureusement quand elle eut fini puis lui fis porter un autre verre.

Elle s'arrêta de jouer, se leva et, le whisky à la main, s'approcha de ma table et s'assit à côté de moi. Impossible de lui donner un âge — elle pouvait avoir aussi bien vingt ans que trente. Son regard dégageait un magnétisme certain. Elle devait le savoir, car elle me fixa intensément.

— Vous aimez ma musique ? fit-elle.

— Vous devriez vous produire dans une boîte de la 52e Rue [1].

— J'y ai joué, il y a des années. Mais vous n'avez pas dû aller là-bas depuis un certain temps. C'est un monde mort, maintenant.

— Quel intérêt pour vous de rester ici ? Ça va fermer d'un jour à l'autre. Il n'y a pas de clients... Qui est-ce qui dirige cet établissement ?

— Un homme que je connais. Vous n'auriez pas une cigarette ?

Je lui en donnai une. Elle aspira voluptueusement la fumée, comme si elle s'attendait à ressentir quelque chose de divin. Puis son visage changea. Je vis qu'elle se droguait.

— On m'appelle Lew, lui dis-je. J'ai sûrement entendu parler de vous.

— Mon nom est Betty Fraley...

Il y avait comme une espèce de regret dans ses paroles.

— Je me souviens de vous, Betty... — Ce n'était pas vrai, mais il faut savoir bluffer. — Vous n'avez pas eu de veine...

Je ne risquais pas grand-chose, il était à peu près certain qu'elle avait eu des ennuis.

— Vous pouvez le dire ! Deux années dans une cellule toute blanche et pas de piano ! Pourtant, ils n'ont rien pu prouver contre moi, sinon que j'en prenais. Comme si c'était un crime ! Alors, sous prétexte de me sauver de moi-même, de me guérir, ils m'ont enfermée. Les salauds ! Si je n'avais pas eu un nom, ils m'auraient laissée aller. Mais me condamner, ça leur faisait une sacrée publicité. Pouah ! Deux ans sans piano, vous vous rendez compte !

— Pour une fille qui n'a pas joué pendant vingt-quatre mois, vous ne vous défendez pas mal.

— Vous êtes sincère ? Vous auriez dû m'entendre à Chicago,

---

1. Rue de New York, célèbre par ses établissements de nuit.

lorsque j'étais en pleine forme ! Je soulevais les salles. Ça, c'était de la musique. Vous avez peut-être entendu mes disques ?

— Qui ne les a pas entendus ?

— N'y avait-il pas quelque chose en eux... ?

— Ils étaient merveilleux !

Elle me fixa, l'air méfiant.

— Je ne vous crois pas. Citez-m'en un seul.

— Ma foi, il y a si longtemps de ça...

— Est-ce que vous aimiez mon *Gin Mill Blues* ?

— Oh, oui ! fis-je. Et vous l'interprétiez un peu mieux que Sullivan.

— Vous n'êtes qu'un menteur, Lew ! Je n'ai jamais enregistré cet air. Vous voulez simplement me faire parler. Pourquoi ?

— Votre musique me plaît.

— Sans blague ! Vous devez être sourd, mon vieux ! — Son regard s'illumina un instant. — Pour ce que je sais de vous, vous pourriez être un flic. Vous n'êtes pas exactement le genre, mais il y a quelque chose dans vos yeux... Oui, c'est ça, vous avez des yeux de flic. Des yeux qui vous veulent du mal.

— Vous vous trompez, Betty. Je ne veux de mal à personne. Mais je suis effectivement un flic.

— Stupéfiants ?

Elle semblait terrorisée.

— Rien de tel. Simplement un privé qui essaie de gagner sa croûte. Et, en ce qui me concerne, vous êtes libre de faire ce qui vous plaît. Mais j'aime quand même votre musique.

— Vous mentez... — Il y avait à la fois de la haine et du désespoir dans sa voix. — C'est vous qui avez répondu au téléphone quand j'ai appelé Fay, tout à l'heure. Vous avez prétendu être Troy. Qu'est-ce que vous cherchez au juste ?

— Un homme du nom de Sampson. Ne me dites pas que vous n'en avez jamais entendu parler.

— C'est pourtant la vérité.

— Ce n'est pas ce que vous avez dit au téléphone.

— Bon, bon... Je l'ai vu ici, quand il est venu. Et après ? Je ne suis pas chargée de le surveiller. Pourquoi venir m'ennuyer ?

— C'est vous qui êtes venue à ma table, Betty.

Elle se pencha vers moi, tout son être tendu.

— Fichez le camp d'ici et n'y remettez pas les pieds !

— J'y suis, j'y reste.

— Ah, vous pensez... ? — Elle leva le bras et fit claquer ses doigts. Le garçon s'amena en courant. — Appelez Puddler. Ce type-là est un privé.

Il me jeta un coup d'œil inquiet.

— Surtout, lui dis-je, pas d'histoires !

Betty se leva d'un bond et alla ouvrir une porte, derrière l'estrade.

— Puddler ! cria-t-elle.

Toutes les têtes se levèrent.

La porte s'ouvrit et un homme se dressa dans l'embrasure. Mon vieil ami le gorille à chemise de soie rouge.

Betty tendit vers moi un index accusateur.

— Mets-le à la porte et fais-lui comprendre que sa place n'est pas ici. Il a essayé de me tirer les vers du nez.

J'avais le temps de mettre les voiles, mais je n'en éprouvais pas la moindre envie. J'avais passé ma journée à éviter les explications décisives. Je me levai et me précipitai à sa rencontre, comme un idiot. Mon premier coup de poing l'atteignit au menton. Sa tête ne vacilla même pas. Et je n'eus pas le temps de lui en porter un second, car il m'immobilisa le bras.

La suite se passa avec la rapidité de l'éclair. Je reçus un coup de massue dans l'estomac, qui me fit rendre tout l'air que j'avais dans les poumons. Le second m'atteignit à la mâchoire, sous l'oreille.

Je ne sais pas combien il m'en donna d'autres car je sombrai dans le néant.

11

Je repris mes esprits à l'air frais. Puddler me tenait cloué de sa main gauche contre un mur. Sa droite me travaillait sur tout le corps.

Au moment où j'allais retomber dans les pommes, je vis soudain une ombre se dresser derrière mon tortionnaire. Celui-ci était trop absorbé pour l'apercevoir. Je vis l'ombre lever le bras. Puis un coup sourd parvint à mes oreilles, plus doux, plus agréable qu'un concert de harpes célestes. Puddler s'effondra lentement devant moi, puis tomba en arrière et resta allongé sur le dos, les genoux pliés.

Alan Taggert lui mit un pied sur la poitrine puis me soutint.

— Filons, dit-il. Je n'ai pas tapé très fort, il peut revenir à lui d'une seconde à l'autre.

— Pas fort ? Prévenez-moi donc le jour où vous taperez fort. Je voudrais être présent.

J'avais les lèvres enflées et mes jambes refusaient de me soutenir. Je n'avais même pas la force de donner un coup de pied à Puddler. D'ailleurs, Taggert ne m'en laissa pas le temps. Il m'entraîna par le bras vers un taxi qui stationnait à quelques mètres de là, une de ses portières ouvertes. De l'autre côté de la rue, je reconnus la bâtisse qui abritait *Le Piano sauvage*. Taggert me poussa dans le taxi puis y monta.

— Où voulez-vous aller ?

Mon cerveau était aussi vide qu'un fourgon postal qui vient d'être attaqué.

— Je préférerais rentrer mais... — Les idées commençaient à me revenir. — ... il faut que j'aille d'abord *Chez Swift*.

— C'est fermé, à cette heure, objecta le chauffeur.

— Ma voiture est garée là-bas.

Et mon automatique se trouvait dans le compartiment à gants.

Nous avions parcouru la moitié du trajet quand ma curiosité naturelle reprit le dessus.

— D'où sortiez-vous ? demandai-je à Taggert.

— Eh bien, expliqua-t-il, je cherchais Sampson. Je savais qu'il existait dans ce quartier une boîte qui s'appelle *Le Piano sauvage,* parce qu'il m'y avait emmené un jour. Alors, je me suis dit que je pourrais leur demander s'ils ne l'avaient pas vu récemment.

— C'est exactement l'idée que j'ai eue. Vous avez vu la réponse qu'on m'a fournie.

— Oui. Je vous ai vu sortir.

— Vous m'avez vu *sortir* ?

— Plus ou moins. Il y avait, évidemment, le gars qui vous soutenait. Moi, j'étais dans le taxi. Quand j'ai vu qu'il vous emmenait dans cette allée déserte, je lui ai couru après.

— Je vous dois une fière chandelle. Sans vous, il me tuait.

— De rien, de rien... — Il se pencha vers moi, et murmura, de façon que le chauffeur ne pût l'entendre : — Vous pensez vraiment que Sampson a été enlevé ?

— Je n'ai pas la force de penser, pour l'instant. Mais c'est, je l'avoue, une idée qui a fait des progrès dans mon esprit.

— Qui diable aurait pu l'enlever ?

— Il y a d'abord une femme du nom de Mrs. Estabrook. Ensuite, un homme du nom de Troy. Avez-vous eu l'occasion de rencontrer ce dernier ?

— Non, mais j'ai entendu parler de Mrs. Estabrook. Elle se trouvait avec Sampson dans le Nevada, il y a quelques mois.

— En quelle qualité ?

Mon visage me faisait très mal et je me passai la main sur la figure pour essayer de me rafraîchir.

— Je ne sais pas. Elle s'y est rendue en voiture, car l'avion était immobilisé à Los Angeles pour réparations. Je n'ai pas eu l'occasion de la voir, mais Sampson m'a parlé d'elle. D'après ce qu'il m'a dit, ils restaient pendant des heures au soleil, à discuter religion. Je pense que Mrs. Estabrook est en relations plus ou moins suivies avec Claude, le saint homme à qui Sampson a fait cadeau de sa montagne.

— Vous auriez dû me le dire plus tôt ! C'est la photo de cette femme que je vous ai montrée tantôt.

— Je l'ignorais, ne l'ayant jamais vue.

— Ça n'a plus aucune importance, maintenant. J'ai passé la soirée avec elle. C'est elle, la femme qui m'accompagnait au *Valerio*.

— Vraiment ? — Il paraissait étonné. — Sait-elle où Sampson se cache ?

— Il est possible qu'elle le sache, mais elle ne me l'a pas révélé. J'ai l'intention de lui rendre une nouvelle visite. Mais j'aimerais ne pas y aller seul. Elle a des amis plutôt brutaux.

— Excellent ! s'écria-t-il. Je viendrai avec vous !

Nous récupérâmes ma voiture devant *Chez Swift* et je laissai Taggert prendre le volant, car je n'étais pas trop sûr de mes réflexes. En arrivant devant la maison de Fay, nous la trouvâmes plongée dans l'obscurité. La Buick n'était plus devant l'entrée et le garage était fermé. Je frappai à la porte avec la crosse de mon automatique mais n'obtins pas de réponse.

— Elle a dû s'enfermer, dit Taggert.

— Il nous faut pénétrer à tout prix, déclarai-je.

Nous essayâmes d'enfoncer le battant, mais cela se révéla au-dessus de nos forces. Nous contournâmes alors la maison pour tenter notre chance par l'entrée de service. Dans la cour, je trébuchai contre un objet glissant et faillis m'étaler : une bouteille de bière vide.

— Ouvrez l'œil, fit Taggert. Il y en a peut-être d'autres.

Il essaya d'enfoncer la porte d'un coup d'épaule. Je lui prêtai ma faible aide. Finalement le bois craqua et le verrou sauta. Nous pénétrâmes dans la maison que nous traversâmes. Arrivés dans l'antichambre, je déverrouillai l'entrée et nous sortîmes sur la véranda.

— Etes-vous armé ? demandai-je à Taggert.

— Non.

— Mais vous savez vous servir d'une arme à feu ?

— Bien entendu. Mais je préfère une mitraillette ou une mitrailleuse.

— A défaut, prenez toujours ça... — Je lui remis mon automatique. — Restez ici et, si vous entendez quelqu'un venir, prévenez-moi. Cachez-vous pour qu'on ne vous voie pas.

Il se posta derrière un pilier avec la dignité d'une sentinelle du palais de Buckingham. Quant à moi, je revins sur mes pas et visitai successivement le living-room, la salle à manger, la cuisine et la salle de bains. Vides. Je montai au premier. Rien n'avait changé dans la chambre à coucher, sauf un petit détail qu'un non-initié n'eût même pas remarqué : le tiroir de la commode ne recelait plus que des bas. L'argent avait disparu. En revanche, dans un coin dudit tiroir, je découvris une enveloppe chiffonnée, adressée à Mrs. Estabrook, et sur le recto de laquelle, je découvris, gribouillés au crayon, des chiffres et des mots :

Moyenne brute : $. 2 000. Moyenne dép. (max.) $ 500. Moy. nette : 1 500. Mai : 1.500 × 31 = 46 500 moins 6 500 (en cas) = 40 000/2 = 20 000.

Autrement dit, c'était l'énoncé d'une affaire ou d'une transaction extrêmement prospère et dans laquelle il y avait deux associés. Et j'étais en tout cas certain d'une chose : ce n'était sûrement pas *Le Piano sauvage* qui rapportait 40 000 dollars par mois. Même si celui-ci avait trente et un jours.

Je retournai l'enveloppe. Elle avait été postée à Santa Maria le 30 avril, il y avait donc huit jours de ça. Pendant que j'essayais d'échafauder une théorie plausible, j'entendis tout à coup un bruit de moteur dans la rue. Je me hâtai d'éteindre la lumière et descendis au rez-de-chaussée.

Un rayon de phare balaya le devant de la maison. J'entrouvris prudemment la porte au moment précis où Taggert appelait à mi-voix :

— Archer !

Puis il eut une réaction stupide : il se mit au beau milieu de la véranda et appuya sur la gâchette de l'automatique.

— Ne tirez pas ! criai-je.

Mais c'était trop tard. La balle avait frappé quelque chose de métallique.

D'un coup de coude, j'écartai Taggert et m'élançai en avant. Un camion, bâche baissée, qui s'était engagé dans l'allée menant vers le cottage, faisait maintenant marche arrière. Je franchis la pelouse en cinq ou six pas et sautai sur le marchepied du véhicule. L'espace d'une seconde, j'aperçus un visage pâle, presque cadavérique, qui me fixait d'un œil effaré.

Puis le camion freina si brusquement que je roulai à terre. Le véhicule redémarra, toujours en marche arrière, s'arrêta de nouveau, puis fonça. En avant, cette fois. C'est-à-dire sur moi. Je n'eus que le temps de rouler de côté. Le camion passa comme un bolide à l'endroit précis où je me trouvais quelques secondes plus tôt. Il n'avait pas de feu arrière.

Lorsque je rejoignis ma voiture, Taggert mettait déjà le moteur en marche. Je le repoussai, pris le volant et me lançai à la poursuite du camion. Mais quand nous eûmes atteint Sunset Boulevard, il avait disparu. Impossible de deviner s'il avait pris la direction de la mer ou de la montagne.

Je me tournai vers Taggert qui se tassait dans son coin, l'air confus.

— Pourquoi avez-vous tiré malgré ma recommandation ?

— C'était trop tard. De toute façon, j'avais visé au-dessus de la tête du conducteur. Je voulais l'obliger à abandonner son véhicule.

— Il a essayé de m'écraser. On l'aurait fait prisonnier si vous n'aviez pas de réactions aussi vives.

— Je suis désolé...

Il me rendit mon automatique.

— Aucune importance, d'ailleurs... — Je pris la direction de la ville. — Avez-vous au moins bien vu le camion ?

— Il provient certainement des surplus de l'armée. Peint en noir, si je ne me trompe.

— Non, en bleu. Et le chauffeur ?

— Je ne l'ai pas très bien vu. Il portait une espèce de casquette. Du cuir, je crois.

— Vous n'avez pas vu son numéro avant ?

— J'ai l'impression qu'il n'y en avait pas.

— Dommage. Car peut-être que Sampson était à l'intérieur. Ou qu'il y a été.

— Vraiment ? Vous ne pensez pas qu'on devrait s'adresser à la police ?

— C'est mon avis. Mais, auparavant, je dois m'entretenir avec Mrs. Sampson. Lui avez-vous téléphoné, comme je vous l'avais demandé ?

— Je n'ai pas pu l'avoir. Elle avait pris des somnifères et dormait. Elle ne veut pas s'endormir sans drogue.

— Dans ce cas, je la verrai demain matin.

— Vous voulez prendre l'avion, avec Miranda et moi ?

— Non, j'irai par la route. J'ai à faire une petite chose auparavant.

— Quoi ?

— Une petite histoire privée à régler.

Il ne dit plus rien après ça, et nous roulâmes en silence. L'aube commençait à poindre. La circulation était presque inexistante si l'on exceptait les premiers camions de livraison. Mais aucun de ceux que nous croisâmes ou dépassâmes n'était un ancien surplus peint en bleu.

Je déposai Taggert au *Valerio* et rentrai chez moi. Mon litre de lait m'attendait déjà devant la porte. Je le pris et allai le porter à la cuisine. La pendulette, sur l'étagère, indiquait quatre heures vingt. Je trouvai une boîte d'huîtres en conserve dans le garde-manger et me préparai un ragoût d'huîtres. Après quoi, restauré, je me mis au lit.

12

Il était dix heures passées quand je pénétrai dans le bureau de Peter Colton. Il avait été mon colonel au S.R. En entendant la porte s'ouvrir, il leva vivement la tête, puis se replongea dans ses papiers, façon polie de dire qu'il était très occupé et que je le dérangeais. Il était actuellement le bras droit du D.A. de Los Angeles et pouvait savoir des tas de choses que j'ignorais.

Retenant mon souffle, je m'installai sur une chaise et attendis.

Il releva la tête au bout d'un instant.

— Qu'est-il arrivé à ce que, faute d'expression plus appropriée, je suis obligé d'appeler votre visage ?

— J'ai eu une petite dispute.

— Et vous venez dans doute me demander d'arrêter *illico* le méchant géant qui vous a fait bobo ? — Il releva les coins de la bouche en une espèce de sourire. — Je crains fort de ne rien pouvoir pour vous, mon brave, à moins que l'affaire ne soit vraiment intéressante. — Il poussa un soupir. — Allez-y toujours. Je vous écoute. Mais je sais d'avance que, comme toujours, vous allez me demander quelque chose en échange de rien.

— Pas sûr. Ça pourrait être la plus grosse affaire de votre carrière.

— Et, bien entendu, vous allez me dire : « C'est pourquoi je m'attends à une petite faveur » ?

— Quelque chose dans ce genre.

— Accouchez. Mais soyez bref. Résumez-moi la situation en vingt-cinq mots.

— Le mari d'une de mes clientes a quitté l'aérodrome de Burbank avant-hier dans une limousine noire. On ne l'a plus revu depuis.

— C'est tout ?

— Hier, elle a reçu une lettre de lui, demandant cent mille dollars en petites coupures.

— Impossible ! Sur l'ensemble du territoire américain on ne trouverait pas pareille fortune.

— Peut-être. Ma cliente, en tout cas, est en mesure de réunir la somme en quelques heures. Qu'est-ce que ça vous suggère ?

Il avait pris une pile de feuilles ronéotypées devant lui et avait commencé à s'éventer.

— Un enlèvement ? fit-il enfin d'un air absent.

— Ça m'en a tout l'air.

Il commença à parcourir ses feuilles.

— Rien à signaler en ce qui concerne les limousines noires depuis soixante-douze heures, déclara-t-il au bout d'un instant. Les gens qui en possèdent ne les perdent pas de vue. C'est une marchandise rare de nos jours. Avant-hier, disiez-vous ? A quelle heure ?

Je lui fournis quelques détails.

— Et votre cliente a attendu tout ce temps pour s'inquiéter ?

— C'est une femme discrète.

— Si vous me donniez son nom ?

— Tout à l'heure. En attendant, j'ai l'intention de vous demander deux choses. Primo, le maximum de discrétion. Pas de communiqué à la presse. Pour commencer, ma cliente ne sait même pas que je suis venu vous trouver. Et puis, je veux retrouver le type vivant, pas mort.

— C'est beaucoup demander.

Il se leva et se mit à arpenter la pièce qui mesurait bien trois mètres sur trois.

— Il se peut qu'elle se décide à déposer une plainte officielle. Entre-temps, vous pourriez faire quelque chose.

— Pour vous ? demanda-t-il en s'arrêtant pile.

— Pour vous-même. Procédez à une enquête discrète du côté des garages qui louent les voitures. Ça, c'est ma requête numéro deux. Troisièmement enfin, il existe une boîte qui s'appelle *Le Piano sauvage*...

— Ça suffit comme ça. — Il se prit la tête dans les mains. — J'attendrai la plainte officielle, s'il y en a une.

— Vous ai-je jamais aiguillé sur une affaire sans intérêt ?

— Non, mais vous avez souvent tendance à exagérer.

— Pourquoi le ferais-je ?

— Pour faire travailler la police à votre place.

— Je le ferais volontiers, malheureusement je dois quitter la ville. Ces gens-là habitent non loin de Santa Teresa.

— Et leur nom est... ?

— Puis-je vous faire confiance ?

— Qu'est-ce que vous croyez ?

— Sampson, dis-je. Ralph Sampson.

— J'ai entendu parler de lui, déclara Colton. Et je commence à comprendre l'histoire des cent sacs.

— L'ennui, c'est qu'on ne sait pas exactement ce qui lui est arrivé. On devra attendre.

— Ça, mon vieux, on verra... — Il s'approcha de la fenêtre et regarda distraitement dans la rue. — Qu'est-ce que vous disiez déjà à propos du *Piano sauvage* ?

— Moi ? Rien. D'ailleurs, vous m'avez déclaré que cela ne vous intéressait pas.

Il revint vers sa table.

— Lew, fit-il en me fixant, est-ce que Dwight Troy est mêlé à l'affaire ?

— Qui est Dwight Troy ?

— Un véritable poison. C'est lui le patron du *Piano sauvage*.

— Une boîte qu'on devrait fermer.

— Vous le connaissez, alors ?

— Si c'est un Anglais à cheveux blancs... — Colton acquiesça. — ... oui. J'ai eu le plaisir de le rencontrer hier soir. Pour une raison ou pour une autre, il essayait de m'impressionner avec un revolver de fabrication récente. Je n'avais pas envie de le désarmer aussi ai-je préféré battre en retraite.

— Ça fait des années qu'on essaie de le pincer, mais c'est un être d'une habileté diabolique. Il sait se retirer à temps d'un racket, lorsqu'il se rend compte que ça sent le roussi. Et il s'est trouvé mêlé à bon nombre de trafics illégaux. Pendant la Prohibition, il faisait la contrebande d'alcool en Basse Californie. Ensuite, il a dirigé une maison de jeux dans le Nevada jusqu'à ce que le Syndicat lui ordonne de laisser tomber. Il ne s'est guère manifesté à notre attention depuis quelque temps, mais nous ne serions quand même pas fâchés de mettre le grappin sur lui.

— En attendant, vous pourriez toujours faire fermer *Le Piano sauvage*. C'est un véritable repaire de gangsters.

Colton examina mon visage avec un intérêt non dissimulé.

— Hum... En fait, nous bouclons la boîte tous les six mois. Vous auriez dû vous y trouver il y a un an à peu près, lorsque elle s'appelait *Pierre du Rhin*. La direction ne reculait devant aucun sacrifice pour satisfaire la clientèle. Il y avait même, au premier, une salle pour voyeurs et l'un des clous de la soirée était une femme en train de flageller un homme. Nous avons fini par mettre fin à cela.

— Qui dirigeait alors la boîte ?

— Une femme du nom d'Estabrook. Et que lui est-il arrivé ? Rien ! Nous n'avons même pas pu la poursuivre ! — Il ricana. — J'ai les pieds et les poings liés, Lew, car elle a probablement des protections haut placées.

— Et Troy ? — Il haussa les épaules. — Connaissez-vous son adresse ?

— Non. Vous ne l'avez alors vu qu'une fois, hier soir ?

— Deux. Mais j'ai tout lieu de croire que Sampson et lui fréquentent les mêmes milieux. Si, en attendant, vous placiez *Le Piano* sous surveillance de la police ?

— Avec nos maigres effectifs ? On verra, on verra... — Tout à coup, il s'avança vers moi et me posa la main sur l'épaule. — Si jamais vous rencontrez encore Troy, n'essayez pas de le désarmer, Lew. On a déjà essayé.

— Pas moi.

— Je m'en doute, car tous ceux qui l'ont tenté sont morts.

13

Il y a cent quatre-vingt-dix kilomètres de Los Angeles à Santa Teresa. Cent quatre-vingt-dix kilomètres que je couvris en deux heures. Ce fut Felix qui m'ouvrit et qui me conduisit au living-room.

La pièce était tellement vaste que les meubles semblaient perdus au milieu de cette immensité. Le mur qui faisait face à la mer était remplacé par une baie faite d'une seule vitre. Mrs. Sampson était installée dans un fauteuil et contemplait l'horizon. Ses pieds reposaient sur un petit tabouret.

J'attendis une demi-minute. Voyant qu'elle ne bougeait pas, Je dis :

— Il paraît que vous avez essayé de me contacter ?

Elle tourna lentement la tête.

— Ah, c'est vous, Mr. Archer... Il vous en a fallu du temps, pour venir.

— Je vous présente mes excuses les plus humbles, dis-je d'un ton ironique. Mais, figurez-vous, j'étais en train de rechercher votre mari. A défaut d'un entretien de vive voix, je me suis permis de vous faire transmettre un petit conseil par une tierce personne. L'avez-vous suivi ?

— En partie. Approchez-vous, Mr. Archer, et prenez place. Ne craignez rien, je ne vous mordrai pas... Pour en revenir à notre affaire, Bert Graves s'occupe de réunir la somme nécessaire.

— S'est-il mis en rapport avec la police ?

— Pas encore. Je voulais d'abord m'entretenir avec vous. Mais vous feriez peut-être mieux de prendre auparavant connaissance de la lettre.

Elle prit une enveloppe posée sur une table roulante, à côté de son fauteuil, et me la tendit. Je tirai de ma poche celle que j'avais trouvée chez Fay et comparai les deux. A part le tampon de Santa Maria, elles n'avaient rien de commun : ni le format, ni la couleur, ni l'écriture. Le cachet de la lettre de Mrs. Sampson indiquait qu'elle avait été postée à quatre heures et demie de l'après-midi, la veille.

— A quelle heure l'avez-vous reçue ?

— Vers les neuf heures. Elle a été apportée par messager spécial, puisqu'elle a été envoyée en exprès. Lisez-la.

La lettre était écrite à la main.

Ma chère Elaine,

Je suis sur une affaire à laquelle je ne m'attendais pas et j'ai besoin de liquide, très rapidement. Nous avons un certain nombre de valeurs dans notre coffre de la Bank of America. *Albert Graves sait quelles sont celles qu'on peut réaliser facilement. Qu'il prenne les dispositions nécessaires pour les négocier, pour un montant total de cent mille dollars. Je ne veux pas de billets de dénomination supérieure à cinquante et cent dollars. Il est important que la Banque ne relève pas leurs numéros ni qu'elle les marque de quelque signe que ce soit, car l'affaire ci-dessus est confidentielle et estrêmement importante. Garde la somme dans notre coffre privé, à la maison, jusqu'à ce que tu reçoives de mes nouvelles, ou jusqu'à ce que je t'envoie un messager.*

Tu devras, bien entendu, mettre Bert Graves au courant de tout cela, mais j'insiste pour que tu n'en parles à personne d'autre. Si tu agissais autrement, je risquerais non seulement de perdre une très grosse somme d'argent, mais encore de me trouver dans une situation illégale. C'est pourquoi, je répète que tout cela doit demeurer absolument secret. C'est pourquoi aussi je te demande de te procurer cet argent à ma place, au lieu d'aller à la banque moi-même. Cette affaire sera certainement conclue dans le courant de la semaine, et tu me reverras bientôt. Surtout ne t'inquiète de rien.

Avec tout mon amour,
Ralph Sampson.

— C'est très habilement présenté, déclarai-je, mais peu convaincant. Surtout la raison pour laquelle il ne peut soi-disant aller lui-même à la banque. Et Graves, qu'est-ce qu'il en pense ?

— Il a fait la même remarque que vous. Pour lui, cette lettre est très louche. Mais il déclare que c'est à moi de prendre la décision.

— Etes-vous absolument certaine que c'est bien l'écriture de votre mari ?

— Aucun doute là-dessus. Il y a, en outre, le mot « extrêmement » que Ralph emploie très souvent. Vous avez vu qu'il l'a écrit « estrêmement » — c'est une faute qu'il fait régulièrement, car ce n'est pas un homme très cultivé.

— La question importante, pour l'instant, est de savoir s'il est toujours en vie.

Elle leva vers moi un regard gêné.

— Vous pensez que c'est si grave que ça, Mr. Archer ?

— A-t-il l'habitude de traiter des affaires de cette façon... étrange ?

— J'ignore absolument la façon dont il traite ses affaires car, à ma connaissance, il n'en a guère conclu depuis notre mariage. Certes, il a acheté ou vendu plusieurs ranches durant la guerre, mais il ne m'a jamais mise au courant du détail de ses transactions.

— En a-t-il jamais fait qui aient eu un caractère illégal ?

— Je l'ignore. Mais il en serait fort capable, moralement parlant. C'est une des raisons pour lesquelles je ne puis faire intervenir les autorités officielles.

— Quelles sont les autres ?

— Je n'ai pas confiance en lui, déclara-t-elle sans hésiter. Et je n'ai aucun moyen de connaître ses intentions. Il est possible qu'une fois en possession de cet argent il envisage de faire un tour du monde. Ou de me quitter. En un mot, je ne sais rien.

— Moi non plus, Mrs. Sampson, mais j'ai des soupçons. J'ai l'impression que votre mari a été enlevé et que ces cent mille dollars, c'est la rançon que les ravisseurs exigent de vous. A mon avis, il a écrit cette lettre sous la menace d'un revolver. Si c'était une simple affaire, comme il le prétend, il n'aurait pas eu besoin de vous écrire. Graves a les pouvoirs nécessaires. Logiquement, c'est à lui, et à lui seul que votre mari aurait dû s'adresser. Or, les criminels préfèrent toujours traiter avec le conjoint de leur victime. Ça leur simplifie leur tâche.

— Que dois-je faire ? fit-elle d'une voix tendue.

— Suivez les instructions à la lettre, et informez la police. Mais faites-le de façon discrète, de façon à pouvoir compter sur les autorités. Car, voyez-vous, le plus pratique, pour les ravisseurs, est de tuer leur victime, une fois la rançon payée. Or, il faut retrouver votre mari avant qu'on ne l'assassine, et cela, Mrs. Sampson, je ne puis le faire seul.

— Vous paraissez bien certain qu'il a été enlevé. Auriez-vous découvert quelque chose dont vous ne m'ayez pas encore parlé ?

— J'ai effectivement découvert un certain nombre de choses. L'une d'elles est que votre mari avait de mauvaises fréquentations.

— Je le savais ! s'écria-t-elle d'un air de triomphe. Je le savais ! Il a toujours essayé de se faire passer pour un époux et pour un père modèle, mais je ne me suis jamais laissée prendre à ses boniments !

— De *très* mauvaises fréquentations, soulignai-je. Et vous savez ce que cela veut dire dans une ville comme Los Angeles.

— Il a toujours aimé la compagnie de gens impossibles...

Elle s'interrompit brusquement et regarda en direction de la porte, par-dessus mon épaule.

Miranda se tenait sur le seuil, vêtue d'un tailleur de gabardine grise qui mettait ses formes en valeur.

Elle tremblait de fureur et ses yeux lançaient des éclairs.

— Vous osez vous exprimer ainsi en parlant de mon père ! s'exclama-t-elle. Vous osez le couvrir de boue, alors qu'il est peut-être mourant ou mort !

— Vous croyez que je ne me préoccupe pas de sa sécurité ? demanda Elaine en levant les sourcils d'un air ironique.

— Certainement pas ! cria la jeune fille. Votre personne est la seule chose qui vous intéresse ! Vous êtes atteinte de narcissisme, Elaine ! Vous êtes gonflée d'importance, de vanité, et d'orgueil mal placé ! Vous passez des heures à vous admirer dans la glace. Heureusement que je ne suis pas aveugle, moi, comme mon père !

— Voyez-vous ça ! — Le ton de Mrs. Sampson était nettement insultant. — Je prends soin de ma personne ? Et après ? Et vous, vous êtes une petite sainte, peut-être ? Moi non plus, je ne suis pas aveugle ! Et je sais que, vous aussi, vous passez des heures devant votre coiffeuse, dans l'espoir de séduire Alan Taggert. J'espère que vous êtes enfin arrivée à vos fins. N'avez-vous pas passé la nuit dernière avec lui ?

— Jamais de la vie ! hurla Miranda. Vous mentez !

Elle s'approcha, l'air menaçant, de sa belle-mère.

— Tiens, tiens ! fit Elaine, plus ironique que jamais. Aurait-il résisté à votre charme ? Aurait-il une fois de plus refusé de devenir votre mari ?

— Lui ? Je ne voudrais de lui à aucun prix ! — La voix de Miranda se brisa. Elle était trop jeune et n'avait pas assez d'expérience pour supporter plus longtemps l'intonation cruelle d'Elaine. — Vous pouvez toujours vous moquer de moi et de mes sentiments, vous qui n'avez jamais aimé personne ! Vous êtes frigide, voilà ce que vous êtes ! Et mon père ne serait pas Dieu sait où si vous lui aviez donné un peu d'amour. Mais par égoïsme, vous l'avez obligé à venir ici, en Californie, où il ne connaissait personne. Vous l'avez forcé à abandonner ses amis. Et maintenant, vous l'avez même chassé de sa propre maison !

— Sornettes ! s'écria Mrs. Sampson qui, elle aussi, commençait à s'énerver. Vous ne pouvez rien comprendre à mes sentiments, car vous m'avez détestée dès le jour où vous m'avez connue. Vous n'avez jamais cherché à voir clair. Pour vous, j'avais toujours et automatiquement tort. Ce n'est pas comme votre frère. Lui, au moins, faisait preuve d'une certaine objectivité...

— Laissez Bob en paix ! Il ne vous a pas été difficile de l'enrouler autour de votre petit doigt. Vous étiez flattée que votre beau-fils fût aux petits soins avec vous.

— Ça suffit ! tonna Mrs. Sampson. Taisez-vous et sortez de cette pièce, sale petite fille !

Miranda ne bougea pas, mais elle se tut. Je me sentais affreusement gêné. Détournant ma tête, je regardai par la baie. Au milieu de la pelouse, une étroite allée dallée conduisait vers un petit pavillon octogonal, dont les murs étaient de verre. A travers eux, je pouvais voir les eaux du Pacifique. Le silence, autour de moi, devenait pesant. Je jetai un coup d'œil aux deux femmes. Miranda s'était penchée au-dessus de Mrs. Sampson et avait tendu la main.

— Je vous demande pardon, Elaine...

La voix était inexpressive, et je ne pouvais voir le visage de la jeune fille. En revanche, j'apercevais, très bien celui d'Elaine, dur et calculateur.

— Vous m'avez blessée, déclara cette dernière. Vous ne vous attendez tout de même pas à ce que j'oublie vos méchantes paroles ?

— Vous aussi, vous m'avez blessée, rétorqua Miranda. Vous ne devriez pas me lancer constamment Alan à la figure.

— C'est vous qui devriez cesser de tourner sans cesse autour de lui. Vous n'avez donc pas d'amour-propre... ? Voilà que je dis de nouveau des choses que je ne pense pas ! Vous savez très bien quelles sont mes idées là-dessus. Je voudrais beaucoup vous voir l'épouser, car vous l'aimez.

— Oui. Mais vous savez ce que Ralph pense de mon projet. Et Alan aussi.

— Occupez-vous d'Alan, et je m'occuperai de votre père.

— Vraiment ?

— Je vous le promets. Et maintenant, laissez-nous seuls, Miranda. Cette discussion m'a affreusement fatiguée. — Elle me jeta un coup d'œil. — Tout cela a dû vous paraître fort instructif, Mr. Archer ?

— Pardon ? — Je fis semblant de sortir d'un rêve. — J'admirais la magnifique vue que vous avez sur l'Océan.

— Oui, en effet... Elle est magnifique. — Elle rappela Miranda qui se dirigeait vers la porte. — Restez, si vous voulez, mon petit. Je vais monter dans ma chambre, car j'ai besoin de repos.

Elle prit une sonnette sur la table roulante et l'agita. Miranda s'installa sur un divan, dans le coin le plus reculé de la pièce.

— Je crains que cette dispute ne vous ait donné une fausse impression de l'atmosphère qui règne dans cette maison, me dit Mrs. Sampson. En réalité, Miranda et moi, nous nous entendons mieux que ça, d'habitude... Au fait, j'ai décidé de suivre votre conseil.

— Vous voulez que j'alerte la police ?

— Bert Graves s'en chargera. Il connaît personnellement toutes les autorités de Santa Teresa. Je l'attends d'un instant à l'autre.

Mrs. Kromberger entra et poussa jusqu'à Elaine le fauteuil roulant qui se trouvait près de la porte. Sans effort visible, elle souleva la jeune femme et l'installa sur son siège d'invalide. Elles quittèrent le living-room en silence.

Quelques instants plus tard, le bruit de l'ascenseur me parvint.

14

J'allai m'asseoir sur le divan, à côté de Miranda.

— Vous devez nous prendre pour des folles, déclara-t-elle en évitant mon regard. Se disputer de la sorte devant des étrangers... ! Je me demande, au fond, pourquoi j'ai commencé. Elaine est tellement gentille par moments. Elle sait se montrer aimable, quand elle le veut. Mais je sais qu'elle m'a toujours détestée, alors qu'elle adorait Bob. C'était mon frère.

— Il a été tué pendant la guerre, je crois ?

— Oui. Il avait toutes les qualités que je ne possède pas. Maîtrise de soi, intelligence, bonté... Il réussissait dans tout ce qu'il entreprenait. On lui a décerné la Navy Cross, à titre posthume. Elaine aurait baisé ses pieds. Je me suis demandé, plus d'une fois, si elle n'était pas amoureuse de lui. D'ailleurs, c'était notre chouchou à tous. Notre vie de famille a bien changé depuis sa mort. Depuis, aussi, que nous sommes venus habiter ici. Papa a failli perdre la raison, Elaine n'a même pas cherché à lutter contre sa prétendue paralysie, moi, je suis devenue nerveuse et irritable. Mais je suis trop bavarde, vous ne pensez pas ?

— Ça ne me dérange nullement.

— Merci. — Elle sourit. — Si je vous dis tout cela, c'est que je n'ai personne à qui me confier. Je pensais dans le temps que j'étais une jeune fille heureuse... Avec tout l'argent de Ralph, vous comprenez ? Je me montrais arrogante, insupportable. Maintenant que j'ai quelques années de plus, je me rends compte que la fortune peut souvent vous écarter des gens que vous aimez. D'un autre côté, comme papa est un homme très simple, nous ne sortons guère, nous ne nous mêlons pas à la vie sociale...

— Vous avez pourtant des amis, objectai-je. Ne fût-ce que Bert et Alan.

— Alan ? Je lui suis parfaitement indifférente. J'ai cru, il y a des mois de cela, qu'il était mon ami parce que... Non, j'aime mieux ne pas en parler. Quant à Bert Graves, il désire m'épouser. Et l'on ne peut jamais se détendre avec un homme qui veut devenir votre mari.

— Il m'a donné l'impression de vous aimer de tout son cœur.

— Je le sais ! — Elle releva fièrement la tête. — C'est précisément pour cela qu'il m'ennuie.

— Vous êtes bien exigeante, Miranda. Vous êtes trop romanesque. Et égocentrique. Un jour, vous retomberez sur terre. Mais prenez garde que la chute ne soit trop rapide, sinon vous pourriez vous rompre le cou.

— Je vous ai déjà dit que j'étais insupportable... — Elle sourit. — Combien vous dois-je pour la consultation, docteur ?

— Ne soyez pas arrogante avec moi. Vous l'avez déjà été une fois, inutilement.

Elle me regarda avec coquetterie.

— Vous voulez dire hier, quand je vous ai embrassé ?

— Je ne prétends pas que la sensation ait été déplaisante. Je dirais même que c'était plutôt agréable. Mais vous m'avez rendu furieux. Je n'aime pas qu'on se serve de moi à des fins de ce genre... C'est un truc de collégienne, ça ! Vous devriez avoir d'autres moyens de susciter la jalousie de Taggert.

— Laissez Alan tranquille... — La voix s'adoucit. — Vous avez été vraiment furieux ?

— Plutôt ! Je vais vous montrer à quel point.

Je la pris par les épaules et collai mes lèvres contre les siennes, chaudes et humides. Son corps était frais et ferme. Elle ne se débattit pas. Mais elle demeura parfaitement impassible et passive.

— Cela vous a-t-il procuré une satisfaction quelconque ? s'enquit-elle après que je l'eus relâchée.

Je la fixai dans ses yeux verts. Elle soutint mon regard.

— En un sens, répliquai-je. J'ai l'impression d'avoir lavé une tache sur mon amour-propre.

— A propos de taches, vous avez la bouche toute barbouillée de rouge.

Je tirai mon mouchoir et m'essuyai les lèvres.

— Quel âge avez-vous, Miranda ?

— Vingt ans. Assez vieille pour vos sinistres entreprises. Croyez-vous vraiment que j'agis comme une gosse ?

— Vous n'êtes plus une gosse, Miranda, mais une femme. Et cela implique un certain nombre de responsabilités.

— Je sais, déclara-t-elle d'une voix sourde. Et je devrais y faire face... Vous avez beaucoup d'expérience, n'est-ce pas ?

— Si vous voulez. Directe et indirecte à la fois. Car ce que je n'ai pas vécu personnellement, mon métier m'a permis de l'observer chez les autres.

— Eh bien moi, je n'en ai aucune... Je vous demande pardon de vous avoir rendu furieux.

Elle se pencha vers moi et m'embrassa légèrement sur la joue.

Je me sentis affreusement vieux. C'était un baiser de jeune nièce. Or, il n'y avait que quinze ans de différence entre nous.

Un bruit de moteur parvint du devant de la maison. Quelques instants plus tard, des pas retentirent.

— C'est probablement Bert, annonça Miranda.

Je me levai et m'écartai de la jeune fille. Bert Graves entra. Il avait l'air fatigué. Ses rides étaient nettement visibles, et l'on lisait de la préoccupation dans son regard. Il dit bonjour à Miranda puis s'approcha de moi :

— Alors, Lew, quoi de nouveau ?

— Tu as réuni l'argent ? lui demandai-je.

Il ouvrit la serviette qu'il tenait à la main et en vida le contenu sur la table roulante — une douzaine de paquets rectangulaires, enveloppés dans du papier marron.

— Cent mille dollars, dit-il. Mille billets de cinquante et cinq cents de cent. Dieu sait ce que nous allons en faire.

— Pour commencer, on va les enfermer dans un coffre. Il y en a bien un, ici ?

— Oui, déclara Miranda. Dans le bureau de Ralph. Et la combinaison se trouve dans un des tiroirs de la table.

— Autre chose, dis-je à Graves. Il est nécessaire d'assurer la protection des occupants de cette maison ainsi que de cet argent.

Graves qui avait commencé à remettre les paquets dans sa serviette leva la tête, étonné.

— Eh bien, toi, tu pour...

— Je suis obligé de partir. J'ai des choses à faire. Tu n'as qu'à faire venir ici un des adjoints du shérif. Ils sont payés pour ça.

— Mrs. Sampson ne voudra jamais que j'alerte les autorités.

— Elle a changé d'avis. Elle est d'accord, maintenant, pour que tu préviennes la police.

— Bon ! Enfin quelque chose de raisonnable. Je vais ranger cet argent et téléphoner sur-le-champ...

— Il vaudrait mieux que tu voies la police personnellement, Bert.

— Pourquoi ?

— Parce que, expliquai-je, je ne serais nullement étonné que ce soit une affaire... intérieure. Et quelqu'un, ici, pourrait surprendre une conversation téléphonique.

— Je comprends ce que tu veux dire. La lettre... Elle indique une connaissance approfondie de la situation, ici... A supposer, bien entendu, que Sampson ait été vraiment enlevé.

— Nous allons baser notre attitude sur cette théorie-là, jusqu'à plus ample informé. Veille surtout à ce que la police se montre discrète. Inutile d'effaroucher nos adversaires, d'autant que je tiens à retrouver Sampson vivant.

— O.K. Mais toi, où comptes-tu aller ?

— La lettre reçue hier portait l'oblitération de Santa Maria. Il est donc possible que Sampson se trouve là-bas. Ou qu'il s'y soit trouvé.

— Je ne vois pas ce qu'il serait allé y faire. Il n'a jamais traité d'affaires à Santa Maria. Mais sait-on jamais ?

— Avez-vous essayé le ranch ? demanda Miranda à Graves.

— J'ai appelé le régisseur ce matin. Mais on ne l'a pas vu là-bas.

— Où se trouve le ranch ? m'enquis-je.

— De l'autre côté de Bakersfield. On y cultive surtout des légumes. Mais je doute que Ralph ait songé à s'y rendre, à cause des incidents, expliqua Miranda.

— Les ouvriers agricoles sont en grève, précisa Graves. Ça s'est déclenché il y a deux mois, et la situation est tendue. Il y a même eu des blessés.

— Aucune chance que l'affaire qui nous occupe ait un lien avec la grève ? demandai-je.

— J'en doute.

— Et s'il était au Temple ? suggéra Miranda. Lors de son dernier séjour, là-bas, ses lettres portaient l'oblitération de Santa Maria.

— Le Temple ? fis-je avec curiosité.

— Le « Temple dans les Nuages », dit Miranda. C'est le pavillon dont il a fait cadeau à Claude. Ralph y a passé quelques jours, au début du printemps. C'est dans les montagnes, près de Santa Maria.

— Et qui, demandai-je, est Claude ?

— Je t'en ai déjà parlé, intervint Graves. C'est le saint homme à qui Sampson a donné sa montagne. Et Claude a transformé le pavillon en une espèce de temple.

— Claude est un fumiste, déclara Miranda. Il porte des cheveux longs et ne se rase jamais. En outre, il s'exprime comme un mauvais succédané de prophète.

— Y êtes-vous allée, au « Temple » ? m'enquis-je.

— Oui. C'est moi qui pilotais la voiture de Ralph. Mais je suis partie à peine Claude avait-il ouvert la bouche. Il me donne la nausée. D'abord, il sent le bouc. En outre, il a le plus sale regard que j'aie jamais vu chez un homme.

— Vous ne voudriez pas m'y emmener maintenant ? lui proposai-je.

— Pourquoi pas ? Le temps de passer un pull...

Graves ouvrit la bouche, comme pour protester. Mais il laissa Miranda quitter la pièce sans rien dire.

— Je la ramènerai saine et sauve, lui promis-je.

J'aurais mieux fait de me taire. Il fonça sur moi comme un taureau furieux, les poings serrés. Comme je ne bougeais pas il s'arrêta brusquement.

— Essuie ce rouge à lèvres sur ta joue, grogna-t-il d'une voix sourde, sinon je le ferai à ta place !

— Essaie toujours, Bert. J'ai l'habitude de me trouver devant des mâles jaloux.

— Possible. En tout cas, si j'ai un conseil à te donner, c'est de laisser Miranda tranquille.

J'essuyai ma joue.

— Surtout, dis-je à Graves, ne te fie pas aux apparences.

— Tu vas sans doute prétendre que c'est Mrs. Sampson qui t'a embrassé ! ricana-t-il. Ça ne prend pas !

— Non, c'est Miranda. Elle avait le cafard et nous avons bavardé. Je lui ai remonté le moral et elle m'a embrassé. Sans aucune arrière-pensée. Un baiser purement amical.

— Je voudrais te croire, déclara-t-il d'un ton dubitatif. Tu connais mes sentiments envers Miranda.

— Elle m'en a parlé.

— Qu'a-t-elle dit ?

— Que tu étais amoureux d'elle.

— Je suis heureux qu'elle ait fini par s'en rendre enfin compte. Je voudrais qu'elle me parle aussi, les jours où elle est cafardeuse. — Il sourit amèrement. — Comment t'y prends-tu, Lew, pour inspirer confiance aux gens ?

— Ne viens surtout pas pleurer dans mon sein avec tes problèmes de cœur. Mais je peux te donner un conseil.

— Je t'écoute.

— Ne dramatise pas, mon vieux. Et ne te laisse jamais emporter par la jalousie, surtout avec Miranda qui n'est encore qu'une petite fille. Oublie l'incident et continuons de collaborer. Je ne représente aucune menace pour toi. Et même si j'avais un faible pour Miranda, je m'écarterais au nom de notre vieille amitié. Enfin, je ne crois pas que tu aies grand-chose à redouter du côté de Taggert. Je puis te donner l'assurance que Miranda ne l'intéresse pas.

— Merci, fit-il d'une voix de fausset.

Le connaissant comme je le connaissais, c'est-à-dire renfermé et souvent taciturne, je m'attendais à ce qu'il en restât là. Aussi, grande fut ma surprise quand il ajouta, l'air malheureux :

— Elle est tellement plus jeune que moi ! Et Taggert est joli garçon.

— Tiens, tiens, on parle de moi ?

Taggert avait surgi sur le seuil de la porte. Il était nu, à l'exception d'un slip de bain mouillé. Ses cheveux dégoulinaient d'eau. Il avait le corps musclé d'un dieu grec. Bert Graves lui jeta un coup d'œil inamical et déclara :

— Je disais à Archer combien je vous trouvais beau.

Le sourire de Taggert se contracta sur ses lèvres, mais le jeune homme reprit bien vite son sang-froid.

— Diable, je ne savais pas que vous m'appréciiez à ce point... — Il secoua la tête et se tourna vers moi : — Quoi de neuf, Archer ?

— Rien, répliquai-je. Et moi, je disais à Graves que Miranda ne vous intéressait pas.

— Exact, fit-il d'un ton détaché. C'est une charmante fille, mais ce n'est pas mon genre. Et maintenant, si vous voulez bien m'excuser, je vais aller m'habiller.

— Faites donc, dit Graves.

Mais je rappelai le pilote.

— Un instant. Avez-vous un revolver ?

— J'en ai une paire. Des pistolets de tir, calibre 32.

— Chargez-en un, voulez-vous ? Et surveillez bien la maison. Surtout, ne tirez pas, sauf en cas de nécessité absolue.

— Je n'ai pas oublié la leçon d'hier, déclara-t-il avec un large sourire. Vous vous attendez à des incidents ?

— Pas spécialement, mais on ne sait jamais. Vous ferez ce que je vous demande ?

— Et comment !

— Ce n'est pas un mauvais gars, dit Graves après que Taggert fut parti, mais je ne peux pas le blairer. C'est drôle, au fond. Je n'étais pas jaloux, autrefois.

— As-tu jamais été amoureux ?

— Pas jusqu'à présent.

Tomber pour la première fois amoureux à quarante ans ! Je ne pus m'empêcher de le plaindre.

— Dis-moi, poursuivit Graves, pourquoi Miranda avait-elle le cafard ? A cause de la disparition de son père ?

— En partie. Et, aussi, parce qu'elle a l'impression que sa famille se désagrège. Elle a besoin d'un solide appui.

— Je sais. C'est une des raisons pour lesquelles je désire l'épouser. Mais il y en a d'autres aussi. Je ne t'apprends rien, je suppose ?

— Non... Son argent est-il l'une d'elles ?

Il me foudroya du regard.

— Miranda n'a pas d'argent à elle ! s'écria-t-il.

— Mais elle en aura.

— Naturellement. Après la mort de son père. C'est moi qui ai rédigé le testament. Elle héritera de la moitié de sa fortune. Je n'ai aucun préjugé contre l'argent mais... — Il grimaça un sourire. — ... je ne suis pas un coureur de dot, si c'est cela que tu voulais dire.

— Telle n'était nullement mon intention. Mais il est possible qu'elle touche sa part de la fortune paternelle plus tôt qu'on ne le suppose. Le vieux fréquente assidûment certains milieux de L.A.

où moi-même j'hésiterais à mettre les pieds. T'a-t-il jamais parlé d'une certaine Mrs. Estabrook ? Fay Estabrook ? Ou d'un homme du nom de Troy ?

— Tu connais Troy ? Quelle sorte d'homme est-ce ?

— Un tueur. J'ai même entendu dire qu'il avait un certain nombre de vies humaines sur la conscience.

— Cela ne m'étonne pas. J'ai essayé de dissuader Sampson de fréquenter Troy, mais il estime que c'est un type très bien.

— Est-ce que tu le connais, ce Troy ?

— Sampson me l'a présenté à Las Vegas, il y a environ deux mois de ça. Nous avons traîné dans les boîtes de jeux et Troy semblait connaître pas mal de gens. Surtout parmi les croupiers.

— C'est parce qu'il a tenu lui-même un tripot là-bas, dans le temps. Il s'est livré également à quelques autres activités plus ou moins louches. Et je pense qu'un enlèvement ne serait pas pour l'effaroucher. Dans quelles conditions Sampson a-t-il rencontré Troy ?

— J'ai eu l'impression que Troy travaillait pour Sampson. Mais ce n'est qu'une impression. C'est un drôle de bonhomme. Il nous a regardés jouer, Sampson et moi, mais lui-même n'a pas participé aux réjouissances. J'ai perdu mille dollars, ce soir-là. Sampson en a gagné quatre mille. Aux innocents les mains pleines.

— Et quelle impression t'a-t-il faite, ce Troy ?

— Pour parler franchement, je n'aurais pas aimé le rencontrer seul dans une rue sombre, après le coucher du soleil. Est-ce que tu crois qu'il est mêlé à cette disparition ?

— C'est ce que j'essaie d'établir. Est-ce que Sampson a besoin de gagner de l'argent, Bert ?

— Sûrement pas ! Il est millionnaire.

— Pourquoi, dans ce cas, ferait-il des affaires avec un individu comme Troy ?

— Il s'ennuie comme un rat mort. On lui verse ses droits sur le pétrole — il a des puits dans le Texas et dans l'Oklahoma — mais il ne fait rien de ses dix doigts. Or, il a toujours été un homme actif. J'ai l'impression que, tout riche qu'il soit, il n'est pas heureux quand il ne gagne pas d'or...

Il s'interrompit, car Miranda venait de nous rejoindre.

— Prêt ? me demanda-t-elle. — Puis, à Graves : — Ne vous en faites pas pour moi, Bert.

Elle lui posa la main sur l'épaule. Sa veste s'ouvrit et son sweater se tendit sur ses petits seins arrogants. Je vis Graves rougir comme un écolier. Elle baissa la main puis rejeta ses cheveux en arrière, comme si elle lui lançait un défi. Il l'embrassa tendrement sur la joue. Je me sentais un peu peiné pour lui. C'était un homme de caractère, travailleur et honnête mais, devant elle, ce n'était plus qu'un adolescent timide.

Et il fallait autre chose que de la timidité pour dompter une pouliche rétive comme Miranda.

15

La route sinueuse montait entre deux parois de pierre rouge. Nous roulions quand même à quatre-vingts à l'heure, car les virages étaient bien relevés et il n'y avait guère de circulation. Le col franchi, un panorama magnifique s'ouvrit devant nous — des canyons profonds de centaines de mètres dont les pentes étaient couvertes de chênes et, tout à l'horizon, les eaux bleues du Pacifique. Nous fûmes bientôt dans les nuages. Le brouillard s'épaississait à vue d'œil, limitant la visibilité à dix ou douze mètres. Je dus ralentir. Puis, tout aussi brusquement, nous sortîmes des nuages et vîmes la vallée inondée de soleil avec, tout au fond, la puissante rangée de montagnes.

— N'est-ce pas magnifique ? dit Miranda. Quel que soit le temps à Santa Teresa, de ce côté-ci du col il fait presque toujours beau. Pendant la saison des pluies, il m'arrive de venir seule ici rien que pour jouir de ce panorama, pour sentir la chaleur du soleil.

— Moi aussi, j'aime bien la chaleur du soleil, déclarai-je.

— Vraiment ? Je n'aurais jamais pensé que vous puissiez aimer une chose aussi simple que le soleil. Je vous voyais plutôt comme un homme des néons.

— Je suis éclectique.

Elle se tut un instant pour regarder autour de nous. La route était redevenue droite et j'écrasai le champignon. Le compteur passa à cent trente.

— Qui fuyez-vous, Archer ? demanda Miranda d'un ton moqueur.

— Personne et rien. Vous voulez une réponse franche ?

— Ça me changerait, pour une fois.

— Eh bien, la vérité est que je ne déteste pas le danger. Du moins le danger que je peux contrôler personnellement. Je suppose que cela me donne une impression de puissance, de pouvoir disposer ainsi de ma vie.

— Et de celle des autres. Qu'arriverait-il si on crevait, à cette vitesse ?

— Cela ne m'est encore jamais arrivé.

— Dites-moi, fit-elle, est-ce pour cela que vous avez choisi le métier de détective ? Parce que vous aimez le danger ?

— Cela pourrait être une bonne raison. Mais ce n'est pas vrai dans mon cas.

— Pourquoi, alors ?

— Question de tempérament. Et d'éducation. Lorsque j'étais plus jeune, je pensais que le monde était divisé en deux groupes : les bons et les mauvais. Je me suis aperçu, avec le temps, qu'il y avait des nuances. Comme j'étais à ce moment-là dans la police officielle, j'ai essayé d'appliquer mes nouveaux principes. Mais ça ne faisait pas l'affaire des autres. Alors, un beau jour, j'ai démissionné et je suis devenu privé. Maintenant, au moins, je suis mon propre patron.

— Qu'est-ce que vous entendez par « nuances » ?

— J'ai découvert qu'il y avait des bons parmi les mauvais, et surtout, des mauvais parmi les bons. Surtout en Californie.

— Vous ne faites pas allusion à ma famille, entre autres ?

— Pas spécialement.

— Qu'est-ce que vous pensez de Ralph ?

— Rien. Je ne le connais pas. Et vous ?

— D'abord, c'est mon père... — Elle s'humecta les lèvres. — Ensuite, je crois qu'au fond il y a du salaud en lui.

— Voilà une appréciation à laquelle je ne m'attendais pas venant de vous.

— J'ai essayé de le comprendre. Il était peut-être meilleur du temps de sa jeunesse. Vous savez qu'il s'est fait tout seul ? Son père était un métayer qui n'a jamais eu de ferme à lui. C'est pour cela sans doute que Ralph a toujours aimé acheter des terres. Le fait qu'il ait été pauvre aurait dû l'inciter à se montrer bon envers les infortunés. Eh bien, pas du tout ! Prenez, par exemple, les grévistes du ranch. Ils végètent dans des conditions atroces, leurs salaires sont ridicules. Malgré cela, Ralph ne veut rien entendre. Il a fait ce qu'il a pu pour les acculer au désespoir, il a engagé des briseurs de grève pour les obliger à céder, spéculant sur leur faim. On a parfois l'impression que, pour lui, ce ne sont pas des hommes.

— Ça arrive souvent quand un ex-pauvre devient riche. Et vous, Miranda, est-ce qu'il vous arrive de faire de la vitesse sur une route comme celle-là ?

— Parfois, je suis montée à 160, avec la Cadillac.

— Parce que vous, vous fuyez vraiment quelqu'un ou quelque chose ?

— Non, je le fais quand je m'ennuie à mourir. Alors, j'imagine qu'à cette vitesse, je vais au-devant de quelque chose qui m'attend. Quelque chose de nouveau, de brillant, de différent.

— Un jour, vous finirez par le rencontrer, ce quelque chose de différent. La mort.

— Que le diable vous emporte ! s'écria-t-elle. Vous prétendez aimer le danger, et vous parlez comme un Bert Graves.

— Désolé de vous avoir fait peur.

— Me faire peur ? A moi ? — Elle eut un bref rire rauque. — Ma parole, vous êtes tous de l'époque victorienne, les hommes ! Car vous aussi, Archer, vous devez penser que la place de la femme est à la maison, à torcher les gosses et à préparer le ragoût ?

— Cela dépend de la personne et de la maison, répliquai-je diplomatiquement.

Elle ne dit rien. Moi non plus. Car nous n'avions plus rien à nous dire.

16

A une altitude où il commençait à faire froid pour de bon, nous atteignîmes enfin une route privée, fermée par une barrière baissée. Une boîte aux lettres était fixée à un pieu planté en terre et portait, en lettres blanches, le nom « Claude ».

Je descendis, écartai la barrière puis, revenu à la voiture, invitai Miranda à prendre le volant.

— Il y a encore deux kilomètres, déclara-t-elle. Vous avez donc confiance en moi ?

— Non, mais j'ai envie d'admirer à mon tour le panorama. C'est la première fois que je viens dans les parages.

Elle ne releva pas mes paroles et démarra dès que je me fus installé à côté d'elle.

Il régnait autour de nous un silence parfait que seul troublait le bruit du moteur. Deux ou trois biches traversèrent la route, devant la voiture, sans se presser, comme si elles n'en avaient pas peur. L'air était d'une limpidité parfaite et l'on avait l'impression de voir remuer le moindre brin d'herbe. La route montait en zigzaguant. Finalement, nous atteignîmes ce qui semblait être le bord d'un ancien cratère. Le « Temple dans les Nuages » se dressait à l'intérieur de celui-ci, à nos pieds. Seuls les aigles et les aviateurs pouvaient le voir en temps normal. C'était un cube sans étage, peint en blanc, avec un toit plat, s'élevant au centre d'une espèce de clairière encerclée de barbelés. Il y avait, autour du Temple, quelques petites baraques de moindre importance, formant patio. Je vis de la fumée s'élever au-dessus de l'un d'eux.

Puis quelque chose bougea sur le toit. Quelqu'un plus exactement. Un vieil homme se tenait là, immobile, assis à la turque. Il se redressa lentement, majestueusement, tira sur le pagne qui lui cachait le ventre, puis nous fit signe de patienter. Sa barbe lui descendait sur la poitrine, et ses cheveux lui tombaient dans le dos. Il avait le corps d'un Bouddha.

Miranda, qui s'était arrêtée, remit la voiture en marche. Quelques instants plus tard, nous atteignions la clôture de barbelés. Au même instant, l'homme arriva vers nous. Il s'approcha de la grille qu'il ouvrit. C'est alors seulement que je pus voir ses yeux de plus près. Ils étaient bleu foncé et leur expression faisait penser à celle d'un animal. Malgré sa barbe, l'individu avait quelque chose d'efféminé. Mais quand il parla, ce fut d'une belle voix de baryton :

— Je vous salue, mes amis. Tout voyageur qui désire se reposer des fatigues du trajet est le bienvenu dans cette modeste demeure. Je suis toujours prêt à partager ce que le Ciel m'a accordé. L'hospitalité est une des vertus essentielles de Celui qui tend vers la Perfection.

— Merci, dis-je. Est-ce que nous pouvons entrer dans votre propriété avec la voiture ?

— Je vous serais reconnaissant de bien vouloir la laisser en dehors de cette clôture, mes amis, répliqua-t-il. Même le Cercle Extérieur du Temple ne doit pas être souillé par un produit de la civilisation mécanique.

— Je pensais que vous le connaissiez, dis-je à Miranda tandis que nous mettions pied à terre.

— Je crois qu'il est myope et qu'il ne m'a pas reconnue.

Nous fîmes quelques pas en direction de l'homme.

— Bonjour, Claude, fit Miranda.

— Oh, c'est vous, Miss Sampson ! Je ne m'attendais pas à recevoir aujourd'hui une visite de la Jeunesse et de la Beauté.

Il exhala comme une sorte de râle extatique. Il avait les lèvres épaisses et très rouges. Je jetai un coup d'œil à ses pieds pour essayer de deviner son âge. Ils étaient gonflés comme ceux d'un homme arthritique de soixante ans.

— Merci, dit Miranda d'un ton désagréable. Je suis venue voir Ralph, s'il est ici.

— Mais il n'y est pas, Miss Sampson. Je suis tout seul. J'ai renvoyé provisoirement mes disciples... — Il sourit, découvrant des dents en assez mauvais état. — Depuis quelques jours, je ne suis plus qu'un vieil aigle communiant avec les montagnes et le soleil.

— Un vieux vautour, oui, dit Miranda sans baisser la voix. Est-ce que Ralph est venu ici récemment ?

— Je ne l'ai pas vu depuis plusieurs mois. Il m'avait promis de me rendre visite, mais il n'est pas venu. Votre père a des possibilités spirituelles, Miss Sampson, mais il est encore trop enchaîné aux contingences de la vie matérielle. Il est difficile de lui faire franchir le seuil du Monde Azuré. Mais cela viendra un jour.

— Vous permettez que je jette un coup d'œil alentour ? dis-je. Histoire de m'assurer qu'il n'est vraiment pas ici.

— Je vous répète que je suis seul. — Il se tourna vers Miranda. — Qui est ce jeune homme ?

— Mr. Archer. Il m'aide à rechercher Ralph.

— Je vois... Je crains que vous ne deviez vous contenter de ma parole, Mr. Archer. Mr. Sampson n'est pas ici. Et je ne puis vous permettre de franchir les limites du Cercle Intérieur, car vous ne vous êtes pas soumis au rite de la purification.

— Aucune importance. Je vais quand même jeter un petit coup d'œil.

— Mais ce n'est pas possible ! — Il posa sa main droite sur mon épaule. Une main molle et gluante comme une limace. — Vous ne devez pas pénétrer dans le Temple. Cela irriterait Mithras.

Il avait mauvaise haleine. Je repoussai sa main sans trop de ménagements.

— Et vous-même, demandai-je, avez-vous été purifié ?

Il leva les yeux au ciel, comme s'il prenait le soleil à témoin.

— Ne blasphémez pas, jeune homme, dit-il. Oui, j'ai été purifié. Autrefois, j'étais un être perdu, un misérable pécheur, aveugle et sourd. Mais j'ai eu le bonheur de pouvoir entrer dans le Monde Azuré. Le glaive du soleil a percé l'Ange de la Chair et maintenant je suis un esprit pur, délivré du Mal.

— Et moi, je suis le roi des Aztèques, lui dis-je d'un ton ferme.

Miranda s'interposa.

— Tout cela, dit-elle à Claude, c'est des sornettes. Si nous voulons nous assurer que Ralph n'est pas là, nous en avons parfaitement le droit. Quant à vous croire sur parole, n'y comptez pas. Je vous connais trop bien pour cela.

Il inclina lentement la tête. Un sourire cauteleux se joua sur ses lèvres.

— Comme vous le désirez, Miss Sampson. C'est vous qui aurez voulu commettre le sacrilège. J'espère et je prie que l'ire de Mithras ne soit pas trop terrible.

Elle l'écarta avec dédain et se dirigea vers un passage entre deux bâtiments, menant à l'intérieur du patio. Je la suivis, Claude sur nos talons. Nous franchîmes tous les trois le Cercle Intérieur. Il n'y eut ni tremblement de terre, ni éclipse ni aucune autre manifestation de la colère divine. Sans nous accorder le moindre regard, Claude se dirigea vers la porte du Temple. Sans doute allait-il remonter sur son toit.

Le patio était pavé. Et vide. Plusieurs portes de bois y donnaient. Je poussai celle qui était la plus proche de moi et jetai un coup d'œil dans la pièce. Il y avait là un vieux lit disparaissant sous des couvertures sales, une malle en fer, toute rouillée, une petite armoire qui semblait ne tenir en équilibre que par miracle. Et, tout autour de moi, l'odeur un peu animale de Claude.

— L'odeur de sainteté, dit Miranda par-dessus mon épaule.

Je me retournai.

— Et votre père a vraiment vécu ici, avec Claude ?

— Je le crains, hélas ! — Elle fit une grimace. — Il prend très au sérieux cette adoration du soleil. Pour lui, cela et l'astrologie sont liées.

— Et il a véritablement fait don de cette propriété à Claude ?

— Je ne sais s'il a signé des papiers. En tout cas, il a déclaré à son prophète qu'il pouvait y installer son temple. Je suppose que le jour où il aura repris ses esprits, il voudra le récupérer.

— C'est drôlement installé, pour un pavillon de chasse.

— Ce n'en est pas un, en vérité. Lorsqu'il l'a fait bâtir, cela devait lui servir d'abri.

— Contre quoi ?

— La guerre. C'était sa précédente manie, avant le stade religieux, si j'ose dire. Il était persuadé qu'un autre conflit allait éclater d'un instant à l'autre. Et cette maison devait être son sanctuaire, au cas où le pays aurait été envahi. On devait même y bâtir un abri contre les bombes atomiques mais, en fin de compte, Ralph a dû admettre qu'il n'y aurait pas de guerre. Et il a donné dans l'astrologie.

— Au fond, déclarai-je, vous finirez par me faire croire que votre père est fou.

— Non, il ne l'est pas dans le sens où l'on l'entend généralement. Mais il a tellement de complexes que... Tenez, il a celui de la culpabilité, entre autres. Il a gagné beaucoup d'argent durant la guerre. Puis Bob a été tué. Il a vu un lien entre les deux événements. Un homme qui a l'impression d'être coupable peut être amené à ressentir toutes sortes de peurs imaginaires.

— J'ai vraiment l'impression que vous lisez trop de livres traitant de la psychologie.

Sa réaction fut surprenante :

— Vous m'exaspérez, Archer ! Vous n'êtes donc jamais fatigué de vos plaisanteries éculées ?

— Mais si. Et plus souvent que vous ne pensez. Mais je m'en contente en attendant de rencontrer quelque chose de nouveau, de brillant, de différent.

— Crétin !

Nous poursuivîmes l'inspection en silence, ouvrant et refermant les portes des cellules. Dans la plupart d'entre elles, il n'y avait qu'un lit, et rien d'autre. Dans un grand living-room, qui formait le coin du patio, nous découvrîmes six ou sept paillasses, à même le plancher. L'odeur qui y régnait faisait penser à une étable.

— J'ai l'impression, déclarai-je, que les disciples de Claude vivent ici pour de bon. En avez-vous rencontré lors de votre précédente visite ?

— Non, je n'ai pas visité l'intérieur des pièces.

— C'est fou ce qu'il peut y avoir de simples d'esprit dans le monde ! Penser que des centaines, peut-être des milliers de gens se laissent harponner par d'habiles charlatans comme Claude et que, souvent, ils leur donnent tout ce qu'ils possèdent ! Tout cela en échange de quelques conseils au sujet de leur régime alimentaire ou de la meilleure façon de lever les bras au ciel. De vrais dingues !

Nous sortîmes dans le patio. Claude avait repris sa place sur son toit. Le visage au soleil, il nous tournait le dos. Sa tête branlait lentement, comme celle d'une potiche chinoise. Avec ses bourrelets de graisse à la taille, il me faisait penser à un eunuque.

— En parlant de dingues, dit Miranda, je me demande s'il ne l'est pas plus encore que ses disciples.

— Pas moi. Je suis persuadé qu'il joue la comédie à notre intention. Mais il n'a peut-être pas menti au sujet de votre père. Il est vrai que nous n'avons pas encore tout visité.

Nous traversâmes le patio, nous dirigeant vers la petite bâtisse dont la cheminée laissait échapper de la fumée. Je poussai la porte. Une jeune fille, la tête couverte d'un châle, était accroupie devant le feu et remuait le contenu fumant d'un pot en grès dont j'évaluai la contenance à une vingtaine de litres. Je m'approchai et tendis le cou. C'étaient des haricots secs.

— Je pense, dis-je à Miranda qui m'avait suivi, que c'est le souper des disciples que l'on prépare.

La jeune fille tourna la tête et nous regarda d'un air totalement dénué d'intérêt.

— N'auriez-vous pas vu un vieil homme ? lui demandai-je en espagnol.

Elle haussa les épaules et, de la tête, indiqua la direction du temple.

— Non, pas celui-là, expliquai-je. Un autre, sans barbe. Rasé, gros et riche. Il s'appelle *señor* Sampson.

Elle haussa de nouveau les épaules et retourna à ses haricots. Le gravier crissa sous les sandales de Claude qui venait vers nous.

— Je ne suis pas tout à fait seul, ainsi que vous pouvez le constater, déclara-t-il. C'est ma domestique, mais c'est une simple d'esprit. A peine plus intelligente qu'une bête. Si vous en avez terminé, peut-être me permettrez-vous de retourner à mes méditations ? Le crépuscule approche et je dois rendre hommage au Dieu Couchant.

A côté de la cuisine, il y avait une autre petite bâtisse dont la porte était fermée.

— Nous partirons après que vous aurez ouvert cette porte, dis-je à Claude.

Il poussa un soupir, prit un trousseau de clés accroché à une ficelle qu'il portait autour du corps et s'exécuta. Ce n'était qu'un débarras où je trouvai des sacs et des boîtes de carton. Les premiers contenaient des haricots secs, les seconds du lait condensé. Je découvris également des bottes et quelques bleus de travail.

— Parfois, expliqua Claude, mes disciples descendent dans la vallée pour travailler aux champs. Ramasser les légumes est une des façons d'adorer Mithras.

Au moment où il reculait pour me laisser sortir du débarras, j'aperçus sur le sol du patio des empreintes de pneus. Des pneus de camion. Et ces empreintes m'étaient familières, car leur dessin était le même que celui que j'avais vu dans le garage de Fay Estabrook.

— Je croyais, dis-je à Claude, que vous ne laissiez pas les engins mécaniques pénétrer à l'intérieur de l'Enceinte.

Il regarda par terre puis sourit.

— Uniquement quand c'est absolument nécessaire. Et un camion nous a justement livré des provisions, l'autre jour.

— J'espère que vous l'aviez purifié.

— Le chauffeur l'avait été, en effet.

— Bravo ! Je suppose qu'après notre départ, vous allez vous livrer à une re-purification des lieux que nous avons contaminés par notre présence ?

— Cela, c'est une affaire entre vous et le dieu.

Puis il tourna les talons et se dirigea vers la porte menant à sa terrasse.

Sur le chemin du retour, j'étudiai soigneusement la route pour pouvoir revenir, en cas de besoin, même la nuit.

17

L'obscurité était tombée. De loin, je voyais les phares des voitures roulant sur la Nationale 101. En arrivant au carrefour, nous fûmes immobilisés par un feu rouge. Je m'arrêtai et jetai un coup d'œil à Miranda. Tassée sur elle-même, elle paraissait lasse.

Le feu passa au vert. J'embrayai. Au même instant, une voiture venant de Santa Teresa surgit à ma droite. Normalement, elle eût dû s'arrêter. Mais le chauffeur devait être pressé. Négligeant le signal qui lui enjoignait de stopper, il vira brusquement sur sa gauche et passa à quelques centimètres de mon capot, à au moins quatre-vingts à l'heure. L'espace d'une seconde, je vis l'homme au volant. Il avait le visage anormalement pâle et portait une casquette de cuir. Et la voiture était une limousine noire.

Je poussai un juron, effectuai une savante marche arrière et me lançai à la poursuite de la voiture qui avait maintenant près d'un kilomètre d'avance sur moi. La course ne fut pas longue. Gêné par le brouillard qui avait commencé à s'élever, je perdis de vue la limousine deux ou trois minutes plus tard. Et il me sembla inutile d'insister, car elle avait pu tourner dans n'importe laquelle des routes locales, très nombreuses dans cette région.

Je freinai avec rage, puis fis demi-tour, décidé à rentrer chez les Sampson. Quelque chose me disait que le chauffeur au visage pâle avait livré un nouveau message de l'homme que je cherchais.

— Qu'est-ce qui vous prend ? demanda Miranda, sortant de son mutisme. Qu'est-ce que vous aviez à suivre cette voiture ? Elle ne vous est pas rentrée dedans, que je sache. Alors ?

— Je le regrette presque.

— C'est certainement un homme imprudent, mais il conduit admirablement. Avez-vous remarqué comme il a pris ce virage ?

— Oui, en effet, fis-je d'une voix maussade.

— Qu'est-ce qui ne va pas, Archer ? me demanda-t-elle.

Je ne répondis pas.

— Vous seriez tout à fait gentil de me ramener chez moi, maintenant, dit-elle. J'ai froid et faim.

— C'est ce que je vais faire.

Un silence pesant s'établit de nouveau entre nous. Tout en me dirigeant vers Cabrillo Canyon, je ruminais des idées noires. Le brouillard devenait de plus en plus dense. Et mon humeur ne s'améliorait pas, loin de là.

Je ne me trompais pas. Il y avait des nouvelles de Sampson. Je vis l'enveloppe dépassant de la boîte aux lettres dès que Miranda ouvrit la porte.

Elle voulut la prendre mais je l'arrêtai et m'en emparai moi-même, à l'aide de mon mouchoir.

— Il peut y avoir des empreintes, expliquai-je à la jeune fille surprise.

— Comment savez-vous que c'est de Ralph ?

— Je ne le sais pas. Mais je suis prêt à le parier.

Je décachetai l'enveloppe à la cuisine. A la lumière fluorescente, la pièce faisait penser à une salle de morgue. L'enveloppe ne portait ni timbre, ni nom, ni adresse. Je l'ouvris avec un couteau puis tirai la lettre avec mes ongles. Elle avait été rédigée à l'aide de caractères découpés dans un journal, procédé habituel dans les cas d'enlèvement.

Mr. Sampson en bonnes mains enveloper cent mille dollars dans papier ordinaire fisselé mettre paqué sur l'herbe au milieu de la route au carefour de Fryers Road à deux quilomètres de Santa Teresa faites cela ce soire à neuf heures et partez imédiatemen sans vous retourner vous serez surveillé ne prévenez pas la polisse si la vie de Sampson a de la valeure pour vous si vous exécutez ordres il reviendra saint et sauf demain surtout gardez le secret et ne marquez pas les billets tant pis pour Sampson si vous désobeisez,

un ami de la famille.

— Vous aviez raison, murmura Miranda d'une voix à peine audible.

Moi, je ne voyais que les mots « tant pis pour Sampson... »

— Allez voir si Graves est toujours dans la maison, dis-je à la jeune fille.

Elle quitta la cuisine.

Je me remis à l'étude de la lettre. Les caractères différaient les uns des autres. Apparemment, ils avaient été découpés dans un grand magazine. L'orthographe était vraiment trop fantaisiste pour me faire croire que l'expéditeur était analphabète. J'y voyais, plutôt, son désir de mieux cacher son identité.

Je connaissais la lettre par cœur lorsque Graves arriva, suivi de Taggert et de Miranda.

J'indiquai la missive posée sur la table.

— Voilà ce que nous avons trouvé dans la boîte.

— Je sais. Miranda m'en a informé.

— Il est possible qu'elle ait été déposée il y a peu de temps par le conducteur d'une voiture que nous avons croisée sur la route.

Graves se pencha au-dessus de la lettre et la lut tout haut. Moi, je jetai un coup d'œil à Taggert. Miranda et lui s'étaient arrêtés sur le seuil, comme s'ils avaient peur d'approcher. Le pilote n'arborait plus son sempiternel sourire. Quant à la jeune fille, je craignis un instant qu'elle ne se trouve mal. Pâle comme une morte, elle avait les yeux fortement cernés et les narines pincées.

— Je vais prévenir l'adjoint du shérif, annonça Graves en relevant la tête.

— Il est là ?

— Oui. Dans le bureau de Sampson, en train de monter la garde devant l'argent. Et je vais également alerter le shérif.

— A-t-il, parmi ses hommes, un spécialiste des empreintes digitales ?

— Oui, mais celui du D.A. est meilleur.

— Qu'il vienne aussi. Ils sont probablement trop malins pour en avoir laissé, mais il ne faut négliger aucun détail. Et puis, il est difficile de composer ce genre de lettre les doigts gantés.

— Entendu. Qu'est-ce que c'est que cette histoire de voiture qui vous a croisés ?

— N'en parle à personne, pour l'instant. Je m'occuperai de la question.

— Je suppose que tu sais ce que tu fais.

— Je ne sais qu'une chose : je ne veux pas que Sampson soit descendu.

— C'est aussi la question qui me préoccupe, déclara-t-il en quittant la cuisine si précipitamment que Taggert dut faire un saut de côté pour ne pas se faire bousculer.

Je regardai de nouveau Miranda. Elle pouvait à peine se tenir sur ses jambes et s'était appuyée au chambranle de la porte.

— Taggert, dis-je, faites-lui manger quelque chose.

Il se dirigea vers le réfrigérateur. La jeune fille le suivit des yeux, puis tourna lentement la tête vers moi :

— Je n'ai pas faim, fit-elle. Est-ce que vous croyez que Ralph est toujours en vie ?

— Oui, mais je pensais que cela vous était égal, après ce que vous m'avez dit cet après-midi.

— Cette lettre vient me rappeler à mon devoir. Après tout, c'est mon père. Et puis, jusqu'à présent, je ne croyais pas à un enlèvement.

— C'est bien dommage pour vous. Maintenant, si j'ai un conseil à vous donner, allez vous reposer un peu. Vous ne pouvez nous être d'aucune aide dans l'état de fatigue et d'énervement où vous vous trouvez.

Elle s'en alla sans protester.

L'adjoint du shérif survint peu après. C'était un homme trapu d'une trentaine d'années, à la peau tannée. Il portait des vêtements de confection trop petits pour lui. Sa main droite reposait sur la crosse du revolver qu'il avait à la ceinture.

— Alors, que se passe-t-il ici ? demanda-t-il d'une voix de matamore.

— Rien de bien sensationnel, répliquai-je. Un simple enlèvement, suivi de tentative d'extorsion.

— Et ça, qu'est-ce que c'est ?

Il tendit la main vers la lettre, sur la table. Je n'eus que le temps de lui saisir le poignet. Il me toisa d'un regard incrédule.

— Et alors ? grogna-t-il. Pour qui vous prenez-vous ?

— Je m'appelle Archer. Ne vous énervez surtout pas. L'affaire est grave. Est-ce que vous avez sur vous le coffret à pièces à conviction ?

— Ouais, dans la bagnole.

— Allez le chercher, voulez-vous ? Cette lettre, on doit la garder jusqu'à l'arrivée de l'expert en empreintes.

Il sortit et revint peu après avec une boîte métallique noire. J'y déposai la lettre et l'adjoint referma solennellement le couvercle.

— Veillez-y comme à la prunelle de vos yeux, lui dis-je au moment où il quittait la cuisine, le coffret sous le bras.

Taggert avait suivi toute la scène debout devant le réfrigérateur. L'adjoint du shérif parti, je m'approchai de lui. Il tenait à la main une cuisse de dinde à moitié dévorée.

— Qu'est-ce qu'on fait maintenant ? me demanda-t-il entre deux bouchées.

— Vous, vous restez ici. Il n'est pas exclu que quelque événement intéressant se produise. Vous avez votre pistolet ?

— Bien sûr... — Il indiqua la poche de son veston. — Comment ont-ils fait, à votre avis ? Auraient-ils enlevé Sampson au moment où il quittait l'aérodrome de Burbank ?

— Je n'en ai pas la moindre idée. Où y a-t-il un téléphone dans la maison ?

— Il y en a un dans l'office. Par ici.

Il ouvrit une porte au fond de la cuisine et la referma sur moi. C'était une petite pièce, avec une unique fenêtre au-dessus de l'évier et des placards encastrés dans les trois autres murs. Le téléphone mural se trouvait au-dessus du commutateur. Je demandai l'Inter, car c'est Peter Colton que je voulais appeler. Peut-être avait-il des renseignements à me communiquer.

Ce fut Colton en personne qui me répondit.

— Ici, Lew, lui dis-je. C'est bien un enlèvement. Nous avons reçu le message de rançon il y a peu de temps. La lettre de Sampson n'était qu'un trompe-l'œil destiné à retarder les recherches. Vous feriez bien d'alerter le D.A., car le crime a sûrement été commis sur votre territoire, au moment où Sampson quittait l'aérodrome de Burbank. Avez-vous des tuyaux sur la limousine noire ?

— Et comment ! De quoi s'y perdre, mon vieux. Il y en a eu douze de louées, ce jour-là. Mais la plupart des locations paraissent honnêtes. A l'exception de deux voitures, toutes les autres ont été ramenées le jour même aux agences ou garages intéressés, Celles qui sont toujours en vadrouille ont été louées pour une semaine et payées d'avance.

— Le signalement des deux personnes ?

— Tout d'abord, une certaine Mrs. Ruth Dickson, une blonde âgée d'une quarantaine d'années et vivant à Beverley Hills. Nous avons vérifié. Elle habite bien là-bas. Mais elle ne s'y trouvait pas au moment du passage de notre homme. Ensuite, c'était un individu qui voulait se rendre à San Francisco. Il n'a pas encore remis la voiture au correspondant de l'agence, mais cela ne les inquiète pas, car la semaine ne s'est pas encore écoulée. Il a donné le nom de Lawrence Becker. D'après eux, ce serait un petit gars maigrichon pas très bien habillé... !

— Ça pourrait être notre homme. Avez-vous le numéro de la bagnole ?

— Attendez... Ah, le voilà... 62 S 895. C'est une Lincoln, modèle 1940.

— Le nom de l'agence ?

— La « DeLuxe », à Pasadena. Je vais y aller personnellement.

— Essayez d'avoir une description détaillée de l'homme et faites passer le signalement à toutes les polices.

— Pourquoi cet enthousiasme soudain, Lew ?

— J'ai vu un homme, sur la route, qui ressemblait assez à celui dont vous venez de me parler. Il m'a croisé dans une longue voiture noire à peu près au moment où la dernière lettre arrivait chez les Sampson. Et ce même individu ou son frère jumeau avait essayé de m'écraser avec un camion à Pacific Palisades, la nuit dernière. Il était coiffé d'une casquette de cuir.

— Vous auriez dû l'arrêter

— Je n'y tenais pas trop, à vrai dire. Son arrestation mettrait les jours de Sampson en danger. Si on les effarouche, aucune chance de retrouver notre homme vivant. C'est pourquoi je vous conseille de le faire simplement filer, l'individu à la casquette. Il pourrait nous mener à la cachette.

— Vous voulez m'apprendre mon métier ?

— Si vous voulez.

— D'ac. Avez-vous d'autres suggestions à me faire ?

— Oui. Envoyez un homme au *Piano sauvage* dès l'heure de l'ouverture. Juste au cas où...

— C'est déjà fait.

— Demandez à vos services de contacter le D.A. de Santa Teresa. C'est à lui que je remets la lettre de rançon, pour y relever d'éventuelles empreintes. Bonsoir et merci d'avance.

— Salut.

Il raccrocha et le central coupa la communication. Mais je demeurai le récepteur collé à l'oreille. En effet, au milieu de la conversation, j'avais entendu un petit déclic. Ce pouvait être une coupure accidentelle. Ou alors, quelqu'un avait décroché un autre appareil chez les Sampson.

Il s'écoula une bonne minute avant que j'entende le second déclic. Quelqu'un avait effectivement écouté une partie de mon entretien avec Colton. Quelqu'un qui se trouvait ici même, dans la maison.

18

Mrs. Kromberger se trouvait à la cuisine avec la cuisinière, femme d'un certain âge aux cheveux blancs et aux hanches larges.

Elles sursautèrent toutes les deux en me voyant ouvrir la porte de l'office.

— J'étais en train de téléphoner, leur expliquai-je.

Mrs. Kromberger grimaça un petit sourire.

— Je ne vous avais pas entendu.

— Combien y a-t-il d'appareils téléphoniques dans la maison ? m'enquis-je.

— Quatre ou cinq... Cinq. Deux en haut et trois en bas.

Je renonçai à vérifier l'identité de la personne qui avait espionné ma conversation avec Colton. Trop de suspects.

— Où est tout le monde ? demandai-je.

— Mr. Graves a réuni le personnel au petit salon. Il essaie d'établir si quelqu'un a vu la voiture dont le conducteur a apporté la lettre.

— Quelqu'un a-t-il remarqué quelque chose ?

— Non. J'ai bien entendu un moteur, il n'y a pas longtemps, mais je n'y ai prêté aucune attention. Il y en a pas mal, surtout le soir, qui se trompent de chemin et qui viennent jusqu'à la propriété, croyant que c'est une route de passage. — Elle s'approcha de moi et murmura d'un ton confidentiel : — Qu'est-ce qu'il y avait dans cette lettre, Mr. Archer ?

— Ils demandent de l'argent, répliquai-je.

Je croisai trois autres domestiques dans l'antichambre : deux jeunes Mexicains, des jardiniers à en juger d'après leur costume, et Felix, qui formait l'arrière-garde. Je fis signe à ce dernier, mais il ne réagit pas. Je remarquai que ses yeux brillaient comme des morceaux de charbon.

Je trouvai Graves seul, contemplant mélancoliquement la cheminée.

— Qu'est-ce qu'il a, le personnel ? demandai-je. J'ai vu les deux jardiniers et Felix. Tous les trois avaient l'air lugubre.

Il jeta un coup d'œil à la porte avant de répondre :

— Ils se rendent compte qu'ils sont soupçonnés.

— Dommage.

— Je n'ai rien dit qui puisse le leur faire croire, mais ils ont dû deviner. Je leur ai simplement demandé s'ils ont aperçu l'auto. Ce que je voulais, en réalité, c'est voir leurs réactions.

— Tu penses donc aussi qu'un occupant de la maison est mêlé à l'affaire ?

— En tout cas comme complice. La personne qui a rédigé cette lettre a l'air de connaître pas mal de choses. Sinon, comment saurait-elle que l'argent nécessaire serait disponible pour neuf heures — Il consulta sa montre. — Nous avons encore soixante-dix minutes devant nous

— Simple coïncidence, peut-être.

— Peut-être...

— Mais tu as probablement raison de penser qu'il y a un complice dans la maison. Quelqu'un a-t-il vu la voiture noire ?

— Mrs. Kromberger croit l'avoir entendue. Les autres n'ont rien remarqué.

— Personne ne s'est coupé ?

— Personne. Ces Mexicains et ces Philippins sont renfermés et je ne les comprends pas toujours. — Il se hâta d'ajouter : — Remarque bien que je n'ai aucune raison spéciale de soupçonner les deux jardiniers ou Felix.

— Et si Sampson lui-même était à la base de tout cela ?

Il me lança un drôle de regard.

— Qu'est-ce que tu veux dire ? Ça ne tient pas debout, ton histoire !

— Simple idée. Avec sa fortune, Sampson doit sûrement payer quatre-vingts pour cent d'impôt sur le revenu. En montant cette petite affaire, ça pourrait lui rapporter quatre-vingts sacs.

— Théoriquement, ce n'est pas impossible...

— Il ne serait pas le premier, d'ailleurs.

— ... mais dans le cas de Sampson, je ne peux simplement y croire.

— Ne va pas me dire que c'est un homme à l'abri de tout soupçon.

Il se mit à jouer avec le tisonnier.

— Ce n'est pas un honnête homme dans le sens où l'on l'entend généralement, déclara-t-il enfin. Mais je doute qu'il ait eu l'idée d'un tel coup. Trop risqué. Et puis, qu'est-ce qu'il ferait de quatre-vingts mille dollars ? Pour lui, c'est une goutte d'eau. Ses intérêts dans les puits de pétrole sont estimés à cinq millions de dollars mais, compte tenu de ce que ses puits lui rapportent réellement, il faudrait multiplier ce chiffre par cinq. Il ne s'amuserait pas à voler au fisc une misérable somme de quatre-vingts ou cent mille dollars. Non, à mon avis, cet enlèvement est tout ce qu'il y a d'authentique. Et la seule chose que je redoute, c'est qu'on ne l'assassine.

— Moi aussi.

— C'est pourquoi, poursuivit-il, je préfère suivre les instructions contenues dans la lettre. Et si Sampson n'est pas rentré demain, que les ravisseurs prennent garde !

— Qui va transporter l'argent au lieu indiqué ?

— Et si tu le faisais ?

— Ils me connaissent, ce serait dangereux pour Sampson. Et puis, j'ai autre chose à faire. Charge-t'en, Bert. Tu pourrais emmener Taggert avec toi.

— Il ne m'est pas sympathique.

— C'est un gars qui est loin d'être bête. En outre, il n'a pas froid aux yeux. Si quelque chose cloche, tu pourrais avoir besoin de son aide.

— Rien ne peut clocher. Mais je vais lui demander de venir avec moi, si tu me le conseilles.

— Je te le conseille vivement.

Mrs. Kromberger sur le seuil, tirant nerveusement sur sa robe.

— Mr. Graves ?

— Oui ?

— Est-ce que vous ne pourriez pas raisonner Miranda ? Je lui ai monté à manger, mais elle ne m'a pas ouvert la porte. Elle ne m'a même pas répondu.

— Ne vous en faites pas. Je la verrai plus tard. Laissez-la tranquille, pour l'instant.

— Son attitude m'inquiète.

— Elle se calmera. En attendant, demandez à Mr. Taggert de venir dans le bureau de Mr. Sampson. Et priez-le de prendre avec lui ses pistolets — chargés.

— Bien, monsieur.

Elle semblait sur le point d'éclater en sanglots.

Mrs. Kromberger partie, je constatai qu'un léger tic agitait la paupière de Bert Graves.

— Miranda a dû s'enfermer parce qu'elle se sent coupable, déclara-t-il.

— De quoi ?

— Elle doit éprouver des remords à l'idée qu'elle a vu son père dégringoler la pente et qu'elle n'a rien fait pour l'en empêcher.

— Elle ne pouvait pas grand-chose. Une fille n'a pas sur son père une influence illimitée. C'est Mrs. Sampson qui aurait dû agir. Au fait, l'as-tu vue depuis l'arrivée de la lettre ?

— Je lui ai parlé il y a quelques instants. Elle ne prend pas les choses au tragique. Quand je suis monté la voir, elle était en train de lire un roman d'amour. Qu'est-ce que tu en penses ?

— Rien.

— C'est une femme peu sensible, à mon avis. Pas comme Miranda, qui essaie de jouer à la cynique mais n'y parvient pas.

— Est-ce que tu espères vraiment l'épouser un jour, Bert ?

— Pourquoi pas — Il eut un sourire un peu amer. — Je le lui ai demandé plus d'une fois. Elle n'a pas dit non.

— Si tu ne te montres pas imprudent, tu as peut-être des chances. Elle est mûre pour le mariage.

Il m'observa un instant de dessous ses paupières mi-closes.

— Elle m'a dit que vous aviez longuement parlé, cet après-midi.

— Je lui ai donné quelques conseils paternels, expliquai-je. Je l'ai notamment mise en garde contre le danger de rouler trop vite.

— Aussi longtemps que vos relations seront sur ce plan-là... — Il changea brusquement de sujet : — Et ce Claude que vous avez vu ? Ne serait-il pas mêlé à l'enlèvement ?

— Il pourrait l'être à tout ce qu'on veut. Cet homme ne m'inspire aucune confiance. Je ne lui confierais pas une allumette brûlée. Mais je n'ai rien de précis à lui reprocher. Il prétend n'avoir pas vu Sampson depuis des mois.

Un bruit de moteur nous parvint du dehors.

— C'est probablement le shérif, déclara Graves.

Le shérif entra d'un pas décidé quelques instants plus tard. C'était un homme de grande taille, vêtu d'un complet de tweed et coiffé d'un sombrero de cow-boy. Il avait la mâchoire carrée mais la bouche molle. Bref, la synthèse parfaite du flic et du politicien.

Il tendit sa main à Graves.

— Je serais venu plus tôt, Bert, déclara-t-il, mais vous m'aviez demandé de vous amener Humphreys.

L'homme qui l'accompagnait était vêtu d'un smoking.

— J'étais à une soirée, déclara-t-il. Comment va, Bert ?

Graves procéda aux présentations. Le shérif s'appelait Spanner. Humphreys était le D.A. C'était un individu grand et maigre, avec un large front d'intellectuel. Graves et lui ne se serrèrent pas la main. Ils se connaissaient trop bien pour cela. Humphreys avait été l'adjoint du D.A. du temps où Graves occupait les fonctions de procureur. Je me tins à l'écart pendant que Graves expliquait aux deux hommes les grandes lignes de l'affaire.

Quand il eut fini, le shérif dit :

— Compte tenu de l'endroit où nous devons déposer l'argent, j'ai l'impression que le type qui va ramasser le paquet tentera de s'échapper en direction du nord, c'est-à-dire vers Los Angeles.

— Apparemment, convint Graves.

— Si on établit des barrages sur les routes menant vers L.A., nous avons de bonnes chances de l'attraper.

— Dangereux, intervins-je. Si nous le faisons, nous pouvons dire adieu à tout espoir de retrouver Sampson vivant.

— Mais si nous arrêtons l'homme, nous le ferons parler.

— Ça ne suffira pas, déclara Humphreys. Ils sont plusieurs sur cette affaire. Même si on en pince un, ou si on le tue, les autres règleront son compte à Sampson.

— C'est d'ailleurs ce qu'ils laissent entendre dans la lettre, dis-je. L'avez-vous vue ? demandai-je au D.A.

— Elle est entre les mains d'Andrews, mon expert en empreintes digitales, répliqua-t-il.

— S'il en trouve, il serait bon de contacter le F.B.I.

Ce n'était pas à moi de leur apprendre leur métier. D'un autre côté, la situation me paraissait trop grave pour faire du tact et du sentiment. Après tout, ce n'étaient que des campagnards qui avaient davantage l'habitude de s'occuper d'ivrognes et de pickpockets que de ravisseurs.

— Vous êtes-vous mis en rapport avec les autorités de Los Angeles ?

— Pas encore. Je voulais d'abord me rendre compte de quoi il retournait.

— Les faits parlent d'eux-mêmes, poursuivis-je. Même si nous suivons à la lettre les instructions contenues dans ce message, Sampson risque de laisser sa peau dans l'aventure. Si nous ne les suivons pas, ses chances se réduisent à zéro. J'espère pour lui qu'il s'en tirera, mais ce n'est qu'un simple espoir. Si vous arrêtez l'homme qui viendra chercher l'argent, nous sommes sûrs de trouver Sampson égorgé dans les vingt-quatre heures qui suivront. Le mieux que vous puissiez faire, en ce qui vous concerne, c'est d'alerter les autorités de L.A. Graves se chargera de déposer la somme et...

Spanner, le visage rouge de colère, fit mine de m'interrompre, mais Humphreys l'arrêta d'un geste de la main.

— C'est en effet la chose la plus raisonnable à faire, Joe, dit-il. Ce n'est pas très éthique, à notre point de vue, mais la situation est délicate. Le principal, pour l'instant, c'est de tirer Sampson des griffes des individus qui le retiennent prisonnier. Et de l'en tirer vivant. Si on partait, maintenant ?

Il se dirigea vers la porte. Spanner le suivit sans nous adresser la parole.

— Est-ce que Spanner n'essaiera pas de faire le mariolle ? demandai-je à Graves. Il n'a pas l'air de nous porter dans son cœur.

— Humphreys l'empêchera de commettre des gaffes, me rassura Graves.

— Il m'a l'air intelligent.

— Il l'est. Il a travaillé avec moi pendant près de sept ans et n'a jamais fait de sottises. C'est moi qui l'ai fait élire à mes fonctions, après avoir démissionné...

Il y avait du regret dans sa voix.

— Tu n'aurais pas dû démissionner, Bert. Tu étais heureux, lorsque tu étais procureur.

— Peut-être, mais je gagnais des clopinettes. J'ai travaillé pour l'Etat pendant dix ans et, quand je me suis arrêté, j'étais criblé de dettes... — Il me regarda du coin de l'œil. — Et toi, Lew, pourquoi as-tu démissionné de la police de Long Beach ?

— Moi, ce n'est pas pour des questions financières. Plutôt à cause de l'atmosphère irrespirable. Je ne voulais pas tremper dans leurs sales combines politiques. D'ailleurs, je n'ai pas démissionné, on m'a saqué.

— Oui, évidemment... — Il consulta de nouveau sa montre. — Huit heures trente. Il est temps de nous mettre en route.

Alan Taggert nous attendait dans le bureau de Sampson, vêtu d'un trench-coat qui le faisait paraître encore plus large d'épaules qu'il n'était. En nous voyant, il retira ses deux mains de ses poches. Chacune d'elles tenait un pistolet de calibre 32. Il en remit un à Graves et conserva l'autre.

— Et souvenez-vous, lui dis-je, que vous ne devez pas tirer le premier.

— Vous ne venez pas avec nous ?

— Non... — Je m'adressai à Graves : — Tu connais le carrefour de Fryers Road ?

— Oui,

— Il n'y a pas d'endroit où se cacher ?

— Absolument rien. La plage d'un côté, un terrain vague de l'autre.

— Ça ne m'étonne pas qu'ils aient choisi cet endroit. Précédez-moi. Je vous dépasserai et irai me poster à quinze cents mètres après le carrefour.

— Tu ne vas rien entreprendre de dangereux ?

— Sûrement pas. Je veux juste voir l'homme au moment où il passera devant moi. Je vous rejoindrai ensuite devant la station-service, à l'entrée de la ville.

— O.K., fit Graves.

La route entre la ville et le carrefour de Fryers Road était assez large pour laisser passer quatre voitures de front dans chaque direction, et coupée en son milieu par une bande de gazon. Après le carrefour, elle se rétrécissait légèrement et les deux parties de la chaussée n'étaient plus séparées.

La pendule de mon tableau de bord indiquait neuf heures moins dix lorsque je dépassai Graves et Taggert au carrefour en leur faisant un signe de main. Puis je roulai jusqu'au prochain croisement, distant d'un peu plus d'un kilomètre. Comme l'avait fait observer Humphreys, notre homme tenterait de s'échapper vers Los Angeles et passerait dans ce cas devant moi. J'atteignis l'endroit trois minutes plus tard et me garai sur la route latérale, feux éteints, capot tourné vers la Nationale. Ainsi, lorsque notre gibier passerait, Je pourrais me lancer à sa poursuite sans effectuer de manœuvre compliquée.

Un brouillard assez dense s'était levé, venant de la mer, envahissant la route. La visibilité n'était pas très bonne mais, comme l'autre se trouverait obligé de rouler moins vite, j'avais de bonnes chances de le reconnaître. En outre, la circulation n'était pas intense et je voyais distinctement les voitures qui passaient devant moi. Le bruit des vagues me parvenait distinctement.

A neuf heures deux, une limousine noire venant de Fryers Road apparut dans le lointain. Je n'aurais pas juré que c'était la bonne, car le brouillard s'était épaissi. Mais, au lieu de poursuivre tout droit, elle tourna à gauche sans ralentir. Ses pneus grincèrent. Je souris. A défaut d'autre chose, je reconnaissais la technique du chauffeur. Phares éteints, je démarrai et me lançai à sa poursuite.

J'avais à peine franchi la Nationale que trois coups de feu retentirent dans la nuit, à deux ou trois cents mètres d'où j'étais. J'allumai mes phares anti-brouillard. Quelques secondes plus tard, je croisai une décapotable couleur crème. Impossible de voir le conducteur, mais j'eus l'impression d'apercevoir la masse sombre d'une chevelure de femme. Je ralentis et regardai par-dessus mon épaule. La décapotable tourna à gauche et s'engagea en direction de Los Angeles. Faire marche arrière pour la poursuivre m'eût fait perdre un temps précieux. En outre, avec le brouillard, je n'avais aucune chance de la rattraper. Enfin, bien que je puisse en partie le deviner, j'ignorais avec exactitude le drame qui s'était joué presque sous mes yeux.

Je roulai une centaine de mètres encore, puis j'aperçus la limousine, arrêtée sur le bas-côté de la route, ses roues droites sur le bord du fossé. Je m'arrêtai, descendis, mon automatique à la main, m'en approchai. C'était une Lincoln, modèle d'avant-guerre. Le moteur ronronnait doucement et les phares étaient allumés. Je vérifiai son numéro : 62 S 895.

J'ouvris la portière de la main gauche, ma droite serrant fortement le pistolet.

Un petit bonhomme se pencha vers moi, fixant le brouillard de ses yeux morts. Je le rattrapai avant qu'il ne tombe en avant.

19

Il portait encore sa casquette de cuir. Légèrement déplacée, elle démasquait le côté gauche de sa tête. Il y avait un petit trou juste au-dessus de l'oreille et toute la partie gauche du visage était brûlée par la poudre. La main droite était encore crispée au volant.

J'adossai le mort au siège puis commençai à lui faire les poches. J'y trouvai un briquet bon marché, un porte-cigarettes en bois avec quelques cigarettes de tabac noir et un couteau à cran d'arrêt dont la lame mesurait une dizaine de centimètres. Dans la poche intérieure de son veston, je découvris un portefeuille usagé contenant vingt dollars en petites coupures et un permis de conduire délivré par les autorités californiennes au nom de Lawrence Becker. L'adresse indiquée sur le permis était celle d'un hôtel de cinquième ordre situé dans un quartier populeux de Los Angeles. Il y avait peu de chances que Becker fût le véritable nom de l'homme.

Dans la poche droite de son pantalon, je trouvai un peigne sale et un trousseau de clés de voitures pouvant ouvrir n'importe quelle bagnole, depuis la Chevrolet jusqu'à la Cadillac. Egalement une pochette d'allumettes à moitié entamée et provenant d'un bar routier : *The Corner*, Nationale 101, au sud de Buenavista.

Il y avait quelques mégots de cigarettes de marijuana dans le cendrier du tableau de bord. Le compartiment à gants était parfaitement vide. Je fouillai la voiture mais ne trouvai la moindre trace des cent mille dollars.

Je refermai la portière de la Lincoln et m'éloignai après avoir jeté un dernier coup d'œil. Avec ses phares allumés et le filet de fumée provenant du tuyau d'échappement, on avait l'impression qu'elle allait démarrer d'un instant à l'autre.

Je retrouvai Graves et Taggert devant la station-service, comme convenu. Ils se tenaient debout à côté de leur voiture. En apercevant la mienne, ils coururent au-devant de moi.

— C'était bien une limousine noire ! s'écria Graves en avalant la moitié de ses mots, le visage pâle. Nous l'avons vue s'arrêter devant l'endroit où nous avions déposé l'argent. Je n'ai pas pu distinguer le visage de l'homme, mais j'ai remarqué qu'il portait effectivement une casquette de cuir.

— Il l'a toujours sur la tête, lui dis-je.

— Est-ce qu'il est passé devant vous ? murmura Taggert d'une voix émue.

— Il a viré sur la gauche au lieu de poursuivre tout droit. Maintenant, il est arrêté sur le bord de la route, avec une balle dans le crâne.

— Bon Dieu ! s'exclama Graves. Ce n'est pas toi qui l'as tué, Lew ?

— Non. Quelqu'un d'autre s'en est chargé. Une décapotable couleur crème m'a croisé au moment où j'allais atteindre la limousine, moins d'une minute après les coups de feu. Je crois avoir aperçu une femme au volant. Elle a pris la direction de L. A. Etes-vous sûrs, vous autres, que l'homme avait ramassé le paquet contenant les cent mille dollars ?

— Je l'ai vu le prendre, assura Graves.

— Il ne l'a plus. De deux choses l'une. Ou bien quelqu'un au courant de la transaction a décidé de débarrasser notre individu de sa fortune. Ou bien ce sont ses propres complices qui l'ont descendu. Dans l'un et l'autre cas, c'est très mauvais pour Sampson. Si l'homme a été trahi par ses complices, ils n'hésiteront pas à nous trahir.

— Qu'est-ce qu'on fait maintenant ? demanda Taggert.

— Il n'y a plus qu'une chose à faire, déclara Graves. Laisser carte blanche à la police ! Promettre une forte récompense ! J'en parlerai à Mrs. Sampson.

— En tout cas, Bert, déclarai-je, il ne faut pas que les journaux soufflent mot de la mort de cet homme. S'il n'a pas été tué par ses complices, ceux-ci nous attribueront la responsabilité du drame et ce sera la fin de Sampson.

— Les salauds, fit Graves d'une voix étouffée. Nous, on a fait exactement ce qu'ils demandaient, et eux... Si je pouvais mettre la main sur ces individus... !

— Plus tard, Bert, plus tard. Pour le moment, faisons les choses importantes. Commence par alerter le shérif. Il ne fera pas grand-chose, probablement, mais ainsi tu pourras te concilier ses bonnes grâces. Puis la police routière et le F.B.I.

J'embrayai. Graves s'écarta légèrement de la portière.

— Et toi, où vas-tu ? demanda-t-il.

— A la chasse, répliquai-je. Je ne connais pas le gibier, ni l'endroit où il se terre. Mais, au point où on en est, autant tenter notre chance.

Je pris la direction de Buenavista. La route traversait la ville, où elle prenait le nom de Grand-Rue. Beaucoup de néon. Quelques hôtels. Des bars et des restaurants. Trois cinémas dont deux projetaient des films mexicains.

J'arrêtai la voiture devant un marchand de tabac qui vendait aussi des fusils, des magazines, des cannes à pêche, de la bière à la pression, des gants de base-ball et des préservatifs. Il y avait également au fond de la boutique quelques machines à sous. La jeunesse mexicaine de l'endroit déambulait par groupes de cinq ou six. Je demandai à un passant de m'indiquer *The Corner*. Il l'ignorait et arrêta un autre passant, lequel en arrêta un troisième. Finalement, au septième ou huitième, j'eus le renseignement. *The Corner* se trouvait à huit kilomètres en dehors de la ville, à l'endroit où la route se divisait en deux, une des fourches menant à White Beach.

Je n'eus aucune peine à trouver l'établissement. C'était une bâtisse sans étage, peinte en blanc, le perron surmonté d'une enseigne lumineuse multicolore. Une dizaine de voitures et un camion étaient garés devant la porte. Je garai la mienne et entrai.

Cinq ou six tables étaient occupées, mais il n'y avait pas un chat au bar. Une serveuse s'avança vers moi. Jeune, aux yeux noirs. Elle marchait lentement, comme si elle avait mal aux pieds.

— Une table, monsieur ? s'enquit-elle.

— Merci, je vais m'installer au comptoir. Mais vous pourriez peut-être m'aider. Je cherche un homme dont j'ai fait la connaissance au cours d'un match de base-ball et je ne le vois pas dans la salle.

— Comment s'appelle-t-il ?

— C'est ça l'ennui — j'ignore son nom. Je lui dois de l'argent, à la suite d'un pari, et il m'a dit que je pourrais le retrouver ici. C'est un individu de petite taille, âgé de trente-cinq ans environ, coiffé d'une casquette de cuir. Il a les yeux bleus et le nez plutôt long.

Et une balle dans le crâne, pensai-je. Mais cela, je ne le dis pas.

— Je vois de qui vous parlez. Il s'appelle, je crois, Eddie, mais Je ne connais pas son nom de famille. Il lui arrive de passer ici, pour prendre un verre, mais je ne l'ai pas vu ce soir.

— Il m'a pourtant dit... A quelle heure vient-il d'habitude ?

— Bien plus tard, en général. Pas avant minuit. Il conduit un camion, n'est-ce pas ?

— Ouais, un camion bleu.

— C'est bien lui, alors, dit-elle. J'ai vu le véhicule devant la boîte. Il était ici il y a deux jours, et a même téléphoné. Non, je me trompe, ça remonte à trois jours. Je m'en souviens parce qu'il a appelé l'Inter. Le patron n'aime pas ça, parce qu'on ne connaît jamais sur-le-champ le prix de la communication. Mais Eddie a déclaré qu'il téléphonait en p.c.v. et le boss l'a laissé faire. Combien lui devez-vous ?

— Pas mal, hélas. Vous ne savez pas où il a téléphoné ?

— Non. Ça ne me regardait pas. Vous non plus, d'ailleurs.

— C'est que je tiens à le contacter au plus vite. Alors, je n'aurais pas besoin de l'attendre et je pourrais lui envoyer l'argent par mandat.

— Vous n'avez qu'à le confier au patron.

— Où est-il ?

— Chico ? Il se tient derrière le comptoir.

Un client l'appela et elle me quitta.

Le patron avait une tête nettement chevaline. Et son visage s'allongeait encore plus à la vue de la salle aux trois quarts vide.

— Qu'est-ce que c'est ? demanda-t-il.

— Une bière.

Il me servit.

— Trente-cinq cents.

— Est-ce que je peux avoir un sandwich ?

— Sûr. — Un peu d'espoir revint dans son regard. — A quoi ?

— Œufs et bacon.

— O.K.

Il cria la commande à la serveuse.

— Je cherche un individu du nom d'Eddie, déclarai-je. Celui qui a appelé l'Inter l'autre soir.

— Vous venez de Las Vegas ?

— En ligne droite.

— Comment vont les affaires, là-bas ?

— Plutôt moche.

— Dommage ! fit-il d'un ton joyeux. Qu'est-ce que vous lui voulez, à Eddie ?

— Je lui dois de l'argent. Est-ce qu'il vit dans les parages ?

— J'en ai l'impression, mais je ne sais pas où, exactement. Il vient ici une ou deux fois par semaine, avec une femme blonde. Probablement sa légitime. Il n'est pas exclu qu'on le voie ce soir. Vous n'avez qu'à attendre un moment.

— Merci. C'est ce que j'ai l'intention de faire.

Je pris mon verre et allai m'installer à une table d'où j'avais vue sur la route. La serveuse m'apporta mon sandwich.

— Alors, vous allez laisser l'argent au patron ?

— Je suis en train de réfléchir. Je veux avoir la certitude qu'Eddie le touchera.

— Jamais vu d'homme aussi scrupuleux, fit-elle avec ironie.

— Vous savez ce qui arrive aux *books* qui ne paient pas régulièrement ?

— J'ai bien pensé que vous étiez *book*... — Elle se pencha soudain vers moi et ajouta à voix basse : Dites, j'ai une copine dont le petit ami travaille pour une écurie. Il dit que *Jinx* est un bon placement dans la troisième, demain. Qu'est-ce que vous feriez à ma place ?

— Je garderais mon argent.

— Je ne joue que les pourboires. Mais l'ami de la copine prétend que Jinx est du tout cuit.

— Gardez votre fric.

Elle eut une moue.

— Vous êtes un drôle de *book*.

— Bon, dis-je en lui tendant deux dollars. Jouez ça sur *Jinx*.

Elle me contempla d'un air surpris.

— Merci, monsieur... Ne pensez surtout pas que je vous demandais de l'argent.

— Je ne pense jamais... Il vaut mieux en tout cas jouer mes deux fafiots que vos propres économies.

Je n'avais pas mangé depuis près de douze heures et attaquai le sandwich de bon appétit. Il était excellent. Pendant que je le liquidais, plusieurs voitures arrivèrent. La salle se remplit peu à peu et le sourire réapparut sur le visage du propriétaire. Au moment où je finissais d'engloutir ma dernière bouchée, une conduite intérieure noire s'arrêta devant la porte. Un beau phare rouge était installé sur son toit. L'homme qui descendit avait beau être en civil, il avait la silhouette d'un flic, avec la bosse du pistolet sur sa hanche droite. Lorsqu'il fut plus près je le reconnus sans difficulté : le sheriff adjoint de Santa Teresa. Je me levai vivement et me dirigeai vers les lavabos, à l'autre bout de la salle, me traitant de tous les noms : je n'aurais pas dû laisser dans la poche du défunt Eddie la pochette d'allumettes gracieusement offerte par *The Corner*.

Je m'enfermai dans une cabine vide, baissai le couvercle du siège et m'assis mélancoliquement tout en me maudissant de mon manque de perspicacité. Les dix minutes qui suivirent, je les passai à lire les inscriptions et à admirer les dessins suggestifs qui ornaient les murs de ma prison. Un quart d'heure plus tard, je sentis une douce somnolence m'envahir, et je m'assoupis.

Je me réveillai en sursaut : on frappait à la porte avec un objet lourd, métallique.

— Ouvrez ! ordonna le sheriff-adjoint. Je sais que vous êtes là-dedans.

Je tirai le verrou et obéis.

— Alors, quoi ? protestai-je. On ne peut même pas faire ses petits besoins, maintenant ?

— Ah, c'est vous. Je m'en doutais un peu...

Une vive satisfaction se lisait sur ses traits. Il tenait un pistolet à la main.

— Et moi, répliquai-je aimablement, j'ai tout de suite reconnu votre façon discrète de frapper.

— Vous aviez peut-être de bonnes raisons de vous cacher dans les chiottes ! poursuivit-il triomphalement. Le sheriff pense que toute l'affaire a été montée par un familier des Sampson. Il voudra sûrement savoir ce que vous fabriquez là.

— C'est bien lui, déclara le proprio du *Corner* qui surgit venant on ne sait d'où. C'est lui qui m'a dit qu'Eddie l'avait appelé à Las Vegas.

— Qu'est-ce que vous avez à répondre ? rugit le sheriff-adjoint en agitant son pétard devant mon nez.

— Entrez et fermez la porte. Alors, je vous expliquerai.

— Ah ouais ? Allez, ouste ! Les pattes en l'air.

— Aucune envie.

— J'ai dit les pattes en l'air ! fit-il d'un ton menaçant, en enfonçant le canon de son automatique dans mon estomac. Vous êtes armé ? Vous avez un pétard ?

Il tendit la main gauche pour me fouiller, mais je fis deux pas en arrière et me trouvai hors de son atteinte.

— J'ai effectivement un pétard, répondis-je, mais je n'ai nulle intention de m'en débarrasser.

Il fit un pas en avant. La porte se referma derrière lui.

— Vous savez ce que vous êtes en train de faire ? demanda-t-il d'une voix un peu moins assurée. Vous résistez à un officier-de-police-dans-l'accomplissement-de-son-devoir. J'ai bien envie de vous emmener au bloc.

— Très mauvaise idée.

— Et ne faites pas le pitre. Je veux savoir ce que vous fabriquiez enfermé ici.

— Je vous l'ai déjà expliqué. Un besoin naturel... Vous comprenez ?

— Alors, on refuse de parler, hein ?

Et il leva la main, comme s'il avait l'intention de me frapper.

— Bas les pattes, l'avertis-je. A votre place, je ne bougerais pas.

— Et pourquoi donc ? fit-il d'un ton de traître de mélodrame.

— Parce que je n'ai encore jamais tué de flic, et que ne voudrais pas commencer aujourd'hui.

Nos regards se croisèrent. Il baissa lentement la main.

— Et maintenant, continuai-je, rangez gentiment votre artillerie. Je déteste qu'on me menace.

— Personne ne vous demande votre avis, rétorqua-t-il.

Mais sans la moindre conviction.

— Je suis venu ici pour la même raison que vous, dis-je en voyant qu'il se calmait. Car j'avais vu la pochette d'allumettes dans la poche d'Eddie.

— Comment se fait-il que vous sachiez son prénom ?

— C'est la serveuse d'ici qui me l'a appris.

— Ah ouais ? Le patron m'a dit qu'Eddie vous avait téléphoné à Las Vegas.

— J'essayais de lui tirer les vers du nez. Vous pigez ? Ce n'était qu'un gag. Je faisais le malin.

— Et qu'est-ce que vous avez découvert ?

— Que le défunt s'appelait Eddie. Et qu'il conduisait un camion. Il lui arrivait de venir dans ce bistro, pour prendre un verre. Il y a trois jours, il a appelé Las Vegas d'ici. Or, Sampson se trouvait là-bas ce même jour.

— Sans blague ? Vous ne me faites pas marcher ?

— Je m'en garderais bien, répliquai-je de mon ton le plus sérieux.

— Ben, dans ce cas...

Il se gratta la tête avec le canon de son automatique et finit par remettre l'arme dans son étui.

20

Je remontai en voiture, couvris cinq ou six cents mètres puis fis demi-tour et revins me poster devant *The Corner*, mais de l'autre côté de la route. Un coin mal éclairé.

La voiture du shérif-adjoint n'avait pas bougé de sa place. Il devait interroger le personnel du bar routier. Je me regardai dans le rétroviseur et me trouvai une sale tête : poches sous les yeux, barbe de vingt-quatre heures.

La circulation était intense dans les deux sens. Malgré cela, je le reconnus de loin. Le camion peint en bleu, avec sa bâche baissée. Il tourna dans le parc du *Corner* et s'arrêta. Un homme sauta à terre et marcha d'un pas décidé vers la porte de l'établissement. Je le reconnus aussi sans la moindre peine. Puddler. Mon vieil ami Puddler qui avait probablement envie d'étancher sa soif. A moins qu'il ne vînt là pour autre chose.

Soudain, il s'immobilisa : il avait aperçu la voiture noire de la police. Il n'hésita pas une seconde. Tournant les talons, il courut plutôt qu'il ne marcha vers son camion, y remonta. Quelques instants plus tard, il démarrait en direction de White Beach. J'attendis que son feu rouge arrière ne fût qu'un point dans le lointain puis me lançai à sa poursuite.

Il avait pris une route non pavée, et, pendant près de trois kilomètres, je dus respirer la poussière qu'il soulevait. Il atteignait un croisement et, quittant le chemin menant vers la mer, tourna à droite. Je le suivis à distance raisonnable. J'avais l'Océan à ma droite et j'entendais le bruit des vagues aussi distinctement que si je me fusse trouvé sur la plage. La route avait tout du sentier de montagne, zigzaguant continuellement. Soudain, j'atteignis le sommet de la colline ; la route s'élargit et devint droite. J'éteignis mes phares et ralentis. Le brouillard s'était levé, mais on n'y voyait pas très clair, malgré tout.

Je freinai brusquement. Je venais d'apercevoir le camion, arrêté dans l'herbe, à une cinquantaine de mètres de la route. Puddler, lui aussi, avait éteint ses phares. Je dépassai le camion, parcourus encore trois ou quatre cents mètres. La route se poursuivait devant moi, mais elle était fermée par une barrière de bois. Je fis demi-tour, trouvai un coin obscur pour garer ma voiture, l'arrêtai, descendis, revins à pied vers le camion.

Puddler s'était arrêté dans une espèce de creux. Je cherchai du regard une lumière, mais n'en vis aucune. Je repérai néanmoins un petit sentier qui escaladait la colline qui me séparait de la mer et me mis en marche. Quand j'eus atteint le sommet, j'inspectai de nouveau les environs. Brusquement, mon cœur se mit à battre. Je voyais un carré lumineux, à ma droite et, mes yeux s'étant accoutumés à l'obscurité environnante, je discernais les contours d'un cottage bâti entre deux pans de falaise. Je m'en approchai, le pistolet à la main, et jetai un coup d'œil par la fenêtre éclairée.

Il y avait deux personnes dans la pièce, mais aucune d'elles n'était Sampson.

Puddler s'était installé dans un solide fauteuil et tenait une bouteille de bière à la main. Il semblait en grande conversation avec une femme allongée sur un divan défait. La chambre n'avait pour tout éclairage qu'une lampe à pétrole suspendue à une poutre du plafond. La femme était une blonde aux yeux bruns. Elle avait les traits tirés et une bouche amère.

Bien qu'elle ne fût pas très grande, la pièce semblait atrocement nue. A part le divan, il n'y avait comme ameublement qu'une table couverte de vaisselle sale, une glacière et une cuisinière à pétrole. Dans un coin, un évier.

Les cloisons de la maison étaient si minces que je pouvais percevoir le souffle de la lampe. A plus forte raison les paroles des deux occupants lorsqu'ils reprirent leur conversation.

— Je ne peux tout de même pas attendre ici toute la nuit, déclara Puddler. J'ai mon boulot qui m'attend. Mais je n'aime pas du tout cette bagnole de la police, parquée devant *The Corner*.

— Tu l'as déjà dit tout à l'heure, répliqua la femme, mais, à mon avis, tu n'as pas à t'en faire. Cette bagnole ne signifie rien.

— Et bien moi, je ne suis pas rassuré. De toute façon, je devrais être au *Piano*, à l'heure qu'il est. Mr. Troy était fou furieux de ne pas voir Eddie.

— Qu'il crève, dit la femme d'un ton très sincère. S'il n'aime pas la façon dont Eddie travaille pour lui il n'a qu'à le faire lui-même.

— Tu n'as pas le droit de dire ça ! protesta Puddler. En tout cas, ce n'est pas comme ça que tu parlais lorsque Eddie est sorti de taule et qu'il est venu demander du boulot à Mr. Troy. Et Mr. Troy a été assez gentil pour lui en trouver un.

— Oh, la barbe !

Puddler hocha la tête d'un air de reproche.

— Tu ne devrais pas parler comme ça, Marcie.

— Et toi, tu me fais mal au ventre, à force de me rappeler Eddie et sa taule. Comme si toi, t'avais jamais été dans le gnouf. Combien de fois que t'as été à l'ombre, toi ?

— Fiche-moi la paix ! grogna-t-il. Ça ne te regarde pas.

— Alors, laisse Eddie tranquille. Ce qu'il fait ne te regarde pas davantage.

— Et d'abord, s'inquiéta Puddler, qu'est-ce qu'il peut bien fabriquer, Eddie ?

— J'en sais fichtre rien, répliqua la femme. Mais s'il n'est pas là, c'est qu'il a probablement de bonnes raisons.

— Il fera bien de les expliquer, ses raisons, lorsqu'il verra Mr. Troy.

— *Mister* Troy, *Mister* Troy ! le singea-t-elle. Il t'a hypnotisé, ou quoi ? Peut-être qu'il n'a pas envie de le voir, ton Mr. Troy !

Puddler fronça les sourcils, essayant de voir clair dans les paroles de la femme.

— Dis, Marcie, et si tu prenais le volant ? proposa-t-il soudain.

— Tu parles. Votre *racket* ne m'intéresse pas.

— Sans blague ! Tu acceptes pourtant qu'Eddie s'y mouille. Et moi aussi. T'es devenue bien difficile, depuis qu'Eddie t'a sortie du ruisseau, depuis que t'es plus obligée de faire le tapin.

— Ta gueule ou tu le regretteras ! glapit-elle. L'ennui avec toi c'est que t'es un lâche ! Il te suffit de voir une voiture de police pour faire dans ta culotte. Alors, tu voudrais que je prenne ta place au volant. Salaud !

Il se leva et brandit sa bouteille.

— La ferme, toi aussi ! cria-t-il. T'as pas le droit de me parler comme ça ! Si t'étais un homme, je t'aurais déjà fait rentrer tes paroles dans la gorge.

Il s'était approché de la femme, toujours étendue, et le contenu de la bouteille se renversa sur le lit.

— Tu me parlerais pas comme ça, si Eddie était là, fit-elle d'un ton méprisant. Il te hacherait en menus morceaux, et tu le sais.

— Ce petit macaque !

— Ouais, ce petit macaque ! Rassieds-toi, Puddler. Tout le monde sait que tu es un grand courageux...

Elle se leva et se dirigea vers la glacière.

— Je vais t'ouvrir une autre bouteille de bière.

Elle s'arrêta devant l'évier, prit une serviette d'une propreté douteuse et essuya sa robe de chambre trempée.

Puddler avait fait quelques pas dans sa direction.

— Alors, fit-il, tu vas prendre le volant ?

— Est-ce que je dois te le répéter encore une fois ? J'ai dit non, et c'est non. Je n'ai pas envie de conduire ce maudit camion ; et si tu as peur, tu n'as qu'à te faire remplacer par un des copains.

— Oh, non, je ne peux pas faire ça ! Ils ne connaissent pas la route.

— Je n'y suis pour rien. En tout cas, ne compte pas sur moi.

Puddler poussa un soupir.

— Bon, bon... — Il fit encore un ou deux pas vers elle. — Et si on s'amusait un peu, avant que je parte ? Un tout petit peu, tu sais... ? Tiens, je parie qu'Eddie est dans le plumard d'une poule qui ne te vient pas aux chevilles.

Elle s'empara d'un couteau à pain, dans l'évier, et le brandit.

— T'approche pas de moi ! menaça-t-elle. Ou je t'étripe !

— Allons, allons, Marcie, pourquoi te fâcher ? Je pourrais te faire des choses et...

— Fous-moi le camp ! hurla-t-elle. Fous-moi le camp ou tu le regretteras !

Le reflet de la lame brilla à la lueur de la lampe.

— O.K., O.K., Marcie ! Te fâche pas ! fit Puddler d'un ton conciliant. Tu sais bien que je n'ferais rien sans ton consentement...

Il haussa les épaules, l'air malheureux, et se dirigea vers la porte.

J'abandonnai mon poste d'observation et courus vers le sommet de la colline. Avant que je l'eusse atteint, le battant grinça. Je m'aplatis, immobile comme une pierre. Le carré de lumière arrivait presque à l'endroit où j'étais et je voyais l'ombre de ma tête sur le sol.

Mais Puddler ne m'aperçut pas. Il devait sans doute ruminer de tristes pensées. La porte se referma et je vis la silhouette de l'homme se détacher de celle de la maison et se diriger lentement vers le creux où il avait garé son camion. Quelques instants plus tard, il disparut entre deux eucalyptus.

Je me redressai et réfléchis. Je devais choisir entre lui et Marcie. C'est Puddler que je choisis. Marcie ne se sauverait pas. Elle attendait Eddie.

21

A quelques kilomètres au nord de Buenavista, le camion bleu quitta la Nationale et tourna à droite. Je m'arrêtai un moment pour lui donner de l'avance. En arrivant à l'embranchement, je vis un poteau portant l'inscription : « Route dangereuse ».

En fait, je n'en avais vu de pire de ma vie. C'était le parcours le plus harassant que j'eusse jamais fait. Et je devais rouler assez vite, car Puddler devait faire près de cinquante à l'heure, ce qui, avec son véhicule, représentait une véritable performance. Pendant près de dix kilomètres, je longeai un précipice dont la simple idée me soulevait le cœur. Puis ce furent virages sur virages, alors que le chemin n'avait guère plus de trois mètres de large. Heureusement qu'on ne risquait pas de rencontrer grand monde.

Finalement, et par une route différente, nous arrivâmes dans la vallée que Miranda et moi avions traversée plus tôt dans la journée. Je commençais à deviner où le camion se dirigeait.

En arrivant devant la boîte aux lettres de Claude, je trouvai la barrière baissée ; mais j'entendais dans le lointain le moteur du véhicule bleu.

J'ouvris la barrière, remontai dans ma voiture et mis le cap sur le Temple. En y arrivant, je constatai que le camion avait franchi les barbelés et qu'il se trouvait à l'intérieur de l'enceinte « sacrée ». Moi, je m'arrêtai prudemment à l'entrée de l'enclos et descendis.

En passant devant le camion, je soulevai la bâche. Le véhicule était vide.

La porte du Temple s'ouvrit et Claude se dressa sur le seuil. A la lueur de la lune, il faisait penser à une caricature de sénateur romain. Ses sandales faisaient crisser le gravier.

— Qui est-ce ? demanda-t-il.

— Archer. Vous vous souvenez de moi ?

Je sortis de derrière le camion pour qu'il pût me voir. Il tenait une torche électrique. Il en braqua le rayon sur moi et vit que j'avais mon automatique à la main.

— Qu'est-ce que vous faites ici ? demanda-t-il d'un ton sévère.

— Je suis toujours à la recherche de Sampson.

Je m'approchai de lui. Il recula.

— Vous savez très bien qu'il n'est pas là. Un sacrilège par jour ne vous suffit-il donc pas ?

— Pas la peine de jouer au prophète avec moi, Claude. C'est faire injure à mon intelligence.

— Entrez, si vous y tenez.

Il s'effaça pour me laisser passer, puis referma la porte derrière nous. Puddler se tenait debout au milieu de la pièce.

— Allez vous mettre à côté de Puddler, dis-je à Claude.

Je n'avais pas fini que Puddler s'était jeté vers moi. Je tirai un coup à ses pieds. La balle ricocha sur la pierre et alla se loger dans le mur. Puddler s'arrêta comme un automate et me contempla d'un regard plus étonné que terrorisé.

Claude voulut me désarmer en m'attaquant par-derrière, mais je lui enfonçai mon coude dans le ventre et il alla rouler par terre.

— Viens ici, dis-je à Puddler. J'ai à te parler.

Il ne bougea pas. Toujours étalé, Claude cria quelque chose dans un dialecte espagnol que je ne comprenais pas. Quelques secondes plus tard, la porte fut littéralement enfoncée par une douzaine de petits hommes bruns, à la peau cuivrée, vifs comme des diables. Ils se mouvaient en silence. A cause de cela — ou d'autre chose —, je ressentis tout à coup une peur intense. Et ne tirai pas. J'eus sans doute raison, car ils se précipitèrent sur moi comme si mon automatique ne les impressionnait pas plus qu'un stylo à bille.

J'assommai les deux premiers avec la crosse, mais les autres s'élancèrent sur moi, s'agrippèrent à mes bras, à mes jambes, me firent des crocs-en-jambe, me jetèrent par terre, me piétinèrent...

Quand je revins à moi, je me trouvais dans la cour de l'enceinte, le nez contre les pavés. Mes poignets étaient liés dans mon dos. Mes pieds aussi. Et on les avait ramenés en arrière à l'aide d'une troisième corde qui venait rejoindre celle qui m'immobilisait les mains.

Mon crâne me faisait atrocement mal. Ce fut pire encore quand j'essayai de crier.

— L'ire du Dieu est terrible, dit une voix au-dessus de moi. On ne profane pas impunément son temple.

— Ça va, ça va, Claude, dis-je. Tout ce que vous risquez, c'est deux chefs d'inculpation pour enlèvement au lieu d'un.

— Ne me faites pas rire, Mr. Archer, ricana-t-il. Ce n'est pas moi le coupable, mais bien vous. Vous avez envahi notre retraite, arme au poing, vous nous avez attaqués, moi et mes amis et disciples.

J'essayai de rire. A mon grand étonnement, je ne réussis pas trop mal.

— C'est vous qui me faites marrer, Claude. Puddler est-il un de vos disciples ? Ça ne m'étonnerait nullement. C'est un individu nettement spiritualiste.

— Ecoutez-moi, Mr. Archer, nous aurions eu le droit de vous

tuer, en état de légitime défense. Et votre vie est toujours à notre merci.

— De mieux en mieux ! Un assassinat venant s'ajouter à un enlèvement.

— Mr. Archer, vous ne comprenez pas le sérieux de la situation...

— Ce que je comprends surtout, fis-je avec rage, c'est que vous êtes un sale vieil escroc.

Il me donna un coup de pied aux reins. Et il tapa si fort que je m'évanouis de nouveau.

Quand je revins à moi, la première chose que je vis, ce furent des cercles rouges devant mes yeux. Puis ils disparurent. Une voix me parvint et je décidai de ne pas bouger. Car j'avais reconnu Troy.

— Vous avez commis une très grave erreur, Claude, disait-il. Je connais ce type, et il est dangereux. Pourquoi ne pas m'avoir informé de sa précédente visite ?

— Je ne pensais pas que ce fût important, objecta le prophète. Il cherchait Sampson. Et la fille de ce dernier l'accompagnait... C'était tout drôle d'entendre Claude s'exprimer normalement, comme n'importe quel autre homme.

L'intonation même de la voix était différente.

— Vraiment ? Pas important, dites-vous ? Eh bien, moi je suis d'un avis différent. Et comme c'est le mien qui compte... — Troy haussa légèrement le ton : — En fait, c'est tellement important que vous allez me faire le plaisir de prendre vos hardes et de filer d'ici au plus vite.

— Vous n'avez pas le droit ! Cette maison est à moi ! Sampson a dit que je pouvais y rester aussi longtemps qu'il me plairait. Vous n'avez pas...

— Ce droit, je le prends, Claude. Vous vous êtes montré trop imprudent et cela signifie que vous n'avez plus rien à faire parmi nous. Toute l'affaire est maintenant bousillée. Nous allons évacuer le Temple. Et nous n'allons certainement pas vous laisser derrière, pour que vous racontiez nos petites histoires à la police.

— Mais où irai-je ? Que vais-je faire ?

— Il fallait y songer plus tôt. Vous n'avez qu'à chercher de nouveaux disciples. Vous trouverez suffisamment de crétins ailleurs. Retournez à Gower Gulch... D'ailleurs, ce que vous ferez ne me regarde plus.

— Ça déplaira à Fay...

— Je n'ai pas l'intention de lui demander son avis. Et puis, ça suffit comme ça ! Encore un mot de vous, et je charge Puddler de vous faire entendre raison. J'avoue que je n'aimerais pas recourir à cette mesure extrême, car j'ai encore une dernière tâche à vous confier.

— Quoi ?

— C'est vous qui allez livrer le chargement. Je ne sais même pas si je puis vous faire confiance et si vous en êtes capable... Mais je veux bien courir le risque. En fait, vous risquerez plus que moi. Le contremaître vous rencontrera à l'entrée sud-est du *ranch*. Vous la connaissez, cette entrée... ?

— Oui, c'est à quelques mètres de la Nationale.

— Parfait. Une fois que vous aurez livré le chargement, ramenez le camion à Bakersfield et débarrassez-vous-en. N'essayez pas de le vendre. Laissez-le dans un parc et disparaissez. Est-ce que je peux compter là-dessus ?

— Oui, Mr. Troy. Mais je n'ai pas d'argent.

— Voilà cent dollars.

— Cent seulement ?

— Vous avez de la veine que je vous donne de l'argent au lieu de... Mettez-vous en route sans tarder. Et dites à Puddler que j'aurai besoin de lui dès qu'il aura fini de manger.

— Vous n'allez pas le laisser me faire du mal, Mr. Troy ?

— Ne dites pas de sottises, Claude. Si j'en avais l'intention, vous ne seriez pas là, devant moi, en train de bavarder.

J'entendis les pas de Claude qui s'éloignaient. Puis quelqu'un se pencha au-dessus de moi et tira sur la corde qui reliait mes poignets à mes jambes.

— Fichez-moi la paix ! grognai-je comme si je sortais seulement de mon évanouissement.

— Vous avez encore la force de rouspéter ? ricana Troy.

Un déclic de couteau. Puis tous mes liens furent tranchés. Mes membres retombèrent lourdement sur le ciment du patio.

— Levez-vous, mon vieux, fit Troy en refermant son couteau.

— Je suis très bien comme ça, dis-je.

— Allons, allons, à quoi ça sert de bouder ? me raisonna-t-il. Vous êtes vexé parce qu'on vous a un peu malmené, Mr. Archer. Mais je vous avais averti. A qui la faute ? Entre nous, je vous admire. Venir ici, dans ce coin perdu, pour essayer de vendre des assurances... Car c'est bien ça, votre métier, n'est-ce pas ? Très imprudent, mon cher. Assaillir ainsi des gens paisibles, un automatique à la main... !

Je remuai mes bras, puis mes jambes. Du coin de l'œil, je vis Troy s'écarter vivement.

— J'ai dit que vous pouviez vous lever, déclara-t-il. Mais je vous préviens, n'essayez pas de faire le malin. Je suis armé et mon arme vous vise à la tête. Compris ?

Je me relevai péniblement. Ma circulation était encore loin d'être normale. Une fois debout, j'eus l'impression de me trouver sur un bateau, naviguant par mauvais temps.

Je me secouai. Troy se tenait debout devant moi, éclairé par une lanterne sourde posée sur un banc. Le revolver à crosse de nickel brillait dans sa main.

— Je vous ai cru, hier soir, dit-il d'un ton faussement peiné. Je dois avouer que vous m'avez profondément déçu.

— Je fais mon métier.

— J'ai l'impression, Mr. Archer, que nos activités respectives sont très nettement contradictoires. Qu'est-ce que vous faites au juste, mon vieux ?

— Je recherche Sampson.

— Aurait-il disparu ?

J'essayai de lire sur son visage pour savoir s'il mentait ou non, mais il avait la face impassible d'un joueur de poker.

— Tout ça, dis-je, c'est de la rhétorique, Troy. A mon avis, vous ne gagnerez rien à vous mettre sur le dos un second enlèvement. On ne sait jamais où ça s'arrête. Si vous étiez malin, vous me feriez remettre en liberté.

Il haussa les sourcils en une grimace ironique.

— Vous m'offrez un marché, mon cher ? Je n'ai pas l'impression que vous soyez en position de le faire.

— Je ne travaille pas seul. Les flics seront au *Piano*, ce soir. Fay est sous surveillance. En outre, Miranda Sampson doit arriver ici d'un instant à l'autre. En compagnie du sheriff et de ses collaborateurs. Quoi que vous me fassiez, vous n'irez pas loin. Et si ça vous chante de vous mettre un assassinat sur le dos...

— Vous semblez surestimer votre valeur... — De la main gauche, il se gratta le bout du nez. — Que diriez-vous si je vous offrais un pourcentage sur la recette de ce soir ?

— Je ne vous comprends pas.

— Mettez-vous à ma place... Un petit « privé » se met en travers de mon chemin. Je le surprends deux fois en train de fourrer son nez dans mes affaires... J'aurais pu vous tuer, mais je ne recours à cette extrémité qu'en cas de nécessité absolue. Peut-être parce que vous me paraissez plus intelligent que la plupart de vos confrères. Donc, au lieu de vous tuer, je vous offre un tiers de la recette de ce soir. Autrement dit, Mr. Archer, je vous fais cadeau de sept cents dollars.

— Un tiers de la recette de ce soir, c'est trente-trois sacs.

— Pardon ?

Il était stupéfait et, cette fois, son étonnement ne paraissait pas feint.

— Vous voulez que je vous fasse un dessin ?

Il reprit son sang-froid.

— Vous avez parlé de trente-trois mille. J'ai peur que ce ne soit une estimation tout à fait exagérée.

— Pourtant, n'importe quel mathématicien pourra vous le confirmer, Troy. Sauf erreur, le tiers de cent mille, c'est trente-trois mille trois cent trente-trois dollars et trente-trois cents.

— De quoi parlez-vous ?

La voix était tendue.

— Oubliez-le, dis-je. De toute façon, je ne voudrais pas de votre argent.

— Mais je ne comprends vraiment pas, fit-il, les sourcils froncés. Pour moi, tout cela, c'est des devinettes. Et quand je ne comprends pas quelque chose, je deviens nerveux.

Comme pour illustrer ses paroles, il agita sa main qui tenait le revolver.

— Ne savez-vous vraiment pas ce qui s'est passé, Troy ? Et moi qui croyais que vous étiez bien plus au courant que moi.

— Assumez que je ne sois au courant de rien et expliquez-vous.

— Vous pourrez le lire dans les journaux.

— J'ai dit : expliquez-vous ! — Il leva l'arme et je vis le vilain petit trou me fixer dans les yeux. — Alors, quelle est cette histoire de Sampson et de cent mille dollars ?

— Pourquoi vous raconterais-je vos propres affaires ? Vous avez enlevé Sampson il y a deux jours...

— Continuez.

— Et votre chauffeur a ramassé le magot, c'est-à-dire cent sacs, hier soir. N'est-ce pas assez ?

— Puddler a ramassé cent sacs ?

Son impassibilité l'avait quitté, et je n'avais plus devant moi qu'un tueur assoiffé de sang.

Sans cesser de me tenir en respect, il cria :

— Puddler !

— Non, dis-je, ce n'est pas Puddler, mais votre autre chauffeur, Eddie.

— Vous mentez, Archer !

— Je ne vois pas comment je pourrais vous convaincre. Attendez donc l'arrivée des flics. Eux, ils vous l'expliqueront mieux que moi. A l'heure qu'il est, ils savent pour qui Eddie travaillait.

— Eddie est trop bête pour avoir eu l'idée d'agir de la sorte.

— « Etait », voulez-vous dire.

— Pardon ?

— Eddie est à la morgue.

— Qui est-ce qui l'a tué ? Les poulets ?

— Non... Vous peut-être. Cent sacs, c'est une somme pour un gagne-petit comme vous.

Il ne releva pas l'insulte.

— Qu'est-il arrivé à cet argent ?

— Quelqu'un a tué Eddie et s'est emparé de la somme. Une personne qui conduisait une décapotable couleur crème.

Mes dernières paroles l'assommèrent littéralement, comme s'il avait reçu un coup de poing. Je me jetai sur lui et, du tranchant de la main, fis tomber son revolver.

Mais je n'eus pas le temps de m'en emparer. Puddler avait surgi comme par miracle et ses grosses pattes se refermèrent sur l'arme. Je reculai.

— Je lui fais son affaire, Mr. Troy ? proposa Puddler d'un ton plein d'espoir.

Troy se massait le poignet.

— Pas maintenant, dit-il. Nous n'avons pas le temps. La première chose à faire, c'est de quitter ces lieux. On ne va pas s'amuser à abandonner des cadavres derrière nous. Emmène-le à Rincon, sur la jetée. Prends sa voiture. Et surveille-le là-bas jusqu'à ce que je t'envoie mes instructions. Compris ?

— Parfaitement, Mr. Troy. Où peut-on vous joindre, en cas de besoin ?

— Je ne sais pas encore. Est-ce que Betty est au *Piano*, ce soir ?

— Elle n'y était pas quand je suis parti.

— Connais-tu son adresse personnelle ?

— Non. Elle a déménagé il y a quinze jours. Quelqu'un lui a prêté un endroit pour crécher. Je ne sais pas où c'est et...

— A-t-elle toujours la même voiture ?

— La décapotable ? Ouais. Du moins, elle l'avait encore hier soir.

— Je vois... — Troy poussa un petit soupir. — Mes collaborateurs laissent vraiment à désirer. On dirait qu'ils cherchent les ennuis. Eh bien, ils verront de quel bois on se chauffe, hein, Puddler ?

— Oui, monsieur, répliqua respectueusement le gorille.

— En route ! m'ordonna Troy.

22

Nous atteignîmes, tous les trois, ma voiture. La Buick de Troy était parquée à côté. Le camion avait disparu. Disparus aussi Claude et ses « disciples ».

Puddler alla chercher un rouleau de corde dans une cabane en bois, près de l'entrée de l'enceinte.

— Les mains dans le dos, dit Troy.

Je ne bougeai pas.

— Si vous me malmenez, déclarai-je noblement, je vous en voudrai pour de bon.

— Vous êtes bien bavard, Archer... Fais-le taire, Puddler.

Je n'eus même pas le temps de me retourner. Ce fut comme si on m'avait assommé d'un coup de massue, sous l'oreille.

— Les mains dans le dos ! répéta-t-il sans hausser la voix.

Je me réveillai sur le plancher de ma bagnole, coincé entre la banquette arrière et le siège avant. Puddler était au volant. Moi, j'avais une migraine de tous les diables. Pire, je ne pouvais pas bouger. Je n'avais que les poignets liés, mais il m'avait installé de telle façon que je ne pouvais me déplacer d'un centimètre. J'essayai de libérer mes poignets, mais ne réussis qu'à m'arracher quelques pouces de peau. Alors, philosophe, je décidai d'attendre les événements.

Nous atteignîmes, par des routes petites et grandes, le bord de la mer et Puddler arrêta la voiture sous une espèce de tente en toile cirée dressée sur des piquets. Après avoir retiré la clé de contact et l'avoir mise dans sa poche, il vint s'occuper de moi. Autrement dit, il ouvrit la portière et, me soulevant par le col de mon veston, m'attira dehors.

— Et pas de bruit, mon pote, fit-il, à moins que tu ne veuilles que je t'assaisonne de nouveau.

— Ce que t'es brave, ricanai-je. Il en faut, du courage, pour taper par-derrière sur un type qu'un autre tient sous la menace de son feu !

— Toi, la ferme !

Il plaqua le plat de sa main sur mon visage et me repoussa légèrement.

— Et il en faut, du courage, pour faire ça à un type qui a les mains liées dans le dos !

— La ferme ! grogna-t-il. La ferme, ou je te fais taire pour de bon !

— Ça ne plairait sûrement pas à Mr. Troy.

— La ferme, et en route !

Il me prit par une épaule, me fit pivoter sur mes talons et me poussa hors de la tente.

Elle était dressée au bord de la mer, à l'entrée d'une jetée de bois dont on devinait plus qu'on ne voyait la fin, car la lune se cachait derrière les nuages. A l'horizon, côté terre, on voyait des *derricks*, mais pas la moindre lumière. Puddler me poussa sur la jetée. Je n'avais qu'à obéir. Il me suivit. Les planches étaient en partie pourries. Mal jointes aussi, car on voyait entre elles le reflet sombre de l'eau.

Nous marchâmes ainsi pendant une centaine de mètres. Puis Puddler me dit de m'arrêter. Nous étions arrivés. Il y avait un appentis à outils au bout de la jetée. Puddler en déverrouilla la porte, prit une lanterne accrochée au mur, gratta une allumette.

— Assieds-toi, gros malin ! fit-il en balançant sa lanterne allumée.

Il m'indiqua un banc de bois, contre le mur. A l'un des bouts du banc je vis divers outils : pinces, clés anglaises, tournevis ainsi qu'une lime rouillée.

Je m'assis. Puddler referma la porte d'un coup de pied et posa la lanterne sur un baril qui avait dû contenir du pétrole. A la lumière jaune qui nous éclairait, son visage n'avait rien d'humain. Ou, plus exactement, il faisait penser à l'homme de Neandertal. Au fond, c'était un sauvage des temps préhistoriques qu'un accident avait fait naître au seuil de l'ère atomique.

— Nos rôles me semblent renversés, lui dis-je. Plus exactement, tu ne joues sûrement pas souvent celui que Troy t'a assigné.

Il ne dut pas me comprendre, car il grogna quelque chose d'inintelligible.

— Oui, repris-je. Jouer au garde-chiourme, ça ne t'arrive pas tous les jours. C'est plutôt toi qu'on doit garder, le plus fréquemment, hein ?

— La ferme ! mugit-il.

— Combien de fois as-tu été en taule, Puddler ?

— La ferme ! cria-t-il sans pouvoir réprimer un frisson. La ferme ou je te ferai passer le goût du pain !

— Il en faut du courage pour menacer un type qui a les mains liées dans le dos !

Il me porta un léger coup de poing à la figure.

— L'ennui avec toi, poursuivis-je, c'est que t'es un lâche. Marcie voyait juste. T'as peur d'elle, hein ? Avoue-le donc, Puddler !

Il se dressa, menaçant.

— Je te tuerai ! fit-il d'une voix sourde. Je te tuerai si tu continues à dire des choses comme ça ! Aussi vrai qu'on m'appelle Puddler.

Il en bavait, tellement il était indigné.

— Mais Mr. Troy serait très fâché contre toi, Puddler. Rappelle-toi ce qu'il t'a ordonné : me surveiller. Et nullement me tuer. Tu ne peux rien me faire, Puddler.

— Si tu continues, je t'arracherai les oreilles !

— Tu ne le ferais sûrement pas si je n'avais pas les mains liées, espèce de crapaud !

— C'est moi que t'appelles crapaud ?

— Je ne vois personne d'autre ici qui soit aussi moche que ça... Un crapaud doublé d'un salaud ! Attaquer un homme par-derrière ! Battre un type qui ne peut pas se défendre. Oui, Puddler, tu n'es qu'un salaud !

Il ne me frappa pas. Au lieu de cela, il tira un canif de sa poche et l'ouvrit. Ses petits yeux porcins brillaient comme des escarboucles et il se passait la langue sur les lèvres, comme un gourmet sur le point de goûter à son plat favori.

— Lève-toi et tourne-toi ! ordonna-t-il. Je te montrerai si je suis un salaud !

J'obéis. Il trancha les liens qui m'immobilisaient les poignets et referma le canif. Puis, avant que j'eusse pu esquisser le moindre mouvement, il m'envoya son poing en pleine figure. J'eus l'impression que ma tête se décollait de mes épaules. Dans l'état où j'étais, je n'avais aucune chance de sortir vainqueur du match. Alors, presque instinctivement, je lui décochai un coup de pied au bas-ventre. Il hurla et alla rouler à l'autre bout de la pièce.

Pendant qu'il se remettait lentement debout, je m'emparai de la lime, sur le banc. La pointe de l'instrument était un peu émoussée, mais ça pouvait quand même faire mon affaire. Saisissant la lime à plein poing, j'attendis que Puddler fût suffisamment près puis, d'un geste brusque, je lui entaillai le front, d'une tempe à l'autre.

Il recula en grognant.

— Tu m'as coupé ! fit-il d'un ton incrédule.

— Tout à l'heure, tu ne verras plus rien, Puddler, car le sang va t'aveugler ! lui dis-je.

— Je vais te tuer ! aboya-t-il.

Et il se jeta sur moi comme un taureau furieux.

Je me retrouvai par terre, sous lui qui essayait de m'étrangler. Réunissant mes dernières forces, j'enfonçai la lime à l'endroit où ça fait le plus mal. Il hurla comme un porc et se rejeta de côté. Je me redressai et courus vers la porte. Il me rattrapa au moment où je l'ouvrais. Nous nous retrouvâmes sur la jetée, en train de nous battre comme des forcenés. D'un coup d'épaule je tentai de le repousser de côté et nous tombâmes à l'eau.

J'eus heureusement le temps d'aspirer l'air avant de plonger dans la flotte. Puddler essayait toujours de me porter des coups, mais l'eau leur enlevait toute force. Je m'agrippai à sa ceinture et tins bon bien qu'il fît des efforts désespérés pour se débarrasser de moi. Mes poumons éclataient, tellement ils avaient besoin d'air, je sentais mon thorax écrasé par la pression, mon cerveau semblait en ébullition... Finalement, Puddler cessa de lutter, cessa de se débattre.

Je dus le lâcher, pour remonter à la surface avant qu'il ne fût trop tard. J'aspirai goulûment une bouffée d'air et replongeai à sa recherche. Mes vêtements gonflés d'eau rendaient ma tâche plus difficile ; je ne voulais pas, d'autre part, me débarrasser de mes chaussures. J'atteignis le fond, mais Puddler n'était pas là. Je replongeai six autres fois avant d'abandonner. A la septième je ne serais sans doute pas revenu moi-même à la surface. Puddler avait dû être emporté par quelque courant sous-marin. Et, avec lui, la clé de ma voiture qu'il avait dans sa poche.

J'atteignis le sable après avoir nagé, me sembla-t-il, des heures et des heures. Puis je m'y allongeai, pour souffler un peu, pour que se ralentissent les battements de mon cœur. Quand je me redressai, les *derricks*, à l'horizon, se profilaient sur un ciel presque clair. Je me traînai péniblement vers la tente où se trouvait ma voiture dont j'allumai les phares.

La toile cirée était fixée aux piquets par des fils de cuivre dont je coupai un bout et m'en servis pour relier les contacts d'allumage. Le moteur se mit immédiatement à ronronner, quelques secondes après je démarrais.

23

Le soleil était au-dessus des montagnes quand j'atteignis Santa Teresa. De la route du canyon, la résidence Sampson ressemblait à une villa de poupée édifiée sur des cubes de sucre. En arrêtant la bagnole, je fus frappé par le silence lourd et oppressé qui pesait sur la maison.

Je frappai à la porte d'entrée et Felix vint m'ouvrir.

— Mr. Archer ? demanda-t-il en me fixant d'un air étonné.

— J'ai tellement changé que vous ne me reconnaissez pas ?

— Vous avez eu un accident, Mr. Archer ?

— Apparemment. Est-ce que ma valise est toujours dans le débarras où Mrs. Kromberger l'avait rangée ?

— Mais oui, monsieur.

Dans la valise, j'avais des vêtements frais ainsi qu'un second jeu de clés de voiture.

— Vous avez le visage contusionné, Mr. Archer. Voulez-vous que je fasse venir un médecin ?

— Pas la peine. Mais je prendrais volontiers une douche, si c'est possible.

— Certainement, monsieur. Il y en a une au-dessus du garage.

Il m'emmena dans sa chambre qui disposait d'une minuscule salle de bains. Je me douchai et me rasai, puis enfilai des vêtements propres. Je dus faire un effort pour ne pas m'allonger sur le lit du Philippin tellement j'avais sommeil.

Lorsque je revins à la cuisine, il s'affairait autour d'un plateau d'argent.

— Voulez-vous manger quelque chose, monsieur ?

— Des œufs au bacon, si possible.

Il acquiesça.

— Je m'occuperai de vous dès que j'en aurai fini avec cela...

De la tête, il indiqua son plateau.

— C'est pour qui ?

— Miss Sampson, monsieur.

— De si bonne heure ?

— Elle prend son petit déjeuner au lit.

— Comment se sent-elle ?

— Je l'ignore, monsieur. Elle a très peu dormi. Il était minuit passé quand elle est rentrée.

— D'où ?

— Je ne sais pas, monsieur. Elle est partie à peu près au même moment que vous et Mr. Graves.

— Elle conduisait elle-même ?

— Oui, monsieur.

— Quelle voiture ?

— La décapotable Packard.

— C'est laquelle, voyons ? Pas couleur crème, des fois ?

— Non, monsieur. Rouge. Et elle a fait près de quatre cents kilomètres, monsieur.

— J'ai l'impression, Felix, que vous surveillez la famille de très près.

Il sourit amicalement.

— On m'a chargé, entre autres, de m'occuper des voitures, et de vérifier l'essence et l'huile, car nous n'avons pas de chauffeur.

— Mais Miss Sampson ne vous est pas très sympathique ?

— Je lui suis très dévoué, monsieur.

— Vous avez dû passer hier une soirée assez déplaisante, Felix ?

— Pas exactement, monsieur. Mais j'en veux à Mr. Graves de me soupçonner simplement à cause de la couleur de ma peau. Et il en est de même en ce qui concerne les jardiniers. Pourtant, ma famille est très connue chez nous. Et je suis venu aux Etats-Unis pour suivre les cours du Collège Polytechnique de Californie, chose que je ferai dès que j'aurai économisé l'argent nécessaire.

— Je ne pense pas, Felix, dis-je, que Mr. Graves vous soupçonne pour les raisons que vous venez de mentionner. En fait, vous n'êtes ni plus ni moins soupçonné que tous les autres occupants de cette maison.

Le visage impassible du Philippin manifesta quelque reconnaissance.

— Est-ce que Mr. Graves est là en ce moment ? poursuivis-je.

— Non, monsieur. Je crois qu'il est au bureau du shérif. Maintenant, voulez-vous m'excuser un instant, monsieur ?

Il souleva son plateau.

— Vous connaissez le numéro du shérif, Felix ? Et cessez de me dire « monsieur » à tout bout de champ.

— Très bien, monsieur... C'est le 23665.

Je me servis du téléphone de l'office. L'homme qui me répondit avait la voix endormie. Je demandai Graves, et l'eus quelques instants plus tard.

— Graves à l'appareil...

La voix était rauque et fatiguée.

— Archer.

— Pour l'amour de Dieu ! s'écria-t-il. D'où est-ce que tu sors ?

— Je te le raconterai plus tard. A-t-on retrouvé trace de Sampson ?

— Pas encore. Mais on a quand même réalisé quelques progrès. Nous coopérons avec une escouade du F.B.I. chargée des enlèvements. Nous avons câblé à Washington les caractéristiques des empreintes digitales du mort et nous avons reçu une réponse il y a moins d'une heure. Il a un dossier là-bas, et un dossier tout ce qu'il y a d'impressionnant. Son vrai nom est Eddie Lassiter.

— Je viendrai te rejoindre dès que j'aurai mangé. Je suis actuellement chez les Sampson.

— Ce ne serait peut-être pas très prudent... — Il baissa la voix. — Le shérif n'est pas content de toi. Il t'en veut pour avoir faussé compagnie, hier soir, à son adjoint. Je préfère venir te voir. Attends-moi.

Il raccrocha. Je revins à la cuisine. Le bacon grésillait dans une poêle. Deux minutes plus tard, j'étais devant la table, en train de mordre dans un toast, pendant que Felix me versait une énorme tasse de café.

— Est-ce que, lui demandai-je entre deux bouchées, tous les appareils de la maison sont branchés sur la même ligne ?

— Non, monsieur. Nous avons deux lignes. L'une qui dessert les chambres de maîtres, l'autre les locaux des domestiques.

— Ainsi donc, l'appareil de l'office n'est relié qu'à...

— ... un autre qui se trouve dans la lingerie et un troisième installé dans le cottage des amis. Pour l'instant, c'est Mr. Taggert qui y loge.

— Mr. Taggert est-il à la maison ?

— Je ne sais pas, monsieur. Mais je crois l'avoir entendu rentrer dans le courant de la nuit.

— Voulez-vous vous assurer s'il est là, s'il vous plaît ?

— Très bien, monsieur.

Il quitta la cuisine par l'entrée de service.

Une voiture s'arrêta devant la porte de la cuisine une minute plus tard et Graves entra. Il avait les yeux rouges et les traits tirés.

— Tu as une sale gueule, Lew, me dit-il en guise de bienvenue.

— Pas étonnant, dis-je en avalant une tranche de bacon. Je reviens de l'enfer... Tu m'as apporté les renseignements concernant Lassiter ?

— Oui.

Il prit une feuille de télétype dans sa poche et la jeta sur la table. Tout en continuant à me restaurer, je lus :

Renvoyé devant le Tribunal pour Enfants, New York, le 29 mars 1923, à la demande de son père. Placé dans l'institution de Rééducation Catholique de New York le 4 avril 1923. Libéré le 5 août 1925... Renvoyé devant la session spéciale de la Cour de Brooklyn le 9 janvier 1928 pour vol de bicyclette. Condamné avec *sursis et placé en surveillance jusqu'au 12 novembre 1929... Arrêté le 17 mai 1932 et trouvé porteur d'un mandat volé. Non-lieu, faute de preuves convaincantes... Arrêté pour vol de voiture le 5 octobre 1936, condamné à trois ans de Sing-Sing... Arrêté avec sa sœur, Betty Lassiter, le 23 avril 1943 par le Bureau des Stupéfiants. Reconnu coupable de vente de cocaïne le 2 mai 1943, et condamné à un an et un jour. Peine purgée à Leavenworth... Arrêté le 3 août 1941 pour participation à attaque à main armée contre l'encaisseur de la Central Electric. Plaidant coupable, a été condamné à une sentence de 5 à 10 ans à Sing-Sing. Libéré sur parole le 18 septembre 1947. En fuite depuis décembre 1947. Aucune trace depuis.*

— Edifiant, tu ne trouves pas ? demanda Graves.

Felix revint et s'approcha de moi :

— Mr. Taggert est dans son cottage, monsieur.

— Déjà levé ?

— Oui, il est en train de s'habiller.

— Est-ce que je pourrais manger, Felix ? demanda Graves.

— Mais certainement, monsieur, répliqua le Philippin.

— Alors, as-tu trouvé quelque chose d'intéressant dans ce rapport de Washington ? me dit Graves.

— Une chose seulement, mais ça pourrait être une piste. Lassiter avait une sœur du nom de Betty, arrêtée en même temps que lui pour trafic de stupéfiants. Or, il y a une femme à Los Angeles dont le prénom est également Betty, et qui a été mêlée à ce même genre de trafic. Elle est pour l'instant pianiste dans la boîte de Troy et se fait appeler Betty Fraley.

— Betty Fraley ? répéta Felix, qui avait commencé à faire frire du bacon pour Graves.

— Cela ne vous regarde pas, fit Graves d'un ton désagréable.

— Minute, Bert... Qu'est-ce que vous vouliez dire, Felix. Vous la connaissez ?

— Non, monsieur, mais j'ai vu ses disques chez Mr. Taggert. Hier matin encore. J'ai remarqué le nom en faisant le ménage.

— Vous dites la vérité ? s'écria Graves.

— Pourquoi mentirais-je, monsieur ?

— Nous verrons ce que Taggert aura à déclarer à ce sujet ! s'écria Graves en se levant.

— Un instant, Bert... — Je posai la main sur son avant-bras et sentis la crispation des muscles. — Jouer à l'éléphant dans un magasin de porcelaine ne nous mènera nulle part. Même si Taggert possède des disques de cette femme, cela ne signifie pas nécessairement qu'il soit mêlé à l'affaire. Il collectionne peut-être les disques de certains artistes. En outre, nous ne sommes pas encore sûrs que ce soit la sœur de Lassiter.

— Il a en effet une collection de disques assez importante, confirma Felix.

Mais Graves ne voulait pas en démordre.

— Je pense qu'on ferait bien d'y jeter un coup d'œil.

— Pas maintenant, insistai-je. Même si Taggert est cent pour cent coupable, ce n'est pas en lui mettant la puce à l'oreille que nous retrouverons Sampson. Attendons qu'il soit parti. Alors, nous jetterons un coup d'œil à sa collection.

Graves finit par se laisser convaincre et se rassit de mauvaise grâce.

— C'est l'histoire la plus invraisemblable à laquelle je me sois jamais trouvé mêlé, dit-il.

— En effet... — Et encore il ne savait pas tout. — A-t-on sonné l'alerte générale pour retrouver Sampson ?

— Depuis hier soir dix heures, toutes les polices sont sur les dents entre ici et San Diego.

— Tu ferais bien de téléphoner sans tarder à L.A. et de faire rechercher Betty Fraley. Mais cette fois, que tout le Sud-Ouest participe à l'hallali.

Il eut un sourire ironique.

— Mais si, mais si, expliquai-je. Si nous ne la retrouvons pas a temps, nous la découvrirons morte, car Dwight Troy est après elle.

Il me jeta un drôle de regard.

— D'où tiens-tu tes informations, Lew ?

— Cela n'a pas été facile, Bert, mais je les tiens de source sûre. De Troy lui-même, pour ne rien te cacher. Je l'ai vu et lui ai parlé hier soir.

— Il est donc vraiment mêlé à l'affaire ?

— Maintenant, oui. Je pense qu'il veut récupérer les cent mille dollars et je le soupçonne de savoir qui les détient.

— Betty Fraley.

Il sortit un carnet de sa poche.

— Très probablement... Cheveux noirs, yeux verts, traits réguliers. Un mètre cinquante cinq ou six. Entre vingt-cinq et trente ans. Continue de se droguer. Plutôt jolie si tant est qu'on puisse trouver joli un petit reptile. Recherchée en relation avec l'assassinat d'Eddie Lassiter.

Graves qui prenait des notes leva vivement les yeux.

— Tu en es sûr ?

— J'ai des doutes raisonnables, comme on dit. Alors, tu téléphones à la police ?

— Sur-le-champ...

Il se leva et se dirigea vers l'office.

— Non, pas cet appareil-là, Bert, l'arrêtai-je. Il est sur la même ligne que celui de Taggert.

Il me jeta un regard en coin.

— Tu as l'air bien persuadé que Taggert est notre homme.

— Ça te briserait le cœur, si c'était vrai ?

— Sûrement pas... Tu as raison, je vais me servir du téléphone qui se trouve dans le bureau de Sampson.

24

J'attendais dans l'antichambre lorsque Felix vint me prévenir que Taggert prenait son petit déjeuner à la cuisine. Nous sortîmes, contournâmes la maison et nous dirigeâmes vers le pavillon d'amis. Il était bâti au flanc d'une colline surplombant la propriété et l'on y accédait par une trentaine de marches de pierre. Après m'avoir indiqué le pavillon, Felix se retira.

C'était un petit bâtiment sans étage, entouré d'arbres. La porte n'en était pas fermée à clé. Je l'ouvris et me trouvai dans un living-room peint en jaune. L'ameublement consistait en une grande table couverte de magazines et d'albums de disques et de deux ou trois chaises. Un combiné radio se trouvait dans un coin. Je feuilletai les magazines — tous consacrés au jazz. Puis je commençai l'inventaire des disques. Des Decca, des Bluebird, des Asch ; également des Commodore et des Blue Notes de trente centimètres. Je connaissais pour les avoir entendus à la radio ou autrement la plupart des artistes : Fats Waller, Red Nichols, Lux Lewis, Mary Lou Williams. Mais je ne découvris pas un seul Betty Fraley.

Je réfléchis. Felix n'avait aucune raison de nous mentir. Où étaient, dans ce cas, passés les disques, qu'il affirmait avoir vus la veille, chez Taggert ? Peu probable que celui-ci les eût cachés dans sa chambre. Où et comment avait-il pu s'en débarrasser ?

Je jetai un coup d'œil par la baie du living-room. Devant moi s'étendait la propriété. Sur la droite du pavillon, un sentier en pente descendait vers la mer.

Je me concentrai. Me mis à la place de Taggert. Puis je me souvins brusquement de son entrée inopinée pendant que je m'entretenais avec Bert Graves. Il venait de prendre un bain. Si j'avais voulu me défaire d'objets compromettants, très vite, à quoi aurais-je songé ? A l'Océan, voyons ! Qui aurait l'idée de rechercher des disques au fond de la mer ? Taggert était un garçon décidé, aux réflexes vifs. Evidemment, il avait pu emmener les disques en voiture et plus tard, les jeter dans quelque champ en bordure de la route. N'empêche que la piste de la mer valait bien une petite promenade jusqu'à la plage.

Je descendis le sentier. Il aboutissait à une espèce de pavillon flanqué d'une véranda. Il y avait là des cabines pour se déshabiller, une douche, un placard où l'on rangeait les instruments de pêche. Accroché au mur, j'y découvris un masque en matière plastique et caoutchouc destiné apparemment aux plongées. Je me dévêtis, ne gardant que mon slip, pris le masque et poursuivis jusqu'à la plage.

Le sable était chaud et le soleil tapait déjà dur. Les vagues venaient doucement mourir à mes pieds.

Je mis le masque une fois dans l'eau. C'était la première fois que j'en portais un et il me fallut quelque temps pour m'y adapter, pour voir nettement autour de moi. Je zigzaguai sous l'eau mais ne trouvai rien en dehors des coquillages habituels et de quelques bancs de minuscules poissons.

Je remontai à la surface et ôtai le masque pour respirer un peu d'air frais. Au moment précis où je l'enlevais, je vis un homme qui me surveillait, debout à côté du pavillon. Il recula vivement en voyant que je le regardais, mais j'eus le temps de le reconnaître : Alan Taggert. Et ceci m'encouragea à persévérer. Je devais être sur la bonne piste.

Il me fallut néanmoins près d'une demi-heure d'efforts et d'exploration sous-marine avant de découvrir ce que je cherchais : un disque noir, à moitié enterré dans le sable fin. Je m'en emparai, revins à la surface, nageai lentement jusqu'à la plage. Arrivé sur la terre ferme, je me rendis à la douche, lavai et essuyai le disque, puis me séchai et me rhabillai.

Lorsque je sortis de ma cabine, Taggert était installé sur la véranda, en pantalon de flanelle et chemise blanche. Il paraissait plus jeune, plus narquois que jamais. Ses cheveux noirs étaient soigneusement brossés. Assis dans un fauteuil d'osier, il sourit en m'apercevant.

— Salut, Archer, dit-il. Alors, vous vous êtes baigné ? L'eau était-elle bonne ?

— Pas mauvaise, merci. Un peu froide quand même.

— Vous auriez dû aller faire trempette dans la piscine. L'eau y est toujours plus chaude.

— Je préfère l'Océan. On ne sait jamais ce qu'on peut y trouver. Voyez plutôt ce que j'ai découvert.

Il regarda le disque que je tenais à la main comme s'il le voyait pour la première fois.

— Qu'est-ce que c'est ? s'enquit-il avec un intérêt poli.

— Un disque. Quelqu'un en a gratté l'étiquette puis l'a jeté à l'eau. Je me demande pourquoi.

Il se leva, s'approcha de moi, tendit la main.

— Montrez voir.

— N'y touchez pas. Vous pourriez le briser.

— Je ferai attention.

Il voulut le prendre, mais je fis un pas en arrière.

— N'y touchez pas ! répétai-je.

— Donnez-le-moi, Archer !

— Je n'en ai nullement l'intention.

— Je pourrais vous le prendre de force.

— Vous auriez tort d'essayer. Je serais capable de vous faire du mal.

Il me dévisagea pendant dix longues secondes. Puis le sourire revint à ses lèvres. Très lentement.

— Je plaisantais, mon vieux. Mais je serais curieux de savoir ce que c'est que ce disque.

— Pas tant que moi.

— Le mieux ne serait-il pas de le passer ? Il y a un phono portatif ici.

Il alla vers un placard, sous la fenêtre, et en tira un petit Columbia, qu'il posa sur la table.

— Je vais le mettre, dis-je.

— Faites donc... Puisque vous avez peur que je vous le casse...

Il revint à son fauteuil et s'y rassit en allongeant les jambes.

Je remontai le phono et plaçai le disque sur le plateau. Taggert souriait. Je le surveillais du coin de l'œil, attendant qu'il se trahît d'un geste ou d'une parole. Mais il était fort.

Le disque était en piteux état, rayé et usé. Le solo de piano était presque noyé sous les bruits de fond. C'était un boogie-woogie ; thème et variations. La façon de jouer de l'artiste avait quelque chose d'un peu inhumain. La main droite surtout déployait une technique incroyable, presque mécanique.

— Ça vous plaît ? demanda Taggert.

— Oui et non. Si le piano était un instrument à percussion, ce serait un disque tout à fait remarquable.

— C'est ce que l'artiste veut démontrer, fit-il observer. Le piano peut devenir un instrument à percussion si l'on en joue d'une certaine façon.

Le disque s'acheva.

— A votre avis, qui est-ce qui a pu enregistrer ça ? Vous devez sûrement vous y connaître mieux que moi en jazz.

— Je ne sais pas trop... D'après le style, ça pourrait être Lux Lewis.

— J'en doute. A en juger d'après le toucher, je dirais plutôt que c'est une femme.

Il fronça les sourcils, comme s'il essayait de rassembler ses souvenirs.

— Je ne connais pas de femme qui puisse jouer de cette façon-là.

— Eh, bien moi, j'en connais une. Je l'ai entendue au *Piano sauvage* avant-hier soir... Betty Fraley.

— Jamais entendu parler d'elle.

— Allons, allons, Taggert ! C'est un de ses disques.

— Vraiment ?

— Et vous devriez le savoir. C'est vous qui l'avez jeté à la mer. Maintenant, une question : pourquoi ?

— La question ne se pose même pas pour la bonne raison que je n'ai rien fait de tel. Pourquoi m'amuserais-je à me débarrasser de disques de cette qualité ?

— Ma foi, ça en vaudrait la peine, à mon avis, si l'enjeu représentait cent mille dollars.

Il bougea légèrement dans son fauteuil. Son corps parut se crisper et une ombre passa sur son visage.

— Insinueriez-vous que j'ai enlevé Sampson ?

— Pas personnellement. Mais j'insinue que vous faites partie d'un complot à cet effet, vos complices étant Betty Fraley et son frère Eddie Lassiter.

— Ils me sont parfaitement inconnus, ces deux-là...

Il hocha la tête.

— Dans ce cas, vous ferez leur connaissance devant le tribunal

— Ecoutez-moi, Archer, fit-il d'une voix grave, j'ai l'impression que vous vous livrez à des conclusions un peu hâtives. Me soupçonneriez-vous parce que j'ai jeté ce disque à l'eau ?

— Vous reconnaissez donc que ce disque vous appartient ?

— Sûr ! — Sa voix vibrait de franchise. — Je reconnais que j'ai eu dans ma collection un certain nombre de disques de Betty Fraley. Je m'en suis débarrassé après vous avoir entendu, l'autre jour, mentionner le *Piano sauvage* à la police.

— Vous reconnaissez donc également avoir surveillé une conversation téléphonique que j'ai eue avec un de mes amis ?

— Par pur accident. J'avais décroché parce que j'essayais de téléphoner moi-même à un copain.

— A Betty Fraley, peut-être ?

— Je vous ai déjà dit que je ne la connais pas.

— Ah... Et moi qui croyais que vous lui aviez donné le signal du meurtre.

— Du meurtre ? Quel meurtre ?

— Celui d'Eddie Lassiter. Et ne vous donnez pas la peine de jouer à l'homme surpris et étonné, Taggert.

— Mais je vous répète que je ne connais aucune de ces deux personnes.

— Vous en saviez en tout cas suffisamment sur cette affaire pour avoir tenté de vous débarrasser des disques de Betty Fraley.

— J'en ai entendu parler, comme tout le monde. Je savais qu'elle se produisait au *Piano sauvage*. Ayant appris que la police s'intéressait à cette boîte, je me suis dit qu'il était plus prudent que je me défasse de ces disques. Vous connaissez la police. Les flics auraient été capables de m'accuser d'un crime, après avoir trouvé ces cires chez moi.

— A quoi bon me raconter des histoires, Taggert ? Un homme innocent n'aurait même pas eu l'idée d'aller jeter ces disques à la mer. Il y a des millions d'Américains qui possèdent chez eux des enregistrements de Betty. Si vous n'étiez pour rien dans l'histoire, vous n'auriez jamais eu l'idée de vous défaire d'objets aussi peu compromettants. Et ce qui me semble particulièrement bizarre, c'est que, en réalité, vous vous soyez débarrassé de ces disques plusieurs heures avant d'avoir surpris ma conversation téléphonique — donc plusieurs heures avant que le nom de Betty ait été mentionné.

— Peut-être... Mais ces disques ne suffisent pas pour que vous m'accusiez d'un crime.

— Pour l'instant, je ne vous accuse de rien de précis. Pour l'instant je n'ai que des théories. Et, si vous n'avez rien là-contre, je vais vous les exposer. Si vous n'êtes pas d'accord, vous êtes libre de me sortir vos contre-arguments.

Il s'humecta les lèvres.

— Je vous écoute.

— Tout d'abord, il est probable que je vous aurais soupçonné plus tôt si vous m'aviez été moins sympathique. Quoi qu'il en soit, vous avez eu l'occasion d'enlever Sampson. Une meilleure occasion que n'importe qui d'autre. En outre, vous aviez un mobile. Vous en vouliez à Sampson pour la façon dont il vous traitait. Vous étiez jaloux de sa fortune, car vous n'aviez pas grand-chose à vous...

— Je suis aussi pauvre aujourd'hui que je l'étais il y a un mois.

— Façon de parler, Taggert. Car vous comptez maintenant sur la moitié de la rançon, soit cinquante mille dollars.

Il étendit ses bras.

— Si vous croyez que je les ai sur moi, vous pouvez me fouiller.

— Vous n'êtes pas bête à ce point. Mais bête, vous l'êtes encore assez, car vous vous êtes mis à fréquenter un milieu de crapules qui vous ont entraîné sur la mauvaise pente. Qui plus est, vous ne verrez sans doute jamais un sou des cinquante sacs que vous espériez toucher.

— Vous m'avez promis une théorie. Pour l'instant, ce ne sont que de vagues suppositions.

Il souriait de nouveau. Il ne serait pas facile de le faire avouer.

— D'après moi, repris-je, Eddie Lassiter vous a téléphoné la veille du jour où Sampson et vous avez quitté Las Vegas.

— Je croyais vous avoir entendu dire que le gars Eddie était mort. Est-ce son esprit qui vous a tuyauté ?

— Esprit ou pas, je sais à peu près ce que vous avez dit à Eddie. Vous lui avez annoncé votre arrivée à Burbank vers trois heures de l'après-midi, le lendemain. Vous lui avez dit de louer une limousine noire et d'attendre un coup de fil que vous lui passeriez de l'aérodrome. Après que Sampson eut téléphoné au *Valerio* pour faire venir une voiture, vous avez appelé l'hôtel et vous avez donné un contre-ordre. Bien entendu, vous avez imité la voix de Sampson au téléphone.

— Continuez, dit-il. Vous avez une imagination du tonnerre.

— Lorsqu'Eddie est arrivé à Burbank, Sampson est monté dans la limousine car il ne s'attendait pas à cette substitution de voiture. D'ailleurs, vous l'aviez fait tellement boire qu'il ne se serait de toute façon rendu compte de rien. Il était ivre au point qu'un petit bonhomme comme Eddie a été capable de le réduire au silence. Au fait, de quoi l'ami Eddie s'est-il servi ? De chloroforme ?

— C'est vous qui parlez. Votre imagination commencerait-elle à se lasser ?

— Ma théorie, Taggert, s'appuie sur des éléments solides. C'est le second coup de téléphone au *Valerio* qui vous dénonce. En premier lieu, personne ne savait que Sampson allait appeler l'hôtel. Ensuite, personne ne savait à quelle heure Sampson quitterait le Nevada et arriverait à Burbank. Qui d'autre que vous aurait pu tuyauter Eddie ?

— Vous avez imaginé une très belle histoire, Archer, mais pouvez-vous l'étayer par des preuves ?

— Ce ne sera peut-être pas aussi difficile que vous le pensez, Taggert. On vous a certainement vus ensemble, Betty et vous. On finira bien par retrouver des témoins. C'est vous, d'autre part, qui avez téléphoné à Betty après m'avoir vu en compagnie de Fay Estabrook au *Valerio*. Et quand vous prétendiez être venu au *Piano sauvage* à la recherche de Sampson, vous mentiez également. Vous vouliez simplement voir Betty. Vous m'avez donné le change en me libérant des pattes de Puddler. Sur le moment, j'ai cru que vous étiez du bon côté de la barricade. Au point que, lorsque vous avez soi-disant tiré sur le camion bleu, j'ai mis l'incident sur le compte de votre naïveté. En réalité, vous signaliez à Eddie de se sauver au plus vite. Vous n'êtes pas naïf, Taggert. Loin de là. Vous êtes même très intelligent. Quel dommage que vous ayez mis votre intelligence au service du crime.

— Je suis infiniment touché de la sollicitude que vous me portez, fit-il d'un ton ironique.

Au même instant, je vis dans sa main un de ses pistolets de tir. Arme légère mais qui pouvait facilement tuer un homme. Surtout à la distance qui nous séparait. Je me sentis brusquement engourdi sur ma chaise.

— Ne bougez pas, fit-il sans hausser la voix, et gardez vos mains sur vos cuisses.

— Je ne m'attendais pas à ce que vous vous démasquiez aussi rapidement, Taggert.

— Je garantis simplement ma liberté d'action.

— En me tuant, vous ne garantirez strictement rien. Sinon une chose : votre exécution dans une chambre à gaz. Rangez votre artillerie et parlons de choses sérieuses.

— Nous n'avons plus rien à nous dire.

— Vous vous trompez une fois encore. A votre avis, qu'est-ce que je fais dans toute cette affaire ?

Il ne répondit pas. Maintenant qu'il me tenait à sa merci, son visage était redevenu calme et détendu. C'était celui d'un homme de la nouvelle génération, de cette génération à laquelle la guerre a enseigné que la vie humaine n'a pas de valeur. Un visage d'adolescent qui ne se rendait peut-être pas compte du mal qu'il avait fait.

— J'essaie de retrouver Sampson, poursuivis-je. Si j'arrive à mes fins, le reste ne compte pas.

— Auriez-vous oublié ce que vous disiez hier soir, Archer : si quelque chose arrive aux ravisseurs de Sampson, il ne s'en tirera pas vivant ?

— Rien ne vous est encore arrivé, que je sache.

— A mon tour de vous dire que Sampson est en parfaite santé.

— Où est-il ?

— Quelque part où personne ne pourra le retrouver jusqu'au moment où j'en déciderai autrement.

— Vous tenez votre argent. Pourquoi ne pas le remettre en liberté ?

— J'en avais l'intention, Archer. J'allais le libérer aujourd'hui même. Malheureusement, sa libération devra être ajournée — indéfiniment, je le crains. Et s'il m'arrive quelque chose, vous pouvez dire adieu à Sampson.

— Et si on essayait de s'entendre, Taggert ?

— Non, répliqua-t-il. Je n'ai pas confiance en vous. Vous avez tout gâché. Même si vous me promettiez l'impunité totale, je ne vous croirais pas. Notre entretien ne peut se terminer que d'une seule et unique façon...

Il jeta un regard distrait sur un pistolet toujours braqué sur mon estomac. Il pouvait tirer à n'importe quel moment, sans avertissement, sans colère.

— Attendez, dis-je, la gorge sèche. On pourrait...

— A quoi bon discuter ? fit-il froidement en se levant.

Je me penchai en avant sur ma chaise. Il ne me tuerait pas du premier coup, à moins d'une déveine invraisemblable. Après la première balle, je pourrais bondir sur lui, essayer de le désarmer.

— Si vous me rendez Sampson, lui déclarai-je, je vous promets de ne rien entreprendre contre vous et de ne pas vous dénoncer. Après tout, l'enlèvement est une « affaire » comme une autre ; il faut savoir prendre certains risques.

— Je les prendrais avec n'importe qui d'autre, mais pas avec vous.

Son bras se dressa lentement. Je vis son doigt appuyer sur la gâchette. Mais j'avais bondi de ma chaise au moment où le coup partit. Et Taggert s'écroulait au moment où je l'atteignais.

Quelqu'un avait tiré en même temps que lui : Albert Graves. Il se tenait sur le seuil de la porte, l'autre pistolet de Taggert à la main. Passant son petit doigt à travers un minuscule trou dans la porte-moustiquaire de la véranda, il dit d'une voix sourde :

— Dommage, mais je ne voyais vraiment aucune autre issue.

Ce n'est qu'alors que je me rendis compte que je tremblais de la tête aux pieds.

25

Je me penchai au-dessus de Taggert. Le pistolet s'était échappé de sa main. Ses yeux étaient grands ouverts et parfaitement inexpressifs. Un mince filet de sang coulait d'une petite blessure qu'il avait à la tempe droite.

Graves s'approcha de moi.

— Mort ?

— Plutôt deux fois qu'une. Tu es un vrai champion de tir.

— C'était toi ou lui.

— Je sais, dis-je, et je te remercie. Mais j'aurais préféré que tu le blesses au poignet ou que tu lui fracasses le coude.

— Trop risqué. Et si je l'avais raté ? — Il haussa les sourcils d'un air significatif. — Tu es un drôle de type, Lew. Je te sauve la vie et tu critiques mes méthodes.

— As-tu entendu ce qu'il a dit ?

— Suffisamment. C'est lui qui a enlevé Sampson.

— Mais il n'était pas seul, dans cette histoire. Maintenant, ses amis chercheront certainement à se venger sur Sampson.

— Sampson serait donc en vie ?

— D'après Taggert, oui.

— Quels sont ses complices ?

— Eddie Lassiter en était un, Betty Fraley une autre. Mais il y en a peut-être que nous ne connaissons pas. Tu as l'intention de téléphoner à la police pour l'informer de cet incident ?

— Naturellement.

— Surtout qu'on ne l'ébruite pas.

— Je n'ai pas honte de l'avoir tué, dit-il vivement.

— Il ne s'agit pas de cela. Considère un peu l'affaire du point de vue de Betty. Si elle apprend que tu as tué Taggert, elle assassinera Sampson. Quel avantage aurait-elle à le ménager ? Elle a l'argent...

— Tu as raison, convint Graves. Je vais faire en sorte que ni la presse ni la radio ne soient mises au courant.

— Et nous devons retrouver Betty avant qu'il ne soit trop tard. En déployant une très grande prudence, Bert, car c'est une fille dangereuse. D'autant que je la crois folle de Taggert.

— Elle aussi... — Il ajouta, après un bref silence : — Je me demande quelles vont être les réactions de Miranda.

Il contempla le corps qui fixait le plafond de ses yeux ouverts. Je me penchai et fermai les paupières du mort.

Au moment où je me redressais, je sentis la main de Graves se poser sur mon bras.

— Lew, demanda-t-il, est-ce que tu voudrais me rendre un service ? Je crains que si c'est moi qui apprends la nouvelle à Miranda, elle ne... comprenne pas très bien la façon dont cela s'est passé. Tu vois ce que je veux dire... ? Elle pourrait me le reprocher...

— Tu veux que je le lui annonce ?

— Je le préfère.

— Après tout, je te dois bien ça... Ne m'as-tu pas sauvé la vie ?

Je trouvai Miranda devant la fenêtre d'une pièce que je ne connaissais pas et d'où on avait vu sur le patio où nous avions déjeuné. Elle sourit à peine en me voyant.

— Bonjour, dit-elle.

— Je crains d'avoir à vous annoncer un certain nombre de nouvelles, bonnes, et mauvaises, répliquai-je.

— Vraiment ? Lesquelles ?

— Pour commencer, nous avons des raisons de croire que votre père est toujours en vie. J'ignore où il est, mais j'ai parlé avec un de ses ravisseurs qui m'a assuré qu'on ne lui avait fait aucun mal.

— Et vous l'avez cru ? fit-elle d'un ton ironique. Les criminels n'iront tout de même pas vous dire que leur victime est morte. Comment l'avez-vous appris ? Vous ont-ils téléphoné ?

— Non. Un entretien personnel.

— Et vous avez laissé échapper le misérable ?

— Non. Il est mort. C'était Alan Taggert.

— Mais c'est impossible ! Je... — Elle ferma les yeux et serra les dents. — Impossible ! Il s'est toujours montré si gentil et si prévenant envers moi, envers nous tous...

— Il l'a été jusqu'au moment où il a cru tenir sa chance. En vérité, il voulait de l'argent à tout prix. Et il était prêt à commettre un crime pour s'en procurer. A aller jusqu'à l'assassinat.

— Mais dit-elle, vous m'avez affirmé que Ralph était vivant.

— Taggert n'a pas assassiné votre père. Mais il a essayé de me tuer, moi.

— Non, déclara-t-elle avec force. Ce n'était pas un assassin. C'est cette femme qui en a fait un dévoyé. Je savais qu'elle le perdrait s'il ne la quittait pas.

— Taggert vous a-t-il parlé d'elle ?

— Bien sûr ! Il me racontait tout.

— Et malgré cela, vous l'aimiez ?

— Moi, l'aimer ? Allons donc, Archer. Je me suis servi de lui comme...

— Taisez-vous ! l'interrompis-je. Pas la peine de me jouer la comédie. Je connais très bien vos sentiments.

Elle s'approcha soudain de moi, me prit dans ses bras, se pressa de tout son corps contre moi.

— Merci, Archer, dit-elle d'une voix tremblante. Merci de l'avoir tué.

— Ce n'est pas moi, déclarai-je en la repoussant.

— Vous avez dit qu'il était mort après qu'il eut essayé de vous assassiner.

— C'est Albert Graves qui l'a tué.

— Albert ? — Elle éclata d'un rire d'hystérique. — *Albert* ?

— C'est un excellent tireur. Du moins il l'était dans le temps. Sans lui je ne serais pas ici, en train de vous parler.

Elle continuait de frissonner.

— Albert..., répéta-t-elle d'un ton incrédule.

— Lui-même... Et maintenant, si vous me disiez où vous êtes allée hier soir ?

— Hier soir ? Mais nulle part.

— On m'a pourtant dit que vous avez pris la décapotable Packard, et que vous avez effectué une assez longue balade.

— Oh, ça ? Une simple promenade. Je n'avais pas envie de rester ici, j'avais besoin de changer d'air. Alors, j'ai roulé droit devant moi. J'avais une décision importante à prendre.

— A quel sujet ?

— Au sujet de ce que je vais faire. Savez-vous ce que je vais faire, Archer ?

— Non et vous ?

— Je veux voir Albert. Où est-il ?

— Dans le pavillon de bain. Le corps de Taggert y est également.

— Je veux le voir. Emmenez-moi là-bas.

Nous trouvâmes Graves assis sur la véranda. Le D.A. et le shérif s'y trouvaient également, penchés sur le mort. Je ne sais comment ils s'y étaient pris pour arriver aussi vite, mais ils n'en étaient pas moins là, en chair et en os. Ils se redressèrent en nous voyant entrer et Graves se leva de son siège.

Pour atteindre ce dernier, Miranda dut enjamber le cadavre. Elle le fit sans la moindre hésitation, sans seulement jeter un coup d'œil à l'homme qu'elle avait aimé. Elle s'empara de la main droite de Graves et la porta à ses lèvres. La main qui avait tué Taggert. — Maintenant, dit-elle, je suis prête à vous épouser, Bert.

26

Miranda et Graves ne restèrent avec nous qu'un bref moment. Il fallait avertir Mrs. Sampson, et le D.A. et le shérif les laissèrent partir d'autant plus volontiers qu'ils se proposaient de m'interroger en détail. Nous attendîmes un quart d'heure l'arrivée d'un sténo assermenté et d'un photographe, après quoi j'y allai de ma petite histoire. Je dus leur raconter qui était Taggert, pourquoi il était mort et comment. Le shérif Spanner m'écoutait avec une impatience visible en mâchant son cigare.

— Il y aura une enquête, bien entendu, dit Humphreys après que j'eus achevé, mais ce sera uniquement pour la forme. Bert et vous n'avez rien à vous reprocher. Taggert avait une arme à la main, et vous avez tous deux agi en état de légitime défense. Malheureusement sa mort nous prive d'une excellente piste.

— Vous oubliez Betty Fraley.

— Nullement. Mais, primo, nous ne la tenons pas encore ; secundo, il n'est pas sûr qu'elle connaisse la cachette de Sampson. Or, retrouver celui-ci me paraît être une chose de plus en plus urgente.

— Et les cent mille dollars ? rappela Spanner.

Humphreys lui jeta un coup d'œil méprisant.

— Pour l'instant c'est secondaire, déclara-t-il.

— C'est quand même une somme... — Le shérif me toisa l'air mauvais. — Si vous en avez fini avec lui, Humphreys, j'aimerais poser quelques petites questions à Archer.

— Il est à vous, dit froidement le D.A. Moi, je rentre en ville. Et j'emmène le corps.

Demeuré seul avec moi, Spanner se mit à arpenter la véranda.

— Alors, Shérif, qu'est-ce que vous voulez me dire ? demandai-je.

— C'est plutôt à moi de vous poser cette question, fit-il avec une rage à peine contenue. Car vous ne m'aviez pas révélé hier soir tout ce que vous saviez ! Votre ami Colton m'a appelé ce matin. Il m'a parlé de la limousine que conduisait Lassiter ; elle provenait d'une agence de location de Pasadena et vous le saviez ! Vous ne m'avez pas dit que vous l'aviez vue peu avant que la lettre de rançon ait été apportée.

— J'en ai vu une qui lui ressemblait, mais je n'étais pas sûr que ce soit la même voiture.

— Mais vous vous en doutiez un peu ! Et vous avez même été très affirmatif avec Colton. Vous avez communiqué ce renseignement à quelqu'un qui n'a pu l'utiliser parce que sa juridiction ne s'étend pas à ce comté. Si vous aviez été plus franc avec moi, on aurait pu pincer Eddie sur le fait. Nous aurions l'argent et Lassiter ne serait pas mort.

— Je pensais d'abord à Sampson. Et celui-là serait déjà froid si je vous avais tout dit.

— Ce n'est pas à vous de juger ! s'exclama-t-il, rouge de colère. Vous m'avez tu des informations importantes. Vous vous êtes mêlé de choses qui ne vous regardaient pas. A peine Lassiter a-t-il été tué que vous avez disparu. Et cent mille dollars ont disparu en même temps.

— Je n'aime pas ce genre d'insinuations, déclarai-je en me levant.

Nous étions tous deux de la même taille et nous nous fixions dans le blanc des yeux.

— Vraiment ? Tant pis pour vous. Je ne vous accuse pour l'instant ni de vol ni d'assassinat... encore qu'on ne sache jamais. En tout cas, rien ne me semble impossible. Pour commencer, je veux que vous me remettiez votre automatique. Ensuite, je veux savoir ce que vous fabriquiez au *Corner*. Finalement, j'exige que vous me disiez ce que vous avez fait après.

— Je cherchais Sampson.

— « Je cherchais Sampson » ! me singea-t-il lourdement. Et vous voudriez que je vous croie sur parole ? Ha !

— Je ne vous demande pas ça. D'abord, je n'ai pas de comptes à vous rendre. Je ne travaille pas pour vous.

Il avança la tête d'un air menaçant.

— Si je voulais, je pourrais vous embarquer sur-le-champ ! rugit-il.

— Je sais que vous n'en êtes pas à une sottise près, répliquai-je, sentant que ma patience était à bout.

— Savez-vous à qui vous parlez ? s'insurgea-t-il.

— A un shérif. A un shérif qui a une affaire compliquée sur les mains. Et qui, ne sachant comment s'en dépêtrer, cherche un bouc émissaire.

Tout le sang se retira de son visage.

— Vous entendrez parler de moi à Sacramento ! hurla-t-il. Lorsque le moment sera venu pour vous de renouveler votre licence...

— Ça va, ça va, ce n'est pas la première fois qu'on me fait des menaces de ce genre. En attendant, je travaille toujours et je vais vous expliquer pourquoi. Parce que j'ai une bonne réputation et que je n'emmerde personne avant qu'on ne commence à m'emmerder !

— Ah, ah, des menaces maintenant — Il porta sa main droite à l'étui fixé à sa ceinture. — Vous êtes en état d'arrestation, Archer.

Je m'assis et croisai les jambes.

Ne vous énervez pas, Shérif. Prenez place, plutôt, et calmez-vous. Nous avons à discuter.

— Nous discuterons devant le Tribunal.

— Non, dis-je. Ici. A moins que vous ne m'emmeniez devant l'inspecteur de l'Immigration.

Il ouvrit de grands yeux.

— Pour quoi faire ? — Il paraissait littéralement abasourdi. — Vous n'êtes pas étranger, tout de même ?

— Non, je suis Américain de naissance. Est-ce qu'il y a un inspecteur de l'Immigration en ville ?

— Pas à Santa Teresa. Les proches sont à Ventura, où il y a des bureaux fédéraux. Pourquoi ?

— Vous arrive-t-il souvent de coopérer avec eux ?

— Assez comme ça. Quand je ramasse un étranger entré illégalement aux Etats-Unis, je le leur remets. Où voulez-vous en venir, Archer ?

— Asseyez-vous et écoutez-moi. Je n'ai pas retrouvé Sampson, la nuit dernière. En revanche, j'ai mis la main sur quelque chose qui n'était pas prévu au programme et qui vous remplira d'aise, vous et les fonctionnaires de l'Immigration. Et cela, je vous l'offre en guise de cadeau, sans arrière-pensée.

Il s'assit lourdement dans le fauteuil d'osier.

— Je vous écoute, dit-il. Mais n'essayez pas de me faire marcher, ou il pourrait vous en cuire.

Je lui parlai du camion bleu, des petits hommes bruns du Temple, de Troy, d'Eddie et de Claude.

— Je suis sûr, achevai-je, que Troy est le chef de la bande. Tous les autres travaillent pour lui. Ils ont monté une combine destinée à introduire illégalement aux Etats-Unis des immigrants mexicains. Le trafic, en ce qui concerne Troy, se fait entre la frontière et la région de Bakesfield. Côté mexicain, je ne serais pas étonné que le centre se trouve à Calexico.

— Ouais, convint Spanner. C'est facile à franchir, de ce côté-là. Je m'y suis rendu plus d'une fois avec mes adjoints. Il suffit de passer sous une barrière délabrée, la nuit. Ni vu ni connu.

— Et le camion de Troy les attendait pas loin de là. Le Temple était un centre de regroupement, si j'ose dire. Dieu sait combien de Mexicains sont entrés illégalement ces derniers mois. En tout cas, j'en ai vu une bonne douzaine hier soir.

— Sont-ils toujours là-bas ?

— Non, ils doivent se trouver à Bakersfield à l'heure qu'il est, mais il ne vous sera pas difficile de les ramasser. Et, si vous arrêtez Claude par la même occasion, il parlera sans trop se faire prier.

— Bon Dieu ! fit Spanner. S'il y en avait une douzaine hier, ça fait une moyenne de trois cent soixante par mois ! Savez-vous combien ils paient, ces gars-là, pour pouvoir entrer chez nous ? Cent dollars par tête de pipe ! Troy a dû ramasser un joli magot depuis le temps qu'il trafique là-dedans.

— Un beau salaud, dus-je convenir. Voler leurs économies à de misérables Indiens pour en faire des ouvriers agricoles mal payés...

— Nous ne leur faisons pas de mal, expliqua Spanner A moins, bien entendu, qu'ils n'aient un casier judiciaire. Dans le cas contraire, on les escorte simplement jusqu'à la frontière et on les expulse. Mais pour ce qui est de Troy et de ses complices... Trente ans de taule, voilà ce que ça leur coûtera.

— Ils ne l'auront pas volé.

— Vous ne savez pas où le trouver à Los Angeles ?

— Il dirige une boîte de nuit, *Le Piano sauvage*. Mais je doute qu'il y soit, après l'aventure d'hier soir. Et voilà, vous en savez autant que moi...

— Vous m'avez l'air sincère, déclara le shérif en se levant. Oubliez ce que je vous ai dit au sujet de votre arrestation, ce n'était qu'une plaisanterie. Mais gare à vous si vous m'avez raconté des bobards !

Je ne m'attendais pas à être remercié, aussi ne fus-je guère impressionné par ce congé peu aimable.

27

J'arrêtai ma voiture sur l'herbe, en bordure de la route, à l'endroit où la veille, Puddler avait garé son camion. On voyait d'ailleurs encore les traces du lourd véhicule. Un peu plus loin, il y avait une autre voiture, une vieille décapotable verte, aux ailes rouillées. Je jetai un coup d'œil par la portière. La plaque d'identité disait : « Mrs. Marcella Finch ».

A la lumière du jour, le cottage blanc paraissait vieux, salé et délabré. Tout alentour était silencieux. Quand je frappai, la porte s'entr'ouvrit toute seule.

— Qui c'est ? dit une voix de femme, provenant de l'intérieur.

Je m'immobilisai. Elle pouvait être armée. Et je l'avais vue manier son couteau à pain avec une dextérité qui m'incitait à la prudence.

— Il y a quelqu'un ? insista-t-elle, en haussant la voix.

— Eddie, murmurai-je.

— Eddie ?

Il y avait de l'étonnement dans l'intonation.

J'attendis. Je perçus le bruit de ses pas sur le plancher. Avant que son visage n'apparût devant moi, je vis ses doigts agripper le bord de la porte. Sous le vernis craquelé, les ongles étaient en deuil.

— Eddie ! répéta-t-elle.

Elle tira le battant, cligna un instant des yeux à la lumière du jour. Puis s'aperçut que je n'étais pas Eddie.

Elle avait sensiblement vieilli depuis douze heures : poches sous les yeux, rides autour de la bouche, regard éteint.

— Sale menteur ! cria-t-elle en se jetant sur moi, griffes dehors.

Je n'eus aucune peine à la maîtriser et à la pousser à l'intérieur de la maisonnette. Puis je refermai la porte d'un coup de talon. Elle s'élança de nouveau à l'assaut. Je lui emprisonnai les poignets.

Alors elle tenta de me mordre, de me griffer, de me donner des coups de pied.

Je l'aplatis sur le divan.

— Ne craignez rien, Marcie. Je ne vous veux pas de mal.

Elle poussa un cri perçant, puis se mit à hoqueter. A la fin, elle éclata en sanglots et enfouit sa tête dans l'oreiller.

Je la laissai pleurer et en profitai pour regarder autour de moi. La pièce était sombre et inhospitalière. Il y avait un petit appareil de radio à la tête du divan et, à côté, un paquet de cigarettes et une boîte d'allumettes.

Elle se redressa enfin et, sans se donner la peine de ramener sa robe de chambre entr'ouverte, alluma une cigarette dont elle aspira goulûment la fumée. Elle avait des seins tristes.

— Qu'est-ce que vous me voulez, espèce de flic ? demanda-t-elle tout à coup.

— Je ne suis pas flic.

— Tu parles ! Je sais en reconnaître un, quand je le vois. Depuis ce matin, depuis que j'ai écouté la radio, j'attends votre visite...

Elle me toisa d'un regard méprisant.

— Vous êtes tous des salauds ! Descendre un homme alors qu'il n'était pas tout à fait guéri. Puis venir ici en se faisant passer pour lui. Quand je vous ai entendu, j'ai cru devenir folle. Pourquoi l'avoir fait ?

— De crainte que vous ne me receviez un feu à la main, expliquai-je.

— J'en ai pas. Et Eddie, lui non plus, n'était jamais armé. Mais vous ne seriez quand même pas là, si Eddie était vivant.

— Taisez-vous, Marcie, et écoutez-moi.

— C'est ce que j'ai l'intention de faire, flicaille ! A partir de maintenant, je la ferme et je nie tout. Vous pouvez toujours sortir votre baratin. Je m'en balance.

— La ferme, Marcie ! J'ai à vous parler.

Elle se mit à rire et me souffla de la fumée au visage. Je lui confisquai sa cigarette et l'écrasai avec mon talon. Elle voulut me griffer mais je fis un pas en arrière et elle se laissa retomber sur le divan.

— Vous étiez sûrement dans le coup, Marcie. Vous saviez ce qu'il faisait, votre Eddie ?

— Je nie tout. Ce que je sais, c'est qu'il conduisait un camion servant au transport de haricots secs récoltés dans Imperial Valley. — Elle se redressa soudain et se débarrassa de sa robe de chambre, sans la moindre gêne. — Emmenez-moi au Q.G. Je nierai tout, de toute façon.

— Je ne fais pas partie du Q.G.

Quand elle commença à enfiler sa robe, tout son corps se tendit. Sa poitrine remonta, son ventre s'aplatit.

— Je vous plais ? fit-elle d'un ton vicieux.

Puis elle tira sur sa robe et commença à la boutonner dans le dos.

— Asseyez-vous, lui dis-je. Nous n'allons nulle part. Je ne suis venu ici que pour vous parler.

— Vous n'êtes pas flic ?

— Vous vous répétez, Marcie. Ecoutez-moi bien. Tout ce que je veux, c'est Sampson. Je ne suis qu'un privé qu'on a engagé pour le retrouver. Je veux Sampson et rien d'autre. Si vous m'indiquez la façon de mettre la main sur lui, je vous laisserai tranquille.

— Vous n'êtes qu'un sale menteur ! De toute façon, je n'ai pas confiance dans les poulets, officiels ou privés. Et puis, je ne sais pas où il perche, votre Sampson !

J'essayai de lire dans son regard, mais elle avait des yeux d'oiseau. Aucune pensée, aucun sentiment ne s'y reflétait.

— Peut-être, déclarai-je. Mais vous savez où trouver la personne qui, elle, connaît la cachette.

Elle se rassit sur son divan.

— Je vous ai déjà dit que je ne savais rien.

— Eddie n'a sûrement pas travaillé seul. Il avait des complices.

— Et alors ? Vous croyez que je vais les dénoncer pour vos beaux yeux ? Après ce que vous avez fait à Eddie, vous, les flics ?

Je m'installai sur le bras du fauteuil et allumai une cigarette.

— Marcie, je vais vous dire quelque chose qui va bien vous étonner. J'ai assisté à la mort d'Eddie. Et il n'y avait pas de flic à deux kilomètres à la ronde.

— C'est vous qui l'avez tué ? demanda-t-elle d'une voix crispée.

— Non. Il s'était arrêté au bord de la route pour remettre l'argent à l'occupant d'une autre voiture. Une décapotable couleur crème, conduite par une femme. C'est elle qui l'a tué. Où la retrouver, cette femme ?

Ses yeux brillaient maintenant d'une flamme de rage.

— La salope ! fit-elle. Ils nous détestent, les drogués ! On n'est pas assez bons pour eux.

— C'est tout ce que vous trouvez à dire, Marcie ? Ou pourrais-je la retrouver, cette femme ?

— Je ne sais pas de qui vous parlez.

— De Betty Fraley.

Après un long silence, elle répéta :

— Je ne sais pas de qui vous parlez.

Je me levai et, sortant du cottage, me dirigeai vers ma voiture. Je m'arrêtai dans le parc du *Corner* et attendis, tête baissée. Elle connaissait mon visage mais pas ma bagnole.

Pendant une demi-heure, rien ne se passa. Puis j'aperçus la conduite intérieure verte venant de la direction de White Beach. Au moment où elle passait devant moi, fonçant vers Los Angeles, j'entrevis, l'espace d'une seconde un visage maquillé, un manteau de fourrure bon marché et un chapeau surmonté d'une plume bleue.

Je laissai deux ou trois voitures s'engager entre nous, puis me mis en chasse. Marcie ne roulait pas vite — guère plus de quatre-vingts à l'heure — et cela me convenait parfaitement. Je diminuai néanmoins la distance qui nous séparait en nous rapprochant de Los Angeles, car la circulation devenait plus dense.

Marcie quitta la Nationale à hauteur du Sunset Boulevard et traversa Pacific Palisades sans ralentir. Allait-elle prendre le chemin des Monts Santa Monica ? Non. La décapotable disparut brusquement aux confins de Beverly Hills. Il y avait là une petite route qui grimpait vers les hauteurs, bordée de haies élevées. Je retrouvai la voiture verte parquée sous des lauriers. Je m'arrêtai à mon tour et tendis le cou. Marcie traversait une pelouse aboutissant à une véranda de briques rouges, presque cachée derrière des lauriers-roses. Elle paraissait drôlement pressée.

28

Je virai au carrefour voisin et allumai une cigarette. Les événements allaient se précipiter. D'où j'étais, j'avais bonne vue sur la grille de la propriété que je surveillais.

Ce ne fut pas la voiture de Marcie qui en sortit, mais une Buick noire, la Buick de Fay. Un homme que je ne connaissais pas se trouvait au volant. Ses yeux faisaient penser à des morceaux de charbon, mais il avait le visage pâle d'un mort. A côté de lui, je reconnus Marcie. Les rideaux des portières arrière étaient tirés.

Arrivée sur le Boulevard, la Buick prit la direction de la mer. Je la suivis d'aussi près que possible. Entre Brentwood et Pacific Palisades, elle tourna à droite et s'engagea dans une route menant vers un canyon. Oui, les événements se précipitaient. J'aurais parié que le mystère Sampson allait bientôt être résolu.

Nous traversions une région plutôt déserte, avec de rares maisons disséminées ici et là. Toujours filant la Buick, Je franchis un pont de pierre, puis escaladai une colline. La voiture noire avait disparu au sommet de la côte. Je ralentis en y arrivant, de crainte qu'on ne me voie. La Buick était déjà loin. Soudain je la vis s'arrêter devant une maison jaune. Je stoppai à mon tour à côté d'un arbre et sautai à terre. Une femme était sortie de la maison. Deux hommes et deux femmes descendirent de la Buick. Puis tous les cinq pénétrèrent dans la maison.

Je me mis en route, à pied, bénissant que la région fût boisée. Ainsi, personne ne pouvait m'apercevoir tandis que moi, je ne perdais pas la maison jaune de vue. J'arrivai enfin tout près de l'objectif. A ce moment précis, un cri de femme retentit et se prolongea quelques secondes durant. Je frissonnai mais ne l'en bénis pas moins car il me permettait de m'introduire parmi l'ennemi. La maison reposait en partie sur des espèces de pilotis et je me glissai sans difficulté entre ceux-ci. Ainsi, le plancher de la baraque se trouvait juste au-dessus de ma tête. Et comme il était fait de planches minces, j'entendais tout ce qui se passait à l'intérieur.

Ce fut une voix douce et mesurée qui parla la première. Une voix que j'aurais reconnue entre mille. Celle de Dwight Troy.

— J'ai l'impression, disait-elle, que vous ne vous rendez pas compte de la situation, Betty. Ne croyez pas que nos mobiles soient de caractère purement sadique ou que nous cherchions à nous venger. Encore que, en un sens, nous serions justifiés à vouloir tirer vengeance de vous.

— Tais-toi, pour l'amour du Ciel ! dit une autre voix que je reconnus également — celle de Fay Estabrook. Tes beaux discours ne nous mènerons nulle part.

— Si cela ne te fait rien, déclara Troy d'un ton conciliant, je préfère tirer les choses au clair... A mon avis, Betty, vous avez agi de façon extrêmement stupide. Sans me demander conseil, vous avez voulu prendre l'affaire en main, chose que je ne puis évidemment tolérer de la part de mes collaborateurs. Circonstance aggravante, vous avez échoué dans votre entreprise. La police vous recherche à l'heure qu'il est, ainsi que moi, Fay et Luis. En outre, vous avez choisi pour victime un de mes associés les plus fidèles, les plus précieux. Enfin, pour couronner le tout, vous avez jugé bon de descendre, comme on dit vulgairement, votre propre frère, Eddie Lassiter.

— Je ne l'ai pas tué ! hurla Betty.

— Sale menteuse ! glapit Marcie.

— Taisez-vous tous ! commanda Troy. Ce n'est pas le moment de nous disputer...

— Je vais la tuer, moi, si vous ne le faites pas ! cria Marcie.

— Taisez-vous, Marcie ! Vous allez la fermer, pour commencer. Et vous ferez ce qu'on vous dira de faire ! Nous avons une chance encore de sauver les meubles, et je ne permettrai pas que des passions primitives viennent compromettre nos projets. Ce qui nous amène au sujet qui nous intéresse tous, Betty. Où est l'argent ? Je l'ignore pour l'instant, mais je le saurai. Et, si vous vous montrez raisonnable, on vous tiendra quitte de vos autres gaffes.

— Elle ne mérite pas de vivre ! gémit Marcie. Je vous jure que je la tuerai, moi, si vous ne le faites pas !

Fay Estabrook rit avec mépris.

— Vous n'en aurez pas le courage, ma petite. Sinon vous l'auriez déjà fait au lieu de venir nous trouver.

— Taisez-vous, bon Dieu ! ordonna Troy d'une voix qui dénotait une certaine impatience. — Baissant le ton, il poursuivit : — Vous savez très bien, Betty, que Marcie ne vous fera rien si je m'y oppose. Mais, pour cela, je vous conseille de tout me dire, sinon vous risquez de passer quelques moments extrêmement désagréables En fait, si je vous applique le petit traitement que je tiens en réserve, je crains que vous ne puissiez marcher durant le restant de vos jours.

— Je n'ai rien à dire, fit Betty.

— D'un autre côté, poursuivit Troy de sa voix suave, si vous placez l'intérêt du groupe au-dessus de petites considérations mesquines et égoïstes, je suis persuadé que ledit groupe vous aidera dans la mesure du possible. Nous vous ferons quitter le pays ce soir même. Vous savez très bien que, pour ce faire, vous pouvez compter sur Luis et moi.

— Vous ne le feriez pas, déclara Betty. Je vous connais trop bien, Troy.

— Vous me connaîtrez encore mieux tout à l'heure, Betty... Luis, voulez-vous lui enlever son autre chaussure ?

J'entendis une courte lutte au-dessus de ma tête. Puis la chaussure tomba. Je supputai les chances d'une intervention inattendue, mais elles étaient minces. Ils étaient quatre et je n'avais qu'un automatique. Je ne pouvais pas les descendre tous. Par ailleurs, je voulais que Betty Fraley s'en tire vivante.

— Nous allons voir vos réflexes plantaires, dit Troy d'une voix doucereuse. Oui, je crois que c'est ainsi qu'on dit.

— Ça ne me plaît pas du tout, déclara Fay.

— À moi non plus, convint Troy. En fait, cela me dégoûte même. Si seulement Betty était un tout petit peu moins obstinée !

Il y eut ensuite un court silence. Puis, brusquement, un cri atroce éclata. Lorsqu'il se fut tu, je constatai que j'avais les mâchoires serrées.

— Vos réflexes plantaires sont excellents, fit Troy d'un ton goguenard. Dommage que ceux de votre langue laissent à désirer.

— Est-ce que vous me laisserez en paix si je vous donne cet argent ? demanda Betty d'une voix brisée.

— Vous avez ma parole.

— Votre parole !

Elle poussa un soupir rauque.

— Vous pouvez me faire confiance, Betty. Je déteste recourir à la violence, surtout lorsqu'il s'agit d'une personne qui m'est sympathique.

— Laissez-moi alors m'asseoir.

— Mais certainement, chère enfant, certainement...

— C'est déposé dans un des coffres de la gare routière de Buenavista. La clé est dans ma poche.

Je battis, ce jour-là, un record du monde de course à pied pour atteindre ma voiture. En l'atteignant, je me retournai. La Buick était toujours devant la maison.

Je remontai vivement dans la voiture, embrayai et refis en sens contraire une partie de la route que j'avais suivie tout à l'heure. Je ne m'arrêtai qu'après le pont de pierre, non loin d'un tournant. Puis j'attendis, après avoir fait demi-tour. Lorsque j'entendis le moteur de la Buick qui s'approchait, je me remis en marche. Les deux voitures se rencontrèrent au beau milieu du pont, trop étroit pour laisser passer deux véhicules. Les freins de la Buick grincèrent pendant qu'elle s'arrêtait à moins d'un mètre de mon capot.

Luis ouvrait déjà la bouche pour m'apostropher. Avant qu'il eût pu proférer la moindre parole, il se trouvait face à mon automatique. Installée sur le siège arrière, Fay poussa un cri de rage.

— Dehors ! dis-je à Luis.

Il mit un pied à terre et tenta de me désarmer. Je fis un saut de côté.

— Pas d'imprudences, mon vieux ! l'avertis-je. Les mains sur la tête.

Il obéit. Une émeraude brilla à un de ses doigts pendant qu'il levait les bras.

— Vous aussi ! dis-je à Fay. Descendez de ce côté.

Elle s'exécuta.

— Et maintenant, ordonnai-je, tournez-vous tous les deux.

Ils le firent lentement, m'épiant avec méfiance par-dessus l'épaule. Je pris l'automatique par le canon et, d'un coup de crosse, assommai Luis. Il tomba lourdement par terre, le nez dans la poussière. Fay se couvrit la tête des deux mains, comme pour se protéger.

— Remettez-le sur le siège arrière !

— Espèce de sale petit privé !

Elle avait les pommettes rouges d'indignation.

— Dépêchez-vous !

— Il est trop lourd. Je ne pourrai jamais...

— Faites-le ou bien... — Je m'avançai vers elle, l'air menaçant.

Elle se pencha sur l'homme et tenta de le soulever sous les bras. J'ouvris la portière de la Buick. Soufflant comme un phoque, elle le traîna jusqu'à l'auto. Puis, à nous deux, nous parvînmes à hisser le corps.

— Et maintenant, dis-je quand ce fut fini, passez-moi la clé.

— La clé ? — La grimace d'étonnement qu'elle fit ne lui aurait pas valu de compliments de la part de son metteur en scène. — Quelle clé ?

— Celle du coffre de Betty, à Buenavista.

— Je n'ai aucune clé...

Mais, du coin de l'œil, elle jetait un regard inquiet vers un sac posé sur le siège avant.

Je l'ouvris. La clé s'y trouvait. Je la rangeai dans mon portefeuille.

— Montez, maintenant, continuai-je en indiquant le volant du canon de mon automatique. C'est vous qui conduirez.

Elle obéit. Moi, je m'installai sur les coussins arrière, à côté de Luis toujours dans les pommes.

— Je ne pourrai pas avancer, déclara Fay. Votre voiture bloque la route.

— Nous n'allons pas devant nous. On retourne au cottage. Allons, une petite marche arrière.

Elle le fit avec tant de pétulance que je fus projeté contre Luis.

— Doucement, doucement, dis-je. Si nous avons un accident, c'est vous qui mourrez la première.

Elle jura entre ses dents. Mais s'exécuta.

— En route, maintenant, dis-je après que la voiture eut viré. Ne nous pressons surtout pas. Nous avons tout le temps. Et pas de blagues, Fay. Pas de coups de klaxon inutiles. N'oubliez pas que les Gémeaux sont des hommes sans cœur.

Je lui appuyai le canon du pistolet sur le cou. Et c'est dans cette position que nous arrivâmes devant la porte de la maison jaune.

— Stop ! commandai-je.

La porte du cottage commença à s'ouvrir, quelqu'un la tirant de l'intérieur. Je me rejetai en arrière puis avançai prudemment la tête. Troy était sur le seuil, les sourcils froncés. Je tirai, visant son bras droit, mais ratai et la balle s'enfonça dans le bois.

Avant qu'il eût eu le temps de réagir et de plonger sa main dans sa poche, j'étais sur lui. Ma crosse s'abaissa et Troy s'assit lourdement par terre.

La portière de la Buick claqua. Je n'eus que le temps de sauter sur Fay qui essayait de s'échapper.

— Oh, non, ma belle, vous n'allez pas me fausser compagnie ! Nous allons entrer là dedans... — J'indiquais la maison. — ... vous la première.

Troy avait perdu l'équilibre et avait roulé sur le côté. Nous dûmes enjamber le corps.

L'odeur de chair brûlée emplissait encore la pièce. Betty Fraley gisait par terre, Marcie sur elle, en train de l'étrangler. Je pris Marcie par la peau du cou et l'envoyai rouler à deux mètres de là. Elle hurla comme un démon mais n'essaya pas de bouger en voyant que j'étais armé. D'un geste, j'ordonnai à Fay de se mettre dans un coin de la pièce.

Betty se mit sur son séant, tout en se massant le cou. Elle avait le visage égratigné et un coquard sous l'œil gauche.

— Qui êtes-vous ? croassa-t-elle.

— Aucune importance. Essayons plutôt de quitter ces lieux hospitaliers avant que je ne sois obligé de tuer ces braves gens.

— Faites-le. Ce n'est pas moi qui le regretterai... — Elle essaya de se relever mais retomba à quatre pattes. — Je ne peux plus marcher ! gémit-elle.

Je la soulevai. Elle était légère comme une plume et j'avais l'impression de porter une enfant. Marcie et Fay nous observaient en silence.

Une fois dehors, je posai Betty sur le siège avant. Puis j'allai tirer Luis hors de l'auto et l'allongeai sur l'herbe. Il n'était toujours pas revenu à lui.

— Merci, me dit Betty tandis que je montais à côté d'elle. Vous m'avez sauvé la vie. Elle ne vaut pas grand-chose, mais...

— Elle ne vaut pas grand-chose, en effet, convins-je. Mais j'entends quand même me faire payer. Et mon prix, c'est cent mille dollars et Ralph Sampson.

29

En arrivant devant le pont, j'arrêtai la Buick et la garai sur le bas-côté de la route. Puis je transférai Betty dans ma propre bagnole. Elle me passa un bras autour du cou.

— Vous êtes très fort, dit-elle. Vous êtes bien Archer, n'est-ce pas ?

Elle me jeta un coup d'œil de chatte innocente.

— Ah, vous vous souvenez de moi...

Je mis le moteur en marche.

— Et eux ? s'écria-t-elle.

— Vous voulez que je les emmène avec nous ?

— Vous allez les laisser s'échapper ? Nous devons retourner là-bas !

— Pourquoi ?

— Ils ont quelque chose qui m'appartient.

— La clé ?

— Oui.

— C'est moi qui l'ai, Betty. Et cette clé n'est plus à vous.

Elle s'effondra et des larmes de rage lui montèrent aux yeux. Puis elle essaya une autre tactique.

— Il ne faut pas qu'ils s'échappent, déclara-t-elle très doucement. Pas après ce qu'ils m'ont fait. Si vous laissez Troy en liberté, il vous tuera demain ou après-demain.

— Je pense qu'il aura d'autres chats à fouetter, Betty. Oubliez-les et commencez plutôt à vous occuper de vos propres ennuis.

— Mais je n'ai pas d'ennuis.

— C'est à voir. Avant de prendre une décision, je veux retrouver Sampson. Après, on verra.

— Je vous emmènerai à l'endroit où il est.

— Où ça ?

— Pas très loin. Dans une petite maison au bord de la mer, à une soixantaine de kilomètres de Santa Teresa.

— C'est bien vrai, ça ?

— Oui, Archer... Vous ne voulez pas me laisser partir... ? Et si je vous offrais de l'argent ?

— Je ne veux pas de votre argent.

— Vous n'en avez pas besoin, en effet. Vous avez mes cent sacs !

— Je travaille pour les Sampson. C'est à eux que revient cet argent.

— Etes-vous vraiment bête, Archer ? Ou bien y a-t-il moyen de s'arranger avec vous ? Il y a une autre personne, avec moi, sur cette affaire. Une personne qui n'a rien à voir avec Eddie. Pourquoi ne pas garder cet argent et le partager avec l'autre personne ?

— Qui est-il, cet homme ?

— Je n'ai pas dit que c'était un homme.

— Je ne vous vois guère travaillant avec une femme. Qui est cet homme ?

Elle ignorait encore que Taggert était mort et ce n'était pas le moment de le lui annoncer.

— N'y pensez plus. Au fond, je me doutais que vous n'accepteriez pas.

— Avec tout ça, vous ne m'avez pas dit où je peux retrouver Sampson.

— Dans un ancien casino, fermé depuis la guerre. Sampson est bouclé dans une cabine des toilettes. Et le casino est situé à quinze kilomètres de Buenavista.

— Vivant ?

— Il l'était hier. Le premier jour, il n'était pas en très bonne forme, à cause du chloroforme, mais il s'est rétabli depuis.

— Vous avez dû le ligoter, hein ?

— Je ne sais pas. Je ne l'ai pas vu. C'est Eddie qui m'a dit ce que je vous répète.

— Je suppose que vous l'avez laissé là-bas pour qu'il meure de faim ?

— Non... Je ne sais pas... De toute façon, je ne pouvais pas y aller. Il me connaît de vue. Eddie était le seul membre du groupe qu'il ne connaissait pas.

— Et Eddie est mort.

— C'est moi qui l'ai tué, déclara-t-elle sur un ton de défi. Mais vous ne pourrez jamais le prouver. Et je ne pensais pas à Sampson lorsque je l'ai tué.

— J'en suis persuadé. Vous ne pensiez qu'à l'argent. Comme ça, part à deux, au lieu d'avoir à le partager en trois.

— Je reconnais qu'il y a du vrai dans ce que vous dites. Mais il n'y a pas que cela. Eddie m'a toujours maltraitée, depuis mon enfance. C'est à cause de lui que j'ai fait de la prison. Pourtant, je n'avais pas grand-chose à me reprocher. Je me droguais, c'est vrai, mais c'est lui qui la vendait, la coco. Il m'a chargée devant les fédés, c'est pourquoi on l'a condamné à une peine très légère. Il ne savait pas que j'étais au courant, mais je ne l'ai jamais oublié. Et j'ai décidé de me venger. Mais je devais attendre le moment propice. Il m'a détestée jusqu'à sa mort. C'est lui qui a indiqué à Marcie où me retrouver.

— Ça se termine toujours de la sorte, les crimes. Les complices finissent par s'entre-tuer.

— Qu'est-ce que vous avez l'intention de faire ?

— Téléphoner de l'endroit le plus proche pour qu'on aille délivrer Sampson. Chaque minute est précieuse, et il y a une bonne heure et demie de route jusqu'à là-bas. Comment s'appelle-t-il votre ancien casino ?

— Le *Sunland Beach Casino*. C'est une grande bâtisse verte. On le voit distinctement de la route.

Je m'arrêtai devant une station-service et, pendant qu'on faisait le plein, je téléphonai à Santa Teresa. Par la vitre de la cabine, je pouvais voir Betty Fraley.

Ce fut Felix qui répondit :

— Résidence Sampson.

— Archer à l'appareil. Est-ce que Mr. Graves est là ?

— Oui, monsieur. Je vais l'appeler.

Graves ne fut pas long à venir.

— D'où diable me téléphones-tu ?

— De Los Angeles. Sampson est vivant. Du moins, il l'était encore hier. Il est enfermé dans les toilettes d'un casino désaffecté appelé *Sunland Beach*. Tu le connais ?

— Oui. Ça fait des années que c'est fermé, mais je saurai le retrouver. C'est au nord de Buenavista, sur la Nationale, n'est-ce pas ?

— Oui. Vas-y au plus vite. Et tu ferais bien d'emmener avec toi le shérif et un médecin. En outre, emporte des provisions.

— Est-il malade ou blessé ?

— Je n'en sais rien. Ils l'ont abandonné depuis hier. De mon côté, j'y viendrai aussi vite que je pourrai.

Je raccrochai et appelai Peter Colton.

— J'ai quelque chose pour vous, déclarai-je. Du moins en partie pour vous et en partie pour le ministère de la Justice.

— Accouchez, fit-il avec un soupir. De nouvelles complications, sans doute ? Toujours l'affaire Sampson ?

— Oui, mais elle sera terminée aujourd'hui.

J'entendis une exclamation d'étonnement à l'autre bout du fil.

— Répétez-le, Lew.

— Je sais où Sampson est détenu. Et je connais maintenant tous les ravisseurs.

— Alors, alors ?...

— De toute façon, c'est en dehors de votre compétence, puisque c'est dans le comté de Santa Teresa. Et le shérif de Santa Teresa est en route pour aller le délivrer.

— Alors, vous ne me téléphonez que pour me mettre l'eau à la bouche ? — Il paraissait furieux. — Vous disiez que vous aviez quelque chose pour moi et pour le ministère de la Justice...

— En effet, mais pas l'affaire d'enlèvement. Sampson n'a pas quitté l'Etat, aussi le F.B.I. ne peut-il pas intervenir. Heureusement qu'il y a des à-côtés susceptibles de vous intéresser. Il existe une route menant à un canyon entre Brentwood et Pacific Palisades. Elle s'appelle Hopkins Lane. A environ huit kilomètres du Boulevard, vous trouverez une Buick noire. Et, un peu plus loin, un cottage jaune, en partie bâti sur pilotis. Dans ce cottage vous découvrirez quatre personnes. L'une d'elles est Troy. Et le ministère de la Justice serait ravi de l'avoir à sa disposition.

— A quel titre ?

— Il était à la tête d'une bande qui se livrait à la contrebande d'immigrants illégaux. C'est tout. Je vais être obligé de vous quitter. Ça vous suffit comme renseignements ?

— Pour l'instant, oui... Hopkins Lane ?

Méthodique comme il l'était, je le voyais griffonnant le nom sur son bloc.

Betty m'accueillit avec le sourire lorsqu'elle me vit venir vers la voiture.

— Et maintenant ? demanda-t-elle.

— Je vous ai rendu service, lui dis-je. J'ai téléphoné à la police pour faire ramasser Troy et ses acolytes.

— Et moi ?

— Je vais essayer de faire en sorte que vous vous en tiriez avec le minimum.

— Si c'est nécessaire, déclara-t-elle, je suis prête à déposer comme témoin de l'accusation.

— Vous, vous feriez mieux de disparaître de la circulation. Je ferai moi-même un excellent témoin.

— Au sujet de ces Mexicains ?

— Oui. Je lui en veux pour cela. Je prenais Troy pour un gentleman-aventurier, mais il m'a déçu. S'abaisser à importer illégalement des immigrants ! Dégoûtant !

— Ça lui rapportait énormément. D'une part, il se faisait payer par les Mexicains. Puis, il les vendait aux ranches, comme des bêtes. Les pauvres gars l'ignoraient, mais on s'en servait comme de briseurs de grève. A tel point que Troy était en excellents termes avec certains flics locaux. Et Luis graissait la patte aux fonctionnaires mexicains, de l'autre côté de la frontière.

— Et Sampson se procurait des briseurs de grève par l'intermédiaire de Troy ?

— Oui. Mais vous ne pourrez rien prouver contre lui. Je n'ai jamais connu d'homme plus prudent.

— Il ne l'a pas été assez, malgré tout ce que vous pourrez dire.

Elle comprit l'allusion et se tut.

Au moment de quitter le Boulevard pour nous engager sur la Nationale 101, je vis une intense souffrance se peindre sur son visage.

— Il y a une bouteille de whisky dans le compartiment à gants, lui dis-je. Buvez-en un peu, si vous voulez. Ou, si vous préférez, servez-vous-en pour vous nettoyer le visage et désinfecter vos égratignures.

Elle suivit mes deux conseils, puis me tendit la bouteille ouverte.

— Non, merci, dis-je.

— Parce que j'y ai bu ? Toutes mes maladies sont mentales, Archer !

— Rangez-la.

— Je ne vous suis pas très sympathique, hein ?

— Vous avez vos bons côtés. Et vous n'êtes pas bête. Mais vous êtes diablement dangereuse à fréquenter, Betty.

— Je n'y suis pour rien. C'est la vie qui a fait de moi ce que je suis. La vie et Eddie. Il s'est arrangé pour me faire dépuceler quand j'avais onze ans. Ça lui a rapporté du fric. En somme, il a vendu la virginité de sa sœur. Malgré cela, je n'ai jamais vécu de mes charmes.

— Un bon point pour vous. Mais je me demande si je ne préfère pas une putain à une meurtrière.

— Question de goût, mon bon ami.

— Question de goût, comme vous dites... Pour en revenir à nos moutons, vous me semblez beaucoup tenir à cet homme dont nous avons parlé tout à l'heure.

— Ça ne vous regarde pas... Sincèrement, Archer, pourquoi ne pas garder l'argent pour vous ? Vous ne retrouverez jamais cent mille dollars sur votre chemin.

— Peut-être... Vous non plus, d'ailleurs. Ni Alan Taggert.

Elle poussa un grognement de surprise.

— En somme, dit-elle, vous m'avez fait marcher. Que savez-vous de Taggert ?

— Ce qu'il m'a dit.

— Je ne vous crois pas... Il ne vous a rien dit pour la bonne raison qu'il n'avait rien à vous dire.

— Il a pourtant parlé.

— Il lui est arrivé quelque chose ?

— Il est mort. Un petit trou dans la tête. Comme Eddie.

Elle éclata en sanglots. Je la laissai pleurer. Ses larmes se transformèrent peu à peu en une espèce de râle. Quand elle se fut enfin un peu calmée, elle me demanda en reniflant :

— Pourquoi ne me l'aviez-vous pas dit plus tôt ?

— Parce que vous ne me l'avez pas demandé. Vous étiez folle de lui, n'est-ce pas ?

— Oui, dit-elle. Nous étions fous l'un de l'autre.

— Si vous l'aimiez vraiment, pourquoi l'avez-vous entraîné dans cette sale histoire ?

— Ce n'est pas moi. C'est lui qui en a eu le premier l'idée.

— Ce n'était qu'un tout jeune homme, Betty. Presque un gosse. Tandis que vous, avec votre expérience, vous étiez une femme mûre. Ne me faites pas prendre des vessies pour des lanternes. Vous aviez besoin d'un homme pour mettre vos plans à exécution...

— Non, protesta-t-elle. Ce n'est pas ça. — Sa voix était étonnamment calme — Il est venu un soir au *Piano*, huit jours environ après la réouverture de la boîte, il y a six mois de ça. Nous nous sommes regardés et, croyez-moi ou non, ç'a été le coup de foudre. Mais nous n'avions pas le sou, et il nous fallait de l'argent pour recommencer notre vie.

— Et l'enlèvement de Sampson vous a paru un bon moyen pour vous en procurer ?

— Vous n'avez pas besoin de vous apitoyer sur Sampson. C'est un sale individu. Et l'enlèvement ne nous est venu à l'idée qu'après l'échec d'un premier projet. Celui-ci consistait en un mariage Alan-Miranda. Après, Alan se serait débrouillé pour divorcer et pour toucher une grosse somme. Au début, Sampson voyait ça d'un bon œil. Mais il nous surprit une nuit ensemble, Alan et moi. Après cela, il fit savoir à sa fille que, si elle épousait Alan, il la déshériterait. Il aurait volontiers saqué Alan, à ce moment-là, mais celui-ci en savait trop sur le compte de son employeur.

— Justement. Vous auriez pu faire chanter Sampson au lieu de l'enlever. C'était moins risqué.

— Nous y avons songé, mais nous n'étions pas de taille à lutter sur ce terrain. Riche comme il l'est, il aurait pu se payer les meilleurs avocats de l'Etat. Et puis, nous n'avions pas de preuves tangibles de sa collusion avec Claude et Troy dans ce trafic d'immigrants. Alors...

Elle se tut pendant quelques instants puis, les paupières baissées, demanda d'une voix rauque :

— Comment est-il mort ?

— Alan ?

— Oui.

— Il s'est trouvé dans une situation sans issue et a essayé de se libérer pistolet au poing. Malheureusement, quelqu'un d'autre a tiré le premier. Un homme du nom de Graves.

— Je voudrais le rencontrer, cet homme. Vous disiez tout à l'heure qu'Alan avait parlé. Ce n'est pas vrai, n'est-ce pas ?

— Si, mais il n'a à aucun moment mentionné votre nom.

— Je suis heureuse de l'apprendre... Où est-il maintenant ?

— A la morgue de Santa Teresa.

— Je voudrais bien le revoir une dernière fois, si c'est possible.

Elle se tut de nouveau. Je n'avais rien à lui dire. Aussi fîmes-nous en silence le reste du trajet.

30

Lorsque je ralentis en arrivant en vue de Buenavista, le crépuscule commençait à tomber. Je passai devant la gare routière sans m'arrêter et traversai la ville. En jetant un coup d'œil à l'horizon, je vis que le ciel et l'Océan se confondaient dans une ligne grise.

— C'est ici, dit tout à coup Betty.

J'étais tellement absorbé dans mes pensées que je tressaillis. J'avais presque oublié qu'elle était à côté de moi. Nous étions à un carrefour. Il y avait devant nous une route menant vers la mer mais un écriteau indiquait qu'elle était fermée.

— C'était une route privée, expliqua Betty. Dans le temps, l'entretien était à la charge du Casino mais, depuis...

— Je pensais que vous n'y aviez pas mis les pieds.

— Peu après l'enlèvement. Mais Eddie et moi sommes allés

inspecter les lieux la semaine dernière. Sampson est enfermé dans une cabine des toilettes. Vous passez par la porte des lavabos pour hommes.

— Gentil à vous de ne pas l'avoir enfermé dans ceux des femmes.

Je pris la clé de contact et laissai Betty dans la voiture. La route était envahie par l'herbe et, aux approches immédiats du Casino, totalement recouverte par celle-ci. Le perron du bâtiment faillit s'effondrer lorsque je posai un pied sur une planche pourrie. Avec ses fenêtres noires, le Casino faisait penser à un décor de studio pour film de terreur.

Je découvris les toilettes après avoir allumé ma torche électrique. La porte donnant sur les lavabos pour messieurs était entr'ouverte. Un silence complet régnait autour de moi. Je poussai le battant d'un coup de pied et m'écartai vivement pour éviter toute surprise, mais rien ne se produisit. Alors j'entrai dans la pièce. Vide. Une mince couche de sable recouvrait le parquet. Aucune trace de Sampson, aucune trace de Graves. Je consultai ma montre. Sept heures moins le quart. Il y avait plus d'une heure que j'avais appelé Graves, il avait donc eu tout le temps nécessaire pour venir de Cabrillo Canyon. Je me demandais ce qui lui était arrivé.

Les toilettes étaient devant moi, au nombre d'une demi-douzaine environ. Toutes les portes étaient fermées.

J'allais me diriger vers l'une d'elles quand un petit bruit, derrière moi, me fit tourner la tête. Ce fut tout ce que je pus faire car, une seconde plus tard, je recevais sur le crâne un coup qui m'enleva toute envie — et toute possibilité — de poursuivre mes explorations.

Quand je rouvris les yeux, je vis le faisceau d'une torche électrique braqué en plein sur mon visage. Je tentais de me relever lorsque la voix d'Albert Graves demanda :

— Qu'est-ce qu'il t'arrive ?

— Ecarte la lumière, grognai-je. Ça me fait mal au crâne.

Il obéit et s'agenouilla à côté de moi.

— Est-ce que tu as la force de te lever, Lew ?

— Je crois... — J'essayai et retombai par terre. — Tu es très en retard.

— J'ai eu de la peine à retrouver le casino dans l'obscurité.

— Et le shérif, où est-il ? Lui non plus, tu n'as pas pu le trouver ?

— Il était occupé avec un paranoïaque qu'il devait transférer à l'asile. Je lui ai laissé des instructions pour me joindre ici, en compagnie d'un médecin.

— Comment se fait-il que tu n'aies pas reconnu l'endroit ?

— L'obscurité, te dis-je. J'étais déjà presque à Buenavista lorsque je me suis rendu compte de mon erreur.

— Tu aurais pu deviner que c'était ici en voyant ma voiture arrêtée au carrefour.

— Ta voiture ? Je ne l'ai pas vue. Où l'as-tu laissée ?

— Sur la Nationale, voyons. Tout près du croisement.

— Elle n'y était pas. Et c'est là que j'ai garé la mienne.

Je me remis péniblement sur mon séant et tâtai mes poches. La clé de contact était toujours sur moi.

— Je ne comprends pas, dis-je. Comment a-t-on pu la voler... ?

— Je ne sais pas. Il y avait quelqu'un dedans ?

— Oui, Betty Fraley. Mais elle ne l'a sûrement pas fait toute seule. Il devait y avoir un autre membre de la bande qui gardait Sampson et qui m'a matraqué.

— C'était idiot de laisser Betty dans la voiture.

— Je commence à m'en rendre compte...

Il m'aida à me relever. J'avais les jambes molles et une forte envie de vomir.

— Laisse-moi voir ta blessure, dit-il.

Il m'examina la tête à la lueur du faisceau de sa torche.

— Rien de bien grave, fit-il.

— Façon de parler, mais je ne gagnerais rien à te contredire. Si on cherchait Sampson ?

Je ramassai ma propre torche et me dirigeai vers les toilettes. Sampson se trouvait dans la seconde cabine à partir de la gauche. Pieds et poings liés, il était pendu à la patère fixée au battant. Ses yeux sortaient de leurs orbites.

— Bon Dieu ! fit Graves par-dessus mon épaule.

Par acquit de conscience, je tâtai le pouls de Sampson. Il ne battait plus. Mais le corps était encore chaud.

— Il est mort ? demanda Graves d'une voix de fausset.

— Oui... — Je me sentais vidé. — Mais il devait être en vie quand je suis arrivé. Combien de temps suis-je resté dans les pommes ?

— Il est sept heures quinze environ.

— Je suis arrivé ici il y a une demi-heure. Les criminels ont donc trente minutes d'avance. Nous avons des chances de les rattraper.

— Mais Sampson ? Tu veux qu'on le laisse ici ?

— Nous ne pouvons plus rien pour lui. D'ailleurs, il vaut mieux le laisser comme cela, pour la police.

Nous quittâmes le casino. Je dus faire un effort pour remonter la pente menant à la Nationale. Ma bagnole avait disparu. La Studebaker de Graves était garée à une dizaine de mètres de l'endroit où je m'étais arrêté.

— Où va-t-on ? demanda-t-il en s'installant au volant.

— A Buenavista. Il nous faut alerter la police routière.

Je vérifiai le contenu de mon portefeuille, persuadé que la clé du coffre de Betty n'y était plus. Mais elle se trouvait à la place où je l'avais rangée, entre deux cartes de visite.

— Dépose-moi à la gare routière, dis-je à Graves au moment où nous atteignions les limites de la ville.

— Pour quoi faire ?

— L'argent de la rançon. Il est possible qu'ils reviennent pour le chercher. Toi, tu n'as qu'à aller seul à la Brigade routière. Tu reviendras me chercher plus tard.

La salle d'attente de la gare routière n'offrait pas un spectacle extraordinaire : quelques voyageurs installés dans des fauteuils, un caissier bâillant derrière son guichet, une famille mexicaine en train de consommer des gâteaux devant le buffet. Bref, aucune figure de connaissance. Je poussai la porte vitrée menant aux coffres tout en tirant la clé de mon portefeuille. Il y avait, gravé sur le métal, le numéro 28. Je m'approchai du coffre portant ce chiffre et l'ouvris. J'y trouvai un grand paquet enveloppé dans du papier gris dont je déchirai un coin. Et, à l'intérieur, les billets.

Je remontai, le paquet sous le bras, et allai au buffet où je commandai un café.

— Vous avez du sang sur votre chemise, dit la barmaid.

— Je sais, répliquai-je. J'ai saigné du nez.

Elle haussa les épaules et me servit mon café dans un gobelet en carton. Je lui donnai dix cents, m'installai sur un tabouret et, tout en buvant, surveillai la porte donnant sur la rue. Un car arriva et repartit, emmenant une partie des voyageurs qui attendaient. Les aiguilles de la pendule, au-dessus de ma tête, avançaient avec une lenteur désespérante. A huit heures moins dix, je compris que Betty et ses complices ne viendraient plus. Ils devaient surtout songer à se mettre à l'abri.

Cinq minutes plus tard, Graves arriva en coup de vent et, en m'apercevant, me fit signe de le rejoindre.

— Ta bagnole a eu un accident, m'annonça-t-il. A environ vingt-cinq kilomètres d'ici.

— Et eux, ils se sont échappés ?

— L'un d'eux, apparemment. La petite Fraley est morte.

— Et le type qui était avec elle ?

— La Brigade routière n'a pas encore les détails.

Nous couvrîmes la distance en moins d'un quart d'heure. L'accident s'était produit à un virage. Il y avait là deux voitures de la police et au moins une vingtaine de bagnoles appartenant à des curieux que les flics essayaient de faire circuler. En nous voyant nous arrêter, un des agents fonça sur nous.

— Filez ! ordonna-t-il.

— C'est ma voiture, dis-je en sautant à terre.

Elle était en piteux état, le capot en accordéon, les deux pneus avant crevés, le pare-brise en miettes. Elle avait dû heurter l'arbre à plus de cent à l'heure.

Un autre flic voulut me repousser après que j'eus franchi les trois rangs de badauds.

— C'est ma voiture, répétai-je.

— Vous êtes sûr ? Comment vous appelez-vous ?

— Archer.

— C'est bien à vous, alors, fit-il, comme à contrecœur. C'est le nom de la plaque d'identité... — Il appela un de ses collègues : — Ollie, rapplique par ici !

Je contournai la voiture et vis une forme noire allongée par terre et recouverte d'une couverture. Je soulevai un coin de celle-ci. Le visage de Betty n'avait plus rien d'humain, mais je la reconnus à ses vêtements. J'eus un haut-le-cœur. Deux policiers à moto attendirent que j'eusse vomi mon café pour s'approcher de moi.

— C'est cette femme-là qui vous avait fauché votre voiture ? demanda le plus âgé des deux.

— Oui. Elle s'appelle Betty Fraley.

— Elle était recherchée par le Q.G., paraît-il.

— Oui. Mais où est l'autre ?

— Quel autre ?

— Il y avait un homme avec elle.

— Pas au moment de l'accident, déclara le plus jeune des motards.

— Ce n'est pas possible.

— Si. J'y ai assisté. En un sens, c'est même moi le responsable.

— Allons, allons, vieux, t'as rien à te reprocher, lui dit son collègue. T'as agi exactement comme il fallait.

— Tu parles... Heureusement encore qu'il s'agissait d'une bagnole volée. Sans cela, j'aurais des remords pour de bon.

— Comment cela s'est passé, exactement ? lui demandai-je.

— Eh bien, commença-t-il, je roulais à environ quatre-vingts à l'heure à quelques kilomètres d'ici, allant en direction du nord. La bonne femme m'a dépassé avant que j'aie eu le temps de faire ouf. Elle devait faire du cent cinquante au moins. Je me suis lancé à sa poursuite. Mon compteur est monté à plus de cent soixante au moment où je l'ai doublée. Elle a voulu me semer dans le virage, mais a dû perdre le contrôle. Et voilà... Quand je l'ai retirée de là, elle était morte, tuée sur le coup.

Il avait le visage en sueur. Je le vis même réprimer un frisson.

— T'en fais pas, vieux, répéta son collègue plus âgé. Après tout, elle avait violé la loi.

— Et vous êtes absolument certain, demandai-je, qu'il n'y avait personne avec elle ?

— A moins que ce n'ait été l'homme invisible... — Il se gratta la tête. — Mais j'ai remarqué une drôle de chose : elle était nu-pieds et avait plein d'ampoules à la plante des pieds, comme si elle avait marché sur des charbons ardents...

Albert Graves vint nous rejoindre.

— Il devait y avoir une autre voiture, dit-il. Et l'homme se sera enfui avec.

— Pourquoi, alors, avoir volé la mienne ? — Je soulevai quelques pièces de tôle et examinai le moteur. Le bout de fil de cuivre qui m'avait permis de mettre la bagnole en marche et que j'avais déconnecté devant la résidence Sampson, avait servi au voleur aux mêmes fins qu'à moi. — Tu vois ? demandai-je à Graves. Pourtant logiquement, elle aurait dû filer avec la voiture de son complice.

Il haussa les épaules.

— Faudra que je rédige un procès-verbal, déclara le plus âgé des deux motards. Vous avez bien cinq minutes à me consacrer ? me dit-il.

Je finissais mon histoire quand le shérif Spanner arriva dans une voiture-radio pilotée par un de ses adjoints.

— Que s'est-il passé ? cria-t-il de loin en nous apercevant.

Je laissai Graves lui narrer l'histoire. En apprenant la mort de Sampson et de Betty Fraley, Spanner se tourna vers moi et m'apostropha furieusement :

— Vous voyez ce qui arrive quand on veut faire cavalier seul ? glapit-il. Je vous avais pourtant dit de travailler sous ma supervision !

J'éclatai à mon tour :

— Supervision mon œil ! Si vous vous étiez dépêché de venir au secours de Sampson, il serait toujours en vie.

— Vous saviez où il était, rétorqua-t-il, et vous ne m'avez rien dit. Vous entendrez parler de moi, Archer !

— Ouais, ouais, je sais... Quand je voudrai faire renouveler ma licence... Je connais le refrain. Mais qu'est-ce que vous allez dire aux autorités de Sacramento pour expliquer votre propre incompétence ? S'amuser à transférer à l'asile un maboul au moment où une affaire de cette importance requiert toute votre attention !

— L'asile ? fit-il d'un ton sincèrement étonné. Mais... je n'y ai pas mis les pieds depuis hier. De quoi parlez-vous ?

— Vous n'avez pas reçu mon message concernant Sampson il y a deux heures environ ?

— Votre message ? Il n'y avait aucun message. Ni de vous ni de personne d'autre. Si vous comptez vous en tirer à bon compte, vous pouvez toujours courir.

Je me tournai vers Graves. Il évita mon regard. Je ne dis rien.

Une ambulance, sirène hurlante, s'arrêta à côté des voitures de la police.

— Ils ne se pressent pas, les gars, dis-je à un des motards.

— Ils savaient qu'y avait plus qu'un macchab, fit-il. A quoi bon se presser ?

— Où est-ce qu'on va transporter le corps ?

— A la morgue de Santa Teresa. A moins que la famille ne le réclame.

— Elle n'a plus de famille. Et c'est l'endroit qu'il lui faut.

Son amant et son frère n'y étaient-ils pas déjà ?

31

Graves conduisait lentement, comme si d'avoir vu ma bagnole esquintée et le corps de Betty l'incitait à la prudence. Il nous fallut près d'une heure pour arriver à Santa Teresa. Moi, je réfléchissais. A Miranda et à Graves. Et mes pensées n'étaient pas particulièrement marrantes.

Graves me regarda du coin de l'œil au moment où nous entrions dans la ville.

— A ta place, je ne perdrais pas tout espoir, Lew, dit-il. La police ne manquera pas de le retrouver.

— De qui parles-tu ?

— De l'assassin, voyons ! Du type qui a tué Sampson.

— Je ne suis pas certain que ce type existe.

Je vis ses doigts se crisper sur le volant.

— Mais, fit-il, quelqu'un a pourtant tué Sampson.

— Incontestablement.

Nos regards se rencontrèrent. Le sien était glacial.

— Fais attention, Graves, lui dis-je.

Il détourna les yeux, se concentrant sur la circulation. Un feu rouge nous immobilisa au carrefour principal de la ville.

— Où va-t-on, maintenant ? demanda-t-il.

— Où veux-tu aller ?

— Nulle part en particulier.

— Allons rendre visite à Mrs. Sampson, dans ce cas. J'ai à lui parler.

— Tu veux le faire maintenant ?

— Je travaille pour elle. Je lui dois un rapport.

Le feu passa au vert. Et Graves ne dit plus un mot jusqu'à ce que nous eussions franchi la grille de la résidence Sampson.

— Cela m'ennuierait de voir Miranda, dit-il. Il faudrait lui expliquer... Or, nous nous sommes mariés cet après-midi.

— Tu aurais pu avoir la décence d'attendre le retour de son père, fis-je sèchement. Ou, du moins, son enterrement.

— C'est elle qui a insisté... La cérémonie a eu lieu au palais de justice.

— C'est probablement là aussi que tu passeras ta nuit de noces. La prison est bien dans le même bâtiment, n'est-ce pas ?

Il ne répondit pas. Lorsqu'il eut arrêté la voiture devant les garages, je le fixai dans les yeux. Cette fois, il ne détourna pas le regard. Il n'avait plus honte, il n'éprouvait plus de remords. Il n'y avait plus, sur son visage, que la résignation du joueur qui a perdu.

— C'est drôle, fit-il d'une voix amère. J'ai rêvé depuis des mois au jour où Miranda serait mienne. Et maintenant qu'elle l'est, je n'ai plus envie de la voir.

— Tu vas venir avec moi.

— Pourquoi ?

— Je n'ai plus confiance en toi. Tu étais à peu près le seul homme en qui j'eusse confiance et...

— Tu peux toujours me faire confiance... J'ai un pistolet dans ma poche, mais je n'ai pas l'intention de m'en servir. Assez de violence comme ça. Tu comprends ? J'en ai marre !

— Ça ne m'étonne pas. Avec deux crimes sur la conscience, n'importe qui, à ta place, en aurait marre.

— Pas besoin de me faire la morale. Je n'avais pas l'intention d'agir de la sorte.

— Je m'en doute. Tu as improvisé. Tu as profité d'une bonne occasion pour te débarrasser de Taggert. Et tu as continué. Malheureusement, tu t'es montré imprudent pour le second crime. Tu aurais du te rendre compte que j'aurais une explication avec le shérif et que j'aurais fini par apprendre la vérité.

— Tu ne peux pas prouver que tu m'as révélé l'endroit où Sampson était détenu.

— La conviction morale me suffit. En retrouvant Sampson, tu t'es dit que c'était là une bonne chance pour toi de t'en débarrasser. Tu as en somme achevé la tâche des ravisseurs, car les complices de Taggert avaient laissé leur victime en vie.

— Tu penses sérieusement que j'ai été mêlé à l'enlèvement ?

— Je sais fichtrement bien que non. Mais cet enlèvement a

décidé de ton sort. Il a fait de toi un assassin, en te fournissant le prétexte pour tuer Taggert.

— J'ai tiré sur Taggert en toute bonne foi, dit-il. Je reconnais que sa mort ne m'a causé aucune peine, parce qu'il plaisait beaucoup trop à Miranda. Mais si je l'ai tué, c'est pour te sauver la vie.

— Je ne te crois pas.

— Je ne l'ai pas prémédité. Je n'en avais pas le temps. Taggert allait te tuer et j'ai dû le descendre. C'était sa vie ou la tienne.

— Si tu étais un peu moins intelligent, je te croirais peut-être. Mais tu es un esprit trop brillant pour que je puisse accorder foi à tes paroles. Et trop bon tireur aussi. Tu n'avais pas besoin de le tuer.

— Taggert méritait la mort, déclara-t-il d'une voix rauque.

— Peut-être, mais plus tard seulement, une fois jugé et condamné. Je me demande ce que tu as entendu de notre conversation. Tu as probablement appris qu'il était un des ravisseurs. Et tu t'es dit que, si tu le tuais, ses complices feraient subir le même sort à Sampson.

— Je n'ai entendu que quelques bribes de votre entretien. J'ai surtout vu qu'il allait te tuer et j'ai tiré le premier... — Il ajouta d'un ton ironique : — Apparemment, j'ai commis une erreur.

— Plusieurs. Et la première, ç'a été de tuer Taggert. C'est cela qui a tout déclenché. En réalité, en assassinant Taggert, tu tuais Sampson. Tu ne souhaitais pas que celui-ci en réchappât. Malheureusement, Sampson était toujours en vie. Alors, tu l'as tué.

Il me jeta un regard froid.

— Je suis un réaliste, Archer. Nous sommes tous deux des réalistes. Et la mort de Sampson n'est pas une bien grande perte pour l'humanité.

Sa voix avait changé, avait perdu de son ampleur. On aurait dit un duelliste acculé qui cherche un moyen désespéré d'échapper au dernier coup, au coup mortel.

— Tu as envoyé des hommes à la chambre à gaz pour meurtre. Te rends-tu compte que c'est là que tu finiras ?

Il grimaça un sourire. Avec ses rides, sa peau fanée et ses yeux battus, il avait vieilli de dix ans en une heure.

— Tu n'as aucune preuve contre moi. Pas l'ombre du commencement d'une preuve.

— J'ai une certitude morale, comme je te l'ai dit. Et les aveux que tu m'as faits implicitement.

— Oui, mais je n'ai rien dit devant témoin. Je n'ai rien signé. Tu ne disposes pas d'assez d'éléments pour me faire arrêter.

— Ce n'est pas moi qui le ferai. Tu es placé devant tes responsabilités. Moi, je ne lèverai pas le petit doigt. Mais je serais curieux de savoir pourquoi tu t'es cru obligé d'assassiner Sampson.

Il ne dit rien pendant quelques instants. Mais quand il parla, sa voix avait de nouveau changé. Elle était candide et jeune. Une voix dont j'avais oublié jusqu'à l'intonation, une voix qui me rappelait le bon vieux temps.

— C'est drôle que tu te sois exprimé de la sorte, Lew, fit-il. Car tu as eu l'expression juste. C'est exactement cela... *Je me suis senti obligé de le tuer.* Je n'en avais pas l'intention en venant là-bas, au casino. Ce n'est qu'après l'avoir trouvé ficelé dans les toilettes... Je ne lui ai même pas adressé la parole. Je me suis senti poussé par une force plus grande...

— Vraiment ? Eh bien moi je suis persuadé que tu as éprouvé un véritable plaisir à le tuer.

— Oui, reconnut-il. Sur le moment, j'ai senti comme une espèce de soulagement. Et maintenant, quand j'y pense, ça me fait horreur.

— C'est très beau, tout ça. En admettant même que tu dises la vérité, tu ne la dis pas toute. Car tu n'avais pas que les mobiles dont tu viens de me parler. Tu en avais aussi d'autres, infiniment plus sordides. Tu as épousé cet après-midi une jeune fille qui n'était qu'une riche héritière. Tu as préféré en faire une jeune femme riche tout court. Ne me dis pas qu'en tuant Sampson tu n'as pas pensé aux cinq millions de dollars que ta femme allait toucher.

— Si, admit-il. Mais ce n'est pas cinq millions, car Mrs. Sampson hérite de la moitié de la fortune.

— Je l'oubliais. Pourquoi ne pas l'avoir tuée, elle aussi, pendant que tu y étais ?

— Lew !

— Et rien ne me dit que tu n'aurais pas tué Miranda, plus tard.

— Tu sais très bien que ce n'est pas vrai, fit-il d'une voix qui n'avait plus rien d'humain. Pour qui me prends-tu ?

— Je ne sais pas encore. Pour l'instant, tu es un homme qui a épousé une jeune fille et assassiné son père le même jour pour faire de ta femme une millionnaire. Pauvre Miranda ! Je me demande ce qu'elle va dire en apprenant que tu l'as surtout épousée pour son argent.

— Laisse Miranda en paix ! grogna-t-il.

Je descendis de voiture. Il avait un sourire étrange aux lèvres, le sourire de l'homme qui vient de perdre son dernier jeton et qui songe à se faire sauter le caisson. Je franchis le gazon sans me retourner. Je savais qu'il était armé et qu'il pouvait m'abattre dans le dos. Mais je savais tout aussi bien qu'il ne le ferait pas. Il avait dépassé sa ration de crime pour la journée.

La cuisine était éclairée, mais personne ne répondit quand je frappai. Je m'engouffrai dans l'ascenseur. Mrs. Kromberger se trouvait sur le palier du premier.

— Où allez-vous ? demanda-t-elle en me voyant me diriger vers la chambre de Mrs. Sampson.

— Je veux voir Mrs. Sampson.

— C'est impossible... Elle est dans un état de prostration extrême. Il y a une heure, elle a pris une forte dose de nembutal.

— Il est important que je la voie.

— Très important ?

— Extrêmement.

— Dans ce cas, attendez.

Elle disparut dans la pièce. J'entendis un murmure de voix, puis la gouvernante revint et me fit signe d'entrer.

Mrs. Sampson était assise dans son lit, le regard brouillé. Elle portait un pyjama de soir blanc et l'on voyait distinctement les pointes brunes de ses seins à travers le léger tissu.

J'attendis que Mrs. Kromberger fût partie puis fermai la porte.

— Votre mari est mort, Mrs. Sampson.

— Mort ? fit-elle d'une voix de somnambule.

— Vous ne semblez guère surprise.

— Devrais-je l'être ? Si vous saviez les rêves que j'ai faits... Des cauchemars... Je ne dors pas depuis des jours et...

— Mrs. Sampson, est-ce que vous m'avez bien entendu ? Votre mari est mort. Il a été assassiné il y a deux heures.

— Je vous ai entendu. Je savais qu'il mourrait avant moi.

— Est-ce tout ce que vous trouvez à dire ?

— Qu'est-ce que vous voulez que je dise de plus. — Elle hocha lentement la tête, comme si mon ton indigné l'étonnait. — Ce n'est pas la première fois que je me retrouve veuve... Lorsque Bob a été tué, j'ai pleuré pendant des semaines... Mais la mort de son père ne me fait pas le même effet... Je voulais qu'il meure.

— Vous devez être contente, dans ce cas ?

— Pas tout à fait. Il est mort trop tôt ou trop tard. Tout le monde, d'ailleurs, est mort trop tôt. Si Miranda avait épousé l'« autre », Ralph aurait rédigé un nouveau testament et j'aurais tout eu pour moi.

Elle me regarda de dessous ses paupières mi-closes.

— Je sais ce que vous devez penser de moi, Archer. Que je suis un être diabolique et un monstre. Mais ce n'est pas vrai. Je ne suis qu'une femme, plus très jeune, qui tient au peu qu'elle possède.

— Au peu ? La moitié de cinq millions de dollars !

— Ce n'est pas l'argent que je désire, mais la puissance qu'il donne. L'argent dont j'hérite, j'y ai droit. Après tout, j'ai été la femme de Ralph. Vous ne savez pas ce que ça a signifié pour moi. Approchez-vous, Archer, et asseyez-vous un instant sur le lit... J'ai tellement peur, tous les soirs, avant de m'endormir... Est-ce que vous pensez que mes cauchemars vont revenir... ? Est-ce que vous pensez que je rêverai de Ralph toutes les nuits ?

— Je ne sais pas, Mrs...

J'éprouvais un peu de pitié pour elle. Mais aussi du dégoût. Le dégoût l'emporta.

Mrs. Kromberger se tenait devant la porte de l'ascenseur.

— Je vous ai entendu dire que Mr. Sampson était mort, fit-elle en me voyant sortir de la chambre de sa maîtresse.

— C'est exact... Savez-vous où je pourrais trouver Miranda ?

— Elle doit être quelque part en bas.

32

Je découvris Miranda dans le grand living-room, installée sur le divan, les jambes ramenées sous elle. Par la baie, on voyait la mer et un ciel plus noir encore que l'eau. La jeune femme ne se leva pas en me voyant.

— Ah, c'est vous, Archer ? fit-elle simplement.

— Oui. J'ai des nouvelles à vous annoncer.

— Est-ce que vous l'avez enfin retrouvé ?

— Oui. Il est mort.

— J'en étais sûre. Ils ont dû le tuer aussitôt après l'avoir enlevé, n'est-ce pas ?

— Non.

— Non ? Mais...

— J'ai récupéré l'argent... Cent mille dollars...

Je déposai le paquet sur le divan.

— Cet argent ne m'intéresse pas... Où avez-vous retrouvé Ralph ?

— Ecoutez-moi bien, Miranda... A partir d'aujourd'hui, vous êtes seule dans la vie.

— Pas tout à fait seule... J'ai épousé Albert cet après-midi.

— Je sais. Il me l'a dit. Mais vous devrez quitter cette maison et commencer une nouvelle existence. La première chose à faire est de mettre cet argent à l'abri. Je me suis donné beaucoup de mal pour le récupérer et vous pourrez en avoir besoin.

— Je vous demande pardon, Archer... Où voulez-vous que je le range ?

— Dans le coffre de votre père, en attendant que vous le déposiez à la banque.

— Très bien...

Elle se leva et me précéda dans le bureau. Pendant qu'elle ouvrait le coffre, j'entendis une voiture démarrer dans le jardin. Miranda se tourna vers moi, étonnée.

— Qui est-ce ?

— Albert Graves. C'est lui qui m'a conduit ici.

— Pourquoi n'est-il pas monté ?

Je réunis tout mon courage.

— Il a tué votre père ce soir.

Sa bouche s'entrouvrit.

— Vous... vous plaisantez, n'est-ce pas ? articula-t-elle péniblement.

— Non, malheureusement. J'avais découvert cet après-midi l'endroit où les ravisseurs détenaient votre père. J'ai téléphoné à Graves pour lui dire d'y aller, en compagnie du sheriff. Graves m'y a précédé, seul. Lorsque je suis entré dans le bâtiment, il m'a assommé par-derrière. Quand je suis revenu à moi, il a prétendu qu'il venait juste d'arriver. J'ai trouvé ensuite le corps, encore chaud, de votre père.

— Je ne peux pas croire qu'Albert... Avez-vous des preuves ?

— Purement morales. Les autres, d'ailleurs, ne m'intéressent pas. C'est la police qui s'en chargera.

Elle s'assit lentement dans un fauteuil.

— Tant de gens sont morts... Père et Alan...

— C'est Graves qui les a tués, tous les deux.

— Mais il a tué Alan pour vous sauver ! C'est vous qui me l'avez dit...

— C'est un crime très complexe, Miranda. En un sens, un crime justifiable. Mais les mobiles d'Albert étaient multiples. Il n'avait pas besoin de tuer Taggert. Il pouvait simplement le blesser, pour le désarmer. Mais il voulait la mort de Taggert. Pour plusieurs raisons.

— Lesquelles ?

— Vous en connaissez au moins une.

Elle leva la tête. Il y avait de la résolution dans son expression.

— Oui, dit-elle. Parce que j'aimais Alan.

— Vous n'en envisagiez pas moins d'épouser Graves.

— Je n'avais pas pris de décision jusqu'à aujourd'hui. Je devais épouser quelqu'un, vous comprenez ? Je n'en pouvais plus... Ça me brûlait... Alan mort, je n'avais pas le choix... Il me fallait un homme... Albert s'est trouvé là et...

— Il avait misé sur vous et il a gagné. Mais l'autre lot n'est pas sorti. Les complices de Taggert n'ayant pas tué votre père, c'est Graves qui s'en est chargé.

Elle enfouit sa tête dans ses mains.

— C'est incroyable, fit-elle d'une voix sourde. Pourquoi l'a-t-il fait ?

— A cause de l'argent.

— Mais il ne s'en était jamais soucié, jusqu'à présent... C'est une des choses que j'admirais en lui... Je n'ai vraiment pas de chance avec les hommes...

— Il n'a jamais pensé à l'argent jusqu'au jour où il a vu la chance de devenir millionnaire. Alors, brusquement, il s'est rendu compte que tout ce qu'il désirait, sur terre, c'était la fortune.

— Savez-vous ce que je voudrais, en ce moment, Archer ? Etre pauvre et n'avoir plus d'instinct sexuel ! Ce sont les deux plus grands maux de l'humanité puisqu'ils sont à la base de tous les crimes.

— Oui, d'autant que souvent le premier sert à assouvir le second.

— Je me demande ce qui s'est passé avec Albert Graves, Archer... Un homme si correct, si timide...

— Lui-même ne le sait pas très bien, j'en ai l'impression.

— Est-ce que vous êtes obligé de le dénoncer à la police ?

— Oui. Mais il me sera plus facile de le faire si vous me dites : Je suis d'accord. Et il vaut mieux pour vous que l'abcès soit crevé avant qu'il n'ait commencé à pourrir.

— Vous me demandez de partager la responsabilité et, pourtant, vous dénoncerez Albert à la police quelle que soit ma réponse. — Elle bougea dans son fauteuil. — Le livrerez-vous à la justice sans même avoir de preuves formelles contre lui ?

— Il ne niera pas, une fois inculpé. Vous le connaissez aussi bien que moi.

— Je pensais bien le connaître. Maintenant, je ne suis sûre de rien...

— C'est pourquoi vous devriez me dire : Archer, allez-y. Vous avez des doutes que vous ne pouvez résoudre sur-le-champ. Autant laisser les autres agir. Quand vous serez plus âgée, vous comprendrez mieux ce que je vous dis ce soir. On ne peut vivre dans l'incertitude...

— Je me demande même si j'ai envie de vivre.

— Miranda, nous ne sommes plus à l'époque romantique. Ne vous apitoyez pas sur votre sort. Je vous crois suffisamment forte pour surmonter vos malheurs...

Elle se pencha vers moi.

— Je ne sais par où commencer, Archer. Que dois-je faire ?

— Venez avec moi. On ira trouver le D.A. C'est lui qui décidera.

— Très bien. Ils sont amis de longue date.

Je la laissai conduire sa Packard vers une maison à toit plat bâtie sur une des collines surplombant la ville. Lorsque fûmes en vue de la résidence de Humphreys, nous aperçûmes une voiture arrêtée devant le perron.

— C'est la Studebaker d'Albert, dit Miranda. Entrez seul. Je ne veux pas le voir.

Je fis un signe d'acquiescement et montai lentement les marches menant à la véranda. Le D.A. ouvrit la porte avant que j'aie eu le temps de frapper. Il avait les traits décomposés.

— Graves est ici, déclara-t-il tout bas.

Il ferma le battant derrière moi et m'entraîna dans un coin de la véranda.

— Il est arrivé il y a quelques instants, poursuivit-il. Il m'a avoué avoir tué Sampson.

— Qu'est-ce que vous avez l'intention de faire ?

— J'ai téléphoné au shérif. Il a promis de se mettre en route immédiatement... — Il se passa la main dans les cheveux et ajouta d'une voix de mauvais tragédien : — C'est incompréhensible ! Je n'aurais jamais cru cela d'un homme essentiellement bon comme Albert Graves.

— Le crime est une maladie contagieuse, répondis-je. Ce n'est certainement pas la première fois que vous êtes à même de le constater.

— Oui, mais jusqu'à présent l'épidémie ne s'attaquait pas à mes amis. Je me demande si Bert jouit de toutes ses facultés.

— La responsabilité est une notion relative, Humphreys. Et pour moi, il est entièrement responsable. Il voulait s'enrichir, il a tenté et il a échoué.

— Certes, mais l'assassinat de Sampson est une chose tellement compliquée. Au fond, en le supprimant, Graves se vengeait du monde.

— Seriez-vous devenu anarchiste ?

Il secoua la tête.

— Non. Mais j'avoue que ses aveux m'ont impressionné. De toute ma carrière de magistrat je n'ai vu d'homme plus malheureux. Ce n'est plus qu'une loque.

Je retournai auprès de Miranda.

— Graves est chez le D.A., lui annonçai-je.

— Et il a tout avoué ?

— Tout. Il n'avait plus la force de bluffer. Si personne ne l'avait soupçonné, il aurait peut-être tenu le coup. Mais il savait que j'étais au courant. Alors, son fond d'honnêteté a repris le dessus et il est allé tout dire à Humphreys.

— Je suis contente qu'il l'ait fait...

Mais, quelques secondes plus tard, elle éclata en sanglots.

Je l'écartai doucement du volant et pris sa place. Elle continua de pleurer pendant que je descendais vers la ville dont les lumières semblaient scintiller comme des étoiles.

J'aurais pu passer mon bras autour des épaules de Miranda. J'aurais pu l'embrasser et essayer de la consoler. Et elle l'aurait certainement accepté. Mais je ne le fis pas, car elle m'aurait détesté huit jours plus tard. Et, dans six mois, je l'aurais haïe. Elle appuya sa tête contre mon bras pour mieux pleurer, mais cela ne m'engageait à rien. Elle aurait agi de même avec quiconque se serait trouvé à côté d'elle.

La voiture du shérif nous croisa au pied de la colline, se dirigeant vers la maison à toit plat où Bert Graves attendait le châtiment.

William P. McGivern

UNE NUIT PAS COMME LES AUTRES

Night Extra
1957
Traduction de Louis Saurin

1

La première édition du *Call-Bulletin* devait être bouclée à neuf heures et quand arrivait huit heures cinquante-cinq, tout le monde, dans la grande salle de rédaction brillamment éclairée, était sous pression. Les reporters et les rewriters s'arrêtaient à chaque instant pour consulter la grande pendule, au-dessus du bureau du rédacteur en chef, et réglaient leur allure sur l'avance régulière de la grande aiguille phosphorescente.

Quand le téléphone sonna, Sam Terrell ne leva pas le nez de sa machine à écrire ; il termina son paragraphe et décrocha. A son oreille, une voix murmura :

— J'ai quelque chose qui peut intéresser Terrell. Il est là ?

— Terrell à l'appareil.

— Vous répondez vous-même, hein ? Le petit côté démocratique ?

— Qui est à l'appareil ?

— Aucun intérêt, Sam. Ce qui importe, c'est que j'ai un tuyau pour vous sur Caldwell, notre cher candidat chaste et pur.

L'informateur avait une voix rauque aux inflexions lourdement ironiques. Terrell dressa l'oreille. Les élections avaient lieu dans quinze jours et tout ce qu'on pouvait trouver sur Caldwell avait priorité.

Il ne restait plus que quelques secondes avant de boucler la première édition. Une sonnerie d'avertissement retentit et les rewriters se mirent à appeler les garçons de bureau à grands cris. Cette impression de bruit et de confusion était trompeuse. Sous ce tintamarre, le travail se faisait, vif et précis, grâce à une longue habitude. Terrell colla le récepteur à son oreille :

— O.K. J'écoute.

— Vous connaissez Eden Myles ?

Terrell la connaissait de vue. C'était une chanteuse de cabaret entretenue par un petit voyou nommé Frankie Chance.

— J'ai entendu parler de cette dame, dit-il.

— Une dame ? (L'informateur fit claquer sa langue sur son palais.) Enfin, si ça vous fait plaisir. Bref, ça fait un mois ou deux qu'elle accorde ses faveurs à Richard Caldwell. Ils se sont vus cinq ou six fois, dans le plus grand mystère. Mais quelqu'un l'a vue entrer chez lui, à son hôtel. C'était fatal. Renseignez-vous et vous aurez un papier du tonnerre.

Terrell tendit le bras et prit ses cigarettes, le cœur battant d'excitation.

— Quelqu'un d'autre est au courant ?

— Rien que vous et moi, mon joli.

— Je serais heureux de vous payer un verre. Pour vous remercier de vive voix.

— Laissez tomber. D'ailleurs, je suis au régime sec. Bonne chance, Sam.

— Une seconde...

Mais l'autre avait déjà raccroché. Terrell agita machinalement le crochet puis il raccrocha à son tour. Richard Caldwell et Eden Myles. Une association incongrue. Caldwell était un idéaliste qui se lançait dans la politique par devoir, avec toute sa conscience. Et Eden Myles était une fille de très moyenne vertu. Chanteuse, entraîneuse, mannequin, le tout sur une très petite échelle. Même son Frankie Chance n'était que du menu fretin.

— Ollie, dit Terrell à son voisin, le vieux journaliste Ollie Wheeler. Dis-moi, Ollie, qu'est-ce que tu penses de Rich Caldwell ?

— C'est un réformateur. Il a renoncé à une carrière fort lucrative au barreau pour se présenter aux élections municipales de cette ville arriérée. Et il a autant d'entregent politique qu'une éclaireuse de bonne famille. Il va se faire bouffer par le système, jusque et y compris les os et la moelle.

Ollie ricanait mais ses yeux étaient tristes.

— Et s'il gagne ?

— Fais pas l'andouille.

— J'ai assisté à des réunions. Il attire la foule.

— Des mômes, des potaches, pas des voix. Non, blague à part, Sam, c'est impossible. Des types comme Ike Cellars, le maire Ticknor... tu te figures qu'ils vont abandonner leur bon petit fromage ?

— Tu es cynique.

— J'ai le don de voir ce qui se trouve sous mon nez. Si c'est ça que tu appelles du cynisme, parfait.

Terrell se renversa dans son fauteuil et alluma une cigarette. Eden Myles et Richard Caldwell... Le coup de feu était passé à présent, la première édition tombée. Les rédacteurs et les chroniqueurs traînaient dans la longue pièce et se dirigeaient vers les lavabos et les distributeurs d'eau glacée. Une ou deux machines hachaient encore le silence vertueux. Les garçons de bureau allaient d'une table à l'autre en prenant les commandes de café, de sandwiches, de cigarettes ou d'aspirine. La fièvre recommencerait à monter dans une demi-heure à mesure que les textes et les photos rentreraient pour la seconde édition. Dans le silence bienfaisant, Terrell fumait sa cigarette en paix. De son coin, il pouvait voir le rewriting, le bureau du rédacteur en chef et l'immense bureau de Mike Karsh, tout vitré, qui dominait la salle de rédaction en forme de L. Terrell pensait encore à Eden Myles et Richard Caldwell. Il savait que l'histoire était intéressante sans avoir à analyser son intuition. Parce que Eden Myles était l'amie de Frankie Chance et que Frankie Chance travaillait pour Ike Cellars...

Terrell se leva, traversa la salle et alla s'asseoir au bureau du rédacteur en chef. Williams lui sourit et demanda :

— Et les calembours ? Ça marche ?

— C'est la morte saison. J'en ai pas fait un de la semaine.

Frank Tuckerman, un gros garçon débonnaire chargé des faits divers et des voitures radio, était penché sur le haut-parleur de la police, au bout du bureau, son oreille choisissant machinalement les informations intéressantes dans l'amas de rapports, d'ordres et de nouvelles chiffrées qui lui parvenaient sans interruption.

Poole, le rédacteur en chef adjoint, regarda Terrell :

— J'ai lu ton papier sur les petites réunions de quartier de Caldwell. Tu crois que la foule y croit ? Les étudiants, les mères de famille, le, ouvrez les guillemets, petit peuple, fermez les guillemets, tu penses vraiment qu'ils marchent avec Caldwell ou qu'ils assistent simplement aux réunions histoire de passer le temps ?

— Ils m'ont paru pleins de bon sens, répliqua Terrell. (Il se tourna vers Tuckerman qui, pour l'instant, ne faisait rien.) Dis-moi, Tuck, tu connais Frankie Chance ?

— Assez pour ne pas lui adresser la parole, murmura Tuckerman de sa voix douce. C'est une petite frappe prétentieuse. Il fait les commissions d'Ike Cellars. Mais il est loin d'être fou.

— Et sa môme, Eden Myles ?

— Je me suis laissé dire qu'ils s'étaient engueulés, il y a de ça un mois ou deux. Elle travaillait au club d'Ike, *Les Manoirs*. Elle doit y être encore, je suppose. Mais elle a quitté Frankie. C'est une assez jolie fille.

Terrell tourna la tête vers le bureau vitré de Mike Karsh. Il aurait aimé lui demander ce qu'il pensait de ce tuyau, mais Karsh était en conférence avec Max Ryerson, le rédacteur en chef aux sports, et un golfeur professionnel qui venait de signer un contrat avec la chaîne des journaux appartenant au *Call-Bulletin*. Terrell pouvait voir que Karsh les dominait tous les deux ; il travaillait seize heures par jour, et ressemblait moins à un être humain faillible qu'à une infatigable mécanique, un composé d'énergie pure.

Terrell prit sa veste et son chapeau, prévint la standardiste qu'il sortait et prit un taxi jusqu'au *Vanderbilt Hotel*, où Caldwell avait installé son quartier général.

La permanence de Caldwell se trouvait au second, dans une salle de bal surchargée de miroirs, de colonnes dorées et de panneaux où des amours joufflus poursuivaient des papillons. Une douzaine d'étudiantes, assises à des tables à jeu, distribuaient des tracts, des insignes de boutonnière et des affichettes à coller sur les pare-brise des voitures. Terrell se dit qu'elles auraient pu toutes sortir d'un moule : chandail de cachemire, un rang de perles, jupe de tweed et mocassins, et toutes brûlaient de l'ardeur du sacrifice et du martyre. Le maire Ticknor les avait baptisées les « Vierges de Caldwell » et quelqu'un d'autre avait ajouté : « On a le choix entre les Vierges pures et les Prêtresses de Vénus, dans ce patelin ! » Mais Terrell savait que ces jeunes filles graves et sérieuses étaient une véritable puissance.

A chaque extrémité de la salle, une grande photo de Caldwell souriait d'un air fat à ses volontaires affairées. C'était un bel homme d'une quarantaine d'années, aux traits fins, à la mâchoire solide et aux yeux doux et intelligents. Son portrait ne révélait aucun signe particulier. Il avait plutôt l'air d'un caissier de banque ou de l'agent d'assurances idéal tel qu'on le représente dans les clichés publicitaires. Mais Terrell savait qu'il était beaucoup plus imposant, en chair et en os. Il émanait de lui une force tranquille, droite et butée, qui frappait ses auditeurs. Le journaliste se dit qu'ils auraient dû faire faire une meilleure photo, quelque chose de moins protocolaire et de plus engageant. Mais les conseillers de Caldwell n'étaient que des amateurs de bonne volonté. Ils travaillaient maladroitement, lourdement, et refusaient de « jouer le jeu ». Ils étaient tellement fanatisés par Caldwell qu'ils ne se donnaient pas la peine de le mettre en valeur.

Une des jeunes filles s'approcha de Terrell avec un insigne mais il lui sourit et refusa. Puis il donna son nom et demanda à voir Caldwell.

— M. Caldwell est absent pour l'instant, mais ne partez pas, je vous en prie. Je sais que M. Sarnac sera enchanté de vous recevoir. C'est notre chargé de presse.

Elle partit en courant, sa queue de cheval sautant sur ses épaules, et les autres jeunes filles considérèrent le journaliste avec intérêt.

Quelques secondes plus tard, un petit homme surgit d'une porte, au fond de la pièce, et se hâta vers Terrell. Ils se serrèrent la main, se présentèrent et Sarnac lui proposa de passer dans son bureau avec un petit rire nerveux :

— Nous serons à l'abri de tout ce brouhaha. Il y a toujours une de ces foules, ici... Notez cela pour votre article. Le côté humain, n'est-ce pas ? C'est ce que vous appelez le document vivant, je crois.

« Des amateurs », se dit Terrell, en suivant Sarnac dans un

vestiaire transformé en bureau. Des classeurs et des tables occupaient tout un côté de la petite pièce et des photos et des affiches s'entassaient devant la fenêtre.

— Que puis-je pour vous, monsieur Terrell ? Asseyez-vous donc, dit Sarnac en ôtant une pile de tracts d'une chaise pour les poser par terre. Tenez, mettez-vous là, je vous en prie. Je crains que nous ne soyons pas très organisés. Mais nous n'avons pas à nous plaindre.

Il sourit d'un air un peu mélancolique. C'était un petit bonhomme au teint brouillé, vêtu d'un costume gris fripé ; avec ses lunettes sans monture, il aurait pu aisément se perdre dans n'importe quelle rue encombrée.

— Quelle est votre position dans le parti ? lui demanda Terrell.

La question parut décontenancer Sarnac.

— Moi ? Eh bien, je suis le chargé de presse de M. Caldwell. J'ai rédigé des tracts, des manifestes pour la radio et la télévision, ce genre de choses.

— Vous touchez un salaire régulier ?

— Non. Le Collège de l'Union a bien voulu m'accorder un congé de six mois, répondit-il, perplexe. Mais j'avais cru comprendre que vous désiriez m'entretenir de M. Caldwell ?

— En effet. Je m'égarais. (Terrell n'avait pas parlé au hasard : il voulait prendre Sarnac par surprise.) Si Caldwell est élu, regagnerez-vous votre collège ? Ou bien resterez-vous à ses côtés ?

— Je ne sais pas trop... Je n'ai pas encore pris de décision.

— Pouvez-vous me parler d'Eden Myles ? Je sais qu'elle a vu souvent Caldwell. Mais j'aimerais connaître le fond de l'histoire. (Terrell sourit en voyant l'air accablé de son interlocuteur.) Il n'y a jamais de secrets dans une campagne électorale. En tout cas, jamais bien longtemps.

Sarnac se leva et ôta ses lunettes.

— Je ne sais absolument pas de quoi vous parlez. Vraiment.

Terrell laissa planer une gêne dans la petite pièce poussiéreuse. Sarnac remit ses lunettes et alla s'asseoir à son bureau.

— Vous m'avez bien entendu ! Je ne sais pas où vous avez pu entendre cette rumeur absurde, mais je puis vous assurer qu'elle est dénuée de tout fondement.

— Oh, je vous en prie, murmura Terrell d'un ton excédé.

— Je n'ai rien d'autre à vous dire.

— Vous démentez formellement le fait que Caldwell et Eden Myles aient eu... euh... des conférences ?

— Je ne démens rien du tout. Je me refuse à tout commentaire.

— Dommage, soupira Terrell en se levant.

— Une minute. Voulez-vous me dire où vous avez entendu répandre ce bruit ?

— Non. Cependant, puisque c'est un faux bruit, qu'est-ce que ça peut vous faire ?

Sarnac se leva, fit le tour de son bureau et se planta devant le journaliste d'un air malheureux.

— Il me semble que nous avons pris un mauvais départ. Je ne voulais pas vous fâcher. Mais il est impossible que vous vous serviez de cette inqualifiable rumeur dans votre chronique.

— Je ne crois pas que ce soit simplement une rumeur. Et je pense que c'est un potin intéressant. Incomplet, non vérifié, mais intéressant tout de même.

— Vous ne pouvez...

— Ecoutez-moi, Sarnac. N'importe quel agent publicitaire à cinquante dollars par semaine est au courant de ce que je vais vous dire. Il est impossible d'empêcher les journaux de publier les nouvelles. Que ce soit bon ou mauvais, un coup de chance pour un parti ou un camouflet pour un autre... on publie tout. La seule chose qu'il vous reste à souhaiter, c'est qu'on orthographie correctement le nom de votre client.

Visiblement, Sarnac était troublé. Il était blême et de légères gouttes de sueur perlaient autour de ses lèvres.

— C'est une affaire extrêmement grave, dit-il. Ne pourrions-nous parler en confidence, d'homme à homme ?

— Non. Je ne suis ni un barman ni un chauffeur de taxi. Je n'écoute pas les potins pour m'amuser. Je suis journaliste. Tout ce que j'apprends, je m'en sers.

— Vous vous croyez malin, et dur, hein ? Un produit typique du *Call-Bulletin* et de Mike Karsh réunis !

— Laissez tomber Karsh. Et laissez tomber aussi le petit ton moralisateur. Vous cherchez à faire une affaire. Vous voulez bien me dire la vérité mais à condition que je ne m'en serve pas. C'est bien ça ?

— Pas tout à fait. Ecoutez, je vais vous dire tout ce que je peux, les détails, l'ensemble de la chose. Rasseyez-vous, je vous en prie. (Sarnac se frotta nerveusement les mains.) Je prends toute la responsabilité de ce que je vais vous déclarer. Eden Myles est venue nous voir il y a six semaines. Elle détenait certains renseignements sur la gestion de l'actuelle administration, le maire Ticknor et Ike Cellars, et elle désirait nous en faire part. Nous avons décidé d'un rendez-vous avec M. Caldwell, dans un appartement de l'hôtel Armbruster. Depuis, ils ont eu cinq autres conférences. Maintenant, vous comprendrez...

— Une seconde. Il la rencontrait seul à seule ?

Sarnac sourit.

— Nous sommes de pauvres gens naïfs et innocents qui ne devraient pas sortir sans leur bonne. En tout cas, c'est l'avis de

M. le maire Ticknor. Cependant, nous ne sommes pas idiots à ce point. Chaque fois qu'Eden Myles a rencontré M. Caldwell, il y a eu des témoins, des hommes et des femmes à la réputation sans tache. De plus, chacune des conversations a été enregistrée au magnétophone.

— Autre chose. Est-ce qu'Eden cherche à monnayer ses renseignements ?

— Non. Cela ressemble davantage à une vengeance. J'ai cru comprendre qu'elle avait rompu avec son amant en titre, un nommé Frankie Chance qui travaille pour Ike Cellars. Il me semble qu'Eden veut lui faire payer je ne sais quoi.

— Et quels sont les renseignements qu'elle apportait ? Intéressants ?

— Au début, non. Et nous n'espérions pas grand-chose. Nous pensions qu'elle s'imaginait en savoir long uniquement parce qu'elle avait accompagné quelques individus trop connus dans des boîtes de nuit et aux courses. Et puis, pressée de questions, elle a retrouvé la mémoire. Elle a puisé des faits de plus en plus significatifs. Voilà dix semaines qu'elle plonge de plus en plus profondément, et qu'elle remonte... ma foi, il me semble que je me laisse emporter par bien des métaphores... Toujours est-il qu'elle remue pas mal de boue.

— Et qu'est-ce que ça prouvera ? Que Ike Cellars est à la tête de tous les rackets de la ville, que Ticknor a été constamment réélu pendant des années grâce à des élections frauduleuses ? Qu'il y a de la prévarication en haut lieu ?

— Rien de tout cela ne vous paraît intéressant ?

— C'est archiconnu, dit Terrell en se levant. Je serais étonné que cette fille vous apporte des preuves. Mais si tel est le cas, je serais heureux de les exposer. Et permettez-moi un conseil gratuit. Attention aux pièges et aux panneaux qui n'ont rien d'électoral !

— Nous nous débrouillons pas mal, merci.

Sur le seuil, le journaliste hésita. Il était surpris. L'attitude de ce petit homme solennel et un peu candide, les jeunes filles, cette atmosphère quasi religieuse... tout cela le tracassait. Il lança brusquement à Sarnac :

— Qu'est-ce que vous avez à gagner, là-dedans ?

— Je veux vivre dans une ville propre. En d'autres termes, je ne veux pas être dirigé par des Ike Cellars ou des Shaw Ticknor qui n'ont apporté à notre communauté qu'une désintégration morale. Je ne veux pas que mes enfants deviennent des cyniques, se moquant des vertus traditionnelles et acceptant que l'administration se rie de l'honnêteté et du travail.

— Je ne vais pas vous disputer vos idées. Je suppose que vous êtes pour le salut au drapeau le jour de la Fête nationale et l'interdiction de la marijuana dans les écoles.

Sarnac ne répondit pas tout de suite. Il examina le journaliste d'un air réfléchi. Enfin il déclara :

— Oui, j'imagine que je dois vous amuser. Mais permettez-moi de vous dire quelque chose. Pendant dix-huit ans, j'ai été professeur d'histoire et je crois savoir ce qu'il advient des sociétés qui considèrent la décadence comme une bonne plaisanterie. Pendant dix-huit ans, j'ai expliqué à des jeunes filles indifférentes ce qui avait fait le malheur de Rome et d'Athènes et comment elles avaient perdu les grandes choses qui en faisaient des civilisations non seulement belles mais bonnes. Eh bien, je me suis lassé de parler des vices qui sévissaient il y a quelque deux mille ans. Nous avons les mêmes problèmes ici, en ce moment. Je ne m'en suis rendu compte que le jour où j'ai entendu Caldwell dénoncer les gangsters qui ont la haute main sur notre ville. Le soir même, j'ai demandé mon congé et j'ai dit à ma femme que le voyage en Europe que nous projetions depuis douze ans était remis indéfiniment.

Sarnac prit une cigarette, mais sa main tremblait tellement qu'il ne put l'allumer.

— Je regrette ce sermon, reprit-il. C'est une de mes mauvaises habitudes.

— Peut-être, murmura Terrell en présentant la flamme de son briquet à Sarnac. Et peut-être pas, après tout.

2

Dans le hall de l'hôtel, Terrell chercha l'adresse d'Eden Myles dans l'annuaire : appartement 9, lotissement de Gray Gates. Il sortit sous le soleil glacé et fit signe à un taxi.

Le lotissement de Gray Gates était tout récent, fort élégant et très cher. A dix minutes du centre ville, ses fenêtres à petits carreaux et ses pignons Tudor donnaient sur une courbe étincelante de la rivière, l'Elmtree, et sur une petite chaîne de collines verdoyantes. Le bâtiment principal se dressait au milieu d'un parc boisé et ressemblait davantage à un manoir anglais qu'à un immeuble fonctionnel équipé de télévisions, de vide-ordures et d'ascenseurs perfectionnés. Les deux ailes encadraient une pelouse quadrillée d'allées sablées qui menaient à la piscine, aux courts de tennis et au solarium. Terrell savait qu'il y avait peu de choses que l'on ne puisse acheter à Gray Gates. Il y avait des bains de vapeur parfumés, des masseurs et des masseuses, des bars et des salons et, le plus important aux yeux de Terrell, une atmosphère de classe, de luxe et de beauté. De célèbres joueurs y possédaient des appartements capitonnés où l'on jouait gros, et certains hommes d'affaires y faisaient de courts et discrets séjours. On y entretenait aussi autre chose que l'amitié : les jeunes personnes en étole de vison traînant des caniches nains formaient l'essentiel de la faune de ce lieu charmant.

Terrell frappa à la porte d'Eden Myles et s'entendit répondre :

— Une seconde. Je suis presque visible.

— Ne vous habillez pas pour moi.

Terrell alluma une cigarette et jeta l'allumette dans une urne pleine de sable à côté de l'ascenseur. Quelques secondes plus tard, la porte lui fut ouverte par une fille blonde en short blanc très court, avec une chemise d'homme jaune vif. Elle lui sourit, tout en nouant les pans de la chemise sur son estomac.

— Vous devez chercher Eden. Je m'appelle Connie Blacker et je ne suis arrivée qu'hier soir.

Elle était merveilleusement bronzée et ses cheveux coupés court, décolorés par le soleil, enserraient sa tête comme un petit casque découpé. Sans le moindre maquillage, son visage avait la fraîcheur et la fausse innocence d'un petit garçon.

— Savez-vous quand Eden sera de retour ? demanda Terrell.

— Non. Elle est partie pendant que je dormais encore, dit la jeune fille, puis elle hésita avec un sourire indécis. Est-ce que je dois vous faire entrer ?

— Ce serait plutôt gentil.

— Eden ne m'a pas donné une liste d'amis. Vous êtes de ses intimes ?

— Oui, mais c'est un secret, à cause des enfants, plaisanta le journaliste. Je m'appelle Terrell, Sam Terrell. Je travaille dans un grand journal.

— Vous savez, vous avez bien une tête de reporter. En général, les journalistes que j'ai vus avaient des têtes de flic. Mais vous... je ne sais pas... vous avez un petit air intéressant et malsain.

— J'avais toujours pensé qu'on finirait par le remarquer, dit Terrell en pénétrant dans le living-room.

La grande baie s'ouvrait sur un paysage de théâtre, un bosquet d'érables, des sapins et, au loin, les sombres collines. Gray Gates tournait le dos à la ville, au bruit, au travail et à la poussière. La grande pièce éclatait de couleurs avec son tapis violet, ses murs jaunes et ses meubles beiges et vert acide.

— Vous prendrez du café ? proposa la jeune fille. Je viens de le faire.

— Volontiers, merci.

— Ça ne vous fait rien de venir dans la cuisine ? Comme ça, je pourrais continuer de repasser. Je suis descendue du car hier soir tard, et toutes mes affaires ont grandement besoin de mes soins les plus attentifs.

— A vrai dire, j'adore les cuisines. C'est là que ma famille vivait les trois quarts du temps. On mangeait là, sauf le dimanche, et on y buvait de la bière le samedi soir.

Il la suivit le long d'un petit couloir et s'assit dans une cuisine reluisante, constellée de manettes et de rhéostats, de leviers et de pendules, où tout devait marcher tout seul. Aux yeux inexpérimentés de Terrell, cela parut prodigieux.

— La nôtre ne ressemblait guère à ça, dit-il. Nous avions un fourneau à bois et une pompe à bras.

— Ah ! Un paysan !

— Tout juste. Iowa. Culture du maïs.

— Sans blague ? Moi, je suis de Davenport !

— La ville tentaculaire, hein ? C'est là que vous avez fait la connaissance d'Eden ?

— Oui.

Elle posa devant lui une tasse de café, un pichet de crème et du sucre.

— Oui. Pendant ma première année d'université, j'ai gagné un concours de chant et ça m'a valu un mois de travail dans la boîte de nuit de l'endroit. Eden y passait aussi. Elle a été merveilleuse avec moi et m'a fait promettre de lui écrire. Alors je l'ai fait. Eden insistait pour que je poursuive mes études, mais...

Elle s'approcha d'une étroite planche à repasser en aluminium et prit un corsage sur une pile de linge humide soigneusement roulé.

— Alors, me voilà. Accrochée aux jupons d'Eden. Elle pense que je pourrais trouver du travail aux *Manoirs*.

— Pour chanter ?

— Mon Dieu, oui. Je ne suis pas formidable mais je m'arrange pour chanter juste. Et je plais aux vieux messieurs. C'est important, je crois.

— Sans aucun doute.

Terrell inclina gravement la tête. Elle était tout occupée à son repassage et le journaliste admira ses jambes. Jamais il n'en avait vu de plus belles. Même en talons plats, elles étaient ravissantes, minces, lisses et bronzées, à peine musclées, en un mot, parfaites.

— Vous connaissez M. Cellars ? demanda-t-elle.

— Ike Cellars ? Un peu.

Elle leva la tête pour le regarder.

— Pourquoi dites-vous ça comme ça ?

— Ma voix tremblait de respect. C'est tout. Vous l'avez déjà rencontré ?

— Non, mais Eden va s'en occuper.

Terrell lâcha la bride à ses intuitions.

— Et Frankie ? Vous le connaissez ? demanda-t-il d'un ton détaché.

— Frankie Chance ? Hier soir, un instant. Il est venu prendre un verre. Il devait être assez tard.

Terrell eut un mince sourire. De toute évidence, Eden et Frankie s'étaient rabibochés. Mais y avait-il eu rupture ? Terrell consulta sa montre et se leva.

— Merci pour le café, Connie, mais il faut que je me sauve. Vous direz à Eden que je suis passé, vous serez gentille.

— Pas de commission ?

— Je lui passerai un coup de fil plus tard.

C'est alors qu'ils entendirent un claquement de talons hauts dans l'entrée. Connie s'écria :

— La voilà. Vous avez bien fait d'attendre.

— C'est mon jour de chance.

Le bruit de pas s'approcha et Eden Myles poussa la porte de la cuisine.

— Connie, est-ce qu'il y a eu des coups de téléphone pour...

Elle s'interrompit en voyant Terrell.

— Qu'est-ce que tu veux, Sam ? dit-elle en lançant un regard soupçonneux à Connie. Qu'est-ce qu'il vient fiche ici ?

— Il m'a dit qu'il était un de tes amis, dit Connie

— Très drôle. A mon avis, les journalistes sont encore pires que les flics. Bon, ça va. Qu'est-ce que tu voulais ?

— Du café, dit Terrell. Tu en veux, Eden ? Il est excellent.

— Qu'est-ce que tu voulais ? répéta Eden.

Elle ne souriait pas. Raide et furieuse, sa mince silhouette de mannequin s'encadrait dans la porte. Terrell trouva que les deux jeunes filles formaient un parfait contraste. Eden était une brune provocante, tendue, svelte avec un visage émacié de photo de mode. Elle était vêtue d'un tailleur noir au col relevé et ne portait qu'un seul bijou, un lourd bracelet d'argent au poignet gauche. A côté d'elle, Connie avait l'air d'un gamin, un gamin aux jambes parfaites. Terrell remarqua distraitement :

— Pourquoi vois-tu si souvent Caldwell, Eden ? C'est ça que je suis venu savoir.

Eden le prit très bien. Elle le dévisagea en silence pendant au moins dix secondes, puis elle répliqua :

— Ça ne te fait rien de foutre le camp ? J'ai des choses à faire.

— Bouche cousue, hein ? Sans commentaires ? C'est ce que m'a dit Sarnac, au début. Mais il a fini par céder.

— Fous-moi le camp d'ici !

— Comme tu voudras, Eden.

Terrell lui fit un petit salut désinvolte et s'en retourna vers le living-room. Connie lui courut après et le prit par le bras avant qu'il passe la porte.

— Ne partez pas, je vous en prie. Elle a peur de quelque chose. Je sais qu'elle veut vous parler.

— Ecoutez, dit Terrell. (Ils pouvaient entendre le pas d'Eden dans le couloir.) Vous voyez, ce que c'est que la psychologie !

— Vous êtes assez répugnant !

— C'est l'opinion générale.

Eden pénétra dans le living-room, le dos courbé, l'air las et vaincu. Elle paraissait avoir abdiqué toute fierté et sa volonté ne pouvait plus dissimuler la peur qu'elle éprouvait.

— Je m'excuse, dit-elle. Est-ce que nous ne pourrions pas reprendre la scène un ton plus bas ?

— Essayons toujours.

— Oui, j'ai bavardé avec Caldwell, dit-elle en s'asseyant sur l'immense divan jaune ; elle croisa ses fines chevilles et se détourna de Terrell. Je voulais me venger de Frankie Chance parce que... Mais c'est inutile d'en parler. C'était ridicule et méchant, un coup de garce, je le sais. Et puis une fois que j'ai eu commencé, il m'a semblé que c'était une bonne chose à faire. Ça paraît peut-être un peu mélo ? C'est pourtant la vérité. Vous ne connaissez peut-être pas Caldwell. C'est un honnête homme. Il est bon et doux ; c'est un homme propre. Oui, je sais, de plus en plus mélo. Mais c'est comme ça. J'ai eu le coup de foudre pour ce gars-là. D'une façon bizarre. Je le respecte et j'aimerais qu'il me respecte aussi. Je ne sais pas ce que Ike Cellars va faire. Si je disais que je n'ai pas peur, je mentirais. Mais je tiens à continuer. Il ne peut pas m'arrêter, Sam.

— Il ne pourra peut-être pas, murmura Terrell, pensif. Mais dis-moi, Eden, est-ce que tu as des preuves ? Une accusation particulière et précise ? Des noms, des dates, des documents, des témoins... c'est ça qu'il te faut. Les rumeurs et les potins, on en fabrique treize à la douzaine à tous les coins de rue. Cellars et Ticknor s'en balancent.

— Je sais des choses qui peuvent lui faire mal.

— Quoi, par exemple ?

— C'est pour Caldwell. Il en fera ce qu'il voudra.

Terrell se tut un moment, puis il reprit :

— Eh bien, je vous souhaite bonne chance à tous les deux. Tu mérites une médaille, Eden. Tu ne la recevras peut-être jamais, mais tu la mérites bien.

— Tu parles...

Terrell se tourna en souriant vers Connie.

— Pourrais-je vous payer un café un de ces jours ?

— Quand les poules auront des dents, rétorqua-t-elle froidement.

— Eh bien, je me sauve. Au revoir, les enfants.

Terrell prit l'ascenseur, déçu et irrité. Quelque chose ne collait pas. Toute cette affaire sentait l'eau trouble à plein nez. Des révélations spectaculaires inspirées d'abord par la vengeance, puis par un sens du devoir et de la vertu soudain éveillé... Le rôle d'Eden était un parfait scénario aux répliques de rêve.

Mais qui jouait le rôle de bouc émissaire ? C'était cela qui intriguait Terrell.

Le journaliste prit un taxi pour aller au journal et déjeuna à son bureau d'un sandwich en travaillant au premier brouillon de sa chronique du lendemain. Quand ce fut construit, il appela Mike Karsh qu'il pouvait apercevoir dans son bureau en train de feuilleter la dernière édition. Karsh répondit au téléphone puis il se retourna et fit signe à Terrell de venir le rejoindre.

— J'ai besoin de dix minutes de votre temps, Mike.

— Que se passe-t-il ?

— Une nouvelle. Une sacrée nouvelle. J'aimerais savoir ce que vous en pensez.

— Ecoutez, Sam, si nous dînions tranquillement ensemble ce soir ? On discuterait le coup. D'accord ?

— Bon. Où ça ?

— Au *Ridgeland*, par exemple ? Vers huit heures ? Ça va ?

— A tout à l'heure.

Le *Ridgeland* n'avait rien du petit bistrot tranquille, mais si Karsh tenait à ses illusions, Terrell n'y voyait pas d'inconvénients. Il avait l'impression de bien comprendre les besoins de Karsh.

3

Situé au centre de la ville, le nouvel hôtel *Ridgeland* pourvoyait aux besoins d'une clientèle de luxe — au portefeuille bien garni et aux goûts dispendieux. Karsh y habitait, et Terrell se demandait comment il pouvait se le permettre tant au point de vue financier qu'esthétique. Tout y était incroyablement cher, mais Karsh aimait jeter l'argent par les fenêtres, le plus ostensiblement du monde. Il n'économisait jamais, se moquait des tuyaux boursiers et il était capable de miser le double du salaire mensuel de Terrell sur un cheval.

La direction du *Ridgeland* le traitait comme un monarque régnant. On avait abattu des cloisons de façon à lui donner un appartement de quatre pièces au vingtième étage et on lui avait fait installer un bar, une petite cuisine, un grill sur la terrasse et une télévision à peu près en cinémascope. Tout cela paraissait amuser

Karsh Il n'avait qu'à regarder autour de lui pour se persuader qu'il employait sagement son argent.

Quant à l'esthétique, Terrell était stupéfait que Karsh puisse supporter l'atmosphère et la clientèle du *Ridgeland*, où chaque tapeur, chaque petit mouchard et chaque vendeur de courant d'air se faisaient un point d'honneur de viser son portefeuille. En ce moment même, quand Terrell s'encadra dans la double porte de la grande salle à manger, il vit que Karsh était déjà en butte à l'assaut des parasites — un représentant du syndicat, un joueur, et deux agents de publicité qui s'étaient installés d'autorité à sa table habituelle. Ce n'étaient pas de mauvais bougres. Ils étaient simplement avides, et capables de toutes les bassesses pour s'abreuver aux sources du pactole de Mike Karsh. George, le maître d'hôtel, précéda le journaliste à travers la piste de danse. Mike Karsh sourit en le voyant :

— Trouvez-vous une chaise, Sam. Notre petit dîner tranquille prend des allures de congrès.

Karsh était vêtu d'un costume gris foncé admirablement coupé et d'une chemise de pur lin blanc avec une cravate de soie naturelle au discret dessin bleu foncé. Il paraissait incroyablement distingué et légèrement ivre ; son épaisse chevelure grise encadrait régulièrement son front hâlé mais son sourire las donnait de la bande. Terrell s'assit à côté de lui et le maître d'hôtel s'informa :

— Vous désirez commander tout de suite, monsieur Karsh ?

— Tout à l'heure, dit Karsh. Vous connaissez tout le monde, hein ? Myers, Carruthers... (Puis il regarda les deux agents publicitaires et hocha la tête.) Je ne les connais pas. Des espions, sans doute, avec des passeports martiens.

Une belle rousse vint s'asseoir à côté de Terrell et Karsh la désigna d'un signe de tête.

— Sam, voici Bill. C'est son imprésario qui l'a baptisée Bill, pas sa maman.

La rouquine fit une moue charmante.

— Vous n'allez pas raconter ça dans votre chronique, j'espère, monsieur Terrell, minauda-t-elle.

— C'est promis.

Un des agents de publicité se pencha et lui toucha le bras :

— Ecoutez, Sam, cartes sur table. Nous lançons cette petite pour les Studios Video. Karsh a dit des choses amusantes sur elle, au fait.

— Je demanderai à Mike de me parler d'elle, dit Terrell, quand nous serons seuls.

Karsh eut un sourire qui fit le tour de la table.

— Sam et moi, nous avons du travail, ce soir. Vous nous excuserez, n'est-ce pas ?

— Nous pourrions trouver une autre table, observa Terrell, sarcastique. Inutile de déranger ces messieurs.

Lesdits messieurs se levèrent vivement, sourirent à Karsh et s'éloignèrent en groupe vers le hall, après avoir bu sans débourser autre chose qu'un peu de dignité humaine.

— Des types formidables, déclara Karsh en pontifiant. De vieux copains de régiment. Ils m'appelaient le Vieux. M'auraient suivi au bout du monde. (Il les suivit des yeux jusqu'aux marches du hall.) Ah, les effroyables bonshommes ! Tenez, prenons un verre, et racontez-moi votre histoire.

Terrell lui raconta ce qu'il avait appris par Sarnac et par Eden Myles et attendit sa réaction. Au bout d'un moment, Karsh observa :

— Il manque un chaînon. Qu'est-ce qu'Eden Myles espère ? Je ne crois pas à cette histoire de vengeance et encore moins à sa conversion subite. A mon idée, elle se fait payer.

— Sarnac prétend que non.

— Il faut vérifier. Si elle se déboutonne pour de l'argent, nous pourrons surenchérir.

Le maître d'hôtel s'approcha, le menu à la main. La cuisine du *Ridgeland* était remarquable, mais Karsh commanda des légumes à l'eau et des œufs mollets.

Terrell se tourna vers Karsh.

— Que pensez-vous de Caldwell ?

— Vous l'avez vu aujourd'hui ?

— Non. J'ai causé avec Sarnac.

— Caldwell est un drôle de type, soupira Karsh. Un réformateur ressemble assez à une veuve d'un certain âge dont les enfants ont grandi et qui est honnêtement assurée. C'est-à-dire quelque chose comme un zéro. Pas de vie amoureuse, pas d'enfants à fesser, pas de fins de mois pénibles. La maison est en ordre. Cette situation serait insupportable à n'importe quel être humain, alors on se distrait en se mêlant des affaires des autres. Prenez Caldwell par exemple. Il a quarante-huit ans, a fait de bonnes études, son cabinet d'avoué marche bien. Il joue au tennis tous les mardis à son club, au golf à Fairhill qui est un club où l'Américain moyen ne pourrait entrer même avec dix-huit millions en poche.

Terrell sourit.

— Vous n'en faites pas partie vous-même ?

— Mais moi je suis un type bien. Je raconte des histoires sales en latin, dans le vestiaire. Pour en revenir à Caldwell, sa vie est nette, bien organisée, régulière et il arrive au retour d'âge masculin à la date normale. Alors qu'est-ce qu'il lui reste à faire ? La boisson ? A sa place, c'est ça que je choisirais, mais il faut de l'imagination. Alors ? Les collections ? Les manies ? C'est ça. Caldwell collectionne la propreté. D'abord il a fait redécorer sa maison et élaguer son parc probablement ; il a dû jouer avec sa lance d'arrosage et brûler des tas de feuilles mortes. Et puis il a regardé autour de lui et, à sa grande joie, il a vu une grande ville bien sale qui n'attendait que son coup de balai. Il s'est mis joyeusement au travail. Des milliers d'impasses nauséabondes, d'égouts malodorants et de politiciens puants à désinfecter et à brûler. Il est heureux comme un gosse chez un marchand de bonbons, comme un sadique lâché dans un camp de concentration.

— Je crois qu'il y a autre chose, murmura Terrell.

— Peut-être. L'intérêt de la communauté, le devoir avec un grand D, la morale... c'est possible, Sam. Mais je ne le crois pas.

Le dîner achevé, leur petit intermède d'intimité prit fin. Le joueur revint pour proposer à Karsh un pari sur le match de basket de Saint-Francis. Terrell savait que l'autre donnait une cote falsifiée, mais Karsh se laissa faire et paria une somme qui fit frémir le journaliste. La seconde vague apporta le représentant du syndicat et les deux agents de publicité.

— Où est passée Bill ? demanda Terrell avec la plus grande indifférence.

— Elle se refait une beauté. Ne vous en faites pas. Elle va se ramener.

— Je ne m'en faisais pas le moins du monde, dit Terrell en se levant.

Il croisa le regard de Karsh.

— Je file, Mike. Merci pour le dîner.

— Pas de quoi, petit. Vous êtes bien parti, ajouta Karsh en lui tapotant le bras.

Terrell quitta l'hôtel. Il plaignait Karsh qui, en dehors de son travail, paraissait si ridicule. Dans son bureau, il était un vrai chef, brillant et précis, au courant de tout ce qui se passait dans le journal. Mais sa vie privée n'était qu'un chaos. Il avait divorcé quelques années plus tôt, et les avocats de son ex-femme le saignaient à blanc. Il avait pris une maîtresse qui ne faisait que lui apporter un problème de plus sans résoudre celui de sa solitude. Il ne s'était jamais senti proche de ses enfants, un garçon et une fille, et il les voyait peu. La fille était mariée et vivait sur la côte du Pacifique et le gamin était un jeune homme trop distingué qui passait de temps en temps au journal pour discuter de ses ennuis pécuniaires.

Terrell était au courant de tout cela par ouï-dire, Karsh ne parlait jamais de ses problèmes personnels. Mais Terrell se dit que son cynisme n'avait rien d'étonnant. Tout en roulant en taxi vers le journal, le journaliste pensait qu'il aurait aimé pouvoir aider Karsh. Mais comment ? Lui dire de se détendre, de moins fumer. Terrell avait encore pour son patron une sorte d'admiration puérile et s'en voulait de l'avoir abandonné ce soir dans l'arène.

A dix heures et demie, le hall du *Call-Bulletin* était obscur et Terrell fut obligé de frapper sur les lourds panneaux de glace des portes pour attirer l'attention du portier de nuit. C'était l'heure calme, la longue attente mortelle avant l'édition de une heure du matin, la Spéciale de Nuit, qui n'était d'ailleurs pas une édition importante mais une simple recomposition de la huitième dernière avec quelques flashes de dernière heure et des dépêches d'agences.

Une équipe réduite était installée au long bureau de la rédaction, avec un café et des cendriers débordants de mégots. Le reste de l'étage était plongé dans l'ombre. Il n'y avait personne aux sports ni à la page féminine, et les grands réflecteurs, au-dessus de la pendule, illuminaient brillamment les hommes assis en rond autour du haut-parleur de la radio policière. Bill Mooney, un ancien chroniqueur à l'hôtel de ville, était responsable du service de nuit.

Terrell vit qu'Ollie Wheeler était assis à l'écart, en dehors du cercle de lumière, en pardessus, les pieds juchés sur une corbeille à papier.

— Un intoxiqué, remarqua Terrell. Tu ne peux pas t'arracher à la boîte.

— Ben, et toi ?

— J'ai du boulot.

— Veinard, dit Wheeler en prenant un flacon de whisky dans la poche de son pardessus. Moi, je m'ennuie à la maison. La riche oisiveté est la mère de la satiété. Ma pension de famille est trop affolante pour que j'y reste régulièrement. Alors je viens ici écouter les messages de la police, avec Mooney. C'est comme les dissonances d'une symphonie, l'oreille a hâte de retrouver le thème initial. Je passe une heure avec Mooney et je suis enchanté de retrouver ma petite chambre.

Terrell savait que Wheeler avait besoin d'être secoué. Un mot de compassion, et il fondrait en larmes.

— Bon sang, s'écria-t-il, tu es comme tous les vieux chevaux de retour qui traînent ici. Tu rigoles du mélo que nous faisons, des papiers sur la première hirondelle et des photos de gosses perdus qui jouent au commissariat avec le képi d'un flic. Pas de goût, du mauvais journalisme et tout le tremblement. Tu parles toujours de tout envoyer en l'air et d'écrire des romans amers. Mais une journée loin de la boîte et t'as le mal du pays !

— Vaut mieux entendre ça que d'être sourd, soupira Wheeler en laissant bruyamment retomber ses deux pieds par terre. De tous les sermons vertueux, de tous les laïus merdeux que j'ai entendus, celui-là, il a le pompon !

Terrell s'empara du flacon de whisky du vieux journaliste et en versa dans une tasse à café vide.

— C'est pas de refus, dit-il. Tu sais, Ollie, au fond, tu n'aimes pas boire. Mais tu as vu faire les reporters au cinéma.

— Pendant qu'ils crient à leur patron de foutre en l'air la une, ajouta Wheeler en riant.

— Ils sont toujours en train de stopper les presses, de recomposer la une... on se demande comment ils font pour que le journal finisse par tomber.

Mooney dit à Prince, le jeune stagiaire :

— Surveille la radio une minute et ne laisse rien passer. Les incendies se signalent par un son de cloche et une forte odeur de bois brûlé. Je vais aux choses.

Quand il eut disparu dans les ténèbres, Terrell se tourna vers Prince.

— C'est calme, ce soir ?

— Tout est calme, sauf lui, répliqua Prince avec un sourire en suivant Mooney des yeux.

— Ça fait partie de l'uniforme de journaliste. Tous les vieux reporters portent un masque de cynisme pour cacher leurs mauvais sentiments. Ne vous en faites pas.

Le haut-parleur réclama l'attention. La voix neutre du policier de service envoyait le brigadier du Seizième District à une adresse de Manor Lane. Quelques secondes plus tard, il envoya une ambulance à la même adresse. Prince répondit :

— Mais c'est tout de même râlant d'être traité comme un pauvre crétin demeuré !

Terrell leva la main.

— Une seconde !

Wheeler s'était levé et s'approchait du bureau, les sourcils froncés. Il repoussa son chapeau sur sa nuque et se pencha vers le haut-parleur :

— Est-ce qu'il a bien dit 224, Manor Lane ?

— Je crois bien, dit Terrell.

— C'est l'adresse de Richard Caldwell.

— Allez chercher Mooney, dit Terrell à Prince. Ollie, tu ferais bien de passer un coup de fil à la Seizième pour voir s'ils peuvent nous dire quelque chose.

Il prit l'annuaire et se rappela que la maison de Manor Lane appartenait à un ami de Caldwell qui se trouvait en Europe pour le moment. Caldwell habitait la banlieue et se servait de cette maison quand des réunions tardives ou des conférences le retenaient en ville. Il y demeurait avec son chauffeur, un vieil homme depuis des années à son service.

— Ollie, comment s'appelle le copain de Caldwell, celui qui a la maison de Manor Lane ?

— Seconde ! jeta Ollie en réclamant le silence d'un geste car il avait la Seizième Brigade au téléphone. Sergent, Ollie Wheeler du *Call-Bulletin*. Dites donc, qu'est-ce qui se passe ? On vient d'entendre que vous avez envoyé une ambulance chez Rich Caldwell. Attendez, eh là, quittez pas. Rien qu'un petit tuyau, sergent, en souvenir des copains... Ah merde, on a tous notre boulot ! Qu'est-ce que vous croyez ?... Bon, oui, je suis là. (Il mit sa main sur le combiné et regarda Terrell.) Pauvre trouduc affolé. Mais ça m'a l'air bougrement important, Sam. Qu'est-ce que tu me demandais ? Ah oui, Sims, il s'appelle, le gars de la maison. J. Bellam Sims.

— C'est ça.

Terrell feuilleta rapidement l'annuaire, trouva le numéro et le forma tout de suite sur le cadran. La sonnerie bourdonna à son oreille comme une lointaine abeille. Puis on décrocha enfin et une voix prudente répondit :

— Allô ?

— Qui est à l'appareil ? Je veux parler à Rich Caldwell.

— Vous ne pouvez pas... (Il y eut un silence, puis la voix reprit.) De la part de qui ?

— Sam Terrell du *Call-Bulletin*. Où est Caldwell ?

— Ecoutez, je ne peux pas vous parler. Il faut voir les inspecteurs.

— Attendez ! hurla Terrell. C'est un agent à l'appareil ?

— Paddy Coglan, de la Seizième.

— Ne raccrochez pas ! Attendez. Vous êtes seul ? Donnez-moi juste un petit tuyau, Paddy. Qu'est-ce qui se passe ?

— Je descendais l'avenue quand j'ai vu un type qui sortait de chez Caldwell en courant, répondit Coglan d'une voix basse et tendue. Je lui ai couru après et je l'ai perdu. Alors je suis revenu chez Caldwell. La porte était ouverte, tout était allumé dans les pièces de devant... Il... (Coglan retint sa respiration.) Le capitaine vient d'arriver, Sam. Vaut mieux que vous rappliquiez.

Il raccrocha. Terrell replaça le récepteur et regarda Ollie Wheeler qui parlait encore avec le sergent de service à la Seizième.

— Merci, merci infiniment, sergent, dit-il en se levant. Bien sûr, d'accord, merci.

Il raccrocha et se tourna vers Terrell :

— Mooney ferait bien d'appeler Karsh et de faire rappliquer les rewriters et les photographes. Ce soir, on va vraiment démolir la une. Il y a une fille morte chez Caldwell. Et Caldwell est ivre mort.

— Qui est la fille ? Eden Myles ?

— Vingt sur vingt, Sam. Ou plutôt, c'était. Caldwell vient de l'étrangler.

4

Manor Lane était une des avenues les plus élégantes de la ville. Les maisons y étaient petites, anciennes et affreusement chères, des hôtels particuliers à deux étages en général, avec des portails majestueux, et des portes aux lourds heurtoirs de cuivre poli.

Deux voitures de police noir et blanc étaient arrêtées au milieu de la rue, ainsi qu'une ambulance, et des groupes de badauds étaient massés sur les trottoirs, levant le nez vers les fenêtres de la maison de Caldwell. Les projecteurs rouges clignotants des autos de la police transformaient les visages des spectateurs en des masques sanglants et livides tour à tour. Terrell paya son taxi et s'approcha de l'agent en faction près de l'ambulance. Il le connaissait.

— Salut, Jimmy. On l'a déjà sortie de la maison ?

— Pas encore. Salut, Sam. Non. Le capitaine Stanko vient d'arriver. Avec un gars de chez vous. Les types du labo sont toujours dessus. C'est plutôt brutal, comme truc.

Terrell gravit le perron de pierre de la maison de Caldwell, salua l'agent en faction et entra. Il traversa le hall, pénétra dans le living-room et vit les techniciens du laboratoire, en manches de chemise, qui prenaient des mesures et des photos.

Le reporter du *Call-Bulletin* qui faisait les commissariats, un homme au cheveu rare nommé Nelson, parlait au téléphone, d'une voix basse et pressée. Terrell lui fit un signe de tête, se planta dans un coin tranquille et prit une cigarette.

Eden Myles était étendue au milieu de la pièce et Richard Caldwell, affalé dans un fauteuil profond, la tête sur la poitrine, respirait bruyamment. De temps en temps, un gémissement rauque lui échappait. Le capitaine Stanko, qui commandait le Seizième District, lui secouait l'épaule de sa grosse main rouge et un chirurgien de la police lui soulevait les paupières. Un indescriptible chaos régnait dans la pièce. Les hommes du labo enjambaient les chaises renversées et un inspecteur de la brigade criminelle nommé Evans contemplait un lampadaire écroulé, d'un air vague. Le chauffeur de Caldwell se tenait dans un coin, une robe de chambre de bure sur son pyjama. Il avait l'air complètement égaré et fixait le corps inerte de son maître avec une expression de stupéfaction presque théâtrale. A quelques pas de lui, le journaliste aperçut Paddy Coglan, l'agent à qui il avait téléphoné du journal. Coglan était un petit homme trapu, aux cheveux gris frisottés sur un visage rond et coloré. Ses yeux parcouraient la pièce sans répit, allant d'un objet à l'autre, sans trouver où se poser. Un des laborantins dit enfin au capitaine Stanko :

— On peut l'emporter, à présent.

Evans se retourna et contempla pensivement le cadavre de la fille. Terrell se dit qu'elle n'était pas morte facilement. La chanteuse, le mannequin, fière de son corps élégant et svelte, et de ses traits attirants... tout cela avait disparu. Elle s'était farouchement débattue. Sa robe déchirée révélait ses épaules blanches et ses petits seins gonflés. Elle avait perdu une de ses chaussures et un de ses bas avait été arraché. Il s'entortillait à présent autour de sa cheville fine, comme des chaînes de nylon.

— Emmenez-la, ordonna Stanko.

Le reporter du *Call-Bulletin* acheva de dicter son papier en baissant discrètement la voix. Terrell se tourna pour écouter Nelson.

— Oui, c'est tout ce que j'ai, disait le reporter. Je ne peux pas encore parler à qui que ce soit. Caldwell a l'air ivre et la fille est morte. Ça, c'est sûr. Elle est drôlement esquintée, la lèvre fendue, la robe en lambeaux, comme si elle avait été passée à tabac. Quoi ? oui, Caldwell a la figure griffée. Ecoute. Dès que je pourrai, je parlerai à Stanko. Oui. D'accord.

— Une seconde, intervint vivement Terrell. Et l'homme qui est parti d'ici en courant ? Tu lui as parlé de ça ?

Nelson ouvrit des yeux ronds.

— Première nouvelle. Qu'est-ce que c'est que cette histoire ? Un cambrioleur ?

— Cambrioleur ? coupa le capitaine Stanko.

Il se tourna vers les journalistes et répéta le mot, d'un ton froid et hostile. C'était un homme corpulent dont la tête paraissait taillée dans un bloc d'acajou. Il regardait Nelson et Terrell d'un œil courroucé et soupçonneux :

— Laissez-moi donner un conseil à deux gros malins de votre espèce. Ne commencez pas à faire des romans-feuilletons. Vous connaîtrez toute l'histoire par mon rapport. Ce sera la version officielle — la seule. Si jamais vous inventez des salades, gare à vos fesses.

Nelson raccrocha l'appareil, qu'il n'avait pas lâché, d'un geste expressif.

— Je n'ai rien inventé, capitaine. J'attends votre rapport.

Stanko se tourna vers Terrell.

— Ça vous va ? Ou bien vous désirez que nous nous dépêchions pour vos beaux yeux ?

Un grand silence tomba. L'inspecteur de la brigade criminelle, Evans, examinait attentivement Terrell et les garçons du labo avaient arrêté leur travail au son de la colère de Stanko. Mac

Intyre, le photographe du *Call-Bulletin*, fit négligemment passer son appareil dans sa main droite et le braqua sur Terrell et le capitaine.

— Je n'invente rien, répliqua Terrell. Un homme a été vu sortant de cette maison en courant, ce soir. Après que la fille se fut mise à crier. Ça fait partie de l'histoire, capitaine.

Stanko le dévisagea pendant quelques secondes, froidement. Puis il demanda :

— Qui l'a vu ?

— Votre agent de service, répliqua Terrell en se tournant vers le policier. Paddy, vous n'avez pas répété au capitaine ce que vous m'aviez dit au téléphone ?

Coglan était rouge comme une tomate. Il fit un petit geste vague de la main.

— De quoi parlez-vous, Sam ?

Le silence devint soudain plus lourd et plus menaçant et Terrell sentit un frisson lui parcourir l'échine. Il se demanda s'ils tenteraient vraiment de monter une machination aussi crue. Il chercha le regard fuyant de l'agent.

— Vous savez très bien de quoi je parle, Paddy. Il y a un quart d'heure, vous m'avez dit que vous aviez vu un homme sortir de cette maison en courant, après avoir entendu les cris d'Eden Myles. Vous lui avez couru après et il vous a semé. Mais vous l'avez bien vu. Vous n'allez pas changer votre histoire maintenant ?

Le regard de Coglan glissa sur l'épaule de Terrell et se fixa sur un pan du mur.

— Je vous ai dit que vous feriez mieux de parler aux inspecteurs. C'est eux que ça regarde. Je me souviens très bien que je vous ai dit ça, Sam. J'étais un peu secoué après l'avoir trouvée assassinée comme ça. Vous m'avez peut-être mal compris, ou alors je me serai mal exprimé.

— Mais oui, intervint Stanko, d'une voix dure et méprisante. Bien sûr, il aura mal compris. Vous cherchiez à nous devancer. C'est comme ça qu'on lance les faux bruits et que les histoires s'embrouillent.

Terrell ne quittait pas des yeux le visage congestionné et malheureux de Coglan.

— Encore une fois, Paddy, vous n'avez pas vu un homme sortir d'ici en courant ?

— Il vous a déjà dit non, répliqua Stanko.

Terrell hésita, indécis sur ce qu'il convenait de faire à présent. Il connaissait Stanko de réputation, un homme froid, impassible, d'une loyauté et d'une obéissance aveugles, dévoué à la municipalité. Quels étaient ses ordres ? De s'assurer que Caldwell serait bien en position d'être accusé du meurtre de la chanteuse ? D'éliminer tous les autres suspects ? Terrell se décida enfin.

— Capitaine, je vous préviens que je vais me servir de ce que Coglan m'a dit. Je ne sais pas ce qu'il a vu. Mais je sais bougrement bien ce qu'il m'a dit avoir vu. Et ça, ce sera imprimé. Le journal le publiera.

— Et votre journal aura des ennuis. Paddy a cherché à vous expliquer. Il a pu être bouleversé, ou bien vous l'avez mal compris.

— Ça aussi, nous l'imprimerons, ironisa Terrell. Pensez, il est dans la police depuis vingt ans mais la vue d'un cadavre le met dans un tel état qu'il ne peut plus s'exprimer convenablement. Les lecteurs apprécieront.

— Sam, supplia Coglan, il n'y a pas de raison...

— Ferme ça ! hurla Stanko. Et vous, imprimez ce que vous voulez mais foutez-moi le camp d'ici !

— Nous passerons toutes les différentes versions. La première déclaration de Coglan et la seconde. Une pour chaque édition. Et vous, capitaine ? Quand nous donnerez-vous le rapport officiel ? Quand le maire et Ike Cellars se seront décidés sur la meilleure façon de faire marcher le public ?

— Sortez ! Sortez ou je vous fais foutre dehors ! Vous n'êtes qu'un fouille-merde ! Nom de Dieu, je donnerais cher pour vous fourrer du plomb dans la cervelle à coups de matraque !

— Je ne cherche pas les ennuis, capitaine. Je cherche la vérité. Mais il me semble que ce soir, ces mots sont synonymes.

Avec un bref signe de tête, il quitta la pièce.

En sortant de chez Caldwell, Terrell chercha une cabine téléphonique. Il trouva un drugstore ouvert la nuit, à huit cents mètres de là, et appela le journal. Wheeler écrivait le premier article et Terrell lui donna tout ce que Coglan lui avait appris. Quand il eut fini, Wheeler s'exclama joyeusement :

— Eh bien, Caldwell a une porte de sortie, à présent. Tant qu'on n'aura pas retrouvé le maraudeur, on ne pourra pas l'inculper carrément. En attendant, ici, c'est le chaos intégral. Karsh y va à fond. Tout le monde est là-dessus excepté le concierge et la femme du commanditaire. Où vas-tu maintenant ?

— A la Seizième. Je te passerai un coup de fil quand on l'aura bouclé.

— Parfait, fiston. De l'atmosphère, de la couleur locale, nos lecteurs ont faim de détails salaces.

Dans le vieil immeuble de la Seizième Brigade, tout le monde était sur les dents. L'équipe de minuit-huit heures arrivait, tout excitée de cette affaire. Dans quelques heures, ce serait le tour de la ville entière, se dit Terrell en traversant le hall poussiéreux et brillamment éclairé pour se rendre dans le bureau du sergent. Mac Manus, qui assurait le service de nuit et qui avait pris la communication de Coglan, était parti. D'après le greffier, il devait être encore au vestiaire. Terrell le trouva, assis devant son casier.

Terrell s'assit sur le banc de bois à côté du sergent Mac Manus, un homme très droit, grisonnant, aux yeux bleus étonnamment doux.

— Drôle de soirée, hein ? dit-il.

— Ça, on peut le dire. J'y comprends rien, Sam.

— Qu'est-ce que vous ne comprenez pas, Mac ?

— Je ne voyais pas Caldwell comme ça.

— Comment le voyiez-vous ?

— A dire vrai, j'étais plutôt pour lui. Je l'ai entendu parler et ce qu'il disait était plein de bon sens.

— A quelle heure est-ce que Coglan a téléphoné ?

— C'est sur le registre, si vous tenez à savoir la minute précise. Vers dix heures vingt-cinq, je crois.

— Où était-il à ce moment-là ? Dans une cabine ou chez Caldwell ?

— Chez Caldwell sans doute.

— Dites-moi, Mac, est-ce qu'il a parlé d'un homme qu'il aurait vu sortir en courant de chez Caldwell ?

Le sergent Mac Manus ne répondit pas tout de suite. Tête basse, il contemplait ses grosses mains veinées de bleu.

— Il faudra demander au capitaine Stanko.

— Pourquoi ?

Le sergent se tourna vers lui et le regarda posément.

— Parce que c'est Stanko qui a pris la communication. Il était dans mon bureau vers dix heures, à tripoter des rapports. Il se tenait à côté du téléphone et il a décroché. Quand il a eu fini de parler avec Coglan, il m'a dit de prévenir les voitures radio et d'envoyer une ambulance et deux bagnoles chez Caldwell. Il a dit que Coglan avait un cadavre.

— C'est tout, hein ? Qu'il y avait un cadavre chez Caldwell ?

— C'est tout.

— Est-ce que Stanko a pour habitude de traîner dans votre bureau, Mac ?

Mac Manus observa un moment le journaliste en silence, puis il secoua lentement la tête.

— Il a son propre bureau, Sam.

— Merci, dit Terrell en se levant. Mes hommages à votre femme. Elle va mieux, ces temps-ci ?

— Beaucoup mieux, merci.

A mesure que la nouvelle se répandait de par la ville, le poste de police se remplissait. Journalistes et photographes, indicateurs et traîne-patins de l'Hôtel de Ville, adjoints du bureau du maire ou du shérif se pressaient dans le hall et les bureaux en bavardant avec animation. Chacun avançait des hypothèses qui en appelaient d'autres et formaient le plus clair des conversations.

Terrell passa une heure à écouter les rumeurs et les impressions puis il pénétra en flânant dans la salle d'audience, dominée par le haut pupitre de bois. Une enquête préliminaire aurait lieu un peu plus tard. Un magistrat était déjà en route pour le Seizième District. Caldwell avait déjà été prévenu de meurtre et emmené au premier étage pour un interrogatoire complémentaire. On le traitait avec un soin tout particulier. Un de ses associés l'assistait, et il avait pu avoir une conversation avec Sarnac. Terrell s'assit sur le banc de bois qui longeait le mur, à côté d'un homme qui lui sourit et demanda d'un ton égrillard :

— Vous croyez qu'il l'a étranglée avant ou après ?

Terrell lui lança un coup d'œil et alluma une cigarette sans répondre. L'autre, un petit homme nerveux et agité, se croisa fermement les bras :

— Les paris sont ouverts et les gros enjeux sont pour après.

— Quels gros enjeux ? demanda Terrell. Ceux d'Ike Cellars ?

Le petit homme haussa les épaules.

— Je plaisantais, l'ami.

Il régnait dans la salle une atmosphère de fête foraine. Terrell observa les sourires grivois, les coups de coude, les clins d'yeux, les expressions soulagées et la nervosité générale.

Quelques minutes plus tard, Terrell aperçut Sarnac qui marchait comme dans un cauchemar, la figure égarée, les yeux rougis de larmes. Terrell s'approcha de lui et Sarnac soupira d'un ton désespéré :

— Il me semble que je perds la tête. Est-ce que vous croyez à cette histoire ? Je... je suis incapable de penser.

— Sortons, voulez-vous ?

— Mais est-ce que vous y croyez ?

— Allons prendre l'air. Nous pourrons parler dehors.

La nuit était froide et le vent faisait claquer les volets des immeubles sombres et silencieux. Terrell prit Sarnac par le bras et l'entraîna le long du trottoir, loin de la foule bruyante massée devant la porte illuminée du poste de police. Il était paradoxalement irrité par l'impuissance de Sarnac. A quoi bon pleurer ? Cette affaire réclamait tout le sang-froid possible. Il se dit que ce n'était pas étonnant que les réformateurs aient toujours l'air bête. Des bigots stupides qui espéraient que les foules allaient les suivre en entonnant des cantiques. La foule ne comprenait qu'une chose : le coup de pied aux fesses.

— Tout ce que nous avons entrepris est détruit, soupira Sarnac.

— Vous avez pu parler à Caldwell ? Que vous a-t-il dit ?

— Simplement d'éloigner sa femme.

— Formidable. Rien d'autre ?

— Non... Il n'a pas l'air de savoir ce qui lui arrive.

— Il le saura assez tôt. J'ai vu les hommes du labo. On a trouvé des parcelles de la peau de Caldwell sous les ongles de la fille. Caldwell avait bu. La fille est morte. Ça suffit au juge d'instruction.

— Quelque chose a dû craquer. Cela peut arriver à n'importe qui, surtout à un homme comme lui, plein d'énergie et d'allant... mais je ne peux pas le croire. Je ne veux pas le croire.

— C'est mieux, dit Terrell. Continuez sur ce ton.

Une lueur d'espoir s'alluma dans les yeux de Sarnac.

— Vous savez quelque chose qui peut l'aider ?

Le journaliste hésita une seconde, puis il dit :

— L'histoire telle qu'elle s'est passée pourrait l'aider. Et c'est ça que je cherche. Maintenant, allons voir travailler cette pauvre justice aveugle qui n'est gênée que par un revolver dans les côtes.

Un magistrat nommé Seaworth écouta la déposition de Paddy Coglan sans quitter le prévenu des yeux ; il ordonna qu'il soit tenu à la disposition de la justice et refusa la mise en liberté provisoire sous caution. Terrell comprit que le juge était conscient de vivre un grand moment de son existence. Il se soumit avec joie aux exigences des photographes, levant la tête pour atténuer son double menton et fronçant le sourcil pour bien faire entendre qu'il comprenait toute l'importance de sa décision. En réalité, il n'y avait pas d'alternative. Les faits étaient assez significatifs pour motiver une telle décision.

Coglan, le petit agent, témoigna tête basse et le reflet des lumières faisait luire son crâne dénudé sous les rares cheveux gris. Toute l'assistance tendait l'oreille. Coglan raconta qu'il avait entendu des cris et qu'il s'était précipité chez Caldwell directement. La porte était entrouverte et il avait trouvé Caldwell presque inconscient avec la fille étendue par terre. Il ne parla pas de quelqu'un qu'il aurait pu voir dans la maison ou dans les parages.

Ensuite, les choses allèrent vite. Le médecin légiste affirma que Caldwell avait bu. Un technicien du laboratoire révéla ses découvertes. Caldwell ne fit aucune déclaration et son avocat refusa le contre-interrogatoire.

Le juge Seaworth réclama le silence d'un coup de marteau et rendit son verdict.

Fin de l'acte premier, se dit Terrell en suivant des yeux Caldwell qu'un agent entraînait vers une cellule. Le prévenu regardait droit devant lui, sans expression, sourd aux murmures de la foule, mais ses yeux étaient ceux d'un homme que l'on cloue au pilori.

— Otez-vous de là ! hurla soudain une voix aiguë et rageuse.

Un homme jouait des coudes et cherchait à rejoindre Caldwell. Sans tenir compte des coups de marteau du juge Seaworth, l'homme bondit et se jeta sur Caldwell. Le coup l'atteignit à la figure et lui fendit la lèvre, et puis un agent bondit sur l'agresseur et le prit à bras-le-corps.

De tous les côtés, les flashes des photographes crépitèrent et Terrell reconnut l'homme. Frankie Chance. L'ami d'Eden Myles.

Chance était grand et maigre, avec des cheveux noirs ondulés et de grands yeux bruns très doux. Il était assez beau, mais sa bouche avait une expression boudeuse d'enfant gâté, comme s'il ne daignait sourire et être aimable que contre argent comptant. Terrell le connaissait comme un fauteur de troubles, impulsif et sauvage. Pour l'instant, sa rage n'avait rien de calculé. Il se débattait comme un forcené dans l'étreinte de l'agent corpulent qui le retenait et cherchait encore à atteindre Caldwell du bout de ses souliers pointus. Il hurlait :

— Vous l'avez tuée ! Parce qu'elle ne voulait pas de vous ; parce que vous n'êtes pas un homme !

Le juge Seaworth leva son marteau, mais le capitaine Stanko croisa son regard et Seaworth s'éclaircit la gorge et reposa doucement son instrument. Les flashes continuaient de crépiter et Terrell se dit que le capitaine soignait sa publicité. Chance vociférait toujours :

— Vous l'avez tuée ! Vous la vouliez, vous vouliez lui mettre vos sales pattes dessus, l'abîmer, lui faire mal, la tuer, une femme, pour vous, c'est bon qu'à ça ! Sadique ! Vous pourrez vous régaler quand on vous attachera sur la chaise...

Chance pleurait à présent et les larmes ruisselaient entre ses longs cils sur ses joues enfantines. Seaworth se ressaisit et abattit son marteau :

— Emmenez cet homme ! C'est un tribunal, ici, et pas un... un... (Il bégayait, cherchait une comparaison.) Ce n'est pas un cirque ! Brigadier, emmenez-le...

Terrell se fraya un passage parmi la foule et alla téléphoner à Wheeler un court papier d'atmosphère, sans oublier l'agression de Frankie Chance. Wheeler remarqua :

— Joli, joli. Maintenant, voilà une commission pour toi. Karsh veut que tu rentres. Il y a un mic-mac au sujet de ce maraudeur que Coglan a ou n'a pas vu. Le chef de la police ainsi que Stanko ont téléphoné à Karsh à ce sujet et ils ont affirmé tous les deux que c'était ridicule. On laisserait entendre que Coglan avait bu une petite goutte ce soir. Williams me dit qu'il a la réputation de ne pas cracher dessus.

— Et alors, qu'est-ce qui s'est passé ?

— Karsh a supprimé le détail du maraudeur juste avant le tirage. Il veut te parler.

Terrell soupira et s'épongea le front.

— On dirait que la porte de sortie s'est changée en porte de prison, soupira-t-il, écœuré. Dis à Karsh que j'arrive.

Il raccrocha lentement.

5

La salle de rédaction retentissait du crépitement des machines à écrire et des sonneries de téléphone. Une équipe entière avait été mobilisée pour s'occuper de l'affaire. Des rédacteurs compulsaient précipitamment des feuillets jaunis à la recherche de détails intéressants dans la vie de Caldwell ses études, son service militaire, son mariage, son travail. Les garçons de bureau allaient et venaient, les bras chargés de dossiers et de photos de la documentation, sur tous les gens qui avaient pu approcher Caldwell ou la fille assassinée.

Williams dirigeait les opérations, mais Karsh se tenait derrière lui, vérifiant chaque cliché, chaque paragraphe avant de donner le bon à tirer. Terrell posa son pardessus et son chapeau sur son bureau et traversa la salle, passant devant le bureau où des rédacteurs rédigeaient les légendes pour accompagner les photos, et celui des « titriers » qui cherchaient des formules heureuses aptes à attirer l'œil du lecteur.

Karsh se retourna pour consulter la pendule au-dessus du bureau et aperçut Terrell. Il lui fit signe et montra son propre bureau. Terrell l'y rejoignit et Karsh referma la porte sur eux, coupant net le vacarme de la salle de rédaction. Ils étaient isolés dans la pièce climatisée comme des poissons dans un bocal. Au-dehors, la vie du journal continuait, derrière les parois de verre, étrangement irréelle.

Karsh s'assit à son bureau, vissa une cigarette dans son fume-cigarette et leva les yeux vers Terrell.

— Alors, c'est une machination, hein ? Maladroite, évidente, puérile. Mais efficace. Il y a une leçon à en tirer. Au diable les subtilités. Au diable Machiavel. Si on veut se débarrasser d'un homme, il faut y aller carrément, l'assommer avec un hachoir et s'en laver les mains. Asseyez-vous, Sam.

— Qu'est-ce que nous allons faire maintenant ?

— Nous allons sauver la tête de Richard Caldwell. Voilà sans doute la plus énorme nouvelle que nous ayons jamais eue. Et je la veux, avec tous les détails. A présent, retournons un peu en arrière. Racontez-moi exactement ce que Coglan vous a dit, je parle de sa première version.

Terrell fit à Karsh un rapport détaillé de ce qu'il avait vu et entendu, puis Karsh alluma une autre cigarette et déclara :

— Ma foi, je suppose que Stanko n'a pas pensé qu'un journaliste pourrait téléphoner directement chez Caldwell, comme vous l'avez fait. Mais il a flanqué la frousse à Coglan et lui a fait changer sa déposition. Ça n'a pas dû être bien difficile.

— Je suis peut-être obtus, mais pourquoi diable n'avez-vous pas passé mon papier ?

— Parce que je ne veux pas gaspiller mes munitions sur du menu fretin comme Coglan et Stanko. Je veux savoir qui a payé l'assassin, et je veux l'assassin. C'est une histoire sensationnelle, petit. Elle peut foutre par terre l'Etat tout entier et déboulonner un millier de petits prévaricateurs de leur bonne petite place sur l'assiette au beurre, et parmi ce millier, nous trouverons peut-être Ike Cellars et notre maire bien-aimé.

Terrell savait que si le journal le soutenait, Caldwell aurait une chance.

— Cette fois, Mike, dit-il, nous serons du côte des anges.

— Ne vous faites pas d'illusion, coupa vivement Karsh. Si je veux cette histoire, c'est pour de solides raisons bien sensées et bien égoïstes. Je me fiche de la morale publique. De fait, si nous les laissons pendre Caldwell, cela pourrait avoir un effet salutaire sur un tas de casse-pieds qui m'ennuient au plus haut point.

— Ne me racontez pas de salades, Mike ! Vous êtes du côté des bons Américains moyens qui tondent leur gazon le dimanche, que vous le vouliez ou non. Ça doit être bien gênant !

Sur ces mots, Terrell le quitta et sortit en quête d'un taxi pour se rendre à Gray Gates. Il espérait pouvoir parler à Connie Blacker le premier. Elle avait laissé entendre qu'Eden avait peur de quelque chose, et il tenait à suivre cette piste le plus vite possible.

Le grand hall de Gray Gates était faiblement éclairé à cette heure tardive, mais le liftier était rasé de frais et sanglé dans un uniforme bleu et or impeccable. Le gamin savait qu'il se passait quelque chose. Terrell le devina à son expression soigneusement impassible. La police et les journalistes avaient dû passer par là.

Il suivit le couloir silencieux et frappa à la porte de l'appartement. En entendant la voix de Connie, il comprit qu'elle était au courant. Il sentait sa peur.

— C'est Terrell, dit-il. Je veux vous parler.

Elle entrouvrit la porte et l'ampoule du couloir révéla son visage blême et ses yeux immenses.

— Je... je n'ai rien à vous dire.

— Je ne suis pas un flic. Vous n'êtes pas obligée de me recevoir. Mais cela me ferait plaisir.

— Bon, soupira-t-elle, d'un ton las et désespéré. Entrez.

Un seul lampadaire était allumé dans le long living-room et les rideaux tirés masquaient entièrement l'immense baie. Connie alla s'asseoir sur le bord d'un fauteuil et alluma une cigarette d'une main tremblante.

— Quand avez-vous appris la nouvelle ?

— Un ami d'Eden... murmura-t-elle ; puis elle se passa la langue sur les lèvres avant d'achever : Un ami d'Eden m'a prévenue.

— La police est venue ?

— Oui, un inspecteur. Il a dit qu'il avait besoin de savoir qui il convenait de prévenir. Je lui ai donné l'adresse de sa mère. Ensuite, un journaliste et un photographe sont venus. Ils voulaient des photos d'Eden, de moi, de l'appartement.

— Cela n'a pas dû être bien agréable.

— Je ne pouvais penser à rien d'autre qu'à elle. (Connie se leva et se mit à arpenter nerveusement la pièce en fumant à petits coups brefs.) Eden savait tant de choses, elle travaillait si dur... et brusquement, tout est fini. Eteint. Je ne peux plus supporter cet appartement. Les penderies, les tiroirs sont pleins de ses affaires, ses robes, ses chaussures, son maquillage. Dans la cuisine il y a une tasse avec son rouge à lèvres sur le bord. Sa chambre sent son parfum. Les journaux qu'elle lisait sont encore ouverts sur la table. Tout est vivant, comme elle l'a laissé. Mais elle ne reviendra jamais.

La jeune fille se pressa les doigts sur les tempes. Terrell demanda doucement :

— L'autre jour, vous m'avez dit qu'elle avait peur. Qu'entendiez-vous par là ?

— Je ne sais pas... Son attitude...

Connie se laissa tomber sur le bord du divan et l'ampoule de l'unique lampe fit scintiller ses courts cheveux blonds et cerna les yeux bleu sombre. Elle était en pyjama et en robe de chambre bleue, toute petite, lasse et malheureuse. Elle reprit :

— Au début je la croyais simplement nerveuse. Le téléphone, un coup à la porte, la faisaient sursauter. Vous l'avez vue. On aurait dit qu'elle allait s'effondrer.

— De quoi avait-elle peur ?

— Je ne sais pas. Elle ne m'a rien dit. Mais c'était en rapport avec son travail. Ce soir, un homme est venu lui parler. Elle avait peur, je le sais. Et elle ne voulait pas continuer. Mais il a insisté.

— Qui était cet homme ?

Connie le regarda, et il vit ses yeux s'agrandir de terreur.

— Vous me demandez de rompre le onzième commandement : Ta bouche fermée garderas...

— Que craignez-vous ?

— Je ne veux pas avoir d'ennuis.

Terrell hésita une seconde en se disant qu'il serait fou de lui faire confiance. Elle ne lui devait rien, et de toute évidence elle avait été abreuvée de l'idée que ceux qui aident la police sont des mouchards. Mais il ne pouvait guère faire autrement.

— Je vous en prie, écoutez-moi. Croyez-moi sur parole, si vous pouvez. L'homme qui a tué Eden se promène en liberté. Un innocent est accusé de ce crime. Il sera condamné à mort si la vérité n'éclate pas. Alors si vous savez quelque chose, vous ne pouvez pas le taire.

Elle contempla ses mains et toute son attitude révéla qu'elle se mettait sur la défensive.

— Qui prétend que je sais quelque chose ?

— Qui est l'homme de ce soir ? Que voulait-il qu'Eden fasse ? Pourquoi avait-elle peur ? Vous ne pouvez pas me le dire ?

— Vous voulez l'histoire, naturellement. C'est votre métier. Vous aurez une augmentation et les félicitations de votre patron. Est-ce que je dois risquer ma peau pour vous faire valoir ?

— Ne pensez pas à moi, pour l'amour du ciel ! dit Terrell en venant s'asseoir à ses côtés. Un innocent va peut-être mourir, c'est pour ça qu'il faut tout risquer. Il ne s'agit plus des sombres vengeances de l'ère d'Al Capone à Chicago. Vous serez protégée. Si vous avez confiance en moi, je m'en chargerai. Et je garderai secret tout ce que vous voudrez bien me révéler. Maintenant, si vous n'avez pas confiance en moi, allez trouver la police. Ou le gouverneur.

Le téléphone sonna soudain, et elle sursauta d'un air coupable. Le son se répéta, menaçant, dans le silence de la pièce. Ils se dévisagèrent un instant mais quand elle voulut se lever, Terrell la retint.

— Répondez-moi d'abord. Qui était l'homme ?

Sa main était glacée et il la sentait frémir. Avec un soupir, il lâcha son poignet.

— Bon. Répondez au téléphone.

Elle traversa rapidement la pièce et décrocha. Le journaliste alluma une cigarette et observa ses yeux. Ils changèrent d'expression tandis qu'elle écoutait, l'appareil pressé contre son oreille.

— Oui... Oui... répondit-elle, puis elle écouta encore un moment. Oui, très bien. Je comprends.

Elle raccrocha lentement et demeura un moment immobile. Elle était très pâle.

— Qui était-ce ? demanda négligemment Terrell.

— Un de mes amis.

— Eh bien, où en étions-nous ? Eden avait peur d'un travail qu'on lui demandait de faire.

Elle revint s'asseoir et alluma une cigarette sans le regarder.

— C'est une supposition. J'ai pu me tromper, dit-elle.

— Et l'homme qui est venu ce soir ?

— Je ne sais rien de lui.

— Vous l'avez vu, pourtant ?

— Non. J'étais dans la chambre.

— Dommage. La dernière fois que je suis venu, vous m'avez dit que Frankie Chance était venu voir Eden. Vous vous rappelez ?

Elle secoua vivement la tête.

— Je ne sais pas. J'ai entendu une voix et j'ai pensé que ce pouvait être Frankie.

— Vous étiez encore dans la chambre, hein ? Eden ne vous laissait pas sortir pour rencontrer ses amis ?

— Cessez de me harceler ! Assez ! cria-t-elle, les mains crispées sur le bord de sa chaise.

— Qui vous a téléphoné tout de suite ?

— Un ami, je vous dis.

Terrell s'approcha d'elle et lui prit la main.

— Glacée. Vous êtes blême et vos lèvres tremblent. Vous avez de gentils amis. Qu'est-ce qu'il a dit ? Qu'il fallait vous taire ? Rester tranquille ?

— Peut-être, répondit-elle en se dégageant. Pourquoi donc n'allez-vous pas vous-même à la police ? Ils sont payés pour chercher les assassins. Moi je suis payée pour chanter dans un cabaret.

— Et je parie qu'on va bientôt vous augmenter, assura tranquillement Terrell.

Elle leva brusquement la tête d'un geste de défi.

— Vous n'avez pas besoin d'insister. J'ai peur. Vous pensez que je vais en avoir honte ? Je suis faible et sans courage et tout ce que vous voudrez. Je n'ai rien d'une héroïne. Je ne suis pas ceinture noire pas plus que je ne suis une sainte qui ne fait que ce qui se doit en se fichant des conséquences. (Elle se tut, haletante, et regarda ses mains.) Je tiens à ma place, et je tiens à ma petite santé. Et je me mêle de ce qui me regarde.

Terrell l'examina un moment, mais elle ne leva pas la tête pour le regarder en face. Enfin, il déclara :

— Si j'étais à votre place, je me tiendrais peut-être le même raisonnement. Je ne sais pas ce que je ferais. Je ne voulais pas vous harceler. Je suis un journaliste qui a son métier à faire. Si vous changez d'idée, vous pourrez toujours me joindre au journal. Vous ne l'oublierez pas ?

— C'est inutile.

— Rappelez-vous Caldwell, alors, dit-il en se levant. Il risque sa carrière, sa réputation, sa famille, tout, même sa vie. Et il n'est pas plus coupable que vous. Pensez à lui quand vous chanterez des chansons d'amour à des ivrognes décatis, dans la boîte d'Ike Cellars.

— Pourquoi ne voulez-vous pas me laisser tranquille ?

Elle était au bord des larmes. Terrell soupira et prit son chapeau.

— Très bien. Je m'en vais. Mais si vous avez besoin de moi, vous pourrez toujours me trouver au journal.

6

L'aube pointait quand Terrell regagna son appartement, dans le centre ville. Il dormit six heures, se rasa, prit une douche et s'habilla. Puis il partit travailler.

Dans son coin de la salle de rédaction, il s'installa à son bureau et but encore du café en lisant les derniers détails de l'affaire Caldwell.

Les dernières éditions étaient de magnifiques exemples de journalisme théâtral. Des photos de Caldwell et d'Eden Myles s'offraient au lecteur, sous de grosses manchettes sur quatre colonnes. Il n'y manquait ni les clichés de la vieille maman d'Eden ni ceux de la maison du crime. Tous les angles de l'histoire avaient été soigneusement approfondis. Professionnellement, cette dernière édition était un modèle du genre, bien digne de Karsh. Il y avait des articles nets et précis sur la campagne de Caldwell, sa carrière d'avocat, ses relations. Le portrait d'Eden Myles avait été confié au chroniqueur des boîtes de nuit. Il y avait d'autres clichés à la page trois. Frankie Chance se jetant sur Caldwell à l'audience, une Connie Blacker chez elle, jeune et apeurée, et une photo d'artiste d'Eden dans un maillot de bain qui révélait de son corps tout ce que la décence et la censure permettaient. C'était une histoire formidable. Il y avait tout : de l'amour, de la violence, des gens en vue, des échelons sociaux divers... Tout, se dit Terrell, sauf la vérité. Karsh n'avait rien oublié. Chacun des éléments de l'affaire était mis en valeur avec tous les effets de l'art.

La version donnée par Caldwell lui-même paraissait singulièrement faible. Il avouait avoir bu deux martinis avant le dîner, et un brandy-soda ensuite. Puis, vers dix heures et demie, Eden Myles lui avait téléphoné en demandant si elle pouvait venir le voir. Il avait accepté et ajoutait, entre parenthèses, que la chanteuse fournissait à son comité des renseignements sur les salles de jeux clandestines de la ville. Terrell se dit qu'on en ferait des gorges chaudes et que les plaisantins s'en donneraient à cœur joie. Caldwell avouait aussi avoir pris un autre brandy-soda quand Eden était arrivée. Elle lui avait paru très nerveuse et avait demandé à boire, disait-il. Il lui avait tenu compagnie. Il n'y avait pas de témoins à ce qui arriva par la suite. Caldwell prétendait avoir été frappé par-derrière et avoir perdu connaissance. Quand il s'était réveillé, Eden Myles était étendue par terre et un agent parlait au téléphone. Il n'y avait absolument rien qui pût corroborer sa version des faits. L'ecchymose sur sa tempe pouvait provenir d'un coup, ou d'une chute, avait déclaré le médecin légiste. Il y avait eu lutte comme l'indiquaient les vêtements en lambeaux d'Eden. Caldwell avait pu tomber et se cogner contre un coin de table.

Terrell rejeta le journal et se mit à travailler sur sa chronique du lendemain, avec des notes qu'il avait préparées quelques semaines plus tôt, par un calme après-midi dominical. C'était un essai sur les oiseaux de la ville, un petit papier qui ferait plaisir aux amoureux de la nature et que ses lecteurs habituels devraient tolérer, pour une fois. En général, il gardait six ou sept chroniques toutes prêtes, en cas d'urgence, et il avait l'impression que tout son stock allait y passer pendant qu'il s'occuperait de l'affaire Caldwell.

— Comment écris-tu pigeon ? demanda-t-il au bout d'un moment à Wheeler.

— Pigeon comme pigeon ? Tu penses à Caldwell ?

— Non, pigeon comme pigeon. C'est un petit papier délicat et instructif sur la vie des oiseaux citadins. Très poétique.

— Pourquoi ne poursuis-tu pas la zoologie ? Nous avons des serpents, des rats, des souris, des vaches et des chameaux qui se baladent tous sur deux pattes et qui ressemblent étrangement à nos citoyens les plus en vue.

— J'apprécie ton bel esprit satirique.

Terrell termina son papier, fit signe à un garçon de bureau, se renversa sur sa chaise et alluma une cigarette. La grande salle était à peu près calme. Une édition était en train de tomber et la tension se relâcha quand la sonnerie se mit à vibrer sur la table du rédacteur en chef. Les morasses étaient terminées, les presses n'allaient pas tarder à marcher et plus rien ne pourrait les arrêter qu'une nouvelle à sensation, un grand naufrage, une catastrophe de chemin de fer, un assassinat. Wheeler bâilla et s'étira.

— Encore une de bouclée, dit-il. Dis-moi, que penses-tu de notre mise en pages ?

— Elle ficelle Caldwell comme un poulet à rôtir.

— Il le mérite peut-être.

Terrell le regarda.

— Tu sais que quelque chose ne tourne pas rond.

— Mais oui, mais oui. Souviens-toi, c'est moi qui ai fait le papier. Coglan a vu un homme s'enfuir de chez Caldwell en courant, déclara Wheeler en ponctuant sa phrase d'un coup sur sa machine. Mais Coglan a changé d'idée. C'est un pochard, ça fait des années qu'il picole. Il a peut-être bien vu quelque chose, à moins que ce soit une fourmi de dix-huit mètres, ou un éléphant blanc. Tu sais, ça me plaît, ton idée d'écrire sur les oiseaux, ajouta Wheeler en se tournant vers Terrell, l'air sérieux. C'est bien. Tu devrais te consacrer à des trucs comme ça jusqu'après les élections. Tu ne dois rien à personne. Caldwell regarde la police, Sam.

— Tu le crois coupable ?

— On peut facilement l'inculper. Pilier de la société, parangon de vertus mortes. Qui sait ce qu'il cherchait ? Une belle pépée, des joies dont il n'avait jamais fait que rêver dans sa petite coquille de respectabilité et de conformisme. Il tente le coup, elle le repousse... Quelque chose craque dans sa cervelle. J'ai bien écrit cinquante fois une histoire semblable, au cours de ma carrière.

— Pourquoi essayes-tu de me détourner de mon boulot ?

— Réfléchis, bonhomme, s'irrita le vieux journaliste. Si c'est une machination — et je dis « si » — elle est bien goupillée par des gens qui pourraient t'écraser comme une fourmi, si tu passais sur leur chemin.

Terrell laissa tomber sa cigarette dans sa tasse à café vide.

— Il faut que je m'arrête de fumer, dit-il.

— C'est ça, inquiète-toi des éternelles vérités, jeta Wheeler, dégoûté. Les pellicules, les cigarettes. Ne perds pas ton temps à des babioles.

— C'est la clef de la santé morale. Mais ne t'en fais pas, je prends des précautions. A partir de maintenant, je mets ma carte de presse à la boutonnière.

— Jolie cible, dit Wheeler.

Le lendemain matin à neuf heures et demie, Terrell frappa à la porte d'une vieille maison de bois dans un quartier pauvre et triste. La fumée des trains et des usines traînait dans les rues, obscurcissant le pâle soleil et remplissant l'air d'une âcre puanteur. Le développement industriel étouffait ce quartier. Les écoles et les terrains de sport avaient fait place à de nouvelles fabriques et de nombreux entrepôts. La rivière qui serpentait dans ce coin n'était qu'un vaste égout. Un triomphe d'urbanisme, se dit Terrell en regardant ce paysage déprimant.

Une femme grisonnante, aux grands yeux anxieux derrière des verres sans monture, vint ouvrir la porte en s'essuyant les mains sur un tablier bleu délavé.

— Oui ? Oui, qu'est-ce que c'est ?

— Je m'appelle Terrell, madame Coglan, Sam Terrell. Je suis au *Call-Bulletin.*

— Bien sûr, monsieur Terrell, je connais votre chronique. Et Paddy m'a parlé de vous, je crois.

— J'en suis persuadé. Ça fait des années que je le connais. Depuis que je faisais les commissariats des quartiers ouest. C'est là que j'ai fait sa connaissance. A la Dix-neuvième Brigade.

— Vous voulez le voir, je pense, monsieur Terrell, mais il n'est pas là, il est en voyage.

— Oui, je sais, je suis passé au poste d'abord et le sergent Mac Manus m'a dit que Paddy avait décidé de prendre la permission à laquelle il avait droit.

— Il voulait profiter de ça avant de prendre sa retraite. Vous savez qu'il sera pensionné dans quelques semaines.

— Bravo, dit Terrell en souriant. Pas la peine de faire cadeau de son temps à la ville.

— C'est ce que je lui ai dit.

— Mais vous pouvez m'aider aussi bien que Paddy et c'est pour ça que je suis passé. Nous allons faire un résumé de l'affaire Caldwell pour l'édition du dimanche et j'aurais voulu faire un petit portrait de Paddy, sa vie, sa carrière, tout ça, une photo.

— Je vais bien vous trouver une photo, allez, dit-elle, puis elle pinça les lèvres et ajouta : Cette pauvre fille, elle avait un air si gentil. Mais entrez donc, monsieur Terrell. Vous m'excuserez, mais la maison est dans un état ! Mais moi je vous le dis, c'est pas bien propre. Je parle de Caldwell.

Terrell ôta son chapeau et la suivit dans le petit living-room simplement meublé, reluisant et parfumé à l'encaustique. Mme Coglan bavardait toujours :

— Je sais qu'on dit que ce sont des gens bien et tout, comme qui dirait du grand monde, mais c'est pas bien propre quand même, moi je vous le dis.

— On voit de tout, répondit évasivement Terrell.

— Asseyez-vous donc et ne faites pas attention. Je n'ai pas encore eu le temps de faire les pièces de devant.

— Au fait, quand est-ce que Paddy est parti ?

— Hier matin, vers huit heures, je crois. Tout de suite après...

Mme Coglan releva une mèche de cheveux et redressa une pile de journaux.

— Vous savez, y a longtemps qu'il parlait de ce voyage. Ce n'est pas un départ brusqué.

— Bien sûr, dit Terrell d'un ton qu'il s'efforçait de rendre indifférent. Et où est-il allé, au fait ?

— Y en a des gens qui pourraient trouver drôle qu'il soit parti comme ça, tout de suite après avoir témoigné contre M. Caldwell.

— On n'a pas besoin de lui avant les Assises. Il n'y avait pas de raison de renoncer à ses vacances. Où est-il ?

— Mon Dieu, il est allé rendre visite à des parents, dans l'Indiana. Il a deux sœurs là-bas, dit Mme Coglan en s'essuyant derechef les mains sur son tablier. Allons, je vais vous chercher des photos.

— Est-ce que je pourrais joindre Paddy, si j'avais besoin de lui, pour m'assurer d'un détail ou d'une date ?

— Eh bien, vous comprenez, il est en voiture, il se promène en prenant son temps. Je ne vois pas comment ce serait possible, monsieur Terrell.

— Aucune importance.

— Je vais chercher les photos et vous pourrez choisir.

Une fois seul, Terrell jeta un regard circulaire autour de la pièce. Quelque chose lui disait qu'il était sur la bonne piste. Tout son corps était tendu. On avait donné l'ordre à Paddy Coglan de disparaître. Son mensonge avait démoli le dernier espoir de Caldwell. Et maintenant qu'il était parti, il se trouvait à l'abri des avocats de Caldwell et des journalistes trop curieux.

La pièce ne lui apprit rien. Elle était propre et sans mystère. Le journaliste ne savait pas exactement ce qu'il espérait — une lettre, peut-être, ou une carte postale, avec une adresse d'expéditeur. Il fouilla discrètement les étagères à côté de la fausse cheminée, dérangea une demi-douzaine de livres en faisant attention de ne pas changer les bibelots de place. Un agrandissement photographique en couleurs de Paddy Coglan jeune était accroché au-dessus de la cheminée. Les yeux, inutilement arrogants, fixaient le vide, au milieu de sa figure ronde et innocente.

Terrell se rassit en entendant redescendre Mme Coglan.

— Voilà, annonça-t-elle en haletant un peu. Monter, descendre, monter, descendre, ces escaliers me tueront. Je garde toujours tout, ajouta-t-elle en posant devant Terrell une grosse boîte de carton. Les coupures de journaux, les feuilles de paye, les lettres de la Sécurité Sociale, vous savez ce que c'est. On ne sait jamais s'ils ne vont pas vous demander un papier vieux de cinq ans. Voilà les photos. Vous devriez trouver quelque chose dans le tas.

— J'en suis sûr.

Le journaliste s'assit sur le canapé et se mit à fouiller parmi les photos de Paddy Coglan. La plupart venaient des journaux locaux et avaient dû lui être remises par les reporters. On voyait Paddy à côté du maire lors d'un défilé, Paddy sur les lieux d'un grave accident d'automobile, Paddy tenant dans ses bras un bébé dont la mère avait été brûlée vive dans un incendie. Mme Coglan regardait les clichés avec lui, avec une expression attendrie.

— Il travaillait dur, c'est rien de le dire. Mais au bureau, ça n'allait pas très bien. Il a toujours eu des ennemis, de faux amis qui colportaient des histoires.

— C'est malheureux, ça.

— Ça fait longtemps que vous connaissez Paddy, et vous savez qu'il aimait bien boire un petit coup de temps en temps. Il ne s'en est jamais caché. Mais que je tombe raide s'il avait d'autres défauts.

Jamais il n'a accepté de pots-de-vin, ni rien de ce genre. Il buvait un peu, c'est tout.

— Ce n'est pas un crime de se remonter de temps en temps.

— Sans doute. Mais pour un agent, ce n'est pas la même chose. Le capitaine Stanko a dit... (Elle s'éclaircit la gorge et montra une photo.) Tiens, nous voilà juste après notre mariage. Je voyais Paddy à la messe de sept heures tous les matins avec sa mère, et c'est là que j'ai jeté mon dévolu sur lui. Ma pauvre mère, Dieu ait son âme, me disait toujours : « Cherche un gars qui s'occupe bien de sa mère. »

— C'est une belle pensée.

— J'ai toujours eu peur, reprit Mme Coglan en tortillant un-coin de son tablier. Je ne sais pas pourquoi je vous raconte tout ça. Mais à mesure que sa retraite approchait, j'étais de plus en plus persuadée qu'il aurait des ennuis. Vous savez, qu'il arriverait quelque chose pendant qu'il serait au bistrot du coin. Je suis bête. Il ne peut plus rien arriver, à présent. Allez, prenez ce qu'il vous faut, et je vais me remettre à mon ménage. Je ne devrais pas vous ennuyer avec mes bavardages.

— Pas du tout. Mais, excusez-moi, est-ce que je pourrais donner un coup de fil ? Il faut que je me pointe au bureau.

— Tout comme un policier, remarqua Mme Coglan en hochant la tête. Le téléphone est dans la salle à manger, à votre service.

Terrell la suivit dans la salle à manger où le téléphone trônait sur la desserte.

Elle hésita sur le seuil, en chiffonnant toujours son tablier. Terrell forma le numéro de l'O.N.M. qui donnait un bulletin enregistré toutes les quinze secondes. Sur la desserte, il y avait un compotier plein de fruits artificiels, des pelotes de laine et une boule à bas sous un chromo de saint François d'Assise. Le disque répétait à l'oreille de Terrell la vitesse du vent et le nombre de millibars. Il hocha la tête et dit :

— D'accord, d'accord. Je vais voir ça.

Discrète, Mme Coglan quitta la pièce en disant :

— Si vous avez besoin de moi, je suis dans la cuisine.

Terrell lui sourit et continua de parler à l'appareil ; quand les pas de la femme se furent éloignés, il se tourna vivement vers une petite table près de la desserte sur laquelle il voyait un plateau contenant du courrier. Le récepteur coincé entre sa joue et son épaule, il passa rapidement en revue les enveloppes. Il y avait là quelques factures, un faire-part de naissance, un prospectus et enfin une enveloppe portant le cachet postal de la veille et le nom P. Coglan dans le coin supérieur gauche. La lettre était adressée à Mme P. Coglan et l'adresse de l'expéditeur était *Riley Hotel*, Beach City, New Jersey.

Terrell remit les lettres en place, raccrocha et retourna dans le living-room. Il choisit quelques photos et il allait partir quand Mme Coglan vint lui offrir une tasse de café.

— Merci, non, il faut que je me sauve.

— Je vais attendre votre article avec impatience. Il me semble que ce sera gentil et que Paddy finira en beauté son séjour dans la police. Vraiment, c'est l'affaire la plus importante de sa carrière.

— Oui. Eh bien, je vous remercie infiniment, madame.

En regagnant sa voiture, Terrell ne se sentait pas très fier. Dans le matin gris et froid, les fumées âcres qui s'élevaient des entrepôts lui piquaient les yeux et le faisaient tousser. Il pensait à Paddy Coglan, qui accompagnait sa maman à la messe de sept heures, et qui allait parfois boire un petit verre en douce par les nuits de gel. Il fallait bien que quelqu'un lui fasse un croc-en-jambe, mais c'était un sale boulot. Mme Coglan regardait partir le journaliste, debout sur le seuil de sa maison. Il lui sourit et monta en voiture. Beach City se trouvait à cent cinquante kilomètres. En deux heures, il pouvait y être.

7

Le *Riley* était une triste bâtisse de brique rouge, à quatre cents mètres de l'océan, dans un quartier plein de tirs forains, de restaurants bon marché et de kermesses à deux sous. Le hall plein de courants d'air avait besoin d'un bon coup de chiffon. Le vent de mer soulevait des moutons et faisait voltiger des bagues de cigares et des cendres sur le plancher. Terrell connaissait l'inspecteur en chef de Beach City, un nommé Moran. Il parla de lui au vieil employé de la réception et demanda à consulter le registre.

— A votre service, s'empressa de répondre l'employé.

Paddy Coglan s'était inscrit la veille, à dix heures du matin.

— Le client du 103, il est là en ce moment ?

— Oui. Un monsieur bien tranquille. Il fait monter ses repas. Il y a quelque chose qui ne va pas ?

— Rien de bien grave. Mais ce n'est pas la peine de m'annoncer.

Terrell prit l'ascenseur pour monter au deuxième et longea le large couloir jusqu'à la chambre de Coglan. Il y avait un plateau par terre devant la porte, avec une serviette chiffonnée et une cigarette écrasée dans un plat d'œufs caoutchouteux. Terrell examina le plateau, soupira et frappa à la porte. Les légers bruits provenant de la chambre se turent.

— Ouvrez, Paddy. C'est Sam Terrell. Je veux vous parler.

Le bouton se tourna lentement et la porte s'entrouvrit, révélant Coglan, ses yeux vagues et son sourire hésitant. Il rit nerveusement :

— Salut, Sam, en voilà une surprise ! J'avais besoin de repos et je suis venu me cacher ici tout seul. (Il se passa la main sur la bouche.) C'est tout ce que je cherchais, un coin pour pouvoir boire un coup en paix sans affoler les populations.

Il empestait le whisky et ses joues n'étaient pas rasées.

— Je peux entrer ?

— Mais voyons, bien sûr, Sam.

Coglan s'écarta et Terrell pénétra dans la chambre en ôtant son chapeau. La pièce pauvrement meublée, au tapis fané mince comme du papier, avec sa commode aux tiroirs sans poignées, ses rideaux gris de poussière, formait un décor parfait pour tous les rêves brisés et les espoirs mesquins anéantis. Terrell se dit que l'endroit seyait à Coglan.

— Vous prenez quelque chose, Sam ?

— Non, merci.

— Bon, je me sers.

Coglan s'approcha de la commode sur laquelle trônaient une bouteille de whisky à demi pleine et un verre à dents en matière plastique bleue portant des traces de dentifrice rose. Il se versa une large rasade et s'assit sur le bord du lit.

— Prenez le fauteuil. Je le réserve aux invités.

L'agent était torse nu et ses épaules étaient constellées de taches de rousseur. Il but son verre d'un trait. L'alcool lui colora les joues et lui mouilla les yeux.

— Ah, ça fait du bien. J'en avais besoin. Je dois couver quelque chose. Alors ? Qu'est-ce qui vous amène ?

— Vous le savez bien, Paddy. Que ce soit moi ou un autre, qu'est-ce que ça fait ?

— Oui, murmura doucement Coglan, oui. (Il sourit, cligna des yeux et se passa la langue sur les lèvres.) Il fallait bien qu'on vienne, je suppose.

— Vous avez menti, Paddy, et un innocent peut être condamné, et mourir par votre faute. Vous ne pouvez pas garder ça sur la conscience. Il n'y a pas assez d'alcool dans le monde pour vous procurer une bonne nuit de sommeil.

Terrell s'assit à son tour et alluma une cigarette.

— Ils en savent trop, soupira Coglan en agitant d'un geste las son verre vide. Trop souvent, je me suis penché sur la bouteille au lieu de me pencher sur mon boulot. Ils ont des rapports, des blâmes, des sursis, en masse. Ils pourraient me jeter à la porte sans pension en moins de temps qu'il n'en faut pour remplir les formulaires. Et Stanko a dit qu'il le ferait si je ne... (Coglan soupira encore et regarda le fond de son verre.) Si je ne mentais pas. Si je ne disais pas que je n'avais vu personne sortir de la maison de Caldwell. Il m'a dit que c'était une affaire confidentielle... que je comprendrais plus tard... etc. Je ne l'ai pas cru. Mais j'ai fait semblant. Même pour moi-même. (Coglan s'humecta les lèvres et se leva.) Vous êtes sûr que vous n'en voulez pas une goutte ?

— Non merci, Paddy. Allez-y.

— Alors je vous ai menti, à vous et à tout le monde, y compris le juge. Dans deux mois, j'aurai vingt-cinq ans de carrière et je prends ma retraite. J'ai besoin de ma pension, Sam, pas pour moi mais pour ma femme. Nous n'avons pas d'enfants, vous savez, mais avec la pension, nous pourrions aller vivre en Californie, où elle a sa jeune sœur. C'est une grande famille, pleine de gosses. Et depuis des années, c'est le rêve de ma femme. (Coglan leva vers le journaliste des yeux suppliants.) Je n'ai pas fini de payer la maison, et j'ai encore des notes de médecin qui datent de quand elle a eu sa crise cardiaque. Sans ma pension, je suis à la rue, Sam, un pauvre homme de cinquante-sept ans qui a été mis à la porte de la police pour ivrognerie. Belle référence pour trouver du boulot, hein ? J'ai eu la trouille. Pas d'être assommé ou tué. Non. Mais de me retrouver sans un radis. Vous me comprenez, Sam ?

— Je crois. Que s'est-il passé la nuit de l'assassinat d'Eden Myles ?

— Je l'ai entendue crier, soupira Coglan d'un ton las et sans espoir. Je venais de tourner le coin de Regent Square et de Manor Lane. Je me suis mis à courir. Je n'étais qu'à deux ou trois portes de la maison de Caldwell. Autrement, je ne l'aurais pas entendue. Les cris n'ont pas duré longtemps. Bref, je suis parvenu à la porte de Caldwell. On ne se précipite pas comme ça chez un type important sans raison, alors j'ai attendu un peu, en me demandant si je n'avais pas rêvé. Et puis brusquement la porte s'est ouverte et un gros type en est sorti. Je l'ai bien vu, Sam. Il est resté tout étonné et il s'est arrêté pile. C'est un gros mec, avec d'épais cheveux noirs et une grosse figure mafflue. Un gorille, Sam. Avec un trench-coat et pas de chapeau, ce qui fait que j'ai pu remarquer une longue cicatrice sur son front. Puis il m'a repoussé et il est parti en courant dans la rue, se dirigeant vers les ombres du mur de l'église. Vous voyez ce que je veux dire ?

— Je vois. Alors vous l'avez perdu. Et puis vous êtes revenu chez Caldwell ?

— Oui. La porte était ouverte. Caldwell était affalé sur un fauteuil sans connaissance et elle était par terre, morte, la figure toute gonflée et bleue. J'ai téléphoné au poste et Stanko a répondu. Il m'a dit de ne pas bouger et il a raccroché aussi sec. (Coglan vida son verre et se passa la langue sur les lèvres.) Là-dessus vous avez appelé, et moi je vous ai raconté ce qui s'était passé. Quand Stanko s'est ramené, il m'a dit d'oublier le gros type que j'avais vu sortir en courant. Alors j'ai menti. Mais ici, enfermé dans cette piaule minable, je me suis rendu compte que je ne tiendrais pas le coup jusqu'au bout.

En regardant Coglan se verser encore un plein verre, Terrell se laissait envahir par une profonde pitié.

— Alors qu'est-ce que je dois faire ? reprit Coglan.

Terrell regarda sa montre.

— Est-ce que quelqu'un sait que vous êtes ici ?

— Ma femme, c'est tout. Stanko m'a fait dire de quitter la ville et de me tenir peinard pendant dix jours.

— Bon. Ne bougez pas. Je vous passerai un coup de fil ce soir, vers huit heures et demie. Je vous dirai où aller à ce moment-là. Tout sera arrangé. Nous enregistrerons ce que vous m'avez dit et nous laisserons courir. (Terrell hésita et regarda Coglan.) Dites-moi, vous avez votre revolver ?

— Bien sûr, il ne me quitte jamais.

— Bon. Autre chose, dit Terrell en se dirigeant vers la porte. Je ne puis rien promettre, mais Mike Karsh pourra peut-être arranger les choses pour que vous ne soyez pas privé de votre pension. Il fait des merveilles avec le fric du journal.

— Je suis prêt à assumer mes choix. Je ne mérite aucune récompense pour ce que je vais faire.

— Bon. Je vous téléphone à huit heures et demie.

— D'accord, Sam. J'attendrai. Je ne peux aller nulle part.

Coglan tendit la main au journaliste.

Terrell fut de retour au journal à cinq heures de l'après-midi. Le bureau de Karsh était désert et Tuckerman lui dit que le patron était aux courses. Terrell alla prendre connaissance de son courrier puis il téléphona chez Karsh à six heures, mais la bonne lui dit qu'il n'était pas rentré. Terrell se fit porter du café et fuma quelques cigarettes en essayant de secouer sa dépression. Sa conversation avec Coglan l'avait laissé las et amer. A sept heures, il rappela le domicile de Karsh et cette fois la femme de chambre le pria de ne pas quitter et Karsh vint à l'appareil.

— Oui, Sam, qu'y a-t-il ?

— J'ai quelque chose de bon.

— C'est ce que m'ont seriné les donneurs de tuyaux tout l'après-midi. Ça m'a coûté six cents dollars, grinça Karsh d'un ton irrité. Qu'est-ce que c'est ?

— J'ai trouvé Paddy Coglan.

— Il était perdu ?

— On l'a expédié au loin en vitesse après sa déposition. Mais je l'ai trouvé. Il est au *Riley* à Beach City. Et il est prêt à parler, pour le journal, Mike. Toute l'histoire. Il est prêt à révéler qu'il a vu quelqu'un sortir de chez Caldwell, qui lui a ordonné de mentir à ce sujet, et tout.

— Bon sang de bon sang, jura doucement Karsh. Amenez-vous en vitesse, Sam. On tient le papier sensationnel ! Grouillez-vous.

Terrell arriva chez Karsh vers sept heures et demie et tomba dans le désordre d'une surprise-partie. Un bookmaker nommé Mayers était en train de téléphoner pour faire monter de la nourriture et de l'alcool, et deux filles blondes cherchaient des disques, assises par terre au milieu du salon. Deux conseillers municipaux s'abreuvaient au bar et Jenny Patterson, la maîtresse de Karsh, s'entretenait avec Mat Clark, un manager de boxe. Ils revenaient tous des courses, pleins de gaieté et d'entrain. Sauf Jenny, observa Terrell. Elle avait pleuré, et Mat Clark lui tenait la main. Karsh n'était pas là. Terrell s'approcha de Jenny et de Clark.

— Où est Mike ? demanda-t-il.

— Là-dedans avec Gloria, répondit Jenny en lançant un regard de martyre vers la porte de la chambre.

Gloria était l'ex-femme de Karsh et elle n'aurait pas mis le pied dans l'appartement si elle n'avait eu à se plaindre de quelque chose, et tous ses sujets de plaintes, Terrell le savait bien, étaient d'ordre financier. Le journaliste consulta sa montre. Huit heures moins vingt. Il avait encore tout le temps de téléphoner à Coglan.

Terrell s'excusa et pénétra dans la chambre d'amis qui servait de vestiaire quand il y avait une réception.

Il alla se laver les mains dans la salle de bains et se regarda dans la glace. Il se fit peur. Il était blême et ses yeux étincelaient de colère.

En quittant la pièce, il faillit bousculer Karsh et son ex-femme, debout dans le couloir. Karsh avait l'air las et traqué mais Gloria, une petite femme furieusement chic aux sourcils extravagants, paraissait d'excellente humeur.

— Sam, très cher, susurra-t-elle en tendant haut la main, nous ne vous voyons plus ! C'est d'une tristesse, mmm ?

— Gloria, dit Karsh, voudrais-tu être assez aimable pour foutre le camp d'ici ?

— Amour, tu seras gentil de t'occuper de notre petite affaire demain matin, veux-tu ? La banque, tu sais ? Et au sujet de la voiture neuve de notre petit trésor, je laisse ça à tes généreux sentiments. Moi, je suis complètement à sec.

— Ça va, ça va, j'y penserai.

— Au revoir, mes cocos jolis !

Elle partit en faisant valoir son petit derrière monté sur roulement à billes et Karsh referma la porte sur elle. Puis il prit Terrell par le bras.

— Allons dans ma chambre. Le seul plaisir que j'aie à gagner de l'argent, c'est de pouvoir tenir cette garce à l'écart. Pour moi, un chèque équivaut au tabouret et au fouet du dompteur de lions.

La réunion s'animait et ce fut un soulagement de refermer la porte de la chambre sur la cacophonie de jazz, de rires et de conversations. Karsh se laissa tomber dans un fauteuil de cuir devant la cheminée. Il avait encore l'air fatigué mais l'irritation disparaissait. Le travail reprenait le dessus. Il leva les yeux vers Terrell.

— Allons-y dans l'ordre.

Terrell lui révéla tout ce qu'il avait appris de Paddy Coglan et quand il eut fini, Karsh regarda sa montre.

— Huit heures et quart, murmura-t-il.

Il se tut quelques instants, les sourcils froncés, puis il reprit :

— Paddy Coglan est une bombe à retardement, Sam. Quand il explosera, toute la sacrée ville va sauter. Nous ferions bien de le faire venir. Voyons, il y a un train qui part de Beach City vers neuf heures. Dites-lui de le prendre. Et dites-lui de ne pas aller au wagon-bar. Je ne veux pas qu'il soit saoul. J'enverrai Tuckerman et deux ou trois rédacteurs l'attendre à la gare et je vais lui trouver une chambre en ville. Vous pourrez passer la nuit avec lui à mettre son histoire au point et nous enverrons le paquet demain matin.

— Comment allez-vous le présenter ?

— Sans fioritures, tel quel. Il y a une chose qu'il ne faut jamais oublier. Une bonne histoire se passe de baratin. (Karsh regarda Terrell avec enthousiasme, un enthousiasme froid.) C'est une question de goût, Sam. Evidemment, nous pourrions embellir l'histoire avec les trucs de cirque, mais ce serait dommage. Des photos de Coglan, le chapeau sur la nuque, assis devant une machine à écrire, en train de tout révéler. Mais nous avons un papier suffisamment sensationnel pour se passer de décor. C'est pour ça qu'un jour vous pourrez devenir un grand directeur de journal, Sam. Vous avez du goût. Allez, ajouta-t-il en se levant. Il est temps d'appeler Coglan. Voilà le téléphone. Je vais voir si je trouve quelque chose à boire.

La demoiselle du téléphone lui dit que la ligne de Beach City était encombrée, mais qu'elle allait faire de son mieux et qu'elle le rappellerait. Karsh revint avec deux whiskies-sodas et donna un verre à Terrell.

Le téléphone résonna enfin.

— Une seconde, j'ai votre numéro, dit la standardiste.

Il y eut un déclic et puis une voix annonça :

— Hôtel *Riley.* La réception.

— Je voudrais parler à Patrick Coglan, s'il vous plaît.

— Un instant, monsieur. C'est de la part de qui ?

— Sam Terrell, du *Call-Bulletin*.

— Un moment, oui.

Terrell entendit un murmure et puis une autre voix vint au bout du fil :

— Terrell ? Ici Tim Moran, de la Brigade Criminelle. Pourquoi vouliez-vous parler à Coglan ?

Terrell sentit un frisson glacé lui parcourir l'échine.

— C'est personnel, Tim. Qu'est-ce qui se passe ?

— Je regrette d'avoir à vous annoncer ça comme ça, mais il s'est tiré une balle dans la tête, il y a environ une demi-heure. Il était malade, ou quoi ?

Terrell mit la main sur l'appareil et regarda Karsh :

— Coglan est mort, un suicide. Je ferais bien d'y aller.

— Voyez d'abord ce qu'ils ont à dire.

Le journaliste reprit, au téléphone :

— Je ne sais pas s'il était malade. Vous ne pouvez pas me dire comment c'est arrivé ?

— Voilà. C'est une femme de chambre qui l'a trouvé. Elle s'appelle Schmidt, Mary Schmidt, 43 ans, et elle habite à Brownsville, 24 Mount Ziry Road.

— Je me fiche de tout ça.

— Bon. Elle l'a trouvé vers huit heures. Il s'est tué avec son propre revolver d'une balle dans la tempe gauche. Le toubib pense qu'il était peut-être mort depuis une heure ou deux, tout de même. Les tirs forains, de l'autre côté de la rue, ont couvert le bruit de la détonation.

— Il n'a pas laissé de lettre ?

— Nous n'avons rien trouvé.

— Etait-il ivre ?

— Je ne sais pas. Le médecin légiste nous dira tout ça dans un moment. Pourquoi le vouliez-vous, Sam ? Je sais que vous êtes venu le voir ce matin.

— Je faisais un papier sur lui. Un portrait du flic moyen, vous voyez le genre. L'autre soir, il a connu son heure de gloire avec l'affaire Caldwell, et je le mettais dans notre résumé de dimanche.

— Dites-moi, comment se comportait-il quand vous l'avez vu ? Déprimé ? Inquiet ? Quelque chose comme ça ?

— Non, il avait l'air d'aller très bien. Merci, Tim.

Terrell raccrocha lentement et se tourna vers Karsh.

— La tempe gauche. Vers sept heures et demie, ou plus tôt. Pas de lettre. C'est tout, Mike.

— Vous auriez dû lui faire écrire sa déposition. Vous auriez dû lui faire faire une déclaration devant témoins et la faire légaliser. Ou vous servir d'un dictaphone.

Karsh jeta sa cigarette dans la cheminée et se mit à arpenter la chambre.

— La prochaine fois, j'y penserai, dit Terrell.

— Bon, ça va, ne vous affolez pas. Moi non plus, je ne m'amuse pas. Mais on faisait trop pression sur Coglan, de tous les côtés. Vous auriez dû vous douter qu'il se passerait quelque chose de ce genre.

— Il n'avait vraiment pas l'air d'un homme qui va se tuer, affirma Terrell.

— Il s'est peut-être mis à boire et à réfléchir.

— Peut-être. (Terrell sourit vaguement à Karsh, mais son regard demeurait dur.) Je suppose que j'ai raté ce coup-là. Si j'avais été plus malin, il serait encore en vie.

— Vous ne pouviez pas empêcher ça.

— Merci.

8

Le lendemain matin, à neuf heures et demie, Terrell pénétra dans le hall bondé de l'hôtel *Clayton* qui servait de permanence officieuse à Ike Cellars et à ses amis. Cellars n'avait pas de bureau ni d'horaires fixes. Il quittait tous les jours sa demeure de banlieue pour venir en ville passer quelques heures au *Clayton*, en bavardant avec ses copains et en recevant les rapports des salles de jeux de la ville. Il se tenait également à la disposition des solliciteurs qui échappaient à la surveillance attentive des gardes du corps. Mais il ne donnait jamais de rendez-vous car il détestait tirer des plans sur l'avenir, toujours aléatoire. Ceux qui avaient besoin de le voir venaient là dans l'espoir d'attirer son attention. C'était ce qu'ils pouvaient faire de mieux. Les conférences avec Cellars n'avaient jamais rien de protocolaire. En général, il feuilletait quelques papiers, regardait distraitement la foule tout en prêtant une oreille plus ou moins attentive aux questions et aux suppliques, puis il répondait d'un oui ou d'un non bref et s'éloignait. Son verdict était sans appel.

Cellars dirigeait presque toutes ses affaires du hall du *Clayton*, sans consulter ni livres ni chiffres. Mais il connaissait à un centime près les bordereaux que ses conseillers lui présenteraient à la fin de chaque semaine.

Terrell ne le vit pas dans le hall, mais il remarqua un certain nombre de ses acolytes qui flânaient çà et là, étudiant des pronostics de courses ou bavardant entre eux, dans une atmosphère qui sentait l'argent, la fumée de cigare et les privilèges. Terrell se rendit au salon de coiffure et s'installa dans le fauteuil de Nick Baron. Nick était un petit homme intelligent et volubile, un des meilleurs agents de renseignement du journaliste. Il travaillait sous le nez des hommes d'Ike Cellars, mais il avait des oreilles à la traîne et une indéfectible loyauté envers Sam Terrell. Le moindre tuyau, le moindre écho qu'il surprenait allait tout droit au bureau de Terrell en paiement d'une dette qu'il ne pourrait jamais rembourser. Car Terrell avait aidé à sauver la vie de la petite fille de Nick qui se mourait d'une maladie du sang presque inconnue. Avec sa chronique, il avait alerté tous les services de donneurs de sang, à travers le pays tout entier, et récolté assez de sang du même type que celui de la petite pour la maintenir en vie pendant plusieurs mois. Et pendant ce laps de temps, les savants avaient découvert un nouvel antibiotique et l'avaient sauvée. Nick Baron avait une reconnaissance bruyante. Mais lorsqu'il disait : « Je ne l'oublierai jamais », il disait la vérité, tout simplement.

— Comment ça va ? dit-il en nouant prestement une serviette au cou de Terrell. On dirait qu'un petit massage ne vous ferait pas de mal, non ?

— Non, c'est le manque de sommeil. Passez-moi un peu votre vibrateur sur la nuque. Quelquefois, ça soulage.

— Vous devriez cesser de considérer votre estomac comme une bétonnière. Ça aussi, ça vous soulagerait.

— Téléphonez votre diagnostic au Bulletin Médical. Mais d'abord, repassez-moi un peu quelques bosses.

Terrell avait remarqué deux des hommes de Cellars dans le salon, mais il savait que le bruit du vibrateur couvrirait sa conversation avec Nick. Le coiffeur comprit le journaliste. Il s'approcha de lui, l'air pensif, et glissa sa main dans la courroie du vibrateur électrique.

— D'accord, dit-il. Alors, quoi de neuf ?

— Pas grand-chose. Comment va Angela ?

— Bien, très bien. Elle fait encore une neuvaine pour vous. Je lui ai dit que vous étiez un mécréant, mais c'est pas ça qui va l'arrêter.

Il brancha son appareil et se mit à masser le front de Terrell du bout des doigts.

— Je vais vous décrire un homme, dit Terrell. Dites-moi si vous ne l'auriez pas vu par ici.

— D'accord, répéta Nick, puis il éleva la voix. D'accord, pour sûr qu'il va gagner. Il a du courage, voilà ce qu'il a. Intelligent ? Riche ? Non, mais courageux.

— Il est grand et gros, brun, avec une longue cicatrice sur le front. L'air dur, une tête de gorille. Vous le connaissez ?

Terrell vit perler la transpiration sur les lèvres de Nick et comprit que le petit coiffeur avait peur.

— Bon, ça va, dit-il. Laissez tomber, oubliez ça.

— Non... Il était ici il y a deux jours avec Ike. C'est tout ce que je sais. Vous voulez que je m'informe ?

— En aucune façon. Laissez tomber.

— Comme vous voudrez.

— Ça ira comme ça, reprit Terrell en regardant sa montre. Il faut que je me sauve.

Il paya le coiffeur, lui glissa un pourboire et enfila son pardessus. Son cœur battait plus vite et il se sentait excité. Il tenait son histoire. Encore fallait-il trouver des preuves, mais il connaissait déjà le schéma brutal et mauvais : Ike Cellars avait embauché un tueur pour abattre Eden Myles et compromettre Caldwell. Ce n'était plus une hypothèse, ni une intuition, c'était la vérité. Mais qu'est-ce que c'était que la vérité ? Une chose sur laquelle douze hommes peuvent se mettre d'accord. Serait-il capable de dresser contre Cellars un acte d'accusation qui convaincrait un jury ?

Terrell se dirigeait vers la porte de l'hôtel quand une voix d'homme l'arrêta :

— Oh, Sam, une seconde.

Il se retourna pour voir un des hommes de Cellars, le grand Manny Knewles, qui souriait. Le grand Manny était un géant débonnaire, aux petits yeux de myope et à l'air perpétuellement ahuri. Il s'approcha de Terrell en tanguant comme une bouée par grand vent, et posa doucement sa main sur son bras.

— Ike voudrait vous voir, Sam. Ne le faisons pas attendre. Vous savez combien il est occupé.

— Ça m'empêche de dormir, rétorqua Terrell. Pendant au moins six secondes, le premier vendredi du mois, je me fais du souci pour Ike. Quelquefois, je dois me dépêcher un peu mais ça n'empêche pas les sentiments.

Le grand Manny jeta un coup d'œil anxieux vers le hall.

— Ça va, Sam. Vous savez bien qu'il n'aime pas qu'on le mette en boîte.

— Alors lâchez mon bras, pour l'amour du ciel. Vous vous figurez que je suis à votre service ?

— C'est pas la peine de m'engueuler. Moi, j'exécute les ordres.

— Bon, très bien, introduisez-moi auprès de Sa Majesté. Il faut entrer à reculons ou à genoux ?

— Vous seriez gentil de la boucler. Il n'aime pas les petits malins. Ça ne coûte rien d'être poli.

— Rien qu'un peu de dignité.

— A quoi ça vous sert de tout prendre au sérieux comme ça ? Tout le monde vous respecte, Sam.

— Allons-y.

Cellars se tenait près du comptoir aux cigarettes — un homme bronzé et sain aux cheveux argentés et brillants —, et feuilletait un magazine. Il était vêtu d'un costume de flanelle gris clair, remarquablement bien coupé, et d'un pardessus de poil de chameau cousu main, et flanqué de deux gros hommes très dignes en costume sombre. Ils examinèrent attentivement Terrell puis ils l'abandonnèrent pour surveiller la foule qui se pressait autour de Cellars.

— Heureux de vous voir, mon garçon, dit Cellars en tendant une grande main cordiale. Vous vous faites rare. Ça fait deux ou trois jours que je vous cherche.

Le sourire plissait ses petits yeux noirs, mais demeurait froid.

— Vous avez essayé de me joindre au bureau ?

Cellars leva les mains dans un geste de désespoir comique et théâtral.

— Je n'ai pas d'organisation. Je me promène en espérant que je vais rencontrer les gens que je veux voir, par hasard. Les trois quarts du temps, ça marche. (Il posa négligemment sa main sur le bras du journaliste.) Voilà ce que je voudrais. Nous avons pris des photos formidables au cirque. Vous savez ? Notre matinée enfantine ? Hein ?

— Oui, je sais.

Tous les ans, Cellars finançait une grande fête pour les petits orphelins de la ville. On les nourrissait, on les emmenait au cirque et on les photographiait abondamment en compagnie d'Ike Cellars, du maire et de diverses personnalités municipales.

— Cette année, c'était formidable, reprit Cellars en riant avec aplomb. Vous auriez dû voir ces gosses s'amuser, Sam, ça vous aurait fait du bien. Et le goûter qu'ils ont avalé ! Il y avait cinquante dindes, sans compter les gâteaux et le reste. Ben, ajouta-t-il en se tournant vers son voisin, fais voir ces photos.

— Toutes fraîches. Regardez-moi ça, Sam, dit Ben Noble, l'agent de publicité, en mettant une volumineuse enveloppe dans la main de son patron.

Cellars en tira une douzaine de clichés brillants.

— Je ne veux pas vous retenir. Vous pourrez les regarder au journal. Mais voyez donc ce petit gosse blond avec le dompteur ! Vous avez déjà vu un truc pareil ?

— Jamais. C'est formidable. Très émouvant.

— Ma secrétaire vous apportera tous les détails, les noms, les âges, de petites anecdotes amusantes, les gags que Noble a inventés. Elle a tout un dossier, Sam. Quelque chose de bien. Du genre qui plaît aux pères de famille.

— Aux gens comme mes lecteurs. C'est ça que vous vouliez dire ?

— Ma foi. Quelque chose comme ça.

Terrell sourit légèrement.

— Je parie que vous allez m'apporter assez d'histoires pour remplir ma chronique pendant quinze jours. Jusqu'aux élections, en tout cas.

— Juste, approuva Cellars en inclinant la tête. J'espère que vous n'allez pas penser que je manque de tact, Sam. Mais remplissez votre colonne avec des trucs bien gentils. C'est un bon tuyau que je vous donne, amical et tout.

— Je ferais peut-être bien de prendre quinze jours de vacances. Ce ne serait pas une bonne idée ?

— Tout dépend de ce qu'on appelle bon, dit Cellars en observant le journaliste à travers ses cils gris. Bon et mauvais, qu'est-ce que c'est ? Il n'y a que l'intelligent ou l'idiot, à mon avis.

Un des gardes du corps s'agita nerveusement :

— Il a mauvaise mine, Ike. Peut-être que des vacances...

— Peut-être, murmura Cellars.

— Vous faites un très joli numéro, tous les deux, dit Terrell, comme un joueur d'orgue de Barbarie et son singe. Pourquoi ne lui faites-vous pas faire le tour du hall avec une sébile, Ike ?

Cellars cingla l'estomac de Terrell avec l'enveloppe des photos. Son visage avait perdu toute aménité et révélait la puissance violente du personnage. Terrell vit un reflet sadique dans son regard et dans le pincement de ses lèvres épaisses.

— Fais pas le mariolle, cafteur, siffla-t-il. Voilà les photos, regarde-les tous les jours et rappelle-toi ce que je t'ai dit.

Terrell avait la gorge sèche et sentait la sueur perler à son front. Mais il laissa tomber la pochette de clichés par terre.

— Ma chronique est bouclée pendant quinze jours. Je n'ai plus une ligne de libre.

Ike Cellars baissa les yeux sur l'enveloppe qui gisait à ses pieds. Elle s'était ouverte et le visage d'un clown enfariné grimaçait vers lui sous un maquillage comiquement désolé. Cellars souffla lentement, comme s'il laissait échapper un gaz volatil particulièrement toxique.

— C'est tout ce que j'avais à dire, Sam. Foutez le camp.

— Avec plaisir, dit Terrell.

9

Terrell entra prendre un café dans un drugstore, en sortant du *Clayton*, pour se décrisper les nerfs. Sa rencontre avec Cellars n'avait rien de fortuit ni de bizarre. Ike était un homme puissant, doué d'une mémoire longue et d'une patience courte. Il ne gaspillait jamais rien, moins encore ses menaces. Terrell but lentement son café en attendant que ses doigts cessent de trembler, puis il sortit et arrêta un taxi. Il avait décidé de revoir Sarnac ; Caldwell et son comité de réforme devaient avoir de précieux renseignements contre Cellars. Autrement, Ike n'aurait pas agi aussi ostensiblement.

Depuis la visite du journaliste quarante-huit heures plus tôt au quartier général de Caldwell, l'atmosphère avait changé du tout au tout. La première fois, tout le monde débordait d'enthousiasme ; Caldwell montait le blanc palefroi de la vertu et les forces du mal fuyaient en désordre devant son épée étincelante. Mais aujourd'hui la salle était presque déserte. Sarnac sortit de son bureau.

— Entrez donc, monsieur Terrell, dit-il.

Sarnac était pâle et agité. Sa joue gauche était déformée par un tic et on aurait dit qu'il n'avait pas dormi depuis huit jours.

— Vous avez une mine superbe, ironisa le journaliste. L'œil vif, plein de calme et de confiance.

— Asseyez-vous, je vous en prie. Il m'est assez difficile d'être calme, dans ma position. Il y a tant de choses à faire, et en même temps il n'y a rien à faire. Rien, rien. (Il serra les poings.) Je n'ai aucun recours. Aucun.

— Qu'avez-vous fait ?

Sarnac ôta ses lunettes et appuya ses doigts sur ses yeux brûlants.

— Nous avons engagé une firme de détectives privés. Ils vérifient tout, la vie d'Eden Myles, ainsi que cet agent — comment s'appelle-t-il ? — Coglan, qui s'est suicidé. Ils revoient tous les témoignages, à la recherche d'une faille quelconque.

— Avez-vous vu Caldwell aujourd'hui ?

— Oui, ce matin de bonne heure. Il ne comprend toujours pas ce qui lui est arrivé. Il est persuadé d'avoir été frappé par-derrière. Mais, visiblement, la police n'est pas d'accord.

— Leur opinion est faite, dit Terrell. Paddy Coglan est mort mais sa déposition a été enregistrée et figure au dossier. Caldwell n'a pas la moindre chance, dans l'état actuel des choses. Le seul conseil amical que je puisse vous donner, c'est de mettre ses affaires en ordre et de consoler sa veuve.

— Cette attitude indifférente vous amuse peut-être, s'écria Sarnac, troublé et irrité par le ton du journaliste. On dirait que ça vous fait plaisir de voir menacer la vie d'un honnête homme !

— J'aimerais faire un marché avec vous, mais vous n'avez rien à me donner en échange. Il faut que vous vous le mettiez bien dans la tête, cela nous épargnera les mots inutiles. Je suis sûr que Caldwell est la victime d'une machination. Je ne vais pas vous dire pourquoi j'en suis sûr. Mais je vais tout faire pour le prouver. Je veux que vous me donniez tout ce que vous détenez sur Ike Cellars, sur la municipalité actuelle et sur le maire Ticknor.

— Ah ! une seconde, s'il vous plaît, répliqua Sarnac, à la fois excité et décontenancé. Je ne puis pas accepter ainsi vos conditions. Il m'est impossible de vous donner de tels renseignements sans savoir ce que j'y gagnerai. Vous devez tout de même comprendre quelle est ma situation.

— Je me fiche de votre situation. Je veux obtenir tout ce que vous savez sur Ike Cellars, ce qui lui fait peur. Je ne vous offre qu'une chose en échange — une petite chance de sauver Caldwell de la chaise électrique. Une toute petite chance bien mince. Qu'en dites-vous ? J'ai du travail, Sarnac, et vous aussi. Ne perdons pas notre temps.

— Vous croyez que Caldwell est innocent ? murmura Sarnac tout tremblant. Est-ce une hypothèse, Terrell ?

— C'est une certitude. Vous comprenez ? Je sais qu'on l'a mis dans cette situation. Il pouvait blesser une grosse légume, aussi l'a-t-on supprimé. On l'a écrasé, on lui a mis le pied dessus. Maintenant, c'est à vous de me dire qui il allait blesser, et comment. A moins que vous ne préfériez vous tourner les pouces pendant que l'illustre nom de Caldwell s'inscrit sur un registre d'écrou ? Encore s'il a la chance de bénéficier d'une mesure de grâce ! Sinon, c'est la cellule du condamné à mort. Eh bien ? Que choisissez-vous ?

Sarnac se tut quelques instants en hochant la tête comme s'il n'arrivait pas à coordonner ses idées.

— Je ne sais que dire... Bon, bon, dit-il précipitamment en voyant le journaliste se tourner vers la porte. Rasseyez-vous. Mais pour l'amour de Dieu et de la vérité, ne nous trompez pas, Terrell.

— Je vous offre une chance, qui dépend de ce que vous me révélerez. Alors, allons-y.

— Si Caldwell avait été élu, Ike Cellars et le maire Ticknor se seraient retrouvés au bagne pour le reste de leurs jours. Ainsi qu'une douzaine de petites crapules de la municipalité, déclara Sarnac d'une voix de plus en plus assurée. C'est ça qu'ils craignaient. C'est pour cela qu'ils ont commis un crime, pour lui barrer la route du pouvoir.

— Pas mal. Voyons les détails. Comment deviez-vous vous y prendre ?

— Je vais être aussi clair que possible. D'abord, permettez-moi de vous demander ce que vous savez du projet de parking municipal ?

— Pas grand-chose. C'est en principe une solution aux problèmes de la circulation. J'ai lu quelques articles à ce sujet, assez ennuyeux, où il était question de l'essence qui restera dans le monde d'ici quelques milliers d'années. Important, certes, mais pas très urgent.

— Vous avez peut-être raison. Mais vous auriez dû vous y intéresser davantage. Cette histoire de parking est un des plus jolis scandales de notre époque et l'indifférence du public lui coûte quelques millions de dollars.

— Bon, très bien, je suis horrifié. Mais comment cela marche-t-il ? Et que viennent faire Ike Cellars et le maire là-dedans ?

— Je vais essayer d'être plus explicite.

Sarnac se leva et fit le tour du bureau en fronçant les sourcils et en se frottant le nez. Terrell se dit que c'était là un tic de professeur, car l'attitude de Sarnac se transformait à mesure qu'il prenait la pose du maître devant un élève. Il paraissait plus à son aise et assez satisfait de se trouver en terrain connu. D'une voix précise et nette, en s'arrêtant de temps en temps pour que le journaliste puisse bien se pénétrer de ses paroles, il déclara :

— Le Comité de la Circulation a été nommé par le Conseil municipal à la demande du maire, il y a de cela quatre ans, peu après sa réélection. Ticknor était soutenu par des douzaines d'experts de l'urbanisme. Leurs arguments étaient clairs et logiques. Tous les mois, de nouvelles cartes grises sont délivrées. Le problème du stationnement devient de plus en plus aigu. La circulation ne peut que s'aggraver, à moins qu'on ne prenne des mesures draconiennes. Le Comité a donc été créé, avec pleins pouvoirs d'ordonner, de voter des crédits, d'exproprier, de construire des artères de dégagement et ainsi de suite. Sur le papier, ces propositions paraissaient excellentes.

— Mais on ne les a pas appliquées ?

— Ce serait trop simple. Permettez-moi de vous donner un exemple. Il y a trois ans et demi, il a été question de construire un garage de stationnement au coin de la Neuvième rue et de la rue Morrison. C'est un quartier pauvre, des taudis, situé non loin du centre commercial et des grands magasins. L'endroit paraissait bien choisi, à proximité du grand boulevard nord-sud et des voies principales. Les architectes approuvèrent le site et se mirent au travail sur leurs plans. Le Comité s'activa et commença ses expropriations. Jusque-là, tout va très bien. La population de ce quartier-là est composée pour la majeure part de Noirs et de Portoricains aussi peu attachés que possible à leurs immeubles délabrés infestés de rats. Les propriétaires devaient être convenablement indemnisés et les familles relogées autre part. On détruisit les immeubles, on nivela le terrain et il semblait que la circulation dût être rapidement dégagée. (Sarnac se tut un instant et soupira.) Voilà donc le premier pas. Comme vous le savez, il n'y a aucun garage de stationnement au coin de la rue Morrison et de la Neuvième. Voici ce qui s'est passé. Les architectes ont proposé un autre site. Toutes réflexions faites, ce coin-là n'était pas idéal. Il leur semblait que le croisement de la rue Fitzgibbons et de la Douzième rue était beaucoup plus approprié. Cela ne tracassa pas le Comité. Pas le moins du monde. Ils approuvèrent le nouveau projet et jetèrent au panier les plans précédents. Ils revendirent le terrain à prix coûtant... sans, apparemment, perdre un sou des deniers de la commune.

— Mais où est le scandale ? s'enquit Terrell.

— D'abord, ils suppriment de leur bordereau le coût des immeubles et du terrain. Ensuite, ils suppriment également les frais de démolition et de nivellement. Cela passe par profits et pertes. Ainsi, la vente du terrain est présentée comme une opération mirifique. Vous comprenez, il y a une grosse différence entre un terrain bâti, avec des boutiques, des immeubles et des maisons habitées, et un terrain libre et vierge de tout encombrement. Une entreprise privée passerait des années à se rendre acquéreur d'un tel site, tandis que le Comité prononce l'expropriation et fixe son propre prix.

— Et Ike Cellars a sauté sur ces parcelles de terrain ?

— Cellars, Ticknor et d'autres, par l'intermédiaire de divers hommes de paille. Ils ont avalé hectare sur hectare de nos terrains les mieux situés, en plein centre de la ville, en se servant du Comité pour leur ouvrir la voie. Et il y a encore autre chose. Les entrepreneurs qui furent chargés des travaux et qui assurèrent quatre-vingt-dix-huit pour cent des démolitions sont l'entreprise de construction Acme et les démolisseurs Bell, deux maisons dont personne n'avait entendu parler il y a seulement quatre ans. Ils sont devenus en quelques jours les plus grosses entreprises de l'Etat, uniquement grâce aux contrats passés par la municipalité. Les vieilles compagnies, les maisons solidement établies, n'ont jamais eu une seule adjudication.

— Pourquoi n'ont-elles pas protesté ?

— Elles l'ont fait, mais cela n'a servi à rien. Dan Bridewell, par exemple, a lutté pour chacun des contrats. Il est établi depuis quarante-cinq ans, et sa firme est une des plus sérieuses et des plus rapides. Mais le Comité ne lui a jamais confié pour un sou de travail.

— Vous avez des preuves de tout ce que vous avancez ?

— Si Caldwell était élu, nous en aurions. Nos conseillers seraient capables de dresser un acte d'accusation en vingt-quatre heures. Et c'est pour ça qu'on a escamoté Caldwell.

— Nous nous retrouvons au même point, soupira Terrell. C'est toujours la rumeur publique, les potins, les on-dit.

— Je ne vous ai dit que la stricte vérité.

— Mais vous ne pouvez pas le prouver, ou trop tard. Ecoutez, à qui appartiennent ces firmes dont vous parlez, Acme et Bell ?

— Nous l'ignorons. Mais nous l'aurions su le lendemain du jour où Caldwell aurait pris possession du fauteuil du maire.

— Bon, bon, bon. Et d'où tenez-vous cette histoire ? D'Eden Myles ?

— Non. Un employé de l'impôt foncier est venu nous dévoiler le pot aux roses.

— Est-ce qu'Eden Myles vous a jamais fourni des renseignements intéressants ?

— Non, rien que quelques menus faits. Nous espérions qu'elle nous donnerait autre chose de mieux, mais... (Sarnac se frotta le front du dos de la main)... mais elle ne l'a pas fait.

Terrell se tut un moment. Enfin, il observa :

— Voilà ce que vous m'avez dit de plus intéressant.

— Je ne comprends pas...

Sarnac paraissait plus nerveux et moins sûr de lui comme un élève décontenancé par un examinateur astucieux. Terrell se leva.

— Ça ne fait rien.

Le journaliste venait de se dire qu'Eden Myles était peut-être bien elle aussi une victime de cette machination : elle n'avait pas été tuée parce qu'elle bavardait. On l'avait froidement assassinée pour incriminer Caldwell. C'était une pensée horrible, effrayante, comme tout ce qui touche aux sacrifices humains. Mais on n'avait pas pu lui dire qu'elle était destinée à être immolée. Sa loyauté n'allait certainement pas jusque-là.

— Que pouvons-nous faire ? gémit Sarnac, toute trace d'assurance universitaire envolée. Que faire ?

— Si je trouve, je vous le ferai savoir. Je vous le promets.

10

En quittant Sarnac, Terrell téléphona à Gray Gates et demanda Connie Blacker, mais on lui apprit qu'elle avait quitté la veille l'appartement d'Eden Myles. Elle avait donné le *Beverly Hotel* comme adresse, mais là, l'employé de la réception dit au journaliste qu'elle était sortie.

— Vous ne savez pas quand elle doit rentrer ?

— Aurais-je la chance d'avoir M. Chance à l'appareil ? reprit l'employé en riant de sa petite plaisanterie.

— Oui, en effet, dit Terrell. Pourquoi ? Il y a une commission ?

— Elle sera là vers deux heures, monsieur. Je crois qu'elle est allée à la morgue. Elle m'a demandé l'adresse.

— Merci beaucoup.

Terrell prit un taxi et se fit conduire à la morgue de la Treizième rue. Il était une heure de l'après-midi et le pâle soleil d'hiver illuminait les rues balayées par la bise violente. Les passants marchaient tête basse, cramponnés à leurs chapeaux, et les jeunes filles rabaissaient leurs jupes gonflées en riant.

Dans le hall de la morgue, Terrell jeta un coup d'œil dans les bureaux qu'un comptoir de bois séparait de la salle d'attente. Des employés s'affairaient à leurs machines à écrire et à leurs classeurs pendant que deux jeunes gens en vestes de coutil beige aidaient le public à remplir des formulaires. L'un d'eux était en train de parler à Connie Blacker en lui montrant une ligne en pointillé sur la feuille qu'elle examinait. Elle hochait lentement sa tête blonde. L'employé paraissait avide de s'occuper d'elle et Terrell le comprenait sans peine. La jeune fille portait un simple tailleur noir et une veste de tweed, mais avec sa taille et ses jambes, elle aurait aussi bien pu être en bikini.

Il savait qu'elle en aurait pour un moment à s'occuper de faire transférer le corps de son amie et s'engagea dans le vaste couloir à la recherche d'une personne de connaissance qui l'aiderait à passer le temps.

Il y rencontra une femme de ménage qu'il avait connue autrefois, une grosse Noire joviale qui travaillait à la morgue depuis trente ans. Cette rencontre lui fit plaisir. Martha était une brave femme, bonne et pitoyable, qui n'affectait pas l'humour macabre de mise chez les employés de la morgue. Elle était toujours profondément émue par les victimes des incendies ou des accidents que l'on amenait là, elle en parlait respectueusement et souffrait pour ceux qui devaient venir les identifier. Terrell bavarda un moment avec elle, puis elle demanda :

— Vous revenez travailler avec nous, monsieur Terrell ?

— Non, Martha. J'attends une personne qui signe les papiers nécessaires pour le transfert du corps d'Eden Myles.

— Comme c'est triste ! Cette pauvre petite, si jolie et tout ! Et dire qu'elle attendait un bébé ! Si vous voulez mon avis, c'est encore pire que tout.

Terrell ne broncha pas. Il alluma une cigarette et dit :

— C'est vraiment dommage ! Mais comment saviez-vous qu'elle était enceinte ? Je croyais que c'était un secret.

— Oh zut ! s'écria Martha en mettant la main sur sa bouche. Voilà que je recommence.

— Ce n'est pas grave.

— J'ai entendu un des médecins qui en parlait la nuit où on l'a amenée. Je ne savais pas qu'il ne fallait rien dire. Vous ne le répéterez pas, dites, monsieur Terrell ?

— Mais non, voyons, Martha. Allez, au revoir.

Terrell repartit à grands pas le long du corridor jusqu'au bureau du coroner, le docteur Graham. La secrétaire lui sourit machinalement, l'annonça par l'interphone et lui désigna une porte derrière elle.

— Vous pouvez entrer, monsieur Terrell.

Le docteur Graham, un grand homme maigre au nez aquilin, fit le tour de son bureau et vint tendre au journaliste une grande main molle.

— On ne vous voit pas souvent par chez nous, Sam. Que puis-je pour vous ?

Le médecin atteignait la cinquantaine. C'était le cousin de la femme de Ticknor. Il avait un tempérament calme et pas plus de soucis que d'ambition.

— C'est assommant d'avoir à noircir du papier tous les jours, comme une bouche supplémentaire à nourrir.

— J'aimerais jeter un coup d'œil sur le rapport Eden Myles.

— Il a paru dans tous les journaux, Sam.

— Je sais, mais je suis sur un truc. J'aimerais voir le rapport.

— J'ai lu le rapport d'autopsie à la conférence de presse, jeta le docteur Graham d'un ton un peu irrité. Vous pensez que j'aurais oublié quelque chose ?

— Vous avez oublié de dire qu'elle était enceinte, assena Terrell. Je me demandais si vous n'aviez pas « oublié » autre chose.

Le coroner fouilla dans ses poches et finit par en sortir un paquet de cigarettes. Il était blême.

— Qu'est-ce que c'est que ce bluff ?

— Allons, allons, docteur, dit patiemment Terrell. Je sais très bien qu'elle était enceinte. Je veux savoir de combien.

— Vous vous trompez. Je vous affirme que vous faites erreur.

— Si c'est vrai, je m'excuse. Mais je veux voir le rapport.

— Non, impossible, dit le docteur Graham en se frottant les mains d'un geste définitif. N'allez pas cependant en tirer des conclusions. Nous ne communiquons plus les rapports d'autopsie. Cela dérange trop nos services. Maintenant les questions doivent être formulées par écrit. Nous y répondons rapidement, dans la mesure du possible. Mais dites-moi ce qui vous intéresse et je vais dire à une employée de s'en occuper immédiatement. Mais c'est bien parce que c'est vous !

— Ce document est un procès-verbal officiel. Ma carte de presse me donne le droit de le consulter. Vous n'allez pas me dire le contraire ?

— Je vous dis simplement que le règlement a changé, Sam.

Terrell laissa échapper un juron écœuré.

— Je m'en vais à l'Hôtel de Ville et je vais me faire signer un mandat pour vous soutirer ce rapport ! Et je ramènerai un photographe. Vous ferez une drôle de tête en première page du journal, docteur.

— Chercheriez-vous le scandale ?

— Vous vous figurez peut-être que je suis tombé de la dernière pluie ? Si les rapports sont gênants, brûlez-les. Mais ne cherchez pas à vous asseoir dessus. Il vous en cuirait, et dans un endroit bien désagréable.

— Sam, attendez...

— Pourquoi ?

Le docteur Graham poussa un profond soupir et s'assit à son bureau.

— Je ne veux pas d'histoires. Je ne tiens pas à me trouver coincé. Je vous affirme sur l'honneur que je n'ai rien fait de mal. L'état de la fille n'avait pas le moindre rapport avec sa mort ou la culpabilité de Caldwell.

— Elle était donc bien enceinte. De combien de mois ?

— Presque trois mois, soupira le coroner.

— Pourquoi ne l'avez-vous pas dit aux journalistes ?

— Le capitaine Stanko m'a dit... commença le médecin en s'épongeant la figure. Eh bien, il était inutile de porter atteinte à la réputation de cette fille.

— Quelle délicatesse ! Maman Stanko, la providence de la pauvre gagneuse ! Cette chère petite fréquentait la crapule depuis l'âge de douze ans. Elle avait dû apprendre sur les genoux de sa mère la différence entre la sodomie et le viol. Mais Stanko ne veut pas que l'on porte atteinte à sa réputation ! Allons, docteur, vous pouvez faire mieux que ça !

— L'affaire est classée, insista vivement Graham d'un ton suppliant. Pourquoi aller chercher midi à quatorze heures ? Elle a fait la connaissance de Caldwell il y a cinq semaines. Mais elle est enceinte de trois mois. Cela pourrait faire jaser. Elle est passée martyre. Gentille petite, innocente victime et tout le tremblement. Pourquoi changer tout cela ? Pourquoi aller chercher des détails sordides ? Caldwell l'a tuée. C'est ça qu'il faut voir.

Etait-ce pour cela qu'ils faisaient le black-out ? Peut-être. Ce n'était qu'un détail, mais il ne fallait rien laisser au hasard.

— Ma foi, répondit Terrell, Stanko n'a peut-être pas tort. N'ayez pas peur, je ne vais pas divulguer les secrets de famille.

— Nous n'y pensons plus, alors ? dit le docteur Graham avec un petit sourire inquiet.

— Mais non. Pourquoi casser les pieds du lecteur avec des détails oiseux ? Au revoir et merci, docteur.

Terrell traversa le hall dallé et regarda dans la salle de réception. Connie Blacker enfilait ses gants et souriait à l'employé. Terrell s'avança vers elle. Il ne savait pas comment se servir du renseignement qu'il venait d'obtenir et qui ne cadrait pas avec le reste de sa théorie.

— Tiens, bonjour, dit-il. Vous avez fini ici ?

— Oui, c'est tout, répondit-elle avec un léger tremblement dans la voix. Je n'avais que quelques papiers à signer, c'est vite fait.

— Oui, les morts vont vite. Mais ne soyons pas amers. Vous déjeunez avec moi ?

— Non, j'ai un rendez-vous.

— Je sais, avec Frankie Chance à deux heures. Mais vous ne pourriez pas être un peu en retard ? J'ai à vous parler.

— Désolée. Je n'ai pas le temps.

Elle voulut passer mais il lui prit le bras.

— J'ai encore besoin de votre aide.

— Je vous en prie, lâchez-moi. Nous n'avons rien à nous dire. Je le répète.

— J'avais pensé que peut-être votre conscience commencerait à se réveiller.

— Lâchez-moi ! s'écria-t-elle, les yeux fulgurants. Vous voulez que je hurle ?

— Je veux que vous parliez. Qui est l'homme qui est venu chez Eden le soir de sa mort ? Quel travail lui demandait-il ? De quoi avait-elle peur ?

— Lâchez-moi. Je ne sais rien.

— Vous mentez, Connie. Vous pouvez sauver un innocent. Vous pouvez faire condamner le véritable meurtrier d'Eden. Mais si vous vous taisez, il ne se passera rien de tout ça.

— Et moi, je ne risquerai pas de passer dans l'autre monde.

— Et que faites-vous d'Eden ? grinça Terrell, furieux. Vous avez signé les papiers et la voilà partie en grande vitesse. Et c'est tout ? Vous n'êtes pas descendue la voir ? Elle est couchée sur le marbre comme de la viande froide, avec une étiquette au pied. Comme un quartier de bœuf dans une boucherie. Seulement aux abattoirs, on tue les bêtes plus proprement.

— Assez ! Assez !

Elle se détourna, les yeux pleins de larmes. Terrell lâcha son bras.

— Bon, je me tais.

Au fond de son cœur, il ne lui en voulait pas. Il comprenait qu'elle ne tienne pas à risquer sa vie pour aider un journaliste inconnu, ou presque ; on lui avait évidemment ordonné de se taire. Si elle passait outre, il y aurait de graves représailles. Ce serait rapide et décisif, ou lent et pénible. De toute façon, ce serait mortel.

— Je vais vous déposer chez vous, dit-il.

— Non, ça ira.

— C'est sur mon chemin. Venez.

Terrell paya le chauffeur en arrivant à l'hôtel. Il avait l'intention de couvrir le reste du trajet à pied pour aller au journal.

— Merci pour le taxi, dit-elle.

— Si vous vous ravisez, souvenez-vous de mon nom. Terrell. Je travaille dans le journal local.

— Je ne me raviserai pas.

— A cause de lui ?

Terrell regardait par-dessus l'épaule de la jeune fille. La porte tournante de l'hôtel virevoltait et ses vitres renvoyaient des éclats de soleil dans toutes les directions. Frankie Chance venait de sortir et regardait autour de lui, une petite grimace sur sa bouche boudeuse. Il était habillé avec recherche d'un costume de flanelle bleu ciel et d'une chemise de soie.

— A cause de lui ? répéta Terrell.

— Adieu.

Elle se détourna vivement, mais Frankie Chance l'avait vue et s'approchait à grands pas, la figure congestionnée de colère.

— Vous êtes en retard. Deux heures c'est deux heures, non ?

— Oui, bien sûr.

— Vous avez pleuré. C'est lui qui vous embête ?

— Je m'appelle Terrell. Sam Terrell. Maintenant que les présentations sont faites, Frankie, vous pouvez me parler directement.

Chance lui lança un regard glacé.

— Qu'est-ce que vous lui voulez, Sam ?

— Rien de spécial. Je faisais un papier à la morgue et je l'ai rencontrée. Je l'ai raccompagnée. Vous êtes arrivé et nous voilà tous les trois en train de bavarder agréablement du soleil d'automne.

— Très drôle. Le coup de la morgue aussi.

— Non, ce n'est pas drôle, dit le journaliste. Je comprends ce que vous pouvez éprouver.

— Vous le comprenez ? Elle est bien bonne ! (Chance regarda fixement le bout de la rue et Terrell vit sa bouche se crisper.) Pour vous, c'était une traînée. Je ne veux pas de votre pitié. Elle n'en a que faire.

Son chagrin était sincère. Terrell se dit qu'il n'était pas assez bon comédien pour jouer ce rôle. Chance prit le bras de Connie et la tira vers l'hôtel.

— Et fichez-lui la paix, dit-il à Terrell. Laissez-nous tranquilles. Nous ne sommes pas du même bord.

— On se retrouvera peut-être dans le même bateau, murmura le journaliste en les regardant pénétrer dans l'hôtel.

Puis il poussa un soupir et gagna le journal.

Installé devant sa machine, il tapa quelques lignes de sa chronique. Il décrivit l'assassin d'Eden Myles, le gros homme aux cheveux noirs épais, avec sa longue cicatrice sur le front, et laissa entendre que la police le recherchait relativement à l'affaire Caldwell. Puis il relut longuement ce qu'il avait écrit, les sourcils froncés. C'était assez risqué. Karsh n'était pas là, sinon il lui aurait demandé son avis. Mais enfin, Terrell se dit qu'il en prenait la responsabilité. Il fit signe à un garçon de bureau et lui donna l'écho pour le faire encadrer dans sa colonne. Il arriverait à temps pour passer dans la prochaine édition et serait dans la rue vers quatre heures. Et à ce moment-là, il y aurait du bruit à l'Hôtel de Ville.

11

Le lendemain matin, frais et distingué avec pardessus anglais et foulard de soie blanche, Karsh attendait Terrell à son bureau dans la salle de rédaction. L'air vif lui avait coloré les joues et ses yeux brillaient de curiosité. Il leva la tête à l'arrivée de Terrell, avec un petit sourire bizarre.

— Pourquoi ne m'aviez-vous pas dit que vous vouliez lancer une grenade ? dit-il. Je me serais bouché les oreilles.

— Vous avez entendu des répercussions ?

— Je vous crois. Jack Duggan, notre distingué chef de la police, m'a téléphoné. Je lui ai dit que vous le verriez ce matin. Qu'allez-vous lui dire ?

— Qu'en pensez-vous ? Les sources du journaliste sont sacrées, et tout le bazar, ou j'avoue que je me suis servi d'un vague potin ?

— La seconde idée est meilleure. Maintenant, écoutez-moi bien, dit Karsh en jetant un regard circulaire autour de la salle. Allez-y mollo. Vous êtes au courant de ce gorille qui est sorti en courant de chez Caldwell. Vous êtes le seul. Si ça se sait, je ne donnerai pas cher de votre peau. Vous êtes mon bâton de vieillesse, ajouta-t-il avec une petite tape affectueuse. Ne l'oubliez pas et ne faites pas l'imbécile.

— Mais oui, ne vous en faites pas, répondit Terrell, touché par l'inquiétude de Karsh.

Sans son masque de cynisme, Karsh paraissait faible et sans défense. Terrell se dit que son patron l'aimait bien, et se sentit gêné. Karsh se reprit, et parut regretter son instant d'abandon. Il poursuivit d'une voix plus autoritaire :

— Ne vous laissez pas pousser à imprimer tout ce que vous savez. Racontez-leur que vous avez répété un bruit qui court, sans vous donner la peine de le vérifier. Avec tous les *mea culpa* d'usage.

Le secrétaire du commissaire Duggan, un agent en uniforme, pria

Terrell d'attendre et pénétra dans le bureau de son chef. Il revint presque tout de suite.

— Entrez, dit-il, d'un ton volontairement neutre qui parut menaçant au journaliste. Le commissaire vous attend.

Jack Duggan était assis à son bureau, gros, trapu, avec des yeux protubérants et hardis. Tout en lui était propre et net. Ses cheveux étaient coupés ras et l'amidon de son col et de ses poignets brillait sous la lumière crue du plafonnier. En général, il allait droit au but, mais Terrell remarqua qu'il ne paraissait pas très sûr de lui.

— Asseyez-vous, Sam, dit-il en tripotant une coupure de journal sur son bureau. Dites-moi, cet article... C'est assez curieux. Vous décrivez un homme en détail, et vous dites que nous le recherchons en corrélation avec l'affaire Caldwell. Vous l'avez inventé ? Ou quoi ?

— Dois-je comprendre que ce n'est pas exact ?

— Nous ne recherchons personne. N'y allons pas par quatre chemins. Le maire a fait un pétard du diable avec votre histoire. Je sais que vous êtes un bon journaliste. Vous n'avez pas l'habitude de rapporter des potins ou de faux bruits. Alors, il faut en déduire que quelqu'un vous a donné ce tuyau... quelqu'un en qui vous avez confiance. Nous voulons savoir qui.

— Vous et le maire, naturellement.

— Oui. Ne croyez pas qu'il s'agit de son intérêt personnel. Sa demande est légitime. Vous laissez entendre que nous ne sommes pas sûrs de notre fait, avec Caldwell. Ou qu'il peut y avoir là quelque chose de mystérieux. Aucune de ces conclusions ne se justifie. Mais les lecteurs vont se faire des idées. Vous ne l'ignoriez pas en écrivant votre article. Sam, celui qui vous a refilé ce tuyau est un trouble-fête de la pire espèce. Et nous voulons savoir qui c'est. Pour votre bien comme pour le nôtre.

— C'est un coup de fil anonyme, dit Terrell.

— Je ne vous conseille pas de prendre cette attitude. Il ne s'agit pas de finesse ou de jouer au plus malin. Nous voulons la vérité.

— Moi aussi. Si nous faisions un échange ?

— Qu'est-ce que ce propos veut dire ?

Terrell hésita, fronça le sourcil. Il n'était pas sûr de Duggan. Il le connaissait depuis une douzaine d'années et il avait vu son ascension, depuis le simple grade d'inspecteur jusqu'au plus haut échelon de la police. Terrell était certain que Duggan était honnête homme. Il ne touchait pas de pots-de-vin, il dirigeait bien la police locale, il était intelligent. Mais Terrell savait aussi que Duggan souffrait de cette maladie que l'on peut appeler inertie morale : il était honnête jusqu'à un certain point au-delà duquel il était neutre. Terrell se lança cependant sans savoir jusqu'où il pouvait lui faire confiance :

— Très bien. Commençons par Paddy Coglan. Pourquoi s'est-il suicidé ?

— Il pouvait être malade, ivre, inquiet... il peut y avoir mille raisons.

— Coglan a vu un homme sortir en courant de chez Caldwell la nuit où Eden Myles a été assassinée. Il me l'a dit au téléphone. Mais après une conversation avec le capitaine Stanko, il a nié le fait.

Duggan examina Terrell d'un air perplexe.

— Stanko m'a dit que Coglan s'était embrouillé, dit-il enfin. Vous ne devez pas ignorer que Paddy buvait.

— Ensuite, Coglan est allé à Beach City et s'est tué, poursuivit Terrell. Est-ce que ce n'est pas une heureuse coïncidence en faveur de l'accusation ?

Duggan se mit en colère.

— Vous ne me donnez pas de faits ! Vous additionnez les suppositions pour en faire une théorie !

— Pourquoi le coroner n'a-t-il pas révélé qu'Eden Myles était enceinte ?

— Quoi ?

— Je parie qu'on ne vous l'a pas dit non plus, dit Terrell en se levant avec un sourire amer. Dans cette ville, il y a deux polices. Une au grand jour, pour tous les citoyens. L'agent de la circulation, la brigade de protection de la jeune fille, les agents de faction aux grands matches de football. L'autre police opère dans l'ombre. Elle ne répond pas aux questions. Elle perd les rapports. Elle ne rend de comptes à personne. Et c'est avec celle-ci que vous me proposez de collaborer. Pourquoi le ferais-je ?

— Ne montons pas sur nos grands chevaux, dit Duggan avec un geste d'apaisement. Donc, cette fille était enceinte. Il y a probablement une bonne raison pour ne pas le divulguer. Mais vos rédacteurs se mettent à hurler à l'assassinat de la liberté de la presse si on ne leur révèle pas le moindre indice, la moindre piste. Comment peut-on faire un procès si la défense connaît tous les arguments de l'accusation ? Nous avons de solides raisons de nous taire, quelquefois. Mais à moins de téléphoner à votre journal toutes les cinq minutes, on se fait traiter de gestapo !

— Il me semble que nous ne progressons guère.

Duggan abattit soudain son poing sur le bureau.

— Nous progresserons et vous vous en mordrez les doigts, Sam. Qui vous a donné le tuyau que vous avez passé hier ?

Terrell hésita. Il se sentait tenté : s'il révélait à Duggan qu'il tenait cette information des lèvres même de Paddy Coglan, Duggan serait coincé — il lui faudrait au moins faire un simulacre de chasse à l'homme, ou persévérer en insistant que Coglan n'était pas un témoin digne de foi. S'il choisissait la seconde attitude, le public se dirait peut-être que tout le témoignage de Coglan était sujet à caution. L'Hôtel de Ville ne pouvait jouer gagnant sur les deux tableaux : Coglan ne pouvait être un bon témoin quand il chargeait Caldwell, et un mauvais témoin quand il soutenait la défense.

— J'attends, dit Duggan. De qui tenez-vous l'histoire ?

Terrell décida de ne rien lui dire. Mais avant qu'il puisse répondre, le maire Ticknor entra en flânant. Il arborait un large sourire et se grattait distraitement la jambe. Son sourire s'effaça quand il vit Terrell, mais il n'en poursuivit pas moins son grattage.

— Tiens, tiens, le coupable que je cherchais. Jack, vous avez expliqué notre position à Sam ?

— Nous étions en train d'en discuter.

— Il n'y a rien à discuter, absolument rien.

Il sourit encore et s'approcha de Terrell. Le maire était un grand vieillard sec, aux épais cheveux gris de fer en broussaille, avec une grosse tête rougeaude taillée à coups de serpe. Il jouait à la perfection le personnage de paysan du Danube, égaré dans la ville tentaculaire, rude, cru, rusé et matois, et le public adorait ça, sans doute, puisqu'il avait été réélu quatre fois de suite. Mais Terrell savait ce qui se cachait sous des dehors bonasses de bon vivant coureur de jupons, franc buveur et gros mangeur. Il aimait trop les interminables parties de poker, les plaisanteries de mauvais goût et les petites filles, et de plus, c'était une franche crapule, se taillant la part du lion et écrasant impitoyablement qui s'aviserait de l'en empêcher.

— Mettons-nous d'accord, dit-il aimablement à Terrell. Je connais Duggan, c'est un bavard, mais il a dû vous faire comprendre ce que nous voulons. Quelqu'un vous a fourgué un tuyau à la gomme. Le moins que vous puissiez faire est de publier un démenti. Une ligne ou deux, ça suffit. Et puis vous nous direz de qui vous tenez l'information.

— C'est tout, hein ?

— J'espère que vous ne cherchez pas à faire de l'esprit, répliqua Ticknor qui ne souriait plus. Vous avez entendu ce que j'ai dit. Répondez.

— Je n'ai guère le choix. Si la police ne recherche personne, c'est que je me suis trompé.

— Ce n'est que la moitié de ce qu'on vous demande. Qui vous a dit ça ?

— On me l'a téléphoné. Un coup de fil anonyme.

— Jamais vous ne passeriez une histoire que vous avez apprise de la sorte. Maintenant, écoutez-moi bien. Si vous jouez au petit soldat, je fais une déclaration comme quoi vous êtes un sale petit menteur à qui on devrait interdire les salles de rédaction.

— Ça me ferait mal !

— Sam, vous allez avoir des ennuis. Ça fait douze ans que je suis maire de cette ville et je ne vais pas vous laisser salir mon travail et ma réputation. Il n'y a rien de louche, ici, mais vous cherchez à remuer de la fange. Eh bien, vous vous apercevrez que ça ne sent pas bon pour vous.

Terrell consulta sa montre.

— C'est tout ce que vous aviez à me dire ?

— Maintenant, une dernière fois, dit Ticknor d'une voix plus basse et plus posée. Je veux savoir où vous avez dégoté cette information bidon d'un homme à la cicatrice sur le front. Et je le saurai, Sam.

— Pourquoi ne me mettez-vous pas en prison ? Vous pourriez aussi me passer à tabac, rétorqua Terrell qui commençait à perdre patience. Il y avait un homme, mais il n'existe plus ni dans vos fiches ni sur vos rapports. On l'a escamoté. Mais moi, je le connais.

Comme Terrell quittait la pièce, le maire se lança dans une tirade soignée, une bordée de jurons obscènes qu'il lança comme autant de coups de cravache, en essayant de toucher le journaliste au vif. Terrell attendit, la main sur la poignée de la porte, en regardant d'un air pensif la figure congestionnée du maire. Lorsque enfin il se tut, Terrell lui dit tranquillement :

— J'ai rangé ma voiture en double file. Aussi vous m'excuserez. Je ne veux pas avoir d'ennuis sérieux avec la police.

Il jeta un dernier regard à Duggan qui baissait le nez et contemplait ses mains d'un air à la fois rageur et honteux. Puis il ouvrit la porte et sortit.

12

Il était près de dix heures quand Terrell regagna le journal.

Il passa le reste de la matinée à compulser les archives au sujet du Comité de la Circulation. C'était un travail fastidieux. Il lut des douzaines de rapports, pour et contre la proposition originale, parcourut des douzaines de discours qui vouaient le projet aux gémonies et des douzaines d'autres qui le portaient aux nues. Il se familiarisa avec le décret, depuis l'heure où il germa dans la tête du maire jusqu'au jour où il prit force de loi par la grâce du Conseil municipal. Il lut même le décret, article par article, clignant des yeux sur les petits caractères, et il finit par examiner une série de photographies de sites divers.

Enfin, il ramassa toutes ses notes et monta à la section financière. Bill Moss, directeur de la chronique boursière, s'écria en le voyant :

— Tu veux un bon tuyau ? Tu achètes bon marché et tu vends cher. Blague dans le coin, qu'est-ce que je peux faire pour toi ?

— Merci du tuyau, il me paraît bon. Dis donc, Bill, je suis passionné par notre charmant Comité de la Circulation. Je peux te poser quelques questions ?

— Vas-y.

— Le Comité a fait la plupart de ses adjudications à deux sociétés : les constructeurs Acme et les démolisseurs Bell. J'aimerais savoir ce que c'est. A qui appartiennent ces entreprises, combien ils ont gagné, quel est leur statut financier, enfin, tout ce que tu pourras découvrir.

Moss prit note des deux noms et répondit :

— Je vais m'en occuper. Je suppose que c'est pressé ?

— Oui, malheureusement. Je vais déjeuner et je reviens. Ça va ?

— Je vais tâcher de t'avoir les renseignements d'ici là.

Terrell descendit au drugstore, dans le hall du journal, et mangea un sandwich accompagné de trois tasses de café noir. A deux heures, il retourna chez Bill Moss.

— Voilà tes renseignements, dit Moss en lui tendant une pile de chemises. Je peux peut-être te faire un résumé, plus vite que tu ne parcourras tout ça. Pour commencer, et j'ai dans l'idée que c'est ça que tu veux savoir, les deux firmes sont légalement établies, leurs finances sont saines, la comptabilité est en ordre, tout marche bien, le personnel est compétent, du haut en bas de l'échelle. Ils n'ont pas l'air d'avoir d'ennuis. Les impôts, la sécurité sociale, le comité d'entreprise, tout marche sur des roulettes. Mais il y a tout de même un hic. D'abord, la direction me paraît bien vague. Je m'expliquerai tout à l'heure. Ensuite, ils ont eu vraiment trop de chance. Ils sont montés trop vite. Ils sont partis de zéro et, en un rien de temps, ils sont devenus deux monopoles travaillant presque exclusivement pour le Comité. En tenant compte de leurs débuts, cela paraît tout à fait irrégulier. L'entreprise de démolition Bell, par exemple, n'avait pas de grands bureaux et presque pas d'équipement quand on lui a commandé le déblaiement d'un pâté de maisons entier. Tu seras d'accord avec moi, ce n'est pas naturel.

— Et la direction ? Tu me dis qu'il y a là quelque chose de bizarre.

— Eh bien, il y a cinq ou six hommes à la tête des affaires. J'en connais un ou deux et... (Moss haussa les épaules.) Je n'affirme rien, note bien, mais j'ai un peu l'habitude de ce genre de choses. A mon avis, ces types-là manquent d'envergure.

— Ce seraient des hommes de paille ?

— Je crois. Ils doivent couvrir les véritables propriétaires, qui tiennent à demeurer dans l'ombre.

— Alors comment faire pour dénicher les véritables propriétaires ?

— Difficile. Il y a peut-être des contrats oraux et il est bien ardu de les analyser.

— Eh bien, je te remercie. Pour nous résumer, ce sont des affaires saines, mais elles n'existeraient pas si le Comité ne les avait pas fait travailler à outrance. C'est bien ça ?

— Oui. Si tu trouves quelque chose, fais-le-moi savoir. Les escroqueries m'intéressent toujours.

— Moi aussi. Surtout les grandes escroqueries.

Installé à son propre bureau, Terrell prit son téléphone et appela le bureau de Dan Bridewell. Pendant que la standardiste lui passait la secrétaire de Bridewell, Terrell rassemblait dans sa tête tous les renseignements qu'il détenait sur le vieil entrepreneur. Bridewell avait débuté comme manœuvre et, à force de travail, était parvenu à une situation de premier plan. C'était un homme dur, un enfant des faubourgs de Belfast, qui avait réussi à envoyer ses quatre fils à l'université et une fille en Europe, pour y suivre les cours des plus grands conservatoires de musique. Il contribuait largement à des œuvres de charité et son nom figurait dans les plus importants comités de bienfaisance de la ville. Il était venu de loin, mais il n'avait cessé de lutter pied à pied pour réussir. Certes, il s'était fait des ennemis, au cours de sa longue carrière, car il ne faisait pas de quartier. Mais il disait lui-même qu'un homme sans ennemis ne valait pas cher.

— Oui ? Qui est à l'appareil ? grinça la voix sèche et irritée de Bridewell. Terrell ? Celui du journal ?

— Lui-même, monsieur Bridewell. Sam Terrell. Je fais un papier sur le Comité de Circulation et il y a un ou deux points que j'aimerais voir avec vous.

— Je ne vais pas vous faire perdre votre temps, Terrell. Le Comité ne veut pas me donner d'adjudications. Il préfère traiter avec des margoulins. Je ne sais pas, je dois avoir mauvaise haleine, ou voter de travers. Ça fait des années que je le répète. Tout le monde le sait.

— Je voudrais avoir votre opinion sur la société de construction Acme et les démolisseurs Bell, ceux qui travaillent pour le Comité.

— Je ne les connais pas. Je ne sais que ce que je lis dans les journaux. Ils ont les contrats, nous pas.

— Savez-vous à qui appartiennent ces sociétés ?

— Vous feriez mieux de demander ça à l'Hôtel de Ville. Ils doivent le savoir, mais ils ne m'en ont jamais rien dit. J'ai du travail. Au revoir.

Terrell entendit un déclic et raccrocha en souriant. Il resta encore un quart d'heure à son bureau à contempler l'activité et l'agitation qui régnaient dans la grande salle. Il n'avait qu'un moyen pour obtenir le renseignement qu'il cherchait : il lui fallait conclure un marché. Mais le temps pressait. Il lui fallait jouer son va-tout. Il était le seul à qui Paddy Coglan avait dit toute la vérité. C'était peut-être une monnaie d'échange. Il attira son téléphone et forma le numéro du bureau de Duggan à qui il dit :

— Terrell. J'ai quelque chose qui peut vous être utile, et j'ai besoin de votre aide. On fait une affaire ?

Duggan hésita un instant. Le journaliste pouvait entendre sa respiration rauque.

— Qu'est-ce que vous voulez ? demanda-t-il enfin.

— Voulez-vous que nous nous donnions rendez-vous devant l'aile nord de la mairie ? Nous pourrions discuter.

— Dans cinq minutes ?

— Parfait.

Terrell rassembla ses notes sur le Comité et les glissa dans sa poche. Puis il prit son manteau et son chapeau et s'en fut retrouver Duggan.

Le commissaire l'attendait, l'air troublé, devant l'entrée de l'aile nord. Les deux hommes se frayèrent un passage parmi la foule et se dirigèrent lentement vers la Dix-Septième rue.

— Donnant, donnant, dit Terrell. Je vous donne un coup de main et vous m'aidez ?

— Voyons.

Terrell mit une cigarette à ses lèvres et hésita en se souvenant des paroles de Karsh : *Vous êtes le seul au courant de ce gorille... Si ça se sait, je ne donne pas cher de votre peau.* Pouvait-il avoir confiance en Duggan ? C'était un coup de dés. Il se décida :

— J'ai vu Paddy Coglan à Beach City.

Duggan ouvrit de grands yeux.

— Le jour où il s'est suicidé ?

— Oui. Il m'a décrit l'homme qu'il a vu sortir en courant de chez Caldwell. C'est ce signalement que j'ai passé dans ma chronique. Et l'homme qu'il m'a décrit était en ville et a été vu avec Ike Cellars quelques jours avant l'assassinat d'Eden Myles.

Ils marchèrent en silence pendant une centaine de mètres et Terrell vit le visage de Duggan s'assombrir de plus en plus.

— Très bien, Sam, dit-il enfin. Vous me mettez le paquet sur les bras, il me semble ? Ou je me conduis comme un policier, ou je fais l'autruche.

— Que choisissez-vous ?

— Je ne sais pas... je ne sais pas, murmura Duggan d'un ton découragé. Je vais vous avouer quelque chose. J'ai pris l'habitude de me battre pour ce que je croyais juste. Vous voyez ce que je veux dire ? On ne peut pas s'arrêter et calculer avant de foncer. On se jette tête basse... ou on se tourne les pouces. J'ai peut-être voulu trop calculer.

— C'est le moment de vous décider. Maintenant, à mon tour. A qui appartiennent les sociétés de construction Acme et de démolition Bell ?

— Vous devez pouvoir trouver ça quelque part.

— Les propriétaires en titre sont des hommes de paille. Je veux savoir qui ils représentent.

— Je peux peut-être faire une enquête. Ces types-là doivent avoir des casiers qui remontent à la prohibition. Je vais chercher.

— J'en ai besoin ce soir. Je peux vous téléphoner chez vous ?

— Si tôt ? Enfin, je ferai de mon mieux. Vers huit heures, ça ira ?

— D'accord pour huit heures. A tout à l'heure.

Ils avaient fait tout le tour de l'Hôtel de Ville et se retrouvaient devant l'aile nord. Duggan sourit au journaliste et pénétra dans l'immeuble. Terrell suivit des yeux sa haute silhouette martiale, raide et droite, symbole de puissance et de précision. Il se demandait ce que Duggan pouvait penser. Chercherait-il à se défiler ? A rapporter ses renseignements à Ticknor et Cellars et fermer les yeux sur ce qui en découlerait ?

Terrell eut un sourire amer. Sa position à lui était tout aussi précise : si Duggan le laissait tomber, il ne ferait pas de vieux os !

En allant prendre sa voiture, le journaliste se dit que sa situation était des plus précaires. Il est toujours dangereux de savoir les choses à moitié. Et il en savait tout juste assez pour être gênant.

13

Terrell ne rentra pas au journal mais chez lui ; il se fit un sandwich et but un verre de lait, puis il fit chauffer de l'eau pour son café, puis en profita pour prendre une douche et se raser. A huit heures précises, il appela Duggan. La sonnerie retentit deux fois et Duggan lui-même décrocha l'appareil.

— Oui ?

— Terrell. Eh bien ?

— J'ai votre renseignement. Et un paquet d'ennuis pour moi. J'ai pris deux de ces hommes de paille et je les ai passés à l'essoreuse. Tiknor l'a su et il a sauté au plafond. Demain matin, à la réunion du Conseil, je serai mis en disponibilité. Belle fin de partie, non ?

— Ma foi, vous êtes un policier et pas une autruche. Vous vouliez le savoir, non ?

— Je le sais, à présent. Je suis un policier, un ex-policier dégommé. C'est une réussite.

— A qui appartiennent ces compagnies ?

— Ça m'a fichu un coup. Ça fait des années que je suis dans le secret des dieux et je ne m'en serais jamais douté. Elles appartiennent pour moitié à Ike Cellars, et ça n'a rien d'étonnant. Mais l'autre propriétaire est le vieux Dan Bridewell. Ça ne vous dit rien ?

— Vous êtes sûr ? Sûr et certain ?

— Bon sang, je suis quand même capable de faire une enquête, soupira Duggan.

— Excusez-moi.

— Trente-cinq ans de métier et notre cher maire peut me casser pour avoir fait dix minutes de travail honnête. C'est joli, non ?

— Très. Mais n'abandonnez pas. Laissez-les vous mettre à la porte.

— C'est bien ce que j'ai fait.

Terrell raccrocha et s'habilla. Bridewell ! Ça, c'était formidable. Le puritain plastronnant, le bigot, le furieux dénonciateur de gangsters et de concussionnaires... la main dans la main de Cellars ! De quoi rendre un honnête homme malade. Rien d'étonnant que Karsh soit un cynique... Comme il allait partir, le téléphone sonna et Terrell décrocha d'un geste irrité.

— Allô ? Ici Terrell !

— Vous m'avez dit de ne pas oublier ce nom.

Il reconnut la voix de Connie Blacker.

— Je suis heureux que vous y ayez pensé. Que puis-je pour vous ?

— Je veux vous voir. Je... J'ai changé d'idée.

— Où êtes-vous ?

— Au club *Les Manoirs*. Pouvez-vous venir prendre un verre avec moi ?

Il lui trouva une voix bizarre. La peur peut-être, ou simplement l'inquiétude... Il regarda l'heure.

— J'ai un rendez-vous d'abord. Neuf heures ou neuf heures et demie, ça irait ?

— Parfait. Ce sera pendant l'entracte. Ne me laissez pas tomber, je vous en prie.

Terrell leva un sourcil étonné. Elle était vraiment étrange.

— Ne vous en faites pas. Je viendrai.

14

Dan Bridewell habitait dans le quartier Sud, une maison très simple dont l'aspect sévère seyait à sa réputation d'honnête homme. Terrell pensa que le déguisement était parfait. Pas de fantaisies ostentatoires. Un perron de bois. Pas de martinis, ni de vertes pelouses dans la banlieue élégante. Seulement l'essentiel : la fortune et le pouvoir. Terrell sentait monter sa colère. Jusqu'à présent il avait agi en professionnel indifférent, comme un chirurgien qui découpe un tissu cancéreux. Mais maintenant, il sentait que c'était autre chose.

Une femme âgée, en uniforme noir, lui ouvrit la porte. Terrell demanda à voir Bridewell, mais elle fronça légèrement le sourcil.

— Eh bien, je ne sais pas. C'est-à-dire qu'il part pour Saint Louis ce soir et il va bientôt se rendre à l'aéroport.

— Je ne le retiendrai pas plus de deux minutes. Je suis Sam Terrell, du *Call-Bulletin*.

— Je vais le lui dire. Entrez donc au salon.

— Volontiers.

Terrell ôta son chapeau et pénétra dans l'entrée. Il y avait un porte-parapluies, une rangée de patères et le départ d'un large escalier, le tout dans le genre solide, confortable et démodé.

— C'est un voyage brusqué ? demanda-t-il.

— M. Bridewell a beaucoup de travail. Il va et vient quand ses affaires le réclament.

La femme de chambre parlait de lui comme s'il s'agissait du curé de la paroisse.

— Oui, je comprends, dit gravement le journaliste.

Le salon était une longue pièce triste aux épais tapis rouges et au lourd mobilier sombre qui sentait l'encaustique et l'abandon ; le papier mauve et les rideaux violets formaient un fond lugubre aux agrandissements photographiques dans leurs gros cadres dorés. Des chenêts de cuivre luisaient dans la pénombre.

Terrell se leva en entendant un pas et Dan Bridewell entra dans le salon.

— Ma foi, jeune homme, il vous faudra faire vite. Je prends l'avion de Saint Louis dans une heure.

— Je ferai de mon mieux.

— Que vouliez-vous ?

Bridewell examinait le journaliste d'un œil vif et pénétrant. C'était un petit homme trapu, aux rares cheveux gris, avec une petite bedaine barrée d'une chaîne d'or. Sa figure carrée respirait la force, une force mêlée de ruse. Il avait l'air d'un homme capable de se battre d'une douzaine de manières différentes, si besoin était, mais qui n'engagerait le combat qu'en étant certain du résultat.

— Je suis sur la piste d'une rumeur, dit Terrell. Elle vous concerne et c'est pourquoi je suis ici.

— Je vous écoute. J'ai l'habitude des rumeurs et des potins. Depuis quarante ans, je me suis vu accusé de tout, à part le sac de Rome. Alors allez-y.

— Il paraîtrait que vous êtes associé avec Ike Cellars.

Bridewell éclata de rire.

— Elle est bien bonne. C'est nouveau, ça. Et quelle est censée être cette association ? Un tripot ?

— La société de construction Acme et les démolisseurs Bell.

Terrell vit que Bridewell accusait le coup et sa figure cauteleuse ne put dissimuler une expression de surprise. Mais il se reprit instantanément.

— Je vous ai dit que j'étais pressé. C'est tout ce que vous aviez à me dire ?

— Vous n'aviez rien d'autre à me répondre ?

— Je n'ai rien à répondre, ni maintenant, ni plus tard, dit Bridewell en tirant sa montre. On vous a abreuvé de mensonges tendancieux ou vous cherchez simplement une bonne petite histoire scandaleuse. Pourquoi la soutiendrais-je en faisant une déclaration ?

— C'est bien tout ce que vous avez à me dire ?

— J'ajoute que ce mensonge est absolument éhonté et malfaisant, si ça peut vous faire plaisir. Je ne sais qui l'a inventé, s'écria-t-il, rouge de colère, mais cette attaque stupide est parfaitement immonde.

— Vous connaissez Ike Cellars ?

— Je l'ai aperçu par-ci par-là. Si vous appelez cela connaître quelqu'un, alors je le connais. J'ai l'habitude des calomnies, Terrell. Mais je ne me laisse pas faire, en général. Si jamais vous publiez ce bruit, votre journal le paiera cher.

— Les hommes de paille des deux compagnies se sont mis à bavarder, dit Terrell. A la police. Ils ont déclaré que les véritables propriétaires étaient Ike Cellars et vous. Deux compagnies seulement ont reçu les adjudications du Comité de Circulation et toutes les deux appartiennent à Ike Cellars et à vous. Vous nous feriez un procès si nous publiions cette information, monsieur Bridewell ?

— Qui vous a envoyé ?

Bridewell avait posé sa colère comme on pose un pardessus. Il observait à présent le journaliste d'un œil froid et avisé, très calmement.

— C'est la bande de Caldwell ?

— Non. Ce n'est pas après vous que j'en ai, c'est après l'assassin d'Eden Myles. Qui l'a tuée ? Qui a incriminé volontairement Caldwell, et pourquoi ? C'est en cherchant des réponses à ces questions que j'en suis arrivé ici.

— Caldwell incriminé à tort ? Vous n'avez donc pas lu les rapports de la police ?

— Je n'y crois pas. Et vous ?

— Pourquoi pas ? Qu'est-ce que Richard Caldwell a de sacré ? C'est un petit saint ? Il vaut mieux que nous tous ?

— Il n'a pas tué Eden Myles.

— Moi, jeune homme, je crois ce que dit la police, dit le vieil homme en regardant Terrell fixement, puis il répéta d'une voix froide et impersonnelle : J'accepte le verdict de la police.

— Vous avez peur.

— Je n'ai peur de rien. De qui voulez-vous que j'aie peur ?

— Eden Myles a été assassinée par un tueur aux gages d'Ike Cellars. Votre associé, Ike Cellars, a fait épingler Caldwell. Votre associé a commis le crime aussi sûrement que s'il avait étouffé la fille de ses deux mains.

— Le rapport de police accuse Caldwell, répéta le vieil homme en frappant le bras d'un fauteuil du plat de la main.

— Pourquoi n'avez-vous pas lutté ouvertement ? Pourquoi n'avez-vous pas laissé gagner Caldwell et ne vous êtes-vous pas défendu devant les tribunaux, publiquement ? dit Terrell sans pitié. Mais Ike ne voulait pas de ça. Ike voulait liquider l'affaire définitivement, n'est-ce pas ? Il voulait faire accuser Caldwell d'assassinat et s'en débarrasser pour toujours. Ce n'est pas vrai ?

Bridewell paraissait tenir au prix d'un effort physique surhumain. D'une voix tremblante, il souffla :

— Sortez ! J'en ai assez de cette boue. Sortez !

— Très bien, monsieur Bridewell.

— Je vais à Saint Louis voir ma fille. Je ne reviens pas avant trois mois. Je me fiche de ce qui va se passer... murmura le vieil homme sans plus chercher à combattre ses tremblements. Je me fiche de ce qui peut leur arriver, à tous.

Terrell comprit, à son regard traqué, qu'il l'avait enfin ébranlé.

— Bonne nuit, dit-il en sortant.

De chez Bridewell, Terrell se rendit aux *Manoirs*, le luxueux cabaret d'Ike Cellars, en plein centre ville. Miguel, le maître d'hôtel, accueillit cordialement le journaliste et fit passer un message à Connie Blacker par un chasseur.

Dans une atmosphère de discrète élégance, quelques dîneurs dégustaient la meilleure cuisine de la ville en écoutant de la musique douce remarquablement bien jouée au piano par une jeune femme.

Le chasseur revint dire à Terrell que miss Blacker l'attendait dans sa loge. Il salua Miguel et traversa la piste étincelante pour se rendre en coulisse. Connie se tenait sur le seuil éclairé de sa loge et Terrell remarqua que ses yeux paraissaient étrangement sombres.

— Je suis heureuse que vous ayez pu venir, dit-elle.

— Vous étiez assez pressante.

— Entrez, je vous en prie. C'est tout en désordre, mais il y a au moins une chaise libre et un cendrier.

— Certains ont vécu avec moins que ça.

Terrell vit que la jeune fille tremblait de peur.

— Et le travail, ça marche ? reprit-il.

— Assez bien. Je suis un rang au-dessus de la dame-pipi. Je chante un refrain avec l'orchestre dans le finale et je sers de repoussoir à l'animateur. Mais asseyez-vous, ajouta-t-elle avec un bref sourire.

— Vous vous en sortirez. On a besoin de figuration dans les boîtes de ce genre.

En fait de figuration, elle avait plutôt l'air de la vedette d'un arbre de Noël. Une vraie poupée, avec son ruban dans ses cheveux courts et sa peau fine, lisse, sans maquillage. Son costume embellissait encore un corps qui n'en avait nul besoin. Elle portait un corsage blanc, un minuscule bikini noir et de longs bas résille noirs. L'effet était saisissant. Mais Terrell, sans savoir pourquoi, se disait qu'elle n'était pas à sa place dans le cabaret à gogos d'Ike Cellars. Elle était décorative, certes, mais elle avait encore autre chose. Sa place était dans une maison pleine d'enfants, qui sentait le rôti du dimanche et peut-être le feu de bois. Evidemment, il pouvait se tromper.

— Pourquoi vouliez-vous me voir ?

Elle jeta un regard furtif vers la porte.

— Si je vous révélais quelque chose dont vous pourriez vous servir, qu'est-ce que ça me rapporterait ?

— Les choses sordides habituelles, soupira Terrell, la paix du cœur, le respect de soi, une conscience en repos. C'est une bonne affaire.

Elle s'assit lentement, sans le quitter des yeux.

— C'est tout ?

— Vous pensiez plutôt à quelque chose de propre et plein d'idéal, comme, par exemple, des dollars ?

Elle croisa les jambes et agita nerveusement le bout du pied.

— Exactement.

Les ampoules de la coiffeuse faisaient scintiller le strass de ses escarpins de velours noir. Elle jeta encore un coup d'œil vers la porte et Terrell vit qu'elle crispait ses doigts sur le bord de sa chaise.

— Nous pouvons peut-être nous entendre, dit-il.

— Combien me donneriez-vous ?

— Connie, je travaille pour un grand journal plein d'argent. Mais nous n'avons pas fait fortune en payant les tuyaux d'avance. Il faut au moins que je sache un peu ce que vous me vendez.

Brusquement, elle se pencha vers lui et lui souffla :

— Filez ! Filez vite !

Terrell se leva vivement, mais déjà la porte s'ouvrait. Il était trop tard. Frankie Chance entra dans la loge, ses yeux bruns si doux étincelants de rage et d'exaltation. Derrière lui venait un des gardes du corps d'Ike Cellars, un gros costaud nommé Briggs.

— Je vous ai dit de lui fiche la paix, grinça Chance.

— Elle n'a pas porté plainte.

— Elle a le cœur tendre. Elle veut pas vous faire de tort, je la connais. Mais je connais aussi la chanson. Vous avez bu, Sam, et vous vous êtes fait des idées.

— C'est assez bête, même venant de vous, dit Terrell.

— Y a deux choses qu'Ike ne peut pas supporter dans son établissement, ce sont les ivrognes et les mecs qui embêtent les filles.

— Oh Seigneur ! Ike Cellars, le défenseur de l'orpheline et de la tendre vierge ! A toi de jouer, Frankie.

Briggs posa sa grosse patte sur le bras du journaliste :

— Nous allons vous raccompagner à votre voiture.

— Ne vous donnez pas la peine, dit Terrell.

Il essaya de se dégager, mais Briggs tenait bon. Alors Terrell regarda Connie et la vit se détourner et aller s'asseoir à sa coiffeuse.

— Joli travail, siffla-t-il.

Briggs lui fit passer la porte et jeta un coup d'œil à Frankie Chance.

— Porte de service ?

— Naturellement, dit Frankie en prenant l'autre bras de Terrell. Ça ne se fait pas de trimbaler des ivrognes à travers la piste de danse.

Ils firent passer le journaliste par la cuisine et l'entraînèrent jusqu'au parking derrière le cabaret. Il était désert et parfaitement obscur. Un employé émergea de l'ombre et jeta sa cigarette. Il avait l'air de savoir ce qu'on attendait de lui. Briggs poussa Terrell contre un mur de brique et Chance et l'employé lui saisirent les bras.

— Sam, tu nous casses les pieds, dit Frankie.

— Finissons-en, grogna Terrell.

— Eh bien, allons-y, pauvre salaud, dit Frankie avec un petit rire.

Briggs se frotta les mains, comme un homme qui se met au travail. Il ouvrit un flacon de whisky et en versa sur la figure et la chemise de Terrell en marmonnant :

— Quel gaspillage...

Puis il frappa le journaliste au creux de l'estomac de sa main libre, avec une sorte de force tranquille. Frankie et l'employé s'arc-boutèrent pendant que Terrell se cassait en deux, en proie à une douleur fulgurante, qui partait de son ventre jusqu'à sa gorge. Briggs le frappa encore une douzaine de fois, avec méthode et componction, puis il s'arrêta et but une gorgée au flacon qu'il tenait toujours de la main gauche.

Terrell ne pouvait plus lutter contre la douleur. Il gémit et en l'entendant, Briggs se mit à le gifler sur la bouche d'un aller et retour de sa main large comme une raquette de ping-pong. Quand il se fut tu, Briggs déclara :

— Ça doit faire le compte.

— Ramenez-le chez lui, dit Frankie à l'employé du parking. Nous ne tenons pas à ce qu'il encombre le terrain.

15

Allongé sur son divan, chez lui, Terrell respirait avec des précautions infinies pour ne pas aggraver la douleur presque intolérable qui le transperçait à chaque mouvement de sa cage thoracique. Il contemplait le plafond, trop épuisé pour se servir un remontant ou même se déshabiller.

L'horloge de l'immeuble voisin sonna onze heures, puis minuit ; mais ce ne fut qu'après une heure que Terrell réussit à se lever et à chanceler jusqu'à la salle de bains. Il mourait de soif. Dans sa gorge desséchée, l'air de la chambre devenait le souffle d'une fournaise.

Il fut incapable de retenir le premier verre d'eau, mais il se sentit mieux. Il but encore et parvint à maîtriser les frissons qui le secouaient. Sa figure n'était pas trop abîmée. Il était blême et du sang se coagulait sur ses lèvres. Mais son corps était rompu, bien qu'il fût à peu près certain de n'avoir rien de cassé. Il se lava et alla dans la cuisine. Il restait heureusement du café froid dans la cafetière. Il s'en versa un demi-verre qu'il compléta d'une rasade de whisky, puis il alluma une cigarette, prit son verre, et regagna son divan en boitant, épuisé, le sang battant à ses oreilles.

Terrell s'endormit sans s'en apercevoir. Il se réveilla en sursaut, en frissonnant, secoua la tête et jeta un regard circulaire dans la pièce obscure. Le cadran phosphorescent de sa montre marquait deux heures et demie. Il avait dormi plus d'une heure. Qu'est-ce qui l'avait réveillé ?

Et puis le bruit recommença, un léger grattement sur la porte. Terrell se leva péniblement, la main au côté pour essayer de calmer sa douleur. Il n'avait pas d'armes dans la maison et il pouvait à peine bouger le bras. Il ne se sentait pas en état de recevoir les gorilles d'Ike Cellars. Mais pourquoi le relanceraient-ils à domicile ? S'ils avaient l'intention de l'éliminer totalement, ils ne s'y prendraient pas en plusieurs fois. Le journaliste traversa la pièce et alla se coller le dos au mur, à côté de la porte.

— Qui est là ?

— C'est moi... Connie.

— Qu'est-ce que vous voulez ?

— Il faut que je vous voie, dit-elle d'une voix suppliante.

— Ce dialogue me rappelle quelque chose. Merci, mais non, merci, dit Terrell.

— Je vous en prie, écoutez-moi.

Terrell hésita un instant.

— Vous êtes seule ?

— Oui, je vous le jure.

Il assujettit la chaîne et entrouvrit la porte. Elle était seule et paraissait très jeune, pâle et craintive, dans la pénombre du couloir.

— Que voulez-vous ?

— Vous n'avez besoin de rien ? Je ne peux rien faire pour vous ?

— Je vais admirablement bien. Qu'est-ce qui vous fait croire que je pourrais avoir besoin d'aide ?

— J'étais inquiète... Je ne peux pas entrer cinq minutes, s'il vous plaît ? Il faut que je vous explique...

— Je parie que ça ne vaut pas la peine d'être entendu ! dit Terrell. (Mais il était curieux. Il décrocha la chaîne.) Entrez donc.

Elle se glissa devant lui. Il referma la porte au verrou et retourna au divan en traînant la jambe. Connie s'approcha et lui mit la main sur le bras.

— Vous êtes blessé. Vous n'avez besoin de rien ?

— Vous en avez assez fait. Encore un peu d'aide de votre part et j'aurai besoin d'une tête de rechange.

— Je suis désolée. Ils m'ont forcée à vous téléphoner.

— Moi aussi, je suis désolé, dit-il en se tournant vers elle.

Quand elle vit son visage, elle étouffa un cri.

— Ils vous ont fait mal ! Vous... Asseyez-vous.

Elle le guida vers le divan. Il essayait de se débattre mais les forces lui manquèrent. Un vertige le saisit et il se retrouva soudain allongé sur le dos pendant que Connie arrangeait un coussin sous sa tête.

— Ils m'ont obligée, disait-elle. Ils m'ont forcée. Vous ne voulez pas me croire ?

— Mais si, bien sûr. C'est comme ça qu'on a construit des camps de concentration. On a forcé des gens.

— Ils disaient qu'ils voulaient simplement vous parler. Frankie racontait que vous ne vouliez pas le voir. Alors il m'a demandé de vous téléphoner et de vous fixer un rendez-vous. Je... Je n'aurais pas dû obéir. Si j'avais su qu'ils vous feraient du mal, je ne l'aurais pas fait.

Il sentit ses paupières s'appesantir et il mélangeait le rêve à la réalité. Son activité des trois jours passés tournoyait devant ses yeux, les visages de Sarnac, de Caldwell et de Coglan flottaient et se mêlaient sur un fond noir et blanc illuminé d'éclairs, suivis des têtes de Duggan, d'Ike Cellars, de Bridewell, de Karsh dans un ballet vertigineux.

— Vous ne voulez pas un peu de café ? demanda Connie.

— Je n'ai besoin de rien. Bon. Si vous voulez. Du café.

Il savait qu'elle ne trouverait pas les ustensiles et il voulut se lever et l'aider, mais il s'endormit. Ce fut elle qui le réveilla en le secouant doucement.

— Voilà le café, Sam.

Il avait dormi une demi-heure et ce repos lui avait fait le plus grand bien. Une agréable odeur de café et de cigarette flottait dans l'appartement et Connie était assise à côté du divan. Elle avait posé son plateau par terre, près de Terrell.

— Ça va un peu mieux ?

— Je crois.

— Vous feriez mieux de vous coucher. J'ai préparé votre pyjama et fait la couverture.

— C'est gentil.

— Vous n'avez pas faim ? Je peux vous faire une omelette.

— On dirait l'Armée du Salut. Tout ce que je veux, c'est quelque chose à boire.

— Je vais vous préparer un whisky. De l'eau ? De la glace ?

— De l'eau plate, une goutte.

Pendant qu'elle disparaissait dans la cuisine, il se leva avec peine et gagna sa chambre d'un pas hésitant. Le lit était préparé et son pyjama l'attendait, avec la robe de chambre, sur le dossier d'un fauteuil. Il ôta sa veste et la laissa tomber par terre, mais la chemise lui donna plus de mal. Il pouvait à peine lever les bras et ses doigts gourds se battaient maladroitement avec les boutons. Connie le trouva debout, les bras ballants.

— Donnez-moi un coup de main pour la chemise, dit-il.

— Oui, naturellement.

Elle semblait avide de l'aider et cela l'irrita. Il trouva qu'elle ressemblait à une jeune scoute qui fait sa B.A., toute débordante d'enthousiasme fébrile. Elle posa le verre qu'elle avait apporté et dénoua la cravate avant de déboutonner la chemise. En voyant ses côtes meurtries elle murmura :

— Ils auraient pu vous tuer.

— C'est peu payer un bon reportage. Voilà notre devise, à nous autres, martyrs du journalisme. C'est bien, vous ne trouvez pas ?

— Couchez-vous et taisez-vous. Vous ne voulez pas que je fasse venir un médecin ?

— Non, c'est inutile.

Quelques minutes plus tard, Terrell se laissa glisser avec béatitude dans la douceur de son lit. La jeune fille frappa à la porte et l'ouvrit, son manteau sur le bras.

— Je vais m'en aller, maintenant. Vous n'avez besoin de rien d'autre ?

— Je ne vois pas.

Elle s'approcha du lit et le regarda d'un air pensif et grave.

— J'ai refait du café. Si vous en voulez, vous n'avez qu'à allumer le gaz.

— Bien, merci.

Ils se dévisagèrent quelques instants en silence. Elle était très pâle sous ses boucles blondes.

— J'espère que demain ça ira mieux.

— Je le pense.

— Je ferais bien de partir.

— Au revoir, Connie. Et encore merci.

Mais elle le regardait toujours et ne faisait pas mine de s'en aller. Enfin elle s'assit sur le bord du lit et baissa la tête.

— Je commence à être à court de conversation, dit-elle. Je croyais... Vous ne tenez pas à ce que je reste ?

— Comme ça, hein ?

— Eh oui... Comme ça.

Elle parlait d'une voix désinvolte mais ses joues s'empourpraient. Terrell se souleva sur un coude et prit son verre.

— Pourquoi voulez-vous rester avec moi ? Par pitié pour le guerrier blessé ? Hein ?

— Je ne sais pas. Je n'ai pas réfléchi, murmura-t-elle en levant des yeux dans lesquels luisaient des larmes. Mais vous m'avez donné l'impression que j'étais inutile, et que je ne valais pas grand-chose. Je voulais faire quelque chose pour vous, quelque chose que je pouvais... C'est idiot. Je regrette.

— Ça partait d'un très gentil sentiment.

Le journaliste se sentait étrangement ému et reconnaissant, et ne savait que dire.

— Vous voulez une cigarette ? Quelque chose à boire ?

Elle secoua la tête.

— Non. Il faut que je m'en aille.

Sa tristesse le toucha profondément.

Terrell posa son verre sur la table de chevet et prit une des mains de la jeune fille. Il lui caressa la joue et la gorge. Quand elle lui sourit, un peu timidement, il se sentit très heureux, en toute humilité.

— On va essayer, murmura-t-il...

Beaucoup plus tard, le téléphone le réveilla. Se hissant sur un coude, il alluma la lampe de chevet. Il faisait encore noir mais une légère lueur grisâtre dessinait le contour des fenêtres. Il décrocha.

— Monsieur Terrell ?

— Oui.

— Un instant. Vous avez Beach City.

Terrell se redressa et s'assit sur le bord du lit. Il prit une cigarette et regarda par-dessus son épaule. Connie le regardait, encore à moitié endormie, en souriant.

— Pardon, dit-il.

— Et moi qui faisais un si joli rêve !

— Ferme les yeux et reprends-le où tu l'as laissé. Il est encore tôt.

Elle enfonça son petit visage auréolé de cheveux blonds dans l'oreiller. Terrell lui caressa doucement la joue du dos de la main.

— Tu es bien jolie.

Le téléphone cliqueta à son oreille et une voix qu'il connaissait s'écria :

— Sam ? Sam Terrell ? Ici Tim Moran, de Beach City, la Brigade Criminelle. Désolé de vous réveiller à cette heure-ci.

— Aucune importance. Que se passe-t-il ?

— Le petit flic qui s'est tué ici, vous vous souvenez ? Coglan ? Eh bien, je ne crois pas que ce soit un suicide. Je ne peux pas vous en dire davantage, mais si vous venez je vous raconterai tout.

— Il n'y a pas de circulation. Je peux être là-bas dans deux heures.

— Parfait. Je vous ai téléphoné parce que votre police vient de m'envoyer sur les roses. Ils tiennent à la version du suicide.

— A qui avez-vous parlé ?

— Un dénommé Stanko. Un des inspecteurs en chef du secteur de Coglan.

— Pas étonnant. Je vous vois dans deux heures, Tim. Et merci.

Terrell reposa l'appareil et annonça :

— Il faut que je me rase et que je file. Essaye de te rendormir.

— Tu t'en vas ?

— Oui. C'est important.

En quelques minutes, Terrell fut douché, rasé et habillé. En quittant la salle de bains, il renifla une bonne odeur de café et entendit dans la cuisine un cliquetis de talons hauts. Il ne put s'empêcher de sourire. La nuit qu'il venait de passer le laissait un peu abasourdi. Il était très heureux mais en même temps se traitait d'imbécile.

Elle avait enfilé la robe de chambre du journaliste et noué ses cheveux avec une de ses cravates. Il se sentait bêtement intimidé. Il aurait voulu l'embrasser mais quelque chose lui disait que ce geste serait déplacé. Il s'assit à table, avec une certaine gêne.

— Ce café embaume, dit-il.

— ... Ecoute, je tiens à t'aider. Je vais te raconter ce qui s'est passé chez Eden, cette nuit-là.

— Tu n'as donc plus peur ?

— Si.

— Alors tu veux faire partie de la croisade ?

— Je veux être à tes côtés, c'est tout. C'est pour des raisons de ce genre que les gens s'enrôlent dans des croisades.

Il se tut un moment et l'examina.

— Est-ce qu'on sait que tu es venue ici cette nuit ? demanda-t-il enfin.

— Je ne crois pas. Pourquoi ?

— Ecoute-moi bien. Si je te permets de m'aider, est-ce que tu peux me promettre de ne pas mettre le nez hors de cet appartement ? Et de garder cette porte solidement fermée à clef jusqu'à mon retour ? Et me jurer que tu n'ouvriras à personne, jusques et y compris à l'ange Gabriel soi-même ?

— Oui, je te le promets.

Elle sourit, et toute contrainte disparut. Terrell s'aperçut qu'il tenait à elle. Les événements de la nuit n'en prenaient que plus d'importance.

— Cette nuit-là, reprit-elle, Ike Cellars est venu chez Eden. Il voulait qu'elle fasse quelque chose pour lui.

— Et cette chose était... ?

— D'aider à incriminer M. Caldwell.

— Tu en es sûre ?

— J'étais dans la chambre. J'ai tout entendu.

Terrell lui prit la main.

— Raconte-moi tout. En détail. N'oublie rien.

16

Il était neuf heures quand Terrell arrêta sa voiture sur l'emplacement réservé à la police et à la presse, devant le Tribunal de Beach City. Il faisait une journée ensoleillée, mais le vent de mer coupait comme une lame. Terrell escalada les degrés de marbre et pénétra dans le grand hall. Il avait déjà passé le récit de Connie à Karsh et les rotatives étaient prêtes à tourner. Il avait encore besoin de l'histoire de Tim Moran, mais c'était tout. Il connaissait, à présent, les comment et les pourquoi de la machination contre Caldwell, le scandale du Comité de la Circulation, tout. Et c'était le témoignage de Connie qui reliait tous ces faits entre eux.

Terrell monta au bureau de Moran, au premier étage, et trouva l'inspecteur devant un bureau plein de cendriers débordant de mégots, et de pots de café vides. Moran était en manches de chemise, le col ouvert, la cravate dénouée, la figure blême de fatigue. Mais son œil demeurait vif comme celui d'un chasseur sur la piste du gibier. Il s'étira en voyant Terrell et se laissa retomber sur son fauteuil.

— Vous n'avez pas mis longtemps. Ouf, je suis vanné. Asseyez-vous, Sam. Je vais vous dire tout ce que je sais. Ensuite, je crois que vous pourrez m'en apprendre. D'accord ?

— Bien sûr.

Moran prit une photo sur papier glacé et la tendit à Terrell.

— Voilà le type qui a tué Paddy Coglan. Vous le connaissez ?

Terrell examina le visage sombre, le front bas barré d'une cicatrice, les yeux hardis et durs. Il secoua lentement la tête.

— Non. Où avez-vous eu cette photo ?

— Mais vous savez quelque chose sur lui, Sam. Je l'ai vu à votre expression.

— Cela pourrait bien être l'homme que Coglan a vu sortir en courant de chez Caldwell, dit-il, puis il ajouta en voyant le regard perplexe de Moran : Ne vous en faites pas, je vais vous mettre au fait. Mais racontez-moi toute votre histoire. Où avez-vous pris cette photo ?

— Comme vous le savez, nous avons mis la mort de Coglan sur le compte d'un suicide. Eh bien, deux jours après sa mort, j'ai reçu un coup de fil, ici au bureau. C'était un type qui logeait à l'hôtel en même temps que Coglan, au même étage, dans la chambre à côté. Il a entendu la détonation. Il a regardé dans le couloir et a vu un homme qui refermait la porte de Coglan. Il ne l'a vu que de dos. Mais il a pu donner un signalement assez précis du pardessus, du chapeau et de l'allure générale.

— Pourquoi a-t-il attendu deux jours avant de parler ?

— Il était là avec une fille au lieu de se trouver à New York pour affaires. (Moran alluma une cigarette et sourit faiblement.) C'est un type tout ce qu'il y a de convenable, père de famille, pilier de la communauté. Sa conscience a dû le travailler et il m'a prévenu. Je me suis mis au travail. J'ai apporté ce signalement à l'hôtel et j'ai parlé aux chasseurs, aux liftiers... Ils avaient bien vu mon bonhomme. Il avait traîné dans le hall dans l'après-midi et après le dîner. Et l'un des liftiers se souvenait de l'avoir fait monter à l'étage au-dessus de celui de Coglan. Alors j'ai risqué le tout pour le tout. Vous n'ignorez pas qu'il y a pas mal de photographes ambulants qui font les trottoirs, par ici, et je les ai tous vus pour leur demander de jeter un coup d'œil à tous les clichés qu'ils avaient pris le jour de la mort de Coglan. C'est comme ça que je suis tombé sur celui-ci. Nous avons expédié le cliché à Washington et ils ont trouvé le sujet. Il s'appelle Nicolas Rammersky, ou Nick Rammer, quarante-deux ans, deux condamnations et un casier de menus délits qui couvre une vingtaine d'années. C'est un tueur à gages. Et moi, je veux savoir qui l'a payé pour se débarrasser de Paddy Coglan.

— J'ai dit que j'éclairerais votre lanterne, dit Terrell. En venant ici, je savais déjà tout, sauf le nom de Rammersky. Voilà l'affaire...

Vingt minutes plus tard, Moran l'accompagna à la porte et dit à Terrell :

— Rammersky sera exécuté pour le meurtre de la petite ou celui du flic. L'un ou l'autre, je n'ai pas de préjugés. Quand votre histoire éclatera au grand jour, il ne pourra plus nous échapper. Ni les autres non plus...

Terrell rentra en ville, à travers une circulation plus dense, un peu après deux heures et demie. Il rangea sa voiture devant chez lui et se dit qu'il lui faudrait bien deux heures pour tout mettre au net. En travaillant vite, il pourrait faire l'édition de quatre heures trente. Terrell ouvrit sa porte et cria :

— Hé ho !

Seul, le silence lui répondit. Il resta figé, le chapeau à la main, le sourire peint sur ses lèvres. Il attendit quelques secondes puis il fit lentement le tour du petit appartement. Il était vide. La vaisselle du petit déjeuner traînait sur la table de la cuisine ; la robe de chambre que Connie avait mise avait été jetée en travers du lit. Les rideaux n'étaient pas tirés et le lit n'avait pas été fait. Le léger parfum de Connie flottait encore dans la chambre. Mais c'était tout.

Terrell se raisonna, se dit qu'il n'y avait pas là de quoi être surpris.

Mais il l'était, reconnut-il tristement. Son cynisme n'arrivait pas à masquer sa déception. Il aurait parié sa chemise qu'elle serait loyale. Sa conviction ne se basait sur rien, mais il en va en général ainsi de toutes les convictions : elles paraissent folles aux esprits logiques.

C'est alors qu'il aperçut le petit mot sur la table du téléphone. Il le lut, avec amertume, et vit s'envoler ses dernières illusions. D'une écriture précise et nette, elle avait écrit au crayon : *Je me suis peut-être trop pressée de changer de camp. Je vais essayer d'être plus raisonnable. Pardonnez-moi ma lâcheté. Faites-moi au moins cette aumône.*

Terrell regarda autour de lui en secouant la tête comme un boxeur sonné. Sans le témoignage de Connie, toute l'histoire tombait en quenouille. Il restait bien Rammersky, mais cela prouvait seulement que Coglan avait été assassiné. Ce n'était pas ça qui pourrait aider Caldwell. Pas à temps.

Il s'assit et téléphona au journal, mais Karsh n'était pas là. Sa secrétaire déclara qu'il était au stade. Terrell l'avait oublié. Dartmouth jouait pour la coupe et Karsh devait s'y rendre avec des amis. Cette nouvelle irrita Terrell. Il lui paraissait stupide et incongru que vingt-deux jeunes gens soient engagés dans une lutte qu'ils considéraient comme vitale devant huit mille spectateurs pressés comme des sardines sur les gradins du stade municipal, hurlant des encouragements à l'un ou l'autre camp, agitant des fanions et buvant à la santé du sport sacro-saint ! Pendant que Caldwell était en prison, et que la vérité était muselée...

Le journaliste se leva et de nouveau fronça le sourcil. Quelque chose n'était pas normal. La vaisselle sale, le lit défait... c'était ça. Connie ne serait jamais partie sans ranger la maison. Terrell relut le billet. Il était bien de sa main. Son cœur se mit à battre. Il se mit soudain à espérer qu'elle l'avait bien réellement laissé tomber, qu'elle était partie de son propre gré.

Il se rassit et forma le numéro de son hôtel.

— Est-ce que miss Blacker est là ? demanda-t-il.

— Elle a quitté l'hôtel, monsieur.

— Quand cela ?

— Voyons voir... vers dix heures, ce matin.

— A-t-elle laissé une adresse ?

— Une seconde... Non, monsieur.

— Elle était seule ?

— Ecoutez, monsieur, je ne peux pas garder le téléphone indéfiniment. Je...

— Etait-elle seule ? répéta Terrell en élevant la voix.

— Non, monsieur, elle était avec des amis. Deux messieurs.

— Est-ce que Frankie Chance y était ?

— On a besoin du téléphone, monsieur. Si vous pouviez passer...

Terrell raccrocha, prit son chapeau et bondit dans la rue.

A l'hôtel, Terrell s'entretint avec l'employé de la réception, un petit homme grassouillet aux gestes nerveux. Il décrivit au journaliste les deux hommes qui avaient accompagné Connie : l'un d'eux était grand et gros, très brun, et l'autre blond, mince, très bien habillé. Le gros homme devait être Briggs, le garde du corps de Cellars.

— Racontez-moi ça dans l'ordre, dit-il. Ils sont arrivés ensemble, la jeune fille entre les deux hommes. Le gros est venu à la réception avec elle et l'autre attendait un peu à l'écart. C'est bien ça ?

— Oui. Miss Blacker a demandé sa clef et m'a dit qu'elle nous quittait.

— Ils sont tous montés ensemble ?

— C'est cela même. Elle a dû se dépêcher de faire ses bagages. Ils sont descendus au bout de dix minutes, un quart d'heure.

— Vous n'avez rien surpris de leur conversation ? Je veux dire, vous ne savez pas où ils allaient ?

L'employé sourit avec philosophie.

— Les gens vont et viennent. C'est ça, l'hôtel.

— Avait-elle l'air réticente ? Inquiète, ou quelque chose comme ça ?

— Je ne saurais dire, monsieur.

— Bon. Eh bien, merci quand même.

Terrell sortit et s'immobilisa sur le trottoir, bousculé par les passants, en se demandant ce qu'il pouvait faire. Un instant, il se sentit perdu, incapable de penser ou d'agir. Il était pris entre deux craintes, celle qu'elle l'eût abandonné, et, la seconde, qu'elle eût été enlevée par les hommes de Cellars.

Terrell rentra chez lui et téléphona chez Karsh, mais la bonne lui dit que tout le monde était encore au match.

Le journaliste se mit à arpenter son appartement, fumant une cigarette après l'autre, tournant comme un ours en cage. Tout ce qu'il voyait lui rappelait Connie, la robe de chambre qu'elle avait mise, le rouge à lèvres sur le bord de la tasse, la cravate qu'elle avait nouée dans ses cheveux... Le silence lui portait sur les nerfs et il tourna le bouton de la radio, cherchant un air de danse. Ça n'arrangeait pas grand-chose. Terrell la fit taire et se versa à boire. Enfin, il s'immobilisa au milieu de la pièce, fronça le sourcil et prit une brusque décision. Il venait soudain de s'apercevoir que, depuis le début de l'affaire, il était toujours coiffé au poteau : Paddy Coglan, Connie... Quelqu'un passait toujours devant lui.

Il se battait dans le noir, contre des ombres.

Le journaliste prit son manteau et son chapeau.

17

Il était déjà tard dans l'après-midi quand Terrell arriva chez Karsh, et le précoce crépuscule d'hiver tombait sur la ville. Tout le monde était revenu du stade et la surprise-partie allait bon train dans le living-room.

— Où est M. Karsh ? demanda Terrell à la femme de chambre qui prenait son manteau et son chapeau.

— Il est au téléphone, dans sa chambre. Il a demandé l'inter.

Désirez-vous que je vous apporte quelque chose à boire ou à manger, monsieur Terrell ?

— Non, merci. Je me débrouillerai.

Philip Karsh et une demi-douzaine d'amis entouraient l'énorme électrophone, les jeunes gens en pantalons de flanelle et souliers de sport, les jeunes filles en jupes de tweed et chandails de cachemire. Terrell leur trouva l'air heureux et jeune, comme sur les photos publicitaires vantant les mérites d'un désodorisant ou d'une marque de bière. L'air vif avait animé leur teint et leurs yeux brillaient de santé et de joie.

De l'autre côté de la pièce, la maîtresse de Karsh et ses sigisbées se pressaient autour du petit bar. A chacun sa vérité, pensa Terrell, en s'approchant à son tour.

Il était à présent plus de six heures. Connie avait disparu depuis dix heures du matin. Huit heures En huit heures, bien des choses avaient pu lui arriver, on aurait pu lui faire n'importe quoi...

La porte de la chambre s'ouvrit et Karsh en sortit en hochant la tête comme un boxeur groggy, de façon un peu burlesque et appuyée. Terrell s'aperçut que Karsh était déjà ivre et qu'il faisait un effort pour mettre tout le monde à son aise.

— Buvons un coup, s'écria-t-il, et puis on chantera des vieux refrains de collège. Quelqu'un connaît-il celui de Babylone ? Il est en latin, je crois. Non. C'est pas ça. Attendez, il était question d'un mont de Vénus...

Terrell traversa la pièce et vint prendre Karsh par le bras.

— Mike, une seconde. Je vous en prie.

— Sam, mon vieux, ça fait plaisir de se revoir. Vous connaissez mon fils. Il a honte de son papa, mais ce n'est pas un méchant petit.

— Mike, écoutez-moi. La fille a disparu. Le témoin. Cellars l'a enlevée.

Le fils de Karsh s'approcha, plein d'aisance. C'était un garçon nonchalant, remarquablement distingué.

— Papa, je m'excuse mais nous devons mettre les voiles. Je n'ai pas pu te prévenir pendant le match, mais nous sommes attendus à Skyport ce soir.

— Mais non, attends un peu, répondit Karsh d'un ton peiné et surpris. Vous restez tous en ville. J'ai retenu des chambres pour tout le monde. On prendra un petit déjeuner au champagne demain matin, et nous irons tous à Skyport en voiture.

— Désolé, papa, mais nous sommes attendus. Nous sommes déjà en retard.

Terrell eut l'impression que sous ses dehors détachés, le fils Karsh tremblait comme n'importe quel jeune garçon qui craint une scène gênante devant les copains. Il sourit et mit la main sur le bras de son père.

— Ce sera pour une autre fois, si tu veux bien. Et encore merci pour cette journée épatante.

— De rien. Ça m'a fait plaisir. Je regrette que vous deviez partir. Je n'ai pas dû bien comprendre. Je pensais que nous aurions un peu de vraies vacances. Enfin. Prenez tout de même le coup de l'étrier, et mangez un morceau. Fais les honneurs de la maison à tes amis.

Lorsque Karsh se tourna vers Terrell, son expression avait changé. Ce n'était plus le joyeux compagnon, mais un homme froid et décidé. Il secoua la tête.

— J'essaye de me monter la tête, de me dire qu'il n'y a pas que le travail qui compte, mais c'est faux. Alors la petite a disparu, hein ? Quand ça ?

— Vers dix heures, ce matin, je crois.

— Quelle est son importance, dans votre histoire ?

— Elle *est* toute l'histoire. Mais je peux déjà débuter sans elle.

— Vous êtes certain que Cellars l'a enlevée ? Vous disiez qu'elle travaillait pour lui. Elle n'a peut-être pas cessé.

— Non. Elle était sincère. Je le sais, Mike.

— Reste à savoir jusqu'où on peut lui faire confiance. Elle vous a déjà laissé tomber ; ne l'oubliez pas. Elle griffonne un petit mot et elle joue la fille de l'air. Il n'y a aucune preuve contre Cellars. N'est-ce pas, Sam ?

Terrell hésita, fronça le sourcil et demanda :

— Comment savez-vous qu'elle a laissé un mot ?

— Pure intuition. Elles laissent toutes de petits mots. Maintenant, écoutez. Vous allez m'attendre dans ma chambre pendant que je donne encore un coup de fil. Ensuite, nous nous mettrons au travail. Est-ce que vous pourrez tout rassembler en deux ou trois heures ? Pour l'édition de nuit ?

— Je suis tout prêt.

— Parfait.

Karsh cligna de l'œil et s'approcha rapidement d'un téléphone placé sur une petite table à côté du tourne-disque. Le living-room résonnait de musique de jazz et de rires bruyants. En le voyant décrocher, une jeune fille assise par terre fit mine d'arrêter le pick-up, mais Karsh secoua la tête :

— J'aime bien le chahut. Ça sert d'excuse si je fais une erreur.

Quand il eut sa communication, Terrell tourna les talons et alla s'enfermer dans la chambre de Karsh. Le cœur battant, il s'adossa au mur, en respirant avec peine. La musique lui parvenait, mais il ne l'entendait pas. Il n'écoutait que le battement de ses artères, ne sentait que la crispation de son estomac et un goût dans la bouche, fait de peur, de trahison et de mort.

Le poste de téléphone annexe se trouvait sur une table de chevet, près du grand lit de Karsh, à quinze centimètres de la main de Terrell. Il regarda le petit appareil noir et luisant et frissonna. S'il décrochait, s'il mettait le récepteur à son oreille, il détruirait quelque chose dans son cœur. Il y a des soupçons trop graves, trop ravageurs pour être traités à la légère. Mais les sentiments du journaliste comptaient peu, à côté de tout ce qui était en jeu.

Sa main s'avança lentement, presque de son propre gré, et souleva le récepteur. Terrell entendit d'abord de la musique, le bruit de fond du tourne-disque, et puis la voix de Karsh, aiguë et dure, insistante, presque implorante :

— ... on ne peut pas l'étouffer, Ike. Je te le répète, c'est impossible. Sois raisonnable, enfin !

La musique reprit et la batterie du jazz rythmait les battements du cœur de Terrell. Puis ce fut la voix d'Ike Cellars, plus forte que celle de Karsh, déformée par la colère.

— Y a rien à faire, compris ? Tu m'enlèves ça de ton canard !

— Mais Terrell a toute l'histoire.

— Empêche-le de la publier. C'est ton boulot. Et ne t'occupe pas du reste.

— Ecoute... Une seconde...

Karsh criait dans le vide ; l'autre avait déjà raccroché. Terrell entendit la respiration inégale de Karsh avant de raccrocher à son tour, tout doucement. Il resta un instant parfaitement immobile, essuyant ses mains moites sur la jambe de son pantalon. Enfin il revint au milieu de la chambre et chercha ses cigarettes. Il n'arrivait pas à penser clairement. On aurait dit que ses sens avaient été paralysés par un coup terrible.

Quand il entendit tourner la poignée de la porte, il prit vivement une cigarette et leva les mains pour abriter la flamme de son briquet. La porte s'ouvrit et Karsh entra, d'un pas vif et décidé.

— A nous deux, dit-il. Racontez-moi tout, Sam. Depuis le début jusqu'à la fin. Et puis nous verrons ce que nous pouvons en tirer.

La figure à demi cachée par la main qui tenait le briquet, Terrell se détourna et se força à répondre calmement, d'un ton normal et presque indifférent.

— Bon. Comme nous le savons, Caldwell est la victime d'une machination. Eden Myles a été assassinée par un tueur à gages nommé Nick Rammersky, à la solde d'Ike Cellars. Le triumvirat diabolique est composé de Cellars, Dan Bridewell et notre bien-aimé maire, Shaw Ticknor. Cela vous surprend ?

— Dan Bridewell ? Je n'en reviens pas !

— N'est-ce pas ? Cette histoire est un congrès d'hypocrites. Les détails, vous les connaissez. Paddy Coglan a eu la malchance d'apercevoir Rammersky.

— Pouvez-vous le prouver ? Nous ne risquons pas le procès en diffamation ?

Karsh fronça le sourcil devant l'expression de Terrell. Il finit par faire un petit geste énervé et s'écria :

— Qu'est-ce qui vous prend, Sam ? Je vous demande ce que nous pouvons publier.

— C'est à Ike Cellars qu'il faut demander ça, dit doucement le journaliste. Depuis le bulletin de la météo jusqu'aux petites annonces... c'est lui qui donne les ordres. N'est-ce pas, Mike ? (Soudain, il éleva la voix.) Hein ? C'est bien ça, Mike ?

— Qu'est-ce que vous me chantez là ?

Karsh fit un louable effort pour sourire, avec étonnement, mais il était devenu blême. Terrell reprit d'un ton désabusé :

— Ne mentez pas, ne me jouez pas la comédie, je vous en prie. Vous saviez que la petite avait laissé un billet. Comment ? Comment le saviez-vous ?

— Je vous ai dit...

Terrell montra du doigt l'appareil téléphonique.

Karsh se mordit la lèvre et ne répondit pas.

— Je vous ai entendu parler à Cellars.

— Ecoutez-moi... Vous allez comprendre...

— Qu'y a-t-il à comprendre ? Que vous êtes à ses ordres ? Je le sais maintenant.

Karsh fit un pas vers lui et leva les mains d'un air pitoyablement suppliant.

— Sam, je cherchais à vous sauver... Il faut me croire. Dès l'instant où vous avez parlé à Coglan et recueilli sa première déposition, vous aviez votre billet pour la morgue.

— Je vous ai apporté toute l'histoire. Vous auriez pu les écraser définitivement, tout de suite. Mais non. Vous vouliez attendre de connaître tous les détails, il fallait plus de drame, plus de couleur, amener l'affaire d'un seul bloc, comme une symphonie, disiez-vous ! Mais vous mentiez. Dès le premier soir, je tenais mon papier, mais vous ne l'avez pas passé. Vous avez écarté la seule chance de salut de Caldwell. Et puis j'ai découvert la piste de Paddy Coglan et ce pauvre petit flic affolé, ivre, terré dans une chambre minable d'un hôtel sordide de Beach City m'a dit la vérité. Seulement il est mort avant de pouvoir témoigner utilement. (Terrell frappa sa paume de son poing crispé et sa voix s'éleva encore.) Et moi, comme un imbécile, je suis tombé dans le panneau. J'étais trop proche de vous, Mike. Je vous admirais. Vous m'aviez appris le métier. Pendant douze ans, je vous ai pris comme modèle. Il y a de quoi rire, non ? Et vous en avez lâchement profité, vous avez joué avec ma naïveté, vous saviez que je vous considérais comme un héros romanesque, le cœur sur la main et la main sur le cœur, toujours prêt à rendre service, dévoué à ses lecteurs, bon et honnête. Oui, c'est ainsi que je vous croyais. Et vous avez tablé là-dessus !

— Non, Sam, non... Ecoutez-moi, bon Dieu !

— Et puis la petite a parlé, reprit Terrell d'une voix amère. Nous les tenions. Mais vous êtes encore allé faire le mouchard auprès de Cellars, et maintenant, elle a disparu. Où ? (Terrell saisit Karsh par les revers de son costume de prix et le secoua de toutes ses forces.) Où est-elle ? Qu'en ont-ils fait ?

— Je n'en sais rien... Je ne sais pas.

Terrell le lâcha et Karsh alla se laisser tomber sur le bord du lit. Il avait vieilli tout à coup et il respirait avec peine, comme un homme qui souffre physiquement.

— J'avais besoin d'argent, articula-t-il avec un semblant de sourire. J'ai toujours eu besoin d'argent. C'est le système de défense du caissier indélicat, du gosse qui vole un sac à main. Vous pensiez que je trouverais peut-être quelque chose de plus original. Un traité sur les joies de l'amoralité, ou sur la nécessité des marlous dans un monde où l'on s'ennuie. (Il soupira et un frisson le parcourut.) Le jeu, les petits chevaux, la pension alimentaire de ma femme, cette petite pleurnicharde, là dehors... Tout cela me pompait, réclamait de l'argent à toute heure du jour et de la nuit. Avec ce que je gagne, j'entretiens Jenny et je paye la plupart de mes notes de bar. Et c'est à peu près tout. Il y a quelques années, Cellars m'a offert son aide. Au début, ce n'était pas compliqué. Un article sur les jeux à cisailler, un peu de publicité sur une jolie fille quelconque. Des broutilles. Mais je me suis enfoncé. Je ne pouvais plus le rembourser. Ce n'était pas seulement une question d'argent. Il ne m'en a pas tellement prêté après tout. Ike avait peur que je me mette à jouer gros un soir que je serais en veine et que je me retrouve complètement à flot. Prenez cet appartement, par exemple. Il appartient à un groupe à la tête duquel se trouve Cellars. On ne m'a jamais présenté de quittance. Je la demande et le gérant me dit qu'il va me l'envoyer. Mais on ne me fait jamais payer. J'échange une voiture à l'agence de Cellars et le vendeur me dit : « monsieur Karsh, au fond vous nous rendez service, votre vieille voiture est dans un état remarquable et ces nouveaux modèles sont de vrais veaux. Ça fera le compte comme ça ! » De tous les côtés, Cellars me pressait, me facilitait les choses, et il m'était de plus en plus impossible de me dépêtrer. (Karsh haussa les épaules avec lassitude.) Enfin, ce fut l'affaire Caldwell et vous êtes tombé sur le pot aux roses. Cellars s'attendait à ce que je vous bâillonne. S'il ne s'était agi que de ma carrière, je l'aurais peut-être envoyé paître. Mais c'était votre vie, Sam, qui était en jeu. Cellars voulait vous supprimer. Je suis arrivé à le persuader qu'il valait mieux supprimer l'histoire. Alors nous vous avons mené en bateau. Tout ce que vous m'apportiez retournait chez Cellars, et rien ne passait dans le journal. Mais vous êtes vivant. Ne l'oubliez pas. Je vous ai sauvé la vie !

— Où est la jeune fille ?

— Je ne le sais pas, je vous le jure. Elle a donc tellement d'importance pour vous ? demanda Karsh en se levant lentement.

— Qu'est-ce que ça peut faire ?

Terrell se détourna. Il ne voulait pas voir le visage tendu et douloureux de son patron.

— Qu'est-ce que ça peut faire ? répéta-t-il en se passant la main sur la figure. Par elle-même, elle est importante. C'est une petite gosse qui s'est attiré la haine des gangsters, parce qu'elle voulait faire éclater la vérité. Mais quel homme êtes-vous donc ? Vous pensez qu'elle ne compte pas ? Qu'elle n'est qu'un pion sur l'échiquier ? Comme Paddy Coglan et Eden Myles ? Des objets inanimés poussés çà et là par les grosses légumes ?

— On ne lui fera pas de mal, Sam. Elle s'en sortira bien.

— Et Paddy Coglan ? Il s'en est bien sorti ?

— Il s'est suicidé.

— Coglan a été assassiné par le même tueur qui a supprimé Eden Myles. Et c'est vous qui l'avez mouchardé. Vous avez dit à Cellars qu'il était prêt à parler. Et Cellars l'a fait abattre. Votre associé ne vous a donc pas mis au courant de ses projets ?

Karsh chancelait, comme un homme ivre.

— Non... Ce n'est pas vrai...

— Vous l'avez tué. Vous tenez à avoir aussi la mort de la jeune fille sur la conscience ? Où est-elle ?

— Je ne sais pas... Je ne sais pas.

Terrell se tourna vers la porte. Il ne savait pas où aller, ni que faire, mais il avait hâte de sortir de là, d'échapper à toute cette honte, cette boue, et à l'expression coupable de Karsh.

— Attendez, Sam, une seconde, je vous en prie.

Terrell se retourna et vit des larmes trembler au bord des paupières de son patron. Mais il ne se laissait plus émouvoir. Toute pitié, toute tristesse l'avait abandonné. Il ne lui restait plus rien que sa colère. Karsh tendit une main hésitante et toucha le bras du journaliste.

— Sam, ne partez pas ainsi. Je peux...

Terrell se dégagea et partit en claquant la porte.

18

Terrell s'arrêta au premier bar en sortant de l'hôtel de Karsh et but coup sur coup deux doubles whiskies. Mais l'alcool était impuissant à dissoudre la boule glacée qui lui pesait sur l'estomac. Il ne savait vraiment plus que faire. La trahison lui avait coupé tous ses moyens.

Le scandale éclaterait, bien entendu. Rien ne pouvait plus l'étouffer. Quand Rammersky serait arrêté pour le meurtre de Coglan, il parlerait. Il n'irait pas s'asseoir tranquillement sur la chaise électrique en laissant Cellars vivre de sa belle vie derrière lui. Et la chute de Cellars entraînerait celle du vieux Bridewell et du maire Ticknor.

Mais est-ce que tout cela pouvait aider Connie ? Non. Terrell avait maintenant le pouvoir de libérer Caldwell et de le faire élire, mais il était impuissant à sauver une honnête petite fille blonde dont le seul crime avait été de vouloir lui venir en aide. Il était inutile d'essayer de la chercher par le biais de ses indicateurs et de ses mouchards habituels. Même s'il procédait par allusions discrètes, ils refuseraient de se mêler des affaires personnelles d'Ike Cellars. Et on s'empresserait de rapporter à Ike que la blonde était recherchée. Cela lui donnerait des idées.

Non. Terrell avait besoin de trouver quelque chose pour attaquer Cellars ce soir même et lui faire tout oublier pour sauver sa propre peau.

— Encore un ? demanda le barman.

— Oui, merci.

Terrell venait d'avoir une idée et il la soupesa, un petit sourire mauvais jouant sur ses lèvres. Ça pourrait peut-être marcher. Et cette idée avait un petit côté cruel et destructeur qui apaisait sa soif de vengeance. Il se dirigea vers la cabine téléphonique au fond de la salle et chercha le numéro de l'hôtel *Weston*, où demeurait Frankie Chance.

La standardiste lui passa immédiatement la chambre de Frankie qui répondit de sa voix brève et irritée :

— Oui, allô.

— Frankie ? Ici Sam Terrell. J'aimerais vous voir cinq minutes. Je peux venir ?

— Nous n'avons rien à nous dire, mouchard. Et je suis occupé.

— Je ne vous retiendrai pas longtemps.

Chance hésita puis il dit :

— La correction de l'autre jour ne vous suffit pas ?

— On apprend tous les jours, dit Terrell en souriant, mais son regard était dur et froid. Il s'agit d'autre chose. Je veux vous dire qui a tué votre petite amie. Je serai là dans cinq minutes.

— Espèce d'ordure, de sale...

Avec un petit rire, Terrell raccrocha, puis il retourna vider son verre au bar et sortit.

Le ciel brillait d'étoiles mais un vent violent balayait la ville. Ça sentait la neige. Les trottoirs étaient animés d'une foule bruyante de jeunes gens et de jeunes filles allant ou revenant du cinéma, emmitouflés dans de gros manteaux, de passants et de mendiants.

Terrell traversa le hall encombré du *Weston* et prit l'ascenseur pour monter à la chambre de Frankie Chance. Le jeune voyou lui ouvrit en disant :

— Entrez donc, mouchard.

Il avait une main dans la poche de sa robe de chambre à ramages et Terrell comprit qu'il tenait un revolver.

— Il n'y a pas de quoi se mettre en colère, Frankie. Je ne suis pas venu vous harceler mais vous rendre un service.

Chance referma la porte et sortit son arme.

— Qu'est-ce que vous racontez au sujet d'Eden ?

— Je suis venu en ami, Frankie. Il faut me croire.

Chance plissa les paupières.

— Vous faites le mariolle, hein ?

— Pas le moins du monde.

Le journaliste sourit et s'assit sur le bras d'un fauteuil. Il alluma une cigarette et jeta un coup d'œil autour de lui. A sa gauche, une penderie était aménagée dans une alcôve. Une douzaine de costumes élégants et de vestes de sport étaient soigneusement accrochés sur des cintres, au-dessus d'une armée de chaussures reluisantes.

— Assez tourné autour du pot, dit Frankie. Qu'est-ce que vous cherchez à me dire, Sam ?

Terrell le regarda, sans cesser de sourire.

— Je pourrais vous faire un peu suer, mais je ne me suis jamais amusé à arracher les ailes des mouches. Votre petite amie a été assassinée sur les ordres de Cellars par un tueur nommé Nick Rammersky. Voilà, Frankie. Le type pour lequel vous travaillez, le grand patron qui vous jette des aumônes... c'est lui qui a fait abattre Eden.

— Fermez-la ! Vous en avez déjà trop dit !

— Vous connaissez sans doute Rammersky, poursuivit Terrell en observant la figure convulsée de rage de Frankie. Il est nouveau dans le secteur, mais il est assez reconnaissable. Un grand balèze avec une cicatrice sur le front. Cellars l'a fait venir exprès pour ce boulot. Vous l'avez rencontré ? Oui, je vois que vous le connaissez.

Chance le regarda fixement quelques secondes, tournant et retournant les mots dans sa tête, et finit par se laisser tomber sur le bord du lit.

— Qu'est-ce que vous avez à gagner ? dit-il enfin.

— J'aime la justice.

— Des preuves... Vous avez des preuves ?

— C'est une longue histoire, fort instructive. Eden Myles vendait quelques menus faits innocents à Richard Caldwell. Elle faisait semblant de moucharder, par ordre. Jusque-là, vous étiez probablement dans le coup, Frankie. Et Eden croyait la chose très simple. Capter la confiance de Caldwell en lui racontant quelques bourdes. Les dessous de la politique, la cuisine électorale habituelle. Mais elle n'a pas lu le scénario jusqu'au bout. (Terrell parla plus lentement, tout en surveillant les yeux exorbités de Frankie.) Ike avait formé le projet de faire assassiner Eden dans la maison de Caldwell et de faire accuser Caldwell du crime. Cellars n'avait rien à reprocher à votre petite amie, Frankie, mais plus tard, elle aurait pu devenir gênante. Alors voilà. Rammersky est entré par la porte de service et il a assommé Caldwell. Puis il a étranglé Eden et il est parti.

— Les preuves, chevrota Frankie. Où sont-elles ?

— D'abord, Rammersky a été vu sortant de chez Caldwell en courant par un petit agent nommé Paddy Coglan. Deuxièmement, Connie Blacker a entendu Cellars expliquer le plan bidon à Eden. Elle était chez Eden la nuit du meurtre. Elle habitait chez elle. Cellars est arrivé vers dix heures et demie et il a expliqué à Eden qu'elle devait jouer une comédie à Caldwell ce soir-là. Le faire boire et puis se mettre à hurler en criant qu'il avait voulu la violer. Et, ajouta Cellars, pour plus de précautions il allait envoyer un de ses hommes par la porte de derrière afin d'assommer Caldwell et d'arranger la pièce pour faire croire à une lutte, au cours de laquelle il se serait cogné et aurait perdu connaissance. Et puis l'homme filerait, laissant Eden s'arranger avec la police et les voisins. Eden certifierait que Caldwell avait voulu abuser d'elle et lui avait sauté dessus. D'après Cellars, c'était tout ce qu'elle avait à dire. Connie a entendu toute la conversation et elle a parlé avec Eden après le départ de Cellars. Eden avait peur. Elle trouvait l'histoire assez énorme. Elle ne savait pas encore à quel point.

— Ils n'avaient pas besoin de la tuer, murmura Frankie, les larmes aux yeux. Elle n'avait jamais fait de mal à personne. Elle était gentille avec tout le monde. Ça faisait cinq ans qu'on était ensemble et jamais elle n'a regardé un autre homme. L'année prochaine, nous devions nous acheter un immeuble à Baycroft, de six appartements. On aurait habité dans un, et on aurait vécu de la location des cinq autres. C'était ça qu'elle voulait. Du solide. Une maison à nous, au cas où ça irait mal.

— Vous saviez qu'elle était enceinte ? demanda doucement le journaliste.

Frankie fit un bond.

— Ne me racontez pas d'histoires ! Ne me mentez pas !

— L'autopsie n'a pas menti. Elle était enceinte de trois mois. Vous ne le saviez pas, hein ?

Frankie se mit à frapper de la paume le bois du lit, d'abord doucement, puis de plus en plus fort, de toutes ses forces. Ses lèvres tremblantes n'arrivaient pas à former des mots.

— Elle voulait un enfant, moi pas. J'avais la frousse. Pour elle. Mais elle le voulait. Et elle allait l'avoir. Elle m'avait dit que tout était arrangé, mais elle allait l'avoir.

Frankie paraissait complètement égaré. Il ouvrit et ferma la bouche, mais il ne put articuler que des grognements incohérents.

— Deux beaux rêves, constata Terrell. Et puis Cellars frappe du pied, et il ne reste plus rien qu'une tache sur le tapis. Et Ike va se balader comme si de rien n'était.

— Il va falloir que je me renseigne, prononça Frankie avec peine. Je vais voir si vous m'avez bien dit toute la vérité.

Il laissa tomber sa robe de chambre, prit un raglan dans la penderie, mit son revolver dans la poche de son pardessus et baissa le bord de son chapeau de feutre souple.

— Attendez, dit Terrell.

Mais Frankie n'écoutait pas. Sa figure boudeuse d'enfant gâté demeurait fermée et ses yeux étaient déjà fixés sur ce qu'il allait faire. Il marcha vers la porte et posa la main sur la poignée.

— Attendez une seconde, soupira Terrell.

Le journaliste se sentait las. Il ne comprenait pas pourquoi il changeait d'attitude, soudain, mais il savait qu'il lui était impossible de lâcher ce chien enragé dans la ville.

— Ne soyez pas bête, Frankie. Si vous vous lancez aux trousses de Cellars ou de Rammersky, vous allez y laisser votre peau.

— Bien sûr. Ce sont de vrais durs.

— Je vous ai monté la tête pour des raisons personnelles.

Cette fois, Frankie se retourna, sans lâcher la poignée de la porte.

— Quel genre de raison ?

— Cellars a enlevé Connie Blacker. Elle est venue chez moi hier soir et c'est là qu'il l'a trouvée ce matin. Je voulais qu'il ait si peur pour sa peau qu'il l'oublie. Je pensais que vous étiez celui qui pouvait lui faire peur.

— C'est la fille que vous voulez, pas vrai ?

— Oui.

— C'est astucieux. Vous vous servez de moi pour la sauver.

— C'est inutile, Frankie.

— Pourquoi ? Je peux le faire suer, Cellars. Et si j'y laisse ma peau, qu'est-ce que ça peut vous foutre ? Vous retrouverez votre petite. Moi, je suis un moins que rien.

— Pour l'amour du ciel, ne faites pas tant de sentiment. Je n'ai pas le droit de vous juger.

— Ne faites pas de sentiment ! Elle est bien bonne.

Frankie quitta la porte et vint se rasseoir sur le lit. Toute sa jeunesse avait disparu de son visage et il paraissait soudain très las.

— Je crois que je vais mourir ce soir, dit-il.

— Vous faites tout ce qu'il faut pour vous en persuader.

— C'est mon idée, murmura Frankie avec un haussement d'épaules fataliste. C'est pour ça que je débloque. C'est important. Vous la considériez comme une putain, hein ?

— Je crois qu'elle vous aimait. Elle tenait à avoir un enfant de vous. Ce n'était pas une fille de peu.

Frankie inclina lentement la tête.

— C'est assez logique. C'est drôle que votre opinion m'importe à ce point. Mais vous êtes peut-être le dernier à qui je parlerai d'elle. C'est différent.

— Vous vous montez le bourrichon.

— Non, dit Frankie en se dirigeant vers la porte. Vous avez gagné l'adresse. La maison de santé Bancroft, sur le boulevard Madden, en sortant de la ville. Notez-la.

— Qu'est-ce que c'est ?

— C'est là que Ike a expédié la petite blonde. Vous avez bien failli ne pas l'apprendre. Adieu.

Il ouvrit la porte et se glissa dans le couloir.

Terrell entendit décroître le bruit de ses pas, puis il décrocha le téléphone et demanda le domicile du commissaire Duggan. Sa femme répondit et lui dit que Duggan était reparti à son bureau. Elle paraissait bouleversée :

— Il a filé brusquement, en plein milieu de son programme de télévision favori. Celui de...

Terrell raccrocha et demanda la police. Il mit au moins cinq bonnes minutes à joindre Duggan. Enfin la voix du commissaire résonna à son oreille :

— Oui ? Qui est à l'appareil ?

— Sam Terrell. Ecoutez, voilà une adresse que je voudrais que vous notiez.

— Sam, vous devez vivre dans une caverne. Vous ne savez pas que toute la ville est sens dessus dessous ? Nous avons arrêté un nommé Rammersky qui s'accuse d'avoir étranglé Eden Myles. Caldwell est innocent.

— La maison de santé Bancroft, dit Terrell en élevant la voix pour couvrir celle de Duggan. Il y a une jeune fille que l'on y séquestre. Connie Blacker.

— Une seconde. Nous avons déjà reçu ce renseignement. La maison de santé Bancroft. Ne quittez pas.

— Qu'est-ce que vous racontez ? hurla Terrell, mais Duggan avait posé l'appareil.

Il revint au bout d'une minute et annonça :

— Je viens de vérifier avec les gars de la radio. Deux voitures de police sont allées la chercher.

— D'où tenez-vous le tuyau ?

— Mike Karsh nous a téléphoné il y a dix minutes. Il nous a dit qu'une jeune fille était retenue contre son gré et qu'elle était un témoin important dans l'affaire Caldwell.

— Quand aurez-vous des nouvelles ?

— Quand les voitures de patrouille se mettront en rapport avec nous par radio. Sam, j'ai un boulot du tonnerre.

— Je vous rappelle, dit Terrell, et il raccrocha lentement.

Il s'assit sur le lit, alluma une cigarette. Mike Karsh... Il hocha la tête, complètement abasourdi.

Le temps passa lentement. Il arpenta la pièce, compta les costumes de Frankie et contempla longuement la couverture d'un magazine oublié sur le lit. Elle représentait un petit chat se cachant derrière un pot de géraniums. Il l'examina pendant une minute entière en se disant que ce sujet lui ferait sans doute horreur pour le restant de ses jours.

Cinq minutes se traînèrent. Il rappela Duggan et d'une voix de fausset, le cœur battant, il cria :

— Vous avez la jeune fille ?

— Oui. On l'a emmenée à l'hôpital Sainte-Anne-de-Beaupré et on a effectué trois arrestations à la maison de santé. C'est une boîte clandestine.

La main du journaliste se crispa sur le récepteur.

— Qu'est-ce qu'elle a donc ?

— Bon sang, j'en sais rien, s'énerva Duggan. Elle est mal en point. C'est tout ce que je sais.

19

Il y avait deux voitures de police rangées devant le pavillon des urgences, à Sainte-Anne-de-Beaupré. La lumière rouge clignotait au-dessus du large portail et un peu plus loin dans l'allée une ambulance toute blanche stationnait devant la rampe d'accès du pavillon.

Les agents bavardaient avec les internes et une infirmière remplissait des papiers au bureau de réception. Comme toujours, il régnait là une atmosphère de tension, mais sans agitation.

Terrell salua les agents et dit à l'infirmière :

— Connie Blacker. Comment va-t-elle ?

— Tiens, bonsoir, Sam. On ne vous voit plus. Je crois qu'on l'a placée sous la tente à oxygène. Elle avait des ennuis respiratoires, je ne sais trop. Qu'est-ce qu'il y a ? Vous n'avez pas l'air brillant non plus.

— Rien. Où est-elle ?

— Au bout du couloir. Salle des urgences.

— Merci.

Terrell se hâta dans le vaste corridor. Un grand médecin chauve sortit de la salle et Terrell le saisit par le bras :

— La jeune fille qu'on vient d'amener ? Comment va-t-elle ?

— Pas brillante. Vous êtes de ses amis ?

— Oui. C'est ça. Un ami.

Le médecin ôta ses lunettes et les essuya sur sa blouse immaculée. Sans ses lunettes, il paraissait beaucoup plus jeune. Son regard clair était doux et intelligent.

— On lui a administré une trop forte dose de morphine. Ce matin, je pense. Puis elle a passé la journée dans une cuve, vous savez, le traitement pour les agités. Des draps mouillés, de la tête aux pieds. Elle est complètement désorientée. Elle n'a plus sa tête à elle. La peur, je suppose. Et la morphine a affecté ses voies respiratoires.

— Mais elle s'en tirera ?

— Je ne sais pas. Je pencherais pour l'optimisme. Nous lui donnons de l'oxygène, et un antidote contre la morphine. Mais elle a fait en quelques heures une provision de cauchemars pour sa vie entière. Elle va avoir besoin d'être très entourée.

— Oui, bien sûr. Quand pourrai-je la voir ?

— En tout cas, pas avant deux heures. Si vous voulez, vous pouvez lui laisser un mot.

— Merci. Je vais laisser un numéro de téléphone au bureau.

— Elle en a vu de dures. Soyez gentil avec elle.

— Ne vous en faites pas pour ça.

Comme Terrell regagnait la réception, la porte s'ouvrit et un photographe du *Call-Bulletin* nommé Ricky Carboni entra et posa ses appareils.

— Oh, salut, Sam. Comment va ? Et la fille ? par terre ?

Ricky était un vieux de la vieille, déjà chauve, avec un sourire franc et des yeux noirs pétillants.

— Elle ne peut pas être photographiée pour l'instant, Ricky. Pas avant deux heures.

— J'attendrai, alors, en écoutant avec délices tomber les secondes de mes heures supplémentaires. Karsh a dit de prendre une photo, de gré ou de force et sans faute.

— Karsh ? Que se passe-t-il ?

— Ne me le demande pas. Ou pose la question si tu veux, mais n'attends pas une réponse sensée. Karsh vient de déchirer la Spéciale de Nuit en tout petits morceaux. Il ne reste que les petites annonces. Et toute l'équipe de jour est en train de radiner au turf pour la refaire. Je croyais que tu travaillais, quand je t'ai vu. Tout le monde s'y est mis. Williams, Tuckerman, tous les photographes. Ça ne te fait pas plaisir d'être du métier ? Pense à tous les pauvres gens qui sont obligés de rentrer chez eux pendant que nous, on cavale toute la nuit ! Bon. Ben, moi, je vais me dégoter un petit poker. Salut, et marche à l'ombre.

— D'ac.

Terrell sortit et l'un des agents l'interpella :

— Nous rentrons, Sam. On vous dépose quelque part ?

— Merci. Je rentre à la boutique.

— C'est sur le chemin. Vous êtes pressé ? Y a Smitty qui adore s'exercer avec la sirène.

— Non, je ne suis pas pressé.

Terrell monta dans la voiture de police et alluma une cigarette. Il se dit qu'il avait eu le mot juste. Il n'était nullement pressé de revoir Karsh. Mais il le fallait. Une dernière fois...

Une agitation intense régnait dans la salle de rédaction brillamment illuminée. C'était l'affolement général, des rédacteurs tapaient sur leurs machines, des garçons de bureau et des photographes couraient dans tous les sens, l'œil encore vaguement endormi.

Terrell s'arrêta sur le seuil, et laissa son regard errer sur les divers groupes qui préparaient l'édition. En général, la Spéciale de Nuit était faite par trois journalistes. Mais ce soir, tout le monde était sur le pont.

Karsh se tenait derrière Williams, un pied sur une chaise, et parlait avec animation à Ollie Wheeler. De temps en temps, il ponctuait ses phrases d'un coup de poing sur son genou et jetait des regards vifs à la pendule derrière lui. Il était parfaitement habillé, sanglé dans un costume sombre, une fleur à la boutonnière. Ses yeux brillaient d'excitation et de joie, et il était évident que toute la maison calquait son attitude. Il était bien le chef.

Terrell laissa tomber son manteau sur une chaise et s'avança vers Karsh et Wheeler. Derrière eux, il voyait la ville s'étaler, par l'immense baie. Quelques lumières clignotaient çà et là, mais dans l'ensemble la ville dormait dans un silence sobre.

Il s'arrêta à côté de Karsh, et Wheeler fut le premier à le voir.

— Tiens, le voilà, dit-il. D'où sors-tu, Sam ?

Karsh se tourna vers lui avec un sourire plein d'aisance.

— Vous arrivez à temps. Je veux que vous me fassiez le papier principal. Toute l'affaire, depuis le début, dans son ordre chronologique, avec tous les détails. Ne perdez pas de temps avec le Comité de la Circulation, parlez-en simplement, comme si les lecteurs étaient au courant. Ils le seront d'ailleurs, après avoir lu le papier d'Ollie. Il fait un truc sensationnel sur ce scandale.

— Je vais m'y mettre, Mike, dit Ollie.

— Oui, c'est ça. (Karsh regardait toujours Terrell, mais son attitude était impersonnelle.) Bridewell a fait une déclaration il y a une demi-heure, il a tout avoué, une autocritique où il n'oublie rien, même pas d'avoir laissé courir son chien sans laisse sur le gazon. Le maire ne durera plus que le temps qu'il faut pour réunir le Conseil municipal. Ils sont foutus, Sam. Vraiment et réellement fichus et battus.

— Et je suis censé écrire un beau papier émouvant, dit Terrell. Tout le bazar, hein ? Pas de limites, et pas de défenses ?

— Bien sûr. Le lavage de linge sale en famille intéresse encore plus le lecteur que les chiens perdus sans collier ou les médaillés du travail. (Karsh parlait nettement, d'un ton incisif et rien dans son attitude ne donnait à penser qu'il s'agissait d'autre chose que d'une nouvelle à sensation.) Allez-y. Nous avons une demi-heure avant de boucler.

— Et vous ? Comment dois-je vous présenter ? demanda froidement Terrell. Comment voilons-nous l'image de Mike Karsh ? Est-ce qu'on va vous photographier un bras autour des épaules d'Ike Cellars et l'autre avec une grosse part de fromage dans la main ?

Karsh accusa le coup.

— Pas de métaphores, s'il vous plaît. Il ne faut jamais forcer une bonne histoire. Montrez-moi sous le jour que vous voudrez. Pas de faux-fuyants, mais sans insister et sans perdre l'objectif de vue. Eden Myles a été assassinée par un tueur à gages nommé Rammersky. Rammersky était aux ordres d'Ike Cellars. Caldwell est innocent. Voici comment et pourquoi. Vous envoyez les faits comme des balles, et sans vous soucier de faire des phrases.

Terrell n'arrivait pas à le comprendre. Il le regarda un moment et finit par lui dire :

— Vous n'aurez pas bonne mine dans ma version des faits, Mike.

— Tant pis. Ça fait partie de l'histoire. Tout pour la vérité. Je veux toute l'histoire, je vous l'ai déjà dit.

— Très bien, coupa Terrell.

Il alluma une cigarette et mit une feuille de papier dans sa machine. Du théâtre, se dit-il. Les grosses manchettes, la sensation, et Terrell qui dévoile tout. Karsh était fait d'un acier souple qui se courbait dans n'importe quel sens. Et se redressait comme un ressort. Un peu plus tard, le journaliste téléphona à la police pour avoir des détails sur l'arrestation de Rammersky et une déclaration tirée de ses aveux. Un inspecteur qu'il connaissait bien le mit au courant et lui dit :

— Quelle nuit, hein, Sam ! On a encore un cadavre, vous savez. Frankie Chance.

Terrell ôta la cigarette de ses lèvres.

— Que s'est-il passé ?

Une tristesse irraisonnée l'envahit, Frankie Chance était parti mourir pour celle qu'il avait aimée.

— C'est arrivé près de chez Ike Cellars, poursuivit l'inspecteur. Un des gardes du corps d'Ike l'a assaisonné. Je ne peux pas vous en dire davantage pour l'instant. Dans une demi-heure peut-être, ça ira ?

— Bien sûr.

Terrell fit part de la nouvelle à Karsh mais celui-ci lui dit :

— Laissez tomber. On passera quelque chose à la six. N'encombrez pas votre papier avec des figurants.

— Bon. Alors voilà le topo, en gros.

Karsh le parcourut rapidement, un léger sourire aux lèvres, puis il tendit la première feuille à la rédaction.

— O.K. Parfait. Insistez sur le côté électoral, dans le titre et dans les inters. Caldwell a été accusé à tort. Il est innocent. Le comment et le pourquoi viendront plus tard.

Terrell se remit au travail et Karsh lui arracha les feuilles à mesure qu'elles sortaient de sa machine et les tendait à Williams qui les corrigeait et donnait les bons à tirer. Des douzaines d'autres articles s'amoncelaient sur le bureau, des biographies, des profils, des déclarations de Sarnac et des autres membres du Comité de Caldwell, une récapitulation du papier de la une avec un croquis du trajet supposé de Rammersky en quittant le lieu du crime.

Et les minutes s'écoulèrent.

Terrell termina son dernier paragraphe. Il en était satisfait mais, de toute façon, il n'avait pas le temps de le fignoler.

— Voilà, dit-il.

Un garçon de bureau apporta la feuille à Williams qui l'attendait. Terrell chercha Karsh du regard mais ne le vit pas. Tuckerman lui lança :

— On vient de nous appeler de Sainte-Anne. Un toubib m'a dit de te dire que tu peux aller voir la petite. Elle t'a réclamé. Y en a qu'ont de la veine.

— Tu parles... Où est Karsh ?

Tuckerman pivota sur sa chaise. Il jeta un coup d'œil à Ollie

Wheeler qui achevait son papier et au bureau des photographes. Il fronça le sourcil.

— Il est peut-être monté à la compo, dit-il, puis il regarda Williams. Mike t'a dit où il allait ?

— Penses-tu. Mais il ne sortirait pas. Pas ce soir. Pas seul, tu penses.

Un garçon de bureau annonça en hésitant :

— J'ai vu M. Karsh il y a quelques minutes. Il se dirigeait vers les ascenseurs. Il y a peut-être plus longtemps...

Tout le monde regarda le gamin et Tuckerman demanda :

— Il avait son pardessus ?

— Oui, et son chapeau. Je l'ai aperçu quand j'ai remonté les cafés.

Tuckerman jura à mi-voix.

— Il est cinglé.

Il allait prendre le téléphone quand la sonnerie retentit. Il décrocha, écouta un moment, puis il poussa un soupir et tendit l'appareil à Terrell.

— C'est pour toi. Karsh. Il veut te parler.

Terrell empoigna l'écouteur et cria :

— Où diable êtes-vous ?

— De l'autre côté de la rue. Chez *Lindy*, cette infernale boîte qui ne ferme jamais et qui nous vend au prix fort café et cigarettes. C'est bien la première fois que j'y mets les pieds.

— Mike, prenez un taxi et rentrez chez vous. Ou alors, revenez ici boire un verre ou deux. Tuck commence à avoir soif et Williams lui-même tire la langue. Alors ?

— Ce serait plaisant. Une belle petite bouteille sympathique et une nuit avec les copains. Mais pas ce soir, Sam. J'ai un rendez-vous.

— Où ? Avec qui ?

— Je ne sais pas. C'est un visage derrière un pare-brise. C'est tout ce que j'ai pu voir. J'en saurai davantage tout à l'heure.

— Espèce d'imbécile ! cria Terrell, puis il couvrit l'appareil de sa paume et chuchota rapidement à Tuckerman : Karsh est chez *Lindy*. Je vais essayer de le garder au téléphone. Pendant ce temps, prévenez la police, qu'ils envoient une voiture.

Tuckerman se précipita sur un téléphone et Williams regarda la pendule. Il restait quatre minutes avant de boucler l'édition.

— Mike ? reprit Terrell. Vous êtes toujours là ?

— Bien sûr, répondit Karsh d'une voix changée, très lasse et très triste. Je ne serais pas parti sans dire au revoir, fiston. Vous devriez le savoir.

— Ne sortez pas. Restez à une table du fond. Vous m'entendez ?

— Sam, j'ai joué les durs, ce soir. Mais je ne me sentais pas si fier. Je ne pouvais rien faire d'autre, cependant. Essayer de se persuader qu'on est quelqu'un... Ça ne marche pas à tous les coups, Sam. Mais, écoutez...

— Ecoutez-moi vous-même, coupa Terrell. Ne vous montez pas le bourrichon avec des visions de grandeur et de beaux gestes. Ne bougez pas. Vous m'entendez ?

— Je vous crois, vous gueulez comme une marchande de poisson. Je suis désolé que nous ayons eu ce différend. Je n'aurais pas dû laisser les choses aller si loin. Je regrette toute l'affaire, depuis le début. J'aurais mieux fait de vous parler carrément, entre hommes. Mais je n'avais pas le temps.

— Nous avons tout notre temps à présent, dit Terrell tout en écoutant Tuckerman qui parlait à un sergent de la police.

— On s'imagine toujours avoir le temps, mon gars.

Soudain, la voix de Karsh changea de nouveau et retrouva tout son mordant, sa bonne humeur et son ironie.

— Ne vous en faites pas, petit. Vous avez la vie devant vous. N'oubliez jamais ce que je vous ai appris sur le journalisme. (Karsh chevrota un instant, mais reprit vite son assurance.) Vous me le promettez ? Vous vous rappellerez mes leçons ? Et vous oublierez tout le reste ? Tout ce que j'ai pu faire ?

— Mais bien entendu, Mike, voyons. Bien sûr. Mais ne bougez pas. Nous venons...

Terrell regarda le récepteur en l'écartant de son oreille. Karsh avait raccroché.

— La police rapplique, dit Tuckerman.

— Sam, viens ici ! cria Ollie Wheeler qui se tenait devant l'immense baie vitrée et regardait dans la rue.

La pluie battait les immenses panneaux de glace et les rayait d'argent. Terrell vint se planter aux côtés de Wheeler, galvanisé par sa voix brève. Tuckerman et Williams le suivirent, et Wheeler ironisa d'un ton amer et sans joie :

— Passons la monnaie...

La rue était obscure et le trottoir luisant ne reflétait que les lumières du restaurant de nuit.

Terrell aperçut Karsh, debout dans le carré de lumière jaune. Même à cette distance, le journaliste pouvait voir le fume-cigarette qu'il serrait entre ses dents, et le foulard de soie blanche.

Une voiture tourna le coin de la rue, à une centaine de mètres, tous feux éteints. Elle roula en silence, dans l'obscurité, droit sur Karsh, comme une ombre maléfique. Karsh se retourna et alla à sa rencontre, d'un pas délibéré, balançant les bras nonchalamment, le fume-cigarette dressé vers le ciel d'un air narquois.

Les journalistes étaient les spectateurs d'une pantomime. Les murs épais de l'immeuble les enfermaient dans une cage de silence.

La voiture accéléra soudain et passa devant Karsh. Elle disparut dans un halo de brume, laissant Karsh allongé dans le ruisseau comme un pantin disloqué, tout petit, infiniment seul. Le silence donnait tout son drame au tableau.

Terrell crut d'abord que Karsh s'était jeté par terre pour échapper à l'auto. Ce ne fut qu'en voyant briller les fragments de verre sur le trottoir qu'il comprit que son patron était mort. Les balles qui l'avaient atteint avaient aussi brisé la vitre du restaurant.

Wheeler émit un grognement inarticulé et frappa la glace du plat de la main.

Terrell alla s'asseoir à son bureau avec lassitude. Karsh n'avait pas besoin de... Les pensées tourbillonnaient dans sa tête. Que cherchait-il à prouver ? Qu'il était Mike Karsh ? Qu'il était encore capable d'un beau geste ? Pas question de filer en Amérique du Sud, les poches pleines. Pas de protestations d'innocence. Il avait préparé une édition splendide... Enfin. La Spéciale de Nuit signait la libération de Caldwell, et l'épitaphe de Mike Karsh. Il a fini tel que je l'imaginais, se dit Terrell. Il a pris des chemins détournés, mais il a fini en beauté.

Tuckerman lui frôla l'épaule du poing en regagnant son bureau et Ollie Wheeler déclara :

— Ce soir, j'ai envie de me soûler à mort. Personne ne veut me tenir compagnie ?

— Bien sûr, marmonna Williams. Bonne idée.

Terrell avait les larmes aux yeux. Il n'avait jamais éprouvé pareille émotion. Il se sentait seul, blessé, égaré. Tout à l'heure, il se rendrait à l'hôpital et tout irait bien. Le médecin avait recommandé la douceur et la gentillesse, et il tenait beaucoup à obéir à cette ordonnance-là. Mais pour l'instant, il avait mal.

Au-dessus de sa tête, la grande aiguille marqua l'heure fatidique et la sonnerie retentit aigrement. Tout le monde regarda l'heure. Les morasses étaient au point, les rotatives prêtes. Terrell croisa les bras sur sa machine à écrire et laissa retomber sa tête trop lourde. Quand la sonnerie se tut, le silence résonna encore un instant, vibra et les ondes sonores s'éloignèrent en mourant.

William Campbell Gault

FAUT PAS S'ATTENDRIR

Don't Cry For Me
1952
Traduction de Gilles-Morris Dumoulin

1

Je me souviens qu'il faisait chaud, et que perché sur le bord de son grand fauteuil de cuir, John feignait de regarder ce qui se passait dans le patio, à travers les portes vitrées de son cabinet de travail. Il ne se passait absolument rien, du reste, dans le patio ! Mais quand John m'engueule, il est bien rare qu'il condescende à me regarder en face.

Et malgré son calme apparent, c'est exactement ce qu'il était en train de faire, cet après-midi-là. M'engueuler. A sa manière. Car John est un citoyen respectable, grand défenseur des institutions séculaires et tout et tout. Incorruptible (pensais-je en le regardant), collet monté, mais incorruptible. Bien de sa personne, aussi, et pas du tout le genre à reluquer une autre femme que la sienne. Un parangon de toutes les vertus civiques.

Et mon frangin, par-dessus le marché !

— Je me demande ce que Père penserait de toi, s'il ne nous avait pas quittés, Pete, disait-il.

Dans l'univers de John, les gens ne meurent pas, ils « nous quittent ».

— Je me demande s'il a jamais pensé quoi que ce soit à mon sujet, ripostai-je. P'pa n'était pas du tout mon genre.

Cette fois, John consentit à m'inclure dans son champ visuel, et d'après l'expression de son regard, vous auriez juré que je venais de faire voter le programme démocrate, sans le moindre amendement.

— Ce n'est pas une chose à dire, en parlant de son propre père !

— Pourquoi diable ? P'pa n'était pas du tout mon genre, et toi non plus, John, tu n'es pas du tout mon genre. M'man, je ne me souviens pas, mais d'après ce que j'ai entendu dire, je dois être plutôt de son côté.

John fit saillir les muscles de ses mâchoires, à la Spencer Tracy.

— Moi, je me souviens d'elle, et c'était une grande dame.

Je m'esclaffai.

— Et alors ? Tu voudrais peut-être que je sois une grande dame ? Trêve de polémiques, John. Je suis venu te dire que je ne pouvais plus y arriver avec cent dollars par semaine. Tu m'as dit que je n'en aurais pas davantage. Rideau. Nous nous sommes assez vus pour aujourd'hui. Bye-bye, et prends bien soin de ta santé.

Il fronça les sourcils.

— Oh, écoute, Pete, après tout, nous sommes...

Il s'interrompit, et secoua la tête avec irritation.

— Frères ? complétai-je. Bien sûr, fiston. Et personne ne peut rien contre ça. Il y a des moments où tu m'écœures, mais la plupart du temps, tu m'inspires un profond respect. Je souhaiterais presque pouvoir être comme toi. Tout serait tellement plus simple, si je te ressemblais.

Il soupira, et regarda le tapis.

— Plus simple ? Je ne le crois pas.

— Mais si ! Le bon et le mauvais, le noir et le blanc, le bien et le mal, tout ça est soigneusement délimité dans ta tête. Tu peux évoluer entre les deux et garder l'illusion de ta propre noblesse. Alors que rien n'est aussi clair, dans la mienne. Rien n'est aussi savamment déterminé...

Il se leva et m'accompagna jusqu'à la sortie en me tapotant doucement l'épaule.

— Tâche de réfléchir et d'y voir un peu plus clair, Pete. Quand tu sauras ce que tu comptes faire de toi-même, on avisera. Et ne viens pas seulement quand tu as quelque chose à me demander. Martha et moi sommes toujours heureux de te voir.

— Je sais, lui dis-je. Embrasse Martha pour moi. Je regrette de l'avoir manquée

— Elle le regrettera aussi, Pete... Sois prudent, veux-tu ? Ne fais plus parler de toi dans les journaux. Notre nom n'est pas sans valeur dans cette ville, Pete.

— Je ferai de mon mieux, John. Au revoir. Et ne bois pas trop.

Je regagnai la Mercury et m'installai au volant. La capote était baissée, le soleil tapait dur et le siège me brûlait les fesses. Une bonne fille, cette Mercury. Une bonne marcheuse. Et je n'avais jamais que trois mensualités de retard.

John était toujours debout devant la porte de son palace. Je levai la main, il me rendit mon salut, et je m'aperçus soudain que j'étais navré pour lui. Quelle idée ! John avait tout, une maison du tonnerre, une femme épatante, l'administration des biens de la famille, l'estime de tous ceux qui le connaissaient. Et la réponse à toutes les questions. Alors ? Quelle idée, vraiment, d'être navré pour lui !

Je virai sur place. Uniquement parce que c'était défendu, à cet endroit-là, et que ça embêterait John de me voir enfreindre la loi, même sur une petite échelle. Je lui adressai un dernier salut et chatouillai l'accélérateur. Los Angeles ne vaut pas Miami, malgré tous les bobards du Syndicat d'initiative, mais il y a quand même, en hiver, de beaux jours dorés tels que celui-là, sans brouillard où l'on se sent heureux de vivre.

J'avais sept dollars dans mon portefeuille, un peu de monnaie au fond de ma poche, et devant moi la perspective d'une entrevue orageuse avec les gens de la Mercury, au sujet des traites impayées. Mais je fredonnais tout de même, la bagnole en faisait autant, et nous étions toujours de bonne humeur, l'un comme l'autre, lorsqu'elle me déposa devant la porte d'Ellen. Ellen habite un trois-pièces, juste au-dessus d'une droguerie. L'appartement est bien situé, et le loyer suffisamment modique pour lui faire oublier l'odeur de peinture qui monte du rez-de-chaussée.

Elle avait ouvert sa porte en entendant ma galopade dans l'escalier, et m'attendait au sommet des marches. Elle a de jolies guibolles bien tournées, le ventre plat, et l'insolence d'une gamine mal élevée. Un peu forte de poitrine, peut-être, pour ressembler tout à fait aux Vénus classiques, mais abondance de biens ne nuit pas. Ce n'est pas moi qui le dis, c'est le proverbe.

Elle avait relevé ses cheveux noirs, à cause de la chaleur, et ses yeux d'un bleu sombre scrutaient placidement les miens.

— Alors ?

— Alors... non. Avec sermon à l'appui. Un jeune homme qui ne peut pas vivre avec cent dollars par semaine est décadent, dément et dépravé. Un jeune homme de vingt-neuf ans qui n'a jamais travaillé doit s'estimer heureux de pouvoir... bref, c'est non.

— Maintenant, je sais que nous ne nous marierons jamais, dit-elle.

Je feignis de me cramponner au chambranle pour ne pas tomber.

Le rire d'Ellen avait des intonations métalliques.

— Je plaisantais, Pete. Ça me fait du bien de voir à quel point tu désires m'épouser.

— Ah bon, murmurai-je. Ménage mon cœur, bébé, il est fragile. Est-ce que par hasard tu me prendrais pour un raté ?

— Quelquefois, oui. Pourquoi ?

Elle alla s'asseoir à l'extrémité du grand canapé. Je m'allongeai près d'elle et posai ma tête sur ses genoux. Il faisait frais, dans ce coin, et l'odeur de peinture ne venait pas jusque-là.

— Pourquoi ? répéta-t-elle. Le sermon de ton frère t'aurait-il ébranlé ?

J'étudiai le problème.

— Peut-être.

— Quel âge a-t-il ?

— John ? Voyons... Cinq ans de plus que moi. Trente-quatre ans.

— Et qu'est-ce qu'il fait, lui, pour vivre ?

— Eh bien, mais... il... voyons... il... je ne sais pas trop !

— Moi, je le sais. Il administre la fortune familiale. La fortune que ton père a gagnée. C'est facile d'administrer une fortune. Encore moins fatigant que de la dépenser.

— Moins marrant, aussi, lui rappelai-je. Mais il a deux beaux enfants, une femme admirable, qui travaille pour toutes sortes de bonnes œuvres, et John lui-même est toujours dans les journaux, à la tête de tel ou tel comité, pour telle ou telle bonne cause Voilà ce qu'il fait pour gagner sa vie. Il dirige des comités.

Elle posa son doigt sur le bout de mon nez, le poussa d'un bon demi-centimètre vers la droite.

— Qui t'a cassé l'arête du nez ?

— Un demi de mêlée. Il faut qu'il surveille les placements, aussi. Je parle de John, bien sûr. C'est un sacré boulot, à l'époque où l'on vit, de surveiller des placements...

— Tu serais presque séduisant si tu avais le nez droit, continua-t-elle, et je n'aurais pas besoin de me cacher quand je sors avec toi. Tu ne pourrais pas le faire redresser ?

— Naturellement. Et tout serait fini entre nous... Tu ne crois tout de même pas que je perdrais mon temps avec un vieux tableau comme toi si j'avais le nez droit ? Et je t'ai posé une question, tout à l'heure. Me prends-tu pour un raté, oui ou non ?

— Oui, dit-elle. Et j'en suis une autre. Nous sommes un couple de ratés, mais quelle importance ?

— Enorme, et n'essaie pas de me faire croire que tu t'en fous. Tu avais certainement rêvé mieux, dans ta prime jeunesse ?

— Pas que je me souvienne.

— Vide ton sac, bébé, insistai-je.

Plus aucune légèreté dans le ton d'Ellen, à présent. Plus aucune désinvolture !

— Oh, Pete, pour l'amour du ciel, comment diable nous sommes-nous embringués dans cette conversation ? Je vais nous préparer un verre.

Je restai allongé sur le canapé, tandis qu'elle se dirigeait vers la cave aux liqueurs. J'étais bien, loin de John et du monde extérieur et des trois traites impayées, avec ma bien-aimée près de moi en train de me préparer un verre... Puis, le silence me parut trop absolu, ma sérénité s'envola, et je levai la tête pour regarder Ellen.

Debout devant la porte ouverte de sa petite cave à liqueurs, elle pleurait. Sans un bruit, sans un cri, sans un hoquet, sans un sanglot. Sans faire les embarras que font la plupart des femmes, quand elles pleurent.

Je me levai doucement et m'approchai d'elle et lui dis : « J'ai horreur des boissons salées », ce qui n'était peut-être pas très consolant ; mais j'avais, aussi, mes deux bras bien serrés autour d'elle et c'était de ça, surtout, qu'elle avait besoin pour l'instant.

Il devait être environ sept heures lorsqu'elle dit :

— J'ai quatorze dollars, Pete. Si nous allions nous saouler quelque part, dans un bistro pas cher ?

— Non, ripostai-je.

Il n'y avait pas d'autre lumière, dans la pièce, que le reflet d'un lampadaire et le rougeoiement intermittent de nos cigarettes.

— Ou du moins, pas encore. Raconte-moi d'abord l'histoire de tes larmes.

— Oh, ça... n'y pense plus.

— J'y penserai toujours, même si je dois vivre huit cent soixante-quinze ans. Alors ?

— Bah... un coup de cafard. Ça ne t'arrive jamais, à toi ?

— Non, prétendis-je. Mais je ne peux pas me dire des vacheries à moi-même,

— Ne sois pas ridicule. Quelles vacheries m'as-tu dites ?

— Je ne m'en souviens pas. Je le suppose.

Elle se leva, écrasa sa cigarette dans un cendrier.

— Tu veux que je te dise ce que c'était vraiment ? J'ai pensé à toutes ces filles que tu as eues avant moi, et aux regards que tu jettes alentour, quand nous sortons ensemble. Et je me suis demandé combien de temps ça durerait encore, et qui prendrait ma succession.

Je ne voyais pas son visage. Impossible de dire si elle plaisantait ou non. Je feignis d'en être sûr.

— Laissons l'avenir et le passé tranquilles, veux-tu. Nous avons le présent et j'ai une faim de loup. Pas toi ?

— Si. Est-ce que nous aurons besoin de mes quatorze dollars ?

— J'en ai sept, lui dis-je fermement, et nous ferons en sorte de ne pas dépenser davantage.

Nous mangeâmes des spaghetti, chez Tony. Des spaghetti à la napolitaine, c'est-à-dire avec de la chair à saucisse, du jambon, des champignons et des oignons. Et de l'ail, bien entendu. Le tout arrosé d'un médiocre vin rouge.

— Tu pourrais travailler, tu sais, me dit Ellen après le troisième verre. Tu n'es pas stupide au point de ne pas pouvoir trouver du boulot.

— Quel genre de boulot ? m'informai-je. Je sais manier un ballon de rugby, mais pas tout à fait assez bien pour que ça me rapporte. Et j'ai trimballé un flingue pendant quatre années, mais qui paie encore quelqu'un pour trimballer un flingue ?

— Le même patron, dit-elle froidement. Il a transporté son usine ailleurs, voilà tout. Et je te vois d'ici retrimballer le même flingue, tôt ou tard, si tu ne te dépêches pas de trouver autre chose.

— Par exemple ?

— Tu dois pourtant détester l'armée, insista-t-elle. D'après la façon dont tu en parles...

— Je déteste aussi les horloges pointeuses et je ne sais rien faire de mes dix doigts.

— Tu saurais conduire un ascenseur ou un gros camion ? Ou vendre des articles de sport dans un magasin chic. Tu as un certain flair, malgré ton nez cassé.

— Bois un coup, tranchai-je, éludant sa question. Et ne t'en fais pas pour ma pomme.

— Il faut bien que quelqu'un se préoccupe de ton sort.

— Personne n'a besoin de s'en faire pour moi. Personne ne s'est jamais préoccupé de mon sort.

— Ta mère, je parie ! répliqua-t-elle. Tu étais sûrement son favori.

— Range tes épingles, veux-tu ?

J'avais élevé la voix et les gens nous regardaient. Je continuai pianissimo :

— Qu'est-ce que tu as dans la peau, aujourd'hui ?

Elle n'eut pas le temps de répondre. Une main s'abattait sur mon épaule, tandis qu'une voix susurrait.

— Pete Worden, ma raison de vivre, mon pain quotidien !

C'était Jake Schuster, un bookmaker que je connaissais, flanqué d'une de ces blondes fadasses au visage trop poudré dont il semblait faire son ordinaire. Je me levai pour saluer la dame.

— Vicki Lincoln, annonça Jake. Vicki, je te présente Ellen Gallegher et Pete Worden.

Vicki ne s'appelait certainement pas Vicki, mais elle nous dédia tout de même son sourire de mannequin et marmotta :

« Chantée d'faire vot' connaissance », sur le mode enroué.

Jake était déjà en train de tirer deux chaises. Je ne me donnai donc pas la peine de les inviter à notre table.

— Tu as dû ramasser une veste, toi aussi, pour en être réduit à casser la graine dans une pareille gargote, commenta-t-il. Qu'est-ce que je leur ai laissé comme plumes, aujourd'hui !

— Content de voir que quelque chose peut encore t'atteindre, pirate, rétorquai-je. Je t'offrirai bien un verre, mais qui le paierait ?

— Moi, dit-il. Qu'est-ce que tu bois ?

— Du vin. Mais je crois que j'ai assez bu.

Je me tournai vers Ellen, que cette compagnie ne semblait pas réjouir outre mesure.

— D'ailleurs, nous allions lever le siège.

— Lever le siège ? s'exclama Jake. Alors, attendez-nous. On va à une party. Et quelle party ! Là-bas, dans la Vallée...

Je regardai Ellen, attendant son refus, mais elle dit :

— Pourquoi pas ? Il faut bien se distraire un peu de temps en temps.

Il y a des jours où je ne comprends pas du tout les réactions d'Ellen Gallegher, native d'Eau Claire. Nous grillâmes une cigarette ou deux pendant que Jake et sa blonde disséquaient leur steak, et je jetai un coup d'œil à la ronde. Il y avait une rousse, près de l'entrée, qui, vue de cette distance, avait l'air d'un morceau de choix.

— D'accord, mais elle a les chevilles épaisses, dit Ellen.

— Qui ça ? sursauta Jake, la bouche pleine.

— La fille que Pete est en train d'étudier, répondit Ellen. Chevaux trop lents et femmes trop rapides. Voilà ce qui perd notre Pete.

— Oh, il se défend, protesta Jake. Et quand je vous regarde, je pense même qu'il ne s'est jamais aussi bien défendu.

— Merci, Jake, dit Ellen d'un ton suave. Nous envisageons de nous marier.

— Sans blague ? s'étrangla Jake. Lequel de vous deux travaillera ?

Je n'émis aucun commentaire. L'alcool, le vin et les spaghetti ne faisaient pas bon ménage, dans mon estomac, et le parfum de la blonde alourdissait l'atmosphère. J'avais envie de les planter là et d'aller promener la Mercury le long de la côte, comme j'allais y promener mon vieux tacot, dans le temps, à l'époque où je n'étais encore qu'un collégien plein de rêves d'avenir.

Ils eurent le bon esprit de ne pas trop prolonger leur repas, et nous sortîmes. La fraîcheur nocturne me remit le cœur en place. Les étoiles étaient innombrables et brillaient comme des bougies.

— On y va tous dans ma bagnole ? suggéra Jake.

— Il se peut que nous voulions partir de bonne heure, ripostai-je. Montre le chemin, Jake. Je te suis.

Jake possédait une Cadillac. Il n'était qu'un rouage dans une grande machine et ne couvrait pas lui-même les paris dont il se chargeait, bien qu'il s'efforçât toujours de donner l'impression contraire. En réalité, il travaillait au pourcentage.

Mais il possédait une Cadillac ! Avec combien de mensualités de retard ?

— Je suis en train de penser à cette Vicki Lincoln, dit soudain Ellen, le regard rivé aux feux arrière de la Caddy. C'est la petite amie de Jake. Comme je suis ta petite amie. Je me demande si je ne devrais pas me faire décolorer les cheveux.

— Tu es dans un de tes mauvais jours, constatai-je. Je ne vois pas ce qu'il y a de commun entre toi et cette poupée oxygénée.

— Moi, si, Pete. Est-ce que nous ne remplissons pas le même office auprès de nos mâles respectifs ?

— Tu es beaucoup plus jolie et beaucoup plus intelligente et tu sais faire la cuisine. C'est un gars d'Eau Claire qu'il te faudrait, Ellen, alors que je ne suis, et ne peux être, que Pete Worden. J'ai cru un instant que c'était ce que tu voulais, un Pete Worden !

— C'est ce que je mérite, en tout cas. Ne t'inquiète pas pour moi. Ça va passer.

Mordante, ma bien-aimée, pas vrai ? Comme toute Irlandaise qui se respecte.

Je repris :

— Si nous allons où je crois que nous allons, on va y jouer à la passe anglaise, et je me sens en veine, ce soir.

— J'ai apporté les quatorze dollars, à toutes fins utiles, dit Ellen.

— Garde-les précieusement. Je vais taper Jake de dix dollars.

— Prends donc mes quatorze. Nous resterons alliés jusqu'au bout, Pete. Et nous mourrons ensemble, s'il y a lieu.

La route de San Fernando, avec toutes les propriétés de grosses légumes, producteurs, stars, rois du pétrole, et gangsters de toutes magnitudes. Nous allions bien chez Nick Arnold, comme je l'avais soupçonné. Nick Arnold, qui était probablement le patron de Jake. Je connaissais déjà sa bicoque : cinq chambres et cinq salles de bains, avec salle de jeu, salon de quinze mètres, piscine particulière et patio éclairé a giorno... Vous n'auriez pas eu à moins de quatre mille dollars aucune des bagnoles garées sous ses eucalyptus. Du moins jusqu'à ce que j'y range la Mercury.

Nous trouvâmes Nick devant la cheminée de son immense salon. Une cheminée monumentale, toute en pierre, mais auprès de laquelle Nick n'arrivait pas à paraître petit. Nick est un ancien catcheur de Chicago, qui n'a jamais cessé de lutter. Et pas seulement sur le ring. Ne faisant pas de quartier et n'en demandant à personne.

Dès qu'il nous aperçut à l'entrée du salon, il se hâta de nous rejoindre.

— Comment va, Jake ? dit-il cordialement. Salut, Vicki. Bonsoir, Ellen. Et comment allez-vous, Pete ? Content de vous voir, mon garçon. Il est temps que vous arriviez pour rehausser le niveau de l'assemblée.

Il me tendit la main et je la lui serrai.

Sous prétexte que je m'appelle Worden, Nick a conservé l'illusion que j'appartenais toujours à la bonne société de Los Angeles. Douloureusement conscient des barrières sociales, ce pauvre Nick !

En dépit de ses dimensions, le salon regorgeait de monde. Femmes en robe de soirée. Quatre hommes en smoking, Nick inclus. Tous les autres en vêtements de ville. La liberté californienne !

Un maître d'hôtel s'approcha de nous, porteur d'un plateau bien garni, et chacun cueillit un verre.

— Dancing dans la salle de jeu, et passe anglaise dans le garage, dit Nick. Amusez-vous bien, les enfants.

Ellen me prit par la main, et m'entraîna vers la salle de jeu. Les tables de ping-pong avaient été poussées contre l'un des murs et chargées de bouteilles et de victuailles. Il y avait des sièges le long des trois autres murs et toute une cargaison de disques sur le pick-up.

Nous dansâmes.

Les lumières étaient tamisées dans la salle de jeu, Ellen était tout contre moi et nous dansons bien, ensemble, tous les deux. On ne peut pas oublier la présence d'Ellen quand on danse avec elle, à cause de sa géographie en relief, mais c'est la seule chose, absolument la seule chose, qui vous rappelle son existence.

Ferme les yeux, Pete Worden, et tâche d'oublier que tu n'es pas un citoyen respectable. Tâche d'oublier les 101 528 spectateurs qui ont chanté ton nom au Coliseum, le jour où vous avez battu les Irlandais. Tâche d'oublier Joe Devlin, et le bras qu'il a laissé près d'Attu. Tâche d'oublier les colonnes en première page et le sang d'hier et les visages de toutes les filles que tu as tenues dans tes bras.

— Eh, dit Ellen, tu as l'air heureux, pour une fois. Je parie que tu penses à une femme.

— A toi, ripostai-je. Tu es la meilleure danseuse d'Eau Claire.

Elle sourit, heureuse elle aussi, et rassérénée pour un temps. Puis elle me glissa quelque chose dans la main et nous cessâmes de danser. C'étaient ses quatorze dollars, un billet de dix et quatre solitaires.

— Bonne chance, Pete, chuchota-t-elle en me tapotant la joue. Et n'oublie pas que tu portes mes couleurs.

Je la regardai traverser le salon et rejoindre Jake, Nick et Vicki sur le grand canapé circulaire, près de la cheminée. Nick s'était levé, le visage épanoui, en la voyant approcher, et je le vis prendre la main d'Ellen pour la faire asseoir auprès de lui. Je quittai la salle de jeu et me dirigeai vers le garage.

Ils étaient neuf autour de la table. Neuf hommes, plus deux jeunes gens, qui ne jouaient pas. La table était une table ordinaire, avec un rebord fixé après coup. Pas une vraie table de passe anglaise, qui rappellerait trop les antécédents de Nick Arnold. Quelque chose d'improvisé, pour jouer entre amis.

Les hommes avaient de trente à cinquante ans, tous visiblement pleins aux as, mais qui ne l'était pas, dans ce secteur ? Seuls, les deux jeunes gens n'étaient pas à leur place ; ils avaient l'air de deux collégiens, un petit trapu aux cheveux coupés en brosse, un grand maigre avec des lunettes à monture de corne. Je me plantai devant eux pour observer la partie, et le petit trapu me frappa sur l'épaule.

— Excusez-moi, mais... vous êtes Pete Worden, n'est-ce pas ?

Je lui fis face.

— Oui.

— Je suis Chris Arnold, dit-il, et voilà mon frère Paul.

— Oh, murmurai-je. Les fils de Nick. J'ai beaucoup entendu parler de vous... par votre père.

— Vous pouvez serrer la main de Chris, Mr. Worden, intervint le grand maigre. Il idolâtre les joueurs de rugby.

Son ton supérieur exprimait clairement ce qu'il pensait, lui, des joueurs de rugby. Bah, il avait peut-être raison...

Je serrai la main de Chris et souris à Paul.

— Vous êtes du bâtiment, tous les deux ?

— Moi, oui, dit fièrement le petit trapu. Paul est beaucoup trop intellectuel pour descendre sur le terrain.

— Trop léger, aussi, soulignai-je. Mon frère a chaussé les souliers à crampons, dans sa jeunesse, et ça ne l'a pas empêché de devenir quelqu'un de très bien. Bon courage, Chris.

Je me joignis aux joueurs, parfaitement conscient du regard méprisant de Paul Arnold. D'où sortait-il, celui-là ? Qu'est-ce qu'il avait appris, en dehors des livres ? Et pourquoi diable son mépris m'échauffait-il aussi désagréablement les oreilles ?

Je ne me souviens pas des détails de la partie. On ne se souvient jamais des parties de ce genre-là. Les dés étaient avec moi et la tension s'aggravait de minute en minute à mesure que le cercle des joueurs se réduisait, autour de la table. Jusqu'à ce qu'il n'y ait plus, à ma gauche, qu'un grand type à la tignasse noire et aux yeux marron, aux joues marquées de petite vérole.

— Vous arrêtez ? grogna-t-il en me voyant réunir ma galette. J'ai encore de quoi jouer.

— Je ne joue jamais contre un seul adversaire. Pour quel genre de poire me prenez-vous ?

Il répondit à ma question. En long, en large et en travers. Je le pris par l'épaule et le vis glisser sa main droite dans l'entrebâillement de son veston. J'ignorais s'il avait un pétard sous l'aisselle gauche, mais ce gars-là était un nerveux et je n'ai jamais cru en la nécessité de courir des risques inutiles.

Je lui collai ma droite à la pointe du menton. Il fit une jolie culbute et son crâne heurta le sol cimenté avec un bruit assez peu musical.

Je jetai un coup d'œil autour de moi. J'étais seul avec Chris Arnold. Tous les autres s'étaient dispersés pendant la fin de la partie.

— Qui est-ce, Chris ? questionnai-je. Est-ce un bon copain de ton paternel ?

— Je n'en sais rien. Est-ce que... est-ce qu'il est mort, Mr. Worden ?

2

Ellen, Nick et Paul Arnold formaient un petit groupe intime, près des portes de verre qui menaient au patio.

— Alors, il paraît que vous les avez tous lessivés, Pete ? lança Nick, hilare.

— Tous, approuvai-je. Et j'ai même failli en tuer un.

Les yeux de Nick se posèrent sur Chris et revinrent vers moi.

— Comment ça ? De qui s'agit-il ?

— Un grand brun vérolé, avec un pétard sous l'aisselle.

Je plongeai la main dans ma poche et ramenai une poignée de pruneaux.

— J'ai pensé qu'il valait mieux lui décharger son engin, Nick. Il n'a rien de dangereux, mais il est dans les choux pour un bon moment.

— Tu ne sais pas qui c'est, Chris ? questionna Nick.

Chris secoua la tête.

— Non, p'pa. Mais on peut y aller voir.

Nick se leva.

— J'y vais, rectifia-t-il. Attendez-moi tous ici.

Nous regardâmes son large dos disparaître dans la salle de jeu.

— Assieds-toi, danger public, me dit Ellen. Et raconte-nous tes aventures.

Je m'assis.

— Il n'y a rien à raconter. J'avais la chance pour moi, un point c'est tout.

— Vous vous connaissez déjà, Paul et toi ? continua-t-elle.

J'opinai du bonnet. Paul Arnold se contenta de sourire.

— Paul a l'intention de devenir écrivain, précisa Ellen d'une voix douce.

L'intellectuel rougit.

— Je suis sûr que tout ça n'intéresse nullement Mr. Worden, dit-il avec raideur.

— Pourquoi pas ? m'informai-je. Je sais lire.

Chris lâcha un ricanement sardonique.

— Si vous voyiez les vers qu'il avait écrits pour la fête scolaire, au cours préparatoire. Un vrai morceau d'anthropologie.

— Silence, Gros-Lard, gronda Paul.

— Et susceptible, avec ça, triompha Chris. Poète jusqu'au bout des cheveux, vous savez ! Heureusement que p'pa l'oblige à se les faire couper.

Ellen changea de sujet.

— Combien as-tu gagné, Crésus ?

Je lui souris.

— Pas eu le temps de tout compter. Environ treize cents dollars, je pense.

— Pete ! (Elle n'en revenait pas.) Pete, tu plaisantes !

— Jamais à cette heure de la nuit.

— Voyons, Pete, c'est de la folie, tu...

— Ta pauvre éducation reprend le dessus, Ellen, coupai-je sévèrement. Tu ne vas pas te laisser affoler par une somme aussi modique.

Notre hôte revenait vers nous, le visage impénétrable. Il sourit en voyant mon regard et s'assit à côté de Paul.

— Tout va bien, dit-il. Le gars a repris connaissance et je lui ai conseillé de s'en aller.

— Qui est-ce ? demandai-je à Nick.

Il fit un geste d'insouciance.

— Personne. Strictement personne, Pete. N'y pensez plus. Je n'aime pas les mauvais perdants.

— Surtout quand ils ont un revolver sous l'aisselle, dit Paul.

Cette fois, le visage de Nick s'empourpra. Ça ne devait pas être toujours bien marrant pour lui, d'avoir à supporter les sarcasmes de son futur grand auteur de fils. Jusqu'à la mort de son épouse légitime, Nick avait été l'homme d'une seule femme. Il n'y avait pas de quoi brûler de l'encens à ses pieds bien sûr, mais sa réputation était celle d'un gars qui tenait toujours sa parole et ne laissait jamais tomber un ami.

— Je suis venu ici avec quatorze dollars, Nick. Et encore, ils appartenaient à Ellen.

Je me fais un peu l'effet d'un pickpocket.

Il éclata de rire. :

— Quatorze dollars ! Miséricorde ! Quand tous ces tordus vont savoir ça... Mais ne vous excusez pas, Pete, c'est bien normal, avec tout l'argent que Jake vous a fait perdre...

Nick était donc bien le patron de Jake. Je m'en doutais. Mais où diable était Jake ? Je fis rapidement l'inventaire des personnalités encore présentes. Pas trace de Jake ni de sa blonde enfarinée.

— Une dernière danse avant de partir, beau cavalier, suggéra Ellen. Il y a si longtemps que je suis sortie de vos bras.

Je vis le regard de Nick, lorsqu'elle se leva. Puis, Nick s'aperçut que je l'observais et détourna les yeux, mais j'étais fixé. Si jamais Ellen voulait un jour de ce cher Nick, elle l'aurait, aucun doute là-dessus !

— Est-ce que tu plaisantais, au sujet des treize cents dollars, Pete ? me demanda-t-elle, à mi-chemin de la salle de jeu.

— Pas le moins du monde. Je vais payer mes trois traites en retard sur la Mercury, et le reste est pour toi. Un petit millier de dollars au bas mot.

— Oh, non, Pete, moitié-moitié, comme convenu. C'est épatant, pas vrai ?

Oui, c'était épatant de danser avec elle et de respirer son parfum et de sentir contre moi les fermes sinuosités de son corps familier, et d'oublier John et les manchettes agressives et le grand brun avec son pétard sous l'aisselle.

J'avais exactement treize cent quatre-vingt-seize dollars en poche. Moins les quatorze dollars d'Ellen et les deux qui m'étaient restés après avoir payé la note du restaurant, j'avais donc gagné treize cent quatre-vingts dollars que nous comptâmes et partageâmes dans l'appartement d'Ellen.

J'empochai mes cinquante pour cent, après une résistance de pure forme, et me levai.

— Tu t'en vas ? questionna-t-elle.

J'acquiesçai. Elle sourit. Jaune.

— Je n'ai pas été de très bonne compagnie, ce soir, n'est-ce pas ?

— Non. Je veux me lever de bonne heure, demain matin, pour aller voir les gens de la Mercury et déposer le reste à la banque. Je te verrai dans la journée.

— Je ne respirerai pas jusque-là, dit-elle en se levant à son tour.

Elle m'embrassa, puis recula d'un pas et dit :

— Tu es un goujat, Pete, un vrai salopard !

— Je sais, Ellen, mais ne me bouscule pas. Achète-toi une nouvelle robe, demain. Et des dessous troublants, à mon intention.

— Pas besoin de ça, dit-elle, souriante. Je vais plutôt regarder les bagues.

Ellen a toujours eu de la suite dans les idées.

Je l'embrassai une seconde fois, pour faire bonne mesure, et rentrai chez moi ; une pièce, cuisine-placard et cabinet de toilette avec douche, au deuxième étage d'une baraque assez délabrée. En me laissant choir sur mon lit, je pensai au type que j'avais assommé, chez Nick, et je dus avoir un pressentiment, car je m'endormis avec l'estomac serré.

Il l'était toujours lorsque je rouvris les yeux, vers midi. Mais j'avais la gueule de bois, et une légère courbature au creux des reins. Le vin, sans doute, cette saleté de pinard de chez Tony. Je m'étirai en regardant le plafond, qui avait besoin d'une couche de peinture, sortis des toiles, passai dans la cuisine pour allumer le gaz sous la cafetière, pris ma douche et cueillis le journal sur le paillasson, à travers la porte entrebâillée

L'eau bouillait dans la cafetière, et je dus m'occuper de mon déjeuner avant d'ouvrir le canard. Trois tasses de jus bien sucré, sans lait — il avait tourné dans sa boîte — le petit déjeuner idéal, reconstituant et rapide : le petit déjeuner du célibataire.

Première manchette : « MENACÉES D'ENCERCLEMENT, LES FORCES DES NATIONS UNIES COMMENCENT À ÉVACUER PYONG-YANG. » Les gars ne seraient pas rentrés chez eux pour Noël, comme l'avait prédit MacArthur. J'avais manqué pas mal de Noëls, moi aussi, et cette guerre-là n'était pas la mienne. Au diable les manchettes.

Les « Béliers » avaient battu les « Emballeurs » à plate couture. 51 à 14. Une paille ! Mais Tank Younger ne serait plus là pour le match de changement de division contre les « Ours », si les « Ours » ne tombaient pas sur un bec à Detroit. Tank Younger partait aux armées. Bye-bye, Tank.

Un père ivre avait tué son bébé de deux ans à coups de ceinturon. Dorothy Davendish, officieusement connue sous le nom de « Miss Canapé 1950 », se plaignait que les producteurs ne vissent en elle que son corps. Dame ! Il était beaucoup plus visible que son talent. Le chômage baissait à nouveau, et les usines d'aviation tournaient à plein rendement. Cela me rappela la conversation que j'avais eue la veille, avec Ellen. Travailler en usine et l'épouser ? Pourquoi pas, après tout ? Tu pourrais faire pire, Pete Worden, tu pourrais faire pire.

Le téléphone sonna. C'était Jake.

— Allô, Pete ? Al Calvano m'a téléphoné, il y a quelques minutes. Il voulait savoir qui tu étais, et où tu perchais...

— Calvano ? répétai-je. Connais pas.

— Le gars que tu as assaisonné, hier soir. C'est un dur, Pete. Je ne lui ai rien dit, mais j'ai prévenu Nick. Il se peut que tu aies besoin de protection, matelot.

— Je peux toujours raconter mon histoire aux flics.

— Tu sais bien que ça embêterait Nick. Il ne veut pas de flics dans ses affaires.

— Entre ma peau et les affaires de Nick, je m'inquiète d'abord pour ma peau. Je ne dois rien à ton patron, Jake.

— D'accord, Pete, mais j'aurais pu aussi bien ne pas te prévenir du tout. Si tu mets les flics dans le bain, c'est moi qui prendrai sur les doigts. Et Nick t'envoie quelqu'un pour te tenir compagnie. Le gars est déjà en route.

— Ça va, sèche tes larmes. Où étais-tu passé, hier soir ?

— J'étais dans un coin sombre, avec ma Vicki. On est amoureux, tu comprends ? Il est vrai que tu peux pas savoir... Rien que je puisse faire pour toi au Parc d'Hollywood ?

— Pas aujourd'hui, merci. Je vais payer les arriérés sur ma voiture et m'acheter un veston neuf. Si j'ai un tuyau, je te passerai un coup de fil.

— O.K. ! Bouge pas de chez toi avant l'arrivée du gars, Pete. Qu'est-ce que je ferais sans toi, dans cette vallée de larmes ?

J'étais en train de me raser lorsque retentit la sonnette. Le gars de Nick ? Ou Mr. Calvano ? Mon rasoir à la main, je m'approchai de la porte.

— Qui est là ?

— C'est Nick qui m'envoie, Worden.

Calvano pouvait-il savoir que Nick m'envoyait un garde du corps ? Certainement pas. J'ouvris la porte, en prenant soin de ne pas m'exposer.

Un trapu aux joues bleues, malgré son hâle. Je le reconnus tout de suite. C'était l'un de ceux que j'avais rincés la veille.

— Ça te plaît, ce boulot ? m'enquis-je en achevant d'ouvrir la porte.

— Je suis pas difficile, répliqua-t-il. Et Nick paie bien.

Il entra, jeta un coup d'œil circulaire et fit la moue.

— Je croyais que t'étais une grosse légume... d'après Nick.

— J'ai un frère qui en est une, expliquai-je. Tu t'appelles comment ?

— Mike Kersh. Pourquoi ?

— Je peux tout de même pas t'appeler Médor ? Assieds-toi, Mike, j'en ai pour une minute. Navré d'avoir bu tout le café.

— Je m'en passerai, dit-il. Combien que t'as gagné, hier soir ?

— Plus que ça encore. Et toi ?

— Très drôle ! bougonna-t-il. Tu as entendu parler de Calvano ?

— Un dur, paraît-il ?

— Quand il est dopé, et il l'est généralement. Mais il sait que je travaille pour Nick, et s'il nous voit ensemble pendant un jour ou deux, il finira sans doute par se calmer. Nick est pas le genre de gars que Calvano voudrait se mettre à dos.

— A moins qu'il soit un peu cinglé ?

Mike haussa les épaules, ramassa le journal et s'absorba dans sa lecture pendant que je terminais rapidement ma toilette. Il insista, ensuite, pour sortir le premier et me précéder dans l'escalier. Une heure venait de sonner quelque part et la chaleur était accablante.

— Ce foutu vent du désert ! jura Mike. Comment l'appellent-ils, déjà ?

— Santa Ana.

L'air était implacablement sec et vous raclait désagréablement la gorge.

— Où allons-nous ? voulut savoir Mike.

— Régler des traites impayées. Merci pour ta contribution.

— C'est pareil à chaque fois que je joue. Je me demande pourquoi je continue.

Que diable aurais-je pu lui répondre ? Pourquoi continuais-je, moi-même, à parier sur les tocards ? Pourquoi Dewey se représentait-il aux élections... ?

La môme de l'agence ne semblait pas spécialement décidée à se laisser fléchir.

— Vous n'ignorez pas, Mr. Worden, que vos droits sur cette voiture disparaissent avec le premier paiement effectué en retard, et que...

— Ne vous excitez pas, lui dis-je, ce n'est pas la première fois que ça m'arrive. Je vais vous régler ces trois mensualités, plus une d'avance pour vous faire plaisir...

Sa voix et son visage rivalisaient de froideur.

— Le fait que ce ne soit pas la première fois ne change absolument rien à la chose, Mr. Worden. Je vais être obligée de...

Elle s'interrompit brusquement, et je vis qu'elle regardait Mike, et que Mike la regardait, de son air le plus vache.

— Te fâche pas, Mitrailleur, lui dis-je. Elle va s'y mettre. Faut lui donner le temps de piger, à cette petite.

— A d'vrait pas discutailler comme ça avec vous, patron. P't-être qu'a sait pas à qui qu'elle cause ?

Pour la première fois depuis que je le connaissais, Mike parlait en se tordant la bouche.

— Il vaudrait peut-être mieux que vous voyiez Mr. Gertska ? bégaya la fille, sans le quitter des yeux.

Je secouai la tête. Mike secoua la tête.

— Vous avez bien dit... une mensualité d'avance, Mr. Worden ? continua-t-elle.

— Tout juste.

Je sortis mon portefeuille de ma poche et me mis à compter la somme adéquate.

Inutile de dire qu'on se marrait tous les deux en regagnant la bagnole.

— Tu crois pas que je devrais tenter ma chance au cinéma ? s'esclaffait Mike. Avec un bon impresario, je te parie que je détrône Bogart.

Il se réinstalla près de moi, sur le siège de devant, et je mis le cap sur le premier bar ouvert. Cette saleté de Santa-Ana nous déshydratait jusqu'aux moelles. En outre, je n'avais rien mangé depuis la veille.

— Ton nez cassé y a été pour quelque chose, aussi, reprit Mike tandis que j'attaquais mon premier sandwich. Tu me rappelles quelqu'un que j'ai connu. Un tueur, si ma mémoire est fidèle. Est-ce que t'as déjà tué quelqu'un ?

— Mon record est de dix-sept en une seule soirée, ripostai-je.

— Voilà que ça recommence, soupira-t-il. Pas moyen de parler sérieusement.

— Je parle sérieusement. Ils m'ont même collé une Etoile de Bronze, après les avoir comptés.

— Oh... oui, je vois. Moi, je suis jamais parti. Ni à celle-ci, ni à la première, alors...

Il continua de jacasser, mais je pensais à Joe Devlin, qui avait perdu l'un de ses bras, près d'Attu. J'avais vu pire, après ça, dans les rangs de la Septième, mais c'était toujours à Joe Devlin que je pensais, parce que Joe avait été pianiste, l'un des meilleurs pianistes de jazz que j'aie jamais entendu, et qu'il était veilleur de nuit, maintenant, dans une brasserie de Milwaukee.

— Tu sais, Worden, disait Mike, je crois que vous vous êtes arrêtés trop tôt. Vous auriez dû la finir avant de rentrer chez vous, et peut-être qu'on lirait de meilleures nouvelles dans les journaux, maintenant.

— Tu parles trop, m'emportai-je. Où est-ce que tu étais planqué ?

— Ça va, ça va, te mets pas en pétard. Faut qu'on tâche de s'entendre, puisqu'on est appelé à se voir souvent. Qu'est-ce qui te prend de te fâcher comme ça ?

— Rien, lui dis-je. Filons. Je veux m'acheter une veste neuve.

— Donne-moi le temps de liquider ma bière et bois un whisky en m'attendant. C'est Nick qui paie.

Je bus un whisky, il liquida sa bière, et nous ressortîmes dans l'âcre sécheresse. Ces trucs-là ne durent jamais bien longtemps, heureusement. Seulement jusqu'à ce que le vent retourne à l'ouest. Mais ils ont le don de vous faire craquer la peau et de vous mettre les nerfs en boule.

Je trouvai ce que je cherchais à Hollywood, chez Poole. Une bonne veste de tweed marron, bien coupée et juste assez excentrique pour plaire également à Mike.

Station suivante : la droguerie. Je parquai la voiture devant la porte de l'immeuble et dis à Mike :

— Je monte chez ma petite amie. Est-ce qu'il faut que tu m'accompagnes, ici aussi ?

— Surtout ici, appuya Mike. Si j'avais un gars à buter, c'est en bas de chez sa petite amie que je l'attendrais.

Il n'y avait rien à dire contre ça. Je pris le carton qui contenait ma veste neuve, et nous traversâmes la rue.

Devant la vitrine de la droguerie, Mike marqua une pause.

— Tu t'es déjà servi d'un de ces rouleaux ? Y en a qui prétendent que c'est plus pratique qu'un pinceau.

— Tu es le type le plus bavard que j'aie jamais connu, Mike. Ma petite amie est là-haut et tu me parles de pinceaux ! Rapplique.

L'escalier sentait la céruse. Mike passa le premier, pressa le bouton de sonnette, et ma bien-aimée vint ouvrir la porte. Dans une robe jaune tricotée main, qui moulait ses charmes les plus évidents et faisait ressortir le noir intense de sa chevelure.

— Mince, alors ! dit Mike d'un ton révérent.

— C'est une nouvelle robe, expliquai-je.

— Elle te plaît ? questionna Ellen. Je l'ai achetée ce matin. Deux cents dollars, Pete. Tricotée à la main. Elle te plaît ?

— Avec toi dedans, beaucoup !

— Entrez donc, tous les deux, continua-t-elle. J'allais sortir, mais j'ai le temps de vous servir un verre. J'ai aussi renouvelé mon stock, ce matin.

— Merci, se récusa Mike. Je vais t'attendre dans la voiture, Worden. Rien à signaler dans le secteur, Miss Gallegher ?

— Non... Qu'est-ce que vous voulez dire ?

— Rien, répondit Mike. A tout à l'heure, Worden. Prends ton temps.

Il disparut dans l'escalier.

— Qu'est-ce qui se passe, Pete ? insista Ellen, les sourcils froncés.

J'entrai, et repoussai la porte derrière moi.

— Rien. Où vas-tu quand tu sors ?

Elle sourit.

— Jaloux ?

— Possible. Puis-je t'embrasser tout de même, malgré cette robe neuve ?

— Avec ce carton à la main ? Qu'est-ce qu'il y a dans ce carton ?

— Une pelure pour moi, que je voulais te montrer.

Je jetai le carton dans un coin et dis :

— Viens ici, fille d'Irlande.

Ses cuisses collées aux miennes, et ses seins durement pressés contre ma poitrine, et la chaleur délectable de sa bouche... Et malgré cela, toute cette distance, entre nous... Je la lâchai brusquement, submergé par une rage ridicule. J'essayai, mais sans succès, de conserver un ton naturel :

— Alors, il y a de la concurrence ?

— Qu'est-ce qui te le fait croire ? Est-ce que ça t'ennuierait, s'il y en avait ?

Elle était très droite, et remarquablement fraîche.

— Je le suppose, Ellen. Qui est-ce ?

— Qui est quoi ? Qu'est-ce qui te rend aussi sûr de taper dans le mille ?

— Je te connais, bébé. De la pointe des pieds jusqu'au bout des cheveux, en passant par toutes tes taches de naissance, et nous ne nous sommes jamais raconté d'histoires, pas vrai ?

Ou je me trompais fort, ou ses yeux bleus étaient humides, à présent...

— Cet homme n'existe peut-être que dans ton imagination, Pete, dit-elle enfin. Ou peut-être s'agit-il d'un prétendant animé d'intentions plus sérieuses que les tiennes. Auprès duquel je n'aurais plus envie de pleurer tous les soirs. Peut-être que je n'aurais plus jamais pleuré, si tu m'avais apporté une bague, au lieu de venir avec ce carton.

Je ramassai le carton.

— C'est un ultimatum ?

— Non. Rien de plus qu'une simple remarque. Tu sais très bien que tu n'as qu'à siffler pour que j'accoure. Et que tu n'as qu'à étendre la main pour me cueillir, chaque fois que tu le veux. Mais pendant qu'il y a encore ces deux ou trois mètres entre nous, pourquoi ne prendrais-tu pas la peine de réfléchir un peu ?

— Ce serait bien la première fois de ma vie que ça m'arriverait, ripostai-je.

Je tournai les talons et me dirigeai vers la porte, ma veste neuve sous le bras, attendant qu'Ellen me rappelle... La traversée du palier, puis une marche, deux marches, trois marches... une fille ne change pas comme ça du jour au lendemain. Surtout une fille comme Ellen. Mon Ellen.

La dernière marche, le trottoir, et la traversée de la rue. Tremblant de fièvre. Des pieds à la tête.

— Eh ben mon'ieux, tu peux dire que t'es un rapide, s'esclaffa Mike en me voyant reparaître. Où va-t-on maintenant ?

— J'en sais absolument rien. T'as pas soif ?

— Je ne bois jamais autre chose que de la bière, mais je m'en enverrais bien une canette ou deux.

— On va tâcher d'en rafler une caisse quelque part, avec une demi-bouteille de whisky. Et on va rentrer chez moi pour terminer la soirée. Tu sais jouer à la canasta ?

— Ouais. Monte jusqu'à Sunset Boulevard. Je connais un gars qui nous fera un prix.

« Si tu m'avais apporté une bague, au lieu de venir avec ce carton... » Bien sûr, bien sûr, mais pourquoi de cette façon-là, sans préparation ni préambule ? Pourquoi cette attaque brusquée, comme ça, sans crier gare ?

Et qui diable était-ce ? Qui diable avait-elle bien pu rencontrer, depuis que nous étions ensemble ? Et comment savait-elle que je n'avais pas la bague en question dans ma poche ? Oui, ça, elle le savait, bien sûr, mais...

— A droite, dit Mike. Tu peux tourner, même au rouge.

— Non ? Tu crois que je peux vraiment tourner ? Il est vrai que je ne conduis jamais que depuis quatorze ans !

— Encore en pétard, constata Mike. Et dire qu'il va sans doute falloir que je te supporte pendant plusieurs jours.

— Va te faire f... explosai-je.

La voix de Mike se fit très douce.

— J'ai pris de l'embonpoint, dit-il, mais quand j'avais ton âge, j'ai tenu huit rounds contre Mickey Walker. Alors, tâche de surveiller ton langage, junior. Je suis pas payé pour avaler tes insultes.

Je ne pus m'empêcher de rigoler.

— O.K., Mike. Ma petite amie sort ce soir. Et pas seule. Tu voudrais pas que je chante des cantiques !

— Oh, c'est ça ? Tu veux qu'on retourne et qu'on attende le gars. A nous deux, on pourrait lui ôter l'envie de récidiver.

— Inutile, Mike. Elle reviendra d'elle-même... si elle doit revenir.

Je lui donnai l'argent, il alla chercher la bière et le whisky, et rangea le tout sur le siège arrière, à côté du carton de chez Poole.

— Tu pourras porter tout ça ? me dit-il lorsque je stoppai devant chez moi. Je sais pas pourquoi, je me sens mal à l'aise.

— T'as déjà eu des prémonitions ?

— Appelle ça comme tu voudras. C'est pas pour mes beaux yeux que Nick me garde à son service. Tu peux te débrouiller avec les paquets ?

J'acquiesçai, me chargeai des achats de la journée, et le suivis dans l'escalier. Je pensais à Ellen. J'ignore à quoi pensait Mike.

— La clef, dit-il en s'arrêtant devant ma porte.

— Je ne ferme jamais à clef. Y a rien à voler.

Il poussa la porte, et j'aperçus Calvano.

Assis dans le vieux fauteuil, face à l'entrée, les bras allongés sur les accoudoirs, observant la porte et semblant nous attendre.

Il ne bougea pas, cependant, en nous voyant apparaître, et pour une raison bien facile à comprendre ! La chose noire qui soutenait son menton n'était autre que le manche de mon couteau à viande, enfoncé dans sa gorge jusqu'à la virole.

3

Mike avait sorti son revolver.

— Entre, vite ! Et ferme la porte.

J'obéis. Je pensais à ce que m'avait dit John, la veille : « Ne fais plus parler de toi dans les journaux, Pete. Notre nom n'est pas sans valeur, dans cette ville. »

Encore quelques heures, et la bonne société changerait d'avis.

Il n'y avait personne chez moi, en dehors du macchabée. Mike rengaina son pétard, soupira, et me regarda. Que diable aurais-je pu lui dire ? Je posai mes paquets sur le sol et me redressai, tandis qu'il allait jeter un coup d'œil dans la penderie et derrière la porte du cabinet de toilette.

— Va falloir qu'on se débarrasse de lui, dit-il en revenant

— Qu'on se débarrasse de lui ?

— Sûr. Va falloir qu'on l'emballe et qu'on le vide quelque part. Tu veux pas que les flics le trouvent chez toi, non ?

— C'est pourtant bien là que les flics le trouveront, Mike. J'ai pas l'intention de jouer au plus fin avec la loi.

— Pour qu'ils fourrent leur nez dans les affaires de Nick ?

— Des clous. J'ai pas besoin de leur dire que j'ai rencontré ce gars-là chez Nick. Je suis rentré chez moi, et je l'ai trouvé comme ça, un point, c'est tout. Même pas besoin de mentionner ta présence. O.K. ?

Mike fit grincer ses dents.

— O.K... Ils vont remonter à la source, naturliche, mais personne ne vendra la mèche, parmi ceux qui étaient là hier soir. Ne leur dis rien, Worden. Je vais voir Nick, immédiatement, et son avocat va s'occuper de toi. Mais ne leur dis absolument rien. Te laisse pas posséder par leurs beaux discours. Motus et bouche cousue, O.K. ?

— Naturellement. Je suis innocent, bon Dieu ! Qu'est-ce que je risque ?

Mike secoua la tête.

— Ecoutez-le ! T'es encore plus bête que je le pensais, Worden. Je file chez Nick.

Il s'esquiva, et je décrochai le téléphone. Qui avait tué Calvano et pour quelle raison ? Autant de questions qui, sous l'effet du choc initial, ne me vinrent même pas à l'esprit.

Impossible de mettre la main sur l'annuaire du téléphone. J'appelai le standard et demandai la police.

Le macchabée était parti. Les reporters aussi. Et les photographes, avec leurs éclairs incessants.

Mais le sergent Hovde était assis dans le fauteuil que Calvano avait occupé, et j'étais assis en face de lui, sur le bord de mon divan. Calvano avait eu un couteau dans la gorge ; la voix du sergent était à peine moins tranchante.

— Ça, pour une bonne histoire, c'est une bonne histoire.

Hovde était un colosse, Suédois d'origine, probablement, avec des pommettes saillantes et des cheveux blonds coupés en brosse, qui avaient l'air de se hérisser quand il se mettait en pétard.

— C'est la mienne, sergent, et je n'en connais pas d'autre. (J'allumai une cigarette, malgré la sécheresse de ma gorge.) Qu'est-ce que vous diriez d'une canette de bière tiède ?

Il secoua la tête.

— Peter Worden. Un Worden ! Le frère de John Worden ?

Je fis un signe affirmatif, avant d'écraser ma cigarette sur un cendrier. J'en avais à peine tiré deux bouffées.

— Ce n'est pas la première fois que vous faites parler de vous dans les journaux. Deux rixes sur la voie publique, excès de vitesse, tentative de semer un policier de la route.

— Je l'ai semé, rectifiai-je. Mais il avait relevé mon numéro. Je ne recherche pas la publicité, sergent. Ce n'est pas moi qui ai convoqué les journalistes. Ni les photographes. Je n'ai pas besoin de leur soutien.

— Vous vous figurez que votre nom vous sortira de n'importe quel pétrin, pas vrai ? Qu'il pourra vous servir à étouffer une affaire de meurtre ?

— C'est moi qui vous ai téléphoné, sergent, lui rappelai-je. Je ne suis peut-être pas un citoyen respectable, mais, cette fois, je n'y suis pour rien. Mon seul crime a été de ne pas fermer ma porte à double tour, comme n'importe quel citoyen respectable.

— Vous me prenez pour un imbécile ? coupa le sergent.

Je ne répondis pas.

— Ce Calvano a été assommé, d'abord, puis poignardé. Rien ne s'oppose à ce que vous ayez fait ça vous-même, avant de perdre votre sang-froid et de nous téléphoner.

— Je vous ai donné ma version, sergent. Libre à vous de préférer la vôtre.

— A moins que vous m'en racontiez une meilleure ?

— Je n'en connais pas de meilleure, répétai-je avec lassitude. Et j'aimerais boire un verre. Je peux ?

Il ne répondit pas. J'emportai la demi-bouteille de whisky dans ma cuisine-placard, recouvris le fond d'un verre, ajoutai un peu d'eau et réintégrai la pièce principale.

Hovde, entre temps, avait retrouvé son sourire.

— O.K., dit-il. La même chose pour moi, avec un peu d'eau du robinet.

Doucement, les basses ! La matraque avait rejoint son fourreau.

Je lui servis la même chose et le lui rapportai. Il me remercia, croisa les jambes et me regarda reprendre ma place, sur le bord du divan.

— Worden, reprit-il entre deux gorgées, je suis un vieux de la vieille, un vétéran. Cette ville est ma ville. Jusqu'à ce que tous ces gars-là viennent de l'extérieur, et plus spécialement de Chicago, c'était encore une bonne ville. Oh, nous avions notre linge sale, comme tout le monde, mais rien que nous ne puissions laver en famille. Alors que cette racaille importée, cette immigration de fumier, ne se laisse pas dompter aussi facilement, Worden. Elle est organisée.

Il s'arrêta. Je cherchai une réplique spirituelle, ne trouvai rien, et pris le parti de me taire.

— Vous êtes allé à l'université de Californie du Sud, pas vrai ? Vous faisiez partie de l'équipe de rugby ?

J'acquiesçai.

— Je vous ai vu jouer, Worden. L'U.C.S. est une bonne école, réputée dans tout le pays. Notre école, Worden. C'est nous qui la fréquentons, et c'est nous qui l'entretenons. Votre père lui avait laissé de l'argent, n'est-ce pas ?

J'acquiesçai.

— Ces gens avec lesquels vous frayez depuis quelque temps, Worden, ces gens qui vous poussent à traîner votre nom dans la boue... vous ne devez rien à ces gens, Worden, vous ne leur devez absolument rien !

— Entièrement d'accord, murmurai-je.

Il se renversa contre le dossier du fauteuil, le visage fendu d'un large sourire.

— Alors... ?

— Alors, j'aimerais avoir assez d'imagination pour vous raconter une autre histoire, sergent, mais il se trouve que je vous ai dit la vérité.

Il pinça les lèvres, rongea l'ongle de son pouce, me regarda, regarda par la fenêtre et se leva.

— Je vous croyais moins stupide Worden. Je vous croyais suffisamment intelligent pour songer à votre propre sécurité. Allons-y.

— Où ça ?

— Qu'est-ce que vous croyez ? Allons-y. Debout. En avant.

Je vidai mon verre et le posai sur le tapis.

— Est-ce que j'aurai besoin de mon rasoir ?

— Vous n'aurez besoin de rien, sinon d'une autre histoire.

Il me montra la porte d'un léger signe de tête. Je sortis le premier et me dirigeai vers l'escalier. Il me rappela :

— Vous ferez bien de fermer à clef, cette fois-ci.

Je revins sur mes pas, trouvai mes clefs dans un tiroir.

— Pas si bête, après tout, commenta Hovde. Vous n'avez pas oublié d'oublier de fermer à clef, hein ?

Trajet silencieux. Poste de police. Nom, adresse, motif d'incarcération : soupçonné de meurtre. Et le claquement de la porte derrière moi.

Ce n'était pas la première fois que j'entendais ce claquement, mais c'était la première fois qu'il se répercutait dans ma tête avec une telle sonorité définitive. Cette fois, il s'agissait d'une affaire de meurtre...

Il devait être environ cinq heures, et le bruit de la circulation me parvenait clairement, de l'extérieur. La cellule sentait l'acide borique et l'insecticide. Le plancher était propre, la couchette était dure, et Pete Worden profondément écœuré.

Pas par le whisky ni par la bière ni par les sandwiches ou la défection d'Ellen, mais par lui-même, par Pete Worden, qui n'arrivait pas à mûrir suffisamment pour vendre des polices d'assurance, des cannes de golf ou des propriétés, s'établir à Westchester ou dans tout autre quartier aussi agressivement bourgeois, et devenir un zéro bien-pensant à demi satisfait de son sort.

C'était ce que tout le monde faisait, oui ? Alors, pourquoi pas moi ? Est-ce que je me croyais différent des autres ? L'heure était venue de mûrir et de se résigner à n'être jamais rien. Avec l'usufruit des biens familiaux, et ce que me rapporterait un emploi stable, je pourrais me tailler une place honorable dans la classe moyenne.

En fait, si je décrochais un emploi stable et que je parvienne à me ranger, je pourrais disposer de ma moitié du capital légué par mon père. Je n'avais aucune idée de ce que cela représentait, mais John, avec sa part, se maintenait aisément dans la couche supérieure, et je ne voyais pas pourquoi ma propre moitié ne me permettrait pas d'en faire autant.

Et avec Ellen dans mon lit, j'arriverais peut-être même à digérer Westchester. Avec leur fausse honte et leurs refoulements imbéciles, les bourgeois ont fait du lit un objet vulgaire, mais citez-moi une extase plus vraie, une communion plus complète. A condition, bien sûr, d'être sincèrement amoureux.

Car j'étais amoureux, oui. Mais pour combien de temps ? Jour après jour, la même femme en bigoudis et crème de beauté, en bonnet cache-poussière et tablier de cuisine, enceinte, ennuyée, enrhumée... Avec mon caractère exécrable et mon insatiable besoin d'affection, pourrais-je y arriver sans tuer ce que j'aimais ?

J'en doutais, bon Dieu, j'en doutais énormément. Même avec Ellen.

Puis j'entendis des pas et trois hommes s'arrêtèrent devant ma cellule. L'un était le sergent Hovde, l'autre, un simple flic porteur d'un trousseau de clefs. Le troisième avait l'air d'un être humain.

— Je vous présente Mr. Jaekels, Worden, fit Hovde.

Le nom me disait quelque chose. C'était celui d'un adjoint du district attorney qui était en train de se tailler une réputation, par la voix et la voie des manchettes, en faisant condamner sans coup férir tous ceux qui passaient par ses mains. J'avais entendu parler de ses méthodes. Quiconque s'est vu coffrer pour vol à main armée plaidera volontiers coupable de « coups et blessures ». Et vous avez votre condamnation ! Pour coups et blessures.

— Comment allez-vous, Mr. Jaekels ? lui dis-je.

Il sourit.

— Bonjour, Mr. Worden. Vous semblez avoir pris goût à notre hospitalité ?

La question ne méritait aucune réponse. Je gardai le silence.

Le porte-clefs ouvrit la porte. Jaekels entra, et les autres se retirèrent.

— Mauvaise affaire, vous savez, dit-il en s'asseyant sur la couchette. Vous êtes dans un sale pétrin, Mr. Worden.

— Vraiment ?

— La police a découvert que vous n'étiez pas seul, hier après-midi, et nous avons ouï parler d'un certain incident, au sujet de trois traites impayées.

— Oh, ça ? Une simple farce, pouffai-je. Il faut bien s'amuser un peu, de temps en temps.

— Je vous l'accorde, murmura-t-il. Mais la description de l'homme qui vous accompagnait correspond à celle d'un certain Mike Kersh.

Ses yeux guettaient ma réaction. Je lui jetai un regard perplexe.

— Mike comment ?

— Kersh, Kersh, Kersh !

— Drôle de nom, Mike Kersh-Kersh-Kersh.

— Mike Kersh, le bras droit armé de Mr. Nicholas Arapopulus.

— Encore un nom à rallonge ! Connais pas davantage.

— Arapopulus est devenu Arnold, par acte officiel enregistré à Chicago. Nick Arnold.

— Oh, Nick Arnold, le gros manitou ! Et Kersh ?

— Je viens de vous dire qui est Kersh. Vous avez de curieuses fréquentations, Mr. Worden. Gangsters et bookmakers, maquereaux et prostituées... Vous avez pourtant d'excellents amis, de vrais amis, parmi les gens bien. Je m'en soucierais comme d'une guigne si vous n'étiez qu'un quelconque petit fils-à-papa. Mais votre palmarès universitaire et vos états de service...

— Trêve de périphrases, coupai-je. Vous vous souciez effectivement de moi comme d'une guigne. Vous voulez coffrer Nick Arnold et vous vous servez de l'argument travail-famille-patrie pour me convaincre de marcher avec vous. C'est ce que je ferais, peut-être, si je le pouvais, mais je ne connais qu'une histoire, et je l'ai déjà racontée au sergent Hovde.

— C'est tout ?

— Et pour cause.

Il se mit sur pied, le regard pensif.

— Dieu sait où tout cela vous mènera, Peter Worden.

— Peut-être, acquiesçai-je, oui, peut-être le sait-il ?

— Je ne peux certainement pas en dire autant.

— Moi non plus, Mr. Jaekels. Mais je crois pouvoir vous dire où tout cela vous mènera, vous, à savoir, dans la peau d'un D.A. ! Je regrette de ne pouvoir contribuer davantage à votre ascension.

— Vous parlez même comme eux, maintenant, constata-t-il. Vous avez même le complexe de la persécution. Ne manquez pas de venir me voir quand vous désirerez un permis de port d'arme.

Il appela le porte-clefs, et s'en alla sans me dire au revoir.

Ils m'apportèrent la soupe peu de temps après, mais il n'y avait rien, là-dedans, que je puisse trouver le courage d'ingurgiter. Et que fabriquait l'avocat de Nick, annoncé à l'extérieur ?

Ce fut Martha qui vint la première. Martha, mon pote et la femme de John, la grande petite fille aux cheveux châtains et à la silhouette de jeune garçon, dont l'oreille était toujours prête à écouter mes plaisanteries les plus stupides.

Elle s'arrêta devant ma cellule et dit :

— Pete, es-tu complètement cinglé ? Pourquoi faut-il que tu te fourres toujours dans de tels pétrins ?

Je pris une voix rocailleuse.

— Content de te voir, frangine. C'est un coup monté, mais y m'auront pas. Le vieux Pete a plus d'un tour dans son sac.

— Oh, Pete, gémit-elle, les deux mains crispées autour des barreaux. Il s'agit d'un meurtre, Pete, qu'est-ce que...

— Où est John ? questionnai-je. Ne me dis pas que c'est lui qui t'a envoyée.

— Non, bien sûr. Il est à Santa Barbara, depuis ce matin, et pas encore rentré. Pete qu'est-il arrivé ?

— Sincèrement, Martha, je n'en sais rien. Je suis rentré chez moi, cet après-midi, j'ai trouvé ce macchabée assis dans mon fauteuil favori, et que tu veuilles me croire ou non, je ne sais pas une broque en dehors de ça. Si c'était arrivé à John, ils lui auraient juste envoyé quelqu'un pour nettoyer le gâchis, avec les excuses de la municipalité, mais comme c'est à moi que c'est arrivé...

— Tu mens, dit-elle. Tu parles trop pour ne pas être en train de mentir.

— Si peu que ça ne change rien à la vérité, Martha. J'ignore qui a tué cet homme et pourquoi il a été tué.

— Combien veulent-ils pour te relâcher ? A combien ont-ils fixé la caution ?

— Je n'en sais rien, mais quelqu'un est sans doute en train de s'en occuper.

— Un de tes... amis, Pete ?

— Une de mes relations. Ne fais pas les mêmes bruits que John, Martha.

— Je vais revenir, commença-t-elle. Je vais voir...

Elle s'interrompit en voyant approcher le porte-clefs, et lui cria :

— Combien veulent-ils de caution pour relâcher mon beau-frère ?

— Je n'en ai pas la moindre idée, madame, dit-il, mais elle est déjà déposée.

Il inséra la clef dans la serrure et j'entendis le son toujours rafraîchissant de la porte-qui-s'ouvre.

Dehors, il faisait bon, il faisait noir, et je m'installai en grognant dans la voiture de ma belle-sœur.

— Pas de commentaires, hein ! dit Martha. Je connais déjà ton opinion à son sujet.

Mon opinion était que pour cent dollars, j'aurais pu lui trouver une Ford modèle A, et, pour cinq cents autres dollars, la lui convertir en un cheval de race qui ferait rentrer sous terre la bagnole luxueuse que John lui avait payée.

— J'ai horreur du snobisme sous toutes ses formes, rétorquai-je. Surtout celui qui vous fait croire qu'on peut acheter la supériorité au lieu de travailler pour l'obtenir. Ou celui qui vient de la lecture des beaux catalogues imprimés sur papier glacé...

— Oh, oh, le baromètre est à l'orage, plaisanta-t-elle. Une inculpation de meurtre oscille au-dessus de sa tête et il repart sur son sujet de prédilection !

— Chez n'importe qui, je m'en foutrais, Martha. Mais c'est chez toi que ça me choque. Tu es tellement authentique.

— Eh... dit-elle, eh, ça, c'est un compliment. J'y croirais presque si tu venais nous voir un peu plus souvent. (Je ne répondis pas et elle enchaîna, les yeux fixés sur le flot de la circulation :) Tu as changé de petite amie ?

— Non, c'est toujours la même. Mais j'ai changé d'attitude. Je suis jaloux. Moi ! Pas bon ! Un coup à se laisser agrafer.

— Agrafer ? Comme John ? C'est ça que tu ne trouves pas bon ?

— Comme John, si. Mais je ne suis pas John.

— Je suis sûre que tu ferais un père épatant. Nos gosses t'adorent, Pete.

— Uh-uh. Mais est-ce que les miens m'adoreraient ?

Elle ne répondit pas, et nous ne prononçâmes plus que des paroles insignifiantes jusqu'à ce que je fusse installé dans la belle cuisine antiseptique du palace de John, devant une assiette d'œufs au jambon que Martha m'avait préparée elle-même. Leur cuisinière était couchée, et John n'était pas encore rentré de Santa Barbara. Ce n'est certainement pas lui, d'ailleurs, qui m'aurait préparé une assiette d'œufs au jambon.

Nous passâmes ensuite dans le salon, Martha mit du Gillespie sur le tourne-disque et j'essayai de me représenter le même tableau, avec Ellen, dans un living-room semblable... et les gosses endormis, au premier étage... après une journée laborieuse.

Ce ne serait peut-être pas si mal, après tout. Ce serait même sûrement très bien.

— Je me demande qui a déposé ta caution, dit Martha.

— Pas de curiosité intempestive, belle-sœur. Ces gens-là ne sont pas de ton monde. Ce sont mes autres amis.

— Ce ne sont pas des amis, se rebiffa-t-elle. Ce sont des écureuils qui se sont introduits par erreur dans ta cage tournante. Et cette jeune personne...

— Je l'aime, Martha.

— Pour combien de temps ?

— Comment le saurais-je ? C'est un truc pour lequel on ne délivre pas de certificat de garantie.

— Je t'ai déjà vu avec elle. C'est une belle fille. Faite au moule et tout...

— Et intelligente, par surcroît. Elle a lu vingt fois plus que moi. Tempérament artistique et bonne vieille famille de petite ville. C'est plutôt moi qui ne suis pas digne d'elle.

Puis, les phares de John dans le chemin carrossable, les pas de John sur les dalles du hall et la silhouette de John immobile à l'entrée du salon, un journal fripé sous le bras gauche.

— Dans mon cabinet de travail, Pete ! Tout de suite !

Martha ouvrit la bouche, et la referma sans parler. Je me levai, et regardai John droit dans les yeux pendant quelques secondes avant de sortir du salon.

Le cabinet de travail de John. Des murs entiers couverts de livres. Dickens, Thackeray et les sœurs Brontë, sous reliures de cuir à caractères dorés. Les auteurs modernes en format de poche à vingt-cinq cents, pour votre serviteur. Mais rien que des auteurs classiques, solides, respectables, en éditions numérotées, pour Mr. John Worden...

— Qu'est-ce que c'est que ce nouveau mic-mac ? dit-il en claquant la porte derrière lui. Est-ce que tu n'as plus le moindre respect pour quoi que ce soit ?

Il était blême ; il était à deux doigts de perdre son sang-froid. Etant gosse, je l'avais vu presque tuer un autre garçon de son âge, certain jour mémorable. Mais il avait appris à se contrôler, peu de temps après, et sortait rarement de ses gonds, maintenant.

— Alors ? Parle, bon Dieu. Explique-toi !

— Je n'ai rien à expliquer. Qu'est-ce que tu dirais si tu trouvais un cadavre dans ton salon, en rentrant chez toi ? C'est exactement ce qui m'est arrivé.

— Tu vas essayer de prétendre que c'est une simple coïncidence ?

— Quoi ? Qu'est-ce qui est une coïncidence ?

— Le fait qu'un individu que tu avais assommé la veille se trouve, comme par hasard, assassiné dans ton appartement ?

— Les journaux disent que je l'avais frappé la veille ?

— Quelqu'un a renseigné la police. Un coup de téléphone anonyme. Et ça s'est passé à l'occasion d'une soirée donnée par Nick Arnold. Nick Arnold !

— Les coups de téléphone anonymes ne signifient pas grand-chose, John. Même pour la police.

— Alors ? aboya-t-il.

— Alors, quoi ?

— C'est vrai ou c'est faux ?

— Je ne vois pas en quoi ça te regarde.

Il fit un pas en avant, les poings serrés.

— Ne sois pas ridicule, John, lui dis-je. Tu n'as plus assez d'entraînement. Et ne t'imagine pas que j'accepterais ça sans riposter.

Il m'observa un instant, oscillant sur place. Puis il dit d'une voix rauque :

— Fiche le camp. Et tâche de trouver du travail. Parce que tu n'auras plus un cent jusqu'à ce que tu aies un emploi stable. Et tant pis pour toi si tu crèves de faim.

Paroles fraternelles. Mon frère John ! Aime ton prochain comme tu aimes ton frère. Je pivotai sur moi-même, quittai le cabinet de travail. La silhouette de Martha était un fantôme pétrifié, à l'entrée du living-room.

— Pete, attends, Pete... John, s'il te reste un liard de raison... Pete, attends... pour l'amour de Dieu, John...

Je pleurais. Moi, Pete Worden ; âgé de vingt-neuf ans ; et ce salaud-là m'avait fait pleurer. Il faisait froid, dehors, mais au moins, la Santa Ana ne soufflait plus. Je me dirigeai vers Sunset Boulevard en m'essuyant les yeux.

Ç'avait été un éclair, un bref accès d'émotion enfantine parce qu'il ne m'avait rien demandé, parce qu'il n'avait pas essayé de me comprendre, de me croire... Il était arrivé, raide comme la justice et tout prêt à manier le glaive. Sans vouloir se souvenir que le glaive n'est qu'un des attributs de la justice, et qu'il y a aussi, parmi eux, la balance.

J'étais loin de chez moi, et c'est un quartier où les moyens de transport public sont pratiquement inexistants. Je regardais les phares des voitures particulières passer devant moi lorsqu'une voix m'appela, de l'autre côté de la rue.

— Hé, Worden.

Une Lincoln noire, et la voix était celle de Mike Kersh.

Je traversai la rue. C'était bien Mike.

— Je t'attendais devant la taule, m'expliqua-t-il, mais tu en es ressorti avec une souris, alors j'ai suivi le mouvement. T'as le chic pour décrocher les morceaux de choix !

— Surveille ta langue, veux-tu ? C'est la femme de mon frère. Tu es disposé à me ramener chez moi ?

— Sûr. Tu me dois toujours une partie de canasta. J'espère que tu l'as bouclée, comme convenu ?

Je grimpai dans la bagnole.

— Ouais. Et je ne vois vraiment pas pourquoi. Je ne vous dois rien, ni à toi ni à Nick. Et je devrais même pas vous fréquenter, comme je me le suis entendu répéter toute la soirée.

— Je me demande qui a bien pu téléphoner aux flics, dit Mike. Je les ai tous passés en revue et ça n'a rien donné. Ça paraît pas possible, et pourtant...

— A droite, bougonnai-je. Tu peux tourner, même au rouge.

— Toujours aussi marrant !

Le pur-sang à carrosserie noire prit un virage impeccable et je faillis demander à Mike de me déposer devant la porte d'Ellen. Jamais je n'avais eu autant envie de la revoir, mais le moment n'était peut-être pas très bien choisi.

— Vous êtes vraiment aux petits soins avec moi, dis-je à Mike. Je ne suis pas habitué à tant d'égards.

— Nick a peut-être l'intention de te proposer quelque chose.

— Je ne lui ai rien demandé. Et pas de canasta ce soir, Mike, je suis claqué.

Je savais que je ne dormirais pas, mais je n'avais pas envie d'écouter plus longtemps les grains de philosophie de Mike Kersh.

— Bon Dieu, reprit-il au bout d'un moment. Ça ne tient pas debout. Le couteau, et le macchabée arrangé comme ça dans le fauteuil. Qu'est-ce que c'est que ce travail ?

— Sais pas.

— Y a quelque chose là-dedans qui me donne la chair de poule.

Mon rire sonnait le creux.

— La chair de poule ! A toi ?

— Ouais. A moi. C'est pas mon genre de boulot, et j'aime pas les choses que je comprends pas.

— Les librairies du monde entier sont pleines de choses que tu ne comprends pas, Mike.

— C'est pas pareil. Là, c'est dans ma partie. Et j'aime pas les choses que je comprends pas dans ma partie, Worden.

Nous arrivions. La Lincoln stoppa devant chez moi.

— Tu veux que je monte voir si tout est normal, là-haut ? offrit Mike.

— Pas la peine. Merci pour le taxi, Mike.

— Vaudrait mieux que je monte quand même. Fais-toi buter, et Nick sera en pétard après moi.

— Je ne me ferai pas buter ce soir. Bye bye, ange gardien !

Il y avait une party en cours chez mon voisin de palier, Tommy Lister, écrivain fécond et bon copain occasionnel. Tommy Lister, vous savez bien. Sport et science-fiction. Meurtres et Far West. Commandez et vous serez servi. Plusieurs années auparavant, Tommy avait connu trois mois de champagne, en pondant un scénario pour la Metro-Goldwyn. Trois mois de champagne, pour combien d'années de bière éventée ?

Je tournai la poignée de ma porte sans penser que je l'avais fermée à clef, cette fois.

Mais la porte s'ouvrit.

Il y avait quelqu'un dans le vieux fauteuil, un magazine sur les genoux. Quelqu'un qui portait une robe jaune, tricotée main. Quelqu'un dont les cheveux noirs tombaient en vagues sur les épaules.

— Tu m'as donné une clef, il y a bien longtemps. Tu ne t'en souvenais plus ?

J'acquiesçai, n'osant pas y croire.

— Ellen... bon sang, Ellen, tu n'es pas... enfin, je veux dire : pourquoi, Ellen ?

— Pourquoi, grand idiot ? Pourquoi ?

Je fermai la porte à double tour, et pris ma bien-aimée dans mes bras.

4

Deux ou trois fois, durant la nuit, l'image de John traversa mon esprit. Et le visage exsangue de Calvano, avec son couteau sous le menton. Et les cris angoissés de Martha Worden... Mais ce ne furent que des visions éphémères, des lambeaux de souvenirs fugitifs dans l'ardeur passionnée de cette nuit glorieuse.

Ellen me réveilla le lendemain matin, déjà rhabillée comme une dame. Dommage.

— Debout, Peter Worden. Il n'y a rien à manger dans ce taudis !

— Nous pouvons aller déjeuner ailleurs.

— Nous allons déjeuner ici, dit-elle fermement. Debout, et va tout de suite aux provisions.

— Tu n'as même pas fait le café, protestai-je. Toutes mes autres maîtresses me réveillaient avec une tasse de café.

— Il n'y a pas de café non plus, gronda-t-elle. Allez. Debout. En avant.

— Tu me rappelles le sergent Hovde, ricanai-je. En mieux, naturellement.

— Trêve de plaisanteries, Pete. Je meurs de faim.

Je me sortis des toiles, et trouvai mes cigarettes sur la table. Auprès de mon exemplaire d'*Ulysse*. J'ai essayé d'en lire trois paragraphes, il y a bien longtemps, et j'ai tout de suite compris que c'était trop fort pour moi.

— Le régime Joyce, si tôt le matin ? questionnai-je.

— Ma foi non. Qui diable comprend Joyce, ici ? Toi ?

— Non. Tommy Lister. Il comprend Joyce, et Spinoza, et Jean-Paul Sartre et tous ces gars-là. C'est un type intelligent.

— Connais pas, dit Ellen.

— Tu ne connais pas Tommy Lister, le grand écrivain ? Tu devrais rougir de l'admettre.

Elle fronça les sourcils.

— Un écrivain ? Qu'est-ce qu'il a écrit ?

— Oh... *En voiture pour la planète Mars*, *Le Maître du ring*, *Tout le monde en selle* et *Le Mystère du chat perché*. Eclectique autant que prolifique. Un vrai génie.

— Ah, tu veux parler de ton voisin de palier ?

— Très juste ?

— Ton voisin de palier, Pete ! (Ses yeux étaient légèrement écarquillés.) Un type qui lit Joyce, et tu retrouves ton *Ulysse* en dehors de la bibliothèque et...

— Ellen Gallegher, la femme aux cent visages, déclamai-je. Nous vous la présentons aujourd'hui dans le rôle du célèbre détective femelle qui, partant d'un indice, si petit soit-il, est capable d'en tirer n'importe quelle conclusion, si ridicule soit-elle. Miss Gallegher...

— Oh, boucle-la, veux-tu, s'impatienta-t-elle. As-tu parlé de ce bouquin à la police ?

— Je viens seulement de le remarquer... mais ne nous emballons pas. Tommy commet tous ses crimes dans les pages des journaux pour la jeunesse. C'est un gars qui a besoin d'aide pour pouvoir beurrer son pain quotidien. Qu'est-ce que tu veux pour ton petit déjeuner ?

— Laisse-m'en la surprise, dit-elle. Je t'en ai fait une, hier soir. A toi, maintenant.

La Mercury m'attendait sagement le long du trottoir, à l'endroit exact où je l'avais laissée, plusieurs siècles auparavant. Je fis provision d'œufs, de croissants, de confiture, de bacon, de café, de cigarettes, de beurre, de jus d'orange congelé, et repris le chemin du bercail.

Ellen avait réintégré le fauteuil du crime, et lisait le journal. Les manchettes de première page étaient tournées vers moi, et la plus grosse disait : « 20 000 G.I. LIVRENT UNE BATAILLE DÉSESPÉRÉE POUR TENTER D'ÉCHAPPER À L'ENCERCLEMENT TOTAL. » Il neigeait, là-bas, et des hommes mouraient par douzaines.

L'eau bouillait dans la cafetière. Je fis le nécessaire, tandis que ma bien-aimée découpait le bacon.

— Tu n'as pas envie de savoir avec qui j'étais, hier après-midi ?

— Dis toujours.

— Nick Arnold, susurra-t-elle.

— J'aurais dû m'en douter. Suis-je censé crever de jalousie ?

— Ce n'est pas le cas ?

Je m'abstins de répondre. Hier soir, peut-être ? Mais ce matin, après une nuit semblable...

Elle cassa quatre œufs dans la poêle. Elle souriait.

— Je ne savais pas... ce qu'il me voulait, quand il m'a téléphoné. Je... Pete, Nick Arnold voudrait que tu travailles pour lui.

Je m'esclaffai.

— Tu croyais qu'il allait te faire du gringue, et tout ce qu'il voulait, c'était un porte-parole. Oh, quel camouflet pour ton orgueil féminin !

— Silence ! Tu sais que je t'aime.

— Il y a des moments où je te soupçonne d'être sincère.

— Ne sois pas vulgaire, veux-tu ? Et parlons sérieusement. Il s'agirait d'un travail légitime, au grand jour.

— Mr. Nicholas Arapopulus se sentirait-il vieillir ?

— C'est comme ça qu'il s'appelle ?

— C'est comme ça qu'il s'appelait, à Chicago. Je préfère de beaucoup son ancien nom.

— Pete, Nick était sérieux. Il a une très haute opinion de tes capacités. Il dit que tu as du cran, de l'intégrité, et l'esprit vif et prompt à la riposte.

— Tu ne lui as pas parlé de mes autres capacités ?

Elle ne répondit pas. Elle était en train de dresser la table. Nous nous assîmes l'un en face de l'autre, et son front était à l'orage.

— Pas de bagarre ce matin, lui dis-je. Pas après une nuit comme celle-là.

— Je regrette d'être venue, jappa-t-elle.

— C'est pas vrai ! Continue. De quelle sorte de boulot s'agit-il ?

— De sport. Je n'ai pas tout compris. Il veut bâtir un stade dans la Vallée, pour commencer. Il dit que la Vallée est en pleine expansion.

— Et les exhibitions sportives en pleine déconfiture, complétai-je. Il n'a jamais entendu parler de la télévision ? Le catch, la boxe et pas mal d'autres choses se feront en studio, devant les caméras, avant qu'il ait eu le loisir de bâtir son stade.

— Il y a aussi quelques boxeurs dont il possède « des morceaux », comme il dit, et il aimerait acheter... je veux dire... financer les Béliers.

— Tu aimerais que je travaille pour Nick Arnold ?

— Oui.

Je mangeai un croissant, un œuf, un peu de lard.

— Je ne pense pas que tu veuilles travailler pour qui que ce soit, dit-elle.

Je mangeai un peu de lard, un œuf, un croissant.

— Pourquoi refuserais-tu l'offre de Nick, si c'est parfaitement légal ?

— Je ne sais pas. Je ne suis pas un saint, mais son pognon sent mauvais.

— Et ces treize cent quatre-vingts dollars que tu as gagnés aux dépens de ses amis ?

— Je leur ai pris cet argent. Je n'ai rien fait pour eux. J'étais contre eux.

— La nuance me paraît inutilement subtile.

— Pas tellement. Ce doit être le républicain qui dort en moi. Je veux arriver par mes propres moyens.

— Pete Worden ou l'individualiste endurci. Promets-moi tout de même de parler à Nick, ne serait-ce que pour lui dire non. Tu veux bien faire ça pour moi ?

— Ça et pas mal d'autres choses. Je t'aime, Ellen Gallegher.

— Doucement, doucement, dit-elle.

— J'ai pensé à toi, pendant que j'étais en taule. Je nous ai vus à Westchester, dans un petit cottage, avec deux ou trois gosses sous le pommier du jardin. Verse-moi du café, veux-tu, bobonne ?

Elle était en train de remplir ma tasse lorsqu'on frappa discrètement à la porte d'entrée.

Hovde, sans aucun doute, ou l'un de ses pareils. Une jolie scène familiale, susceptible de réjouir son vieux cœur de fonctionnaire. Moi et ma bien-aimée à la table du petit déjeuner, après une nuit bien remplie...

Je regardai Ellen. Elle haussa les épaules et j'allai ouvrir la porte.

Un mètre cinquante environ, et maigre comme un clou. De grands yeux marron, un teint de nouveau-né et l'esprit d'Einstein, bien qu'il le galvaude à deux cents le mot.

Bref : Tommy Lister, dont les héros sont des colosses qui ne craignent ni Dieu ni diable.

— Oh... navré, Pete, hoqueta-t-il. Je te croyais seul et je voulais t'emprunter un peu de café... Excuse-moi, je...

Il recula d'un pas.

— Entre donc, lui dis-je. C'est Ellen. Vous allez pouvoir parler de Joyce. Et le café est tout prêt.

Il sourit, et entra timidement.

— Oh, bonjour, Ellen. Je n'ai déjà que trop parlé cette nuit, mais le café va me réveiller.

Je lui apportai une chaise.

— Je pense bien que t'as dû en mettre un coup cette nuit ! Quand bouleversez-vous l'univers, toi et tes copains ?

— Navré, Pete, répéta-t-il. Nous t'avons empêché de dormir ?

— Ne sois pas grossier envers Ellen, Tommy. Dis-moi plutôt si c'est toi qui as feuilleté mon *Ulysse* ?

— Ton *Ulysse* ! Seigneur ! Qu'est-ce que tu peux bien en faire ?

— Je m'en sers pour caler ma fenêtre. Et ne prends pas cet air supérieur, Tommy, j'ai lu tes œuvres.

— Coup bas, protesta-t-il. A mon tour. Qu'est-ce qui s'est passé ici, hier après-midi ?

— Un meurtre, lui dis-je, sans le quitter des yeux.

Puis je m'aperçus qu'Ellen en faisait autant. Il ne nous manquait plus qu'une paire de gros cigares. Tommy nous regarda tous les deux, et sourit.

— C'est pas une blague, insistai-je. Tu n'as pas lu les journaux ?

— Je ne lis jamais les journaux d'information, dit-il. Et je suppose que c'est encore une de tes mauvaises plaisanteries.

— Pas cette fois, Tommy, virgule, hélas !

Il but une gorgée de café.

— Quelqu'un que tu connaissais ?

— Un nommé Al Calvano, tueur et cocaïnomane. Les journaux prétendent que je l'avais assommé la veille, chez Nick Arnold, et je suppose que je suis le suspect numéro un, bien qu'ils m'aient remis en liberté.

— Alors, tu n'es pas le suspect numéro un, dit Tommy. Arme du crime ?

— Couteau. Dans la gorge. Mon couteau à viande.

— Avec tes empreintes sur le manche, j'espère ? Et *Ulysse* ? Qu'est-ce qu'il vient faire dans tout ça

— Quelqu'un l'a feuilleté récemment, expliqua Ellen. Et ce n'est pas Pete.

— Entièrement d'accord sur ce dernier point, approuva Tommy. Etes-vous en train d'essayer de me coller ça sur le dos ?

— Ellen te soupçonne, ripostai-je. Tout ça parce que tu ne joues pas au rugby. Elle a un préjugé contre les intellectuels.

Quelqu'un d'autre frappait à la porte. J'allai ouvrir.

Un petit gros coiffé en brosse. Sympa. Bien lavé. Hésitant.

— Content de te voir, Chris. Tu es tombé du lit ?

— Je n'ai lu le journal que ce matin, Pete. J'ai pensé que vous aviez peut-être des ennuis. J'ai pensé que je pourrais peut-être... (Puis il aperçut Ellen et dit :) Oh ! bonjour, Miss Gallegher.

Il regarda Tommy.

— Tommy Lister, lui dis-je. Chris Arnold.

Ils se serrèrent la main. J'enchaînai :

— Tommy est un auteur célèbre. (J'esquivai le marron qu'il me décochait et ricanai :) Ça, c'est pour avoir insinué que je ne pouvais pas avoir feuilleté Joyce.

— Un peu de café, Chris ? proposa Ellen.

— Non, merci, Miss Gallegher. Il faut que je file à l'école. Je suis juste venu comme ça... pour voir si...

Il s'interrompit, et haussa les épaules.

— Merci, Chris, lui dis-je. Je comprends... et tu peux être sûr que je m'en souviendrai.

Il s'éclipsa.

— Un joueur de rugby, pas vrai ? déclara Tommy.

— Merveilleux, Mr. Holmes, dit Ellen.

— Typique, rectifia Tommy.

— J'aimerais qu'il y ait davantage de Chris Arnold, dans le monde, murmurai-je.

— Et moins de Tommy Lister, suggéra Tommy.

— Non, non. En proportions sensiblement égales. Pour éduquer et servir de modèles à la jeunesse. Je veux parler de la façon dont il est venu. Il me connaît à peine, mais il a lu dans le journal que j'avais des ennuis et il est venu voir s'il pouvait faire quelque chose. C. Q. F. D. !

— C'est peut-être papa qui l'a envoyé ? dit Ellen. Qu'avez-vous fait de votre cynisme légendaire, Mr. Worden ?

— Je ne suis pas cynique, quand il s'agit de gars comme Chris, Ellen.

— Cynique, Pete ? s'écria Tommy. Allons donc. C'est Kid Galahad en personne. Blague dans le coin, Pete, tu avais l'air de tellement le prendre à la rigolade que je ne croyais pas l'affaire si sérieuse. Quoique, d'après ta description, la victime n'a pas dû laisser de bien grands regrets derrière elle ?

— Non, dis-je. Et c'est peut-être naïf de ma part, mais, étant innocent, je n'arrive pas à me casser bien sérieusement la tête.

— C'est tout à fait naïf de ta part, acquiesça Tommy. Surtout si tu tombes sur quelque D. A. ambitieux comme Jaekels ou...

— Jaekels est venu m'interviewer dans ma cellule, hier après-midi.

— Bing ! Mais tu as été relâché tout de même, sous caution ?

— Oui.

— Et tu es surveillé jour et nuit, je suppose ?

— Probablement. Par la loi et les hommes de Nick Arnold. L'un de ses acolytes était avec moi, hier après-midi, jusqu'à ce que nous découvrions le macchabée Et il m'attendait devant chez mon frère, après ma sortie du ballon.

— Et naturellement, continua Tommy d'une voix acide, avec ta conception hypertrophiée de la loyauté, tu n'as voulu impliquer, ni Mr. Nick Arnold ni ses hommes à tout faire ?

— On ne peut rien te cacher. Jaekels aimerait alpaguer Nick Arnold, mais je n'ai pas essayé de l'aider.

— Naturellement. Puis-je te demander si tu te sens de profondes affinités avec cette espèce particulière de rongeurs parasites ou si tu goûtes simplement le charme de leur conversation ?

— Vas-y mollo, conseillai-je. Tu parles des amis d'Ellen.

Elle était en train de refaire du café, mais elle se retourna pour me regarder.

— Mes amis ? Je ne les connaissais pas avant que tu me prennes en croupe, Hopalong.

— Non, mais tu les adores. (Je me retournai vers Tommy.) Et maintenant, elle veut que je travaille pour Nick.

— Dans une entreprise parfaitement légale, précisa Ellen.

Tommy fronça les sourcils.

— Etes-vous en train de me demander mon avis, ou quoi ?

— Mon Dieu, une opinion extérieure ne serait certainement pas de trop.

— Une opinion objective, précisa Ellen.

— Je ne peux vous donner que la mienne, et malgré ma certitude de ne jamais faire fortune en tapant nuit et jour sur le clavier de ma portative, je dois dire que je ne travaillerais pas pour Nick Arnold, même s'il m'offrait un million de dollars par an.

— Ni pour lui ni pour qui que ce soit, probablement ?

— Insinuation rejetée. J'ai travaillé pendant trois mois pour la Metro, et nous nous sommes quittés bons ennemis. Pour accepter la proposition de Nick, il faudrait que Pete pense comme lui, et Pete ne pensera jamais comme lui.

— Comment savez-vous ce que pense Pete ?

— Il est typique, lui aussi. Comme Chris Arnold. Et qui plus est, il a la cote dans deux champs d'action hautement populaires : la guerre et le rugby. Son piédestal est peut-être branlant, mais il ne pourra jamais en descendre. Il est pris au piège.

— Il n'est pas le seul.

— Si, dans sa sphère, parce qu'il n'est pas capable de s'adapter. Ce qu'on appelle « s'adapter », et qui veut dire, en fait : renoncer à soi-même.

— Si ça ne dérange pas trop messieurs les sociologues, intervins-je, j'aimerais sortir un instant de sous leur microscope.

Je rangeai la vaisselle dans l'évier, redressai le plumard et passai un chiffon crasseux sur les meubles tandis qu'ils continuaient de me disséquer. En dehors de ses moments de passion, Ellen passe à lire le plus clair de son temps, et elle n'était pas ridicule en face du Grand Cerveau.

J'étais en train de me raser lorsqu'il s'en alla finalement.

— Il ne manque pas de personnalité... ni d'opinions sur toute chose, dit Ellen en me rejoignant dans le cabinet de toilette.

Je m'esclaffai. Elle enchaîna :

— Nous dînons chez Nick, ce soir. Il reçoit un ami de Paul, un monstre littéraire, et Nick tient à nous avoir, parce qu'il s'imagine que nous sommes des littéraires.

— Oh, nnnnnon ! m'étranglai-je. Oh, bon Dieu, non !

— Et pourquoi, cher amour ?

— Parce que j'en ai eu ma part, ce matin. Et que j'aurai l'air d'un imbécile...

— Tu feras tes trois remarques standard sur Saroyan, et tu parleras rugby avec Chris.

— En écoutant ce grand échalas insulter son père et son frère et tout autre béotien qui se trouvera à portée de sa langue ?

— Tu ne veux pas parler de Paul Arnold ?

— Si.

— C'est un brave garçon, et tâche de ne pas le déprécier en présence de son père ou tu seras un célibataire sans avenir.

— C'est exactement ce que je suis, bébé. John m'a dit que je n'aurais plus un cent.

— En sus de tes cent dollars hebdomadaires ?

— Plus un cent, tout court. Jusqu'à ce que j'aie un emploi stable.

— Voilà qui résout ton dilemme. Tu vas travailler pour Nick, tout ce qu'il y a de plus légalement, et soulager ton frère de ta moitié des biens familiaux.

Je ne répondis pas.

— Incidemment, continua-t-elle, qui diable prend soin de ta moitié des biens familiaux ?

— John, bien entendu, en même temps que de la sienne.

— Pour ce que tu en sais, conclut-elle, il est peut-être en train de déguster joyeusement ta part du gâteau ?

— Oh, non, pas lui. Pas John. Il est incorruptible.

— Tommy a raison, dit-elle tristement. Tu crois même encore au père Noël.

Je me plongeai la tête dans l'eau froide et me séchai vigoureusement.

— Alors, c'est entendu, Pete ? Tu viens avec moi, ce soir, et tu donneras ta réponse à Nick, après les agapes ? Je ne t'ai jamais rien demandé, Pete, mais ça, je te le demande.

Je m'assis sur le lit, de nouveau camouflé en divan, et feignis de lire le journal.

— Que font les gens mariés, durant la journée ? m'informai-je.

— Le mari va travailler, d'après ce que j'ai entendu dire, et la femme écoute la radio.

— Tu n'as jamais été mariée, pas vrai ?

— Comme si tu ne le savais pas, vil suborneur de filles honnêtes. Et maintenant, j'aimerais que tu me reconduises à la maison, s'il n'y a plus rien que je puisse faire pour toi...

— Là, qui est-ce qui fait les avances, à présent ? Oh, à propos, tu n'as pas encore vu ma veste neuve !

Je la déballai, l'endossai. Elle la trouva chic, bien coupée, et pas trop californienne.

— Assez bien pour que tu daignes venir faire une petite randonnée avec moi, le long de la côte ? questionnai-je.

— Non, vas-y seul. Je préfère rentrer.

— Pas d'autre rendez-vous avec Nick Arnold, j'espère ? Même si c'est pour parler de moi.

— Ne sois pas aussi possessif, chéri... Du moins, pas sans la bague.

— Le chantage est puni par la loi, lui rappelai-je. Allons-y.

Je la quittai en bas de chez elle, l'embrassai sur le front, lui dis que c'était d'accord, pour la soirée chez Nick, et cinglai vers la mer. Le brouillard nocturne s'était levé, et la journée était claire. Trois journées claires à la file. Un record. Si les flics étaient à mes trousses, ils connaissaient à fond l'art du camouflage. J'avais surveillé mon rétroviseur, sans jamais repérer la moindre trace de la loi.

Ni de Mike Kersh.

Je venais de m'engager sur la grand-route côtière lorsqu'une Caddy me demanda le passage et me doubla comme un météore. M'en foutais. Je n'étais pas pressé. Puis, je vis la Caddy s'arrêter devant moi, sur le bord de la route, et je reconnus Jake Schuster. En compagnie de sa blonde blafarde.

Je me rangeai derrière eux. Jake sauta à terre et vint me serrer la main. Il portait une veste de tissu-éponge, un slip de bain et des spartiates. Il avait des quilles maigres comme des bâtons.

— Je crois que je tiens un coup fumant pour aujourd'hui, Pete. Une course truquée. Pas sûr encore, mais quand je le saurai, je te passerai un coup de fil. Et faudra payer comptant. C'est une affaire qui sera pas dans mon fief. (Il respira profondément.) Tu t'en es sorti, alors ?

— Peux pas te dire s'ils m'ont cru ou non.

— Hovde est un bull dog, Pete. C'est un dur, mais un dur qui pense, et qui recule pas devant le boulot. Te laisse pas abuser par sa binette de gros péquenot. Surtout que pour l'acheter, bernique...

Je gardai le silence. Jake fit courir son doigt sur la tranche de ma vitre baissée, et reprit :

— Ça tient pas debout. C'est incompréhensible. Nick en perd le sommeil. Savais-tu que Jaekels l'avait fait venir à son bureau, ce matin ?

— Non.

— Il cherche à coincer Nick, et il a la peau dure, lui aussi... Enfin... Vicki doit s'impatienter. Au revoir, Pete, je te téléphonerai.

Un coup fumant. Une course truquée. Quelle raison avait Jake Schuster de vouloir me faire profiter du tuyau ? Je laissai la Caddy prendre du champ avant de redémarrer. Tout le monde était trop gentil avec moi. Tous les amis de Nick. Jake, Mike et Nick lui-même. Ça devait cacher quelque chose

Je continuai mon chemin à cinquante-soixante, et grimpai jusqu'au sommet de la chaîne de Santa Monica. Ou du moins jusqu'à l'endroit où la route commence à devenir imbuvable. L'air était limpide, et la vue s'étendait sans obstacle de Palos Verdes jusqu'au-delà de Malibu. L'eau scintillait sous le soleil et, sur la grand-route, la circulation n'était plus qu'un défilé de scarabées aux élytres étincelants.

Pas si moche, ma ville natale, si ce n'était pas à cause des individus qui l'habitent et dont si peu sont nés sur place... Pouvais-je décemment travailler pour Nick Arnold ? Il devait valoir son million de dollars, sinon ses deux briques ; mon avenir serait assuré. Mais serait-il vraiment assuré ? Une simple fuite dans son organisation, et Nick en perdait le sommeil ! Il fallait donc si peu de chose pour menacer son empire ? Et cet aspect du problème n'infirmait-il point dans une large mesure la valeur de sa proposition ?

D'ailleurs, ce n'était pas ça qui comptait le plus, C'était le côté moral de la question. Il semblait invraisemblable qu'un paumé tel que Pete Worden pût hésiter sur le côté moral de la question ! Si Nick Arnold n'avait pas de quoi payer mon prix, en échange de quelle monnaie consentirais-je jamais à me vendre ?

Pas drôle, de réfléchir avec une telle intensité, quand on n'est pas équipé pour ça !

Je rentrai chez moi sans avoir pris la moindre décision, tentai de lire, tentai de dormir, tentai d'oublier les deux derniers jours. Rien à faire. Le fauteuil semblait occuper une place de plus en plus grande au milieu de la pièce. L'homme n'était rien, qu'un rat jailli des égouts de la ville. Mais son assassinat était une chose importante, pour la société. Et la raison derrière son assassinat...

Je pris une douche, me rasai à neuf et sortis la queue de pie, le plastron empesé, la cravate blanche et les escarpins à quarante dollars, souvenirs d'une époque plus sûre et peut-être plus heureuse.

Cette Ellen ! Toujours à son avantage, dans n'importe quelle situation. Ce soir-là, elle était simplement divine.

Cheveux relevés, comme l'avant-veille, robe noire, épaules nues, poitrine en valeur, chaud sourire.

— Félicitations, dit-elle. Un vrai mannequin.

— Toi aussi, ripostai-je. Bien que tu ne me fasses pas du tout le même effet. Bon après-midi ?

— Couci-couça. Et toi ?

— Solitaire.

Je voulus la prendre dans mes bras, mais elle recula.

— Tu vas m'abîmer, brute des cavernes. Je veux être jolie, ce soir. Un verre avant de partir ?

— Non, merci.

Elle sourit.

— Je crois que c'est la première fois que je t'entends refuser un verre. Qu'est-ce que tu as fait, cet après-midi ?

— J'ai essayé de réfléchir. Ce n'est pas un sport qui me convient. On y va ?

La même route que l'avant-veille et la grande maison illuminée a giorno, mais avec une seule voiture sous les eucalyptus.

Nick Arnold était debout sur la terrasse, en train de bavarder avec quelqu'un que je connaissais bien.

Hovde, le sergent scandinave aux pommettes saillantes. Il prit congé de Nick en nous voyant approcher et nous croisa au milieu du perron.

— Le dessus du panier, commenta-t-il. J'aurai sans doute besoin de vous voir demain matin, Worden. Ne bougez pas de chez vous.

— J'y serai, ripostai-je.

5

Le monstre annoncé n'était pas un écrivain, mais un critique local, professeur de littérature, érudit jusqu'au bout de la barbe et bien rembourré à l'endroit de la ceinture.

— Le professeur Arranbee a bien voulu accepter Paul dans sa classe de littérature, nous dit Nick après les présentations. Il trouve que Paul a beaucoup de talent.

Bien voulu accepter Paul... Qu'est-ce que c'est que ce langage, Nicholas Arapopulus ?

Nick occupait l'une des extrémités de la table. Ellen occupait l'autre. Côté Nick, l'encadrant, Chris et moi. Côté Ellen, Paul et le professeur. Côté Nick, nous parlions sport. Côté Ellen, ils parlaient de T. S. Eliot.

Puis, quelqu'un prononça le nom de Saroyan et je dressai l'oreille. Ellen s'en aperçut et dit :

— Pete aimerait peut-être nous donner son avis. C'est un grand admirateur de Saroyan.

Je la regardai. Petite garce, va !

— Qu'est-ce que vous aimeriez savoir ? m'informai-je.

— Nous étions en train de nous demander pourquoi Mr. Saroyan n'avait pas jugé bon de se faire entendre, depuis quelque temps.

— Il n'est pas comme les autres écrivains, répliquai-je. Il n'écrit que lorsqu'il a quelque chose à dire.

Ils sourirent tous les trois avec condescendance et se hâtèrent de regagner leur propre niveau. Qu'est-ce qu'elle essayait de faire, ce soir ? De me mettre bien avec le nouveau patron ?

— Trente années malheureuses, depuis la pruderie jusqu'à la dégradation, reprit le professeur. Fitzgerald a été le porte-parole des années vingt à trente, mais quelles ont été les voix des décades suivantes ?

Du fond de notre abîme, monta celle de Nick :

— Les années vingt à trente n'ont pas été malheureuses, au contraire. Et vous pouvez me croire sur parole. J'y étais !

Arranbee le mesura du regard.

— Mr. Fitzgerald ne semble guère partager votre avis.

— Je ne le connais pas, avoua Nick.

— Francis Scott Fitzgerald, précisa son fils Paul.

Stimulé, Chris se rua à la curée.

— Oh, celui-là ? Oui, je l'ai lu.

Paul sourit.

— Et peut-on solliciter ton opinion ?

Chris avança le menton d'un air belliqueux.

— Je dis, moi, qu'il passait son temps à chialer dans sa bière. Il n'a pas vécu assez vieux pour voir de vraies catastrophes. Une génération perdue... ? Et celle de Pete, alors ?

— Moi, je ne me plains pas de la mienne, intercala Nick Arnold. J'ai eu de la veine.

— Tu étais coriace, p'pa. Tu savais te bagarrer, dit Chris.

— Et puis, il y avait la prohibition, ajouta Paul.

Nick rougit.

— Il vaut peut-être mieux que nous autres petits cerveaux nous cantonnions au rugby, suggérai-je.

— Ou aux affaires, souligna Nick. Ellen vous a parlé de ma proposition ?

— Oui, Nick, et je vous demande encore un peu de temps pour réfléchir.

— Je sais ce que vous pensez, Pete Mais il y en a qui ont fait pire et qui jouissent d'une meilleure réputation.

— Je sais, Nick, je sais. Et j'y réfléchis sérieusement.

Ils étaient en train d'assaisonner Hemingway, à l'échelon supérieur. Chris me décocha une œillade et lança vers les cimes :

— Professeur Arranbee, il y a une chose qui me tracasse depuis quelque temps.

— Oui ? dit le professeur, souriant avec indulgence.

— Croyez-vous que les « Ours » pourront battre Detroit ?

Le sourire du professeur Arranbee se congela. Ellen se mit à contempler son verre d'eau et Paul fronça les sourcils.

— Je... euh...

Le professeur haussa les épaules.

Ils se hâtèrent de remonter vers un air plus respirable, avec Gide et Kafka et je ne sais qui encore. Ils bavardaient toujours lorsque les liqueurs arrivèrent et nous passâmes dans la salle de jeu.

— Vous jouez au ping-pong ? me demanda Chris.

— Il y a bien longtemps que j'ai pris une raquette en main. Rends-moi trois points et vingt-cinq cents la partie. O.K. ?

— Match triangulaire, dit Nick. Le vainqueur contre le troisième homme. Allons-y.

Je m'attendais à gagner de l'argent. N'avais-je pas été l'une des meilleures raquettes du camp d'entraînement, avant qu'ils nous envoient nous faire casser la gueule ?

Eh bien, j'avais tort. Cet animal de Chris ! Service, revers, coup droit, balle coupée balle liftée, contre-pied, coin frôlé, il connaissait toutes les astuces, et les pratiquait avec brio, tandis que les quarts de dollar pleuvaient sur lui comme grêle.

Nous avions tombé la veste, et la sueur nous coulait le long des flancs. Nous n'avions plus qu'une seule ambition au monde, Nick et moi : venir à bout, ne fût-ce qu'une fois, de ce champion hilare et invincible.

Nick abandonna le premier, et je suivis bientôt son exemple. Chris jeta sa raquette sur la table et lorsque nous nous retournâmes, nous vîmes les trois membres civilisés de la party, debout sur le seuil de la salle. Nous devions avoir bonne mine, tous les trois, en bras de chemise et tout dépenaillés.

Ellen avait son visage de bois.

— Pour l'amour du ciel, que s'est-il passé dans cette salle ?

— On s'est amusé, répondis-je.

S'amuser devait être illégal, d'après leurs expressions figées.

— J'ai bien peur d'avoir été un mauvais hôte, s'excusa Nick, mais...

Il ne lui vint sans doute pas à l'idée qu'eux aussi avaient été de mauvais invités.

— Je vais être obligé de vous quitter, Nick, annonçai-je. Je vous ferai part de ma réponse, au sujet de votre proposition.

— Il n'est pas tard, objecta Ellen.

J'étais en train de remettre ma veste.

— Tu peux rester encore un peu, si ça te fait plaisir.

— Chris et moi vous déposerons chez vous, Ellen, en reconduisant le professeur Arranbee, intervint Paul Arnold. Si toutefois Mr. Worden le permet ?

— Naturellement, dis-je, sans regarder Ellen.

— Quelque chose t'a contrarié, Pete ? s'enquit-elle.

Cette fois, je lui fis face, secouai la tête et parvins à sourire.

— Très heureux d'avoir fait votre connaissance, professeur, dis-je en serrant la main d'Arranbee.

Chris et Nick m'accompagnèrent jusqu'à la sortie. Je leur souhaitai une bonne nuit et me dirigeai vers ma voiture, admirant la luminosité des étoiles. Lubie, caprice, bouderie. Age mental : dix-neuf ans. Le siège paraissait immense et vide, à côté de moi, mais j'aimais mieux ça. Elle se donnait trop de grands airs, ma bien-aimée, quand elle occupait la position verticale.

Je rentrai chez moi, pris une douche, enfilai une robe de chambre. Je n'avais pas envie de boire, et je me sentais seul. J'allai frapper chez Tommy Lister. Pas de réponse. J'essayai Maugham, Marquand, Irwin Shaw. Ils n'avaient pas de prise sur moi, ce soir.

O.K., O.K., travaille donc pour Nick. Il a tué et volé, tout acheté et tout vendu, mais tu lui ressembles davantage qu'à ton propre frère. Il est beaucoup plus ton genre que ceux avec lesquels tu es allé à l'école, avec lesquels tu as grandi, avec lesquels tu as rompu.

Tu n'as pas d'amis, Pete Worden, inutile de fermer les yeux là-dessus. Des relations, oui, mais pas d'amis. Pour les uns, tu es encore trop respectable, pour les autres, plus assez. Et tout le monde se méfie.

J'évoquai Tommy Lister, qui écrivait dans un monde et lisait dans un autre. Tom Lister, oui, c'était ce que j'avais de plus ressemblant à un ami. Bien qu'il me portât fréquemment sur le système.

Et Martha ? Martha ne me comprenait plus aussi bien, maintenant, et je n'arrivais plus toujours à la comprendre.

Quant à Ellen... non, défense de penser à Ellen cette nuit.

Je décidai de travailler pour Nick. On en décorait de bien pires, chaque jour, et il saurait m'apprécier à ma juste valeur.

Je m'endormis finalement vers deux heures et demie et me réveillai à huit heures. Le journal m'informa que la flotte était à pied d'œuvre, prête à recueillir tous ceux qui pourraient échapper à l'encerclement total, et j'en étais à ma troisième tasse de café lorsque ma sonnette se fit entendre.

C'était le sergent Hovde, plus las et plus vieux que la veille.

— J'ai fait du rab de café, à votre intention, lui dis-je. Asseyez-vous et ôtez vos chaussures.

— J'accepte le café, grogna-t-il. Et la chaise aussi. Surtout la chaise.

— Et une paire d'œufs sur le plat ?

— Non, merci. Vous êtes bien luné, ce matin, Worden.

— Je suis toujours bien luné, sergent, mais tout le monde me marche sur les pieds. Quoi d'étonnant que j'essaie d'écraser quelques orteils, moi aussi ?

— Vous me fendez le cœur, dit-il, mais je suppose que vous n'êtes vraiment pas dans le coup. Calvano est mort à l'heure approximative où vous étiez en train de terroriser la demoiselle des paiements à crédit, avec la participation de Mike Kersh. Je ne devrais peut-être pas vous le dire, mais de toute manière, vous ne me faites pas l'effet d'être un type à céder devant les menaces... Et comme vous ne respectez rien, je ne vais pas me fatiguer à vous refaire la morale. Il n'est pas facile de trouver votre point sensible, Worden.

Je revins de la cuisine avec le café chaud, lui en servis une tasse et remplis la mienne.

— Que pourrais-je vous dire, sergent ?

— N'importe quoi. Si peu que ce soit, ça pourrait peut-être m'aider.

— Vous venez de dire que je ne respectais rien. Il y a tout de même une chose que je respecte et c'est ma parole, quand je l'ai donnée. Or, j'ai décidé de travailler pour Nick Arnold.

Il m'étudia longuement sans mot dire.

— J'ai un gosse de treize ans, Worden. La nouvelle va l'intéresser. Il a votre photo sur le mur de sa chambre, entre celles de Lujack et de Waterfield.

— C'est trop d'honneur pour moi. Je n'ai jamais été aussi bon que ces gars-là.

— Ce n'est pas l'avis du gosse. Mais je suppose que vous vous en foutez ?

— Que voulez-vous que je vous dise ? J'ai frappé Calvano et j'ai cru un instant l'avoir tué. Si je l'avais fait, vous n'auriez pas eu à chercher le coupable. Mais ce n'est pas moi qui l'ai tué, alors que voulez-vous que j'y fasse ?

— Il plaçait de la drogue, depuis les cigarettes à la marijuana jusqu'à la neige la plus blanche. C'est un commerce que tout honnête homme devrait avoir en horreur et contribuer à combattre dans la mesure de ses moyens.

— Vous voulez dire que Nick en fait le trafic ?

— Non, et j'ignore s'il l'a jamais fait. Calvano ne travaillait pas pour Nick et j'ignore ce qu'il fabriquait dans cette soirée. Nick essaie peut-être sincèrement d'acheter une conduite, mais ses vieux amis ne le laisseront pas faire, et ce n'est pas ça qui nous importe. Il doit y avoir des choses que vous savez et que vous ne nous avez pas dites.

— J'ai beau réfléchir, sergent, franchement, je n'en vois pas.

— C'est Jake Schuster qui vous a invité à cette party ?

— Oui. Miss Gallegher et moi-même l'avons rencontré chez Tony, le restaurant italien. Il était avec une nommée Vicki Lincoln.

— Je la connais. Encore une fumeuse de marijuana. Et ce Jake Schuster ?

— Je ne crois pas que ce soit lui. Il m'a téléphoné hier matin pour m'avertir que Calvano voulait ma peau. Il avait déjà téléphoné à Nick.

— Et Nick vous a envoyé Mike Kersh et vous avez trouvé Calvano en rentrant ici avec lui. D'accord ?

— Est-ce que vous venez seulement de le déduire, ou est-ce que vous le saviez déjà ?

— Je le savais déjà. Pour en revenir à ce Schuster, supposons que sa maîtresse ait renoncé à la marijuana et que Calvano l'ait poussée à reprendre son vice, Jake aurait été en pétard après Al, pas vrai ?

— Je ne pense pas qu'elle ait autant d'importance à ses yeux. Pour Jake, les femmes ne sont jamais que des compagnes de lit.

— Et pour vous ?

— Qu'est-ce que mon attitude envers les femmes vient faire dans tout ça, sergent ?

— Simple curiosité. (Il sourit avant de poursuivre :) Le tueur est donc venu ici avec Calvano. On savait que Calvano devait venir ici. Il faut que nous trouvions un homme qui remplisse cette condition. Un homme... Ou une femme.

— Vicki Lincoln ? questionnai-je.

— Pourquoi pas Ellen Gallegher ?

Je secouai la tête.

— Vous allez trop loin, sergent. Je la connais, et je répondrais d'elle.

— Vous êtes jeune, dit Hovde. Quand vous aurez mon âge, vous saurez que la seule chose vraiment consistante, chez la plupart des gens, c'est leur capacité de vous stupéfier. Je n'écarte pas Miss Gallegher, jusqu'à nouvel ordre. Elle courait les magasins, à l'heure approximative du crime, mais il y a des trous dans son alibi.

Je ne me donnai pas la peine de discuter.

— Il vous reste encore un peu de café

Il en restait une tasse, que je lui versai.

Hovde se passa la main en travers de la nuque.

— Il y a une chance pour qu'un de vos voisins ait vu l'assassin arriver ou repartir. Je vais vous laisser quelques photos. Je les ai montrées à tout le monde, sauf à votre voisin immédiat, le poète. Je l'ai trouvé chez lui, une fois, mais je n'avais pas encore les photos.

— Le poète ? Vous voulez dire : Tommy Lister ?

— C'est ça, Lister. Il m'a dit que ses œuvres étaient de la poésie pure, mais que personne ne s'en doutait.

Je ne souris pas. Hovde se leva.

— Au revoir, Worden. Merci pour le café. (La main sur la poignée de la porte, il se retourna.) J'attendrai que votre décision soit définitive avant de dire à mon gosse que vous allez travailler pour Nick Arnold.

— Elle est définitive, ripostai-je. Bonne chance, sergent.

Je refis mon plumard, lavai ma vaisselle, mis ma radio en route et regardai les photos. Vicki Lincoln, Jake Schuster, Nick Arnold, Mike Kersh, Al Calvano, trois poses différentes de chaque tête de pipe. Pas une seule d'Ellen Gallegher. Aurait-elle jamais le pouvoir de me stupéfier ?

Il me restait un peu plus de cent dollars, et rien à espérer du côté de John. Que le petit Hovde enlève donc ma photo du mur de sa chambre ; il faut bien bouffer, dans la vie, d'une manière ou d'une autre !

Etait-ce ma faute si tous ces gosses vouaient un tel culte à de simples sportifs ? Tous ces gosses de dix à cinquante ans ? C'étaient eux, et les journalistes, qui avaient fait de moi un héros. Le petit Hovde n'aurait qu'à chercher la photo d'un véritable héros pour remplacer la mienne. Les héros ne manquent pas, sur terre, et la plupart d'entre eux n'ont jamais touché un ballon de rugby.

Et je pigeai soudain que c'était ça que Nick voulait acheter : l'image ridicule que tous ces gens-là se faisaient de moi ! Mais bah, il paierait l'image et je dépenserais la galette. Nous serions quittes. Essaie d'être un peu réaliste, paumé !

Le téléphone se mit à sonner, et c'était Jake Schuster.

— Wright's Widow dans la quatrième à Vista Meadows cet après-midi, Pete. Du cousu main.

— La course est truquée ?

— Ne le gueule pas sur les toits. Et vas-y carrément. Tout ce que tu pourras emprunter, mendier ou voler. C'est dans la poche.

— J'ai cent dollars. C'est tout ce dont je dispose. C'est toi qui les ramasses ?

— Non. Va les porter à Manny, au Ridge Club. C'est pas un gars à Nick.

— O.K., merci, Jake. Et puis-je te demander ce qui te prend ?

— Comment ça ?

— Tu n'es pas le type à faire profiter n'importe qui de tes bons tuyaux. Je ne savais pas que tu m'aimais à ce point-là.

— L'argent que tu prends aux autres finit toujours par me revenir, Pete ! Et t'as peut-être raison. Peut-être que t'as une tête qui me revient, après tout ?

— Pardonne-moi ce ricanement sardonique, lui dis-je. Et merci tout de même.

Je raccrochai le récepteur et recomptai mon pognon. Cent douze dollars. Je cherchai Wright's Widow dans la rubrique « Turf » du canard et finis par mettre le doigt dessus. Wright's Widow était apparemment une tocarde, cotée à douze contre un. Mais puisque c'était dans la poche...

Le Ridge Club était une petite boîte du Boulevard Pico, moitié-bar, moitié-bordel. Grande salle de bar, petite salle de danse adjacente et petit bureau mitoyen pour le nommé Manny.

Je lui confiai mon pari, ma galette, et revins au comptoir. Il y avait un grand miroir, derrière le dos du barman, et je distinguais clairement la fille qui était assise dans le fond de la salle, devant une tasse de café.

Teint mat et cheveux corbeau. Ce que je voyais de sa silhouette accrochait le regard et je me souvenais du reste. Depuis l'université, où nous nous étions trouvés ensemble dans pas mal de mes cours et dans la plupart de mes rêves d'adolescent.

Une fille que j'avais toujours désirée, mais que je m'étais toujours contenté de regarder. Parce que je portais le glorieux nom de Worden et qu'elle s'appelait Mary Gonzalès.

Je transportai mon demi à sa table et elle releva la tête.

— Bonjour, Mary.

— Bonjour, Peter Worden. J'étais en train de me demander si tu me remarquerais. Tu ne l'as jamais fait, à l'université.

Je m'assis en face d'elle.

— C'est toi qui le dis, Mary.

— Mais tu ne m'as jamais dit bonjour.

— Je sais. J'étais jeune et stupide. Bonjour, Mary.

— Tu as appris quelque chose, depuis ?

— Non. Sauf à dire bonjour. Tu es toujours aussi belle, Mary.

Un léger brouillard, dans les yeux de Mary Gonzalès ?

— Ce match contre Inglewood, dit-elle. Quel dieu tu étais, si adroit et si rapide... et quel snob !

Je ne répondis pas.

— Est-ce qu'il est trop tard, Peter ? murmura-t-elle. Est-ce qu'il est trop tard pour monter là-haut ?

— Nous sommes toujours à l'université, ripostai-je, pas vrai, Mary ?

— Non, mais peut-être n'est-il pas trop tard.

La pensée d'Ellen traversa brièvement mon esprit, suivie des paroles du sergent Hovde : « Vous ne respectez rien, alors, à quoi bon vous faire la morale ? »

— Montons, décidai-je.

Elle me serra très fort dans ses bras en chuchotant mon prénom, et j'essayai de recréer l'illusion dans ma tête, mais il était beaucoup trop tard. A jamais trop tard. Elle n'était plus qu'une fille bien roulée dans une triste chambre et je n'étais plus, moi-même, qu'un sagouin parmi d'autres. Parmi tous ceux qui s'étaient servis de son corps.

J'avais faim. Nous redescendîmes et déjeunâmes ensemble.

— Nous n'aurions pas dû aller plus loin que le bonjour, hein, Peter ?

— Ne te torture pas à plaisir, Mary. Et parlons d'autre chose. Qu'est devenu Manuel, ton frère cadet ?

— C'est à lui que tu as remis ton pari tout à l'heure. Tu te souvenais de moi, mais pas de lui, hein, Peter ?

— Non, Mary. Et lui non plus ne se souvient pas de moi. Ce n'est pas la première fois que je lui confie des paris, et il ne m'a jamais parlé de l'université.

— Pourquoi t'en aurait-il parlé ? Ça n'aurait rien changé. Qu'est-ce que tu fais, maintenant, Peter ?

— Moi ? Rien. J'envisage de travailler.

— Ça doit être épatant d'être riche.

— Riche ? J'ai douze dollars en poche et je ne les aurai plus quand je sortirai d'ici... Si mon cheval arrive, je serai riche. Autrement, zéro.

Elle hocha la tête.

— Les chevaux ! Les chevaux et le rugby. Qu'est-ce que tu sais faire, en dehors de ça ?

— M'escamoter au bon moment, lui dis-je. On n'est toujours pas bons copains, hein, Mary ?

— Si, dit-elle, mais il s'est passé trop d'années... et trop de choses, depuis l'école. Nous sommes bons copains, Peter, mais sauve-toi, maintenant. Qu'est-ce qui te retient encore ?

— Voilà, je file, dis-je en me levant. Bye-bye, Mary, porte-toi bien.

Je réglai ma note au comptoir. Le barman regarda Mary par-dessus mon épaule, et Mary dut secouer la tête, car il ne me compta que le repas et la boisson.

Je sortis sans me retourner.

Rentré chez moi, je repris une douche, m'attardant voluptueusement sous la pomme d'arrosoir. Puis, je réenfilai mon peignoir de tissu-éponge et cherchai un moyen de tuer le temps en attendant l'heure d'écouter les résultats des courses, à la radio.

Je me souvins alors des photos que Hovde m'avait laissées. Je n'entendais pas la machine à écrire de Tommy, et ce silence insolite signifiait généralement que le grand auteur était sorti... A moins qu'il fût tout simplement en train de faire une petite sieste ? Au prix qu'on lui payait le mot il était bien rare qu'il pût s'accorder un tel luxe, mais son avant-dernière nuit avait pratiquement été blanche et la résistance humaine n'est pas inépuisable...

Je pris les photos, sortis dans le corridor et frappai à la porte voisine. Pas de réponse. Je tournai la poignée, la porte s'ouvrit, je fis trois pas à l'intérieur de la chambre et vis enfin Tommy Lister

Il était allongé sur son tapis, et ses yeux grands ouverts, qui semblaient chercher mon regard, ne regardaient vraiment que le vide.

Tommy Lister ne martyriserait plus jamais le clavier de sa machine à écrire. Tommy Lister était mort.

Découvrez-vous donc, bande de salopards !

6

Le couteau ne m'appartenait pas, cette fois-ci. Il avait l'air d'un gros couteau de chasse à manche de corne.

Le même assassin, sans doute, parce que Tommy l'avait aperçu, reconnu ? Tommy ne lisait pas les journaux, mais ça, le tueur n'était pas obligé de le savoir.

Tommy Lister, mon voisin de palier, mon copain. Etendu sur son tapis, les yeux fixes, dans sa chemise à bon marché saturée de sang, près de sa machine à écrire silencieuse. Assassiné dans cette chambre solitaire. Mort sans avoir jamais émergé des fascicules à cinq et dix cents.

J'appelai les flics et retournai chez moi. J'achevais de me rhabiller lorsque j'entendis les sirènes.

Flics, voisins, reporters, magnésium et bla-bla-bla. Tout un remue-ménage dont j'avais à peine conscience, car je pensais à Tommy, à cette machine à écrire désormais réduite au mutisme ; à Tommy Lister, que j'avais assassiné.

J'assomme un type, le type vient chez moi et se fait égorger. Tommy a vu le tueur, le tueur sait que Tommy l'a vu et Tommy est assassiné. C'était moi qui avais assassiné Tommy Lister, en venant habiter sur le même palier que lui.

Hovde attendit que tout le monde fût reparti pour entrer dans ma chambre, et je le vis plisser son nez.

— J'ai vomi, expliquai-je.

Il désigna du regard l'appartement de Tommy.

— Vous lui avez montré les photos ?

— J'ai découvert son corps en allant les lui montrer. Je suis sorti ce matin pour miser sur un cheval, et j'ai déjeuné en ville.

Il s'assit sur le divan, le visage dur comme du marbre.

— Toujours décidé à travailler pour Nick ?

— Non.

— Vous ne voulez pas faire semblant d'accepter, et travailler pour nous ?

— Non.

— Même pour épingler le salaud qui a saigné votre voisin, le poète ?

— Non.

— Vous ne valez pas plus cher que les autres, dit-il. Il n'y aura pas de fuites dans l'organisation de Nick, alors que si vous vouliez nous aider...

— Il y a déjà eu des fuites, lui rappelai-je, ou vous n'auriez pas reçu ce coup de téléphone anonyme. Mais je ne peux pas faire ce que vous me demandez. Je n'ai jamais pu admettre que la fin justifiait les moyens.

— Quels moyens ? Vous restez toujours libre de ne rien me dire... excepté si vous apprenez qui a tué votre voisin. Je ne vous en demande pas davantage.

— Je ne travaillerai pas pour Nick. Tommy était plus qu'un voisin, sergent. C'était un ami. Et j'ai la sensation que si je n'avais pas assommé Calvano, Tommy serait toujours en vie. Voilà l'idée à laquelle il faut que je m'habitue.

Hovde se passa la main en travers de la nuque.

— Moutons, rivaux... personne ne peut entamer la sécurité d'Arnold, dit-il. Son organisation tient debout. Il choisit soigneusement ses hommes, parmi des gars qu'il sait réguliers et sans ambitions personnelles. Nick a quelque chose de plus que presque tous ceux de son monde, Worden. Il est capable de penser et de réfléchir au lieu de payer simplement des hommes de loi marron pour le faire à sa place.

— Et qui plus est, il ne sait pas qui a tué Calvano, soulignai-je.

Le sergent me regarda fixement.

— Qu'est ce que c'est que ce nouveau refrain ?

— L'évangile, selon Mike Kersh. Cette sorte d'assassinat au couteau lui a donné la chair de poule. Et Jake m'a dit que Nick en perdait le sommeil.

Hovde se massait toujours la nuque. Une habitude chez lui.

— Bon Dieu, tout ça est complètement absurde.

— C'est une opinion qui semble universellement répandue dans toute l'organisation de Nick Arnold.

Il réfléchit une minute et changea de sujet.

— Sur quel cheval avez-vous misé, ce matin ?

— Wright's Widow, dans la quatrième, à Vista Meadows.

— Bookmaker ?

Je me contentai de le regarder.

— Ne soyez pas stupide, dit-il. C'est votre alibi qui m'intéresse. Pas l'identité du book.

— Peut-être, mais un de ces jours, vous repartirez en guerre contre les books et vous vous souviendrez de celui-là.

— Téléphonez-lui, dit-il, et quand vous l'aurez, passez-le-moi. Sa réponse me suffira.

Je cherchai le numéro du Ridge Club, me fis connaître et demandai au barman de me passer Manny. Dès que j'entendis la voix de Manuel Gonzalès, j'enchaînai rapidement : « Ici, Pete Worden... Qu'a fait mon bourrin dans la quatrième ? » et tendis le récepteur au sergent.

Il écouta un instant, dit : « Merci », et raccrocha.

— Alors ? questionnai-je.

— Alors, adieu, galette, dit-il.

Du tout cuit, du cousu main. Sans blague ?

Hovde me regardait d'un air étrange.

— Je me demande pourquoi je vous accorde encore un tel crédit.

— Vous cachez bien votre jeu, lui dis-je. Vous venez juste de vérifier mon alibi.

— Question de routine. J'en ai vérifié bien d'autres, à votre sujet, depuis le début de ce cauchemar.

— Alors, c'est pour ça, conclus-je. Vous savez que je suis blanc comme neige.

— Blanc comme neige, s'esclaffa-t-il. Quelle comparaison. (Il leva la main vers sa nuque, puis se ravisa.) Enfin, vous m'avez tout de même appris quelque chose. A bientôt, Worden.

La porte claqua derrière lui.

Dix dollars en poche, et plus rien à espérer. Ni du côté de John, ni d'aucun autre côté. Jake m'avait mené en bateau, et Jake travaillait pour Nick. S'agissait-il d'une manœuvre préméditée, destinée à me délester de mes dernières cartouches, afin de me pousser à signer plus vite sur la ligne pointillée ?

Je commençais même à me demander si Jake nous avait bien rencontrés par hasard, chez Tony. Mon coup de veine à la passe anglaise n'avait pas été prévu au programme, mais j'étais de nouveau sans un sou, et je l'aurais été de toute manière, grâce à Jake.

Peut-être avait-il cru vraiment que c'était une course truquée ? Mais avait-il pu se gourer à ce point-là ? Au point de perdre complètement la galette ? Wright's Widow ne s'était même pas placée ! Cesse de réfléchir, enfant de Marie, tu sais bien que ça te donne des migraines...

Quelqu'un frappa. Je criai : « Entrez ! » Il entra. Un grand type aux larges épaules, avec des cheveux châtains et des lunettes d'écaille. Art Shadow, l'un des copains de Tommy Lister. Art Shadow, westerns en tout genre

— Bon Dieu, dit-il en se laissant tomber dans le fauteuil. J'arrive pas à y croire.

Je ne répondis pas. J'étais assis sur le bord du divan, et je luttais à nouveau contre une forte envie de vomir. Il se pencha en avant et posa ses coudes sur ses genoux, les mains ballantes. Il avait l'air d'un grand gosse perdu dans une foule.

— Mort... avant d'avoir pu vraiment exploiter son talent. Quelle misère... Les flics pensent arriver à quelque chose ?

— Sa mort est évidemment la suite de ce qui s'est passé ici. Je... oh, flûte !

— Ce n'est pas votre faute, dit-il. Je crois bien que Tommy l'a cherché.

Les veines de mes tempes battaient avec violence et je les frottai machinalement, du bout des doigts.

— Je crois qu'il connaissait le meurtrier de Calvano, et qu'il a voulu essayer d'en tirer parti.

— Un chantage ? Oh, non, pas Tommy !

Le brouillard qui flottait devant mes yeux se dissipa brusquement, et je contemplai, bouche bée, le visage sérieux, honnête, d'Art Shadow.

— Mais si, Tommy, affirma-t-il. Qu'est-ce qu'il connaissait, en dehors du pognon ? Qui diable lui a jamais donné l'occasion d'apprendre autre chose ?

— Tommy ? répétai-je. Mais il savait tout, il connaissait tout...

— On ne sait pas ce qu'on lit. On sait ce que la vie nous enseigne. Dans notre champ d'action, il n'y a que deux sortes d'histoires. Celles qui se vendent, et celles qui ne se vendent pas. C'est ce que j'ai voulu dire en affirmant que Tommy ne connaissait que le pognon. Il m'avait dit, vaguement, qu'il était sur une grosse affaire, dont ce crime d'il y a trois jours lui avait donné l'idée, mais je n'avais pas interprété ça de cette façon-là. (Il hocha la tête.) Vous n'auriez pas quelque chose à boire ?

Je lui tendis le flacon de whisky entamé.

— Je n'ai que l'eau du robinet, mais si vous préférez de la bière...

— Trois doigts sans eau, et de la bière pour le faire descendre. Vous trinquez avec moi ?

— Non, merci. J'ai renvoyé mon déjeuner, après avoir découvert Tommy, et je crois plus prudent de m'abstenir.

Il fit tourner son verre, dans sa main, l'air morose.

— Dix millions de mots, soupira-t-il. Et qui se souviendra de Tommy Lister ?

— Vous, ripostai-je. Moi.

— Dix millions de mots. (Il sourit.) Tommy disait que les critiques devraient être diplômés, et qu'on devrait exiger d'eux qu'ils eussent eux-mêmes publié, d'abord, un minimum de deux millions de mots Alors, et alors seulement, ils sauraient peut-être de quoi ils se permettent de parler. Peut-être !

— Ne soyez pas amer, lui dis-je. Pensez aux gars qui conduisent des camions.

— Ouais. Ou qui portent des flingues. Je ne suis pas amer. Pas le moins du monde. Tommy était amer. Mais je suis résigné.

Bla-bla-bla littéraire. Partout où j'allais, du bla-bla-bla littéraire. Depuis Joyce jusqu'à Hopalong Cassidy. Des mots, des mots, des mots...

— Ça vous a flanqué un sacré coup, pas vrai ? dit-il en me regardant attentivement.

— Ça, et pas mal d'autres choses, ripostai-je. Restez là si vous voulez. Servez-vous un autre verre. Je vais essayer de dormir un peu.

Je m'allongeai sur le divan, et jetai le peignoir sur mes jambes. Lorsque je relevai les yeux, Art Shadow était debout près de la porte.

— Vous feriez peut-être mieux de voir un médecin, Pete. Vous avez une sale tête,

— Non, merci, Art, ça ira.

Je me retournai vers le mur, et quelques secondes plus tard, j'entendis la porte se refermer doucement.

Un poste de radio jacassait en sourdine, dans un autre appartement. Des mots, toujours des mots. Dix millions de mots et Tommy Lister était mort avant d'avoir pu vraiment exploiter son talent. Combien d'autres mouraient dans les mêmes conditions ? Quatre-vingt-dix-neuf pour cent de l'humanité, à peu près ? En comptant au plus juste. Une nausée me submergea, et je ne fis qu'un bond jusqu'au cabinet de toilette.

Mais je n'avais plus rien à vomir.

J'avalai un peu de whisky arrosé d'eau chaude, puis beurrai un croissant rassis et le mastiquai méthodiquement.

Pas d'accident. Je me sentais légèrement mieux. Je parvenais même à me représenter Tommy sous les traits d'un maître chanteur. Etait-ce un crime d'essayer de soutirer de l'argent à un assassin ? Quand on avait bouffé dans sa vie autant de vache enragée que feu Tommy Lister ?

Je me remémorai les réflexions que je m'étais faites après le départ du sergent Hovde et le coup de téléphone à Manuel Gonzalès.

Si Jake ne m'avait pas rencontré par hasard, si tout cela n'était qu'un plan pour me fourrer dans les pattes de Nick, qui était responsable du meurtre de Tommy Lister sinon Mr. Nick Arnold lui-même ? Indirectement, peut-être, puisque le meurtre de Calvano n'avait pas été, lui non plus, prévu au programme, mais qu'est-ce que cela changeait au résultat final ?

O.K., champion, tu n'as rien de subtil, pas vrai ? Alors, qu'est-ce que tu attends pour foncer dans le tas, à ta manière ? Si tu crois que Nick Arnold est pour quelque chose dans la mort de Tommy Lister, qu'est-ce que tu attends pour aller lui demander des comptes ? Après tout, ce n'est jamais qu'un ancien catcheur, qui ne doit guère peser plus de cent vingt-cinq kilos.

La nuit tombait lorsque j'arrivai chez Nick. Je garai la Mercury sous les eucalyptus et remontai d'un pas vif le sentier dallé qui conduisait à la maison

Ce fut Paul qui vint m'ouvrir. Il souriait.

— Ton père est là ? lui demandai-je.

Il acquiesça.

— Lui et Chris sont en train de tourner en rond, dans la bibliothèque. Asseyez-vous, Pete.

Des mots, beaucoup de mots filtraient à travers la porte de la bibliothèque, trop nombreux, trop précipités pour que je puisse les comprendre. Je m'assis dans un fauteuil, et Paul s'assit en face de moi, sur le grand canapé circulaire. Il y avait un livre, auprès de lui. Bien entendu. Je l'avais interrompu dans sa lecture, et j'eus envie de lui demander s'il avait appris quelque chose.

— Chris veut quitter l'école et s'engager, me dit-il. Papa est furieux.

— Et toi ? m'informai-je.

— Moi ? Je n'en sais rien. (Il m'observait gravement, à travers ses lunettes.) Je ne vous suis pas très sympathique, n'est-ce pas ?

— Je ne te connais pas beaucoup, Paul.

— Vous me connaissez suffisamment. Je suis le gros malin standard, qui a tout lu et ricane de tout. Personne ne me trouve très sympathique.

— Tu ricanes peut-être un peu trop, Paul. Les gens qui te sont inférieurs le savent sans que tu aies besoin de le leur faire sentir.

— Inférieurs ? Je ne pourrais pas jouer au rugby. Je ne sais ni danser, ni nager, ni parler aux filles. Tout ce que je sais faire, c'est lire et ricaner.

— Excellent entraînement, si tu veux devenir écrivain. Il y en a des tas qui font fortune, rien qu'en ricanant noir sur blanc.

— Avec juste raison, précisa-t-il.

— Quelquefois, concédai-je. Pourquoi Chris est-il aussi pressé de s'engager ? Ils lui mettront bien le grappin dessus, tôt ou tard.

— Il ne veut pas qu'on lui mette le grappin dessus, il veut y aller volontairement. Il dit que c'est très important pour lui.

— Maintenant du moins. Une fois qu'il sera dans le bain, il apprendra vite qu'il n'y a que les poires qui se portent volontaires pour quoi que ce soit. Et si jamais le conflit se généralise, l'Oncle Sam se fera toujours un plaisir de prendre la décision pour lui.

— Bien sur, dit Paul, mais Chris est... sentimental et facile à posséder.

J'approuvai d'un signe de tête.

— Ce n'est pas ton cas, je suppose ?

— Oh, je ne sais pas plus sur quel pied danser que Chris lui-même... mais je ne vois pas la nécessité de le montrer. Comme dirait papa, où est l'avantage ?

Hovde prétendait que la seule chose vraiment consistante, chez la plupart des gens, c'était leur capacité de vous stupéfier. Paul ne m'avait pas exactement stupéfié, mais il venait tout de même de dénuder à mon profit une facette insoupçonnée de sa personnalité.

— Tu n'es pas aussi détestable que je le croyais, après tout, lui dis-je.

— Merci, Pete, répliqua-t-il en souriant.

— Et si tu veux bien te retenir de ricaner pendant une ou deux secondes encore, puis-je me permettre de te donner un conseil passablement usé ?

— Je vous écoute.

— Il y a une vieille plaisanterie que tu n'as peut-être jamais entendue, et qui s'applique, je crois, au professeur Arranbee : « Ceux qui peuvent faire une chose la font. Ceux qui ne peuvent pas la faire l'enseignent. » Ne crois pas tout ce que tu lis ou tout ce que l'on prétend t'apprendre, Paul.

— C'est ce que j'essaie de faire, dit-il. Et c'est pourquoi je songe à m'engager avec Chris. Mais j'attendrai que papa soit calmé pour lui en parler.

— Tu as raison, lui dis-je, rien ne presse.

La porte de la bibliothèque s'ouvrit, et Chris jaillit dans le salon, avec le visage de quelqu'un qui vient de perdre la première manche.

— Pete ! s'exclama-t-il. Ça, c'est une bonne surprise.

Je lui serrai la main.

— Je suis venu pour voir ton père, Chris. Tu veux lui dire que je suis là ?

— Pas la peine. Entrez directement, Pete. Vous êtes toujours le bienvenu.

Oui, ça, je le savais. Je pénétrai dans la bibliothèque, repoussai la porte derrière moi et m'arrêtai devant le bureau de Nick. Cette pièce était la réplique exacte, à quelques variantes près, du cabinet de travail de mon frère John. Dickens, Thackeray et les sœurs

Brontë sous reliures de cuir à caractères dorés. La panoplie du citoyen respectable, à tant l'édition numérotée. De la culture plein vos étagères...

Nick sourit en me voyant. Puis son sourire se figea et son regard devint pensif. Il avait l'air d'une montagne, derrière ce bureau.

— Un de mes amis a été tué, Nick, attaquai-je.

— Ah ? Un grand nombre de mes amis ont été tués, Pete.

— Je veux savoir pourquoi.

Il m'indiqua un siège et je m'assis, sans le quitter des yeux.

— Vous voulez parler de votre voisin, Pete ? Ce...

— Tommy Lister. Oui.

— Hovde est venu me voir au sujet de cet homme. J'ignore pourquoi il est mort. J'ignore pour quelle raison Calvano est mort. Et j'ignore qui les a tués tous les deux. Mais j'ai l'intention de le découvrir.

Le visage ouvert, la voix calme, le regard direct. Mais comment savoir s'il mentait ou non ? Ce n'était pas à un vieux singe comme Nick Arnold que j'allais apprendre à faire des grimaces.

— Laissons ça de côté pour l'instant continuai-je. Il m'a semblé distinguer plusieurs fois l'empreinte de vos gros sabots dans ce qui m'est arrivé depuis quelques jours.

— Ce n'est pas impossible, admit-il. Et vous êtes venu pour me descendre ? (Il sourit.) Ou pour signer le contrat ?

— Ne dites pas de sottises. Vous n'avez pas besoin de moi.

— Vous êtes exactement le garçon dont j'ai besoin. Bonne réputation, intelligent, loyal, gonflé, et honnête...

— Honnête ? Et qu'est-ce que vous voudriez foutre avec un type honnête ?

— En faire mon associé.

Les mots rebondirent dans ma tête sans s'arrêter nulle part. Qu'est-ce que c'était que cette blague ?

— Pas pour tout le bazar, Pete, continua-t-il, débonnaire. Seulement pour le « Nick Arnold Sporting Club ». J'ai l'intention d'investir un demi-million de dollars dans l'affaire, pour commencer. Ce sera une mine d'or, d'ici quelque temps.

Joli magot à faire danser devant les yeux d'un type qui en était à ses derniers dix dollars. Je ne répondis pas.

— Le tout, parfaitement légal, ajouta-t-il.

Je ne répondis pas. Son sourire se teinta de malice.

— Il ne doit plus vous rester grand-chose, après la farce que vous a jouée Jake, ce matin ? Je parie que vous me considérez comme un salopard, pas vrai ?

— Le plus grand de tous les salopards que j'aie jamais connus approuvai-je. Vous avez même gagné Ellen à votre cause.

Il haussa les épaules.

— Ellen est une fille épatante. Mais les femmes intelligentes elles-mêmes aiment l'argent, Pete. Elle voudrait vous voir riche. Et porter votre anneau. Vous ne trouverez jamais mieux qu'Ellen, Pete.

Nick Arnold, ou la tentation faite homme !

— Ma galette sent mauvais, me direz-vous, mais toute la grosse galette sent mauvais, il n'y a que les moyens qui changent.

— Hier, j'étais décidé à travailler pour vous, Nick, mais entre temps, Tommy Lister a été tué.

— Je ne l'ai, ni tué ni fait tuer, si c'est ce que vous voulez dire.

— Et je suis censé vous croire sur parole ?

Il resta silencieux pendant quelques secondes. Puis :

— Je comprends votre point de vue. Alors, écoutez-moi bien. Vous voulez savoir qui les a tués. Moi aussi. Ça vaut de l'argent pour moi. Si vous êtes d'accord, je vous engage pour retrouver le coupable. Nous reparlerons du reste... ultérieurement.

— Nick... qu'est-ce qui vous fait croire que... oh, seigneur Dieu, Nick, je ne m'appelle pas Sherlock Holmes.

— Mike travaillera avec vous. Nous savons certaines choses que la loi ne sait peut-être pas. Mike fera le gros boulot. Et vous resterez avec lui au cas où il y ait besoin de réfléchir, çà et là.

— Voilà une toile bien joliment tissée, ricanai-je. Et tout ça pour attraper Pete Worden. Je ne suis pas une si grosse mouche, Nick !

— J'en ai même parlé à Hovde, enchaîna-t-il. Hovde semble avoir une très bonne opinion de vous. Tout le monde semble avoir une très bonne opinion de vous. Excepté vous-même.

— Vous en avez parlé à Hovde !

— Pourquoi pas ? Cette ville est beaucoup trop étendue pour le nombre de flics qu'elle entretient. J'ai pensé que ce serait une bonne idée.

— Et Hovde ?

— Il m'a ri au nez. Il est honnête, cet animal-là, et il s'est contenté de me rire au nez, tout en cherchant où était le hic.

— Et où est le hic ?

— Il n'y a pas de hic.

Nicholas Nickleby, David Copperfield, Olivier Twist, les Grandes Espérances... Tout à fait comme dans le cabinet de travail de John. Ce cher Nick. Mon frère Nick !

— Je ne suis pas salopard à ce point-là, compléta-t-il.

— Admettons-le pour l'instant, marmottai-je. Je veux bien être pendu si je suis foutu de vous comprendre.

— Vous n'êtes pas le seul, Pete. C'est pour ça que je suis riche... Prenez toujours ça pour vos dépenses.

Six billets de cinquante dollars. Trois cents dollars en argent comptant.

— Est-ce que vous essayez de m'acheter ? m'informai-je. Je

n'ai jamais su quel était mon prix, Nick. Mais si j'arrive à le déterminer un jour, il sera sûrement plus élevé que ça.

— Si je croyais possible de vous acheter, vous ne m'intéresseriez pas, Pete. C'est juste pour que vous ne creviez pas de faim, pendant que vous chercherez cet imbécile de tueur, avec Mike. Je n'aime pas voir les gars comme vous crever de faim, Pete.

— Philanthrope, à présent, murmurai-je. Où est le hic ?

— Et cynique, avec ça, riposta-t-il. Qu'est-ce que vous attendez pour grandir ?

J'empochai les trois cents dollars.

— O.K., Nick, nous dirons que Wright's Widow n'était pas tout à fait aussi tocarde, après tout.

— Vous voulez un pétard ? s'enquit-il, souriant.

— Pas d'arme à feu, jusqu'à ce que l'armée m'en recolle une dans les pattes.

— Oh, à ce propos... Chris s'est mis en tête de s'engager, Pete. Est-ce que vous ne pourriez pas lui parler ? Lui dire ce que c'était... et ce que ce sera ?

— Je veux bien essayer, Nick, mais je ne suis pas très fort pour les sermons.

— Bavardez avec lui, simplement. Tâchez de voir ce qui le pousse.

— Vous avez fait la guerre, Nick ?

— La première. Je m'appelais encore Arapopulus et je me laissais encore impressionner par les drapeaux et les belles musiques.

— Et cynique, avec ça, ripostai-je. Qu'est ce que vous attendez pour grandir ?

Il sourit.

— Touché, admit-il.

— Quand avez-vous changé d'attitude, Nick ? Quand vous êtes-vous joint à la curée ?

— Le jour où j'ai changé ma vieille Chevie contre une Cadillac, et mon ancien nom contre celui d'Arnold. (Il se leva et contourna son bureau.) Vous avez mauvaise mine, Pete. La journée a été dure ?

— Plus ou moins, concédai-je. Et je ne sais pas si j'ai encore l'estomac retourné ou simplement dans les talons.

— Restez à dîner, suggéra-t-il. Et téléphonez donc à Ellen. Dites-lui de sauter dans le premier taxi et de rappliquer en vitesse. Comme ça, la fête sera complète.

— J'ignore si elle est chez elle.

— Elle y est. Téléphonez-lui.

Elle était chez elle, et lorsqu'elle fit son apparition, moulée dans sa robe jaune, elle prit grand soin d'éviter mon regard, mais comme j'étais en train de bavarder avec Chris, je feignis de n'avoir rien remarqué. Elle répondit poliment à toutes les questions insignifiantes que j'eus l'occasion de lui poser, pendant le repas, mais s'abstint de m'adresser la parole. Sa présence me rendait à la fois heureux et malheureux. Heureux parce que je savais qu'elle n'était pas avec quelqu'un d'autre. Malheureux parce qu'elle ne m'avait pas encore pardonné mon « caprice » de la veille. Je n'aurais qu'à choisir dans le tas pour trouver beaucoup mieux que vous, si tel était mon désir, Mr. Peter Worden, proclamait clairement son attitude distante.

Pitié, Miss Gallegher, que tel ne soit jamais votre désir. Je suis là devant vous, repentant, humble et misérable. Donnez-moi ma chance, Miss Gallegher.

En attendant, Miss Gallegher et Mr. Paul Arnold discutaient Hindemith et manipulaient la terminologie musicale avec un charmant abandon. Nick entretenait son autre fils de la cruauté sadique des sergents-chefs passés, présents et à venir, et Mr. Peter Worden vidait sagement son assiette en quêtant un regard de Miss Gallegher.

Mais non. Rien. Pas un mot. Pas un souffle. Du moins à mon adresse. Alors, pourquoi était-elle venue ? Parce que c'était chez Nick, ou parce que j'étais là, et qu'elle supposait que l'affaire était désormais dans le sac.

Allez au diable, Miss Gallegher, et faites ce que bon vous semblera. Vous et toutes vos pareilles ! Vous n'êtes que des...

— Pete ?

— Oh... oui, chérie. Oui, excuse-moi, je ne savais pas que c'était à moi que tu parlais Qu'est-ce qu'il y a, chérie ?

Son visage n'était pas beaucoup plus froid qu'un bloc de glace.

— Je parlais à Paul de ton veston neuf. Où l'as-tu trouvé, déjà ?

— Chez Poole.

— Ah, oui. Merci.

Rideau pour Mr. Pete Worden. Allez au diable, Miss Gallegher, vous et toutes vos pareilles.

Liqueurs dans le grand salon, et l'audition intégrale du *Don Giovanni* de Mozart. Puis Miss Ellen Gallegher déclara que sa journée avait été fatigante et qu'elle désirait regagner ses pénates.

— Vous allez la reconduire, Pete, naturellement, dit Nick.

— Bien sûr, acquiesçai-je. Si Ellen n'y voit pas d'inconvénients.

— Pas le moindre, assura-t-elle.

Nous roulions sous les eucalyptus, vers la sortie de la propriété, lorsque je me décidai finalement à rompre le silence.

— Qu'est-ce que tu as fait, aujourd'hui, pour que ta journée ait été fatigante ?

Elle ne répondit pas.

— Je suppose que tu as appris la nouvelle, au sujet de Tommy ?

— Tommy ? Tommy Lister ? Quelle nouvelle ?

— Il a été assassiné aujourd'hui. Tu ne le savais pas ?

— Pete... Pete... mon Dieu, Pete... qu'est-ce que...

Je regardais droit devant moi, à travers le pare-brise.

— Nick veut que je recherche le meurtrier, avec Mike Kersh. Ça paraît ridicule, mais j'ai accepté. Je vais en parler au sergent Hovde, avant de faire quoi que ce soit...

— Tommy Lister, répéta-t-elle dans un souffle. Mais pourquoi Tommy Lister ?

— Il avait sans doute vu le tueur pénétrer chez moi. Un de ses amis pense qu'il a dû essayer de faire chanter le meurtrier.

— Oh, non, protesta-t-elle. C'est impossible ! C'est... ridicule... Non !

Puis le silence, jusqu'à la droguerie. Je m'arrêtai devant l'immeuble, mais laissai tourner le moteur.

— Bonne nuit, Ellen, murmurai-je.

— Oh, non, Pete. Monte avec moi et serre-moi fort. J'ai peur, Pete. Et j'ai eu le cafard toute la journée.

7

Le meurtre de Tommy Lister emplissait tous les journaux du lendemain. Un homme avait été assassiné. Un autre homme avait vu l'assassin. Et maintenant, cet autre homme était mort. La même chose pourrait arriver à n'importe qui. Les journaux et les flics allaient recevoir des tombereaux de lettres indignées, anonymes ou non.

— Tu te souviens d'un temps où les journaux étaient agréables à lire ? dit mélancoliquement Ellen.

— Ils le sont toujours, à condition de ne lire que les journaux humoristiques. Pourquoi ce gros cafard, hier ?

— Je ne sais pas. Je suis restée ici toute la journée, sans même répondre au téléphone.

— Nick savait que tu étais chez toi. Comment ?

— Je lui avais téléphoné pour lui demander s'il t'avait vu. Et je lui avais dit que je ne sortirais pas.

— Il compte investir un demi-million dans son affaire de sport, et il m'a proposé une place d'associé.

La tasse d'Ellen trembla dans sa soucoupe.

— Son associé, Pete !

— Oui.

— Pete...

Ses yeux me posaient la question que sa bouche n'osait pas formuler.

— Je n'ai pas encore décidé, prétendis-je. Ça l'encouragera peut-être à monter les enchères.

Les yeux d'Ellen ne me regardaient plus.

— Un demi-million !

— Il peut se le permettre. Ça ne le ruinera pas.

— Combien en a-t-il donc derrière lui ?

— Au moins un. Sans doute plusieurs. Et maintenant, le baiser de l'adieu, chérie. Mike m'attend sans doute déjà devant ma porte.

Elle m'accompagna jusqu'à la sienne.

— Sois prudent, Pete. Je t'en prie.

— C'est juré.

Je l'embrassai et m'esquivai. Sois prudent, Pete. Naturellement. Aucun goût pour le couteau dans la gorge.

Il y avait une voiture devant chez moi, mais pas celle que je m'attendais à voir. Martha sortit sur le trottoir en me voyant arriver. Elle portait une jupe noire et un sweater vert. Son visage était pâle.

— Deux heures que je t'attends, Pete. Viens à la maison.

— Pas maintenant, Martha. J'ai à travailler.

— Pour qui ?

— Pour le compte de la loi, plus ou moins. Pour les anti-tueurs.

Elle me regardait attentivement, cherchant à deviner ce que je ne lui disais pas.

— Pete, est-ce que tout va bien ?

— Aussi bien que possible, Martha. Ne t'inquiète pas pour moi. J'ai trois cent dix dollars dans mon portefeuille, et une mission temporaire à remplir. Il ne m'en faut pas davantage pour l'instant, du moment que le monde contient encore des Martha Worden.

Elle pleurait, mais elle se força à sourire Je n'avais jamais remarqué à quel point son visage était distingué.

— On dirait que quelque chose te pousse, Pete. Tu es comme... comme un malade qui se sait condamné.

Un bruit de pneus sur le pavé. Je pivotai sur moi-même et vis la Lincoln noire s'arrêter juste en face. Mike Kersh était au volant. Je le regardai quitter son siège et, lorsque je me retournai, Martha avait réintégré le sien.

— Ton copain, Pete, dit-elle. Fais attention à toi et si tu as besoin de nous, passe-nous un coup de fil.

La petite voiture s'éloigna, et Mike me rejoignit.

— Faut que je monte me raser, lui dis-je. Tu pourras tuer le temps en lisant le journal.

Il n'était pas bavard, ce matin. Il avait l'air perplexe et résolu. Mike avait dû être une vraie terreur, dans le temps, à Chicago.

Ma boîte aux lettres était pleine de cartes de Noël. Tiens, oui, c'était bientôt Noël. Des gens dont je me souvenais à peine et des gens que je connaissais bien. L'une était de Joe Devlin, l'ancien pianiste virtuose, à présent manchot, et gardien de nuit dans une brasserie de Milwaukee.

Il avait gribouillé quelques mots, après les souhaits imprimés : « On a de la neige jusqu'aux genoux. Et toi, sacré veinard ? »

Tu as raison, Joe, je suis un sacré veinard. Ce n'est pas sur le sort des propres-à-rien dans mon genre que les Martha Worden devraient s'attendrir, mais sur celui des Joe Devlin, et des Tommy Lister, et des Martha Worden. Ne gaspillez pas vos larmes, vous en aurez besoin pour ceux qui les méritent.

— Encore un type égorgé, disait Mike. Qu'est-ce que c'est que ce travail ?

— Nerveux, Mike ?

— Ouais.

Il s'installa sur le divan tandis que je me ratissais l'épiderme.

— Qu'est-ce que tu comptes faire ? questionnai-je au bout d'un moment.

— Nick pense qu'il y a une histoire de drogue, là-dessous. On connaît un type ou deux, dans cette ville, et on va les faire valser un peu, toi et moi.

— D'ac, lui dis-je, mais avant toute chose, j'en parle à Hovde.

— T'es cinglé, non ? Nick a pas parlé d'en parler à Hovde.

— C'est moi qui réfléchis, Mike. C'est pour ça que Nick m'a engagé.

— Je vais l'appeler, aboya-t-il.

— O.K., appelle-le.

Je l'entendis composer son numéro, et demander Nick ; puis exposer son histoire, et bégayer :

— Oh... oh, très bien, Nick... puisque tu le dis. Te mets pas en pétard.

Je me mis à siffler en jouant du rasoir.

— Tu crois que t'es quelqu'un, hein ? fulmina-t-il,

— Nick le croit, c'est le principal. A moins qu'il y ait un hic quelque part. Appelle Hovde, maintenant.

Il regarda le téléphone avec méfiance.

— Ce serait bien la première fois de ma vie que je téléphonerais à un flic, grogna-t-il.

— Jamais trop tard pour commencer. Appelle, et demande si le sergent Hovde est là.

Hovde n'était pas là et personne ne savait quand il rentrerait. « Dites-lui que Mr. Worden lui a téléphoné, Mr. Pete Worden. »

Mike était verdâtre lorsqu'il raccrocha le téléphone. Il avait l'air de quelqu'un qui vient de mettre la main par erreur sur un serpent venimeux.

— Alors ? m'informai-je. Où va-t-on ?

— En ville.

Il se dirigea vers la porte, mais quelqu'un frappa et l'ouvrit avant même qu'il l'eût atteinte. C'était Art Shadow, le spécialiste des westerns.

— J'ai réfléchi, Pete, annonça-t-il.

Mike le regardait curieusement et je les présentai l'un à l'autre.

— A quoi avez-vous réfléchi, Art ? repris-je ensuite.

— Ce Calvano qui a été tué. Il vendait de la drogue.

— Alors ?

— Tommy fumait du chanvre, de temps en temps. Est-ce que ce Calvano vendait aussi de la marijuana ?

Mike fit un signe affirmatif.

— C'était son principal article.

— Je me suis dit qu'il y avait peut-être quelque chose à faire dans ce sens-là, conclut Art. Vous n'êtes pas de mon avis ?

— C'est dans ce sens-là qu'on s'apprête à chercher, répondit Mike. Vous ne connaissiez pas le nom du gars qui fournissait ses cigarettes à Tommy Lister ?

Art secoua la tête.

— Non, mais les copains le sauraient peut-être.

— Interrogez-les au plus tôt, Art, lui dis-je, et si vous trouvez quelque chose, passez-moi un coup de fil ou revenez me voir.

Il acquiesça.

— J'ai envoyé un télégramme au père de Tommy. Il doit arriver cet après-midi.

Une troisième personne pour cultiver le souvenir de Tommy Lister. Il ne m'avait jamais parlé de ses parents.

— O. K., allons-y, dit Mike.

Nous descendîmes tous les trois l'un derrière l'autre. Je fermais la marche.

— On peut vous déposer quelque part, Art ?

— Non, à moins que vous alliez du côté du Ridge Club. Vous savez où c'est ?

— Oui, dis-je. On fera un crochet. Vous pariez sur les canassons, Art ?

— Moi ? Oh, non, je ne parie jamais. J'ai mieux à faire que de parier sur les canassons.

Nous grimpâmes dans la Lincoln. Je pensais à ce qu'avait été la journée de la veille. Pas étonnant que j'aie restitué mon déjeuner. Rien que d'y penser aujourd'hui, j'en avais encore des nausées.

Nous laissâmes Art Shadow devant la porte du Ridge Club. Il nous remercia, et j'essayai de voir qui était la fille assise au fond de la salle, mais elle était trop loin de la vitrine.

Mike redémarra. Il conduisait la Lincoln avec soin et maîtrise. Mike était visiblement un as du volant.

— Vicki Lincoln fume de la marijuana, elle aussi, me remémorai-je.

— Qui ça ? grogna Mike.

— Vicki Lincoln. La maîtresse de Jake Schuster.

— Oh, ce cataplasme ! Jake a toujours le chic pour dénicher de ces souris... !

Le reste du trajet s'effectua dans un silence total, et Mike s'arrêta finalement devant un immeuble branlant dont le rez-de-chaussée recelait un bar, un prêteur sur gages et la boutique d'un photographe pour passeports et cartes d'identité. Un immeuble branlant situé dans un quartier où les gens comme John Worden n'avaient certainement jamais mis et ne mettraient jamais les pieds.

Nous entrâmes chez le photographe. « Portraits d'art », sept pour un dollar. Mannequins nus et reines des cabarets. Farces et attrapes en tout genre et sous le comptoir, sans nul doute, les photos qui constituaient la véritable raison d'être de cette boutique.

La fille qui tenait le magasin était maigre et desséchée, avec une chevelure d'un roux carotte. Elle portait un sweater si étroit qu'il arrivait même à souligner l'existence de seins gros comme des citrons.

— De jolies photos, les enfants ? lança-t-elle d'une voix nasillarde.

Mike refusa d'un signe de tête.

— On est des copains d'Al, Lily.

Les yeux de la fille le transpercèrent

— Al ? Qui ça, Al ?

— Laisse tomber, Lily. Qui est-ce qui l'a descendu ? T'as bien ton idée là-dessus ?

— Je sais pas ce que vous voulez dire. Et d'abord je vous connais pas.

Elle reculait, lentement, vers son comptoir.

— Je m'appelle Mike Kersh. Je travaille pour Nick Arnold.

Les mains de la fille se refermèrent sur le bord du comptoir.

— Nick Arnold... (Il y avait de la frayeur et de la haine, dans sa voix. —) Et vous me demandez qui a descendu Al ? Pourquoi que vous me demandez ça ?

Son corps filiforme était rigide comme une tige d'acier.

— Nick l'a pas descendu, ni fait descendre, Lily. Je...

Un chapelet d'injures ordurières jaillit des lèvres de la fille et la lourde main de Mike Kersh s'abattit en travers de sa bouche. Elle fit un pas de côté, porta sa main à son visage et regarda Mike, la bouche démesurément ouverte.

— Doucement, Mike, intercalai-je. Elle veut nous aider. Donne-lui le temps de se remettre.

Elle se tourna vers moi, et ses yeux s'écarquillèrent.

— Je sais qui vous êtes, chuchota-t-elle. Y avait votre photo dans le journal.

— Je n'y suis absolument pour rien, Lily.

Sa main retomba, inerte, le long de son corps.

— Je sais rien. Allez-vous-en. Si vous me touchez encore, j'appelle au secours. J'ameute les flics.

Mike s'esclaffa.

— Te gêne pas pour moi, Lily. Je leur montrerai où tu planques la camelote. Et les photos, par-dessus le marché. Vas-y, appelle les flics.

— Allez-vous-en, répéta-t-elle. Je connaissais rien aux affaires d'Al. Pourquoi que vous me laissez pas tranquille ?

— Qu'est-ce qui vous a fait croire que Nick pouvait savoir quelque chose ? questionnai-je.

— C'est vous qui l'avez frappé chez Nick, pas vrai ? Nick l'avait pas invité. Al y était allé à cause de la passe anglaise, dans le garage. Nick est peut-être en pétard parce qu'il l'avait pas invité, mais j'y suis pour rien. Al est mort, maintenant. Alors, vous pensez si je me fous de toutes vos histoires.

Mike fit un pas vers elle. Je m'interposai.

— Est-ce que tommy Lister était un de vos clients, Lily ?

— Jamais entendu parler de lui. Jamais entendu parler des neuf dixièmes des clients d'Al. On était pas mariés, pas vrai ? Il avait une femme. Pourquoi que vous allez pas lui parler ?

— Al lui-même lui parlait plus depuis cinq ans, trancha Mike. T'as tort de faire l'andouille, Lily. On est pas les flics. Si tu sais quelque chose, on est prêt à te le payer.

— Avec un marron dans la gueule ?

— Navré. Tu m'avais insulté. Je t'avais pas insultée, moi, non ? Jacte, et tu le regretteras pas, Lily.

— Possible, mais j'ai rien à vendre. Y m'avait juste dit qu'y montait chez Nick, et qu'y reviendrait avec du pognon plein les poches. On devait aller faire un petit voyage. Y me le promettait depuis six mois. Depuis qu'on était revenu de Mexico. C'est tout ce que je sais. Ma parole.

Mike me regarda, et je haussai les épaules.

— Les flics sont venus, ajouta-t-elle, et je leur en ai même pas dit autant.

Mike sortit un billet de vingt dollars de son portefeuille.

— O.K., Lily, si tu trouves quelque chose de vraiment intéressant, tu pourras peut-être même aller faire un tour à Paris. Et si tu vois quelques-uns des copains d'Al, dis-leur que Nick est acheteur de n'importe quel renseignement. A condition qu'il soit bon, évidemment.

Elle s'empara des vingt dollars et les fit disparaître.

— Si je vois quelqu'un, d'accord.

— Al est rentré ici, après la party ? lui demandai-je.

Elle acquiesça.

— Sans pognon plein les poches ?

Elle acquiesça.

— Il n'a rien dit à ce sujet ?

— Non. Il était surtout bon pour parler comme votre collègue, là. Avec sa main.

— A quelle heure est-il reparti, le lendemain matin ?

— Sais pas au juste. Neuf heures, peut-être. Je l'ai jamais revu après ça.

— Il n'a pas dit où il allait ?

— Non. Et je lui ai rien demandé.

— Et vous n'avez plus entendu parler de lui, depuis ?

— Non. Jusqu'à ce que les flics viennent m'interroger.

— Merci, Lily.

Sur le trottoir, Mike bougonna :

— J'aurais peut-être dû la faire valser un peu plus que ça. Cette tordue-là n'est pas aussi bête qu'elle veut bien s'en donner l'air. Et elle était parfaitement au courant des affaires de Calvano.

— Je crois qu'elle nous a dit la vérité, ripostai-je.

Nous regagnâmes la Lincoln, et Mike redémarra.

— Quand je pense que Calvano couchait avec ce sac d'os. Fallait pas qu'il soit dégoûté.

— Il était pas tellement reluisant, rétorquai-je. T'as jamais été marié, Mike ?

— Non. J'ai failli me laisser alpaguer, une fois, quand j'avais vingt ans, mais ça m'a passé. (Il dut stopper pour un feu rouge.) Je crois que cette Lily est une foutue menteuse.

Je ne répondis pas. Pour une raison quelconque, Mike n'avait pas l'air de tenir à ce que j'ajoute une foi excessive aux paroles de Lily. Et les raisons de Mike ne pouvaient être que les raisons de Nick. Veille au grain, Sherlock, veille au grain.

Il conduisait vraiment cette Lincoln comme un maître et je me demandai si Nick s'était jamais trouvé dans la nécessité de prendre la fuite. Avec Mike au volant, il aurait semé n'importe quel motard.

Puis je repensai à Lily, la dulcinée de Calvano. Tenant, jour après jour, cette sale petite boutique dans la vieille rue croulante, et encaissant des marrons de tous les côtés, malgré ses seins ridicules désespérément mis en évidence par ses sweaters étriqués, et les rinçages au henné qui lui faisaient des cheveux carotte. Je suis une femme, messieurs, une femme. Ayez un peu d'égard pour mon sexe.

Pauvre fille ! Vicki Lincoln aussi était une femme, techniquement parlant, mais...

— On pourrait peut-être faire un saut chez Vicki Lincoln. dis-je à Mike.

— Pourquoi ?

— C'était peut-être une cliente d'Al.

— Possible, mais ça plairait pas à Jake.

Je le regardai. Il était impassible, les yeux fixés droit devant lui.

— Ça plairait pas à Jake ? Ne me dis pas que tu te préoccupes de Jake. C'est un gars à Nick, pas vrai ?

— Ouais. Mais c'est un nerveux. Et c'est un de ces types qu'aiment pas qu'on touche à leurs mousmés. Vaut mieux pas chercher des crosses à des gars comme Jake.

— Je ne pense pas qu'elle soit si importante pour lui.

— Peut-être. On verra.

J'eus soudain l'impression que Mike me conduisait avec autant de brio qu'il conduisait la Lincoln. Il n'est que trop facile de sous-estimer des gars comme Mike. Note ça sur tes tablettes, Sherlock, et tâche de ne plus l'oublier.

Un quartier de Nègres et de Mexicains, au sud d'Olympic Boulevard. Des rues entières composées de ces cahutes vacillantes qu'il leur est permis d'habiter, dans ce pays libre, dans cette nation fraternelle.

Rien que des cahutes vacillantes, avec des antennes de télévision sur plus de la moitié d'entre elles. Et çà et là, une décapotable aux couleurs criardes. Une meute de loups, qui avaient l'outrecuidance de nous rendre avec usure l'animosité que nous leur témoignions. Souriez, voyons, ô, mes frères moins bien nourris, moins bien payés, moins privilégiés que moi-même. Souriez et restez du côté de la barricade que nous vous avons assigné. A moins que ce soit pour venir payer vos impôts.

La grosse voiture s'arrêta devant l'une des baraques.

— Pas de violence, Mike, murmurai-je.

Il haussa les épaules.

— On verra.

— Tu as entendu ce que j'ai dit.

Il sauta à terre et remonta sans se hâter le sentier qui conduisait à l'entrée de la cabane. Un palmier pelé dominait la cour. La plus grande palme, brisée, pendait jusqu'à terre, blanchâtre sur le gazon gris. Il y avait une table sur la véranda, ainsi qu'une vieille banquette d'osier.

Mike pressa le bouton de la sonnette, mais il devait être détraqué, car nous ne perçûmes pas le moindre son. Alors, il frappa au battant disjoint, puis cogna de toutes ses forces.

L'homme qui vint finalement ouvrir la porte était petit et maigre, avec un teint olivâtre et de grands yeux marron expressifs, qui faisaient incessamment la navette entre Mike et moi-même.

Une dent en or brilla entre ses lèvres, et il dit :

— Les gars de Nick Arnold. Qu'est-ce que vous me voulez ?

— Te parler, dit Mike en s'apprêtant à pénétrer dans la cabane.

Le petit homme ne bougea pas.

— Nous pouvons parler sur la véranda.

Même jeu de la part de Mike.

— Je préfère parler à l'intérieur.

Je lui mis la main sur l'épaule.

— Nous allons parler ici, Mike.

Il se retourna pour regarder ma main, puis leva les yeux jusqu'à mon visage.

— Bas les pattes, dit-il.

— Dehors, Mike.

Sa main rabattit brutalement la mienne et je le saisis au collet, le poussant contre l'un des montants de la porte. Sa tête heurta la paroi de la baraque.

Il n'essaya pas de riposter. Il me regarda, simplement, et pour la première fois, je vis le vrai Mike Kersh. Sa voix était un bourdonnement monocorde.

— Bas les pattes, Worden. On va parler dehors.

Je le lâchai. Ma main tremblait. Puis, j'entendis la voix du petit homme :

— C'est au sujet d'Al Calvano, je suppose ?

J'acquiesçai.

— Nous aimerions savoir tout ce que vous pouvez nous dire là-dessus.

Il leva le bras, s'appuyant au mur de la cabane.

— Y a pas grand-chose que je puisse vous dire. Al était un concurrent plutôt qu'un ami. La dernière fois que je l'ai vu, c'est le matin qu'il s'est fait saigner, et on s'est engueulé, ce matin-là. Il opérait dans mon secteur. Il avait jamais essayé de me soulever mes clients, avant ça. Un de mes habitués m'a dit qu'Al avait dit qu'il allait se retirer.

Le petit homme marqua une pause, et regarda fixement Mike Kersh.

— Il a dit aussi qu'il était à la veille de palper un gros magot.

— Qui lui viendrait d'où ? questionnai-je vivement.

L'homme haussa les épaules, et me regarda sans répondre.

— Alors, vous vous êtes bagarrés, tous les deux, dit Mike. Les flics sont venus te voir ?

— Oui. (En regardant Mike.) Vous faites des affaires dans le secteur ? Je me demande où ils vont pêcher l'argent.

Il se retourna vers moi et, de nouveau, haussa les épaules.

Mike frotta ses mains sur ses cuisses.

— Si jamais je m'aperçois que tu nous as bourré la caisse, je reviendrai te voir. Tout seul. Rien d'autre ?

— Rien d'autre.

Mike pivota sur lui-même, redescendit les marches grinçantes et s'éloigna. Il était visible que pour Mr. Mike Kersh, j'avais provisoirement cessé d'exister.

— Ne lui tournez jamais le dos, murmura le petit homme. J'ai entendu dire qu'il avait la rancune tenace.

— Merci, ripostai-je.

Je plantai là le petit négociant en rêves pour peuples déshérités et rejoignit Mike dans la Lincoln.

— On va voir si Hovde est rentré, lui dis-je.

Il démarra sans me regarder. Mais lorsqu'il s'arrêta devant le poste de police, après un trajet silencieux, il déclara de sa voix la plus monocorde :

— On va s'empoigner, un de ces jours, Worden.

— J'en ai bien peur, Mike. On arrive pas à s'entendre, tous les deux, pas vrai ?

Il ne répondit pas et me suivit à l'intérieur du poste.

Hovde occupait un petit bureau, à l'entrée d'un corridor. Il était assis derrière une table et sourit en me reconnaissant.

— Quelle bonne surprise, dit-il aimablement. Vous avez téléphoné, ce matin ?

— Ils vous ont fait la commission ? Je voulais vous dire que Nick m'avait demandé mon aide, pour retrouver le tueur. Il vous en a parlé, je crois ?

— Oui. Il veut se substituer à la police, maintenant. Ces gars-là ne doutent de rien, dès qu'ils ont quelques dollars dans leur coffre.

Mike marmotta quelque chose.

— Vous dites ? s'informa Hovde.

— Rien.

— Alors, tâchez de continuer. Vous répondrez quand je vous interrogerai, si je juge bon de le faire.

Leurs regards s'affrontèrent, pendant un moment, puis Hovde se retourna vers moi.

— Vous avez signé le contrat, Worden ?

— Pas encore. Pour l'instant, je cherche un tueur.

— Puis-je voir votre insigne, Nick Carter ?

Je poussai un soupir et repris le chemin de la sortie.

— Au revoir, sergent. Je reviendrai quand vous serez plus sociable.

— Attendez ! cria-t-il.

Je refis un demi-tour à droite et vis le regard de Mike, braqué vers le bureau du sergent. Et d'après l'étincelle qui, l'espace d'une seconde, avait brillé dans le regard de Mike, j'eus soudain l'impression que le factotum de Mr. Nick Arnold avait reconnu l'objet qui gisait à présent sur le sous-main de Hovde.

C'était un couteau de chasse à manche de corne. Il manquait un petit éclat de corne, vers le milieu du manche.

La première fois que j'avais vu ce couteau, il était enfoncé jusqu'à la virole dans la gorge de Tommy Lister.

8

— Déjà vu, Kersh ? ronronna Hovde.

Sans hésiter, Mike secoua la tête

Hovde me regarda.

— Je pense que oui, murmurai-je, bien que je ne me souvienne pas de cette encoche, dans la corne.

Hovde escamota le couteau, et montra la porte à Mike.

— Vous pouvez attendre dehors, Kersh.

Mike sortit.

— Qu'est-ce qu'y faut pas subir, dans ce foutu métier, soupira Hovde en se massant la nuque. O.K., Worden, supposons que vous soyez vraiment intelligent, et le roi des veinards, par-dessus le marché. Supposons que vous tombiez sur quelque chose de vraiment intéressant, concernant ces deux meurtres, qu'est-ce que vous ferez, dans ce cas-là ?

— Je vous passerai le tuyau, naturellement. Je ne suis pas un flic, moi. Je ne serais pas assez intelligent.

— C'est juste, dit-il, imperturbable. Et si ce que vous trouvez incrimine votre cher patron, Mr. Nicholas Arapopulus ?

— Je vous le passerai quand même. Nick n'est pas encore mon patron.

— Pas encore !

— Il m'a offert d'être son associé, dans une affaire cent pour cent légale, au capital de cinq cent mille dollars. Que feriez-vous dans ce cas-là, sergent ?

— Je chercherais où est le hic.

— Alors, cherchez, vous me rendrez service. Au revoir, sergent.

— A bientôt, Worden. Tenez-moi au courant.

Je sentis son regard peser sur ma nuque, tandis que je quittais la pièce.

J'étais persuadé que Mike ne serait plus là, mais il m'attendait bien sagement, assis avec une cigarette au bec, derrière le volant de la Lincoln.

— Destination ?

— Tu peux me déposer devant chez moi, si ça ne te dérange pas trop. Ensuite, tu pourras aller pleurer sur l'épaule de Nick. J'ai envie d'être seul.

— Un jour, dit-il en prenant le premier virage à la corde, Nick en aura marre de ta fiole. Et ce jour-là, Mike Kersh se fera un plaisir de voir un peu ce que tu as vraiment dans le buffet.

— Ménage tes artères, Mike, tu n'as plus vingt ans.

Il me laissa sur le trottoir, je le regardai partir et grimpai chez moi. La Santa Ana était de retour, et je me sentais plus sec qu'une vieille éponge abandonnée au soleil. Je balançai mes frusques, m'attardai sous la douche et me vautrai, à poil, sur le divan. L'image du couteau à manche de corne se matérialisa progressivement sur l'écran grisâtre du plafond. Je me couchai sur le flanc, aperçus le fauteuil et faillis me tourner de l'autre côté, mais changeai d'avis au dernier moment.

Je ne voulais pas tourner le dos à ce maudit fauteuil.

Mauvais, Pete Worden, quand un simple fauteuil commence à vous effrayer. Un simple fauteuil perdu au milieu d'un monde capable d'enfanter des créatures aussi lamentables que cette Lily...

Le sommeil me prit à l'improviste et je rêvai de mon père. « Je dois admettre que j'ai toujours favorisé John, disait-il. John est tellement plus réaliste... moins rêveur... — C'est vrai, dit une autre voix. Un garçon sérieux, John. Tout le contraire d'une tête folle. Il ira loin, ce petit... »

Puis je revis Calvano dans son fauteuil, et Mike regardant le couteau de chasse et le visage de ma bien-aimée. « Acceptez la proposition de Nick, Mr. Worden, et vous pourrez épouser Miss Gallegher... » Je me réveillai à moitié, songeant que si Nick avait voulu se débarrasser de Calvano, il n'aurait pu choisir un meilleur endroit. Car j'avais frappé Calvano, la veille, et Mike était avec moi pour m'empêcher de rentrer trop tôt !

Si Tommy Lister n'avait pas été assassiné, je serais probablement déjà l'un des associés du Nick Arnold Sporting Club. Mais Tommy Lister avait été assassiné.

Le téléphone acheva de me réveiller et je bondis sur le récepteur, souhaitant que ce fût Ellen.

C'était Nick.

— Mauvais ménage avec Mike, Pete ?

— Il tient trop de place, lui dis-je. Il se figure que le bon Dieu lui a donné un cerveau.

Court accès d'hilarité à l'autre bout du fil.

— Hovde ne semble pas approuver notre initiative, pas vrai ? Nous ferions peut-être mieux d'abandonner.

— O.K., je vais vous renvoyer l'argent, Nick. Mais je continue...

— Ne soyez pas idiot, Pete. Vous n'avez pas besoin de renvoyer quoi que ce soit. Qu'est-ce qui vous prend ?...

— Un de mes copains a été tué, lui rappelai-je. Vous pouvez sûrement comprendre ça. Vous avez la réputation de ne jamais laisser choir vos amis.

Léger silence.

— O.K., je vais parler à Mike... Je vais le calmer. Quand voulez-vous que je vous le renvoie ?

— Demain matin, s'il a quelqu'un à interviewer. Je ne vois personne, mais je n'ai pas vos sources d'information.

— Entendu. Pas vu Jake Schuster aujourd'hui ?

— Non.

— Je n'arrive pas à lui mettre la main dessus. Dites-lui de m'appeler, si jamais il vous téléphone.

Je le lui promis et raccrochai. Il serait bien étonnant que Jake Schuster me téléphonât après le tour qu'il m'avait joué la veille. Tout le monde semblait se préoccuper de Jake. Mais Jake ne semblait pas se préoccuper de qui que ce soit, pas même de sa Vicki adorée, bien que Mike prétendît le contraire.

J'appelai le numéro d'Ellen. Pas de réponse. Je cherchai l'adresse de Vicki dans l'annuaire, m'habillai rapidement — veste de chez Poole comprise — sautai dans la Mercury et filai vers Hollywood.

Je m'arrêtai dans une auberge pour manger deux sandwiches avec pickles, café, pommes chips, et sourire de la serveuse blonde, roulée comme une star et guettant visiblement sa chance. Une parmi tant d'autres, qui finirait par se marier ou se faire entretenir, parce qu'on ne peut pas vivre indéfiniment de rêves et d'eau fraîche...

Vicki Lincoln habitait un cottage de stuc, juste en lisière des premières collines d'Hollywood. Elle était chez elle et portait une longue robe de velours noir, dont le seul ornement était la fermeture Eclair.

— Peete ! s'exclama-t-elle en souriant.

Au-dessous du visage enfariné, il y avait un corps que je n'avais jamais remarqué, à cause de toute cette farine.

— Vous attendiez quelqu'un, Vicki ?

— Non, pourquoi ?

— Eh bien, mais... à cause de la robe.

— Farceur ! minauda-t-elle. Entrez donc, entrez donc. Si c'est Jake que vous vouliez voir, il n'est pas en ville, aujourd'hui.

Le salon était carré, confortablement meublé, avec des tapis chinois et un grand divan aux couleurs vives sur lequel je pris place, tandis qu'elle s'installait à l'autre extrémité.

— Est-ce que Nick vous a téléphoné ? lui demandai-je. Il est à la recherche de Jake.

— Il m'a téléphoné ce matin. Et je suppose qu'il ne m'a pas

crue, quand je lui ai dit que je ne savais pas où était Jake. Est-ce que ce n'est pas affreux, ces deux meurtres, Pete ? Vous devez être à bout, n'est-ce pas ?

— Plus ou moins, admis-je. Tout semble désigner Nick, pas vrai ?

— Oui, mais je ne crois pas que ce soit lui. Un verre, Pete ?

— Avec plaisir.

Elle se leva lentement, une rumba dans les hanches.

— Whisky-soda ?

— O.K., pour moi.

J'allumai une cigarette et cherchai un cendrier. Il y en avait un près de moi, sur une petite table, entre une réédition de Woodford et un roman à vingt-cinq cents intitulé *Pecos Bill et ses copains,* par un nommé Arthur Shadow.

— Jake lit des westerns ? lançai-je dans la direction de la cuisine.

— Il ne lit que ça, précisa-t-elle. Honteux, n'est-ce pas ?

— Il arrive qu'on paie plus cher et qu'on en ait beaucoup moins pour son argent, ripostai-je. Jack Woodford est l'un de vos favoris ?

— Mon principal favori. En voilà un qui sait voir le dessous des choses.

Ça, d'accord ! Et pourquoi diable n'avais-je jamais vu ce qu'il y avait, en dessous de ce visage de plâtre ? Devinez un peu qui est en train de me préparer un verre, Miss Gallegher.

Nous trinquâmes, et reprîmes nos places respectives, à chaque extrémité du divan.

— Jake est terriblement jaloux, dit-elle hors de propos. Je suis sûre qu'il n'approuverait pas votre présence ici, qu'il ne comprendrait pas que vous puissiez être venu me rendre une simple visite amicale.

— Il devrait savoir que vous êtes en sécurité avec moi.

— Vraiment ?

Je me hâtai de bifurquer :

— Vous n'avez rien entendu dire au sujet de ces meurtres ? Une remarque quelconque que quelqu'un aurait pu faire devant vous ?

Elle secoua sa tête oxygénée et poudrée.

— Non. Mais je sais que Nick se tracasse. Beaucoup plus que vous ne semblez le faire vous-même.

— Probablement.

— Et pourtant, c'est vous qui avez découvert les deux cadavres...

Mon verre était vide. Elle me le prit des mains et retourna faire le plein dans la cuisine. Lorsqu'elle revint, elle s'assit un peu plus près de moi qu'elle ne l'avait fait jusque-là...

— Vous êtes différent de la plupart des hommes que je connais, Pete. Vous avez de la classe.

— Vous aussi, Vicki, répliquai-je.

— Avez-vous l'intention d'épouser Ellen ?

— Question pertinente entre toutes. Vous n'avez pas oublié l'eau de seltz, par hasard ? On dirait du whisky et de la glace.

— Je suis sûre que non, Pete. Avez-vous l'intention... d'entrer dans l'organisation de Nick ?

Je la regardai.

— Vous croyez que je devrais ?

Elle haussa les épaules.

— Il faut bien manger. Mais vous avez de l'argent ?

— Non. Et je n'en aurai pas tant que je ne serai pas devenu un citoyen modèle. C'est mon frère qui administre la fortune familiale.

— Oh, dit-elle.

— Il y a peut-être autre chose derrière cette histoire, enchaînai-je d'un ton naturel. Calvano vendait de la marijuana et Lister en fumait. Peut-être que mon voisin n'était pas seulement un témoin gênant ? Peut-être qu'il y a une histoire de drogue à la base de tout... (Je l'observais étroitement, mais impossible de lire la moindre réaction sur ce masque de Pierrot.) Personne ne semble savoir quoi que ce soit, continuai-je.

J'eus l'impression d'avoir bafouillé, mais c'était parfaitement ridicule, puisque je n'avais bu que deux verres.

— Tout le monde s'en fout. Tout le monde se fout que Tommy Lister ait été assassiné ! (Je m'interrompis soudain, et regardai par-dessus mon épaule.) Je viens d'entendre une porte s'ouvrir.

— Ce sont vos nerfs, Pete. Vous en avez vu de toutes les couleurs, depuis quelques jours. Tenez, buvez ça.

Un verre fraîchement rempli, dans ma main tremblante. Elle avait repris sa place, sur le canapé, mais elle n'était plus qu'un modèle extrêmement réduit d'elle-même.

— Qu'est-ce qui se passe, ici ? vociférai-je.

— Ne criez pas comme ça, Pete. Vous n'avez aucune raison de crier comme ça. Qu'est-ce qui vous arrive ? Vous êtes ivre ?

Je l'entendais clairement, bien qu'elle fût de plus en plus petite. J'allongeai la main, et trouvai la sienne. Elle était chaude et moite, mais de taille normale. J'avais froid, et je me sentais horriblement seul.

— Pete, calmez-vous, Pete... Pete, mon chou, donnez-moi ce verre... là, doucement... mon Dieu, on dirait un gosse malheureux. Ne tremble plus, Pete... calme-toi...

Ses bras autour de moi, son corps chaud contre le mien, et ces voix indistinctes, dans toute la maison. Je ne savais pas ce que je disais, ni si tout cela était vrai, mais je savais que Vicki gémissait doucement et que les voix murmuraient alentour et je ne savais pas ce qu'elles disaient, mais je savais qu'elles parlaient de moi et je savais que le corps de Vicki était chaud et ferme, contre le mien, et qu'elle me disait qu'elle avait souvent rêvé de moi... mais ceci n'était peut-être qu'un rêve. Je ne l'ai jamais su et ne le saurai jamais.

A un moment quelconque, je retrouvai une certaine lucidité. La pièce était plongée dans l'ombre. J'étais allongé sur le canapé, et Vicki était assise sur le tapis, les genoux sous le menton, en train de fumer une cigarette.

Je préfère me dire que ce qui se passa alors ne fut qu'une méprise de sa part. Peut-être les gardait-elle simplement avec ses cigarettes ordinaires ?

Je lui en demandai une et elle me la donna. J'en aspirai une longue bouffée et perdis complètement la boule.

Je haïssais Vicki. Je lui aurais volontiers tranché la gorge. Mais elle disparut presque aussitôt, et je me retrouvai seul. Perdu dans le temps et l'espace. Dans un désert peuplé des mêmes voix murmurantes. Tendu vers cette porte blanche qui m'attirait comme un aimant. Au loin... Très loin...

Des mains tentèrent de me retenir, mais je les repoussai violemment, et jurai, sans cesser de marcher vers la porte blanche qui m'attirait, là-bas, à l'horizon. Tommy, je le savais, m'attendait de l'autre côté de cette porte blanche. Déjà, j'entendais le crépitement furieux de sa machine à écrire.

Je perçus un violent fracas et regardai stupidement le plancher invisible. Quelqu'un donna de la lumière et je vis les cigarettes éparpillées, la cendre répandue sur le tapis chinois, près du guéridon renversé.

Je pivotai lentement sur moi-même, cherchant Vicki, et la trouvai finalement. On eût dit un portrait de Salvador Dali... le visage blême flottant comme un ballon... un bras noir replié à droite de ce visage... une main déployée à la place de la bouche... et sur la gauche, en dessous du visage, mais à quelque distance, le corps enrobé de noir de Vicki Lincoln.

Elle me regardait, sans rien dire, le visage blanc comme un masque de mort. Puis elle disparut à nouveau, et les voix s'évanouirent, et quelque chose me brûla la main et je mis ce quelque chose dans la poche de mon veston. Qu'ils essaient un peu de me prendre quoi que ce soit, qu'on rigole...

La porte blanche, qui m'attirait... toujours aussi lointaine... et quelque chose dans ma main... quelque chose de beaucoup plus gros que ce que j'avais glissé dans ma poche, plusieurs heures auparavant. Une poignée de porte. Je la voyais. Tout en cuivre Luisante entre mes doigts.

La voix de Vicki ?

— Pete, ne sors pas, Pete... Au nom du ciel, ne sors pas... tu vas te faire ramasser !

Je me retournai pour la regarder, mais elle n'était plus là. Il faisait noir à nouveau, et je contemplais une porte. L'extérieur d'une porte.

Demi-tour, droite. La Mercury, juste en face de moi, dans la lueur d'un lampadaire. « Rentrés chez eux pour Noël ? » disait une voix. Quel Noël ?

Un feu rouge, et j'étais au volant de la Mercury, attendant le retour du vert. Ils eurent un mal de chien, par la suite, à croire cette partie de mon histoire. Il aurait fallu plus de concentration, d'après eux, plus de cohérence, et un sens plus grand de l'orientation que je ne pouvais avoir à ce moment-là, et dans cet état !

Mais je connais la Mercury, et la Mercury me connaît, et je connais la ville comme ma poche, et je savais où je voulais aller. Je voulais aller chez moi, chez mon frère, et personne ne m'en empêcherait. Je voulais passer ce Noël en famille, avec les miens, avec ceux de mon sang...

Lumières rouges et lumières vertes et lumières de Noël saluant le retour de Pete, le retour de l'enfant prodigue. Une lumière jaune : prudence. Une lumière verte : en avant. Pete revient. Ouvrez la porte, ouvrez vos bras, ouvrez vos cœurs à cet incapable, à cet inadapté.

Le chemin carrossable, et la poignée de la porte. Une nouvelle poignée de porte, là dans ma main. Le hall d'entrée désert. Où étaient-ils ? Où étaient les miens ? Sortis peut-être ?

La traversée du hall. La porte du salon. Non, ils n'étaient pas sortis. Ils étaient là. Les miens. Nick, Chris et Paul, en train de jouer aux cartes en famille.

Je vacillai sur place... et m'effondrai.

— Dieu seul sait pour quelle raison il l'a fourrée dans sa poche. Elle s'y est éteinte après avoir brûlé le tissu jusqu'à la doublure... Oui, oui, de la marijuana. Il n'y a pas que ça, naturellement, bien que jusqu'à présent je sois obligé de m'en tenir à des conjectures. Le délire n'est pas une maladie, Mr. Arnold, mais un symptôme complexe, et je ne puis prescrire un traitement définitif avant d'avoir pu rendre un diagnostic exact. La... défaillance peut être d'origine infectieuse, toxique, traumatique... Oh, excusez-moi, voulez-vous ?

Des capsules de sel, de l'eau, de l'eau, de l'eau, encore du sel.

— Le délire peut-être, par exemple, le déchaînement brutal d'une tendance schizophrénique ou dépressive latente. Je crois que nous ferions bien de consulter le Dr Delavarun.

— Il a meilleure mine, ce matin, pas vrai, p'pa ?

J'ouvris les yeux et souris à Chris.

— Salut.

— Salut, Pete. Ça va mieux Pete ?

Dents blanches, sourire franc, cheveux en brosse.

— Est-ce que les Ours ont battu les Lions ? m'informai-je.

— Sûr. Ils rencontrent les Béliers ici, dimanche prochain... Eh, Pete, toujours cinglé ?

— Chris !

La voix de Nick était impérieuse, et je le regardai.

— Ça va, lui dis-je. Je ne suis plus cinglé. Bonjour, Nick.

— Bonjour, Pete. Savez-vous que vous m'avez appelé papa, dans votre délire ! Papa Nick ! Suivi de commentaires moins flatteurs.

— Allez chercher le contrat, Nick, je ne sais pas encore très bien ce que je fais. Qu'est-ce qui s'est passé dans le monde, ces jours-ci ?

— Rien de bien fameux. Je vais passer un coup de fil à votre frère. Il se tracasse à votre sujet. Et votre belle-sœur aussi. En voilà un qui a su tirer le bon numéro !

Il sortit.

Chris s'assit sur le pied de mon lit.

— Vous croyez que ça pourra gazer, pour dimanche ? J'aimerais voir la bagarre entre les Ours et les Béliers. (Il marqua une pause.) Avec vous.

— Je me sens beaucoup mieux. Vu Ellen, depuis que je suis ici ?

— Toutes les nuits. Le jour, elle travaille. Chez Bullock. Pour le coup de feu de Noël. Elle est dans la lingerie. Enfin, je veux dire qu'elle en vend.

Ellen dans la lingerie pour le coup de feu de Noël ! Hovde avait raison. Elle avait fini par me stupéfier.

— C'est vraiment quelqu'un, votre belle-sœur, disait Chris. Elle est épatante. Si naturelle, si...

— Authentique, complétai-je. Entièrement garantie sans retouches.

Chris suivait d'un index distrait les motifs du dessus de lit.

— Qu'est-ce qui vous est arrivé, Pete ?

— Mon gros ressort m'a lâché. Trop d'événements en trop peu de temps pour un petit cerveau comme le mien. Débrouille-toi toujours pour que tout reste simple dans ta vie, Chris. Aussi simple que possible.

— Je n'aurai pas besoin de me forcer, dit-il. Je suis plutôt simple d'esprit. (Il leva les yeux.) C'est à Paul qu'il faudrait donner ce conseil.

Paul venait d'apparaître sur le seuil de la pièce.

— Quoi ? Quel conseil ? Bonjour, Pete. Est-ce que tout va bien, maintenant ?

— Presque.

Il entra, et s'assit à côté de Chris.

— Etiez-vous en train d'instruire Gros-Lard ?

— J'en serais incapable. Et toi ?

Il sourit en secouant la tête.

— Fichtre non. Je suis un abîme d'ignorance. Je ne savais même pas que les Béliers rencontraient les Ours dimanche prochain ! Chris a failli s'évanouir devant un tel scandale... Mais j'ai tout de même suivi vos conseils, Pete. J'ai boudé quelques-uns des cours du professeur Arranbee... Qu'est-ce que vous aimeriez avoir, pour votre petit déjeuner ?

Je passai ma commande et ce fut Nick qui me l'apporta. Il posa le plateau devant moi et s'assit sur une chaise, à mon chevet, l'air profondément soucieux.

— Où avez-vous trouvé la marijuana, Pete ?

Je réfléchis un instant, et dis :

— Chez Vicki Lincoln. Il se peut qu'elle me l'ait refilée par erreur.

Les yeux de Nick cherchèrent les miens.

— Qu'est-ce que vous foutiez chez Vicki Lincoln ?

— J'étais allé bavarder avec elle et j'ai perdu les pédales. Qu'est-ce qui a bien pu m'arriver ?

— Je n'en sais rien. Ces deux crimes. L'indécision. Les nouvelles de la guerre. L'alcool... tout ça réuni... Pourquoi ne pas avoir emmené Mike avec vous ?

— Je le lui avais suggéré, mais je crois qu'il a peur de Jake.

— Avec raison, Pete. Jake est normal jusqu'à ce qu'il s'imagine que quelqu'un veut lui soulever une de ses souris. Alors, là, il fait du grabuge. Mais pourquoi cette visite ? Qu'est-ce que vous espériez trouver ?

— Sais pas. Je suis pas un flic. Une intuition, peut-être. Je pensais qu'elle pourrait savoir quelque chose sur Calvano, en sa qualité de cliente. (Je bus une gorgée de café et reposai la tasse sur le plateau.) Ces meurtres vous tracassent, Nick ?

— Non. Ils m'effraient.

Je le regardai. Je regardai cet homme de cent vingt-cinq kilos, et tout en muscles, qui s'était frayé un chemin, à la force du poignet, depuis les bas-fonds de Chicago jusqu'à cette propriété sise au cœur de la Vallée. Effrayé, Nick Arnold ? Non...

— Ils vous... effraient ? répétai-je.

Son regard rencontra franchement le mien.

— Pas vous, Pete ?

J'étudiai le problème.

— Sans doute que si, puisque j'ai eu cette crise...

— Tâchez de voir les choses de mon point de vue, reprit-il. J'ai la réputation d'être régulier en toutes choses et de n'employer la force que s'il m'est impossible de faire autrement. Bon ! Je suis prêt à me ranger définitivement des voitures. Personne ne peut rien contre moi et tout le monde a confiance en Nick. Re-bon ! Mais juste à ce moment-là, quelqu'un perd la boule et se met à jouer du couteau. (Il s'arrêta pour reprendre haleine.) Qu'est-ce qui prouve que ce n'est pas Nick ?

— Je vois, murmurai-je.

Papa Nick, auprès de qui Pete était venu se réfugier, dans son délire...

— Vous réfléchissez, Pete ? dit-il doucement.

Je me frottai les yeux.

— Oui et non... Si vous vous rangez définitivement, que deviennent vos anciennes activités, vos anciennes... relations ?

— Oh... J'ai un gars qui est prêt à prendre ma place. Un gars de Minneapolis. Il a déjà plus des deux tiers de ma vieille organisation dans les mains.

— Une véritable institution nationale, hein, Nick ?

Il haussa les épaules.

— Si vous voulez. Une parmi tant d'autres. Et tous les gars n'ont pas eu ma chance. (Il se leva.) Je vais aller déjeuner, maintenant. Paul et Chris ont sans doute déjà terminé... Ne parlez pas à Jake de votre entrevue avec Vicki, Pete. Jake est quelquefois... très déraisonnable.

— Entendu, Nick.

Il s'en alla, et je dépliai les journaux.

La flotte évacuait les rescapés, en Corée, sous les attaques constantes de l'ennemi. Une annonce publicitaire occupant un huitième de page offrait aux amateurs un abri personnel dernier cri, à l'épreuve des bombes atomiques.

Je rejetai le journal en entendant des pas dans le corridor et tournai la tête vers la porte. Ils étaient deux, un homme et une femme. Je n'avais jamais vu le visage de l'homme si sérieux, ni celui de la femme si tendu.

Jake Schuster et Vicki Lincoln.

Je retins mon souffle.

9

— Toujours en rogne après moi, Pete ?

Je me remis à respirer normalement, et souris.

— A cause de Wright's Widow ?

Nick m'a tout expliqué. Bonjour, Vicki.

— Bonjour, Pete. Qu'est-ce qui vous est arrivé ?

Ceci en quatrième vitesse, pour me faire comprendre que Jake ne se doutait de rien.

— Jake m'avait passé un tuyau sûr, répondis-je, et le tuyau avait une fuite. Je ne fais que commencer à m'en remettre.

Elle se rasséréna visiblement. Et lui aussi.

— Ne me retourne pas le tuyau dans la plaie, Pete, dit-il. Qu'est-ce qui t'a arrangé comme ça ? Le whisky ou les femmes ?

Vicki avait-elle accusé le coup ?

— Ni l'un ni l'autre. Les nerfs, simplement. Belle journée, aujourd'hui !

— Magnifique, dit Jake. Ils vont bientôt rouvrir Santa Anita.

Quelques répliques à bâtons rompus. Au revoir, Pete, et porte-toi bien... Puis le carillon de la porte d'entrée, un bourdonnement de voix lointaines, d'autres pas...

John et Martha. John ennuyé, Martha anxieuse. John en flanelle grise et chemise à raies, Martha en jupe noire et sweater vert pâle.

— Pete, mon petit !

Elle me prit la main, spontanément, tandis que John me tapotait la jambe, à travers la couverture, d'un air vaguement mal à l'aise.

— Ça va aller mieux, Pete.

Du moment qu'il le disait...

— Alors, jeune idiot, grondait Martha. Qu'est-ce qui t'a mis sur le flanc ?

— Le whisky. Vous avez séduit tout le monde, ici, Mrs. Worden.

— Comme partout où je vais, s'esclaffa-t-elle. Un vrai rayon de soleil ! (Sans me lâcher la main, elle s'assit sur le bord du lit.) Vide ton sac, propre à rien. Qu'est-il arrivé ?

— Je n'en sais trop rien. Demande plutôt ça au toubib. Deux ou trois verres, une cigarette, et je me suis mis à battre la campagne. Le surmenage, sans doute ?

— Quel genre de cigarette, Pete ?

Un pavé dans la mare, cette question de mon cher grand frère ! Je le regardai et discernai sa gravité, sa froideur. Ce n'était pas une question inspirée par la sollicitude. C'était un jugement, une sentence rendue.

— Je croyais que c'était une cigarette ordinaire, John, mais il paraît que ce n'en était pas une. Pourquoi ?

— Je me demandais jusqu'où tu étais allé, Pete.

— Jusqu'où j'étais tombé, tu veux dire ?

Il ouvrit la bouche pour répondre, mais Martha lui coupa la parole :

— Va m'attendre dans la voiture, John.

Il baissa les yeux vers elle, interloqué. Mais Martha ne le regardait pas. Et sa voix était aussi froide que le glissement d'un cobra.

— Va-m'at-ten-dre-dans-la-voi-tu-re, John.

Je le vis rougir jusqu'aux oreilles. Puis il tourna les talons et quitta la pièce.

La voix de Martha tremblait légèrement.

— Pourquoi faut-il qu'il se montre toujours aussi... empesé, Pete ? Oh, Pete...

— Encore des larmes ? constatai-je. C'est un bon citoyen, Martha. Un de ces jours, son monde lui claquera dans les mains et tu pourras lui expliquer pas mal de choses. Ce jour-là, il t'écoutera.

— Mais ce jour-là, il sera trop tard, Pete. (Elle me reprit sa main et s'essuya les yeux.) Dès que tu pourras circuler, viens à la maison. Ta chambre est prête. Tu es de bonne compagnie et les petits s'ennuient de toi. Je vais tâcher de faire lever l'interdit sur tes cent dollars, Pete.

— Ma secrétaire vous téléphonera, lui dis-je. Le médecin prétend que je ne suis pas encore assez grand pour prendre mes décisions moi-même.

— Mr. Arnold me tiendra au courant, riposta-t-elle. Je crois que je l'ai définitivement attelé à mon char.

Elle s'esclaffa. Je m'esclaffai et lui décochai une œillade.

Mon visiteur suivant fut un homme que j'eus quelque peine à reconnaître.

— Le Dr Ziegler, si ma mémoire est fidèle ?

Il était petit, trapu, grisonnant.

— Oui. Comment vous sentez-vous ?

— Beaucoup mieux... Et votre collègue s'appelait Delavarun, je crois ?

— C'est exact. Voyons votre température.

Il n'était pas particulièrement aimable. Si la maison lui déplaisait à ce point, il n'avait qu'à refuser d'y venir, et passer le flambeau à son copain le spécialiste !

— Presque normal, dit-il en louchant sur le thermomètre. Ne quittez pas la maison et, si vous vous levez, couvrez-vous chaudement. Vous avez une solide constitution, Mr. Worden.

— Je ne suis pas un habitué des cigarettes à la marijuana, docteur.

— Je sais, je sais. Ça n'a fait qu'aggraver la crise. Et ne vous excusez pas. Encore un an ou deux de ce régime et j'en fais mes cigarettes ordinaires.

Où allons-nous, grand Dieu, si les médecins eux-mêmes en ont jusqu'aux ouïes de cette époque absurde ?

Il se retira, et je parvins à me mettre sur pied sans autre dommage que de vagues élancements sous le couvercle de la boîte crânienne, élancements qu'il m'arrivait même d'éprouver en temps ordinaire.

Le pyjama était trop court et devait appartenir à Chris. Je

trouvai un peignoir dans la penderie, enfilai mes chaussettes, mes chaussures et me dirigeai vers le salon.

Nick était assis dans un énorme fauteuil de cuir vert, les yeux fixés sur la piscine où s'ébattaient ses deux fils.

— Permission du toubib ? s'enquit-il en m'apercevant.

J'acquiesçai d'un signe de tête et m'assis sur une chaise, non loin de lui.

— Deux braves gosses, dis-je en désignant la piscine du regard, à travers la baie large ouverte.

— Sûr.

— Paul vous en fait voir, de temps en temps, mais il est jeune.

— Ça lui passera, conclut-il, d'un ton plein de lassitude. Il veut s'engager, lui aussi, maintenant.

— Ils finiront toujours par leur mettre la main dessus, Nick.

— Je sais. Mais je voudrais qu'ils terminent leurs études.

Il se tourna vers moi, l'air bizarre.

— Votre frère est reparti avant votre belle-sœur. Vous ne vous entendez pas fameusement, tous les deux, pas vrai ?

— Pas fameusement, non.

Je haussai les épaules.

— Il me doit cinq mille dollars depuis plus de deux mois, continua-t-il. Je n'avais pas l'intention de vous en parler, mais... avec ses grands airs de toujours planer au-dessus du troupeau, il finit par me porter sur le système.

Je le regardais fixement, incapable d'en croire mes oreilles.

— John ? Cinq mille dollars... ?

— Sur un cheval, au début de la saison. Il ne sait pas que c'est à moi qu'il les doit. Il a placé son pari entre les mains d'un de mes books de première classe. Mais il avait toujours payé rubis sur l'ongle, auparavant, et...

— Auparavant ? Il y a longtemps que John joue aux courses ?

— Des années. Mais il a toujours payé... Vous ne le saviez pas ?

— C'est si peu conforme à son caractère...

— Qu'est-ce qui n'est pas conforme à son caractère ? Le jeu ? Tout le monde joue ! C'est ce retard à payer ses dettes qui n'est pas conforme à son caractère ! Et j'ai pensé que ça pourrait vous rendre service de le savoir.

John pariant sur les canassons ! Alors, là, je commençais vraiment à piger ce que le sergent Hovde avait voulu dire.

Pour ce que tu en sais, il est peut-être en train de déguster gaiement ta part du gâteau. Qui diable avait prononcé cette parole historique ? Ellen, bien sûr, ma douce Ellen aux yeux bien ouverts sur le monde.

— Vous êtes pâle, s'inquiéta Nick. Ça ne va pas ?

— Un peu faiblard, expliquai-je. Je crois que je vais aller me recoucher.

Je ne me relevai qu'à l'heure du déjeuner, pris un bain prolongé dans la vaste baignoire de céramique et me servis du rasoir qu'une main vigilante avait placé sur l'étagère du lavabo.

La table avait été dressée dans le patio, et Nick paraissait d'humeur moins morose. Mais Mike mangeait avec nous et Mike n'était visiblement pas de bonne humeur. Nous parlâmes des meurtres et je leur fis part de la théorie d'Art Shadow, au sujet d'une éventuelle tentative de chantage pratiquée par feu Tommy Lister sur la personne du meurtrier.

— Il y a toujours un détective amateur parmi les copains du mort, hein, Pete ? commenta Nick, un peu trop doucement.

— Supposons que ce soit vrai, poursuivis-je, sans tenir compte de l'interruption. Tommy n'avait peut-être pas le sens moral très développé, mais il était capable de raisonner clairement. Jamais il n'aurait essayé de faire chanter un meurtrier aux poches vides. Il faut que le tueur ait eu suffisamment de répondant pour que Tommy ait décidé que ça valait la peine de courir un tel risque.

— Il veut dire que ça doit être un type riche, comme toi, Nick, souligna Mike.

— Ça se défend, concéda Nick. Et supposons que vous ayez la preuve que je suis l'assassin, Pete. Qu'est-ce que vous feriez, dans ce cas-là ?

— J'irais la porter à Hovde. A moins que vous ne me fassiez descendre entre-temps par un de vos durs à cuire.

— Tu vois ! triompha Mike.

— Vous feriez coffrer votre vieux copain Nick ? pouffa Nick. Je suis bien content de n'y être pour rien. Je suis bien content que ce soit Mike qui ait tout fait.

Mike n'eut pas l'air de trouver ça drôle.

— Tommy Lister était un ami, leur rappelai-je, m'apercevant, simultanément, que ce n'était pas tout à fait vrai, que Tommy n'avait jamais été véritablement un ami, au plein sens du terme, mais que, pour une raison ou pour une autre, je n'avais pas cessé de monter cette amitié en épingle, depuis sa mort. N'étais-je pas tout simplement en train de chercher une excuse plausible à cette animosité, à cette insociabilité croissante qui bouillonnait en moi ?

La dernière gorgée de café encore dans la bouche, Mike se leva.

— Je file à Pasadena, Nick.

— O.K., approuva Nick, et Mike s'éloigna sans me dire au revoir.

J'attendis un bon moment avant de reprendre la parole :

— Est-ce que Manuel Gonzalès travaille pour vous, Nick ?

— Manny ? Non. Nous avons été associés pendant quelque

temps, quand je suis arrivé ici. Depuis, je me suis retiré du Ridge Club, mais nous sommes restés bons copains. C'est pour ça que je lui ai fait prendre votre pari.

— Le Ridge Club appartient à Manuel, maintenant ?

— Pas entièrement. Il a d'autres associés

Je ne pus m'empêcher de rire, et dis :

— Je crois que je vais vous quitter cet après-midi, Nick. Non que je n'apprécie point votre hospitalité, mais j'ai quelques petites choses à faire.

— Si vous vous en sentez la force... mais tâchez de revenir pour dîner. Ellen sera là.

— O. K... A quelle heure vient-elle ?

— Vers sept heures. Passez donc la prendre chez Bullock et revenez avec elle.

— C'est bien ce que je comptais faire. Lequel des magasins Bullock ?

— Celui de Westwood Avenue. C'est tout à côté de chez vous.

En effet, c'était à deux pas. Il lui aurait suffi de s'installer dans ma cambuse pour pouvoir s'y rendre à pied.

Le mégot de marijuana s'était heureusement débrouillé pour ne brûler que l'intérieur de ma poche, du côté de la doublure. Les bords du trou me collaient aux doigts. Mais mon linge de corps et mes chaussettes avaient été lavés. Descendez à l'Hôtel Arnold et vous serez satisfaits. Y avait-il quelque chose à quoi Nick n'eût point pensé ?

La Mercury était dans le garage où j'avais gagné treize cents dollars, maintenant évaporés, et meurtri le menton de Mr. Al Calvano, maintenant décédé. Je descendis tout doucettement le chemin carrossable et repris la route avec une joie sans mélange. Si le Dr Ziegler me voyait, il serait fichu de se mettre immédiatement à fumer du chanvre !

Je fis remplir mon réservoir, vérifier mon huile et la pression de mes pneus au premier poste d'essence, puis rentrai chez moi en pensant à Nick, Chris, Paul, Ellen, Mike, Lily, Hovde, Jake, Vicki, Mary Gonzalès et son frère Manny. Et John, et Martha, et Jaekels, et Shadow (Arthur), et Calvano (Al).

Et Tommy Lister.

Vous en connaissez, des tas de gens, Mr. Worden. Tous plus intéressants les uns que les autres. Et variés, avec ça ! On a bien raison de prétendre que les voyages forment la jeunesse et que ce n'est pas en restant chez soi que l'on peut s'élargir l'esprit.

Il régnait dans ma piaule depuis trop longtemps abandonnée la même odeur que dans le vestiaire des catcheurs après la cinquième rencontre de la soirée. J'ouvris les fenêtres, ôtai mon beau veston à la poche trouée, fis un brin de ménage et m'allongeai sur le divan.

J'étais encore faiblard, mais trop agité pour pouvoir faire un somme, et ce fut presque avec soulagement que j'accueillis la visite de Mr. Art Shadow.

— Encore vous ? constatai-je. Vous me hantez, mon vieux.

— Je me hante moi-même, dit-il d'un air sombre. Et vous n'êtes pas un type bien facile à hanter. Il n'y a jamais moyen de vous mettre la main dessus... J'ai interrogé les copains, mais personne ne sait où Tommy se procurait son chanvre.

— C'est tout ?

— Presque. Mary Gonzalès vous envoie ses amitiés. Les flics ont interrogé son frère, au sujet de ces deux meurtres. Manny a fait des affaires avec Nick, autrefois. Et Mary voudrait vous parler, à la première occasion.

— Elle sait quelque chose ?

— Passez-lui un coup de fil, vous le verrez bien.

J'appelai le Ridge Club, mais Mary Gonzalès n'était pas là.

— Je me demande où elle peut bien être en ce moment, dit Art. Avez-vous terminé cette bouteille de whisky que vous aviez l'autre jour ?

Il avait l'air plus chien battu que jamais et lorsqu'il s'en alla quelques minutes plus tard, après avoir liquidé le restant de mon whisky, il déclara sans me regarder, en ramenant derrière lui le battant de la porte :

— Si vous voyez Mary, rappelez-moi à son bon souvenir. Et ne vous laissez pas troubler par votre conscience. Mon amour n'est pas réciproque.

Art Shadow, ou le dernier des romantiques. Quel type, grand Dieu !

J'essayai d'avoir Hovde au bout du fil, mais il était sorti, lui aussi. Je tuai le temps péniblement jusqu'à cinq heures et demie et bien avant six heures, nous étions, la Mercury et moi-même, devant la sortie de chez Bullock.

Ma bien-aimée ne parut pas autrement surprise de me voir et me demanda de mes nouvelles, du bout des lèvres. C'est ce qui fait le charme d'Ellen. Un jour, elle ne veut pas vous laisser partir, et le jour d'après, vous pourriez aussi bien être le percepteur. Où peut-être avait-elle compris à quel point il lui serait facile de se passer de moi, pendant que j'étais sur le flanc ? Si l'on peut qualifier de « facile » le fait de rester debout toute la sainte journée derrière un comptoir de lingerie.

Nous ne parlâmes guère, pendant toute la durée du trajet. Je prononçai le mot qu'elle attendait de moi. Elle me répondit qu'ils étaient contents de ses services, chez Bullock, et qu'ils avaient l'intention de la garder, même après la fin du coup de feu de Noël...

Si je lui avais parlé mariage, une semaine plus tôt... Mais ce temps-là était apparemment révolu.

J'insistai. Elle me coupa la parole.

— Tu ne te rangeras jamais, Pete. Inutile que nous nous fassions des illusions...

— Je ne me rangerai peut-être pas sur l'étagère de Nick, mais je trouverai bien un boulot quelconque. Ce ne sera peut-être pas le Pérou, au début...

— Exactement. Ce ne sera pas le Pérou. Tu as bientôt trente ans, Pete, et qu'est-ce que tu sais faire ? Si tu n'acceptes pas la proposition de Nick...

— Pour te resservir tes paroles d'il y a quelques jours, je saurais toujours conduire un ascenseur ou un gros camion. Ou vendre des articles de sport dans un magasin chic...

— Je sais, je sais, dit-elle avec lassitude. Ne parlons pas de ça maintenant, veux-tu ? Nous verrons ça un peu plus tard.

— Ce qui signifie que ma proposition de mariage est refusée ?

— Pas maintenant, Pete. Nous arrivons.

— O.K., O.K., ! Je ne pensais pas que j'aurais jamais à lutter contre une horloge pointeuse... Attends un peu d'avoir vendu de la lingerie à des enquiquineuses pendant quelques mois !

— Ne t'inquiète pas pour moi, Pete. Et tâche de faire une autre tête. Nous y sommes.

Chris me sauta dessus, dès notre arrivée, en brandissant les trois tickets qu'il s'était procurés pour la rencontre des Béliers avec les Ours, le dimanche suivant.

— On va y aller tous les trois, Pete. Vous et Paul et moi. Vous voulez venir aussi, Ellen ? Je peux avoir d'autres tickets.

Elle sourit péniblement et secoua la tête.

— Merci, Chris. C'est de l'hébreu pour moi.

Et elle se dirigea vers l'entrée du salon.

Je ne peux pas dire qu'elle se montra désagréable avec moi, ce soir-là. Pas plus désagréable qu'avec la chaise sur laquelle elle était assise. J'avais simplement l'impression d'être une autre chaise, un meuble, un détail du décor.

Elle était fatiguée, bien sûr, après une journée derrière son comptoir, et ne parlait pas beaucoup plus aux autres qu'à moi-même, mais...

Retour silencieux. Arrêt devant la droguerie :

— Eh bien... voilà !

Une bonne entrée en matière, Mr. Worden, qui ne veut absolument rien dire et permet d'enchaîner n'importe quelle suite.

— Bonsoir, Pete, murmura-t-elle en me tendant ses lèvres.

Quel baiser, Miss Gallegher, vous que j'ai connue si passionnée !

— Tu voulais peut-être dire : au revoir ? suggérai-je.

— Je ne sais pas moi-même ce que je veux dire, Pete. Et je n'ai pas envie de discuter. Pas ce soir.

Tenter de la retenir ? Lui parler de mon désir, de mon amour ?

— Eh bien... bonsoir, Ellen. Ne fais pas de mauvais rêves.

La Mercury semblait ricaner, tandis que nous nous éloignions de la droguerie. Sale mécanique, sans compassion ni discernement ! Allez au diable, Miss Gallegher. Vous n'êtes pas la seule fille au monde, vous savez ? Oui, mais vous êtes la seule Ellen Gallegher, et ça, personne n'y peut rien. Pas même Mr. Peter Worden, malgré les airs de matamore qu'il est en train d'essayer de se donner...

Il y avait de la lumière chez Tommy. Pourquoi pas ? L'appartement devait être déjà loué à quelqu'un d'autre. Mais le plus drôle, c'est qu'il y avait aussi de la lumière chez moi et je m'arrêtai brusquement, la main sur la poignée de la porte, que je n'avais pas fermée à clef, quand j'étais parti, vers cinq heures et demie. Mon Dieu, faites que ce ne soit pas un nouveau cadavre...

Mais sans doute l'avais-je tout simplement laissée allumée moi-même ?

Je poussai la porte.

Mary Gonzalès était assise dans le vieux fauteuil.

10

Souriante et plus jolie que jamais. Le buste moulé dans un sweater collant, son léger manteau plié sur ses genoux, ses fines chevilles gaminement croisées, ses cheveux corbeau luisant sous la lumière artificielle.

— Tu es seul, Dieu merci, s'esclaffa-t-elle.

Je refermai la porte derrière moi.

— Bien sûr que je suis seul. Pourquoi ?

— Tu aurais pu avoir... quelqu'un d'autre avec toi. Bonjour, Peter.

— Bonjour, Mary. Tu as quelque chose à me dire ?

Elle acquiesça.

— C'est le prétexte, sinon la raison de ma présence. Ai-je rougi ?

— Non.

— Nous sommes toujours à l'université, Peter. Et tu m'as invitée à monter boire un verre dans ta chambre. Je t'avais remarqué dès la première année, tu sais ?

Moi, je l'avais remarquée dès le cours préparatoire, mais j'ai toujours été un enfant précoce.

— Le prétexte, d'abord, dit-elle brusquement. Manny a reconnu le couteau que le sergent Hovde lui a montré, Peter.

— Oui ? A qui appartient-il ?

— Manny ne s'en souvient pas. Mais il est sûr de l'avoir vu quelque part. Il me l'a dit, et je te le dis, Peter, mais nous n'en avons parlé à personne d'autre, bien entendu. Et surtout pas au sergent Hovde.

— Chez Nick Arnold, peut-être ?

— C'est la première chose à laquelle il ait pensé, mais ça ne lui a rien rappelé. Il court des tas de bruits, au Ridge Club, et l'un d'entre eux est que tu as l'intention de travailler pour Nick. Ne fais pas ça, Peter.

— Pour quelle raison ?

— Reste ce que tu as toujours été. En dehors.

Je lui souris.

— Tu es un amour.

— Le tien ?

— Pour l'instant, oui. Et qu'y a-t-il de plus important que le présent ?

Elle se leva.

Aucun rapport avec la première fois, au Ridge Club... La nuit complice et son corps exigeant, à la fois soumis et rebelle. Une communion totale, intégrale, un paroxysme d'extase et cette impression magnifique de tout donner, de tout recevoir...

Le lendemain matin, elle était partie, mais je savais que je n'avais pas rêvé. Avec Vicki, ça n'avait peut-être été qu'un cauchemar, mais là, j'étais bien certain de n'avoir pas rêvé. Debout, les gars, c'est une autre journée qui commence !

Dehors, il y avait du brouillard, et la température était fraîche. Une idée commençait à ramper dans ma caboche. C'était une idée ridicule, mais je n'arrivais pas à m'en débarrasser. Je décidai de la laisser ramper.

J'avais faim, pour une fois. Je bus deux tasses de café, grignotai un restant de bacon en parcourant le canard du jour, me rasai, passai sous la douche et me sentis assez fort, ensuite, pour aller déguster un vrai petit déjeuner dans un restaurant que je connaissais. Œufs et jambon, arrosés de ketchup. Puis, l'estomac confortablement lesté, j'allai voir le sergent Hovde.

Il était dans son bureau, en compagnie d'un autre détective. Il me fit signe de m'asseoir, mais attendit que l'autre détective fût reparti pour m'adresser la parole.

— Alors ? attaqua-t-il.

— Alors, vous-même.

— On a emménagé chez Nick ?

— J'étais malade, sergent.

— Je sais. Et vous, qu'est-ce que vous savez ?

— Pas grand-chose de neuf. Avez-vous étudié de près le cas de Jake Schuster et de sa petite amie ?

— Pourquoi ?

— A cause de cette histoire de drogue. Est-ce que Calvano se contentait d'en vendre ou bien est-ce qu'il en faisait usage, lui aussi ?

— J'ai toujours eu l'impression qu'il se contentait d'en vendre. Et je crois que dans le cas contraire, je le saurais. Pourquoi ?

— Mike Kersh a essayé, au début de cette corrida, de me faire admettre une fois pour toutes que Calvano se dopait.

— Qu'il ne faisait que se doper ?

— Je ne pourrais l'affirmer. En tout cas il ne m'avait pas dit que Calvano faisait le commerce de la came.

— Ah, ah ? Mais pour revenir à la petite amie de ce Schuster... qu'est-ce qui l'effraie à ce point ?

— Comment cela... ? Oh, vous voulez parler de sa pâleur...

— Non ! Elle a le trouillomètre à zéro. Je sais reconnaître la frayeur quand je la vois, et cette fille est terrorisée.

Je ne répondis pas. Il enchaîna :

— Supposons que ce soit elle, ou Jake, qui nous ait téléphoné. Elle aurait une bonne raison d'avoir les jetons, dans ce cas-là.

— Peut-être. Et le couteau ? Personne ne l'a identifié ?

— Non. Mais je jurerais que Mike Kersh l'a reconnu.

— Moi aussi.

Hovde sursauta.

— Quoi ?

— J'ai vu le regard de Mike, moi aussi, quand vous le lui avez montré.

La main en travers de la nuque.

— Vous aussi, hein ? Je pensais que j'avais pu me tromper, mais vous l'avez remarqué, vous aussi !

J'avais pris le temps de réfléchir, pendant qu'il parlait, et je dis lentement :

— Ceci est strictement confidentiel, sergent. Je ne tiens pas à ce que Jake Schuster l'apprenne. Si jamais il l'apprend, je saurai que c'est vous qui le lui avez dit.

— Allez-y, grogna-t-il.

— J'étais chez Vicki Lincoln, l'autre jour, quand j'ai eu cette défaillance. Et Vicki m'a refilé — par erreur, je pense — une cigarette à la marijuana qui a précipité la catastrophe. C'est peut-être à cause de ça qu'elle est effrayée. Jake est, paraît-il, d'une jalousie féroce.

Hovde secoua tristement la tête.

— Quel appétit, grand Dieu. Alors, il vous les faut toutes...

— Je voulais seulement voir si elle savait quelque chose, sergent. Ne me faites pas dire ce que je n'ai pas dit.

— Et susceptible, avec ça ! Rien d'autre ?

— Rien de solide.

L'idée ridicule s'était remise à ramper dans ma tête et je finis par l'exprimer, après quelques secondes d'hésitation.

Le sergent resta coi pendant un bon moment. Puis :

— Qu'est-ce qui a bien pu vous donner cette idée ?

— Les événements passés, je suppose. J'avais dû les cataloguer, inconsciemment, et voilà le résultat.

— Ça vaut la peine d'être vérifié, dit-il. Au début, je vous ai cru légèrement timbré mais à la réflexion... (Sa main s'abattit sur le dessus de son bureau.) Cette Vicki Lincoln a passé quelque temps dans une clinique privée d'Hollywood. Et ce n'est pas une boîte à prendre des fumeurs de marijuana ! Rien que des cas avancés, parvenus à un plus haut degré d'intoxication... (Il s'interrompit pour hocher la tête.) Vous pouvez dire que vous venez de lever un fameux lièvre.

— Et Nick ? questionnai-je.

— Il était en train de bavarder avec Jaekels, quand Lister a été tué. Il ne pourrait guère avoir de meilleur alibi. Ecoutez, Worden, je ne vais pas aller interviewer immédiatement les gens de la clinique. La visite d'un flic leur flanquerait le feu aux fesses et j'ai deux ou trois petites choses à vérifier, auparavant. Je crois que je ne vous avais pas méjugé, Worden. Je crois savoir reconnaître la qualité quand je me trouve en face d'elle.

— On ne s'en douterait guère en voyant vos cravates. Bye-bye, sergent.

Je me levai.

— A la bonne heure, dit-il. Voilà qu'on rejoue les durs. Voilà qu'on retombe en enfance.

— Si vous voulez, admis-je. Pourquoi ne voulez-vous pas flanquer le feu aux fesses des gens de la clinique ?

— Parce qu'ils risqueraient de prendre le mors aux dents, et de ne rien nous dire.

— Ils ont des archives.

— Les archives peuvent être détruites. Il n'y a rien que l'argent ne puisse faire, Worden.

Ce n'était sûrement pas moi qui allais lui dire le contraire ! Je clignai de l'œil, approuvai d'un signe de tête, et m'esquivai. Personne n'aime les flics, mais je commençais à gober Hovde. Il travaillait tellement dur et il était si visiblement sincère...

En sortant, j'allai boire un demi. Puis je réintégrai ma bagnole et mis le cap sur Beverly Hills et la maison de mon frère. La voix du sang. Aujourd'hui, je savais quelle était ma vraie famille.

Et la voix du sang répandu, Peter Worden ? Sur la chemise blanche de Tommy Lister et dans la neige de Corée. C'est là qu'est ta vraie famille, Peter Worden, et non dans une maison luxueuse de Beverly Hills.

Ils me retinrent à déjeuner, bien entendu, mais froncèrent les sourcils, avec ensemble, lorsque je dis à John que je voulais lui parler sérieusement.

— Sérieusement, Peter ?

— Argent, si tu préfères. Soyez heureux, les enfants, Pete Worden se range, Pete Worden va se ranger. En un mot, John, je veux m'établir et j'ai pensé à une station-service, un petit garage, avec poste d'essence et tout...

Nouveau froncement de sourcils, à la ronde. Et Martha me parut soucieuse, tandis que, sur un signe de John, nous nous dirigions lui et moi vers la porte du cabinet de travail.

John l'ouvrit, s'effaça pour me laisser passer, la referma soigneusement derrière lui, s'assit derrière son grand bureau. Grosse affaire, Mr. Worden, grosse affaire.

— Eh bien, Pete, allons-y. Je t'écoute.

Je lui exposai mon projet, à ma manière hésitante et brouillonne. J'avais déjà repéré deux ou trois emplacements possibles, au cours de mes pérégrinations. Tous situés dans des faubourgs en plein développement, où personne n'avait encore eu l'idée d'installer une station-service. Je lui parlai aussi de ma passion congénitale pour tout ce qui fait teuf-teuf et de mon horreur indicible envers tout travail effectué pour le compte de quelqu'un d'autre. Un boulot qui me plairait, dans un cadre où je serais mon maître, il n'en faudrait pas plus pour faire de Peter Worden un citoyen respectable...

John fronça les sourcils, une fois de plus et dit :

— Bien sûr, bien sûr, mais une station-service... oh, peu importe, plaçons-nous simplement du point de vue financier. Combien te faudrait-il à peu près, pour démarrer ?

— Dans les huit mille dollars.

Il se leva, et resta piqué un bon moment devant la porte vitrée qui donnait accès au patio. Et ce fut sans se retourner qu'il déclara finalement :

— Je ne... crois pas que je pourrais réunir une telle somme actuellement, Pete.

— Réunir une telle somme ! Mais... est-ce que ma moitié de l'héritage ne s'élève pas à beaucoup plus que ça ?

— Elle s'élevait à beaucoup plus que ça, Pete, mais... il y a certaines choses que j'aurais peut-être dû te dire plus tôt.

Il revint s'asseoir derrière son bureau, posa ses mains jointes sur son sous-main et me fit face, aussi candide qu'un courtier d'assurance.

— Je n'ai pas seulement administré les biens de la famille, Pete. Je me suis occupé aussi des affaires de quelques-uns de nos amis et... j'ai fait de mauvais placements. Il était normal que je les dédommage des pertes subies, mais j'ai dû, pour cela, puiser dans les fonds familiaux... y compris dans ce que tu es en droit de considérer comme ta part... Ta demande me surprend à un moment particulièrement critique, et...

Des mots, des mots bout à bout, et pas une seule fois le mot qu'il aurait fallu pour me rendre le sentiment d'être assis en face de mon frère, et non d'un quelconque margoulin. Devais-je prononcer ce mot ? Devais-je lui parler des canassons, puisqu'il n'avait pas assez de cran ni de confiance en moi pour aborder le sujet lui-même ?

— Tu es mon frère, John, lui dis-je. Pas besoin de tant d'explications. Tu ne peux pas me donner d'argent pour l'instant. Un point, c'est tout.

Il sourit.

— Je savais que tu comprendrais, Pete. Et avec cette bande de cinglés qui nous gouverne...

Je me levai. Etait-ce Harry Truman qui avait perdu ma galette en la jouant sur les canassons ?

— Ne t'excuse pas, John, lui dis-je. Ça ira comme ça.

— Si tu as besoin d'une petite somme Tes cent dollars par semaine...

— Mets-les dans ma tirelire, coupai-je, je n'ai besoin de rien pour le moment. Si je me retrouve dans le pétrin, je t'appellerai au secours. Au revoir, John.

— Tu n'es pas si pressé, Pete. Es-tu... en colère ?

— En colère ? Non. Pas du tout. Je suis presque soulagé. A bientôt, John.

Martha nous regarda revenir, d'un air grave.

— Je l'en ai dissuadé pour le moment, expliqua John. Nous trouverons quelque chose de mieux qu'un poste d'essence pour notre Pete. Je vais parler de lui à quelques-uns de nos amis. Nous trouverons bien une occasion...

Bla-bla-bla sur un air connu. Mais le regard de Martha, rivé au mien, restait grave, et c'était de la honte qui se mêlait à sa gravité. De la honte et de l'humiliation. Non, Martha, pas ça, je t'en prie. Que la honte et l'humiliation soient toujours épargnées aux Martha de ce monde.

Je lui souris.

— John essaie de me transformer en gentleman, Martha. Il y a des années qu'il essaie, mais faut pas désespérer. Il y arrivera bien un jour.

— Bonne chance, Pete, dit-elle calmement. Reviens quand tu veux. L'expression de ses yeux n'avait pas changé.

La main de John demeura sur mon épaule jusqu'à la sortie. Je la lui serrai avant de partir et grimpai dans la Mercury.

La Lincoln noire était garée de l'autre côté de la rue, juste en face, lorsque je débouchai du chemin carrossable. Mike Kersh était au volant. Il donna un coup de klaxon en me voyant apparaître, mais je me contentai d'agiter la main pour lui faire voir que j'avais entendu et m'éloignai à vive allure. Il me rattrapa sans aucun mal et, se maintenant à ma hauteur, me fit signe de me ranger le long du trottoir. Je secouai la tête, en lui montrant une voiture noire qui arrivait dans l'autre sens. Il aurait dû freiner et se rabattre derrière moi, mais il ne le fit pas. Il accéléra encore, frôla l'autre voiture et me serra contre le trottoir avec une maestria qui en disait long sur sa science du volant.

Nous nous rencontrâmes à mi-chemin de nos portières respectives.

— Est-ce que t'es maboul ? s'informa-t-il. Nick veut te voir.

— Possible, mais je ne veux pas voir Nick. Du moins pour l'instant. Et je commence à t'avoir assez vu. Tu te prends pour qui, ou pour quoi ?

— Ecoute, dit-il en posant sa main sur mon bras.

Je l'écartais d'un coup sec. Il sourit.

— T'es encore dans un de tes mauvais jours ? Mais Nick veut te voir, junior. Y m'a dit de te ramener et je te ramènerai. Dans n'importe quel état.

Il voulut me reprendre le bras. J'appliquai ma paume au centre géométrique de son visage rond, et poussai.

Quel gauche il avait, bon Dieu. Il m'attrapa juste au-dessous des fausses côtes, sans crier gare, et faillit, du premier coup, mettre fin à la discussion.

Faillit, seulement. Il n'avait pas eu le temps de le ramener en arrière lorsque, le souffle court et les yeux embués, je lui collai ma droite en pleine face. Je sentis craquer une de ses dents et vis un peu de sang couler sur son menton. Je vis aussi arriver sa propre droite et lui rentrai dedans, la tête la première, tandis que son poing passait derrière mon cou.

Si je ratais cette occasion, je n'en aurais peut-être pas une deuxième. Je l'empoignai au colback, mis toute la gomme dans une droite au creux de l'estomac, fis mouche et le sentis fléchir. Je lâchai sa cravate et, dès qu'il fut à genoux, le mien entra en action. Il atterrit sur l'os de son nez, et j'entendis un craquement sinistre...

Autour de nous, les badauds commençaient à s'attrouper, mais pas de flic en vue, heureusement. J'ouvris la portière arrière de la

Lincoln, traînai Mike à l'intérieur et refermai la portière. Je me sentais mieux. J'avais enfin trouvé quelqu'un sur qui cogner. Je repris le volant de la Mercury, la dégageai du V formé par la Lincoln et le bord du trottoir, et filai sans demander mon reste. Toujours pas de flic à l'horizon. Rien que cette douleur à la base des côtes et ce sentiment de libération.

J'avais accepté de rechercher un tueur, et non d'accourir comme un chien dressé au moindre appel de Mr. Nick Arnold.

Je passai devant chez Bullock — celui de Westwood Avenue — et me représentai Miss Ellen Gallegher vendant la lingerie fine qu'elle eût portée volontiers et bien mieux que la plupart de ses clientes. Il fallait que nous ayons une explication définitive, tous les deux, mais je ne me sentais pas encore le courage de la provoquer.

J'étais en train de garer la Mercury devant chez moi lorsque je vis arriver une Caddy d'aspect familier. Je sautai sur le trottoir, Jake Schuster s'arrêta un peu plus loin et revint à ma rencontre. Il n'avait pas l'air disposé à sourire.

— Qu'est-ce qui te tracasse, Jake ? lui demandai-je.

— Je ne sais pas. Tu montes chez toi ?

— Oui. Suis-moi si tu as quelque chose en tête.

Il me suivit sans mot dire. J'ouvris ma boîte aux lettres, en passant, et lui montrai les deux ou trois cartes de Noël que je venais d'en tirer.

— Tu ne m'en as même pas envoyé une, Jake, à moi, l'un de tes meilleurs clients !

— Je le dirai à Vicki. Elle se fera un plaisir de réparer l'oubli.

Y avait-il de l'amertume dans ses intonations ? J'ouvris ma porte en me demandant qui occuperait le vieux fauteuil, cette fois-ci, mais la pièce était vide. Je repoussai le battant derrière nous et Jake entra tout de suite dans le vif du sujet.

— Vicki m'a dit que tu étais allé la voir, ce fameux après-midi où tu as perdu les pédales...

Je le regardai dans les yeux.

— Alors ?

Son visage était gris et calme.

— Alors, rien. Qu'est-il réellement arrivé, Pete ?

— Elle m'a refilé une cigarette à la marijuana. Marrant, pas vrai ?

— Et... la raison de ta visite ?

Il parlait d'un ton monocorde, mais pas spécialement agressif.

— Je voulais voir si elle savait quelque chose sur la mort de Tommy Lister, mon voisin, le gars qui...

— Je sais. Mais pourquoi Vicki ?

— Une intuition. Tu travailles pour Nick, Jake. Tu dois savoir ce qui se passe.

— C'est toi qui travailles pour Nick. Tu es beaucoup plus près de lui que je ne l'ai jamais été.

— Je ne travaille pas pour Nick. Si tu en doutes, demande plutôt à Mike. Je viens de lui casser le nez, ainsi qu'une ou deux dents. Tu crois que je ferais ça, si je travaillais pour Nick ?

— Mike Kersh ? Tu lui as cassé le nez ?

— Sûr.

— Bon sang, Pete, t'es tombé sur la tête ! Qu'est-ce qui t'a pris ?

— Il m'avait refilé un mauvais tuyau. Vous avez quelque chose à me dire, Mr. Schuster ?

Il arbora un pâle sourire.

— Je ne suis pas si facile à effrayer, Pete, inutile de me montrer tes biceps. Tu es allé voir Vicki sur l'ordre de Nick, pas vrai ?

— Non, lui dis-je. Je suis allé voir Vicki pour tâcher d'apprendre quelque chose. Je ne pouvais pas savoir que tu n'étais pas en ville. Mike ne voulait pas que j'aille lui parler. C'est sans doute l'une des raisons qui m'ont poussé à le faire.

Lentement, Jake traversa la pièce, s'assit sur le bord de mon divan.

— Mike... ?

— Oui. Mike. Il a dû te voir en colère, un jour. Il m'a dit que tu étais jaloux, que tu ne comprendrais pas...

— Jaloux, moi ? De Mike ? Elle est bien bonne. Ecoute, Pete, Vicki a peur, elle appréhende quelque chose. Est-ce que tu sais quoi ?

— Non, mais je pourrais peut-être le savoir si tu voulais bien me faire confiance et partager avec moi quelques-uns de tes petits secrets.

— Pourquoi voudrais-tu que je te fasse confiance ?

— Parce que je suis bien avec la loi. Parce que je jouis moi-même de la confiance et de l'estime d'un certain Mr. Hovde.

— Il fera plus chaud qu'aujourd'hui, le jour ou je travaillerai avec la loi ! s'emporta-t-il. Et je voudrais bien savoir quelle proportion de vérité il y a dans tes paroles, Pete.

— Ce qu'il y a d'ennuyeux, chez toi, c'est que tu as toujours travaillé avec des escrocs et des salopards, lui dis-je. Tu as l'esprit déformé. Tu n'es même plus foutu de reconnaître un type régulier le jour où tu en rencontres un.

— Je n'ai jamais rencontré de type régulier, riposta-t-il. Qu'est-ce qui t'a fait aller chez Vicki, sacré bon Dieu ?

— Je te l'ai déjà dit. Une intuition. Et la façon dont Mike l'évitait. Et la façon dont Nick se tracassait parce que tu n'étais pas en ville. (Je ménageai mon effet.) Rappelle-moi le nom exact de cette clinique privée.

Je compris aussitôt que j'avais fait une erreur. Hovde m'avait parlé de la clinique de désintoxication, mais il ne m'avait pas chargé de le crier sur les toits.

Le visage de Jake était rigide et plus grisâtre que jamais. Ses yeux brillaient d'un éclat métallique.

— J'étais sûr que tu savais quelque chose. Tu es allé fourrer ton nez dans ses affaires privées ! Pour le compte de qui, Pete ? Pour qui travailles-tu ?

Sa voix était basse, rauque et graillonneuse.

— Pour moi. Pour Tommy Lister. Pour le sergent Hovde. Est-ce que c'est un pétard qui gonfle la poche de ton veston, Jake ?

Il n'eut pas l'air d'avoir entendu ma question.

— Et qu'est-ce que tu sais exactement ?

— Plus tu jacteras, plus j'en saurai. Je t'écoute, Jake.

Sa respiration était courte et rapide. Sa main pétrissait le dessus de mon divan.

— Qu'est-ce qui va lui arriver ? Tu dois le savoir, bon Dieu, puisque tu es de l'autre côté de la barricade !

Etait-il donc sincèrement amoureux de Vicki ? Oui, il devait l'être, et c'était son tour de me stupéfier. Je ne savais que lui répondre, mais je ne quittais pas des yeux cette main agitée.

Sonnerie du téléphone. Je bondis sur place et Jake tourna brusquement la tête vers l'origine du vacarme. Je lui présentai mon dos, sans hésiter, et marchai vers le récepteur.

Une voix de femme.

— Allô, Tom, c'est vous, Tom ?

— Oui, sergent, répliquai-je. Je bavarde, avec un ami. Oui, bien sûr. Jake Schuster. Entendu, sergent. Merci pour le renseignement.

Je raccrochai en regardant une grosse goutte de sueur couler lentement le long de mon poignet, et pivotai sur moi-même d'un air aussi naturel que possible.

Pas de pétard dans la main de Jake. Rien que ses yeux mornes braqués vers les miens.

— Qu'est-ce qu'il voulait ?

— Un tuyau pour la prochaine

— Très drôle. Tu n'avais qu'à me le passer.

— Trêve de plaisanteries, Jake. Je ne peux rien faire pour toi si tu refuses de me dire quoi que ce soit.

J'étais debout devant lui, tout près de lui, l'œil sur le qui-vive. Il se leva, et ses mains ballottèrent, flasques et sans force, très au dessous du niveau de ses poches.

— J'ai l'impression que ça va être Vicki, la prochaine fois, dit-il d'une voix sans timbre. Si jamais elle se fait descendre, je reviendrai te voir. Tout ce qui est arrivé depuis cette party, chez Nick, est arrivé ici. C'est toi qui as tout mis en route. Si jamais Vicki se fait descendre, je reviendrai te voir.

— Tu te répètes, lui dis-je. Mais en attendant, fous le camp. A moins que tu veuilles vider ton sac.

Il sortit en claquant la porte.

11

J'allai la boucler derrière lui, à double tour, et revins m'allonger sur le divan. Qui craignais-je ? Jake, le grand amoureux ? Mike ? Nick ? Vicki ? Ou le « non » final de Miss Gallegher ?

Quelqu'un frappa au bout d'un moment et je demandai :

— Qui est là ?

C'était mon copain le masseur de nuque. J'ouvris la porte. Il entra.

— Je suis allé voir cette Lily et cet autre type qui vend de la marijuana, dit-il. Votre hypothèse se confirme. Vous voulez venir à Hollywood avec moi, maintenant ?

— C'est vous le patron, sergent, répliquai-je.

Je le mis au courant de ma bagarre avec Mike, et de la visite de Jake Schuster.

— Nous avons reçu un rapport du poste de Beverly Hills, au sujet de votre petit intermède avec Mike. Vous êtes plus dur que je le pensais, Worden.

— Non. Je peux pas m'entendre avec Mike, voilà tout. Je suis étonné que Nick ne m'ait pas encore téléphoné.

— Mike n'a peut-être pas encore eu la possibilité de le prévenir. Il doit être toujours au poste de Beverly Hills.

— Il va sûrement m'adorer, en ressortant de là ! Jake semble croire que Vicki sera la prochaine victime.

— C'est possible. Allons-y.

Nous fîmes le voyage dans une voiture de police et Hovde m'instruisit, en route, de ce qu'il attendait de moi. Ça n'avait rien de particulièrement régulier et je ne pus m'empêcher de me demander s'il n'avait pas une idée derrière la tête, et de lui demander, à lui, s'il accordait autant de son attention personnelle à toutes les affaires de meurtre.

— Non, dit-il. Mais Nick Arnold n'est pas impliqué dans toutes les affaires de meurtre.

Je ne trouvai rien à répondre. Hovde conduisait sa voiture comme un tracteur, mais nous arrivâmes tout de même à bon port et il gara l'engin à quelque distance de la clinique, qu'une petite plaque de cuivre désignait à l'attention publique sous le nom de « Maison de repos Lawrence Elgin ».

— Rappelez-vous, dit-il en me tendant une carte de visite. C'est Lawrence Elgin lui-même qu'il faut que vous voyiez. Marchez à fond et faites exactement ce que je vous ai dit. S'il essaie de vous mener en bateau, j'obtiendrai de Jaekels tous les papiers nécessaires pour mettre l'embargo sur leurs archives. Paré ?

— Paré, acquiesçai-je. Tant pis pour vous si je gâche tout. C'est vous qui l'aurez voulu.

Je traversai le parc et poussai l'énorme porte vitrée. Le plancher du hall était recouvert d'un épais tapis, et je repérai tout de suite, à ma gauche, la double porte de plexiglas marquée « Lawrence Elgin Directeur ». A travers le rideau, j'aperçus une secrétaire, assise devant une machine à écrire. Des étages supérieurs de l'immeuble descendait un gémissement vague, étouffé mais persistant.

Je poussai la porte de plexiglas. La secrétaire leva la tête et sourit.

— Bonjour, monsieur.

— Bonjour, mademoiselle. Pensez-vous que Mr. Elgin puisse me recevoir ?

— Je le suppose, monsieur. Votre nom, je vous prie.

Je lui tendis la carte. La belle carte de visite gravée, au nom de « Philip Craven — Avocat ».

Elle disparut derrière une porte de noyer, et revint quelques secondes plus tard.

— Si vous voulez entrer, Mr. Craven...

J'entrai, après avoir traversé la longue antichambre, et la porte se referma doucement derrière moi.

Lawrence Elgin était assis derrière un bureau de noyer, dans son cabinet de travail lambrissé de noyer. Le visage de Lawrence était couleur de noyer, son complet était de flanelle bleu marine, avec un mouchoir blanc dans la petite poche. Il me sourit en m'indiquant une chaise. Il avait des gestes ronds et d'une grâce légèrement adipeuse. Onctueux est un mot qui a dû être inventé pour caractériser des gens tels que Mr. Lawrence Elgin.

— Je représente une de vos anciennes pensionnaires, Mr. Elgin... Miss Vicki Lincoln.

Aucune réaction visible. Un léger froncement de sourcils, puis :

— Ah, oui. Une rousse, je crois ?

— Elle l'était peut-être, en ce temps-là. Maintenant, elle est blonde.

Il sourit de ma petite plaisanterie et je continuai :

— Ma visite de cet après-midi concerne également quelqu'un d'autre, que vous avez soigné, je crois, sensiblement à la même époque. (Toujours aucune réaction visible.) Une jeune femme du nom de Jean Reynolds, ajoutai-je.

Il y avait de la surprise, à présent, sur le visage de Mr. Elgin. Miss Reynolds avait réellement été l'une de ses anciennes patientes, mais ce n'était pas ce nom-là qu'il avait attendu et sa surprise était éloquente. Il avait préparé ses fortifications faciales pour un autre nom que celui-là.

— Nous n'avons pas l'habitude de révéler à n'importe qui les noms de nos pensionnaires, Mr. Craven, dit-il enfin. Peut-être aurez-vous l'amabilité de m'expliquer quel but vous poursuivez en cherchant à obtenir ce genre de renseignements ?

— Dans un instant, acquiesçai-je, et je lui citai le troisième nom, le nom pour lequel j'étais réellement venu.

— Je ne le reconnais pas, a priori, dit-il, mais je suppose que je pourrais le rechercher dans mes archives si j'étais certain que le but poursuivi soit suffisamment important.

— Il s'agit de résoudre un meurtre, Mr. Elgin, répondis-je. Et je suis sûr que vous ne voudriez pas courir le risque de détruire des archives pouvant mener à la capture d'un meurtrier.

Le silence s'installa dans la pièce tandis qu'il me fusillait du regard. Je patientai une bonne demi-minute et, devant son mutisme, continuai :

— Je suppose que cette maison vous assure des revenus substantiels, Mr. Elgin, mais croyez-vous qu'il en serait de même si Mr. Jaekels faisait saisir vos archives et jetait toute l'affaire en pâture à la presse toujours affamée de scandale ? Vous auriez certainement de gros ennuis avec l'ordre des Médecins et qu'arriverait-il, dans ce cas, à tout votre personnel ? Aucun toubib ne voudrait plus mettre les pieds dans la maison. Tâchez de voir les choses d'une façon réaliste, Mr. Elgin.

— Quel verbiage ridicule autant qu'inconvenant ! s'écria-t-il. Que voulez-vous dire exactement par là, Mr. Craven ?

— Si vous ne le savez pas, je n'en ai déjà que trop dit. Je verrai Jaekels à ce sujet... J'ai là, devant la porte, un sergent qui va probablement vouloir vous parler... (Je me levai, m'inclinai légèrement.) Navré de devoir vous...

Je haussai les épaules et me dirigeai vers la porte. J'allais l'ouvrir lorsqu'il me rappela.

— Vous ne m'avez toujours pas exposé le but exact de votre visite, Mr. Craven.

Je me retournai.

— Le sergent Hovde vous l'exposera lui-même. Nous pourrons toujours interroger vos anciens patients, et trouver auprès d'eux les renseignements que nous désirons.

— Quels renseignements ?

— Les dates d'entrée et de sortie de ces trois personnes.

— Je puis vous dire déjà que Miss Reynolds et Miss Lincoln ne se sont pas trouvées ici à la même époque. Je ne vois donc pas le rapport entre...

— Et vous ne vous souvenez pas de cette troisième personne ?

— Non. Mais nous allons voir ça tout de suite.

Il inscrivit le nom sur un morceau de papier et sonna sa secrétaire.

— Voulez-vous voir si ce nom figure dans les fiches de nos anciens pensionnaires, et, le cas échéant, inscrire en regard les dates d'entrée et de sortie de cette personne. Veuillez aussi nous fournir ces mêmes renseignements en ce qui concerne Miss Jean Reynolds et Miss Vicki Lincoln.

Tout ça, c'était de la comédie, bien entendu. Il ne pouvait pas avoir oublié ce nom-là, et s'être souvenu des deux autres ! La secrétaire revint quelques minutes plus tard et Lawrence Elgin lui fit signe de me remettre le morceau de papier. J'y jetai un coup d'œil et vis qu'elle avait effectivement inscrit deux dates, après le nom en question. Je me levai.

— Merci, Mr. Elgin.

Il opina du bonnet, l'œil inexpressif. Je quittai la maison de repos et rejoignis le sergent Hovde dans la voiture de police. Lawrence Elgin m'avait fait une profonde impression. Je me demandais s'il vivrait aussi vieux que sa situation d'homme important semblait devoir le lui permettre.

— Alors ? dis-je à Hovde.

Il empocha le morceau de papier.

— Alors ç'a été plus facile ou vous êtes plus malin que je le pensais. On va chez Vicki, maintenant ?

— Si vous voulez. J'ai fait ma B. A. journalière et qu'est-ce que je récolte en guise de récompense ? Vos sarcasmes !

— Je ne voulais pas vous vexer, dit-il d'une voix suave. Je ne vous savais pas aussi susceptible.

Je lui dis ce qu'il pouvait faire de ses excuses à la godille et retins mon souffle en le voyant manquer de peu, au démarrage, le camion qui s'apprêtait à nous doubler.

— Ces touristes ! soupira-t-il tandis que le camion décrivait une violente embardée. Je devrais lui flanquer une contravention.

— C'est lui qui devrait vous flanquer son poing sur la figure, rectifiai-je. Pourquoi Vicki, sergent ? Vous croyez qu'elle va se mettre à table, maintenant ?

— Peut-être... si vous lui tenez tendrement la main tout en la cuisinant sans en avoir l'air. Vous vouliez jouer les Sherlock, je crois ?

— Pas sur le territoire de Jake Schuster, sergent. Il est beaucoup trop nerveux pour ma tranquillité d'esprit.

La circulation était meurtrière. Il était un peu moins de cinq heures.

Le sergent paraissait songeur.

— Peut-être que je vais la laisser mijoter un brin, murmura-t-il.

Peut-être que ça ne fera pas de mal à Miss Vicki Lincoln de mijoter encore un peu dans son jus.

— Et peut-être que Miss Vicki Lincoln va en profiter pour quitter la ville, dis-je sur le même ton. Peut-être qu'elle va se sentir tout à coup une violente envie de voir du pays.

— Elle ne quittera pas la ville.

— Vous la faites surveiller ?

Il bâilla. Nous étions sur la route de Santa Monica, filant vers l'ouest.

— Quel était son vice ? m'informai-je

— L'héroïne. Quel est le vôtre, Worden ? L'alcool ou les femmes ?

— Les femmes. Quel est le vôtre, sergent ?

— Les mots croisés. Et les Béliers. Vous croyez qu'ils vont avoir la peau des Ours ?

— On a vu des choses plus étranges...

Il me déposa devant chez moi, et dit :

— Je monte avec vous. On ne sait jamais.

— On ne sait jamais... quoi ?

— Si vous n'êtes pas attendu là-haut. Par l'homme au couteau ou votre ami Kersh armé d'un pétard. J'espère que vous vous rendez compte de l'imprudence que vous avez commise en vous bagarrant avec lui ?

— Oh, sergent, minaudai-je, je ne savais pas que vous teniez tant à moi.

— Vous pourrez peut-être me servir encore, avant la fin de cette histoire, dit-il. Allez, grimpons !

Nous grimpâmes, mais l'appartement était vide. Il le fouilla aussi soigneusement que l'eût fait un mari jaloux et partit en me conseillant de fermer ma porte à clef. Ce type-là était une vraie turbine. Il donnait l'impression d'avoir un moteur à réaction quelque part.

Il devait être six heures moins dix lorsque je sautai dans la Mercury et six heures moins cinq lorsque, faute de place, je laissai la bagnole dans une station-service après avoir refilé un dollar au gars de la pompe. Je revins sur mes pas juste à temps pour voir Ellen sortir de chez Bullock, littéralement portée par le flot des autres employés. Mais elle luttait vaillamment contre le courant et ce n'était pas vers moi que convergeaient ses efforts.

Il y avait une grosse Cadillac, garée en double file, à quelques mètres de la sortie, et l'homme qui était assis au volant se penchait déjà pour ouvrir la portière. Je vis Ellen disparaître à l'intérieur de la Caddy et regardai s'éloigner l'énorme bagnole. Ne va pas chercher midi à quatorze heures, Pete Worden. Ellen n'est pas aussi cupide et Nick Arnold n'est pas pour elle, malgré ses millions. Il ne s'agit là que d'un service rendu à une travailleuse aux jambes fatiguées par toute une journée de piétinements sur place.

Je récupérai la Mercury et cherchai un restaurant. S'il y a une chose que le mal d'amour ne m'a jamais coupée, c'est bien l'appétit. Une entre autres, naturellement.

Je dînai en face d'une petite fille de six à sept ans avec qui je m'entretins longuement de sujets d'intérêt général, tels que la meilleure façon de s'adresser au père Noël, les glaces à la pistache, la sévérité de certains professeurs et le manque de compréhension des vieilles tantes prises en bloc et de la tante Emma en particulier. Les parents de la petite ne savaient plus où se mettre, mais je fus sincèrement désolé de la voir partir avant que la serveuse m'eût apporté mon café. Nous en étions aux prénoms — le sien était Angela et elle me dit au revoir comme s'il se fût agi d'une séparation déchirante. (C'était le cas, du reste.) Les parents ne m'adressèrent qu'un bref signe de tête, souligné de ce qui, dans leur cercle, devait probablement passer pour un sourire. Trente à trente-cinq ans, l'un comme l'autre, et même pas fichus de dire proprement au revoir !

Je ne sais pas si j'avais l'intention de remonter chez moi tout de suite, mais lorsque j'aperçus la Lincoln noire garée devant ma porte, j'appuyai sur le champignon et passai tout droit. Si ce n'était pas la Lincoln de Nick Arnold, c'était sa sœur jumelle et je n'avais vu personne, ni derrière le volant, ni à l'intérieur, ni à l'extérieur de la voiture.

Je poussai une pointe jusqu'au Ridge Club. Manny n'était pas là, et sa sœur non plus. Je bus un demi et téléphonai à Ellen. Pas de réponse. Je bus un autre demi et regagnai ma bagnole. Avais-je peur de rentrer chez moi ? Auriez-vous eu peur, à ma place ? Je décidai d'aller voir un film et c'était peut-être un bon film, mais je serais parfaitement incapable de m'en remémorer une broquille.

Je ressortis du cinéma vers onze heures. C'était un samedi soir, mais bien qu'elle eût devant elle la perspective d'une grasse matinée, Ellen devait être rentrée, maintenant.

Il n'y avait pas de lumière au-dessus de la droguerie lorsque je stoppai devant l'immeuble. Je sonnai tout de même, sans résultat, me vautrai sur les coussins de la Mercury, et poireautai.

Je poireautai longtemps, écoutant la radio et l'éteignant et la rallumant sans cesse, exaspéré par tous ces phares qui apparaissaient derrière moi, illuminaient l'intérieur de ma voiture, me doublaient en trombe et disparaissaient dans la nuit.

Au bout d'une heure de ce régime, l'une des bagnoles finit tout de même par avoir pitié de mes nerfs et c'était une Cadillac. La Caddy de Mr. Nick Arnold, avec Mr. Nick Arnold au volant.

Je me redressai partiellement, sur mon siège, et attendis. Bientôt, des pas traversèrent la rue, et Nick s'arrêta près de ma vitre baissée.

— Toujours en rogne, fiston ? Quelle idée d'avoir abîmé ce pauvre Mike.

Je ne le regardais pas. Je regardais Ellen, debout sur le trottoir, de l'autre côté de la Mercury. Immobile, elle attendait. Je regardai Nick.

— Il l'a bien cherché, rétorquai-je.

— C'est possible. Suis-je sur la liste ?

Je sortis mon portefeuille de ma poche, pris tout l'argent qu'il contenait et le lui tendis.

— Voilà ce qui reste des trois cents dollars, Nick.

— Qu'est-ce que vous voulez que j'en fasse ? Vous abandonnez la partie ?

— Non. Mais reprenez cet argent, voulez-vous.

— Donnez-le à l'Armée du salut, ou foutez-le en l'air, comme il vous plaira. Qu'est-ce qui vous prend, mon vieux ?

— Ce n'est pas vous que j'attendais, Nick, c'est Ellen.

Il y eut un silence. Puis il contourna ma voiture, dit quelques mots à Ellen et retraversa la rue. La Cadillac s'éloigna. Ellen ouvrit la portière de la Mercury et s'assit auprès de moi. L'argent était toujours dans ma main droite. Je le fourrai en vrac dans la poche de mon veston.

— Nous sommes malheureux, dit Ellen d'un ton morne.

— Cigarette ?

— Oui.

J'en allumai deux, lui en donnai une. Elle avait les yeux vagues, les traits tirés.

— Tu avais raison, au sujet de... John. Impossible de m'établir à mon compte, faute d'argent. Il va falloir que je travaille au dehors et ce ne sera sans doute pas bien brillant. Il faudra que nous nous contentions d'un petit appartement, dans le genre de celui que j'ai actuellement. Tu crois que tu pourras l'encaisser ?

— Il y a huit jours, j'aurais accepté avec joie. Aujourd'hui, je te demande de me laisser un peu de temps. Deux ou trois jours au minimum. Si c'est comme ça, je pourrai toujours continuer à travailler pendant quelque temps. Mais ce soir, je suis incapable de savoir ce que je veux. Sinon aller me coucher. Toute seule. Après un bon bain.

— O.K... Que te voulait Nick ?

— Rien. Nous avons dîné avec Paul et Chris. Que s'est-il passé entre toi et Mike ?

— Aucune importance.

— Tu as décidé de ne pas travailler pour Nick ?

— Oui. Va prendre ton bain et tâche de dormir. Tâche de penser à moi sous les traits d'un adulte, si tu prends le temps de penser à moi. On s'embrasse ?

— Non. Je veux... je me sens... crasseuse, Pete. Téléphone-moi, mais pas demain. Demain, je veux être seule.

— O.K., répétai-je.

— Bonne nuit, Pete, dit-elle en claquant la portière, derrière elle.

Elle m'avait demandé deux ou trois jours. Je pouvais bien lui accorder ça. Combien de temps avait-elle attendu ma demande en mariage ?

Je n'étais plus très loin de chez moi lorsque je me souvins de la Lincoln. Combien de temps Mike était-il capable de m'attendre, lui aussi ? Peut-être Nick l'avait-il rejoint, dans l'intervalle ? Peut-être m'attendaient-ils en chœur ?

Il n'y avait plus personne, devant chez moi. Je montai l'escalier non sans une certaine appréhension. Mais l'appréhension était inutile. Je ne trouvai rien de plus dangereux, à l'intérieur de l'appartement, qu'une enveloppe glissée sous la porte.

J'en sortis une petite note hâtivement griffonnée : « Pete, Appelle-moi dès que tu rentreras, à n'importe quelle heure. Jake. »

Il y avait aussi un numéro de téléphone qui me parut vaguement familier. Puis, la mémoire me revint. C'était celui de Vicki Lincoln.

Je l'appelai aussitôt, et laissai grelotter la sonnerie pendant un bon moment, à l'autre bout du fil. Rien. Ils étaient peut-être trop occupés ? Ils étaient peut-être en train de lire ?

Je fermai la porte à clef, et me dévêtis lentement. Pas moyen de trouver le sommeil comme prévu, et j'en profitai pour repasser au crible l'idée qui m'était venue et que j'avais soumise à Hovde, l'étayant et la fortifiant avec des mots et des attitudes recueillis çà et là, depuis le début de l'affaire. Hovde était convaincu, maintenant, et Hovde était un réaliste. Un bûcheur.

Comme Ellen, ma bien-aimée. Une bûcheuse qui s'ignorait, mais qui s'était découverte, depuis peu, démontrant au monde qu'elle était capable de subsister sans le secours de personne. Quant à Nick, tout comme John, il surveillait ses placements. Nick s'était montré fort calme, ce soir, mais Nick était un ancien catcheur et ces gars-là doivent être calmes ! Nick, j'en étais persuadé, m'aurait aussi bien cassé le cou sans se départir de son calme !

Qu'ils aillent tous au diable. Tous. Excepté Chris et Martha et la petite Angela et peut-être le sergent Hovde. Mais que tous les autres aillent au diable. Je m'endormis.

J'avais une course à faire, le lendemain. Au nord de National Boulevard et à l'est du champ d'aviation de Santa Monica, s'étend un quartier de maisons préfabriquées, réservées aux anciens G.I. Deux chambres et cuisine-salle à manger, avec douche, courette et l'orgueil de se sentir propriétaire. Rien comptant et prêt remboursable à tant par mois. J'étais décidé, mais je voulais de plus amples détails et Sam Riemenschneider habitait dans le coin. Sam et sa jeune femme, deux de mes anciens condisciples qui s'étaient fiancés à l'université.

Ils m'accueillirent avec des cris et des reproches, me présentèrent fièrement Sam Riemenschneider junior, qui somnolait dans son berceau, me donnèrent tous les détails avant que j'aie eu le temps de les leur demander et jurèrent de m'étriper si je ne restais pas à déjeuner.

Je cédai devant la force et ce fut seulement lorsque Sam brancha la radio, pendant que Sally couchait le moutard, que je me souvins d'une grave omission. Les Béliers rencontraient les Ours, aujourd'hui, et j'avais promis à Chris d'assister au match en sa compagnie.

Et celle de Paul. Mais il était trop tard, maintenant.

Les Bruns ayant battu les Géants par 8 à 3, le vainqueur de ce dimanche était appelé à les rencontrer prochainement pour le titre. Cloué au lit depuis quelque temps par une maladie infectieuse, Bob Waterfield avait annoncé qu'il ne jouerait pas. Mais Van Brocklin était si manifestement hors de forme que Bob finit par descendre sur le terrain, salué par les acclamations des quatre-vingt-trois mille spectateurs.

Et ce fut un match du tonnerre. Sam dansait littéralement sur sa chaise, Sally le regardait avec une tendresse indulgente et je ne pensais plus, moi-même, à mes propres soucis. La foule hurlait. Les supporters des deux clans encourageaient leurs idoles. Et les vilains Ours furent renvoyés à Chicago, l'oreille basse, sur un score de 24 à 14.

Il y eut, bien sûr, des discussions et des empoignades, à la sortie, mais toutes pour le bon motif. Tous ces gens avaient oublié leurs petites affaires personnelles et, plongé en pleine euphorie par la bière de Sam, je me disais que si tous les hommes s'intéressaient au sport en général et au rugby en particulier, il y aurait sur terre moins d'animosité frustrée et partant moins de crimes.

Sam et Sally me retinrent également à dîner et nous parlâmes à nouveau d'intérêts et de pourcentages et du salaire minimum nécessaire pour garantir un de ces prêts à la construction. Puis je pris congé des deux Sam et de l'unique Sally, en leur disant que c'était le meilleur dimanche que j'aie passé depuis bien longtemps, ils m'engagèrent à récidiver, le bébé dit « Urk ! » et je leur promis de revenir bientôt, mais sans conviction, comme si j'avais su, déjà, que je ne pourrais pas tenir ma promesse.

En roulant à cette allure, dans la nuit claire et fraîche, j'essayai de nous imaginer, Ellen et moi, installés tous les deux dans une de ces petites bicoques et pour une raison ou pour une autre, je sentis ma gorge se serrer.

Le dernier virage et la Lincoln noire était devant chez moi, solide au poste, une silhouette trapue derrière le volant.

Mike Kersh, revolver en poche ?

Je m'arrêtai le long du trottoir et m'approchai de la Lincoln et la silhouette s'anima, mais la voix qui m'interpella n'était pas celle de Mike Kersh.

— Alors, Pete, qu'est-ce qui vous est arrivé ?

Chris Arnold.

12

— Je m'excuse, Chris, lui dis-je. Il m'est arrivé tant de choses, tous ces derniers jours, qu'il était beaucoup trop tard quand je me suis souvenu finalement que nous avions rendez-vous.

— Vous n'êtes pas en pétard après moi, Pete ?

— Diable, non. Qu'est-ce que tu veux dire ?

— Vous vous êtes bagarré avec Mike, et p'pa dit que vous êtes en rogne après lui. Qu'est-ce qui se passe, Pete ?

— Je ne sais pas. Mais quoi qu'il arrive on est toujours copains, pas vrai ?

— Je l'espère bien. Vous savez ce qui se passe, hein, mais vous voulez pas me le dire. Est-ce que vous me jugez trop jeune ou quoi ?

Il y avait de l'amertume dans sa voix.

— Possible, Chris. Quel match, hein ?

— Formidable ! Ce Bob Waterfield... on aurait dit vous contre Notre-Dame.

Je passai une main à rebrousse-poil dans sa tignasse en brosse.

— Charrie pas, petit frère ! Rentre à la maison, glisse-toi dans tes toiles, et te casse pas la tête pour la marche du monde. C'est pas toi qui l'as fabriqué.

— Non, mais p'pa est un de ceux qui ont contribué à faire de lui ce qu'il est, Pete, et je veux pas en avoir honte.

— Il n'y a contribué que dans une faible mesure, et y a pire que ce qu'il a fait, même si c'est pas toujours aussi évident. Va te coucher, Chris, et sois ce que tu dois être, sans te soucier du reste, c'est-à-dire la chose la plus importante du monde à tes propres yeux. Et surtout, ne sois jamais navré pour toi-même... Oh... je sais pas ce que je raconte. Bonsoir, Chris.

— Bonsoir, Pete. On jouera au golf, un de ces jours, hein ?

— C'est ça. Un dollar du trou. Et je te flanquerai une de ces tripotées...

— Vous croyez ça ? (Il souriait, les yeux embués.) C'est ce qu'on verra. Attendez un peu.

C'est ça, Chris, attendons. Attendons que tu reviennes de la guerre. Si tu reviens de la guerre. Attendons... La Lincoln s'éloigna... et je montai me coucher.

Je dormis d'un sommeil sans rêve et m'éveillai au son du téléphone, ce symbole de la communication universelle entre les hommes.

La voix de Jake était enrouée.

— Hovde a fait coffrer Vicki, Worden. Qu'est-ce que t'as foutu, hier, toute la journée, sacré nom de Dieu...

— J'étais sur la planète Mars, lui dis-je. Et je ne vois pas en quoi ça te regarde.

— Pas la peine de jouer au dur avec moi, Worden. C'est toi qui as manigancé tout ça !

— Monte un peu chez moi et je vais te montrer si je joue au dur ou non. Tu devrais être content que Vicki soit en taule, imbécile. Au moins, là, elle risque pas de se faire descendre.

— C'est pour ça qu'ils l'ont coffrée. Est-ce que c'est pour ça, Pete ?

— Je suis pas dans la peau des flics, Jake. Pourquoi que tu leur poses pas la question ?

Un long silence, puis, d'une voix plus calme :

— Tu voudrais venir avec moi voir Hovde ?

— Pourquoi pas ? Je vais lui téléphoner. Rappelle-moi dans dix minutes.

Il raccrocha, j'appelai Hovde et lui fis part du coup de fil de Jake. Le sergent s'esclaffa.

— Il est mordu, le book, quoi que vous en ayez dit !

— Il doit l'être, en effet.

— Amenez-le ici vers une heure et demie. J'ai quelques détails à régler. Vous avez vu ce qu'ont fait nos Béliers ?

— Et comment ! Est-ce que vous ne prenez pas de gros risques, sergent, sans autre base que l'intuition d'un profane ?

— Nous avons trouvé pas mal de choses pour le soutenir, Sherlock. Mais où sont nos preuves ? Jaekels gueulerait comme un veau si nous lui présentions le dossier sous cette forme.

— Alors, entendu. Nous serons là pour une heure et demie. Moi et mon book.

Jake me rappela quelques minutes plus tard, je lui fis la commission et il déclara que l'heure lui convenait parfaitement. Je raccrochai.

Toilette, barbe, déjeuner dans un drugstore. Etais-je cinglé ? Hovde était-il cinglé ? Ou bien savions-nous réellement qui était le tueur, même si nous ne pouvions rien prouver contre lui ?

A l'heure dite, je retrouvai Jake devant le poste de police. Hovde nous attendait dans son bureau. Mais Vicki était avec lui, cette fois, le visage plus blême que jamais et, dès qu'elle nous vit entrer, elle quitta sa chaise d'un bond et se précipita dans les bras de Jake. Elle sanglotait. Mon regard croisa le regard du sergent et ni lui ni moi ne haussâmes les épaules.

Dès que Vicki fut calmée, nous nous installâmes sur les chaises disponibles et Hovde nous exposa son plan, que je connaissais déjà sans l'avoir encore entendu. Il venait juste de terminer son speech lorsque Jaekels fit son entrée.

Je n'avais vu l'adjoint du district attorney qu'une seule fois, dans ma cellule, et c'était une fois de trop. Il serra les mains à la ronde, comme un bon papa Noël, et reprit le discours du sergent sur le mode légal, ajoutant ici une menace implicite, là, une vague promesse de récompense et nous accablant tous, Hovde compris, sous un déluge de mots soigneusement choisis.

Lorsque la source fut enfin tarie, Vicki soupira et regarda Jake. Jake dit :

— Non.

C'était plutôt rafraîchissant, après tout ce verbiage.

— Vous vous foutez d'elle, pas vrai ? dit Hovde, furibard. Vous ouvrez la gueule et ça sort !

Jake ne répondit pas.

— Eh bien, dans ce cas, reprit Jaekels, je ne vois pas ce que nous pourrions ajouter. Le juge décidera si Miss Lincoln doit être renvoyée en clinique, ou simplement incarcérée pendant quelques mois. Cela dépendra de...

— Vous ne pourriez même pas lui faire avoir un mauvais point à l'école maternelle, ricana Jake. Qui est-ce qui ouvre la gueule, maintenant, vous ou moi ?

Jaekels rougit. Hovde jura. Je ne pus m'empêcher de sourire.

— Vous trouvez ça drôle ? me demanda Jaekels.

— Non. Je viens seulement de comprendre une blague que j'ai entendue ce matin à la radio, ripostai-je.

Jaekels se tourna vers Hovde :

— La présence de cet homme est-elle indispensable, sergent ?

— Non, dit Hovde. Je ne l'ai fait venir que pour son esprit de repartie. Vous pouvez rentrer chez vous, Worden.

Bondissant sur mes pieds, je me mis au garde à vous.

— Merci, sergent. Si vous vous trouvez devant un autre cas embarrassant, ne vous gênez pas, appelez-moi.

Hovde, plus indéchiffrable qu'un diplomate russe, acquiesça d'un signe de tête et je quittai le poste de police. Hovde aurait sans doute préféré que je reste là, mais ce n'était pas lui le patron...

Je fis un saut chez Bullock, succursale de Westwood avenue, mais Ellen était assiégée, et je repartis sans qu'elle m'eût aperçu.

Après Bullock, le Ridge Club. Mary n'était pas là, mais son frère lisait le *Times*, assis dans un coin du bar. Je m'assis en face de lui et commandai un demi.

— Comment se fait-il que vous ne soyez pas demeurés associés, Nick et toi ? lui demandai-je après les salutations d'usage.

— Nick Arnold ? (Il haussa les épaules.) Nick ne reste pas longtemps associé avec qui que ce soit. Quand ça l'intéresse, il prend tout. Quand ça ne l'intéresse pas, il laisse tomber.

— C'est un dur !

— Jusqu'à un certain point. Toute cuirasse a son défaut, Pete. Tout le monde a peur de quelque chose.

— De quoi as-tu peur, Manny ?

— Des courses truquées. (Il leva son verre, et cligna de l'œil.) Vous vous êtes chamaillés, Mike et toi ?

Les nouvelles vont vite, dans cette ville. Je fis un signe affirmatif.

— Tu as eu tort, Pete. Nick tient à Mike.

— Je sais, murmurai-je. Tu as déjà travaillé avec Jake Schuster ?

— Non, mais ça ne va pas tarder. Nous en avons déjà parlé. Nick en veut à Jake.

— Pourquoi lui en voudrait-il ?

Manny regarda son verre.

— Sais pas. Mais il y a des bruits qui courent.

— Y a que les citoyens respectables qui sont tenus à l'écart de ce qui se passe, hein, Manny ?

— Je suis un citoyen respectable. Je fais le même boulot que l'Etat. Seulement, moi, je paie des impôts.

Il y avait une cabine téléphonique, dans l'autre coin de la salle, et je m'y enfermai pour rappeler Hovde.

— Ils ont fini par marcher, me dit-il laconiquement. Ils ont fini par piger où était leur intérêt.

— Et quand la souricière va-t-elle commencer à fonctionner ?

— Immédiatement. L'attente sera peut-être longue.

— Peut-être, approuvai-je. A bientôt, sergent.

Je dînai au Ridge Club, avec Manny. Puis, Mary entra, en compagnie d'Art Shadow et nous bûmes quelques verres ensemble. Mais au bout d'un moment, je me sentis mal à l'aise, probablement à cause du regard fixe d'Art Shadow, et rentrai chez moi, l'estomac rempli de whisky et de bière.

Je m'endormis en travers de mon divan, les nerfs tendus, et rêvai du meurtrier.

Il était assis dans le vieux fauteuil et disait d'un ton paisible :

— C'est vous qui avez deviné, pas vrai ?

Je le reconnus sans la moindre hésitation.

— Comment ? questionna-t-il. Qu'est-ce qui vous a fait penser à moi ?

— Tout, répliquai-je. Mais en particulier ton changement d'attitude. Tu as exagéré.

— Exagéré !

— Oui. Ne serait-ce qu'en changeant d'attitude. C'était déjà anormal. Jamais un snob n'admettra qu'il est snob. Mais il a fallu que tu exagères, non seulement dans le sens de l'humilité, mais au point de te prétendre incapable de faire quoi que ce soit d'athlétique, même nager ! Il a fallu que tu me dises que tu avais suivi mes conseils et boudé quelques cours. Quelques cours qu'il avait bien fallu que tu boudes pour pouvoir tuer Calvano et Tommy Lister. Exagération, encore. Tu voulais te ménager une sorte d'alibi psychologique, au cas où le professeur Arranbee parlerait devant moi de tes absences. Et qu'est-ce qui pouvait effrayer un homme tel que Nick, sinon quelque chose qui risquait de l'atteindre dans la personne d'un de ses fils ? Calvano n'était pas un copain de Nick, mais il était là, le soir de la party, et il avait dit à Lily, sa maîtresse, qu'il reviendrait de chez Nick avec les poches bourrées de fafiots, mais ce n'était pas du jeu qu'il voulait parler. Calvano te faisait chanter, n'est-ce pas ?

— Oui. A ma sortie de la clinique, papa m'avait dit que si jamais je recommençais à me droguer, il me ferait enfermer dans un sana jusqu'à la fin de mes jours. Calvano m'a remis sur la pente. Puis il m'a menacé de tout raconter à papa si je ne lui versais pas une grosse somme. J'ai essayé de prendre de l'argent dans le coffre de papa, mais je n'en ai jamais trouvé l'occasion. Le lendemain de la party, quand j'ai entendu dire que Calvano vous cherchait, je suis venu ici. Je ne voulais que vous avertir... mais il est entré pendant que j'étais ici.

— En train de lire mon *Ulysse*.

— Oui. Je l'ai assommé par-derrière, avec un gros bouquin.

— Et Tommy ?

— Il m'a téléphoné, et demandé de venir. Je suis venu.

— Avec le couteau de chasse de ton père ! Autre maladresse, Paul. Tu n'as pas pensé qu'avec un peu de veine, les flics pourraient peut-être remonter jusqu'à ton père, en passant par le fabricant du couteau. Mais Nick était en train de bavarder avec Jaekels, à ce moment-là. Tommy te faisait chanter ?

— Il a essayé...

— Paul, murmurai-je, est-ce que tu étais... dopé, quand tu es venu ?

Pas de réponse. Mais de violents borborygmes, dans mon estomac, et de brèves douleurs fulgurantes, à l'intérieur de mon crâne. Pas de réponse dans mon rêve. Mais j'avais les yeux grands ouverts et je ne rêve jamais avec les yeux ouverts.

Soudain pétrifié, je tournai la tête, très lentement, vers le vieux fauteuil. Il était vide, et je poussai un profond soupir.

— Ils ont cru que j'essaierais d'avoir Vicki Lincoln, parce qu'elle était en même temps que moi à la clinique, dit une voix à ma gauche, dans l'obscurité. Est-ce qu'ils me croient complètement idiot ?

Je posai mes mains moites sur le dessus de lit. Mes muscles tressautaient convulsivement. Je n'arrivais pas à me redresser ; tout en moi me commandait de rester allongé, et la sueur me coulait dans les yeux.

— Où es-tu, Paul ? questionnai-je. Je ne te vois pas.

— Pourquoi voudriez-vous me voir ? Avez-vous peur, Mr. Worden ?

Je me rencognai contre le mur, contenant ma respiration, et dis :

— Personne ne peut prouver que tu as tué Tommy et Calvano, Paul. Ne gâche pas tout à présent. Je suis probablement sous surveillance. Ce serait bougrement stupide de ta part.

— Vraiment ?

D'où était venue sa voix ? L'alcool que j'avais absorbé m'engourdissait l'esprit, mais ne l'empêchait pas de fonctionner.

— Ton père doit savoir que tu as quitté la maison. Il t'a peut-être suivi.

— Papa n'était pas à la maison.

Je le tenais, cette fois... Vers le cabinet de toilette.

— Et d'ailleurs, il soupçonne quelque chose... mais il ne sait rien !

Ce n'était pas venu de la même direction, bon Dieu ! on aurait dit que ça venait du vieux fauteuil. Mais je distinguais le vieux fauteuil. Et le vieux fauteuil était vide.

A ma gauche, crissement d'un soulier sur du bois. Mais il y avait un tapis sur le parquet. Alors ? Le pied du guéridon ?

Nom d'un chien, c'était pas une façon de faire face au danger, quel qu'il pût être. Les ressorts grincèrent sous moi tandis que je progressais vers le bout du divan. Mais si je ne le voyais pas, il ne me voyait pas non plus...

Je m'arrêtai brusquement. Mon pied venait de toucher quelque chose. Quelque chose qui ressemblait à un genou. C'était là qu'il était. Debout au pied du divan.

Je roulai sur moi-même et sentis sa main effleurer ma cheville tandis que je dégringolais du divan et continuais de rouler sur le parquet. J'entendis le bruit de ses pas, derrière moi, et me retournai sur le dos, jambes repliées, prêt à ruer de toutes mes forces si quelque chose se présentait.

Un craquement ; le bout de son soulier me heurta les côtes et je lui attrapai la jambe, juste au-dessous du genou. Une violente secousse et Paul s'écroula. Je rampai vivement jusque sur son corps, m'efforçant de l'immobiliser, cherchant à capturer ses bras.

Un trait de feu sillonna mon propre avant-bras, et le sang se mit à couler, visqueux et chaud, sur ma peau déjà ruisselante de transpiration. Puis, ma main trouva sa main armée, et je tentai de me hisser jusqu'à son visage.

Il se tordait sous moi comme un serpent pris au piège et j'entendais sa respiration laborieuse. Je parvins à me redresser, d'un coup de reins, et refermai mon autre main autour de son poignet. Sa propre main libre griffa mon visage. Ses ongles cherchaient mes yeux. Je tournai la tête, fis passer son bras par-dessus mon genou et pesai de tout mon poids sur son poignet armé.

J'entendis craquer l'articulation fracturée, et la voix de Paul hurlant sa souffrance, et la chute du couteau sur le sol tapissé. Je trouvai le couteau, à tâtons, et me relevai. Paul ne bougeait plus. Je traversai la pièce et donnai de la lumière. Il était évanoui, le bras droit ridiculement replié dans le mauvais sens. Je téléphonai chez Vicki, où les flics devaient toujours l'attendre...

Hovde me ramena du commissariat. Il était très tard et le sergent paraissait claqué, mais il dit que tout était réglé, maintenant, et qu'il allait peut-être enfin pouvoir dormir un peu, en attendant la prochaine affaire empoisonnante. Paul avait fait des aveux complets.

— Est-ce qu'il était toujours sous l'influence de la drogue, sergent ?

— Ça n'empêche pas sa confession d'être parfaitement valable.

— Quelle histoire, soupirai-je. Y a qu'une chose qui me fait regretter de ne pas m'être laissé gentiment trancher la gorge, et c'est que vous seriez toujours en train de poireauter chez Vicki Lincoln, sergent. Et si je n'avais pas été un garçon intelligent, intuitif, et grand lecteur de romans policiers, vous n'auriez même pas eu ce fil conducteur.

— Vous ne souffrez pas trop des chevilles ? s'enquit Hovde.

Il venait de s'arrêter devant un immeuble que je ne connaissais pas.

— C'est ici que j'habite, expliqua-t-il. Montez, je vais vous faire une tasse de café.

— Et votre femme ? objectai-je. Monter avec un étranger à une heure pareille...

— Je n'ai pas de femme, dit-il.

— Oh, pardon. Alors, votre fils. Celui qui a mis ma photo sur le mur de sa chambre ?

— Je n'ai jamais eu de fils, ricana-t-il. Ne me dites pas que vous aviez marché !

— Si, avouai-je. Vous étiez mon dernier espoir, sergent. Vous étiez la dernière personne en laquelle je croyais encore.

— Croyez en vous-même, me dit-il. C'est le mieux que vous puissiez faire. Allons-y. Montons.

Trois scènes encore, qui n'ont plus rien à voir avec le récit de ces deux meurtres. Si vous ne vous intéressez qu'à l'aspect « énigme » des romans policiers, je vous conseille de vous arrêter ici. Le reste concerne uniquement Pete Worden et vous n'êtes pas Pete Worden. Agissez donc comme bon vous semblera.

Première scène. Chez Ellen. Dans l'appartement au-dessus de la droguerie. Ellen, en jupe et sweater, les cheveux relevés. Mardi. 19 h 30.

Je suis assis sur le canapé, un verre à la main. Elle est debout près de la fenêtre.

Moi :

— Eh bien, nous sommes mardi. Qu'as-tu décidé ?

Elle :

— J'ai décidé...

Elle n'ose pas me regarder, et je comprends ce qu'elle a décidé.

Moi :

— Bref, c'est non. Y a-t-il au moins une raison que je puisse combattre ?

Elle ne se retourne pas. Elle regarde toujours par la fenêtre. Immobile. Elle regarde Je ne sais quoi.

— C'est un non définitif, Pete. Je vais épouser Nick.

Bing ! Un grand silence bourdonnant, sillonné d'étoiles filantes. Ellen va épouser l'argent de Nick. Ellen est assez intelligente pour savoir ce que signifie l'argent. Elle sait que l'argent peut faire accepter pas mal de choses.

Je me lève. Difficilement, mais enfin, je me lève. Je murmure entre mes dents :

— J'espère que vous serez très heureux.

— Que tu dis !

— Et que je pense. Pourquoi serions-nous malheureux tous les deux ?

— Va-t'en, Pete, je t'en prie. Je regrette, mais rien de ce que tu pourrais me dire ne pourrait me convaincre. C'est une décision mûrement réfléchie, et que rien ne me fera changer. Va-t'en, maintenant. Fiche-moi le camp d'ici. Tout de suite !

Adieu, mon amour. Va reposer ton corps harmonieux et ton esprit chaotique dans cette belle propriété de la Vallée. Préside à la table de Nick, scintille parmi les bookmakers, souris à ton puissant époux et fais-toi payer tout ce dont tu rêves. Et ne pense plus jamais à nous. Faut pas s'attendrir, Ellen, faut jamais s'attendrir. Envoie de l'argent à tes vieux. Qu'ils soient tous fiers de toi, là-bas, à Eau Claire. Bye-bye, Ellen, adieu, mon amour...

Scène deux. Chez moi. Mercredi matin, vers neuf heures. Café fort et gueule de bois. Quelqu'un frappe. Entre Chris Arnold. Il me regarde fixement. Je le regarde. C'est moi qui ai fracturé le bras de son frère.

— Pete, gémit-il enfin. Oh, Pete...

Il pleure. Je mets mon bras autour de ses épaules. Autour des épaules de mon frère Chris.

— Pete, dit-il. Oh, bon Dieu, Pete...

— J'aurais mieux fait de rester tranquille, hein, Chris ? J'aurais mieux fait de fermer ma grande gueule ?

Il se maîtrise, au prix d'un gros effort.

— Je suis venu te dire au revoir, Pete. Je signe mon engagement aujourd'hui.

— Bonne idée, Chris, bonne idée... oh, sacré nom de Dieu de bon Dieu...

Il repart et j'essaie de lire le journal en buvant mon café. Aucune saveur, ni dans l'un ni dans l'autre. Joe Devlin, Blasky Felker, Andy Gelatti, et maintenant Chris Arnold !

Des gosses, tous, des gosses qui n'y connaissaient rien, qui ne voyaient pas plus loin que le bout de leur nez. Pourquoi était-ce toujours les gosses qui... oh, sacré nom d'un chien de bonsoir !

Il fallait des gars comme moi pour leur donner un coup de main, des gars qui savaient ce que c'était, des gars qui étaient déjà passés par là... Comme l'avait si bien dit Mr. Arthur Miller, ils étaient tous mes fils...

Epilogue. Une grande salle encombrée de bancs encombrés de gosses. Des gosses qui n'y voient pas plus loin que le bout de leur nez. Et moi, debout sur le seuil de la salle. Pete Worden, le père de famille nombreuse !

Et Chris, sur l'un des premiers bancs, le dos tourné vers moi. Une chevelure en brosse parmi d'autres. Je traverse la salle, m'assieds à côté de lui.

— Hé... Pete ?

— Pourquoi pas ? Qu'est-ce que je sais faire d'autre ? Et qui est-ce qui pourrait t'aider à ne pas te fourrer dans le pétrin ? Sinon moi ?

— Ça m'est égal de me fourrer dans le pétrin, Pete. Te casse pas la tête à mon sujet. Et de toute manière, on pourrait jamais rester ensemble.

— C'est pas impossible, Chris. Tu graisses la patte d'un sergent-chef, celle d'un employé de compagnie. C'est pas impossible, avec un peu de veine.

— Alors, ça se fera. Hein, Pete, ça se fera ? (Je reçois son coude dans les côtes.) Inséparables, hein, Pete ?

— Inséparables ! dis-je, en lui rendant son coup de coude.

Postface

par Jean-Jacques Schléret

Dans les précédents volumes de *Polars années cinquante*, Jacques Baudou a souligné la qualité et l'éclectisme de la collection Un Mystère. Il convient de rendre à ce propos un hommage tout particulier à ses promoteurs : Sven Nielsen, le patron des Presses de la Cité, sa femme, la romancière Myonne, et Maurice Bernard Endrèbe qui a tant œuvré pour le genre en France depuis un demi-siècle. Ce sont eux qui ont eu la perspicacité, le flair, de débusquer les chefs-d'œuvre, les nouveaux talents, les œuvres originales, dans le vaste vivier du roman policier anglo-saxon de l'immédiat après-guerre.

Du point de vue qualitatif, aux Grands prix de la Littérature Policière déjà cités par Jacques Baudou, il faudrait ajouter les Edgar Poe Awards des M.W.A. (les écrivains de romans policiers américains) attribués à *Faut pas s'attendrir* de William Campbell Gault (Un Mystère n° 141), *Mortellement vôtre* de Margaret Millar (n° 318), *A corps et à crimes* d'Ed Lacy (n° 325) et *La rousse a le feu sacré* de J.-J Marric (n° 626) et les Daggers des Crimes Writers britanniques à *Sept jours de la vie d'un flic* de J.-J. Marric (n° 335) et *Une bonne pâte* de Mary Kelly (n° 617). Il convient également de mentionner les innombrables adaptations cinématographiques et télévisuelles des romans parus dans la collection à l'éléphant (plus d'une centaine pour les 500 premiers numéros) et qui ont inspiré des cinéastes comme Nicholas Ray, Robert Aldrich, Orson Welles, Henri Decoin, Jacques Tourneur, Akira Kurosawa, Robert Siodmak... : *Les Amants traqués* (Gerard Butler), *Le Violent* (Dorothy B. Hughes), *En quatrième vitesse* et *Nettoyage par le vide* (Mickey Spillane), *Dix-huit fantômes* (S.A. Steeman), *La Veuve noire* (Patrick Quentin), *L'Homme léopard, Les mains qui tuent* et *La mariée était en noir* (William Irish), *Détective privé* et *La Toile d'araignée* (John Ross MacDonald), *La Soif du mal* (Whit Masterson), *Entre le ciel et l'enfer* (Ed McBain)... pour ne citer que les plus connus.

Dans ce troisième tome de *Polars années cinquante*, nous avons privilégié le roman noir américain au travers de sept textes illustrant les divers aspects du genre. Un huitième ouvrage, *Du sang sur tes mains*, est un classique méconnu du polar noir anglais. Quant au neuvième, *Défense de sortir*, nous laissons au lecteur le plaisir de le (re)découvrir.

C'est à un heureux hasard qu'on doit la publication de *Défense de sortir* (*The House Without a Door*) dans la collection Un

Mystère. En fouinant chez un bouquiniste, Maurice Bernard Endrèbe mit la main sur cet étonnant livre qu'il s'empressa de traduire et de proposer à Sven Nielsen. Roman plutôt inclassable, *Défense de sortir* débute de façon tout à fait originale : une vieille fille timorée, qui vit recluse dans son appartement new-yorkais depuis trente-quatre ans, décide un soir de sortir dans la rue. Sa découverte du monde extérieur, qu'elle ne connaît qu'au travers des journaux, va prendre l'allure d'une véritable prouesse. Si, par la suite, l'intrigue devient plus conventionnelle avec sa rencontre du maître chanteur, assassiné au cours d'une soirée, la description du milieu new-yorkais artistique et politique auquel appartiennent les suspects est tout à fait inhabituelle dans la littérature policière de l'immédiat après-guerre, en pleine période de la guerre froide. Parmi le groupe des suspects, l'auteur nous présente un capitaliste, capitaine d'industrie confronté à un membre du parti communiste, trésorier d'un syndicat maritime, et porte ainsi son récit sur un terrain politique. Premier roman d'un jeune auteur de vingt-neuf ans, *Défense de sortir* est une œuvre totalement maîtrisée, « un millésime » de la collection Un Mystère.

La fin des années trente voit l'émergence d'un roman policier noir à l'anglaise. Dans un premier temps, certains auteurs comme Peter Cheyney et James Hadley Chase imiteront les modèles américains au point de placer l'action de leurs ouvrages aux Etats-Unis. D'autres, comme Gerard Butler, l'auteur du roman *Du sang sur tes mains*, qui situent leurs récits en Angleterre, s'inspirent davantage de la fiction populaire européenne. Ainsi cette histoire d'amour entre Bill Saunders, une brute primaire au coup de poing facile et parfois mortel, et une jeune fille pure, et l'apparition du maître chanteur, deus ex machina qui tente d'entraver l'idylle, relève plus du mélodrame du XIXe siècle et du réalisme poétique des films de Prévert-Carné (*Le jour se lève, Quai des brumes*) et de Julien Duvivier (*Pépé le Moko*) que de l'œuvre d'un James Cain.

Ce beau mélodrame noir a inspiré en 1948 un film, *Les Amants traqués*, réalisé par Norman Foster, avec Burt Lancaster, Joan Fontaine et Robert Newton dans les rôles principaux. Il est regrettable que les adaptateurs, Ben Maddow et Walter Bernstein, aient préféré une fin moralisatrice à la surprenante conclusion du livre.

Une dent contre lui (*The Tooth and the Nail*) complète la trilogie de Bill Ballinger que *Polars années cinquante* a commencée avec *Version originale* (Tome 1) et poursuivie avec *A gorge déployée* (Tome 2). Publié en 1955, ce roman est sans doute l'ouvrage le plus élaboré de son auteur, celui où il a poussé à l'extrême cette structure narrative du récit éclaté à plusieurs niveaux tant vantée par Umberto Eco dans son analyse du roman *A gorge déployée* publiée dans l'essai *La definizione dell'arte* (éditions Garzanti, 1978).

Deux histoires parallèles cheminent tout au long d'*Une dent contre lui*. Dans les chapitres impairs, une première intrigue narre à la troisième personne le déroulement d'un procès criminel où l'identité de l'inculpé est ignorée. Dans les chapitres pairs, un personnage, le prestidigitateur Lew Mountain, raconte à la première personne certains événements survenus dans son existence. Le lecteur passe alternativement d'une histoire à l'autre, le suspense ne cesse de s'amplifier pour culminer dans les derniers chapitres où les deux intrigues finissent par se recouper et révéler au lecteur l'étonnante vérité.

La Soif du mal[1] (*Badge of Evil*) est le roman le plus connu de Whit Masterson grâce à son adaptation cinématographique réalisée par Orson Welles en 1958. Bien que ce livre ait été souvent réédité, nous avons tenu à le sélectionner dans ce volume pour réparer une injustice, celle de la mauvaise réputation que lui ont faite les critiques de cinéma[2], François Truffaut en tête, qui titrait son analyse du film par « Avec *La Soif du mal*, Orson Welles fait d'un roman policier minable une œuvre d'art ! » et concluait « Orson Welles a adapté pour l'écran un lamentable petit roman policier publié en français sous le titre *Manque de pot.* » Le réalisateur lui-même surenchérit quand il déclara lors d'une conférence de presse : « ... J'héritais donc d'un roman policier qui n'a aucun rapport avec l'histoire que vous allez voir, qui se déroulait ailleurs qu'à la frontière mexicaine : j'ai fondamentalement transformé le scénario... remodelant l'histoire pour lui donner la forme — bonne ou mauvaise — que vous allez voir. »

Le lecteur pourra juger sur pièces : la trame du film suit dans les grandes lignes l'intrigue du roman dont le thème — « celui du policier fasciné par le pouvoir qui se prend pour Dieu et de ce fait estime que les règles ne s'appliquent pas à lui. Sa chute n'en est que plus tragique » (selon le co-auteur Robert Wade) — est celui du film. Seuls les personnages ont subi quelques retouches. C'est ainsi que le héros, l'Américain Mitchell Holt, devient le Mexicain Vargas (Charlton Heston) tandis que sa femme Consuelo devient Susan, une Américaine (Janet Leigh) ; le policier véreux McCoy est transformé en Hank Quinlan (Orson Welles) alors que le Quinlan du livre est celui qui correspond à Menzies dans le film.

Dans les années cinquante, un nouveau héros fit son apparition dans le roman noir : l'Américain moyen, « l'homme au complet gris ». Dans bon nombre d'ouvrages de l'époque, le représentant de commerce, le chef d'entreprise, le professeur ou le propriétaire

---

1. D'abord publié sous le titre *Manque de pot*, puis *L'Insigne du diable*.
2. Cf. l'article de Jean-Paul Schweig, « Le temps du mépris », publié dans la revue *Hard Boiled Dicks* n° 14 consacrée à Wade Miller/Whit Masterson.

d'un restaurant se trouvait entraîné, malgré lui, dans une affaire criminelle dont il se sortait, non sans peine, grâce à son courage, sa ténacité et son intelligence. C'est le cas de l'ingénieur John Bunting dans *Balle perdue* (*Journey into Terror*) de Peter Rabe, qui voit son existence basculer à la suite de la mort de sa fiancée abattue par une balle perdue lors d'un règlement de comptes entre bandes rivales. Devant l'inertie de la police, Bunting va mener sa propre enquête et tenter de mettre la main sur l'assassin pour l'exécuter. Ce second aspect de l'histoire préfigure le thème de l'autodéfense et du justicier dans la ville popularisé dans les années soixante-dix par les romans de Brian Garfield et leurs adaptations cinématographiques interprétées par Charles Bronson.

C'est parce qu'il fut l'un des plus grands auteurs noirs des années cinquante que William P. McGivern se devait de figurer au catalogue de la collection Un Mystère. *Une nuit pas comme les autres* (*Night Extra*) est bien dans la continuité de sa chronique du policier urbain américain confronté à l'univers de la corruption et du pouvoir (*Coup de torchon, La Planque, La Colère noire, Quand les poulets ont des dents*...) qui l'a rendu célèbre. L'intrigue et le décor sont les mêmes : des politiciens mafieux ont la mainmise sur une ville dont ils pillent les finances à leur profit grâce à des magouilles immobilières et un système de fausse facturation. La bande est prête à tout — chantage, corruption, meurtre — pour conserver le pouvoir. Un homme intègre, ici un journaliste (à la place du policier), aura le courage de se dresser contre elle et de dénoncer, au péril de sa vie, le système. Pour écrire son livre, McGivern s'est servi de son expérience de reporter au quotidien l'*Evening Bulletin* de Philadelphie alors qu'il couvrait, de 1949 à 1951, l'actualité criminelle pour les éditions de nuit, les *Night Extra*, d'où le titre original du roman. Cette connaissance du milieu donne un accent de vérité saisissant à *Une nuit pas comme les autres*.

En 1949, Kenneth Millar, sous le pseudonyme de John MacDonald, fit une entrée remarquée dans le roman noir américain en abordant dans *Il est passé par ici* (*The Moving Target*) la saga du détective privé californien Lew Archer. Dans son *Histoire de la littérature américaine 1939-1989*, Pierre-Yves Pétillon inclut ce livre dans la liste des œuvres marquantes de l'année 1949, aux côtés de *Knight's Gambit* de Faulkner, de *The Man With the Golden Arm* de Nelson Algren, de *Sexus* d'Henry Miller, entre autres. Dans ce roman, MacDonald rendait hommage à ses deux maîtres, Dashiell Hammett et Raymond Chandler : au premier en nommant son détective Lew Archer (patronyme de l'associé de Sam Spade dans *Le Faucon de Malte*), au second en dotant son héros du caractère compassé et du côté moral de Philip Marlowe. L'influence de

Chandler est la plus évidente. Celui-ci ne s'est d'ailleurs pas privé de la relever dans sa lettre du 14 avril 1949 adressée au critique James Sandoe : « ... la séquence d'ouverture (du roman) est empruntée au *Grand Sommeil*, la mère paralysée (au lieu du père), l'argent du pétrole, l'atmosphère de richesse corrompue... » Cette filiation, Ross MacDonald la reconnaît implicitement dans un article de *Newsweek* du 22 mars 1971 : « Raymond Chandler était et reste un homme dur à suivre. Il écrivait comme un ange sordide et enveloppa les rues aveuglantes de Los Angeles d'une aura romantique. Tandis que j'essayais de préserver les fantastiques ombres et lumières de l'actuel Los Angeles, j'enlevais progressivement cette aura romantique et la remplaçais par un réalisme social plus complet... Encore m'aura-t-il fallu du temps et une connaissance plus approfondie de cette société avant de faire mien le roman policier californien... »

Il est passé par ici n'est toutefois pas une pâle imitation chandlerienne. Ross MacDonald a son style propre et utilise déjà largement les métaphores, une manie que lui reprochera Chandler à propos de la voiture couverte « d'une acné de rouille ». Y apparaissent aussi en filigrane certains thèmes que l'auteur développera par la suite : la famille éclatée, la recherche du père, l'amitié trahie.

Le romancier William Goldman écrivit en 1966 une superbe adaptation cinématographique de ce livre. Paul Newman incarnait admirablement le personnage de Lew Archer, nommé *Harper*, qui était également le titre du film réalisé par Jack Smight.

Avec *Faut pas s'attendrir* (*Don't Cry For Me*), son premier roman policier publié en 1952, William Campbell Gault se démarquait des romans noirs qui submergaient le marché éditorial du paperback à l'époque. Dans le roman policier, l'accent était mis auparavant sur le mystère lui-même : *Whodunit and Why* (*Qui a commis le crime et pourquoi*). En assujettissant clairement les éléments du *whodunit* à la vie même des personnages principaux et en y décrivant de façon très pointue les aspects socio-économiques de son époque — une approche largement usitée de nos jours par les écrivains policiers — William Campbell Gault apportait un sang neuf au roman policier[1]. A l'opposé des habituels héros durs-à-cuire des romans noirs, buveurs de whisky et amateurs de blondes pulpeuses, Pete Worden, le protagoniste de *Faut pas s'attendrir*, est un être vulnérable — il lui arrive de pleurer lorsque son frère l'humilie en public —, immature — sa seule passion est le sport — et instable : il hésite à épouser la femme qu'il aime. Celle-ci le quittera d'ailleurs à la fin du livre pour épouser un riche caïd de la

1. Bill Pronzini dans l'article nécrologique « William Campbell Gault », dans *The Mystery Scene*, 1996.

pègre. C'est sans doute cet aspect du livre qu'ont voulu distinguer les Mystery Writers of America en attribuant l'Edgar du meilleur premier roman à *Faut pas s'attendrir.*

Dans *On vous descend à la prochaine* (*Death Takes the Bus*) de Lionel White, une bande de malfrats envisage le détournement d'un autobus pour faire libérer un condamné. Ce thème du hold-up, encore appelé le « gros coup » ou le « casse », a donné naissance à un sous-genre du roman noir qui a déjà ses classiques. *Quand la ville dort, Du rififi chez les hommes, Mélodie en sous-sol, Braquez, messieurs, Topkapi....* dont l'un ou l'autre a certainement inspiré les auteurs de l'attaque du fourgon postal Londres-Glasgow ou Spaggiari pour son casse à la banque de Nice. Le canevas schématique du gros coup — braquage d'une banque, attaque d'un fourgon postal, vol dans un musée, enlèvement d'une personne... — est toujours identique : un chef de bande, le cerveau, sélectionne soigneusement ses complices, des spécialistes en électronique, en perçage de coffres-forts, en conduite de voiture..., avec lesquels il prépare minutieusement son coup et l'exécute. Un grain de sable viendra toutefois perturber en dernière minute l'astucieux plan. Le thème est souvent l'occasion pour les auteurs d'étudier la mentalité et les réactions des protagonistes de l'histoire. Lionel White est reconnu comme le spécialiste du « gros coup » qu'il a largement exploité dans son œuvre et notamment dans *On vous descend à la prochaine*, un modèle du genre.

Les auteurs

Bill BALLINGER

William Sanborn Ballinger est né le 13 mars 1912 à Oskaloosa dans l'Iowa. Après des études à l'université du Wisconsin à Madison, il exerça différents métiers à New York et à Chicago avant d'entamer une carrière dans la publicité, radiophonique notamment. Devenu producteur d'émissions de radio, comme le célèbre « Dinah Shore Show », dont la vedette était la chanteuse Dinah Shore, il s'installa en Californie au début des années 50 au moment du « boom » de la télévision et devint scénariste. Il écrivit par la suite plus de 150 scénarios pour la télévision, en particulier pour des séries comme « Alfred Hitchcock présente », « Les Espions » ou « L'Homme de fer », et il obtint en 1960 un Edgar Allan Poe Award pour le scénario d'un téléfilm policier.

En 1948-1949, il débuta dans le roman policier avec deux romans noirs de la veine *hard boiled*[1] mettant en scène un détective privé de Chicago du nom de Barr Breed, dans la droite lignée de Sam Spade. Mais l'accent mis sur la violence et la sexualité dans ces deux ouvrages, *Ne gigote plus* et *Le Cadavre doré*, les situe bien dans leur époque : l'immédiat après-guerre, en pleine ère Mickey Spillane... (Bill Ballinger écrivit d'ailleurs plus tard des scripts pour la série « Mickey Spillane's Mike Hammer »).

Bill Ballinger abandonna très rapidement ce type de romans assez convenus et dès le début des années 1950 il expérimenta avec le remarquable *Portrait in Smoke* (*Version originale*) une approche très personnelle de l'intrigue policière, utilisant plusieurs modes de narration : une narration à la première personne qui donne le point de vue d'un détective professionnel ou amateur, alternant avec des narrations à la troisième personne mettant en scène un ou plusieurs autres personnages du roman. Le tout, monté en parallèle, parfois de manière a-chronologique, crée rapidement un effet de suspense que d'ingénieux coups de théâtre viennent renforcer.

---

1. On appelle *Hard-boiled school* l'école des écrivains révélés au sein de « Black Mask » et de revues équivalentes qui mettait en scène des héros « durs à cuire », les fameux *tough guys*, faisant preuve souvent d'un certain cynisme apparent (et quelquefois plus apparent que réel). La *Hard-boiled school* constitue en fait la première génération des auteurs de romans noirs américains qui rendaient compte de la violence urbaine, du crime organisé et de la corruption dans les textes où l'action prédominait largement sur la détection.

Bill Ballinger a utilisé cette formule novatrice du récit éclaté sur plusieurs niveaux dans ses meilleurs romans policiers, tous publiés dans la collection Un Mystère : *Une dent contre lui*, *A gorge déployée*, qui possède, selon Bill Pronzini[1], l'un des premiers chapitres les plus terrifiants de la littérature de suspense, ou *La Femme du rouquin*.

A partir des années 60, Bill Ballinger commença à écrire pour les collections de poche et composa des romans policiers nettement plus conventionnels, comme *Formula for Murder*, roman assez classique mettant en scène un détective ratiocineur du nom de Van Mars, ou *Not I, Said the Vixen*, *courtroom mystery* décrivant les aléas d'un procès. La vogue du roman d'espionnage l'amena à créer Joachim Hawks, un agent de la CIA d'origine hispano-indienne, qui effectue dans les cinq romans dont il est le héros diverses missions dans le Sud-Est asiatique, en Chine communiste, en Indonésie, en Thaïlande ou en Indochine. D'après *The Encyclopædia of Mystery and Detection*, Bill Ballinger aurait publié en 1969 son roman le plus surprenant : *The 49 Days of Death*, un suspense basé sur *Le Livre des morts* tibétain...

Bill Ballinger est décédé le 23 mars 1980 à Tarzana, Californie, après avoir été l'hôte d'honneur d'une des premières Bouchercon[2], un hommage que ses quelques fulgurants chefs-d'œuvre des années 50 justifiaient largement.

Bibliographie

ROMANS

1948 **The Body in the Bed** — *Ne gigote plus*, Un Mystère, n° 73, 1951.

1949 **The Body Beautiful** — *Le Cadavre doré*, Un Mystère, n° 65, 1951.

1950 **Portrait in Smoke / The Deadlier Sex** — *Version originale*, Un Mystère, n° 50, 1951.

1952 **The Darkening Door** — *On frappe à la porte*, Un Mystère, n° 115, 1953 ; Presses Pocket, n° 1088, 1974.

---

1. Bill Pronzini et Marcia Müller, *1001 Midnights : The Aficionado's Guide to Mystery and Detective Fiction*, Arbor House, 1986.

2. Convention annuelle du roman policier américain qui tire son nom d'Anthony Boucher.

1953 **Rafferty / The Beautiful Trap** — *Changement de décor*, Un Mystère, nº 145, 1953.
1955 **The Tooth and the Nail** — *Une dent contre lui*, Un Mystère, nº 250, 1955.
1957 **The Longest Second** — *A gorge déployée*, Un Mystère, nº 426, 1958.
The Wife of the Red-Haired Man — *La Femme du rouquin*, Un Mystère, nº 367, 1957.
1958 **Beacon in the Night.**
Formula for Murder.
1963 **The Fourth of Forever.**
1965 **The Chinese Mask** — *Le Cirque de Pékin*, Série noire, n° 1037, 1966.
Not I, Said the Vixen.
The Spy in Bangkok.
The Spy in the Jungle — *L'Espion dans la jungle*, Série noire, nº 992, 1965.
1966 **The Heir Hunters.**
The Spy at Angkor Wat — *Rapt à Angkor Vat*, Série noire, nº 1101, 1967.
The Spy in the Java Sea — *En Java*, Série noire, nº 1120, 1967.
1968 **The Source of Fear** — *La Source de la peur*, Série noire, n° 1426, 1971.
1969 **The 49 Days of Death.**
Heist Me Higher.
The Lapsided Man.
1974 **The Corsican.**
1975 **The Law** (novélisation du scénario du téléfilm *The Law*, diffusé en France sous le titre *La Loi*, réalisé par John Badham, sur un scénario de Joel Oliansky).

Sous le pseudonyme de Frederic Freyer

1955 **The Black, Black Hearse.**

Sous le pseudonyme de B.X. Sanborn

1959 **The Doom-Maker / The Blonde on Borrowed Time.**

NOUVELLES

1958 **The Private Affair**, « Sleuth », octobre.
You Better Be Right, « Sleuth », décembre.
1959 **Save Me in San Salvador**, « Mike Shayne Mystery Magazine », août 1959.

AUTRES ÉCRITS

Romans

1975 **The Ultimate Warrior** (novélisation du scénario du film homonyme de Robert Clouse, diffusé en France sous le titre *New York ne répond plus*, avec Yul Brynner).

Scénarios de films

1964 *The Strangler*, réal. : Burt Topper, avec Victor Buono (*Le Tueur de Boston*).
1966 *Operation CIA*, en collaboration avec Peter J. Oppenheimer, réal. : Christian Nyby, avec Burt Reynolds.

Scénarios pour la télévision

Scénarios pour les séries « Alfred Hitchcock Presents » (Alfred Hitchcock présente), « The Outer Limits » (Au-delà du réel) « I Spy » (Les Espions), « M. Squad, Ironside » (L'Homme de fer), « Cannon, Mickey Spillane's Mike Hammer » (avec Darren Mc Gavin), « The Night Stalker » (Dossiers brûlants), « Run for Your Life » (Match contre la vie), « The Roaring Twenties », « Tightrope », « Wells Fargo ».

Gerard BUTLER

Les seules informations que nous possédons sur cet auteur, nous les devons au catalogue *Crime Fiction : a Comprehensive Bibliography 1749-1990* d'Allen J. Hubin (Garland Publishing, Inc., New York & London, 1994).

Gerald (son vrai prénom) Alfred Butler est né en 1907 en Angleterre. Durant les années quarante, il a écrit six romans policiers dont seule la moitié a été traduite en France et portée à l'écran. En 1949, Gerard Butler adapta lui-même son livre *Cendrillon perd au jeu* sous le titre *Third Time Lucky* (inédit en France) réalisé par Gordon Parry avec Glynis Johns et Dermot Walsh. *Du sang sur tes mains* a inspiré en 1949 le film *Kiss the Blood off My Hands* (*Les Amants traqués*), dirigé par Norman Foster avec Burt Lancaster (Bill Saunders), Joan Fontaine (Jane Wharton) et Robert Newton (le maître chanteur). C'est A. I. Bezzerides et Nicholas Ray, également réalisateur, qui ont écrit l'adaptation du *Cœur et l'Esprit* sous le titre *On Dangerous Ground* (*La Maison dans l'ombre*) avec Robert Ryan et Ida Lupino.

Vingt ans plus tard, en 1972, Gerard Butler a publié un septième roman policier, *There Is a Death, Elizabeth*, puis a totalement disparu. Nous ignorons s'il est décédé.

Bibliographie

1940 **Kiss the Blood off My Hands / The Unafraid** — *Les Mains pures*, collection Cosmospolis, Presses de la Cité ; *Du sang sur tes mains*, Un Mystère, n° 4, 1949.
1941 **They Cracked Her Glass Slipper** — *Cendrillon perd au jeu*, Editions du bateau ivre, 1947.
1943 **Their Rainbow Had Black Edges** (Aux Etats-Unis : *Dark Rainbow*).
1945 **Mad with Much Heart / The Lurking Man** — *Le Cœur et l'Esprit*, Editions universitaires, 1947.
1948 **Slippery Hitch**
1951 **Choice of Two Women** (Aux Etats-Unis : **Blow Hot, Blow Cold**).
1972 **There Is a Death, Elizabeth**.

William CAMPBELL GAULT

William Campbell Gault est né le 9 mars 1910 à Milwaukee dans le Wisconsin. Il termine ses études par un bref passage (un semestre) à l'université du Wisconsin. En 1929, avec trois amis, il quitte le climat glacé du Wisconsin pour le soleil de Floride. Pour subsister, il accepte divers petits emplois, puis acquiert, avec un ami, le Blatz Hotel à Milwaukee dont il assure la gérance de 1932 à 1939. A partir de 1936, durant ses moments de loisirs, il écrit des récits policiers, sportifs, de science-fiction, d'aventures, de guerre et des mélos qu'il propose aux pulps et qu'il signe de son patronyme ou des pseudonymes de Roney Scott et Ray P. Shotwell. A partir de 1939, il s'installe comme écrivain professionnel. Durant la Seconde Guerre mondiale, il est incorporé au 166e régiment d'infanterie de l'armée américaine.

Lors du déclin des pulps au début des années cinquante, il fait ses débuts de romancier. En 1952, il publie simultanément *Thunder*

Road, une histoire sportive pour adolescents et *Don't Cry for Me* (*Faut pas s'attendrir*), qui se voit attribuer le trophée Edgar Poe du meilleur premier roman policier de l'année. Il va désormais se cantonner dans ces deux genres. Côté fiction policière, il écrira jusqu'en 1962 vingt-trois romans dont sept ont pour héros un détective privé, Brock Callahan, un ancien joueur de football américain de l'équipe des Ram. Six autres sont consacrés à un autre privé, Joe Puma. Deux de ses livres sont signés Rodney Scott (*Shakedown*) et Will Duke (*Fair Play*). Dans les années soixante, ses polars se vendent mal. Il abandonne le genre et se consacre à la littérature pour la jeunesse, plus rémunératrice. Il écrira en tout trente-cinq ouvrages pour adolescents jusqu'au début des années quatre-vingt où il revient au policier avec six enquêtes menées par Brock Callahan. Dans la seconde (*The Cana Diversion*), Joe Puma est assassiné et Callahan recherche son meurtrier.

William Campbell Gault est mort le 27 décembre 1995 à Santa Barbara en Californie.

Bibliographie

Ne sont mentionnés ici que les romans policiers de William Campbell Gault, à l'exclusion de ses autres ouvrages et de ses nouvelles (plus de trois cents).

1952 **Don't Cry for Me** — *Faut pas s'attendrir*, Un Mystère, nº 141, 1953.
The Bloody Bokhara / The Bloodstained Bokhara — *La Clef sous le tapis*, Série noire, nº 195, 1954.
1953 **The Canvas Coffin** — *Le Suaire enchanté*, Série noire, nº 189, 1954.
Blood on the Boards.
Shakedown (sous le pseudonyme Rodney Scott).
1954 **Run, Killer, Run** — *Il court, il court*, Série noire, nº 912, 1965.
1955 **Ring Around Rosa ?** [1] **/ Murder in the Raw** — *Où peut se cacher Rosa ?*, L'Aventure criminelle, nº 91, Fayard, 1960.
1956 **Day of the Ram** [1].
Square in the Middle.
Fair Prey (sous le pseudonyme Will Duke).
1957 **The Convertible Hearse** [1].

1. Brock Callahan.

1958 **End of a Call-Girl**[1].
Night Lady[1] — *La Prise du boa*, Série noire, n° 565, 1960.
1959 **Death out of Focus** — *Tueur d'étoiles*, Série noire, n° 573, 1960.
Sweet Wild Wench[1].
The Sweet Blond Trap.
The Wayward Widow[1].
Come Die with Me[2].
1960 **Million Dollar Tramp** — *Une riche nature*, Série noire, n° 639, 1961.
1961 **The Hundred Dollar Girl**[1].
Vein of Violence[2].
1962 **County Kill**[2].
1963 **Dead Hero**[2] — *Le Dernier Paladin*, Série noire, n° 880, 1964.
1981 **The Bad Samaritan**[2] — *Le Méchant Samaritain*, Série noire, n° 1948, 1984.
1982 **The Cana Diversion**[3] — *Les écolos sont les pigeons*, Série noire, n° 1951, 1984.
1984 **Death in Donegal Bay**[2].
1985 **The Dead Seed**[2].
1986 **The Chicano War**[2].
1988 **Cat and Mouse**[2].

John Ross MACDONALD

Ross MacDonald est, sans aucun doute, l'auteur policier le plus important révélé par la collection Un Mystère.

Bien sûr, ses premiers romans policiers signés de son vrai nom, Kenneth Millar, avaient déjà été publiés dans la Série noire (*A feu et à sang* et *A la déloyale*) et dans la Série blême (*La Boîte de Pandore*). Mais en changeant de nom d'auteur et en adoptant celui de John Ross MacDonald, puis de Ross MacDonald, c'est à une véritable métamorphose que Kenneth Millar s'était livré, à une mue qui allait le faire accéder à la trinité majeure du roman noir américain aux côtés de Dashiell Hammett et de Raymond Chandler.

Kenneth Millar est né le 13 décembre 1915 à Los Gatos en Californie, de parents canadiens qui, après quelques années, reparti-

1. Joe Puma.
2. Brock Callahan.
3. Brock Callahan & Joe Puma.

rent au Canada où ils se séparèrent. Elevé par sa mère, Kenneth Millar fit ses études au Kitchener Collegiate Institute dans l'Ontario, où il obtint son diplôme. Après la mort de sa mère, il interrompit ses études pendant une année pour voyager en Europe (Angleterre, France et Allemagne), puis, revenu au Canada, il épousa Margaret Sturm qu'il avait connue au lycée.

Kenneth Millar reprit ses études dans diverses universités (Western Ontario, Toronto, Ann Harbor dans le Michigan) et obtint un doctorat en littérature anglaise (avec un mémoire sur Coleridge). Il enseigna quelque temps à l'Université avant de servir de 1944 à 1946 dans la Navy, comme officier des communications à bord d'un navire dans le Pacifique.

En 1941, sa femme Margaret Millar — qui devait devenir elle aussi un auteur très important du genre — publiait son premier roman policier : *The Invisible Worm*, réveillant le goût que son mari avait manifesté dans sa jeunesse pour ce type de littérature, au point qu'il écrivit une parodie de Sherlock Holmes : *The South Sea Group Company*. De 1944 à 1948, Kenneth Millar fit paraître sous son nom quatre romans policiers ou d'espionnage reprenant des thèmes déjà traités par d'autres auteurs comme celui du nettoyage de la ville corrompue (*A feu et à sang*) ou celui de l'amnésique à la recherche de son identité (*La Boîte de Pandore*).

Mais, en 1949, il trouva sa propre voie en créant dans *Il est passé par ici* son détective privé Lew Archer (ainsi nommé en hommage à Dashiell Hammett et Sam Spade) dont il a reconnu qu'il lui avait donné de nombreux traits de son propre caractère : « Je ne suis pas exactement Lew Archer, mais Archer, c'est moi. »

Pour éviter la confusion avec John Dann MacDonald, un autre auteur de romans noirs, Millar transforma le pseudonyme dont il avait signé ce premier roman, John MacDonald, en John Ross MacDonald, puis, en 1956, en Ross MacDonald tout court.

Lew Archer apparaît dans la quasi-totalité des romans de Ross MacDonald à l'exception toutefois de deux titres : *Rendez-vous à la morgue* et *L'Affaire Ferguson*.

Né en 1913, Lew Archer était policier à Long Beach, Californie, avant de démissionner pour ne pas avoir à travailler dans une administration corrompue. Devenu détective privé à Santa Teresa (un avatar de Santa Barbara, où vivent les époux Millar depuis la guerre), il exercera ce métier pendant près de trente ans. Trente ans pendant lesquels son personnage évoluera de façon sensible.

L'influence de Raymond Chandler auquel on l'a volontiers comparé se décèle dans les premiers romans de John Ross MacDonald. A ceci près qu'ils sont remarquablement construits, et que Lew Archer manifeste pour les gens rencontrés lors de ses enquêtes

— et quelle que soit la couleur de leur peau — une véritable compassion, un véritable intérêt humain.

C'est le cas notamment dans *La Grimace d'ivoire* dont Marcia Muller dit fort justement qu'il est le meilleur roman de cette première période.

En 1956, Kenneth Millar entame une psychothérapie à la suite de « troubles » personnels et affronte de douloureux souvenirs d'enfance : la séparation de ses parents, les déplacements nombreux à travers tout le Canada au côté d'une mère malade et dépressive. Cela constituera pour lui « une frontière personnelle et professionnelle ». Avec *Un mortel air de famille* qui voit Lew Archer parcourir le Canada à la recherche d'un père disparu depuis vingt ans, Ross MacDonald aborde un thème qui va revenir de façon obsédante dans le reste de son œuvre : celui de la recherche de parents perdus avec tout ce que cela implique de quête d'identité. Que ce soit des enfants à la recherche d'un père disparu, ou bien des parents à la recherche d'enfants en fugue, l'absence et son cortège de malentendus et de chagrins est au centre désormais de l'intrigue macdonaldienne.

Un autre thème récurrent abonde aussi dans les romans de la deuxième époque : celui des difficultés de communication entre parents et enfants, qui se traduisent par l'incompréhension et une sorte de petite guerre des générations.

Enfin, les romans de Ross MacDonald reposent souvent sur des secrets de famille jalousement gardés, des traumatismes du passé dont les effets dévastateurs se font sentir longuement.

Accessoirement, les préoccupations écologiques manifestées depuis longtemps dans leur vie quotidienne par les époux Millar, ornithologues amateurs passionnés, trouvent des échos dans l'œuvre de Ross MacDonald, notamment dans *L'Homme clandestin* et *La Belle endormie*.

Par la qualité de son écriture et de son style, par le soin apporté à la construction de ses intrigues, et surtout, peut-être, par la profondeur psychologique à laquelle il atteint dans l'étude de l'« homo Californius » (selon la belle expression de William de Andrea), Ross MacDonald a donné au roman policier des lettres de noblesse, que nul autre auteur n'était encore parvenu à lui octroyer au regard de l'establishment culturel. Considéré dans son pays, dans les années 1970-1980, comme le plus grand auteur de romans policiers vivant, il a fait l'objet de nombreux ouvrages et études. Seule, la critique française, pour une fois fort mal inspirée, s'est montrée réticente : le succès des romans de Ross MacDonald lui inflige toujours un démenti cinglant...

Ross MacDonald a obtenu de nombreuses distinctions : *The Chill* a remporté en 1964 le Silver Dagger Award attribué par la très british Crime Writers Association. Et les Private Eye Writers of America lui donnèrent en 1981 leur Life Achievement Award.

Kenneth Millar est mort en 1983.

Lew Archer a été interprété au cinéma par Paul Newman (dans *Détective privé* (*Harper*), de Jack Smight, et dans *La Toile d'araignée* (*The Drowning Pool*), de Stuart Rosenberg, et par Peter Graves et Brian Keith à la télévision.

Bibliographie

ROMANS

Sous le nom de Kenneth Millar

1944 **The Dark Tunnel / I Die Slowly** — *A la déloyale*, Série noire, n° 103, 1951.

1946 **Trouble Follows Me / Night Train** — *Piège sur Hawaï*, Inter-espions, Presses internationales, 1961.

1947 **Blue City** — *A feu et à sang*, Série noire, n° 30, 1949.

1948 **The Three Roads** — *La Boîte de Pandore*, Série blême, n° 14, 1950.

Sous le nom de John MacDonald

1949 **The Moving Target / Harper** (1966) — *Il est passé par ici*, Un Mystère, n° 184, 1954 ; Un Mystère, 3e série, n° 147, 1971 ; J'ai lu, n° 2246, 1987.

Sous le nom de John Ross MacDonald

1950 **The Drowning Pool** — *Cadavre en eau douce*, Un Mystère, n° 179, 1954 ; *La Toile d'araignée*, Presses Pocket, n° 1246, 1976 ; J'ai lu, n° 2133, 1987.

The Way Some People Die — *A chacun sa mort*, Un Mystère, n° 172, 1954 ; Presses Pocket, n° 1078, 1974 ; J'ai lu, n° 1959, 1986.

1952 **The Ivory Grin / Marked for Murder** — *La Grimace d'ivoire*, Un Mystère, n° 129, 1953 ; Un Mystère, 3e série, n° 110, 1970 ; J'ai lu, n° 2034, 1986.

1953 **Meet Me at the Morgue / Experience With Evil** — *Rendez-vous à la morgue*, Un Mystère, 3e série, n° 131, 1971.

1954 **Find a Victim** — *Vous qui entrez ici*, Un Mystère, n° 202, 1955.

Sous le nom de Ross MacDonald

1956 **The Barbarous Coast** — *Faut pas se mouiller*, Un Mystère, n° 319, 1957 ; *La Côte barbare*, J'ai lu, n° 1823, 1985.
1958 **The Doomsters** — *La Malédiction des Hallman*, Facettes, Guenaud, 1977 ; Grands détectives, 10/18, n° 2145, 1990.
1959 **The Galton Case** — *Un mortel air de famille*, L'Aventure criminelle, n° 173, Fayard, 1964 ; J'ai lu, n° 1752, 1985.
1960 **The Ferguson Affair** — *L'Affaire Ferguson*, Un Mystère, n° 558, 1961 ; Un Mystère, 3e série, n° 188, 1972.
1961 **The Wycherly Woman** — *Le Cas de la femme Wycherly*, L'Aventure criminelle, n° 165, Fayard, 1963 ; *L'Affaire Wycherly*, J'ai lu, n° 1631, 1984.
1962 **The Zebra-Striped Hearse** — *Le Corbillard zébré*, L'Aventure criminelle, n° 179, Fayard, 1964 ; J'ai lu, n° 1662, 1984.
1964 **The Chill** — *Le Frisson*, L'Aventure criminelle, n° 187, Fayard, 1964 ; J'ai lu, n° 1573, 1984.
1965 **The Far Side of the Dollar** — *La Face cachée du dollar*, J'ai lu, n° 1687, 1984 ; Grands détectives, 10/18, n° 2535, 1994.
1966 **Black Money** — *Black money*, Thrillers, Hachette, 1973.
1968 **The Instant Enemy** — *La Mineure en fugue*, Punch première série, n° 93, 1977 ; J'ai lu, n° 2551, 1989 ; Grands détectives, 10/18, n° 2572, 1995.
1969 **The Goodbye Look** — *Un regard d'adieu*, Thrillers, Hachette, 1973 ; J'ai lu, n° 1545, 1983 ; Grands détectives, 10/18, n° 2464, 1994.
1971 **The Underground Man** — *L'Homme clandestin*, Thrillers, Hachette, 1973 ; Le Livre de poche policier, n° 3516, 1973 ; Grands détectives, 10/18, n° 2465, 1994.
1973 **Sleeping Beauty** — *La Belle endormie*, Thrillers, Fayard, 1975 ; Marabout, n° 726, 1980 ; Grands détectives, 10/18, n° 2516, 1994.
1976 **The Blue Hammer** — *Le Sang aux tempes*, Thrillers, Fayard, 1978 ; Marabout, n° 727, 1980 ; Grands détectives, 10/18, n° 2517, 1994.

NOUVELLES

Recueils de nouvelles

1955 **The Name is Archer** (John Ross MacDonald) (7 nouvelles).
1977 **Lew Archer Private Investigator** (Ross MacDonald) (9 nouvelles) — *Lew Archer détective privé à Hollywood*, Superpoche, Fleuve noir, 1993.

Nouvelles

Sous le nom de Kenneth Millar

Shock Treatment (« Manhunt », février 1953).
The Sky Hook (« American Mercury », janvier 1948).
The Bearded Lady (« American Magazine », octobre 1948).
Find the Woman (« Ellery Queen's Mystery Magazine », juin 1946) — *Cherchez la femme*, in *Lew Archer détective privé à Hollywood*.

Sous le nom de John Ross MacDonald

« Manhunt »
The Imaginary Blonde / Gone Girl (février 1953).
The Guilty Ones / The Sinister Habit (mai 1953) — *Les Coupables* (« Suspense », n° 7).
The Beat up Sister / The Suicide (octobre 1953).
Guilt-Edged Blonde (janvier 1954).
Find a Victim (juillet 1954).
Bad Blood (avril-mai 1957).
The Singing Pigeon (mai 1964).

« Ellery Queen's Mystery Magazine »
Wild Goose Chase (juillet 1954) — *Crime par procuration* (« Mystère magazine », n° 154).

Sous le nom de Ross MacDonald

« Ellery Queen's Mystery Magazine »
Murder Is a Public Matter (septembre 1959) — *Tableau d'un meurtre* (« Mystère magazine », n° 160).
Bring the Killer to Justice (février 1962).
The Missing Sister Case (octobre 1972) — *La Sœur disparue* (« Mystère magazine », n° 303).
Gone Girl (mai 1977) — *La Fille perdue*, in *Lew Archer détective privé à Hollywood*.

Guilt-Edged Blonde (février 1974) — *Une Blonde dorée sur tranche* (« Mystère magazine », n° 319).
Midnight Blue (juillet 1971) — *Midnight Blue* (« Mystère magazine », n° 317).
The Sleeping Dog (janvier 1976) (parue précédemment dans « Argosy », avril 1965) — *Un chien de sa chienne* (« Thriller », n° 3).

AUTRES ÉCRITS

On Crime Writing (Capra Press, 1973) contient : **The Writer as Detective Hero** — *L'Écrivain comme détective* in *Lew Archer détective privé à Hollywood.* — **Writing the Galton Case**.

Self Portrait : Caselessly into the Past (Capra Press, 1981).

William P. McGIVERN

William Peter McGivern est né le 6 décembre 1923 à Chicago dans l'Illinois. Il grandit à Mobile en Alabama, puis revient à Chicago pour faire des études secondaires. Il commence à travailler pour les pulps en 1939 à Chicago pour Ziff Davis qui éditait plusieurs magazines célèbres : « Amazing Stories », « Fantastic Stories », « Mammoth Western », « Mammoth Suspense », « Mammoth Adventure »... Il écrit des récits de guerre, de science-fiction, de suspense, d'aventures... sous son vrai nom et les pseudonymes de P. F. Costello, Gerald Vance, Duncan Farnswoth, John York Cabot... Mobilisé en 1943 dans l'U.S. Army, il combat sur le front européen, ce qui lui vaut la Soldiers Medal en 1944 et le grade de Line Sergeant. Démobilisé en 1946, il continue à produire pour les pulps, puis pour les magazines de l'Est, *« Standard Magazines »*, *« Street and Smith »*, tout en suivant des cours à l'université de Birmingham. Lors du déclin des pulps, il réussit à collaborer à des magazines de luxe : « Saturday Evening Post », « Collier's », « Cosmopolitan »...

Son premier roman, *But Death Run Faster*, paraît en 1948 aux éditions Dodd qui lui attribuent le prix maison du meilleur roman policier de l'année. Il est suivi par *Heaven Ran Last* en 1949, puis en 1950 par *Very Cold for May*. Parallèlement, il exerce la profession de reporter criminel et de critique littéraire au *Evening Bulletin* de Philadelphie entre 1949 et 1951. Il a l'occasion de participer à des patrouilles de police, une expérience dont il se servira pour sa saga du policier urbain confronté à la corruption qui débute par *Shield for Murder* et se poursuit avec *The Big Heat*, *Rogue Cop*, *The Darkest Hour*, *Odds against Tomorrow*. En 1952, les éditions Popular Library lui demandent une intrigue à la Mickey Spillane, *Blondes Die Young*, qu'il signe du pseudonyme de Bill Peters.

Dans les années cinquante et soixante, les époux McGivern voyagent avec leurs enfants en Europe et résident en France, en Italie, en Espagne, en Allemagne et en Irlande. Ces pays vont servir de décors à ses romans d'espionnage et de hold-up publiés dans les années soixante : *Seven Lies South*, *A Choice of Assassins*, *The Caper of the Golden Bulls*, *Caprifoil*...

Dès la parution de ses premiers romans, le cinéma s'est intéressé à l'œuvre de William P. McGivern. *The Big Heat*, *Shield for Murder*, *Rogue Cop*, *The Darkest Hour*, *Odds against Tomorrow* sont adaptés au cinéma dans les années cinquante, puis *A Choice of Assassins* (*Un choix d'assassins*, de Philippe Fourastié) et *Caper of the Golden Bulls* dans les années soixante. Hollywood fait appel à lui pour écrire les adaptations de ses romans *Lie Down I Want to Talk to You*, *The Seven File*, *Caprifoil*, des projets qui ne se concrétisent pas. Il adapte pour l'écran les romans d'Ursula Curtiss : *I Saw what You Did* (*Tuer n'est pas jouer*), de Donald Hamilton : *The Wrecking Crew* (*Matt Helm règle ses comptes*), et retravaille le scénario de Christopher Trumbo, Michael Butler et William Norton pour *Brannigan* avec John Wayne.

William Peter McGivern est mort d'un cancer le 6 décembre 1982. Peu d'années auparavant, il avait publié un récit de guerre, *Soldiers of 44'* inspiré de son expérience sur le front européen durant la Seconde Guerre mondiale.

Bibliographie

ROMANS

1948 **But Death Run Faster / The Whispering Corpse** — *Mais la mort va plus vite*, Série rouge, n° 28, Morgan, 1949.

1949 **Heaven Ran Last** — *Par ici la sortie*, Série rouge, n° 41, Morgan, 1950 ; *Crochet au book*, Série noire, n° 1229, 1968.

1950 **Very Cold for May**.

1951 **Shield for Murder** — *La Planque*, Série noire, n° 129, 1952 ; Poche noire, n° 162, 1971 ; Carré noir, n° 526, 1984.

1952 **Blondes Die Young** (sous le pseudonyme de Bill Peters).
The Crooked Frame.

The Big Heat — *Coup de torchon*, Série noire, n° 183, 1953 ; Carré noir, n° 183, 1974.
1953 **Margin of Terror**.
1954 **Rogue Cop** — *Quand les poulets ont des dents*, Série noire, n° 256, 1955 ; Carré noir, n° 500, 1983.
1955 **The Darkest Hour** — *La Colère noire*, Série noire, n° 275, 1956 ; Poche noire, n° 111, 1970 ; Carré noir, n° 383, 1981.
1956 **The Seven File** — *Sans bavures*, Série noire, n° 344, 1956 ; Carré noir, n° 457, 1982.
1957 **Night Extra** — *Une nuit pas comme les autres*, Un Mystère, n° 370, 1957.
Odds against Tomorrow — *Le Coup de l'escalier*, Série noire, n° 439, 1958.
1958 **Mention My Name in Mombasa : The Unscheduled Adventure of an American Family Abroad** (en collaboration avec sa femme Maureen Daly).
1959 **Savage Streets**.
1960 **Seven Lies South** — *Vol en vol*, Série noire, n° 742, 1962 ; Carré noir, n° 100, 1972.
1961 **The Road to the Snail**.
1962 **A Pride of Place**.
1963 **A Choice of Assassins** — *Un choix d'assassins*, Série noire, n° 947, 1965.
1966 **The Caper of the Golden Bulls** — *Soyez donc honnêtes*, Série noire, n° 1113, 1967.
1967 **Lie Down, I Want to Talk to You** — *Je vous fais mal, docteur ?*, Série noire, n° 1224, 1968.
1972 **Caprifoil**.
1973 **Reprisal** — *Sang pour sang*, Punch, n° 16, 1973 ; Instant, n° 3, 1986.
1975 **Night of the Juggler** — *La Nuit de l'égorgeur*, Paniques, Presses de la Cité, 1984.
1979 **Soldiers of 44** — *Soldats de 44*, Encre, 1984.
1982 **Summitt**.
1983 **A Matter of Honor** — *Une question d'honneur*, Encre, 1985 ; Le Livre de poche, n° 6404, 1987.
1984 **War Games**.

NOUVELLES

1948 **The Big Picture**, « Street & Smith Detective Story Magazine », vol. 175, n° 5, mars.
1952 **The Last Word**, « Blues Book Magazine », réédité sous le titre **The Sound of Murder**, « The Saint Detective Magazine », vol. 11, n° 6, juin 1959 — *Le Dernier Mot*,

« Mystère magazine », n° 185, juin 1963 ; *Meurtre contrôlé* dans *Histoires à lire toutes portes closes*, Presses Pocket, n° 1815, 1980.

1953 **Murder Misses Mr. Mahoney**, « Conflict — Stories of Suspense », vol. 1, n° 1, automne.
Old Willie, « Manhunt Detective Story Monthly », vol. 1, n° 5, mai — *Le Revenant*, « Suspense », n° 6, septembre 1956 ; « Hard-Boiled Dicks », n° 5, février 1983.

1957 **Candy for a Corpse**, « Mystery Digest », vol. 1, n° 1, mai.
Lesson in Larceny, « Mystery Digest », vol. 1, n° 2, juillet.
Night Extra, « Alfred Hitchcock's Mystery Magazine », vol. 2, n° 2, février.

1958 **Death Rodes the Ralls**, « Mystery Digest », vol. 2, n° 3, mai.

1961 **Ordeal in Darkness**, « Ellery Queen's Mystery Magazine », vol. 38, n° 6, décembre — *Epreuve dans les ténèbres*, « Mystère magazine », n° 172, mai 1962.
Killer on the Turnpike, « Bantam » — *Un tueur sur l'autoroute* dans *Histoires à lire toutes lumières allumées*, Presses Pocket, n° 1816, 1980.

Whit MASTERSON

Pseudonyme conjoint de Robert Wade et de Bill Miller. Bill Miller est né en 1920 à Garrett, dans l'Indiana, la même année que Robert Wade à San Diego en Californie. Ayant déménagé, enfant, en Californie, Bill Miller fait la connaissance de Robert Wade durant leurs études au lycée Woodrow Wilson Junior de San Diego. Ils commencent d'ailleurs à écrire ensemble en collaborant au journal de leur école, puis, tout en poursuivant leurs études supérieures au San Diego State College, ils éditent un journal hebdomadaire, l'*East San Diego Press*. Ils écrivent ensuite, toujours en collaboration, des pièces radiophoniques. Pendant la guerre, tous deux combattent dans l'Air Force, mais l'un dans le Pacifique et l'autre en Europe.

En 1946, ils signent du pseudonyme de Wade Miller leur premier roman policier, *Deadly Weapon*, un roman noir salué par le critique Anthony Boucher. Et l'année suivante, avec *Guilty Bystander*, ils mettent en scène pour la première fois un détective privé assez original du nom de Max Thursday. Au moment où commence le roman, c'est un homme brisé, alcoolique, qui travaille comme détective dans un hôtel minable. Son ex-femme Georgia fait appel à lui parce que leur fils Tommy a été kidnappé. Dégrisé d'un coup, Thursday mènera une enquête difficile, aux péripéties violentes, pour retrouver son fils. Régénéré par cette aventure salvatrice qui l'a fortement impliqué émotionnellement, Max rouvrira son agence et exercera son métier de détective privé avec un succès certain. Wade Miller en fera le héros de plusieurs romans : *Fatal Step, Uneasy Street, Calamity Fair, Murder Charge* et *Shoot to Kill,* avant de se lasser de ce personnage récurrent et de l'abandonner en 1951.

Wade et Miller poursuivront leur œuvre par toute une série de romans noirs qui composent de remarquables portraits d'aventuriers, comme le Jacob Farrow de *Du plomb dans l'aile* ou le Biggo Venn de *On liquide.* Parmi les autres romans notables de Wade Miller figurent *Devil on Two Sticks* où l'enquêteur est le membre d'un gang, chargé de démasquer la « balance » qui renseigne les services du district attorney, et *Kitten with a Whip.*

Parallèlement, Wade et Miller utilisent d'autres pseudonymes anagrammatiques pour publier chez d'autres éditeurs : Dale Wilmer (trois romans dont l'excellent *Dead Fall*), Will Daemer (un roman), ou signent simplement de leurs deux noms : par exemple, *Pop Goes to the Queen* qui, d'après Edward D. Hoch, jouit d'une intrigue amusante, assez éloignée du réalisme plutôt dur qui imprègne les Wade Miller, et d'une fin spectaculaire.

En 1955, Wade Miller obtient le second prix au concours annuel de « Ellery Queen's Mystery Magazine » avec sa nouvelle *Invitation to an Accident* et adopte un nouveau pseudonyme : Whit Masterson, pour signer *All Through the Night*, un roman policier d'une grande originalité, qui combine habilement le suspense et le *police procedural*[1].

Ce premier roman augurait bien de cette « seconde carrière » dont l'intérêt se confirma très vite avec des titres comme *The Dark Fantastic, A Hammer in His Hand*, qui met en scène l'une des premières femmes policiers de roman, ou *Evil Come, Evil Go.* Le 21 août 1961, Bill Miller décédait d'une crise cardiaque. Robert Wade poursuivit tout seul l'œuvre entreprise sous le pseudonyme de Whit Masterson, ajoutant une dizaine de volumes aux titres issus de sa collaboration avec son ami Miller. Il publia également sous son nom deux romans : *The Stroke of Seven* (1965) et *Knave of Eagles* (1968) qui raconte l'histoire d'un aventurier chargé de récupérer à Cuba un joueur de base-ball retenu par les *barbudos...*

Plusieurs films notables furent tirés de l'œuvre de Wade Miller et Whit Masterson. Max Thursday fut interprété par Zachary Scott

---

1. Catégorie de romans policiers dans lesquels l'auteur s'efforce de coller au plus près de la réalité d'un véritable travail de police et de ses procédures.

en 1950 dans *Guilty Bystander* de Joseph Lerner (avec Faye Emerson).

All Through the Night (*Une nuit pour tuer*) fut adapté à l'écran en 1956 sous le titre *A Cry in the Night* avec Edmond O'Brien, Natalie Wood, Brian Donlevy et Raymond Burr dans les rôles principaux sous la direction de Frank Tuttle.

Badge of Evil fut tourné par Orson Welles sous le titre *Touch of Evil* (*La Soif du mal*) avec Charlton Heston, Janet Leigh et lui-même dans les rôles principaux en 1958. La critique cinématographique française, aussi cuistre qu'à son habitude, qualifia le roman de petit polar médiocre, sublimé par l'adaptation — forcément géniale — de Welles qui est, en fait, très fidèle à l'œuvre originale.

Signalons encore *Warning Shot* (*L'assassin est-il coupable ?*), de Buzz Kulik en 1967, tiré de *711-Officer Needs Help* et interprété par David Janssen (alias le Fugitif), Ed Begley, Walter Pidgeon, Eleanor Parker, George Sanders.

Ajoutons, pour conclure, que Wade Miller et Whit Masterson ont fait paraître quelques nouvelles dans les grands magazines policiers comme « Ellery Queen's Mystery Magazine », « The Saint Magazine » ou « Manhunt ».

Bibliographie

ROMANS

Sous le nom de Wade Miller

1946 **Deadly Weapon.**
1947 **Guilty Bystander** — *Même les innocents sont coupables*, Morgan, Série rouge, n° 11, 1947 ; Le Masque, n° 1766, 1984.
1948 **Fatal Step** — *La Foire aux crimes*, Morgan, Série rouge, n° 23, 1949.
Uneasy Street — *Et ta sœur*, Série noire, n° 125, 1952.
1949 **Devil on Two Sticks (Killer's Choice)** — *Bec et ongles*, Série noire, n° 115, 1951.
1950 **Calamity Fair** — *La Mare aux crocodiles*, Série noire, n° 141, 1952.
Devil May Care — *On liquide*, Série noire, n° 144, 1952.
Murder Charge — *Week-end à l'abattoir*, Série noire, n° 135, 1952.

Stolen Woman — *On n'est pas des saints*, Série noire, n° 121, 1951.

1951 **The Killer** — *Du plomb dans l'aile*, Série noire, n° 138, 1952.

Shoot to Kill — *Chapeau !*, Série noire, n° 203, 1954.

The Tiger's Wife — *Monsieur la panthère*, Série noire, n° 155, 1953.

1952 **The Branded Woman.**

1953 **The Big Guy.**

South of the Sun.

1955 **Mad Baxter.**

1956 **Kiss Her Goodbye.**

1959 **Kitten with a Whip.**

1960 **Sinner Take All**

1961 **Nightmare Cruise** — *Les Eaux mortes*, Un Mystère, n° 632, 1962.

1962 **The Girl from Midnight** — *Toutes griffes dehors*, Un Mystère, n° 668, 1962.

Bob Wade et Bill Miller

1947 **Pop Goes to the Queen.**

Dale Wilmer

1951 **Memo for Murder** — *A tous les râteliers*, Série noire, n° 140, 1952.

1954 **Dead Fall.**

Jungle Heat.

Will Daemer

1951 **The Case of the Lonely Lovers** — *Le Cas des amants solitaires*, Ferenczi, Le Fantôme, n° 4, 1953.

Whit Masterson

1955 **All Through the Night** — *Une nuit pour tuer*, Un Mystère, n° 265, 1956.

Dead, She Was Beautiful.

1956 **Badge of Evil** — *Manque de pot*, Un Mystère, n° 315, 1956 ; *L'Insigne du diable*, Un Mystère, n° 117, 1971 ; *La Soif du mal*, Christian Bourgois, Série B, 1981 ; J'ai lu, 1983.

1957 **A Shadow in the Wild** — *Chasse à l'ombre*, Un Mystère, n° 368, 1957.

1959 **The Dark Fantastic** — *La mèche brûle*, Gallimard, Panique, n° 11, 1963 ; Série noire, n° 1676, 1974.
1960 **A Hammer in His Hand** — *Les Femmes pièges*, L'Aventure criminelle, n° 113, 1961.
1961 **Evil Come, Evil Go** — *Faire rendre gorge*, Un Mystère, n° 590, 1961.
1963 **Man on a Nylon String**
1965 **711-Officer Needs Help (Killer with a Badge)**
1967 **Play Like You're Dead** — *Fais le mort*, Un Mystère, n° 175, 1972.
1969 **The Last One Kills** — *Hombre au soleil*, Punch, 2e série, n° 104, 1971.
1970 **The Death of Me Yet**.
1971 **The Gravy Train**.
1972 **Why She Cries, I Don't Know**.
1973 **The Undertaker Wind**.
1974 **The Man with Two Clocks** — *Cherche et trouve*, Le Masque, n° 1470, 1977.
1977 **Hunter of the Blood**
1979 **The Slow Gallows**

NOUVELLES

Wade Miller

« Ellery Queen's Mystery Magazine »
Invitation to an Accident (juillet 1955) — *Invitation à un accident* (« Mystère magazine », n° 118).
A Bad Time of Day (septembre 1956) — *Mauvaise heure* (« Mystère magazine », n° 128).
The Memorial Hour (mars 1960) — *L'Heure du souvenir* (« Mystère magazine », n° 154).

« The Saint »
We Were Picked as the Odd Ones (juillet 1960)

« Playboy »
The Morning After (1966)

« Manhunt »
Midnight's Caller (janvier 1958) — *La Fille en proie au dément* (« Choc suspense », n° 3).

Whit Masterson

« Ellery Queen's Mystery Magazine »

Suddenly It's Midnight (janvier 1958) — *Le Flambeur flambé*, « Mystère magazine », n° 150 ; *La Chasse au leurre,* « Mystère magazine », n° 269 bis).

The Women in His Life (juin 1958) — *Trois femmes sur la piste* (« Mystère magazine », n° 174).

Seek Him in Shadows (mars 1980).

Peter RABE

Peter Rabe est né en 1929 en Allemagne d'un père juif russe et d'une mère allemande avec lesquels il émigre aux Etats-Unis en 1938. Il suit des études de psychologie et enseigne dans diverses écoles avant d'abandonner cette profession. Il fait son service militaire dans la Military Police. A sa démobilisation, il occupe divers emplois : magasinier, ouvrier métallurgiste... puis s'établit comme écrivain professionnel en 1955. Cette année-là, il écrit deux ouvrages antonymes. Le premier est consacré à la maternité : *From Here to Maternity* qui paraît chez Vanguard Press avec des illustrations de l'auteur. Le second est un roman policier noir, *Benny Muscles In*, publié aux éditions de poche Fawcett, dans la prestigieuse collection Gold Medal. Il deviendra l'un des auteurs maison de cet éditeur qui fera paraître ses vingt-quatre livres policiers jusqu'en 1974.

La première et meilleure partie de son œuvre — jusqu'à *The Box* en 1962 — traite du crime organisé et met en scène des marginaux, des losers, des truands. Son personnage le plus intéressant est Daniel Porte, un truand qui décide un beau jour de quitter la Mafia. Il apparaît dans cinq romans : *Six pieds sous terre*, *Oraison funèbre*, *La Main à la pâte*, *Frappe devant* et *L'homme qui rit jaune*.

Après *The Box*, il s'essaie sans grand succès au roman avec *His Neighbor's Wife* (1962) et écrit en 1967 la novélisation du scénario du film *Tobrouk*. Il est obligé de se reconvertir dans l'espionnage avec *Dynamite dans le désert* et avec trois aventures de l'espion Many DeWitt. En 1969, il écrit avec Rahe B. Corlis un essai, *Psychotherapy from the Center, A Humanistic View of Change and of Growth*. Enfin, dans les années soixante-dix, il suit la mode du *Parrain* avec *War of the Dons* et *Black Mafia* et termine sa carrière d'écrivain. Peter Rabe est mort en 1990.

Bien qu'il n'ait jamais atteint la notoriété de certains de ses collègues de Gold Medal : John Dann MacDonald, Charles Williams, Harry Whittington, David Goodis..., Peter Rabe compte parmi les plus représentatifs et les plus prestigieux des auteurs de la seconde génération du roman noir américain, qui mérite largement d'être redécouvert.

Bibliographie

ROMANS

1955 **Benny Muscles in** — *En plein dans le mille*, Un Mystère, n° 300, 1956.
A Shroud for Jess — *Le Dindon de la farce*, Un Mystère, n° 287, 1956.
Stop This Man ! — *Tirez à vue*, Un Mystère, n° 285, 1956.

1956 **Dig My Grave Deep**[1] — *Six pieds sous terre*, Un Mystère, n° 331, 1957.
A House in Naples — *Coups durs à Napoli*, Un Mystère, n° 299, 1956.
Kill the Boss Good-by — *Regrets éternels*, Un Mystère, n° 341, 1957.

1957 **Agreement to Kill** — *Permis d'inhumer*, Un Mystère, n° 378, 1958.
It's My Funeral[1] — *Oraison funèbre*, Un Mystère, n° 371, 1957.
Journey into Terror — *Balle perdue*, Un Mystère, n° 394, 1958.
The Out Is Death[1] — *La Main à la pâte*, Un Mystère, n° 366, 1957.

1958 **Blood on the Desert** — *Dynamite dans le désert*, Inter-Espionnage, n° 19, 1969.
The Cut of the Whip.
Mission for Vengeance — *Un plat qui se mange froid*, Un Mystère, n° 434, 1958.

1959 **Bring Me another Corpse**[1] — *Frappe devant*, Série noire, n° 553, 1960.
Time Enough to Die[1] — *L'homme qui rit jaune*, Série noire, n° 600, 1960.

1960 **Anatomy of a Killer** — *Le Tueur*, Le Cachet, n° 19, 1961.
Murder Me for Nickels.

1. Daniel Porte.

My Lovely Executioner — *Ce soir on sort*, Série noire, n° 623, 1961.
1962 **The Box.**
1965 **Girl in a Big Brass Bed** [1]
1966 **The Spy Who Was Three Feet Tall** [1] — *Haut les nains !*, Série noire, n° 1123, 1967.
1967 **Code Name Gadget** [1].
1972 **War of the Dons.**
1974 **Black Mafia.**

NOUVELLE

1959 **Hard Case Redhead**, « Mystery Tales », vol. 1, n° 6, octobre.

Thomas STERLING

Thomas Sterling est né dans le Colorado en 1921. Il passe une grande partie de son enfance dans le Nebraska, puis il émigre à New York avec ses parents, où il effectue ses études secondaires. Il entame une carrière de journaliste et rencontre Claire, une journaliste du magazine *The Reporter* qu'il épouse. En 1950, il écrit son premier roman policier, *The House Without a Door*, publié par les éditions Simon & Schuster. Ce remarquable livre tranche nettement avec la production de l'époque.

Sterling, avec ses deux enfants, suit sa femme, nommée correspondante de son journal pour la zone méditerranéenne. La famille s'installe à Rome. Son second roman policier, *Strangers and Afraid*, paraît en 1952. Thomas Sterling va situer l'action de ses romans suivants à Venise, *The Evil of the Day* (1955) et *The Silent Siren* (1958). Ils ont pour héros le *maresciallo* Rizzi de la police de la cité des Doges.

The Evil of the Day est une version policière et modernisée de la pièce *Volpone* de Ben Johnson. En 1959, le dramaturge Frederic Knott s'en inspire pour écrire la pièce *Mr. Fox of Venice*. Publié en France en 1960 sous le titre *Le Tricheur de Venise*, le roman obtient en 1960 le Grand Prix de littérature policière du meilleur roman étranger. En 1966, le livre est adapté et réalisé au cinéma par Joseph L. Mankiewicz sous le titre *The Honey Pot* (*Guêpier pour trois abeilles*) avec Rex Harrison, Susan Hayward et Cliff Robertson.

1. Many DeWitt.

Dans les années cinquante et soixante, les Sterling font de fréquents voyages en Afrique, continent qui fascine l'auteur et auquel il va désormais consacrer son œuvre littéraire.

Il écrit de nombreux articles sur l'Afrique occidentale pour des revues anglaises et américaines, des études scientifiques pour l'organisation agroalimentaire de Rome et plusieurs ouvrages sur l'Afrique. On perd sa trace dans les années soixante-dix.

Bibliographie

1950 **The House Without a Door** — *Défense de sortir*, Un Mystère, n° 38, 1950 ; Presses Pocket, n° 1172, 1975.
1952 **Strangers and Afraid**.
1955 **The Evil of the Day / Murder in Venice** — *Le Tricheur de Venise*, Le Cachet, n° 7, 1960 ; Le Masque, n° 1992, 1990.
1958 **The Silent Siren**.
1960 **Stanley's Way : A Sentimental Journey Through Central Africa**.
1962 **Unity's Children**.
1963 **Exploration of Africa**.

Lionel WHITE

Lionel White est né le 9 juillet 1905 à Buffalo dans l'Etat de New York. Après ses études secondaires, il entame une carrière de journaliste en 1923. Il est reporter aux affaires criminelles dans divers journaux régionaux de l'Ohio, *Cleveland Press*, *Cleveland Times* et *Canton Daily News*. En 1925, il s'installe à New York où il travaille comme reporter, chroniqueur sportif, rédacteur et rewriter pour *City News*, *Bronx Home Star*, *Women's Wear Daily*, *Poughkeepsie Star* et *Schenectady Union Star*. En 1933, il devient rédacteur en chef de *American Detective*, du magazine *True* en 1935-1936 puis des publications Hillman (1936-1939). Après avoir publié avec Philip C. Blackburn une anthologie de Lewis C. Carroll, *Logical Nonsens : Works, Now, for the First Time Complete* chez Putnam en 1934, il se lance dans l'édition en 1940 avec des magazines consacrés à des affaires criminelles, *World*, *World Detective*, *Homicide Detective*. La Seconde Guerre mondiale interrompt provisoirement cette activité lorsqu'il est mobilisé dans l'armée américaine. Au début des années cinquante, alors que la vente de ces revues chute, Lionel White s'établit comme écrivain professionnel.

Durant près d'un quart de siècle, il se consacrera exclusivement à la fiction policière et publiera entre 1952 et 1976 trente-six romans dont une grande partie a pour thème *the big caper*, « le gros coup », aussi dénommé le casse ou le hold-up, un des sous-produits du roman noir dont Lionel White sera le grand spécialiste. Un braquage de banque est commis dans *Un coup fumant*, *Tout ce joli monde* et *The Big Caper* ; un hold-up sur la recette d'un champ de course est relaté dans *En mangeant de l'herbe* ; la fille d'un magnat est kidnappée dans *Rapt* ; un bus est détourné dans *On vous descend à la prochaine* ; des petits hold-up de banque servent à en préparer un gros dans *Voix détournées* ; un fourgon blindé transportant deux millions de dollars est attaqué par des malfrats dans *Les Voraces*.

Sous le nom maison Nick Carter, Lionel White a également signé avec Valerie Moolman *The Mind Poisoners*, une aventure de Nick Carter et un essai, *Protect Yourself, Your Family and Your Property in an Unsafe World*[1] (1974), un titre qui est tout un programme !

Le cinéma s'est beaucoup intéressé à son œuvre : *The Killing* (1956, *L'Ultime Razzia)*, réalisé par Stanley Kubrick et adapté de *Clean Break* par le romancier Jim Thompson, *The Big Caper* (1957) d'après le roman homonyme *The Money Trap* (1965, *Piège au grisbi*) d'après le roman homonyme avec Glenn Ford et Rita Hayworth ; *Pierrot le Fou* (1965) de Jean-Luc Godard d'après *Obsession* avec Jean-Paul Belmondo et *The Night of the Following Day* (1969, *La Nuit du lendemain)* d'après *The Snatchers* avec Marlon Brando.

Lionel White est mort le 28 décembre 1985.

Bibliographie

ROMANS

1952 **Seven Hungry Men / Run, Killer, Run** — *Les Voraces*, Série noire, n° 286, 1955 ; Poche noire, n° 123, 1970 ; Carré noir, n° 403, 1981.

1953 **The Snatchers** — *Rapt*, Série noire, n° 271, 1955.

---

1. Littéralement : « Protégez-vous, protégez votre famille et vos biens dans un monde dangereux. »

1954 **To Find a Killer / Before I Die** — *De quoi se détruire*, Série noire, nº 277, 1955.
1955 **Love Trap.**
The Big Caper — *Un coup fumant*, Série noire, nº 293, 1955 ; Carré noir, nº 505, 1983.
Clean Break / The Killing — *En mangeant de l'herbe*, Série noire, nº 282, 1955.
Flight into Terror.
1956 **Operation-Murder.**
The House Next Door — *Le Virus*, Série noire, nº 333, 1956.
1957 **Right for Murder.**
Death Takes the Bus — *On vous descend à la prochaine*, Un Mystère, nº 393, 1958.
Hostage for a Hood — *Cadeau pour un gangster*, Un Mystère, nº 425, 1959.
1958 **Too Young to Die.**
Coffin for a Hood.
Invitation to Violence — *Impair et casse*, Un Mystère, nº 443, 1959.
1959 **The Merriweather File.**
Rafferty.
1960 **Lament for a Virgin** — *Une vierge passe*, Série noire, nº 761, 1963.
Steal Big — *Voix détournées*, Série noire, nº 656, 1961.
The Time of Terror.
Marilyn K.
1961 **A Grave Undertaking** — *Tout ce joli monde*, Série noire, nº 754, 1962.
A Death at Sea.
1962 **Obsession** — *Le Démon d'onze heures*, Série noire, nº 803, 1963.
1963 **The Money Trap.**
1964 **The Ransomed Madonna.**
1965 **The House on K Street** — *La Sape*, Série noire, nº 1014, 1966.
1966 **A Party to Murder** — *Fin de soirée*, Série noire, nº 1169, 1967.
The Mind Poisoners (sous le nom maison Nick Carter, avec Valerie Moolman).
1967 **The Night of the Rape.**
The Crimshaw Memorandum.
1969 **Hijack.**
1970 **Death of a City.**
1974 **The Mexico Run.**

A Rich and Dangerous Game.
1976 **Jailbreak**.

NOUVELLES

1956 **To Kill a Wife**, « Murder », vol. 1, n° 1, septembre.
1957 **Invitation to Violence**, « Alfred Hitchcock Mystery Magazine », vol. 2, n° 5, 1957 — *Un fameux coup de poker*, « Hitchcock magazine », n° 41, septembre 1964, réédité dans *Histoires troubles*, Le Livre de poche, n° 3008, 1988.
The Clue of the Poison Pen dans *Murder Plus* de Marc Gerald — *La piste du corbeau* dans *Meurtres pour de vrai*, Série noire, n° 2344, 1993.

POLARS
Années cinquante

Tome 1

Dorothy B. Hughes, *Tuer ma solitude* • Whit Masterson, *Une nuit pour tuer* • Ed Lacy, *Ça c'est du billard* • Bill Ballinger, *Version originale* • John Ross MacDonald, *La grimace d'ivoire* • Theo Durrant, *La forêt de marbre* • Ben Benson, *La mort franco de port* • Dwight Babcock, *Meurtres pour Hannah*

Tome 2

Bill Ballinger, *A gorge déployée* • William Krasner, *La rue sans fin* • Ferguson Findley, *Choc en retour* • Ursula Curtiss, *Les heures noires* • David Alexander, *Meurtre en clair-obscur* • Helen Nielsen, *Détour dans l'inconnu* • William O'Farrell, *Au diable son dû* • Eric Ambler, *Je ne suis pas un héros*

Cet ouvrage a été composé par
Nord Compo (Villeneuve-d'Ascq)
et imprimé par **Bussière Camedan Imprimeries**
à Saint-Amand-Montrond (Cher)
en avril 1997 pour Omnibus
12 avenue d'Italie 75013 Paris

N° d'impression : 4/451

Imprimé en France